Hugo von Hofmannsthal
Gedichte und Prosa

Hugo von Hofmannsthal

Gedichte und Prosa

Herausgegeben
von Dieter Lamping

ALBATROS

Die Originalausgabe erschien in zwei Bänden
Herausgegeben von Dieter Lamping unter Mitarbeit von Frank Zipfel
Band I: Gedichte und Prosa
Band II: Dramen und Opernlibretti

Bibliografische Information der Deutschen Nationalbibliothek
Die Deutsche Bibliothek verzeichnet diese Publikation
in der Deutschen Nationalbibliographie; detaillierte bibliographische Daten
sind im Internet unter http://dnb.ddb.de abrufbar.

Umschlaggestaltung: butenschoendesign.de
Umschlagmotiv: Gustav Klimt, Bildnis Adele Bloch-Bauer I, 1907;
Wien, Österreichische Galerie Belvedere
Printed in Germany
ISBN 978-3-491-96247-7
www.patmos.de

Gedichte

Was ist die Welt?

Was ist die Welt? Ein ewiges Gedicht,
Daraus der Geist der Gottheit strahlt und glüht,
Daraus der Wein der Weisheit schäumt und sprüht,
Daraus der Laut der Liebe zu uns spricht,
Und jedes Menschen wechselndes Gemüth,
Ein Strahl ist's, der aus dieser Sonne bricht,
Ein Vers, der sich an tausend and're flicht,
Der unbemerkt verhallt, verlischt, verblüht.

Und doch auch eine Welt für sich allein,
Voll süß-geheimer, nie vernomm'ner Töne,
Begabt mit eig'ner, unentweihter Schöne,
Und keines Andern Nachhall, Widerschein.
Und wenn Du gar zu lesen d'rin verstündest,
Ein Buch, das Du im Leben nicht ergründest.

Für mich…

(Ghasel.)

Das längst Gewohnte, das alltäglich Gleiche,
Mein Auge adelt mir's zum Zauberreiche:
Es singt der Sturm sein grollend Lied für mich,
Für mich erglüht die Rose, rauscht die Eiche.
Die Sonne spielt auf gold'nem Frauenhaar
Für mich, – und Mondlicht auf dem stillen Teiche.
Die Seele les' ich aus dem stummen Blick,
Und zu mir spricht die Stirn, die schweigend bleiche.
Zum Traume sag' ich: »Bleib' bei mir, sei wahr!«
Und zu der Wirklichkeit: »Sei Traum, entweiche!«
Das Wort, das Andern Scheidemünze ist,
Mir ist's der Bilderquell, der flimmernd reiche.
Was ich erkenne, ist mein Eigenthum
Und lieblich locket, was ich nicht erreiche.
Der Rausch ist süß, den Geistertrank entflammt,
Und süß ist die Erschlaffung auch, die weiche.
So tiefe Welten thu'n sich oft mir auf,
Daß ich d'rein glanzgeblendet zögernd schleiche,
Und einen gold'nen Reigen schlingt um mich
Das längst Gewohnte, das alltäglich Gleiche.

Prolog zu dem Buch »Anatol«

Hohe Gitter, Taxushecken,
Wappen, nimmermehr vergoldet
Sphinxe, durch das Dickicht schimmernd...
... Knarrend öffnen sich die Thore. –
Mit verschlafenen Cascaden
Und verschlafenen Tritonen,
Rococco, verstaubt und lieblich
Seht... das Wien des Canaletto,
Wien von Siebzehnhundertsechzig...
... Grüne, braune, stille Teiche,
Glatt und marmorweiss umrandet,
In dem Spiegelbild der Nixen
Spielen Gold- und Silberfische...
Auf dem glattgeschor'nen Rasen
Liegen zierlich gleiche Schatten
Schlanker Oleanderstämme;
Zweige wölben sich zur Kuppel,
Zweige neigen sich zur Nische
Für die steifen Liebespaare
Heroinen und Heroen...
Drei Delphine gießen murmelnd
Fluthen in ein Muschelbecken...
Duftige Kastanienblüten
Gleiten, schwirren leuchtend nieder
Und ertrinken in dem Becken...
... Hinter einer Taxusmauer
Tönen Geigen, Clarinetten...,
Und sie scheinen den graziösen
Amoretten zu entströmen,
Die rings auf der Rampe sitzen
Fiedelnd oder Blumen windend,
Selbst von Blumen bunt umgeben
Die aus Marmorvasen strömen:
Goldlack und Jasmin und Flieder..

… Auf der Rampe, zwischen ihnen
Sitzen auch coquette Frauen,
Violette Monsignori …
Und im Gras, zu Ihren Füssen
Und auf Polstern, auf den Stufen:
Cavaliere und Abbati …
And're heben and're Frauen
Aus den parfümierten Sänften …
… Durch die Zweige brechen Lichter,
Flimmernd auf den blonden Köpfchen;
Scheinen auf den bunten Polstern,
Gleiten über Kies und Rasen
Gleiten über das Gerüste,
Das wir flüchtig aufgeschlagen.
Wein und Winde klettert aufwärts
Und umhüllt die lichten Balken.
Und dazwischen, farbenüppig
Flattert Teppich und Tapete,
Schäferscenen, keck gewoben
Zierlich von Watteau entworfen …
Eine Laube statt der Bühne,
Sommersonne statt der Lampen,
Also spielen wir Theater,
Spielen uns're eig'nen Stücke,
Frühgereift und zart und traurig,
Die Komödie uns'rer Seele,
Uns'res Fühlen's Heut' und Gestern,
Böser Dinge hübsche Formel,
Glatte Worte, bunte Bilder
Halbes, heimliches Empfinden,
Agonien, Episoden …
Manche hören zu, nicht Alle …
Manche träumen, manche lachen,
Manche essen Eis … und manche
Sprechen sehr galante Dinge …
… Nelken wiegen sich im Winde,
Hochgestielte, weisse Nelken
Wie ein Schwarm von weißen Faltern …

Und ein Bologneserhündchen
Bellt verwundert einen Pfau an…

Vorfrühling

Es läuft der Frühlingswind
Durch kahle Alleen,
Seltsame Dinge sind
In seinem Wehn.

Er hat sich gewiegt,
Wo Weinen war,
Und hat sich geschmiegt
In zerrüttetes Haar.

Er schüttelte nieder
Akazienblüten
Und kühlte die Glieder,
Die atmend glühten.

Lippen im Lachen
Hat er berührt,
Die weichen und wachen
Fluren durchspürt.

Er glitt durch die Flöte
Als schluchzender Schrei,
An dämmernder Röte
Flog er vorbei.

Er flog mit Schweigen
Durch flüsternde Zimmer
Und löschte im Neigen
Der Ampel Schimmer.

Es läuft der Frühlingswind
Durch kahle Alleen,
Seltsame Dinge sind
In seinem Wehn.

Durch die glatten
Kahlen Alleen
Treibt sein Wehen
Blasse Schatten

Und den Duft,
Den er gebracht,
Von wo er gekommen
Seit gestern nacht.

Erlebnis

Mit silbergrauem Dufte war das Tal
Der Dämmerung erfüllt, wie wenn der Mond
Durch Wolken sickert. Doch es war nicht Nacht.
Mit silbergrauem Duft des dunklen Tales
Verschwammen meine dämmernden Gedanken
Und still versank ich in dem webenden
Durchsicht'gen Meere und verließ das Leben.
Wie wunderbare Blumen waren da
Mit Kelchen dunkelglühend! Pflanzendickicht,
Durch das ein gelbrot Licht wie von Topasen
In warmen Strömen drang und glomm. Das Ganze
War angefüllt mit einem tiefen Schwellen
Schwermütiger Musik. Und dieses wußt ich,
Obgleich ich's nicht begreife, doch ich wußt es:
Das ist der Tod. Der ist Musik geworden,
Gewaltig sehnend, süß und dunkelglühend,
Verwandt der tiefsten Schwermut.
Aber seltsam!
Ein namenloses Heimweh weinte lautlos
In meiner Seele nach dem Leben, weinte
Wie einer weint, wenn er auf großem Seeschiff
Mit gelben Riesensegeln gegen Abend
Auf dunkelblauem Wasser an der Stadt,
Der Vaterstadt, vorüberfährt. Da sieht er
Die Gassen, hört die Brunnen rauschen, riecht
Den Duft der Fliederbüsche, sieht sich selber,
Ein Kind, am Ufer stehn, mit Kindesaugen,
Die ängstlich sind und weinen wollen, sieht
Durchs offne Fenster Licht in seinem Zimmer –
Das große Seeschiff aber trägt ihn weiter
Auf dunkelblauem Wasser lautlos gleitend
Mit gelben fremdgeformten Riesensegeln.

Psyche

Psyche, my Soul
Edgar Poe

..und Psyche, meine Seele, sah mich an
Von unterdrücktem Weinen blass und bebend
Und sagte leise: »Herr, ich möchte sterben,
Ich bin zum Sterben müde und mich friert.«

»O Psyche, Psyche, meine kleine Seele,
Sei still, ich will Dir einen Trank bereiten
Der warmes Leben strömt durch alle Glieder.
Mit gutem, warmem Wein will ich Dich tränken,
Mit glühendem, sprühendem Saft des lebendigen,
Funkelnden, dunkelnden, rauschend unbändigen,
Quellenden, schwellenden, lachenden Lebens,
Mit Farben und Garben des trunkenen Bebens:
Mit sehnender Seele von weinenden Liedern
Mit Ballspiel und Grazie von tanzenden Gliedern,
Mit jauchzender Schönheit von sonnigem Wehen
Hellrollender Stürme auf schwarzgrünen Seen,
Mit Gärten, wo Rosen und Epheu verwildern,
Mit blassen Frauen und leuchtenden Bildern,
Mit fremden Ländern, mit violetten,
Gelbleuchtenden Wolken und Rosenbetten,
Mit heissen Rubinen, grüngoldenen Ringen
Und allen prunkenden, duftenden Dingen.«

Und Psyche, meine Seele, sah mich an
Und sagte traurig: »Alle diese Dinge
Sind schal und trüb und todt. Das Leben hat
Nicht Glanz und Duft. Ich bin es müde, Herr.«

Ich sagte: »Noch weiss ich wohl eine Welt,
Wenn Dir die lebendige nicht gefällt.«

Mit wunderbar nievernommenen Worten
Reiss ich Dir auf der Träume Pforten:
Mit goldenglühenden, süssen, lauen
Wie duftendes Tanzen von lachenden Frauen;
Mit monddurchsickerten nächtig webenden,
Wie fiebernde Blumenkelche bebenden;
Mit grünen, rieselnden, kühlen, feuchten
Wie rieselndes, grünes Meeresleuchten,
Mit trunkentanzenden, dunkeln, schwülen
Wie dunkelglühender Geigen Wühlen;
Mit wilden, wehenden, irren und wirren
Wie grosser, nächtiger Vögel Schwirren;
Mit schnellen und gellenden, heissen und grellen
Wie metallener Flüsse grellblinkende Wellen..
Mit vielerlei solchen verzauberten Worten
Werf ich Dir auf der Träume Pforten:
Den goldenen Garten mit duftenden Auen,
Im Abendroth schwimmend, mit lachenden Frauen;
Das rauschende, violette Dunkel
Mit weissleuchtenden Bäumen und Sterngefunkel;
Den flüsternden, braunen, vergessenen Teich
Mit kreisenden Schwänen und Nebel bleich;
Die Gondeln im Dunkel mit seltsamen Lichtern,
Schwülduftenden Blumen und blassen Gesichtern;
Die Heimath der Winde, die nachts wild wehen
Mit riesigen Schatten auf traurigen Seen;
Und das Land von Metall, das in schweigender Gluth
Unter eisernem, grauem Himmel ruht. –

Psyche letzte Verse, dazugeschrieben am 9 XII 93.

Da sah mich Psyche meine Seele an
Mit bösem Blick und hartem Mund und sprach:
»Dann muss ich sterben, wenn Du so nichts weisst
Von allen Dingen, die das Leben will.«

Weltgeheimnis

Der tiefe Brunnen weiß es wohl,
Einst waren alle tief und stumm
Und alle wußten drum.

Wie Zauberworte, nachgelallt
Und nicht begriffen in den Grund,
So geht es jetzt von Mund zu Mund.

Der tiefe Brunnen weiß es wohl,
In den gebückt, begriffs ein Mann,
Begriff es und verlor es dann.

Und redet' irr und sang ein Lied –
Auf dessen dunklen Spiegel bückt
Sich einst ein Kind und wird entrückt.

Und wächst und weiß nichts von sich selbst
Und wird ein Weib, das einer liebt
Und – wunderbar wie Liebe gibt!

Wie Liebe tiefe Kunde gibt! –
Der wird an Dinge dumpf geahnt
In ihren Küssen tief gemahnt …

In unseren Worten liegt es drin,
So tritt des Bettlers Fuß den Kies,
Der eines Edelsteins Verließ.

Der tiefe Brunnen weiß es wohl,
Einst aber wußten alle drum,
Nun zuckt im Kreis ein Traum herum.

Ballade des äußeren Lebens

Und Kinder wachsen auf mit tiefen Augen,
Die von nichts wissen, wachsen auf und sterben,
Und alle Menschen gehen ihre Wege.

Und süße Früchte werden aus den herben
Und fallen nachts wie tote Vögel nieder
Und liegen wenig Tage und verderben.

Und immer weht der Wind, und immer wieder
Vernehmen wir und reden viele Worte
Und spüren Lust und Müdigkeit der Glieder.

Und Straßen laufen durch das Gras, und Orte
Sind da und dort, voll Fackeln, Bäumen, Teichen,
Und drohende, und totenhaft verdorrte...

Wozu sind diese aufgebaut und gleichen
Einander nie? und sind unzählig viele?
Was wechselt Lachen, Weinen und Erbleichen?

Was frommt das alles uns und diese Spiele,
Die wir doch groß und ewig einsam sind
Und wandernd nimmer suchen irgend Ziele?

Was frommts, dergleichen viel gesehen haben?
Und dennoch sagt der viel, der »Abend« sagt,
Ein Wort, daraus Tiefsinn und Trauer rinnt

Wie schwerer Honig aus den hohlen Waben.

Über Vergänglichkeit

Noch spür ich ihren Atem auf den Wangen:
Wie kann das sein, daß diese nahen Tage
Fort sind, für immer fort, und ganz vergangen?

Dies ist ein Ding, das keiner voll aussinnt,
Und viel zu grauenvoll, als daß man klage:
Daß alles gleitet und vorüberrinnt.

Und daß mein eignes Ich, durch nichts gehemmt,
Herüberglitt aus einem kleinen Kind,
Mir wie ein Hund unheimlich stumm und fremd.

Dann: daß ich auch vor hundert Jahren war
Und meine Ahnen, die im Totenhemd,
Mit mir verwandt sind wie mein eignes Haar,

So eins mit mir als wie mein eignes Haar.

Zuweilen kommen niegeliebte Frauen
Im Traum als kleine Mädchen uns entgegen
Und sind unsäglich rührend anzuschauen,

Als wären sie mit uns auf fernen Wegen
Einmal an einem Abend lang gegangen,
Indess die Wipfel athmend sich bewegen,

Und Duft herunterfällt und Nacht und Bangen,
Und längs des Weges, unsres Wegs, des dunkeln,
Im Abendschein die stummen Weiher prangen,

Und, Spiegel unsrer Sehnsucht, traumhaft funkeln,
Und allen leisen Worten, allem Schweben
Der Abendluft und erstem Sternefunkeln

Die Seelen schwesterlich und tief erbeben
Und traurig sind und voll Triumphgepränge
Vor tiefer Ahnung, die das grosse Leben

Begreift und seine Herrlichkeit und Strenge.

Wir sind aus solchem Zeug wie das zu Träumen,
Und Träume schlagen so die Augen auf,
Wie kleine Kinder unter Kirschenbäumen,

Aus deren Krone den blassgoldnen Lauf
Der Vollmond anhebt durch die grosse Nacht.
... Nicht anders tauchen unsre Träume auf.

Sind da und leben, wie ein Kind, das lacht,
Nicht minder gross im Auf- und Niederschweben
Als Vollmond, aus Baumkronen aufgewacht.

Das Innerste ist offen ihrem Weben,
Wie Geisterhände im versperrten Raum
Sind sie in uns und haben immer Leben.

Und drei sind eins: ein Mensch, ein Ding, ein Traum.

Die Stunden! wo wir auf das helle Blauen
Des Meeres starren und den Tod verstehn
So leicht und feierlich und ohne Grauen,

Wie kleine Mädchen, die sehr blass aussehn,
Mit grossen Augen, und die immer frieren,
An einem Abend stumm vor sich hinsehn

Und wissen, dass das Leben jetzt aus ihren
Schlaftrunk'nen Gliedern still hinüberfliesst
In Bäum' und Gras, und sich matt lächelnd zieren,

Wie eine Heilige die ihr Blut vergiesst.

Die Beiden

Sie trug den Becher in der Hand
– Ihr Kinn und Mund glich seinem Rand –
So leicht und sicher war ihr Gang,
Kein Tropfen aus dem Becher sprang.

So leicht und fest war seine Hand:
Er ritt auf einem jungen Pferde
Und mit nachlässiger Geberde
Erzwang er, daß es zitternd stand.

Jedoch, wenn er aus ihrer Hand
Den leichten Becher nehmen sollte,
So war es Beiden allzuschwer:
Denn Beide bebten sie so sehr,
Daß keine Hand die and're fand,
Und dunkler Wein am Boden rollte.

Ein Traum von großer Magie

Viel königlicher als ein Perlenband
Und kühn wie junges Meer im Morgenduft,
So war ein großer Traum, wie ich ihn fand.

Durch offene Glastüren ging die Luft.
Ich schlief im Pavillon zu ebner Erde
Und durch vier offne Türen ging die Luft

Und früher liefen schon geschirrte Pferde
Hindurch und Hunde eine ganze Schar
An meinem Bett vorbei. Doch die Gebärde

Des Magiers, des ersten, großen, war
Auf einmal zwischen mir und einer Wand
Sein stolzes Nicken, königliches Haar.

Und hinter ihm nicht Mauer: es entstand
Ein weiter Prunk von Abgrund, dunklem Meer
Und grünen Matten hinter seiner Hand.

Er bückte sich und zog das Tiefe her.
Er bückte sich, und seine Finger gingen
Im Boden so, als ob es Wasser wär.

Vom dünnen Quellenwasser aber fingen
Sich riesige Opale in den Händen
Und fielen tönend wieder ab in Ringen.

Dann warf er sich mit leichtem Schwung der Lenden,
Wie nur aus Stolz, der nächsten Klippe zu,
– An ihm sah ich die Macht der Schwere enden.

In seinen Augen aber war die Ruh
Von schlafend- doch lebendgen Edelsteinen.
Er setzte sich und sprach ein solches Du

Zu Tagen, die uns ganz vergangen scheinen,
Daß sie herkamen trauervoll und groß:
Das freute ihn zu Lachen und zu Weinen.

Er fühlte traumhaft aller Menschen Los
So wie er seine eignen Glieder fühlte.
Ihm war nichts nah und fern, nichts klein und groß.

Und wie tief unten sich die Erde kühlte
Das Dunkel aus den Tiefen aufwärts drang,
Die Nacht das Laue aus den Wipfeln wühlte

Genoß er allen Lebens großen Gang
So sehr, daß er in großer Trunkenheit
So wie ein Löwe über Klippen sprang.

Cherub und hoher Herr ist unser Geist,
Wohnt nicht in uns, und in die obern Sterne
Setzt er den Stuhl und läßt uns viel verwaist:

Doch Er ist Feuer uns im tiefsten Kerne
– So ahnte mir, da ich den Traum da fand –
Und redet mit den Feuern jener Ferne

Und lebt in mir, wie ich in meiner Hand.

Manche freilich …

Manche freilich müssen drunten sterben,
Wo die schweren Ruder der Schiffe streifen,
Andre wohnen bei dem Steuer droben,
Kennen Vogelflug und die Länder der Sterne.

Manche liegen immer mit schweren Gliedern
Bei den Wurzeln des verworrenen Lebens,
Andern sind die Stühle gerichtet
Bei den Sibyllen, den Königinnen,
Und da sitzen sie wie zu Hause,
Leichten Hauptes und leichter Hände.

Doch ein Schatten fällt von jenen Leben
In die anderen Leben hinüber,
Und die leichten sind an die schweren
Wie an Luft und Erde gebunden:

Ganz vergessener Völker Müdigkeiten
Kann ich nicht abtun von meinen Lidern,
Noch weghalten von der erschrockenen Seele
Stummes Niederfallen ferner Sterne.

Viele Geschicke weben neben dem meinen,
Durcheinander spielt sie alle das Dasein,
Und mein Teil ist mehr als dieses Lebens
Schlanke Flamme oder schmale Leier.

Nox portentis gravida

In hohen Bäumen ist ein Nebelspiel,
Und drei der schönen Sterne funkeln nah:
Die Hyazinthen an der dunkeln Erde
Erinnern sich, daß hier geschehen werde,
Was früher schon und öfter wohl geschah:
Daß Hermes und die beiden Dioskuren,
Funkelnd vor Übermut die luftigen Spuren
Der windgetragenen Grazien umstellen
Und spielend, mit der Grausamkeit der Jagd,
Sie aus den Wipfeln scheuchen, ja den Wellen
Des Flusses nahe treiben, bis es tagt.

Der Dichter hat woanders seinen Weg,
Und mit den Augen der Meduse schauend
Sieht er das umgelegene fahle Feld
Sogleich entrückt und weiß nicht, wie es ist,
Und fügt es andern solchen Orten zu,
Wo seine Seele wie ein Kind verstellt,
Ein Dasein hat von keiner sichern Frist
In Adlersluft und abgestorbner Ruh.
Dort streut er ihr die Schatten und die Scheine
Der Erdendinge hin und Edelsteine.

Den dritten Teil des Himmels aber nimmt
Die Wolke ein von solcher Todesschwärze,
Wie sie die Seele dessen anfällt, der
Durch Nacht den Weg sich sucht mit einer Kerze:
Die Wolke, die hinzog am nächsten Morgen,
Mit Donnerschlag von tausenden Gewittern
Und blauem Lichte stark wie nahe Sonnen
Und schauerlichem Sturz von heißen Steinen,
Die Insel heimzusuchen, wo das Zittern
Aufblühen ließ die wundervollsten Wonnen;
Vor ungeheurer Angst erstorbenes Weinen

Der Kaufpreis war: daß in verstörten Gärten,
Die nie sich sahen, sich fürs Leben fanden
Und trunken sterbend, Rettung nicht begehrten;
Daß Gott entsprang den Luft- und Erdenbanden,
Verwaiste Kinder gleich Propheten glühten
Und alle Seelen wie die Sterne blühten.

Lebenslied

Den Erben lass verschwenden
An Adler, Lamm und Pfau
Das Salböl aus den Händen
Der todten alten Frau!
Die Todten, die entgleiten,
Die Wipfel in dem Weiten,
Ihm sind sie wie das Schreiten
Der Tänzerinnen werth!

Er geht, wie den kein Walten
Vom Rücken her bedroht.
Er lächelt, wenn die Falten
Des Lebens flüstern: Tod!
Ihm bietet jede Stelle
Geheimnissvoll die Schwelle,
Es gibt sich jeder Welle
Der Heimatlose hin!

Der Schwarm von wilden Bienen
Nimmt seine Seele mit,
Das Singen von Delphinen
Beflügelt seinen Schritt:
Ihn tragen alle Erden
Mit mächtigen Geberden,
Der Flüsse Dunkelwerden
Begrenzt den Hirtentag!

Das Salböl aus den Händen
Der todten alten Frau
Lass lächelnd ihn verschwenden
An Adler, Lamm und Pfau:
Er lächelt der Gefährten, –
Die schwebend unbeschwerten
Abgründe und die Gärten
Des Lebens tragen ihn!

Gute Stunde

Hier lieg ich, mich dünkt es der Gipfel der Welt,
Hier hab ich kein Haus, und hier hab ich kein Zelt!

Die Wege der Menschen sind um mich her,
Hinauf zu den Bergen und nieder zum Meer:

Sie tragen die Waare, die ihnen gefällt,
Unwissend, dass jede mein Leben enthält.

Sie bringen in Schwingen aus Binsen und Gras
Die Früchte, von denen ich lange nicht ass:

Die Feige erkenn' ich, nun spür ich den Ort,
Doch lebte der lange vergessene fort!

Und war mir das Leben, das schöne, entwandt,
Es hielt sich im Meer und es hielt sich im Land!

Der Juengling in der Landschaft

Die Gärtner legten ihre Beete frei,
Und viele Bettler waren überall
Mit schwarzverbundnen Augen, und mit Krücken,
Doch auch mit Harfen und den neuen Blumen,
Dem starken Duft der schwachen Frühlingsblumen.

Die nackten Bäume ließen Alles frei:
Man sah den Fluß hinab und sah den Markt
Und viele Kinder spielen längs den Teichen.
Durch diese Landschaft ging er langsam hin
Und fühlte ihre Macht und wußte, daß
Auf ihn die Weltgeschicke sich bezogen.

Auf jene fremden Kinder ging er zu
Und war bereit, an unbekannter Schwelle
Ein neues Leben dienend hinzubringen.
Ihm fiel nicht ein, den Reichtum seiner Seele,
Die frühern Wege und Erinnerung
Verschlung'ner Finger und getauschter Seelen
Für mehr als nichtigen Besitz zu achten.
Der Duft der Blumen redete ihm nur
Von fremder Schönheit und die neue Luft
Nahm er still athmend ein, doch ohne Sehnsucht
Nur, daß er dienen durfte, freute ihn.

Der Jüngling und die Spinne

Der Jüngling

vor sich mit wachsender Trunkenheit

Sie liebt mich! Wie ich nun die Welt besitze
Ist über alle Worte, alle Träume:
Mir gilt es, daß von jener dunklen Spitze
Die stillen Wolken tieferleuch'te Räume
Hinziehn, von ungeheurem Traum erfaßt:
So trägt es mich – daß ich mich nicht versäume! –
Dem schönen Leben, Meer und Land zu Gast.
Nein! wie ein Morgentraum vom Schläfer fällt
Und in die Wirklichkeit hineinverblaßt,
Ist mir die Wahrheit jetzt erst aufgehellt:
Nicht treib ich als ein Gast umher, mich haben
Dämonisch zum Gebieter hergestellt
Die Fügungen des Schicksals: Junge Knaben
Sind da, die Ernst und Spiele von mir lernten,
Ich seh, wie manche meine Mienen haben,
Geheimnisvoll ergreift es mich, sie ernten
Zu sehn, und an den Ufern, an den Hügeln
Spür ich in einem wundervoll entfernten
Traumbilde sich mein Innerstes entriegeln
Beim Anblick, den mir ihre Taten geben.
Ich schaue an den Himmel auf, da spiegeln
Die Wolkenreiche, spiegeln mir im Schweben
Ersehntes, Hergegebnes, mich, das Ganze!
Ich bin von einem solchen großen Leben
Umrahmt, ich habe mit dem großen Glanze
Der schönen Sterne eine also nah
Verwandte Trunkenheit –
Nach welcher Zukunft greif ich Trunkner da?
Doch schwebt sie her, ich darf sie schon berühren:
Denn zu den Sternen steigt, was längst geschah,
Empor, und andre, andre Ströme führen

Das Ungeschehene herauf, die Erde
Läßt es empor aus unsichtbaren Türen,
Bezwungen von der bittenden Gebärde!

So tritt er ans offene Fenster, das mit hellem Mondlicht angefüllt und von den Schatten wilder Weinblätter eingerahmt ist. Indem tritt unter seinen Augen aus dem Dunkel eines Blattes eine große Spinne mit laufenden Schritten hervor und umklammert den Leib eines kleinen Tieres. Es gibt in der Stille der Nacht einen äußerst leisen, aber kläglichen Laut, und man meint die Bewegungen der heftig umklammernden Glieder zu hören

Der Jüngling
muß zurücktreten

Welch eine Angst ist hier, welch eine Not.
Mein Blut muß ebben, daß ich dich da sehe,
Du häßliche Gewalt, du Tier, du Tod!
Der großen Träume wundervolle Nähe
Klingt ab, wie irgendwo das ferne Rollen
Von einem Wasserfall, den ich schon ehe
Gehört, da schien er kühn und angeschwollen,
Jetzt sinkt das Rauschen, und die hohe Ferne
Wird leer und öd aus einer ahnungsvollen:
Die Welt besitzt sich selber, o ich lerne!
Nicht hemme ich die widrige Gestalt,
So wenig als den Lauf der schönen Sterne.
Vor meinen Augen tut sich die Gewalt,
Sie tut sich schmerzend mir im Herzen innen,
Sie hat an jeder meiner Fibern Halt,
Ich kann ihr – und ich will ihr nicht entrinnen:
Als wärens Wege, die zur Heimat führen,
Reißt es nach vorwärts mich mit allen Sinnen
Ins Ungewisse, und ich kann schon spüren
Ein unbegreiflich riesiges Genügen
Im Vorgefühl: ich werde dies gewinnen:
Schmerzen zu leiden, Schmerzen zuzufügen.

Nun spür ich schaudernd etwas mich umgeben,
Es türmt sich auf bis an die hohen Sterne,
Und seinen Namen weiß ich nun: das Leben.

Der Kaiser von China spricht:

In der Mitte aller Dinge
Wohne Ich der Sohn des Himmels.
Meine Frauen, meine Bäume,
Meine Tiere, meine Teiche
Schließt die erste Mauer ein.
Drunten liegen meine Ahnen:
Aufgebahrt mit ihren Waffen,
Ihre Kronen auf den Häuptern,
Wie es einem jeden ziemt,
Wohnen sie in den Gewölben.
Bis ins Herz der Welt hinunter
Dröhnt das Schreiten meiner Hoheit.
Stumm von meinen Rasenbänken,
Grünen Schemeln meiner Füße,
Gehen gleichgeteilte Ströme
Osten-, west- und süd- und nordwärts,
Meinen Garten zu bewässern,
Der die weite Erde ist.
Spiegeln hier die dunkeln Augen,
Bunten Schwingen meiner Tiere,
Spiegeln draußen bunte Städte,
Dunkle Mauern, dichte Wälder
Und Gesichter vieler Völker.
Meine Edlen, wie die Sterne
Wohnen rings um mich, sie haben
Namen, die ich ihnen gab,
Namen nach der einen Stunde,
Da mir einer näher kam,
Frauen, die ich ihnen schenkte,
Und den Scharen ihrer Kinder,
Allen Edlen dieser Erde
Schuf ich Augen, Wuchs und Lippen,
Wie der Gärtner an den Blumen.
Aber zwischen äußern Mauern

Wohnen Völker meine Krieger,
Völker meine Ackerbauer.
Neue Mauern und dann wieder
Jene unterworf'nen Völker,
Völker immer dumpfern Blutes
Bis ans Meer, die letzte Mauer,
Die mein Reich und mich umgibt.

Verse auf ein kleines Kind

Dir wachsen die rosigen Füße,
Die Sonnenländer zu suchen:
Die Sonnenländer sind offen!
An schweigenden Wipfeln blieb dort
Die Luft der Jahrtausende hangen,
Die unerschöpflichen Meere
Sind immer noch, immer noch da.
Am Rande des ewigen Waldes
Willst du aus der hölzernen Schale
Die Milch mit der Unke dann teilen?
Das wird eine fröhliche Mahlzeit,
Fast fallen die Sterne hinein!
Am Rande des ewigen Meeres
Schnell findest Du einen Gespielen:
Den freundlichen guten Delphin.
Er springt Dir ans Trockne entgegen,
Und bleibt er auch manchmal aus,
So stillen die ewigen Winde
Dir bald die aufquellenden Tränen.
Es sind in den Sonnenländern
Die alten, erhabenen Zeiten
Für immer noch immer noch da!
Die Sonne mit heimlicher Kraft,
Sie formt Dir die rosigen Füße,
Ihr ewiges Land zu betreten.

Zum Gedächtnis des Schauspielers Mitterwurzer

Er losch auf einmal aus so wie ein Licht.
Wir trugen alle wie von einem Blitz
Den Widerschein als Blässe im Gesicht.

Er fiel: da fielen alle Puppen hin,
In deren Adern er sein Lebensblut
Gegossen hatte, lautlos starben sie,
Und wo er lag, da lag ein Haufen Leichen,
Wüst hingestreckt: das Knie von einem Säufer
In eines Königs Aug gedrückt, Don Philipp
Mit Caliban als Alp um seinen Hals,
Und jeder tot.

Da wußten wir, wer uns gestorben war:
Der Zauberer, der große, große Gaukler!
Und aus den Häusern traten wir heraus
Und fingen an zu reden, wer er war.
Wer aber war er, und wer war er nicht?

Er kroch von einer Larve in die andre,
Sprang aus des Vaters in des Sohnes Leib
Und tauschte wie Gewänder die Gestalten.
Mit Schwertern, die er kreisen ließ so schnell,
Daß niemand ihre Klinge funkeln sah,
Hieb er sich selbst in Stücke: Jago war
Vielleicht das eine, und die andre Hälfte
Gab einen süßen Narren oder Träumer.
Sein ganzer Leib war wie der Zauberschleier,
In dessen Falten alle Dinge wohnen:
Er holte Tiere aus sich selbst hervor:
Das Schaf, den Löwen, einen dummen Teufel
Und einen schrecklichen, und den, und jenen,
Und dich und mich. Sein ganzer Leib war glühend
Von innerlichem Schicksal durch und durch,

Wie Kohle glühend, und er lebte drin
Und sah auf uns, die wir in Häusern wohnen,
Mit jenem undurchdringlich fremden Blick
Des Salamanders, der im Feuer wohnt.

Er war ein wilder König. Um die Hüften
Trug er wie bunte Muscheln aufgereiht
Die Wahrheit und die Lüge von uns allen.
In seinen Augen flogen unsre Träume
Vorüber, wie von Scharen wilder Vögel
Das Spiegelbild in einem tiefen Wasser.

Hier trat er her, auf eben diesen Fleck,
Wo ich jetzt steh, und wie im Tritonshorn
Der Lärm des Meeres eingefangen ist,
So war in ihm die Stimme alles Lebens:
Er wurde groß. Er war der ganze Wald,
Er war das Land, durch das die Straßen laufen.
Mit Augen wie die Kinder saßen wir
Und sahn an ihm hinauf wie an den Hängen
Von einem großen Berg: in seinem Mund
War eine Bucht, drin brandete das Meer.

Denn in ihm war etwas, das viele Türen
Aufschloß und viele Räume überflog:
Gewalt des Lebens, diese war in ihm.
Und über ihn bekam der Tod Gewalt!
Blies aus die Augen, deren innrer Kern
Bedeckt war mit geheimnisvollen Zeichen,
Erwürgte in der Kehle tausend Stimmen
Und tötete den Leib, der Glied für Glied
Beladen war mit ungebornem Leben.

Hier stand er. Wann kommt einer, der ihm gleicht?
Ein Geist, der uns das Labyrinth der Brust
Bevölkert mit verständlichen Gestalten,
Erschließt aufs neu zu schauerlicher Lust?
Die er uns gab, wir konnten sie nicht halten

Und starren nun bei seines Namens Klang
Hinab den Abgrund, der sie uns verschlang.

Reiselied

Wasser stürzt, uns zu verschlingen,
Rollt der Fels, uns zu erschlagen,
Kommen schon auf starken Schwingen
Vögel her, uns fortzutragen.

Aber unten liegt ein Land,
Früchte spiegelnd ohne Ende
In den alterslosen Seen.

Marmorstirn und Brunnenrand
Steigt aus blumigem Gelände,
Und die leichten Winde wehn.

Auf den Tod des Schauspielers Hermann Müller

Dies Haus und wir, wir dienen einer Kunst,
Die jeden tiefen Schmerz erquicklich macht,
Und schmackhaft auch den Tod.

Und er, den wir uns vor die Seele rufen,
Er war so stark! Sein Leib war so begabt
Sich zu verwandeln, daß es schien, kein Netz
Vermöchte ihn zu fangen! Welch ein Wesen!
Er machte sich durchsichtig, ließ das Weiße
Von seinem Aug' die tiefste Heimlichkeit,
Die in ihm schlief, verrathen, athmete
Die Seele der erdichteten Geschöpfe
Wie Rauch in sich und trieb sie durch die Poren
Von seinem Leib ans Tageslicht zurück.
Er schuf sich um und um, da quollen Wesen
Hervor, kaum menschlich, aber so lebendig –
Das Aug' bejahte sie, ob nie zuvor
Dergleichen es geschaut: ein einzig Blinzeln,
Ein Athemholen zeugte, daß sie waren,
Und noch vom Mutterleib der Erde dampften!
Und Menschen! Schließt die Augen, denkt zurück!
Bald üppige Leiber, drin nur noch im Winkel
Des Augs ein letztes Fünkchen Seele glost,
Bald Seelen, die um sich, nur sich zum Dienst,
Ein durchsichtig Gehäus, den Leib, erbauen:
Gemeine Menschen, finstre Menschen, Könige,
Menschen zum Lachen, Menschen zum Erschaudern:
Er schuf sich um und um: da standen sie.

Doch wenn das Spiel verlosch und sich der Vorhang
Lautlos wie ein geschminktes Augenlid
Vor die erstorbne Zauberhöhle legte,
Und er hinaustrat, da war eine Bühne
So vor ihm aufgethan wie ein auf ewig

Schlafloses aufgeriss'nes Aug', daran
Kein Vorhang je mitleidig niedersinkt:
Die fürchterliche Bühne Wirklichkeit.
Da fielen der Verwandlung Künste alle
Von ihm und seine arme Seele ging
Ganz hüllenlos und sah aus Kindesaugen.
Da war er in ein unerbittlich Spiel
Verstrickt, unwissend, wie ihm dies geschah;
Ein jeder Schritt ein tief'rer als der frühere
Und unerbittlich jedes stumme Zeichen:
Das Angesicht der Nacht war mit im Bund,
Der Wind im Bund, der sanfte Frühlingswind,
Und alle gegen ihn! Nicht den gemeinen,
Den zarten Seelen stellt das dunkle Schicksal
Fallstricke dieser Art. Dann kam ein Tag,
Da hob er sich, und sein gequältes Auge
Erfüllte sich mit Ahnung und mit Traum,
Und festen Griffs, wie einen schweren Mantel,
Warf er das Leben ab und achtete
Nicht mehr denn Staub an seines Mantels Saum
Die nun in nichts zerfallenden Gestalten.

So denkt ihn. Laßt ehrwürdige Musik
Ihn vor Euch rufen, ahnet sein Geschick
Und mich laßt schweigen, denn hier ist die Grenze,
Wo Ehrfurcht mir das Wort im Mund zerbricht.

Großmutter und Enkel

»Ferne ist dein Sinn, dein Fuß
Nur in meiner Tür!«
Woher weißt du's gleich beim Gruß?
»Kind, weil ich es spür.«

Was? »Wie Sie aus süßer Ruh
Süß durch dich erschrickt.« –
Sonderbar, wie Sie hast du
Vor dich hingenickt.

»Einst…« Nein: jetzt im Augenblick!
Mich beglückt der Schein –
»Kind, was haucht dein Wort und Blick
Jetzt in mich hinein?

Meine Mädchenzeit voll Glanz
Mit verstohlnem Hauch,
Öffnet mir die Seele ganz!«
Ja, ich spür es auch:

Und ich bin bei dir und bin
Wie auf fremdem Stern:
Ihr und dir mit wachem Sinn
Schwankend nah und fern!

»Als ich dem Großvater dein
Mich fürs Leben gab,
Trat ich so verwirrt nicht ein
Wie nun in mein Grab.«

Grab? Was redest du von dem?
Das ist weit von dir!
Sitzest plaudernd und bequem
Mit dem Enkel hier.

Deine Augen frisch und reg,
Deine Wangen hell –
»Flog nicht übern kleinen Weg
Etwas schwarz und schnell?«

Etwas ist, das wie im Traum
Mich Verliebten hält.
Wie der enge schwüle Raum
Seltsam mich umstellt!

»Fühlst du, was jetzt mich umblitzt
Und mein stockend Herz?
Wenn du bei dem Mädchen sitzt,
Unter Kuß und Scherz,

Fühl es fort und denk an mich,
Aber ohne Graun:
Denk, wie ich im Sterben glich
Jungen, jungen Fraun.«

Im Grünen zu singen

War der Himmel trüb und schwer,
Waren einsam wir so sehr
Voneinander abgeschnitten!
Aber das ist nun nicht mehr:
Lüfte fließen hin und her;
Und die ganze Welt inmitten
Glänzt, als ob sie gläsern wär,

Sterne kamen aufgegangen,
Flimmern mein und deinen Wangen,
Und sie wissen's auch:
Stark und stärker wird ihr Prangen;
Und wir atmen mit Verlangen,
Liegen selig wie gefangen,
Spüren eins des andern Hauch.

Der Schiffskoch, ein Gefangener, singt:

Weh, geschieden von den Meinigen,
Lieg ich hier seit vielen Wochen,
Ach und denen, die mich peinigen,
Muß ich Mahl- um Mahlzeit kochen.

Schöne purpurflossige Fische,
Die sie mir lebendig brachten,
Schauen aus gebrochenen Augen,
Sanfte Tiere muß ich schlachten.

Stille Tiere muß ich schlachten,
Schöne Früchte muß ich schälen
Und für sie, die mich verachten,
Feurige Gewürze wählen.

Und wie ich gebeugt beim Licht in
Süß- und scharfen Düften wühle,
Steigen auf ins Herz der Freiheit
Ungeheuere Gefühle!

Weh, geschieden von den Meinigen,
Lieg ich hier seit wieviel Wochen!
Ach und denen, die mich peinigen,
Muß ich Mahl- um Mahlzeit kochen!

Des alten Mannes Sehnsucht nach dem Sommer

Wenn endlich Juli würde anstatt März,

Nichts hielte mich, ich nähme einen Rand,
Zu Pferd, zu Wagen oder mit der Bahn
Käm ich hinaus ins schöne Hügelland.

Da stünden Gruppen großer Bäume nah,
Platanen, Rüster, Ahorn oder Eiche:
Wie lang ists, daß ich keine solchen sah!

Da stiege ich vom Pferde oder riefe
Dem Kutscher: Halt! und ginge ohne Ziel
Nach vorwärts in des Sommerlandes Tiefe.

Und unter solchen Bäumen ruht ich aus;
In deren Wipfel wäre Tag und Nacht
Zugleich, und nicht so wie in diesem Haus,

Wo Tage manchmal öd sind wie die Nacht
Und Nächte fahl und lauernd wie der Tag,
Dort wäre alles Leben, Glanz und Pracht.

Und aus den Schatten in des Abendlichts
Beglückung tret ich, und ein Hauch weht hin,
Doch nirgend flüsterts: »Alles dies ist nichts.«

Das Tal wird dunkel, und wo Häuser sind
Sind Lichter, und das Dunkel weht mich an,
Doch nicht vom Sterben spricht der nächtige Wind.

Ich gehe übern Friedhof hin und sehe
Nur Blumen sich im letzten Scheine wiegen,
Von gar nichts anderm fühl ich eine Nähe.

Und zwischen Haselsträuchern, die schon düstern,
Fließt Wasser hin, und wie ein Kind, so lausch ich
Und höre kein: »Dies ist vergeblich« flüstern.

Da ziehe ich mich hurtig aus und springe
Hinein, und wie ich dann den Kopf erhebe,
Ist Mond, indes ich mit dem Bächlein ringe.

Halb heb ich mich aus der eiskalten Welle,
Und einen glatten Kieselstein ins Land
Weit schleudernd steh ich in der Mondeshelle.

Und auf das mondbeglänzte Sommerland
Fällt weit ein Schatten: dieser der so traurig
Hier nickt, hier hinterm Kissen an der Wand?

So trüb und traurig, der halb aufrecht kauert
Vor Tag und böse in das Frühlicht starrt
Und weiß, daß auf uns beide etwas lauert?

Er, den der böse Wind in diesem März
So quält, daß er die Nächte nie sich legt
Gekrampft die schwarzen Hände auf sein Herz?

Ach, wo ist Juli und das Sommerland!

Vor Tag

Nun liegt und zuckt am fahlen Himmelsrand
In sich zusamm'gesunken das Gewitter.
Nun denkt der Kranke: »Tag! jetzt werd ich schlafen!«
Und drückt die heißen Lider zu. Nun streckt
Die junge Kuh im Stall die starken Nüstern
Nach kühlem Frühduft. Nun im stummen Wald
Hebt der Landstreicher ungewaschen sich
Aus weichem Bett vorjährigen Laubes auf
Und wirft mit frecher Hand den nächsten Stein
Nach einer Taube die schlaftrunken fliegt,
Und graust sich selber wie der Stein so dumpf
Und schwer zur Erde fällt. Nun rennt das Wasser
Als wollte es der Nacht, der fortgeschlichnen, nach
Ins Dunkel stürzen, unteilnehmend, wild
Und kalten Hauches hin, indessen droben
Der Heiland und die Mutter leise leise
Sich unterreden auf dem Brücklein: leise,
Und doch ist ihre kleine Rede ewig
Und unzerstörbar wie die Sterne droben.
Er trägt sein Kreuz und sagt nur: »Meine Mutter!«
Und sieht sie an, und: »Ach mein lieber Sohn!«
Sagt sie. – Nun hat der Himmel mit der Erde
Ein stumm beklemmend Zwiegespräch. Dann geht
Ein Schauer durch den schweren alten Leib:
Sie rüstet sich, den neuen Tag zu leben.
Nun steigt das geisterhafte Frühlicht. Nun
Schleicht einer ohne Schuh von einem Frauenbett,
Läuft wie ein Schatten, klettert wie ein Dieb
Durchs Fenster in sein eigenes Zimmer, sieht
Sich im Wandspiegel und hat plötzlich Angst
Vor diesem blassen übernächtigen Fremden,
Als hätte dieser selbe heute Nacht
Den guten Knaben, der er war, ermordet
Und käme jetzt die Hände sich zu waschen

Im Krüglein seines Opfers wie zum Hohn,
Und darum sei der Himmel so beklommen
Und alles in der Luft so sonderbar.
Nun geht die Stallthür. Und nun ist auch Tag.

Josef Kainz zum Gedächtnis

O hätt' ich seine Stimme, hier um ihn
Zu klagen! Seinen königlichen Anstand,
Mit meiner Klage dazustehn vor euch!
Dann wahrlich wäre diese Stunde groß
Und Glanz und Königtum auf mir, und mehr
Als Trauer: denn dem Tun der Könige
Ist Herrlichkeit und Jubel beigemengt
Auch wo sie klagen und ein Totenfest begehn.

O seine Stimme, daß sie unter uns
Die Flügel schlüge! – Woher tönte sie?
Woher drang dies an unser Ohr? Wer sprach
Mit solcher Zunge? Welcher Fürst und Dämon
Sprach da zu uns? Wer sprach von diesen Brettern
Herab? Wer redete da aus dem Leib
Des Jünglings Romeo, wer aus dem Leib
Des unglückseligen Richard Plantagenet
Oder des Tasso? Wer?
Ein Unverwandelter in viel Verwandlungen,
Ein niebezauberter Bezauberer,
Ein Ungerührter, der uns rührte, einer,
Der fern war, da wir meinten, er sei nah,
Ein Fremdling über allen Fremdlingen,
Einsamer über allen Einsamen,
Der Bote aller Boten namenlos
Und Bote eines namenlosen Herrn.

Er ist an uns vorüber. Seine Seele
War eine allzu schnelle Seele und
Sein Aug glich allzusehr dem Aug des Vogels.
Dies Haus hat ihn gehabt – doch hielt es ihn?
Wir haben ihn gehabt – er fiel dahin

Wie unsre eigne Jugend uns entfällt,
Grausam und prangend gleich dem Wassersturz.

O Unrast! O Geheimnis, offenkundiges
Geheimnis menschlicher Natur! O Wesen,
Wer warest du? O Schweifender! O Fremdling?
O nächtlicher Gespräche Einsamkeit
Mit deinen höchst zufälligen Genossen!
O starrend tiefe Herzenseinsamkeit!
O ruheloser Geist! Geist ohne Schlaf!
O Geist! O Stimme! Wundervolles Licht!
Wie du hinliefest, weißes Licht, und rings
Ins Dunkel aus den Worten die Paläste
Hinbautest, drin für eines Herzschlags Frist
Wir mit dir wohnten – Stimme, die wir nie
Vergessen werden – o Geschick – o Ende –
Geheimnisvolles Leben! Dunkler Tod!
O wie das Leben um ihn rang und niemals
Ihn ganz verstricken konnte ins Geheimnis
Wollüstiger Verwandlung! Wie er blieb!
Wie königlich er standhielt! Wie er schmal,
Gleich einem Knaben, stand! O kleine Hand
Voll Kraft, o kleines Haupt auf feinen Schultern,
O vogelhaftes Auge, das verschmähte,
Jung oder alt zu sein, schlafloses Aug,
O Aug des Sperbers, der auch vor der Sonne
Den Blick nicht niederschlägt, o kühnes Aug,
Das beiderlei Abgrund gemessen hat,
Des Lebens wie des Todes – Aug des Boten!
O Bote aller Boten, Geist! Du Geist!
Dein Bleiben unter uns war ein Verschmähen,
Fortwollender! Enteilter! Aufgeflogener!

Ich klage nicht um dich. Ich weiß jetzt, wer du warst,
Schauspieler ohne Maske du, Vergeistiger,
Du bist empor und wo mein Auge dich
Nicht sieht, dort kreisest du, dem Sperber gleich,
Dem Unzerstörbaren, und hältst in Fängen

Den Spiegel, der ein weißes Licht herabwirft,
Weißer als Licht der Sterne: dieses Lichtes
Bote und Träger bist du immerdar,
Und als des Schwebend-Unzerstörbaren
Gedenken wir des Geistes, der du bist.

O Stimme! Seele! aufgeflogene!

Verse, auf eine Banknote geschrieben

Was ihr so Stimmung nennt, das kenn' ich nicht
Und schweige still, wenn einer davon spricht.
Kann sein, dass es ein Frühlingswogen gibt,
Wo Vers an Vers und Bild an Bild sich flicht,
Wenn's tief im Herzen glüht und schäumt und liebt,
Mir ward es nie so gut. Wie Schaum zerstiebt

Im Sonnenlicht mir jede Traumgestalt,
Ein dumpfes Beben bleibt von der Gewalt
Der Melodie, die ich im Traum gehört;
Sie selber ist verloren und verhallt,
Der Duft verweht, der Farbenschmelz zerstört,
Und ich vom Suchen matt, enttäuscht, verstört.

Doch manchmal, ohne Wunsch, Gedanke, Ziel,
Im Alltagstreiben, mitten im Gewühl
Der Großstadt, aus dem tausendstimm'gen Chor
Dem wirren Chaos, schlägt es an mein Ohr
Wie Märchenklang, waldduftig, nächtigkühl,
Und Bilder seh' ich, nie geahnt zuvor.

Das Nichts, der Klang, der Duft, er wird zum Keim,
Zum Lied, geziert mit flimmernd buntem Reim,
Das ein paar Tage im Gedächtnis glüht,
Mit einem Strauß am Fenstersims verblüht
In meines Mädchens duftig engem Heim,
Beim Wein in einem Trinkspruch flüchtig sprüht.

So fass' ich der Begeist'rung scheues Pfand,
Und halt es fest, zuweilen bunten Tand,
Ein werthlos Spielzeug, manchmal – selten – mehr,
Und schreib's, wo immer, an der Zeitung Rand,
Auf eine leere Seite im Homer,
In einem Brief, (es wiegt ja selten schwer);

Ich schrieb auch schon auf eine Gartenbank,
Auf einen Stein am Quell, daraus sie trank,
Auf bunte Schleifen bunt're Verse schier,
Auf einer Birke Stamm, weißschimmernd, blank,
Und jüngst auf ein zerknittert Stück Papier
Mit trockner Inschrift, krauser Schnörkelzier:

Ein Fetzen Schuld, vom Staate aufgehäuft,
Wie's tausendfach durch aller Hände läuft,
Dem einen Brot, dem andern Lust verschafft,
Und jenem Wein, d'rin er den Gram ersäuft;
Gesucht mit jedes erster, letzter Kraft,
Mit List, in Arbeit, Qualen, Leidenschaft.

Und wie von einem Geisterblitz erhellt,
Sah ich ein reich Gedränge, eine Welt.
Krystallklar lag der Menschen Sein vor mir,
Ich sah das Zauberreich, des Pforte fällt,
Vor der verfluchten Formel hier,
Des Reichthums grenzlos, üppig Jagdrevier.

Der Bücher dacht' ich, tiefer Weisheit schwer,
Entrungen aus des Lebens Qualenmeer,
Der Töne, aus der Sphären Tanz erlauscht,
Der Bilder Farbengluth, Gestaltenheer,
Der Becher Wein's, daraus Begeist'rung rauscht,
All' für das Zauberblättchen eingetauscht.

Der harten Arbeit unterthän'ge Kraft,
Erlog'ner Liebe Kuß und Leidenschaft,
Die Jubelhymne und des Witzes Pfeil,
Was Kunst und was Natur im Wettkampf schafft,
Feil! alles feil! die Ehre selber feil!
Um einen Schein, geträumter Rechte Theil.

Und meiner Verse Schar, so tändelnd schal,
Auf diesem Freibrief grenzenloser Qual,
Sie schienen mir wie Bildwerk und Gezweig
Auf einer Klinge tödtlich blankem Stahl....

Einem der vorübergeht
2. Fassung

Du hast mich an Dinge gemahnet
die heimlich in mir sind
du warst für die Saiten der Seele
der nächtige flüsternde Wind

Und wie das rätselhafte
das Rufen der athmenden Nacht
Wenn draußen die Wolken gleiten
und man aus dem Traum erwacht..

Zu weicher blauer Weite
die enge Nähe schwillt
Die Pappeln vor dem Monde
ein Zittern aufwärts quillt.

Nach einer Dantelectüre

Aus schwarzgewordnem Bronze Gruftendeckel
Sind die berühmten schweren alten Verse
Kalt anzufühlen, unzerstörbar, tragend
Den Todten-Prunk, schwarzgrüne Wappenschilde
Und eine Inschrift, ehern auf dem Erz
Die denken macht, doch keinen Schauer giebt.
Du liest und endlich kommst Du an ein Wort
Das ist, wie Deine Seele oft geahnt
Und nie gewusst zu nennen, was sie meinte.
Von da hebt Zauber an. In jedem Sarg
Schlägt da von innen mit lebendgen Knöcheln
Das Leben, Schultern stemmen sich von unten
Der Deckel dröhnt, wo zwischen Erz und Erz
Die schmalste Spalte, schieben Menschenfinger
Sich durch und aus den Spalten strömt ein Licht
Ein Licht, ein wundervolles warmes Licht
Das lang geruht im kühlen dunklen Grund
Und Schweigen in sich sog und tiefen Duft
Von nächtigen Früchten, dieses Licht strömt auf
Und auf die Deckel ihrer Grüfte steigen
Den nackten Fuss in goldenen Sandalen
Die Tausende Lebendigen und schauen
Auf Dich und auf das Spiel gespenst'ger Reihen
Und reden mehr als Du begreifen kannst.

Erzählungen

26 Mai 1893

Gerechtigkeit.

Ich sass mitten im Garten. Vor mir lief der Kiesweg zwischen zwei blassgrünen Wiesen aufwärts, bis wo der Hügel abbrach und sich der dunkelgrüngestrichene Lattenzaun scharf in den hellen Frühlingshimmel hineinzeichnete. Wo der Weg aufhörte hatte der Zaun eine kleine Thür. In der dünnen durchsichtigen Luft schwebten Bienen zwischen den rosenrothen über und über blühenden Pfirsichbäumen hin und her. Da knarrte oben das Lattenthürchen und zuerst sprang ein Hund in den Garten ein grosses, hochbeiniges zierliches Windspiel. Hinter dem Hund trat, das Thürchen hinter sich zudrückend ein Engel ein, ein junger blonder schlanker Engel, einer von den schlanken Pagen Gottes. Er trug Schnabelschuhe, an der Seite hieng ihm ein langer Stossdegen und im Gürtel ein Dolch. Brust und Schultern deckte ein feiner stahlblauer Panzer, auf dem spielte die Sonne, und weisse Blüthen fielen auf sein dichtes langes goldblondes Haar. So gieng er den Kiesweg herunter, die feine schmächtige Gestalt im enganschliessenden smaragdgrünen Wams, die Ärmel von der Schulter bis zum Ellbogen gepufft, von da an eng bis über die Knöchel der hübschen Hände. Er gieng langsam, zierlich, die linke Hand spielte mit dem Griff des Dolches; der Hund sprang neben des Herren Weg im Grase her, von Zeit zu Zeit mit Liebe zu ihm aufschauend. Jetzt war er kaum mehr so weit, wie ein fünfjähriges Kind den Ball wirft.

»Wird er mich ansprechen, wenn er herkommt?«

In der Wiese spielte das kleine Kind des Gärtners mit abgefallenen Blüthen. Es wackelte jetzt auf den Engel zu und schaute ihm auf die Füsse. »Schöne Schuh hast Du, sehr schöne!« sagte es. »Ja,« sagte der Engel, »freilich, die sind vom Mantel der Mutter Gottes.«

Jetzt sah ich: die Schuhe waren aus Goldstoff und irgendwelche rothe Blumen oder Früchte eingewebt. »Der heilige Apostel Petrus lief einmal der Mutter Gottes nach,« sagte der Engel

zu dem Kind, »weil er ihr etwas zu sagen hatte und sie hörte ihn nicht rufen und blieb nicht stehen. Und da lief er ihr nach und trat ihr in seiner Hast ein Stück vom nachschleppenden Mantel ab. Da wurde der Mantel weggelegt und für uns auf Schuh verschnitten.« »Sehr schön sind die Schuh!« sagte das Kind noch einmal. Dann gieng der Engel weiter, den Kiesweg weiter, der ihn an meiner Bank vorbeiführen musste. Eine unsägliche Gehobenheit kam über mich bei dem Gedanken, dass er auch zu mir reden würde. Denn auf den einfachen Worten, die über seine Lippen sprangen, lag ein Glanz, als dächte er dabei an ganz etwas anderes, dächte verschwiegen mit unterdrücktem Jubel an paradiesische Glückseligkeiten. Da stand er vor mir. Ich nahm grüssend den Hut ab und erhob mich. Als ich aufsah, erschrak ich über den Ausdruck seines Gesichts. Es war von wundervoller Feinheit und Schönheit der Züge, aber die dunkelblauen Augen blickten finster, fast drohend, und das goldene Haar hatte nichts lebendiges, sondern gab ein unheimliches metallisches Blinken. Neben ihm stand der Hund, ein Vorderbein zierlich gehoben und schaute mich auch mit aufmerksamen Augen an.
»Bist Du ein Gerechter?« fragte der Engel streng. Der Ton war hochmüthig, fast verächtlich. Ich versuchte zu lächeln: »Ich bin nicht schlimm. Ich habe viele Menschen gern. Es giebt so viel hübsche Dinge.« »Bist Du gerecht?« fragte der Engel wieder. Es war, als hätte er meine Rede vollkommen überhört; in seinen Worten war ein Schatten von der herrischen Ungeduld, wie wenn man einem Diener einen Befehl wiederholt, weil er nicht gleich verstanden hat. Mit der rechten Hand zog er den Dolch ein klein wenig aus der Scheide. Ich wurde ängstlich; ich versuchte ihn zu begreifen, aber es gelang mir nicht; mein Denken erlosch, unfähig den lebendigen Sinn des Wortes zu erfassen; vor meinem inneren Aug stand eine leere Wand; qualvoll vergeblich suchte ich mich zu besinnen. »Ich habe so wenig vom Leben ergriffen;« brachte ich endlich hervor, »aber manchmal durchweht mich eine starke Liebe und da ist mir nichts fremd. Und sicherlich bin ich dann gerecht: denn mir ist dann, als könnte ich alles begreifen, wie die Erde rauschende Bäume herauftreibt und wie die Sterne im Raum

hängen und kreisen, von allem das tiefste Wesen, und alle Regungen der Menschen …«
Ich stockte unter seinem verächtlichen Blick; ein vernichtendes Bewusstsein meiner Unzulänglichkeit überkam mich, dass ich fühlte, wie ich vor Scham erröthete. Der Blick sagte deutlich: »Was für ein widerwärtiger hohler Schwätzer!« Nicht eine Spur von Entgegenkommen oder Mitleid lag darin.
Ein hochmüthiges Lächeln verzog seine schmalen Lippen. Er wandte sich zum Gehen. »Gerechtigkeit ist alles,« sagte er; »Gerechtigkeit ist das Erste, Gerechtigkeit das Letzte. Wer das nicht begreift, wird sterben.« Damit kehrte er mir den Rücken und gieng mit elastischen Schritten den Weg nach abwärts; wurde unsichtbar hinter der Geissblattlaube, tauchte dann wieder auf und stieg endlich die Steintreppe hinunter, ruckweise verschwindend, erst die schlanken Beine bis zum Knie, dann die Hüften, endlich die dunkelgepanzerten Schultern, das goldene Haar und das smaragdgrüne Barett. Hinter ihm lief der Hund, zeichnete sich am obersten Stiegenabsatz in zierlich-scharfen Contouren ab und sprang dann mit einem Satz in's Unsichtbare.

Das Märchen der 672. Nacht

Ein junger Kaufmannssohn, der sehr schön war und weder Vater noch Mutter hatte, wurde bald nach seinem fünfundzwanzigsten Jahre der Geselligkeit und des gastlichen Lebens überdrüssig. Er versperrte die meisten Zimmer seines Hauses und entließ alle seine Diener und Dienerinnen, bis auf vier, deren Anhänglichkeit und ganzes Wesen ihm lieb war. Da ihm an seinen Freunden nichts gelegen war und auch die Schönheit keiner einzigen Frau ihn so gefangen nahm, daß er es sich als wünschenswert oder nur als erträglich vorgestellt hätte, sie immer um sich zu haben, lebte er sich immer mehr in ein ziemlich einsames Leben hinein, welches anscheinend seiner Gemütsart am meisten entsprach. Er war aber keineswegs menschenscheu, vielmehr ging er gerne in den Straßen oder öffentlichen Gärten spazieren und betrachtete die Gesichter der Menschen. Auch vernachlässigte er weder die Pflege seines Körpers und seiner schönen Hände noch den Schmuck seiner Wohnung. Ja, die Schönheit der Teppiche und Gewebe und Seiden, der geschnitzten und getäfelten Wände, der Leuchter und Becken aus Metall, der gläsernen und irdenen Gefäße wurde ihm so bedeutungsvoll, wie er es nie geahnt hatte. Allmählich wurde er sehend dafür, wie alle Formen und Farben der Welt in seinen Geräten lebten. Er erkannte in den Ornamenten, die sich verschlingen, ein verzaubertes Bild der verschlungenen Wunder der Welt. Er fand die Formen der Tiere und die Formen der Blumen und das Übergehen der Blumen in die Tiere; die Delphine, die Löwen und die Tulpen, die Perlen und den Akanthus; er fand den Streit zwischen der Last der Säule und dem Widerstand des festen Grundes und das Streben alles Wassers nach aufwärts und wiederum nach abwärts; er fand die Seligkeit der Bewegung und die Erhabenheit der Ruhe, das Tanzen und das Totsein; er fand die Farben der Blumen und Blätter, die Farben der Felle wilder Tiere und der Gesichter der Völker, die Farbe der Edelsteine, die Farbe des stürmischen und des ruhig leuchtenden Meeres; ja, er fand den Mond und die Sterne, die mystische Kugel, die mystischen Ringe und an ihnen festgewachsen die Flügel der Seraphim. Er war für lange Zeit trunken von dieser großen, tiefsinnigen Schönheit, die ihm gehörte, und alle seine Tage bewegten sich schöner und minder leer unter diesen Geräten, die nichts Totes und Niedriges mehr waren, sondern ein großes Erbe, das göttliche Werk aller Geschlechter.

Doch er fühlte ebenso die Nichtigkeit aller dieser Dinge wie ihre Schönheit; nie verließ ihn auf lange der Gedanke an den Tod und oft befiel er ihn unter lachenden und lärmenden Menschen, oft in der Nacht, oft beim Essen.

Aber da keine Krankheit in ihm war, so war der Gedanke nicht grauenhaft, eher hatte er etwas Feierliches und Prunkendes und kam gerade am stärksten, wenn er sich am Denken schöner Gedanken oder an der Schönheit seiner Jugend und Einsamkeit berauschte. Denn oft schöpfte der Kaufmannssohn einen großen Stolz aus dem Spiegel, aus den Versen der Dichter, aus seinem Reichtum und seiner Klugheit, und die finsteren Sprichwörter drückten nicht auf seine Seele. Er sagte: »Wo du sterben sollst, dahin tragen dich deine Füße«, und sah sich schön, wie ein auf der Jagd verirrter König, in einem unbekannten Wald unter seltsamen Bäumen einem fremden wunderbaren Geschick entgegengehen. Er sagte: »Wenn das Haus fertig ist, kommt der Tod« und sah jenen langsam heraufkommen über die von geflügelten Löwen getragene Brücke des Palastes, des fertigen Hauses, angefüllt mit der wundervollen Beute des Lebens.

Er wähnte, völlig einsam zu leben, aber seine vier Diener umkreisten ihn wie Hunde und obwohl er wenig zu ihnen redete, fühlte er doch irgendwie, daß sie unausgesetzt daran dachten, ihm gut zu dienen. Auch fing er an, hie und da über sie nachzudenken.

Die Haushälterin war eine alte Frau; ihre verstorbene Tochter war des Kaufmannssohns Amme gewesen; auch alle ihre anderen Kinder waren gestorben. Sie war sehr still und die Kühle des Alters ging von ihrem weißen Gesicht und ihren weißen Händen aus. Aber er hatte sie gern, weil sie immer im

Hause gewesen war und weil die Erinnerung an die Stimme seiner eigenen Mutter und an seine Kindheit, die er sehnsüchtig liebte, mit ihr herumging.
Sie hatte mit seiner Erlaubnis eine entfernte Verwandte ins Haus genommen, die kaum fünfzehn Jahre alt war; diese war sehr verschlossen. Sie war hart gegen sich und schwer zu verstehen. Einmal warf sie sich in einer dunkeln und jähen Regung ihrer zornigen Seele aus einem Fenster in den Hof, fiel aber mit dem kinderhaften Leib in zufällig aufgeschüttete Gartenerde, so daß ihr nur ein Schlüsselbein brach, weil dort ein Stein in der Erde gesteckt hatte. Als man sie in ihr Bett gelegt hatte, schickte der Kaufmannssohn seinen Arzt zu ihr; am Abend aber kam er selber und wollte sehen, wie es ihr ginge. Sie hielt die Augen geschlossen und er sah sie zum ersten Male lange ruhig an und war erstaunt über die seltsame und altkluge Anmut ihres Gesichtes. Nur ihre Lippen waren sehr dünn und darin lag etwas Unschönes und Unheimliches. Plötzlich schlug sie die Augen auf, sah ihn eisig und bös an und drehte sich mit zornig zusammengebissenen Lippen, den Schmerz überwindend, gegen die Wand, so daß sie auf die verwundete Seite zu liegen kam. Im Augenblick verfärbte sich ihr totenblasses Gesicht ins Grünlichweiße, sie wurde ohnmächtig und fiel wie tot in ihre frühere Lage zurück.
Als sie wieder gesund war, redete der Kaufmannssohn sie durch lange Zeit nicht an, wenn sie ihm begegnete. Ein paarmal fragte er die alte Frau, ob das Mädchen ungern in seinem Hause wäre, aber diese verneinte es immer. Den einzigen Diener, den er sich entschlossen hatte, in seinem Hause zu behalten, hatte er kennengelernt, als er einmal bei dem Gesandten, den der König von Persien in dieser Stadt unterhielt, zu Abend speiste. Da bediente ihn dieser und war von einer solchen Zuvorkommenheit und Umsicht und schien gleichzeitig von so großer Eingezogenheit und Bescheidenheit, daß der Kaufmannssohn mehr Gefallen daran fand, ihn zu beobachten, als auf die Reden der übrigen Gäste zu hören. Um so größer war seine Freude, als viele Monate später dieser Diener auf der Straße auf ihn zutrat, ihn mit demselben tiefen

Ernst, wie an jenem Abend, und ohne alle Aufdringlichkeit grüßte und ihm seine Dienste anbot. Sogleich erkannte ihn der Kaufmannssohn an seinem düsteren, maulbeerfarbigen Gesicht und an seiner großen Wohlerzogenheit. Er nahm ihn augenblicklich in seinen Dienst, entließ zwei junge Diener, die er noch bei sich hatte, und ließ sich fortan beim Speisen und sonst nur von diesem ernsten und zurückhaltenden Menschen bedienen. Dieser Mensch machte fast nie von der Erlaubnis Gebrauch, in den Abendstunden das Haus zu verlassen. Er zeigte eine seltene Anhänglichkeit an seinen Herrn, dessen Wünschen er zuvorkam und dessen Neigungen und Abneigungen er schweigend erriet, so daß auch dieser eine immer größere Zuneigung für ihn faßte.
Wenn er sich auch nur von diesem beim Speisen bedienen ließ, so pflegte die Schüsseln mit Obst und süßem Backwerk doch eine Dienerin aufzutragen, ein junges Mädchen, aber doch um zwei oder drei Jahre älter als die Kleine. Dieses junge Mädchen war von jenen, die man von weitem, oder wenn man sie als Tänzerinnen beim Licht der Fackeln auftreten sieht, kaum für sehr schön gelten ließe, weil da die Feinheit der Züge verloren geht; da er sie aber in der Nähe und täglich sah, ergriff ihn die unvergleichliche Schönheit ihrer Augenlider und ihrer Lippen und die trägen, freudlosen Bewegungen ihres schönen Leibes waren ihm die rätselhafte Sprache einer verschlossenen und wundervollen Welt.
Wenn in der Stadt die Hitze des Sommers sehr groß wurde und längs der Häuser die dumpfe Glut schwebte und in den schwülen, schweren Vollmondnächten der Wind weiße Staubwolken in den leeren Straßen hintrieb, reiste der Kaufmannssohn mit seinen vier Dienern nach einem Landhaus, das er im Gebirg besaß, in einem engen, von dunklen Bergen umgebenen Tal. Dort lagen viele solche Landhäuser der Reichen. Von beiden Seiten fielen Wasserfälle in die Schluchten herunter und gaben Kühle. Der Mond stand fast immer hinter den Bergen, aber große weiße Wolken stiegen hinter den schwarzen Wänden auf, schwebten feierlich über den dunkelleuchtenden Himmel und verschwanden auf der anderen Seite. Hier lebte der Kaufmannssohn sein gewohntes Leben in

einem Haus, dessen hölzerne Wände immer von dem kühlen Duft der Gärten und der vielen Wasserfälle durchstrichen wurden. Am Nachmittag, bis die Sonne hinter den Bergen hinunterfiel, saß er in seinem Garten und las meist in einem Buch, in welchem die Kriege eines sehr großen Königs der Vergangenheit aufgezeichnet waren. Manchmal mußte er mitten in der Beschreibung, wie die Tausende Reiter der feindlichen Könige schreiend ihre Pferde umwenden oder ihre Kriegswagen den steilen Rand eines Flusses hinabgerissen werden, plötzlich innehalten, denn er fühlte, ohne hinzusehen, daß die Augen seiner vier Diener auf ihn geheftet waren. Er wußte, ohne den Kopf zu heben, daß sie ihn ansahen, ohne ein Wort zu reden, jedes aus einem anderen Zimmer. Er kannte sie so gut. Er fühlte sie leben, stärker, eindringlicher, als er sich selber leben fühlte. Über sich empfand er zuweilen leichte Rührung oder Verwunderung, wegen dieser aber eine rätselhafte Beklemmung. Er fühlte mit der Deutlichkeit eines Alpdrucks, wie die beiden Alten dem Tod entgegenlebten, mit jeder Stunde, mit dem unaufhaltsamen leisen Anderswerden ihrer Züge und ihrer Gebärden, die er so gut kannte; und wie die beiden Mädchen in das öde, gleichsam lustlose Leben hineinlebten. Wie das Grauen und die tödliche Bitterkeit eines furchtbaren, beim Erwachen vergessenen Traumes, lag ihm die Schwere ihres Lebens, von der sie selber nichts wußten, in den Gliedern.

Manchmal mußte er aufstehen und umhergehen, um seiner Angst nicht zu unterliegen. Aber während er auf den grellen Kies vor seinen Füßen schaute und mit aller Anstrengung darauf achtete, wie aus dem kühlen Duft von Gras und Erde der Duft der Nelken in hellen Atemzügen zu ihm aufflog und dazwischen in lauen übermäßig süßen Wolken der Duft der Heliotrope, fühlte er ihre Augen und konnte an nichts anderes denken. Ohne den Kopf zu heben, wußte er, daß die alte Frau an ihrem Fenster saß, die blutlosen Hände auf dem von der Sonne durchglühten Gesims, das blutlose, maskenhafte Gesicht eine immer grauenhaftere Heimstätte für die hilflosen schwarzen Augen, die nicht absterben konnten. Ohne den Kopf zu heben, fühlte er, wenn der Diener für Minuten von

seinem Fenster zurücktrat und sich an einem Schrank zu schaffen machte; ohne aufzusehen, erwartete er in heimlicher Angst den Augenblick, wo er wiederkommen werde. Während er mit beiden Händen biegsame Äste hinter sich zurückfallen ließ, um sich in der verwachsensten Ecke des Gartens zu verkriechen und alle Gedanken auf die Schönheit des Himmels drängte, der in kleinen leuchtenden Stücken von feuchtem Türkis von oben durch das dunkle Genetz von Zweigen und Ranken herunterfiel, bemächtigte sich seines Blutes und seines ganzen Denkens nur das, daß er die Augen der zwei Mädchen auf sich gerichtet wußte, die der Größeren träge und traurig, mit einer unbestimmten, ihn quälenden Forderung, die der Kleineren mit einer ungeduldigen, dann wieder höhnischen Aufmerksamkeit, die ihn noch mehr quälte. Und dabei hatte er nie den Gedanken, daß sie ihn unmittelbar ansahen, ihn, der gerade mit gesenktem Kopfe umherging, oder bei einer Nelke niederkniete, um sie mit Bast zu binden, oder sich unter die Zweige beugte; sondern ihm war, sie sahen sein ganzes Leben an, sein tiefstes Wesen, seine geheimnisvolle menschliche Unzulänglichkeit.
Eine furchtbare Beklemmung kam über ihn, eine tödliche Angst vor der Unentrinnbarkeit des Lebens. Furchtbarer, als daß die ihn unausgesetzt beobachteten, war, daß sie ihn zwangen, in einer unfruchtbaren und so ermüdenden Weise an sich selbst zu denken. Und der Garten war viel zu klein, um ihnen zu entrinnen. Wenn er aber ganz nahe von ihnen war, erlosch seine Angst so völlig, daß er das Vergangene beinahe vergaß. Dann vermochte er es, sie gar nicht zu beachten oder ruhig ihren Bewegungen zuzusehen, die ihm so vertraut waren, daß er aus ihnen eine unaufhörliche, gleichsam körperliche Mitempfindung ihres Lebens empfing.
Das kleine Mädchen begegnete ihm nur hie und da auf der Treppe oder im Vorhaus. Die drei anderen aber waren häufig mit ihm in einem Zimmer. Einmal erblickte er die Größere in einem geneigten Spiegel; sie ging durch ein erhöhtes Nebenzimmer: In dem Spiegel aber kam sie ihm aus der Tiefe entgegen. Sie ging langsam und mit Anstrengung, aber ganz aufrecht: Sie trug in jedem Arme eine schwere hagere indische

Gottheit aus dunkler Bronze. Die verzierten Füße der Figuren hielt sie in der hohlen Hand, von der Hüfte bis an die Schläfe reichten ihr die dunklen Göttinnen und lehnten mit ihrer toten Schwere an den lebendigen zarten Schultern; die dunklen Köpfe aber mit dem bösen Mund von Schlangen, drei wilden Augen in der Stirn und unheimlichem Schmuck in den kalten, harten Haaren, bewegten sich neben den atmenden Wangen und streiften die schönen Schläfen im Takt der langsamen Schritte. Eigentlich aber schien sie nicht an den Göttinnen schwer und feierlich zu tragen, sondern an der Schönheit ihres eigenen Hauptes mit dem schweren Schmuck aus lebendigem, dunklem Gold, zwei großen gewölbten Schnecken zu beiden Seiten der lichten Stirn, wie eine Königin im Kriege. Er wurde ergriffen von ihrer großen Schönheit, aber gleichzeitig wußte er deutlich, daß es ihm nichts bedeuten würde, sie in seinen Armen zu halten. Er wußte es überhaupt, daß die Schönheit seiner Dienerin ihn mit Sehnsucht, aber nicht mit Verlangen erfüllte, so daß er seine Blicke nicht lange auf ihr ließ, sondern aus dem Zimmer trat, ja auf die Gasse, und mit einer seltsamen Unruhe zwischen den Häusern und Gärten im schmalen Schatten weiterging. Schließlich ging er an das Ufer des Flusses, wo die Gärtner und Blumenhändler wohnten, und suchte lange, obgleich er wußte, daß er vergeblich suchen werde, nach einer Blume, deren Gestalt und Duft, oder nach einem Gewürz, dessen verwehender Hauch ihm für einen Augenblick genau den gleichen süßen Reiz zu ruhigem Besitz geben könnte, welcher in der Schönheit seiner Dienerin lag, die ihn verwirrte und beunruhigte. Und während er ganz vergeblich mit sehnsüchtigen Augen in den dumpfen Glashäusern umherspähte und sich im Freien über die langen Beete beugte, auf denen es schon dunkelte, wiederholte sein Kopf unwillkürlich, ja schließlich gequält und gegen seinen Willen, immer wieder die Verse des Dichters: »In den Stielen der Nelken, die sich wiegten, im Duft des reifen Kornes erregtest du meine Sehnsucht; aber als ich dich fand, warst du es nicht, die ich gesucht hatte, sondern die Schwestern deiner Seele.«

II.

In diesen Tagen geschah es, daß ein Brief kam, welcher ihn einigermaßen beunruhigte. Der Brief trug keine Unterschrift. In unklarer Weise beschuldigte der Schreiber den Diener des Kaufmannssohnes, daß er im Hause seines früheren Herrn, des persischen Gesandten, irgendein abscheuliches Verbrechen begangen habe. Der Unbekannte schien einen heftigen Haß gegen den Diener zu hegen und fügte viele Drohungen bei; auch gegen den Kaufmannssohn selbst bediente er sich eines unhöflichen, beinahe drohenden Tones. Aber es war nicht zu erraten, welches Verbrechen angedeutet werde und welchen Zweck überhaupt dieser Brief für den Schreiber, der sich nicht nannte und nichts verlangte, haben könne. Er las den Brief mehrere Male und gestand sich, daß er bei dem Gedanken, seinen Diener auf eine so widerwärtige Weise zu verlieren, eine große Angst empfand. Je mehr er nachdachte, desto erregter wurde er und desto weniger konnte er den Gedanken ertragen, eines dieser Wesen zu verlieren, mit denen er durch die Gewohnheit und andere geheime Mächte völlig zusammengewachsen war.
Er ging auf und ab, die zornige Erregung erhitzte ihn so, daß er seinen Rock und Gürtel abwarf und mit Füßen trat. Es war ihm, als wenn man seinen innersten Besitz beleidigt und bedroht hätte und ihn zwingen wollte, aus sich selber zu fliehen und zu verleugnen, was ihm lieb war. Er hatte Mitleid mit sich selbst und empfand sich, wie immer in solchen Augenblicken, als ein Kind. Er sah schon seine vier Diener aus seinem Hause gerissen und es kam ihm vor, als zöge sich lautlos der ganze Inhalt seines Lebens aus ihm, alle schmerzhaftsüßen Erinnerungen, alle halbunbewußten Erwartungen, alles Unsagbare, um irgendwo hingeworfen und für nichts geachtet zu werden wie ein Bündel Algen und Meertang. Er begriff zum erstenmal, was ihn als Knabe immer zum Zorn gereizt hatte, die angstvolle Liebe, mit der sein Vater an dem hing, was er erworben hatte, an den Reichtümern seines gewölbten Warenhauses, den schönen, gefühllosen Kindern seines Suchens und Sorgens, den geheimnisvollen Ausgeburten

der undeutlichen tiefsten Wünsche seines Lebens. Er begriff, daß der große König der Vergangenheit hätte sterben müssen, wenn man ihm seine Länder genommen hätte, die er durchzogen und unterworfen hatte vom Meer im Westen bis zum Meer im Osten, die er zu beherrschen träumte und die doch so unendlich groß waren, daß er keine Macht über sie hatte und keinen Tribut von ihnen empfing, als den Gedanken, – daß er sie unterworfen hatte und kein anderer als er ihr König war.

Er beschloß alles zu tun, um diese Sache zur Ruhe zu bringen, die ihn so ängstigte. Ohne dem Diener ein Wort von dem Brief zu sagen, machte er sich auf und fuhr allein nach der Stadt. Dort beschloß er vor allem das Haus aufzusuchen, welches der Gesandte des Königs von Persien bewohnte; denn er hatte die unbestimmte Hoffnung, dort irgendwie einen Anhaltspunkt zu finden.

Als er aber hinkam, war es spät am Nachmittag und niemand mehr zu Hause, weder der Gesandte, noch einer der jungen Leute seiner Begleitung. Nur der Koch und ein alter untergeordneter Schreiber saßen im Torweg im kühlen Halbdunkel. Aber sie waren so häßlich und gaben so kurze mürrische Antworten, daß er ihnen ungeduldig den Rücken kehrte und sich entschloß, am nächsten Tage zu einer besseren Stunde wiederzukommen.

Da seine eigene Wohnung versperrt war – denn er hatte keinen Diener in der Stadt zurückgelassen – so mußte er wie ein Fremder daran denken, sich für die Nacht eine Herberge zu suchen. Neugierig, wie ein Fremder, ging er durch die bekannten Straßen und kam endlich an das Ufer eines kleinen Flusses, der zu dieser Jahreszeit fast ausgetrocknet war. Von dort folgte er in Gedanken verloren einer ärmlichen Straße, wo sehr viele öffentliche Dirnen wohnten. Ohne viel auf seinen Weg zu achten, bog er dann rechts ein und kam in eine ganz öde, totenstille Sackgasse, die in einer fast turmhohen, steilen Treppe endigte. Auf der Treppe blieb er stehen und sah zurück auf seinen Weg. Er konnte in die Höfe der kleinen Häuser sehen; hie und da waren rote Vorhänge an den Fenstern und häßliche, verstaubte Blumen; das breite, trockene

Bett des Flusses war von einer tödlichen Traurigkeit. Er stieg weiter und kam oben in ein Viertel, das er sich nicht entsinnen konnte je gesehen zu haben. Trotzdem kam ihm eine Kreuzung niederer Straßen plötzlich traumhaft bekannt vor. Er ging weiter und kam zu dem Laden eines Juweliers. Es war ein sehr ärmlicher Laden, wie er für diesen Teil der Stadt paßte, und das Schaufenster mit solchen wertlosen Schmucksachen angefüllt, wie man sie bei Pfandleihern und Hehlern zusammenkauft. Der Kaufmannssohn, der sich auf Edelsteine sehr gut verstand, konnte kaum einen halbwegs schönen Stein darunter finden.
Plötzlich fiel sein Blick auf einen altmodischen Schmuck aus dünnem Gold, mit einem Beryll verziert, der ihn irgendwie an die alte Frau erinnerte. Wahrscheinlich hatte er ein ähnliches Stück aus der Zeit, wo sie eine junge Frau gewesen war, einmal bei ihr gesehen. Auch schien ihm der blasse, eher melancholische Stein in einer seltsamen Weise zu ihrem Alter und Aussehen zu passen; und die altmodische Fassung war von der gleichen Traurigkeit. So trat er in den niedrigen Laden, um den Schmuck zu kaufen. Der Juwelier war sehr erfreut, einen so gut gekleideten Kunden eintreten zu sehen, und wollte ihm noch seine wertvolleren Steine zeigen, die er nicht ins Schaufenster legte. Aus Höflichkeit gegen den alten Mann ließ er sich vieles zeigen, hatte aber weder Lust, mehr zu kaufen, noch hätte er bei seinem einsamen Leben eine Verwendung für derartige Geschenke gewußt. Endlich wurde er ungeduldig und gleichzeitig verlegen, denn er wollte loskommen und doch den Alten nicht kränken. Er beschloß, noch eine Kleinigkeit zu kaufen und dann sogleich hinauszugehen. Gedankenlos betrachtete er über die Schulter des Juweliers hinwegsehend einen kleinen silbernen Handspiegel, der halb erblindet war. Da kam ihm aus einem andern Spiegel im Innern das Bild des Mädchens entgegen mit den dunklen Köpfen der ehernen Göttinnen zu beiden Seiten; flüchtig empfand er, daß sehr viel von ihrem Reiz darin lag, wie die Schultern und der Hals in demütiger kindlicher Grazie die Schönheit des Hauptes trugen, des Hauptes einer jungen Königin. Und flüchtig fand er es hübsch, ein dünnes goldenes

Kettchen an diesem Hals zu sehen, vielfach herumgeschlungen, kindlich und doch an einen Panzer gemahnend. Und er verlangte, solche Kettchen zu sehen. Der Alte machte eine Türe auf und bat ihn, in einen zweiten Raum zu treten, ein niedriges Wohnzimmer, wo aber auch in Glasschränken und auf offenen Gestellen eine Menge Schmucksachen ausgelegt waren. Hier fand er bald ein Kettchen, das ihm gefiel, und bat den Juwelier, ihm jetzt den Preis der beiden Schmucksachen zu sagen. Der Alte bat ihn noch, die merkwürdigen, mit Halbedelsteinen besetzten Beschläge einiger altertümlichen Sättel in Augenschein zu nehmen, er aber erwiderte, daß er sich als Sohn eines Kaufmannes nie mit Pferden abgegeben habe, ja nicht einmal zu reiten verstehe und weder an alten noch an neuen Sätteln Gefallen finde, bezahlte mit einem Goldstück und einigen Silbermünzen, was er gekauft hatte, und zeigte einige Ungeduld, den Laden zu verlassen. Während der Alte, ohne mehr ein Wort zu sprechen, ein schönes Seidenpapier hervorsuchte und das Kettchen und den Beryllschmuck, jedes für sich, einwickelte, trat der Kaufmannssohn zufällig an das einzige niedrige vergitterte Fenster und schaute hinaus. Er erblickte einen offenbar zum Nachbarhaus gehörigen, sehr schön gehaltenen Gemüsegarten, dessen Hintergrund durch zwei Glashäuser und eine hohe Mauer gebildet wurde. Er bekam sogleich Lust, diese Glashäuser zu sehen, und fragte den Juwelier, ob er ihm den Weg sagen könne. Der Juwelier händigte ihm seine beiden Päckchen ein und führte ihn durch ein Nebenzimmer in den Hof, der durch eine kleine Gittertür mit dem benachbarten Garten in Verbindung stand. Hier blieb der Juwelier stehen und schlug mit einem eisernen Klöppel an das Gitter. Da es aber im Garten ganz still blieb, sich auch im Nachbarhaus niemand regte, so forderte er den Kaufmannssohn auf, nur ruhig die Treibhäuser zu besichtigen und sich, falls man ihn behelligen würde, auf ihn auszureden, der mit dem Besitzer des Gartens gut bekannt sei. Dann öffnete er ihm mit einem Griff durch die Gitterstäbe. Der Kaufmannssohn ging sogleich längs der Mauer zu dem näheren Glashaus, trat ein und fand eine solche Fülle seltener und merkwürdiger Narzissen und Anemonen und so seltsames, ihm völlig unbe-

kanntes Blattwerk, daß er sich lange nicht sattsehen konnte. Endlich aber schaute er auf und gewahrte, daß die Sonne ganz, ohne daß er es beachtet hatte, hinter den Häusern untergegangen war. Jetzt wollte er nicht länger in einem fremden, unbewachten Garten bleiben, sondern nur von außen einen Blick durch die Scheiben des zweiten Treibhauses werfen und dann fortgehen. Wie er so spähend an den Glaswänden des zweiten langsam vorüberging, erschrak er plötzlich sehr heftig und fuhr zurück. Denn ein Mensch hatte sein Gesicht an den Scheiben und schaute ihn an. Nach einem Augenblick beruhigte er sich und wurde sich bewußt, daß es ein Kind war, ein höchstens vierjähriges, kleines Mädchen, dessen weißes Kleid und blasses Gesicht gegen die Scheiben gedrückt waren. Aber als er jetzt näher hinsah, erschrak er abermals, mit einer unangenehmen Empfindung des Grauens im Nacken und einem leisen Zusammenschnüren in der Kehle und tiefer in der Brust. Denn das Kind, das ihn regungslos und böse ansah, glich in einer unbegreiflichen Weise dem fünfzehnjährigen Mädchen, das er in seinem Hause hatte. Alles war gleich, die lichten Augenbrauen, die feinen, bebenden Nasenflügel, die dünnen Lippen; wie die andere zog auch das Kind eine der Schultern etwas in die Höhe. Alles war gleich, nur daß in dem Kind das alles einen Ausdruck gab, der ihm Entsetzen verursachte. Er wußte nicht, wovor er so namenlose Furcht empfand. Er wußte nur, daß er es nicht ertragen werde, sich umzudrehen und zu wissen, daß dieses Gesicht hinter ihm durch die Scheiben starrte.
In seiner Angst ging er sehr schnell auf die Tür des Glashauses zu, um hineinzugehen; die Tür war zu, von außen verriegelt; hastig bückte er sich nach dem Riegel, der sehr tief war, stieß ihn so heftig zurück, daß er sich ein Glied des kleinen Fingers schmerzlich zerrte, und ging, fast laufend, auf das Kind zu. Das Kind ging ihm entgegen und, ohne ein Wort zu reden, stemmte es sich gegen seine Kniee, und suchte mit seinen schwachen kleinen Händen ihn hinauszudrängen. Er hatte Mühe, es nicht zu treten. Aber seine Angst minderte sich in der Nähe. Er beugte sich über das Gesicht des Kindes, das ganz blaß war und dessen Augen vor Zorn und Haß bebten,

während die kleinen Zähne des Unterkiefers sich mit unheimlicher Wut in die Oberlippe drückten. Seine Angst verging für einen Augenblick, als er dem Mädchen die kurzen, feinen Haare streichelte. Aber augenblicklich erinnerte er sich an das Haar des Mädchens in seinem Hause, das er einmal berührt hatte, als sie totenblaß, mit geschlossenen Augen, in ihrem Bette lag, und gleich lief ihm wieder ein Schauer den Rücken hinab und seine Hände fuhren zurück. Sie hatte es aufgegeben, ihn wegdrängen zu wollen. Sie trat ein paar Schritte zurück und schaute gerade vor sich hin. Fast unerträglich wurde ihm der Anblick des schwachen, in einem weißen Kleidchen steckenden Puppenkörpers und des verachtungsvollen, grauenhaften, blassen Kindergesichtes. Er war so erfüllt mit Grauen, daß er einen Stich in den Schläfen und in der Kehle empfing, als seine Hand in der Tasche an etwas Kaltes streifte. Es waren ein paar Silbermünzen. Er nahm sie heraus, beugte sich zu dem Kinde nieder und gab sie ihm, weil sie glänzten und klirrten. Das Kind nahm sie und ließ sie ihm vor den Füßen niederfallen, daß sie in einer Spalte des auf einem Rost von Brettern ruhenden Bodens verschwanden. Dann kehrte es ihm den Rücken und ging langsam fort. Eine Weile stand er regungslos und hatte Herzklopfen vor Angst, daß es wiederkommen werde und von außen auf ihn durch die Scheiben schauen. Jetzt hätte er gleich fortgehen mögen, aber es war besser, eine Weile vergehen zu lassen, damit das Kind aus dem Garten fortginge. Jetzt war es in dem Glashause schon nicht mehr ganz hell und die Formen der Pflanzen fingen an, sonderbar zu werden. In einiger Entfernung traten aus dem Halbdunkel schwarze, sinnlos drohende Zweige unangenehm hervor und dahinter schimmerte es weiß, als wenn das Kind dort stünde. Auf einem Brette standen in einer Reihe irdene Töpfe mit Wachsblumen. Um eine kleine Zeit zu übertäuben, zählte er die Blüten, die in ihrer Starre lebendigen Blumen unähnlich waren und etwas von Masken hatten, heimtückischen Masken mit zugewachsenen Augenlöchern. Als er fertig war, ging er zur Türe und wollte hinaus. Die Tür gab nicht nach; das Kind hatte sie von außen verriegelt. Er wollte schreien, aber er fürchtete sich vor seiner eigenen Stimme. Er schlug mit den Fäusten an die Scheiben. Der Garten und das Haus blieben totenstill. Nur hinter ihm glitt etwas raschelnd durch die Sträucher. Er sagte sich, daß es Blätter waren, die sich durch die Erschütterung der dumpfen Luft abgetrennt hatten und niederfielen. Trotzdem hielt er mit dem Klopfen inne und bohrte die Blicke durch das halbdunkle Gewirr der Bäume und Ranken. Da sah er in der dämmerigen Hinterwand etwas wie ein Viereck dunkler Linien. Er kroch hin, jetzt schon unbekümmert, daß er viele irdene Gartentöpfe zertrat und die hohen dünnen Stämme und rauschenden Fächerkronen über und hinter ihm gespenstisch zusammenstürzten. Das Viereck dunkler Linien war der Ausschnitt einer Tür und sie gab dem Drucke nach. Die freie Luft ging über sein Gesicht; hinter sich hörte er die zerknickten Stämme und niedergedrückten Blätter wie nach einem Gewitter sich leise raschelnd erheben.

Er stand in einem schmalen, gemauerten Gange; oben sah der freie Himmel herein und die Mauer zu beiden Seiten war kaum über mannshoch. Aber der Gang war nach einer Länge von beiläufig fünfzehn Schritten wieder vermauert, und schon glaubte er sich abermals gefangen. Unschlüssig ging er vor; da war die Mauer zur Rechten in Mannsbreite durchbrochen und aus der Öffnung lief ein Brett über leere Luft nach einer gegenüberliegenden Plattform; diese war auf der zugewendeten Seite von einem niedrigen Eisengitter geschlossen, auf den beiden anderen von der Hinterseite hoher bewohnter Häuser. Dort, wo das Brett wie eine Enterbrücke auf dem Rand der Plattform aufruhte, hatte das Gitter eine kleine Tür.

So groß war die Ungeduld des Kaufmannssohnes, aus dem Bereiche seiner Angst zu kommen, daß er sogleich einen, dann den anderen Fuß auf das Brett setzte und, den Blick fest auf das jenseitige Ufer gerichtet, anfing, hinüberzugehen. Aber unglücklicherweise wurde er sich doch bewußt, daß er über einem viele Stockwerke tiefen, gemauerten Graben hing; in den Sohlen und Kniebeugen fühlte er die Angst und Hilflosigkeit, schwindelnd im ganzen Leibe, die Nähe des Todes. Er kniete nieder und schloß die Augen; da stießen seine vorwärts tastenden Arme an die Gitterstäbe. Er umklammerte sie fest, sie gaben nach, und mit leisem Knirschen, das ihm, wie der Anhauch des Todes, den Leib durchschnitt, öffnete sich gegen ihn, gegen den Abgrund, die Tür, an der er hing; und im Gefühle seiner inneren Müdigkeit und großen Mutlosigkeit fühlte er voraus, wie die glatten Eisenstäbe seinen Fingern, die ihm erschienen wie die Finger eines Kindes, sich entwinden und er hinunterstürzt, längs der Mauer zerschellend. Aber das leise Aufgehen der Türe hielt inne, ehe seine Füße das Brett verloren und mit einem Schwunge warf er seinen zitternden Körper durch die Öffnung hinein auf den harten Boden.

Er konnte sich nicht freuen; ohne sich umzusehen, mit einem dumpfen Gefühle, wie Haß gegen die Sinnlosigkeit dieser Qualen, ging er in eines der Häuser und dort die verwahrloste Stiege hinunter und trat wieder hinaus in eine Gasse, die häßlich und gewöhnlich war. Aber er war schon sehr traurig und müde und konnte sich auf gar nichts besinnen, was ihm irgendwelcher Freude wert schien. Seltsam war alles von ihm gefallen und ganz leer und vom Leben verlassen ging er durch die Gasse und die nächste und die nächste. Er verfolgte eine Richtung, von der er wußte, daß sie ihn dorthin zurückbringen werde, wo in dieser Stadt die reichen Leute wohnten und wo er sich eine Herberge für die Nacht suchen könnte. Denn es verlangte ihn sehr nach einem Bette. Mit einer kindischen Sehnsucht erinnerte er sich an die Schönheit seines eigenen breiten Bettes, und auch die Betten fielen ihm ein, die der große König der Vergangenheit für sich und seine Gefährten errichtet hatte, als sie Hochzeit hielten mit den Töchtern der unterworfenen Könige, für sich ein Bett von Gold, für die anderen von Silber; getragen von Greifen und geflügelten Stieren. Indessen war er zu den niedrigen Häusern gekommen, wo die Soldaten wohnen. Er achtete nicht darauf. An einem vergitterten Fenster saßen ein paar Soldaten mit gelblichen Gesichtern und traurigen Augen und riefen ihm etwas zu. Da hob er den Kopf und atmete den dumpfen Geruch, der aus dem Zimmer kam, einen ganz besonders beklemmenden Geruch. Aber er verstand nicht, was sie von ihm wollten. Weil

sie ihn aber aus seinem achtlosen Dahingehen aufgestört hatten, schaute er jetzt in den Hof hinein, als er am Tore vorbei kam. Der Hof war sehr groß und traurig und, weil es dämmerte, erschien er noch größer und trauriger. Auch waren sehr wenige Menschen darin und die Häuser, die ihn umgaben, waren niedrig und von schmutziggelber Farbe. Das machte ihn noch öder und größer. An einer Stelle waren in einer geraden Linie beiläufig zwanzig Pferde angepflöckt; vor jedem lag ein Soldat in einem Stallkittel aus schmutzigem Zwilch auf den Knieen und wusch ihm die Hufe. Ganz in der Ferne kamen viele andere in ähnlichen Anzügen aus Zwilch zu zweien aus einem Tore. Sie gingen langsam und schlürfend und trugen schwere Säcke auf den Schultern. Erst als sie näher kamen, sah er, daß in den offenen Säcken, die sie schweigend schleppten, Brot war. Er sah zu, wie sie langsam in einem Torweg verschwanden und so wie unter einer häßlichen, tückischen Last dahingingen und ihr Brot in solchen Säcken trugen, wie die, worin die Traurigkeit ihres Leibes gekleidet war.
Dann ging er zu denen, die vor ihren Pferden auf den Knieen lagen und ihnen die Hufe wuschen. Auch diese sahen einander ähnlich und glichen denen am Fenster und denen, die Brot getragen hatten. Sie mußten aus benachbarten Dörfern genommen sein. Auch sie redeten kaum ein Wort untereinander. Da es ihnen sehr schwer wurde, den Vorderfuß des Pferdes zu halten, schwankten ihre Köpfe und ihre müden, gelblichen Gesichter hoben und beugten sich wie unter einem starken Winde. Die Köpfe der meisten Pferde waren häßlich und hatten einen boshaften Ausdruck durch zurückgelegte Ohren und hinaufgezogene Oberlippen, welche die oberen Eckzähne bloßlegten: Auch hatten sie meist böse, rollende Augen und eine seltsame Art, aus schiefgezogenen Nüstern ungeduldig und verächtlich die Luft zu stoßen. Das letzte Pferd in der Reihe war besonders stark und häßlich. Es suchte den Mann, der vor ihm kniete und den gewaschenen Huf trocken rieb, mit seinen großen Zähnen in die Schulter zu beißen. Der Mann hatte so hohle Wangen und einen so todestraurigen Ausdruck in den müden Augen, daß der Kauf-

mannssohn von tiefem, bitterem Mitleid überwältigt wurde. Er wollte den Elenden durch ein Geschenk für den Augenblick aufheitern und griff in die Tasche nach Silbermünzen. Er fand keine und erinnerte sich, daß er die letzten dem Kinde im Glashause hatte schenken wollen, das sie ihm mit einem so boshaften Blick vor die Füße gestreut hatte. Er wollte eine Goldmünze suchen; denn er hatte deren sieben oder acht für die Reise eingesteckt.

In dem Augenblicke wandte das Pferd den Kopf und sah ihn an mit tückisch zurückgelegten Ohren und rollenden Augen, die noch boshafter und wilder aussahen, weil eine Blesse gerade in der Höhe der Augen quer über den häßlichen Kopf lief. Bei dem häßlichen Anblicke fiel ihm blitzartig ein längst vergessenes Menschengesicht ein. Wenn er sich noch so sehr bemüht hätte, wäre er nicht imstande gewesen, sich die Züge dieses Menschen je wieder hervorzurufen; jetzt aber waren sie da. Die Erinnerung aber, die mit dem Gesichte kam, war nicht so deutlich. Er wußte nur, daß es aus der Zeit von seinem zwölften Jahre war, aus einer Zeit, mit deren Erinnerung der Geruch von süßen, warmen, geschälten Mandeln irgendwie verknüpft war.

Und er wußte, daß es das verzerrte Gesicht eines häßlichen armen Menschen war, den er ein einzigesmal im Laden seines Vaters gesehen hatte. Und daß das Gesicht von Angst verzerrt war, weil die Leute ihn bedrohten, weil er ein großes Goldstück hatte, und nicht sagen wollte, wo er es erlangt hatte.

Während das Gesicht schon wieder zerging, suchte sein Finger noch immer in den Falten seiner Kleider, und als ein plötzlicher, undeutlicher Gedanke ihn hemmte, zog er die Hand unschlüssig heraus und warf dabei den in Seidenpapier eingewickelten Schmuck mit dem Beryll dem Pferd unter die Füße. Er bückte sich, das Pferd schlug ihm den Huf mit aller Kraft nach seitwärts in die Lenden und er fiel auf den Rücken. Er stöhnte laut, seine Kniee zogen sich in die Höhe und mit den Fersen schlug er immerfort auf den Boden. Ein paar von den Soldaten standen auf und hoben ihn an den Schultern und unter den Kniekehlen. Er spürte den Geruch ihrer Kleider, denselben dumpfen, trostlosen, der früher aus dem Zimmer auf die Straße gekommen war, und wollte sich besinnen, wo er den vor langer, sehr langer Zeit schon eingeatmet hatte: dabei vergingen ihm die Sinne. Sie trugen ihn fort über eine niedrige Treppe, durch einen langen, halbfinsteren Gang in eines ihrer Zimmer und legten ihn auf ein niedriges eisernes Bett. Dann durchsuchten sie seine Kleider, nahmen ihm das Kettchen und die sieben Goldstücke und endlich gingen sie, aus Mitleid mit seinem unaufhörlichen Stöhnen, einen ihrer Wundärzte zu holen.

Nach einer Zeit schlug er die Augen auf und wurde sich seiner quälenden Schmerzen bewußt. Noch mehr aber erschreckte und ängstigte ihn, allein zu sein in diesem trostlosen Raum. Mühsam drehte er die Augen in den schmerzenden Höhlen gegen die Wand und gewahrte auf einem Brette drei Laibe von solchem Brot, wie die es über den Hof getragen hatten.

Sonst war nichts in dem Zimmer, als harte, niedrige Betten und der Geruch von trockenem Schilf, womit die Betten gefüllt waren, und jener andere trostlose, dumpfe Geruch.

Eine Weile beschäftigten ihn nur seine Schmerzen und die erstickende Todesangst, mit der verglichen die Schmerzen eine Erleichterung waren. Dann konnte er die Todesangst für einen Augenblick vergessen und daran denken, wie alles gekommen war.

Da empfand er eine andere Angst, eine stechende, minder erdrückende, eine Angst, die er nicht zum ersten Male fühlte; jetzt aber fühlte er sie wie etwas Überwundenes. Und er ballte die Fäuste und verfluchte seine Diener, die ihn in den Tod getrieben hatten; der eine in die Stadt, die Alte in den Juwelierladen, das Mädchen in das Hinterzimmer und das Kind durch sein tückisches Ebenbild in das Glashaus, von wo er sich dann über grauenhafte Stiegen und Brücken bis unter den Huf des Pferdes taumeln sah. Dann fiel er zurück in große, dumpfe Angst. Dann wimmerte er wie ein Kind, nicht vor Schmerz, sondern vor Leid, und die Zähne schlugen ihm zusammen.

Mit einer großen Bitterkeit starrte er in sein Leben zurück und verleugnete alles, was ihm lieb gewesen war. Er haßte seinen vorzeitigen Tod so sehr, daß er sein Leben haßte, weil es ihn dahin geführt hatte. Diese innere Wildheit verbrauchte seine letzte Kraft. Ihn schwindelte, und für eine Weile schlief er wieder einen taumeligen schlechten Schlaf. Dann erwachte er und wollte schreien, weil er noch immer allein war, aber die Stimme versagte ihm. Zuletzt erbrach er Galle, dann Blut, und starb mit verzerrten Zügen, die Lippen so verrissen, daß Zähne und Zahnfleisch entblößt waren und ihm einen fremden, bösen Ausdruck gaben.

Soldatengeschichte

Auf dem langen Holzbalken, der längs der Hinterwand des Stalles hinläuft, saßen die Dragoner der Schwadron und aßen ihr Mittagbrot. Sie saßen in einem schmalen Streifen Schatten, den das überhängende Stalldach gerade auf ihre gebückten Köpfe hinabließ und auf die zinnernen Eßschalen, die jeder Mann auf seinen Knien stehen hatte. Ein paar Schritte weiter unter einem Nußbaum, der spärliche Flecken schwarzen Schattens auf den ausgetrockneten Boden warf, hatten die Unteroffiziere: 3 Zugsführer, der Eskadronistentrompeter und ein paar Korporäle, eine aus 2 Fässern und einem Brett gebaute Bank. In dem Schattenstreif der Wand lief eine Art von Gespräch hin und her: es war ein halblautes dumpfes Gespräch, wie es niedere Menschen führen, wenn sie sich beengt und unfrei fühlen. Dann und wann lief ein halblautes Lachen, ein gemurmelter billiger Scherz, den jeder wiederholte, durch die Reihe: aber er lief nicht ungebrochen durch die Reihe, hatte einen toten Punkt, einen traurigen Menschen in der Mitte, an dem sich die von rechts und links kommenden Wellen harmlosen Geschwätzes brachen. Das war ein Mensch, in dessen magerem langen Gesicht mit den großen Ohren nichts besonderes lag als daß die Ohren abstehend waren und rötlich schimmerten und durch ihren eingelegten wie gefalteten oberen Rand etwas ängstliches hatten. Er hatte wie die andern seine Eßschale auf den Knien; aber während bei den andern schon der zinnerne Boden durch den Brei aus zerdrückten fetten Erdäpfeln blinkte, war seine Schale noch halbvoll. Trotzdem stand er plötzlich auf, stellte die Eßschale auf den Platz, wo er gesessen hatte, und ging mit großen ungelenken Schritten fort. Der Zugsführer Schillerwein hob das sommersprossige Raubvogelgesicht und sah dem Mann nach. Schwendar! schrie er hinter ihm her, als der Dragoner um die Ecke gebogen war. Ein kurzhalsiger Korporal neben ihm sah ihn fragend an. »Der Mann gefallt mir schon lang nicht,« sagte der Zugsführer. »Der Kerl muß krank sein oder was« und aß weiter. Schwendar war um die Ecke gebogen, hatte seinen Namen hinter sich schreien gehört und war mit gesenktem Kopf längs der nach erwärmtem Kalk riechenden Mauer weitergegangen, über ihm die wütende Glut der funkelnden Sonne, vor der die durchsichtige Luft in ungeheuern bläulichen Massen hing, wie Dunst gewordenes dunkles Metall. Der Dragoner überschritt den breiten Hof, der zwischen den Stallungen liegt, und das blendende Licht des weißen Bodens und der kalkbestrichenen Mauer verwischte alle entfernten Formen und zehrte den Weg vor seinen Füßen auf, so daß er wie im Leeren dahinging.

Plötzlich fielen seine gesenkten Blicke auf ein dunkles tiefes Wasser, und er schrak zusammen bis ins Mark der Knochen, obwohl er sich augenblicklich bewußt wurde, daß es nichts weiter war als das große, halb in den Boden gesenkte Faß, aus dem man die Tränkeimer für die Pferde füllte. Aber seiner Seele war in der Kinderzeit ein tiefer Schauer vor leisem beschattetem Wasser eingedrückt worden: zuhause in der Ecke des kleinen Gartens zwischen einem hohen Stoß verfaulender dumpfriechender Blätter und einem mit feuchtkühlem Schatten erfüllten riesigen Holunderstrauch war das Regenwasserfaß gestanden, in dem sich kurz vor seiner Geburt seiner Mutter jüngere Schwester, ein alterndes Mädchen, aus Angst vor der ewigen Verdammnis und dem Feuer der Hölle ertränkt hatte, indem sie mit der geheimnisvollen eisernen Willenskraft der Schwachsinnigen den Kopf hinein tauchte, bis sie tot über dem Rand hing. Dem Knaben schien in dämmernden Abendstunden der unheimliche Winkel den schlaff überhängenden Leib der Toten zu zeigen, aber fürchterlich vermengte sich dieses Bild mit seinem eignen tiefsten Leben, wenn er an heißen Mittagsstunden sich über den dunklen feuchten Spiegel bog und ihm aus der Tiefe, die ihm grün schien, sein eigenes Gesicht entgegenschwebte, dann aber wieder sonderbar zerrann, von schwarzen und blinkenden Kreisen verschluckt, und ein gestaltloser Schatten sich nach aufwärts zu drängen schien, daß er schreiend entlief, und doch immer wieder zurückkam und hineinstarrte. Daß ihn aber die Erinnerung daran in diesem Augenblick mit solcher

Heftigkeit anfiel, war nur ein Teil des sonderbaren Zustandes, der sich des Soldaten seit Wochen immer mehr bemächtigt hatte, einer schwermütigen Nachdenklichkeit, die ihn in eine immer tiefere Traurigkeit hineintrieb, ihm im Bett die Augen aufriß und den Druck seines schweren Blutes fühlen lieft, ihm beim Essen die Kehle zuschnürte und sein Gemüt für alles Beängstigende und Traurige empfänglich machte. Nun wußte er, er würde sich umsonst aufs Bett legen: die glühende Sonne machte ihn nur müde nicht schläfrig und von innen war er unerklärlich aufgeregt:

Die Erinnerungen der Kindheit lagen entblößt in seinem erschütterten Gemüt, wie Leichen, die ein Erdbeben emporgeschüttelt hat: die Schauer der ersten Beicht, des ersten Gewitters, die grellen und dumpfen Erinnerungen der Schultage, drängten ihm ein Kind entgegen, zu dem er mehr als Du, zu dem er Ich sagen sollte, und doch war in ihm ein solches Stocken der Liebe, daß er nicht wußte, was er mit dieser Gestalt anfangen sollte, die ihm fremd war wie ein fremdes Kind, ja unverständlich wie ein Hund. Diese traurige Trunkenheit, dieser unerklärliche innere Sturm war ihm lästiger als die frühere Niedergeschlagenheit; er wollte lieber versuchen, sich zu zerstreuen und ging in den Marodenstall, um nachzusehen, ob neue kranke Pferde dazugekommen wären. Er fand aber in dem großen dunstig dämmernden Raum nur die drei, die er schon kannte: Der alte blinde Schimmel, dessen Farbe an den Flanken ins gelbliche ging, trat webend in seinem Stand nach rechts und nach links und ohne Unterlaß wieder nach rechts und nach links.

Im benachbarten Stand lag das dämpfige Pferd: es ruhte nicht mit untergeschlagenen Beinen wie gesunde Pferde tuen, sondern es lag sonderbar mit halbangespannten Gelenken, als wenn es unaufhörlich bereit sein müßte aufzuspringen, und der Kopf mit den großen suchenden Augen war krampfhaft nach oben gerichtet, um mit weitaufgerissenen verzweifelten Nüstern all die Luft einzuziehen, derer seine Brust und die wogenden schlaffen Flanken bedurften. Dies war die einzige Lage, welche es ertrug, ohne das Ersticken befürchten zu müssen. Das röchelnde Atmen dieses Pferdes und das dumpfe taktmäßige Hin- und Hertreten des webenden Schimmels gaben zusammen den Ton, der das Leben dieses Raumes ausmachte: von der Ecke, wo das dritte Pferd stand, ging nichts aus als Totenstille. Es war ein großes Tier und stand mit gesenktem Kopf auf seinen vier Füßen, als ob es schliefe. Aber es schlief nicht: unterm Fressen hatte es sich vergessen, wie es sich untern Gehen vergessen konnte und geradeaus in eine Mauer oder in ein Wasser laufen wie in leere Luft. Es lebte, aber das Leben war ihm so völlig verloren wie einem Stein, der in einen Teich gesunken ist: in seinem dumpfen Wahnsinn stand es nicht schlafend und nicht wach, vom Leben und vom Tod, ja selbst von der Möglichkeit des Sterbens durch eine unsichtbare undurchdringliche Wand abgeschlossen: seine Augen waren offen, aber sie sahen nicht, er wußte unter dem Fressen in Bewußtlosigkeit, auf seinen großen herabhängenden Lefzen klebten viele Haferkörner und zwischen ihnen hing eine winzige hellgelbe Made, die sich voll Leben wand und krümmte.

Als der Dragoner wieder über den Hof zurückging, hörte er aus einer Stalltür lautes wieherndes Lachen. Zwei Korporäle standen unter der Tür und unterhielten sich damit, den Dragoner Moses Last um die Namen des Herrn Brigadiers und des Herrn Korpskommandanten zu fragen. Dieser Mensch war schwachsinnig; seine Ausbildung im Reiten hatte man nach kurzer Zeit wegen unüberwindlicher Feigheit aufgegeben, und da er von Haus aus Schneider war, so steckte man ihn ins sogenannte Professionistenzimmer; außerdem wurde er aber zur Pferdewartung verwendet, und stundenlang konnte man ihn unter dem Leib der ihm anvertrauten Pferde knien sehen mit lautloser Emsigkeit darin verloren, ihre Hufe mit einem kleinen fetten Lappen so heftig zu reiben, bis sie glänzten wie poliertes Horn. Aber es war unmöglich, ihm sonst die geringste militärische Ausbildung zu geben. Wenn der Rittmeister, dem er in hündischer Art anhänglich war, vor der Stalltür vom Pferd stieg, lief er hinaus, nahm die Kappe ab, und sagte, indem er das Gesicht vor Freude verzog, »Guten Tag, Herr Rittmeister«. Davon war er weder durch Krummschließen noch durch Dunkelarrest abzubringen, ebensowe-

nig aber durch irgendein Mittel dahinzubringen, daß er sich den Namen des Rittmeisters oder denjenigen eines anderen Vorgesetzten gemerkt hätte.
Schwendar machte die Kopfwendung, um die beiden Unteroffiziere zu grüßen und indessen seine Augen während dreier Doppelschritte auf ihnen hafteten, prägte sich der Anblick des Schwachsinnigen ihm heftig ein: er stand zitternd, in krampfhaft steifer Haltung, mit vorgestrecktem Kinn und Hals: in seinem aufgedunsenen Gesicht ging ein schiefer, gleichsam gesträubter Blick auf seine Quäler; hinter seinen dicken Lippen arbeitete es mühsam. Endlich flog ein schwacher Lichtschein über sein Gesicht; er quetschte Worte hervor, und im Eifer schob er sich dem einen Korporal auf den Leib, und er faßte ihn mit einer beweglichen Gebärde bei den Knöpfen der Uniform. Dann brüllte der Korporal irgendein Kommando, und Schwendar sah noch das aufgedunsene Gesicht vor einer geballten zum Schlag ausholenden Faust zurückfahren. Er ging mit schnellen Schritten weiter, hinauf ins Mannschaftszimmer, und weil doch Sonntag war, so zog er die Ausgehmontur an und nahm Helm und Säbel, um in die Stadt zu gehen. Als er fertig war, griff er aus Gewohnheit nach seiner alten silbernen Taschenuhr und erinnerte sich sogleich, daß er sie nicht mehr besaß und daß er seit 2 Monaten täglich danach griff und sich täglich mit dem gleichen Gefühl von Demütigung und dumpfem Schmerz auf die Umstände ihres Verlustes besann. Der Dieb war sein einziger Freund. Es war der Eskadronsriemer Thoma, der jetzt im Spielberg saß.

Immer tiefer trieb es ihn in den Wald hinein. Mit nachschleppendem Säbel und in den Nacken zurückgeschobenem Helm, stampfte er zwischen den Birken hin wie ein Betrunkener. Die niedrigen Zweige schlugen in sein erhitztes Gesicht, seine Füße ließen in dem moorigen Boden tiefe Spuren zurück, die sich gurgelnd mit schwarzbraunem Wasser füllten. Dieses Geräusch brachte ihm den Gedanken an den Tod so nah wie am Vormittag der Anblick des Wassereimers, und um es nicht länger zu hören, veränderte er seine Richtung und lief mehr als er ging einen Durchhau entlang, der festeren Boden hatte. Vor ihm schien der Wald sich zu lichten. Etwas Rötliches schwebte vor seinen Augen, ein rötlichblauer Schimmer zog sich quer über den Weg. Als er näher kam, waren es viele Salbeiblüten zwischen den dämmernden Büschen. Er sah sie aufmerksam an, aber wie er die Augen hob und weiterging, flog das Rötliche wieder vor ihm wie ein schwebender Schleier. Dann lag es auf dem Stamm einer vorgeneigten Birke, die halbversteckt lauernd seitwärts, wie ein roter Fleck. Dann kam es von allen Seiten ein ganzer blutroter Schleier, warf blutige große Flecken auf das kugelige Grün der dichten Büsche, auf die weißen Stämme. Lachen von Blut standen da, dort über dem dunkelnden Erdboden. Zehn Sprünge, zu deren jedem sein klopfendes Herz die Kraft verweigern zu wollen schien, brachten ihn an den Rand des Waldes. Blutend, von einem übermäßig angespannten Glanz, wie mit dem letzten Blick eines brechenden Auges starr und regungslos angeglüht lag die endlose wellenförmige Ebene vor ihm. Hinter dem großen Eisenbahndamm, bis zu welchem es 2 Stunden zu reiten war, sank die Sonne. Nur mehr der oberste Rand der nackten glühenden Scheibe blinkte über den Damm, wie das oberste eines vom Lid entblößten Auges: dann fiel auch dieses letzte funkelnde hinab, und allmählich sank der Glanz des Landes in seinen Abgrund, aus dem roter Rauch emporwehte, ins Tote. Erschöpft von Angst und Laufen hatte sich Schwendar am Rand des Waldes niedergesetzt. Als er den schweren Helm abnahm und ihn neben sich ins Gras stellte, war ihm, als träfe ihn aus dem Gebüsch von der Seite her ein kalter, aufmerksamer und doch teilnahmsloser Blick, und er fühlte seine Brust von einem Gefühl zusammengeschnürt, das mit einer fernen ganz fernen Erinnerung verknüpft sein mußte. Es war die Erinnerung an jenen Tag, an welchem seine Mutter gestorben war, eine dumpfe Erinnerung des Körpers mehr als der Seele. Er fühlte das Stocken seines Atems und das Frieren im Rücken, als die Kranke sich plötzlich aufrichtete und mit einer fremden, harten und starken Stimme sagte: Es ist die heilige Jungfrau Maria, sie winkt mir mit einem Licht, und dann noch einmal, sie winkt mir mit einem

Licht. Dann gingen die Blicke der Sterbenden langsam, mit einem Ausdruck von Strenge und ohne alle Teilnahme über den Knaben hin, über ihn und über alles was noch im Zimmer war, zuletzt über die Erhöhung der Bettdecke, dort wo die eigenen mageren Füße waren, und blieben endlich stehen, starr und voll gespannter mühsamer Aufmerksamkeit wie nach innen gerichtet, während in die Seele des Knaben sich lautlos das Grauen hineinschraubte über dieses Entsetzliche, daß eine Gestalt, die er nicht sehen konnte, winkte und die Mutter ihr nachgehen mußte und dieser Fremden so verfallen war, daß ihre offenen Augen nichts mehr sahen, ihn nicht und nichts in der Welt. Alle diese Dinge stiegen in ihm empor und brachten eine Bitterkeit mit sich, gegen die es keine Rettung gab. Von neuem durchfühlte er das innere Erstarren des Kindes bei der Einsicht, daß so etwas geschehen konnte; jetzt aber, da es schon so lange geschehen war, sah er es in einem neuen fürchterlichen Lichte: er haßte seine Mutter dafür, daß sie sich so aus dem Leben fortgestohlen hatte mit einem kalten, leeren Blick auf ihn und alles, was sie in dieser Hölle zurückließ. Den Rasen, auf dem er saß, fühlte er als einen Teil der großen undurchdringlichen Decke, unter der die Toten sich verkrochen, um nicht mehr dabei zu sein. Wie Schläfer, die sich in den Dunst ihrer Betten einbohren und ihr Gesicht in den Polster graben, lagen sie unter ihm, und ihre Ohren waren voll Erde, daß sie sein Stöhnen nicht hören konnten und nicht achten auf seine Verlassenheit. Er sprang auf und schlug mit den Füßen gegen den Boden, daß die Sporen tiefe Risse in der Erde ließen und die streifigen Fetzen des Rasens gegen den Himmel flogen. Dann zog er den Säbel und fing an, auf die Büsche und kleinen Bäume einzuhauen vor Wut sinnlos und berauscht vom Gefühl des Zerstörers. Er glaubte einen schwachen Widerstand und den empörten Atem der Wesen zu spüren, die ihm unterlagen. Zerfetzte Blätter erfüllten die Luft und der Saft der verwundeten Zweige sprühte dem Soldaten auf Gesicht und Hände. Der Säbel schlug klaffende Streifen in das kühle Dunkel, das ihm wie aus Kellerlöchern entgegenquoll. Er fuhr zurück, denn diesmal berührte ihn ein starrer totenhafter Blick aus deutlicher Nähe, zu seinen Füßen schien ein elendes Wesen im Dunkel zusammengekauert, sein Säbel sauste auf einen weichen Körper nieder, und als er es herausschleuderte, war es die klägliche kleine Leiche eines verendeten Hasen, deren starre Augen jetzt mit leblosem Glotzen in das Weite des hohen kühlen Himmels schauten. Dieser erbärmliche Anblick erhöhte die dumpfe Wut des Elenden; von neuem stürzte er auf das tote Tier zu und schleuderte es in einem starken Bogen seitwärts, daß es klatschend gegen einen harten Stamm schlug und in der Höhe ein Schwarm erschreckter Dohlen sich jäh mit widerlichem Rufen und knarrenden Flügeln flüchtend in die stille Luft warf. Ihr Schreien zog den Blick des Soldaten aufwärts. Aus dem Gewipfel einer ungeheuren Ulme schwang der häßliche Schwarm sich weg, die auf uralten Wurzeln ruhend mit der Last einer grünen auf jähem Abhang aufgetürmten Bergstadt spielend schien. Zur Seite der Ulme aber stiegen 2 riesige Pappeln auf und drängten mit strebenden Kronen hoch ins Dämmernde empor. Die 3 Bäume waren nicht ineinander verwachsen, aber ihr grenzenlos starkes Streben schien sich aufeinander zu beziehen: Die dreifach ansetzende Wipfelmacht der Ulme nahm den kletternden Blick wie mit gewaltigen hebenden Armen mit, eine lebendige schattenerfüllte Wölbung reichte ihn der andern empor, bis ihn die letzte an die Pappeln abgab, die wie von inneren Flammen lautlosen Wettkampfes ergriffen still nebeneinander in den Raum hinaufwuchsen. Der Anblick der drei Bäume, die in der dunkelnden Stunde immer mehr ins riesenhafte wuchsen, legte sich wie ein Alp auf Schwendar: der Gedanke, mit seinem Säbel gegen diese unerschütterlichen Stämme zu schlagen, machte seinen Arm schwer, wie ein lahmes Glied. Die Macht dieser verhaltenen Riesenkräfte raubte seinem sinnlosen Spiel den trunkenen Schein von Überlegenheit, der ihn für Augenblicke über das Gefühl seiner Schwäche und Angst hinweggebracht hatte, unterband sein Blut und wies ihn ins Leere zurück. Er nahm seinen Helm mit abgewendeten Augen vom Boden auf und lief fort, quer über die offene Hutweide der Kaserne zu, den bloßen Säbel in der einen, den Helm in der andern Hand. Er hatte keinen anderen

Gedanken als den, nicht länger allein zu sein: seine Angst hatte Bestimmtheit gewonnen, ihm war, als würfe sich nun bald die Last, mit der diese riesigen Bäume spielten, auf seine Seele. Schon war er ein weites Stück gelaufen, als er zwischen dem Klopfen seiner Adern die wütend schnellen Hufschläge eines Pferdes wahrnahm, das hinter ihm Herjagen mußte und mit jedem dumpfen Dröhnen ein Stück des trennenden Bodens hinter sich warf. Ohne Überlegung warf er sich seitwärts wie ein gehetzter Hase und stürmte in weiten Sätzen dem Walde zu. Wo die Schleuse des herrschaftlichen Karpfenteiches an den Waldrand tritt, sprang er über den trockenen Ablaßgraben und lief am Teich weiter mit dem wilden Schatten seiner tollgewordenen Messnergestalt die großen dunklen Fische erschreckend, daß sie wie von einem Steinwurf getroffen im Kreis auseinanderschossen und in die grünschwarze, feuchte, dunkle Tiefe verschwanden. Der junge Offizier, der ihm aus Neugierde nachgaloppiert war, parierte am Rand des Teiches den großen heftig atmenden Fuchsen und sah der unbegreiflichen Gestalt nach, die mit den Sprüngen eines Wilden, Helm und Säbel in langen Armen krampfhaft schwingend, zwischen den Bäumen herflüchtete.

Er richtete sich auf. Helles Mondlicht lag über den 2 langen Reihen gleichförmiger Betten, und dunkle starke Schatten trennten wie Abgründe die Leiber der Schlafenden. Ihren Gesichtern gaben die dunklen Stellen, die unter den Augen und Lippen lagen, etwas Fremdes, Vergrößertes. Schwendar hatte sich aufgesetzt. Die Hände, deren Schwere er fühlte, als wenn sie tot wären, hatte er vor sich auf der Decke liegen. Seine Augen liefen mit einem unruhigen und leeren Ausdruck über die Schlafenden hin. Das Wachsein war nicht besser als der Halbschlaf mit geschlossenen Augen. Es war als schwebe der schwere Stein, der auf seiner Brust gelegen war, in einiger Entfernung vor ihm, rechts in der Gegend der halbdunkeln Ecke, wo die Zugtrompete hing, als schwebe er dort regungslos in der Dämmerung und beängstige von dort her seine Brust mit derselben lähmenden Last wie früher. Er wandte den Kopf nach der Seite, um ihn nicht zu sehen, und spannte seine ganze Kraft an, um sein Denken auf das zu drängen, was er vor Augen hatte. Es war ihm, als müsse es möglich sein, mit einer übermenschlichen Anstrengung die Gedanken nach außen zu drücken, so daß sie dem, was ihn im Innern ängstigte, den Rücken wenden mußten. Der Mann, welcher ihm zunächst lag, war der Korporal Taborsky. Er war im Zivil ein Schuster. Er lag kerzengerade auf dem Rücken. Die Arme hatte er auch gerade ausgestreckt, einen rechts einen links. Er war ein gutmütiger Mensch, der etwas auf Manieren hielt. Aus dem zufrieden aussehenden Gesicht stand das strohgelbe Schnurrbärtchen unter der Stumpfnase freundlich empor und bewegte sich bei den ruhigen Atemzügen. In der gewissermaßen wohlwollenden Regelmäßigkeit der Atemzüge lag das ausgedrückt, was ihn auch beim Dienst auszeichnete. Niemand sah mit soviel Wohlwollen einem Pferd fressen zu, niemand hörte mit einem so freundlichen überlegenen Gesicht Schimpfen und Klagen an. Er konnte stundenlang im Stall auf- und abgehen, jedesmal in jede der Spiegelscherben, die, zum Richten der Halsstreifen an den Holzpfeilern angebracht, einen freundlichen Blick werfen, gleichmütig aber nicht ohne Ironie nicken und wieder weitergehen. Unter seinem Kopfkissen lag ein zusammengefaltetes Taschentuch, das er nie benützte, und einige Blätter eines Kolportageromans. In diesen liebte er gern und mit einer gewissen Ostentation zu lesen, noch mehr liebte er es aber, gefragt zu werden, warum er denn gar so gern lese, und darüber Auskunft zu geben und im allgemeinen über den Unterschied von gebildeten Menschen und solchen, die sind wie das liebe Vieh, zu reden. Auf einmal, und mit einem Schlag, wußte Schwendar, daß nun alles zu Ende gedacht war, was er im Stande wäre, über diesen Mann zu denken und daß ihn länger anzuschauen ebenso nutzlos wäre wie für einen Durstenden einen Krug zu haben, der keinen Tropfen Wasser mehr in sich hält. Und schon spürte er im Innern, wie aus großer Entfernung unaufhaltsam näherkommend das Wiederkehren der Angst, welche diesen elenden aus Sand aufgeführten Damm, dieses Denken an den Mann, der neben ihm lag, unaufhaltsam fortspülen würde, wenn er ihn nicht schnell schnell verstärkte. Aber er hatte kaum den Mut, seinen Blick von dem Korporal weg und nach dem nächsten Bett hin zu drehn, denn dabei mußte er den dunkeln Raum zwischen diesen beiden Betten streifen, und in diesem mit Schatten gefüllten Abgrund schien ihm die Bestätigung des Entsetzlichen zu liegen, die Unabwendbarkeit des Wirklichen und die lächerliche Nichtigkeit der scheinbaren Rettungen. Wie ein feiger Dieb zwischen zwei Atemzügen über den Schlafenden den Fuß hebt, vom eignen Herzklopfen so umgeben, daß ihm der Boden weit weit weg vorkommt und die Möglichkeit seine Füße zu beherrschen unendlich gering. Er hob verstohlen und bebend den Blick über den dunklen Streifen und ließ ihn wie liebkosend mit aller Kraft über das Gesicht des nächsten Mannes gleiten, der beide Arme unter dem Kopf hatte, und mit offenem Mund schlief, daß man die starken hübschen Zähne seines Mundes sehen konnte und die Nüstern seiner aufgeworfenen Nase. Es war der Dragoner Cypris, ein kindischer Mensch, in dessen braunen Wangen Grübchen erschienen, wenn er lachte. Und er lachte überaus gerne. Schwendar versuchte, sich den Klang seines leisen und unerschöpflichen Lachens ins Gedächtnis zu rufen: es war wie das silberhelle Glucksen im Hals einer Glasflasche. Dieser Cypris war in seine Decke eingerollt wie ein Kind. Ihm gegenüber in der anderen Bettreihe lag der starke Nekolar. Er war zwanzigjährig, aber riesengroß und der stärkste Mann im Zug. Sein Haar war fein kurz und dicht wie das Fell eines Otters und von der Farbe wie glänzendes Strahlen. Er lag, das Gesicht in dem Kopfpolster eingegraben, und seine großen Glieder waren über das Bett geworfen, als wäre es ein großes, mißfärbiges Tier, mit dem er ränge und das er mit der Spannkraft seines jungen riesigen Körpers gegen den Boden drückte. Mit düsterer Verwunderung wandte Schwendar den Blick von ihm ab und sah seinem Nachbar an. Der Mann hieß Karasek. Häßlich und gemein war sein Gesicht und häßlich lag er im Bett, die Decke unter sein fettes Kinn hinaufgerissen, die Knie in die Höh gezogen, gleichzeitig feig und unverschämt. Von ihm zogen sich Schwendars Blicke traurig und mit Ekel zurück und blieben auf der leeren Schlafstelle liegen, die unmittelbar

neben seiner eigenen war, der Schlafstelle seines Freundes, des Riemers Thoma, der im Stockhaus saß. Da kam das Gefühl seiner Verlassenheit unendlich stark über ihn: verraten und verkauft hatte ihn sein Freund, seine Mutter war unter die Erde gegangen, seine Kehle verschnürte sich gegen das Essen, seine Glieder wollten ihn nicht mehr tragen und der Schlaf warf ihn aus. Stumpfsinnig stützte er sich erst auf einen Arm dann auf den andern. Dann mehr in einem Fieberdrang die Stellung zu verändern, als mit einer inneren Absicht, warf er die Decke ab und kniete in seinem Bette nieder. Mein Gott mein Gott mein Gott stöhnte er halblaut vor sich hin und drehte die Augen in den Höhlen wie ein leidendes Tier. Immer heller wurde das Zimmer, immer mehr beklemmte ihn die Nähe dieser Menschen, die eingehüllt in ihren schlafenden Leib dalagen und seiner Qualen nicht achteten. Eine dunkle Erinnerung gab ihm die Worte in den Mund. Mein Gott, mein Herr, laß du diesen Kelch an mir vorübergehn! Er wiederholte sie 3 oder 4mal, bis sich plötzlich etwas Unbegreifliches ereignete. In dem Licht, das das ganze Zimmer mit stiller Helle erfüllte, ging eine Veränderung vor sich. Es währte nur einen Augenblick lang: es schien von innen, es mochte von außen gekommen sein. Es war nichts als ein Aufzucken, wie das Winken eines fernen Lichtes. Dann sank das stille Licht wieder in sich zusammen, und alles war wie früher. Aber seiner Seele bemächtigte sich mit übernatürlicher Schnelligkeit die Ahnung, die Gewißheit, daß es ein Zeichen gewesen war, ein Zeichen für ihn, der Widerschein des geöffneten Himmels, der Abglanz eines durch das Haus gleitenden Engels. Mit offenem Mund und gelösten Gliedern drehte er sich auf den Knien dem Fenster zu.
Der schwarzblaue in ungeheurem Schweigen leuchtende Himmel trat vor seinen Blicken zurück und schien von nichts zu wissen. Auf der Erde aber lag das weiche Licht des tiefstehenden Mondes, umgab die Schmiede und das rotgedeckte Haus, in welchem Unteroffiziere wohnten, mit einem fremdartigen Schein, ließ die Barrieren der offenen Reitschulen schlanker erscheinen, rundete die Kanten der frisch aufgeworfenen Gräben ab und machte aus den Äckern und dem

großen Exerzierplatz ein einziges mit schwimmendem Glanz bedecktes weites Gefilde, um dessen fernen Rand der große finstere Damm den Blick aufnahm, um ihn mit sich fortzureißen wie ein erhöhter riesiger pfeilgerader Weg ins Unbekannte. Schwendars Augen aber, die ein feuchter Glanz zu erfüllen anfing, suchten in dem ganzen großen Raum ein Etwas, das kleiner sein mochte, wie der aufblitzende Blick eines Menschenauges und doch so groß, daß es durch den Zwischenraum des Himmels und der Erde hinwehte und alle menschlichen Maße zunichte machte. Seine Augen suchten den Ort, von dem das Zeichen ausgegangen war, denn er wußte, daß es ein Zeichen gewesen war und daß es ihm gegolten. Mit einem gewaltigen lautlosen Schwung war in seine leere Seele der Glaube zurückgesprungen und durchdrang ihn wie eine weiche stille von geheimnisvoller Lauheit getragene Flut. Schon nicht mehr wie das Nichts, dessen Inneres ausgehöhlt war von Leere und Kummer, von unfruchtbarem Stöhnen, schon verwandelt, eines unverlierbaren Glückes dumpf bewußt, kniete er in seinem weißen Hemd mit seinen schweren Augen, seinen sehnsuchtoffenen Lippen über den Leibern dieser Schlafenden, die sich in den Dunst ihrer Betten hineinbohrten, und mit den Zähnen gegen das Dunkel knirschten. Aber noch einmal wollte er das unsägliche Glück dieses Anfangs genießen, das ihm schon begehrenswerter schien als die Minuten, die seitdem verflossen waren, noch einmal den Anhauch fühlen, das lautlose Aufleuchten, mit dem etwas Ungeheures, unter dessen Vorüberwehen die Helle des Mondes lautlos anschwoll und wieder in sich zusammensank, durch die schweigende Nacht hin sich ihm zugeneigt hatte. Daß aber die Wiederholung des Zeichens ausbleiben und damit alles in Nichts zusammensinken könnte, dem vorzubauen, formte er den Gedanken des Wunsches mit einem kaum ihm selber deutlichen inneren Vorbehalt, er erlaubte dem Herrn im Voraus, sein zweites Zeichen zurückzubehalten, und auch das sollte nichts Böses bedeuten. Sein Gesicht nahm einen schlauen und furchtsamen Ausdruck an: er wurde sich des Geräusches bewußt, das sein Atmen machte, und hielt ein. In diesem Augenblick durchdrang ihn die

Überzeugung, daß sich an einem Teil des Himmels, den seine Blicke nicht bedeckten, etwas ereignet hatte. Er wußte nicht, was es war, aber Es war eingetroffen. Eine innere Gewalt bog ihn näher gegen das Fenster und heftete seinen Blick auf das Stück des seitlichen Horizontes, das sich nun hervorschob. Dort war es: dort wo zwischen 2 riesigen Pappeln eingeklemmt eine Ulme den Bau von Ästen geisterhaft gegen den dunkel undurchdringlichen Himmel hob, dort war Es, halb Bewegung halb Leuchten, lag es zwischen den Wipfeln, als hätte die Ferse eines Engels im Hinunterfahren den schaukelnden schwarzen Baldachin gestreift, unmerklich wie das Flügelheben eines kleinen Vogels in hoher heller Luft, und doch Bewegung ungeheuerer Art, wie wenn auf den großen Hutweiden hinter fernen kleinen Staubwolken sich viele Schwadronen ordneten, deren Näherkommen den Boden in fühlbaren Wellen erdröhnen ließ wie unterirdischer Donner.
Nach der Wiederholung des Zeichens ließ sich Schwendar leise niedergleiten und drückte die Stirn mit dem Gefühl innigen Glückes auf das Fußende des Bettes. Ihm war leicht wie einem neugebornen Kind: alle Schwere, alle Qualen schienen in der Ferne abschwellend hinzusinken, wie das Rauschen der Bäche aus tiefsten Tälern für den, der auf den Gipfel des ungeheuren Berges emporgehoben ist.
Er zog die Stallschuhe und die Zwilchmontur an, dann setzte er sich auf sein Bett und wartete leichten Herzens, bis er auf der Treppe die schweren Tritte des Tageskorporals hörte, der die Stallwarten ablösen ging. Da stand er auf und ging in den Stall. Auf der Stiege begegneten ihm die 3 oder 4 Abgelösten, die schlafen gingen. Ihre stumpfen mürrischen Gesichter und ihre Hast, ins Bett zu kriechen, erregte in ihm eine behagliche Verwunderung, wie das Treiben kleiner Kinder in einem Erwachsenen. An der Stalltür, wo es dunkel war, stieß ein betrunkener Wachtmeister, der sich einbildete, er sei der Inspektionsoffizier und müßte Ordnung schaffen, so heftig an ihn, daß er in den kleinen Graben, der um jeden Stall läuft, hineintaumelte: aber das innerliche Glücksgefühl, das ihn erfüllte, wurde unter jeder Berührung nur immer stärker, und unwiderstehlich quoll aus seinem tiefsten Herzen eine Freu-

digkeit, die auf seinem Gesicht zu einem Lächeln wurde, wie bei einem stark Verliebten. Zu einem Lächeln, das immer neu aufstieg wie leichte Luftblasen am Ende eines Wasserrohres. Alles näherte seine Heiterkeit: Glas hastige herumlaufen zwischen den Stillen, wie es immer zur Zeit der Ablösung, das Fluchen des betrunkenen Wachtmeisters, das sich in der Ferne verlor. Als ein Dragoner, der zu einem andern Zug gehörte, aus Irrtum barfuß in seinen Stall gelaufen kam, um seine vergessenen Stallschuhe zu holen, mußte er laut lachen und sagte innerlich zu sich selber: »da gehts zu wie bei einer Hochzeit.« Behaglich ging er in dem halbdunklen Stall zwischen den stillen Pferden, die liegend oder stehend schliefen, auf und nieder, mit behaglichen wiegenden Schritten wie ein reicher Bauer, nur daß er die Hände nicht am Rücken hielt, sondern vor dem Leib gefaltet.

Reitergeschichte

Den 22. Juli 1848, vor 6 Uhr morgens, verließ ein Streifkommando, die zweite Eskadron von Wallmodenkürassieren, Rittmeister Baron Rofrano mit einhundertsieben Reitern, das Kasino San Alessandro und ritt gegen Mailand. Über der freien, glänzenden Landschaft lag eine unbeschreibliche Stille; von den Gipfeln der fernen Berge stiegen Morgenwolken wie stille Rauchwolken gegen den leuchtenden Himmel; der Mais stand regungslos, und zwischen Baumgruppen, die aussahen wie gewaschen, glänzten Landhäuser und Kirchen her. Kaum hatte das Streifkommando die äußerste Vorpostenlinie der eigenen Armee etwa um eine Meile hinter sich gelassen, als zwischen den Maisfeldern Waffen aufblitzten und die Avantgarde feindliche Fußtruppen meldete. Die Schwadron formierte sich neben der Landstraße zur Attacke, wurde von eigentümlich lauten, fast miauenden Kugeln überschwirrt, attackierte querfeldein und trieb einen Trupp ungleichmäßig bewaffneter Menschen wie die Wachteln vor sich her. Es waren Leute der Legion Manaras, mit sonderbaren Kopfbedeckungen. Die Gefangenen wurden einem Korporal und acht Gemeinen übergeben und nach rückwärts geschickt. Vor einer schönen Villa, deren Zufahrt uralte Zypressen flankierten, meldete die Avantgarde verdächtige Gestalten. Der Wachtmeister Anton Lerch saß ab, nahm zwölf mit Karabinern bewaffnete Leute, umstellte die Fenster und nahm achtzehn Studenten der Pisaner Legion gefangen, wohlerzogene und hübsche junge Leute mit weißen Händen und halblangem Haar. Eine halbe Stunde später hob die Schwadron einen Mann auf, der in der Tracht eines Bergamasken vorüberging und durch sein allzu harmloses und unscheinbares Auftreten verdächtig wurde. Der Mann trug im Rockfutter eingenäht die wichtigsten Detailpläne, die Errichtung von Freikorps in den Giudikarien und deren Kooperation mit der piemontesischen Armee betreffend. Gegen 10 Uhr vormittags fiel dem Streifkommando eine Herde Vieh in die Hände. Unmittelbar nachher stellte sich ihr ein starker feindlicher Trupp entgegen und beschoß die Avantgarde von einer Friedhofsmauer aus. Der Tete-Zug des Leutnants Grafen Trautsohn übersprang die niedrige Mauer und hieb zwischen den Gräbern auf die ganz verwirrten Feindlichen ein, von denen ein großer Teil in die Kirche und von dort durch die Sakristeitür in ein dichtes Gehölz sich rettete. Die siebenundzwanzig neuen Gefangenen meldeten sich als neapolitanische Freischaren unter päpstlichen Offizieren. Die Schwadron hatte einen Toten. Einer das Gehölz umreitenden Rotte, bestehend aus dem Gefreiten Wotrubek und den Dragonern Holl und Haindl, fiel eine mit zwei Ackergäulen bespannte leichte Haubitze in die Hände, indem sie auf die Bedeckung einhieben und die Gäule am Kopfzeug packten und umwendeten. Der Gefreite Wotrubek wurde als leicht verwundet mit der Meldung der bestandenen Gefechte und anderer Glücksfälle ins Hauptquartier zurückgeschickt, die Gefangenen gleichfalls nach rückwärts transportiert, die Haubitze aber von der nach abgegebener Eskorte noch 78 Reiter zählenden Eskadron mitgenommen. Nachdem laut übereinstimmender Aussagen der verschiedenen Gefangenen die Stadt Mailand von den feindlichen sowohl regulären als irregulären Truppen vollständig verlassen, auch von allem Geschütz und Kriegsvorrat entblößt war, konnte der Rittmeister sich selbst und der Schwadron nicht versagen, in diese große und schöne, wehrlos daliegende Stadt einzureiten. Unter dem Geläute der Mittagsglocken, der Generalmarsch von den vier Trompeten hinaufgeschmettert in den stählern funkelnden Himmel, an tausend Fenstern hinklirrend und zurückgeblitzt auf achtundsiebzig Kürasse, achtundsiebzig aufgestemmte nackte Klingen; Straße rechts, Straße links wie ein aufgewühlter Ameishaufen sich füllend mit staunenden Gesichtern; fluchende und erbleichende Gestalten hinter Haustoren verschwindend, verschlafene Fenster aufgerissen von den entblößten Armen schöner Unbekannter; vorbei an Santo Babila, an San Fedele, an San Carlo, am weltberühmten marmornen Dom, an San Satiro, San Giorgio, San Lorenzo, San Eustorgio; deren uralte Erztore alle sich auftuend und unter Kerzenschein und Weihrauchqualm silberne Heilige und brokatgekleidete strahlenäugige Frauen hervorwinkend; aus tausend Dachkammern, dunklen Torbogen, niedrigen Butiken Schüsse zu gewärtigen, und immer wieder nur halbwüchsige Mädchen und Buben, die weißen Zähne und dunklen Haare zeigend; vom trabenden Pferde herab funkelnden Auges auf alles dies hervorblickend aus einer Larve von blutgesprengtem Staub; zur Porta Venezia hinein, zur Porta Ticinese wieder hinaus: so ritt die schöne Schwadron durch Mailand.

Nicht weit vom letztgenannten Stadttor, wo sich ein mit hübschen Platanen bewachsenes Glaçis erstreckte, glaubte der Wachtmeister Anton Lerch am ebenerdigen Fenster eines neugebauten hellgelben Hauses ein ihm bekanntes weibliches Gesicht zu sehen. Neugierde bewog ihn, sich im Sattel umzuwenden, und da er gleichzeitig aus einigen steifen Tritten seines Pferdes vermutete, es hätte in eines der vorderen Eisen einen Straßenstein eingetreten, er auch an der Queue der Eskadron ritt und ohne Störung aus dem Gliede konnte, so bewog ihn alles dies zusammen, abzusitzen, und zwar nachdem er gerade das Vorderteil seines Pferdes in den Flur des betreffenden Hauses gelenkt hatte. Kaum hatte er hier den zweiten weißgestiefelten Vorderfuß seines Braunen in die Höhe gehoben, um den Huf zu prüfen, als wirklich eine aus dem Innern des Hauses ganz vorne in den Flur mündende Zimmertür aufging und in einem etwas zerstörten Morgenanzug eine üppige, beinahe noch junge Frau sichtbar wurde, hinter ihr aber ein helles Zimmer mit Gartenfenstern, worauf ein paar Töpfchen Basilikum und rote Pelargonien, ferner mit einem Mahagonischrank und einer mythologischen Gruppe aus Biskuit dem Wachtmeister sich zeigte, während seinem scharfen Blick noch gleichzeitig in einem Pfeilerspiegel die Gegenwand des Zimmers sich verriet, ausgefüllt von einem großen weißen Bette und einer Tapetentür, durch welche sich ein beleibter, vollständig rasierter älterer Mann im Augenblicke zurückzog.

Indem aber dem Wachtmeister der Name der Frau einfiel und gleichzeitig eine Menge anderes: daß es die Witwe oder geschiedene Frau eines kroatischen Rechnungsunteroffiziers war, daß er mit ihr vor neun oder zehn Jahren in Wien in Gesellschaft eines anderen, ihres damaligen eigentlichen Liebhabers, einige Abende und halbe Nächte verbracht hatte, suchte er nun mit den Augen unter ihrer jetzigen Fülle die damalige üppig-magere Gestalt wieder hervorzuziehen. Die Dastehende aber lächelte ihn in einer halb geschmeichelten slawischen Weise an, die ihm das Blut in den starken Hals und unter die Augen trieb, während eine gewisse gezierte Manier, mit der sie ihn anredete, sowie auch der Morgenanzug und die Zimmereinrichtung ihn einschüchterten. Im Augenblick aber, während er mit etwas schwerfälligem Blick einer großen Fliege nachsah, die über den Haarkamm der Frau lief, und äußerlich auf nichts achtete, als wie er seine Hand, diese Fliege zu scheuchen, sogleich auf den weißen, warm und kühlen Nacken legen würde, erfüllte ihn das Bewußtsein der heute bestandenen Gefechte und anderer Glücksfälle von oben bis unten, so daß er ihren Kopf mit schwerer Hand nach vorwärts drückte und dazu sagte: »Vuic« – diesen ihren Namen hatte er gewiß seit zehn Jahren nicht wieder in den Mund genommen und ihren Taufnamen vollständig vergessen – »in acht Tagen rücken wir ein, und dann wird das da mein Quartier«, auf die halboffene Zimmertür deutend. Unter dem hörte er im Hause mehrfach Türen zuschlagen, fühlte sich von seinem Pferde, zuerst durch stummes Zerren am Zaum, dann, indem es laut den anderen nachwieherte, fortgedrängt, saß auf und trabte der Schwadron nach, ohne von der Vuic eine andere Antwort als ein verlegenes Lachen mit in den Nacken gezogenem Kopf mitzunehmen. Das ausgesprochene Wort aber machte seine Gewalt geltend. Seitwärts der Rottenkolonne, einen nicht mehr frischen Schritt reitend, unter der schweren metallischen Glut des Himmels, den Blick in der mitwandernden Staubwolke verfangen, lebte sich der Wachtmeister immer mehr in das Zimmer mit den Mahagonimöbeln und den Basilikumtöpfen hinein und zugleich in eine Zivilatmosphäre, durch welche doch das Kriegsmäßige durchschimmerte, eine Atmosphäre von Behaglichkeit und angenehmer Gewalttätigkeit ohne Dienstverhältnis, eine Existenz in Hausschuhen, den Korb des Säbels durch die linke Tasche des

Schlafrockes durchgesteckt. Der rasierte, beleibte Mann, der durch die Tapetentür verschwunden war, ein Mittelding zwischen Geistlichem und pensioniertem Kammerdiener, spielte darin eine bedeutende Rolle, fast mehr noch als das schöne breite Bett und die feine weiße Haut der Vuic. Der Rasierte nahm bald die Stelle eines vertraulich behandelten, etwas unterwürfigen Freundes ein, der Hoftratsch erzählte, Tabak und Kapaunen brachte, bald wurde er an die Wand gedrückt, mußte Schweiggelder zahlen, stand mit allen möglichen Umtrieben in Verbindung, war piemontesischer Vertrauter, päpstlicher Koch, Kuppler, Besitzer verdächtiger Häuser mit dunklen Gartensälen für politische Zusammenkünfte, und wuchs zu einer schwammigen Riesengestalt, der man an zwanzig Stellen Spundlöcher in den Leib schlagen und statt Blut Gold abzapfen konnte.

Dem Streifkommando begegnete in den Nachmittagsstunden nichts Neues und die Träumereien des Wachtmeisters erfuhren keine Hemmungen. Aber in ihm war ein Durst nach unerwartetem Erwerb, nach Gratifikationen, nach plötzlich in die Tasche fallenden Dukaten rege geworden. Denn der Gedanke an das bevorstehende erste Eintreten in das Zimmer mit den Mahagonimöbeln war der Splitter im Fleisch, um den herum alles von Wünschen und Begierden schwärte.

Als nun gegen Abend das Streifkommando mit gefütterten und halbwegs ausgerasteten Pferden in einem Bogen gegen Lodi und die Addabrücke vorzudringen suchte, wo denn doch Fühlung mit dem Feind sehr zu gewärtigen war, schien dem Wachtmeister ein von der Landstraße abliegendes Dorf, mit halbverfallenem Glockenturm in einer dunkelnden Mulde gelagert, auf verlockende Weise verdächtig, so daß er, die Gemeinen Holl und Scarmolin zu sich winkend, mit diesen beiden vom Marsche der Eskadron seitlich abbog und in dem Dorfe geradezu einen feindlichen General mit geringer Bedeckung zu überraschen und anzugreifen oder anderswie ein ganz außerordentliches Prämium zu verdienen hoffte, so aufgeregt war seine Einbildung. Vor dem elenden, scheinbar verödeten Nest angelangt, befahl er dem Scarmolin links, dem Holl rechts die Häuser außen zu umreiten, während er selbst,

Pistole in der Faust, die Straße durchzugaloppieren sich anschickte, bald aber, harte Steinplatten unter sich fühlend, auf welchen noch dazu irgendein glitschriges Fett ausgegossen war, sein Pferd in Schritt parieren mußte. Das Dorf blieb totenstill; kein Kind, kein Vogel, kein Lufthauch. Rechts und links standen schmutzige kleine Häuser, von deren Wänden der Mörtel abgefallen war; auf den nackten Ziegeln war hie und da etwas Häßliches mit Kohle gezeichnet; zwischen bloßgelegten Türpfosten ins Innere schauend, sah der Wachtmeister hie und da eine faule, halbnackte Gestalt auf einer Bettstatt lungern oder schleppend, wie mit ausgerenkten Hüften, durchs Zimmer gehen. Sein Pferd ging schwer und schob die Hinterbeine mühsam unter, wie wenn sie von Blei wären. Indem er sich umwendete und bückte, um nach dem rückwärtigen Eisen zu sehen, schlürften Schritte aus einem Hause, und da er sich aufrichtete, ging dicht vor seinem Pferde eine Frauensperson, deren Gesicht er nicht sehen konnte. Sie war nur halb angekleidet; ihr schmutziger, abgerissener Rock von geblümter Seide schleppte im Rinnsal, ihre nackten Füße staken in schmutzigen Pantoffeln; sie ging so dicht vor dem Pferde, daß der Hauch aus den Nüstern den fettig glänzenden Lockenbund bewegte, der ihr unter einem alten Strohhute in den entblößten Nacken hing, und doch ging sie nicht schneller und wich dem Reiter nicht aus. Unter einer Türschwelle zur Linken rollten zwei ineinander verbissene blutende Ratten in die Mitte der Straße, von denen die unterliegende so jämmerlich aufschrie, daß das Pferd des Wachtmeisters sich verhielt und mit schiefem Kopf und hörbarem Atem gegen den Boden stierte. Ein Schenkeldruck brachte es wieder vorwärts und nun war die Frau in einem Hausflur verschwunden, ohne daß der Wachtmeister hatte ihr Gesicht sehen können. Aus dem nächsten Hause lief eilfertig mit gehobenem Kopfe ein Hund heraus, ließ einen Knochen in der Mitte der Straße fallen und versuchte ihn in einer Fuge des Pflasters zu verscharren. Es war eine weiße unreine Hündin mit hängenden Zitzen; mit teuflischer Hingabe scharrte sie, packte dann den Knochen mit den Zähnen und trug ihn ein Stück weiter. Indessen sie wieder zu scharren anfing, waren schon drei

Hunde bei ihr: zwei waren sehr jung, mit weichen Knochen und schlaffer Haut; ohne zu bellen und ohne beißen zu können, zogen sie einander mit stumpfen Zähnen an den Lefzen. Der Hund, der zugleich mit ihnen gekommen war, war ein lichtgelbes Windspiel von so aufgeschwollenem Leib, daß er nur ganz langsam auf den vier dünnen Beinen sich weitertragen konnte. An dem dicken wie eine Trommel gespannten Leib erschien der Kopf viel zu klein; in den kleinen ruhelosen Augen war ein entsetzlicher Ausdruck von Schmerz und Beklemmung. Sogleich sprangen noch zwei Hunde hinzu: ein magerer, weißer, von äußerst gieriger Häßlichkeit, dem schwarze Rinnen von den entzündeten Augen herunterliefen, und ein schlechter Dachshund auf hohen Beinen. Dieser hob seinen Kopf gegen den Wachtmeister und schaute ihn an. Er mußte sehr alt sein. Seine Augen waren unendlich müde und traurig. Die Hündin aber lief in blöder Hast vor dem Reiter hin und her; die beiden jungen schnappten lautlos mit ihrem weichen Maul nach den Fesseln des Pferdes, und das Windspiel schleppte seinen entsetzlichen Leib hart vor den Hufen. Der Braun konnte keinen Schritt mehr tun. Als aber der Wachtmeister seine Pistole auf eines der Tiere abdrücken wollte und die Pistole versagte, gab er dem Pferde beide Sporen und dröhnte über das Steinpflaster hin. Nach wenigen Sätzen aber mußte er das Pferd scharf parieren. Denn hier sperrte eine Kuh den Weg, die ein Bursche mit gespanntem Strick zur Schlachtbank zerrte. Die Kuh aber, von dem Dunst des Blutes und der an den Türpfosten genagelten frischen Haut eines schwarzen Kalbes zurückschaudernd, stemmte sich auf ihren Füßen, sog mit geblähten Nüstern den rötlichen Sonnendunst des Abends in sich und riß sich, bevor der Bursche sie mit Prügel und Strick hinüberbekam, mit kläglichen Augen noch ein Maulvoll von dem Heu ab, das der Wachtmeister vorne am Sattel befestigt hatte. Er hatte nun das letzte Haus des Dorfes hinter sich und konnte, zwischen zwei niedrigen, abgebröckelten Mauern reitend, jenseits einer alten einbogigen Steinbrücke über einen anscheinend trockenen Graben den weiteren Verlauf des Weges absehen, fühlte aber in der Gangart seines Pferdes eine so unbeschreibliche Schwere, ein solches Nichtvorwärtskommen, daß sich an seinem Blick jeder Fußbreit der Mauern rechts und links, ja jeder von den dort sitzenden Tausendfüßen und Asseln mühselig vorbeischob, und ihm war, als hätte er eine unmeßbare Zeit mit dem Durchreiten des widerwärtigen Dorfes verbracht. Wie nun zugleich aus der Brust seines Pferdes ein schwerer röhrender Atem hervordrang, er dies ihm völlig ungewohnte Geräusch aber nicht sogleich richtig erkannte und die Ursache davon zuerst über und neben sich und schließlich in der Entfernung suchte, bemerkte er jenseits der Steinbrücke und beiläufig in gleicher Entfernung von dieser als wie er sich selbst befand, einen Reiter des eigenen Regiments auf sich zukommen, und zwar einen Wachtmeister, und zwar auf einem Braunen mit weißgestiefelten Vorderbeinen. Da er nun wohl wußte, daß sich in der ganzen Schwadron kein solches Pferd befand, ausgenommen dasjenige, auf welchem er selbst in diesem Augenblicke saß, er das Gesicht des anderen Reiters aber immer noch nicht erkennen konnte, so trieb er ungeduldig sein Pferd sogar mit den Sporen zu einem sehr lebhaften Trab an, worauf auch der andere sein Tempo ganz im gleichen Maße verbesserte, so daß nun nur mehr ein Steinwurf sie trennte, und nun, indem die beiden Pferde, jedes von seiner Seite her, im gleichen Augenblick, jedes mit dem gleichen weißgestiefelten Vorfuß die Brücke betraten, der Wachtmeister, mit stierem Blick in der Erscheinung sich selber erkennend, wie sinnlos sein Pferd zurückriß und die rechte Hand mit ausgespreizten Fingern gegen das Wesen vorstreckte, worauf die Gestalt, gleichfalls parierend und die Rechte erhebend, plötzlich nicht da war, die Gemeinen Holl und Scarmolin mit unbefangenen Gesichtern von rechts und links aus dem trockenen Graben auftauchten und gleichzeitig über die Hutweide her, stark und aus gar nicht großer Entfernung, die Trompeten der Eskadron »Attacke« bliesen. Im stärksten Galopp eine Erdwelle hinansetzend, sah der Wachtmeister die Schwadron schon im Galopp auf ein Gehölz zu, aus welchem feindliche Reiter mit Piken eilfertig debouchierten; sah, indem er, die vier losen Zügel in der Linken versammelnd, den Handriemen um die

Rechte schlang, den vierten Zug sich von der Schwadron ablösen und langsamer werden, war nun schon auf dröhnendem Boden, nun in starkem Staubgeruch, nun mitten im Feinde, hieb auf einen blauen Arm ein, der eine Pike führte, sah dicht neben sich das Gesicht des Rittmeisters mit weit aufgerissenen Augen und grimmig entblößten Zähnen, war dann plötzlich unter lauter feindlichen Gesichtern und fremden Farben eingekeilt, tauchte unter in lauter geschwungenen Klingen, stieß den nächsten in den Hals und vom Pferd herab, sah neben sich den Gemeinen Scarmolin mit lachendem Gesicht einem die Finger der Zügelhand ab- und tief in den Hals des Pferdes hineinhauen, fühlte die Mêlée sich lockern und war auf einmal allein, am Rand eines kleinen Baches, hinter einem feindlichen Offizier auf einem Eisenschimmel. Der Offizier wollte über den Bach; der Eisenschimmel versagte. Der Offizier riß ihn herum, wendete dem Wachtmeister ein junges, sehr bleiches Gesicht und die Mündung einer Pistole zu, als ihm ein Säbel in den Mund fuhr, in dessen kleiner Spitze die Wucht eines galoppierenden Pferdes zusammengedrängt war. Der Wachtmeister riß den Säbel zurück und erhaschte an der gleichen Stelle, wo die Finger des Herunterstürzenden ihn losgelassen hatten, den Stangenzügel des Eisenschimmels, der leicht und zierlich wie ein Reh die Füße über seinen sterbenden Herrn hinhob.
Als der Wachtmeister mit dem schönen Beutepferd zurückritt, warf die in schwerem Dunst untergehende Sonne eine ungeheure Röte über die Hutweide. Auch an solchen Stellen, wo gar keine Hufspuren waren, schienen ganze Lachen von Blut zu stehen. Ein roter Widerschein lag auf den weißen Uniformen und den lachenden Gesichtern, die Kürasse und Schabracken funkelten und glühten, und am stärksten drei kleine Feigenbäume, an deren weichen Blättern die Reiter lachend die Blutrinnen ihrer Säbel abgewischt hatten. Seitwärts der rotgefleckten Bäume hielt der Rittmeister und neben ihm der Eskadronstrompeter, der die wie in roten Saft getauchte Trompete an den Mund hob und Appell blies. Der Wachtmeister ritt von Zug zu Zug und sah, daß die Schwadron nicht einen Mann verloren und dafür neun Handpferde gewonnen

hatte. Er ritt zum Rittmeister und meldete, immer den Eisenschimmel neben sich, der mit gehobenem Kopf tänzelte und Luft einzog, wie ein junges, schönes und eitles Pferd, das es war. Der Rittmeister hörte die Meldung nur zerstreut an. Er winkte den Leutnant Grafen Trautsohn zu sich, der dann sogleich absaß und mit sechs gleichfalls abgesessenen Kürassieren hinter der Front der Eskadron die erbeutete leichte Haubitze ausspannte, das Geschütz von den sechs Mannschaften zur Seite schleppen und in ein von dem Bach gebildetes kleines Sumpfwasser versenken ließ, hierauf wieder aufsaß und, nachdem er die nunmehr überflüssigen beiden Zuggäule mit der flachen Klinge fortgejagt hatte, stillschweigend seinen Platz vor dem ersten Zug wieder einnahm. Während dieser Zeit verhielt sich die in zwei Gliedern formierte Eskadron nicht eigentlich unruhig, es herrschte aber doch eine nicht ganz gewöhnliche Stimmung, durch die Erregung von vier an einem Tage glücklich bestandenen Gefechten erklärlich, die sich im leichten Ausbrechen halb unterdrückten Lachens sowie in halblauten untereinander gewechselten Zurufen äußerte. Auch standen die Pferde nicht ruhig, besonders diejenigen, zwischen denen fremde erbeutete Pferde eingeschoben waren. Nach solchen Glücksfällen schien allen der Aufstellungsraum zu enge, und solche Reiter und Sieger verlangten sich innerlich, nun im offenen Schwarm auf einen neuen Gegner loszugehen, einzuhauen und neue Beutepferde zu packen. In diesem Augenblicke ritt der Rittmeister Baron Rofrano dicht an die Front seiner Eskadron, und indem er von den etwas schläfrigen blauen Augen die großen Lider hob, kommandierte er vernehmlich, aber ohne seine Stimme zu erheben: »Handpferde auslassen!« Die Schwadron stand totenstill. Nur der Eisenschimmel neben dem Wachtmeister streckte den Hals und berührte mit seinen Nüstern fast die Stirne des Pferdes, auf welchem der Rittmeister saß. Der Rittmeister versorgte seinen Säbel, zog eine seiner Pistolen aus dem Halfter, und indem er mit dem Rücken der Zügelhand ein wenig Staub von dem blinkenden Lauf wegwischte, wiederholte er mit etwas lauterer Stimme sein Kommando und zählte gleich nachher »eins« und »zwei«.

Nachdem er das »zwei« gezählt hatte, heftete er seinen verschleierten Blick auf den Wachtmeister, der regungslos vor ihm im Sattel saß und ihm starr ins Gesicht sah. Während Anton Lerchs starr aushaltender Blick, in dem nur dann und wann etwas Gedrücktes, Hündisches aufflackerte und wieder verschwand, eine gewisse Art devoten, aus vieljährigem Dienstverhältnisse hervorgegangenen Zutrauens ausdrücken mochte, war sein Bewußtsein von der ungeheuren Gespanntheit dieses Augenblicks fast gar nicht erfüllt, sondern von vielfältigen Bildern einer fremdartigen Behaglichkeit ganz überschwemmt, und aus einer ihm selbst völlig unbekannten Tiefe seines Innern stieg ein bestialischer Zorn gegen den Menschen da vor ihm auf, der ihm das Pferd wegnehmen wollte, ein so entsetzlicher Zorn über das Gesicht, die Stimme, die Haltung und das ganze Dasein dieses Menschen, wie er nur durch jahrelanges enges Zusammenleben auf geheimnisvolle Weise entstehen kann. Ob aber in dem Rittmeister etwas Ähnliches vorging, oder ob sich ihm in diesem Augenblicke stummer Insubordination die ganze lautlos um sich greifende Gefährlichkeit kritischer Situationen zusammenzudrängen schien, bleibt im Zweifel: Er hob mit einer nachlässigen, beinahe gezierten Bewegung den Arm, und indem er, die Oberlippe verächtlich hinaufziehend, »drei« zählte, krachte auch schon der Schuß, und der Wachtmeister taumelte, in die Stirn getroffen, mit dem Oberleib auf den Hals seines Pferdes, dann zwischen dem Braun und dem Eisenschimmel zu Boden. Er hatte aber noch nicht hingeschlagen, als auch schon sämtliche Chargen und Gemeinen sich ihrer Beutepferde mit einem Zügelriß oder Fußtritt entledigt hatten und der Rittmeister, seine Pistole ruhig versorgend, die von einem blitzähnlichen Schlag noch nachzuckende Schwadron dem in undeutlicher dämmernder Entfernung anscheinend sich ralliierenden Feinde aufs neue entgegenführen konnte. Der Feind nahm aber die neuerliche Attacke nicht an, und kurze Zeit nachher erreichte das Streifkommando unbehelligt die südliche Vorpostenaufstellung der eigenen Armee.

Erlebnis des Marschalls von Bassompierre

Zu einer gewissen Zeit meines Lebens brachten es meine Dienste mit sich, daß ich ziemlich regelmäßig mehrmals in der Woche um eine gewisse Stunde über die kleine Brücke ging (denn der Pont neuf war damals noch nicht erbaut) und dabei meist von einigen Handwerkern oder anderen Leuten aus dem Volk erkannt und gegrüßt wurde, am auffälligsten aber und regelmäßigsten von einer sehr hübschen Krämerin, deren Laden an einem Schild mit zwei Engeln kenntlich war, und die, so oft ich in den fünf oder sechs Monaten vorüber kam, sich tief neigte und mir soweit nachsah, als sie konnte. Ihr Betragen fiel mir auf, ich sah sie gleichfalls an und dankte ihr sorgfältig. Einmal, im Spätwinter, ritt ich von Fontainebleau nach Paris, und als ich wieder die kleine Brücke heraufkam, trat sie an ihre Ladentür und sagte zu mir, indem ich vorbeiritt: »Mein Herr, Ihre Dienerin!« Ich erwiderte ihren Gruß, und indem ich mich von Zeit zu Zeit umsah, hatte sie sich weiter vorgelehnt, um mir soweit als möglich nachzusehen. Ich hatte einen Bedienten und einen Postillon hinter mir, die ich noch diesen Abend mit Briefen an gewisse Damen nach Fontainebleau zurückschicken wollte. Auf meinen Befehl stieg der Bediente ab und ging zu der jungen Frau, ihr in meinem Namen zu sagen, daß ich ihre Neigung, mich zu sehen und zu grüßen, bemerkt hätte; ich wollte, wenn sie wünschte mich näher kennen zu lernen, sie aufsuchen, wo sie verlangte.

Sie antwortete dem Bedienten: Er hätte ihr keine erwünschtere Botschaft bringen können, sie wollte kommen, wohin ich sie bestellte.

Im Weiterreiten fragte ich den Bedienten, ob er nicht etwa einen Ort wüßte, wo ich mit der Frau zusammenkommen könnte? Er antwortete, daß er sie zu einer gewissen Kupplerin führen wollte; da er aber ein sehr besorgter und gewissenhafter Mensch war, dieser Diener Wilhelm aus Courtrai, so setzte er gleich hinzu: Da die Pest sich hie und da zeige und nicht nur Leute aus dem niedrigen und schmutzigen Volk, sondern auch ein Doktor und ein Domherr schon daran gestorben seien, so rate er mir, Matratzen, Decken und Leintücher aus meinem Hause mitbringen zu lassen. Ich nahm den Vorschlag an, und er versprach, mir ein gutes Bett zu bereiten. Vor dem Absteigen sagte ich noch, er solle auch ein ordentliches Waschbecken dorthin tragen, eine kleine Flasche mit wohlriechender Essenz und etwas Backwerk und Äpfel; auch solle er dafür sorgen, daß das Zimmer tüchtig geheizt werde, denn es war so kalt, daß mir die Füße im Bügel steif gefroren waren, und der Himmel hing voll Schneewolken.

Den Abend ging ich hin und fand eine sehr schöne Frau von ungefähr zwanzig Jahren auf dem Bette sitzen, indes die Kupplerin, ihren Kopf und ihren runden Rücken in ein schwarzes Tuch eingemummt, eifrig in sie hineinredete. Die Tür war angelehnt, im Kamin lohten große frische Scheiter geräuschvoll auf, man hörte mich nicht kommen, und ich blieb einen Augenblick in der Tür stehen. Die Junge sah mit großen Augen ruhig in die Flamme; mit einer Bewegung ihres Kopfes hatte sie sich wie auf Meilen von der widerwärtigen Alten entfernt; dabei war unter einer kleinen Nachthaube, die sie trug, ein Teil ihrer schweren dunklen Haare vorgequollen und fiel, zu ein paar natürlichen Locken sich ringelnd, zwischen Schulter und Brust über das Hemd. Sie trug noch einen kurzen Unterrock von grünwollenem Zeug und Pantoffeln an den Füßen. In diesem Augenblick mußte ich mich durch ein Geräusch verraten haben: Sie warf ihren Kopf herum und bog mir ein Gesicht entgegen, dem die übermäßige Anspannung der Züge fast einen wilden Ausdruck gegeben hätte, ohne die strahlende Hingebung, die aus den weit aufgerissenen Augen strömte und aus dem sprachlosen Mund wie eine unsichtbare Flamme herausschlug. Sie gefiel mir außerordentlich; schneller als es sich denken läßt, war die Alte aus dem Zimmer und ich bei meiner Freundin. Als ich mir in der ersten Trunkenheit des überraschenden Besitzes einige Freiheiten herausnehmen wollte, entzog sie sich mir mit einer unbeschreiblichen lebenden Eindringlichkeit zugleich des Blickes und der dunkeltönenden Stimme. Im nächsten Augenblick aber fühlte ich mich von ihr umschlungen, die noch inniger mit dem fort und fort empordrängenden Blick der unerschöpflichen Augen als mit den Lippen und den Armen an mir haftete; dann wieder war es, als wollte sie sprechen, aber die von Küssen zuckenden Lippen bildeten keine Worte, die bebende Kehle ließ keinen deutlicheren Laut als ein gebrochenes Schluchzen empor.

Nun hatte ich einen großen Teil dieses Tages zu Pferde auf frostigen Landstraßen verbracht, nachher im Vorzimmer des Königs einen sehr ärgerlichen und heftigen Auftritt durchgemacht und darauf, meine schlechte Laune zu betäuben, sowohl getrunken als mit dem Zweihänder stark gefochten, und so überfiel mich mitten unter diesem reizenden und geheimnisvollen Abenteuer, als ich von weichen Armen im Nacken umschlungen und mit duftendem Haar bestreut dalag, eine so plötzliche heftige Müdigkeit und beinahe Betäubung, daß ich mich nicht mehr zu erinnern wußte, wie ich denn gerade in dieses Zimmer gekommen wäre, ja sogar für einen Augenblick die Person, deren Herz so nahe dem meinigen klopfte, mit einer ganz anderen aus früherer Zeit verwechselte und gleich darauf fest einschlief.

Als ich wieder erwachte, war es noch finstere Nacht, aber ich fühlte sogleich, daß meine Freundin nicht mehr bei mir war. Ich hob den Kopf und sah beim schwachen Schein der zusammensinkenden Glut, daß sie am Fenster stand: Sie hatte den einen Laden aufgeschoben und sah durch den Spalt hinaus. Dann drehte sie sich um, merkte, daß ich wach war, und rief (ich sehe noch, wie sie dabei mit dem Ballen der linken Hand an ihrer Wange emporfuhr und das vorgefallene Haar über die Schulter zurückwarf): »Es ist noch lange nicht Tag, noch lange nicht!« Nun sah ich erst recht, wie groß und schön sie war, und konnte den Augenblick kaum erwarten, daß sie mit wenigen der ruhigen großen Schritte ihrer schönen Füße, an denen der rötliche Schein emporglomm, wieder bei mir wäre. Sie trat aber noch vorher an den Kamin, bog sich zur Erde, nahm das letzte schwere Scheit, das draußen lag, in ihre strahlenden nackten Arme und warf es schnell in die Glut. Dann wandte sie sich, ihr Gesicht funkelte von Flammen und

Freude, mit der Hand riß sie im Vorbeilaufen einen Apfel vom Tisch und war schon bei mir, ihre Glieder noch vom frischen Anhauch des Feuers umweht und dann gleich aufgelöst und von innen her von stärkeren Flammen durchschüttert, mit der Rechten mich umfassend, mit der Linken zugleich die angebissene kühle Frucht und Wangen, Lippen und Augen meinem Mund darbietend. Das letzte Scheit im Kamin brannte stärker als alle anderen. Aufsprühend sog es die Flamme in sich und ließ sie dann wieder gewaltig emporlohen, daß der Feuerschein über uns hinschlug, wie eine Welle, die an der Wand sich brach und unsere umschlungenen Schatten jäh emporhob und wieder sinken ließ. Immer wieder knisterte das starke Holz und nährte aus seinem Innern immer wieder neue Flammen, die emporzüngelten und das schwere Dunkel mit Güssen und Garben von rötlicher Helle verdrängten. Auf einmal aber sank die Flamme hin, und ein kalter Lufthauch tat leise wie eine Hand den Fensterladen auf und entblößte die fahle widerwärtige Dämmerung.

Wir setzten uns auf und wußten, daß nun der Tag da war. Aber das da draußen glich keinem Tag. Es glich nicht dem Aufwachen der Welt. Was da draußen lag, sah nicht aus wie eine Straße. Nichts Einzelnes ließ sich erkennen: es war ein farbloser, wesenloser Wust, in dem sich zeitlose Larven hinbewegen mochten. Von irgendwoher, weither, wie aus der Erinnerung heraus, schlug eine Turmuhr, und eine feuchtkalte Luft, die keiner Stunde angehörte, zog sich immer stärker herein, daß wir uns schaudernd aneinander drückten. Sie bog sich zurück und heftete ihre Augen mit aller Macht auf mein Gesicht; ihre Kehle zuckte, etwas drängte sich in ihr herauf und quoll bis an den Rand der Lippen vor: Es wurde kein Wort daraus, kein Seufzer und kein Kuß, aber etwas, was ungeboren allen dreien glich. Von Augenblick zu Augenblick wurde es heller und der vielfältige Ausdruck ihres zuckenden Gesichts immer redender; auf einmal kamen schlürfende Schritte und Stimmen von draußen so nahe am Fenster vorbei, daß sie sich duckte und ihr Gesicht gegen die Wand kehrte. Es waren zwei Männer, die vorbeigingen: Einen Augenblick fiel der Schein einer kleinen Laterne, die der eine trug, herein; der andere schob einen Karren, dessen Rad knirschte und ächzte. Als sie vorüber waren, stand ich auf, schloß den Laden und zündete ein Licht an. Da lag noch ein halber Apfel: Wir aßen ihn zusammen, und dann fragte ich sie, ob ich sie nicht noch einmal sehen könnte, denn ich verreise erst Sonntag. Dies war aber die Nacht vom Donnerstag auf den Freitag gewesen.

Sie antwortete mir: Daß sie es gewiß sehnlicher verlange als ich; wenn ich aber nicht den ganzen Sonntag bliebe, sei es ihr unmöglich; denn nur in der Nacht vom Sonntag auf den Montag könnte sie mich wiedersehen.

Mir fielen zuerst verschiedene Abhaltungen ein, so daß ich einige Schwierigkeiten machte, die sie mit keinem Worte, aber mit einem überaus schmerzlich fragenden Blick und einem gleichzeitigen fast unheimlichen Hart- und Dunkelwerden ihres Gesichts anhörte. Gleich darauf versprach ich natürlich, den Sonntag zu bleiben, und setzte hinzu, ich wollte also Sonntag Abend mich wieder an dem nämlichen Ort einfinden. Auf dieses Wort sah sie mich fest an und sagte mir mit einem ganz rauhen und gebrochenen Ton in der Stimme: »Ich weiß recht gut, daß ich um deinetwillen in ein schändliches Haus gekommen bin; aber ich habe es freiwillig getan, weil ich mit dir sein wollte, weil ich jede Bedingung eingegangen wäre. Aber jetzt käme ich mir vor, wie die letzte, niedrigste Straßendirne, wenn ich ein zweitesmal hierher zurückkommen könnte. Um deinetwillen hab' ich's getan, weil du für mich der bist, der du bist, weil du der Bassompierre bist, weil du der Mensch auf der Welt bist, der mir durch seine Gegenwart dieses Haus da ehrenwert macht!« Sie sagte: »Haus«; einen Augenblick war es, als wäre ein verächtlicheres Wort ihr auf der Zunge; indem sie das Wort aussprach, warf sie auf diese vier Wände, auf dieses Bett, auf die Decke, die herabgeglitten auf dem Boden lag, einen solchen Blick, daß unter der Garbe von Licht, die aus ihren Augen hervorschoß, alle diese häßlichen und gemeinen Dinge aufzuzucken und geduckt vor ihr zurückzuweichen schienen, als wäre der erbärmliche Raum wirklich für einen Augenblick größer geworden.

Dann setzte sie mit einem unbeschreiblich sanften und feierlichen Tone hinzu: »Möge ich eines elenden Todes sterben, wenn ich außer meinem Mann und dir je irgendeinem andern gehört habe und nach irgendeinem anderen auf der Welt verlange!« und schien, mit halboffenen, lebenhauchenden Lippen leicht vorgeneigt, irgendeine Antwort, eine Beteuerung meines Glaubens zu erwarten, von meinem Gesicht aber nicht das zu lesen, was sie verlangte, denn ihr gespannter suchender Blick trübte sich, ihre Wimpern schlugen auf und zu, und auf einmal war sie am Fenster und kehrte mir den Rücken, die Stirn mit aller Kraft an den Laden gedrückt, den ganzen Leib von lautlosem, aber entsetzlich heftigem Weinen so durchschüttert, daß mir das Wort im Munde erstarb und ich nicht wagte, sie zu berühren. Ich erfaßte endlich eine ihrer Hände, die wie leblos herabhingen, und mit den eindringlichsten Worten, die mir der Augenblick eingab, gelang es mir nach langem, sie soweit zu besänftigen, daß sie mir ihr von Tränen überströmtes Gesicht wieder zukehrte, bis plötzlich ein Lächeln, wie ein Licht zugleich aus den Augen und rings um die Lippen hervorbrechend, in einem Moment alle Spuren des Weinens wegzehrte und das ganze Gesicht mit Glanz überschwemmte. Nun war es das reizendste Spiel, wie sie wieder mit mir zu reden anfing, indem sie sich mit dem Satz: »Du willst mich noch einmal sehen? so will ich dich bei meiner Tante einlassen!« endlos herumspielte, die erste Hälfte zehnfach aussprach, bald mit süßer Zudringlichkeit, bald mit kindischem gespielten Mißtrauen, dann die zweite mir als das größte Geheimnis zuerst ins Ohr flüsterte, dann mit Achselzucken und spitzem Mund, wie die selbstverständlichste Verabredung von der Welt, über die Schulter hinwarf und endlich, an mir hängend, mir ins Gesicht lachend und schmeichelnd wiederholte. Sie beschrieb mir das Haus aufs genaueste, wie man einem Kind den Weg beschreibt, wenn es zum erstenmal allein über die Straße zum Bäcker gehen soll. Dann richtete sie sich auf, wurde ernst – und die ganze Gewalt ihrer strahlenden Augen heftete sich auf mich mit einer solchen Stärke, daß es war, als müßten sie auch ein totes Geschöpf an sich zu reißen vermögend sein – und fuhr fort: »Ich will dich von zehn Uhr bis Mitternacht erwarten und auch noch später und immerfort, und die Tür unten wird offen sein. Erst findest du einen kleinen Gang, in dem halte dich nicht auf, denn da geht die Tür meiner Tante heraus. Dann stößt dir eine Treppe entgegen, die führt dich in den ersten Stock, und dort bin ich!« Und indem sie die Augen schloß, als ob ihr schwindelte, warf sie den Kopf zurück, breitete die Arme aus und umfing mich, und war gleich wieder aus meinen Armen und in die Kleider eingehüllt, fremd und ernst, und aus dem Zimmer; denn nun war völlig Tag.

Ich machte meine Einrichtung, schickte einen Teil meiner Leute mit meinen Sachen voraus und empfand schon am Abend des nächsten Tages eine so heftige Ungeduld, daß ich bald nach dem Abendläuten mit meinem Diener Wilhelm, den ich aber kein Licht mitnehmen hieß, über die kleine Brücke ging, um meine Freundin wenigstens in ihrem Laden oder in der daranstoßenden Wohnung zu sehen und ihr allenfalls ein Zeichen meiner Gegenwart zu geben, wenn ich mir auch schon keine Hoffnung auf mehr machte, als etwa einige Worte mit ihr wechseln zu können.

Um nicht aufzufallen, blieb ich an der Brücke stehen und schickte den Diener voraus, um die Gelegenheit auszukundschaften. Er blieb längere Zeit aus und hatte beim Zurückkommen die niedergeschlagene und grübelnde Miene, die ich an diesem braven Menschen immer kannte, wenn er einen meinigen Befehl nicht hatte erfolgreich ausführen können. »Der Laden ist versperrt«, sagte er, »und scheint auch niemand darinnen. Oberhaupt läßt sich in den Zimmern, die nach der Gasse zu liegen, niemand sehen und hören. In den Hof könnte man nur über eine hohe Mauer, zudem knurrt dort ein großer Hund. Von den vorderen Zimmern ist aber eines erleuchtet, und man kann durch einen Spalt im Laden hineinsehen, nur ist es leider leer.«

Mißmutig wollte ich schon umkehren, strich aber doch noch einmal langsam an dem Haus vorbei, und mein Diener in seiner Beflissenheit legte nochmals sein Auge an den Spalt, durch den ein Lichtschimmer drang, und flüsterte mir zu, daß zwar nicht die Frau, wohl aber der Mann nun in dem Zimmer sei. Neugierig, diesen Krämer zu sehen, den ich mich nicht erinnern konnte, auch nur ein einzigesmal in seinem Laden

erblickt zu haben, und den ich mir abwechselnd als einen unförmlichen dicken Menschen oder als einen dürren gebrechlichen Alten vorstellte, trat ich ans Fenster und war überaus erstaunt, in dem guteingerichteten vertäfelten Zimmer einen ungewöhnlich großen und sehr gut gebauten Mann umhergehen zu sehen, der mich gewiß um einen Kopf überragte und, als er sich umdrehte, mir ein sehr schönes tiefernstes Gesicht zuwandte, mit einem braunen Bart, darin einige wenige silberne Fäden waren, und mit einer Stirn von fast seltsamer Erhabenheit, so daß die Schläfen eine größere Fläche bildeten, als ich noch je bei einem Menschen gesehen hatte. Obwohl er ganz allein im Zimmer war, so wechselte doch sein Blick, seine Lippen bewegten sich, und indem er unter dem Auf- und Abgehen hie und da stehen blieb, schien er sich in der Einbildung mit einer anderen Person zu unterhalten: einmal bewegte er den Arm, wie um eine Gegenrede mit halb nachsichtiger Überlegenheit wegzuweisen. Jede seiner Gebärden war von großer Lässigkeit und fast verachtungsvollem Stolz, und ich konnte nicht umhin, mich bei seinem einsamen Umhergehen lebhaft des Bildes eines sehr erhabenen Gefangenen zu erinnern, den ich im Dienst des Königs während seiner Haft in einem Turmgemach des Schlosses zu Blois zu bewachen hatte. Diese Ähnlichkeit schien mir noch vollkommener zu werden, als der Mann seine rechte Hand emporhob und auf die emporgekrümmten Finger mit Aufmerksamkeit, ja mit finsterer Strenge hinabsah.
Denn fast mit der gleichen Gebärde hatte ich jenen erhabenen Gefangenen öfter einen Ring betrachten sehen, den er am Zeigefinger der rechten Hand trug und von welchem er sich niemals trennte. Der Mann im Zimmer trat dann an den Tisch, schob die Wasserkugel vor das Wachslicht und brachte seine beiden Hände in den Lichtkreis, mit ausgestreckten Fingern: er schien seine Nägel zu betrachten. Dann blies er das Licht aus und ging aus dem Zimmer und ließ mich nicht ohne eine dumpfe zornige Eifersucht zurück, da das Verlangen nach seiner Frau in mir fortwährend wuchs und wie ein umsichgreifendes Feuer sich von allem nährte, was mir begegnete und so durch diese unerwartete Erscheinung in verworre-

ner Weise gesteigert wurde, wie durch jede Schneeflocke, die ein feuchtkalter Wind jetzt zertrieb und die mir einzeln an Augenbrauen und Wangen hängen blieben und schmolzen.
Den nächsten Tag verbrachte ich in der nutzlosesten Weise, hatte zu keinem Geschäft die richtige Aufmerksamkeit, kaufte ein Pferd, das mir eigentlich nicht gefiel, wartete nach Tisch dem Herzog von Nemours auf und verbrachte dort einige Zeit mit Spiel und mit den albernsten und widerwärtigsten Gesprächen. Es war nämlich von nichts anderem die Rede als von der in der Stadt immer heftiger umsichgreifenden Pest, und aus allen diesen Edelleuten brachte man kein anderes Wort heraus als dergleichen Erzählungen von dem schnellen Verscharren der Leichen, von dem Strohfeuer, das man in den Totenzimmern brennen müsse, um die giftigen Dünste zu verzehren, und so fort; der Albernste aber erschien mir der Kanonikus von Chandieu, der, obwohl dick und gesund wie immer, sich nicht enthalten konnte, unausgesetzt nach seinen Fingernägeln hinabzuschielen, ob sich an ihnen schon das verdächtige Blauwerden zeige, womit sich die Krankheit anzukündigen pflegt.
Mich widerte das alles an, ich ging früh nach Hause und legte mich zu Bette, fand aber den Schlaf nicht, kleidete mich vor Ungeduld wieder an und wollte, koste es was es wolle, dorthin, meine Freundin zu sehen, und müßte ich mit meinen Leuten gewaltsam eindringen. Ich ging ans Fenster, meine Leute zu wecken, die eisige Nachtluft brachte mich zur Vernunft, und ich sah ein, daß dies der sichere Weg war, alles zu verderben. Angekleidet warf ich mich aufs Bett und schlief endlich ein.
Ähnlich verbrachte ich den Sonntag bis zum Abend, war viel zu früh in der bezeichneten Straße, zwang mich aber, in einer Nebengasse auf- und niederzugehen, bis es zehn Uhr schlug. Dann fand ich sogleich das Haus und die Tür, die sie mir beschrieben hatte, und die Tür auch offen, und dahinter den Gang und die Treppe. Oben aber die zweite Tür, zu der die Treppe führte, war verschlossen, doch ließ sie unten einen feinen Lichtstreif durch. So war sie drinnen und wartete und stand vielleicht horchend drinnen an der Tür, wie ich drau-

ßen. Ich kratzte mit dem Nagel an der Tür, da hörte ich drinnen Schritte: es schienen mir zögernd unsichere Schritte eines nackten Fußes. Eine Zeit stand ich ohne Atem und dann fing ich an zu klopfen: aber ich hörte eine Mannesstimme, die mich fragte, wer draußen sei. Ich drückte mich ans Dunkel des Türpfostens und gab keinen Laut von mir: die Tür blieb zu, und ich klomm mit der äußersten Stille, Stufe für Stufe, die Stiege hinab, schlich den Gang hinaus ins Freie und ging mit pochenden Schläfen und zusammengebissenen Zähnen, glühend vor Ungeduld, einige Straßen auf und ab. Endlich zog es mich wieder vor das Haus: ich wollte noch nicht hinein; ich fühlte, ich wußte, sie würde den Mann entfernen, es müßte gelingen, gleich würde ich zu ihr können. Die Gasse war eng; auf der anderen Seite war kein Haus, sondern die Mauer eines Klostergartens: an der drückte ich mich hin und suchte von gegenüber das Fenster zu erraten. Da loderte in einem, das offen stand, im oberen Stockwerk, ein Schein auf und sank wieder ab, wie von einer Flamme. Nun glaubte ich alles vor mir zu sehen: sie hatte ein großes Scheit in den Kamin geworfen wie damals, wie damals stand sie jetzt mitten im Zimmer, die Glieder funkelnd von der Flamme, oder saß auf dem Bette und horchte und wartete. Von der Tür würde ich sie sehen und den Schatten ihres Nackens, ihrer Schultern, den die durchsichtige Stelle an der Wand hob und senkte. Schon war ich im Gang, schon auf der Treppe; nun war auch die Tür nicht mehr verschlossen: angelehnt, ließ sie auch seitwärts den schwankenden Schein durch. Schon streckte ich die Hand nach der Klinke aus, da glaubte ich drinnen Schritte und Stimmen von mehreren zu hören. Ich wollte es aber nicht glauben: ich nahm es für das Arbeiten meines Blutes in den Schläfen, am Halse, und für das Lodern des Feuers drinnen. Auch damals hatte es laut gelodert. Nun hatte ich die Klinke gefaßt, da mußte ich begreifen, daß Menschen drinnen waren, mehrere Menschen. Aber nun war es mir gleich: denn ich fühlte, ich wußte, sie war auch drinnen, und sobald ich die Türe aufstieß, konnte ich sie sehen, sie ergreifen und, wäre es auch aus den Händen anderer, mit einem Arm sie an mich reißen, müßte ich gleich den Raum für sie und mich mit mei-

nem Degen, mit meinem Dolch aus einem Gewühl schreiender Menschen herausschneiden! Das einzige, was mir ganz unerträglich schien, war, noch länger zu warten.
Ich stieß die Tür auf und sah:
In der Mitte des leeren Zimmers ein paar Leute, welche Bettstroh verbrannten, und bei der Flamme, die das ganze Zimmer erleuchtete, abgekratzte Wände, deren Schutt auf dem Boden lag, und an einer Wand einen Tisch, auf dem zwei nackte Körper ausgestreckt lagen, der eine sehr groß, mit zugedecktem Kopf, der andere kleiner, gerade an der Wand hingestreckt, und daneben der schwarze Schatten feiner Formen, der emporspielte und wieder sank.
Ich taumelte die Stiege hinab und stieß vor dem Haus auf zwei Totengräber: der eine hielt mir seine kleine Laterne ins Gesicht und fragte mich, was ich suche? Der andere schob seinen ächzenden, knirschenden Karren gegen die Haustür. Ich zog den Degen, um sie mir vom Leibe zu halten, und kam nach Hause. Ich trank sogleich drei oder vier große Gläser schweren Weins und trat, nachdem ich mich ausgeruht hatte, den anderen Tag die Reise nach Lothringen an.
Alle Mühe, die ich mir nach meiner Rückkunft gegeben, irgend etwas von dieser Frau zu erfahren, war vergeblich. Ich ging sogar nach dem Laden mit den zwei Engeln; allein die Leute, die ihn jetzt inne hatten, wußten nicht, wer vor ihnen darin gesessen hatte.

M. de Bassompierre, Journal de ma vie, Köln 1663.
Goethe, Unterhaltungen deutscher Ausgewanderten.

Frau von Murska bewohnte zu Ende der siebziger Jahre in einem Hotel der inneren Stadt ein kleines Appartement. Sie führte einen nicht sehr bekannten, aber auch nicht ganz obskuren Adelsnamen; aus ihren Angaben war zu entnehmen, daß ein Familiengut im russischen Teile Polens, das von Rechts wegen ihr und ihren Kindern gehörte, im Augenblick sequestriert oder sonst den rechtmäßigen Besitzern vorenthalten war. Ihre Lage schien geniert, aber wirklich nur für den Augenblick. Mit einer erwachsenen Tochter Arabella, einem halb erwachsenen Sohn Lucidor und einer alten Kammerfrau bewohnten sie drei Schlafzimmer und einen Salon, dessen Fenster nach der Kärntnerstraße gingen. Hier hatte sie einige Familienporträts, Kupfer und Miniaturen, an den Wänden befestigt, auf einem Gueridon ein Stück alten Samts mit einem gestickten Wappen ausgebreitet und darauf ein paar silberne Kannen und Körbchen, gute französische Arbeit des achtzehnten Jahrhunderts, aufgestellt, und hier empfing sie. Sie hatte Briefe abgegeben, Besuche gemacht, und da sie eine unwahrscheinliche Menge von »Attachen« nach allen Richtungen hatte, so entstand ziemlich rasch eine Art von Salon. Es war einer jener etwas vagen Salons, die je nach der Strenge des Beurteilenden »möglich« oder »unmöglich« gefunden werden. Immerhin, Frau von Murska war alles, nur nicht vulgär und nicht langweilig, und die Tochter von einer noch viel ausgeprägteren Distinktion in Wesen und Haltung und außerordentlich schön. Wenn man zwischen vier und sechs hinkam, war man sicher, die Mutter zu finden, und fast nie ohne Gesellschaft; die Tochter sah man nicht immer, und den dreizehn- oder vierzehnjährigen Lucidor kannten nur die Intimen.

Frau von Murska war eine wirklich gebildete Frau, und ihre Bildung hatte nichts Banales. In der Wiener großen Welt, zu der sie sich vaguement rechnete, ohne mit ihr in andere als eine sehr peripherische Berührung zu kommen, hätte sie als

»Blaustrumpf« einen schweren Stand gehabt. Aber in ihrem Kopf war ein solches Durcheinander von Erlebnissen, Kombinationen, Ahnungen, Irrtümern, Enthusiasmen, Erfahrungen, Apprehensionen, daß es nicht der Mühe wert war, sich bei dem aufzuhalten, was sie aus Büchern hatte. Ihr Gespräch galoppierte von einem Gegenstand zum andern und fand die unwahrscheinlichsten Übergänge; ihre Ruhelosigkeit konnte Mitleid erregen – wenn man sie reden hörte, wußte man, ohne daß sie es zu erwähnen brauchte, daß sie bis zum Wahnsinn an Schlaflosigkeit litt und sich in Sorgen, Kombinationen und fehlgeschlagenen Hoffnungen verzehrte – aber es war durchaus amüsant und wirklich merkwürdig, ihr zuzuhören, und ohne daß sie indiskret sein wollte, war sie es gelegentlich in der fürchterlichsten Weise. Kurz, sie war eine Närrin, aber von der angenehmeren Sorte. Sie war eine seelengute und im Grund eine scharmante und gar nicht gewöhnliche Frau. Aber ihr schwieriges Leben, dem sie nicht gewachsen war, hatte sie in einer Weise in Verwirrung gebracht, daß sie in ihrem zweiundvierzigsten Jahre bereits eine phantastische Figur geworden war. Die meisten ihrer Urteile, ihrer Begriffe waren eigenartig und von einer großen seelischen Feinheit; aber sie hatten so ziemlich immer den falschesten Bezug und paßten durchaus nicht auf den Menschen oder auf das Verhältnis, worauf es gerade ankam. Je näher ein Mensch ihr stand, desto weniger übersah sie ihn; und es wäre gegen alle Ordnung gewesen, wenn sie nicht von ihren beiden Kindern das verkehrteste Bild in sich getragen und blindlings danach gehandelt hätte. Arabella war in ihren Augen ein Engel, Lucidor ein hartes, kleines Ding ohne viel Herz. Arabella war tausendmal zu gut für diese Welt, und Lucidor paßte ganz vorzüglich in diese Welt hinein. In Wirklichkeit war Arabella das Ebenbild ihres verstorbenen Vaters: eines stolzen, unzufriedenen und ungeduldigen, sehr schönen Menschen, der leicht verachtete, aber seine Verachtung in einer ausgezeichneten Form verhüllte, von Männern respektiert oder beneidet und von vielen Frauen geliebt wurde und eines trockenen Gemütes war. Der kleine Lucidor dagegen hatte nichts als Herz. Aber ich will lieber gleich an

dieser Stelle sagen, daß Lucidor kein junger Herr, sondern ein Mädchen war und Lucile hieß. Der Einfall, die jüngere Tochter für die Zeit des Wiener Aufenthaltes als »travesti« auftreten zu lassen, war, wie alle Einfälle der Frau von Murska, blitzartig gekommen und hatte doch zugleich die kompliziertesten Hintergründe und Verkettungen. Hier war vor allem der Gedanke im Spiel, einen ganz merkwürdigen Schachzug gegen einen alten, mysteriösen, aber glücklicherweise wirklich vorhandenen Onkel zu führen, der in Wien lebte und um dessentwillen – alle diese Hoffnungen und Kombinationen waren äußerst vage – sie vielleicht im Grunde gerade diese Stadt zum Aufenthalt gewählt hatte. Zugleich hatte aber die Verkleidung auch noch andere, ganz reale, ganz im Vordergrund liegende Vorteile. Es lebte sich leichter mit einer Tochter als mit zweien von nicht ganz gleichem Alter; denn die Mädchen waren immerhin fast vier Jahre auseinander; man kam so mit einem kleineren Aufwand durch. Dann war es eine noch bessere, noch richtigere Position für Arabella, die einzige Tochter zu sein als die ältere; und der recht hübsche kleine »Bruder«, eine Art von Groom, gab dem schönen Wesen noch ein Relief.
Ein paar zufällige Umstände kamen zustatten: die Einfälle der Frau von Murska fußten nie ganz im Unrealen, sie verknüpften nur in sonderbarer Weise das Wirkliche, Gegebene mit dem, was ihrer Phantasie möglich oder erreichbar schien. Man hatte Lucile vor fünf Jahren – sie machte damals, als elfjähriges Kind, den Typhus durch – ihre schönen Haare kurz schneiden müssen. Ferner war es Luciles Vorliebe, im Herrensitz zu reiten; es war eine Gewohnheit von der Zeit her, wo sie mit den kleinrussischen Bauernbuben die Gutspferde ungesattelt in die Schwemme geritten hatte. Lucile nahm die Verkleidung hin, wie sie manches andere hingenommen hätte. Ihr Gemüt war geduldig, und auch das Absurdeste wird ganz leicht zur Gewohnheit. Zudem, da sie qualvoll schüchtern war, entzückte sie der Gedanke, niemals im Salon auftauchen und das heranwachsende Mädchen spielen zu müssen. Die alte Kammerfrau war als einzige im Geheimnis; den fremden Menschen fiel nichts auf. Niemand findet leicht als erster

etwas Auffälliges: denn es ist den Menschen im allgemeinen nicht gegeben, zu sehen, was ist. Auch hatte Lucile wirklich knabenhaft schmale Hüften und auch sonst nichts, was zu sehr das Mädchen verraten hätte. In der Tat blieb die Sache unenthüllt, ja unverdächtigt, und als jene Wendung kam, die aus dem kleinen Lucidor eine Braut oder sogar noch etwas Weiblicheres machte, war alle Welt sehr erstaunt.
Natürlich blieb eine so schöne und in jedem Sinne gut aussehende junge Person wie Arabella nicht lange ohne einige mehr oder weniger erklärte Verehrer. Unter diesen war Wladimir weitaus der bedeutendste. Er sah vorzüglich aus, hatte ganz besonders schöne Hände. Er war mehr als wohlhabend und völlig unabhängig, ohne Eltern, ohne Geschwister. Sein Vater war ein bürgerlicher österreichischer Offizier gewesen, seine Mutter eine Gräfin aus einer sehr bekannten baltischen Familie. Er war unter allen, die sich mit Arabella beschäftigten, die einzige wirkliche »Partie«. Dazu kam dann noch ein ganz besonderer Umstand, der Frau von Murska wirklich bezauberte. Gerade er war durch irgendwelche Familienbeziehungen mit dem so schwer zu behandelnden, so unzugänglichen und so äußerst wichtigen Onkel liiert, jenem Onkel, um dessentwillen man eigentlich in Wien lebte und um dessentwillen Lucile Lucidor geworden war. Dieser Onkel, der ein ganzes Stockwerk des Buquoyschen Palais in der Wallnerstraße bewohnte und früher ein sehr vielbesprochener Herr gewesen war, hatte Frau von Murska sehr schlecht aufgenommen. Obwohl sie doch wirklich die Witwe seines Neffen (genauer: seines Vaters-Bruders-Enkels) war, hatte sie ihn doch erst bei ihrem dritten Besuch zu sehen bekommen und war darauf niemals auch nur zum Frühstück oder zu einer Tasse Tee eingeladen worden. Dagegen hatte er, ziemlich de mauvaise grâce, gestattet, daß man ihm Lucidor einmal schicke. Es war die Eigenart des interessanten alten Herrn, daß er Frauen nicht leiden konnte, weder alte noch junge. Dagegen bestand die unsichere Hoffnung, daß er sich für einen jungen Herrn, der immerhin sein Blutsverwandter war, wenn er auch nicht denselben Namen führte, irgendeinmal in ausgiebiger Weise interessieren könnte. Und selbst diese ganz

unsichere Hoffnung war in einer höchst prekären Lage unendlich viel wert. Nun war Lucidor tatsächlich einmal auf Befehl der Mutter allein hingefahren, aber nicht angenommen worden, worüber Lucidor sehr glücklich war, die Mutter aber aus der Fassung kam, besonders als dann auch weiterhin nichts erfolgte und der kostbare Faden abgerissen schien. Diesen wieder anzuknüpfen, war nun Wladimir durch seine doppelte Beziehung wirklich der providentielle Mann. Um die Sache richtig in Gang zu bringen, wurde in unauffälliger Weise Lucidor manchmal zugezogen, wenn Wladimir Mutter und Tochter besuchte, und der Zufall fügte es ausgezeichnet, daß Wladimir an dem Burschen Gefallen fand und ihn schon bei der ersten Begegnung aufforderte, hie und da mit ihm auszureiten, was nach einem raschen, zwischen Arabella und der Mutter gewechselten Blick dankend angenommen wurde. Wladimirs Sympathie für den jüngeren Bruder einer Person, in die er recht sehr verliebt war, war nur selbstverständlich; auch gibt es kaum etwas Angenehmeres als den Blick unverhohlener Bewunderung aus den Augen eines netten vierzehnjährigen Burschen.
Frau von Murska war mehr und mehr auf den Knien vor Wladimir. Arabella machte das ungeduldig wie die meisten Haltungen ihrer Mutter, und fast unwillkürlich, obwohl sie Wladimir gern sah, fing sie an, mit einem seiner Rivalen zu kokettieren, dem Herrn von Imfanger, einem netten und ganz eleganten Tiroler, halb Bauer, halb Gentilhomme, der als Partie aber nicht einmal in Frage kam. Als die Mutter einmal schüchterne Vorwürfe wagte, daß Arabella gegen Wladimir sich nicht so betrage, wie er ein Recht hätte, es zu erwarten, gab Arabella eine abweisende Antwort, worin viel mehr Geringschätzung und Kälte gegen Wladimir pointiert war, als sie tatsächlich fühlte. Lucidor-Lucile war zufällig zugegen. Das Blut schoß ihr zum Herzen und verließ wieder jäh das Herz. Ein schneidendes Gefühl durchzuckte sie: sie fühlte Angst, Zorn und Schmerz in einem. Über die Schwester erstaunte sie dumpf. Arabella war ihr immer fremd. In diesem Augenblick erschien sie ihr fast grausig, und sie hätte nicht sagen können, ob sie sie bewunderte oder haßte. Dann löste sich

alles in ein schrankenloses Leid. Sie ging hinaus und sperrte sich in ihr Zimmer. Wenn man ihr gesagt hätte, daß sie einfach Wladimir liebte, hätte sie es vielleicht nicht verstanden. Sie handelte, wie sie mußte, automatisch, indessen ihr Tränen herunterliefen, deren wahren Sinn sie nicht verstand. Sie setzte sich hin und schrieb einen glühenden Liebesbrief an Wladimir. Aber nicht für sich, für Arabella. Daß ihre Handschrift der Arabellas zum Verwechseln ähnlich war, hatte sie oft verdrossen. Gewaltsam hatte sie sich eine andere, recht häßliche Handschrift angewöhnt. Aber sie konnte sich der früheren, die ihrer Hand eigentlich gemäß war, jederzeit bedienen. Ja, im Grunde fiel es ihr leichter, so zu schreiben. Der Brief war, wie er nur denen gelingt, die an nichts denken und eigentlich außer sich sind. Er desavouierte Arabellas ganze Natur: aber das war ja, was er wollte, was er sollte. Er war sehr unwahrscheinlich, aber ebendadurch wieder in gewisser Weise wahrscheinlich als der Ausdruck eines gewaltsamen inneren Umsturzes. Wenn Arabella tief und hingebend zu lieben vermocht hätte und sich dessen in einem jähen Durchbruch mit einem Schlage bewußt worden wäre, so hätte sie sich allenfalls so ausdrücken und mit dieser Kühnheit und glühenden Verachtung von sich selber, von der Arabella, die jedermann kannte, reden können. Der Brief war sonderbar, aber immerhin auch für einen kalten, gleichgültigen Leser nicht ganz unmöglich als ein Brief eines verborgen leidenschaftlichen, schwer berechenbaren Mädchens. Für den, der verliebt ist, ist zudem die Frau, die er liebt, immer ein unberechenbares Wesen. Und schließlich war es der Brief, den zu empfangen ein Mann in seiner Lage im stillen immer wünschen und für möglich halten kann. Ich nehme hier vorweg, daß der Brief auch wirklich in Wladimirs Hände gelangte: dies erfolgte in der Tat schon am nächsten Nachmittag, auf der Treppe, unter leisem Nachschleichen, vorsichtigem Anrufen, Flüstern von Lucidor als dem aufgeregten, ungeschickten, vermeintlichen postillon d'amour seiner schönen Schwester. Ein Postskriptum war natürlich beigefügt: es enthielt die dringende, ja flehende Bitte, sich nicht zu erzürnen, wenn sich zunächst in Arabellas Betragen weder gegen den Geliebten noch gegen

andere auch nur die leiseste Veränderung würde wahrnehmen lassen. Auch er werde hoch und teuer gebeten, sich durch kein Wort, nicht einmal durch einen Blick, merken zu lassen, daß er sich zärtlich geliebt wisse.
Es vergehen ein paar Tage, in denen Wladimir mit Arabella nur kurze Begegnungen hat, und niemals unter vier Augen. Er begegnet ihr, wie sie es verlangt hat; sie begegnet ihm, wie sie es vorausgesagt hat. Er fühlt sich glücklich und unglücklich. Er weiß jetzt erst, wie gern er sie hat. Die Situation ist danach, ihn grenzenlos ungeduldig zu machen. Lucidor, mit dem er jetzt täglich reitet, in dessen Gesellschaft fast noch allein ihm wohl ist, merkt mit Entzücken und mit Schrecken die Veränderung im Wesen des Freundes, die wachsende heftige Ungeduld. Es folgt ein neuer Brief, fast noch zärtlicher als der erste, eine neue rührende Bitte, das vielfach bedrohte Glück der schwebenden Lage nicht zu stören, sich diese Geständnisse genügen zu lassen und höchstens schriftlich, durch Lucidors Hand, zu erwidern. Jeden zweiten, dritten Tag geht jetzt ein Brief hin oder her. Wladimir hat glückliche Tage und Lucidor auch. Der Ton zwischen den beiden ist verändert, sie haben ein unerschöpfliches Gesprächsthema. Wenn sie in irgendeinem Gehölz des Praters vom Pferd gestiegen sind und Lucidor seinen neuesten Brief übergeben hat, beobachtet er mit angstvoller Lust die Züge des Lesenden. Manchmal stellt er Fragen, die fast indiskret sind; aber die Erregung des Knaben, der in diese Liebessache verstrickt ist, und seine Klugheit, ein Etwas, daß ihn täglich hübscher und zarter aussehen macht, amüsiert Wladimir, und er muß sich eingestehen, daß es ihm, der sonst verschlossen und hochmütig ist, hart ankäme, nicht mit Lucidor über Arabella zu sprechen. Lucidor posiert manchmal auch den Mädchenfeind, den kleinen, altklugen und in kindischer Weise zynischen Burschen. Was er da vorbringt, ist durchaus nicht banal; denn er weiß einiges von dem darunter zu mischen, was die Ärzte »introspektive Wahrheiten« nennen. Aber Wladimir, dem es nicht an Selbstgefühl mangelt, weiß ihn zu belehren, daß die Liebe, die er einflöße und die er einem solchen Wesen wie Arabella einflöße, von ganz eigenartiger, mit nichts zu vergleichender Beschaffen-

heit sei. Lucidor findet Wladimir in solchen Augenblicken um so bewundernswerter und sich selbst klein und erbärmlich. Sie kommen aufs Heiraten, und dieses Thema ist Lucidor eine Qual, denn dann beschäftigt sich Wladimir fast ausschließlich mit der Arabella des Lebens anstatt mit der Arabella der Briefe. Auch fürchtet Lucidor wie den Tod jede Entscheidung, jede einschneidende Veränderung. Sein einziger Gedanke ist, die Situation so hinzuziehen. Es ist nicht zu sagen, was das arme Geschöpf aufbietet, um die äußerlich und innerlich so prekäre Lage durch Tage, durch Wochen – weiter zu denken, fehlte ihm die Kraft – in einem notdürftigen Gleichgewicht zu erhalten. Da ihm nun einmal die Mission zugefallen ist, bei dem Onkel etwas für die Familie auszurichten, so tut er sein mögliches. Manchmal geht Wladimir mit; der Onkel ist ein sonderbarer alter Herr, den es offenbar amüsiert, sich vor jüngeren Leuten keinen Zwang anzutun, und seine Konversation ist derart, daß eine solche Stunde für Lucidor eine wahrhaft qualvolle kleine Prüfung bedeutet. Dabei scheint dem Alten kein Gedanke ferner zu liegen als der, irgend etwas für seine Anverwandten zu tun. Lucidor kann nicht lügen und möchte um alles seine Mutter beschwichtigen. Die Mutter, je tiefer ihre Hoffnungen, die sie auf den Onkel gesetzt hatte, sinken, sieht mit um so größerer Ungeduld, daß sich zwischen Arabella und Wladimir nichts der Entscheidung zu nähern scheint. Die unglückseligen Personen, von denen sie im Geldpunkt abhängig ist, fangen an, ihr die eine wie die andere dieser glänzenden Aussichten als non-valeur in Rechnung zu stellen. Ihre Angst, ihre mühsam verhohlene Ungeduld teilt sich allen mit, am meisten dem armen Lucidor, in dessen Kopf so unverträgliche Dinge durcheinander hingehen. Aber er soll in der seltsamen Schule des Lebens, in die er sich nun einmal begeben hat, einige noch subtilere und schärfere Lektionen empfangen.

Das Wort von einer Doppelnatur Arabellas war niemals ausdrücklich gefallen. Aber der Begriff ergab sich von selbst: die Arabella des Tages war ablehnend, kokett, präzis, selbstsicher, weltlich und trocken fast bis zum Exzeß, die Arabella der Nacht, die bei einer Kerze an den Geliebten schrieb, war hingebend, sehnsüchtig fast ohne Grenzen. Zufällig oder gemäß dem Schicksal entsprach dies einer ganz geheimen Spaltung auch in Wladimirs Wesen. Auch er hatte, wie jedes beseelte Wesen, mehr oder minder seine Tag- und Nachtseite. Einem etwas trockenen Hochmut, einem Ehrgeiz ohne Niedrigkeit und Streberei, der aber hochgespannt und ständig war, standen andere Regungen gegenüber, oder eigentlich standen nicht gegenüber, sondern duckten sich ins Dunkel, suchten sich zu verbergen, waren immer bereit, unter die dämmernde Schwelle ins Kaumbewußte hinabzutauchen. Eine phantasievolle Sinnlichkeit, die sich etwa auch in ein Tier hineinträumen konnte, in einen Hund, in einen Schwan, hatte zu Zeiten seine Seele fast ganz in Besitz gehabt. Dieser Zeiten des Überganges vom Knaben zum Jüngling erinnerte er sich nicht gerne. Aber irgend etwas davon war immer in ihm, und diese verlassene, auch von keinem Gedanken überflogene, mit Willen verödete Nachtseite seines Wesens bestrich nun ein dunkles, geheimnisvolles Licht: die Liebe der unsichtbaren, anderen Arabella. Wäre die Arabella des Tages zufällig seine Frau gewesen oder seine Geliebte geworden, er wäre mit ihr immer ziemlich terre à terre geblieben und hätte sich selbst nie konzediert, den Phantasmen einer mit Willen unterdrückten Kinderzeit irgendwelchen Raum in seiner Existenz zu gönnen. An die im Dunklen Lebende dachte er in anderer Weise und schrieb ihr in anderer Weise. Was hätte Lucidor tun sollen, als der Freund begehrte, nur irgendein Mehr, ein lebendigeres Zeichen zu empfangen als diese Zeilen auf weißem Papier? Lucidor war allein mit seiner Bangigkeit, seiner Verworrenheit, seiner Liebe. Die Arabella des Tages half ihm nicht. Ja, es war, als spielte sie, von einem Dämon angetrieben, gerade gegen ihn. Je kälter, sprunghafter, weltlicher, koketter sie war, desto mehr erhoffte und erbat Wladimir von der anderen. Er bat so gut, daß Lucidor zu versagen nicht den Mut fand. Hätte er ihn gefunden, es hätte seiner zärtlichen Feder an der Wendung gefehlt, die Absage auszudrücken. Es kam eine Nacht, in der Wladimir denken durfte, von Arabella in Lucidors Zimmer empfangen, und wie empfangen worden zu sein. Es war Lucidor irgendwie gelungen, das Fenster nach der Kärntnerstraße so völlig zu verdunkeln, daß man nicht die Hand vor den Augen sah. Daß man die Stimmen zum unhörbarsten Flüstern abdämpfen mußte, war klar: nur eine einfache Tür trennte von der Kammerfrau. Wo Lucidor die Nacht verbrachte, blieb ungesagt: doch war er offenbar nicht im Geheimnis, sondern man hatte gegen ihn einen Vorwand gebraucht. Seltsam war, daß Arabella ihr schönes Haar in ein dichtes Tuch fest eingewunden trug und der Hand des Freundes sanft, aber bestimmt versagte, das Tuch zu lösen. Aber dies war fast das einzige, das sie versagte. Es gingen mehrere Nächte hin, die dieser Nacht nicht glichen, aber es folgte wieder eine, die ihr glich, und Wladimir war sehr glücklich. Vielleicht waren dies die glücklichsten Tage seines ganzen Lebens. Gegen Arabella, wenn er unter Tags mit ihr zusammen ist, gibt ihm die Sicherheit seines nächtlichen Glückes einen eigenen Ton. Er lernt eine besondere Lust darin finden, daß sie bei Tag so unbegreiflich anders ist; ihre Kraft über sich selber, daß sie niemals auch nur in einem Blick, einer Bewegung sich vergißt, hat etwas Bezauberndes. Er glaubt zu bemerken, daß sie von Woche zu Woche um so kälter gegen ihn ist, je zärtlicher sie sich in den Nächten gezeigt hat. Er will jedenfalls nicht weniger geschickt, nicht weniger beherrscht erscheinen. Indem er diesem geheimnisvoll starken weiblichen Willen so unbedingt sich fügt, meint er, das Glück seiner Nächte einigermaßen zu verdienen. Er fängt an, gerade aus ihrem doppelten Wesen den stärksten Genuß zu ziehen. Daß ihm die gehöre, die ihm so gar nicht zu gehören scheint; daß die gleiche, welche sich grenzenlos zu verschenken versteht, in einer solchen unberührten, unberührbaren Gegenwart sich zu behaupten weiß, dies wirklich zu erleben, ist schwindelnd, wie der wiederholte Trunk aus einem Zauberbecher. Er sieht ein, daß er dem Schicksal auf den Knien danken müsse, in einer so einzigartigen, dem Geheimnis seiner Natur abgelauschten Weise beglückt zu werden. Er spricht es überströmend aus, gegen sich selber, auch gegen Lucidor. Es gibt nichts, was den armen Lucidor im Innersten tödlicher erschrecken könnte.

Arabella indessen, die wirkliche, hat sich gerade in diesen

Wochen von Wladimir so entschieden abgewandt, daß er es von Stunde zu Stunde bemerken müßte, hätte er nicht den seltsamsten Antrieb, alles falsch zu deuten. Ohne daß er sich geradezu verrät, spürt sie zwischen sich und ihm ein Etwas, das früher nicht war. Sie hat sich immer mit ihm verstanden, sie versteht sich auch noch mit ihm; ihre Tagseiten sind einander homogen; sie könnten eine gute Vernunftehe führen. Mit Herrn von Imfanger versteht sie sich nicht, aber er gefällt ihr.

Daß Wladimir ihr in diesem Sinne nicht gefällt, spürt sie nun stärker; jenes unerklärliche Etwas, das von ihm zu ihr zu vibrieren scheint, macht sie ungeduldig. Es ist nicht Werbung, auch nicht Schmeichelei; sie kann sich nicht klar werden, was es ist, aber sie goutiert es nicht. Imfanger muß sehr wohl wissen, daß er ihr gefällt. Wladimir glaubt seinerseits noch ganz andere Beweise dafür zu haben. Zwischen den beiden jungen Herren ergibt sich die sonderbarste Situation. Jeder meint, daß der andere doch alle Ursache habe, verstimmt zu sein oder einfach das Feld zu räumen. Jeder findet die Haltung, die ungestörte Laune des andern im Grunde einfach lächerlich. Keiner weiß, was er sich aus dem andern machen soll, und einer hält den andern für einen ausgemachten Geck und Narren.

Die Mutter ist in der qualvollsten Lage. Mehrere Auskunftsmittel versagen. Befreundete Personen lassen sie im Stich. Ein unter der Maske der Freundschaft angebotenes Darlehen wird rücksichtslos eingefordert. Die vehementen Entschlüsse liegen Frau von Murska immer sehr nahe. Sie wird den Haushalt in Wien von einem Tag auf den andern auflösen, sich bei der Bekanntschaft brieflich verabschieden, irgendwo ein Asyl suchen, und wäre es auf dem sequestrierten Gut im Haus der Verwaltersfamilie. Arabella nimmt eine solche Entschließung nicht angenehm auf, aber Verzweiflung liegt ihrer Natur ferne. Lucidor muß eine wahre, unbegrenzte Verzweiflung angstvoll in sich verschließen. Es waren mehrere Nächte vergangen, ohne daß sie den Freund gerufen hätte. Sie wollte ihn diese Nacht wieder rufen. Das Gespräch abends zwischen Arabella und der Mutter, der Entschluß zur Abreise, die Unmöglichkeit, die Abreise zu verhindern: dies alles trifft sie wie ein Keulenschlag. Und wollte sie zu einem verzweifelten Mittel greifen, alles hinter sich werfen, der Mutter alles gestehen, dem Freund vor allem offenbaren, wer die Arabella seiner Nächte gewesen ist, so durchfährt sie eisig die Furcht vor seiner Enttäuschung, seinem Zorn. Sie kommt sich wie eine Verbrecherin vor, aber gegen ihn, an die anderen denkt sie nicht. Sie kann ihn diese Nacht nicht sehen. Sie fühlt, daß sie vor Scham, vor Angst und Verwirrung vergehen würde. Statt ihn in den Armen zu halten, schreibt sie an ihn, zum letztenmal. Es ist der demütigste, rührendste Brief, und nichts paßt weniger zu ihm als der Name Arabella, womit sie ihn unterschreibt. Sie hat nie wirklich gehofft, seine Gattin zu werden. Auch kurze Jahre, ein Jahr als seine Geliebte mit ihm zu leben, wäre unendliches Glück. Aber auch das darf und kann nicht sein. Er soll nicht fragen, nicht in sie dringen, beschwört sie ihn. Soll morgen noch zu Besuch kommen, aber erst gegen Abend. Den übernächsten Tag dann – sind sie vielleicht schon abgereist. Später einmal wird er vielleicht erfahren, begreifen, sie möchte hinzufügen: verzeihen, aber das Wort scheint ihr in Arabellas Mund zu unbegreiflich, so schreibt sie es nicht. Sie schläft wenig, steht früh auf, schickt den Brief durch den Lohndiener des Hotels an Wladimir. Der Vormittag vergeht mit Packen. Nach Tisch, ohne etwas zu erwähnen, fährt sie zu dem Onkel. Nachts ist ihr der Gedanke gekommen. Sie würde die Worte, die Argumente finden, den sonderbaren Mann zu erweichen. Das Wunder würde geschehen und dieser festverschnürte Geldbeutel sich öffnen. Sie denkt nicht an die Realität dieser Dinge, nur an die Mutter, an die Situation, an ihre Liebe. Mit dem Geld oder dem Brief in der Hand würde sie der Mutter zu Füßen fallen und als einzige Belohnung erbitten – was? – ihr übermüdeter, gequälter Kopf versagt beinahe – ja! nur das Selbstverständliche: daß man in Wien bliebe, daß alles bliebe, wie es ist. Sie findet den Onkel zu Hause. Die Details dieser Szene, die recht sonderbar verläuft, sollen hier nicht erzählt werden. Nur dies: sie erweicht ihn tatsächlich – er ist nahe daran, das Entscheidende zu tun, aber eine greisenhafte Grille wirft den Entschluß wieder um: er wird später etwas tun, wann, das bestimmt er nicht, und damit basta. Sie fährt nach Hause, schleicht die Treppe hinauf, und in ihrem Zimmer, zwischen Schachteln und Koffern, auf dem Boden hockend, gibt sie sich ganz der Verzweiflung hin. Da glaubt sie, im Salon Wladimirs Stimme zu hören. Auf den Zehen schleicht sie hin und horcht. Es ist wirklich Wladimir – mit Arabella, die mit ziemlich erhobenen Stimmen im sonderbarsten Dialog begriffen sind.

Wladimir hat am Vormittag Arabellas geheimnisvollen Abschiedsbrief empfangen. Nie hat etwas sein Herz so getroffen. Er fühlt, daß zwischen ihm und ihr etwas Dunkles stehe, aber nicht zwischen Herz und Herz. Er fühlte die Liebe und die Kraft in sich, es zu erfahren, zu begreifen, zu verzeihen, sei es, was es sei. Er hat die unvergleichliche Geliebte seiner Nächte zu lieb, um ohne sie zu leben. Seltsamerweise denkt er gar nicht an die wirkliche Arabella, fast kommt es ihm sonderbar vor, daß sie es sein wird, der er gegenüberzutreten hat, um sie zu beschwichtigen, aufzurichten, sie ganz und für immer zu gewinnen. Er kommt hin, findet im Salon die Mutter allein. Sie ist aufgeregt, wirr und phantastisch wie nur je. Er ist anders, als sie ihn je gesehen hat. Er küßt ihr die Hände, er spricht, alles in einer gerührten befangenen Weise. Er bittet sie, ihm ein Gespräch unter vier Augen mit Arabella zu gestatten. Frau von Murska ist entzückt und ohne Übergang in allen Himmeln. Das Unwahrscheinliche ist ihr Element. Sie eilt, Arabella zu holen, dringt in sie, dem edlen jungen Mann nun, wo alles sich so herrlich gewendet, ihr Ja nicht zu versagen. Arabella ist maßlos erstaunt. »Ich stehe durchaus nicht so mit ihm«, sagt sie kühl. »Man ahnt nie, wie man mit Männern steht«, entgegnet ihr die Mutter und schickt sie in den Salon. Wladimir ist verlegen, ergriffen und glühend. Arabella findet mehr und mehr, daß Herr von Imfanger recht habe, Wladimir einen sonderbaren Herrn zu finden. Wladimir, durch ihre Kühle aus der Fassung, bittet sie, nun endlich die Maske fallen zu lassen. Arabella weiß durchaus nicht, was sie fallen lassen soll. Wladimir wird zugleich zärtlich und zornig, eine Mischung, die Arabella so wenig goutiert, daß sie schließlich aus dem Zimmer läuft und ihn allein stehen läßt.

Wladimir in seiner maßlosen Verblüffung ist um so näher daran, sie für verrückt zu halten, als sie ihm soeben angedeutet hat, sie halte ihn dafür und sei mit einem Dritten über diesen Punkt ganz einer Meinung. Wladimir würde in diesem Augenblick einen sehr ratlosen Monolog halten, wenn nicht die andere Tür aufginge und die sonderbarste Erscheinung auf ihn zustürzte, ihn umschlänge, an ihm herunter zu Boden glitte. Es ist Lucidor, aber wieder nicht Lucidor, sondern Lucile, ein liebliches und in Tränen gebadetes Mädchen, in einem Morgenanzug Arabellas, das bubenhaft kurze Haar unter einem dichten Seidentuch verborgen. Es ist sein Freund und Vertrauter, und zugleich seine geheimnisvolle Freundin, seine Geliebte, seine Frau. Einen Dialog, wie den sich nun entwickelnden, kann das Leben hervorbringen und die Komödie nachzuahmen versuchen, aber niemals die Erzählung.
Ob Lucidor nachher wirklich Wladimirs Frau wurde oder bei Tag und in einem anderen Land das blieb, was sie in dunkler Nacht schon gewesen war, seine glückliche Geliebte, sei gleichfalls hier nicht aufgezeichnet.
Es könnte bezweifelt werden, ob Wladimir ein genug wertvoller Mensch war, um so viel Hingabe zu verdienen. Aber jedenfalls hätte sich die ganze Schönheit einer bedingungslos hingebenden Seele, wie Luciles, unter anderen als so seltsamen Umständen nicht enthüllen können.

Die Frau ohne Schatten

Erzählung

Der Kaiser war bei der Kaiserin, die des Sommers wegen ihr Gemach auf der obersten Terrasse des blauen Palastes bewohnte. Die Amme verharrte ihrer Gewohnheit nach wachend auf der Terrasse und überdachte zornig das Geschick, das ihre Herrin, eine Fee und eifersüchtig behütete Tochter des mächtigen Geisterfürsten, als Gattin in die Hände eines sterblichen Mannes gegeben hatte, mochte er gleich der Kaiser der Südöstlichen Inseln sein. In ihrer Einbildung verweilte sie, wie so oft, mit dem ihr anvertrauten Feenkinde noch auf der einsamen kleinen Insel, umflossen von dem ebenholzschwarzen Wasser des Bergsees, den die sieben Mondberge einschlossen, wo sie stille abgeschiedene Jahre verbracht hatten. Wieder meinte sie dem halbwüchsigen Kinde zuzusehen, das sich vor ihren Augen in einen hellroten Fisch verwandelte und leuchtend die dunkle Flut durchstrich, oder die Gestalt eines Vogels annahm und zwischen düsteren Zweigen hinflatterte. Aber mitten in ihre träumenden Gedanken brach mit Gewalt das widerwärtige zweideutige Gefühl der Gegenwart. Mit einem unwillkürlichen Seufzer öffnete sie ganz die Augen und spähte in die schöne Finsternis hinaus. Eine Erhellung über dem großen Teich fiel ihr bald auf. Das Leuchtende kam rasch näher, die Baumwipfel empfingen, wie es darüber hinging, einen Schein. An ihrem Bangen fühlte sie, daß es ein Wesen aus jener Welt war, der sie angehörte und der sich zuzurechnen sie seit einem Jahr kaum mehr den Mut hatte: doch war es nicht Keikobad der Geisterkönig selber, der Vater ihrer Herrin, sonst hätte sie heftiger gezittert. Wie die Terrasse sich erhellte, traf sie der Anhauch der Geisterwelt bis ins Mark. Der Bote stand vor ihr auf dem flachen Dach, er trug einen Harnisch aus blauen Schuppen, der seinen gedrungenen Leib eng umschloß. Sein blauschwarzes Haar war geflochten, und seine Augen funkelten. – Wer bist du, fragte die Amme erschrocken, dich habe ich nie gesehen. – Ich bin der Zwölfte, das mag dir genügen, entgegnete der Bote. Es ist an mir zu fragen, an dir zu antworten. Trägt sie diesmal ein Ungeborenes im Schoß? Ist das Verhaßte in diesem Monat geschehen? Dann wehe dir und mir und uns allen. – Die Amme verneinte heftig. – Also wirft sie noch keinen Schatten? fragte der Bote weiter. – Keinen, rief die Amme, ich darf es dir beteuern wie den Elf, die vor dir kamen, sooft ein Mond geschwunden war. So wenig wirft sie Schatten, als wenn ihr Leib von Bergkristall wäre. Ja, was sie hinter sich läßt, Steine, Rasen oder Wasser, leuchtet nachher stärker auf, so als wären es Smaragden und Topas. – Danke deinem Schöpfer, daß dem so ist, danke ihm auf den Knien, leichtfertiges strafbares Weib. – Leichtfertig! Strafbar! Sollte ich einen glitschigen Fisch im Wasser mit meinen Händen packen? Konnte ich eine junge störrische Gazelle an den Hörnern festhalten? Warum hat er ihr die Gabe der Verwandlung gegeben? So war sie ja schon den Menschen verfallen! Was fruchtete meine Wachsamkeit, meine beständige Angst! – Geprüft müssen alle werden, entgegnete der Bote. – Und warum, gab die Amme zurück, hat sie die schöne Gabe wiederum verloren, die ihr jetzt nottäte, wodurch sie vielleicht dem Verhängnis auf dem gleichen Wege, wo sie ihm verfiel, längst wieder entschlüpft wäre! – Alles ist an eine Zeit gebunden, sonst wären es keine Prüfungen. Zwölf Monde sind hinab, drei Tage kommen nun! – Drei Tage! rief die Amme voll unmäßiger Freude. – Der Bote sah sie streng an. Wer hat dich belehrt, sagte er, die Augenblicke gegeneinander abzuschätzen? Nimm dich zusammen und wache über ihr mit hundert Augen. Das goldene Wasser ist auf der Wanderschaft, es wäre nicht gut, wenn sie ihm begegnete. – Das Wasser des Lebens? rief die Amme, ich habe es nie springen sehen, ich weiß, es ist voll geheimer Gaben, könnte es ihr zu einem Schatten verhelfen? – Sie hätte gerne noch viel gefragt, aber ihr war, als hörte sie hinter sich im Schlafgemach ein Geräusch. Sie wandte den Kopf und sah beim matten Schein der Ampel den Kaiser, der sich leise von der Seite seiner schlafenden Frau erhoben hatte und völlig angekleidet dastand. Schnell kehrte die Amme sich wieder um: der Bote war verschwunden, und es schien die Helligkeit, die ihn umgab, sich in die ganze Atmosphäre verteilt zu haben. Der Kaiser trat leichten Fußes über den Leib der Amme hinweg, die ihr Gesicht an den Boden drückte. Er achtete ihrer so wenig, als läge hier nur ein Stück Teppich. Er ging schnell bis an den Rand des Daches vor, und sein vorgebogener Kopf spähte in die fahle Dämmerung hinaus. Die erfrischte Luft trug ihm aus mäßiger Ferne zu, was er zu hören begehrte. Man führte leise durch die Platanen sein Pferd heran, dem er die Hufe stets mit Tüchern zu umwinden befohlen hatte; denn es war seine Gewohnheit, zeitig vor Tag zur Jagd auszureiten und seine Gemahlin noch schlummernd zurückzulassen, abends aber erst spät heimzukehren, wenn schon Fackeln auf den Absätzen der Treppe brannten und das Schlafgemach von den neun Lampen einer Ampel sanft erleuchtet war. Immerhin hatte er noch keine einzige Nacht dieses Jahres, dessen zwölfter Monat eben zu Ende gegangen war, bei seiner Frau zu verbringen versäumt. Die Amme war hineingegangen und hatte sich zu den Füßen der Schlafenden auf den Rand des Bettes niedergesetzt; mit zweideutiger Zärtlichkeit betrachtete sie ihr Pflegekind. Sie nahm eine Lampe aus der Ampel und hielt sie seitwärts: kein Schatten des Hauptes, der Schultern, der schönen schmalen Hüften ließ sich an der Wand erblicken. Die Schlafende warf sich herum, ihr Gesicht zog sich schmerzlich zusammen, ein leises Stöhnen drang durch die Kehle bis an die Lippen. Auf einmal schlug sie die Augen auf, setzte sich im Bette auf und war nun so völlig wach wie die Tiere des Waldes, die den Schlaf in einem Nu abwerfen. – Er ist fort, sagte sie, und diesmal bleibt er drei Nächte aus. – Die Amme zuckte, sie dachte an das Wort des Boten, aber sie beherrschte sich schnell. – Wovon träumst du, wenn du schläfst? fragte sie hastig, deine Träume sind schlimm. – Er ist hinaus ins Gebirge seinen roten Falken suchen, sagte die Kaiserin, und er wird nicht ruhen, bis er ihn gefunden hat, und müßte er dreißig Tage und dreißig Nächte fortbleiben. – Wehe, daß wir unter Menschen gefallen sind, sprach die Amme. Ist es so weit, daß du, wenn du schläfst, schon fast dreinsiehst wie ihresgleichen! – Warum hast du mich nicht schlafen lassen, rief die Kaiserin, wie soll ich die lange Zeit hinbringen, könnte ich ihm nach, ach, daß ich den Talisman verlieren mußte. –

Unglückseliges Kind, daß du ihn verlieren konntest! Habe ich dir nicht auf die Seele gebunden, daß du ihn bewahrest: an ihm hängt dein Schicksal. – Das wußte ich freilich nicht, daß er es war, der mir die Kraft gab, aus mir heraus und in den Leib eines Tieres hinüberzuschlüpfen. Nun weiß ich es und bin gestraft. Hätte ich ihn noch, wie lustig wären meine Tage, statt daß sie mir nun zwischen meinen glücklichen Nächten öde und traurig hingehen. Was hätte ich tagsüber für ein Leben, und wie wollte ich jeden Tag in einer anderen Gestalt meinem Herrn in die Hände fallen! – Es ist an einem Mal genug, sagte finster die Amme. – Meinst du denn, erwiderte lebhaft die Kaiserin, er hätte mich damals so schnell erlangt, wenn mir nicht sein roter Falke auf den Kopf geflogen wäre und mich nicht mit unablässigen Schlägen seiner Schwingen geblendet hätte, daß mir Feuer aus den Augen sprang und ich im Dorngebüsch zusammenbrach. – Er konnte wirklich den Speer nach dir werfen, der Mörder, der stumpfäugige Höllensohn? Die Amme schrie auf voll ungestillten Hasses. – Verlangst du, daß er mich in dieser Gestalt hätte erkennen sollen, erwiderte die Kaiserin. Aber er hat es mir seitdem oft geschworen, der Blick, der aus dem Auge der Gazelle brach, machte, daß sein Arm unsicher war und der Speer mich nur an der Seite des Halses ritzte wie ein Dorn, anstatt mir die Kehle zu durchbohren. – Die Amme stieß einen halben Fluch aus. – Es war freilich an der Zeit, daß ich mich nicht nur durch einen Blick verriet, sondern schneller als ich es jetzt sage, aus dem Leib der Gazelle mich in diesen meinen eigenen hinüberwarf und die Arme flehend zu ihm aufhob. Denn er war schon vom Pferd gesprungen und hatte den zweiten Wurfspeer, der ihm noch blieb, gezückt; seine Augen waren rot von der Hast und Wildheit der Verfolgung, und seine Züge waren gespannt, daß ich vor ihm, die ihn selbst seit dem ersten Blick liebte und unablässig an mich herangelockt hatte, grausige Todesfurcht empfand und laut aufschrie. Und erst dieser Schrei, so hat er mir gesagt, hat ihn aus der Besessenheit aufgeweckt und uns beiden das Leben gerettet. Nie aber, fügte sie leiser hinzu, ist einer Frau ein herrlicherer Anblick zuteil geworden als auf dem Antlitz meines Liebsten der jähe

Übergang von der tödlichen Drohung des Jägers zu der sanften Beseligung des Liebenden. Ach und nur einmal und nie wieder bin ich so die seinige geworden und soll nie wieder sein Gesicht so übergehen sehen. Sie schlug die Augen wieder auf und fuhr fort: – Er hat mir zugeschworen, daß ein sterblicher Mensch, wie er, ein Glück von solcher jähen Stärke nicht öfter als einmal im Leben ertragen könnte. Es mag wahr sein, denn ich habe ihn unmittelbar nach jener Stunde wie einen Rasenden gesehen, als sein roter Falke ihm unter die Augen kam und er das Tier mit Steinwürfen verfolgte, ja in sinnloser Wut dreimal den Dolch nach dem Vogel warf, dafür, daß dieser mit seinen Schwingen meine Augen geschlagen hatte, und nie vergesse ich den Blick, mit dem der blutende Falke von einem hohen Stein aus seinen Herrn zum letztenmal lang ansah, ehe er sich abwandte, und mit gräßlich zuckenden mühsamen Flügelschlägen in die Dämmerung hinein entschwand. – Die Amme war aufgestanden und auf das flache Dach hinausgetreten; die Geschichte jener Jagd und ersten Liebesstunde kannte sie genau genug: dies alles war wie mit einem glühenden Griffel ihrer Seele eingebrannt. An dem Schicksal des Falken nahm sie ebensowenig Anteil als an dem Glück der Liebenden, dessen Flammen die Wiederkehr von dreihundert Nächten nicht schwächer lodern machte. Ein Gedanke allein erfüllte sie: sie konnte es kaum erwarten, die Sonne hervortreten zu sehen, die fahle Dämmerung war ihr unerträglich: alle Wesen sollten einen Schatten werfen, damit die Einzige, die keinen würfe, um so herrlicher ausgesondert wäre; mit jedem Blick wollte sie sich des Zustandes vergewissern können, an den, wenn er jetzt nur noch drei Tage lang anhielte, eine fürchterliche Schicksalswendung geknüpft war. Voll Ungeduld blickte sie in den Himmel empor, der schon erhellt die Farbe voll grünlichem Türkis annahm: ihr scharfes Auge gewahrte einen Vogel, der in der höchsten Höhe langsam kreiste: aber auch auf ihm war noch kein Abglanz der Sonne. Die Kaiserin war gleichfalls hinausgetreten, die Amme fragte nochmals: – Wovon hast du vor dem Erwachen geträumt? – Ich glaube, von Menschen, antwortete die Kaiserin. – Gräßlich genug, entgegnete die Amme. Es war an deinem Gesicht zu lesen, daß du von Häßlichem träumtest. Wehe, daß wir hier sind, wehe, der es verschuldet hat. – Warum sind Menschengesichter so wild und häßlich, und Tiergesichter so redlich und schön? sagte die Kaiserin. – Vor seinesgleichen graut es sie, murmelte die Amme vor sich hin, ihn sieht sie nicht. Daß ich noch einmal eine Otter wäre und ein gähfließendes Bergwasser quer durchstriche, sagte die Kaiserin. Ungewiesen seinen Weg finden wie die Schlange an der Erde und wie der Weih in der Luft ist Seligkeit, aber Liebe ist mehr. – Sich an die Menschen hängen, murmelte die Amme, heißt sich ausgießen in ein durchlöchertes Faß. – Die Kaiserin wurde den Falken gewahr, der hoch oben kreiste, und die Amme sah mit Lust auf seinen Schwingen den Abglanz der Sonne. Er schien sich langsam niederzulassen, aber das Licht blieb bei ihm: seine Fänge blitzten wie Edelsteine, oder er hielt einen Edelstein in den Fängen. – O glücklicher Tag, rief die Kaiserin mit einemmal, es ist der rote Falke, der Liebling meines Herrn. Er ist geheilt von seiner Wunde, er hat uns vergeben. – Der Falke hing mit ausgebreiteten Schwingen in der Luft. – Der Talisman, schrie die Kaiserin auf, er hat ihn, er bringt ihn mir wieder. – Die Amme lief und brachte ein grünseidenes von Perlen und Edelsteinen funkelndes Obergewand. Sie hielten es empor: – Sieh, wie wir dich und deine Geschenke ehren, du Guter, riefen sie laut, du Königlicher, du Großmütiger! – Der Falke schwebte mit einem einzigen Flügelschlag in einem sanften Bogen nach oben und seitwärts, dann ließ er sich jäh niedergleiten, ein Sausen schlug an den Gesichtern der beiden Frauen vorbei, in einem Nu war der Vogel wieder hoch oben in der Luft, auf dem Gewande lag der Talisman; die Schriftzeichen, die in den fahlweißen flachen Stein gegraben waren, glommen wie Feuer und zuckten wie Blicke. – Ich kann die Schrift lesen, sagte die Kaiserin und verfärbte sich. – Die Amme schauderte, denn ihr waren die Zeichen undurchdringlich wie eh und immer. Ein seltsamer, zweischneidiger Gedanke durchfuhr sie, sie griff schnell nach dem Stein, sie wollte ihn wegreißen, die Schrift verdecken: es war zu spät, die Zeichen waren in Blitzeseile gelesen und sogleich der Sinn durchdrungen. Mit erstarrtem Arm hielt die

Kaiserin den Talisman vor sich hin: es war als sähe sie durch ihn in die Hölle hinab; über ihren Mund kamen Worte nicht wie eines, der sein Urteil abliest, sondern gräßlicher wie aus der Brust eines Tiefschlafenden starr und furchtbar: – Fluch und Tod dem Sterblichen, der diesen Gürtel löst, zu Stein wird die Hand, die es tat, wofern sie nicht der Erde mit dem Schatten ihr Geschick abkauft, zu Stein der Leib, an den die Hand gehört, zu Stein das Auge, das dem Leib dabei geleuchtet – innen der Sinn bleibt lebendig, den ewigen Tod zu schmecken mit der Zunge des Lebens – die Frist ist gesetzt nach Gezeiten der Sterne. – Mir ist, sagte die Kaiserin und ließ den Arm sinken, ich weiß es von der Wiege an, vielleicht hat es mein Vater mir, als ich schlief, ins Ohr geraunt, wehe mir, daß ich es habe vergessen können! – Die Amme blieb still wie das Grab. – Nun verstehe ich, was ich nicht verstand, sagte die Kaiserin und hing den Talisman an die Perlenschnur zwischen ihren Brüsten. Aber ihre aufgerissenen Augen wußten nichts von dem, was ihre schlafwandelnden Hände taten: – Der Schatten ist mein Schatten, den ich nicht werfe, ich habe meinen Herrn dergleichen sprechen hören mit einem seiner Vertrauten, er sagte: Ich will nicht zu Gericht sitzen über die Meinigen und kein Bluturteil sprechen, ehe ich der Erde nicht mein Leben heimgezahlt habe. Es ist das Schattenwerfen, mit dem sie der Erde ihr Dasein heimzahlen. Ich wußte nicht, daß ihnen dieses dunkle Ding so viel gilt. Fluch über mich, daß ich es alles habe gleichgültig anhören können, als ginge es mich nichts an! Ich selber werde sein Tod sein, darum, weil ich auf der Erde gehe und keinen Schatten werfe! – Die erste Erstarrung wich einer tödlichen Angst. Unsagbar war das Verlangen, den Geliebten zu retten. Sie umklammerte die Amme: ihr war, als müsse Hilfe und Rettung von dieser einzigen Freundin kommen, zu der sie als Kind mit ihren Ängsten und Bedürfnissen so oft geflüchtet war. – Du hast mich nie im Stich gelassen, rief sie und drückte heftig die Arme um den Leib der Alten zusammen, hilf mir, du Einzige! Du hast mir alles verziehen, nachgewandert bist du mir von unserer Insel, bist über die Mondberge geklettert, drei Monate bist du in den Städten und Dörfern herumgezogen, bis du erfragt hattest, wo ich hingeraten war, unter den Menschen hast du gewohnt, vor denen es dich schauderte, hast mit ihnen gegessen und geschlafen, ihren Atem über dich ergehen lassen, und alles um meinetwillen, hilf mir du, dir ist nichts verborgen, du findest die Wege und ahndest die Mittel, die Bedingungen sind dir offenbar, das Verbotene weißt du zu umgehen! Hilf mir zu einem Schatten, du Einzige! Zeige mir, wo ich ihn finde, und müßte ich mein Gewand abwerfen und hinabtauchen ins tiefste Meer. Weise mich an, wie ich ihn kaufe, und müßte ich alles für ihn geben, was die Freigebigkeit meines Geliebten auf mich gehäuft hat, ja die Hälfte des Blutes aus meinen Adern! – Das Schweigen der Alten ängstigte sie noch mehr, sie wollte ihr ins Gesicht sehen. Eben brachen querüber die ersten Strahlen der Sonne wie Fackeln herein. Der gräßlich verschlagene, an sich haltende Ausdruck im Gesicht der Amme durchfuhr sie, sie fühlte sich verlassen wie noch nie im Leben, das seit der Kindheit Vertraute wich von ihr, sie war allein. Aber sie war von den Wesen, deren Kräfte mit dem Widerstand wachsen. – Du weißt es, böse Alte, rief sie, du hast es seit je gewußt, du hast es kommen sehen und dich gefreut, du kennst wohl auch die Frist, und dem Tag, der mich tötet, zählst du mit Lust die Tage entgegen wie einem Fest. Dir ist er auch ein Fest, er kommt und bringt dir Lohn oder Nachsicht der Strafe, mein Vater wird wissen, womit er ein feiges, zweideutiges Herz gekauft hat. Allein du hast dich verrechnet, du wolltest mich bewußtlos meinem Unheil ausliefern, aber es ist ein Vogel des Himmels gekommen und hat mich gewarnt. Ich wache und bin mir der Gewalt bewußt, die mir über dich zusteht. Ich will die Frist nicht wissen, vielleicht läuft sie in dieser Stunde ab, und ich könnte erstarren, wenn ich es wüßte. Ich frage dich nichts, ich gebiete dir, daß du mir einen Schatten schaffest, und müßtest du darüber dein Leben lassen und ich mit dir, ja sollten wir beide dabei mit lebendigem Herzen zu Stein werden. Mein Vater ist weit, und ich bin dir nahe, auf und mir voran, ich hinter dir, und schaffe mir, bei den gewaltigen Namen! den Schatten. Hier und nicht anderswo wird der Weg angetreten, heute und nicht morgen, in dieser Stunde und nicht bis die Sonne höher steht. – Die Amme erzitterte, sie wußte nicht, was sie erwidern sollte, alles, was ihre Schlauheit ausgesonnen hatte, was sich ihr fast zur Gewißheit der Befreiung verdichtet hatte, alles wurde verschwimmend vor ihrem Blick. Die Schlafende, schmerzlich Zuckende, die einer irdischen Frau glich, hatte sie mit verachtender Zärtlichkeit angeblickt und beinahe gehaßt. Nun stand wieder die unbedingte Herrin vor ihr, und die Lust des Dienenmüssens durchdrang die Alte von oben bis unten. Sie fing etwas unbestimmtes Beruhigendes zu reden an. – Kein Wort, rief die Herrin, als das Wort der Wegweisung, keine Ausflüchte, denn du weißt, keine Zögerung, denn mir brennen die Sekunden auf dem Herzen. – Kind, wüßte ich gleich die Wege und ahndete mir vielleicht, unter welchen Bedingungen ein Schatten sich erwerben ließe ... – Das ist es, rief die junge Frau, dorthin! Du voran, ich hinter dir, in diesem Atemzug. Erwerben ist auch nicht das richtige Wort, murmelte die Amme, abdienen vielleicht, ablisten noch eher dem rechtmäßigen Besitzer. – Hin dort, wo ein solcher wohnt, und wäre es ein Drache mit seiner Brut! – Vielleicht etwas Schlimmeres, schwant dir nichts? – Voran, du Umständliche, du Doppelzüngige, schrie die Herrin zornig und zerrte die Alte vom Boden auf. Du bist mir schlimmer als ein Drache. – Schlimmer als ein Drache, abscheulicher dem Auge, widerwärtiger der Seele, sagte die Alte und sah der jungen Frau starr ins Gesicht, ist ein Mensch. – Führe mich zu dem Menschen, dem sein Schatten feil ist, daß ich ihn kaufen kann, ich will seine Füße küssen. – Wahnwitziges Kind, rief die Amme, weißt du, was du sagst! Schauderts dich nicht vor ihnen bis in deine Träume hinein, so wenig du von ihnen weißt? Und nun – hausen willst du mit ihnen! Handeln mit ihnen? Rede um Rede, Atem um Atem? Ihre Blicke erspähen? Ihrer Bosheit dich schmiegen? Ihrer Niedrigkeit schmeicheln? Ihnen dienen? Denn auf das läufts hinaus. Grausts dich nicht? – Ich will den Schatten, rief die Kaiserin, hinab mit uns, daß ich ihrer einem diene um den Schatten. Wo steht das Haus, bringe mich zu ihm! Ich will! – Das Haus? entgegnete die Amme, und ihr Blick wurde blöde, wüßte ich, wo das steht, so wären wir weiter als wir sind. Wir müssen es finden. – Die Junge hing am Munde der Alten: sie erkannte, daß das, was sie jetzt gesprochen hatte, die Wahrheit war, und sie erblaßte noch tiefer. – Du weißt nicht den Menschen noch das Haus, flüsterte sie, so gilt es, daß wir beide suchen und beide finden, du voran, ich hinter dir. – Ihr fester Mut loderte in ihr wie eine Flamme in einem Gefäß von Alabaster. – Ich weiß, daß ihnen alles feil ist, das ist alles, was ich weiß, sagte die Amme. Auf nun du und schreibe einen Brief an deinen Gebieter. – Was soll ich schreiben, fragte die Kaiserin gehorsam wie ein Kind. – Die kluge Alte riet ihr, wie sie den Brief abfassen sollte. Es galt ihre Abwesenheit vom blauen Palaste unauffällig zu machen, aber nichts sollte von dem gesagt sein, was sie ängstigte, noch weniger etwas von dem, was sie vorhatte. Sie hielt das Blatt aus geglätteter Schwanenhaut zierlich auf der flachen linken Hand, sie malte mit der rechten die Zeichen hin, aber die Hand wurde ihr schwer, Seufzer über Seufzer drang aus ihrem Mund. Wie harmlos immer sie die Zeichen setzte, wie schön sie sie anordnete, immer wieder schien sich die Ankündigung des Unheils durchzudrängen. Alles schien ihr zweideutig, die schönen Zeichen selber wurden ihr fürchterlich, unter Seufzern brachte sie den Brief zu Ende, eine kristallene Träne fiel auf die Schwanenhaut. Die Amme sah zu, sie verstand nicht, was da so schwer war. Sie nahm den Brief aus der Hand, rollte und faltete ihn zusammen, umhüllte ihn mit einem perlenbestickten Tüchlein und schob alles in eine flache Hülse aus vergoldetem Leder. Die Kaiserin zog ihr eigenes Haarband durch die goldenen Ösen an der Hülse, sie knüpfte es in einen Knoten, den nur der Kaiser zu lösen verstand. Der Brief war geschlossen und bald einem Boten übergeben, der wohlberitten und der Wege kundig war.

***

Indessen er auf einem schnellen Paßgänger dahinritt, die Jagd einzuholen, glitt die Amme voran, die Kaiserin hinter ihr durch die Luft hinab und ließen sich in der volkreichsten Stadt der Südöstlichen Inseln zur Erde nieder. Sie hatten dürftige Kleider, das der Alten war aus schwarz und weißen

Flicken zusammengesetzt, daß sie erschien wie eine gesprenkelte Schlange, die junge sah noch unscheinbarer aus und ihr strahlendes Gesicht war durch Bestreichen mit einem dunklen Saft unkenntlich gemacht. Niemand achtete der Beiden, sie schritten eilig am Gelände des Flusses hin, der die große Stadt durchfloß. Das gelbliche Wasser trug große Flecken von dunkler Farbe dahin, die sich aus dem Viertel der Färber, das oberhalb der Brücke lag, immer erneuten; vom andern Ufer, wo die niedrigen Häuser der Loh- und Weißgerber standen, drang der scharfe Geruch der Lohe herüber und Häute von Tieren waren an den Abhängen des Flusses mit kleinen Holzpflöcken zum Trocknen ausgespannt. Herüben wohnten die Huf- und Nagelschmiede, und die Luft war erfüllt vom Getöse fallender Hämmer, vom Widerschein offener Feuer, vom Geruch verbrannten Hufes. Die Amme ging rasch und sicher, als folge sie einer Spur, die Kaiserin lief hinter ihr drein. Sie kamen auf eine Brücke, über die viele Leute sich schoben, Lastträger, Soldaten, zweirädrige Wagen und Berittene. Die Amme drang durch die Menschen hindurch, die Kaiserin wollte dicht hinter ihr bleiben, aber es gelang ihr nicht. Das Fürchterliche in den Gesichtern der Menschen traf sie aus solcher Nähe, wie noch nie. Mutig wollte sie hart an ihnen vorbei, ihre Füße vermochten es, ihr Herz nicht. Jede Hand, die sich regte, schien nach ihr zu greifen, gräßlich waren so viele Münder in solcher Nähe. Die erbarmungslosen, gierigen, und dabei, wie ihr vorkam, angstvollen Blicke aus so vielen Gesichtern vereinigten sich in ihrer Brust. Sie sah die Amme vor sich, die nach ihr umblickte, sie wollte nach, sie ging fast unter in einem Knäuel von Menschen, auf einmal war sie vor den Hufen eines großen Maulesels, der wissende, sanfte Blick des Tieres traf sie, sie erholte sich an ihm. Der Reiter schlug den Esel, der zögerte, die zitternde Frau nicht zu treten, mit dem Stock über den Kopf. – Ist es an dem, daß ich mich in ein Tier verwandeln und mich den grausamen Händen der Menschen preisgeben muß? ging es durch ihre Seele und sie schauderte, dabei vergaß sie sich einen Augenblick und fand sich, vom Strome geschoben, am Ende der Brücke, sie wußte nicht wie. – Sie sah die Amme bei einer Garküche stehen, einer offenen

Bude, und auf sie warten. Die Leiber schöner, kleiner rosiggoldener Fische lagen da, in denen die Hände eines Negers wühlten. An einem Balken hing ein enthäutetes Lamm mit dem Kopf nach abwärts und sah sie mit sanften Augen an. Ein Arm zog sie an sich, es war die Amme, die gesehen hatte, daß sie sich verfärbte und für kurz die Augen schloß, und die sie aus dem Gedränge in eine kleine Seitengasse riß. Hier gingen wenige Menschen vorbei, sie waren mit Ballen Tuches beladen, an den Häusern hingen hie und da große Streifen gefärbten Zeuges von Trockenstangen herab. Halbwüchsige Kinder schleppten Tröge und dunkelfarbiges Zeug zum Schwemmen. Die Alte war stehengeblieben vor einem niedrigen Haus unter den Häusern der Färber und horchte auf die Stimmen von Streitenden, die aus dem Innern drangen. Mehrere Männerstimmen ließen sich aufgebracht vernehmen, die Stimme einer noch jungen Frau erwiderte ihnen böse und herrisch; dann mischte sich eine andere Männerstimme ein von tiefem, gelassenem Klang, die anscheinend zum Frieden redete. Aber die Stimme der jungen Frau erhob sich böser und herrischer als zuvor. – Die Stimme gefällt mir, sagte die Amme und winkte der Kaiserin, sich dicht an die Mauer zu stellen. – Der Zank drinnen wurde heftiger, endlich sagte die tiefe Stimme, die am wenigsten gesprochen hatte, etwas Befehlendes sehr nachdrücklich, wenn auch mit völliger Gelassenheit. Darauf näherten sich die anderen Männerstimmen, die unzufrieden und mißtönend waren, der Haustür. Die Amme tat als ginge sie weiter, aber so langsam, als wäre sie sehr alt und krank und vermöchte mit jedem Schritt nur ein Geringes zurückzulegen. Die Kaiserin schlich neben ihr hin; aus dem Haus traten drei Männer, ein einäugiger, ein einarmiger und ein dritter viel jüngerer, der verwachsen war und aus gelähmter Hüfte hinkte. – Wahrlich, meine Brüder, sagte der Einäugige, der der älteste schien, der Büttel, der mir vor zweiundzwanzig Jahren mein Auge ausstieß, hat an mir nicht getan wie unseres Bruders Frau an unserem Bruder tut. – Wahrlich nein, sagte der Einarmige, indem sie die Gasse hingingen, und die verfluchte Ölmühle, die mir vor fünfzehn Jahren meinen Arm ausriß, hat an mir nicht getan wie sie an ihm tut. –

Und das Kamel, das mir vor neun Jahren meinen Rücken krumm trat, nicht an mir! setzte der Jüngste hinzu. – Wahrlich, dieses Weib, unsere Schwägerin, sagte der Älteste wieder, ist durch ihren Hochmut und ihre Bosheit ein pestgleiches Übel und darum bleibt sie unfruchtbar, obwohl sie jung und schön ist und obwohl unser Bruder ein Mann unter den Männern ist. – Das ist unser Haus, sagte die Amme, und wandte sich im Rücken der drei Männer wieder dem Färberhaus zu. – Sie trat schnell ins Haus, glitt durch den Flur und in einen niedrigen Schuppen, der vor Alter dem Zusammenstürzen nahe war, und zog die Kaiserin hinter sich. – Wir müssen warten, bis der Mann aus dem Hause ist, flüsterte sie ihr zu, und zeigte auf einen Spalt in der Lehmwand, an den sie ihr Auge legte. – Sie wies der Kaiserin einen andern Spalt und beide blickten sie in das einzige Gemach des Hauses. Die Kaiserin sah eine junge Frau, sehr ärmlich gekleidet, mit einem hübschen aber unzufriedenen Gesicht auf der Erde sitzen und festgeschlossenen Mundes ins Leere schauen, und sie sah einen großen, stämmigen Mann von etwa vierzig Jahren, welcher mit seinen dunkelblauen Händen einen ungeheueren Ballen von scharlachrotem Schabrackentuch aufschichtete und mit Stricken umwand, um ihn seinem Rücken aufzuladen, der stark war wie der eines Kameles: das war Barak, der Färber. Unter der Arbeit kehrte er der Wand sein großes Gesicht zu, worin die Stirne niedrig, die Ohren wegstehend und der Mund wie ein Spalt war. Er erschien der Kaiserin abschreckend häßlich, und die junge Frau dünkte sie böse und gemein. Man konnte wahrnehmen, daß der Färber gerne zu seiner Frau gesprochen hätte; als er das Bündel geschnürt hatte, trat er ungeschickt mit seinen gewaltigen Füßen hin und her, tat, als höbe er etwas auf, das nicht weit von ihr auf dem Boden lag, beschmutzte seine Hände in einer Pfütze abgeronnenen Farbwassers, murmelte etwas und sah seine Frau von der Seite an; aber ihr Blick ging beharrlich an ihm vorüber ins Leere, als wäre er nicht da. Endlich seufzte er, schwang mit einem Hub die schwere Last auf seinen Rücken und ging gebeugt wie ein Lasttier, aber mit festen, gleichmäßigen Schritten, zur Tür hinaus. Als sich die Frau allein fand, stand sie sogleich auf. Sie ging träge durchs Zimmer und stieß mit schleppendem Fuß einen alten Steinmörser um, der auf der Erde stand, und das Gestoßene ergoß sich auf dem fleckigen Boden. Sie bückte sich halb es aufzusammeln, aber mit einem verächtlichen Zucken ihrer Lippen ließ sie es sein. Sie ging auf ihr und des Färbers niedriges Lager zu, das in der hintersten Ecke an der Ziegelmauer aus ein paar alten Kissen und Decken zugerichtet war und brachte es in Ordnung, indem sie, was schief lag, mit dem Fuß gerade stieß. Dann ging sie wieder weg und warf aus der Mitte des Zimmers einen bösen Blick auf das Bett. Gähnend machte sie sich daran aus einem Mauerloch einen dürftigen Vorrat gelbgrünlicher Olivenzweige hervorzusuchen; sie warf das Holz vor der Feuerstelle, die nichts war als ein rauchgeschwärztes Loch in der Mauer, zu Boden, und richtete sich wie einer, der einer langen Arbeit satt ist, langsam auf. Ihre Hände strichen seitlich an ihrem Leib herab, und als sie die Schlankheit ihrer Hüften fühlte, lächelte sie unwillkürlich. – Wir sind soweit, flüsterte die Amme, hinein mit uns; und sie glitten aus dem Schuppen und traten völlig in die Tür des Wohngemaches. – Die Kaiserin hatte noch nie den Fuß über die Schwelle einer menschlichen Behausung, mit Ausnahme ihres eigenen Palastes, gesetzt; eine namenlose Bangigkeit wandelte sie an, wieder mußte sie die Augen schließen und fühlte sich taumeln, ja fast wäre sie über den langen Stiel einer Schöpfkelle, die auf der Erde lag, hingeschlagen und um sich zu stützen griff sie nach einem an einer Kette hängenden Kessel, der nachgab und sie mit einer scharlachroten Flüssigkeit bespritzte. Als die Frau über die Schwelle, an der selten ein fremdes Gesicht erschien, eine alte Person, die einer schwarz-weißen Elster glich, und eine junge Stolpernde eilfertig eintreten sah, mußte sie laut auflachen wie ein Kind und vermochte mit Lachen lange nicht aufzuhören, indessen die Amme in einem augenblicklichen Wortschwall, womit sie sich einführte, alles geschickt zu wenden und zu nützen wußte. – Es sei kein Wunder, fing sie an, wenn ihre Tochter gestolpert sei, wenngleich sie dafür um Verzeihung bitte, denn das Kind sei der Stadt ungewohnt und matt genug geworden vom Gassenablaufen, Fragen und

Suchen – es habe mancher sie unrecht gewiesen, vielleicht aus Unkenntnis, vielleicht aus Bosheit, sie aber habe nicht nachgelassen, bis sie das richtige Haus gefunden habe, nun aber, da sie die auserlesene Schönheit ihrer jungen Herrin – hier verneigte sie sich vor der Färbersfrau, und berührte mit ihrer Stirn den Boden und hieß ihre Tochter das Gleiche tun – mit Augen sehe, sei in ihr auch nicht mehr der mindeste Zweifel, daß sie am richtigen Ort sei. – Inwiefern am richtigen Ort? Wer sie denn geschickt? Zu welchem Ende? Und was das alles heißen solle? fragte die Färberin, zitternd vor Staunen. – Als die Alte mit abermaligen Verneigungen vorbrachte, sie wisse wohl, daß ihre junge Herrin Bedarf nach Dienerinnen habe, und sie bitte inständig – hierbei küßte sie der Frau den Saum des Kleides – die Erfahrenheit ihres noch rüstigen Alters und die Anstelligkeit ihrer Tochter einer Probe zu würdigen, wollte sich die junge Frau totlachen, besonders, weil jede der beiden Fremden von der Berührung des unreinlichen Fußbodens einen dunkelblauen Fleck mitten auf der Stirn trug. Darüber, wer es denn gewesen sei, der sie hierher beschieden und ihr den angeblichen Dienstplatz nachgewiesen habe, ließ sie sich mit vielen Worten, aber doch nicht ganz deutlich aus. Es wäre, soviel ergab sich denn endlich, ein Begegnender auf der Brücke gewesen, nicht auf der neuen Brücke, sondern auf einer andern, ein junger Mann, fast noch ein Knabe, ein recht zierlicher; vielleicht habe dieser aber auch nur im Auftrage des andern gehandelt, eines etwas älteren, stolzen und vornehmen, wie ein Fürst dreinsehenden, der sich zuerst seitwärts gehalten, dann aber doch auch mit ihr geredet; ja, wenn sie es auch recht bedenke, wäre es wohl dieser: an diesem habe ihre junge Herrin einen wahrhaft anteilvollen Verehrer und Freund. Hier zwinkerte sie mit den rotumränderten Augen so seltsam und bedeutungsvoll, daß die Färberin einen Schritt zurücktrat, und mit dem süßen Schauder der Überraschung in sich schwor, sie habe in der Welt draußen einen solchen Freund, wenngleich sie ihn nie gesehen, nie bis zu dieser Stunde ein Zeichen seines Lebens empfangen hatte. Die Alte war gleich wieder dicht bei ihr, und eben weil sie fühlte, daß die Frau sich nicht von ihr ab, sondern gerade jetzt im Innersten ihr zuwandte, tat sie mit Verstellung, als befürchte sie das Gegenteil, und rief Gott zum Zeugen an, daß ein seltsameres Mißverständnis kaum möglich sei, als wenn sie nun doch an den unrichtigen Ort geraten wäre! Kaum getraue sie sich nun zu fragen, ob denn die weiteren Zeichen stimmten, ob die auserlesen schöne, junge Herrin in der Tat vermählt sei, seit zwei Jahren vermählt und, seltsam genug, kinderlos bis zum heutigen Tag – ei ja, dies wäre sie – und vermählt mit einem Mann aus dem Färberstande von gesetztem Alter – er könnte leichtlich der Vater seiner Frau sein – von plumper Gestalt, mit einem klaffenden Mund und großen Ohren? Ach ja doch, so ungefähr wäre Barak ihr Mann beschaffen. Und ob drei unvermählte Schwäger im Hause wären, böse, lästige Burschen, einarmig, einäugig und bucklig, zänkische Nichtstuer und Schmarotzer am Tisch des Bruders, die der geheimnisvolle Freund hasse bis auf den Tod um der Belästigungen willen, die sie seiner schönen Freundin beständig bereiteten. Von diesem Augenblicke an war für die schöne Färberin nichts so unumstößlich, als daß sie einen verborgenen Freund von wunderbarer Zartheit des Denkens und Fühlens besitze: das schien ihr vor allem köstlich, daß er von ihrem Dasein bis ins einzelne wußte, über ihr wachte, und die Betrübnisse und Kränkungen, an denen ihr junges Leben vermeintlich reich war, mit ihr teilte, wodurch sich ihr die Öde ihrer Lebenstage von innen her so plötzlich durchleuchtete, daß ein Widerschein davon auf ihrem Gesicht aufflammte. – Wohl uns, rief jetzt die Amme, wir sind vor die rechte Schmiede gekommen! Du bist es, die Seltene, Auserlesene unter tausenden, von der ich weiß, was zu wissen mir das alte Herz im Leibe erwärmt. Du bist es, die über ihren eigenen Schatten springt, die abgeschworen hat ihres Mannes unablässiger, vergeblicher Umarmung und zu sich selber gesprochen: Ich bin satt worden der Mutterschaft, ehe ich davon gekostet habe. Du bist es, welche die ewige Schlankheit des unzerstörten Leibes gewählt hat und abgesagt in ihrer Weisheit einem zerrütteten Schoß und den frühwelken Brüsten. – Die Alte sprach diese Sätze mit lauter Stimme und mit einer Art von feierlichem Singsang, und die abscheuliche Fratze, die sie sich für die Menschenwelt angelegt hatte, glich wirklich dem Kopf einer aufgerichteten gesprenkelten Schlange. Die Färbersfrau sah ihr auf den zahnlosen Mund, in dem die zauberisch beredte Zunge zwischen dünnen Lippen eilig herumfuhr und wußte nicht wie ihr war: etwas, das diesem ähnlich war, lag seit dem zweiten Jahre ihrer unfruchtbaren Ehe dunkel in ihr zwischen Schlafen und Wachen – sie hatte es nie ausgesprochen, auch nie zu sich selber, und doch war es vielleicht unausgesprochen im Halbschlaf über die Lippen gekrochen, wenn sie die unermüdliche Zärtlichkeit des starken Färbers mürrisch und träge erwiderte wie ein unwilliges Kind – es war ausgesprochen und niemand als Barak konnte es wissen, und wenn diesem sogar etwas davon in die Tiefe seiner Seele gedrungen war, nie ging ihm solches über die schwere Zunge, und nun sang es dieses fremde Weib ihr da in ihre Ohren, daß es klang wie eine Lobpreisung, es war durchflochten mit Prophezeiung und verknüpft mit der reizenden Botschaft von einem unbekannten Liebenden; nie hatte ein Mensch so zu ihr gesprochen, vor Verlegenheit und Wichtigkeit überlief es sie heiß und kalt, Neugier und Scham riß sie weg und hin zu der Alten, sie fühlte, wie ihr vor Aufregung das Weinen in die Kehle stieg und verzog den Mund, um es nicht aufkommen zu lassen und kehrte sich ab. Die Alte hinter ihrem Rücken machte der Kaiserin heimlich Zeichen mit ihren schauerlich zwinkernden, wimperlosen Augen, sie zeigte auf den schwachen Schatten, den die Frau in dem halbdunklen Raum an die Erde warf und tat als streichelte sie ihn, spreizte die Finger nach ihm aus, als könnte sie ihn vom Boden wegreißen und ihrer Herrin zustecken. Dann kroch sie um die Färberin herum und begann mit neuen zudringlichen Dienstesbezeugungen das Feuer der Verwirrung zu schüren, das sie entzündet hatte. – O Herrin, erbarme dich unser und willfahre uns, die wir dir dienen wollen! Wie nur können wir deine Zufriedenheit erwerben, daß du uns hier prüfest und dann später in dein Freudenleben mitnimmst. – Du Närrische, sagte die Frau, hier und nirgends anders spielt sich mein Freudenleben ab. Dort die Schöpfkellen sollen rein werden, die Rührstangen abgekratzt, die Stampfmörser geputzt, der Zuber ausgeleert, der Boden aufgewaschen, der Trog angefüllt, dem kalten Kessel soll untergeheizt werden und der heiße umgerührt, die Tierhaut da soll glatt geschabt werden, und der Sack voll Körner in der Handmühle gemahlen, Öl soll aus dem Schlauch und Fische in die Pfanne, das Feuer soll brennen, die Fische sollen braten und Ölfladen gar werden. Barak, mein Mann, ist hungrig, und das Einaug, der Einarm und der Buckel wollen auch essen. – Heran, meine Tochter, schrie die Alte wie besessen, heran und rühre die Hände, wir müssen uns beglaubigen vor unserer Herrin, damit sie uns aufnimmt in ihre Herrlichkeit! – Was soll die närrische Rede, sagte die Frau und lachte. – Herbei ihr Pfannen und Feuer brenne! rief die Amme gellend, ohne ihr zu antworten. – Die Pfannen flogen ihr durch die Luft in die Hände, und die grünen Ölzweige fingen an zu knistern. – Wer seid ihr, sagte mit schwankender Stimme die Färberin, wer ist dort die Junge, ist sie wirklich deine Tochter, die Lautlose? sie sieht dir nicht ähnlich, warum hält sie sich im Dunkeln und was starrt sie so auf mich? – Das Feuer loderte auf und der Schatten der jungen Frau fiel über den Lehmboden bis an die drübere Wand. – Herzu ihr Fischlein aus Fischers Zuber! rief die Alte, und hantierte unablässig über dem Feuer. – Sieben Fischlein glitten durch die Luft und die dünnen Finger der Alten und landeten ihre rosiggoldenen Leiber nebeneinander auf dem Hackstock. – Wer seid ihr? fragte die Frau nochmals mit verlöschendem Atem. – Gewürze aus dem Gewürzgarten meiner Herrin! rief die Alte befehlend und steckte beide Klauen in die leere Luft, aus der sie sich mit Gewürzen füllten, deren Duft das Zimmer durchzog. – Welcher Herrin? schrie die junge Frau, wie aus dem Traume heraus, halb toll vor Angst und Neugierde. – Die Alte warf die Fischlein in die Pfanne und goß Öl über sie und rückte sie ans Feuer. – Frage deinen Spiegel! gab sie über die Schulter zurück. – Ich habe keinen Spiegel, rief hastig die Färberin, ich mache mein Haar über dem Bottich. – Das Feuer lohte höher auf und der Schatten bewegte sich und wurde schöner und schöner. – Worauf läuft es hinaus? dachte die Kaiserin und zitterte vor Fremdheit und Ungeduld. – Ihr war, als gäben die Fischlein in der Pfanne alle zusammen einen klagenden Laut. Ja, sie riefen ganz deutlich in singendem Ton diese Worte:

Mutter, Mutter, laß uns nach Haus
Die Tür ist verriegelt: wir finden nicht hinein.

– Wo bin ich, sprach die Kaiserin, höre ich es allein? – Der Laut traf sie an einer Stelle so tief und geheim, daß dort nie etwas sie getroffen hatte. Die Amme hantierte am Feuer wie eine Tolle, die Pfannen hüpften, das Öl sott, die Fische schnalzten, die Kuchen quollen auf. Sie schrie etwas in die Luft, in ihrer ausgereckten Hand blitzte ein kostbares Band, durchflochten mit Perlen und Edelsteinen, jenem gleich, mit dem die Kaiserin ihren Brief gesiegelt hatte, in der andern ein runder Spiegel. Sie kniete vor der Färberin nieder, die sich zu ihr auf die Erde kauerte. Die Alte führte ihr die Hand, das Haarband flocht sich ins Haar, das junge Gesicht glühte aus dem runden Spiegel wie aus purem Feuer wiedergeboren. Kläglich sangen die Fischlein:

Wir sind im Dunkel und in der Furcht
Mutter laß uns doch hinein
Oder ruf den lieben Vater
Daß er uns die Tür auftu!

Hören die es nicht? dachte die Kaiserin, ihr wurde dunkel vor den Augen, aber die Sinne vergingen ihr nicht. Deutlich sah sie die beiden andern Gestalten. Die Junge lag gekauert und sah unablässig in den Spiegel, die Alte sprang zwischen ihr und dem Herd hin und her. – Mir hat Ähnliches geträumt, sagten die Lippen der Färberin. – Das Gesicht der jungen Frau war seltsam verändert und ihre nächsten Worte waren nicht zu verstehen. Die Alte sprang auf sie zu wie ein Liebhaber, sie kniete bei ihr nieder, ihr Mund flüsterte dicht am Ohr: – Hat dir auch geträumt, daß es auf ewig sein wird? – Sie verstanden sich mit halben Worten. Die Junge sank zusammen vor Glück, ihr Auge drehte sich nach oben, daß man nur das Weiße aufleuchten sah. – Drei Nächte zuerst – wirst du stark sein? zischte die Amme, drei Nächte ohne deinen Mann. – Die Junge nickte dreimal, – das ist nichts, aber was kommt dann? flüsterte sie, ist es arg? ist es gräßlich, was ist es, das ich tun muß? – O du Unschuldige, rief die Amme, streichelte ihr die Hände, die Wangen, die Füße. Ein Nichts ist es. – Wirst du zu meinem Beistand bei mir sein? hauchte die Färberin. – Sind wir nicht deine Sklavinnen von Stund an! rief die Alte. – Sag mir wie es sein wird, fragte die Junge. – Du erwartest das Große und wirst erstaunen über das Geringe, entgegnete die Amme. Die drei Nächte und der feste Entschluß, diese sind das Schwere. – Der Entschluß ist gefaßt und die drei Nächte sind mir leicht, sag mir, wie das Werk vollbracht wird! – Du schleichst dich zwischen Tag und Nacht aus dem Haus an ein fließendes Wasser, sagte die Amme. – Der Fluß ist nah, lispelte die Junge. – Dem fließenden Wasser kehrst du den Rücken und tust die Kleider ab, behältst nichts an dir als den Pantoffel am linken Fuß. – Nichts als den? sagte die Färberin und lächelte ängstlich. – Dann nimmst du sieben solcher Fischlein, wirfst sie mit der linken Hand über die rechte Schulter ins Wasser und sagst dreimal: Weichet von mir, ihr Verfluchten, und wohnet bei meinem Schatten. Dann bist du die Ungewünschten für immer los und gehest ein in die Herrlichkeit, wovon dieses Haarband und das Mahl, das ich hier bereitet habe, nur ein erbärmlicher Vorgeschmack ist.

– Was soll das bedeuten, daß ich zu ihnen, die nicht gewünscht sind, sagen werde: Wohnet bei meinem Schatten? –

– Es ist ein Teil des Bundes, den du schließest und soll heißen, daß in dieser Stunde dein trüber Schatten von dir abfallen wird und du eine Leuchtende sein wirst so von vorne als in deinem Rücken. – Die Frau sah mit einem verlorenen Blick über den Spiegel hinweg. – Ich werde es tun, sagte sie dann. – Mutter o weh! riefen die Fischlein mit ersterbender Stimme und waren fertig gekocht. – Die Kaiserin allein hörte den Schrei und er durchdrang sie, und sie mußte für eine unbestimmte Zeit die Augen schließen. Als sie sie wieder aufschlug, sah sie beim Scheine des zusammengesunkenen Feuers, wie die Färberin sich bückte und der Alten die Hand küssen wollte. Vorne im Zimmer, nahe der Feuerstelle, war aus der Hälfte des Ehelagers für den Färber Barak eine Schlafstätte errichtet, hinten war vor das Lager der Frau ein Vorhang geschoben. Die Amme verneigte sich tief vor der Färberin und zog ihre Tochter nach sich zur Tür hinaus. – Was ist geschehen? fragte die Kaiserin als sie durch die Nacht hinschwebten. – Viel, erwiderte die Amme. – Ist es vollbracht? fragte die Kaiserin und rührte zutraulich die Amme an, vor der ihr nicht mehr graute, seit sie sie nicht mehr mit den Menschen sah. – Die Alte gab ihr einen fast spöttischen Blick zurück: – Geduld! sagte sie, alles will seine Zeit. –

***

Der Färber Barak kam spät nach Hause. Er fand das Gemach dunkel und erfüllt von Duft wie das Haus eines Reichen. Nachdem er ein Licht entzündet hatte, sah er zu seiner unmäßigen Überraschung das eheliche Lager entzweigeteilt, und die eine Hälfte an einer völlig ungewohnten Stelle nahe am Herd, die ihn zu erwarten schien, die andere mit einem Stück Zeug verhängt. Er ging hin, und indem er das Licht mit der Hand verdeckte, schob er den Vorhang beiseite und fand seine Frau, die mit geballten Fäusten schlief wie ein Kind. Ihr Atem ging ruhig, und sie schien ihm begehrenswert, aber er hielt sich im Zaum, ging mit leisen Schritten an den Herd und fand, dem Geruch nachgehend, den Rest einer köstlichen Mahlzeit von Fischen und gewürzten, in Öl gebackenen Kuchen, derengleichen er niemals gegessen hatte. Er sparte sich einen halben Fisch und einen Teil von den Kuchen vom Munde ab und trug diese Reste mit leisen Schritten hinaus in den Schuppen, damit sein jüngster Bruder, der Verwachsene, wenn ihm nachts oder früh am Morgen noch nach Essen gelüstete, sie fände. Dann ging er zu seinem Lager und verrichtete auf dem Bette sitzend ein kurzes Gebet; nachher verharrte er noch eine Weile regungslos und sah unverwandt auf den Vorhang hinüber, der ihm den Anblick seiner Frau verwehrte. Aber es regte sich nichts, und mit einem leisen so Seufzer, der aber doch wie bei ihm Alles gewaltig war, streckte er seine Glieder und schlief sogleich ein. Am nächsten Morgen ging er vor Tagesgrauen hinaus an den Fluß, er nahm einen Stampfmörser mit und verrichtete diese Arbeit draußen hundert Schritte vom Haus, um mit dem Geräusch den Schlaf seiner Frau nicht abzukürzen. Als er wiederkam, sah er zwei fremde Frauen, die hereinschlichen und die Schwelle des Wohngemaches überschritten, als ob sie hier zu Hause wären. – Das sind meine Muhmen, die mir dienen werden ohne Lohn, sagte die Frau, die zu seinem Staunen schon auf war. – Als die beiden Fremden sich bückten, um den Saum ihres Kleides zu küssen, war ihre Haltung, mit der sie es geschehen ließ, von einer Anmut, daß er meinte, sie nie so schön gesehen zu haben. Aber er hatte keine Zeit, seinen Blick an ihr zu weiden. Er lud sich eine gehörige Last frischgebeizter Tierhäute auf den Rücken, die Alte sprang herzu und war ihm behilflich. Sie lief ihm voran an die Tür, tat sie für ihn auf und verneigte sich, als er vorüberging. – Komm bald wieder nach Hause, mein Gebieter, rief sie dann, meine Herrin verzehrt sich vor Sehnsucht, wenn du nicht da bist! – Dann war sie mit einem Sprung bei ihrer jungen Herrin und zeigte ihr ein Gesicht, das den Hinausgegangenen lautlos verlachte. – Die Augenblicke sind rinnender Goldstaub, zischte sie, heran, daß ich dich schmücke und mit dir ausgehe. –

– Wir haben nichts außer dem Haus zu suchen, sprach die Frau. –

– So verstattest du, daß ich den rufe, der danach schmachtet, zu kommen. –

– Von wem redest du da, sagte die Frau ganz kühl und sah ihr hart ins Gesicht. – Die Amme war betroffen, aber sie ließ es sich nicht merken. – Von dem auf der Brücke, gab sie ohne Verlegenheit zurück, von diesem rede ich, von dem Unglückseligsten unter den Männern! Verstatte, daß ich ihn rufe und ihn hereinhole zur Schwelle der Sehnsucht und der Erhörung! – Ich will das Haus rein, sagte die Färberin und sah an der Alten vorbei, die Kessel sollen blank werden und die Mörser gescheuert, die alten Rührstangen sollen aussehen wie neu, der Boden muß aufgewaschen sein und so fort, eines nach dem andern. – O meine Herrin, rief die Alte kläglich, bedenke: es gibt einen, dem der Gedanke an dein offenes Haar die Knie zittern macht. – Die Küpen hinaus zum Schwemmen, rief die Färberin, du Schamlose, die Tröge, Fässer rein, neues Brennholz aus dem Schuppen, fünf Klafter geschichtet, Feuer unter die Kessel, die Mühlen gedreht, daß die Funken stieben, die Betten gemacht, auf, eins, zwei! Vorwärts ihr Beiden! Barak, mein Mann, soll sich freuen, daß ich zwei Dienerinnen habe. – Wehe uns, rief die Alte und fiel der Frau zu Füßen. Hinaus mit uns, meine Tochter, wir sind der Herrin verächtlich, und sie will nicht, daß wir ihr dienen zu wahrem Dienst!

– Seid ihr mir in Dienst gestanden oder nicht? schrie die Färberin böse und entzog der Alten ihren Fuß, daß sie taumelte. Habt ihr mir geschworen oder nicht? – Und sie stampfte auf. Die Amme und die Kaiserin liefen, sie machten flink die Betten, sie trugen die Küpen und Zuber zum Schwemmen; dann schleppten sie das Brennholz aus dem Schuppen herbei und schichteten es auf, sie putzten die Mörser blank und kratzten die Schöpfkellen ab. Indessen hatte die Färberin sich unter ihrem Kopfkissen das köstliche Haarband und den Spiegel hervorgeholt. Sie saß an der Erde auf einem Bündel getrockneter Kräuter und schmückte sich, aber ihr Gesicht war unfreudig. – Ihr meint, ihr habt mich in der Tasche, rief sie über die Schultern, ja, da hättet ihr früher aufstehen müssen! Lauft nur und schwitzt. – Du wirst hungrig sein, o meine Herrin, sagte demütig die Alte. Nichts macht so hungrig als arbeiten sehen, und reichte ihr auf einem Teller eine Menge von kleinen Pasteten von zartem gewürzten Duft, derengleichen der Färbersfrau nie vor Augen gekommen: sie besah sie mit Verwunderung, nahm dann den Teller und aß eine der kleinen Pasteten nach der anderen. Als Barak mittags nach Hause kam, hatte sie keinen Hunger und ließ die Mahlzeit unberührt, welche die Amme gekocht hatte und die Barak wohlschmeckte. Sie sprach auch wenig und antwortete nicht auf die Fragen ihres Mannes. Dieser aß kaum einen Bissen, ohne dazwischen seine kugeligen Augen, an denen man das Weiße sah, wenn er aufmerksam oder besorgt war, nach seiner Frau zu wenden. – Betet, ihr, die ihr mit uns esset, sagte Barak zu den Muhmen, die etwas entfernt an der Erde saßen und das verzehrten, was übrig blieb. Betet, daß sie wieder essen könne, und daß es ihr gut anschlage. Ihr müßt wissen, fuhr er fort, daß ich vor einer Woche alle Frauen meiner Verwandtschaft ins Haus gebeten habe, und sie haben schöne Sprüche gesprochen, die Gevatterinnen, über dieser da, meiner Frau, und ich habe, müßt ihr wissen, siebenmal vor Nacht von dem gegessen, was sie gesegnet hatten mit dem Segen der Befruchtung. Und wenn meine Frau seltsam ist und anders als sonst, so preise ich ihre Seltsamkeit und neige mich zur Erde vor der Verwandlung: denn Glück ist über mir und Erwartung in meinem Herzen. – Der jungen Frau Gesicht sah mit einem Mal blaß und böse aus. – Aber triefäugige Vetteln, sagte sie mit schiefem Mund, müßt ihr wissen, die Sprüche murmeln, müßt ihr wissen, haben nichts zu schaffen mit meinem Leibe, und was dieser Mann in sich gegessen hat vor Nacht, müßt ihr wissen, das hat keine Gewalt über meine Weibschaft. – Sie stand jäh von der Erde auf, ging nach hinten an ihr Bette und zog den Vorhang zu. Auch Barak war aufgestanden; sein Mund öffnete sich, als ob er noch etwas hätte sagen wollen, und sein rundes Auge haftete auf dem Vorhang, der ihm seine Frau verbarg. Schweigend machte er sich daran, eine ungeheuere Last von gefärbtem Zeug aufzuhäufen und sie seinem Rücken aufzuladen. Als er beladen war, richtete er an der Tür seinen gewaltigen Rücken nochmals ein wenig auf und sagte zu den Muhmen, indem er sie freundlich ansah: – Ich zürne der Frau nicht für ihre Reden, denn ich bin freudigen Herzens, müßt ihr wissen, und ich harre der Gesegneten, die da kommen. – Es kommen keine, flüsterte in sich hinein die Frau, keine in dieses Haus, viel eher werden welche hinausgehen. – Sie flüsterte es fast ohne Laut und hinter dem Vorhang, so daß niemand es hören konnte; aber die Amme hörte es doch und ihre wimperlosen Augen zuckten.

Die Frau saß auf ihrem Bette und regte sich nicht, eine volle Stunde lang. Die Amme lief nach einer längeren Zeit an den Vorhang und flüsterte ans Bette hin; es kam keine Antwort. – Wehe, mit diesen Wesen zu leben ist schlimmer als von ihnen zu träumen, flüsterte die Kaiserin, sag mir, um was geht es zwischen diesem boshaften Weibe und ihrem häßlichen plumpen Mann? – Um deinen Schatten, antwortete die Amme ebenso leise. – Die Frau trat plötzlich hervor. – Warum kommt er denn nicht, du Lügnerische, der, von dem du immer redest, sagte sie mit einem Male und wurde im gleichen Augenblick, als sie es gesprochen hatte, dunkelrot. Ich weiß es, und du brauchst mir nicht zu erwidern, fuhr sie fort, er ist selber ein Alter und Abscheulicher, das sehe ich daraus, daß er dich als Gelegenheitsmacherin vorschickt. – Die Amme erwiderte kein Wort. – Gestehe mir, rief die Färberin, daß du eine bezahlte Kupplerin und Betrügerin bist, und daß alles Gaukeleien sind, womit du darauf aus bist, mir den Kopf taumelig zu machen! – Die Alte blieb stumm. – Meinen Pantoffel in dein Gesicht, du Hexe, schrie die Junge, da nimm dafür, daß du mich mein Elend erst recht hast fühlen machen, da nimm – und sie schlug noch einmal zu – dafür, daß du mich aus dem Regen in die Traufe bringen wolltest, denn wer wird er denn sein, der deinesgleichen mir ins Haus schickt, – hat er mich vielleicht auf der Straße gesehen und untersteht er sich, mich so ohne weiteres haben zu wollen? – sag mir das noch, bevor ich dich hinausjage, und dann frage ihn, wer ihm erlaubt hat, sein Auge zu mir zu heben. Erzähle ihm ein wenig, daß Barak der stärkste unter den Färbern ist und auch unter den Lastträgern nicht seinesgleichen hat. – Die Amme blieb regungslos und schwieg beharrlich; sie hatte ihren Kopf ein weniges von der Erde gehoben, aber es schien, sie getraue sich nicht dem Blick ihrer zürnenden Herrin zu begegnen. Erst als diese von ihr ließ und mit schleppenden Schritten wegging, sah sie ihr nach und flüsterte, wie ihrer selbst vergessen, ins Leere: – Sieh hin, o mein Gebieter, hat sie nicht einen schwimmenden Gang gleich einer verdürstenden Gazelle? – Meine Finger um deine Kehle, schrie die Färberin, die jedes Wort verstanden hatte, und wandte sich jäh um, mit wem redest du, du Hexe! – Die Röte war aus ihrem Gesicht geschwunden, sie war blaß und sah aus wie ein geängstigtes Kind. – Mit ihm, der draußen steht, mit ihm, der die Hände reckt gegen die Türe deines Hauses, der den Kopf sich zerschlägt gegen die Mauer deines Hauses, der sein Gewand zerrissen hat vor Verlangen und vergeblicher Sehnsucht. – Komm her zu mir, sagte die Färberin mit veränderter Stimme, komm, aber berühre mich nicht! – Sie setzte sich auf ihr Lager und ließ die Alte dicht an sich herankommen. – Du bist eine Kupplerin, sagte sie, wehe mir, und eine von den gewöhnlichen, und du bist an mich gekommen, weil ich arm bin und hast aufs Geratewohl deine gewöhnlichen Künste gebraucht, verziehen seien sie dir. Jetzt aber laß ab von mir und nimm diese mit dir, denn ich will euch nicht länger im Hause behalten: das ist es, was ich bedacht habe, als ich auf meinem Bette saß und stumm war. Ich will nicht mit dir gehen, und ich will den nicht sehen, der dich ausgeschickt hat; denn ich bin seiner überdrüssig, bevor ich ihn gesehen habe. Die Begehrlichen sind einander gleich auf dieser Welt, und ihr Begehren ekelt mir. – Sie sah um sich im ganzen Raum, als sinne sie über etwas nach. – Vieles war unrein, und ihr habt es rein gemacht, fuhr sie fort, aber es ist nichts besser geworden, die Geräte sind mir nicht lieber als zuvor, und das Haus ist mir trauriger als ein Gefängnis. Du bist hereingekommen zur bösen Stunde, du hast mir ins Ohr geflüstert vom Freudenleben, das auf mich wartet, das war deine schwärzeste Lüge, denn es kommt nichts für mich, als was schon gewesen ist. Ich bin wie eine angepflöckte Ziege, ich kann blöken Tag und Nacht, es achtet niemand darauf, treibt mich der Hunger, so nehme ich mit meinem Munde Nahrung in mich, und so lebe ich einen Tag um den andern, und das geht so fort, bis ich dein runzliges Kinn habe und deine rinnenden Augen, ich Unglückselige. – Die Tränen überwältigten ihre Stimme, sie sank nach vorn, die Alte unterstützte sie. Ganze Bäche stürzten ihr über die Wangen, die Alte sah es mit Entzücken. Sie ließ die Weinende leise auf das Bett gleiten, sie streichelte ihr die Wangen, sie küßte ihr die Fingerspitzen, die Knie. – Oh wie du bist, du Köstliche, wie Räucherwerk bist du, das seinen Duft lange in sich hält in der Kühle, du Strenge gegen dich selber. – Warum zündest du Weihrauch an, ich will es nicht, sagte die Frau mit schwacher Stimme und richtete sich in den Armen der Alten halb auf. – Es ist kein Ambra, es sind keine Narden, murmelte die Andere, es ist der Duft der Sehnsucht und der Erfüllung. – Sprich keine Zauberworte, rief die Junge ängstlich und zuckte in den Armen, die sie fest umschlangen und auf das Bett niederdrückten. – Ruhig, du Unnennbare, du bist es selber, rief die Amme, dein Hauch ist süßer als Narden, deine Blicke sättigen mit dem Feuer der Entzückung. – Die Färberin wehrte sich gegen die Umschlingung der Alten und klammerte sich doch an sie, sie sah in einem Wirbel voll Angst und Wollust nach oben in das feurige Weben hinein, aus dem ein Etwas mit durchdringender Gewalt zu ihr wollte, ihr schwindelte, und sie mußte die Augen schließen. – O mein Gebieter, widerstehst du ihren Augen, wenn sie ersterben? flüsterten dicht an ihrem Kopf die Lippen der Amme, sie flüsterten es nach oben. – Wer soll es sein, es gibt ihn nicht, hauchte die Frau und fühlte, wie sie willenslos der Alten im Arm hing. Mit wem redest du? –

– Mit einem, der nahe ist und nach dir lechzt, mit einem, der mir zuruft: so verdecke ihr die Augen, und wenn du sie ihr wieder auftust, dann bin ich es, dessen Gesicht auf ihren Füßen ruht.

– Die Augen, sagte die Frau und riß sich los, nicht um alles! – Du tust es, rief die Amme mit schmeichelnder Stimme, du legst dich wieder auf dein Bette, du liegst schon, du lässest mich den Mantel über dich breiten, meine Tochter deckt dir die Füße zu und legt sanft ihre Hand auf deine Augen – du hast es gewährt, o meine Herrin! – Es kann nie geschehen, sprach die Kaiserin in sich, sie will es ja nicht! Es kann nie geschehen, wiederholte sie, indessen die Augen der Frau schon gegen ihre flachen Hände schlugen. Es war schon geschehen, indem sie es aussprach. Inmitten des Raumes stand ein Lebendiger, der vordem nicht dagewesen war. Sie nahm ihn nur aus dem Winkel des Auges wahr, seine Gegenwart war stark und lauernd wie eines Tieres. Die Kaiserin konnte es nicht ertragen, dies in ihrem Rücken zu haben. Sie trat zurück und gab die Augen der Färberin frei. Diese setzte sich auf und zitterte vor Furcht und Verlegenheit. Die Amme neigte sich zur Erde vor dem Ankömmling, und er schritt langsam auf die schöne Färberin zu. Die Kaiserin trat hinter sich; sie sah, wie das eine seiner Augen größer war als das andere und einen Blick von besonderer tierhafter Heftigkeit auswarf, und sie erkannte, daß es einer von den Efrit war, welche beliebige

Gestalten annehmen können, um die Menschen anzulocken und zu überlisten. Sie sah, daß er schön war, aber die unbezähmbare Gier, die seine Züge durchsetzte, ließ ihr sein Gesicht abscheulicher erscheinen als selbst eines der Menschengesichter, die ihr auf der Erde begegnet waren. Sie wußte, daß diese Efrit das Bereich der Lebenden umlauern, aber nie hatte sich einer von ihnen unterstanden, ihr so nahezukommen. Haß und Verachtung durchbebten sie, sie richtete sich hoch auf und blitzte vor Hochmut. Die Amme spürte ihren Zorn, sie glitt neben sie hin und faßte sie besänftigend an, sie schob sie zur Seite, der Efrit stand vor der Färberin und heftete seine Augen auf sie, vor denen sie die ihrigen niederschlug. – Da bist du, sagte er mit einer Stimme, welche tiefer und seltsamer war, als die Kaiserin erwartet hätte, und der er einen schmeichelnden, beinahe unterwürfigen Klang gab, du Köstliche, die auf mich wartet. – Wartet – sagte die Frau – ich auf dich?

– Du bist ein Weib, aber der den Knoten deines Herzens lösen soll, ist dir noch nicht nahe gewesen vor dieser Stunde. – Die Frau öffnete den Mund, aber es kam kein Laut hervor. Seine Hände lagen auf ihren Knien, er glitt neben sie hin, es war etwas vom Panther und etwas von der Schlange in ihm. Der Kaiserin riß es durch die Seele. – Hilf ihr von dem Unhold, flüsterte sie der Amme zu, siehst du denn nicht, daß sie ihn nicht will! – Ins Schwarze treffen und der Scheibe nicht weh tun, das wäre freilich eine vortreffliche Kunst, gab die Amme kalt zurück. – Der Efrit ergriff mit beiden Händen die Handgelenke der Färberin und zwang sie, zu ihm aufzusehen; ihre Blicke konnten sich des Eindringens der seinigen nicht erwehren: sie lag ihm offen bis ins Herz hinein. – Die Augen, heiße ihn die Augen wegtun, rief die Frau, und es schien, sie wollte flüchten, aber der Efrit blieb dicht an ihr, seine Hände lagen auf ihrem Nacken und die Worte, die seinen Lippen schnell entflossen, klangen schmeichelnd und drohend zugleich. Die Kaiserin wollte nicht hinsehen und sah hin. Sie begriff nicht, was sie sah, und doch war es nicht völlig unbegreiflich: das beklemmende Gefühl der Wirklichkeit hielt alles zusammen. – Vorbei! hauchte sie und drückte fest ihr Gesicht in einen Sack mit getrockneten Wurzeln – was ist er ihr, was ist sie ihm, wie kommen sie zueinander! Warum erwehrt sie sich seiner nur halb! Um was geht es zwischen diesen Geschöpfen? –

– Um deinen Schatten, gab die Amme zur Antwort, und ihr Gesicht leuchtete auf. – Nein, nicht dies, rief die Kaiserin dicht am Ohr der Alten. – Ruhig, sagte die Alte, ruhig, sie ist eine Verschmäherin und muß gebrannt werden im Feuer des Begehrens. –

– Verlocke sie mit Schätzen, es war von köstlichen Mahlzeiten die Rede – sie will ein Haus und Sklavinnen, sagte die Junge, gib ihr was sie will, nicht dies! –

– Ein krummer Nagel, antwortete die flinke Zunge der Alten, ist noch keine Angel, es muß erst ein Widerhaken daran. – Die Frau hatte ihre Hände frei bekommen und war aufgestanden. – Ich will mich verstecken, sagte sie, hilf mir, Alte, ich will mich vor diesem da verstecken! Was geht er mich an, der fremde Mensch! Mag er gleich schön sein! – Die Amme war schnell bei ihr: – Dir nicht fremd zu sein, du Köstliche, sagte sie mit einem unbeschreiblichen Ausdruck, ist alles, was er begehrt. – Ich will mich vor seinen Blicken verstecken, schrie die Frau und schob die Alte so ungeschickt zur Seite, daß sie selbst dem Manne näher war als zuvor. – Frage ihn, wie er sich unterfangen kann, von mir zu verlangen, was er verlangt hat, er, den ich vor einer Stunde nicht gekannt habe! Frage ihn! Er sagt, er verlangt es als ein Pfand des Zutrauens und als ein Wahrzeichen, daß mein Gemüt nicht karg ist! – Wahrhaftig, da sagt er die Wahrheit, rief die Alte mit Begeisterung und tauschte einen Blick mit dem Efrit, und daß du ihn vor einer Stunde nicht gekannt hast, ist ein Grund mehr, dich großmütig zu bezeigen: so ist es gesetzt zwischen Herz und Herz, und wer dich anders gelehrt hat, war schlechthin darauf aus, dich zu betrügen, du Arglose. – So ist es, rief der Efrit, aber die Alte winkte ihm, still zu sein. – Sie horchte angestrengt nach außen. – Ihr müßt auseinander, rief sie, ihr Liebenden, ich höre den Schritt des Färbers, der nach Hause kommt. Er ist fröhlichen Herzens und trägt eine irdene Schüssel in den Händen. – Der Kaiserin Herz schlug vor Freude; sie konnte es kaum erwarten, den Großen, Starken eintreten zu sehen. – Warum stößt er nicht die Tür auf, warum dringt er nicht herein, dachte sie und hob den Kopf. Eine Art von Musik erklang von draußen, eine Art von mißtönendem Gesang. Die Amme stand bei ihr und warf ihr einen seltsamen Blick zu: – Auf, du, und heiße sie auseinandergehen für heute, sagte sie, es ist Zeit. – Der Efrit hatte die Färberin um die Mitte gefaßt, er wollte sie mit sich fortziehen, es schien, als söge er mit der Nähe der Gefahr einen doppelten frechen Mut in sich. Er war bereit, seine Beute hoch in der Luft über den Köpfen der Eindringenden hinwegzutragen, und er war schön in seiner knirschenden Ungeduld. Die Kaiserin trat ihm in den Weg. Ihr Mut war dem seinen gleich, sie legte beide Arme um die Frau, der Efrit wandte ihr sein Gesicht zu, das loderte wie ein offenes Feuer; durch seine zwei ungleichen Augen grinsten die Abgründe des nie zu Betretenden herein, ein Grausen faßte sie, nicht für sich selber, sondern in der Seele der Färberin, daß diese in den Armen eines solchen Dämons liegen und ihren Atem mit dem seinen vermischen sollte. Sie wollte die Färberin an sich ziehen, sie achtete es nicht, daß es ein menschliches Wesen war, um das sie zum ersten Male ihre Arme schlang. Die Färberin hing ihr willenlos im Arm, ihre Augen sahen nur den Efrit, sie ging ganz in ihm auf. Ein ungeheures Gefühl durchfuhr die Kaiserin vom Wirbel bis zur Sohle. Sie wußte kaum mehr, wer sie war, nicht, wie sie hierhergekommen war. Eine wissende Schwäche fiel sie an, – ihre schöne reine Kraft selber fing an zu versagen, ihr Denken, zum erstenmal zerrissen, suchte dahin und dorthin nach Hilfe, in ihr rief es mit Inbrunst nach dem Färber Barak, und sie fühlte, wie er Schritt für Schritt auf die Tür zukam. Nun kam er herein, er trat ins Zimmer, fröhlich und geräuschvoll, beladen und begleitet: sein Gesicht war vor Freude und Aufregung gerötet, und er trug auf beiden Händen eine mächtige Schüssel, auf der köstliche Speisen gehäuft waren: eine Henne in Reis, Eingemachtes, in jungen Weinblättern gewickelt, Kürbisse mit Pistazien gewürzt und zehnerlei andere Arten von Zukost. Der Verwachsene, der mit Blumen bekränzt war und die Maultrommel spielte, drängte sich an ihm vorbei, der Ein-

armige schleppte einen irdenen Weinkrug, der Einäugige trug auf dem Nacken eben jenes abgehäutete Lamm, dessen sanfte Augen gestern beim Kommen den Blick der Kaiserin in sich gezogen hatten, Kinder, die sich scharenweise angesammelt hatten, angelockt von der Maultrommel und dem Geruch so üppiger Speisen, lauerten in der Tür und begierige Hunde mit ihnen. Dies alles drang schon ins Gemach, der Efrit im Nu eines Blitzes war verschwunden, die aufgehängten Tücher schwankten, und ein Ziegel löste sich aus den Fugen, in die Hände klatschte begrüßend die Amme und verneigte sich in heuchlerischer Demut vor dem Hausherrn. In den Armen der Magd richtete sich die Halbohnmächtige auf und sammelte mit einem Blick, der nichts in dem Gemach, nicht die Schwäger und nicht den eigenen Mann erkannte, mit wilden Atemzügen und Stößen ihres zuckenden Herzens die fast dem Leib entflogene Seele. Aber so groß war in der arglosen Brust des Färbers die Freude über seinen unerhörten Einkauf und die Zurüstungen zu einem Mahl, wie sein armes Haus es noch nicht gesehen hatte, daß er nichts von der Verwirrung gewahr wurde, in der er seine Frau vorfand. – Was sagst du nun, du Prinzessin, rief er ihr mit mächtiger Stimme zu, was sagst du mir zu dieser Mahlzeit, du Wählerische, die mir das Mittagessen verschmäht: und wie findest du die Zurichtung? – Und als die Frau stumm dastand und mit weit offenen Augen auf ihn starrte wie auf einen Geist, so meinte er, es habe ihr vor Freude und Staunen die Rede verschlagen, und mußte laut über sie lachen. – Erzählt ihr ein wenig, meine Brüder, rief er, damit sie sieht, was wir für Einkäufer sind. Wie war es mit dem Schlachter! Und wie war es mit dem Gewürzhändler? –
– Schlag ab, du Schlachter, ab vom Kalbe, sang der Bucklige. – Und ab vom Hammel und her mit dem Hahn! fielen das Einaug und der Einarmige ein. – Und Bratenbrater heraus mit dem Spieß! schrien sie alle zusammen, und der Einarmige zog einen mächtigen Bratspieß hervor, den er seitlich am Lendenschurz befestigt hatte. – Du Bratenbrater heraus mit dem Spieß! jauchzten die fremden Kinder und drängten sich herbei. – Und wie war es mit der Vorkost und wie mit dem Wein! schrie Barak lauter und fröhlicher als alle. – So war es: Heran

du Bäcker mit dem Gebackenen, antworteten die Brüder, und du Verdächtiger, her mit dem Wein! – Ja, so war es, rief stolz der Färber, und kehrte sein freudig gerötetes Gesicht allen im Kreise nacheinander zu. – Er ging auf seine Frau zu, zog sie an sich und bedeckte ihren Mund und ihre Wangen mit Küssen. Die Amme sprang dicht daneben und bog sich vor Lachen. Sie legte überall Hand an, sie trat und stieß nach den Kindern, die überall dazwischen kamen, mit den Fingern in die große Schüssel fuhren, nach den brennenden Kienspänen griffen und das tote Lamm anrühren wollten; der Verwachsene spielte mit einer Hand die Maultrommel und half mit der andern das Lamm an den Spieß stecken, der Einäugige goß den Wein in irdene Scherben und fing mit vorgestrecktem Maul auf, was daneben ging, und Barak saß auf der Erde vor der großen Schüssel, er hatte die Frau auf seine Knie niedergezogen und liebkoste sie, indem er abwechselnd mit den Fingern die besten Stücke hervorholte und ihr in den Mund steckte, abwechselnd sie küßte und immer wieder gewaltig an sich drückte. Er bemerkte es nicht, daß sie an den Bissen würgte und unter seinen Liebkosungen starr blieb wie eine Tote. Da sie ihm zu langsam von den köstlichen Dingen aß, stopfte er dazwischen den Kindern in den Mund, die ihn umringten, während er selbst nur hie und da ein Geringes zu sich nahm und kaum darauf achtete. – Heraus du Bäcker mit dem Gebackenen! schrien die Kinder und warfen herausfordernde Blicke auf den Einarmigen und Einäugigen. – Wenn wir einkaufen, das ist ein Einkauf! sang der Verwachsene und griff mit seinen langen Armen über alle hinweg in die Mitte der Schüssel. – O Tag des Glücks, o Abend der Gnade! sang Barak mit seiner dröhnenden Stimme und nahm mit seiner freien Linken das kleinste von den Kindern, dann noch eines, indem er es rückwärts am Gewande fest packte, und warf sie seiner Frau zwischen die Knie, aber behutsam, indem er vor Freude laut lachte. – Die Frau zog jäh die Knie nach oben, sie streifte die Kinder von ihrem Schoß, daß sie hart ans offene Feuer hinrollten, sie stieß Barak von sich, daß er taumelte und dabei mit den Beinen die große Schüssel zerschlug. Die größeren Kinder schrien und rissen die kleinen Geschwister aus dem

Feuer, der Einäugige schlug unter sie und rettete von den Speisen, was zu retten war. Die Amme ließ das Lamm und den Spieß und sprang hin zu der Frau. Diese lag auf den Knien, sie focht mit den Händen in der Luft, und aus ihrem Mund drang ein langer gellender Schrei. Schnell trugen die beiden Muhmen die Zuckende auf ihr Bett. Barak war neben ihnen und getraute sich nicht, seine schreiende Frau anzurühren, er lief ans Feuer zurück, sah mit ratlosem Blick auf die Speisen, lief wieder ans Bett und berührte angstvoll ihren Leib, der sich wild herumwarf wie ein Fisch auf dem Trockenen: er glaubte sie vergiftet. Er reichte der Alten ein Tuch und drängte die Brüder und Kinder hinaus, sie rissen das Lamm vom Spieß, und der scharfe Dunst von verbranntem Fett erfüllte den Raum. Das Schreien hatte aufgehört, aber ein Krampf zerrte alle Glieder der Färberin. Sie bleckte die Zähne gegen ihren Mann, als sie ihn gewahr wurde, und stieß zu der Alten hervor: – Schaff mich fort, du weißt die Wege, schwöre mir, daß ich nie mehr dieses Haus und dieses Gesicht sehen werde. – Die Alte streckte drei Finger, dann schlug sie den einen ein und deutete mit verstohlenem Blick auf die zwei, die noch blieben. Die Frau schloß die Augen, Barak hatte nicht gehört, was sie sagten, er sah, wie die Alte zu ihr flüsterte, wie die junge spärlich antwortete, aber nicht mehr mit verkrampftem Mund, wie sie allmählich ruhiger wurde und sanft dalag.

***

Am Abend des dritten Tages zog sich die Jagd oben am Hange eines tiefen Tales hin, das sich immer mehr zur Schlucht verengte. Die Schlucht wurde schroff und abgrundtief, unten Schoß ein schäumendes Wasser. Ober einer steinernen hohen Brücke, die den Abgrund übersprang, lag ein einsames Dorf, das schon von der Jägerei besetzt war. Der Kaiser kam über die steinerne Brücke geritten, er hielt sein Pferd auf der Straße an, die hinter ihm sprangen aus dem Sattel, alle erwarteten, daß er absteigen würde; zwei von den Vornehmsten eilten hin und hielten ihm Zaum und Bügel, aber mit einer lässigen Gebärde der schönen langen Hand winkte er ihnen ab und blieb im Sattel sitzen. Der Spaßmacher hatte nur auf diesen Augenblick gewartet, um eine Posse auszuführen, durch die er die gegenwärtige Sorge des Kaisers schmeichelnd mit einer derben Dorfhetze vermischen wollte; er sprang plötzlich seitwärts heran und zog einen Alten, der sich demütig dreingab, an seinem langen gelblich-weißen Bart hinter sich her bis vor des Kaisers Pferd. – Hier, du Ältester eines verfluchten Dorfes, schrie er ihn an, hier wirf dich nieder und bekenne, daß ihr berüchtigte Falkendiebe seid, ihr Bergdörfler, und daß ihr Falken anzulocken versteht und sie zu ködern mit einem geblendeten Vogel, und daß ihr selber erpicht auf die Falkenjagd seid und Wilddiebe vom Mutterleib, und daß jeder von euch für einen roten kaiserlichen Falken, der – Gott verhüte es! – in eure Hände fiele, seine leibliche Mutter verkaufen würde, geschweige denn sein Eheweib, die einem euresgleichen feil ist um einen auf Sperlinge abgerichteten Habicht! – Der Alte zuckte mit den Augenlidern, er nahm alles für bare Münze, der Tod schwebte ihm vor den Augen, er hob beteuernd die Hände und sah sie schon abgehauen und verstümmelt. Er wollte eine Rede anheben, aber die eherne Stimme des Possenreißers und das gewaltige Ansehen, das er sich zu geben wußte, schlugen ihn zu Boden. Er sah mit hilfeflehender Miene nach dem, der über ihm auf dem Pferde saß, aber der blieb regungslos und würdigte ihn keines Blickes. – Bei meinen Augen, rief der Alte verzweifelt, möge ich blind werden auf der Stelle! Wir sind armselige Hirten, wir wissen nichts von der Jagd und vermögen einen Falken nicht von einer Krähe zu unterscheiden! – In seiner Angst faßte er mit den Händen in die Luft zu nah vor den Augen des Pferdes, daß es sich hoch aufbäumte und der Kaiser mit der Rechten hastig nach der Hülse griff, die er mit dem Brief der Kaiserin unterm Gewand am Halse trug, um sie zu schützen, dann erst faßte er in die Zügel und beruhigte das Pferd; aber der Possenreißer, der ihm begierig um ein Lächeln und Nicken am Gesicht hing, bekam keinen Blick, die Augen des Kaisers sahen gerade vor sich, wie eines Adlers, dem schläfert. Es war hoch am Nachmittag und die Luft hier im innersten Bereich der sieben Mondberge so rein, daß der Kaiser in einer großen

Ferne denselben Fluß, der tief unter seinen Füßen hinschoß, in seinem Ursprung gewahren konnte, wo er als ein fadendünner Wasserfall hoch droben an der Felswand hing und sich von dort in einen kleinen Wald hinabstürzte. Auf dem höchsten Wipfel des Wäldchens sah man einen Falken sitzen, der einen Vogel in den Klauen hielt und ihn rupfte. Der Kaiser winkte den Obersten der Falkner herbei und zeigte ihm mit den Wimpern die Richtung; der Falkner hatte mit seinen weit auseinanderstehenden, aufmerksamen Augen den Vogel längst gesehen und erkannt, daß jener, der dort in der Ferne äste, nicht der gleiche war, den sie suchten und den zu finden und wieder anzulocken seine oberste Pflicht war, und indes sein rotes Gesicht ober und unter der großen Narbe, die quer über seine Nase lief, dunkler wurde, wandte er es wie beschämt zur Seite. Aber des Kaisers Miene verfinsterte sich, er neigte sich ein wenig gegen den Falkner. – Auf deinen Kopf, sagte er leise, daß wir in diesem Revier den roten Falken finden und ihn wiedergewinnen, wir beide, du und ich. – Der Falkner wagte nicht seinem Herrn ins Gesicht zu sehen, er hielt seine Augen fest auf die Brust des Kaisers gerichtet; er wurde blaßgelb, und seine auseinanderstehenden Augen nahmen einen erschrockenen Ausdruck an. Er lief hin, ließ zwei Maultiere vorführen, nahm einen Filzmantel und einen Ledermantel an sich und hängte zwei lederne Taschen an seinen Gürtel, von denen die eine Luftlöcher hatte wie ein Käfig. Der Kaiser war vom Pferd gesprungen, er schwang sich auf das eine Maultier, ohne den Bügel zu berühren, der Falkner stieg auf das andere; er mußte sich am Sattelknopf anhalten, seine Glieder waren ihm wie gelähmt, mehr als den Zorn seines Herrn und die dunkle Drohung fürchtete er noch das Alleinsein mit ihm. Hilflos drehte er sich im Sattel um, er sah, wie der Stallmeister einem der Knaben winkte, die ihm untergeben waren; der Falkner, als hätte er nur darauf gewartet, warf dem Knaben die Mäntel zu. Der Knabe lauerte mit Begierde, er hatte sich absichtlich herangeschlichen, seine Augen leuchteten, flink war er auf einem dritten Maultier droben und trabte hinter den beiden her.

Stumm ritten sie am Abhang hin, der Weg hob sich schnell in

die Höhe. Sie blieben hintereinander, die Maultiere setzten den Fuß über lose, glänzende Blöcke und Baumwurzeln, mit dem einen Knie hingen die Reiter über dem Abgrund, mit dem andern streiften sie den Efeu, der die schwarze Felswand umklammerte, kleine Vögel äugten aus ihren Nestern auf sie herab und flogen hastig vor ihrer Brust vorbei. Der Falkner hielt seine Augen auf den Rücken des Kaisers geheftet, die Schultern und der Nacken erschienen ihm felsenstark, unnahbar, ohne Gnade. Sie waren oben, der Kaiser sprang ab, der Kleine war schnell, wie eine Katze, vom Pferd, der Kaiser achtete ihn gar nicht, aber das Kind war selig mit dem erhabenen Herrn allein zu sein, denn der Falkner schlich sich seitwärts, immer die Augen am Himmel. Der Kaiser sah hinab: Glanz ohnegleichen lag auf den Tälern und Bergen, da und dort fielen Wasserfälle ins Tal hinab und leuchteten, aus den tiefsten Schluchten fing an bläulicher Nebel sich emporzuziehen. In der Ferne kreuzten sich Bergkämme, dunkle Wälder standen auf den Hängen, oben war alles kahl und zerrissen. Niemals glichen sich zwei dieser Klippen, aber Alles ging leuchtend ineinander über wie die Zeichen in dem Brief der Kaiserin, die alle wundervoll waren, keines dem andern gleichend, und nirgends ein Anfang zu finden – das Ende verflocht sich mit dem Anfang, so als ob in unsäglicher Scheu und Schamhaftigkeit die Anrede vermieden sein sollte; und ein solcher reiner, starker Duft, wie über diesen Schluchten hin und her wogte, drang aus dem Brief für den Einen, dem er zu lesen bestimmt war. In der Erinnerung schloß der Kaiser unwillkürlich die Augen, der Knabe las ihm jetzt Gnade und Milde vom Gesicht, die Freude durchdrang ihn, er brach vor Lust einen Zweig ab und warf ihn gleich wieder hin. Sie traten ins Wäldchen und gingen zwischen Bäumen am Wasser hin, auf einen Weiher zu.

Der Falkner blieb dahinten, er spähte zum hundertsten Mal den Himmel ab, der noch hell war und schon vom ersten Mondlicht durchströmt. Er sah gegenüber, zwischen den zwei Zinken des höchsten Mondberges, die Sonne hinabsinken, ihr letzter, ganz schwarzer Strahl durchfuhr den Himmel und den Abgrund, hernach wanden sich einzelne Wolken, wie Schlangen, aus den Klüften hervor. Er seufzte auf: seine Hoffnung war gering, er vertröstete sich auf den Morgen, aber er wollte nichts unversucht lassen. Er öffnete die eine lederne Tasche, die er am Gürtel trug, und zog einen kleinen rostfarbenen Vogel heraus, der sich heftig sträubte. Der Falkner, mit gerunzelter Stirn, befestigte mit einem Lederriemchen den Vogel an einem Dornstrauch. – Vorwärts du, sagte er, deine Angst sieht schärfer als das schärfste Auge, melde mir du den, auf den ich warte, und melde ihn bald oder es soll dein Tod sein. Denn so wie Er da hinten über mir ist, so bin ich über dir. – Es verging kurze Zeit und der Vogel riß an seiner Fessel wie ein Verzweifelter und stieß einen durchdringenden Angstlaut aus. Der Falkner konnte sich kaum fassen vor Unruhe und Erwartung. Er warf sich hinterm Dorngesträuch an die Erde und ahmte den Ruf der Ringeltaube nach, dreimal und öfter. Aus dem Wäldchen bei dem Wasser strichen die männlichen Tauben daher und suchten die Ruferin. Nicht lange und zu oberst am Himmel erschien nun ein Vogel, der größer und größer wurde. – Du bist es, rief der Falkner voll Entzücken, du erinnerst dich deines Wärters, du kommst zurück zu der Hand, die dir zuerst Speise gereicht hat. – Er riß eine kleine Trommel vom Gurt und schlug mit den Fingerknöcheln auf ihr einen besonderen Wirbel. – Erkennst du den Klang, rief er, wir sind es, die Deinigen, die dich um Verzeihung bitten! Wir haben uns vergangen gegen deine edlen Sitten, wir wissen nicht wie, aber du bist großmütig und hast uns vergeben! – Der angebundene Vogel bohrte sich vor Angst tief ins Dorngestrüpp, die Tauben stoben auseinander, von oben fuhr der Falke senkrecht nieder, über dem Falkner hielt er sich in der Luft mit ausgebreiteten Schwingen, dann schoß er schräg, ohne die Schwingen zu regen, auf das Wäldchen zu. Dem Falkner stand das Herz still, ihm war, als hätte der Falke mit rötlich glitzernden, ganz offenen Augen ihn zornig und gebietend angesehen, doch er war es, unverkennbar war jeder Zug an dem herrlichen Vogel.

In großen Sätzen sprang er ihm nach ins Wäldchen, die angepflöckten Maultiere schraken auf, für ihn ging es jetzt um alles, er erstaunte und bangte, als er den Kaiser nicht fand.

Lautlos stürzte der Wasserfall von der Felswand herab, im Weiher spiegelte sich ein Stück des Himmels mit dem Falken, der jetzt über den Wipfeln ruhig kreiste. Von Zeit zu Zeit stieß er seinen scharfen Ruf aus, wie ungeduldig, daß er seinen Herrn nicht sah, von dem Diener sich nicht wollte greifen lassen. Der Knabe hockte dem Wasserfall gegenüber still wie eine Eule; aus ihm war nichts herauszubringen, als: der Kaiser sei dort hineingegangen. Er deutete auf eine Höhle drüben an der Felswand, kaum über mannshoch; die verfallene Schwelle war übersprüht von der Nässe des wehenden Schleiers, ein paar Stufen führten vom Wasser herauf, sie schienen von Menschenhand geglättet aber uralt. Der Kaiser habe für sich geredet, mit der Hand das Wasser berührt, sein Obergewand abgelegt; dem Kind war ängstlich und schläfrig, ihm war, bei dem Mond, der von oben hereinsah, wie eine Ampel, als hätte man ihn auf der Schwelle vor dem kaiserlichen Schlafgemach vergessen, absichtlich schloß er die Augen, bei dem stetigen Rauschen nickte er ein. Auf einmal sei der Kaiser vor ihm gestanden, habe ihn aufgerüttelt und gefragt, ob er singen höre. Er habe es ganz in der Nähe vernommen, dann weiter weg. Der Kaiser habe ihm plötzlich den Rücken gewandt, sei schnell auf die Höhle zugegangen. Der Knabe traute sich zuerst nicht ihm unbefohlen nachzugehen, aber dann sei er nachgeschlichen und habe den Kaiser nicht mehr gesehen. Die Höhle müsse ein altes Gewölbe sein: sie habe behauene Wände und wohl auch einen anderen Ausgang. Aber er warte nun schon lange, bis der Kaiser wiederkäme. Der Falkner hörte kaum zu, er konnte die Zeit nicht nachmessen, die ihm vergangen war in der zitternden Erwartung des Falken, der ihn nun wieder narrte mit beständigem Zuruf. Jetzt bäumte der schöne Vogel auf und äugte von dem obersten kahlen Stumpf einer blitzgetroffenen Eiche, die unten üppig fortgrünte, herunter. Der Falkner stand wie angewurzelt, endlich riß er sich los, schlich geduckt hinüber; er sah seine Hand rot vor sich, wie abgehauen, wenn er den Baum erkletterte und vergebens nach dem Falken griffe, im gleichen Augenblick der Kaiser aus dem Berg hervorträte, der böse Vogel sich höhnisch für immer nach oben schwänge. Der

Knabe lief lautlos neben ihm. Der Falke hob die Schwingen, flog freundlich auf sie zu, dann warf er sich mit einem einzigen Flügelschlag hoch nach oben und seitwärts, fuhr dann sausend herab und mit einem Schrei wie Lust und Hohn durch den aufsprühenden Wassersturz in die Bergwand hinein. Mit unbegreiflichen Kräften begabt, mußte er dort einen Eingang wissen, den das stürzende Wasser verhüllte. Der Falkner, vor ohnmächtigem Zorn, verbiß die Zähne ineinander, er rollte die Augen um sich, in des Knaben Miene trat ihm ein verschmitzter Ausdruck entgegen, vielleicht vor lauter Verlegenheit über das Unerwartete. Der Falkner schlug ihn voll Zorn ins Gesicht. Der Knabe sprang ins Gebüsch und duckte sich, aber er freute sich im Innersten über die unverdienten Schläge, ein huldvolles, wunderbares Lächeln schwebte vor ihm, er wartete lautlos zwischen den Sträuchern, bis sein Herr wieder heraustreten würde.
Der Kaiser stieg die steilen glatten Stufen schnell hinab, er achtete nicht auf die Falltür in seinem Rücken; die singenden Stimmen, das Unerklärliche, die Umstände des Ortes bannten alle seine Sinne. Gerade hier drang alles tief in ihn, er war im Bereich seines ersten Abenteuers mit der geliebten Frau. Jene unvergeßliche erste Liebesstunde war ihm nahe, sein Blut war bewegt, daß er die seltsame Grabeskühle kaum fühlte, die aus den Wänden des Berges und von unten auf ihn eindrang. Für ein neues Abenteuer wäre kein Platz in ihm gewesen – oder doch? wer hätte es sagen können. – Er dachte nichts Bestimmtes, aber alles, was ihm ahnte, verknüpfte sich innig mit seiner Geliebten. Er konnte die Worte des Gesanges nicht verstehen. Von Stufe zu Stufe schien es ihm, jetzt würden sie ihm gleich verständlich sein. Eine gewisse Reihe kam öfter wieder. Er sprang die letzten Stufen schnell hinab und fand sich in einer Art Vorhalle, dämmerig erleuchtet; das Licht kam unter einer Tür hervor, die ihm entgegenstand, aus Holz mit ehernen verzierten Bändern. Er fand kein Schloß und keinen Griff, aber als er sich der Tür näherte, bewegten sich die Türflügel in den Angeln. Deutlich hörte er in diesem Augenblick die letzten von den Worten, die schon öfters wiedergekehrt waren. Sie hießen:

Was fruchtet dies, wir werden nicht geboren!

Er hatte keine Zeit, über den Sinn dieser Worte nachzudenken. Er war über die Schwelle getreten und die Türflügel schnappten hinter ihm leise wieder zu. Er stand in einem geräumigen Saal, dessen Wände, wie ihm schien, aus nichts anderem als dem geglätteten Gestein des Berges bestanden. In der Mitte des Raumes war ein Tisch gedeckt, für je einen Gast an jedem Ende. Zu jeder Seite des Tisches brannten mit sanftem feierlichen Licht sechs hohe Lampen. Nirgend war an den Wänden ein Gerät; trotzdem atmete das Ganze eine seltsam altertümliche Pracht, die dem Kaiser die Brust beengte. Ein Knabe ging zwischen dem Tisch und dem dunklen, der Tür entgegen gelegenen Teil des Saales ab und zu. Es mußte dieser sein, der gesungen hatte. Er brachte Schüsseln, die aus purem Gold schienen, und langhalsige, mit Edelsteinen besetzte Krüge und ordnete sie auf die Tafel. Manche Schüssel mit ihrem Deckel war so schwer, daß er sie nicht auf den Händen, sondern auf dem Kopf trug, aber er ging unter der Last wie ein junges Reh. Der Knabe kam aus dem Dunkel gegen das Licht, er sah den Kaiser in der Tür stehen und schien nicht überrascht. Er drückte die Hände über der Brust zusammen und verneigte sich. Von rückwärts rief eine Stimme: – Es ist an dem! – Doch war dieser Teil des Saales im Halbdunkel und erst später gewahrte der Kaiser, daß sich dort eine Tür befand, völlig gleich der in seinem Rücken, durch die er eingetreten war, und ihr genau entgegenstehend. Der laute Ruf verhallte nach allen Seiten und offenbarte die Größe des Gemachs. Der Knabe neigte sich vor dem Kaiser bis gegen die Erde und sprach kein Wort. Aber er wies mit einer ehrfurchtsvollen Gebärde auf den einen Sitz am oberen Ende der Tafel. Obwohl alle zwölf Lampen, welche die beiden langen Seiten des Tisches begleiteten, anscheinend mit gleicher Stärke brannten, mußte doch das Licht, das denen am oberen Teil entströmte, von der stärkeren Beschaffenheit sein und umgab diesen Platz und die Prunkgeräte, die dort angerichtet waren, mit strahlender Helle, die Mitte des Tisches war noch sanft und rein erleuchtet und das untere Ende lag in einer bräunlichen Dämmerung. Der Knabe sah mit Aufmerksamkeit auf den Kaiser hin, aber sein Mund blieb fest zu. Es dauerte einen Augenblick, bis sich der Kaiser besann, daß es in jedem Fall an ihm wäre, die ersten Worte zu sprechen. – Was ist das? fragte er, du richtest hier eine solche Mahlzeit an für einen, der zufällig des Weges kommt? – Die festverschlossenen Lippen des schönen Knaben lösten sich; er schien verlegen, und trat hinter sich und sah sich um. Aber der Kaiser achtete schon nicht mehr auf ihn; denn drei Gestalten, die er nicht genug ansehen konnte, waren irgendwo seitwärts aus der Mauer herausgetreten. Die mittlere war ein schönes junges Mädchen, sie glitt mehr als sie ging auf den Kaiser zu, zwei Knaben liefen neben ihr und konnten ihr kaum nachkommen; sie glichen dem Tafeldecker an Schönheit, aber sie waren kleiner und kindhafter als dieser. Das Mädchen hielt einen gerollten Teppich in Händen, den sie vor den Kaiser hinlegte; dabei neigte sie sich bis fast an den Boden. – Vergib, o großer Kaiser, sagte sie – nun erst, da sie sich aufrichtete, sah er, daß sie trotz ihrer noch kindlichen Zartheit nicht um vieles kleiner war als er selbst – vergib, sagte sie, daß ich dein Kommen überhören konnte, vertieft in die Arbeit an diesem Teppich. Sollte er aber würdig werden bei der Mahlzeit, mit der wir dich vorlieb zu nehmen bitten, unter dir zu liegen, so dürfte der Faden des Endes nicht abgerissen, sondern er mußte zurückgeschlungen werden in den Faden des Anfanges. – Sie brachte alles mit niedergeschlagenen Augen vor; der schöne Ton ihrer Stimme drückte sich dem Kaiser so tief ein, daß er den Sinn der Worte fast überhörte. Der Teppich lag vor seinen Füßen; er sah nur einen Teil und nur die Rückseite, aber er hatte nie ein Gewebe wie dieses vor Augen gehabt, in dem die Sicheln des Mondes, die Gestirne, die Ranken und Blumen, die Menschen und Tiere ineinander übergingen. Er konnte kaum den Blick davon lösen. Er besann sich mit Mühe auf die Pflicht der Höflichkeit, und es verging eine kleine Weile, bevor er einige Worte an die jungen Unbekannten gerichtet hatte.

– Ihr seid vermutlich auf einer Reise, sagte er mit großer Herablassung, und indem er von seiner Stimme alles Gebieterische abstreifte. Eure Zelte und die eures Gefolges, denke ich, sind in der Nähe aufgeschlagen, und ihr habt der Kühle wegen dieses alte Gewölbe aufgesucht? Ich möchte nicht hören, daß ihr in diesem Berge wohnet! – Die Kinder hingen mit der größten Aufmerksamkeit an seinem Munde. Bei den letzten Worten, die unwillkürlich mit mehr Strenge über seine Lippen kamen, zuckte ein Lachen über ihre Gesichter. Man sah, wie die drei Knaben sich bemühen mußten, nicht laut herauszulachen. Das Mädchen aber war gleich wieder gefaßt, ihre Züge nahmen wieder den Ausdruck der größten Aufmerksamkeit, fast der Strenge an. – Oder ist eures Vaters Haus nahe? fragte der Kaiser abermals; nichts an ihm verriet, daß er ihr unziemliches Betragen bemerkt hätte. – Die drei Knaben mußten noch mehr mit dem Lachen kämpfen, und der Tafeldecker bückte sich eilig und machte sich an dem Tisch zu tun, um sein Gesicht zu verbergen. – Wer ist denn euer Vater, ihr Schönen? fragte der Kaiser zum drittenmal mit unveränderter Gelassenheit; nur wer ihn gut kannte, hätte an einem geringen Zittern seiner Stimme seine Ungeduld erraten. Das schöne Mädchen bezwang sich zuerst. – Vergib uns, erhabener Gebieter, sagte sie, und zürne nicht über meine jungen Brüder, sie sind ohne alle Erfahrung in der Kunst des höflichen Gespräches. Dennoch müssen wir dich bitten, mit der geringen Unterhaltung, die wir dir bieten können, für eine Weile vorliebzunehmen, denn es scheint, unser ältester Bruder hat noch nicht alle Speisen und Zutaten beisammen, die er für würdig findet, dir vorgesetzt zu werden. – Ihre Gebärde lud ihn ein, sich dem Tisch zu nähern, und er fühlte, daß er fast matt vor Hunger war, aber die Haltung der Kinder und die unbegreifliche Anmut aller ihrer Stellungen, selbst der ungezogenen, entzückte ihn so, daß er keinen Gedanken an etwas anderes wenden konnte. Das Mädchen war am oberen Ende des Tisches niedergekniet, sie breitete den Teppich aus und lud ihn ein, sich darauf niederzulassen. Das Gewebe war unter seinen Füßen, Blumen gingen in Tiere über, aus den schönen Ranken wanden sich Jäger und Liebende los, Falken schwebten darüber hin wie fliegende Blumen, alles hielt einander umschlungen, eines war ins andere verrankt, das

Ganze war maßlos herrlich, eine Kühle stieg aber davon auf, die ihm bis an die Hüften ging. – Wie hast du es zustande gebracht, dies zu entwerfen in solcher Vollkommenheit? – Er wandte sich dem Mädchen zu, das in Bescheidenheit einige Schritte weggetreten war. Das Mädchen schlug sofort die Augen nieder, aber sie antwortete ohne Zögern. – Ich scheide das Schöne vom Stoff, wenn ich webe; das was den Sinnen ein Köder ist und sie zur Torheit und zum Verderben kirrt, lasse ich weg. – Der Kaiser sah sie an. – Wie verfährst du? fragte er und fühlte, daß er Mühe hatte, gesammelt zu bleiben. Denn jeder einzelne Gegenstand, den sein Auge berührte, drang mit wunderbarer Deutlichkeit in ihn: er sah vieles im Saal und glaubte von Atemzug zu Atemzug mehr zu sehen. – Wie verfährst du? fragte er nochmals. – Die junge Dame folgte seinem Blick mit Entzücken. Es verging eine Weile, bis sie antwortete. – Beim Weben verfahre ich, sagte sie, wie dein gesegnetes Auge beim Schauen. Ich sehe nicht was ist, und nicht was nicht ist, sondern was immer ist, und danach webe ich. – Aber er hörte sie nicht, so verloren war sein Blick im Anschauen der herrlichen Wände, in denen das Licht der Lampen sich spiegelte. An der Spannung, mit der die Gesichter der Knaben sich ihm zuwandten, erkannte er, daß die Antwort an ihm war. Er war ganz gebunden von der Schönheit dieser Gesichter, auf denen ein Schmelz lag, wie er ihn nie auf den Gesichtern von Kindern meinte gekannt zu haben, und in den Augen, die sich gespannt auf ihn richteten, sah er, was er nie in irgendwelchen Augen wahrgenommen hatte. – Sind euer noch mehr Geschwister? fragte er ohne Übergang den einen, der ihm zunächst war. Er wußte nicht, wie ihm gerade diese Frage in den Mund kam. Sein Auge hing wie gebannt an ihren Gestalten. Die Lust des Besitzenwollens durchdrang ihn von oben bis unten, er mußte sich beherrschen, sie nicht anzurühren. – Das hängt von dir ab, gab ihm nicht der Gefragte, sondern der andere der beiden zur Antwort. – Nun wandte sich der Kaiser an diesen und fühlte selbst, wie er sich bemühte, der Frage einen spaßhaften Ton zu geben. – Ist das Haus nahe oder ferne? Nun vorwärts, seid ihr im Guten oder Bösen weggelaufen, wie? – Der Knabe blieb die Antwort schuldig, er sah über den Tisch den Tafeldecker an, sie hatten aufs neue Mühe, ihr Lachen zu unterdrücken. Der Kaiser richtete sich in den perlenbestickten Kissen, in denen er lehnte, etwas auf. Es kostete ihn eine sonderbare Mühe, seine Stellung zu ändern; ein Gefühl der Kälte, das von seinen Füßen und Händen ausging, drang ihm bis ans Herz. Er sah die Kinder scharf an. – Habt ihr vorausgewußt, daß wir einander begegnen werden? fragte er wieder, aber ohne sich an einen Bestimmten aus der Gesellschaft zu wenden. Ist das das Ende einer Reise oder der Anfang? Liegt mehr vor euch oder mehr hinter euch? – Der Ton seiner Stimme klang strenger in dem hohen Gemach, als er gewollt hätte, und seine Fragen folgten schnell nacheinander. – Du liegst vor uns, und du liegst hinter uns! rief der Tafeldecker ganz laut, wobei er mit zur Erde gestreckten Händen, in denen er den goldenen Schöpflöffel hielt, eine tiefe Verbeugung vor dem Kaiser machte. – Der eine von den Kleinen lief zu dem Kaiser hin, stellte sich dicht an ihn, und indem er ihm mit gespieltem Ernst fest in die Augen schaute, sagte er langsam und nachdrücklich: – Deine Fragen sind ungereimt, o großer Kaiser, wie eines kleinen Kindes. Denn sage uns dieses: wenn du zu Tische gehst, geschieht es, um in der Sättigung zu verharren oder dich wieder von ihr zu lösen? Und wenn du auf Reisen gehst, ist es, um fortzubleiben oder um zurückzukehren? – Was sind das für Reden, rief das Mädchen, und ihre Augen vergrößerten sich. – Hierher und hinter mich! – Der Kleine sprang zurück an ihre Seite und küßte mit Reue und Ehrfurcht immer wieder ihre herabhängenden Ärmel und der andere auch, obwohl sie sich über ihn nicht erzürnt hatte. Sie gab ihnen keinen Blick und hob ängstlich flehend die Hände gegen den Kaiser. – O wie können wir deine Zufriedenheit erwerben, die wir so unvollkommen sind! rief sie voll Angst. – Der Kaiser sah nur ihre Hand, die unvergleichlich schön war und von alabasterhaft durchscheinendem Glanz. – Ihr seid's, die ich besitzen und behalten muß, rief er aus, es sei auf welchem Wege immer! – Ihre Hand zuckte zurück, ihr Auge traf ihn mit unsäglicher Scheu und Ehrfurcht, er bereute seine überheblichen Worte, noch mehr die unverhüllte Heftigkeit seines Tons, und setzte schnell mit sanftem dringenden Tonfall hinzu: – Auf welchem Wege werde ich mit euch für immer vereinigt? Denn das will ich, und müßte ich Blut meines Herzens dafür hergeben! – Das Mädchen erschrak abermals sichtlich. Es schien, als wäre ihr diese Frage zu gewaltig für Worte, und als vermöchte sie darauf nur mit den Augen zu antworten. – Ich bin gewohnt, zu erreichen, was ich begehre! rief der Kaiser. – Ihre ganze Seele lehnte sich aus ihrem Auge, und sie traf den Kaiser mit einem langen Blick, in dem sich Ehrfurcht, Zärtlichkeit und namenloses Bangen mischten, und der so stark war, daß der Kaiser sein Auge niederschlug, um sich in sich zu sammeln zu einer entscheidenden Frage; ihm war, als schwebte sie schon auf seinen Lippen, aber er vergaß sie: denn als er die Augenlider wieder aufschlug, sah er den ganzen Tisch mit Blumen bedeckt, die im Licht der Lampe aufleuchteten wie ausgeschüttete Edelsteine, er sah noch, wie die Hand des Mädchens die letzten an der Seite zu den übrigen hingleiten ließ, wie sie ihr aus den Händen flossen und sich von selber ordneten und schließlich alle geordnet dalagen gleich einer herrlichen kunstvollen Stickerei. Er sah ihr Gesicht leuchten, und wie sie mit den Augen liebevoll Einem zuwinkte, der vordem nicht dagewesen war, und der an Größe und Schlankheit der Gestalt ihr selber glich, und er gewahrte jetzt am entgegengesetzten Ende des Saales eine Tür, gerade wie die, durch welche er selbst vor nicht langer Zeit eingetreten war, deren Flügel jetzt offenstanden, und durch welche paarweise halbgroße Kinder eintraten, die verdeckte Schüsseln in Händen trugen. – Wer ist dieser? fragte der Kaiser das Mädchen, indem er mit seinen Augen auf den wies, der vordem nicht dagewesen war. Ist er der Küchenmeister? – Es ist an dem! rief dieser, als wollte er sich als solchen zu erkennen geben, denen mit den Schüsseln zu, und sie näherten sich paarweise, lautlos und sehr schnell, und trugen laufend auf, indem immer der eine auf das obere Ende des Tisches und den Platz des Kaisers zulief und der andere auf das entgegengesetzte Ende.

– Was soll dieses Wort, das ich zum zweiten Male höre? rief der Kaiser aus. Und warum vollzieht sich dies so schnell, daß ich kaum zu mir selber komme? Sage diesem, er solle sich die nötige Zeit lassen. – Die Zeit? sagte das Mädchen und sah ihn mit verlegenem Ausdruck an. Wir kennen sie nicht, aber es ist unser ganzes Begehren, sie kennen zu lernen und ihr untertan zu werden. – Die Verlegenheit stand ihr noch reizender. Der Kaiser weidete seinen Blick an ihr; aber es war nichts von Begehrlichkeit in seinem Entzücken.

Der Küchenmeister schlug in die Hände; die Auftragenden sprangen zur Seite und bildeten zwei Reihen. Wie ein blitzendes Licht kam zwischen ihnen ein Reiter herein und sogleich noch einer, der eine auf einem stahlgrauen Pferd, der andere auf einem feuerfarbenen. Sie trugen jeder eine verdeckte goldene, mit Edelsteinen gezierte Schüssel vor sich auf dem Sattelknopf. Sie parierten die Pferde einer nach dem andern; zu jedem sprang einer von den Vorschneidern und nahm mit höchstem Ernst die Schüssel in Empfang und präsentierte sie kniend von dort her dem Kaiser. Die Reiter rissen ihre Säbel hervor und begrüßten den Kaiser, indem sie gegen ihn anritten und sich blitzschnell aus dem Sattel senkten und zur Rechten und zur Linken des Tisches mit den Spitzen ihrer Säbel klingend den Boden berührten. Des Kaisers Seele trat in sein Auge; mehr als alles entzückte ihn die geschwisterliche Ähnlichkeit zwischen diesen Jünglingen und den kindischen Knaben, mit denen er vorher Gesellschaft gepflogen hatte. Er wünschte über alles nun mit diesen Neuen zu sprechen, er gab ihnen Blicke der äußersten Huld und Vertraulichkeit, er winkte sie zu sich heran. Aber alles war vergeblich. Als verstünden sie nicht, daß er ihre Gesellschaft begehrte, ließen sie, indem sie mit einer zauberischen Anmut in die Zügel griffen, ihre Pferde auf dem glatten Steinboden zurücktreten und weiter zurück, bis sie mit den Hinterhufen fast die Mauer berührten. Dann brachten sie sie mit einem leisen Anzug der Zügel dazu, sich hoch aufzubäumen, die Vorderhufe griffen in die Luft, sie glichen Vögeln in der Beweglichkeit ihrer Hälse und spielten mit ihrer eigenen Last wie schuppige Fische im Mondlicht, der eine zur Linken, der andre zur Rechten des Saales. Die Mienen der Knaben waren angespannt, doch schwebte ein silbernes Lächeln auf ihnen, das sie beständig dem Kaiser zusandten, es war klar, daß ihr Auftrag beendet

war, und daß sie wieder aus dem Saale verschwinden würden, aber daß sie aus Ehrfurcht ihrem Gast nicht den Rücken wenden wollten. Sie glitten in die Wand hinein, ohne daß man sehen konnte, wie die Wand sich auftat, ihr Lächeln war das Letzte, das noch aufleuchtete wie ein spiegelnder Schein.
– Wohin sind sie? rief der Kaiser aus, und ein scharfer Schmerz durchfuhr ihn. – Er konnte nicht fassen, daß ein Anblick so schnell dahin war, den er so schnell liebgewonnen hatte.
Die Augen des Mädchens ruhten immer mit dem gleichen Entzücken auf ihm; sie schien den Ausdruck des Staunens von seinem Gesicht wegzutrinken, und sie rief: – Gleicht dies, o großer Kaiser, nicht meinem Teppich und den Rundungen und Verschlingungen, die deinem gepriesenen Auge wohlgefällig waren, und bist du zufrieden mit diesem Schauspiel, das mein zweiter und mein dritter Bruder dir bieten? –
– Wahrhaftig, es ist das Gleiche, erwiderte ohne Atem der Kaiser. Aber warum diese Hast? rief er und mußte ohne seinen Willen laut aufseufzen. Was sollen mir unmündige Kinder zur Gesellschaft! Diese beiden hätten müssen zu meiner Linken und Rechten sitzen, und ich will sie wiedersehen, denn jeder von ihnen hat ein Stück meines Leibes mit sich genommen! –
Niemand antwortete ihm. Die jungen Wesen liefen und bedienten ihn, der Tafeldecker legte vor. Andere kamen herein, sie gaben dem Vorschneider ihre Schüsseln ab, sie kreuzten einander, aber nie stieß einer an den andern. Der Küchenmeister lenkte alle mit seinem scharfen dunklen Blick. Es waren noch andre da, Unsichtbare, wie Schatten, die ihnen aus dem Dunkel die Schüssel reichten; man hätte nicht sagen können, wer alles im Zimmer war und wer nicht. Sie knieten wechselnd mit den Schüsseln zu seiner Linken und Rechten, jetzt kam ein kleines Mädchen an die Reihe. Das Kind trug eine schwere goldene Schüssel und konnte sie kaum erhalten; mit angespanntem Ernst zwang sie sich, nicht zu zittern.
– Wie kannst du das tun, du Kleine, Zarte? sagte der Kaiser. –
– Dienst ist ein Weg zur Herrschaft, es gibt keinen anderen, o großer Kaiser – sagte das Kind, und über die Schüssel hin traf ihn unter den reingezogenen Augenbogen ein Blick, der weit über ihre Jahre war. Ihn verlangte, ihr zu antworten; aber

schon mußte er darauf achten, daß zu seiner anderen Seite einer der Knaben hinkniete, die zu Anfang mit dem großen Mädchen dagewesen waren, und ihm aus einer mit Edelsteinen vollbesetzten tiefen Schale eingemachte Gewürze anbot. Er konnte nicht widerstehen, diesen schönen Geschöpfen ein Gefühl zu bezeigen, das alle seine Adern durchdrang; er wollte sie bei sich festhalten, geriete darüber auch die Ordnung der Tafel und alles in Verwirrung. Er griff mit der Linken und der Rechten in die Schüssel, die eine von Gewürzen und Früchten duftende süße Speise enthielt. – Stellt eure Schüsseln zur Erde, gebot er, und haltet eure Gesichter zu mir, und er wollte den Mund der Kinder mit der köstlichen Speise anfüllen, aber sie bogen sich nach rückwärts und lehnten mit flehender Gebärde ab. Er griff nach ihnen, aber er griff ins Leere, nur ein Anhauch eisiger Luft, wie wenn eine Tür ins Freie sich aufgetan hätte, traf seine ausgestreckte Hand und sein Gesicht. Die Kinder waren schon weit weg, sie sahen mit strenger Miene auf ihn herüber, jetzt schienen ihm ihre Gesichter, seitlich gesehen, weit älter, die Augenbogen des Mädchens schärfer, fremder, so, als wäre für sie jeder Atemzug ein Jahr. Sie glitten in die Schar der Auftragenden hinein, und wie sie sich mit diesen mischten, waren sie auch wieder solche Kinder wie die anderen. Der Kaiser war betroffen wie noch nie. – Wer bin ich, sagte er zu sich selber, und wo bin ich hingeraten? – Seine Kehle trocknete ihm aus, unwillkürlich griff er nach dem schweren goldenen Trinkgefäß, das vor ihm stand, seine Lippen fühlten ein kühles, leise duftendes Getränk, von dem er vordem nie gekostet hatte, er trank gierig, aber er beherrschte sich schnell, und indem er das Gefäß erhob, rief er: – Ich trinke euch zu! Ihr versteht es, Feste zu geben! Lob und Preis dieser Begegnung und der staunenswerten Erziehung, die ihr genossen habt! – Alles ist staunenswert in deiner Nähe, erwiderte das Mädchen, die regungslos hinter ihm stand, und dieser Augenblick, da du unser Gast bist, ist für uns über alle Augenblicke, – und ihr Gesicht nahm einen solchen Ausdruck von Freude an, daß ihre Augen sich wie im Schreck vergrößerten. Der Kaiser winkte sie nahe an sich heran. Ein Gefühl von Glück und Sicherheit ohne Gleichen stieg in ihm auf und ließ ihn die Kühle vergessen, die bis an seine Schultern drang und die Hüften umgab wie ein eiserner Ring. Er hob und senkte zwei- oder dreimal wissend die Augenlider, bevor er sprach: – Ihr wisset um ein Geheimnis, und es könnte mich selig machen, wenn ihr mich daran teilnehmen ließet. – Zwischen uns und dir gibt es nur ein Geheimnis: die vollkommene Ehrfurcht, – antwortete das Mädchen. Des Kaisers Blick ruhte auf ihr ohne Verständnis, aber mit Entzücken, und sein Kopf blieb ihr zugewandt; zugleich sah er, aber ohne hinzusehen, daß schon wieder einer mit einer frischen Schüssel neben ihm kniete, indessen ein anderer den Deckel abhob. Er dachte noch immer nach über die Antwort, die ihm mehr zu enthalten schien als eine bloße Höflichkeit, und zugleich griff er in die Schüssel, aber ohne seinen Blick hinzuwenden.

– Du sprichst von dem, was wir dir sind, warum fragst du niemals, was du uns bist? sagte das Mädchen schnell und leise wie ein Hauch. – Des Kaisers Miene wechselte, und sein Mund öffnete sich plötzlich und verriet, indem die Zähne sich für einen Augenblick entblößten, eine Ungeduld, die nicht mehr zu bezähmen war. – Ich begehre Auskunft von euch, wie ich euch für immer an mich bringen kann! rief er laut und befehlend, und erkannte kaum seine eigene Stimme. – Das Mädchen war plötzlich dicht bei seiner Schulter, wie ein Vogel, und bog ihr Gesicht zu ihm hinunter; die Schönheit dieser blitzschnellen Bewegung beseligte ihn. – Eben in dem Augenblick, flüsterte sie, da wir dir dies sagen werden, wirst du uns von dir treiben auf immer! –

Der Speisemeister sah sie über den Tisch an; sie ging gehorsam hinüber und stellte sich hinter den Bruder, seitlich der Mitte des Tisches. Der Kaiser hob seinen Blick ihr nach. Das Unbegreifliche ihrer Antwort verdroß ihn, sein Gesicht verdunkelte sich, daß sie den Befehlen eines anderen in seiner Gegenwart gehorchte; er war nahe daran, den Tisch von sich zu stoßen und sich zu erheben. In diesem Augenblick kam das kleine Mädchen an ihm vorbei. Ihr Gesicht lächelte ihn an, und die Worte: – Wahre Größe ist Herablassung, o großer Kaiser! – kamen leise von ihren Lippen und beruhigten ihn, so daß er, wie ein unbefangen Speisender, gerade vor sich hinsah. So geschah es, daß er zum ersten Male seit Beginn der Mahlzeit seine Augen auf das dunkle Ende des Tisches ihm gegenüber richtete, und mit Staunen sah er, daß dort etwas vorging, dessen Bedeutung er noch minder erfassen konnte als alles Frühere.

Er gewahrte, wie die Gleichen, die ihn mit strahlendem Lächeln bedient hatten, dort zur Linken und zur Rechten des unbesetzten Sitzes hinknieten, und wie sie einem Gast, der nicht da war, mit tiefem Ernst jede der Schüsseln anboten. Die Stehenden hoben den Deckel ab, warteten eine Weile mit der gleichen Ehrfurcht wie bei ihm selber, und schlossen die Schüsseln wieder. Wenn sich die Knienden erhoben und wegtraten, waren ihre Gesichter von Tränen überströmt, Tränen flossen über die Gesichter der Stehenden herunter, und unaufhörlich drangen Seufzer aus ihrer Brust. Neue traten hinzu, und wenn sie den Gast, der nicht da war, bedient hatten, weinten sie und seufzten wie die andern. Ihr Seufzen und halbunterdrücktes Weinen füllte den ganzen Saal.

Zugleich bemerkte er, daß die Lampen mit einemmal matter leuchteten, so als ob sie herabgebrannt wären. Er wandte sein Gesicht dem Küchenmeister zu, und wollte ihm einen Wink geben, daß er sich um die Lampen bekümmere, die auszugehen drohten. Da traf ihn, aus der Miene des Küchenmeisters, von oben und seitwärts her, ein Blick, den er einmal im Leben ausgehalten hatte und nie wieder aushalten zu müssen vermeint hatte: es war der Blick, mit dem damals der blutende Falke seinen Herrn von einem hohen Stein aus zum letzten Male lange und durchdringend ansah, bevor er mit zuckenden, mühsamen Flügelschlägen in die Dämmerung hinein verschwand. Mit sehr großer Anspannung hielt der Kaiser den Blick des Wesens aus. – Wer bist du? rief er. Herbei vor meine Füße! und schlug die Augen nicht nieder. – Der Küchenmeister wandte die seinen langsam, wie verachtend, ab und gab ein einziges Zeichen. Alle hielten inne im Laufen und Schüsselreichen, im Deckelheben und Vorschneiden. Überall standen Schweigende. Durch sie hin schritt er lautlos auf den Kaiser zu. Die Prinzessin tat einen Schritt, als ob sie zwischen beide treten wollte, dann blieb sie wie gebunden stehen. – Wer ist dieser? schrie der Kaiser über die Schulter gegen sie hin. Welche Überhebung in jedem seiner Schritte! Wer hat ihn zu meinem Richter gemacht? – Er fühlte sein Herz in dumpfen Schlägen klopfen. Unter diesem hatte er sich langsam vom Boden aufgehoben. Es war ihm so schwer, als ob er eine fremde Last von der Erde aufrichten müßte. Er wandte sich und sah über seine Schulter das Mädchen nahe stehen. Hinter ihr waren zwei aus der Wand getreten und kamen auf ihn zu, von denen der eine ein goldenes Waschbecken trug, der andere einen kleinen Handkrug. Als sie dicht vor ihm standen und sich anschickten das Wasser über seine Hände zu gießen, erkannte er in ihnen die beiden wunderbaren Knaben wieder, die als Truchsessen zu Pferde gekommen und rittlings in die Wand verschwunden waren. Der Kaiser winkte ihnen zu; er öffnete willig und lächelnd seine Hände gegen sie, aber sie schienen ihn nicht zu kennen. Er öffnete die Lippen, um sie anzureden, aber die Anrede erstarb ihm in der Kehle. Fremd und trauervoll sahen sie ihn an, der eine hielt das Becken hin, der andere hob den Krug. Das Wasser sprang aus dem Krug, es fiel hart auf die Hände des Kaisers und rann an ihnen herunter wie an totem Stein. Der Kaiser sah, wie trostsuchend, hinüber auf das Mädchen; sie hielt beide Hände nach oben gestreckt, ihr juwelenes Gesicht strahlte, sie schien irgendwo hinzudeuten, wo Trost und Hilfe war. Der Kaiser mühte sich, den Sinn ihrer Gebärde in seinem Inneren aufleuchten zu lassen, aber es waren nur trübe, unklare Empfindungen in ihm, von denen eine die andere verdrängte. Seine ganze Aufmerksamkeit war gespannt von dem Wissen, daß jener Andere dort hochaufgerichtet und mit langsamen, gleichsam strengen Schritten auf ihn zukam; an den dumpfen Schlägen seines Herzens gemessen, erschien es ihm unerträglich lange, bis dieser den kurzen Weg zu ihm zurückgelegt hatte. Jetzt aber fühlte er ihn, ohne aufzusehen, dicht neben sich: es war eine Kühle, die ihn aus nächster Nähe von den Schläfen bis zu den Zehen anwehte. Durch die Wimpern blinzelnd, sah er: das Wesen hatte, in die leere Luft fassend, jetzt ein weißes Linnen in Händen und trocknete ihm damit in einer ehrerbietigen

Haltung die Hände ab. Aber die wehende Berührung dieses Linnens kräuselte ihm das Fleisch. – O Kaiser, sagte jetzt die Stimme so dicht an seiner Wange, daß er den kalten Hauch fühlte und vor Beleidigung über eine Unehrerbietigkeit, wie sie ihm nie im Leben widerfahren war, erzitterte, – bedauerst du nicht, daß wir umsonst für Sie gedeckt haben? – Nichts kam der Gewalt des Vorwurfes gleich, den diese einfachen Worte enthielten. Sein Herz krampfte sich zusammen, kalte Tränen liefen ihm hinunter, sie erstarrten ihm an den Wangen. Zum Zeichen, daß er niemandem erlaube, zu ihm von seiner Frau zu sprechen, und daß er sich von niemand zwingen lassen würde, preiszugeben, was ihm allein gehörte, sah der Kaiser starr vor sich hin. Die Kälte, die ihn umgab, tat ihm jetzt für einen Augenblick wohl; nichts konnte an sein Herz heran. Sogleich öffneten die Kinder rings im Saal den Mund. – Sie möchte kommen, aber sie kann nicht! riefen sie ihm entgegen. O, daß wir ihr Gesicht sähen! riefen sie von allen Seiten und fingen wieder an zu seufzen und zu weinen. –

– Was sind das für Klagen! wollte er streng ausrufen, aber die Worte kamen nicht aus seiner Kehle. – Von der Mitte des Gemaches her erhob sich ein Wind, ein schauerlicher Anhauch. Zugleich traf ihn wieder die Stimme dessen, der ihm beständig zu nahe trat, halblaut, aber aus nächster Nähe. – Schlecht ist der Lohn dessen, der dir hilft zu gewinnen, was dein Herz begehrt! Das weiß dein roter Falke! – Bei der unverhüllten Erwähnung jener ersten Liebesstunde, die auf der Welt keinen Zeugen gehabt hatte als den stummen Vogel, knirschte der Kaiser laut mit den Zähnen. – Furchtbar war jetzt wieder die Stille. Der Wind hatte sich gelegt. – Erkennst du meinen ältesten Bruder nicht wieder? lispelte das Mädchen ihm zu. – Er ist es, der mit seinen Schwingen ihre Augen schlug und dir geholfen hat, sie zu gewinnen. – Der Kaiser gab keine Antwort. – Sie sucht den Weg zu uns! riefen die Kinder. – Segne du ihren Weg, das ist es, was wir von dir verlangen! –

– Was ist das für ein Weg? rief der Kaiser zurück, und sogleich durchfuhr ihn Reue über seine Worte, aber schwer und dumpf, ohne daß er sich deutlich sagen konnte, warum. – Was fruchtet es, wenn wir dir sagen, was du nicht fassest! entgegneten die Kinder. – Du trägst ihren Brief auf der Brust und verstehst nicht ihn zu lesen. –

– Wie ist das? rief der Kaiser. – Er fühlte die Kälte seines Herzens, indem er redete.

– Sonst kenntest du ihre Not und verständest ihre Klagen, antworteten sie. – Der Kaiser griff unwillkürlich nach seiner Brust; aber er fühlte, daß nichts ihm gegen diese helfen könnte, und ließ es sein. – Du hast den Knoten ihres Herzens nicht gelöst! das ist es, worüber wir weinen müssen. So muß sie von dir genommen werden und in dessen Hände gegeben, der es vermag, den Knoten ihres Herzens zu lösen. – Der Wind hatte sich wieder erhoben und hauchte ihn an.

– Wer sagt euch dies alles? kam es von seinen Lippen. –

– Zwölf Monde sind vergangen und sie wirft keinen Schatten! riefen die Kinder. –

– So wisset ihr alles? fragte der Kaiser. – Wir wissen das Notwendige, antworteten die Kinder. Du hast sie mit Mauern umgeben, riefen sie mit wechselnden Stimmen, darum muß sie hinausschlüpfen wie eine Diebin. Wie eine verdürstete Gazelle schleicht sie hin zu den Häusern der Menschen! – Auf welche Weise wagen sie es, mir diese Dinge zu sagen? dachte der Kaiser. – Er faßte auf, daß die Kinder dies mit wechselnden Stimmen sangen. – Dies ist der Gesang, den ich hörte, als ich draußen stand, sagte er zu sich. –

– Sie tut die Dienste einer Magd, sangen die schönen Stimmen wieder, aber es gereut sie nicht. Sie tut sie um unseretwillen und kaum, daß das Licht der Sonne auf ist, sitzt sie auf ihrem Bette und ruft mit Verlangen: Wo bist du, Barak? Herein mit dir! Denn dir, Barak, bin ich mich schuldig! – Dir, Barak, bin ich mich schuldig, wiederholten alle, mit strahlendem Klang, der oben ans Gewölbe schlug. –

– Was sind das für Worte? rief der Kaiser mit aufgerissenen Augen und dem letzten Atem seiner Brust, die schwer wurde wie Stein. –

– Die entscheidenden! antworteten die Kinder. – Sein Kinn sank ihm schwer gegen die Brust. – O weh, sagte er vor sich hin, wehe, daß mein Lustigmacher sich unterstanden hat, von meiner Schwermut zu reden, ehe ich diese Stunde gekannt habe. –

– Heil dir, Barak! sangen die Kinder mit wunderbarem Klang, du bist nur ein armer Färber, aber du bist großmütig und ein Freund derer, die da kommen sollen! und wir neigen uns vor dir bis zur Erde. – Der Kaiser stand unbeachtet in der Mitte, sie neigten sich vor einem, der nicht da war; ihre schönen Gesichter kamen der Erde so nahe, daß der ganze Boden aufleuchtete wie Wasser. Das Mädchen stand seitwärts. Ihr Blick ruhte unverwandt auf dem Kaiser mit einer unbeschreiblichen Mischung von Liebe und Angst. Er richtete seine Augen noch einmal auf sie. – Antworte mir du, sagte er. Wer ist dieser Barak und welchen Handel hat meine Frau mit ihm? – Oh nur ein Gran von Großmut! riefen die Kinder durchdringend. – Welchen Handel? fragte er noch einmal streng und sah nur durch die Wimpern nach ihr. – Seine Augenlider wurden ihm schwerer als Blei. Er erwartete und wollte keine Antwort. Das Mädchen löste sich von den anderen; es war, als ob sie mit geschlossenen Füßen auf ihn zugehe; ihr betrübtes Gesicht schien ihm ein wunderbares Geheimnis anvertrauen zu wollen. – Nur ein Gran von Großmut! riefen die Stimmen. – Mit Grausen erkannte er, daß das Mädchen jetzt in unbegreiflicher Weise seiner Frau glich. Aus ihren Augen brach ein Blick der äußersten Angst und zugleich Hingabe; sie war das Spiegelbild jener zu Tode geängsteten Gazelle. Er las in diesem Blick nichts anderes, als das Eingeständnis dessen, was er nie wollte genannt hören, und die Bitte um eine Verzeihung, die er nicht gewähren konnte. Er haßte die Botschaft und die Botin und fühlte sein Herz völlig Stein geworden in sich. Ohne ein Wort suchte seine Hand nach dem Dolch in seinem Gürtel, um ihn nach dieser da zu werfen, da er ihn nicht nach seiner Frau werfen konnte; als die Finger der Rechten ihn nicht zu fühlen vermochten, wollten ihr die der Linken zu Hilfe kommen, aber beide Hände gehorchten nicht mehr, schon lagen die steinernen Arme starr an den versteinten Hüften und über die versteinten Lippen kam kein Laut. – Es ist an dem! rief mit lauter Stimme der älteste Bruder. – Die Lampen und der gedeckte Tisch waren im Nu verschwunden. – Nur ein Gran von Großmut, o unser Vater! riefen noch einmal mit Inbrunst alle die schönen Stimmen, aber die Statue, die groß und finster in ihrer Mitte stand, regte sich nicht mehr. – Die Geschwister bewegten sich wie Flammen auf und ab, von ihren Gesichtern leuchtete ein milder Schein. Das älteste Mädchen war noch am längsten erkennbar, ihre Augen hingen an der Statue. Die Wände rückten zusammen, die Türen waren verschwunden, das Gemach war kreisförmig. Von oben öffnete sich's, die Sterne sahen herein, die Gestalten waren verflogen, und in der Mitte die Statue des Kaisers blieb allein.

***

Als die Amme vor Sonnenaufgang zur Kaiserin hereintrat, fand sie zu ihrer Verwunderung diese schon wach und auf ihrem niedrigen Lager sitzen. Die Amme kniete bei ihr nieder und nahm das Alabastergefäß mit der schwarzen Salbe hinter dem Bett hervor. – Mir ist wohl, sagte die Kaiserin, ich fühle, daß wir heute den Schatten gewinnen werden. – Ihr Gesicht strahlte; die Amme verbrauchte die doppelte Menge von dem verdunkelnden Saft.

Sie stießen hinab und standen vor dem Färberhaus, nicht von der Gassenseite her, sondern neben dem Fluß, wo der Färber einen halboffenen Schuppen hatte, in dem er arbeitete; seitlich führte eine Leiter zum flachen Dach des Hauses, wo die Trockenstatt war. – Warte, sagte die Amme, wir wollen sehen, was das Weib vorhat. Es ist viel wert, sehen und nicht gesehen werden, – und sie traten hinter den Schuppen. Wie gerufen, kam die Frau aus dem Haus auf den Hof heraus. – Sieh, wie sie in aller Früh schon blaß und hohläugig aussieht, flüsterte die Amme. Das wird ein Tag, wie wir ihn brauchen. – Die Färberin ging quer über den Hof, ohne auf irgend etwas zu achten. Sie war in ein finsteres Nachdenken versunken. Als die Amme und die Kaiserin aus ihrem Versteck heraustraten, war die Frau in keiner Weise verwundert, die beiden an dieser Stelle zu sehen. Sie schien sich gar nicht bewußt, daß sie sie seit gestern abend nicht gesehen hatte. Sie schob die zerrissene Schilfmatte, die vor der Haustür hing, zur Seite und ließ die Amme vorausgehen. – Du mach dich fort, sagte sie, als die Kaiserin hinter der Amme dreingehen wollte. Dich will ich nicht sehen. – Die Amme wollte ihre Tochter in Schutz nehmen. – Hinaus, sagte die Frau, mach dich dem Färber nützlich und bediene den Buckel und das Einaug. Sie ist mir verhaßt an Händen und Füßen, schweig mir von ihr, setzte sie hinzu und ließ die Amme allein eintreten. Sie wischte zwei Holzschemel ab und ließ sich auf den einen nieder. – Da, setz dich zu mir, sagte sie. Ich habe dich zuerst für eine Lügnerin und Windmacherin gehalten; ich muß dir abbitten. Du bist hereingekommen und hast mir zugeschworen, es gebe einen in der Welt, der meiner gedächte, und dann hast du mir den Wildfremden hereingeführt, den meine Augen nie gesehen hatten. – Sie sprach langsam und nachdrücklich, wie wenn sie alles lange vorher genau überlegt hätte. – Nun gut, ich habe ihn gesehen, dank dir, o meine Lehrerin; er ist schön, und sie vergrub ihr jäh aufglühendes Gesicht in den Händen, und er will mich haben, das habe ich vernommen, setzte sie finster hinzu. So höre du, was ich beschlossen habe. – Sie unterbrach sich, schob den Türvorhang ein wenig zur Seite und sah hinüber. Der Färber hatte sein Beinkleid hinaufgerollt so hoch es ging, den Zipfel seines Hemdes hatte er im Gürtel stecken, und stand in einem halbhohen Schaff, aus dem Dampf aufstieg. Mit einem Bein ums andere gleichmäßig tretend, walkte er den Schmutz und das Blut aus dem Gewand eines Schlachters. Die Kaiserin kauerte seitwärts auf ihren Fersen an der Erde und sah auf ihn. Zehn Schritte weiter lag der Einäugige und schlief wie ein Stein, indes ihm die Sonne in die Nasenlöcher schien; der Verwachsene war gerade aufgestanden und kratzte sich mit aller Kraft seiner beiden Arme den Rücken, und der Einarmige lag auf dem Ellenbogen und gähnte mit Wollust, so daß man nichts von ihm sah, als seinen Schlund und die schwarzen Haare, die den Kopf umgaben wie ein Gebüsch.

– Stumm hockt sie dort, die Kröte, und schwitzt ihr Gift aus, sagte die Färberin plötzlich und warf der Alten einen strengen Blick zu. Was ist das für eine? Ist sie eine Unberührte oder wer ist der, dem sie gehört? Antworte mir! – Sie wartete die Antwort nicht ab. Ihr Ausdruck wechselte vollkommen. Sie lächelte, und ihre Stimme zitterte und hatte einen kindlichen

Klang. – Krank hast du mich gemacht, du Alte, sagte sie. Ich habe gehört, es gibt welche, die können sich vor Durst nicht zur Quelle schleppen; so steht es mit mir. – Sie setzte sich auf einen Sack mit dürren Wurzeln. – Nicht du hast mich krank gemacht, sondern er, sagte sie wie zu sich selber. Er hat mich um- und umgewühlt. Er hat mich zur Frau gemacht, ohne mich zu berühren. Ahnst du, was das bedeutet? Wer war einstmals dein Geliebter, du Alte, und wer hat dich belehrt? Denn sie sind nun einmal unsere Lehrer. Wer hat dich so klug und selbstmächtig gemacht, daß ein solcher sich von dir einführen läßt? – Sie redete weiter, ohne die Antwort abzuwarten, wie nur für sich allein. – Ja, die beiden Arten des Errötens hat er mich gelehrt. Ich werde ihm verfallen sein zu allen Augenblicken meines Lebens. – Sie lächelte und zugleich schossen ihr die Tränen aus den Augen, versiegten aber gleich wieder. – Er war in der Nacht bei mir, fuhr sie fort. Nicht wirklich, du Närrin. Kann man nicht mit offenen Augen liegen und träumen, so als ob es Wirklichkeit wäre? Kann man nicht auf diesen Lumpen dort liegen und ein Bette aus Antilopenleder unter sich fühlen und darüber eine Decke aus den zärtesten Marderfellen, so leicht wie ein Flaum? Aber was nützt das, es dauert die Herrlichkeit nicht lange, und es steigt einem ein Geruch in die Nase, wie von einer Kindesleiche, die hinterm Bett in einer Ecke läge. Das muß abgetan werden. – Sie war aufgestanden und hatte sich von der Stelle entfernt, wo sie gesessen war. Ihr Gesicht drückte Ekel und Furcht aus, als läge dort wirklich etwas dergleichen. Dann horchte sie wieder mit krankhafter Aufmerksamkeit nach außen. Ein plötzlicher Windstoß bewegte die Schilfmatte an der Tür und brachte ein Geräusch mit sich; es konnte die Stimme des Färbers sein, aber auch eine fremde Stimme von drüben jenseits des Flusses. Sie riß die Matte zur Seite und stellte sich mitten in die Tür. Der Färber hatte das ausgetretene Gewand auf reine Bretter ausgebreitet und strich es aufs neue mit weißem Ton an. Die Kaiserin half ihm dabei. Das blutig gefärbte Abwasser rann aus dem umgestürzten Schaff in die Gosse. Die beiden arbeiteten eifrig und sahen nicht herüber. Als die Färberin sie anrief, hörten sie nicht. Die Amme schlürfte von hinten an die Färberin heran und berührte sie ehrerbietig am Ärmel. – Ruhe dich jetzt, lispelte sie, und bedenke den heutigen Abend und daß deine Haut golden sein muß und geschmeidig. – Barak, rief die Frau, gehst du heute gar nicht aus dem Hause deine Ware austragen? – Sie legte in die einfache Frage, die sie ihm zurief, schneidenden Spott und Hohn. Der Färber gab keine Antwort; er schien nichts gehört zu haben. – Du kommst abends mit mir zum Fluß, raunte die Alte von rückwärts. Er, von dem wir wissen, ist begierig nach der Abendstunde und ein Held in der Dämmerung. – Die Frau hatte sich umgewandt. – Die kann nicht dein Kind sein, sagte sie und sah die Alte prüfend an. Sie ist ungesprenkelt. Wenige Gedanken faßt sie, aber diese wenigen leuchten auf ihrer Stirn wie Sterne. – Sie schwieg einen Augenblick. – Ich habe mir ausgedacht, daß ich sie henken lasse! rief sie und lachte dabei auf sonderbare Weise. Und wie werde ich den dort dafür strafen, daß er mein Schicksal geworden ist? Wie hat er es gewagt, sich mir so ohne Angst zu nähern und sein rundes Maul an mich zu legen! Aber das ist meine Sorge, und nicht die deine. Dies aber sage ich dir, und es ist das Entscheidende: ich werde tun, was du verlangst. Und jetzt geh und hole den Färber herein, denn ich will ihm ein Wort sagen; er ist, scheint es, schwerhörig geworden und hört nicht, wenn ich ihn rufe. – Die Alte stand schon auf der Schwelle; sie wollte hinaus und die Botschaft bestellen, aber sie verging vor Begierde zu hören, was noch aus dem Mund der Jungen kommen würde. – Hart war sein Gesicht, sagte die Färberin wieder mit dem gleichen sonderbaren unterdrückten Lachen, bei dem ihre Miene ganz starr blieb, – aber schlau und mächtig wie eines Teufels; Hoffart, Unzucht und Habgier waren darin eingeschrieben, darum paßt er zu mir. Er wußte nicht zu reden, doch wußte er zu gewinnen. – Ein Lächeln stieg tief aus dem Innern auf und erleuchtete ihr finsteres Gesicht. Sie war schön in diesem Augenblick und von ihrem jungen Blut durchströmt, daß sie glühte, und die Alte betrachtete sie mit Lust. – Nein, nein, rief sie plötzlich mit leidenschaftlichem Entzücken, er ist schön, achte doch nicht auf mich, du Närrin, er ist schön wie der Morgenstern, und seine Schönheit, das ist der Widerhaken an der Angel, ich habe sie ja schon längst verschluckt und ich schieße dahin und dorthin, und du hast die Schnur zwischen den Fingern, das weißt du wohl! – Sie hing am Hals der Alten ganz zart und weich, sie ließ sich von ihr hätscheln wie ein Kind. – Nur das Zueinanderkommen ist schwer, nur der Anfang ist das Schwere, seufzte sie. Wie soll das gehen, o mein Gott! – Die Amme konnte sie nicht verstehen. – Was sorgst du dich, rief sie, wir werden Rat schaffen! – Die Färberin schüttelte den Kopf. – Meine ich das so, altes Weib? Ich meine es wahrlich anders, aber wie könntest du es verstehen? – Die Amme sah sie zwinkernd an. – Ohne dich soll er zu mir kommen, ohne dich! rief ihr die Junge zu. Denn ich verachte dich, das merke dir, und hasse das Niedrige in mir, das mit dir zu tun hat. Du kennst meine Niedertracht und die seine, und du möchtest seiner und meiner Meisterin werden, aber daraus wird nichts! – Die Alte zwinkerte mit den wimperlosen Augen und ihre lange, dünne Zunge bewegte sich zornig im halboffenen Mund, aber sie sagte nichts und ging schnell in den Hof hinaus; sie fand den Färber, der ein riesiges Stück Zeug, ein Gewebe aus feinem Ziegenhaar, dreizehn Ellen lang und dritthalb Ellen breit, aus der Beize nahm, das vollgesogene Zeug in ein Einschlagtuch tat und die triefende Last seinem starken Rücken auflud, und die Kaiserin, die sich wie eine Magd mit aller Kraft von unten gegen den riesigen feuchten Klumpen stemmte, um ihm beim Aufpacken behilflich zu sein. Die Amme wartete, dann winkte sie, und die Kaiserin lief zu ihr hin. – Ist sie willig, fragte sie gleich, gibt sie den Schatten dahin? – Es wird ihr nicht leicht, gab die Amme zur Antwort. Die, welche nicht kommen sollen, kämpfen um den Eintritt, und der mit dem breiten Maul ist ihr Vorkämpfer, aber er ist Gott sei Dank zugleich ihr Vernichter. – Ja, sagte die Kaiserin ohne zu hören und sah über die Schulter auf Barak hin, der sich mühsam und ruckweise die steile Leiter hinaufarbeitete, den großen schweren Leib hart an die Sprossen gepreßt, damit ihn die Last nicht hintenüberzöge. – Schaff schnell den Schatten, sagte sie. Dieser soll seinen Lohn haben. – Lohn? rief die Amme. Womit hätte der Elefant sich Lohn verdient? Aber hol ihn und heiß ihn hineingehen ins

Haus, das Weib will ihm etwas sagen. – Was willst du mit ihnen tun? – Die Amme verzog ihr Gesicht. – Laß mich, ich habe sie im Gefühl, wie die Köchin weiß, wann das Huhn im Topf gar ist. – Damit kehrte sie der Kaiserin den Rücken und schlürfte ins Haus zurück. Die Kaiserin lief hin zur Leiter und lautlos die Sprossen hinauf; sie fand auf dem flachen Dach den Färber, der noch keuchte, und dem der Schweiß mit blauer Farbe vermischt von der Stirne rann, und sie wischte ihm mit ihrem Tüchlein das Gesicht ab, indessen er mit den großen Händen ganz zart die aufgehangenen Strähnen Blaugarn auseinanderlöste, daß die Luft zu der inneren Farbe zutrete und sich auch im Innern das schmutzige Gelbgrün in leuchtendes Blau färbte; das Kleid des Schlachters hing schon an der Trockenstange.

Als der Färber ins Haus trat, ging die Kaiserin hinter seiner Ferse drein und blieb an der Tür stehen. Blitzschnell bückte sich die Färberin, nahm ein schmutziges Klemmholz vom Boden auf und warf es mit aller Kraft nach der Kaiserin. Aber die Feentochter drückte sich zur Seite wie ein Windhauch. Der Färber tat die schweren Lippen auseinander und wollte etwas sagen; da schickte ihm seine Frau einen solchen Blick zu, daß er still blieb. Er bückte sich und fing an, unter dem Gerümpel, das an der Wand lag, herumzugreifen, als suche er nach etwas. Die Frau schwieg noch immer. Aber ihr schönes Gesicht hatte einen bösen und entschlossenen Ausdruck. Der Färber richtete sich auf den Knien auf; er drehte einen alten, hürnenen Löffel zwischen den Fingern. – Ich habe viel geschafft seit heute früh, sagte er jetzt und sah liebevoll zu der Frau auf, und mich dürstet. Gib mir zu trinken. – Die Frau reckte ihr Kinn; die Amme lief, füllte einen irdenen Scherben mit Wasser und hielt ihn dem Färber hin. Der Färber sah auf die Frau, als wartete er auf etwas, aber als sie über ihn hinsah, wie wenn er nicht da wäre, griff er nach dem Gefäß und trank es mit einem Zug leer. – Was ist das? rief er im gleichen Augenblick mit einem freudig erstaunten Blick und sank nach rückwärts in Schlaf. Die Amme glitt zu der Frau hinüber. – Du bist der Belästigung ledig, flüsterte sie, denn ich habe in seinen Trunk getan, wovon ein Viertel hinreicht, um einen Elefanten für zehn Stunden einzuschläfern. – Verfluchte, schrie die Frau, soll er mir wieder und wieder entkommen! und trat zu ihm hin und sah ihn mit gerunzelter Stirne an. – Die Amme konnte nicht begreifen. – Was hast du mit ihm noch zu schaffen? fragte sie verwundert. – Die Frau achtete ihrer nicht. Sie trat dicht an den Leib des Schlafenden heran und sah ihn von oben herab finster an. Dann seufzte sie aus der Tiefe ihrer Brust: O meine Mutter, und noch einmal: O meine Mutter! – Lange blieb sie stehen und sah ihn immer an. Wehe, sagte sie, und seufzte noch einmal, werde ich das Korn sein, wird er das Huhn sein und mich aufpicken! Werde ich das Feuer sein, wird er das Wasser sein und mich auslöschen! Denn ich bin an ihn gekettet mit eisernen Ketten. – Dann ging sie von ihm weg, aber sie kehrte wieder zu ihm zurück. Sie berührte mit ausgestreckter Fußspitze den Liegenden. – Ja, es ist recht, sagte sie leise, aber mit sehr festem Ton, die Ungewünschten abzutun, denn sie sind Mörder kraft ihrer unverschämten Begierde, hierherzukommen und den Weg durch meinen Leib zu nehmen, und dieser ist ihr Helfershelfer! Während sie es flüsterte, kam eine fürchterliche Ungeduld über sie; sie warf sich über den Liegenden und riß an ihm aus allen Kräften. – Barak, schrie sie ihm ins Ohr, du sollst mich hören, denn jetzt gilt es! – Die Amme drehte sich jäh um, sie fühlte, daß die Kaiserin hinter ihr stand; sie war hereingeglitten, mit sprachlosem Staunen sah die Amme, daß ihr Wasser aus den beiden Augen schoß, daß ihr Gesicht in Schmerz und Tränen schwamm, wie das einer sterblichen Frau. Sie nahm sie bei der Hand und schob sie sanft gegen die Wand; die Kaiserin leistete keinen Widerstand. Die Amme öffnete mit den Fußzehen eine geflickte Holztür, die in rostigen Angeln hing. – Schweig nur jetzt, raunte sie ihr zu, und wisse: heute und in dieser Stunde wird unser Handel zu einem guten Ende kommen. – Die Kaiserin stand lautlos, von oben hingen Büschel dürrer Pflanzen und berührten sie, die enge Kammer war angefüllt mit Tiegeln und Krügen, die gegeneinander klirrten, Säcke mit getrockneten Wurzeln waren aufeinander geschichtet und raschelten, sie durfte sich nicht regen, und atmete schnell und ängstlich.

– Was willst du noch von diesem? rief die Amme und riß die Färberin weg von dem Schlafenden. – Was ich will? schrie das Weib. Was will denn der da! Ha, wer bin ich und wer ist das? rief sie verachtungsvoll und reckte sich hoch auf über den liegenden Mann. Wie komme ich zu ihm und wie kommt er zu mir? Das sage mir Einer! – Sie schrie es auf des Schlafenden Gesicht hinab. Er atmete ruhig und regte sich nicht. Sie wandte sich wie vor Ekel halb ab und streckte schon den einen Arm nach hinten, wie um einem, der nicht da war, sich um Brust und Schultern zu ranken; aber ihr Gesicht haftete mit Qual an dem Gesicht des Färbers. Plötzlich bleckte sie die Zähne gegen ihn und stieß mit dem Fuß gegen seinen Leib. – Ich will nicht das da im Rücken haben! schrie sie. Wecke ihn sogleich. – Die Amme wußte sich nicht zu helfen; sie erlag der Gewalt des unbändigen Willens. Sie kniete nieder und rüttelte leise an dem Schlafenden; sie hauchte ihn dreimal an und blies ihm in den Nacken. Barak lächelte im Schlaf, seine Lippen bewegten sich, er murmelte etwas; seine Miene war die gleiche, die er hatte, wenn er daheim zu seiner Frau, oder auf der Gasse zu fremden Kindern redete. – Höre mich, sagte die Frau, und näherte ihr Gesicht um ein weniges dem seinen, das langsam die Augen auftat mit einem fremden, leeren Blick auf sie. – Ich bin es satt, bei dir zu hausen und das Häßliche zu sehen, und ich habe einen gefunden, der sich meiner erbarmen will. Die höchste Herrlichkeit wird er mir für immer gewähren. Dafür muß ich opfern. – Die Kaiserin in der Kammer hielt sich die Ohren zu, die einzelnen Worte drangen nicht zu ihr, aber der Klang der Stimme, die ihr verhaßt war. – Wehe, sagte sie zu sich selber, die Fische tauchen bei ihrem Anblick ins Wasser, die Vögel schwingen sich in die Luft, die Rehe werfen sich ins Dickicht, und ich habe mich unter sie mischen müssen. – Ihr Herz schlug dumpf. Sie wollte nichts hören. Aber im Innersten traf sie ein Laut, ganz zart, wie eines Kindes Stimme, und doch mußte er aus des Färbers Mund gekommen sein. Sie begriff, er redete aus dem Schlaf, die Zunge war gebunden, es wurden keine Worte, nur ein ganz hoher schmeichelnder Klang. Es war unverkennbar, er redete zu Kindern, und seine gewaltigen Hände begleiteten mit zarten

Gebärden seine Rede. Seine Frau sah ihm hart ins Weiße der blicklosen halboffenen Augen. – Du redest, rief sie, als hörst du mich. So höre! Abgetan sind die, mit denen du Zwiesprache hältst. Verstehst du mich? – Laß ihn, schrie die Amme, was tust du? – Die Kaiserin ertrug es nicht länger, den starken Mann so ohnmächtig zu sehen unter den Händen der beiden. Sie tat die Tür auf, ihre Augen vergrößerten sich, wie ein Feuerstrom, den sie selber nicht zügeln konnte, drang ihr Wille auf Barak. Die Alte konnte nichts gegen ihre Herrin tun, wenn sie so vor ihr stand, sie wich zur Seite. Ein Zucken ging durch den Leib Baraks; er stand auf seinen mächtigen Beinen, sein Blick war ohne jedes Wissen, blöde wie eines Toten; es riß ihn hin und her, er taumelte, als ob er eine Binde vor den Augen hätte; in ihm kämpfte das Zaubergift mit dem furchtbar gewaltigen Willen der Feentochter. Das Unterste kam ihm zu oberst, in sein Gesicht trat ein Ausdruck von Stärke und Wildheit, die nie ein Mensch an ihn gesehen hatte, die tiefste Kraft seiner dunklen Natur trat heraus. Mit einer Stimme wie ein Löwe schrie er nach seinen Kindern, so als seien sie ihm fortgekommen, die Hand griff nach einem schweren Hammer, der in der Nähe lag, und er schwang ihn über sich. Die Brüder stürzten zur Tür herein, er schien niemand zu kennen, nichts zu unterscheiden, alle hielt er für die Mörder oder Verberger seiner Kinder. Das Weib hatte sich auf den Knien halb aufgerichtet, sie zitterte am ganzen Leib, und biß vor Angst und Verlegenheit in ihre Hände. Der Bucklige fletschte häßlich die Zähne und drückte sich an die Wand, der Einäugige und der Einarmige bargen sich hinter Kufen und Fässern. Noch einmal schrie der Färber gewaltig nach seinen Kindern. Die Brüder schrien auf ihn ein, der vertraute Laut ihrer häßlichen Stimmen schien ihm an die Seele zu dringen. Er ließ die Hand mit dem Hammer sinken, seine Miene entspannte sich, sein Auge drohte nicht mehr so furchtbar nach allen Seiten hin. Im Nu war die Amme neben ihm, sie zog ihm den Hammer aus der Hand, schmiß ihn hinter die Fässer an die Wand; wie der Wind ging ihr Mundwerk: sie beschuldigte ihn, er habe aus einer bauchigen Flasche was Fremdes getrunken, sich eine Stunde lang an der Erde gewälzt, ungereimtes Zeug getan, unflätige, wilde Reden geführt, sie rief die Brüder selbst zu Zeugen an, für das, was sie unmöglich wahrgenommen haben konnten. Das junge Weib sah ohne Atem auf sie; bald wußte sie selbst nicht mehr, was geschehen war, was nicht, sie wollte auch nichts wissen, sie meinte in ihrem eigenen Blut zu ersticken. Sie sah wieder starr auf Barak, ihre Augen waren noch voll Angst, aber ihr Ausdruck ging über in einen der Verachtung, der ihr hübsches Gesicht verzerrte. Barak stand jetzt beschämt da, die Brüder schrien auf ihn ein, mit Fragen und Vorwürfen, er bückte sich, las verschüttete Körner zusammen, alles wie halb im Schlaf. Plötzlich trat ein Entschluß in sein Gesicht. Seine Miene erhellte sich. Die Brüder sahen ihn zu ihrem äußersten Erstaunen niederknien vor seiner Frau, sie um Verzeihung bitten. Sein Ton war demütig und feierlich: er bat sie um Vergebung dafür, daß er so tölpelhaft gewesen, noch so spät zu heiraten, weil er auf langes Leben, Kinder und Reichtum gehofft hatte. Er wollte noch etwas sagen, aber es kam ihm nicht über die Lippen. Die Amme und die Frau wechselten nur einen Blick, in dem der Frau lag schon kalte Frechheit, noch zitterten ihr die Knie und doch entzog sie ihm ihr Gewand, das er angefaßt hatte, sie gab ihm keine Antwort; sie sagte zu der Amme etwas von Maultieren, die so am schwindelnden Abgrund hingingen, Schritt für Schritt, und denen es versagt sei zu erstaunen und sich zu schrecken; denen gliche dieser da, ihr Mann, und unfruchtbar seien die ja auch. Er wandte sich an alle hier, wie um alle um Verzeihung zu bitten; dann deutete er auf die Frau. – Solche Worte, sagte er, muß man verzeihen, sie erleichtern die Seele; ohne sie wäre es den Menschen zu schwer, ihre Last zu ertragen. – Die Brüder zogen die Schultern schief, ließen ihn stehen und schoben sich hinaus, um draußen über ihn zu maulen, der immer und immer wieder von dem jungen Weib nach Gefallen sich satteln und aufzäumen ließ. Er stand noch immer da, unschlüssig und beschämt. Die Kaiserin konnte ihn nicht ansehen; als das Weib ihm das Gewand aus den Händen zog, war in ihr ein Riß geschehen und etwas drang herein, wovon ihre ganze Seele zitterte. Barak wandte sich hinauszugehen. Dann drehte er sich nochmals um, drehte die kugeligen Augen gegen die Amme und die Kaiserin, zögerte, bis das Wort aus dem Mund herausging, und sagte endlich: – Ihre Zunge ist spitz, und er wiegte den Kopf gegen die Frau, und ihr Sinn ist launisch aber nicht schlimm, und ihre Reden sind gesegnet mit dem Segen der Widerruflichkeit um ihres reinen Herzens willen und ihrer Jugend, und ich bin froh, daß sie wieder gesund ist, – setzte er mit besonderem Ernst und einem unbeschreiblichen Blick des Einverständnisses auf die Beiden hinzu, – denn gestern abend war sie sehr krank – und ging langsam und mit gesenktem Kopf hinaus zu seiner Arbeit.

***

Die junge Frau hatte sich auf ihr Bette geworfen und ihr Gesicht vergraben. Vergeblich umschmeichelte die Amme ihre Füße. Die Junge ließ es geschehen, aber sie beachtete es nicht. – O meine Mutter, rief sie und seufzte laut auf. – O meine Mutter, sagte sie für sich, welche Kräfte hast du mir zugemutet, da du mir auferlegtest, den, welchen du mir zugeführt hast, auf immer lieben zu können! und wo hättest du dergleichen Kräfte mir mitgegeben? – Sie hauchte es leise vor sich hin, die Lippen bewegten sich, aber man hörte nichts. Plötzlich stand sie auf ihren Füßen. – Vorwärts, rief sie, es ist Zeit, daß ich kein Kind mehr bin! – Sie schien es wieder nur zu sich selber zu sagen. Sie warf ein Tuch über und ging gegen die Tür. – Wohin, meine Herrin? rief die Amme. Die Frau schien sich erst jetzt wieder zu erinnern, daß sie nicht allein war. Sie sah die Amme streng und aufmerksam an. – Es ist Zeit, sagte sie, daß ich mit meiner Mutter rede und mich losmache, denn sie hat mir auferlegt, was ich nicht länger tragen will. – Sie ging zur Tür hinaus. – Vorwärts, flüsterte die Amme, denn sie wird unser bedürfen. – Die Kaiserin drückte sich zur Seite, sie wäre gern dem Färber nachgeschlichen, aber die Amme nahm sie bei der Hand und zog sie hinter sich drein.

Die Färberin ging mit schnellen kühnen Schritten wie ein junges Pferd, das die Morgenluft einzieht, und die beiden folgten ihr in geringer Entfernung. Sie gingen über den Fluß, aber nicht in das Viertel der Hufschmiede sondern rechts hinauf, wo der Boden anstieg, eine ärmliche, enge, von Menschen erfüllte Straße. Da wohnten die ärmsten Leute, die Kesselflicker, die Lumpensammler, die Fallensteller in dichten Klumpen beisammen wie die Ratten. An einer Ecke, wo zwei solche Straßen zusammenstießen, blieb die Färberin einen Augenblick stehen; sie sah zwischen den Wimpern in einen von Männern, Weibern und Kindern wimmelnden Hof hinein und sagte vor sich hin: Schmutzig ist ein kleines Kind, und sie müssen es dem Haushund darreichen, um es rein zu lecken; und dennoch ist es schön wie die aufgehende Sonne; und solche sind wir zu opfern gesonnen. – Es war ein ganz seltsamer, fast singender Ton, in dem sie es sagte. Sie bogen ein, gingen weiter, endlich jenseits einen Abhang hinunter zwischen alten halbverfallenen Mauern. Es war eine von den Schluchten, welche da und dort die Stadt durchzogen, deren Abhang nicht bebaut war und nur hie und da die Spuren längst verfallener Wohnstätten zeigte. Unten war eine steingefaßte Zisterne und neben dieser ein alter Begräbnisplatz mit ein paar Bäumen. Die Färberin ging auf das Grab ihrer Mutter zu; sie stieg schnell über die Grabsteine, ihr Fuß rührte den Staub nicht auf, der zwischen ihnen lag und die Tritte lautlos machte. Vor einem kleinen Grabstein fiel sie mit ausgebreiteten Händen auf die Knie. Sie bog die Stirn gegen den Stein, ein gekrümmter Weidenbaum hing über ihr, sie schien mit dem ersten Atemzug in das tiefste Gebet hineingestürzt. Die Sonne versank hinter ihr in schweren Dunst wie in einen Trichter. Säulen von Staub hoben sich lautlos überall zwischen den Gräbern auf und sanken in sich zusammen wie die Säcke. Ein Windstoß fuhr dahin; er riß das letzte Wort des Gebets von den Lippen der Färberin. Sie stand jäh auf; ihr Aufspringen war wie eines Tieres, in dessen Gebärde kein Gedächtnis wohnt von der letztverstrichenen Sekunde. Ihr Gesicht glich sich selber nicht mehr; sie war schöner als je; ihr Haar hatte sich gelöst und flog um sie. – Was siehst du mich so an? rief sie der Amme zu, die mit Entzücken auf sie sah. Jetzt habe ich ein Joch abgeworfen und mich ausgedreht aus einem alten Gesetz! – Sie ging schnell den Abhang hinauf; die Amme lief hinter ihr drein. – Es muß nicht beim Wasser, es kann auch beim Feuer geschehen, nicht wahr? rief die Junge ihr über die Schulter zu, so war deine Rede, meine Lehrerin! die habe ich mir zu Herzen genommen. – Der Wind kam den dreien nach, und riß an ihren Gewändern; er wirbelte den Staub auf. Es war dunkel mitten am Tag, als wollte es augenblicklich Nacht werden. Vögel hasteten zwischen den Häusern hin, Menschen liefen in einem braunroten Dunst an ihnen vorbei, von oben legte sich Finsternis auf alles. Als sie an die Brücke kamen, fing die Färberin mit eins an, langsamer zu gehen. Sie blieb stehen, tat wieder ein paar Schritte. Sie taumelte, als hätte sie einen Schlag empfangen, und fuhr mit der einen Hand zu ihrem Kopf, gegen das Ohr hin. Sie kam dabei dicht vor einen Wagen. Der oben saß, riß die Zugtiere zurück. Von den Vorübergehenden blieben etliche stehen trotz ihrer Hast. – Was ist es, das dich anficht? rief die Amme und sprang zu ihr. Das junge Weib lag ihr gleich im Arm, eisig kalt. – Die Stimme! sagte sie klagend. Meiner Mutter Stimme! sie ist an meinem Ohr. Hörst du sie nicht? – Was sagt sie? fragt die Alte. – Barak! stöhnte die Färberin. Nach ihm ruft sie. Sie sagt, er solle mich binden. Sie will meine Hände halten, damit er mich töten kann. Sie will nicht, daß ich lebe, um zu tun, was ich zu tun beschlossen habe. – Ihr Gesicht war ganz grau, die Augen bläulich unterlaufen. Die Alte faßte nach ihren Händen, die glühend heiß waren; plötzlich riß sich die Junge los, sie stürmte davon, zwischen den Leuten durch, die Alte hinter ihr her. Als die Kaiserin sie einholte, in einer Gasse neben dem Flußufer, lag das junge Weib auf der Erde, den Rücken an eine Mauer gestützt, und atmete flach und schnell; die Alte kauerte bei ihr. Etliche waren stehen geblieben und sahen auf die Liegende hin: ein paar alte Gevatterinnen, ein Eseltreiber und ein alter Mann. Die Kaiserin trat mitten unter die Menschen; der Eseltreiber schob sie halb zur Seite und lehnte sich auf sie, sie bemerkte es nicht. Die Amme zischte: Hinweg mit euch! und deckte ihren dunklen Mantel über die Liegende. Die Leute gingen weiter, nur ein Kind stand noch da. Trinken! flüsterte die Färberin. Die Amme winkte und das Kind hielt eine hölzerne Schale hin, die angefüllt war; es war, als hätte es sie aus der Luft genommen. Von der Schale schwebte ein zarter und beklemmender Duft, ganz wie jener, der vor dem Kommen des Efrits den Raum erfüllt hatte. Die Färberin bog ihren Kopf der Schale entgegen, welche die Alte ihr hinhielt. Das Kind war nicht mehr da. – Trink dieses, sagte die Alte, und wisse: deine Mutter ist eine Doppelzüngige in ihrem Grabe und eine Spielverderberin, und ihre Worte müssen dahingeblasen werden, denn es sind die Ungewünschten, die aus ihrem Munde sprechen. – Das Gesicht der Färberin veränderte sich, sowie sie getrunken hatte: eine jähe Glut stieg ihr in die Wangen, ihre Augen wurden schwimmend wie bei einer Trunkenen. Sie stand auf ihren Füßen, in ganz sonderbarer Weise schlug sie ihren Arm um den Nacken der Alten, und sie wandten ihre Schritte wieder der Brücke zu. Die Kaiserin hielt sich dicht an ihnen; aber sie redeten eifrig miteinander, immer nach des anderen Seite hin, und sie konnte nichts verstehen. Als sie dem Färberhaus ganz nahe waren, sprangen ihnen aus dem Dunkel die Brüder entgegen, rissen das junge Weib von den zwei Begleiterinnen weg und schrien auf sie ein mit verzerrten Gesichtern. – Er verlangt von uns seine hinweggebrachten Kinder! schrien sie, wo hast du sie? Was hast du ihnen getan? – Er mißhandelt und würgt uns um deinetwillen, du Verfluchte, uns, die wir eure Heimlichkeiten nicht kennen und von deinen Verbrechen nichts wissen! – Die Färberin runzelte nur die Stirne; sie würdigte die Schwäger keiner Entgegnung. – Was hast du ihm in den Trunk getan, du Hexe, schrie der Mittlere und stieß mit dem einen langen Arm die Alte vor die Brust, – er schaut auf uns und sieht uns nicht, aber sieht ihrer sieben, die nicht da sind, an seinem Tisch sitzen und begrüßt sie als seine Gäste. – Die Frau machte sich los. – Jetzt werden wir sehen, ob meine Reden noch widerruflich sind! sagte sie und trat über die Schwelle. In der Herdasche hockte der Färber. Sein Gerät lag in Unordnung vor ihm; alle seine Spachteln und Schaufeln, hölzerne, zinnerne und hürnene Löffel, groß und klein, als hätten Kinder alles im Spiel herumgestreut. Er drückte mit den großen Händen Malvenblätter sorgfältig in das schmutzige Farbwasser, das auf der Erde stand; das eine Bein hatte er mitten in einer scharlachroten Pfütze liegen. Die Frau blieb vor ihm stehen; er achtete nicht auf sie. Er sprach zu Kindern, die nicht da waren. – Fleißige Kinder, sagte er, reinliche kleine Hände, sagte er, und nickte gütig. Er zeigte ihnen, wie man arbeiten müsse. – Wir nehmen die Farben aus den Blumen heraus und heften sie auf die Tücher, so auch aus den Würmern, und von den Brüsten der Vögel dort, wo ihre Federn leuchtend und unbedeckt sind. – Er sprach es langsam, belehrend, in einem unbeschreiblich glücklichen Ton. Die Frau rief ihn an. – Barak! Er horchte auf, aber nicht genau nach der Richtung, von der der Name kam, sondern mehr nach oben und seitwärts. Trotzdem stand er auf und ging auf sie zu. Das Heranschwanken seines mächtigen gleichsam von keinem Geiste gelenkten Körpers in dem nächtlichen Raum war so furchteinflößend, daß sie unwillkürlich einen Schritt zurück trat. Aber sie nahm sich zusammen und ihr blasses Gesicht blieb fest und mutig. – Barak, hörst du mich, rief sie ihm hart entgegen. – Sprich zu uns, unser Wohltäter, rief der Einäugige. – Sie hat dich vergiftet, o unser Bruder, schrie der Bucklige in Wut und Schmerz, – und du wirst die Deinigen nicht mehr erkennen können. – Barak, schweige diese, sagte die Frau, daß sie nicht mehr heulen wie die Hunde. Denn ich habe dir etwas zu sagen. Ich höre, du redest mit denen, von denen du vermeinst, daß sie noch kommen werden. So wisse denn und erfahre endlich: diese sind dahingegeben, denn sie wollten mir einen üblen Streich spielen, und dafür verdienen sie, was ihnen widerfahren wird. – Barak trat dicht auf sie zu; seine Augen hatten sich mit Blut unterlaufen und sie standen jetzt nicht hervor, sondern lagen tief in den Höhlen, und ihr Ausdruck war furchtbar. Siehe, sagte die Frau, ich sehe, du verstehst: warum redest du nicht? Es ist das letzte Mal, daß wir beide unseren Atem austauschen. – Zündet ein Feuer an, sagte Barak. Seine Stimme war unerkennbar, so als ob ein fremdes Wesen aus ihm heraus redete, aber die Brüder hingen mit den Augen an ihm, sie sahen, daß es sein Mund war, der sich bewegte. Der Verwachsene warf sich schnell zur Erde und blies in die Herdasche, ein Feuer schlug auf und die Frau stand gleich im vollen Feuerglanz, der an ihr auf- und ablief, und war schön und

böse über die Maßen. Sie tat den Mund auf, und wie die Lippen sich bewegten, verachtungsvoll und doch nachdrücklich, unter den hochmütig gesenkten Wimpern, glich ihr Gesicht einer unnahbaren Festung. – Du hast ein Feuer anmachen lassen, so siehst du mich denn und erblickst noch einmal, was du bald nicht mehr erblicken wirst. Doch du sollst auch begreifen, denn ich will nicht, daß du verlacht werdest, wie einer, der tölpisch ist, und dem man sein Bett unter dem Leib stehlen kann. – Der Färber stand im Dunklen und regte sich nicht; nur seinen Oberleib lehnte er jetzt ein wenig vor, dabei wurden seine Zähne sichtbar und seine rotglühenden Augen. Die Frau senkte nur die Wimpern noch tiefer, und sprach fort mit einer Stimme, die klang wie eine zum Reißen gespannte Saite: – Siehe, ich bin schön, und das ist nicht für deinesgleichen, und darum hast du den Knoten meines Herzens nicht lösen können. Meine Schönheit hat einen Anderen gerufen, denn sie ist ein mächtiger Zauber – ihre Stimme wollte umschlagen, aber die wilde Entschlossenheit ihres Herzens zwang sie, weiter zu sprechen – darum habe ich einen Vertrag geschlossen und gebe meinen Schatten dahin und die Ungewünschten mit ihm; und ein Preis ist ausbedungen, und ich nenne ihn dir: es ist die Zartheit der Wangen auf immer, und die unverwelklichen Brüste, vor denen sie zittern, die da kommen sollen, mich zu begrüßen – und Einer ist ihr erster: diesem gehöre ich von nun ab. – Sie warf den Kopf in den Nacken und schwieg. Ein kurzer Lärm drang aus Baraks Brust; er glich kaum einem menschlichen Laut, aber er bezeugte für alle, daß er die Rede der Frau begriffen hatte. – Schnell, rief die Amme und tat einen Griff in die Luft: sie hielt in der schwarzen Klaue der Frau sieben Fischlein hin: sie waren mit den Kiemen aufgereiht an einer Weidenrute, wie Schlüssel an einem Ring. – Wirf sie über dich ins Feuer und dann fort mit uns, denn es ist die höchste Zeit!
Die Färberin biß die Lippen aufeinander und griff nach den Fischen. – Dahin mit euch und wohnet bei meinem Schatten! flüsterte die Alte ihr ein. Aber Barak tat jetzt einen Schritt auf die Frau zu und die Frau wich zurück; ihre Lippen bewegten sich, und sie murmelte die Worte, aber es war, als wüßte sie es

nicht; sie hob die Hand mit den Fischen, über die Schulter und warf, aber wie im Schlaf; sie tat das Bedungene, aber so als täte sie es nicht: ihre Augen hefteten auf dem Färber und ihre Lippen verzogen sich wie eines Kindes, das schreien will. – O meine Mutter! rief sie, ihre Stimme klang dünn wie die Stimme eines fünfjährigen Kindes. Sie tat ein paar unschlüssige Schritte, nirgend sah sie Hilfe und sie preßte den Mund zusammen und blieb stehen. Der Färber war schon hinter ihr; in der Angst riß sie sich zusammen und wie ein Pfeil schoß sie zur Tür hinaus. Er wollte ihr nach, von hinten hängten sich die Brüder an ihn; sie schrien, er dürfe nicht zum Mörder werden! Er schüttelte sie ab, die Brüder taumelten auf die Amme, die neben dem Feuer kauernd mit beiden Händen nach den Fischen haschte. – Hinweg mit euch, ihr Widerspenstigen! schrie sie und warf sie ins Feuer. Der Einäugige und der Einarmige traten nach der Hexe, sie hatten jeder ein brennendes Scheit aus dem Feuer gerissen und stürzten dem Bruder nach, die Amme, als sie die Fischlein in der Flamme verzucken sah, stürzte hinter ihnen drein. Draußen wehte ein Sturm, als wären alle Elemente losgelassen. Die Finsternis brüllte und wälzte sich heran, in dem undurchdringlichen Dunkel wehten dicke Staubwolken dahin, von dem halbabgedeckten Schuppen stürzten die Ziegel, und zugleich schlug der Fluß mit Gischt übers Ufer und riß an der Schwemmbrücke, daß sie ächzte und die eisernen Ketten, an denen sie überm Wasser hing, einen Laut gaben, als ob sie reißen wollten.

Der Sturm jagte den zwei Brüdern die Funken ins Gesicht und blies die Feuerbrände nieder, daß sie nur mehr glimmende Stummeln in den Händen trugen; sie stolperten von der Schwelle hinab und schrien ins Ungewisse nach dem Färber. Die Amme sah das Weib an der Wand des Schuppens stehen und die Kaiserin ganz nahe vor ihr, regungslos wie ein Standbild. Der Färber stand auf zehn Schritte von seinem Weib, er hatte das Gesicht ihr zugekehrt, er mußte trotz der Finsternis sie sehen oder ahnen, wo sie stand. Der Verwachsene war dicht bei ihm. – Feuerbrände heraus! schrie der Färber mit einer Stimme, die den Sturm und das Stampfen der Waschbrücke und alles Ächzen des Schuppens übertönte, und er wies mit ausgerecktem Arm auf seine Frau: denn der Feuerschein, der durch die offene Tür aus dem Haus fiel, zeigte sie ihm, und sie krümmte sich vor Angst.

Die Amme glitt näher hin; nichts sah sie lieber, als wie Menschen einander Gewalt antaten. – Wir haben ein Recht erworben und machen einen Anspruch geltend! murmelte sie in sich hinein. – Den großen Schwemmkorb her! schrie der Färber. Der Verwachsene warf sich auf die Brücke und machte den Schwemmkorb los, der an einer Kette im Wasser hing; dabei schlug das Wasser dreimal über ihn hin und spülte ihn fast hinweg. Der Färber bückte sich; in dem flackernden Schein, der aus der Haustür fiel, konnte man sehen, wie er tastend mit den Händen nach dem großen Malmstein suchte, der wenige Schritte seitlich auf der Erde lag. Er hob ihn auf und ließ ihn in den Schwemmkorb fallen; der Korb war flach und groß genug, daß man einen Menschen hineinzwängen konnte; als der schwere Stein hineinfiel, spritzte es hoch auf. Der Buckel lief jetzt aus dem Haus heraus, er hatte brennende Scheiter in einen Topf getan: ein grelles Licht fiel über alle hin. – Einen Strick her! rief der Färber. Die Brüder verstanden, was er vorhatte, und sie warfen sich auf die Knie. – Kein Blut auf deine Hände, mein Bruder! riefen sie wie mit einem Munde. – Sie sahen, wie der Färber auf die Frau losging, und sie drehten ihre Gesichter zur Seite. – Flieh! schrien sie auf die Färberin hin und wirbelten ihre langen Arme drohend wie gegen ein Tier. Hinweg mit dir und einer Hündin Geschick über dich. – Sie bückten sich nach Steinen, der Bucklige wollte ein brennendes Holz nach ihr werfen, dabei stolperte er und der Topf mit dem Feuer fiel ihm aus der Hand in ein Schaff, das umgestürzt da lag, und alle standen im Dunkel, daß sie nicht die Hand vor den Augen sahen. Die Amme allein, deren Augen, wie eines Nachtvogels, jede Finsternis durchdrangen, sah, wie das Weib in diesem Augenblick sich von den Knien aufhob, ihr Gewand schürzte und blitzschnell zwischen den Brüdern durchlief, gerade auf den Färber zu. Die Amme sprang näher: ihr war, als sähe sie, wie der Schatten der Färberin am Boden hinzuckte, sich mit anderen Schatten zu gesellen und ihr zu entkommen; da und dort flatterten Fetzen von gefärbtem Zeug, die sich von der Trockenstatt losgerissen und irgendwo festgeklemmt hatten, die plumpen Schatten der Tröge und Kufen mitten in der schwankenden Finsternis sprangen auf und duckten sich wieder. Dabei fuhr ihr durch den Sinn, daß sie für einen Augenblick die Kaiserin aus den Augen gelassen hatte. Sie sah sich um: der Platz, wo die Kaiserin gestanden hatte, war leer. Zu des Färbers Füßen lag eine weibliche Gestalt hingestreckt an der Erde, sie hatte das Gesicht an den Boden gedrückt, mit unsäglicher Demut reckte sie den Arm aus, ohne ihr Gesicht zu heben, bis sie mit der Hand die Füße des Färbers erreichte, und umfaßte sie. Der Färber schien sie nicht zu beachten. Ein schweres Zucken hob in regelmäßigen Abständen seinen großen schweren Leib. Jetzt schob sich die Liegende auf den Händen näher heran und ihr Kinn drückte sich auf die Füße des Färbers. Ihre Lippen murmelten ein Wort, das niemand hörte. Dann lag sie in dieser Stellung wie tot. Die Amme spähte hin, sie sah, wie das Weib, das da lag, keinen Schatten warf, als nun der Feuertopf aufflammte und das Schaff dazu, das Feuer gefangen hatte. Sie glaubte sich betrogen um den Schatten, vor Wut und Staunen ging ihr die Zunge im zahnlosen Mund nach links und rechts, sie wollte losspringen auf das liegende Weib, da spürte sie sich zur Seite, halb hinter ihr, ein Lebendes und sah die Färberin dastehen, die ihrem Mann die beiden Hände entgegenstreckte, und sie sah zugleich, daß die Liegende die Kaiserin war, und erschrak so sehr, daß sie hinter sich treten mußte. Die Miene der Färberin hatte eine wunderbare und dabei unschuldige Schönheit angenommen; die ungeheure Angst verzerrte sie nicht, sondern verklärte sie. Der Färber tat einen halben Schritt auf sie zu, noch mit stierem Blick, wie einer, der halb träumt; dabei stieß er im Wegtreten mit dem Fuß an den Kopf der vor ihm Liegenden, aber er bemerkte es nicht. Die Fackel lohte stärker auf, und das junge todbereite Gesicht vor ihm leuchtete ihm entgegen, so plötzlich und so nahe, daß er zurückfuhr. Etwas ging in seinem Gesicht vor, das niemand sehen konnte; es war, als würde innerlich eine Binde von seinen Augen gerissen, seine und seines Weibes

Blicke trafen sich für die Dauer eines Blitzes und verschlangen sich ineinander, wie sie sich nie verschlungen hatten. Er sah, was alle Umarmungen seiner ehelichen Nächte, deren er siebenhundert mit seiner Frau verbracht hatte, ihm nicht gezeigt hatten; denn sie waren dumpf gewesen und ohne Auge. Er sah das Weib und die Jungfrau in einem, die mit Händen nicht zu greifen war und in allen Umschlingungen unberührt blieb, und die Herrlichkeit und Unbegreiflichkeit des Anblicks schlug gegen seine Brust; er zog die Luft ein durch die Nüstern seiner breiten Nase wie ein Tier, das vor Schrecken stutzt, und seine riesigen erhobenen Fäuste zitterten. Das undurchdringliche Geheimnis des Anblicks reinigte ihn wie ein Blitz von der Schwere seines Blutes; in der Größe seines gewaltigen Leibes glich er einem Kinde, dem das Weinen nahe ist.

Sie sah seinen mächtigen Leib vor sich und die gewaltigen Kräfte, die in ihn eingesperrt waren und aus den Augen, aus dem Mund und den beweglichen Gliedern hervorbrechen wollten, und weil sie dieses eine Mal nicht begehrend auf sie einstürmten wie ein Bergsturz, so war sie entzaubert und sah ihn mit einem durchdringenden Blick: seine Gewalt war ihr wie eines Löwen und seine Ohnmacht wie eines Kindes: sie erschrak über den ungeheuren Zwiespalt mit einem süßen Schrecken und öffnete sich ganz, diese Zweiheit in sich zu vereinen; ihre Knie gaben nach in jungfräulichem Schreck und ihr Herz umfaßte den Gewaltigen mit mütterlicher Zartheit. Ihr Mund hing voller ungeküßter Küsse, perlend, und aus ihren Augen brachen wie Feuerketten die Beseligungen, die sie zu empfangen und zu geben fähig war. Sie gab sich ihm hin in dieser Sekunde, wie sie sich nie gegeben hatte, in einer Umarmung ohne Umschlingungen und einem Kusse, in dem die Lippen sich weder berührten noch trennten.

In diesem Augenblick waren sie wahrhaft Mann und Frau, und in diesem Augenblick, dem Bann gehorchend und in Gehorsam verbunden den ausgesprochenen Worten und den dahingegebenen Fischlein, deren letztes in diesem Augenblick zu glühender Asche verbrannt war, löste sich der Schatten vom Rücken der Färberin und huschte schneller als ein

Vogel über die Erde hin aufs Wasser zu: denn das Fließende wie das Lodernde zog ihn an und er suchte sich zu retten vor greifenden Händen und vor fremder Dienstbarkeit. – Her zu mir! schrie die Amme und beugte sich vom Ufer übers Wasser, ihn in ihren Klauen zu fassen. – Heran und ergreife, was dein ist! schrie sie ohne Atem über die Schulter auf die Kaiserin hin. Im gleichen Augenblick schrien die drei Brüder hinter ihr wie aus einer Kehle einen Schrei des äußersten Erstaunens und Entsetzens: vor ihren sehenden Augen waren der Färber und die Färberin verschwunden. Von drüben bewegte sich ein Schein quer den Fluß herüber: die Amme riß die Augen auf und, ohne daß ihre Lider sich einmal bewegt hätten, starrte sie auf die Erscheinung: ihr Haar sträubte sich und jede Nerve an ihr spannte: es war der Geisterbote, der so unerwartet über das Wasser hergeglitten kam, und die Oberfläche des Flusses, die plötzlich still dalag, spiegelte den Harnisch aus blauen Schuppen. Sein funkelndes Auge schien sie zu suchen, starr erwartete sie seine Annäherung. Sein Mantel schleifte hinter ihm drein, jetzt hob er sich höher übers Wasser und streifte im Bogen an ihr vorbei; an seinen wehenden Mantel hing sich der Schatten der Färberin, und ohne ihr auch nur einen Blick zu geben, glitten sie fort. – Auf du! und hinter ihm her! schrie sie und war in drei Sprüngen bei der Kaiserin, denn es gilt, daß wir erlangen, was wir zu Recht erworben haben! – Die Kaiserin lag da wie eine Leiche, aber als sie ihr sanft den Kopf aufhob, sah sie, daß die Augen offen waren. Sie bettete sie in ihren Schoß, sie redete zu ihr. Nun richtete sich der Blick, der gräßlich ins Leere ging, auf sie, sie schien die Alte zu erkennen, aber ein Grauen malte sich in ihrem Gesicht und sie schloß wieder die Augen. Unerträglich war es der Amme, das Gesicht zu sehen, das nun völlig dem Gesicht einer irdischen Frau glich. Sie hob die Willenlose vom Boden auf, der Kopf hing ihr übern Arm nach abwärts, sie schlug ihren dunklen Mantel um sie beide, drückte ihr Pflegekind mit beiden Armen an sich, und sie fuhren durch die Finsternis dahin. Die Amme wußte wohl, welchen Weg sie nun zu nehmen hatte.

***

Auf dem Fluß, den die Mondberge mit steilen glatten Klippen einengten, und der trotzdem ohne Wirbel ruhig, wenn auch sehr schnell, dahinfloß, fuhr ein Kahn gegen das Innere des Gebirges; denn so ging hier der Zug des Wassers. Er fand seinen Weg ohne Steuer, die Amme, die am hintern Ende auf dem Boden saß, schien ihn mit dem aufmerksamen Blick zu lenken, den sie über das Vorderteil hin, immer einen Pfeilschuß voraus, auf das schnelle Wasser gerichtet hielt; zu ihren Füßen lag die Kaiserin und schlief.

Allmählich traten die Klippen zurück, hohe Bäume standen links und rechts am Ufer, alle schön, von verschiedener Art, durcheinander wie in einer Au; hinter ihnen stiegen die schwarzen glänzenden Felsen empor, aus deren finsterer mächtiger Masse der ganze Bereich von Keikobads verborgener Residenz aufgebaut war. Zwischen den Bäumen sah sie mehrere von den Boten sich bewegen, deren allmonatliches Kommen sie ihrem Pflegekind immer sorgsam verheimlicht hatte. Mit Unlust erkannte sie den Alten, dessen weiße Gestalt gleich nach dem Verstreichen des ersten Monats nachts auf der Treppe zum blauen Palast aus der Wand herausgetreten war und sie mit seinen leuchtenden und strengen Blicken so erschreckt hatte. Auch den Fischer sah sie in der Ferne gehen; er trug wie damals eine Art von kurzem Mantel, aus Binsen geflochten, und in Händen seine Netze, an denen das Wasser glänzte, das rotgelbe Haar aber hinten hinaufgebunden wie eine Frau. Aber keiner kümmerte sich um den Kahn und die Ankömmlinge. So blieb die Amme ganz ruhig; mit ihrem Willen hatte sich der Mantel, in den gewickelt sie beide durch die Luft flogen, im Bereich der Mondberge, am Ufer des Flusses niedergelassen, der sie quer durchschnitt und zu dem kein sterblicher Mensch ungewiesen den Weg fand; ohne ihr Zutun hatte er sich sogleich in einen Kahn verwandelt, groß genug, sie und die Regungslose aufzunehmen, jetzt trug er sie dorthin, wohin sie mit ihrer Herrin zurückzukehren sich so sehnlich wünschte. Sie fühlte Keikobads Gebot über dem allen, so mußte er ihnen nicht mehr unerbittlich zürnen; sie war sich bewußt, ihrer Herrin aufs Wort gedient und den Menschen, die ihr abscheulich waren, einen Streich gespielt zu haben, der ganze Handel erschien ihr in gutem Licht: sie war zufrieden und einer Belohnung gewärtig. Sie wunderte sich nur, den im blauen Harnisch nicht zu sehen: ihm gedachte sie entgegenzutreten und ihn zu beschämen; denn sie fühlte das Geisterrecht auf ihrer Seite. Nur den letzten Blick konnte sie nicht vergessen, den ihr die Kaiserin gegeben hatte, als sie sie dort an der Mauer des Färberhauses vom finsteren Erdboden aufhob. Der Blick war ihr gräßlich in seiner Mischung von verzweifelter Angst und düsterem Vorwurf, dessen Sinn sie nicht begreifen konnte. Daß sie sie hatte vor den Füßen eines Menschen liegen sehen, war ihr, als ob es nie gewesen wäre. Sie neigte sich über Bord und wusch sich, mit beiden Händen schöpfend, Augen und Wangen mit dem dunklen reinen Wasser; noch rieb sie ihren Hals und Nacken von der zauberischen Schminke, die keine Spur auf den Händen zurückließ; da fühlte sie, daß der Kahn seine Richtung änderte, so als würde er von dem einen Ufer her an einem Tau gezogen. Kaum hatte sie sich umgewandt, so sah sie den im blauen Harnisch auf einem glatten Uferstein dastehen; er schien den Kahn erwartet zu haben, jetzt trat er zurück zwischen die Bäume. Sie sah ihn nur mehr im Rücken; das blauschwarze Haar trug er aufgeflochten im Nacken hängend, der Mantel war kurz über dem Harnisch gerafft; trotz seiner gedrungenen Gestalt nahm er sich schön und gebietend aus. Indem sie ihm nachspähte, war er auch schon zwischen den Stämmen verschwunden. Zugleich aber hatte der Kahn sich sanft dem Ufer angelegt, und schon hatte die Kaiserin den Schlaf abgeworfen und war leicht wie ein Vogel auf die feste Erde hinübergestiegen. Das graue Obergewand, in das sie sich für die Menschen verhüllt hatte, war abgefallen und blieb im Kahn zurück, nur ein leichtes schneeweißes Gewand trug sie um die Glieder fest gewickelt, man hätte es unter dem grauen Überwurf nie geahnt. Sie erkannte mit einem Blick die Gegend; als eine junge Schlange war sie hier oft gewesen, auch als Vogel hatte sie sich über diesen Büschen und dem Wasser gewiegt. Aber nichts von dem allen drang jetzt in sie hinein. Ihre Miene veränderte sich gleich, ihre strahlenden Augen wurden dunkel und zornig. – Wo bin ich?

rief sie, und trat oberhalb hart an den Kahn heran. Wo hast du mich hingebracht, während ich schlief und nichts von mir wußte! Wo ist der Mann? wo ist das Weib? Auf, und zurück vor ihre Füße, daß ich ihnen genugtue! – Vor Staunen über diese Rede verwandelte sich das Gesicht der Amme. Nichts von dem, was die Kaiserin bewegte, konnte sie begreifen. Als sie ihr Gesicht wusch, hatte sie auch die letzte Erinnerung an die zwei Menschen und ihr armseliges Haus weggewaschen; sie hatte völlig vergessen, wie der Färber und die Färberin aussahen. – Wer sind die, von denen du redest, rief sie von unten hinauf, wo wären sie des Atems wert, den du an sie verschwendest! – Dabei wandte sie den Kopf ab. Sie hatte bemerkt, wie jetzt am jenseitigen Ufer der Fischer zwischen den Büschen hervortrat. Nicht gern fühlte sie seinen Blick auf dem Kahn und auf ihr selber. Es war ihr unvergessen, wie rauh er sie behandelt hatte, als er am Ende des siebenten Monats ausgesandt war, zu erkunden, ob das Geisterkind schon einen Schatten werfe. Immer war sie seitdem gewärtig, daß er, wie damals, als sie am Rand des Teiches hinter dem blauen Palast dahinging, von hinten an sie heranträte, ihr das Netz überwürfe und sie zu sich in das Wasser risse. Aber der Zorn ihrer Herrin hatte mehr Kraft über sie als die Besorgnis vor dem Boten. Nie hätte sie fassen können, daß diese, die unnahbar über ihr stand und vor Zorn bebte wie eine in weißen Rauch gehüllte Flamme, auf dunkler feuchter Erde vor den Füßen eines Menschen gelegen hatte. – Auf und du voran, rief die Kaiserin, und daß du sie mir wiederfindest, und wären sie von Geistern verschleppt und auf tausend Meilen von ihrem Hause. Denn wir sind Diebe und Mörder an ihnen geworden und alles Blut aus unseren Adern ist zu wenig, um gut zu machen, was wir an ihnen getan haben. – Die Amme duckte sich zur Seite und hielt den Blick ihrer Herrin nicht aus, und ihr war, als würde die Kaiserin von oben auf sie niederstoßen wie ein Vogel und mit den Fersen ihrer leuchtenden Füße auf sie treten, so furchtbar war der Zorn in ihren Mienen. Aus dem Winkel ihres Auges spähte sie aber gleichzeitig über den Rand des Kahnes: da sah sie, wie drüben der Fischer hart ans Ufer getreten war, daß das Wasser sich an seinen Füßen staute, wie er gebieterisch den Arm ausreckte und ihr zuwinkte, ihn mit dem Kahn überzuholen. Schon fühlte sie, daß der Kahn von selber dem Wink gehorchte und sich vom Ufer losmachte. – Heran zu mir! schrie sie der Kaiserin zu, denn sie begriff sofort, daß man sie von ihrem Pflegekinde trennen wollte. Aber die Kaiserin gab keine Antwort. Sie hatte die beiden Arme über die Brust gedrückt und hielt den Kopf nach oben, aber mit geschlossenen Augen. Die Amme umklammerte eine Baumwurzel des Ufers, es war zu spät, der Kahn riß sie hinüber. Schon war der Fischer hineingesprungen, er warf seine Netze ab und stieß die Alte, daß sie auf die Netze hinfiel; mitten im Fluß lenkte er den Kahn nach abwärts, knirschend sah sie hohe Felsen vortreten, wie ein Tor zu beiden Seiten, der Kahn glitt zwischen ihnen durch, die Kaiserin war ihren Augen entschwunden. Auf den nassen Netzen kauernd überlegte die Alte, wie sie wieder in den Besitz des Kahnes kommen, ihn zurückverwandeln könnte in den Mantel, den sie jetzt nötiger brauchte als je. Der Fischer kümmerte sich nicht um sie; er streifte die Ärmel auf, griff tief ins Wasser und hob einen weidenen Korb heraus von länglicher Gestalt, wie ein großes Futteral; kein Tropfen Wasser hing an dem Korb, es war, als hätte er ihn von oben aus der glänzenden Luft geholt. Indessen war der Kahn langsamer geworden, er glitt an ein sanft abfallendes Ufer hin, zwischen Weiden und Erlen blieb er stehen. Der Fischer nahm den Korb untern Arm, warf die Netze über die Schulter und stieg ans Land. Er schlug einen Pfad ein, der zwischen den Erlen landeinwärts führte. Schnell dachte sie den Kahn vom Ufer zu lösen, aber zu ihrer Enttäuschung hatte der Fischer den Strick um den Stumpf einer alten Weide geschlungen und in einen Knoten geschürzt, den zu lösen ihr unmöglich war; sie begriff nicht, wie er dies so blitzschnell unterm Aussteigen vollbracht hatte. Zornig seufzend zog sie das Gewand der Kaiserin an sich und schlich dem Fischer nach; denn sie wußte, daß der Fluß sich durch die Mondberge hinkrümmte wie eins, sie kannte weiter oben eine schmale gefährliche Stelle, wo sie sich an einem überhängenden Baum zu einer Klippe hinüberschwingen konnte, und sie hoffte, querüber durchs Gebirge zu dieser Stelle zu gelangen. Sie war auf dem ansteigenden Fußpfad noch nicht weit gegangen, so sah sie zwischen Birken und Haselbüschen die Hütte des Fischers liegen, von der ein bläulicher Rauch aufstieg. Sie schlich an das hintere Fenster und blickte hinein. In einer Ecke der einzigen halbdunklen Kammer lag auf einer Schilfstreu eine zartgliedrige junge Frauensperson in unruhigem Schlaf. Zu ihren Füßen kniete die Frau des Fischers, grauhaarig aber mit einem noch leidlich jungen Gesicht, so daß sie im Alter zu ihrem Gatten ganz wohl zu passen schien. Sie betrachtete mit der größten Aufmerksamkeit die Hände der Schlafenden, die sich ineinanderrangen und voneinander lösten wie in einem heftigen bedrückenden Träum. Die Amme kannte dieses Weib lebenslang; aber sie hatte sie nie leiden mögen. Die Fischerin war neugierig über die Maßen und vermochte nichts für sich zu behalten. Mut und Willenskraft besaß sie wenig; aber sie konnte sehen, was durch eine Wand, einen Deckel oder einen Vorhang verhüllt war, und sie verstand es, an allerlei Zeichen etwas abzulesen, und konnte aus leisen Spuren vieles erraten, was andern verborgen blieb. Abgeschlossen von den Menschen, wie sie lebte, war sie voll Freude, daß man die junge Frau ihrer Obhut anvertraut hatte. Jetzt als die Schlafende beim Eintreten des Fischers den Kopf bewegte, erkannte die Amme in ihr das Weib des Färbers, das sie nie wieder mit Augen zu sehen verhofft hatte, und ihr entfuhr ein zorniger Laut der Überraschung, den sie aber halb noch in der Kehle erstickte. Die Fischerin hatte tausend Fragen auf den Lippen. – Warum hast du mir nicht gesagt, rief sie dem Eintretenden entgegen, daß es unter den sterblichen Menschen solche gibt, die keinen Schatten werfen, auch wenn, wie es vor einer Stunde der Fall war, die volle Sonne schräg zum Fenster hereinfällt! Und was hat diese begangen, daß sie sich so fürchtet! Dabei ist sie eine Kühne und Ungebändigte, das seh ich an ihren Händen, und eine Träumerin, und ihr Herz ist rein, aber der Spielball ihrer Begierden und ihrer Träume. Und was bringst du, unterbrach sie sich selber, da für einen Korb, und was für eine Bewandtnis hat es mit einem, der dir nachgeschlichen ist, und von hinten her das Haus umlauert, nicht Mensch und nicht Tier, sondern irgendeiner unseresgleichen? – und sie hob die Nase und witterte in die Luft. Der Fischer gab ihr seiner Gewohnheit nach keine Antwort; er wickelte seine Netze auseinander. Schon hatte sie sich aber dem Korbe genähert, und indem ihre Augen das dichte Geflecht durchdrangen, antwortete sie sich selber. – Ein Richtschwert und ein blutroter Teppich! rief sie halblaut. Ist der Teppich für ihre Knie und das Schwert für ihren Hals? flüsterte sie und deutete auf die Schlafende; diese zuckte zusammen, als ob sie es gehört hätte. – Wer wird Richter sein? fragte das Weib weiter. Und soll sie vielleicht den Korb auf ihrem eigenen Kopf bis zur Richtstätte tragen? Ist es darum, daß du ihn hierher gebracht hast? – Sie ließ ab, auf die Hände zu spähen und heftete ihren Blick auf die Lippen der Färberin, die sich kaum wahrnehmbar bewegten. – Wie sie ergeben ist! rief die Alte. Lasset mich sterben, sagt sie, bevor die Sonne auf ist. Zündet nur keine Fackel an. Das Schwert blitzt ohnedies und der Teppich leuchtet von dem vielen Blut, das er getrunken hat, so wird niemand sehen, daß ich keinen Schatten werfe. – Zu wem spricht sie das? fragte die Alte neugierig ihren Mann, der sich auf den Hackstock gesetzt hatte und anfing, an einem Netz zu flicken. – Ei, sagte sie, und rückte der Schlafenden näher – jetzt betet sie, und küßt demütig eine große blauschwarze Männerhand. Mir geschehe, wie du willst, sagt sie, denn du bist mein Richter, und ich knie zwischen deinen Händen. Aber wisse, daß ich dich erkannt habe in der letzten Stunde meines Lebens, und daß du den Knoten meines Herzens gelöst hast. – Wer wird ihr Richter sein, gib mir Antwort! Den ganzen langen Tag bin ich allein, und gibt man mir einmal ein fremdes Wesen zur Gesellschaft, so ist's eine Schlafende, die den Mund nicht auftut. Wer wird zu Gericht sitzen über dieser da? – Das goldene Wasser! antwortete der Mann. – Das Wasser des Lebens? rief die Frau mit überraschtem Ton. Man hat mir noch nicht einmal gesagt, daß es in den Berg zurückgekommen ist. Ja kann es denn sprechen und ein Urteil verkünden? – Nein, aber es verwandelt, und das ist mehr. – Verwandeln! das ist eine Gabe wie eine andere, gab sie zurück. Verwandelt nicht der Alte, dein Stiefbruder, alles Feindselige, das ihm entgegentritt, in Tiere, die ihm gehorchen?

Und ist es dir nicht wiederum gegeben, wenn du deine Arme ins Wasser tauchst, hervorzunehmen, was niemand hineingelegt hat! – Ja, aber das goldene Wasser verwandelt das Unsichtbare, sagte der Mann. – Es ist jemand am Fenster, flüsterte die Frau und hob sich blitzschnell vom Boden auf. Der Fischer trat vor die Schlafende hin und betrachtete sie. Sie seufzte im Schlaf, als wollte ihr die Brust zerspringen, und Tränen traten ihr unter den Wimpern hervor und liefen über die Wangen.

Als das Weib hinaustrat, war die Amme auf und davon. Fast schlimmer war ihr zumut als vor einem Jahr, als sie das Feenkind verloren hatte und nicht wußte, wie ihre Spur wiederfinden. Die Gegenwart des jungen Weibes hier im Bereich der Geister erfüllte sie mit einer unbestimmten beklemmenden Furcht. Sie hastete vorwärts und aufwärts. Nur mehr Felsen umgaben sie, zwischen denen es selbst für ein Wesen von ihren Gaben nicht mehr leicht war, sich zurechtzufinden. Doch wußte sie noch, wo sie war.

Nicht weit von hier mußte eine Kluft sein, darin sie im vergangenen Jahr, dem verlorenen Kind mühselig nachwandernd, die erste Nacht eine erträgliche Unterkunft gefunden hatte. Nun erkannte sie den tief eingeschnittenen Hohlweg: aus ihm kam ein Luchs hervor, der sich wartend nach hinten umsah, wie ein Hund nach seinem Herrn. Sogleich sah sie auch den weißgewandeten Alten hervortreten und an seiner Seite ein Lamm, das klug zu ihm aufblickte. Aber in dem Großen, der breitspurig und langsam nun aus dem Berg hervorkam und auf den der Alte wartete und ihm, wie ein Führer dem Gaste, ehrerbietig die sicheren Steinplatten zeigte, den mächtigen, des Gebirges ungewohnten Fuß aufzusetzen, erkannte sie den Färber und ihr grauste; ihr war als ob ein Netz sich von weitem her um sie zusammenzöge, dessen Maschen sie nicht würde zerreißen können. Sie war seitlich zwischen Baumwurzeln und nackten Felsen emporgeklommen, oben hängend hörte sie, was die beiden miteinander redeten. – Wann werde ich sie wiedersehen? fragte der Färber, und ein mächtiger Seufzer drang aus seiner Brust. – Wenn die Sonne über dem Fluß im Steigen ist, antwortete der Alte. Sie redeten weiter, abermals schlug der Name des goldenen Wassers an ihr Ohr. Von Kindheit an war ihr vor diesem mächtigen Zauber eine scheue Furcht eingeprägt, sie wollte das Wort nicht mehr hören, sie klomm von Baum zu Baum, von Platte zu Platte. Sie meinte die Richtung inne zu haben, aber das Geklüft wurde immer wilder, die Bäume hörten jetzt auf: umsonst daß sie horchte. Der Fluß rann tief unten ohne Rauschen hin, nirgends war ein Zeichen, sie mußte sich eingestehen, daß sie den Weg verloren hatte. Sie rief gellend den Namen ihres Kindes, nichts antwortete, nicht einmal ein Widerhall. Nur ein Nachtvogel kam auf weichen Flügeln zwischen dem Gestein hervor, stieß gegen ihren Leib und taumelte gegen die Erde. Da warf auch sie sich zu Boden und drückte das Gesicht gegen den harten Stein.

Die Kaiserin indessen stand allein zwischen den Bäumen und dem Felsen, beschattet von der Felswand, hinter der seitlich das Licht zu sinken anfing. Alles warf nun lange Schatten über den grünen Waldgrund hin, von ihr allein fiel keiner. Sie hatte sich der Felswand zugekehrt, sie meinte die Stelle wiederzuerkennen; es war die deutlichste Erinnerung aus einer frühen Zeit. Hier war ihr Vater mit ihr herausgetreten, hier hauchte er das Geheimnis der Verwandlung in sie hinein: sie fühlte sich Vogel werden zum erstenmal, fühlte sich aufschweben vor des Vaters Augen. Wenig von seiner Erscheinung konnte sie erinnern; er trug keine Krone, aber die Stirne selber glänzte wie ein Diadem, das ahnte ihr noch. – Vater, rief sie sehnlich, Vater, wo bist du? Das Wort verhallte. Sie kam sich eingeschlossen vor in ihren Leib wie gefangen. Unwillkürlich griff sie nach dem Talisman. Wie ein klares Licht durchzuckte es sie, sie begriff, warum und seit wann ihr die Verwandlung genommen war, und er, der sie so gestraft hatte, war ihr näher als je. In seiner Unnahbarkeit fühlte sie ihn, auf ihrer Stirne leuchtete ein Abglanz von ihm.
Sie hörte hinter sich ein spritzendes Geräusch, als hätte jemand aus dem Wasser sich ans Ufer geschwungen. Ein Schauer lief ihr über den Rücken, sie wußte sich plötzlich nicht mehr allein und drehte sich jäh um. Ein großer Knabe

stand da, zwischen ihr und dem Wasser, gedrungen, stark. Sie hätte glauben können den Färber vor sich zu sehen: die breitbeinige Gestalt, die gebuckelte Stirne, das krause schwarze Haar; er trug ein Gewand von wunderbar blauer Farbe, nicht so, als hätte man ein weißes Gewebe in die Küpe gelegt, darin sich die Stärke des Indigo und des Waid vermischten, sondern so, als wäre die Bläue des Meeresgrundes selbst hervorgerissen und um seinen Leib gelegt worden. Er blieb an seiner Stelle und verneigte sich vor ihr, die Arme über die Brust gekreuzt. Dann sah er sich im Kreis um, wie wenn er einen Zeugen dessen, was er zu sagen hatte, gefürchtet hätte: er wiegte den runden Kopf bedächtig gegen den Fluß. – Halte das Weib weg! rief er. Indessen hatte sein Gewand sich verändert: es glich jetzt dem nächtlichen Schwarzblau, bevor die ersten Strahlen der Sonne den Himmel erhellen. Ehe die Kaiserin ihm antworten konnte, war noch ein Wesen vor ihren Augen. War es aus den Bäumen herausgetreten, war es aus der Erde hervorgekommen – es stand da. Es war ein kleines Mädchen und von den zierlichen wie aus Wachs geformten Füßen bis zu dem dunklen wie Kupfer schimmernden Haar glich es der Färberin. Es tat seinen Mund auf im gleichen Augenblick, als es da war, und rief mit heller befehlender Stimme: Stelle dich zu deinesgleichen! Zugleich wie vor Ungeduld kam es näher an die Kaiserin heran; nicht mit Schritten, sondern es glitt auf dem grünen Grund heran wie auf Glas, mit geschlossenen Füßen, und keine Art sich zu bewegen hätte besser zu der Zartheit seiner Glieder und zu den Farben, in denen es glänzte, passen können. Hinter ihr aber trat nun eine Andere hervor, weit älter als sie, ja größer und mächtiger als der zuerst Gekommene. Stumm stand sie da, einen Blick wie eines Tieres auf die Kaiserin geheftet, an ihr hingen drei kleine Knaben und auch das Mädchen glitt zurück zu ihr, alle vier drückten sie sich an die große Schwester. Von dieser konnte die Kaiserin keinen Blick verwenden: wie sie nun die Kinder an sich drückte, mit sanften Händen und sorglichen Blicken, wie ein Vogel seine Brut, glich ihre Güte der Güte des Färbers, aber wenn sie herüber sah mit einem kühnen und scheuen Blick, so war es der Blick der Färberin. Wunderbar war sie aus beiden gemischt, und doch kein Zug von keinem: nur die Vereinigung beider. Die Kaiserin fühlte ihr Herz pochen, es zog sie hinüber zu diesem Wesen – da war die Gestalt dahin. Der Bruder allein stand da, er schien zu warten, daß die Kaiserin ihn anrede. – Ihr bringt mir eine Botschaft? – rief sie, und lächelte ihm zu. Tief und dunkel glühte sein Gewand auf aus dem Violetten ins Rote. Die Farbe schien aus der Ewigkeit her zu ihm zu kommen, so auch die Antworten, die langsam in ihm aufstiegen und zögernd den Rand seiner Lippen erreichten. – Wir bestellen nichts, wir verkünden nichts. Daß wir uns zeigen, Frau, ist alles, was uns gewährt ist. – Wo ist die andere? fragte die Kaiserin; ihr Blick deutete mit Begierde nach den Bäumen, zwischen denen das Mädchen gestanden hatte. – Da und nicht da, Frau, wie es dir belieben wird! sagte er und hob sich aus seiner leicht geneigten Haltung; seine Mächtigkeit wurzelte auf seinen gewaltigen Füßen in der Erde und sein Gewand war wie Blut, das sich in Gold verwandelt; alle Bäume empfingen von ihm die Bestätigung ihres Lebens, wie vom ersten Glanz der aufgehenden Sonne. – Gibt es ein Drittes? fragte die Kaiserin. – Die Vereinigung der beiden, kam es von den Lippen des Knaben. – Wo geschieht diese? – Im entscheidenden Augenblick. Die Kaiserin tat einen Schritt auf ihn zu. – Führet mich zu denen, von denen ihr wisset, sagte sie. – Nicht wir sind es, die dich führen werden, sondern andere, gab er zur Antwort. – So bringet sie zu mir! rief die Kaiserin. – Der Knabe sah sie blitzend an aus den Augen der Färberin mit dem Blick des Färbers. Er hob mit sanfter Strenge die Hand gegen sie und glich jenem, seinem Vater, wie ein Spiegelbild dem Gespiegelten; denn es schienen Sprüche der Weisheit und der Erfahrung in ihm aufzusteigen, die über die schweren Lippen nicht zu dringen vermochten, und sich stumm entluden in den Gebärden der Arme und in der weisen Entsagung der halbgehobenen Schultern. Die Farbe seines Gewandes sank aus dem Rot in das Violett, gleich einer Wolke am dunklen Abendhimmel. – Nicht dir werden sie vorgeführt werden, Frau, sondern du wirst vorgeführt werden, und dies ist die Stunde. – Die Kaiserin trat hinter sich. – Wer richtet über mich? fragte sie leise. – Versammelt sind die Unsichtbaren,

Frau, wie es dir nun belieben mag! sagte er und verneigte sich ernst vor ihr; ein Todesurteil hätte er nicht ernster verkünden können. Dunkel war wieder sein Gewand, wie der nächtliche Himmel ohne Sterne. – Die Kaiserin holte tief Atem. – Ich hab mich vergangen, sagte sie. Sie senkte die Augen und richtete sie gleich wieder auf ihn, der mit ihr sprach. Das Wesen horchte, antwortete nicht sogleich. Die Seele trat in seine Augen; er schien die Worte zu liebkosen, die aus ihrem Mund kamen. – Das muß jeder sagen, der einen Fuß vor den andern setzt. Darum gehen wir mit geschlossenen Füßen. – Der Hauch eines Lächelns schwebte in seiner Stimme, als er das sagte; aber sein Gesicht blieb ernst, und in nichts glich er dem Färber mehr als in diesem tiefen Ernst seiner Miene. – Kann ich ungeschehen machen? rief die Kaiserin. Ihre Augen hingen an seinem Mund, ihre Ehrfurcht vor ihm, der so mit ihr sprach, war nicht geringer als die seine vor ihr. – Das goldene Wasser allein weiß, was geschehen ist und was nicht, gab er zurück. – Ist es meinem Vater untertan? fragte sie. – Die großen Mächte lieben einander, sagte das Wesen kurz. Es war, als flöge ein Schatten von Ungeduld über sein gewaltiges Gesicht. – Dürft ihr mir nicht mehr sagen? rief sie. – Laß mich antworten! rief eine helle Stimme. Sogleich war Einer von den Kleinen vor ihr, sogleich der Zweite neben ihm. Der Erste, der so begierig war zu antworten, glich mit dem dünnen Mund und der hohen schmalen Stirn dem jüngsten Bruder des Färbers. Aber er glich ihm auch wieder nicht, denn er hatte gerade Glieder und einen glatten Rücken, und statt der armseligen Gewandung des Buckligen umgab ihn ein Kleid in herrlichen Farben, als wären sie von den Brustfedern eines Paradiesvogels genommen. Der Zweite reckte ein Ärmchen gegen sie, das ohne Verhältnis lang war, wie das des Einarmigen, und er heftete die runden Augen des Färbers auf sie, und sein reizender Mund, der auch verlangte zu sprechen, zuckte zauberisch, wie der Mund der Färberin. Unbeschreiblich waren die Farben, in die er gekleidet war; er glich einem Blumenstrauß, gepflückt am frühen Morgen. – Merke Frau, rief der Erste, alle Reden unserer Mutter geschehen in der Zeit, darum sind sie widerruflich – aber deine, fiel der Zweite ein, deine wird geschehen im Augenblick und sie wird unwiderruflich sein: so ist dein Los gefallen. – Von welchem Augenblick redet ihr? rief die Kaiserin. – Von dem einzigen! – rief das kleine Mädchen und flammte heran. – Was muß ich tun? fragte die Kaiserin, und heftete ohne Atem ihre Augen auf die drei Kinder. – Im Augenblick ist alles, der Rat und die Tat! rief ein kleiner breiter Mund, wie aus dem Mund des Färbers herausgeschnitten, über einem breiten Leib, um den ein korallenroter Schurz wehte, unter einem Wust von schwarzem Haar, dicht wie ein Gebüsch: das vierte Kind war zwischen die drei hineingeflogen, sie umschlangen einander an den Hüften und an den Schultern; sie standen lächelnd da und glichen in der Buntheit ihrer zauberischen Gewänder und im Glanz ihrer Augen, die sie wechselnd senkten und aufschlugen, einer blühenden Hecke in der dunkeläugige Vögel nisten, und sie wiegten sich in einer Art von stillem Tanz vor der Kaiserin hin und her wie eine Hecke im Abendwind. – Wer ist meinesgleichen? fragte die Kaiserin schnell, denn sie sah, wie die Wesen sich voneinander lösten und wie sie mit einem schalkhaften Lächeln zu verschwinden drohten. – Wir doch, Frau, und die, mit denen wir eins sind! riefen sie und waren schon dahin, keine Wimper hätte können so schnell sich schließen. – Laßt mich euch noch einmal sehen! rief die Kaiserin und heftete in sehnlicher Erwartung den Blick auf die Stelle, wo das große Mädchen gestanden hatte. Sie hatte es noch nicht ausgesprochen, so stand die Große drüben bei den Bäumen und aus der Luft glitten die kleinen Geschwister ihr an die Brust und an ihre Hüften und schmiegten sich an ihre Knie wie an die Knie einer Mutter.

Ein Wind wie ein langgezogener Atem kam jetzt aus dem Berg hervor und das Laub fing an, heftig zu zittern. Die laue Luft zwischen den Bäumen und dem Fluß veränderte sich in feuchte Kühle wie in einem Grabgewölbe. Den Leib aller dieser Kinder durchlief eine solche Angst, daß die Kaiserin mit ihnen erschrak bis ins Innerste. Das große Mädchen bückte sich, sie preßte die Kinder an sich; ihr Leib deckte alle zu. Angstvoll schickte sie die Blicke nach allen Seiten; als wären ihre Hände verdoppelt, so faßte sie alle die Leiber der Kinder

zugleich. Aber sie schwanden ihr zwischen den Händen dahin: mit sterbenden Mienen hingen sie ihr im Arm, dann zergingen sie gräßlich in der Luft wie farbiger Nebel, der ihren Leib umflatterte. Gruben waren in dem Gesicht der Großen, graue Schatten des Todes; ihre Augen, wie aus dem Jenseits, sahen in die Augen der Kaiserin; der schwoll das Herz dumpf, sie mußte ihre Hände darauf drücken. Jetzt deckte der Bruder seinen Mantel, der schwarz war wie die Nacht, über die sich auflösende Miene der Schwester, die im Vergehen dem wahrsten Gesicht der Färberin glich wie nie zuvor. So glich nun sein gealtertes schwergewordenes Gesicht völlig dem Gesicht des Färbers; er zog den Mantel über seinen Kopf und verhüllte sich selber.
– Werde ich euch wiedersehen? rief die Kaiserin; das Gefühl der Schuld umschloß ihr Herz mit Ketten, sie fühlte sich an jene geschmiedet, in deren Dasein sie ungerufen hineingetreten war. Der Verhüllte deutete stumm gegen den Berg. Sie schloß die Augen.

Als sie sie wieder aufschlug, waren die Gestalten dahin; ein bläulicher Glanz erhellte die Dämmerung zwischen den Stämmen. Der Bote stand da. Noch war ihr der Sinn benommen, sie sah ihn ohne ihn zu sehen. Er wartete, dann neigte er sich gemessen vor der Kaiserin. Er wendete sich sogleich und winkte ihr: er trat in die Felswand hinein und die Kaiserin folgte ihm. Der Weg drehte sich mehrere Male und es war nur der bläuliche Widerschein auf den glatten Wänden, der sie leitete. Mit eins sah sie den Schein und die Gestalt zur Seite verschwinden: als sie an die Stelle kam, war dort nichts. Vor sich aber gewahrte sie eine andere Erhellung und ging darauf zu. Sie stand in einem runden hohen Raum; hinter ihr schloß sich der Stein. Hoch oben in einem metallenen Ring hing eine Fackel; sie leuchtete stark und gab im Verbrennen einen wunderbaren Duft. Nichts war sonst in dem kreisrunden Raum als eine niedrige Bank aus einem dunkelleuchtenden Stein geschnitten, die ringsum lief. Die Kaiserin sah, daß es ein Bad war, in das man sie geführt hatte, aber schöner und fürstlicher als selbst die schönste der Badekammern in ihrem eigenen

Palast. Sie verlor sich, aber nur einen Augenblick, in dem Gefühl der unerwarteten, geheimnisvollen Einsamkeit und in der Betrachtung des wunderbaren Beckens, an dessen Rand sie stand. Dieses glich dem Gestein, aus dem die Wände geschnitten waren, es leuchtete auch von Zeit zu Zeit auf, es waren nicht funkelnde Adern, sondern ein dumpfes Aufleuchten in der ganzen Masse, wie Wetterleuchten im dichten, gestaltlosen Gewölk, und die Kaiserin hätte nicht ohne Furcht den Fuß auf diesen Grund gesetzt. Zugleich aber kam ein himmlisches Wohlgefühl über sie, als dränge es mit dem Duft der Fackel in alle ihre Glieder. Sie sank auf den Rand des Beckens hin, in Scheu und Erwartung, wie eine Braut. Ihr Geliebter mußte ihr ganz nahe sein, er mußte ihr näher sein, als sie wußte. Immer war er zu ihr gekommen, nun kam sie zu ihm, an dieser auserkorenen Stätte. Sie dachte es und ein Ach! kam über ihre Lippen, schamhaft und sehnsüchtig zugleich, und der klanggewordene Hauch aus ihrem eigenen Mund machte, daß sie erglühte von oben bis unten. Ihre Glieder lösten sich, sie streckte die Arme gegen das Becken, der Boden schwankte hin und her, wie ein finsterer von unten erhellter Nebel; von unten stieg ein Schwall von dunklem, goldfarbenem Wasser jäh empor, fiel wieder jäh hinab mit einem dunklen Laut wie das Gurren von Tauben. Sie hätte sich hineinstürzen mögen in dieses dunkelleuchtende Auf und Ab, wie in einen liebenden Blick. – Komm, komm! rief sie, das goldene Wasser stieg in einem mächtigen Schwall nach oben, die Säule gab, wie das Licht der Fackel sie berührte, einen schwellenden Klang, der ihr vor Süßigkeit fast das Herz spaltete. Jetzt sank der Schwall in sich zusammen, wurde ganz golden leuchtende Fläche, er füllte das Bad, ein goldener Nebel spielte darüber hin. In der Mitte der Kern von Finsternis, den die Säule emporgerissen hatte, lag still: er schien lastend wie ein mitten in den Teich gebautes Grabmal aus Erz. Gebettet auf einen viereckigen dunklen Stein lag die Statue da. Sie war aller Waffen entkleidet, nur den leichten Jagdharnisch trug sie noch, wie zum Schmuck; aber selbst die silbergeschuppten Beinschienen, die vor den Hauern eines Ebers oder den Zähnen eines Luchsen schützen konnten, waren weg und die Beine

nackt und völlig wie Marmor: so auch die Schultern und der Hals, von denen der Mantel abgefallen war.
Die Kaiserin schrie auf, sie warf sich hinein in das goldene leise wogende Becken; wie ein Schwan mit gehobenen Flügeln rauschte sie auf den Geliebten zu. Sie bog sich über ihn, aber zu küssen wagte sie nicht. Er lag still und unsäglich schön unter ihr, aber unsäglich fremd. Jeder Zug war da, Mann und Jüngling, der Fürst, der Jäger, der Geliebte, der Gatte, und nichts war da. Sie lehnte über ihm, sie wußte nicht wie lang; sie regte sich nicht. Sie glich selbst einer Statue, dem Teil eines Grabmals. Ihr Atem bewegte nicht die Brust, ihr Auge verriet nicht, was sie fühlte; zwei kristallene Tränen fielen nieder.
Die Fackel leuchtete stärker und stärker, sie zog den goldenen Nebel in sich, der von dem Wasser aufstieg, bald hatte sie ihn ganz aufgezehrt: nur mehr um die Sohlen der Kaiserin spielte das goldene Wasser, dessen Berührung nicht netzte, bald war es ganz dahin. Halb unbewußt war der Kaiserin scheu vor der Gegenwart dieses Lichtes droben, wie vor der eines lebenden Wesens; sie zog den Mantel an sich, sie sollte ihn über sie beide decken, sie wollte und hob den Arm und tat es nicht. In solcher Nähe drang von der Statue ein Etwas auf sie ein, es war nicht Kühle, nicht Kälte, aber das Gefühl einer unnahbaren Ferne, wie eine aufgetane Kluft, aber ins Unendliche: je näher je ferner. Nun hob die Statue sich auf, langsam und sonderbar, wie nie ihr Geliebter sich aufgehoben hatte, wenn er in ihrem Bette erwacht war. Er stützte sich auf den einen Arm, die Augen schlugen sich mühsam auf, der Blick begegnete dem starren, angstvoll hingerichteten Blick, er streifte über die Kaiserin hin, fremd und gräßlich. Er ließ sie wieder, wendete sich über die Schulter nach der Fackel hin. Mehr und mehr unter dem furchtbaren Blick der Statue drängte sich jetzt das goldene Licht, das aus der Fackel strömte, nach der einen Seite des runden Gemaches zusammen, auf der andern breitete sich eine bräunliche Dämmerung, in die der scharfe Schatten der sitzenden Statue hineinfiel.
Die Statue sah jetzt auf ihren eigenen Schatten hin und drehte langsam den Kopf herum, dorthin, wo die Kaiserin stand;

sie suchte den Schatten der Kaiserin. Die Kaiserin wich zurück, sie stand zwischen dem Licht und der Wand und doch glänzte hinter ihr die Wand in vollem Licht, stärker als an irgendeiner andern Stelle, sie fühlte es wohl. Die Augen der Statue, als sie es gewahrte, erweiterten sich. Furchtbar wurde die Miene, die sich anspannte, drohte und doch nicht lebte. Es war, als müßte nun und nun ein gräßlicher Schrei die versteinte Brust zerreißen. Die Kaiserin konnte es nicht mehr ertragen, sie wandte matt ihren Kopf zur Seite. Da drang ein bläulicher Schein aus der Wand heraus an der gleichen Stelle, wo sie selber eingetreten war; als stünde dort der Geisterbote; ein Schatten trat hervor und huschte zu ihr herüber. Jetzt sank er zu ihren Füßen hin, das unerkennbare Antlitz bog sich nach unten und berührte wie ein Hauch ihr Knie; ihr schauderte; sie wußte, es war der Schatten des fremden Weibes, der ihr verfallen war. Die Schattenarme reckten sich empor zu ihr, die Hände mit nach oben gewendeten Flächen: es war die Gebärde des Sklaven, der sich völlig dahingibt, auf Leben und Tod. Das kniende Wesen zitterte dabei wie Espenlaub, und die Kaiserin selbst bebte bis ins Innerste. Die Handflächen schoben sich aneinander, auf ihnen ruhte eine runde Schale mit goldenem Wasser. Der Schatten hob die Arme höher und bot zitternd den Trunk dar und mit dem Trunk sich selber. Der Kaiser hatte sich völlig aufgerichtet, stützte sich nur mehr auf den linken Arm, den rechten hatte er vorgestreckt, in namenloser Begierde und Ungeduld. Seine Augen hafteten an der Hand seiner Frau, mit einem Ausdruck, in dem sich Hoffnung und Verzweiflung verknäulten wie kämpfende Schlangen. Die Kaiserin bog den Arm: sie hatte die Schale gefaßt, ohne es zu wissen. Er folgte ihrer Bewegung mit einer solchen Beseligung, daß sich sein Gesicht verwandelte, wie eines Liebenden in der Entzückung. Sie fühlte, wie sie die Sinne verlieren und trinken würde. Aber wie fest ihr Blick auch auf dem wunderbaren flüssigen Feuer haftete, das ihren Lippen so nahe war, so sah sie doch aus dem Winkel des Auges, daß hinter ihr die Wand sich abermals geöffnet hatte, aber an der entgegengesetzten Seite, als wo der Schatten eingetreten war, und daß eine verhüllte Gestalt hinter ihr stand. Ein Gewand floß nieder, dunkler als der sternlose Himmel um Mitternacht; der Dastehende rührte kein Glied. Sie sah ihn, ohne ihn zu sehen, und sie fühlte in der Tiefe ihrer Eingeweide, daß die Gestalt, wenn sie ihre Verhüllung abwürfe, die Züge Baraks des Färbers enthüllen würde, dem sie vor dreien Tagen ungerufen über die unschuldige Schwelle des Hauses getreten war, und daß er seine Augen auf sie richten würde, gespiegelt in der Miene seines ältesten ungeborenen Sohnes. Sie drückte die Schale an sich, da fühlte sie, wie sich unter ihrem Gewand der Talisman an ihrer Brust verschob: gräßlich und fremd wie aus der Brust eines Tiefschlafenden schlug aus der Tiefe ihrer eigenen Brust der Fluch an ihr Ohr: Zu Stein auf ewig wird die Hand, die diesen Gürtel löste, wofern sie nicht der Erde mit dem Schatten ihr Geschick abkauft, zu Stein der Leib, zu dem die Hand gehört – sie hörte innen ihr eigenes Herz schwer und langsam pochen, als wäre es ein fremdes. Sie sah mit einem Blick, als schwebe sie außerhalb, sich selber dastehen, zu ihren Füßen den Schatten des fremden Weibes, der ihr verfallen war, drüben die Statue. Das furchtbare Gefühl der Wirklichkeit hielt alles zusammen mit eisernen Banden. Die Kälte wehte zu ihr herüber bis ins Innerste und lähmte sie. Sie konnte keinen Schritt tun, nicht vor- noch rückwärts. Sie konnte nichts als dies: trinken und den Schatten gewinnen oder die Schale ausgießen. Sie meinte, vernichtet zu werden und drängte sich ganz in sich zusammen; aus ihrer eigenen diamantenen Tiefe stiegen Worte in ihr auf, deutlich, so als würden sie gesungen in großer Ferne; sie hatte sie nur nachzusprechen. Sie sprach sie nach, ohne Zögern. – Dir Barak bin ich mich schuldig! sprach sie, streckte den Arm mit der Schale gerade vor sich hin und goß die Schale aus vor die Füße der verhüllten Gestalt. Das goldene Wasser flammte in die Luft, die Schale in ihrer Hand verging zu nichts, alles, was den Raum erfüllt hatte, war dahin, die Statue allein lag wie finsteres Erz auf dem schwarzen Stein, und droben die Fackel leuchtete gewaltig. Von unten her fing ein Beben an, ein mächtiges Tosen, von steigenden und stürzenden Gewässern. Der Schwall brach herauf und ergriff die Kaiserin und riß sie nach oben. Die Fackel hatte sich in das goldene Wasser hineingestürzt und durchdrang die dunkelleuchtende Finsternis mit Licht, abwechselnd überflutete strahlende Helligkeit und tiefe Nacht das Gesicht der Kaiserin. Sie fühlte sich steigen und steigen, etwas Dunkles stieg neben ihr, es war die Statue, die der unwiderstehliche Schwall so schnell wie ihren leichten Leib hinauftrieb. Nun lag sie mit der Statue Brust an Brust, die steinernen Arme schlossen sich um sie zusammen, ein Blick von nächster Nähe traf sie aus den steinernen Augen, so jammervoll, daß er ein steinernes Herz hätte erweichen können. Die furchtbare Last hing an ihr; sie selbst schlang die Arme um den Stein, sie umrankte ihn ganz, das Steigen hörte auf, sie fühlte sich hinabgerissen ins Bodenlose. Die glatte, furchtbar fremde Natur des Steins drang ihr ins Innerste. Vor unbegreiflicher Qual zerrütteten sich ihr die Sinne. Sie fühlte den Tod ihr eigenes Herz überkriechen, aber zugleich die Statue in ihren Armen sich regen und lebendig werden. In einem unbegreiflichen Zustand gab sie sich selbst dahin und war zitternd nur mehr da in der Ahnung des Lebens, das der andere von ihr empfing. In ihn oder in sie drang Gefühl einer Finsternis, die sich lichtete, eines Ortes, der aufnahm, eines Hauches von neuem Leben. Mit neugeborenen Sinnen nahmen sie es in sich: Hände, die sie trugen, ein Felsentor, das sich hinter ihnen schloß, wehende Bäume, sanften festen Grund, auf dem die Leiber gebettet lagen, Weite des strahlenden Himmels. In der Ferne glänzte der Fluß, hinter einem Hügel ging die Sonne herauf, und ihre ersten Strahlen trafen das Gesicht des Kaisers, der zu den Füßen seiner Frau lag, an ihre Knie geschmiegt wie, ein Kind.

Seine Augenlider zuckten unter dem scharfen Licht, das durch das Gezelt der Bäume hereinbrach; die Kaiserin erhob sich leise, sie trat zwischen den schlummernden Liebsten und die Sonne. Sie bog sich schützend über seinen Schlaf wie eine Mutter, und warf stille, große Blicke auf ihn herab. Mit süßem Staunen hatte sie erkannt, daß nichts mehr an der schmiegsamen atmenden Gestalt an die fürchterliche Statue erinnerte. Ein unaussprechliches Entzücken durchfuhr sie aber nun, und ein Schrei drang über ihre Lippen: denn ein schwarzer Schatten floß von ihr über den Liegenden, über den Waldboden hin. Über dem Schrei schlug der Kaiser die Augen zu ihr auf, unerschöpfliches Leben war in seinem jungen Blick, in dessen tiefsten Tiefen nur blieb der erlebte Tod als ein dunkler Glanz früher Weisheit. Sie hob ihn zu sich auf, sie umarmten einander ohne Wort, ihre Schatten flossen in eins.

Unter ihnen an einer geborgenen Uferstelle lag der Kahn und schien auf einen Fährmann und auf Reisende zu warten. In diesem Augenblick näherte sich vom einen wie vom andern Ufer eine Gruppe von Gestalten dem Fluß, langsam die eine, aus zwei Gestalten bestehend, schneller die andere, ein Mann und zwei Frauen, von denen die eine auf dem Kopf einen länglichen Korb trug. Die Sonne erleuchtete alle fünf. Von der Korbträgerin allein fiel kein Schatten auf die tauglänzende Weide, über die sie hingingen; fahl war ihr Gewand wie ihr Gesicht und ihr Tritt unsicher. – Sieh, mein Falke! sieh, auch er! rief der Kaiser, der die Landschaft und die Gestalten gar nicht sah, mit solchem Entzücken hing sein Auge immerfort an dem leuchtenden Gewölbe des Himmels, wo über dem rötlich glänzenden Grat eines Berges der wunderbare Vogel kreiste. Ein Wasserfall leuchtete unter ihm. Zwischen dunklen Felsen, hohen, dunklen Stämmen schwebte aus dem Bergesinnern ein bläulicher Schein hervor. Der Geisterbote glitt an der steilen Bergwand herab, jetzt riß sich unter seinen Füßen etwas Dunkles los und flog blitzschnell auf das Ufer zu und über den Fluß. Sausend flog der Schatten der Färberin auf seine Herrin zu, und schlug zu ihren Füßen hin. Sie wußte nicht, was es war, das da hinschlug, ihr zum Letzten bereites Herz nahm alles nur traumhaft mehr auf. Nur ihr Körper taumelte, und die Frau des Fischers, die neben ihr ging, mußte sie stützen. Der Korb schwankte auf ihrem Kopf. Seine Umrisse wurden unbestimmt, wie ein schwärzlicher Dunst; aus diesem blitzte wechselweise das Schwert und leuchtete das Blut, dann löste sich alles in ein wunder-bares Spiel von Farben auf, als wäre ein zusammengeballter Regenbogen in dem Korb gewesen. Die Farben glitten wie Flammen an der Färberin herab, das zarteste Grün, ein feuriges Gelb, Violett und Purpur; sie spielten an ihrem Leib und offenbarten die ganze Herrlichkeit der Sonne, dann schwanden sie in das Weib hinein, schneller als Worte es sagen können. Die Fischerin schlug vor Staunen in die Hände. Bunt stand die Färbersfrau da, geschmückt wie eine Meereskönigin. Zugleich trat die Farbe des Lebens in ihr Gesicht, ihre Augen leuchteten wie die eines jungen Rehes über den Fluß hinüber; zur Erde blickte sie nicht, sie ahnte nicht, daß ihr Schatten zu ihr zurückgekehrt war. Jetzt erkannte vom andern Ufer der Färber sein Weib. – Nimm den Kahn! rief der Alte ihm zu, aber der Färber hörte es nicht; er war vom Ufer in den Fluß hinabgesprungen, schon war er drüben, schwang sich am Rand empor. Das junge Weib, wie sie vor sich seinen gewaltigen Kopf auftauchen sah, schrie auf in Angst. Sie riß sich von ihren Führern los und lief querfeldein. Sie wähnte sich noch ohne Schatten, gräßlich bezeichnet, nun kam ihr Richter auf sie zu. Sie wollte sich verbergen, nirgend war ein Baum oder ein Strauch. In großen Sprüngen sprang er ihr nach, mit ausgebreiteten Armen; von seinen Lippen floß ein ununterbrochener Schrei der Liebe und Zärtlichkeit. Sie fühlte ihn dicht hinter sich, in ihrer Todesangst wandte sie den Kopf, den Vorsprung zu messen, den sie noch hatte, da sah sie zwischen sich und ihm ihren Schatten, der hinter ihr flog. Vor Seligkeit warf sie die Arme in die Luft, die Arme des Schattens flogen auf vom Grund und glitten zu den Knien des Färbers empor, denn schon stand er da. Ohne Atem stand sie vor ihm, ihr Herz riß sie fast zu Boden. Er drückte die Hände vor der Brust zusammen und neigte sich vor ihr. Wie ein Stein schlug sie vor ihm hin, ihre Stirne, ihre Lippen berührten seine Füße. Ihr ganzes Selbst drang in einem Schluchzen aus ihr heraus, sie erstickte alles in der Gebärde der Demut, so wie sie unter sich ihren Schatten zusammendrückte, auf dem sie lag.

Dem Kaiser stürzten Tränen aus den Augen: wie dort die Färberin vor ihrem Mann warf er sich in den Staub vor seiner Frau und verbarg sein zuckendes Antlitz an ihren Knien. Sie kniete zu ihm nieder, auch ihr war zu weinen neu und süß. Sie

begriff zum erstenmal die Wollust der irdischen Tränen. Verschlungen lagen sie da und weinten beide: ihre Münder glänzten von Tränen und Küssen.
Der weiß gewandete Alte indessen war von der einen Seite, der Fischer und seine Frau von der andern auf den Kahn zugekommen. Der Alte stieg hinein, die Fischersleute wateten von drüben auf sie zu, das Wasser reichte ihnen bis über die Brust. Im Wasser hangend, reichten sie aus dem Wasser dem Alten herrliche Dinge in den Kahn, glänzende Gewebe, metallene Schüsseln und Geräte, bunte große Vögel und Früchte, in ganzen Körben, als wären da unten Bergwerke, Forste und Fruchtgärten, in die ihre Hände nach Belieben hineingriffen. Der Alte hatte Mühe alles aufzustauen, so schnell hoben sie die gefüllten Arme zu ihm; der Kahn füllte sich und ging fast über, aber er wuchs, indem der Alte immer eilig von einem Ende zum andern hin und her ging. Bald war er so groß wie ein Salzschiff, die aus dem Gebirge gegen die Ebene fahren, und beladen mit Hausrat, um ein großes Haus, zweiflügelig gebaut, in zwei Stockwerken übereinander, herrlich auszuschmücken, und mit prächtigem Geflügel, bunten Fischen und Früchten, genug um eine gewölbte, von lebendigem Wasser durchlaufene und mit riesigen Hängestangen und tausend Haken versehene Speisekammer auf ein Jahr zu füllen.
Die Hände des Färbers hatten sein Weib vom Boden aufgenommen, mit einem gewaltigen Griff nach der Mitte ihres Leibes, der wie eine wilde unbezähmte Liebkosung war, und er riß sie über sich empor, so daß sie den Atem verlor und das Herz ihr stockte, und trug sie hoch über sich gegen das Ufer hin. Er warf den Nacken zurück, um sie, die er über sich trug, zu gewahren und sie mit den Blicken unablässig zu liebkosen, und er hob seine Knie unter der Last wie einer, der tanzen will, so daß sie vor Schreck in sein dichtes Haar griff und sich daran festhielt. Aus ihrem Mund drangen kleine Schreie von Ängstlichkeit und Lust, indessen ihr die Tränen über die Wangen hinabrannen. Kaum näherte er sich mit seiner bunten Last dem Ufer, so kam der hochbeladene Kahn mit großem Tiefgang und gewaltigem Rauschen von drüben auf ihn zu, indessen der Fischer und sein Weib neben ihm schwam-

men. Der Alte war am andern Ufer zurückgeblieben. Der Färber warf sein Weib auf die aufgetürmten Teppiche; er sprang selber hinein, und indem er sogleich wieder den linken Arm um sein Weib legte, ergriff er mit dem rechten das gewaltige Steuerruder, das der Fischer von hinten eingelegt hatte. So fuhren sie auf dem Mantel der Amme flußabwärts. Der Kahn leuchtete in allen Farben der Schöpfung und der Färber sang, wie ihn nie jemand hatte singen hören, weder seine Eltern noch seine Nachbarn, als er ein Junggeselle war, noch auch seine junge Frau in den dreißig Monden ihrer Ehe. Der Alte und der im blauen Harnisch vom einen Ufer, die Fischersleute vom andern, sahen ihnen nach, und der Kahn hinterließ im Glanz der Sonne, die höher und höher stieg, eine goldene Spur auf dem flimmernden Wasser.

Hoch über dem Fluß kreiste der Falke. Der Blick des Kaisers hing an ihm lieber als an dem Prachtschiff. Höher ins Unersteigliche riß sich der Vogel empor, leuchtende Himmelsabgründe enthüllte sein Flügel; des Kaisers Blick war über die Trunkenheit erhöht, so waren seine Glieder übertrunken von der Nähe der herrlichen Frau, in deren Arme er sich drückte. Ober ihm und unter ihm war der Himmel. Sein Blick flog zwischen den Wimpern dem Vogel nach; da sah er drüben gegen Norden, wo die Hügel noch dunkler und ernster standen, die Seinigen heranziehen. Er gewahrte die Pferde, die Hunde, die Falken, eine hohe Sänfte schwankte daher, wie ein von Flammen umgebenes Lustgemach: so glänzte die Sonne auf ihren goldenen Zieraten. Die Kaiserin lag in seinem Arm, ihr schwimmender Blick ging nach aufwärts: sie fand nicht den Falken im höchsten strahlenden Haus des Himmels, aber sie hörte von dorther einen Gesang. Unbegreiflich fanden zarte Worte, leise Töne den Weg aus dieser Höhe zu dir.

Vater, dir drohet nichts,
Siehe, es schwindet schon,
Mutter, das Ängstliche,
Das dich beirrte!
Wäre denn je ein Fest,

Wären nicht insgeheim
Wir die Geladenen,
Wir auch die Wirte?

Die schwebenden Worte sanken in sie wie Tauperlen. Das Herz zitterte ihr, und die freien Hände – denn der Kaiser war im Übermaß des Glücks zu ihren Füßen hinabgesunken – falteten sich ihr in der Bewegung des Staunens über dem Leibe. Sie wagte kaum zu fassen, was sie doch hörte, kaum zu begreifen. Sie wußte nicht, daß auf dem Talisman an ihrer Brust längst die Worte des Fluches ausgetilt und ersetzt waren durch Zeichen und Verse, die das ewige Geheimnis der Verkettung alles Irdischen priesen.

Andreas

Die Dame mit dem Hündchen.
I. Die Ankunft.

»Das geht gut«, dachte der junge Herr Andreas von Ferschengelder, als der Barkenführer ihm am 7ten Sept. 1778 seinen Koffer auf die Steintreppe gestellt hatte und wieder abstieß, »das wird gut, läßt mich da stehen, mir nichts dir nichts, einen Wagen gibts nicht in Venedig, das weiß ich, ein Träger, wie käme da einer her, es ist ein öder Winkel, wo sich die Füchse einander gute Nacht sagen. Als ließe man einen um 6^{h} früh auf der Rossauerlände oder unter den Weißgärbern aus der Fahrpost aussteigen, der sich in Wien nicht auskennt. Ich kann die Sprache, was ist das weiter, deswegen machen sie doch aus mir, was sie wollen! Wie redet man denn wildfremde Leute an, die in ihren Häusern schlafen – klopf ich an und sag: Herr Nachbar?« – Er wußte, er würde es nicht tun – indem waren Schritte hörbar, scharf und deutlich in der Morgenstille auf dem steinernen Erdboden. Es dauerte lange, bis sie näher kamen, dann trat aus einem Gäßchen ein Maskierter hervor, wickelte sich fester in seinen Mantel, nahm mit beiden Händen ihn zusammen und wollte quer über den Platz gehen. Andreas tat einen Schritt vor und grüßte, die Maske lüftete den Hut und zugleich die Halblarve, die innen am Hut befestigt war. Es war ein Mann, der vertrauenswürdig aussah, und nach seinen Bewegungen und Manieren gehörte er zu den besten Ständen. Andreas wollte sich beeilen, es dünkte ihn unartig, einen Herrn, der nach Haus ging, zu dieser Stunde lang aufzuhalten, er sagte schnell, daß er ein Fremder sei, eben angekommen aus Wien von Villach in Kärnten und über Görz; sogleich erschien es ihm weitschweifig und ungeschickt, daß er die Stationen genannt hatte, er wurde verlegen und verwirrte sich im Italienischreden. Der Fremde trat mit einer sehr verbindlichen Bewegung näher und sagte, daß er ganz zu seinen Diensten sei, von dieser Gebärde war vorne der Mantel aufgegangen, und Andreas sah, daß der höfliche Herr unter dem Mantel im bloßen Hemde war, darunter nur herabhängende Kniestrümpfe, die die halben Waden bloß ließen, und Schuhe ohne Schnallen. Schnell bat er den Herrn, doch ja bei der kalten Morgenluft sich nicht aufzuhalten und seinen Weg nach Hause fortzusetzen, er werde schon jemanden finden, der ihn nach einem Logierhaus weise oder zu einem Wohnungsvermieter. Der Maskierte schlug den Mantel fester um die Hüften und versicherte, er habe durchaus keine Eile. Andreas war verlegen im Gedanken, daß der andere nun wisse, er habe sein sonderbares Negligé gesehen. Durch die alberne Bemerkung von der kalten Morgenluft und vor Verlegenheit wurde ihm ganz heiß, so daß er unwillkürlich auch seinerseits den Reisemantel vorne auseinanderschlug, indessen der Venezianer aufs höflichste vorbrachte, daß es ihn besonders freue, einem Untertan der Kaiserin und Königin Maria Theresia einen Dienst zu erweisen, um so mehr, als er schon mit mehreren Oesterreichern in Freundschaft gestanden habe, so mit dem Pandurenobersten Baron Reischach und mit dem Grafen Esterhazy. Diese wohlbekannten Namen von dem Fremden hier so vertraulich ausgesprochen, flößten Andreas großes Zutrauen ein; freilich kannte er selber so große Herrn nur vom Namenhören und höchstens vom Sehen, denn er gehörte zum Klein- oder Bagatelladel. Als der Maskierte versicherte, er habe, was der fremde Cavalier brauche, und das ganz in der Nähe, so war es Andreas ganz unmöglich, etwas Ablehnendes vorzubringen. Auf die Frage, beiläufig schon im Gehen gestellt, in welchem Teil der Stadt sie hier seien, erhielt er die Antwort, zu Sanct Samuel, und die Familie, zu der er geführt werde, sei eine gräfliche patrizische und habe zufällig das Zimmer der ältesten Tochter zu vergeben, die seit einiger Zeit außer Hause wohne. Indem waren sie auch schon in einer sehr engen Gasse vor einem sehr hohen Hause angelangt, das wohl eine vornehme, aber recht verfallene Hinterseite hatte und dessen Fenster anstatt mit Glasscheiben alle mit Brettern verschlagen waren. Der Maskierte klopfte ans Tor und rief mehrere Namen, hoch oben sah eine Alte herunter, fragte nach dem Begehr, und die beiden parlamentierten. Der Graf selbst wäre schon ausgegangen, sagte der Maskierte zu Andreas, er gehe immer so früh aus, um das Nötige für die Küche zu besorgen, aber die Gräfin sei zu Hause;

so werde man wegen des Zimmers unterhandeln und auch gleich Leute nach dem zurückgelassenen Gepäck schicken können. Der Riegel am Tor öffnete sich, sie kamen in einen engen Hof, der voll Wäsche hing, und stiegen eine offene und steile Steintreppe empor, deren Stufen ausgetreten waren wie Schüsseln. Das Haus gefiel Andreas nicht, und daß der Herr Graf so früh ausgegangen war, um das Nötige für die Küche zu besorgen, verwunderte ihn, aber daß es der Freund der Herren von Reischach und Esterhazy war, der ihn einführte, machte einen hellen Schein über alles und ließ keine Traurigkeit aufkommen.

Oben stieß die Treppe an ein ziemlich großes Zimmer, in dem an einem Ende der Herd stand, an dem anderen ein Alkoven abgeteilt war. An dem einzigen Fenster saß ein junges, kaum erwachsenes Mädel auf einem niedrigen Stuhl, und eine nicht mehr junge, aber noch ganz hübsche Frau war bemüht, aus dem schönen Haar des Kindes einen höchst künstlichen Chignon aufzutürmen. Als Andreas und sein Führer das Zimmer betraten und die Hüte abnahmen, stob das Kind laut aufschreiend davon ins Nebenzimmer und ließ Andreas ein mageres Gesicht mit dunklen reizend gezeichneten Augenbrauen gewahren, indessen der Demaskierte sich an die Frau Gräfin wandte, die er als Cousine anredete, ihr seinen jungen Freund und Schützling vorstellte. Es gab ein kurzes Gespräch, die Dame nannte einen Preis für das Zimmer, den Andreas ohne weiteres zugestand. Er hätte um alles gern gewußt, ob es ein Zimmer nach der Gasse sei oder ein Hofzimmer, denn in einem solchen seine Zeit in Venedig zu verbringen hätte ihm traurig geschienen, auch ob man hier in der inneren Stadt sei oder in der Vorstadt. Aber er fand nicht den Augenblick für seine Fragen, denn das Gespräch zwischen den beiden anderen ging immer weiter, und das verschwundene junge Geschöpf wippte mit der Tür und rief energisch von innen heraus, da müßte sofort der Zorzi aus dem Bett herausgebracht werden, denn er liege oben und habe seinen Magenkrampf. Darauf hieß es, die Herren sollten nur hinaufgehen, den unnützen Menschen aus dem Zimmer zu entfernen, das würden schon die Buben besorgen. Sie bat

entschuldigt zu sein, wenn sie den Herrn nicht selbst hinaufbegleite, sondern dies dem Cousin überlasse, denn sie habe alle Hände voll zu tun, weil sie die Zustina zurichten müsse, um mit ihr die Besuche wegen der Lotterie zu machen; es müßten heute sämtliche Protectoren der Liste nach besucht werden. Andreas hätte nun wieder gern gewußt, was es mit diesen Protectoren und der Lotterie auf sich habe, doch da sein Mentor die Sach mit lebhaftem und beifälligem Nicken als bekannt hinzunehmen schien, fand er keine schickliche Gelegenheit zu einer Frage, und man stieg hinter den zwei halbwüchsigen Jungen, die Zwillinge sein mußten, die steile Holztreppe hinauf nach Fräulein Ninas Zimmer. Vor der Tür machten die Knaben halt, und als ein mattes Stöhnen herausdrang, sahen sie einander mit den flinken Eichhörnchenaugen an und schienen sehr befriedigt. Auf dem Bett, dessen Vorhänge zurückgeschlagen waren, lag ein bleicher junger Mensch. »Ist dir besser?«, sagten die Knaben. »Besser«, stöhnte der Liegende. »So kann man den Stein wegheben?« »Ja, ihr könnt ihn wegheben.« »Wenn er Magenkrampf hat, muß man ihm den Stein auf den Magen heben, dann wird er gesund«, meldete der eine der Knaben an Andreas, der verwundert dabeistand, wie die Knaben einen Stein wie die Maler ihn haben, um ihre Farben zu zerstampfen, von dem Kranken abwälzten.
Andreas war es greulich, daß man einen leidenden Menschen so um seinetwillen aus dem Bette warf, er trat ans Fenster und sah hinaus: unten war Wasser, und kleine besonnte Wellen schlugen an die breiten Stufen eines weißen Gebäudes gerade gegenüber, und an einer Mauer tanzte ein Netz von Lichtkringeln. Er beugte sich hinaus, da war noch ein Haus, dann noch eines, dann mündete die Gasse in eine große breite Wasserstraße, auf der die volle Sonne lag. An dem Eckhaus sprang ein Balkon vor, mit einem Oleanderbaum darauf, dessen Zweige der Wind bewegte, auf der anderen Seite hingen Tücher und Teppiche aus luftigen Fenstern, über dem großen Wasser drüben stand ein Palast mit schönen Steinfiguren in Nischen. Er trat ins Zimmer zurück, da war der im Domino verschwunden, der junge Mensch stand und beaufsichtigte

die Buben, die von dem einzigen Tisch und Stuhl des Zimmers eifrig Farbentöpfchen und Bündel schmutziger Pinsel wegräumten. Der junge Mensch war blaß und ein wenig verwahrlost, aber ganz wohlgestaltet; in seinem Gesicht nichts Häßliches als eine schiefe Unterlippe nach einer Seite herabgezogen: das gab einen hämischen Ausdruck. »Haben Sie bemerkt«, wandte er sich an Andreas, »daß er unter dem Domino nichts an hat als sein Hemd? Auch die Schnallen von den Schuhen weggeschnitten. So geht es ihm alle Monat einmal. Nun, Sie verstehen wohl. Was wirds sein? Er ist ein verzweifelter Spieler, was sonst? Sie hätten ihn gestern sehen sollen. Er hatte einen gestickten Rock, eine Weste mit Blumen, zwei Uhren mit Berloquen daran, eine Dose, Ringe an jedem Finger, hübsche silberne Schuhschnallen. So ein Kujon«, und er lachte, aber sein Lachen war nicht hübsch. »Sie werden ein bequemes Zimmer haben. Wenn Sie sonst noch etwas brauchen, ich bin stets zu Ihrer Verfügung. Ich kann Ihnen ein Caféhaus zeigen, hier nahebei, wo man Sie anständig bedienen wird, wenn ich Sie einführe. Sie können dort Ihre Briefe schreiben, Ihre Bekannten hinbestellen und alles abmachen, außer dem, was man lieber hinter geschlossenen Türen abmacht.« Hier lachte er wieder, und die beiden Buben fanden den Witz vortrefflich und lachten laut, dabei strengten sie alle Kräfte an, den schweren Stein aus dem Zimmer zu schleppen; ihre Gesichter sahen der Schwester unten ähnlich. »Wenn Sie eine Commission haben, die, einen vertrauenswürdigen Menschen erfordert«, fuhr der Maler fort, »so wird es mir eine Ehre sein, wenn Sie mir sie übergeben. Wenn ich nicht zur Hand bin, dann nur einem Furlaner, das sind die einzig verläßlichen Dienstmänner. Sie finden ihrer am Rialto und an jedem größeren Platz und werden sie an der bäurischen Tracht erkennen. Es sind zuverlässige Leute und verschwiegen, merken sich Namen und erkennen auch eine Maske an ihrem Gang und an den Schuhschnallen. Wenn Sie von da drüben etwas brauchen, so sagen Sie es mir. Ich habe als Maler des Hauses freien Zutritt zu allen Räumen.« Andreas verstand, daß er von dem grauen Gebäude gegenüber sprach, das ihm zu groß für ein Bürgerhaus, zu dürftig für einen Palast erschienen war und vor dessen Tor breite Steinstufen ins Wasser führten. »Ich spreche vom Theater zu Sanct Samuel, dem Haus hier gegenüber. Ich dachte, Sie wüßten das längst. Wir sind alle da drüben beschäftigt. Ich bin Decorationsmaler und Feuerwerker – Ihre Hausfrau ist Logenschließerin, der Alte ist Lichtputzer.« »Welcher?« »Der Graf Prampero, bei dem Sie wohnen, wer sonst? – Zuerst war die Tochter Schauspielerin, und die hat sie alle hineingebracht, nicht diese, die Sie gesehen haben, die Ältere, Nina. Diese ist der Mühe wert. Ich werde Sie heute nachmittag zu ihr führen. Die Kleine tritt im nächsten Carneval auf, die Buben machen Tiere oder Zwerge. Jetzt will ich mich aber nach Ihrem Gepäck umsehen.«

Andreas blieb allein, schlug die Fensterläden zurück und hakte sie ein. Von dem einen war der Haken zerbrochen, er nahm sich vor, ihn sogleich richten zu lassen. Dann räumte er, was noch von Farbtöpfen und Büchsen herumstand, vor die Tür und reinigte mit einem Lappen Leinwand, der unter dem Bett lag, seinen Tisch von den Farbenflecken, bis die polierte Fläche sauber glänzte. Dann trug er den bunten Lappen hinaus, suchte eine Ecke, ihn zu verstecken, und fand dort einen Reisbesen, mit dem er sein Zimmer kehrte. Als dies geschehen war, rückte er den hübschen kleinen Spiegel lothrecht, streifte die Bettvorhänge zurecht und setzte sich auf den einzigen Stuhl ans Fußende des Bettes, das Gesicht dem Fenster zugewandt. Die freundlich bewegte Luft kam herein und berührte sein Gesicht mit einem leisen Geruch von Algen und Meeresfrische. Er dachte an seine Eltern und den Brief, den er im Caféhaus an sie schreiben würde. Er nahm sich vor, beiläufig so zu schreiben: »Verehrungswürdigste, gnädige Eltern. Ich melde Ihnen, daß ich in Venedig glücklich eingetroffen bin, ich bewohne ein freundliches, sehr reines und luftiges Zimmer bei einer adligen Familie, die es zufällig zu vergeben hat. Das Zimmer geht auf die Gasse, aber anstatt des Erdbodens ist unten Wasser, und die Leute fahren in Gondeln oder das arme Volk in großen Trabackeln, ähnlich wie Donauzillen; die sind statt der Lastträger. Daher werde ichs auch sehr ruhig haben: Peitschenknallen oder Geschrei hört man halt nicht.« Er dachte noch zu erwähnen, daß es hier Dienstmänner gäbe, die so findig seien, daß sie im Stande wären, eine Maske am Gang und an den Schuhschnallen wiederzuerkennen, das würde seinem Vater Vergnügen machen zu erfahren, denn er war sehr darauf aus, das Besondere und Curiose fremder Länder und Gebräuche zu sammeln. Zweifelhaft war ihm, ob er berichten solle, daß er so ganz nahe einem Theater wohne. Das war in Wien immer sein sehnsüchtiger Wunsch gewesen. Vor vielen Jahren, als er 10 oder 12 Jahre alt war, hatte er zwei Freunde, die im blauen Freihaus auf der Wieden wohnten, auf der gleichen Treppe im vierten Hof, wo in einer Scheuer das »beständige Theater« errichtet war. Er erinnerte sich des Wunderbaren, bei denen gegen Abend zu Besuch zu sein. Decorationen heraustragen zu sehen: eine Leinwand mit einem Zaubergarten, ein Stück von einer Dorfschenke. Drinnen, der Lichtputzer, das Summen der Menge, die Mandorlettiverkäufer. Stärker als alles das Durcheinanderspielen aller Instrumente beim Stimmen, das ging ihm durchs Herz noch heute wie er sich erinnerte. Der Bühnenboden war uneben: der Vorhang an einigen Stellen zu kurz: zwischen den Lichtern durch Füße von Mohren oder von Löwen, zwischen dem Steg einer Baßgeige und dem Kopf eines Musikanten sah man einmal einen himmelblauen Schuh mit Flitter bestickt. Der himmelblaue Schuh war wunderbarer als alles. – Später stand ein Wesen da, das diesen Schuh anhatte, er gehörte zu ihr, war eins mit ihrem blau und silbernen Gewand: sie war eine Prinzessin, Gefahren umgaben sie, dunkle Gestalten, Fackeln, ein Zauberwald nahm sie auf, Stimmen tönten aus den Zweigen, aus Früchten, die von Affen herangerollt wurden, sprangen holdselig Kinder, leuchteten, die Prinzessin sang, Hanswurst war ihr nahe und doch meilenfern, alles das war schön, aber es war nicht das zweischneidig Schwert von zartester Wohllust und unsäglicher Sehnsucht, das durch die Seele ging, bis zum Weinen, wenn der blaue Schuh allein unter dem Vorhang da war. Er beschloß bei sich, daß er die Nähe des Theaters nicht erwähnen würde, auch nicht den sonderbaren Aufzug des Herrn, der ihn eingeführt hatte: er hätte sagen müssen, daß seine erste Bekanntschaft ein Lump war, der alles bis aufs Hemd verspielt hatte, oder diesen Umstand auf künstliche

Weise verschweigen. So konnte er freilich nichts von Esterhazy erzählen, das hätte die Mutter gefreut. Den Miethpreis wollte er gerne erwähnen, zwei Zechinen monatlich, das war auch nach Wiener Geld nicht viel – aber was nützte das, wenn er doch durch eine einzige Torheit in einer einzigen Nacht weit mehr als die Hälfte seines Reisegeldes eingebüßt hatte. Dies würde er den Eltern nie eingestehen dürfen, wozu also prahlen, daß er sparsam wohne – er schämte sich vor sich selber und wollte einmal an die drei unheilvollen Tage in Kärnten nicht denken, aber da stand schon das Gesicht des schurkischen Bedienten vor ihm, und ob er wollte oder nicht, mußte er sich an alles erinnern, haarklein und von Anfang an; so kam es über ihn, jeden Tag einmal, früh oder abends. Er hätte sein Gedächtnis verfluchen mögen. Wie in der Klosterschule mit den Kaisern und den Sternbildern im Gürtel des Orion.

Cap. II. Der Bediente Gotthelff.

Er war wieder in der Herberge zum »Schwert« in Villach, nach einem scharfen Reisetag, und wollte zu Bett gehen, da, schon auf der Treppe präsentierte sich ihm ein Mensch als Bedienter oder Leibjäger. Er: er brauche keinen, reise allein, besorge sich tagsüber sein Pferd selber, nachts thäten es schon die Hausknechte. Der andere darauf läßt ihn nicht los, steigt Stufe für Stufe mit, immer quer in Frontstellung bis an die Tür, tritt dann in der Tür quer auf die Schwelle, daß Andreas sie nicht zumachen kann: daß es nicht schicklich wäre für einen jungen Herrn von Adel, ohne Bedienten zu reisen, in Italien gäbe das ein miserables Ansehen, da seien sie höllisch proper in diesem Punkt, und wie er fast lebenslang nichts anderes gethan habe als mit jungen Herren über Land reiten, zuletzt mit dem Freiherrn auf Petzenstein, früher mit dem Domherrn Grafen Lodron, die werde der Herr von Ferschengelder doch wohl kennen. Wie er bei diesen als Reisemarschall vorausgereist sei, selber einen Bedienten hinter sich, das wäre ein Leben gewesen, alles bestellt, alles eingerichtet, daß der Herr Graf vor Staunen nicht habe auskönnen: »niemals zuvor so billig gereist« und immer die besten Quartiere. Wie er das Slowenische spräch, das Wälsche, das Ladinische und Italienisch natürlich mit aller Geläufigkeit und die Münzen kenne, und die Streiche der Wirte und der Postillions, da komme ihm keiner auf, jeder sage nur: »gegen den Herrn, der ihn zum Diener habe, könne man nicht an, der sei wohlbehütet.« Und wie er das Roßwesen aus dem F verstünde, daß er jeden Roßtäuscher übers Ohr hauen könne und einen ungarischen, das seien die gefingertsten, geschweige einen deutschen oder wällischen. Was aber die persönliche Bedienung beträfe, da sei er Leiblakai, Friseur und Perückenmacher, Kutscher und Pikeur und Büchsenspanner, er verstehe die Hohe wie Niedrige Jagd, die Correspondenz, die Registratur, das Vorlesen und Billet-Schreiben in 4 Sprachen und könne dienen als Dolmetscher oder wie man im Türkischen spräche, als Dragoman. Es sei ein Wunder, daß ein Mensch wie er frei wäre, auch habe der Freiherr von Petzenstein ihn à tout prix wollen seinem Herrn Bruder zuschanzen, aber er habe es sich in den Kopf gesetzt, den Herrn von Ferschengelder zu bedienen, nicht um des Lohnes willen, der sei ihm Nebensache – aber das stünde ihm an, einem solchen jungen Herrn, der seine erste Reise machte, behilflich zu sein und sich ihm lieb und wert zu machen. Das Zutrauen sei es, worauf sein Sinn stünde, das wäre der Lohn, den ein Diener wie er im Auge hätte, ums herrschaftliche Zutraun diene er und nicht um die Gulden. Deswegen habe er auch nicht bei den Kaiserlichen Reitern aushalten können, denn dort regiere der Stock und die Angeberei und nicht das Zutraun. Hier fuhr er sich mit der Zunge über die feuchten dicken Lippen wie eine Katze. Nun brachte Andreas hervor: er danke ihm schön für den Dienstwillen, aber er wolle hier keinen Diener nehmen – später vielleicht in Venedig einen Lohnbedienten – und damit wollte er die Tür zumachen – aber der letzte Satz war schon zuviel, die kleine Vornehmtuerei, denn er hatte nie daran gedacht, in Venedig einen Lakaien zu nehmen, die strafte sich. Da spürte der andere am unsichern Ton, wer in diesem Handel der Stärkere war und stemmte seinen Fuß gegen die Tür, und wie das kam, fand dann Andreas nie mehr heraus, daß der Kerl dann schon gleich, als wäre es zwischen ihnen abgemachte Sache, von seiner Berittenmachung sprach: da wäre heute eine Gelegenheit, die käme nie wieder, die Nacht zöge ein Pferdehändler hier durch, den kenne er noch vom Domherrn aus, ein honetter Mann und ausnahmsweise kein Jüdl, der habe ein ungarisches Pferdchen zu verkaufen, das stünde ihm wie angegossen. Wenn er das zwischen die Schenkel bekäme, das thäte den Spanischen Tritt binnen heute und einer Woche, das Bräundl koste, glaube er, 90 Gulden für jeden andern, aber für ihn 70. Das schreibe sich aus den großen Pferdekäufen her, die er für den Domherrn gemacht habe, doch müsse er noch heute vor Mitternacht den Handel recht machen, der Händler sei ein Frühaufsteher, so möge der gnädige Herr ihm das Geld gleich aus dem Leibgurt geben, oder ob er hinunter solle und den Mantelsack und Felleisen oder etwa den Sattel heraufholen? Da wäre sicherlich ein Capital an

Ducaten eingenäht, denn am Leibe trage ein solcher Herr ja nur das Nötigste. Wie der Mensch vom Geld sprach, war sein Gesicht widerlich, unter den frechen schmutzig blauen Augen zuckten kleine Fältchen im sommersprossigen Fleisch wie kleine Wasserwellen. Er kam Andreas ganz nah und über die aufgeworfenen nassen dicken Lippen rochs nach Branntwein. Jetzt schob Andreas ihn über die Schwelle hinaus, da fühlte der Kerl, daß der junge Herr stark von Armen war und sagte nichts: aber Andreas dafür sagte wieder ein Wort zuviel. Es war ihm zu grob, daß er den Zudringlichen so unsanft angerührt hatte, er meinte, so etwas Grobes Handgreifliches würde der Graf Lodron nie gethan haben, und so fügte er noch gewissermaßen zum Abschied bei, er wäre halt heute zu müde, morgen Vormittag könnte man ja sehen, jedenfalls sei vorläufig zwischen ihnen nichts abgemacht.

Morgen mit dem frühesten gedachte er ohne weiteres abzureisen. Damit aber drehte er sich den Strick, denn am anderen Morgen, noch ehe es recht hell und Andreas wach war, stand der Kerl schon an der Tür und meldete, er habe bereits für den gnädigen Herrn bare 5 Gulden verdient, dem Rumppoldin das Prachtpferd um 65 abgehandelt, es stünde unten im Hof, und jeder Gulden unter 65, den der Herr von Ferschengelder verlöre, wenn er das Pferd in Venedig losschlüge, der möge ihm von seinem Lohn abgezogen werden. Da sah Andreas schlaftrunken vom Fenster aus ein mageres, aber munteres Pferdchen im Hof stehen, und die Eitelkeit packte ihn an, daß es doch was anderes wäre, mit einem Bedienten hinter sich in die Städte und Gasthöfe einzureiten. An dem Pferd konnte er nichts verlieren, das war ein gesicherter Handel. Der kurzhalsige, sommersprossige Bursch hatte doch nichts weiter als ein handfestes und gewitzigtes Ansehen, und wenn der Freiherr zu Petzenstein und der Graf Lodron ihn in ihrem Dienst gehabt hätten, so könne er schon nicht der erste beste sein. Denn eine unbegrenzte Ehrfurcht vor den Personen des hohen Adels und all ihrem Tun und Lassen, hatte Andreas mit der Wienerischen Luft im Elternhaus und in der Spiegelgasse in sich gezogen und was in dieser höheren Welt vorging, das war wie Amen im Gebet.

So hatte denn Andreas einen Bedienten, der hinter ihm ritt und seinen Mantelsack übergeschnallt hatte, ehe er es recht wußte und wollte. Den ersten Tag ging alles gut, aber trotzdem zog auch der jetzt als trüb und häßlich durch Andreas hindurch, und es wäre ihm lieber gewesen, ihn nicht wieder durchzumachen. Aber da fruchtete kein Wollen. Andreas hatte wollen auf Spittal und dann durchs Tirol hinabreiten, der Bediente aber ihn beschwätzt, links abzubiegen und im Kärntnerischen zu bleiben, da seien die Straßen weit besser und die Unterkünfte gar ohne Vergleich, auch mit den Leuten ein ganz anderes Leben als mit den Tiroler Schädeln. Die kärntnerischen Wirtstöchter und Müllerinnen seien apart, die rundesten festesten Busen von ganz Deutschland seien ihrer, das sei sprichwörtlich, und Lieder gingen darauf mehr als eines. Ob denn die dem Herrn von Ferschengelder nicht bekannt seien? Andreas schwieg, ihm war heiß und kalt neben dem Menschen da, der nicht gar so viel älter war als er, leicht um 4, 5 Jahr; er wußte nicht, schämte er sich um seinetwillen oder um des andern willen – wenn der gewußt hätte, daß er noch nie ein Weib hatte ohne ihre Kleider gesehen, geschweige angerührt, so hätte es einen frechen Spott gegeben, eine Rede, wie er sie sich gar nicht aussinnen konnte, dann aber auch Andreas ihn vom Pferd gerissen, wild auf ihn dreingeschlagen, das fühlte er, und das Blut schlug ihm gegen die Augen.
Sie ritten schweigend durch ein breites Tal, es war ein regnichter Tag, grasige Berglehnen links und rechts, hie und da ein Bauernhof, ein Heustadl, höher oben Wald, auf dem faul die Wolken lagen. Nach dem Mittagessen war der Gotthelff redselig, ob der junge Herr die Wirtin angeschaut hätte? Jetzt wär freilich nicht mehr so viel an ihr, aber anno 52, also vor jetzt 9 Jahren, da wär er sechzehnjährig gewesen, da hätte er die Frau gehabt, jede Nacht, einen Monat lang. Da wäre das wohl der Mühe wert gewesen. Schwarze Haar hätt sie gehabt, bis über die Kniekehlen. Dabei trieb er sein Pferdchen an und ritt ganz dicht an Andreas, daß der ihn mahnen mußte, er solle achthaben, nicht aufzureiten, sein Fuchs vertrüge das nicht. Am Schluß habe die einen rechten Denkzettel gekriegt,

da sei ihr recht geschehen. Da habe er es mit einer bildsauberen gräflichen Kammerjungfer gehalten, und davon habe der Wirtin was geschwant, und sie sei vor Eifersucht darüber ganz abgemagert und hohläugig geworden wie eine kranke Hündin. Er sei damals nämlich Leibjäger gewesen, beim Grafen Porzia, das sei sein erster Dienst gewesen, und verwundert genug hätte man sich in ganz Kärnten darüber, daß der Herr Graf ihn mit 16 Jahr zum Leibjäger machte und zum Vertrauten noch dazu. Aber der Herr Graf habe schon gewußt, was er tue und auf wen er sich verlassen könnte, und da wäre auch Discretion nötig gewesen, denn der Herr Graf hatte mehr Liebschaften als Zähne im Mund, und mehr als ein Ehemann wäre gewesen, der hätte ihm den Tod geschworen, unter den Herrschaften wie auch unter den Bauern, den Müllern und Jägern. Damals habe es der Graf mit der pormbergischen jungen Gräfin gehabt, die wäre verliebt gewesen wie eine Füchsin, und gerade so wie sie in den Herrn Grafen, so die Kammerjungfer, eine blonde, slowenische, in ihn, den Gotthelff. Da, wenn zu Pormberg beim Ehemann die Treibjagden waren, hätte sich die Gräfin heimlich zu dem Grafen Porzia seinem Stand geschlichen, ja auf allen vieren wär sie dorthin gekrochen, daß man nimmer sie sehe, und indessen hätte sein Graf ihm die Büchse in die Hand gegeben und ihm befohlen, an seiner Statt zu schießen, daß man es nicht bemerke. Und da hätte man auch nichts bemerkt, denn er sei ein ebenso guter Schütz gewesen wie der Herr Graf. Da habe er einmal mit Rehpfosten auf einen starken Bock geschossen, vierzig Schritt so beiläufig und durchs Jungholz, grad das Blatt habe er im Dämmer wahrnehmen können, da sei das Wild im Feuer zusammengebrochen, aber zugleich da aus dem Unterholz ein kläglicher Schrei gekommen als wie von einem Weib. Gleich nachher sei's aber gewesen, als habe die Verwundete sich nur den Mund verhalten. Da habe er seinen Stand natürlich nicht verlassen können, die nächste Nacht aber habe er die Wirtin aufgesucht und sie im Bett gefunden mit Wundfieber. Da sei er flink dahintergekommen, daß die Eifersucht sie in den Wald getrieben habe, weil sie gemeint hätte, die Kammerjungfer wär mit und sie fände die beiden im Unterholz miteinander, und habe er sich den Buckel volllachen müssen, daß sie den Denkzettel erwischt habe von seiner Hand, und habe doch den Mund nicht gegen ihn aufmachen können, vielmehr seine gesalzenen Spottreden ruhig hinnehmen und den Mund halten vor jedermann und sich gegen jedermann geradlügen, wie sie sei in die Sichel gefallen und habe sich oberm Knie einen Schnitt getan.

Andreas ritt schneller, der andere auch. Sein Gesicht dicht hinter Andreas war roth vor wilder frecher Lust wie ein Fuchs in der Rage. Andreas fragte, ob die Gräfin noch lebe. O, die habe noch manchen glücklich gemacht und sehe heut noch aus wie 25, das sei eine, von der wisse er manches Stückl zu erzählen – und überhaupt die vornehmen Weiber hier auf den Schlössern, wenn man die nur richtig zu nehmen wisse, wo eine Bäuerin den kleinen Finger gäbe, da gäben die gleich die ganze Hand und das übrige auch dazu. Nun ritt er ganz dicht neben Andreas, anstatt dahinter, aber Andreas achtete es nicht. Der Bursch war ihm widerlich wie eine Spinne, aber von dem Gerede war sein zweiundzwanzigjähriges Blut aufgeregt, und seine Gedanken gingen woandershin. Er dachte, wenn er diesen Abend ankäme auf dem pormbergischen Schloß und wäre erwartet und andere Gäste auch. Vor Abend noch eine Jagd, und er der beste Schütz, wo er hinhält, fällt was. Die schöne Gräfin in seiner Näh, wie er schießt, spielt ihr Blick so mit ihm wie er mit dem Leben der Waldtiere. Dann sind sie auf einmal allein. Klafterdicke Mauern, Totenstille, ihm graust, daß es ein Weib ist und nicht mehr eine Gräfin, auch nicht der junge Cavalier, nichts Galantes und Ehrbares mehr und nichts Schönes, sondern ein wildes Tun, ein Morden im Dunkeln, der Kerl ist dicht daneben und schießt mit aufgerissenem Maul seine Büchs auf ein Weib, das im Hemd zu ihm geschlichen ist, er will mit der Gräfin wieder in den Speisesaal zurück, aus dem Gemach, dorthin wo alles fröhlich ist und ehrbar, reißt seine Gedanken zurück, da spürt er, daß er sein Pferd pariert hat, und zugleich stolpert dem Bedienten sein Gaul. Der flucht: Himmelsakrament, als wäre das vorn nicht sein Herr, sondern einer, mit dem er lebenslang die Säu gehütet hat. Andreas verwehrt's ihm nicht, er ist jetzt zu schlaff, das breite Thal ist ihm öd und widerlich, die Wolken hängen da wie Säcke, er möchte, das wär alles längst vorüber, älter sein und schon Kinder haben, und das wär sein Sohn, der da nach Venedig ritte, aber ganz ein anderer Kerl als er, ein rechter Mann, nichts als ein Mann, und alles rein und freundlich wie an einem Sonntagmorgen, wenn man die Glocken hört.

Den nächsten Tag ging die Straße bergauf, das Thal zog sich zusammen, steilere Abhänge, hoch oben manchmal eine Kirche, ein paar Häuser, tief drunten ein rauschendes Wasser. Die Wolken waren bewegt, manchmal fuhr ein Sonnenblick herunter wie ein Schwert bis hinab an den Fluß, zwischen Weiden und Haseln leuchteten die Steine fahl weiß auf, das Wasser grün, dann kam wieder Dunkelheit, leichter Regen. Nach den ersten hundert Schritt lahmte das frischgekaufte Pferd, seine Augen waren trüb, der Kopf viel älter, das ganze Tier sah aus wie ausgewechselt. Der Gotthelff zog los, das wäre kein Wunder, wenn abends, wo die Pferde müde in den Beinen wären, einer seinen Gaul auf der halbdunklen Landstraße ohne Grund zusammenriß, mir nichts dir nichts, daß der Nebenreiter ins Stolpern kommen müsse, so eine Manier sei ihm noch nicht vorgekommen, bei den Kaiserlichen Reitern werde das mit Krummschließen gestraft. Andreas verwies es ihm wieder nicht, der Mensch dachte, er versteht was von Pferden, dünkt sich verantwortlich für den Braunen, davon geht ihm die Galle über – aber dem Freiherrn von Petzenstein hätt ers doch nicht in dem Ton gesagt. Geschieht mir Recht, da ist halt ein gewisses Ding um solch einen großen Herrn, vor dem hat ein Lakai Ehrerbietung bis auf die Knochen, bei mir ists nicht, wollt ichs da erzwingen, es stünde mir nicht an. Bis Venedig nehm ich ihn mit, dann verkauf ichs Pferd, mag auch das halbe Geld dabei verloren sein, lohn ihn ab, ein Bursch wie der findet sich 10 Dienste für einen, aber er braucht eine andere Hand über sich. Bald mußten sie Schritt reiten; sah des Pferdes Kopf trübselig und abgefallen aus, so des Gotthelff Gesicht gedunsen und grimmig, er zeigte auf einen großen Bauernhof vor ihnen, seitlich der Straße: dort wird abgesessen, einen stockkrummen Gaul reit ich keine 100 Schritt weiter.

Das Gehöft war mehr als stattlich. Ums Ganze lief eine steinerne Mauer im Viereck, an jeder Ecke ein starker Turm, runde Fenster, das Tor in Stein gefaßt, darüber ein Wappenschild. Andreas dachte, es müsse ein Herrensitz sein, sie stiegen ab, Gotthelff nahm die beiden Pferde an die Hand, den Braunen mußte er durch das Tor mehr ziehen als führen. Im Hof war niemand als ein schöner großer Hahn auf dem Mist mit vielen Hennen, auf der anderen Seite lief ein kleines Wasser vom Brunnen ab, hatte einen Abzug unter der Mauer zwischen Nesseln und Brombeeren, da schwammen kleine Enten. Eine ganz kleine Kapelle stand da, Blumen daran hinten in Holzgittern, das alles innerhalb der Mauer. Der mittlere Weg durch den Hof war gepflastert, die Hufe der Pferde klapperten darauf, der Weg führte mitten durchs Haus, ein mächtig gewölbter Torweg, die Stallungen mußten hinter dem Haus sein. Jetzt kamen 2 Knechte herzu, auch eine junge Magd, dann der Bauer selber, ein Hochgewachsener, dem Anschein nach an die Vierzig, dabei schlank und mit einem schönen Gesicht. Den Fremden wurde ein Stall gewiesen für die Pferde, dem Andreas eine freundliche Stube im Oberstock, alles in der Art eines wohlhabenden Hauses, wo man nicht verlegen ist, auch wenn ungemeldete Gäste kommen. Der Bauer warf einen Blick auf den kleinen Braunen, dann trat er hin, sah dem Pferd zwischen den Vorderbeinen durch, sagte nichts. Die beiden Fremden wurden geheißen, gleich zum Mittagstisch zu kommen. Die Stube war stattlich, gewölbt, an der einen Wand ein geschnitzter Heiland am Kreuz, mächtig groß. In der einen Ecke der Tisch, die Mahlzeit schon aufgetragen. Die Knechte und Mägde schon den Löffel in der Hand, zuoberst die Bäuerin, eine große Frau mit einem ebenmäßigen Gesicht, aber nicht so schön und freudig wie der Mann, und daneben die Tochter, so groß wie die Mutter, aber doch noch wie ein Kind, ebenmäßig die Züge wie die der Mutter, aber alles freudig bei jedem Atemzug aufleuchtend wie beim Vater.

An der Mahlzeit, die jetzt kam, würgte Andreas in der Erinnerung wie an einem argen Bissen, der doch den Schlund hinunter mußte. Die Leute so gut, so zutraulich, alles so ehrbar und arglos, das Tischgebet schön vorgesprochen vom Bauern, die Bäuerin sorglich zu dem Fremden fast wie zu einem Sohn, die Knechte und Mägde bescheiden und ohne Verlegenheit, ein freundliches offenes Wesen hin und her. Dazwischen hinein aber der Gotthelff wie der Bock im jungen Kraut, frech und oben herab mit seinem Herrn, unfläthig und herrisch mit den Knechtsleuten, ein Hineinfressen, Angeben, Prahlen. Andreas schnürt es die Kehle, alles was der Kerl sich vergibt und nach links und rechts sich überhebt mit Frechheiten und Ellbogen stieß, geht ihm zehnfach durch den Leib. Er spürts, als fasse seine Seele jeden der Knechte und Bauer und Bäuerin dazu. Der Bauer scheint ihm dunkel um die Stirn, der Bäuerin Gesicht streng und hart geworden, er möchte auf und dem Gotthelff so tun, die Fäuste ums Gesicht schlagen, daß man den aus dem Zimmer schleppen müßte, die Füße voraus. Endlich ist es soweit, das Danksprüchel gebetet, wenigstens heißt er ihn gleich in Stall und nach dem kranken Pferd schauen, zuvor den Mantelsack und Felleisen auf sein Zimmer tragen, und das so scharf und bestimmt, daß der Bediente ihn erstaunt anschaut, und, wenn schon mit einem schiefen Maul und bösen Blick, doch sich sogleich aus dem Zimmer hebt. Andreas ging auf seine Stube, kramte im Mantelsack, wollte hinunter nach dem Pferd sehen, wollte es auch sein lassen, nur daß er den Gotthelff nicht zu sehen brauche, unschlüssig stand er im Torweg, einmal im Flur, unterdem ging eine angelehnte Tür, trat das Mädchen Romana hervor, fragte ihn, wo er hinginge. Er: er wisse es nicht, sich die Zeit vertreiben, auch nach dem Pferd sehen müsse er, ob man morgen werde abreiten können. Sie: ob der Herr sich die Zeit vertreiben müsse. Sie: ob er schon im Dorf gewesen sei, die Kirche sei gar schön, sie wolle sie ihm zeigen, dann, wenn sie heimkämen, könne er nach dem Pferd sehen, dem habe sein Reitknecht unterdessen Umschläge gemacht von frischem Kuhmist. Dann gingen sie hinten zum Hof hinaus, da war zwischen dem Kuhstall und der Mauer ein Weg, und neben dem einen

Eckturm führte ein kleines Pförtchen ins Freie. Auf dem kleinen Fußweg durch die Wiesen aufwärts sprachen sie viel. Sie fragte ihn, ob seine Eltern noch am Leben, ob er Geschwister gehabt, da thäte er ihr leid so ganz allein, sie habe zwei Brüder, sonst wären ihrer neun, wenn nicht sechse gestorben wären, die wären alle als unschuldige Kinder im Paradies. Die Brüder wären mit 2 Knechten oben im eigenen Wald Holzmachen, da wäre es lustig in der Holzhütten leben, eine welsche Magd wäre auch mit, da dürfe nächstes Jahr sie hin, es sei ihr von den Eltern versprochen.

Indem waren sie ans Dorf gekommen, die Kirche lag seitwärts, sie waren eingetreten, sprachen leise, Romana zeigte ihm alles, einen Schrein mit einem Fingerglied der heiligen Radegundis in silberner Kapsel, die Kanzel mit pausbäckigen Engeln, die aus silbernen Trompeten bliesen, ihren Platz und der Eltern und Geschwister, die waren in der vordersten Bank und seitlich der Bank ein metallenes Schildchen, darauf stand: »Vorrecht des Geschlechtes Finazzer«; nun wußte er den Namen. Zu einer anderen Seite traten sie aus der Kirche hinaus, da war man auf dem Kirchhof. Romana ging zwischen den Gräbern um wie zu Hause. Sie führte Andreas zu einem Grabhügel, da waren mehrere Kreuze hintereinander eingesteckt: »Hier liegen meine kleinen Geschwister, Gott hab sie selig«, sagte sie und bückte sich und jätete zwischen den schönen Blumen das wenige Unkraut. Dann nahm sie das kleine Weihwasserbecken vom vordersten Kreuz ab und sagte: »Ich muß ihm frisches Weihwasser eintun; die Vöglein setzen sich fleißig drauf und schmeißens um.« Indessen las Andreas die Namen ab: da waren die unschuldigen Knaben Aegydius, Achaz und Romuald Finazzer, das unschuldige Mädchen Sabina und die unschuldigen Zwillingskinder Mansuet und Liberata. Andreas schauderte in sich, daß sie so früh hatten hinwegmüssen, keiner auch nur ein Jahr hier geweilt, der eine nur einen Sommer, einen Herbst gelebt. Er dachte an das warmblütige freudige Gesicht des Vaters und er begriff, daß der Mutter ihr ebenmäßiges Gesicht härter und blasser war, da kam Romana mit Weihwasser in der Hand aus der Kirche zurück, sie trug das kleine Becken mit ehrfürchtiger Achtsamkeit, keinen Tropfen zu verschütten. Gerade in ihrem bedachten Ernst war sie ein Kind, im Unbewußten aber, in der Lieblichkeit und Größe eine Jungfrau. »Hierum liegen lauter meinige Verwandte«, sagte sie und sah mit den leuchtenden braunen Augen über die Gräber: es war ihr wohl, hier zu sein, wie ihr wohl war, bei Tisch zwischen Vater und Mutter zu sitzen und den Löffel in den wohlgeformten Mund zu führen. Sie schaute, wo Andreas hinsah: ihr Blick konnte so fest sein wie eines Tieres und den Blick eines andern, wo der hinschweifte, gleichsam nehmen. In der Kirchenmauer hinter den Finazzergräbern war ein großer rötlicher Grabstein eingelassen, darauf die Gestalt eines Ritters gewappnet von Kopf zu Fuß, den Helm im Arm, zu seinen Füßen ein kleiner Hund, so lebendig als schliefe er nur, dessen Pfoten rührten an ein Wappenschild. »Das ist unser Urahn«, sagte Romana, »der selbig ist ein Ritter gewesen und von Wälschtirol hierher angesessen.« Zeigt ihm das Hundl, das Eichkatzel mit Krone in den Pfoten und selber gekrönt aus einem Kopfputz hervorsteigt. Schaun wie das Hundl gemacht ist, kein Schnitzer konnts besser und ist doch aus hartem Stein, früher waren die Leut besser in der Kunst. »So seid Ihr adlig, und das Wappen, das ob der Sonnenuhr am Haus gemalt ist, ist Euer«, sagte Andreas. »Schon«, sagte Romana und nickte. »Daheim ist im Buch alles abgemalt, und das heißt man den Kärntnerisch Ehrenspiegel, das ist aus der Zeit von Kaiser Maximilian dem Ersten. Das kann ich Ihnen zeigen, wenn Sie es sehen wollen.«

Daheim zeigte sie ihm das Buch, und ihre Freude war groß wie eines wahrhaften Kindes über die vielen schönen Helmzierden, aus einem Helm die Flügel, springende Böcklein, Adler, Hahn und ein wilder Mann, nichts entging ihr, aber das eigene Wappen war ihr das schönste: das Eichhörnchen mit der Krone in der Hand: es ist nicht das schönste, aber es ist ihr das liebste, dann brachte sie ein anderes dickes Buch, da waren die Höllenstrafen verzeichnet: die Martern der Verdammten waren angeordnet nach den 7 Todsünden, alles in Kupfern, sie erklärte Andreas die Bilder und wie jede Strafe aus der Sünde selber hervorgehe: sie wußte alles und sprach alles aus,

ohne Arg und ohne Umschweif, es war Andreas, als schaue er in einen Krystall, in dem lag die ganze Welt, aber in innerer Unschuld und Reinheit.
Sie saßen miteinander in der großen Stube auf der Bank, die ins Eckfenster eingebaut war, da horchte Romana auf, als könnte sie durch die Wand hören: »Jetzt sind die Geißen daheim, kommen Sie anschaun.« Sie nahm Andreas bei der Hand, der Geißbub hatte den Milchkübel hingestellt, die Geißen drängten sich um ihn, jede wollte den vollen Euter über dem Kübel haben. Es waren ihrer über fünfzig, der Bub war ganz dicht eingeschlossen von ihnen. Romana kannte jede, zu ihr wandten sie sich um, unschlüssig, ob dahin ob dorthin, sie zeigte Andreas die bösartigste und die gutherzigste, die langhaarigste und die, die am meisten Milch gab, rief jede an, die Geißen kannten auch sie und kamen willig zu ihr. An der Mauer dort war ein grasiger Fleck, das Mädchen legte sich flink auf den Boden, so stand eine Geiß sogleich über ihr, sie trinken zu lassen und wollte nicht ungesogen von ihr fort, bis Romana hinter einen Leiterwagen sprang und Andreas bei der Hand mitzog. Die Geiß fand nicht den Weg und meckerte kläglich hinter ihr drein. Indem stiegen Romana und Andreas in dem einen Turm, der gegens Gebirg hin stand, die Wendeltreppe empor, oben war ein kleines rundes Gemach, da hockte auf einer Stange ein Adler. Er hob in matter Freude die Schwingen und hüpfte zur Seite, über sein versteintes Gesicht, in dem die Augen wie erstorben lagen, flog ein Licht, Romana setzte sich zu ihm und legte eine Hand auf seinen Hals. Den hab der Großvater heimgebracht, noch fast nackt, denn Adlerhorst ausnehmen, das wäre dem Großvater sein Sach gewesen, sonst habe er bereits nichts getrieben, aber oft tageweit reiten, dann hinaufsteigen, einen Horst aufspüren wo im Gewänd, die Leut von dort aufbieten, Senner und Jäger, die längsten Kirchenleitern aneinanderbinden lassen, hinauf und ein Nest ausnehmen oder an einem Strick sich herablassen kirchturmtief, dies sei sein Sach gewesen und schöne Fraun heirathen, das habe er viermal gethan und nach jeder Tod allemal eine noch schönere und allemal aus der Blutsfreundschaft, denn habe er gesagt, über's Finaz-

zerische Blut gehe ihm nichts. Wie er den Adler da gefangen, sei er schon 54 gewesen und an 4 Kirchenleitern 9 Stunden über dem schrecklichsten Abgrund gehangen, darauf aber seine letzte Frau gefreit. Die wäre eines Vetters junge Witwe gewesen und hätt immer nach dem Großvater gelangt, niemanden angeschaut als diesen, sich fast gefreut, wie ihr Mann sich todt fiel vor einem scheuen Ochsen, von dem sie ein schönes kleines Mädel hatte, hochschwanger gehende Frau damals. So waren der Vater und die Mutter zusammenbrachte Kinder gewesen, die Mutter um ein Jahr älter als der Vater und darum hingen sie auch gar so sehr aneinander, weil sie vom gleichen Blut waren und von Kindheit an miteinander aufgewachsen.
Wenn der Vater verritte, nach Spittal oder ins Tirol hinüber, Vieh einkaufen, und wäre es auch nur auf zwei oder drei Nächte, so ließe ihn die Mutter kaum los, da weinte sie allemal und jedesmal wieder, hinge lang an ihm, küßte ihm den Mund, die Hände und hörte nicht auf mit Winken und Nachschauen und Segennachsprechen. So wollte sie auch einmal mit ihrem Mann zusammenleben, anders wollte sies nicht. Indem waren sie über den Hof gegangen, neben der Hoftür war eine Holzbank inner der Mauer, dort zog sie ihn hin und hieß ihn neben sie setzen. Andreas war es wunderbar, wie das Mädchen so ungehemmt alles zu ihm redete, als ob er ihr Bruder wäre. Indessen war Abend geworden, das graue Gewölk auf einer Seite aufs Gebirg herabgesunken, auf der anderen Seite eine durchdringende Helligkeit und Reinheit, einzelne goldne Flocken da und dort wie goldne Federn am Himmel, alles in Bewegung auf dem dunkelblauen Himmel, der Tümpel mit den aufgeregten Enten wie sprühendes Feuer und Gold, der Epheu drüben an der Mauer der Capelle wie Smaragd, aus dem glitt ein Zaunschlüpfer oder Rothkehlchen hervor, überschlug sich mit einem süßen Laut in der webenden Luft, der Hahn und die Henne glänzten wie indische Vögel, das Schönste waren Romanas Lippen, durchsichtig wie pures Blut und ihre eifrigen arglosen Reden kamen dazwischen heraus wie eine Feuerluft, in der ihre Seele glänzend hervorschlug, zugleich aus den braunen Augen ein Aufleuch-

ten bei jedem Wort. Auf einmal sah Andreas drüben im Haus in einem ausgebauchten Fenster im Oberstock die Mutter stehen und auf sie herschauen. Er sagte es zu Romana, durchs bleigefaßte Fenster schien ihm das Gesicht der Frau trüb und streng, er meinte, sie müßten jetzt aufstehen und ins Haus gehen, die Mutter würde sie brauchen oder sie wolle nicht, daß sie so beisammen hier säßen. Romana nickte nur froh und frei, zog ihn an der Hand, er solle sitzen bleiben, die Mutter nickte dagegen und ging vom Fenster weg. Das war Andreas fast unbegreiflich, er wußte nichts anderes gegenüber Eltern und Respectspersonen als gezwungenes und ängstliches Betragen, er konnte nicht denken, daß der Mutter ein solcher freier Umgang anders als mißfällig wäre, wenn sie es schon nicht ausspräche, er setzte sich nicht wieder, sondern sagte, er müsse jetzt doch nach dem Pferde sehen. Als sie in den Stall kamen, hockte die junge Magd bei einem Feuer, ihr Haar hing in Strähnen über die erhitzten Backen, der Bediente mehr auf ihr drauf als neben ihr, sie schien in einem eisernen Topf was zu brauen. »Soll ich noch um Salpeter, Herr Wachtmeister«, sagte die Dirne und kicherte, als stecke da das Lachbarste dahinter – als Andreas eintrat und Romana hinter ihm, nahm der Lümmel mit Not eine manierlichere Stellung an. Andreas hieß ihn, den Mantelsack, der noch immer im Stroh lag, gleich auf sein Zimmer tragen und das Felleisen auch. »Schon gut«, sagte der Gotthelff, »erst muß das da fertig sein, das wird ein Trank, der kann ein krankes Roß gesund und einen gesunden Hund krank machen.« Dabei drehte er sich gegen Andreas um und sah ihm recht frech in die Augen. »Was ist mit dem Pferd«, sagte Andreas und that selber einen Fuß in den Stand hinein, stockte aber, eh er den zweiten Schritt that, weil er wußte, er verstands nicht, und der Braun trübselig dreinschaute. »Was soll sein, morgen früh ist er gesund und abgeritten wird«, erwiderte der Bursch und drehte sich wieder zum Feuer, aber hinten im Maul lachte er dabei. Andreas nahm den Mantelsack, er that, als hätte er vergessen, was er dem Burschen anbefohlen hatte, er grübelte selber, vor wem er so that, vor sich, vor dem Kerl oder vor Romana. Diese ging hinter ihm drein die Treppe hinauf, er ließ die Stubentür hinter sich offen, warf den Mantelsack zur Erde, das Mädchen trat herein. Sie trug das Felleisen und legte es auf den Tisch. »Dies ist meiner Großmutter ihr Bett«, sagte sie, »darin hat sie Kindbett gehalten. Sehn, wie schön das gemalt ist, aber meiner Mutter und Vater ihr Bett ist noch schöner und weit größer, da sind oberkopf der Heilige Jacob und Stephan daraufgemalt und unterfuß noch schöne Blumenkränz darin Mariä Namenszug. Dies da ist das kürzere, weil die Großmutter kein großes Weib war und weiß nicht, obs für Sie die Länge haben wird, mir scheint, ist gar kürzer. Wir sind in der Länge gleich. Müssen probieren, ob eines da ausgestreckter schlafen kann, schief und quer schlafen ist kein Schlafen. Das meinig ist lang und breit, hätten zwei Platz.« Flink schwang sie die leichten langen Glieder in das Bett, lag der Länge nach darin und berührte mit den Fußspitzen nur leise das untere Bettholz. Andreas war über sie gebeugt: so fröhlich und arglos lag sie unter ihm, wie sie sich unter die Geiß hingestreckt hatte. Andreas sah auf ihren halboffenen Mund, sie streckte die Arme nach ihm aus und zog ihn leise an sich, daß seine Lippen die ihren berührten. Er hob sich auf, es durchfuhr ihn, daß es der erste Kuß in seinem Leben war, sie ließ ihn und zog ihn wieder sanft zu sich und nahm und gab wieder einen Kuß und dann auf die gleiche Weise zum dritten und vierten Mal. Der Wind bewegte die Tür, Andreas war es, als habe ein bleigraues Gesicht hereingeschaut, er ging hin, trat auf den Gang hinaus, da war niemand. Romana kam gleich hinter ihm drein, er ging die Treppe hinunter, ohne ein Wort zu sprechen, sie ebenso hinter ihm her, ganz frei und unbeschwert. Unten stand ihr Vater und gab dem Altknecht Befehl, wie das letzte Grummet einzufahren sei, wo zuerst was trocknet. Sie lief zutraulich zu ihm hin, lehnte sich an ihn; der schöne Mann stand neben dem großen Kind wie ein Bräutigam. Andreas ging nach dem Stall, als hätte er dort wichtig zu tun. Der Knecht kam eilfertig aus dem Halbdunkel heraus, stieß fast an ihn, rief »Oha«, als hätte er seinen Herrn nicht erkannt und gleich sprudelte ihm Rede über die aufgeworfenen Lippen. Das sei ein prächtiges Mensch, die helfe ihm fleißig das Pferd curieren, die sei auch nicht von hier, sondern aus dem Unterland und habe die Bauersleut alle im Sack. Aber dem Herrn brauche er nichts zu erzählen, der verstehe die Sach ganz wohl, der habe sich eine junge und saubere ausgesucht, ja, so sei es eben in Kärnten, da sei ein Leben, da seien sie schon mit 15 keine Jungfer mehr, da lasse des Großbauern Tochter ihre Kammertür ebenso gern unverriegelt, wie die Kuhmagd die ihre, heute dem, morgen jenem, so komme ein jeder auf seine Rechnung. – Dem Andreas war eine Hitze in der Brust und stieg gewaltsam die Kehle herauf, aber keine Rede löste sich ihm von der Zunge, er hätte dem mit der Faust ins Maul schlagen wollen, warum that ers nicht? Der andere spürte was und trat einen halben Schritt zurück, aber Andreas war woanders, seine Augäpfel zitterten, er sah Romana im Hemd im Finstern auf ihrem reinen Bett sitzen, die nackten Füß hinaufgezogen unters Hemd und auf die Türklinke schauen, sie hatte ihm ihre Kammertür gezeigt und daß daneben ein leeres Zimmer war und von ihrem Bett geredet, das alles ging vor ihm hin wie in einem Bergnebel. Er wollte dem Gedanken nicht nachhängen, sich davon abwenden, unwillkürlich kehrte er dem Kerl nun den Rücken, und da hatte der wieder gewonnenes Spiel. Beim Nachtmahl wars Andreas wie nie im Leben, alles wie zerstückt, das Dunkel und das Licht, die Gesichter und die Hände. Der Bauer griff gegen ihn nach dem Mostkrüglein, Andreas erschrak ins Innerste, als suchte eine richtende Hand die Ader seines Herzens. Unten am Tisch gluckste die Magd ihr »Herr Wachtmeister« heraus, Andreas fragte herrisch: »Was ist das für ein Mann?« Die Stimme schien ihm so fremd, und ihm war wie einem Träumenden, der aus dem Traum spricht. Von weit her starrte der Bediente ihn an, weiß und struppig – verbissen.

Später war Andreas allein in seinem Zimmer, er stand am Tisch, schnürte an seinem Mantelsack herum, Feuerzeug lag da, er brauchte keine Kerze, der Mond fiel stark durchs Fenster, alles zerschied sich in schwarz und weiß. Er horchte auf die Geräusche im Haus, die Reitstiefel hatte er ausgezogen – er wußte nicht, auf was er wartete und wußte es doch und stand auf einmal draußen im Gang vor einer Zimmertür. Er hielt den Atem an: zwei Menschen, die beisammen im Bett lagen, sprachen miteinander gedämpft und zutraulich. Seine Sinne waren geschärft, er konnte hören, daß die Bäuerin unterm Reden ihr Haar flocht und zugleich, wie unten der Hofhund gierig an etwas fraß. Wer füttert jetzt in der Nacht einen Hund, dachte es in ihm und zugleich war ihm gepreßt zumut als müsse er nochmals zurück in seine Knabenzeit, als er noch das kleine Zimmer neben den Eltern hatte und sie durch den in die Wand eingelassenen Kleiderschrank mußte abends reden hören, er mochte wollen oder nicht. Er wollte auch jetzt nicht horchen und hörte doch, dazwischen aber hörte er in sich seine Eltern reden, die waren freilich älter als der Bauer und die Bäuerin, doch nicht viel, zehn Jahr. Ist das so viel – dachte er – sind sie dem Tod so viel näher, abgelebt? Es ist bei jedem Wort, als könnt's auch ungeredet bleiben, eine Red, eine Gegenred, und das wahre Leben vorbei, bei den zweien da drin alles so zutraulich und warmblütig wie bei ganz frischvermählten Leuten. Auf einmal traf's ihn, wie wenn ihm ein kalter Tropfen mitten aufs Herz gefallen wäre: sie sprachen von ihm und dem Mädchen, aber auch das war arglos. Was immer das Kind täte, sagte die Frau, sie ließe ihrs angehen, denn sie wüßte, hinterm Rücken löffeln würde ihr das Kind nie, dazu sei sie zu freimütig, das habe sie von ihm, wie er allezeit ein feuriger Freund und glückliebender Mensch gewesen, so sei jetzt durch Gottes Güte das Kind geworden. Nein – sagte der Mann, das habe sie von ihr – weil sie dieser Mutter Kind sei, darum könne nichts Falsches und Verstohlenes an ihr sein. – Da habe er aber jetzt ein altes Weib an ihr, wo schon die Tochter einem fremden Mann nachgehe, da müsse er sich bald schämen, zu ihr zu sein wie ein Liebhaber – Nein, das bewahre Gott, ihm sei sie alleweil die gleiche, nein, vielmehr immer die liebere – und keine Stund noch hätt es ihn gereut diese achtzehn Jahr. – So auch sie; keine Stund noch; ihr sei nur um ihn – und, gab seine schöne Stimme zurück, ihm sei nur um sie und die Kinder, das wäre ein Einziges mit ihr zusammen – die welche da seien und die andern – so seien doch die zwei alten Leut glücklich zu preisen, die der angeschwollene Schwarzbach im April mitgenommen habe, zusammen seien sie auf einer Bettstatt dahingeschwommen, hätten einander bei den Händen, und mitsammen hätt sies in einen Tobel hinuntergerissen und ihr weißes Haar hätt geleuchtet wie Silber unter den Weiden. – Das gebe Gott halt denen, die er ausgewählt hätte, das sei jenseits von Wünschen und Bitten. – Indem wurde es ganz still im Zimmer, man hörte ein leises sich Bewegen in den Betten, ihm war, als küßten sich die beiden, er wollte weg und getraute sichs nur nicht, um der vollkommenen Stille willen. Es legte sich schwer auf ihn, daß es zwischen seinen Eltern nicht so schön war, kein so inniger Umgang zwischen ihnen, obwohl doch jeder stolz war auf den andern und sie gegen die Welt fest zusammenstanden und empfindlich jedes des andern Ehre und allgemeine Achtung wahrten. Er konnte sichs nicht auflösen, was seinen Eltern fehlte, da fingen die beiden drinnen an, mitsammen das Vaterunser zu beten, Andreas schlich sich fort, jetzt zog es ihn erst recht zu Romanas Tür, unwiderstehlich, aber anders als früher, alles war auseinandergetreten in Weiß und Schwarz. Er sagte sich, das ist einmal mein Haus, meine Frau, so lieg ich neben ihr und rede von unsern Kindern, er war jetzt sicher, daß sie ihn erwartete, ganz in der gleichen Weise wie er jetzt zu ihr ging, für viele unschuldige feurige Umarmungen und ein heimliches Verlöbnis. Er ging mit sichern schnellen Schritten bis zu der Tür, sie war nur angelehnt, gab seinem Druck lautlos nach: eine glückliche feurige schlug in ihm auf, ihm war, als säße sie wachend im Dunklen, glühte vor Erwartung. Er stand schon mitten im Zimmer, da merkte er, sie regte sich nicht, ihr Athem ging so lautlos, daß er den seinigen anhalten mußte in gespanntem Horchen und nicht wußte, ob sie wach war oder schlief. Sein Schatten lag wie festgewurzelt auf dem Fußboden. Fast hätte er vor Ungeduld den Namen geflüstert, kam dann keine Antwort, sie geweckt, da durchfuhr es ihn wie ein kaltes Wasser, in einem andern Bett, über das ein großer Schrank schwarzen Schatten warf, regte sich ein anderer Schläfer, seufzte auf, suchte eine andere Stelle. Der Kopf kam dem Mondlicht nah, weiße gesträhnte Haare, es war die alte Magd, die Ausgeberin. Nun mußte er hinaus, zwischen jedem Schritt und dem nächsten lag eine endlose Zeit, er ging leise wie träumend den mondhellen

Gang hinweg in seine Stube. Ihm war so heimlich, so wohnlich wie nie in seinem Leben. Er sah auf den rückwärtigen Hof hinaus, über dem Stall hing der Vollmond, es war eine spiegelhelle Nacht, der Hund stand mitten im Licht, er hielt den Kopf sonderbar ganz schief, drehte sich in dieser Stellung immerfort um sich selber: es war, als erduldete das Tier ein großes Leiden, vielleicht war er alt und dem Tode nahe. Andreas fiel eine dumpfe Traurigkeit an, ihm war unmäßig betrübt zu Mut über das Leiden der Creatur, wo er doch so glücklich war, als werde er in diesem Anblick an den nahe bevorstehenden Tod seines Vaters gemahnt. Er trat vom Fenster weg, nun konnte er wieder an seine Romana denken, nur jetzt ernster und feierlicher, da er eben in solcher Weise an seine Eltern gedacht hatte. Er war schnell ausgezogen und zu Bett, und in seiner Einbildung schrieb er an seine Eltern. Die Gedanken strömten ihm, alles was ihm einfiel war unwiderleglich, einen solchen Brief hatten sie von ihm noch nie bekommen, sie mußten fühlen, daß er nun kein Knabe war, sondern ein Mann.

Wäre er eine Tochter anstatt eines Sohnes, so beiläufig fing er an, so wäre ihnen schon lange das Glück zuteil gewesen, in noch rüstigen Jahren Enkel zu umarmen und Kinder ihrer Kinder heranwachsen zu sehen – durch ihn hätten sie auf dieses Glück allzulange warten müssen – das doch eines der reinsten unter allen Glücksfällen des Lebens sei und gewissermaßen selber ein erneutes Leben. Nun hätten sie ihn auf eine kostspielige Reise in fremdes Land ausgeschickt – wozu? Um fremde Menschen kennenzulernen, Landesgebräuche zu beobachten, um sich in den Manieren zu vervollkommnen. Dies alles aber sind nur Mittel und abermals Mittel zum Zweck. Wieviel besser stünd es, wenn sich dieser höchste Zweck selber, der nichts anderes sei, als die Begründung dieses Lebensglückes – mit einem raschen Schritte für immer erreichen lasse. Nun habe er ja durch Gottes plötzliche Fügung das Mädchen gefunden, die Lebensgefährtin, die sein Glück verbürge. Von jetzt an gebe es für ihn nur ein Trachten, an der Seite dieser durch die eigene Zufriedenheit auch die Eltern zufriedenzustellen. Der Brief, den er in Gedanken schrieb, war weit über dieser dürftigen Inhaltsangabe. Die beweglichen Worte kamen ihm ungesucht; die schönen Wendungen hingen sich kettenweise aneinander, er redete von dem schönen Besitz der Familie Finazzer und von ihrer altadligen Abstammung, ohne Prahlerei, auf eine Weise, die ihn selbst zufriedenstellte, nebenhin und doch mit Nachdruck. Hätte er nur ein Tintenfaß und eine Feder zur Hand gehabt, er wäre aus dem Bett gesprungen und der Brief wär in einem Schwung geschrieben; so aber fing die Müdigkeit an, ihm die schöne Kette auseinanderzulösen, andere Vorstellungen drängten sich dazwischen und lauter widerwärtige und ängstliche.

Capitelanfang.

Es mochte Mitternacht vorüber sein. Er sank in einen wüsten Traum und aus einem in den andern; alle Demütigungen, die er je im Leben erfahren hatte, alles Peinliche und Ängstigende war zusammengekommen, durch alle schiefen und queren Situationen seines Kindes- und Knabenlebens mußte er wieder hindurch. Dabei floh Romana vor ihm, in seltsamen halb bäurischen, halb städtischen Kleidern, bloßfüßig unterm schwarz gefältelten Brocatrock; und es war in Wien, in der menschenbelebten Spiegelgasse, ganz nahe dem Haus seiner Eltern. Angstvoll mußte er ihr nach und mußte doch dies Nacheilen wieder ängstlich verbergen. Sie drängte sich durch die Menschen durch und wandte ihm ihr Gesicht zu, das hölzern und verzogen war. Wie sie weiterhastete, waren ihr die Kleider unordentlich vom Leibe gerissen. Auf einmal verschwand sie in einem Durchhaus, er ihr nach, so gut es der linke Fuß erlaubte, der unendlich schwer war und sich immer wieder in den Spalten des Pflasters verfing. Nun war er endlich auch in dem Durchhaus, aber er hatte langsam zu gehen, und hier blieb ihm keine schreckliche Begegnung erspart. Ein Blick, den er als Knabe gefürchtet hatte wie keinen zweiten, der Blick seines ersten Katecheten, schoß durch ihn hindurch, und die gefürchtete kleine feiste Hand faßte ihn an. Das widerwärtige Gesicht eines Knaben, der ihm in dämmernder Abendstunde auf der Hintertreppe erzählt hatte, was er nicht hören wollte, preßte sich gegen seine Wange, und, wie er diese mit Anstrengung zur Seite schob, lag vor der Tür, durch die er jetzt Romana nach mußte, ein Wesen und setzte sich gegen ihn in Bewegung: es war die Katze, der er einmal mit einer Wagendeichsel das Rückgrat abgeschlagen hat, und die so lange nicht hatte sterben können. So war sie noch nicht gestorben, nach so viel Jahren! Er sieht den Gang der Jahre, indem er vor sich den Vater grau, dann weiß werden sieht und der Mutter Gesicht schlaffer und immer bleicher werden. Kriechend mit gebrochenem Kreuz wie eine Schlange, kommt sie ihm entgegen, und er fürchtet über alles ihre Miene, wenn sie ihn ansieht. Es hilft nichts, er muß über sie weg, den schweren linken Fuß hebt er mit unsäglicher Qual über das Tier, dessen Rücken in Windungen unaufhörlich auf und nieder geht, da trifft ihn der Blick des verdrehten Katzenkopfes von unten, die Rundheit des Katzenkopfes aus einem zugleich katzenhaften und hündischen Gesicht, erfüllt mit Wollust und Todesqual in gräßlicher Vermischung – er will schreien, indem schreit es auch drinnen im Zimmer. Er muß sich durch den Wandschrank winden, der voll von den Kleidern der Eltern ist, immer gräßlicher schreit es drinnen, wie ein lebendes Wesen, das ein Mörder abtut. Es ist Romana, und er kann ihr nicht helfen, es sind der abgetragenen Kleider zu viel, die Kleider von den vielen Jahren, die nicht weggegeben worden sind. Schweißtriefend windet er sich durch –

Mit klopfendem Herzen saß er wach in seinem Bette, es war schon halb hell, aber noch vor Tag. Unruhe war im Haus, Türen gingen, im Hof war ein Geräusch von laufenden und einander zurufenden Menschen. Da setzte der Schrei aufs neue ein, der seine träumende Seele aus der Tiefe des Traumes an das fahle Licht emporgezogen hatte. Es war das durchdringende Weinen und Klagen einer Frauenstimme, ein gellendes Jammern, unaufhörlich stoßweise sich erneuernd. Andreas war aus dem Bett und zog sich an, aber dabei war ihm zumut wie einem Verurteilten, den das Pochen des Henkers geweckt hat; der Traum hing noch zu sehr um ihn, die gestrige Nacht – ihm war, als habe er etwas Schweres begangen und nun komme alles ans Licht.

Er lief die Treppe hinab, der Stimme nach, die im ganzen Haus gräßlich hallte. Wenn er dachte, es könne Romana sein, so erstarrte ihm das Blut. Dann war ihm wieder, solche Töne könnten aus ihr nicht herauskommen, auch wenn sie als eine Märtyrerin auf dem Rost liege.

Unten im Erdgeschoß lief ein kleiner Gang seitlich, der stand voller Knechte und Mägde, die zur offenen Tür einer Kammer hineinstarrten. Andreas trat unter sie, und sie ließen ihn durch. Auf der Schwelle zu der Kammer blieb er stehen. Rauch und ein Gestank von Angebranntem schlug ihm ent-

gegen, an den Bettpfosten war eine fast nackte Weibsperson gebunden, aus deren Mund die unaufhörlichen gellenden Klagen oder Anklagen hervorbrachen, die mit einem Klang wie aus der höllischen Verdammnis bis in die Tiefe von Andreas' Traum hinuntergelangt hatten. Der Bauer war um die Tobende, die Bäuerin, halb angekleidet; der Altknecht schnitt mit dem Taschenmesser den verknoteten Strick durch, der ihre Fußknöchel mit dem Bette verband. Die Handfesseln schon durchschnitten, und ein Knebel lagen auf der Erde. Die Obermagd goß Wasser aus einem Krug auf die glosende Matratze und die hinteren verkohlten Bettpfosten und trat die glimmenden Funken in dem Stroh und Reisig aus, das vor dem Bette aufgehäuft war. An einer anderen Stelle war das Zimmer unmenschlich verunreinigt.
Nun erkannte Andreas in der schreienden Gebundenen die junge Magd, die sich gestern mit seinem Bedienten gemein gemacht hatte, und nun ahnte er einen gräßlichen Zusammenhang, daß es ihn heiß und kalt überlief. Das Schreien ließ nach, der Zuspruch des Bauern und der Bäuerin schien allmählich auf das vor Angst halb wahnsinnige Geschöpf zu wirken. Zuckend lag sie der Obermagd im Schoß, die sie mit einer Pferdedecke umwickelte. Das verschwollene Gesicht nahm einen menschlicheren Ausdruck an, endlich brachen sich die Worte durch das Schreien und Heulen hindurch. Sie fing an, auf die Fragen des Bauern Antwort zu geben, aber jede Antwort wurde wieder zu einem die Seele zerreißenden Schreien, das aus dem aufgerissenen Mund drang und durchs Haus hin schallte. Ob der Mensch sie durch einen Schlag oder sonstwie betäubt habe und dann ihr erst den Knebel in den Mund getan, fragte der Bauer. – Welcher Art das Gift gewesen sei, das er für den Hund zusammengemischt habe, und ob zwischen diesem und dem Augenblick, da sie den Knebel aus dem Mund kriegte und schreien konnte, eine kurze oder eine lange Zeit verstrichen sei, – aber aus dem Mund des Geschöpfes kam nichts anderes heraus, als das Entsetzen sie gegen Himmel heulen ließ, damit ein strafender Gott es höre: sie so angebunden und vor ihren sehenden Augen das Feuer angemacht und dann hinausgegangen und sie von außen

eingeriegelt und noch durchs Fenster auf sie hereingegrinst und ihrer in ihrer Todesangst gespottet. Hierein mischte sie flehentliche Bitten, ihr die schwere Sünde zu verzeihen. Ein Name wurde nicht genannt, aber Andreas wußte nur zu gut, von wem die Rede war. Traumartig, als hätte er nun hier gesehen, was er wollte, ging er durch die Knechte und Mägde durch, die ihm stillschweigend Platz machten; da stand hinter allen, in eine Türnische geduckt, Romana, halb angezogen, mit bloßen Füßen und zitternd. Fast so wie ich sie im Traum gesehen habe – dachte es in ihm. – Als sie ihn gewahr wurde, nahm ihr Gesicht den Ausdruck maßlosen Schreckens an. Die Hände streckten sich gegen ihn.

Er trat in den Stall, ein junger Knecht war leise hinter ihm dreingegangen, vielleicht aus Mißtrauen, um ihn zu beobachten. Der Stand, worin gestern Andreas' Fuchs gestanden hatte, war leer, der Braun stand auf den Beinen und sah jämmerlich drein. Der hochgewachsene junge Knecht, der ein offenes Gesicht hatte, sah Andreas an, und dieser entschloß sich zu fragen: »Hat er sonst noch was angestellt?« »Derzeit scheints nicht«, sagte der Knecht, »es sind ihm unser etliche nach – aber sein Pferd ist wohl das schnellere, und er mag leicht 2 Stunden Vorsprung haben.« Andreas sagte nichts. Sein Pferd war dahin und mehr als die Hälfte seines Reisegeldes, das in den Sattel eingenäht war. Das aber schien ihm das geringere vor der Schmach, wie er jetzt dastünd vor den Bauersleuten, denen er dies scheußliche Greul ins Haus gebracht hatte. Das Sprichwort »Wie der Herr, so der Knecht« fiel ihm ein und blitzschnell die Umkehrung, daß er wie von Blut übergossen vor dem ehrlichen Gesicht des Burschen dastand. »Das Pferd da ist auch bei uns gestohlen«, sagte dieser und zeigte auf den Braun. »Der Herr Finazzer hats gleich gewußt, aber er hats Ihnen vorerst nicht sagen wollen.«

Andreas antwortete nicht, er ging die Treppe hinauf, und ohne das Geld zu zählen, das ihm geblieben war, nahm er so viel zu sich, als ihm nötig schien, um dem Finazzer sein gestohlen Gut wiederzuerstatten. Und da er keinen Anhalt hatte, wieviel ein Klepper wie der Braun unter den Bauern wert sein könne, so steckte er auf jeden Fall so viel zu sich, als er in Villach

dafür bezahlt hatte. Dann stand er eine ganze Weile in unbewußten Gedanken vor dem Tisch in seinem Zimmer, und endlich ging er hinunter, das Geschäft abzumachen.
Er mußte warten, bis er mit dem Bauern reden konnte, denn es waren eben die drei Knechte eingeritten und berichteten, was sie ausgespäht und was sie von begegnenden Hirten und Landgehern in Erfahrung gebracht hatten; aber es gab wenig Aussicht, daß man des Halunken werde habhaft werden können. Der Bauer war freundlich und gelassen, Andreas um so verlegener. »Wollen Sie denn das Pferd behalten«, fragte er, »und mir aufs neue abkaufen? Denn ich weiß wohl, daß Sie ehrlich bezahlt haben werden.« Andreas verneinte. »Wenn nicht, wie soll ich von Ihnen Geld nehmen«, sagte er. »Sie haben mir ein gestohlenes Gut ins Haus zurückgebracht und mich überdies ein schlechtes Stallmensch kennengelehrt, daß ich sie aus dem Haus und vor die Gerichte bringen kann, bevor sie mir Ärgeres anstellt. Sie sind ein unerfahrener junger Herr, und unser Herrgott hat sichtbar seine Hand über Sie gehalten: die Magd hat eingestanden, sie hat beim Zusammensein auf der Schulter des Halunken ein Brandmal gesehen, und sie meint, hätte er diesen Ihren Blick nicht aufgefangen, über den er im Augenblick vor verbissener Wut bleich wurde wie die Wand, so hätte er ihr nicht so viehisch mitgespielt. Danken Sie Ihrem Schöpfer, daß er Sie davor bewahrt hat, mit diesem entsprungenen Mordbuben eine Nacht im Wald zu verbringen. Wenn Sie weiter nach Italien wollen, wie Sie gestern gesagt haben, so kommt heute abend ein Fuhrmann hier durch, der bringt Sie bis Villach und von dort findet sich eine Gelegenheit hinunter ins Venetische, einen Tag über den andern.
Der Fuhrmann kam erst den nächsten Abend, und so verbrachte Andreas noch 2 Tage auf dem Finazzer-Hof.

Es war ihm schlimm, daß er dem Bauern nach dieser Sache noch zur Last liegen mußte, ihm war zumut wie einem Gefangenen. Er schlich im Haus herum, die Leute gingen ihrer Arbeit nach, auf ihn achtete niemand. Den Bauern sah er von weitem durchs Fenster aufsitzen und wegreiten, die Bäuerin kam ihm nicht zu Gesicht. Er ging aus dem Haus und die Wiesen hinan, hinterm Gehöft. Die Wolken hingen regungslos ins Thal herein, alles war trüb und schwer, öd wie am Ende der Welt. Er wußte nicht, wohin gehen, setzte sich auf einen Stoß geschichteter Balken, die da lagen. Er wollte sich ein anderes Wetter denken. Ihm war, als könne dies Tal hier nur so aussehen. Und doch war ich gestern hier so glücklich! dachte er. Er wollte sich Romanas Gesicht hervorrufen, konnte es nicht und ließ es auch gleich sein. So etwas kann nur Dir passieren, hörte er die Stimme seines Vaters sagen, so scharf und deutlich, als wäre es außer ihm. Er stand auf, that ein paar träge Schritte, die Stimme sagte es noch einmal. Er blieb stehen. Er wollte sich dagegen auflehnen. Warum glaub ich es selbst? grübelte er und ging langsam mit widerstrebendem Fuß den Pfad hinauf, und doch war es ihm fürchterlich, weil er ihn gestern gegangen war. Darin war kein Gedanke an Romana, nur das unerträgliche Gefühl des Gestern ruhte darauf, der Nachmittagsstunde, auf die dann der Abend, die Nacht und diese Morgenstunde gefolgt waren. „Warum weiß ichs selber, daß m i r das hat passieren müssen?« Darüber grübelte er, und hie und da warf er auf die bewaldeten Abhänge drüben, in denen der Nebel herumhing, einen Blick wie ein Gefangener auf die Wände seines Kerkers. Zwischen diesem dumpfen Grübeln zählte er die Ausgaben der vier Reisetage von Wien bis Villach zusammen, die ihm jetzt außer allen Maßen groß erschienen; dann die Ausgaben für das zweite Pferd, die Verzehrung für den Zwischentag und den gestohlenen Betrag. Dann rechnete er die Summe aus oesterreichischem in venezianisches Geld um: in Zechinen erschien sie ihm dürftig genug, aber in Dublonen gar so bettelhaft, daß er verzagt stehenblieb und vor sich hin sann, ob er umkehren sollte oder weiterreisen. Nach dem wie ihm zumut war, wäre er umgekehrt, aber das hätten die Eltern nicht vergeben: die Anstalten waren gemacht, so viel Geld war ausgegeben und für nichts und wieder nichts. Er meinte zu fühlen, daß es den Eltern nicht um ihn ging und daß es ihm Freude machte, sondern um die Repräsentation und das Ansehen. Die Gesichter der Bekannten und der Verwandten tauchten vor ihm auf, es waren hämische und aufgeblasene darunter, gleichgiltige und auch freundliche, aber nicht eines, bei dem ihm die Brust weiter geworden wäre.

Der Großvater Ferschengelder fiel ihm ein, der Andreas geheißen hatte wie er, und wie der einst einmal vom väterlichen Hof weg die Donau hinab gegen Wien marschiert war, mit nicht mehr als einem Silbersechser im Schnupftuch und es zum Kaiserlichen Leiblakai und zum »Edler von« brachte. Er war ein schöner Mann gewesen, und der Andreas, hieß es, hatte von ihm die Statur, aber bei weitem nicht das Auftreten.

Der Vorwurf fiel ihm ein, vom Großvater, auf dem der Stolz der Familie ruhte, habe er wenig an sich, aber der Onkel Leopold schlage ihm ins Genick. Der sei auch als Kind viel mißmutig und träumerisch gewesen und habe sich dann zu einem gewaltthätigen unglückselgen Menschen ausgewachsen, der das Vermögen verringerte, die Familienehre nicht zu wahren wußte und über alle, die mit ihm zu tun hatten, nichts als Kummer und Beschwerden brachte.

Die stämmige Figur des Onkel Leopold stand vor ihm, das rote Gesicht, die kugeligen Augen, er sah ihn aufgebahrt, 12 Kerzen brannten, das Ferschengelderwappen auf ein Holz gemalt, lehnte zu Füßen des Bettes. Bei einer Tür, die der Bediente aufriß, trat die kinderlose rechte Frau herein, die geborene della Spina, ein Taschentuch in den schönen vornehmen Händen, bei der anderen halboffenen Tür rückte sich die andere illegitime herein, die bäurische mit dem runden Gesicht und dem hübschen Doppelkinn, hinter der ihre 6 Kinder einander bei der Hand hielten und ängstlich an der Mutter vorbei auf ihren todten Herrn Vater hinschauten, – und wie es

Betrübten und Verfinsterten zu gehen pflegt, in der Erinnerung beneidete Andreas den Todten.
Im Herabgehen fing er wieder zu rechnen an, um wieviel das Ferschengelderische Anteil sich geschmälert hatte, er rechnete nach, welchen Teil vom jetzigen Jahreseinkommen seine Reise verschlinge, und machte sich hypochondrische Gedanken ums Gespräch der Eltern. Am Mittagstisch fand er seinen Platz bereit, aber zuoberst saß heute die weißhaarige Magd und teilte aus, nicht nur der Bauer fehlte, auch die Bäuerin und Romana. Andreas war, er habe es immer gewußt, und er fühlte, daß er Romana nicht mehr sehen werde. Er aß schweigend, die Dienstleute redeten untereinander, aber keiner berührte das Geschehnis der Nacht mit einem Wort. Nur daß der Bauer auf Villach geritten sei, um bei dem Gerichtshalter vorzusprechen, wurde erwähnt. Der Altknecht sagte, indem er aufstand, über Tisch zu Andreas, der Bauer lasse ihm sagen, es sei möglich, daß der Fuhrmann auch erst morgen durchkomme, in diesem Fall möge Andreas sich so lange gedulden und vorliebnehmen.
Es war ein trüber, stiller Nachmittag. Andreas hätte was gegeben für einen einzigen Windstoß. Aus dem Nebel hatten sich große und kleine Wolken geballt, sie hingen da regungslos, wie von Ewigkeit zu Ewigkeit. Andreas ging wieder den Pfad hinauf gegen das Dorf. Hinunterzugehen ekelte ihn, den Rückweg bergauf immer den Finazzerhof vor sich, hätte er nicht vertragen. Auf der anderen Thalseite wußte er keinen Weg. Hätte er einen Gefährten gehabt, nur einen Bauernhund oder irgendein Tier. Das habe ich mir für alle Zeiten verwirkt, dachte er. Ihm kam kein anderer Gedanke als ein quälender. Er sah sich als zwölfjährigen Knaben, sah daß das Hündlein, das ihm zugelaufen war, ihm auf Schritt und Tritt folgte. Die Demuth, mit der es in ihm von der ersten Begegnung an seinen Herrn erblickte, war unbegreiflich, die Freude, die Seligkeit, mit der es sich bewegte, wenn er es nur ansah. Meinte es, sein Herr zürne, so warf es sich auf den Rücken, zog die Beinchen angstvoll an sich, gab sich ganz preis, mit einem unbeschreiblichen Blick von unten her. Eines Tages sah es Andreas in der gleichen Stellung vor einem fremden großen Hund, dic er ge-

glaubt hatte, es nehme sie einzig gegen ihn ein, um seinen Zorn zu beschwichtigen und sich seiner Gnade zu empfehlen. Die Wut stieg ihm auf, er rief das Hündlein zu sich. Schon auf zehn Schritte wurde es seine zornige Miene gewahr, es kam kriechend heran, den zitternden Blick auf Andreas' Gesicht geheftet. Er schmähte es eine niedrige und feile Creatur, unter der Schmähung kam es näher und näher. Ihm war, da habe er den Fuß gehoben und traf das Rückgrat von oben mit dem Schuhabsatz. Ihm war – das Hündlein gab einen kurzen Schmerzenslaut und knickte zusammen, aber es wedelte ihm zu. Er drehte sich jäh um und ging weg, das Hündlein kroch ihm nach, das Kreuz war gebrochen, trotzdem schob es sich seinem Herrn nach wie eine Schlange. Er blieb endlich stehen, da heftete das Hündlein einen Blick auf ihn und verschied wedelnd. Ihm war unsicher, ob ers gethan hatte, ob nicht; aber es kommt aus ihm. So rührt ihn das Unendliche an. Die Erinnerung war martervoll, trotzdem wandelte ihn Heimweh an nach dem zwölfjährigen Knaben Andreas, der das begangen hatte. Alles schien ihm gut, was nicht hier war; alles lebenswert, außer der Gegenwart. Auf seltsamem Wege war über ihn Wohllust herabgeströmt. Er sah unten einen Kapuziner die Straße hinwandern, an einem Kreuz kniete er nieder, wie wohl mußte dieser unbeschwerten Seele sein; er flüchtete mit seinen Gedanken in die Gestalt, bis sie ihm an einer Wendung der Straße entschwand. Dann war er wieder allein.

Das Tal war ihm unerträglich. Er kletterte zum Wald empor. Zwischen den Stämmen war ihm wohler, feuchte Zweige schlugen ihm ins Gesicht, er sprang dahin, im tiefen Boden unter ihm knackten morsche Äste, er richtete seine Sprünge so ein, daß er sich jedesmal hinter einem starken Stamm verbarg, zwischen den Tannen waren schöne alte Laubbäume, Buchen und Ahorn, hinter jedem von diesen versteckte er sich, dann sprang er weiter: endlich war er sich selber entsprungen wie einem Gefängnis. Er stürmte in Sprüngen dahin, er wußte nichts von sich als den Augenblick, bald meinte er, er wäre der Onkel Leopold, der wie ein Faun im Wald sprang, einer Bauerndirn nach, bald, er wäre ein Verbrecher

und ein Mörder wie der Gotthelff, dem die Häscher nachsetzten. Aber er verstand sich zu retten – ein Fußfall vor der Kaiserin. Was enthüllt er der Kaiserin ein abenteuerliches Ich.
Auf einmal fühlte er, daß wirklich ein Mensch in der Nähe war, der ihn beobachtete. Auch das wurde vergällt! Er duckte sich hinter einen Haselstrauch und blieb regungslos wie ein Tier. Der Mensch auf der kleinen Waldblöße, fünfzig Schritt vor ihm, spähte in den Wald hinein. Als er eine Weile nichts hörte, fuhr er in seiner Arbeit fort. Er grub. Andreas sprang ihn an, von Baum zu Baum. Wenn ein Zweig knackte, sah der draußen von seiner Arbeit auf, aber Andreas kam ihm schließlich ganz nahe. Es war einer von den Knechten aus Castell Finazzer. Er begrub den Hofhund, warf dann die Erde wieder in das Grab, glättete es mit der Schaufel und ging weg.
Andreas warf sich auf das Grab und blieb lange liegen in dumpfen Gedanken. Hier! sagte er vor sich hin. Hier! Das viele Herumlaufen ist unnütz, man lauft sich selber nicht davon, bald ziehts einen dorthin, bald zerrts einen dahin, mich haben sie diesen weiten Weg geschickt, endlich endet er auf irgendeinem Fleck, halt auf diesem! Zwischen ihm und dem todten Hund war was, er wußte nur nicht was, so auch zwischen ihm und Gotthelff, der schuld an dem Tod des Thieres war – andererseits zwischen dem Hofhund und jenem andern, das lief alles so hin und her, daraus spann sich eine Welt, die hinter der wirklichen war und nicht so leer und öd wie die. Dann staunte er über sich: Wo komme ich her? und ihm war, da läge ein anderer, in den müßte er hinein, habe aber das Wort verloren.
Der Abend war eingefallen, ohne einen Streifen Rot am Himmel, ohne irgendein Zeichen, in dem die Schönheit der wechselnden Tageszeit sich auswirkt. An den hängenden Wolken trat ein ödes schwärzliches Dunkel hervor, und es fing aus der Nebelluft still auf den Daliegenden zu regnen an. Ihn fror, er hob sich auf und gieng hinab.

Neues Capitel.

In seinem Traum die gleiche Nacht schien die Sonne, er gieng tiefer und tiefer in einen hohen Wald hinein und fand Romana. Der Wald leuchtete je tiefer je mehr, im mittelsten, wo alles am dunkelsten und leuchtendsten war, fand er sie sitzen auf einer kleinen Inselwiese, die von leuchtendem Wasser umronnen war. Sie war im Heuer eingeschlafen, die Sichel und Rechen lagen nahe bei ihr. Als er über das Wasser stieg, saß sie auf und sah ihn an, aber fremd. Er rief sie an: »Romana, siehst Du mich?«, so leer ging ihr Blick. »O ja, freilich«, sagte sie mit einem sonderbaren Blick, »weißt Du, ich weiß nicht, wo der Hund begraben liegt.« Ihm war seltsam, er mußte lachen über ihre Rede, so witzig schien sie ihm, sie ging ängstlich vor ihm zurück, übertrat sich mit den Füßen ins aufgehäufte Heu und sank halb zu Boden wie ein verwundetes Reh. Er war dicht bei ihr und fühlte, sie hielt ihn für den bösen Gotthelff – und doch wieder nicht für den Gotthelff. Ganz sicher war auch ihm nicht, wer er war. Sie flehte zu ihm, er solle sie doch nicht nackt vor allen Leuten ans Bett binden und sich nicht davonmachen auf gestohlenem Pferd. Er faßte sie, er nannte sie zärtlich beim Namen, ihre Angst war gräßlich. Er ließ sie los, da rutschte sie auf den Knien ihm nach. »Komm nur wieder«, rief sie flehentlich, »ich gehe mit dir und wärs unter den Galgen. Der Vater will mich einsperren, die Mutter hält mich, die todten Brüder und Schwestern wollen sich auch anhängen, aber ich mache mich los, ich lasse sie alle und komme zu dir.« Er wollte zu ihr, da war sie verschwunden. Verzweifelnd stürzte er in den Wald, da kam sie ihm entgegen, zwischen 2 schönen Ahornbäumen, fröhlich und freundlich, als wäre nichts geschehen, ihre Augen leuchteten seltsam, ihre nackten Füße glänzten auf dem Moos und der Saum ihres Rockes war naß. »Was bist denn du für eine«, rief er ihr staunend entgegen. »So eine halt«, sagt sie und hält ihm den Mund hin. »Nein, so eine« – ruft sie, wie er sie umfassen will und schlägt mit dem Rechen nach ihm. Sie traf ihn an der Stirn, es gab einen scharfen hellen Schlag, wie gegen eine Glasscheibe. Er fuhr auf und war wach.

Cap.: Der dritte Tag.

Er wußte, daß er geträumt hatte, aber die Wahrheit in dem Traum durchfuhr ihn mit Glück bis in die letzte Ader. Romanas innerstes Wesen hatte sich ihm angekündigt mit einem Leben, das über der Wirklichkeit war. In ihm oder außer ihm, er konnte sie nicht verlieren. Er hatte das Wissen, noch mehr, er hatte den Glauben, daß sie für ihn da war. Alle Schwere war weggeblasen. Er trat in die Welt zurück wie ein Seliger. Ihm war, sie stand vielleicht unten, hatte einen Stein an die Glasscheibe geworfen, ihn dadurch geweckt. Er lief ans Fenster, da war ein Sprung in der Scheibe: im Fensterrahmen lag ein todter Vogel. Er ging langsam zurück, den Vogel in der Hand, den er auf sein Kopfkissen legte; der kleine Leichnam durchströmte seinen Puls mit Wonne, ihm war, er hätte leicht dem Tier das Leben zurückgeben können, wenn er es nur an sein Herz genommen hätte. Er saß auf dem Bette in tausend strömenden Gedanken: er war glücklich. Sein Leib war ein Tempel, in dem Romanas Wesen wohnte, und die verrinnende Zeit umflutete ihn und spielte an den Stufen des Tempels. Im Haus war zuerst alles still, es war grauender Morgen, und der Regen fiel. Als er aus seiner träumenden Entrücktheit hervorstieg, war es windig und hell, im Haus war alles geschäftig, er ging hinunter, ließ sich ein Stück Brot geben und trank am Brunnen. Er strich im Haus herum, niemand beachtete ihn, wo er ging und stand war ihm wohl: seine Seele hatte einen Mittelpunkt. Er aß mit den Leuten, der Bauer war noch nicht zurück, von der Bäuerin und Romana redete niemand. Nachmittags kam der Fuhrmann, er war bereit, Andreas mitzunehmen, aber nach dem Gang seiner Geschäfte mußte er noch vor Abend aufbrechen; übernachten würden sie im nächsten Dorf thalab. Ein frischer Wind blies zum Thal herein, schöne große Wolken zogen querüber, und gegens Land war es leuchtend hell. Ein Knecht trug den Mantelsack und das Felleisen hinunter zum Wagen, Andreas folgte ihm, unten an der Treppe kehrte er wieder um, eine innere Stimme sagte ihm, jetzt stünde Romana wartend oben in seinem leeren Zimmer. Als er über die Schwelle trat und sie nicht da war, konnte er es kaum begreifen, er sah in alle Ecken, als könnte sie sich in der getünchten Wand verborgen haben. Mit gesenktem Kopf ging er wieder hinunter. Unten stand er lange unschlüssig und horchte: draußen redeten die Knechte, die dem Fuhrmann einspannen halfen. Andreas fühlte ein Engerwerden um die Brust. Ohne seinen Willen trugen ihn die Füße in den Stall. Der Braun stand da und fraß mit trübseligem Gesicht und zurückgelegten Ohren, ein paar von den Bauernpferden drehten sich in ihrem Stand nach dem Eintretenden um. Andreas stand eine unbestimmte Zeit in dem dämmernden Raum und horchte auf das Zwitschern. Da fuhr durch das kleine vergitterte Fenster ein goldener Strahl schräg hindurch bis gegen die Stalltür und blieb so, eine Schwalbe glitt aufleuchtend hindurch, und hinter ihr Romanas Mund, offen, feucht und zuckend vor unterdrücktem Weinen. Kaum begriff er, daß sie jetzt leibhaftig vor ihm stand; aber er begriff es doch, und die Überfülle lähmte alle seine Glieder. Sie war bloßfüßig, die Zöpfe herunterhängend, als wäre sie aus dem Bett gesprungen, zu ihm gelaufen. Er konnte und er wollte nichts fragen, nur seine Arme hoben sich ihr halb entgegen. Sie kam nicht auf ihn zu, sie wich ihm auch nicht aus, sie war ihm so nahe, als wäre sie in ihm, dabei schien es wieder, als sähe sie ihn gar nicht. Jedenfalls blickte sie ihn nicht an. Auch er tat nichts, um sich ihr zu nähern. Aus ihrem Mund wollte ein Wort hervor, aus ihren Augen die Thränen, sie riß unablässig an ihrer dünnen silbernen Halskette, als ob sie sich erdrosseln wollte und entzog sich ihm dabei völlig; es war, als ob der Schmerz jetzt mit ihr ein Spiel spielte, darüber sie die Nähe Andreas gar nicht fühlte. Endlich riß die Kette, ein Stück glitt ihr ins offene Hemd, das andere blieb ihr in der Hand. Dieses drückte sie Andreas von oben her auf den Handrücken, ihr Mund zuckte, als müßte ein Schrei heraus und könnte nicht, sie lehnte sich gegen ihn, etwas drückte sie, ihr Mund, der feucht und zuckend war, küßte den seinen, da war sie davon. Die silberne Kette war von Andreas Hand hinabgeglitten, er hob sie aus dem Stroh – er wußte nicht, sollte er ihr nach, alles ging in der

Welt vor und zugleich mitten in seinem Herzen, wo noch nie ein Fremdes ihn durchschnitten hatte – da hörte er, die draußen suchten ihn, wer wurde nach ihm die Treppe hinaufgeschickt. Nun mußte sich alles entscheiden. Jetzt alles umstoßen? Dachte er blitzschnell, sagen, ich bleibe da, das Gepäck abnehmen lassen; die Knechte bedeuten, ich habe mich anders besonnen? Wie war denn das möglich? Und wie konnte er vor den Finazzer, auch nur vor die Bäuerin hintreten? Mit welcher Rede, mit was an Begründung? Wer hätte er sein müssen, um sich eine solche Handlungsweise zu erlauben und sich dann in einer solchen blitzartig veränderten Lage zu behaupten?

Er saß schon auf dem Frachtwagen, die Pferde zogen an, er wußte nicht wie. Eine Zeit muß vergehen, hierbleiben kann ich nicht, aber wiederkommen kann ich, dachte er, und bald, als der gleiche und als ein anderer. Er fühlte die Kette zwischen seinen Fingern, die ihm versicherte, daß alles wirklich war und kein Traum. Der Wagen rollte bergab, vor ihm war die Sonne und das erleuchtete weite Land, hinter ihm das enge Tal mit dem einsamen Gehöft, das schon im Schatten lag. Seine Augen sahen nach vorn, aber mit einem leeren kurzen Blick, die Augen des Herzens schauten mit aller Macht nach rückwärts.

Die Stimme des Fuhrmanns riß ihn aus sich, der mit der Peitsche nach oben zeigte, wo in der reinen Abendluft ein Adler kreiste. Nun wurde Andreas erst gewahr, was vor seinen Augen lag. Die Straße hatte sich aus dem Bergthal herausgewunden und jäh nach links hin gewandt; hier war ein mächtiges Thal aufgethan, tief unten wand sich ein Fluß, kein Bach mehr, dahin, darüber aber, jenseits, der mächtigste Stock des Gebirges, hinter dem, noch hoch oben, die Sonne unterging. Ungeheuere Schatten fielen in das Flußthal hinab, ganze Wälder in schwärzlichem Blau starrten an dem zerrissenen Fuß des Berges, verdunkelte Wasserfälle schossen in den Schluchten hernieder, oben war alles frei, kahl, kühn emporsteigend, jähe Halden, Felswände, zuoberst der beschneite Gipfel, unsagbar leuchtend und rein. Andreas war zumut wie noch nie in der Natur, ihm war, als wäre dies mit einem Schlag aus ihm selber hervorgestiegen: diese Macht, dies Empordrängen, diese Reinheit zuoberst. Der herrliche Vogel schwebte oben allein noch im Licht, mit ausgebreiteten Fittichen zog er langsame Kreise, der sah alles von dort, wo er schwebte, sah er noch ins Finazzerthal hinein, und der Hof, das Dorf, die Gräber von Romanas Geschwistern waren seinen durchdringenden Blicken nahe wie diese Bergschluchten, in deren bläuliche Schatten er hinabäugte, nach einem jungen Reh oder einer verlaufenen Ziege. Andreas umfing den Vogel, ja er schwang sich auf zu ihm mit einem beseligten Gefühl. Nicht in das Tier hinein zwang es ihn diesmal, nur des Tieres höchste Gewalt und Gabe fühlte er auch in seine Seele fließen. Jede Verdunkelung, jede Stockung wich von ihm. Er ahnte, daß ein Blick, von hoch genug, alle Getrennten vereinigt und daß die Einsamkeit nur eine Täuschung ist. Er hatte Romana überall – er konnte sie in sich nehmen, wo er wollte. Jener Berg, der vor ihm aufstieg und dem Himmel entgegenpfeilerte, war ihm ein Bruder und mehr als ein Bruder; wie jener in gewaltigen Räumen das zarte Reh, hegte, mit Schattenkühle es deckte, mit bläulichem Dunkel es vor dem Verfolger barg, so lebte in ihm Romana. Seine Seele hatte einen Mittelpunkt. Er sah in sich hinein und sah Romana niederknien und beten: sie bog ihre Knie wie das Reh wenn es sich zur Ruh bettet, die zarten Ständer kreuzt und die Gebärde war ihm unsagbar. Kreise lösten sich ab. Er betete mit ihr, und wie er hinübersah, war er gewahr, daß der Berg nichts anderes war als sein Gebet. Eine unsagbare Sicherheit fiel ihn an: es war der glücklichste Augenblick seines Lebens.

V Capitel. 3 Neue Bekanntschaften.

Als er zu seinen Hausleuten herunterkam, fand er das Mädchen Zustina mit einem kleinen Mann in mittleren Jahren, dessen Gesicht durch eine fast halbmondförmig gekrümmte Nase ein verwegenes und besonderes Aussehen erhielt, und der in einem baumwollenen Schnupftuch etwas in der Hand trug, wovon das Zimmer mit Fischgeruch erfüllt wurde. »Nein, es geht wirklich nicht, was Sie sich von den Leuten aufschwätzen lassen«, hörte er sie sagen. »Wenn es ein anderer Tag wäre, würde ich es vor der Mutter verantworten, aber heute müssen Sie mir wieder herunter. Und vergessen Sie dann auch den Tapezierer nicht. Verhandeln Sie es mit ihm Punkt für Punkt, genau so wie ich gesagt habe. Die Ziehung ist genau eine Woche nach Mariä Geburt, also muß der Altar am Abend vorher geliefert sein. Fehlt das Geringste, so wird ihm ein halber Silberducaten abgezogen. Genau wie einen Fronleichnamsaltar will ichs haben, vorn eine Draperie mit Girlanden, und in die Mitte zwischen frischem Blumenarrangement kommt die Urne, aus der die Lose gezogen werden. Für die Aufstellung darf er nichts separat rechnen, beim Zurichten und Decorieren muß Zorzi helfen. Jetzt gehen Sie und richten es so aus, daß man Sie beglückwünschen muß. Und lassen Sie mir Ihr Ausgabenbuch da, ich werde es durchsehen.« Der Alte entfernte sich, als Andreas eintrat. »Da sind Sie ja«, sagte Zustina, »Ihr Gepäck liegt schon unten, Zorzi wird Leute holen, die es heraufschaffen. Dann wird er Ihnen ein gutes Caféhaus zeigen und Sie, wenn Sie wollen, zu meiner Schwester begleiten, die sich sehr freuen wird, Ihre Bekanntschaft zu machen. Zu solchen Diensten ist er gut«, setzte sie hinzu, »im übrigen aber ist es durchaus nicht nötig, daß Sie gleich Ihren Vertrauten aus ihm machen. Das ist übrigens Ihre Sache, es gibt allerlei Menschen auf der Welt, und jeder muß sehen, wie er sich durchfindet. Ich sage, man muß die Welt nehmen, wie sie ist.« Sie lief zum Herd, sah in der Röhre nach, begoß den Braten; ein paar Kleidungsstücke, die der

Mutter und den Knaben zu gehören schienen, verschwanden in einem großen Schrank; sie jagte die Katze vom Speisebrett und besorgte einen Vogel, der im Fenster hing. »Eines wollte ich Ihnen auch sagen«, fuhr sie fort und blieb einen Augenblick vor Andreas stehen, »ich weiß nicht, ob Sie eine größere Summe Geldes bei sich tragen oder einen Brief an Ihren Bankier. Wenn es das erstere ist, so geben Sie es einem Geschäftsfreund oder wen immer Sie hier in der Stadt kennen zum Aufheben. Nicht als ob es unehrliche Leut im Hause gäbe, aber ich will keine Verantwortung haben. Ich habe genug zu tun, das Haus in Ordnung zu halten, meine 2 Brüder zu unterrichten und für meinen Vater zu sorgen, denn meine Mutter ist meist auswärts beschäftigt. Auch können Sie denken, daß mir die Vorbereitung für die Lotterie Mühe und Denken genug kostet. Wie leicht beleidigt man… Sie müssen entschuldigen, daß es uns nicht möglich ist, Ihnen ein Los anzubieten, obwohl Sie bei uns wohnen, aber Sie sind ein Fremder, und in einem solchen Punkt sind unsere Protectoren sehr genau.« Sie rechnete unterweilen stehend das kleine Ausgabenbuch nach und bediente sich dazu eines kleinen Bleistifts, den sie in irgendeiner Locke ihres Toupets verborgen gehabt hatte, denn sie war frisiert wie zu einem Ball mit einem hohen Toupet und trug zu den Pantoffeln einen Taffetrock mit Silberspitzen, oben aber eine karierte Hausjacke, die ihr viel zu weit war und den reizenden, schlanken, gar nicht kindischen Hals völlig zeigte. Ihre Augen gingen unterm halblauten Rechnen, mit dem sie ihr Reden unterbrach, bald auf Andreas, bald auf den Herd, bald auf die Katze. Auf einmal schoß ihr etwas durch den Kopf, sie flog ans Fenster, bog sich weit hinaus und rief durchdringend hinunter: »Graf Gasparo! Graf Gasparo! Hören Sie mich noch? Ich muß Ihnen noch etwas sagen.«

»Hier bin ich«, sagte der Herr mit der Hakennase und den Fischen und trat unvermutet durch die Tür ins Zimmer. »Was schreist du nach mir durchs Fenster? Hier stehe ich«, und er wandte sich zu Andreas: »Ich habe soeben unten erst vernommen, daß Sie der ansehnliche junge Fremde sind, den ich die Ehre habe, als meinen Gast zu begrüßen. Ich wünsche

Ihnen und uns, es möge Ihnen unter unserem bescheidenen Dache wohlergehen. Sie bewohnen die Zimmer meiner Tochter Nina. Sie kennen sie noch nicht, und so können Sie den Beweis der Hochschätzung und des Vertrauens noch nicht ermessen, den wir Ihnen geben, indem wir dieses Appartement zu Ihrer Verfügung stellen. Die Wohnung eines solchen Wesens ist wie das Kleid eines Heiligen, an dem Kräfte haften. Was immer Sie in dieser Stadt erleben werden, und Sie sind hergekommen, um Erlebnisse und Erfahrungen zu sammeln, in diesen 4 Wänden wird die Ruhe des Gemüts und das Gleichgewicht der Seele Ihnen zurückkehren. Die Luft selber in diesen Zimmern atmet, wie soll ich sagen, eine unüberwindliche Tugend. Lieber zu sterben, als diese Tugend zu opfern, war der eherne Vorsatz meines Kindes. Ich, mein Herr, war weder imstande, meine Tochter in einer solchen Gesinnung zu bestärken noch sie dafür zu belohnen. Ich bin eine gescheiterte Existenz, herabgestürzt in Stürmen von der Höhe meiner Familie.« Er berührte Andreas Arm mit seiner Hand, die weiß und außerordentlich wohlgeformt, nur zu klein für einen Mann und dadurch unerfreulich war. Er trat zurück und ließ die Hand mit einer unnachahmlichen Gebärde sinken. Mit einer Verneigung verließ er das Zimmer. Zustinas Gesicht strahlte vor Bewunderung über die Rede des Grafen. Wirklich war die Art, wie er die wenigen Sätze vorgebracht hatte, ein Meisterwerk von Anstand und Abstufung. Der Ältere sprach zum Jüngeren, der Hausherr zu seinem Gast, der vom Leben geprüfte Greis väterlich zu einem ungeprüften Jüngling und ein venezianischer Edelmann zu einem Edelmann: das alles war darin. »Was sagen Sie dazu, wie mein Vater sich ausdrückt?«, fragte sie. Über dem aufrichtigen und kindlichen Vergnügen, das sie empfand, schien sie vergessen zu haben, daß sie den Vater um irgendeiner Sache willen zurückgerufen hatte. »So findet er in jeder Lage«, rief sie mit leuchtenden Augen, »das richtige Wort. Er hat viel Unglück gehabt und viele Feinde, aber seine großen Talente kann ihm niemand abstreiten.«

War sie früher quecksilbern und eifrig gewesen, aber dabei trocken, so war sie nun erst ganz belebt von innen heraus, ihre Augen leuchteten, und ihr Mund bewegte sich mit einem unbeschreiblichen kindhaften Eifer. Etwas an ihr ließ an ein Eichhörnchen denken, doch war sie eine resolute brave kleine Frau.

»Nun kennen Sie also auch meinen Vater, und ehe eine Stunde vergeht, werden Sie meine Schwester kennenlernen und sicher auch einige ihrer Freunde. Der vornehmste darunter ist der Herzog von Camposagrado, der spanische Gesandte. Er ist ein so großer Herr, daß, wenn der König von Spanien mit ihm spricht, so setzt er seinen Hut auf. Erschrecken Sie nicht, wenn Sie ihn sehen, er sieht aus wie ein wildes Tier, aber er ist ein sehr großer Herr.« Sie hielt inne. »Da hat sie einen unter ihren Freunden, der mir selbst gefiele – aber wozu von mir sprechen. Es ist ein oesterreichischer Hauptmann, ein Slawonier, das heißt, er besitzt ein oesterreichisches Hauptmannspatent und hat Privilegien für die Vieheinfuhr für ungarische und stairische Ochsen über Triest, ein schönes Geschäft, und er ist auch ein schöner Mann und in Nina verliebt über alle Begriffe. Denken Sie, daß er nie vom Tisch aufsteht, ohne auf ihr Wohl zu trinken und daß er dann jedesmal sein Glas durch die Scheiben in den Canal oder gegen die Mauer wirft; wenn es aber ein besonderer Tag ist, so zerschlägt er in der gleichen Weise alles Glas, was auf dem Tisch ist, und alles Nina zu Ehren. Natürlich bezahlt er dann die Gläser. Ist das nicht eine Bestialität? Aber in seinem Land ist das größte Höflichkeit. Er ist ein großer Spieler – nun, Sie werden ihn selbst kennenlernen und werden leben wie die andern. Wäre er mein Mann, würde ich ihms schon abgewöhnen. Eines aber«, fuhr sie fort, und sah ihn ernsthaft und wichtig an, mit einem reizenden Ausdruck, »wenn Sie Händel bekommen, Mißverständnisse, Zank und Streit, so setzen Sie Ihren Willen durch, lassen Sie sich nicht durch Thränen herumkriegen, weder durch die Thränen von Weibern noch von Männern. Das ist eine läppische Schwachheit, die ich nicht leiden kann. Aber ich spreche nicht von Ninas Thränen. Ninas Thränen sind echt wie Gold. Wenn sie weint, da ist sie wie ein kleines Kind. Man hat nicht das Herz, ihr zu versagen, was sie sich wünscht. Denn sie hat ein zehnmal besseres Herz als ich, obwohl sie schon 23 ist und ich noch nicht sechzehn. Aber was kann es Sie interessieren«, setzte sie mit einem schelmischen Blick hinzu, indem sie den Vogel am Fenster versorgte, »mich über mich reden zu hören. Dazu sind Sie nicht nach Venedig gekommen. Gehen Sie hinunter, Zorzi wird unten stehen und auf Sie warten.« Andreas war schon auf der Treppe, als sie ihm nachkam. »Noch eines – es ist mir nur so durch den Kopf gegangen. Sie sehen gutmütig aus, und einen Gutmütigen muß man beim ersten Schritt warnen. Lassen Sie sich niemals von einem anderen Wechsel zum Acceptieren aufschwätzen, wenn er Ihnen auch zur Deckung andere zugleich anbietet, die vor den seinigen fällig sind – niemals, verstehen Sie mich.« Einen Augenblick legte sie ihre Hand leicht auf Andreas Arm; es war ganz die gleiche Gebärde, die vorhin der Vater gehabt hatte, aber wie wahr ist das Sprichwort »Wenn zwei dasselbe tun, ist es nicht dasselbe.« Es war eine so reizende kleine Hand, und die mütterlich frauenhafte Gebärde bezaubernd. Sie war schon wieder drin, und als Andreas die Treppe hinabging, hörte er sie auf der anderen Seite durchs Fenster Zorzi zurufen.

»Ist sie nicht eine allerliebste kleine Frau«, sagte Zorzi, der unten stand, als hätte er erraten, womit sich Andreas Gedanken beschäftigten. »Aber was hat es mit der Lotterie auf sich«, fragte Andreas nach den ersten Schritten, »wer gibt die Preise, und was hat die Familie damit zu schaffen? Es sieht ja aus, als wären sie selber die Veranstalter.« Der Maler antwortete nicht sogleich. »Das sind sie auch«, sagte er, indem er seine Schritte an einer Straßenecke verlangsamte und Andreas an sich herankommen ließ. »Warum soll ich es Ihnen nicht sagen? Die Lotterie geht in einem kleinen Kreise von vornehmen und reichen Herren vor sich, und der erste Preis ist die Kleine selber.« »Wie, sie selber?« »Nun, ihre Jungfernschaft, wenn Sie ein anderes Wort wollen. Sie ist ein gutes Geschöpf und hat sich in den Kopf gesetzt, ihren Leuten aus dem Elend zu helfen. Sie sollten hören, wie schön sie über die Sache redet und welche Mühe sie sich mit der Subscription gegeben hat. Denn bei ihr muß alles nett und ordentlich zugehen. Ein großer Herr, der ein alter Gönner der Familie ist, hat das Protectorat übernommen«, hier dämpfte er die Stimme, »es ist der Patrizier Herr Sacramozo, der zuletzt Gouverneur von Corfu war. Ein Los kostet nicht weniger als 24 Zechinen, und es ist kein Name auf die Subscriptionsliste gesetzt worden, der nicht von Herrn Sacramozo gebilligt worden wäre.« Andreas war plötzlich heftig errötet, sodaß die Sehkraft seiner Augen durch ein Flimmern geschwächt war und er über einen zertretenen Paradiesapfel, der vor seinen Füßen lag, fast ausgeglitten wäre. Der andere sah ihn im Gehen von der Seite an. »Eine solche Sache«, fuhr er fort, »kann sich nur in einem Kreis von vornehmen Leuten abspielen, und die den Anstand haben, nichts davon verlauten zu lassen, andernfalls würde die Behörde sich dreinmischen. Es wird von den hiesigen Herrn nicht gern ein Fremder in eine Verabredung dieser Art hineingezogen, wenn Ihnen aber sehr viel daran liegt, so will ich mir Mühe geben, und vielleicht kann ich Ihnen indirect ein

Los verschaffen, ich meine in der Weise, daß einer der Subscribenten Ihnen gegen eine Abfindung, die nicht niedrig sein wird, seine Hoffnung abtritt, ohne daß Ihr Name genannt wird.« Andreas wußte nicht, was er antworten sollte und ging schnell auf etwas anderes über, indem er sein Erstaunen darüber aussprach, daß die ältere Tochter keinen besseren Weg wüßte, ihrer Familie beizuspringen, und es der kleinen Schwester überließe, sich in dieser ungewöhnlichen Weise aufzuopfern. »Nun, etwas gar so ungewöhnliches ist es ja nicht, was sie tut«, erwiderte der andere, »und von Nina ist nicht viel zu erwarten, das weiß die Kleine selber am besten. Nina ist keine Wirtschafterin, was Sie ihr heute schenken, zergeht ihr morgen zwischen den Fingern. Sie ist eine Schönheit, aber an Kopf kann sie sich mit Zustina nicht messen. Sehn Sie wie sie ist: einmal will ich ihr einen reichen vornehmen Herrn aus Wien vorstellen, den Grafen Grassalkovich – der Name wird Ihnen nicht fremd sein, und Sie werden wissen, was es bedeutet, die Bekanntschaft dieses Herrn zu machen, der, wie Sie wissen, 2 Palais in Wien und eines in Prag hat, und dessen Güter in Croatien so groß sind als der ganze Besitz der Republik. ›Wie heißt dieser Mensch‹, sagt sie und läßt sich den Namen wiederholen, dabei zieht sie die Nasenflügel nach oben; wenn sie das tut, ist bei ihr nichts zu erreichen, so wenig wie bei einem stutzigen Pferd. ›Der Name‹, sagt sie, ›klingt wie ein recht gemeiner Fluch, und wie der Name, so wird auch der Träger sein. Führ ihn, wohin du willst, ich mag nichts von ihm wissen.‹ Da haben Sie die ganze Nina.« Andreas dachte, es sei keine so ungewöhnlich große Auszeichnung, als er bis nun angenommen hatte, durch diesen jungen Freund bei Fräulein Nina eingeführt zu werden, aber er behielt seine Gedanken bei sich.

Sie waren auf einem freien Platz angekommen: vor einer kleinen Caféboutik standen im Freien hölzerne Tischchen und Strohstühle; an einem schrieb ein Herr, der ganz in Schwarz gekleidet war, Briefe. An einem andern saß ein plumper Mann mit bläulicher Rasur in mittleren Jahren, der einen fremdartigen langen Rock mit Verschnürung trug, und hörte in bequemer Stellung und mit unbewegter Miene einem jungen Mann zu, der in ihn hineinredete, dabei nicht wagte, seinen Stuhl an den Tisch zu ziehen, ja sich kaum wirklich niederzusetzen getraute, daß Andreas ihn nicht ansehen konnte, ohne Mitleid und Unruhe zu spüren. »Sehn Sie dort die zwei«, flüsterte Zorzi und schob die Chocolade an sich, die Andreas für ihn hatte kommen lassen. »Es ist ein reicher Grieche und sein Neffe. Er raucht und läßt ihn reden, merken Sie, wie der unglückselige Bettler sich krümmt, nicht auch den Rauch mitzurauchen, und nach einer Weile, merken Sie auf, er wird seinen Café zahlen und fortgehen, am Schluß wird der Junge vor ihm auf die Knie fallen, der Alte wird so wenig darauf achten, als wenn es ein Hund wäre. Er wird sich an sein Gewand hängen, der Alte wird ihn abschütteln und seines Weges gehen, als wenn er allein wäre. Dasselbe Schauspiel können Sie mehrmals im Tag sehen, morgens vor der Börse, hier, und abends auf der Riva. Ist es nicht unterhaltend, wie bestialisch die Menschen einander mitspielen und wie beharrlich sie in ihrer Bosheit sein können?« Andreas hörte kaum zu, so sehr beschäftigte ihn die Erscheinung des schreibenden Herrn. Es war ein überlanger schmaler Körper, der sich schreibend über das kleine Tischchen bog, unter welchem die langen Beine keinen Platz fanden als durch Bescheidenheit, überlange Arme, die sich notdürftig unterbringen konnten, überlange Finger, die den ächzenden Federkiel führten. Die Stellung war unbequem und beinahe lächerlich, aber nichts hätte das Wesen dieses Mannes schöner enthüllen können als diese Unbequemlichkeit und wie er sie ertrug, besiegte, ihrer nicht gewahr wurde. Er schrieb hastig, die Zugluft zerrte an den Blättern, er hätte müssen ungeduldig sein, und doch war eine Beherrschung in allen seinen Gliedern, eine – so seltsam das Wort klingen mag – eine Verbindlichkeit gegen die todten Gegenstände, die ihm so mangelhaft zu Dienst standen, ein Hinwegsehen über die Unbequemlichkeit der Lage, das unvergleichlich war. Ein starker Luftzug warf eines der Blätter zu Andreas hinüber. Andreas fuhr auf und beeilte sich, dem Fremden das Blatt zu reichen, der sich selbst ohne Hast seitlich gebückt hatte, mit einer halben Neigung das Gereichte in Empfang nahm, wobei Andreas der Blick seiner dunklen Au-

gen traf, die ihm schön schienen, obwohl sie in einem Gesicht saßen, das niemand für schön halten konnte: der Kopf war bei weitem zu klein für die Gestalt und die gelbliche, etwas leidende Miene so seltsam verzogen, daß Andreas der ungereimte Gedanke an das vertrocknete Gesicht einer todten Kröte durch den Sinn fuhr, die ihn irgend einmal an einem Wegrain angeblickt hatte. Er hätte mögen viel von diesem Mann wissen – aber gerade nicht durch Zorzi, der sich zu ihm herüberlehnte und ihm zuwisperte: »Ich werde Ihnen sagen, wer das ist, sobald er weggegangen ist. Ich will jetzt den Namen nicht nennen. Es ist der Bruder eben des großen Herrn, den ich Ihnen vorhin als den Protector der Familie, bei der Sie wohnen, genannt habe. Sie verstehen mich, als den, unter dessen Aegyde die Lotterie vor sich geht« – hielt aber sogleich inne, als der Schreibende den Kopf hob – »Er ist ein Malteser«, fuhr er dann fort, »trägt aber, wie Sie sehen, auf seinem Kleid nicht das Kreuz, das zu tragen er nicht nur berechtigt, sondern auch verpflichtet ist. Er hat eine große Reise gemacht, man sagt, er sei im Innersten von Ostindien oder gar an der chinesischen Mauer gewesen, und soll nach den Reden der einen im Dienst der Jesuiten stehen, nach den anderen nicht viel anderes als ein Freimaurer sein.«
Der reiche Grieche und sein bettelhafter Neffe standen auf: die plumpe Herzenshärte des einen, die hündische Demut des andern waren abscheulich – in beiden schien die Menschennatur entwürdigt. Für Andreas war es außer der Begreiflichkeit, daß ein so gemeines Schauspiel sich in solcher Nähe eines Wesens, wie der Ritter ihm dünkte, abspielen konnte; ja als nun beide gegeneinander in einer Art von Fauchen der eine und Winseln der andere ihre Stimmen erhoben, meinte er dazwischen springen und sie mit dem Stock zur Ruhe bringen zu müssen. Einen Augenblick sah der Malteser auf, aber er blickte über die beiden Menschen hinweg, als wären sie nicht da und nickte im Aufstehen den Brief verschließend, einem jungen Burschen zu, der nun vorsprang und mit einer Verbeugung den Brief in Empfang nahm und damit abging, indessen der Ritter sich nach der anderen Seite entfernte. Als er um die Ecke verschwunden war, schien

Andreas der Platz verödet. Zorzi bückte sich und brachte unter dem Tisch ein gefaltetes Briefblatt hervor: »Da hat uns der Wind etwas von der Correspondenz des Ritters Sacramozo unter die Füße geworfen«, sagte er, »entschuldigen Sie mich für einen Augenblick, ich will ihm sein Eigentum nachtragen.« »Lassen Sie mich es ihm zurückgeben«, fuhr es aus Andreas' Mund; ihm war, als hätte seine Zunge es aus eigener Macht gesagt, und schon hatte er das Blatt angefaßt. Ihm lag unendlich an der Erfüllung dieses Wunsches, er zog das Papier dem andern aus den Fingern und lief in einem engen Gäßchen hinter dem Malteser drein. Es war mehr als Grazie, eine wahre unnachahmliche Vornehmheit, mit der der Ritter ihn anhörte und das Blatt entgegennahm, und Andreas glaubte, niemals eine wunderbarere Übereinstimmung zwischen der Haltung eines Menschen und dem Klang seiner Stimme wahrgenommen zu haben. Die Worte: »Sie sind sehr freundlich, mein Herr«, kamen deutsch und in der besten Aussprache von seinen Lippen. Sein herzenswarmes und zugleich seelenvolles Gesicht schien eine tiefe, aus der Seele dringende Freundlichkeit auszudrücken. In der Spanne eines Augenblicks fühlte sich Andreas mit Wohlwollen empfangen, in eine jede Fiber seines Wesens erhöhende Atmosphäre aufgenommen und wieder verabschiedet. Er stand vor dem Fremden wie entseelt, sein Körper kam ihm plump und seine Haltung bäurisch vor, aber jedes Glied seines Körpers wußte um jedes Glied der hohen, in nachlässiger Bestimmtheit, in herablassender Verbindlichkeit sich leicht gegen ihn neigenden Gestalt wie eine Flamme auf Flamme bebte. Er ging zurück und war schon in sich dumpf bemüht, den Ausdruck dieser Augen, den Klang ihrer Stimme festzuhalten, als wäre es ein Verlorenes für die Ewigkeit. Wie staunte er aber, als er einen schnell und leicht ihm nacheilenden Schritt mehr fühlte als hörte, der kein anderer als der des Maltesers sein konnte, als er sich eingeholt sah und ihm mit der gleichen einnehmenden Stimme, in der verbindlichsten Weise bedeutet wurde, er müsse sich geirrt haben. »Der Brief, den Sie so gütig waren mir zu geben, ist weder von meiner Hand, mein Herr, noch ist er an mich gerichtet. Er muß Ihnen selbst gehören – jedenfalls muß ich Sie bitten, darüber zu verfügen!« Andreas war verlegen und verwirrt, einige undeutliche Gedanken kreuzten sich in ihm, die Furcht, zudringlich zu erscheinen, durchfuhr ihn wie eine heiße Nadel, in der Verwirrung schien es ihm leichter, welches Bestimmte immer zu sagen als etwas Unbestimmtes – für das er niemals die Wendung gefunden hätte – er errötete über eine unbeherrschte Gebärde seiner Hände, die schon nach dem Briefblatt wieder gegriffen hatten, um so entschiedener beteuerte er nun, daß der Brief ganz sicher nicht ihm gehöre, er in keiner Weise darüber zu verfügen habe. Die Gebärde, mit welcher der Malteser sich sogleich zufriedengab, war mehr die des Mannes, der sich unter keiner Bedingung aufdringt, als die eines von seinem Irrtum überzeugten, und der unmerkliche Schimmer eines Lächelns überflog sein Gesicht oder nur seine Augen, indem er nochmals mit Verbindlichkeit grüßte und sich abkehrte.

»Es ist Zeit«, rief Zorzi, »wenn Sie wünschen, die schöne Nina heute kennenzulernen. Sie wird auf sein, und wenn wir Glück haben, noch keinen Besuch bei sich haben. Später fährt sie aus oder sie hat einen ihrer Freunde zu Tisch. Nun«, fragte er im Gehen, »haben Sie die Bekanntschaft des Ritters gemacht und ihm seinen Brief zurückgegeben? Denken Sie, der Narr schreibt täglich zwei und drei solcher Briefe von 10 Seiten an eine und dieselbe Person, und dabei sieht er sie fast jeden Tag, und ist trotz allem, glaub ich, nicht einmal ihr Liebhaber, denn sie ist eine Halbnärrin und liegt entweder krank im Bett oder auf ihren Knien in irgendeiner Kirche. Sie hat weder einen Mann noch einen Verwandten, der Ritter ist der einzige Mensch, der zu ihr kommt, und da sie nicht unter Leute geht, hat er nicht einmal den Spaß davon, für ihren Cavalier zu gelten. Dabei versteckt er aber die Geschichte vor jedermann, als gienge es um ein junges Mädchen oder eine Nonne.« »Wie kommen Sie dazu, die Geheimnisse aller Leute zu wissen«, fragte Andreas verwundert. »Man erfährt allerlei«, gab der andere zurück, mit dem gleichen Lachen, das Andreas schon so mißfallen hatte, und ließ sich auf weiter nichts ein. »Aber hier ist das Haus. Wir gehen einfach hinauf – oder warten Sie lieber

eine Minute, ich springe hinauf und sehe, wie es steht und ob man Sie vorlassen will.«
Es verging nun eine Spanne Zeit, deren Dauer Andreas nicht hätte mit Sicherheit bestimmen können. Vielleicht blieb der Maler nur so lange aus, als er natürlicherweise bedurfte, um die Treppen hinaufzusteigen, sich selber anmelden zu lassen und einen Besuch anzukündigen, vielleicht hatte man ihn oben warten lassen und es verfloß eine viel längere Zeit. Andreas entfernte sich ein paar Schritte von dem Haus, durch dessen Tür Zorzi verschwunden war und ging bis ans Ende der ziemlich engen Gasse. Sie endete in einem Schwibbogen, unter diesem aber führte seltsamerweise eine Steinbrücke über einen Canal auf einen kleinen eiförmigen Platz hinüber, auf dem eine kleine Kirche stand. Andreas ging wieder zurück und war ärgerlich, daß er nun schon nach wenigen Minuten unter den ziemlich einfachen und gleichartigen Häusern das richtige nicht wiedererkennen konnte. Die Tür des einen, dunkelgrün mit einem bronzenen Türklopfer in Gestalt eines Delphins, schien ihm die zu sein, durch welche Zorzi verschwunden war, doch war die Tür geschlossen und Andreas meinte, jenen noch vor sich zu sehen, wie er durch eine offene Tür in einen Hausflur trat. Immerhin war keine Gefahr, daß sie einander verfehlten, wenn Andreas nochmals bis an die Brücke vorging und den kleinen Platz mit der Kirche in Augenschein nahm. Gasse und Platz waren völlig menschenleer, man mußte einen Schritt hören, geschweige einen Ruf oder wiederholte Rufe, wenn Zorzi ihn suchte. So überschritt er die Brücke; unter ihr hing auf dem dunklen schmutzigen Wasser eine angebundene Barke; nirgend war ein Mensch zu sehen oder zu hören: der ganze kleine Platz hatte etwas verlorenes und verlassenes. Die Kirche war aus Backsteinen, niedrig und alt; vorn gegen den Platz zu hatte sie einen Aufgang, der wenig zu ihr paßte: über breiten Stufen trug eine Colonnade aus weißem Marmor einen antiken Giebel mit einer Inschrift. An den lateinischen Worten waren einzelne der vergoldeten Buchstaben groß. Andreas versuchte, sich daraus eine Jahreszahl zusammenzusetzen. Als er die Augen wieder senkte, stand in beträchtlicher Entfer-

nung von ihm, seitlich neben der Kirche, eine Frau, die ihn ansah. Er konnte sich nicht recht erklären, wo sie hergekommen war; aus einer Seitentür der Kirche konnte sie nicht wohl hervorgetreten sein, denn sie stand so, als wollte sie vielmehr auf die Kirche zu und wäre unschlüssig oder wie erschrocken über Andreas Gegenwart stehengeblieben. Tritte eines den Platz Überschreitenden oder Herankommenden hatte er nicht gehört; und er fand sich nachdenkend, ob sie zu ihrer anständigen einfachen Tracht Hausschuhe trug, die ihre Schritte lautlos gemacht hatten, und er verwunderte sich selbst, daß ihn dieser Gedanke beschäftigte. Denn es war doch nichts weiter als eine anscheinend junge Frau aus den bescheidenen Ständen, mit dem schwarzen Tuch über Kopf und Schultern, aus deren ziemlich blassem, aber wie ihm schien recht hübschem Gesicht zwei dunkle Augen, allerdings mit sonderbarer, wenn die Entfernung von immerhin 30 Schritten nicht trog, ängstlicher Spannung unverwandt auf den Fremden gerichtet waren, mit der gleichen Spannung, das fühlte er, ob er nun sich den Anschein gab, die Kapitäle der korinthischen Säulen zu betrachten oder ob er den Blick erwiderte. Immerhin war kein Grund, hier zu verharren, und schon setzte er den Fuß auf die unterste Steintreppe und war nun aus dem Gesichtsfeld der Stehenden verschwunden. Aber als er, den schweren Vorhang hebend, in die Kirche eintrat, so war die Frau zu gleicher Zeit durch eine Seitentür eingetreten und ging auf einen Betstuhl zu, der vorn gegen den Altar zu stand; denn nun kam von ihr für Andreas der bestimmte Eindruck, es handle sich um eine durch eine Krankheit, sei es am Leibe, sei es an der Seele, bedrückte Frauensperson, welche hier im Gebete Linderung ihrer Leiden suche. Er wünschte jetzt nichts anderes, als die Kirche so leise als möglich wieder zu verlassen, denn es schien ihm, die Frau sehe sich manchmal ängstlich nach ihm um, als nach einem ungewünschten Zeugen und Störer ihrer schmerzvollen Einsamkeit. Nun war in der Kirche, verglichen mit dem Platz, auf dem der grelle Sonnenschein lag, Halbdunkel; auch hing in der kühlen eingeschlossenen Luft noch ein wenig Weihrauchduft, und Andreas hielt seinen Blick, da er um alles nicht beobachten, sondern nur den Raum verlassen wollte, sicher nicht völlig scharf, nicht spähend auf die Betende gerichtet: aber, trotz alledem, das ist sicher, er hätte geschworen, sie habe sich nun mit gerungenen, flehentlich erhobenen Händen, nicht gegen den Altar, sondern nirgend anders als gegen ihn hin gewandt, ja sich auf ihn zuzubewegen gestrebt, mit einer Hemmung aber, als wär ihr Körper von den Hüften hinab mit schweren Ketten umwunden. Zugleich glaubte er, ein Stöhnen, wenn auch leise, aber doch außer jeder Sinnestäuschung, deutlich gehört zu haben. Im nächsten Augenblick freilich mußte er, wenn nicht die Gebärde, so doch jeden Bezug auf seine Person als Einbildung ansehen. Denn die Fremde war nun wieder in dem Betstuhl zusammengesunken und blieb völlig still. Er tat lautlos die wenigen Schritte, die ihn vom Ausgang trennten, und bestrebte sich, den Vorhang so wenig zu heben, daß kein Strahl vom grellen Licht hereindringend die heilige Dämmerung, in welcher er die Bekümmerte zurückließ, verstörte. Dabei ging sein Blick unwillkürlich nach jenem Betstuhl zurück, und was er nun wahrnahm, erstaunte ihn freilich so, daß er in den Falten des Vorhangs selber, und atemlos, stehenblieb: dort saß jetzt, genau an der gleichen Stelle, eine andere Person, saß nicht mehr, sondern war im Betstuhl aufgestanden, kehrte dem Altar den Rücken und spähte auf Andreas herüber, duckte sich nach vorne und sah sich dann wieder verstohlen nach ihm um. In ihrem Anzug unterschied sich diese Person nicht allzusehr von der früheren, welche sich mit einer fast unbegreiflichen Schnelle und Lautlosigkeit entfernt haben mußte. Auch die Neue trug sich in den gleichen bescheidenen dunklen Farben, so hatte Andreas auf dem Wege die kleinen Bürgerfrauen und Mädchen in einer anständigen Gleichförmigkeit sich kleiden sehen. Aber diese hier hatte kein Kopftuch; ihr schwarzes Haar hing in Locken zu Seiten des Gesichtes, und ihr Gehaben war von der Art, daß es nicht möglich war, sie mit dem gedrückten und bekümmerten Wesen zu verwechseln, dessen Platz sie plötzlich und geräuschlos eingenommen hatte. Es war etwas Freches und fast Kindisches in der Art, wie sie sich mehrmals unwillig umblickte und dann geduckt über die

Schulter, die Wirkung ihres zornigen Umblickens ausspähte. Sie konnte ebenso wohl im Sinne haben, einen Neugierigen fortzuscheuchen, als einen Gleichgiltigen neugierig zu machen, ja als sich Andreas nun wirklich wegwandte, um zu gehen, so war ihm, sie habe hinter seinem Rücken her mit offenen Armen ihm zugewunken. Er stand auf dem Platz ein wenig geblendet, da kam jemand hinter ihm aus der Kirche herausgetreten und streifte mit schnellen Schritten so dicht an ihm vorbei, daß er den Luftzug fühlte. Er sah die eine Seite eines jungen blassen Gesichtes, das sich jäh von ihm abkehrte, die Locken flogen dabei, daß sie fast seine Wange streiften, in dem Gesicht zuckte es wie von verhaltenem Lachen. Der rasche, fast laufende Gang, dies dichte Vorüberstreifen und jähe Abwenden, alles war viel zu gewaltsam, um nicht absichtlich zu sein, aber es schien viel mehr der Übermut eines Kindes als die Frechheit einer erwachsenen Person. Dennoch war es die Gestalt einer solchen, ja so seltsam die kecke Freiheit des Körpers, als sie nun die schlanken Beine werfend, daß die Röcke flogen, vor Andreas auf die Brücke zusprang, daß Andreas einen Augenblick dachte, er habe mit einem verkleideten jungen Mann zu tun, der mit ihm, als einem augenscheinlich Fremden, seinen Übermut treibe. Doch sagte ihm dann wieder ein Etwas über allem Zweifel, daß er ein Mädchen oder eine Frau in dem Wesen vor sich habe, das nun, auf der kleinen Brücke selber, standhielt und ihn zu erwarten schien. In dem Gesicht, das ihm hübsch genug schien, glaubte er einen frechen Zug zu sehen, das ganze Betragen schien ihm so völlig dirnenhaft, und doch war etwas dabei, das ihn mehr anzog als abstieß. Er wollte der jungen Person nicht auf der schmalen Brücke begegnen, einen anderen Weg zurück in das Gäßchen hatte er nicht, so drehte er sich jäh um und ging in die Kirche zurück, und dachte, damit dem Frauenzimmer ein entschiedenes Zeichen der Abweisung gegeben zu haben und sie los zu sein. Sonderbar genug war es ihm, daß er nun in der stillen Kirche die andere Person nicht wieder vorfand; er ging ganz vor bis an den Altar, warf einen Blick in die kleinen Seitencapellen links und rechts, sah hinter die Pfeiler: nirgend eine Spur. Es war, als hätte der Steinboden sich geöffnet und die Bekümmerte eingenommen, an ihrer Stelle aber jenes andere sonderbare Geschöpf hervorgelassen.

Als Andreas wieder auf den Platz heraustrat, sah er zu seiner Erleichterung, daß die Brücke frei war. Er ging in das Gäßchen zurück und fragte sich, ob er nicht doch indessen Zorzis Heraustreten versäumt habe und dieser ihn nicht etwa in der Richtung aus welcher sie gekommen waren, suchen gegangen sei. Ein reinliches Haus, neben dem mit dem messingnen Türklopfer schien ihm nun das richtige, weil hier die Tür offen stand, er trat ein, wollte an irgendeine Tür im Erdgeschoß klopfen und nach Fräulein Nina fragen, dann selbst hinaufgehen und sich nach dem Verbleib des Malers erkundigen; dieses alles tat er um so rascher, als ihm gewesen war, als habe, etwa vom zweiten Haus nach Überschreiten der Brücke an, sich ein leichter Schritt und die Bewegung eines Kleides wieder an seine Fersen geheftet. Vom Hausflur führte die Treppe nach oben, doch ließ Andreas diese noch unbetreten und trat in den Hof, nach der Wohnung des Hausmeisters oder sonst ein lebend Wesen zu suchen. Der Hof war klein, zwischen Mauern und in einer ziemlichen Höhe ganz mit Weinlaub überrankt: die schönsten reifen Trauben von einer dunkelrötlichen Sorte hingen herein, starke Holzpfeiler stützten das lebendige Dach, an einen derselben war ein Nagel geschlagen, an welchem ein Vogelbauer hing. An einer Stelle war in dem Rebendach eine Lücke, groß genug, um ein Kind durchklettern zu lassen, von hier aus fiel der Abglanz des strahlenden Droben herein, und die schönen Formen der Weinblätter zeichneten sich scharf auf dem Ziegelboden ab. Der nicht große Raum, halb Saal, halb Garten, war erfüllt von lauer Wärme und Traubenduft und tiefer Stille, daß man das ruhelose Hüpfen des Vogels hörte, der unbekümmert um Andreas Hinzutreten von einer Sprosse zur anderen sprang. Plötzlich fuhr der zutrauliche Vogel in jähem Schreck gegen eine Seite seines Käfigs, die Tragbalken wankten, das Rebendach schütterte, die Öffnung hatte sich jäh verfinstert und es blickte in Manneshöhe über Andreas Kopf ein menschliches Gesicht herein. Schwarze Augen, in denen das Weiße blitzend hervortrat, starrten von oben in seinen erschrockenen Blick, ein Mund, halboffen vor Anstrengung, Erregung, dunkle Locken drangen zu einer Seite zwischen den Trauben herab, das ganze blasse Gesicht drückte eine wilde Gespanntheit aus und eine augenblickliche, fast kindisch unverhohlene Befriedigung, der Körper lag irgendwie über dem lichten Lattendach, vielleicht hingen die Füße an einem Haken der Mauer, die Fingerspitzen an dem Ende eines der Pfeiler. Nun veränderte sich der Ausdruck des Gesichtes in einer rätselhaften Weise: mit einer unendlichen Teilnahme, ja Liebe ruhten die Augen auf Andreas. Die eine Hand drang durch das Blattwerk, als wollte sie seinen Kopf erreichen, sein Haar streicheln. Die vier Finger waren an der Spitze blutig, die Hand erreichte Andreas nicht, ein Blutstropfen fiel auf seine Stirn, das Gesicht droben erblaßte, »ich falle«, rief der Mund. – Die unsäglichste Anstrengung hatte nur diesen einen Augenblick erkauft, das blasse Gesicht riß sich weg, der leichte Körper schnellte nach oben, glitt dann über die Mauer zurück, wie er jenseits den Boden erreichte, konnte Andreas nicht mehr hören, er lief schon nach vorne, der Rätselhaften den Weg abzuschneiden. Das Haus zur Rechten mußte es sein, entweder sie kam dort heraus oder sie verbarg sich in dem Hof, in welchen sie herabgesprungen war. Er stand vor der Haustür, es war die mit dem Delphin, sie war verschlossen und gab seinem Druck nicht nach. Schon hob er den Türklopfer, da glaubte er, drinnen Schritte zu hören, die sich näherten; sein Herz pochte, man hätte es durch die Tür hören müssen. Ihm war zumut wie kaum je im Leben, zum erstenmal bezog sich ein Unerklärliches aus jeder Ordnung heraustretend auf ihn, er fühlte, er werde sich nie über dieses Geheimnis beruhigen können, er sah das Mädchen die kahle Mauer emporklimmen, mit den Spitzen der Finger sich an den Fugen emporreißen, um zu ihm zu gelangen, er sah sie mit blutigen Händen in einen Winkel des Hofes gedrückt, vor ihm fliehen wollen, er ihr nach – weiter reichten seine Gedanken nicht, ein schneller Schritt, der auf die Tür zuging raubte ihm fast die Besinnung, die Tür ging auf: es war Zorzi, der vor ihm stand. »Sagen Sie mir um alles in der Welt – wen habe ich gesehen«, rief ihm Andreas entgegen und lief, ehe Zorzi antworten, ehe er fragen konnte, an ihm vorüber ans Ende des Flurs. »Wohin wollen Sie?«, fragte ihn Zorzi – »in den Hof – lassen Sie mich« – »Das Haus hat keinen Hof, hier stößt ihm eine Feuermauer entgegen, dahinter fließt der Canal, daran grenzt der Garten eines Redemptoristenklosters.« Andreas begriff nichts, die Localität verwirrte sich ihm, er erzählte und sah, daß er nichts erzählen konnte, daß er das Entscheidende an dem, was er erlebt hatte, nicht zu erzählen verstand. »Wer immer diese Person ist«, sagte Zorzi »seien Sie sicher, wenn sie sich noch einmal in diesem Stadtviertel blicken läßt, ich kriege heraus, wer sie ist, sie entgeht mir nicht, ob es nun eine verkleidete Nonne ist oder eine öffentliche Person, die sich einen Spaß gemacht hat.« Wie gut wußte Andreas, daß weder das eine noch das andere der Wahrheit nahekam. Er konnte sich nichts erklären, und doch wies er im Innersten jede Erklärung zurück. Wie gerne wäre er noch einmal in die Kirche zurückgeeilt: seine geheimnisvolle Feindin und Freundin vielleicht nicht, die unbändige seltsame, die an Mauern emporkletterte – ihre Gefährtin mußte zu finden sein – denn jetzt schien es ihm unmöglich, daß die beiden Wesen, von denen eines an der Stelle des andern aufgetaucht war, wie das Glas mit rotem und mit gelbem Wein aus der Hand des Taschenspielers, daß sie nichts voneinander wissen sollten. Er war sich selber unbegreiflich, daß er an diesen Zusammenhang nicht früher gedacht hatte – ihm war, er habe die Kirche leichtsinnig durchsucht – er hätte eine Spur finden müssen, einen Mauerspalt, eine Falltür, wie gerne wäre er wieder dahin zurückgekehrt, wäre er allein gelassen, der Zwang, suchen und finden zu müssen, hätte ihn jetzt und dann ein drittes, ein viertes Mal zurückgetrieben – war es ihm nicht oft so gegangen – aber Zorzi ließ ihn nicht aus: »Lassen Sie jetzt Ihre Verkleidete – in Venedig werden Ihnen noch ganz andere Dinge begegnen – und kommen Sie schnell zu Nina, sie erwartet Sie. Was da oben wieder passiert ist, läßt sich gar nicht sagen! Der Herzog von Camposagrado, ihr Protector, hat in einem Anfall von Wut und Eifersucht einen seltenen Vogel, den ihr der jüdische Verehrer Herr dalla Torre tags zuvor geschickt hatte, lebendig

in den Mund gesteckt und den Kopf abgebissen. Den ungarischen Hauptmann hat er, auf den er Ninas wegen einen Verdacht hatte, halb todprügeln lassen, und zwar, wie es scheint, aus Versehen einen Unrichtigen, so daß jetzt die Sbirren hinter ihm her sind und bei ihr alles durchsucht haben – kurz, es geht alles drunter und drüber, das ist gerade der richtige Augenblick, wo bei ihr immer ein Ankömmling sein Glück macht.«
Andreas hörte alles nur mit halbem Ohr. Die Treppe war eng und dunkel, bei jeder Wendung glaubte, hoffte er, die Unbekannte irgendwo hervortreten zu sehen. Noch oben vor Ninas Tür erwartete er, sie würde vorüberhuschen. Der Gegenwart einer ältlichen Person, die ihn und Zorzi oben in ein dunkles Vorzimmer einließ, wurde er sich kaum bewußt und stand in einem freundlichen hellen Zimmer. Jetzt erschien es ihm über jeden Zweifel sicher, daß zwischen beiden Gebärden ein geheimnisvoller Bezug geherrscht hatte, die flehentlich wie beschwörend gehobenen Arme der Bekümmerten ebenso wie der Wink der Jungen ihm gegolten hatten. Die Spannung, die Ungeduld, diese unbegreiflichen Wesen zu entziffern, war kaum erträglich. Nur eines beruhigte ihn: sie hatte, um einen unauslöschlichen Eindruck auf ihn zu machen, auf eine unbegreifliche Weise den Weg gefunden. Eine hohe Mauer, unter der vielleicht das Wasser dahinfloß, hatte sie nicht abgehalten, das zu machen, was außer einer Katze jedem Geschöpf versagt schien, aus ihren Fingern das Blut fließen zu lassen, war ihr nicht zu viel gewesen. Sie würde ihn an jedem Ort und zu jeder Stunde wieder zu finden wissen.
Sie fanden Fräulein Nina auf einem Sopha in einer sehr bequemen und hübschen Stellung. Alles an ihr war hell und von einer allerliebsten zarten Rundheit.Ihr Haar war hellblond wie verblichenes Gold, und sie trug es ungepudert. Drei Dinge, die in reizender Weise gekrümmt waren und ganz zueinander gehörten: ihre Augenbrauen, ihr Mund und ihre Hand hoben sich mit dem Ausdruck von gelassener Neugierde und großer Liebenswürdigkeit dem eintretenden Gast entgegen. Ein Bild ohne Rahmen lehnte verkehrt an der Wand; durch die Leinwand lief ein Schnitt wie von einem Messer. Zorzi

nahm es vom Boden auf und besah es kopfschüttelnd. »Wie finden Sie übrigens die Ähnlichkeit?«, fragte er und hielt Andreas, der sich zu Ninas Füßen auf ein Tabouret niedergesetzt hatte, das Gemälde hin. Das Bild war, was ein grobes Auge sprechend ähnlich finden mochte: es waren Ninas Züge, aber kalt, gemein. Ihre leicht nach oben gekrümmten Brauen waren darum so reizend, weil sie in einem fast zu weichen Gesichtchen saßen; ihren Hals hätte ein strenger Beurteiler zu wenig schlank finden können, aber wie der Kopf auf ihm saß, gab es ein bezauberndes Ich-weiß-nicht-was von frauenhafter Hilflosigkeit. Auf dem Porträt waren die Augenbrauen von einer gemeinen Bestimmtheit, der Hals, den der Messerstich durchschnitt, üppig und dirnenhaft. Die Augen hafteten mit einem frechen, kalten Feuer auf dem Beschauer. Es war eines von jenen peinlichen Porträts, von denen man sagen kann, daß sie das Inventarium eines Gesichtes enthalten, aber die Seele des Malers verraten. Andreas wandelte ein innerlicher Schauder an. »Räum es mir aus den Augen«, sagte Nina, »es erinnert mich nur an Ärger und Brutalität.« »Ich werde dieses wieder herstellen und ein zweites machen«, sagte Zorzi, »und es nicht in der venezianischen Art, sondern in der flämischen untermalen. Es wird noch besser werden, und ich werde es mir von den beiden Herrn zweimal bezahlen lassen. Ich müßte ein Vieh sein, wenn es mir nicht gelingen sollte, es mir von beiden bezahlen zu lassen.« »Nun, wie finden Sie es?« fragte sie, als der Maler mit seinem Werk verschwunden war. »Ich finde es recht ähnlich und recht häßlich«, sagte Andreas. »Da machen Sie mir ein schönes Compliment«, erwiderte Nina und sah ihn verwundert an. Er schwieg. »Nun sind Sie erst einen Augenblick bei mir und haben mir schon etwas Unfreundliches gesagt. Meinen Sie denn auch, daß den Männern ihre größere Kraft, ihr schärferer Verstand und ihre stärkere Stimme nur gegeben sind, um uns armen Weibern das Leben schwer zu machen?« »So meine ich es nicht«, beeilte sich Andreas zu sagen. »Wenn ich Sie malen sollte, so käme ein anderes Bild heraus das dürfen Sie mir glauben!« Er sagte es und hätte gerne viel mehr gesagt, denn sie schien ihm unsäglich reizend. Aber der Gedanke, daß Zorzi jeden Augen-

blick wieder ins Zimmer treten werde, machte ihn befangen, und er schwieg. Vielleicht hatte er genug gesagt, aber er wußte es nicht. Denn es kommt nicht auf die Worte an, sondern auf einen Ton, einen Blick. Nina sah wie zerstreut und gleichsam wie in etwas, das kommen würde, ergeben über ihn hin; auf ihrer Oberlippe, die geschwungen war wie ihre Augenbrauen, schwebte die Andeutung eines Lächelns und schien auf einen Kuß zu warten. Andreas neigte sich unbewußt vor und sah benommen auf diese halboffenen Lippen. Das Bauernmädchen Romana tauchte herauf, um sich gleich wieder in Luft aufzulösen. Er fühlte, wie etwas Entzückendes, zugleich Bangmachendes, sich sanft auf sein Herz niedersenkte, sich dort zu lösen. »Nun sind wir allein«, sagte er, »aber wer weiß wie lange.« Fast hätte er nach ihrer Hand gegriffen und nahm sie doch nicht. Denn er glaubte, Zorzis Hand an der Türklinke zu fühlen. Er stand auf und trat ans Fenster. Andreas sah durchs Fenster und gewahrte unter sich einen hübschen kleinen Dachgarten. Auf einer flachen Terrasse standen Orangen in Kübeln, Lilien und Rosen wuchsen aus hölzernen Behältern, ein kleiner Feigenbaum in der Mitte trug sogar einige reife Früchte, und Kletterrosen bildeten einen Gang und sogar eine kleine Laube. Er fragte: »Gehört der Garten Ihnen?« – »Er gehört nicht mir«, gab Nina zurück. »Wie gern möchte ich ihn miethen. Aber ich kann den geldgierigen Leuten nicht so viel geben, als sie haben wollen. Hätte ich so viel, so ließ ich ein Bassin mit einem kleinen Springbrunnen machen. Zorzi sagt, man kann das, und eine Laterne in die Laube.«
Andreas sah sich bei den Nachbarsleuten eintreten, das Geld für die Miethe auf den Tisch zählen, er sah sich dann mit dem Miethcontract in der Tasche zu Fräulein Nina zurückkommen. In seiner Phantasie gab er schon die Anordnungen, das Gitter um den Dachgarten zu erhöhen: Kletterrosen und Winden liefen an leichten Stäben aufwärts und machten den kleinen Raum wie ein lebendes Zimmer, in das von oben die Sterne hineinblickten. Der leichte Nachtwind trat spielend hindurch. Die zudringlichen Blicke der Nachbarn waren abgehalten. Auf kleinen Tischchen standen Früchte in Schalen, zwischen Lichtern unter Glasglocken. Nina lag in einem

leichten Morgenanzug auf einem Sopha – fast so, wie sie hier wirklich vor ihm lag. Aber wie anders stand er dort vor ihr. Er war kein zufälliger Besuch, den jedes Knarren einer Tür aufschreckte, dem eine ungewisse zerstreute Viertelstunde zugewiesen war – er war der berechtigte Freund, der Herr dieses Zaubergartens und der Herr seiner Herrin – er verlor sich in ein unbestimmtes Gefühl der Beglückung, als schlüge der Ton einer Aeolharfe durch ihn hindurch. Er wußte nicht, wie wenig es eines solchen Umweges bedurfte – ja, daß der nächste Moment ihm vielleicht dieses Glück geschenkt hätte. – »Was haben Sie? Woran denken Sie«, fragte Nina, und in ihrer Stimme lag der reizende Ausdruck einer leichten Verwunderung, der ihr so nah lag. Die Stimme zog ihn ins Bewußtsein zurück, ihm fiel ein, daß man von dem Dachgarten aus müßte auf jenes Dach aus Weinlaub hinabschauen können, das sich von einer Feuermauer zur anderen spannte, auf den Canal, der sich zwischen jenem Hof und dem Garten des Redemptoristenklosters hinzog, der Gedanke an seine Unbekannte fiel ihn an, aber wie ein Schreck. Dieses Wesen war in der Welt, darin lag etwas, das unentfliehbar war. Die Brust wurde ihm enger, ihm war, als müsse er Schutz suchen, er trat ins Zimmer zurück, er stützte sich auf die Lehne des Sophas und beugte sich über Nina. Ihre Oberlippe, die zart gekrümmt war wie ihre Augenbrauen, hob sich in leichtem Erstaunen nach oben.

»Ich habe daran gedacht, daß ich in Ihrem früheren Zimmer wohne und daß ich allein dort wohne – und daß Sie hier wohnen«, sagte er, aber die Worte wurden ihm schwer. »Wenn Sie den kleinen Garten da drunten hätten und die Laube mit der Lampe drin, so möchte ich dort mit jemandem wohnen – aber schon recht gern – freilich nicht mit der, die der da hinausgetragen hat, mit der möchte ich in keinem Haus in keiner Laube und auf keiner Insel wohnen. Und Sie haben ja keine Laube und auch keine Lampe drin!«

Er wäre gern vor ihr niedergekniet und hätte seinen Kopf in ihren Schoß gelegt, aber er sagte alles und insbesondere den letzten Satz in einem kalten und beinahe finstern Ton. Denn er glaubte, daß eine Frau alles erraten müßte, was in ihm vorging. Wenn er nun hart und spöttisch von jener Nina auf dem Bilde sprach, so mußte sie wissen, daß eine andere ihm näher und er ihr näher war, als sich mit Worten sagen ließ, und daß alles an ihm bereit war, die Umstände herbeizuführen, deren Nichtvorhandensein er hart und trocken hervorhob. Zugleich aber überkam ihn eine sonderbare und trübe Vorstellung: es war die Erinnerung an einen alten und wie ihm in diesem Augenblick schien, bis zum Ekel oft geträumten Kindertraum: hungrig hatte er sich in die Vorratskammer geschlichen, sich ein Stück Brot abzuschneiden, er hatte den Laib Brot an sich gedrückt, das Messer in der Hand aber schnitt wieder und wieder an dem Brot vorbei ins Leere.

Seine Hand hatte ohne Verwegenheit, ja ohne Hoffnung, Ninas Hand erfaßt, die ohne Magerkeit und zart war, ohne klein zu sein. Sie ließ sie ihm, ja er glaubte zu fühlen, wie sich die Finger mit einem leisen beharrenden Druck um die seinige zusammenschlossen. Ihr Blick verschleierte sich, und das Innere ihrer blauen Augen schien dunkler zu werden. Die Ahnung eines Lächelns lag noch auf ihrer Oberlippe, aber ein vergehendes, beinahe angstvolles Lächeln schien einen Kuß dorthin zu rufen. Nichts konnte ihn tiefer und jäher erschrecken als diese Zeichen, die einen anderen vielleicht kühn, ja frech gemacht hätten. Er war verwirrt über die Maßen. Wie konnte er fassen, was so einfach und so nahe war! Er dachte nicht an die, über die er gebeugt war, sondern an ihr Leben: blitzschnell sah er die Mutter, den Vater, die Schwester, die Brüder; er sah den jähzornigen Herzog wie aus der Coulisse um das Sopha auftauchen, den blutigen Kopf eines Papageien in der Hand. Daneben schob sich die Kappe eines jüdischen Verehrers lauernd hindurch, er sah aus wie einer der Bedienten, aber ohne Perücke, und der ungarische Hauptmann, dessen Haar in Zöpfen geflochten war, hob mit wilder Gebärde ein krummes Messer. Er fragte sich, ob seine ganze Barschaft hinreichen würde, Fräulein Nina völlig von all diesen Gestalten los zu machen – und er mußte sich sagen: vielleicht für eine Woche, für drei Tage. Und was war ein einmaliges Geschenk, wenn es ihn auch zum Bettler machte, wo, wie es ihm schien, der Anstand es verlangte, eine Rente aus-

zusetzen, ja vielleicht eine Wohnung oder gar ein Haus neu einzurichten, Dienerschaft herbeizuschaffen, zumindest überschlug er: eine Jungfer, einen Diener. Die Miene des Bedienten Gotthelff grinste ihm entgegen, der schöne Moment war zerronnen, er fühlte, daß er Ninas Hand auslassen müßte, er that es mit einem sanften Druck.
Sie sah ihn an, ihrem Ausdruck war wiederum etwas wie Verwunderung beigemischt, aber kühler als vorhin. Er hatte Abschied genommen, er wußte nicht wie, er hatte um die Erlaubnis gebeten, wiederzukommen. Drunten fand er Zorzi, der das Bild, in ein Papier gehüllt, unterm Arm hatte und auf ihn zu warten schien. Er verabschiedete ihn schnell, es reute ihn sehr, daß er diesem Menschen von der Unbekannten gesprochen hatte; er war froh, daß Zorzi nicht davon anfing, um alles hätte er gerade ihn nicht dürfen auf diese Spur bringen, von dessen Blick er sich und alles belauert fühlte. Er sagte ihm, daß er Fräulein Nina demnächst wieder besuchen werde – er glaubte selbst nichts davon. Kaum, daß Zorzi mit seinem Bild sich entfernt hatte, ging Andreas durch das Gäßchen, unter dem Schwibbogen durch über die Brücke, nach der Kirche. Der Platz lag menschenleer, da wie vorhin; unter der Brücke hing regungslos die leere Barke und Andreas glaubte, darin ein Zeichen zu sehen, das ihn ermutigte. Er ging wie im Traum und zweifelte eigentlich nicht. Er dachte nichts anderes, als daß die Bekümmerte dasitzen, und wie er hereinträte, die Arme angstvoll und wie flehend gegen ihn heben würde. Dann würde er zurücktreten und wissen, daß in seinem Rücken die andere sich von dem gleichen Betstuhl erhob, um ihm zu folgen.
Dies Geheimnisvolle war für ihn nichts Vergangenes, sondern ein etwas, das sich kreisförmig wiederholte, und es lag nur an ihm, in den Kreis zurückzutreten, daß es wieder Gegenwart würde. Er trat in die Kirche, es war niemand da. Er ging wieder zurück auf den Platz, er stand auf der Brücke, er sah in jedes Haus und fand niemanden. Er entfernte sich, durchstreifte ein paar Gassen, kam nach einer Weile wieder auf den Platz zurück, trat durch die Seitentür in die Kirche, ging durch den Schwibbogen zurück und fand niemanden.

Erfundene Gespräche und Briefe

Über Charaktere im Roman und im Drama

Ein imaginäres Gespräch

BALZAC HAMMER-PURGSTALL

HAMMER: Sie werden, Verehrtester, eine Frage gestatten, die mir seit langem auf der Zunge brennt. Verzeihen Sie meine Freiheit; Sie wissen, daß einer der glühendsten Bewunderer Ihrer stupenden Erzählkunst vor Ihnen steht: aber werden Sie uns nicht jetzt, in der Vollkraft Ihrer schöpferischen Phantasie, eine gleiche, eine ähnliche Reihe von Werken für das Theater schenken?
Sie schweigen? Sie wollen mir nicht antworten? Soll ich vermuten, daß Sie die dramatische Form nicht lieben? daß Ihnen das Theater nichts bedeutet?

BALZAC: Im Gegenteil, Baron.

HAMMER: Bravo, bravo! Ich liebe das Theater grenzenlos und habe, als Deutscher, an dem unseren die größte Freude. Aber was könnte erst aus dem französischen werden, wenn Ihr Genius da die Zügel ergriffe und mit mächtigen Peitschenhieben den verfahrenen Karren in neue Geleise triebe.

BALZAC verbindlich: Ich weiß, Sie haben Schiller, Sie haben den Verfasser der »Ahnfrau«, Sie haben vor allem Raupach! O, das Theater! Ein schöner Traum.

HAMMER: Ihre Träume, mein Herr, pflegen Wirklichkeit zu werden. Und was könnte Sie in diesem Falle hindern? Verträge, Abmachungen mit Verlegern? Sie zerreißen sie, wie der Löwe seine Netze. Die Möglichkeit eines Mißerfolges? Ein Mißerfolg Balzacs? Balzac nicht der souveräne Herr seines Publikums? Balzac schwächer als ein Saal von zwei- oder dreitausend Menschen? Ja sind es denn nicht Ihre Geschöpfe, die ihn füllen? Sehe ich nicht in jedem Rang die Physiognomien, die aus Ihrer Retorte hervorgegangen sind? Nehmen sie nicht alle

Logen ein: die Herzogin von Maufrigneuse und die Prinzessin von Cadignan und die Grandlieus mit ihren Töchtern und der Herzog d'Hérouville, dieser Zwerg, und der Baron Nucingen mit seiner Frau, und die Rhetores, und die Navarreins und die Lenoncourts! Sehe ich nicht im Halbdunkel, in der Loge von Madame d'Espard, den schönen Rubempré hinter der vor Eifersucht bleichen, nicht mehr jungen Madame de Bargeton? Steht nicht Rastignac im Orchester, das Genie des Ehrgeizes und der Rücksichtslosigkeit, und lorgniert Frau von Nucingen? Tritt jetzt nicht de Marsay zu ihm, ihm die Hand zu drücken, de Marsay, der, wie er, einmal Minister und Pair von Frankreich sein wird. Und jetzt Bianchon, der Arzt, und Claude Vignon, der Journalist, und Stidmann, der Bildhauer, und die polnischen Emigrierten, Laginski und Paz und Stenbock. Zeigen sie einander nicht die halbversteckte Proszeniumsloge, in der die märchenhafte Esther, die noch fast niemand kennt, von den ersten Schatten eines tragischen Kurtisanenlebens eingehüllt, auf Rubempré hinübersieht? Etalieren nicht zwischen den großen Damen andere Damen einen aufregenden, wie mit dem Fieber der Gegenwart imprägnierten Luxus: sehe ich nicht bei diesen, bei einer Josepha, einer Madame Schontz, einer Jenny Cadine, die Bixiou und de Lora aus und ein gehen, und erblicke ich nicht dort drüben, mit seiner schönen Tochter Victorine, Herrn Taillefer, den großen Industriellen, der einen Mord auf dem Gewissen hat, und sitzt dort unten nicht, verkleidet als spanischer Geistlicher, Haar, Bart, Haltung, Stimme, alles an ihm falsch, nur das unbezwingliche Auge lebendig, Vautrin, der Galeerensträfling? Ja, sehe ich denn irgend etwas anderes als diese Gestalten, die durch eine bewundernswerte Zauberei einander wie hundertfältige Spiegel ihr ganzes Leben, ihr Denken, ihre Leidenschaften, ihre Vergangenheit, ihre Zukunft tausendfach multipliziert zuwerfen?

Bei diesen Sätzen, bei dem so seltenen, wahren Enthusiasmus der Bewunderung, welche die Wangen des großen Orientalisten lebhafter färbte, bei dieser so starken, so ungezwungenen, fast unter vier Augen dargebrachten Huldigung konnte Balzac ein Lächeln nicht unterdrücken. Es war das

schöne seltene Lächeln reiner Befriedigung, das aus dem Gesicht nicht mit der Schnelligkeit des Wetterleuchtens, nicht zuckend, sondern langsam, wie der schöne Sonnenuntergang eines reinen Sommertages, wieder verschwindet. Es war das gleiche Lächeln, das den Mund Napoleons erleuchtete, als er, am Nachmittag von Austerlitz, die Wirkung sah, welche die nach seinem Befehl gerichteten Geschosse auf die Eisdecke der Teiche machten, die von Tausenden flüchtender Russen und Österreicher bedeckt war. Und vielleicht, ja sehr wahrscheinlich hatte dieses Lächeln in diesen beiden, äußerlich so verschiedenen Fällen den gleichen Ursprung: beide Male entsprang es der Seele eines großen Mannes, einer von Natur zur Eroberung bestimmten Seele, in dem Augenblick, als diese Seele ganz nahe vor sich die Möglichkeit sah, den stumpfen Widerstand Europas gegen ihr Genie übers Knie zu brechen wie ein Bündel dürrer Reiser. Die furchtbare Energie seiner mit dem Leben ringenden Seele war für einen Moment entspannt; seine Augen schweiften mit dem leichten Blick des Reisenden über die Hänge des Kahlenberges hin; in seiner Haltung war die undefinierbare Veränderung, Lässigkeit dessen, der in einer fremden Atmosphäre, unter dem Duft und Schatten fremder Bäume, mit fremden Menschen, die er vielleicht nie wieder sehen wird, freundlich und unbedrückt spricht: so gab sich Balzac dem Augenblick hin, in dessen vagem Inhalt etwas von der Rast eines Eroberers an den Grenzen ferner bezwungener Länder war, gab sich ihm so sehr hin, daß er einige Sätze des Barons überhörte und nur dieses Ende einer längeren Tirade auffing:
Wie! Alles was im Theater sitzt, die schöne Welt der Logen und des Parketts und das Paradies, alles soll die Spuren der Löwentatze aufweisen, und nur die Bühne nicht?

BALZAC: O ja, ich liebe das Theater. Das Theater, wie ich es verstehe. Das Theater, auf dem alles vorkommt, alles. Alle Laster, alle Lächerlichkeiten, alle Sprechweisen! Wie armselig, wie symmetrisch ist dagegen das Theater Victor Hugos. Meines, das, welches ich träume, ist die Welt, das Chaos. Und es hat einmal existiert, mein Theater, es hat existiert. Lear auf der

Heide, und der Narr neben ihm, und Edgar und Kent und die Stimme des Donners in ihre Stimmen verschlungen! Volpone, der sein Gold anbetet, und seine Diener, der Zwerg, der Eunuch, der Hermaphrodit und der Schurke! und die Erbschleicher, die ihm ihre Frauen und ihre Töchter anbieten, die ihre Frauen und Töchter bei den Haaren in sein Bett ziehen! Und die dämonische Stimme der schönen Dinge, der verlockenden Besitztümer, der goldenen Gefäße, der geschnittenen Steine, der wundervollen Leuchter, so vermengt mit den Menschenstimmen, wie dort der Donner. Ja, es hat einmal ein Theater gegeben.

HAMMER: Sie meinen das englische um Fünfzehnhundertneunzig?

BALZAC: Ja, die haben es gehabt. Auch später noch. Es gibt nachzuckende Blitze. Kennen Sie das »gerettete Venedig« von Otway?

HAMMER: Ich glaube, es in Weimar gesehen zu haben.

BALZAC: Mein Vautrin hält es für das schönste aller Theaterstücke. Ich gebe viel auf das Urteil eines solchen Menschen.

HAMMER: Ihre Lebhaftigkeit bei diesem Thema ist mir äußerst erfreulich. Wir werden, nun weiß ich es, eine comédie humaine auf der Bühne haben! Wir werden die Perücke von Vautrins Kopf fliegen und den entsetzlichen Schädel des Sträflings sich enthüllen sehen. Wir werden Goriot belauschen, wie er einsam in eiskalter Kammer die Vision seiner schönen Töchter sich heraufbeschwört. Was schütteln Sie den Kopf, mein Herr? Nichts kann nunmehr im Wege sein.

BALZAC: Nichts, scheinbar gar nichts. Auch in meinem Willen nichts, scheinbar. Auch fehlt es mir nicht an dramatischen Mitarbeitern. Sie können nicht von der Oper bis zum Palais Royal gehen, ohne deren einem oder zweien zu begegnen. Denn ich habe mir Mitarbeiter erschaffen wollen. Ich wollte in einen andern hineinkriechen. Aber ich hatte unrecht. Man kann sich nicht in die Haut eines Esels verstecken. Ich wollte etwas finden, was ich nicht in mir trug. Ich wollte eine Unehrlichkeit begehen, eine der versteckten großen Unehrlichkeiten. Es liegt im Wesen der meisten Schriftsteller, dergleichen Unehrlichkeiten in Masse zu begehen, und ganz straflos. Sie gleichen dem Reiter in der deutschen Ballade, der, ohne es zu wissen, über den gefrorenen Bodensee reitet. Aber sie erfahren es auch nachher nicht und fallen daher nicht tot um, wie dieser Reiter. Eine Kunstform gebrauchen und ihr gerecht werden: welch ein Abgrund liegt dazwischen! Je größer man ist, desto klarer sieht man in diesen Dingen. Mögen andere die Formen vergewaltigen, ich für mein Teil, ich weiß, daß ich kein Dramatiker bin, ebensowenig wie –

Hier nannte Herr von Balzac die Namen aller seiner Landsleute, welche im vorhergehenden Jahrzehnt einen großen, zum Teil einen europäischen Ruf eben durch ihre dramatischen Produkte erlangt hatten, und fuhr fort:

Den Grund davon? Den innersten Grund? Ich glaube vielleicht nicht, daß es Charaktere gibt. Shakespeare hat das geglaubt. Er war ein Dramatiker.

HAMMER: Sie glauben nicht, daß es Menschen gibt? Das ist gut! Sie haben deren etwa sechs- oder siebenhundert geschaffen; sie auf die Beine gestellt, da! und seither existieren sie.

BALZAC: Ich weiß nicht, ob das Menschen sind, die in einem Drama leben könnten. Ist Ihnen gegenwärtig, was man in der mineralogischen Wissenschaft eine Allotropie nennt? Derselbe Stoff erscheint zweimal im Reich der Dinge, in ganz verschiedener Kristallisationsform, ganz unerwartetem Gepräge. Der dramatische Charakter ist eine Allotropie des entsprechenden wirklichen. Ich habe im Goriot das Ereignis »Lear«, ich habe den chemischen Vorgang »Lear«, ich bin himmelweit entfernt von der Kristallisationsform »Lear«. – Sie sind, Baron, wie alle Österreicher ein geborener Musiker. Sie sind zudem ein gelehrter Musiker. Lassen Sie mich Ihnen sagen, daß die Charaktere im Drama nichts anderes sind als kontrapunktische Notwendigkeiten. Der dramatische Charakter ist eine Verengerung des wirklichen. Was mich an dem wirklichen bezaubert, ist gerade seine Breite. Seine Breite, welche die Basis seines Schicksals ist. Ich habe es gesagt, ich sehe nicht den Menschen, ich sehe Schicksale. Und Schicksale darf man nicht mit Katastrophen verwechseln. Die Katastrophe als symphonischer Aufbau, das ist die Sache des Dramatikers, der mit dem Musiker so nahe verwandt ist. Das Schicksal des Menschen, das ist etwas, dessen Reflex vielleicht nirgends existierte, bevor ich meine Romane geschrieben hatte. Meine Menschen sind nichts als das Lackmuspapier, das rot oder blau reagiert. Das Lebende, das Große, das Wirkliche sind die Säuren: die Mächte, die Schicksale.

HAMMER: Sie meinen die Leidenschaften?

BALZAC: Nehmen Sie dieses Wort, wenn Sie es vorziehn, aber Sie müssen es in einer noch nie dagewesenen Weite nehmen und dann wieder es so verengen, so ins Besondere ziehen, wie es noch nie gebraucht worden ist. Ich sagte »die Mächte«. Die Macht des Erotischen für den, welcher der Sklave der Liebe ist. Die Macht der Schwäche für den Schwachen. Die Macht des Ruhmes über den Ehrgeizigen. Nein, nicht d e r Liebe, der Schwäche, des Ruhmes: seiner ihn umstrickenden Liebe, seiner individuellen Schwäche, seines besonderen Ruhmes. Das, was ich meine, nannte Napoleon seinen Stern: das war es, was ihn zwang, nach Rußland zu gehen; was ihn zwang, dem Begriff »Europa« eine solche Wichtigkeit beizulegen, daß er nicht ruhen konnte, bis er »Europa« zu seinen Füßen liegen hatte. Das, was ich meine, nennen Unglückliche, die ihr Leben in einem Blitz überschauen, ihr Verhängnis. Für Goriot ist es in seinen Töchtern inkarniert. Für Vautrin in der menschlichen Gesellschaft, deren Fundamente er in die Luft sprengen will. Für den Künstler in seiner Arbeit.

HAMMER: Und nicht in seinen Erlebnissen?

BALZAC: Es gibt keine Erlebnisse, als das Erlebnis des eigenen Wesens. Das ist der Schlüssel, der jedem seine einsame Ker-

kerzelle aufsperrt, deren undurchdringlich dichte Wände freilich wie mit bunten Teppichen mit der Phantasmagorie des Universums behangen sind. Es kann keiner aus seiner Welt heraus. Haben Sie eine größere Reise auf einem Dampfschiffe gemacht? Entsinnen Sie sich da einer sonderbaren, beinahe Mitleid erregenden Gestalt, die gegen Abend aus einer Lücke des Maschinenraumes auftauchte und sich für eine Viertelstunde oben aufhielt, um Luft zu schöpfen? Der Mann war halbnackt, er hatte ein geschwärztes Gesicht und rote, entzündete Augen. Man hat Ihnen gesagt, daß es der Heizer der Maschine ist. Sooft er heraufkam, taumelte er; er trank gierig einen großen Krug Wasser leer, er legte sich auf einen Haufen Werg und spielte mit dem Schiffshund, er warf ein paar scheue, fast schwachsinnige Blicke auf die schönen und fröhlichen Passagiere der ersten Kajüte, die auf Deck waren, sich an den Sternen des südlichen Himmels zu entzücken; er atmete, dieser Mensch, mit Gier, so wie er getrunken hatte, die Luft, welche durchfeuchtet war von einer in Tau vergehenden Nachtwolke und dem Duft von unberührten Palmeninseln, der über das Meer heranschwebte; und er verschwand wieder im Bauch des Schiffes, ohne die Sterne und den Duft der geheimnisvollen Inseln auch nur bemerkt zu haben. Das sind die Aufenthalte des Künstlers unter den Menschen, wenn er taumelnd und mit blöden Augen aus dem feurigen Bauch seiner Arbeit hervorkriecht. Aber dieses Geschöpf ist nicht ärmer, als die droben auf dem Deck. Und wenn unter diesen Glücklichen droben, unter diesen Auserwählten des Lebens, zwei Liebende wären, die, mit verschlungenen Fingern, aneinandergelehnt, bedrückt von der Fülle ihres Inneren, das Hinstürzen unermeßlich ferner Sterne, wie sie der südliche Himmel in Garben, in Schwärmen, in Katarakten aus dem Bodenlosen ins Bodenlose fallen läßt, nur wie den stärksten, bis an den Rand des Daseins fortgepflanzten Pulsschlag ihrer Seligkeit empfänden – auch an diesen gemessen, wäre er nicht der Ärmere. Der Künstler ist nicht ärmer als irgend einer unter den Lebenden, nicht ärmer als Timur der Eroberer, nicht ärmer als Lucullus der Prasser, nicht ärmer als Casanova der Verführer, nicht ärmer als Mirabeau, der Mann des

Schicksals. Aber sein Schicksal ist nirgends als in seiner Arbeit. Er soll sich nirgends anders seine Abgründe und seine Gipfel suchen wollen: sonst wird er einen erbärmlichen Sandhügel für einen Montblanc nehmen, ihn keuchend erklimmen, mit verschränkten Armen droben stehen und das Gelächter aller sein, die zwanzig Jahre später leben. In seiner Arbeit hat er alles: er hat die namenlose Wollust der Empfängnis, den entzückenden Ätherrausch des Einfalls, und er hat die unerschöpfliche Qual der Ausführung. Da hat er Erlebnisse, für welche die Sprache kein Wort und die finstersten Träume kein Gleichnis haben. Wie der Geist aus der Flasche Sindbads, des Seefahrers, wird er sich ausbreiten wie ein Rauch, wie eine Wolke und wird Länder und Meere beschatten. Und die nächste Stunde wird ihn zusammenpressen in seine Flasche, und, tausend Tode leidend, ein eingefangener Qualm, der sich selber erstickt, wird er seine Grenzen, die unerbittlichen, ihm gesetzten Grenzen, spüren, ein verzweifelnder Dämon in einem engen gläsernen Gefängnis, durch dessen unüberwindliche Wände er mit grinsender Qual die Welt draußen liegen sieht, die ganze Welt, über der er vor einer Stunde brütend schwebte eine Wolke, ein ungeheurer Adler, ein Gott.

Aber bis zu einem solchen Punkt, aber so ganz und gar ist die Arbeit das ganze Schicksal des Künstlers, daß er ringsum in der ganzen Welt nur die Gegenbilder der Zustände wahrzunehmen imstande ist, die er unter den Qualen und Entzückungen des Arbeitens durchzumachen gewohnt ist. Die Dichter haben aus dem höchsten Wesen einen Dichter gemacht. Und so geschickt sind sie, in das Auf und Nieder aller menschlichen Seelen das Spiegelbild ihrer eigenen Ekstasen und Abspannungen hineinzudeuten, daß allmählich, mit der Zunahme der lesenden Menschen und der unheimlichen Ausgleichung der Stände, an welcher wir leiden, die sonderbarsten Erscheinungen auftreten werden, und zwar nicht vereinzelt, sondern in Masse. Um 1890 werden die geistigen Erkrankungen der Dichter, ihre übermäßig gesteigerte Empfindsamkeit, die namenlose Bangigkeit ihrer herabgestimmten Stunden, ihre Disposition, der symbolischen Gewalt auch unscheinbarer Dinge zu unterliegen, ihre Unfähigkeit, sich mit dem existierenden Worte beim Ausdruck ihrer Gefühle zu begnügen, das alles wird eine allgemeine Krankheit unter den jungen Männern und Frauen der oberen Stände sein. Denn der Künstler gleicht jenem Midas, unter dessen Händen alles zu Gold wurde. Der gleiche Fluch erfüllt sich, nur immerfort auf eine unendlich subtilere Weise. Benvenuto Cellini liegt im tiefsten Verlies der Engelsburg; er hat ein gebrochenes Bein, die Zähne fallen ihm aus den Kiefern, man läßt ihn seit Tagen ohne Nahrung; er meint zu sterben: da verdichten sich seine qualvollen Delirien zu einem schönen tröstenden Traum, er sieht die Sonne, aber ohne blendende Strahlen, als ein Bad des reinsten Goldes. Ihre Mitte bläht sich auf und strebt in die Höhe: es erzeugt sich daraus ein Christus am Kreuz aus derselben Materie; dem Kruzifix zur Seite eine schöne heilige Jungfrau, in der gefälligsten Stellung und gleichsam lächelnd. Zu beiden Seiten zwei herrliche Engel, aus dem gleichen Material. Alles das sah er wirklich und dankte beständig Gott mit lauter Stimme. Er lag in der Agonie, aber er war der größte Goldschmied seines Jahrhunderts, und die Vision, in der ihm der Himmel seine Agonie versüßte, war die Vision einer Goldschmiedearbeit. Auf der Schwelle des Todes hingekrümmt, waren seine Träume aus keinem anderen Material als aus dem, in welchem seine Hände ein Kunstwerk zu schaffen vermochten. Und kennen Sie Frenhofer, den Maler?

HAMMER: Den Helden des Chef d'œuvre inconnu? Gewiß.

BALZAC: Er ist der einzige Schüler des Mabuse. Er hat von seinem Meister das ungeheure Geheimnis der Form mitbekommen, der wirklichen Form, des aus Licht und Schatten modellierten menschlichen Körpers. Er weiß, daß die Kontur nicht existiert. Seine Studien haben die Leuchtkraft des Giorgione und das Inkarnat Tizians; und er verachtet diese Studien. Pourbus betet ihn an, und Nicolas Poussin, der ihn kennen lernt, zittert vor ihm wie vor einem Dämon. Dieser Mensch arbeitet seit zehn Jahren an einer nackten weiblichen Gestalt, und niemand hat das Bild zu Gesicht bekommen. Sie erinnern sich, wie die Geschichte weiter geht. Poussin ist so aufgewühlt, so umgeworfen von diesem Dämon der Malerei, daß er ihm seine Geliebte, ein entzückendes zwanzigjähriges Wesen, als Modell anbietet. Man sagt, diese Gilette habe den schönsten Körper gehabt, auf den je die Augen eines Malers gefallen sind. Sie dem Alten anzubieten, war die rasendste Aufopferung der Liebe an die Kunst, an das Genie, an den Ruhm. Es war ein teuflischer Versuch, das Teuerste preiszugeben, um sich einzukaufen in die unmenschliche Herrlichkeit des Schaffens. Und der Alte? Er bemerkt sie kaum. Seit zehn Jahren lebt er in seinem Bild. In einem Delirium, das kaum mehr Pausen macht, fühlt er diesen gemalten Körper leben, fühlt die Luft ihn umspülen, fühlt diese Nacktheit atmen, schlafen, sich beseelen, dem Lebendig-Heraustreten sich nähern. Was könnte ihm eine lebende Frau, ein wirklicher Körper noch geben? Er sieht diesen wirklichen Frauenkörper, er sieht alle Formen und Farben, alle Schatten und Halbschatten und Harmonien der Welt überhaupt nur mehr als Negativ, in einem geheimen, nur ihm begreiflichen Bezug auf sein Werk. Die Welt ist ihm die Schale eines ausgegessenen Eies. Was von der Welt für seine Seele existierte, hat er in sein Bild hinübergetragen. Wie vergeblich, ihm eine Frucht, und wäre es die entzückendste dieser Erde, anzubieten, gegen welche sich die Tore seiner Seele für immer geschlossen haben. Welch ein groteskes und vergebliches Opfer. Da haben Sie den Künstler: wenn er jung ist, wenn er sich der Kunst gibt: Poussin – und wenn er reif ist, wenn er nahezu Pygmalion ist, wenn seine Statue, seine Göttin, das Gebilde seiner Hände, anfängt, ihm entgegenzuschreiten: Frenhofer. Und Gilette: sie ist das Erlebnis, sie ist die Fülle der Erlebnisse, sie ist die süße Fülle der Möglichkeiten des Lebens: und der eine, der junge, ist bereit, sie preiszugeben, der andere hat keine Augen mehr, sie zu beachten.

Das Leben! Die Welt! Die Welt ist in seiner Arbeit, und seine Arbeit ist sein Leben. Sprechen Sie einem Spieler, einem wirklichen, in dem Augenblick, wo pointiert wird, von der Welt. Sprechen Sie einem Sammler davon, daß seine Frau in Krämpfen liegt, daß man seinen Sohn arretiert hat, daß man sein Haus anzündet, in dem Augenblick, wo seine Augen in der Boutike eines Händlers ein Email des Nardon Penicaud aus Limoges entdecken, oder einen Wandschirm des Genre, das man Pompadour zu nennen anfängt, dessen Bronzen von Clodion modelliert sind. Er wird Sie ansehen mit dem Blick, mit dem Lear auf der Heide jeden ansieht, der ihn davon abbringen möchte, daß es undankbare Töchter sind, die Edgars Jammer und den Jammer jeder unglücklichen Kreatur veranlaßt haben. Jedes Auge findet manchmal diesen erhabenen Blick der Seele, die nicht begreifen will, daß es außer ihrer Angelegenheit etwas auf der Welt geben könne.

HAMMER bescheiden: Lear sagt dies im dritten Akt; an dieser Stelle darf er als wahnsinnig betrachtet werden.

BALZAC: Das darf jeder Mensch, lieber Baron, und gerade in den schönen, in den erhabenen, in den wirklichen Momenten seines Lebens. Ebensosehr als Lear, meine ich natürlich, ebensosehr.

HAMMER: Wie, Herr von Balzac, Sie wollten Ihrem Genie so enge, so traurige Grenzen ziehen? Den Dunstkreis der pathologisch sich selbst verzehrenden Existenzen, das gräßlich blinde Um-sich-fressen einer Manie, dieses Finstere und Beschränkte wollten Sie sich zum Gegenstand ihrer Darstellung wählen, anstatt ins bunte Menschenleben hineinzugreifen? Haben Sie nicht immer das Neue, immer das Interessante zu packen gewußt?

BALZAC: Mein Schaffen, Baron, hat nie andere Gesetze gekannt als diese, die ich Ihnen hier entwickle. Aber ich habe, sie mir selber zu entwickeln, nie den Drang gespürt. Es scheint, das philosophische Deutschland steckt mich an. Allein ich fürchte, Baron, Sie mißverstehen mich durchaus, wenn Sie vermuten, daß ich irgend ein Ding zwischen Himmel und Erde als außerhalb meines Stoffkreises liegend betrachte. Ich weiß nicht, was Sie »pathologisch« nennen: aber ich weiß, daß jede menschliche Existenz, die der Darstellung wert ist, sich selbst verzehrt und, um diesen Brand zu unterhalten, aus der ganzen Welt nichts als die ihrem Brennen dienlichen Elemente in sich saugt, wie die Kerze den Sauerstoff aus der Luft auffrißt. Ich weiß, wer das Wort »pathologisch« in bezug auf poetische Darstellung in die Mode gebracht hat: es ist Herr von Goethe, ein sehr großes Genie, vielleicht das größte, das Ihre Nation hervorgebracht hat, ein Mann, dessen Kraft, Armeen von Begriffen und Erkenntnissen aus einem Gebiet des Denkens ins andere zu werfen, nicht minder erstaunlich ist als diejenige, mit welcher Napoleon Armeen von Soldaten über den Po oder die Weichsel warf. Nur daß die Begriffe, mit denen er die strahlenden Pfeile seines Geistes in die Welt schnellte, sich von schwächeren Armen ebensowenig spannen lassen als der Bogen des Odysseus. Aber ich akzeptiere Ihr Wort: »pathologisch«, »maniakalisch« – alle lasse ich sie mir gefallen. Ja, die Welt, die ich aus meinem Hirn hervorhole, ist bevölkert mit Wahnsinnigen. Alle sind sie so wahnsinnig, meine Geschöpfe, so verrannt in ihre fixen Ideen, so unfähig, das in der Welt zu sehen, was sie nicht mit dem Flackern ihres Blickes in die Welt hineinwerfen, so von Sinnen wie Lear, da er einen Strohwisch für Goneril nimmt. Aber so sind sie, weil sie Menschen sind. Es gibt für sie keine Erlebnisse darum, weil es überhaupt keine Erlebnisse gibt. Weil das Innere des Menschen ein sich selbst verzehrender Brand ist, ein Schmerzensbrand, ein Glasofen, in welchem die zähflüssige Masse des Lebens ihre Formen erhält, entzückend blumenhafte, wie die Stengelgläser der Insel Murano, oder heldenhafte, von metallischen Reflexen funkelnde, wie die Töpfereien von Derutta und Rhodus. Weil jede Generation bewußter als die vorhergegangene ist; weil eine eigene, mit jedem Atemzug des Lebens sich vollziehende Chemie das Leben immer mehr und mehr zersetzen wird, so daß selbst die Enttäuschungen, der Verlust der Illusionen, dieses unvermeidliche Erlebnis, nicht in einem Block in den tiefen Brunnen der Seele hineinstürzen wird, sondern zu Staub zerrieben, in Atomen, mit jedem Atemzug: so sehr, daß man um 1890 oder 1900 überhaupt nicht mehr verstehen wird, was wir mit dem Wort »Erlebnis« haben sagen wollen.

Pathologisch! Fassen wir nur gefälligst die Begriffe weit genug, und es werden die Hölle und der Himmel hineingehen. Ich gedenke wenigstens auf sie beide nicht zu verzichten.
Es ist in allem, in allem der Keim zu einem Fetisch, zu einem Gott, zu einem allumspannenden Gott. Lassen wir die Treue dem, der aus der Treue seinen Gott gemacht hat. Ich sehe auch den, der seinen Gott aus der Treulosigkeit gemacht hat. Man muß Beethoven neben Casanova oder Lauzun ins Auge zu fassen verstehen. Den, der keiner Frau bedurfte, neben dem, der alle Frauen brauchte. Alles ist ein Reich, und jeder ist der Napoleon in dem seinigen. Sie stoßen einander nicht, diese Reiche, es sind geistige Sphären: glücklich, der ihre Musik zu hören vermag.
Ja, es sind Dämonen, alle meine Geschöpfe, und ich habe das schwelende Feuer der Tollheit in ihre Köpfe gesetzt. Zugestanden! Aber auch mir zugestanden, lieber Baron, daß Ihr deutscher Musaget, Ihr Olympier, daß dieser Greis von Weimar ein Dämon gewesen ist, und keiner von den mindest unheimlichen. Ich will ihn nicht an seinem »Werther« fassen: er hat dieses Fieber seiner Jugend verleugnet. Aber der ganze Mensch, aber der ganze Dichter, aber das ganze Wesen! Ich könnte meinen, ihn gekannt zu haben: sein Auge muß unheimlicher gewesen sein als das Klingsors, des Magiers, unheimlicher als das Merlins, von dem es heißt, er habe wie ein bodenloser Schacht in die Tiefen der Hölle geführt, unheimlicher als das der Medusa. Er konnte töten, dieser ungeheure Mensch, mit einem Blick, mit einem Hauch seines Mundes, mit einem Zucken seiner olympischen Schultern: er konnte das Herz eines Menschen zu Stein erstarren lassen, er konnte eine Seele töten und dann sich abwenden, als ob nichts geschehen wäre, und dann hingehen zu seinen Pflanzen, zu seinen Steinen, zu seinen Farben, die er die Leiden und Taten des Lichtes nannte und mit denen er Gespräche führte, stark genug, um die Sterne des Himmels zum Wanken zu bringen. Es waren Zeiten, in welchen man ihn verbrannt hätte, und es waren noch andere Zeiten, in denen man ihn angebetet hätte. Er ließ es geschehen, daß sein Schicksal, das sein Wesen war, seinem Wesen, das sein Schicksal war, alle

Opfer darbrachte, deren die Dämonen bedürfen. Was Napoleon seinen Stern nannte, das nannte er die Harmonie seiner Seele. Und dieses leuchtende Zauberschloß, das er aufbaute aus unvergänglichem Material, meinen Sie, es hatte keine Verliese, in denen Gefangene einem langsamen Tode entgegenwimmerten? Aber er geruhte, sie nicht zu hören, weil er groß war. Ja, wer hat denn Heinrich von Kleists Seele getötet, wer denn? O, ich sehe ihn, den Greis von Weimar. Ich werde ihn erzählen, ganz werde ich ihn erzählen. Er ist größer und unheimlicher als das trojanische Pferd, aber ich werde die Tore meines Werkes einstoßen und ihn hineinführen. Neben Séraphitus-Séraphita wird er stehen, wie auf dem Friedhofe von Pisa der schiefe Turm und das Baptisterium nebeneinander dastehen und einander anschauen, schweigend, gewaltig, den Jahrhunderten trotzend.
O ich sehe ihn, und welch ein schauderndes Entzücken, ihn zu sehen. Dort sehe ich ihn, wo er lebt, wo sein Leben ist: in den dreißig oder vierzig Bänden seiner Werke, die er hinterlassen hat, nicht in dem Gewäsch seiner Biographen. Denn es kommt darauf an, die Schicksale dort zu sehen, wo sie in göttlicher Materie ausgeprägt sind. Ich kenne eine Frau, eine unberühmte Frau, die niemals berühmt sein wird: sie ist die Tochter eines geknechteten Landes; ein Dämon an Phantasie, ein Kind an Einfalt, ein Greis an Erfahrung; dem Hirn nach Mann, dem Herzen nach Weib; ihre Liebe, ihr Glaube, ihr Schmerz, ihre Hoffnung, ihre Träume sind wie Ketten, stark genug, eine Welt über dem bodenlosen Abgrund zu halten: und ihr Leben, ihr Schicksal, ihre Seele ist zuweilen in ihrem Gesichte geschrieben, für den, der es zu sehen vermag: so steht Goethes Schicksal in seinen Werken.
Die Schicksale dort lesen, wo sie geschrieben sind: das ist alles. Die Kraft haben, sie alle zu sehen, wie sie sich selber verzehren, diese lebenden Fackeln. Sie alle auf einmal zu sehen, gebunden an die Bäume des ungeheuren Gartens, den ihr Brand allein beleuchtet: und auf der obersten Terrasse stehen, der einzige Zuschauer, und in den Saiten der Leier die Akkorde suchen, die Himmel, Hölle und diesen Anblick zusammenbinden.

In diesem Augenblicke fuhr am äußeren Gartentor ein Landauer vor, in welchem Frau von Hanska, geborene Rzewuska, saß. Mit einer Bewegung wie Mirabeau warf sich Balzac herum, die Ankommende zwischen den Kastanien eintreten zu sehen; und es hätte niemand gewagt, ein Gespräch wieder aufnehmen zu wollen, welches eine so große Geberde abgebrochen hatte.

Dies ist der Brief, den Philipp Lord Chandos, jüngerer Sohn des Earl of Bath, an Francis Bacon, später Lord Verulam und Viscount St. Albans, schrieb, um sich bei diesem Freunde wegen des gänzlichen Verzichtes auf literarische Betätigung zu entschuldigen.

Es ist gütig von Ihnen, mein hochverehrter Freund, mein zweijähriges Stillschweigen zu übersehen und so an mich zu schreiben. Es ist mehr als gütig, Ihrer Besorgnis um mich, Ihrer Befremdung über die geistige Starrnis, in der ich Ihnen zu versinken scheine, den Ausdruck der Leichtigkeit und des Scherzes zu geben, den nur große Menschen, die von der Gefährlichkeit des Lebens durchdrungen und dennoch nicht entmutigt sind, in ihrer Gewalt haben.
Sie schließen mit dem Aphorisma des Hippokrates: »Qui gravi morbo correpti dolores non sentiunt, iis mens aegrotat« und meinen, ich bedürfe der Medizin nicht nur, um mein Übel zu bändigen, sondern noch mehr, um meinen Sinn für den Zustand meines Innern zu schärfen. Ich möchte Ihnen so antworten, wie Sie es um mich verdienen, möchte mich Ihnen ganz aufschließen und weiß nicht, wie ich mich dazu nehmen soll. Kaum weiß ich, ob ich noch derselbe bin, an den Ihr kostbarer Brief sich wendet; bin denn ich's, der nun Sechsundzwanzigjährige, der mit neunzehn jenen »neuen Paris«; jenen »Traum der Daphne«, jenes »Epithalamium« hinschrieb, diese unter dem Prunk ihrer Worte hintaumelnden Schäferspiele, deren eine himmlische Königin und einige allzu nachsichtige Lords und Herren sich noch zu entsinnen gnädig genug sind? Und bin ich's wiederum, der mit dreiundzwanzig unter den steinernen Lauben des großen Platzes von Venedig in sich jenes Gefüge lateinischer Perioden fand, dessen geistiger Grundriß und Aufbau ihn im Innern mehr entzückte als die aus dem Meer auftauchenden Bauten des Palladio und Sansovin? Und konnte ich, wenn ich anders derselbe bin, alle

Spuren und Narben dieser Ausgeburt meines angespanntesten Denkens so völlig aus meinem unbegreiflichen Innern verlieren, daß mich in Ihrem Brief, der vor mir liegt, der Titel jenes kleinen Traktates fremd und kalt anstarrt, ja daß ich ihn nicht als ein geläufiges Bild zusammengefaßter Worte sogleich auffassen, sondern nur Wort für Wort verstehen konnte, als träten mir diese lateinischen Wörter, so verbunden, zum erstenmale vors Auge? Allein ich bin es ja doch und es ist Rhetorik in diesen Fragen, Rhetorik, die gut ist für Frauen oder für das Haus der Gemeinen, deren von unserer Zeit so überschätzte Machtmittel aber nicht hinreichen, ins Innere der Dinge zu dringen. Mein Inneres aber muß ich Ihnen darlegen, eine Sonderbarkeit, eine Unart, wenn Sie wollen eine Krankheit meines Geistes, wenn Sie begreifen sollen, daß mich ein ebensolcher brückenloser Abgrund von den scheinbar vor mir liegenden literarischen Arbeiten trennt, als von denen, die hinter mir sind und die ich, so fremd sprechen sie mich an, mein Eigentum zu nennen zögere.

Ich weiß nicht, ob ich mehr die Eindringlichkeit Ihres Wohlwollens oder die unglaubliche Schärfe Ihres Gedächtnisses bewundern soll, wenn Sie mir die verschiedenen kleinen Pläne wieder hervorrufen, mit denen ich mich in den gemeinsamen Tagen schöner Begeisterung trug. Wirklich, ich wollte die ersten Regierungsjahre unseres verstorbenen glorreichen Souveräns, des achten Heinrich, darstellen! Die hinterlassenen Aufzeichnungen meines Großvaters, des Herzogs von Exeter, über seine Negoziationen mit Frankreich und Portugal gaben mir eine Art von Grundlage. Und aus dem Sallust floß in jenen glücklichen, belebten Tagen wie durch nie verstopfte Röhren die Erkenntnis der Form in mich herüber, jener tiefen, wahren, inneren Form, die jenseits des Geheges der rhetorischen Kunststücke erst geahnt werden kann, die, von welcher man nicht mehr sagen kann, daß sie das Stoffliche anordne, denn sie durchdringt es, sie hebt es auf und schafft Dichtung und Wahrheit zugleich, ein Widerspiel ewiger Kräfte, ein Ding, herrlich wie Musik und Algebra. Dies war mein Lieblingsplan. Was ist der Mensch, daß er Pläne macht!

Ich spielte auch mit anderen Plänen. Ihr gütiger Brief läßt

auch diese heraufschweben. Jedweder vollgesogen mit einem Tropfen meines Blutes, tanzen sie vor mir wie traurige Mücken an einer düsteren Mauer, auf der nicht mehr die helle Sonne der glücklichen Tage liegt.

Ich wollte die Fabeln und mythischen Erzählungen, welche die Alten uns hinterlassen haben, und an denen die Maler und Bildhauer ein endloses und gedankenloses Gefallen finden, aufschließen als die Hieroglyphen einer geheimen, unerschöpflichen Weisheit, deren Anhauch ich manchmal, wie hinter einem Schleier, zu spüren meinte.

Ich entsinne mich dieses Planes. Es lag ihm, ich weiß nicht welche, sinnliche und geistige Lust zugrunde: Wie der gehetzte Hirsch ins Wasser, sehnte ich mich hinein in diese nackten, glänzenden Leiber, in diese Sirenen und Dryaden, diesen Narcissus und Proteus, Perseus und Aktäon: verschwinden wollte ich in ihnen und aus ihnen heraus mit Zungen reden. Ich wollte. Ich wollte noch vielerlei. Ich gedachte eine Sammlung »Apophthegmata« anzulegen, wie deren eine Julius Cäsar verfaßt hat: Sie erinnern die Erwähnung in einem Briefe des Cicero. Hier gedachte ich die merkwürdigsten Aussprüche nebeneinander zu setzen, welche mir im Verkehr mit den gelehrten Männern und den geistreichen Frauen unserer Zeit oder mit besonderen Leuten aus dem Volk oder mit gebildeten und ausgezeichneten Personen auf meinen Reisen zu sammeln gelungen wäre; damit wollte ich schöne Sentenzen und Reflexionen aus den Werken der Alten und der Italiener vereinigen, und was mir sonst an geistigen Zieraten in Büchern, Handschriften oder Gesprächen entgegenträte; ferner die Anordnung besonders schöner Feste und Aufzüge, merkwürdige Verbrechen und Fälle von Raserei, die Beschreibung der größten und eigentümlichsten Bauwerke in den Niederlanden, in Frankreich und Italien und noch vieles andere. Das ganze Werk aber sollte den Titel Nosce te ipsum führen.

Um mich kurz zu fassen: Mir erschien damals in einer Art von andauernder Trunkenheit das ganze Dasein als eine große Einheit: geistige und körperliche Welt schien mir keinen Gegensatz zu bilden, ebensowenig höfisches und tierisches

Wesen, Kunst und Unkunst, Einsamkeit und Gesellschaft; in allem fühlte ich Natur, in den Verirrungen des Wahnsinns ebensowohl wie in den äußersten Verfeinerungen eines spanischen Zeremoniells; in den Tölpelhaftigkeiten junger Bauern nicht minder als in den süßesten Allegorien; und in aller Natur fühlte ich mich selber; wenn ich auf meiner Jagdhütte die schäumende laue Milch in mich hineintrank, die ein struppiges Mensch einer schönen, sanftäugigen Kuh aus dem Euter in einen Holzeimer niedermolk, so war mir das nichts anderes, als wenn ich in der dem Fenster eingebauten Bank meines studio sitzend, aus einem Folianten süße und schäumende Nahrung des Geistes in mich sog. Das eine war wie das andere; keines gab dem andern weder an traumhafter überirdischer Natur, noch an leiblicher Gewalt nach, und so ging's fort durch die ganze Breite des Lebens, rechter und linker Hand; überall war ich mitten drinnen, wurde nie ein Scheinhaftes gewahr: Oder es ahnte mir, alles wäre Gleichnis und jede Kreatur ein Schlüssel der andern, und ich fühlte mich wohl den, der imstande wäre, eine nach der andern bei der Krone zu packen und mit ihr so viele der andern aufzusperren, als sie aufsperren könnte. Soweit erklärt sich der Titel, den ich jenem enzyklopädischen Buche zu geben gedachte.
Es möchte dem, der solchen Gesinnungen zugänglich ist, als der wohlangelegte Plan einer göttlichen Vorsehung erscheinen, daß mein Geist aus einer so aufgeschwollenen Anmaßung in dieses Äußerste von Kleinmut und Kraftlosigkeit zusammensinken mußte, welches nun die bleibende Verfassung meines Innern ist. Aber dergleichen religiöse Auffassungen haben keine Kraft über mich; sie gehören zu den Spinnennetzen, durch welche meine Gedanken hindurchschießen, hinaus ins Leere, während soviele ihrer Gefährten dort hangen bleiben und zu einer Ruhe kommen. Mir haben sich die Geheimnisse des Glaubens zu einer erhabenen Allegorie verdichtet, die über den Feldern meines Lebens steht wie ein leuchtender Regenbogen, in einer stetigen Ferne, immer bereit, zurückzuweichen, wenn ich mir einfallen ließe hinzueilen und mich in den Saum seines Mantels hüllen zu wollen.

Aber, mein verehrter Freund, auch die irdischen Begriffe entziehen sich mir in der gleichen Weise. Wie soll ich es versuchen, Ihnen diese seltsamen geistigen Qualen zu schildern, dies Emporschnellen der Fruchtzweige über meinen ausgereckten Händen, dies Zurückweichen des murmelnden Wassers vor meinen dürstenden Lippen?

Mein Fall ist, in Kürze, dieser: Es ist mir völlig die Fähigkeit abhanden gekommen, über irgend etwas zusammenhängend zu denken oder zu sprechen.

Zuerst wurde es mir allmählich unmöglich, ein höheres oder allgemeineres Thema zu besprechen und dabei jene Worte in den Mund zu nehmen, deren sich doch alle Menschen ohne Bedenken geläufig zu bedienen pflegen. Ich empfand ein unerklärliches Unbehagen, die Worte »Geist«, »Seele« oder »Körper« nur auszusprechen. Ich fand es innerlich unmöglich, über die Angelegenheiten des Hofes, die Vorkommnisse im Parlament oder was Sie sonst wollen, ein Urteil herauszubringen. Und dies nicht etwa aus Rücksichten irgendwelcher Art, denn Sie kennen meinen bis zur Leichtfertigkeit gehenden Freimut: sondern die abstrakten Worte, deren sich doch die Zunge naturgemäß bedienen muß, um irgendwelches Urteil an den Tag zu geben, zerfielen mir im Munde wie modrige Pilze. Es begegnete mir, daß ich meiner vierjährigen Tochter Katharina Pompilia eine kindische Lüge, deren sie sich schuldig gemacht hatte, verweisen und sie auf die Notwendigkeit, immer wahr zu sein, hinführen wollte, und dabei die mir im Munde zuströmenden Begriffe plötzlich eine solche schillernde Färbung annahmen und so ineinander überflossen, daß ich den Satz, so gut es ging, zu Ende haspelnd, so wie wenn mir unwohl geworden wäre und auch tatsächlich bleich im Gesicht und mit einem heftigen Druck auf der Stirn, das Kind allein ließ, die Tür hinter mir zuschlug und mich erst zu Pferde, auf der einsamen Hutweide einen guten Galopp nehmend, wieder einigermaßen herstellte.

Allmählich aber breitete sich diese Anfechtung aus wie ein um sich fressender Rost. Es wurden mir auch im familiären und hausbackenen Gespräch alle die Urteile, die leichthin und mit schlafwandelnder Sicherheit abgegeben zu werden

pflegen, so bedenklich, daß ich aufhören mußte, an solchen Gesprächen irgend teilzunehmen. Mit einem unerklärlichen Zorn, den ich nur mit Mühe notdürftig verbarg, erfüllte es mich, dergleichen zu hören, wie: diese Sache ist für den oder jenen gut oder schlecht ausgegangen; Sheriff N. ist ein böser, Prediger T. ein guter Mensch; Pächter M. ist zu bedauern, seine Söhne sind Verschwender; ein anderer ist zu beneiden, weil seine Töchter haushälterisch sind; eine Familie kommt in die Höhe, eine andere ist im Hinabsinken. Dies alles erschien mir so unbeweisbar, so lügenhaft, so löcherig wie nur möglich. Mein Geist zwang mich, alle Dinge, die in einem solchen Gespräch vorkamen, in einer unheimlichen Nähe zu sehen: so wie ich einmal in einem Vergrößerungsglas ein Stück von der Haut meines kleinen Fingers gesehen hatte, das einem Blachfeld mit Furchen und Höhlen glich, so ging es mir nun mit den Menschen und ihren Handlungen. Es gelang mir nicht mehr, sie mit dem vereinfachenden Blick der Gewohnheit zu erfassen. Es zerfiel mir alles in Teile, die Teile wieder in Teile, und nichts mehr ließ sich mit einem Begriff umspannen. Die einzelnen Worte schwammen um mich; sie gerannen zu Augen, die mich anstarrten und in die ich wieder hineinstarren muß: Wirbel sind sie, in die hinabzusehen mich schwindelt, die sich unaufhaltsam drehen und durch die hindurch man ins Leere kommt.
Ich machte einen Versuch, mich aus diesem Zustand in die geistige Welt der Alten hinüberzuretten. Platon vermied ich; denn mir graute vor der Gefährlichkeit seines bildlichen Fluges. Am meisten gedachte ich mich an Seneca und Cicero zu halten. An dieser Harmonie begrenzter und geordneter Begriffe hoffte ich zu gesunden. Aber ich konnte nicht zu ihnen hinüber. Diese Begriffe, ich verstand sie wohl: ich sah ihr wundervolles Verhältnisspiel vor mir aufsteigen wie herrliche Wasserkünste, die mit goldenen Bällen spielen. Ich konnte sie umschweben und sehen, wie sie zueinander spielten; aber sie hatten es mir miteinander zu tun, und das Tiefste, das Persönliche meines Denkens, blieb von ihrem Reigen ausgeschlossen. Es überkam mich unter ihnen das Gefühl furchtbarer Einsamkeit; mir war zumut wie einem, der in einem

Garten mit lauter augenlosen Statuen eingesperrt wäre; ich flüchtete wieder ins Freie.
Seither führe ich ein Dasein, das Sie, fürchte ich, kaum begreifen können so geistlos, so gedankenlos fließt es dahin; ein Dasein, das sich freilich von dem meiner Nachbarn, meiner Verwandten und der meisten landbesitzenden Edelleute dieses Königreiches kaum unterscheidet und das nicht ganz ohne freudige und belebende Augenblicke ist. Es wird mir nicht leicht, Ihnen anzudeuten, worin diese guten Augenblicke bestehen; die Worte lassen mich wiederum im Stich. Denn es ist ja etwas völlig Unbenanntes und auch wohl kaum Benennbares, das, in solchen Augenblicken, irgendeine Erscheinung meiner alltäglichen Umgebung mit einer überschwellenden Flut höheren Lebens wie ein Gefäß erfüllend, mir sich ankündet. Ich kann nicht erwarten, daß Sie mich ohne Beispiel verstehen, und ich muß Sie um Nachsicht für die Albernheit meiner Beispiele bitten. Eine Gießkanne, eine auf dem Felde verlassene Egge, ein Hund in der Sonne, ein ärmlicher Kirchhof, ein Krüppel, ein kleines Bauernhaus, alles dies kann das Gefäß meiner Offenbarung werden. Jeder dieser Gegenstände und die tausend anderen ähnlichen, über die sonst ein Auge mit selbstverständlicher Gleichgültigkeit hinweggleitet, kann für mich plötzlich in irgend einem Moment, den herbeizuführen auf keine Weise in meiner Gewalt steht, ein erhabenes und rührendes Gepräge annehmen, das auszudrücken mir alle Worte zu arm scheinen. Ja, es kann auch die bestimmte Vorstellung eines abwesenden Gegenstandes sein, dem die unbegreifliche Auserwählung zuteil wird, mit jener sanft und jäh steigenden Flut göttlichen Gefühles bis an den Rand gefüllt zu werden. So hatte ich unlängst den Auftrag gegeben, den Ratten in den Milchkellern eines meiner Meierhöfe ausgiebig Gift zu streuen. Ich ritt gegen Abend aus und dachte, wie Sie vermuten können, nicht weiter an die Sache. Da, wie ich im tiefen, aufgeworfenen Ackerboden Schritt reite, nichts Schlimmeres in meiner Nähe als eine aufgescheuchte Wachtelbrut und in der Ferne über den welligen Feldern die große sinkende Sonne, tut sich mir im Innern plötzlich dieser Keller auf, erfüllt mit dem Todes-

kampf dieses Volks von Ratten. Alles war in mir: die mit dem süßlich scharfen Geruch des Giftes angefüllte kühldumpfe Kellerluft und das Gellen der Todesschreie, die sich an modrigen Mauern brachen; diese ineinander geknäulten Krämpfe der Ohnmacht, durcheinander hinjagenden Verzweiflungen; das wahnwitzige Suchen der Ausgänge; der kalte Blick der Wut, wenn zwei einander an der verstopften Ritze begegnen. Aber was versuche ich wiederum Worte, die ich verschworen habe! Sie entsinnen sich, mein Freund, der wundervollen Schilderung von den Stunden, die der Zerstörung von Alba Longa vorhergehen, aus dem Livius? Wie sie die Straßen durchirren, die sie nicht mehr sehen sollen … wie sie von den Steinen des Bodens Abschied nehmen. Ich sage Ihnen, mein Freund, dieses trug ich in mir und das brennende Karthago zugleich; aber es war mehr, es war göttlicher, tierischer; und es war Gegenwart, die vollste erhabenste Gegenwart. Da war eine Mutter, die ihre sterbenden Jungen um sich zucken hatte und nicht auf die Verendenden, nicht auf die unerbittlichen steinernen Mauern, sondern in die leere Luft, oder durch die Luft ins Unendliche hin Blicke schickte und diese Blicke mit einem Knirschen begleitete! – Wenn ein dienender Sklave voll ohnmächtigen Schauders in der Nähe der erstarrenden Niobe stand, der muß das durchgemacht haben, was ich durchmachte, als in mir die Seele dieses Tieres gegen das ungeheure Verhängnis die Zähne bleckte.
Vergeben Sie mir diese Schilderung, denken Sie aber nicht, daß es Mitleid war, was mich erfüllte. Das dürfen Sie ja nicht denken, sonst hätte ich mein Beispiel sehr ungeschickt gewählt. Es war viel mehr und viel weniger als Mitleid: ein ungeheures Anteilnehmen, ein Hinüberfließen in jene Geschöpfe oder ein Fühlen, daß ein Fluidum des Lebens und Todes, des Traumes und Wachens für einen Augenblick in sie hinübergeflossen ist – von woher? Denn was hätte es mit Mitleid zu tun, was mit begreiflicher menschlicher Gedankenverknüpfung, wenn ich an einem anderen Abend unter einem Nußbaum eine halbvolle Gießkanne finde, die ein Gärtnerbursche dort vergessen hat, und wenn mich diese Gießkanne und das Wasser in ihr, das vom Schatten des Baumes finster

ist, und ein Schwimmkäfer, der auf dem Spiegel dieses Wassers von einem dunklen Ufer zum andern rudert, wenn diese Zusammensetzung von Nichtigkeiten mich mit einer solchen Gegenwart des Unendlichen durchschauert, von den Wurzeln der Haare bis ins Mark der Fersen mich durchschauert, daß ich in Worte ausbrechen möchte, von denen ich weiß, fände ich sie, so würden sie jene Cherubim, an die ich nicht glaube, niederzwingen, und daß ich dann von jener Stelle schweigend mich wegkehre und nach Wochen, wenn ich dieses Nußbaums ansichtig werde, mit scheuem seitlichen Blick daran vorübergehe, weil ich das Nachgefühl des Wundervollen, das dort um den Stamm weht, nicht verscheuchen will, nicht vertreiben die mehr als irdischen Schauer, die um das Buschwerk in jener Nähe immer noch nachwogen. In diesen Augenblicken wird eine nichtige Kreatur, ein Hund, eine Ratte, ein Käfer, ein verkümmerter Apfelbaum, ein sich über den Hügel schlängelnder Karrenweg, ein moosbewachsener Stein mir mehr, als die schönste, hingebendste Geliebte der glücklichsten Nacht mir je gewesen ist. Diese stummen und manchmal unbelebten Kreaturen heben sich mir mit einer solchen Fülle, einer solchen Gegenwart der Liebe entgegen, daß mein beglücktes Auge auch ringsum auf keinen toten Fleck zu fallen vermag. Es erscheint mir alles, alles, was es gibt, alles, dessen ich mich entsinne, alles, was meine verworrensten Gedanken berühren, etwas zu sein. Auch die eigene Schwere, die sonstige Dumpfheit meines Hirnes erscheint mir als etwas; ich fühle ein entzückendes, schlechthin unendliches Widerspiel in mir und um mich, und es gibt unter den gegeneinanderspielenden Materien keine, in die ich nicht hinüberzufließen vermöchte. Es ist mir dann, als bestünde mein Körper aus lauter Chiffern, die mir alles aufschließen. Oder als könnten wir in ein neues, ahnungsvolles Verhältnis zum ganzen Dasein treten, wenn wir anfingen, mit dem Herzen zu denken. Fällt aber diese sonderbare Bezauberung von mir ab, so weiß ich nichts darüber auszusagen; ich könnte dann ebensowenig in vernünftigen Worten darstellen, worin diese mich und die ganze Welt durchwebende Harmonie bestanden und wie sie sich mir fühlbar gemacht habe, als

ich ein Genaueres über die inneren Bewegungen meiner Eingeweide oder die Stauungen meines Blutes anzugeben vermöchte.
Von diesen sonderbaren Zufällen abgesehen, von denen ich übrigens kaum weiß, ob ich sie dem Geist oder dem Körper zurechnen soll, lebe ich ein Leben von kaum glaublicher Leere und habe Mühe, die Starre meines Innern vor meiner Frau und vor meinen Leuten die Gleichgültigkeit zu verbergen, welche mir die Angelegenheiten des Besitzes einflößen. Die gute und strenge Erziehung, welche ich meinem seligen Vater verdanke, und die frühzeitige Gewöhnung, keine Stunde des Tages unausgefüllt zu lassen, sind es, scheint mir, allein, welche meinem Leben nach außen hin einen genügenden Halt und den meinem Stande und meiner Person angemessenen Anschein bewahren.
Ich baue einen Flügel meines Hauses um und bringe es zustande, mich mit dem Architekten hie und da über die Fortschritte seiner Arbeit zu unterhalten; ich bewirtschafte meine Güter, und meine Pächter und Beamten werden mich wohl etwas wortkarger, aber nicht ungütiger als früher finden: Keiner von ihnen, der mit abgezogener Mütze vor seiner Haustür steht, wenn ich abends vorüberreite, wird eine Ahnung haben, daß mein Blick, den er respektvoll aufzufangen gewohnt ist, mit stiller Sehnsucht über die morschen Bretter hinstreicht, unter denen er nach den Regenwürmern zum Angeln zu suchen pflegt, durchs enge, vergitterte Fenster in die dumpfe Stube taucht, wo in der Ecke das niedrige Bett mit bunten Laken immer auf einen zu warten scheint, der sterben will, oder auf einen, der geboren werden soll; daß mein Auge lange an den häßlichen jungen Hunden hängt oder an der Katze, die geschmeidig zwischen Blumenscherben durchkriecht, und daß es unter all den ärmlichen und plumpen Gegenständen einer bäurischen Lebensweise nach jenem einem sucht, dessen unscheinbare Form, dessen von niemand beachtetes Daliegen oder -lehnen, dessen stumme Wesenheit zur Quelle jenes rätselhaften, wortlosen, schrankenlosen Entzückens werden kann. Denn mein unbenanntes seliges Gefühl wird eher aus einem fernen, einsamen Hirten-

feuer mir hervorbrechen als aus dem Anblick des gestirnten Himmels; eher aus dem Zirpen einer letzten, dem Tode nahen Grille, wenn schon der Herbstwind winterliche Wolken über die öden Felder hintreibt, als aus dem majestätischen Dröhnen der Orgel. Und ich vergleiche mich manchmal in Gedanken mit jenem Crassus dem Redner, von dem berichtet wird, daß er eine zahme Muräne, einen dumpfen, rotäugigen, stummen Fisch seines Zierteiches, so über alle Maßen lieb gewann, daß es zum Stadtgespräch wurde; und als ihm einmal im Senat Domitius vorwarf, er habe über den Tod dieses Fisches Tränen vergossen, und ihn dadurch als einen halben Narren hinstellen wollte, gab ihm Crassus zur Antwort: »So habe ich beim Tode meines Fisches getan, was Ihr weder bei Eurer ersten noch Eurer zweiten Frau Tod getan habt.«

Ich weiß nicht, wie oft mir dieser Crassus mit seiner Muräne als ein Spiegelbild meines Selbst, über den Abgrund der Jahrhunderte hergeworfen, in den Sinn kommt. Nicht aber wegen dieser Antwort, die er dem Domitius gab. Die Antwort brachte die Lacher auf seine Seite, so daß die Sache in einen Witz aufgelöst war. Mir aber geht die Sache nahe, die Sache, welche dieselbe geblieben wäre, auch wenn Domitius um seine Frauen blutige Tränen des aufrichtigsten Schmerzes geweint hätte. Dann stünde ihm noch immer Crassus gegenüber, mit seinen Tränen um seine Muräne. Und über diese Figur, deren Lächerlichkeit und Verächtlichkeit mitten in einem die erhabensten Dinge beratenden, weltbeherrschenden Senat so ganz ins Auge springt, über diese Figur zwingt mich ein unnennbares Etwas, in einer Weise zu denken, die mir vollkommen töricht erscheint, im Augenblick, wo ich versuche sie in Worten auszudrücken.

Das Bild dieses Crassus ist zuweilen nachts in meinem Hirn, wie ein Splitter, um den herum alles schwärt, pulst und kocht. Es ist mir dann, als geriete ich selber in Gärung, würfe Blasen auf, wallte und funkelte. Und das Ganze ist eine Art fieberisches Denken, aber Denken in einem Material, das unmittelbarer, flüssiger, glühender ist als Worte. Es sind gleichfalls Wirbel, aber solche, die nicht wie die Wirbel der Sprache ins

Bodenlose zu führen scheinen, sondern irgendwie in mich selber und in den tiefsten Schoß des Friedens.

Ich habe Sie, mein verehrter Freund, mit dieser ausgebreiteten Schilderung eines unerklärlichen Zustandes, der gewöhnlich in mir verschlossen bleibt, über Gebühr belästigt.

Sie waren so gütig, Ihre Unzufriedenheit darüber zu äußern, daß kein von mir verfaßtes Buch mehr zu Ihnen kommt, »Sie für das Entbehren meines Umganges zu entschädigen«. Ich fühlte in diesem Augenblick mit einer Bestimmtheit, die nicht ganz ohne ein schmerzliches Beigefühl war, daß ich auch im kommenden und im folgenden und in allen Jahren dieses meines Lebens kein englisches und kein lateinisches Buch schreiben werde: und dies aus dem einen Grund, dessen mir peinliche Seltsamkeit mit ungeblendetem Blick dem vor Ihnen harmonisch ausgebreiteten Reiche der geistigen und leiblichen Erscheinungen an seiner Stelle einzuordnen ich Ihrer unendlichen geistigen Überlegenheit überlasse: nämlich weil die Sprache, in welcher nicht nur zu schreiben, sondern auch zu denken mir vielleicht gegeben wäre, weder die lateinische noch die englische noch die italienische und spanische ist, sondern eine Sprache, von deren Worten mir auch nicht eines bekannt ist, eine Sprache, in welcher die stummen Dinge zu mir sprechen, und in welcher ich vielleicht einst im Grabe vor einem unbekannten Richter mich verantworten werde.

Ich wollte, es wäre mir gegeben, in die letzten Worte dieses voraussichtlich letzten Briefes, den ich an Francis Bacon schreibe, alle die Liebe und Dankbarkeit, alle die ungemessene Bewunderung zusammenzupressen, die ich für den größten Wohltäter meines Geistes, für den ersten Engländer meiner Zeit im Herzen hege und darin hegen werde, bis der Tod es bersten macht.

A. D. 1603, diesen 22. August.

Phi. Chandos

> Es leben jetzt, die wenigen ausgenommen, die selbst im Lyrischen etwas hervorbringen, keine fünf Menschen in Deutschland, welche über diese zartesten Geburten der Seele ein Urteil hätten.
>
> (Hebbel, Brief vom 27. IV. 1838.)

GABRIEL: Ich habe dir hier aufs Fenster einen Band Gedichte gelegt.

CLEMENS: Keats?

GABRIEL: Nein, es sind deutsche Gedichte. Sie bilden eine Einheit, so sind sie angeordnet. Das Ganze heißt »Das Jahr der Seele«. Da ist der Herbst. Es beginnt mit dem Herbst.

Die Wespen mit den goldengrünen Schuppen
Sind von verschlossnen Kelchen fortgeflogen,
Wir fahren mit dem Kahn in weitem Bogen
Um bronzebraunen Laubes Inselgruppen.

CLEMENS: Das ist der Herbst. Aber lies ein Ganzes oder gar nichts.

GABRIEL: Kannst du zuhören?

Komm in den totgesagten Park und schau:
Der Schimmer ferner lächelnder Gestade,
Der reinen Wolken unverhofftes Blau
Erhellt die Weiher und die bunten Pfade.

Dort nimm das tiefe Gelb, das weiche Grau
Von Birken und von Buchs: der Wind ist lau,
Die späten Rosen welkten noch nicht ganz,
Erlese, küsse sie und flicht den Kranz.

Vergiß auch diese letzten Astern nicht,
Den Purpur um die Ranken wilder Reben

Und auch was übrig blieb vom grünen Leben
Verwinde leicht im herbstlichen Gesicht.

CLEMENS: Es ist schön. Es atmet den Herbst. Obwohl es kühn ist, zu sagen, »der reinen Wolken unverhofftes Blau«, da diese Buchten von sehnsuchterregendem sommerhaften Blau ja zwischen den Wolken sind. Aber freilich nur an den Rändern reiner Wolken. Nirgends sonst auf dem ganzen verschlissenen rauhen Gefilde des herbstlichen Himmels. Goethe hätte dies »reiner Wolken« geliebt. Und »unverhofftes Blau« ist tadellos. Es ist schön. Ja, es ist der Herbst.

GABRIEL: Willst du noch mehr Herbst?

Vom Tore, dessen Eisenlilien rosten,
Entfliegen Vögel zum verdeckten Rasen
Und andre trinken frierend auf den Pfosten
Vom Regen aus den hohlen Blumenvasen.

Noch mehr?

Wir suchen nach den schattenfreien Bänken – –
Wir laben uns am langen milden Leuchten,

Wir fühlen dankbar wie zum leisen Brausen
Von Wipfeln Strahlenspuren auf uns tropfen
Und blicken nur und horchen, wenn in Pausen
Die reifen Früchte an den Boden klopfen.

CLEMENS: Ich bitte dich: lies ein Ganzes oder gar nichts.

GABRIEL: Willst du den Winter? Willst du den Sommer? Die abenteuernde Sehnsucht des Sommers? Die Beklommenheit des Sommers? Den Sommermorgen? Den Sommerabend?

Der Hügel, wo wir wandeln, liegt im Schatten,
Indes der drüben noch im Lichte webt,
Der Mond auf seinen zarten grünen Matten
Nur erst als kleine weiße Wolke schwebt.

Die Straßen weithin deutend werden blasser,
Den Wandrern bietet ein Gelispel halt:

Ist es vom Berg ein unsichtbares Wasser,
Ist es ein Vogel, der sein Schlaflied lallt?

CLEMENS:

Der Mond auf seinen zarten grünen Matten
Nur erst als kleine weiße Wolke schwebt...

Ich sehe eine Landschaft meiner Kindheit. Es scheint ein schönes Buch zu sein, dieses »Jahr«. Warum eigentlich: »Jahr der Seele«? Ich liebe die einfachen Überschriften.

GABRIEL: Ich auch, darum scheint mir diese so ausgezeichnet. Denn hier ist ein Herbst, und mehr als ein Herbst. Hier ist ein Winter, und mehr als ein Winter. Diese Jahreszeiten, diese Landschaften sind nichts als die Träger des Anderen.
Sind nicht die Gefühle, die Halbgefühle, alle die geheimsten und tiefsten Zustände unseres Inneren in der seltsamsten Weise mit einer Landschaft verflochten, mit einer Jahreszeit, mit einer Beschaffenheit der Luft, mit einem Hauch? Eine gewisse Bewegung, mit der du von einem hohen Wagen abspringst; eine schwüle sternlose Sommernacht; der Geruch feuchter Steine in einer Hausflur; das Gefühl eisigen Wassers, das aus einem Laufbrunnen über deine Hände sprüht: an ein paar tausend solcher Erdendinge ist dein ganzer innerer Besitz geknüpft, alle deine Aufschwünge, alle deine Sehnsucht, alle deine Trunkenheiten. Mehr als geknüpft: mit den Wurzeln ihres Lebens festgewachsen daran, daß – schnittest du sie mit dem Messer von diesem Grunde ab, sie in sich zusammenschrumpften und dir zwischen den Händen zu nichts vergingen. Wollen wir uns finden, so dürfen wir nicht in unser Inneres hinabsteigen: draußen sind wir zu finden, draußen. Wie der wesenlose Regenbogen spannt sich unsere Seele über den unaufhaltsamen Sturz des Daseins. Wir besitzen unser Selbst nicht: von außen weht es uns an, es flieht uns für lange und kehrt uns in einem Hauch zurück. Zwar – unser »Selbst«! Das Wort ist solch eine Metapher. Regungen kehren zurück, die schon einmal früher hier genistet haben. Und sind sie's auch wirklich selber wieder? Ist es nicht vielmehr nur ihre Brut, die

von einem dunklen Heimatgefühl hierher zurückgetrieben wird? Genug, etwas kehrt wieder. Und etwas begegnet sich in uns mit anderem. Wir sind nicht mehr als ein Taubenschlag.

CLEMENS: Seltsam, daß dich dieser Gedankengang darauf führt. Ich bin auf einem anderen Wege darauf gekommen, auf einem ganz anderen: es ist schwer, nicht daran zu zweifeln, daß es in der menschlichen Natur irgendeine Wesenheit gibt. Furchtbar ist es, die Gewalt der Äußerlichkeiten zu erwägen: es muß unendlich schwer sein, ein Drama zu schreiben, und unendlich hart, über einen Mörder zu Gericht zu sitzen.

GABRIEL: Aber es ist wundervoll, wie diese Verfassung unseres Daseins der Poesie entgegenkommt: denn nun darf sie, statt in der engen Kammer unseres Herzens, in der ganzen ungeheueren unerschöpflichen Natur wohnen. Wie Ariel darf sie sich auf den Hügeln der heroischen purpurstrahlenden Wolken lagern und in den zitternden Wipfeln der Bäume nisten; sie darf sich vom wollüstigen Nachtwind hinschleifen lassen und sich auflösen in einen Nebelstreif, in den feuchten Atem einer Grotte, in das flimmernde Licht eines einzelnen Sternes. Und aus allen ihren Verwandlungen, allen ihren Abenteuern, aus allen Abgründen und allen Gärten wird sie nichts anderes zurückbringen als den zitternden Hauch der menschlichen Gefühle. Treibe sie, die wie Ariel keines Schlafes bedarf, empor, hoch über die dumpfe schlaftrunkene Erde, dorthin, wo an dem lichten Himmel ein einzelner Stern, ein heiliger Wächter, sich kühn und treu entzündet, stets an der gleichen Stelle, über dem zitternden Lichtabgrund im Westen, der dem Durchgang der Sonne nachbebt: laß sie aus Geisternähe, aus einer Höhe, die kein Adler kreisend erklimmt, dies Schauspiel in sich saugen – und wenn sie herabtaumeln wird, zurück zu dir, wird sie beladen sein mit einem ungeheuren, aber einem menschlichen Gefühl. Denn sie hat keine Grenzen ihres Fluges, aber in ihrem Wesen ist sie begrenzt: wie könnte sie aus irgend einem Abgrund der Welten etwas anderes zurückbringen, als menschliche Gefühle, da sie doch selbst nichts anderes ist als die menschliche Sprache!

CLEMENS: Sie ist doch nicht ganz die Sprache, die Poesie. Sie ist vielleicht eine gesteigerte Sprache. Sie ist voll von Bildern und Symbolen. Sie setzt eine Sache für die andere.

GABRIEL: Welch ein häßlicher Gedanke! Sagst du das im Ernst? Niemals setzt die Poesie eine Sache für eine andere, denn es ist gerade die Poesie, welche fieberhaft bestrebt ist, die Sache selbst zu setzen, mit einer ganz anderen Energie als die stumpfe Alltagssprache, mit einer ganz anderen Zauberkraft als die schwächliche Terminologie der Wissenschaft. Wenn die Poesie etwas tut, so ist es das: daß sie aus jedem Gebilde der Welt und des Traumes mit durstiger Gier sein Eigenstes, sein Wesenhaftestes herausschlürft, so wie jene Irrlichter in dem Märchen, die überall das Gold herauslecken. Und sie tut es aus dem gleichen Grunde: weil sie sich von dem Mark der Dinge nährt, weil sie elend verlöschen würde, wenn sie dies nährende Gold nicht aus allen Fugen, allen Spalten in sich zöge.

CLEMENS: Es gibt also keine Vergleiche? Es gibt keine Symbole?

GABRIEL: O, vielmehr, es gibt nichts als das, nichts anderes. Aber ich glaube, ich langweile dich, wir wollen von etwas anderem sprechen. Wir könnten ausgehen, willst du? Wie du willst. Da ist noch ein schönes Gedicht, aus denen des »Sommers«.

Gemahnt dich noch das schöne Bildnis dessen,
Der nach den Schluchtenrosen kühn gehascht,
Der über seiner Jagd den Tag vergessen,
Der von der Dolden vollem Seim genascht?

Der nach dem Parke sich zur Ruhe wandte,
Trieb ihn ein Flügelschillern allzuweit,
Der sinnend saß an jenes Weihers Kante
Und lauschte in die tiefe Heimlichkeit.

Und von der Insel moosgekrönter Steine
Verließ der Schwan das Spiel des Wasserfalls
Und legte in die Kinderhand, die feine,
Die schmeichelnde, den schlanken Hals.

CLEMENS: Ja, das ist schön. Das ist der Zauberkreis der Kindheit, in dem reinen tiefen Spiegel unstillbarer Sehnsucht aufgefangen. Wie rein es ist! Es schwebt wie eine freie leichte kleine Wolke hoch über einem Berg. Wie rein es ist! Es drückt einen grenzenlosen Zustand so einfach aus.

GABRIEL: Das tun alle Gedichte, alle guten zum mindesten. Alle drücken sie einen Zustand des Gemütes aus. Das ist die Berechtigung ihrer Existenz. Alles andere müssen sie anderen Formen überlassen: dem Drama, der Erzählung. Nur diese können Situationen schaffen. Nur diese können das Spiel der Gefühle zeigen.

CLEMENS: Ich meine, dieses Gedicht drückt einen Zustand so ganz einfach aus. Es bedient sich keines Symbols. Ich erinnere ein anderes, das du früher gerne hattest. Zwei Schwäne kamen vor. War es nicht von Hebbel?

GABRIEL: Es ist von Hebbel. Dieses ist es:

Von dunkelnden Wogen
Hinunter gezogen
Zwei schimmernde Schwäne, sie gleiten daher:
Die Winde, sie schwellen
Allmählich die Wellen,
Die Nebel sie senken sich finster und schwer.

Die Schwäne sie meiden
Einander und leiden,
Nun tun sie es nicht mehr: sie können die Glut
Nicht länger verschließen,
Sie wollen genießen
Verhüllt von den Nebeln, gewiegt von der Flut.

Sie schmeicheln, sie kosen,
Sie trotzen dem Tosen

Der Wellen, die Zweie in Eins verschränkt:
Wie die sich auch bäumen,
Sie glühen und träumen
In Liebe und Wonne zum Sterben versenkt.

Nach innigem Gatten
Ein süßes Ermatten.
Da trennt sie die Woge, bevor sie's gedacht.
Laßt ruh'n das Gefieder!
Ihr seht euch nicht wieder,
Der Tag ist vorüber, es dämmert die Nacht.

Mein Freund, auch dieses Gedicht drückt einen Zustand aus und nichts weiter, einen tiefen Zustand des Gemüts, voll banger Wollust, voll trauervoller Kühnheit.

CLEMENS: Und diese Schwäne? Sie sind ein Symbol? Sie bedeuten –

GABRIEL: Laß mich dich unterbrechen. Ja, sie bedeuten, aber sprich es nicht aus, was sie bedeuten: was immer du sagen wolltest, es wäre unrichtig. Sie bedeuten hier nichts als sich selber: Schwäne. Schwäne, aber freilich gesehen mit den Augen der Poesie, die jedes Ding jedesmal zum erstenmal sieht, die jedes Ding mit allen Wundern seines Daseins umgibt: dieses hier mit der Majestät seiner königlichen Flüge; mit der lautlosen Einsamkeit seines strahlenden weißen Leibes, auf schwarzem Wasser trauervoll, verachtungsvoll kreisend; mit der wunderbaren Fabel seiner Sterbestunde… Gesehen mit diesen Augen sind die Tiere die eigentlichen Hieroglyphen, sind sie lebendige geheimnisvolle Chiffern, mit denen Gott unaussprechliche Dinge in die Welt geschrieben hat. Glücklich der Dichter, daß auch er diese göttlichen Chiffern in seine Schrift verweben darf –

CLEMENS: Und dennoch glaubte ich dich sagen zu hören, daß die Poesie niemals eine Sache für eine andere setzt.

GABRIEL: Niemals tut sie das. Wenn sie das täte, müßte man sie austreten wie ein häßliches schwälendes Irrlicht. Was wollte sie dann neben der gemeinen Sprache? Verwirrung stiften? Papierblüten an einen lebendigen Baum hängen?

CLEMENS: Und diese Schwäne? und alle deine andern Chiffern?

GABRIEL: Es sind Chiffern, welche aufzulösen die Sprache ohnmächtig ist. Verstehst du mich? Jener herbstliche Park, diese von der Nacht umhüllten Schwäne – du wirst keine Gedankenworte, keine Gefühlsworte finden, in welchen sich die Seele jener, gerade jener Regungen entladen könnte, deren hier ein Bild sie entbindet. Wie gern wollte ich dir das Wort »Symbol« zugestehen, wäre es nicht schal geworden, daß mich's ekelt. Man müßte ein Gespräch wie dieses mit Kindern, mit Frommen oder mit Dichtern führen können. Dem Kind ist alles ein Symbol, dem Frommen ist Symbol das einzig Wirkliche und der Dichter vermag nichts anderes zu erblicken.

CLEMENS: Du springst: – die Symbole des Glaubens? Wir sprachen von Gedichten.

GABRIEL: Das tue ich noch. Aber ich möchte ein vom tiefsten Geist der Sprache geprägtes Wort erst von seiner Lehmkruste reinigen. Weißt du, was ein Symbol ist? ... Willst du versuchen dir vorzustellen, wie das Opfer entstanden ist? Mir ist, als hätten wir früher einmal darüber gesprochen. Ich meine das Schlachtopfer, das hingeopferte Blut und Leben eines Rindes, eines Widders, einer Taube. Wie konnte man denken, dadurch die erzürnten Götter zu begütigen? Es bedarf einer wunderbaren Sinnlichkeit um dies zu denken, einer bewölkten lebenstrunkenen orphischen Sinnlichkeit. Mich dünkt, ich sehe den ersten, der opferte. Er fühlte, daß die Götter ihn haßten: daß sie die Wellen des Gießbaches und das Geröll der Berge in seinen Acker schleuderten; daß sie mit der fürchterlichen Stille des Waldes sein Herz zerquetschen wollten; oder er fühlte, daß die gierige Seele eines Toten nachts mit dem Wind hereinkam und sich auf seine Brust setzte, dürstend nach Blut. Da griff er, im doppelten Dunkel seiner niedern Hütte und seiner Herzensangst, nach dem scharfen krummen Messer und war bereit, das Blut aus seiner Kehle rinnen zu lassen, dem furchtbaren Unsichtbaren zur Lust. Und da, trunken vor Angst und Wildheit und Nähe des Todes, wühlte seine Hand, halb unbewußt, noch einmal im wolligen warmen Vließ des Widders. – Und dieses Tier, dieses Leben, dieses im Dunkel atmende, blutwarme, ihm so nah, so vertraut – auf einmal zuckte dem Tier das Messer in die Kehle, und das warme Blut rieselte zugleich an dem Vließ des Tieres und an der Brust, an den Armen des Menschen hinab: und einen Augenblick lang muß er geglaubt haben, es sei sein eigenes Blut; einen Augenblick lang, während ein Laut des wollüstigen Triumphes aus seiner Kehle sich mit dem ersterbenden Stöhnen des Tieres mischte, muß er die Wollust gesteigerten Daseins für die erste Zuckung des Todes genommen haben: er muß, einen Augenblick lang, in dem Tier gestorben sein, nur so konnte das Tier für ihn sterben. Daß das Tier für ihn sterben konnte, wurde ein großes Mysterium, eine große geheimnisvolle Wahrheit. Das Tier starb hinfort den symbolischen Opfertod. Aber alles ruhte darauf, daß auch er in dem Tier gestorben war, einen Augenblick lang. Daß sich sein Dasein, für die Dauer eines Atemzugs, in dem fremden Dasein aufgelöst hatte. – Das ist die Wurzel aller Poesie: wie durchsichtig im Großen: denn was ist klarer, als daß sich mein Fühlen in Hamlet auflöst, solange Hamlet auf der Bühne steht und mich hypnotisiert? Aber wie durchsichtig auch im Kleinen: faßt mich, für eines Gedankenblitzes Dauer, nicht das Gefieder jener Schwäne so gut wie Hamlets Haut? Aber es wirklich zu glauben, zu glauben, daß es wirklich so ist! Diese Magie ist uns so furchtbar nahe: nur darum ist es so schwer, sie zu erkennen. Die Natur hat kein anderes Mittel, uns zu fassen, uns an sich zu reißen, als diese Bezauberung. Sie ist der Inbegriff der Symbole, die uns bezwingen. Sie ist was unser Leib ist, und unser Leib ist, was sie ist. Darum ist Symbol das Element der Poesie, und darum setzt die Poesie niemals eine Sache für eine andere: sie spricht Worte aus, um der Worte willen, das ist ihre Zauberei. Um der magischen Kraft willen, welche die Worte haben, unseren Leib zu rühren, und uns unaufhörlich zu verwandeln.

CLEMENS: Mir entschwindet, was du mit dem Menschen wolltest, der das Blut des Tieres anstatt seines eigenen vergoß?

GABRIEL: Er vollbrachte eine symbolische Handlung. Er starb in dem Tiere, Clemens, weil er sich einen Augenblick lang in dies fremde Dasein aufgelöst hatte, weil einen Augenblick lang wirklich sein Blut aus der Kehle des Tieres gequollen war. –

CLEMENS: Du sagst w i r k l i c h, Gabriel?

Eine Pause

CLEMENS: Er starb in dem Tier. Und wir lösen uns auf in den Symbolen. So meinst du es?

GABRIEL: Freilich. Soweit sie die Kraft haben, uns zu bezaubern.

CLEMENS: Woher kommt ihnen diese Kraft? Wie konnte er in dem Tier sterben?

GABRIEL: Davon, daß wir und die Welt nichts Verschiedenes sind.

CLEMENS: Etwas Seltsames liegt in dem Gedanken, etwas Beunruhigendes.

GABRIEL: Im Gegenteil, etwas unendlich Ruhevolles. Es ist das einzig Süße, einen Teil seiner Schwere abgeben zu sehen, und wäre es nur für die mystische Frist eines Hauches. In unserem Leib ist das All dumpf zusammengedrückt: wie selig, sich tausendfach der furchtbaren Wucht zu entladen.

CLEMENS: Und dennoch, ist mir, muß es Gedichte geben, die schön sind ohne diese schwüle Bezauberung. Es gibt Lieder von Goethe, welche leicht sind wie ein Hauch und einfach wie eine Mozartsche Melodie. Es gibt antike Gedichte, welche so sind wie ein dunkles Weinblatt gegen den blauen Abendhimmel. Die Anthologie ist voll von solchen. Du kennst sie besser als ich.

GABRIEL: Ich kenne sie: Der Gärtner Lamon opfert dem Priapus die schönsten Früchte: in den Bastkorb legt er schöne gezackte Blätter und darauf den Granatapfel, den aufgesprungenen, dem das feuchte, zitternde, purpurne Fleisch die tausend süßen Kerne umhüllt; runzlige Feigen legt er dazu und die rötlich schimmernde erdbeerduftende Traube, und flaumige Quitten, die reifende Nuß, die schon ihr grünes Gehäuse sprengt, und saftgeschwellte Gurken: so legt er es auf den Altar des Gottes anstatt eines Gebetes für sein eigenes Leben und für die Gesundheit seiner Bäume. Und Niko, die Zauberin, opfert der Kypris den amethystnen Kreisel, umsponnen mit Fäden purpurner Wolle, den zauberkräftigen Kreisel, mit dem sie Männer heranzieht über das Meer, Mädchen hervorlockt aus der Kammer. Ein Mädchen setzt der toten Cikade, die zwei Jahre in ihrer Schlafkammer wohnte, ein Grabmal. Fischer ziehen das schwere Netz empor und finden einen vom Meer verschlungenen Mann, zur Hälfte verzehrt von Fischen. Und sie begraben ihn und die Fische mit ihm unter dem spärlichen Sand des Felsenstrandes; daß die Erde ihn ganz zurücknehme, begraben sie mit ihm die Fische, die ihn angenagt, die von ihm gezehrt haben. Eine schwellende Traube liegt auf dem Altar der Aphrodite, das Dankgeschenk für eine süße, gnädig gewährte Nacht, liegt da, überantwortet der göttlichen Gewalt, nackt, allein, und nicht mehr breitet die Mutter um sie die freundlichen Ranken, umschattet nicht mehr ihren nackten jungen Leib mit Blättern, die süß duften, voll lauen heimlichen Dunkels.

CLEMENS: Und die welche keltern! und die welche lieben! weißt du keines Wort für Wort?

GABRIEL: Die welche keltern, fühlen sich wie die Götter. Es ist ihnen als wäre Bacchus mitten unter ihnen beim nächtlichen Werk. Als stampfte er neben ihnen, das lange Gewand hinaufgenommen bis übers Knie, im roten Saft, dessen Hauch schon trunken macht. Gleichzeitig sind sie Badende und Tanzende: und die Trunkenheit ihres Tanzes ist es, die ihnen das Bad immer höher und höher steigen macht. Stromweis fließt von der Kelter der Most; wie kleine Schiffe schaukeln die hölzernen Schöpfbecher auf der purpurnen Flut. Da bückt sich die schöne Rhodanta tief zur Kelter hinab, und schon ist ihr das weiße leinene Gewand durchnäßt, schon glänzt es triefend ihr um Brust und Hüften:

> Da schlug jeglichem höher die Brust, und keiner von uns war,
> Welcher dem Bacchus nicht und Aphroditen erlag.

Im dunstigen Dunkel, unter Schreien, unter taumelndem Fackelschein, unterm Sprühen des Blutes der Traube, ist auf einmal Aphrodite aus dem Purpurschaum geboren: Bacchus hob sich aus der Kelter, wild wie eine springende Welle, und durchtränkte ein Gewand, daß es niederfloß wie eine leuchtende Nacktheit und schuf aus einem Mädchen die Göttin, um deren Leib Verlangen und Entzücken fließt.

CLEMENS: Und jene süßen, schamlosen? Jenes, wo sie die Gewänder tauschen und einander aufs neue fester umschlingen? Und jenes, wo sie ineinander verflochten sind und die Götter herausfordern, wo sie sich einander in die Arme sehnen und das Netz des Hephästos um sich herum wünschen und die Götter und Menschen sich herbeiwünschen, sie zu sehen, sie zu beneiden? Sind sie nicht alle schön, diese Gedichte, einfach und schön wie die schönen Muscheln mit rosigem Mund? Sind sie nicht so schön wie schöne flache Trinkschalen aus Onyx und Jadestein? Nicht schön wie ein kupfernes getriebenes Becken, bis an den Rand mit lauterem Wasser gefüllt? Wie die steinerne Brücke, die in einem Bogen über den Bergfluß hinsetzt? Wie das geschwungene Joch der pflügenden Stiere? Und hat Goethe sie nicht geliebt wie nichts zweites auf der Welt? War er nicht selig, als er sie fand, wie der Wanderer, wenn er die Berghalde niederklimmt und zwischen Moos und Gestein, eine Herberge der Eidechsen, ein wundervolles marmornes Gebilde findet, das leuchtende Trümmer eines Götterbildes, die feine gebietende Hand, oder die strahlende Schulter mit dem Knoten des Gewandes? Hat er nicht von da an die Töne seiner Jugend verschmäht und alles in diese Pansflöte gehaucht? Wurden nicht von da an das odysseische Schiff und die leierförmig gekrümmte Bucht, wurden nicht der Fruchtkorb, der Kranz, der marmorne Brunnenrand, das Bett, auf dem Tibull nach der Geliebten seufzte, wurden nicht Pferch und Speicher Vergils, und die idyllischen Weiden des Bion, wurden nicht alle diese geformten Gebilde, alle diese Dinge, welche die Hand der Götter geformt hat, welche wie getriebene Arbeit von den Hämmern des Hephästos den funkelnden kreisrunden Schild der Erde zieren, wurden sie nicht die Heimat seiner Seele? Fühlte er sich nicht dem Bildner näher verwandt als dem Redner? Wen hat er so gepriesen wie jenen, der mit kunstreichen Händen den Brustschmuck der ephesischen Diana schuf? In den Euphrat kühn zu greifen, die Flut in den Händen zu ballen, das war ihm Dichten. Spottete er nicht der Schweifenden? Der ewig Sehnenden? Derer, denen nichts frommt, als ein unablässiges Dürsten nach dem Durste? War ihm nicht die Natur die ewige Bildnerin? Waren ihm nicht alle Kräfte, alle Dämonen, selber die Schmerzen noch Bildner? Antworte mir, Gabriel, ist der geformte Gedanke nicht schön? Hat er nicht den Glanz des Lebens verzehnfacht in sich wie die Perlen den feuchten Schimmer der nackten Haut in sich saugen und zehnfach widerstrahlen?

GABRIEL: Ja, der Gedanke ist etwas Schönes und du hast so großes Recht, ihn der Perle und dem Edelstein zu vergleichen. Diesen beiden gleicht er, die schöner sind als alles Blühen und Leben, weil sie über das Blühen und Leben und Sterben hinaus sind. Und für eine junge Welt, die daliegt in Blindheit, ist er das Wunder der Wunder. Was ein Vogel in der Luft für den Seemann, für den, der die Hundswache hat und allein dalehnt, in den Mantel gewickelt: totenstill das schwere dunkle Meer und darüber nicht Nacht nicht Tag; über den grauen kahlen Inseln hängen Wolkenbänke, regungslos, als hingen sie hier seit tausenden von Jahren, Inseln der Luft; das Deck, die Raaen überziehen sich mit einem blauen dunstigen Licht, das an ihnen herunterfließt und in die Atmosphäre hineinsickert; unerträglich ist die wortlose Erwartung, die Stummheit der lichtlosen, der schattenlosen Welt: was hier der Flügelschlag eines wundervollen Meervogels ist, der heransegelt hoch im Osten, königlich die Schwingen schlagend, der erste Abglanz des heraufblitzenden Tages funkelnd auf ihm: das ist für eine frühe dumpfe Welt der Gedanke. Wir aber sind reicher an Gedanken, als der endlose Meeresstrand an Muscheln. Was uns not tut, ist der Hauch.

Wovon unsere Seele sich nährt, das ist das Gedicht, in welchem, wie im Sommerabendwind, der über die frischgemähten Wiesen streicht, zugleich ein Hauch von Tod und Leben zu uns herschwebt, eine Ahnung des Blühens, ein Schauder des Verwesens, ein Jetzt, ein Hier und zugleich ein Jenseits, ein ungeheueres Jenseits. Jedes vollkommene Gedicht ist Ahnung und Gegenwart, Sehnsucht und Erfüllung zugleich. Ein Elfenleib ist es, durchsichtig wie die Luft, ein schlafloser Bote, den ein Zauberwort ganz erfüllt; den ein geheimnisvoller Auftrag durch die Luft treibt: und im Schweben entsaugt er den Wolken, den Sternen, den Wipfeln, den Lüften den tiefsten Hauch ihres Wesens und der Zauberspruch aus seinem Munde tönt getreu und doch wirr, durchflochten mit den Geheimnissen der Wolken, der Sterne, der Wipfel, der Lüfte. Und Goethe? Seine Taten sind vielfältig wie die Taten eines wandernden Gottes. Er gleicht dem Herakles, dessen Abenteuer, jedes eingehüllt in eine Glorie, jedes wohnend in einer anderen Landschaft, nichts voneinander wissen. Die Lieder seiner Jugend sind nichts als ein Hauch. Jedes ist der entbundene Geist eines Augenblickes, der sich aufgeschwungen hat in den Zenith und dort strahlend hängt und alle Seligkeit des Augenblickes rein in sich saugt und verhauchend sich löst in den klaren Äther. Und die Gedichte seines Alters sind zuweilen wie die dunklen tiefen Brunnen, über deren Spiegel Gesichte hingleiten, die das aufwärts starrende Auge nie wahrnimmt, die für keinen auf der Welt sichtbar werden als für den, der sich hinabbeugt auf das tiefe dunkle Wasser eines langen Lebens. Meinst du wirklich, er habe immer und immer den geformten Gedanken ans Licht der Sonne gehoben wie eine gestielte Schale aus Sardonyx und Chrysopas? Hör zu:

Sagt es niemand, nur den Weisen,
Weil die Menge gleich verhöhnet,
Das Lebend'ge will ich preisen,
Das nach Flammentod sich sehnet.

In der Liebesnächte Kühlung,
Die dich zeugte, wo du zeugtest,
Überfällt dich fremde Fühlung,
Wenn die stille Kerze leuchtet.

Nicht mehr bleibest du umfangen
In der Finsternis Beschattung
Und dich reißet neu Verlangen
Auf zu höherer Begattung.

Keine Ferne macht dich schwierig,
Kommst geflogen und gebannt
Und zuletzt, des Lichts begierig,
Bist du, Schmetterling, verbrannt.

Und so lang du das nicht hast
Dieses: Stirb und werde!
Bist du nur ein trüber Gast
Auf der dunklen Erde.

Hörst du diesen Laut, wie von einem verzauberten Nachtvogel hineingesungen in das Zimmer, wo einer stirbt? Man sagt, er habe es in der Nacht gemacht, in welcher Christiane Vulpius gestorben war. Das wirkliche Erlebnis der Seele, welche Worte möchten es ausdrücken, wenn nicht bezauberte! Ein Augenblick kommt und drückt aus tausenden und tausenden seinesgleichen den Saft heraus, in die Höhle der Vergangenheit dringt er ein und den tausenden von dunklen erstarrten Augenblicken, aus denen sie aufgebaut ist, entquillt ihr ganzes Licht: was niemals da war, nie sich gab, jetzt ist es da, jetzt gibt es sich, ist Gegenwart, mehr als Gegenwart; was niemals zusammen war, jetzt ist es zugleich, ist es beisammen, schmilzt ineinander die Glut, den Glanz und das Leben. Die Landschaften der Seele sind wunderbarer als die Landschaften des gestirnten Himmels: nicht nur ihre Milchstraßen sind tausende von Sternen, sondern ihre Schattenklüfte, ihre Dunkelheiten sind tausendfaches Leben, Leben, das lichtlos geworden ist durch sein Gedränge, erstickt durch seine Fülle. Und diese Abgründe, in denen das Leben sich selber verschlingt, kann ein Augenblick durchleuchten, entbinden, Milchstraßen aus ihnen machen. Und diese Augenblicke sind die Geburten der vollkommenen Gedichte, und die Möglichkeit vollkommener Gedichte ist ohne Grenzen wie die Möglichkeit solcher Augenblicke. Wie wenige gibt es dennoch, Clemens, wie sehr wenige. Aber daß ihrer überhaupt welche entstehen, ist es nicht wie ein Wunder? Daß es Zusammenstellungen von Worten gibt, aus welchen, wie der Funke aus dem geschlagenen dunklen Stein, die Landschaften der Seele hervorbrechen, die unermeßlich sind wie der gestirnte Himmel, Landschaften, die sich ausdehnen im Raum und in der Zeit, und deren Anblick abzuweiden in uns ein Sinn lebendig wird, der über alle Sinne ist. Und dennoch entstehen solche Gedichte…

Unterhaltung über den »Tasso« von Goethe

Man war zur Stadt und ins Theater gefahren, da ein kühl-trüber Nachmittag mitten in die Zeit stärkster Rosenblüte, flammend heißer Tage, überstark duftender Abende eingefallen war. Es wurde der »Tasso« gespielt. Im Nachhausefahren ließ man den Wagen aufschlagen. Noch tropften die Zweige, aber der feuchten Kühle mischten sich, wie man ohne Ende an Gärten und Gärten vorbeikam, Ströme lauerer Luft, hauchender Duft von offenen Rosen und der starke Duft der Rainweide; auch drang an einer Stelle des Himmels ein gelblich schwacher Schein vom Mond hervor. Die zwei Frauen und zwei Männer in dem bequemen, ruhig dahinrollenden Landauer sprachen wenig, sie waren Freunde, das eine Paar bei dem anderen zu Gast, und fanden sonst in sich und dem Leben der Welt, an dem sie alle vier einen lebhaften Anteil hatten, unerschöpflichen Stoff des Gesprächs. Aber man hatte – und jeder von den vier zum erstenmal im Leben – den »Tasso« gesehen, man hatte Kainz den Tasso spielen sehen, und die Phantasie, für vierthalb Stunden überstark gefesselt, konnte sich von diesen Bildern weder entfernen noch sich ihrer durch Worte entladen. Wie ein zu starker Schein quälend im Auge nachfunkelt, brachte in diesen vier so verschiedenen Menschen der innere Sinn immer wieder das Nachbild der Töne und Gebärden hervor, in denen geistige Qualen sich hier, geisterhaft verkörpert, allen äußeren Sinnen preisgegeben hatten. Der Mann, der dies vermocht hatte, erschien geheimnisvoll und beunruhigend. Das Dichterwerk selbst, das scheinbar wohlgekannte, hätte eine drohende und spannende Miene angenommen. Man war aufgewühlt, in einer Spannung, die anfing zu quälen, weil sie kein Ziel mehr hatte, man war bereichert und zugleich verstört. Das Unfaßliche jeder solchen Leistung, das Unfaßliche auch jedes geschaffenen Werkes war in eine ungewohnte Nähe gerückt.

Einzelne Momente, das blitzhafte Durchbrechen der nackten

Seele in gewissen Gebärden, hörten nicht auf, sich im Gedächtnis zu wiederholen: die Handbewegung, mit der er Antonio nach der scheinbaren Versöhnung – Tasso nun entschlossen sich zu verstellen, zu scheinen, zu trügen wie jene – zum Sitzen einlädt; die unvergleichliche Wahrheit des Selbstgesprächs, die so sehr als der natürliche Zustand dieses Menschen erscheint, aus dem seiner Seele Inhalt heraustritt, daß fast der wiederaufgenommene Dialog als das Fremde, Befremdliche gefühlt wird, neben jenem schleierlosen Hintaumeln der gehetzten Seele; das Darbieten der eigenen Hand, das Ergreifen der Hand des anderen, endlich der unglaubliche Abschied von jenen, die ihn nicht mehr hören, und darauf das unglaubliche Niederbrechen.

Man stieg schweigend aus dem Wagen, setzte sich zu Tisch und redete während des kurzen Nachtmahls von belanglosen Dingen. Erst bei den Früchten wandte sich die Unterhaltung auf »Tasso« zurück, indem die Hausfrau ziemlich unvermittelt sagte: »Ich weiß nicht, ob hier nicht eigentlich etwas Undarstellbares dargestellt ist.« »Wie meinst du das?« fragte ihr Mann, der Dichter. »Möchtest du dich nicht etwas erklären?« »Ich meine es so«, sagte sie: »Dadurch, daß hier Goethe es versucht hat, Menschen der guten Gesellschaft, und gerade insofern sie Menschen der Gesellschaft sind, zum Gegenstand eines Stückes zu machen, dadurch ist etwas Erzwungenes entstanden oder etwas zur Hälfte Unwahres.« »Warum denn? Inwiefern denn?« fragte wieder der Dichter, indes der Major aufmerksam von seinen Himbeeren aufsah und die Baronin mit einem leichten Nicken der Hausfrau, erratend oder verstehend, zu Hilfe kam. »Darum, vielleicht, weil Menschen der Gesellschaft sich heutzutage, wenigstens neunundneunzig unter hundert von ihnen, weder so zu durchschauen, noch so auszudrücken vermögen, was in ihnen vorgeht?« – »Er meint«, warf die Baronin hinein, »wenigstens die Frauen vermöchten es gewiß nicht.« »Nein«, sagte die Hausfrau lebhaft, »ob nicht können oder nicht wollen weiß ich nicht, aber die Anlässe zu dem meisten, was hier gesagt wird, würden in wirklich guter Gesellschaft vermieden werden, weggeräumt, bevor die Nötigung sich zeigte, alles durch viel Reden gut oder eigentlich schlimm und schlimmer zu machen.« »Da treffen Sie gerade etwas«, sagte der Major, »was mich in den neueren bürgerlichen Dramen immer so ärgert und ungeduldig macht, daß ich sie meistens kaum zu Ende hören kann: Da scheinen mir alle Vorgänge und Konflikte, von Szene zu Szene, recht eigentlich nur dadurch herbeigeführt, daß sich die Leute in einer unmöglichen Weise betragen und die denkbar schlechteste Manier an den Tag legen. Mit dem bescheidensten Aufwand an natürlichem Takt, an notdürftiger Zurückhaltung und so viel Respekt vor sich und vor anderen, als auch bei sehr einfachen Menschen im Leben recht häufig ist, würden die meisten dieser Zusammenstöße und Verwicklungen vermieden und das Ganze in sich zusammenfallen.« »Aber hier«, sagte der Hausherr beinahe ungeduldig, »hier weiß ich wirklich nicht, was ihr beide wollt. Ist nicht im Gegenteil in diesem Stück gerade das, was das Zusammenleben einer Gruppe geistiger und kultivierter Menschen bestimmt und regiert, in einer unvergleichlichen Weise nicht gesagt, sondern gezeigt? Wie wahr ist der Zustand vergegenwärtigt, der sich einstellen muß, wenn ein älterer Freund nach langer Abwesenheit zurückkehrt und seinen Platz von einem Neuen, Jüngeren besetzt findet. Wie drückt sich uns gleich durch die ersten Wechselreden nach Antonios Kommen das Peinliche, kaum Haltbare dieses Zustandes ein, wie empfinden wir mit der Prinzessin, die schon ganz gequält dasitzt und sogleich alles tun möchte…« – Bei der Erwähnung der Prinzessin verzog die Hausfrau ein wenig ihr Gesicht, und die Baronin lächelte. Der Dichter aber schien es nicht zu bemerken und fuhr fort: »Wie wunderbar fein ist diese Führung, daß die Sanvitale eigennützig alles verwirrt und niemand ihr das Spiel aufdeckt, weil jeder zu sehr mit sich und der Figur, die er macht, beschäftigt ist, wie unvergleichlich dieser Zug, daß Antonio die nicht ganz reine Situation und das an Tasso Tadelnswerte, Verführerhafte sogleich und besser durchschaut als die Beteiligten selbst. Wie wirkt in diesem Ganzen Gewicht gegen Gewicht, wie ist das Treibende und das Retardierende so einzig aus diesen Seelen herausgeholt und so unlöslich verzahnt, daß man immerfort zu ruhen und tief in

Menschen hineinzublicken vermeint und dabei doch so lautlos als jäh vom Strom eines unaufhaltsamen Geschehens mitgerissen wird.« Es schien, er wollte noch weitersprechen, aber der Major, mit der Andeutung eines Lächelns in der Stimme, sagte ohne aufzusehen: »Es scheint, die Damen haben etwas gegen die beiden weiblichen Figuren auf dem Herzen, oder besonders gegen die Prinzessin.« »Ja«, sagte entschlossen die Hausfrau und wurde für einen Augenblick rot, »ich mag sie nicht. Wie sie über ihre Leiden und ihr verpfuschtes Leben klagt, ist sie mir erträglich, aber auch nur erträglich, eben wie eine Kranke, und lange nicht sympathisch. Sonst aber würde ich sie zu denen rechnen, denen ich in einem Salon auf zwanzig Schritte ausweichen wollte, und da ich sie hier immerfort anhören oder von ihr sprechen hören muß, so verdirbt sie mir das halbe Stück. Wie sie zu dem verliebten Tasso redet, ist nicht angenehm; wie sie aber über ihn redet, das ist einfach abscheulich.

> Ich trieb den Jüngling an; er gab sich ganz;
> Wie schön, wie warm ergab er ganz sich mir!

Was für ein Ton! Eine gouvernantenhafte, schöngeistige Hoheit. Ich habe diese zwei Zeilen immer so gehaßt, daß ich sie in meinem Goethe mit dem Radiermesser auskratzen möchte.« »Dafür kannst du sie aber auswendig«, sagte ihr Mann, doch fuhr sie gleich fort: »Und dabei weiß ich nicht, was sie will. Die Sanvitale ist auch unglaublich unsympathisch, aber die weiß wenigstens was sie will, solche Frauen gibt's und hat's immer gegeben, so stell' ich mir die Fürstin W. vor, eine solche Frau war die Sophie L.; Frauen, die eine Position und einen recht guten Mann und ein Haus voll Kinder haben und noch dazu einen Dichter oder sonstigen großen Mann hinter sich herschleppen müssen; kaltherzig ist sie, mesquine, intrigant und taktlos, daß man für sie rot werden möchte, aber sie weiß, was sie will. Die Prinzessin aber, ja was glaubt die eigentlich? Was will sie, und was will sie nicht? Den Leuten Kränze aufsetzen und ihnen halbverdeckte Erklärungen machen und dann:

Nicht weiter, Tasso! Viele Dinge gibt's,
die man mit Leidenschaft ergreifen darf;
doch andre können nur durch Mäßigung
und durch Entbehren unser werden:
So, sagt man, sei die Liebe, das bedenke wohl.

Das soll goutieren, wer will. Ich mag sie nicht. Ich mag sie nicht.«

Die anderen lachten etwas, und die junge Frau wurde nun ganz rot, und es verging nicht so schnell wieder. Aber sie hatte noch etwas zu sagen: »Und dabei glaube ich, daß Goethe eine schöne Gestalt machen wollte, keine unsympathische Hoheit. Ich glaube, es hätte eine solche in sich ruhende Frau werden sollen, deren scheinbare Einfachheit eigentlich ein mit der zartesten Haltung ertragener, innerer Reichtum ist, eine von unglaublicher Feinfühligkeit beherrschte Kompliziertheit. Ich meine eine Figur wie die Stiftsdame, von der die »Bekenntnisse der schönen Seele« sind, oder wie die Ottilie in den »Wahlverwandtschaften«. Aber für eine solche Durchsichtigkeit ist wahrscheinlich in einem Drama kein Platz, und weil im Drama die Figuren sich nur durch Reden zeigen können, nicht durch stilles Dasein und lautloses Reflektieren der Welt in ihrem durchscheinenden Innern, so hat ihn hier, denk' ich, das Metier gezwungen, die schönste Figur zu verderben, indem er sie über sich reden und deklamieren läßt, wo es ihre Sache wäre, sowohl als große Dame wie als eine schöne Seele, gerade nicht zu reden, schweigend, sich effacierend zu wirken und zu leiden. Das habe ich gemeint, wie ich früher sagte, er scheint mir hier etwas Undarstellbares darzustellen. Deswegen geht mir auch nur die Figur des Tasso nahe, und den stellt er ja auch gleich heraus, indem er ihm den Kranz aufsetzen läßt. Dadurch ist er kostümiert, und die anderen werden alle seine Zuseher, er aber ist in seinem Element, wenn er sich und anderen eine unheimliche, die Seelen aufwühlende Komödie vorspielt, und so ist er freilich die herrlichste Aufgabe für einen großen Schauspieler. Denn ich glaube, nichts ist auf der Bühne so schön, als wenn einer einen spielt, der sich selber ›spielt‹, wenn nämlich die Figur der Mühe wert ist.«

So blieb die Prinzessin unverteidigt, die beiden Frauen standen dann auf, wollten noch in den oberen Zimmern die drei Kinder schlafen sehen, indessen die beiden Männer ins Bücherzimmer gingen. »Wie durchaus die Frauen am Stofflichen kleben«, sagte der Major auf dem Weg dahin. »Ich habe gesehen, meine Frau war ganz der Ansicht der deinigen und sie behandelte die beiden weiblichen Gestalten völlig als zwei Damen unserer Gesellschaft, gegen die sie Front machen wollten.« »Das ist schließlich ganz gut«, antwortete der Dichter, »so hängt doch die ganze Geschichte nicht gar so in der Luft. Die Leute, die ein Ganzes genießen, sind gar selten.« »Ich kann sagen«, gab der Major zurück, »ich habe heute das Ganze dieses Dramas in hohem Maße genossen, und zwar zum erstenmal, obwohl ich das Gedicht seit meiner Kadettenzeit mehrmals in der Hand gehabt habe, das letztemal sogar seltsamerweise während der großen Manöver von 1902, da ich auf einem Schloß in der Lausitz in dem Zimmer, worin ich einquartiert war, das Buch fand und zufällig, während eines gezwungen untätigen Nachmittags, ganz durchlas. Diese früheren Male war es aber doch immer der fabelhafte innere Reichtum in den einzelnen Reden, der mich berauschte, aber heute ist mir zum erstenmal das Verhältnis des Antonio zu Tasso wirklich aufgegangen, und damit auch der Sturz des Ganzen dem Ende zu. Ich weiß nicht, was die Leute wollen, die das nicht dramatisch nennen. Und ich habe es früher selbst nachgeredet.« »Weil es Goethes Drama ist«, fiel der Dichter lebhaft ein, »und nicht Shakespeares Drama, das ist alles. Wenn man nur endlich aufhören wollte, vom Drama im allgemeinen zu sprechen.«
Es trat ein Schweigen ein. Der Major rauchte, der Dichter sah erst nach dem Barometer, dann am offenen Fenster nach dem nächtlichen Himmel, dessen Miene ungewiß war. Von unten rauschte die große Linde und ließ noch einzelne große Tropfen fallen, in einem oberen Zimmer hörte man die zwei Frauen leise reden. Der Dichter trat aus dem Fenster in den Schein der Lampe zurück. »Es bleibt ein unergründliches Werk«, sagte er, »man kann darum herumgehen wie um einen allerbesten griechischen Torso, wie ihrer ein paar in Neapel in

dem Saal der Psyche stehen, und man kommt aus dem Staunen nicht heraus. Man geht nach Haus, man meint, einen solchen Marmorleib zu kennen, man tritt den nächsten Morgen wieder davor hin, und es fährt einem das Staunen aufs neue wie im Schrecken durch die Glieder. Das Gedächtnis war nicht stark genug, dies Ineinander von Grandiosem und Blühendem, von Selbstverständlichem und Unfaßlichem irgendwie in sich zu bewahren. Eigentlich wird man einem solchen Gebilde nur in dem Augenblicke gerecht, wo man davor steht: aber ums Gerechtwerden handelt sich's ja gar nicht, kaum ums Begreifen, sondern um ein höchstes Genießen, und das ist flüchtig wie der Blitz, ist ein zuckendes Ahnen, flüchtigste Intuition, ist ein raumloses, zeitloses: Ich hab's gefühlt! So war's mir heute, während dieser Aufführung. Dieser grandiose Wille der Durchführung, diese nirgends erschlaffende Bezogenheit aller Teile und dabei dieses blühende Leben des Augenblicks in jedem Vers. Dieses Nieverlassen einer geheimnisvoll gefundenen Distanz, und zugleich dieses Vibrieren, dieses Wechseln der Spannung im Vordersten. Genau so ist einem zumute, wie dort vor dem alten, von Leben starrenden und doch dem niedrigen Leben so fernen Marmor. Man staunt von Vers zu Vers, wie dort von Form zu Form; die Übergänge sind es, die man am tiefsten bewundern möchte: da erkennt man, daß alles Übergang ist, alles fließende Bewegung, alles zugleich Weg und Ziel, Streben und Ruhepunkt. – Und die Gestalten, sie sind ja mehr, sind etwas anderes als Gestalten. Hier ist eine andere Welt als die Welt Shakespeares. Hier ist, was dort aus den Figuren heraustritt, als ein tatsächliches Tun, in sie hineingenommen als ein stets mögliches Tun, ein formgewordenes Tun. Tasso und Antonio: ja sie sind einander bis zur Auflösung gefährlich, indem sie bloß da sind. Sie sind jeder ein grenzenloser Zustand, wie Werther der grenzenlose Zustand der Jugend ist. Denn ich rechne auch den Werther zu Goethes Dramen, vor allem aber die »Wahlverwandtschaften«. Wir sehen etwas sich vollziehen, was nicht aufzuhalten ist. Das Ereignis selbst, durch das scheinbar alles ins Rollen kommt, ist belanglos, ja es ist wesenlos, ist bloßer Augentrug, wie die Form des Springbrunnens, die Form der Welle. Wie die Welle nichts ist als das Sichtbarwerden von Bewegendem und Widerstehendem, darum, wenn sie zusammensinkt, sich immer wieder erneut und einfach nicht fortzuräumen ist, so geht es hier. Versöhnt, unversöhnt, begütigt, gereizt, immer gleich stehen sich die beiden gegenüber: in ihnen steht für uns die Widersinnigkeit der Welt zu schmerzlichem Genuß. Wir sehen es schon längst vollzogen, sehen es immer aufs neue bereit, sich zu vollziehen. Das Geschehen wird symbolisch. Wir erkennen die Signatur von Menschen. Eigentlich geschieht nichts. Es entschleiert sich etwas. Und nicht etwas, das einmal geschehen ist, sondern ein unabänderliches Verhältnis.«

»Daß man es erträgt«, sagte der Major. »Daß es einen nicht erstarren macht!«

»Das«, erwiderte der andere, »ist wohl das Geheimnis dessen, der es gemacht hat, sein ganz persönliches Geheimnis.«

Seit jenem »Tasso«-Abend, da man zur Stadt gefahren war, den unvergleichlichen Darsteller dieser heiklen Rolle zu genießen und sich nachher so lebhaft als ohne Prätension über das Stück unterhalten hatte, waren mehrere Wochen, ja, es war der größte Teil des Sommers hingegangen, längst waren von dem Major und seiner Gattin freundliche, wenn auch kurze Briefe aus einem norddeutschen Landsitz eingetroffen, die Gastzimmer des ländlichen Hauses waren verschlossen, die Rosen lange abgeblüht und mit ihnen jene so nahe Zeit freundlichen Zusammenseins in die unfaßliche Ferne alles Gewesenen gerückt, da lag eines Tages auf dem Frühstückstisch nebst den Zeitschriften und verschiedenen Briefen ein etwas größeres Kuvert, das den Stempel vom Landgut des Majors trug, dessen Aufschrift aber in ungewohnter Maschinenschrift zunächst fremd anmutete. Es enthielt keinen Brief, sondern nur auf dünnem Papier, gleichfalls in typierter Schrift, ein kleines Manuskript, das in nachfolgendem ohne Veränderung mitgeteilt wird:

Schmerzlich wandeln solche Gestalten zwischen den Lebenden hindurch; wo für alle Raum ist, für sie scheint kein Platz berechnet, und noch ihrem Schattenbild begegnet man nicht freundlich, nicht gerecht; und doch hat der Tätige seinen Platz wie der Kluge, der Leichtfertige wie der Genußsüchtige; ja, dem Traurigen sogar ist Raum gelassen und dem Verbitterten, der quälend für Qualen sich entschädigt; sie alle setzen den Fuß auf die Erde als Berechtigte, nicht als Schatten.

Die arme Prinzessin! Sie ist nicht stark und lieblich, wie Dorothea, nicht lieblich in der Schwäche, wie Ottilie – womit soll sie die Herzen gewinnen? Zu dienen ist ihr versagt, und wodurch insinuiert sich schöner die Frau, als wenn sie dient. Sie ist da, und wenige wissen, wie ihr ums Herz ist, wenige wollen's wissen. Ein kaum erträglicher Zustand ist der ihre, und er ist bleibend, und sie trägt ihn; wie schön, wie vornehm trägt sie ihn. Jenes schmerzlichster Erfahrung abgewonnene: »Glissez mortels, n'appuiez pas!« hat sie sich ganz zu eigen gemacht; die ganze Welt ist ihr durch Entsagung zu eigen geworden. Hier ist, heraufgenährt von frühen steten geistigen Schmerzen, in einer Mädchenbrust die seltsame Ruhe, die gestillte, alles durchschauende Sympathie, die wir in der Brust alter weiser Männer ahnen. Ja, hier ist das Spiegelbild der ganzen Welt, gereinigt, gebadet wie in einem stillen See, hier ist Liebesmöglichkeit ohne Grenzen, allseitig verströmend – und kaum mehr ein leiser Wunsch. Was sie wünschen könnte, ist ihr verwehrt; wohin ihr Verlangen blicken könnte, da liegt wie ein Schatten, den zu betreten tödlich ist, die Ahnung. In ihr bewegt sich die Welt, die sich vor ihren Augen bewegt; durchscheinend ist ihr Wesen, durch sie hindurch sehen wir den Bruder, die Mutter, die Schwester, den Freund, und sehen sie reiner umrissen, schöner verklärt, als wir mit eigenem Aug sie erblicken könnten. Aber um welchen Preis ist diese Durchsichtigkeit erkauft! Wie dauernde Leiden, lautlos verflochten Schmerz in Schmerz, haben diesem Blick seine Tiefe gegeben. »Wohl ist sie schön, die Welt« – wie rührend kommt's aus diesem Mund. Daß Schmerzen gut und heilsam sind – sie weiß es voraus, die trübste Erkenntnis ist ihr vertraut; daß Glück nicht dauert, sie hat es längst gewußt, es ist in ihr zu jeder Stunde. Und muß nicht ein solches Wesen noch von fast jedem verkannt werden? Vorausnehmend den Gang der Welt ist sie gebannt und gebunden; wo andere den Schein von Möglichkeit sehen, sich regen und bewegen, sieht sie das Unvermeidliche und erstarrt. Here there is a kind of moral sexlessness, an ineffectual wholeness of nature, yet with a divine beauty and significance of its own. An ineffectual wholeness of nature – eine Ganzheit, eine Geschlossenheit des Wesens, worin das Strebende, das Wirkende aufgehoben erscheint – aber die Natur liebt nicht, daß Wirkendes ruhe, und dennoch ruft sie auch solche Geschöpfe hervor, hält sie im Leben – und straft sie, indem sie sie erhöht. Man hört so viel von Einfachheit reden, zur Einfachheit wollen alle Eltern ihre Kinder erziehen, aber wie selten gibt man sich Rechenschaft, was für ein äußerster, was für ein bedenklicher Zustand die vollendete Einfachheit ist. Sie ist determinierte Vornehmheit; sie ist Verzicht auf jedes Trachten; neben ihr erscheint leicht jeder, der etwas tut und etwas sucht, als ein Aventurier oder ein Snob; es liegt ein Triumph des ganzen Wesens, ein Triumph guter Rasse darin – aber ein gefährlicher, leicht ein bedauernswerter Triumph.

Dennoch ist sie keine Dulderin; und wie sie das Leben trägt, ist unendlich mehr als bloßes Ertragen. Sie scheint kaum sich selber aufrechtzuhalten, aber es ist mehr geheime Stärke in ihr als man ahnt, und im geheimen dient auch sie an einem Altar. Mädchen waren jene dort in Rom, die Hochgeehrten, Hartbedrohten, denen das heilige Feuer vertraut war. Hier ist auch ein Mädchen, einsamer als jene, nicht von strengen, finsteren Gesetzen gebunden, aber gebunden dennoch im tiefsten Kern von Gesetzen, die die eigene Natur ihr gibt. Aus Unbewußtheit strömen auch ihr die tiefen Kräfte; die tiefen, reinen Quellen, aus Schmerzen hervorgebrochen, versagen sich ihr nicht. Das heilige Feuer, das sie hütet, hat keinen Namen, und dennoch ist das Höchste dieser Menschen daran geknüpft, daß es nicht verlösche, wie dort an jene Flamme das Schicksal der mächtigen Stadt. Keine Liktoren gehen vor

dieser Vestalin; aber es fühlen alle, wer sie ist, und einmal wird es ausgesprochen, und Antonio spricht es aus. »Wenn unser Blick was Ungeheures sieht«... Wer hat nicht einen liberal denkenden Oheim, einen vorurteilslosen Freund, einen tüchtigen Hofmeister sich maßlos über diese Höflingsworte ergehen gehört. Das Ungeheure! Weil einer gewagt, eine Fürstin an sich zu drücken. Ja, ein Hof ist gar wenig und eine Fürstin nur ein Weib – aber hier, hier ist ja etwas Ungeheures geschehen, und Antonio hat recht, und ich fühle Goethe an dieser Stelle wie an jeder schönsten, und ich verstehe ihn.
So wird sie leicht verkannt, und verkannt um ihretwillen, wer sie ganz erkennt und es ausspricht, und die menschliche Ehrfurcht für Dienerei eines Höflings genommen. Es scheint, als hätte für solche Wesen die Welt keinen Platz – und wäre die Welt nicht unendlich ärmer, wenn es niemals ein solches Wesen gäbe?

So endete das kleine Manuskript, das die Frau über die Schulter des Mannes mitlas und das noch Anlaß zum folgenden Gespräch wurde:
Er: Von welchem von beiden mag das sein?
Sie: Für mich ist es ausgemacht, daß es von Helene ist.
Er: Und für mich ist es so gut wie ausgemacht, daß es von dem Major herrührt. Und ich möchte sogar für möglich halten, daß seine Frau gar nichts davon weiß, daß er dies aufgeschrieben hat, denn seine Scheu ist ebenso groß als seine Zartheit im Denken und Empfinden, und eben an dieser Zartheit erkenne ich ihn hier. Es ist freilich nicht seine gewöhnliche Ausdrucksweise, aber es könnte sie sein.
Sie: Aber Helenens Ausdrucksweise ist es – freilich nicht ganz wieder. Laß sehen. Sicher, es ist eine Ähnlichkeit mit ihren Briefen darin, freilich auch wieder ein Unterschied, gewisse Worte, die sie in einem vertraulichen Brief nicht schreiben würde, aber kein größerer Unterschied als zwischen einem Hauskleid und einem Abendkleid. Für jede andere Frau erschiene es mir zu gut geschrieben, aber zu Helene paßt das, es paßt auch zu ihr, daß sie es so unpersönlich herschickt und vielleicht nie mehr darauf zurückkommt.

Er: Gerade das paßt mir zu ihm.
Sie: Sie sind ja in manchem ähnlich. Ist es nicht merkwürdig, daß sie zum Beispiel so ähnliche Handschriften haben, auf den ersten Blick wenigstens?
Er: Vor allem kann es ja gar nicht von Helene sein aus dem einfachsten, unbezweifelbarsten Grunde: weil sie damals ganz auf deiner Seite war, als du über die Prinzessin loszogst. Ich sehe ihr Lächeln vor mir, mit dem sie dir Mut machte, immer mehr zu sagen –
Sie: Wer sagt dir, daß sie mir da recht gab? Ihr Lächeln ist das undurchsichtigste und vieldeutigste von der Welt. Sie mag damals ebensogut gegen mich gelächelt haben als für mich. Ich erinnere mich sogar genau, daß ich eher das Gefühl hatte, daß sie das ablehnte, was ich sagte. Aber wir haben nachher gleich von lauter anderen Dingen gesprochen.
Er: Dennoch ist es von ihm, das versichert mich ein deutliches Gefühl.
Sie: Und ich, wie ich jetzt noch einmal hineingesehen habe, bin unerschütterlich sicher, daß Helene das geschrieben hat. Erstens wegen des englischen Zitats. Genau so schreibt sie in ihren Briefen manchmal ohne Übergang etwas sehr gescheites Englisches hin, und man weiß nicht, wo es her ist. Ich glaube aber, das sind ihre eigenen Gedanken, denn sie hat mir selbst gesagt, daß sie manchmal englisch denkt, von den drei Jahren her, die sie als ganz junges Mädchen in England verbracht hat.
Er: Aber das ist nicht ihr Stil, das ist nicht die Art einer Frau, sich auszudrücken. »Wodurch insinuiert sich schöner die Frau, als wenn sie dient« – das schreibt keine Frau. Das ist so richtig und zugleich so kühl, fast ein wenig ironisch, aus so großer Distanz –
Sie: Und gerade darum ist das Helene, gerade hier sehe ich ihr Profil, und sehe ihren Mund. Wenn ich mich nur halb so gut ausdrücken könnte, als ich es deutlich fühle: dieses leise Distanzierende gegenüber dem allgemein Frauenhaften – und auch das Fremdwort; wir gebrauchen ja alle ziemlich viel Fremdwörter, aber solche seltene strenge Worte, wie alte Offiziere oder Gelehrte sie haben – das ist sie, und es macht einen

so guten Kontrast mit dem hübschesten Mund und dem reizendsten Kinn von der Welt, das sie hat.

Er: Schließlich, wenn du gar so beharrst, so kann ja sein, daß sie die Schreiberin ist. Auf jeden Fall, daß sie recht haben in dem, wie sie die Figur sehen, das fühlt man ja im Moment, wo es ausgesprochen ist, und du wirst versuchen müssen, die Prinzessin jetzt auch mit Liebe zu sehen. Denn so hübsch es ist, wenn man offen sagt, wie man's findet und sieht, so schrecklich ist ein starres Beharren nach der trotzigen, kindischen Seite hin.

Sie: Ich will's versuchen. Aber die Sanvitale wenigstens, die gern zu haben, dazu wird mich niemand bringen.

Die Briefe des Zurückgekehrten

Der Erste

April 1901

So bin ich nach achtzehn Jahren wieder in Deutschland, bin auf dem Weg nach Oesterreich, und weiß selbst nicht, wie mir zumuth ist. Auf dem Schiff machte ich mir Begriffe, ich machte mir Urtheile im voraus. Meine Begriffe sind mir über dem wirklichen Ansehen in diesen vier Monaten verloren gegangen, und ich weiß nicht, was an ihre Stelle getreten ist: ein zerspaltenes Gefühl von der Gegenwart, eine zerstreute Benommenheit, eine innere Unordnung, die nahe an Unzufriedenheit ist – und fast zum erstenmal im Leben widerfährt mir's, daß ein Gefühl von mir selbst sich mir aufdringt. Sind es die überschrittenen Vierzig, und ist auch in mir etwas schwerer und dumpfer geworden, so wie mein Körper, den ich in den Districten nie gespürt habe und nun – wenn das nicht eine angeflogene Hypochondrie ist – zu spüren anfange? Ich machte mir einen Begriff von den Deutschen, und noch als ich über Wesel der Grenze zufuhr, hatte ich ihn ganz rein in mir: es war nicht völlig der, den die Engländer vor 70 von uns hatten, nur mit den wenigen Büchern, die ich mit mir führte, dem Werther und Wilhelm Meister, floß mir mein Bild von den Deutschen auch nicht zusammen (was in diesen Romanen abgespiegelt war, erschien mir immer wie ein Spiegelbild, unendlich vertieft, verklärt, beruhigt), aber auch den unfreundlichen Begriff, den die Engländer unserer Zeit von uns in Umlauf setzen, hatte ich von mir abgewehrt: denn ein Volk verwandelt sich nicht bis zur Unkenntlichkeit, es regt sich nur wie im Schlaf und wirft sich herum, es stellt nur andere Seiten seines Wesens ins Licht. Und nun bin ich seit vier Monaten unter ihnen, habe in Düsseldorf mit ihren Minenleuten gehandelt und in Berlin mit ihren Bankleuten, habe Gerhart auf seinem Amt besucht, Charlie auf seinem Gut, habe um eines Gutachtens willen mich von einer Göttinger Kapacität an eine

Gießener weisen lassen, mich in Bremen verhalten und in München umgetrieben, habe mit Ämtern und Behörden zu thun gehabt, Eure Eisen- und Maschinenleute, Eure kleinen und großen Herren gekostet – und weiß nicht, was ich sagen soll.

Was hatte ich mir denn vorgestellt? Was hatte ich zu finden erwartet? Und warum ist mir nun, als verliere ich den Boden unter den Füßen? Du kannst Dir denken, daß ich darüber hinaus bin, eine vereinzelte persönliche Erfahrung ins Allgemeine zu ziehen. Auch ist mir niemand anders als loyal begegnet, ich habe meine javanesisch-deutschen Negociationen besser abgewickelt, als ich mir hätte träumen lassen, und hin heute frei, und dazu zwar nicht reich, aber unabhängig, was mehr ist. Nein, es ist nichts in mir, was mich befremdet und quält und mich der Heimath nicht froh werden läßt, es ist kein spleen, es ist – also, wie soll ich es nennen? Es ist mehr als eine Beobachtung, es ist ein Gefühl, eine Beimischung aller Gefühle, ein Existenzgefühl – Du siehst, ich quäle mich zurück in den Gebrauch einer Kunstsprache, die mir in zwanzig Jahren fremd genug geworden ist. Aber muß ich wirklich complicirt werden unter den Complicirten? Ich möchte in mir selber blühn, und dies Europa könnte mich mir selber wegstehlen. So will ich es Dir lieber weitschweifig oder ungeschickt sagen und ihren Kunstworten ausweichen. Du kennst mich genug, um zu wissen, daß ich bei meinem Leben nicht viel Zeit hatte, abstracte oder theoretische Lebensweisheit anzusammeln. Eher eine gewisse practische Erfahrung, aus den Gesichtern von Menschen oder aus dem, was sie nicht sagen, etwas abzunehmen, oder eine kleine Kette von unauffälligen Details hinreichend zu dechiffriren, um allenfalls den Gang der Dinge bei einem Geschäftsabschluß oder einer Krise im Verhalten anderer zu mir oder untereinander irgendwie vorauszusehen. Von Theoretischem aber, wie gesagt, habe ich fast nichts in mir, so gut wie nichts. Immerhin ein oder zwei oder drei Sätze, Aphorismen, oder wie man es nennen wollte; es giebt Verbindungen von Wörtern, die man nicht vergißt; wer vergißt das Vaterunser? The whole man must move at once: Da hast Du eine von meinen großen Wahrheiten. Ich scherze nicht, das ist eine große Wahrheit, ein tiefsinniges Aphorisma, eine ganze Lebensweisheit, wenn es auch nur wenige Worte sind, die nicht viel gleichsehen. Und es war ein großer Mensch, der sie mir überliefert hat. Er war mein Bettnachbar im Spital von Montevideo, und es war einer von denen, die weit gekommen wären. Viel von dem Stoff war in ihm, woraus die englische Rasse ihre Warren Hastings' und ihre Cecil Rhodes' macht. Aber er starb mit fünfundzwanzig, nicht damals in dem Bett neben mir, sondern ein Jahr darauf, an einer Recidive. Er hatte den Spruch von seinem Vater, der ein Landgeistlicher in Schottland war und hart und bös gewesen sein muß, aber ein tiefer Kopf. Es ist ein Spruch, um ihn auf seinen Fingernagel zu schreiben, und man vergißt ihn nicht mehr, wenn man ihn einmal gefaßt hat. Ich führe ihn nicht oft im Mund, aber er ist irgendwo in mir immer präsent. Es ist mit solchen Wahrheiten – ich glaube nicht, daß es viele von solcher Kraft und Einfachheit giebt – wie mit dem Organ, das wir im inneren Ohr haben, den Knöchelchen oder kleinen beweglichen Kugeln: sie sagen uns, ob wir im Gleichgewicht sind oder nicht. The whole man must move at once, – wenn ich unter Amerikanern und dann später unter den südlichen Leuten in der Banda oriental, unter den Spaniern und Gauchos, und zuletzt unter Chinesen und Malaien, wenn mir da ein guter Zug vor die Augen trat, was ich einen guten Zug nenne, ein Etwas in der Haltung, das mir Respect abnöthigt und mehr als Respect, ich weiß nicht, wie ich dies sagen soll, es mag der große Zug sein, den sie manchmal in ihren Geschäften haben, in den U.S. meine ich, dieses fast wahnwitzig wilde und zugleich fast kühl besonnene »Hineingehen« für eine Sache, oder es mag ein gewisses patriarchalisches grand air sein, ein alter weißbärtiger Gaucho, wie er dasteht an der Thür seiner estancia, so ganz er selbst, und wie er einen empfängt, und wie seine starken Teufel von Söhnen von den Pferden springen und ihm pariren, und es mag auch etwas viel Unscheinbareres sein, ein thierisches Hängen mit dem Blick am Zucken einer Angelschnur, ein Lauern mit ganzer Seele, wie nur Malaien lauern können, denn es kann ein großer Zug darin liegen, wie einer fischt, und ein größerer Zug, als

Du Dir möchtest träumen lassen, darin, wie ein farbiger Bettelmönch Dir die irdene Bettelschale hinhält – wenn etwas der Art mir unterkam, so dachte ich: Zuhause! Alles, was etwas Rechtes war, worin eine rechte Wahrhaftigkeit lag, eine rechte Menschlichkeit, auch im Kleinen und Kleinsten, das schien mir h i n ü b e r zu deuten. Nein, meine ungeschickte Sprache sagt Dir wieder nicht die Wahrheit meines Gefühls: es war nicht Hinüberdeuten, auch nicht Erinnert-werden an drüben, es war kein Hüben und Drüben, überhaupt keine Zweiheit, die ich verspürte: es war eins ins andere. Indem die Dinge an meine Seele schlugen, so war mir, ich läse ein buntes Buch des Lebens, aber das Buch handelte immerfort von Deutschland. Ich denke, ich bin kein Träumer, und wenn ich – vielleicht als Bub – einer war, so habe ich jedenfalls in diesen achtzehn Jahren ganz einfach keine Zeit gehabt, einer zu sein. Auch sind es keine Träumereien, von denen ich Dir rede, nichts Ausgesponnenes, sondern etwas Blitzhaftes, das da war, während ich lebte, und oft in Momenten, wo mein Denken und alle meine Nerven vom Leben so angespannt waren wie möglich. Daß ich mich Dir mit einem Beispiel ausdrücke, das freilich beinahe albern ist: es ist wie mit dem Wassertrinken am Brunnen. Du weißt, ich war als Kind fast immerfort in Oberösterreich auf dem Land, nach meinem zehnten Jahr dann nur mehr die Sommer. Aber sooft ich in Kassel während der Schulwinter oder sonst, wohin ich mit meinen Eltern kam, einen Trunk frischen Wassers that – nicht wie man gleichgiltig bei der Mahlzeit trinkt, sondern wenn man erhitzt ist und vertrocknet und sich nach dem Wasser sehnt – so oft war ich auch, jedesmal für eines Blitzes Dauer, in meinem Oberösterreich, in Gebhartsstetten, an dem alten Laufbrunnen. Nicht: ich dachte daran – war dort, schmeckte in dem Wasser etwas von der eisernen Röhre, fühlte übers ganze Gesicht die Luft vom Gebirg her wehen und zugleich den Sommergeruch von der verstaubten Landstraße herüber – kurz, wie das zugeht, weiß ich nicht, aber ich habe es zu oft erlebt, um nicht daran zu glauben, und so gebe ich mich zu Frieden. – Noch in New York und in St. Louis die kurze Zeit ging das mit mir, dann freilich in New-Orleans schon und später noch weiter im Süden, da verlor es sich: Luft und Wasser waren da zu sehr ein Verschiedenes von dem, was in Gebhartsstetten aus dem Rohr sprang und über den Zaun wehte – und Luft und Wasser sind große Herren und machen aus den Menschen, was sie wollen. Aber das mit dem Trinken sollte ja auch nur ein Beispiel sein. So wie mich ein Trunk an den alten Laufbrunnen in Gebhartsstetten zurückzaubern konnte, so war ich in Deutschland alle die Male, wo in Uruguay oder in Kanton oder zuletzt auf den Inseln mir irgend etwas die Seele traf, es brauchte nur der Blick eines der unglaublich schönen Mädchen zu sein, wie sie auf den einsamen Gehöften der Gauchos aufwachsen, oder die rührende Genügsamkeit eines alten Chinesen, oder kleine gelbbraune nackte Kinder im Teich vor dem Dorf. Denn man erlebt viel, aber das Meiste thun die Sinne ab, oder die Nerven und der Wille, oder der Verstand, aber was die Seele treffen wird, das läßt sich nicht vorausahnen, es kann der einsame schwingende Flug eines tropischen Vogels sein über einem ganz leeren, leierförmig geöffneten Bergthal, oder das Arbeiten eines guten Schiffes unter einer schweren See, oder der Blick eines sterbenden Affen, oder ein braver kurzer Händedruck. Diese Dinge alle, wenn sie kamen und ins Innre des Innern trafen, redeten von Deutschland mit einer Deutlichkeit und Kraft, die weit über dieser ist, mit der diese Schriftzeichen Dir von mir reden. Viel mehr. Wenn ein solches mich traf, so war ich in Deutschland. Das alles ist, wie es ist, und es ist nichts von Träumerei dabei. Jedennoch – in zwei Wochen fahre ich nach Gebhartsstetten und kann so ziemlich sicher sein, den Laufbrunnen wieder zu finden mit der friedlichen Jahreszahl 1776 in verschnörkelten theresianischen Chiffern – da wird er stehen und mich anrauschen, und der alte, schiefe, vom Blitz gespaltene Nußbaum, der immer am spätesten von allen Bäumen seine Blätter bekam und am unwilligsten von allen sie dem Winter preisgab, der wird in all seiner Schiefheit und seinem Alter irgendwie ein Zeichen geben, daß er mich erkennt und daß ich nun wieder da bin und er da ist, wie immer, – aber da bin ich nun vier Monate in Deutschland, und kein Haus, kein Fleck Erde, kein geredetes Wort, kein menschliches

Gesicht, wenn ich ehrlich sein soll, keines, hat mir dies kleine Zeichen gegeben. Dies Deutschland, in dem ich herumfahre, handle, abwickle, mit Leuten esse, den kosmopolitischen Geschäftsmann, den fremden welterfahrenen Herrn agire – wo war ich jedesmal, wenn ich in dem Land zu sein meinte, das man durch den Spiegel der Erinnerung betritt, wo war ich in den Augenblicken, wo nur mein Leib unter den Gauchos oder unter den Maoris herumwandelte? Wo war ich? Nun da dies Deutschland ist, so war ich nicht in Deutschland. Und dennoch, ich nannte es in mir Deutschland. Es war geradewegs der Spiegel der wehmüthigen Erinnerung, durch den ich es betrat – wenn ich es betreten durfte. Es war – es waren Männer und Frauen, Mädchen, Greise und Jünglinge. Es war mehr eine Ahnung als eine Gegenwart, wie das Herüberwehen des Seelenhaftesten, des Wesenhaftesten und des Ungreifbarsten. Es war der geistigste Reflex – wie nichtssagend ist das Wort für ein Erlebniß, eine innere Krise, die jedesmal stärker war als Wohllust und reiner, zarter begrenzt und bestimmt als ein einfaches, der Erhörung sicheres kindliches Gebet – der Reflex zahlloser ineinander verflochtener Lebensmöglichkeiten. Es war der zarteste Duft eines ganzen Daseins, des deutschen Daseins. Besser kann ich es Dir nicht sagen, so gerne ich möchte. Das Einzelne, der Anstoß kam von außen. Ich war nur wie die Klaviatur, auf der eine fremde Hand spielt. Aber in mir lag etwas, ein Gewoge, ein Chaos, ein Ungeborenes, und daraus konnten Figuren aufsteigen, und das waren deutsche Figuren. Es war Mädchenhaftigkeit und alten Mannes Wesen, es war Behagen und Seßhaftigkeit und wiederum gräßliche Armut ohne ein Strohdach über ihrem Kopf; es war Jünglingsdasein und grenzenlose Freundschaft, grenzenlose Hoffnung; starrende Einsamkeit, bleiches Gesicht, aufgedreht zu den schweigenden Sternen; es war Liebesleben, Bangen, Warten, Wartenlassen, Einanderquälen, Einanderumschlingen, Jungfräulichkeit und hingegebene Jungfräulichkeit; es war einen Acker haben, ein Haus haben, Kinder haben, Kinder badend im Bach, badend unter Pappeln, unter Weiden; es war Geselligkeit und Einsamkeit, Freundschaft, Zärtlichkeit, Haß, Leid, Glück, letztes Bette, letztes Daliegen und Sterben. Deutsche Figuren waren es, die sich zu diesen Zauberbildern zusammenballten – nein, es war mehr ein Hauch, als daß es Bilder gewesen wären – und gleich wieder auseinanderflossen, deutsche sparsame Geberden, ich weiß nicht was vom innersten Wesen der Heimath. Ihr Starkes und ihr Schwaches, ihr Rauhes und ihr Sanftes kam gleichzeitig zu mir, und ich konnte es genießen, konnte ihrer Geschöpfe und des Lebens ihrer Geschöpfe genießen, träumend vom Verlorenen oder vorahnend, vorwegnehmend Freuden der Wirklichkeit, vorbehalten, wie ich mir schmeichelte. Und jedes ihrer Geschöpfe, das mir erschien – nein, denn ich bin kein Visionär und meine Geschäfte gestatteten mir keine Hallucinationen – dessen Seelenhauch als eine flüchtigste Möglichkeit köstlicher zukünftiger Begegnung mich anwehte, jedes Frauenbild und Bild von Greis und Mann und Jüngling, reichem Mann und armem Lazarus, jedes war aus einem Guß und vertrug die innere Wahrheit, daran ich es maß. The whole man must move at once – und so waren sie, ob es Mädchen waren mit Taubenblick oder unstäte Männer, die Augen trunken von grenzenlosen Gedanken, oder verzeihende Greise und zürnende Richter mit Brauen des Löwen. Sie waren aus einem Guß. In einer Gebärde erschienen sie mir, und keiner blieb länger bei mir als die Dauer eines aufzuckenden und erlöschenden Blitzes, denn ich bin kein Tagträumer und führe keinen Dialog mit den Ausgeburten meiner Einbildungskraft. Aber in ihrer e i n e n Gebärde, in der sie an mich heran- und durch mich hindurchwehten, waren sie ganz. In jedem Blick ihrer Augen, in jedem Krümmen ihrer Finger waren sie ganz. Sie waren nicht von denen, deren rechte Hand nicht weiß, was die linke thut. Sie waren eins in sich selber. Und das – oder es müßte mich seit vier Monaten bei offenen Augen der bösartigste, vieltheiligste, zäheste aller bösen Träume narren – das sind die heutigen Deutschen nicht.

22. April 1901

Ich weiß nicht, auf was hin die Leute leben, das ist es, und je länger ich mich unter ihnen bewege, um so weniger weiß ich es. Sie sind ernsthaft, sie sind tüchtig, sie arbeiten, wie keine Nation auf der Welt, sie erreichen das Unglaubliche – aber, es ist keine Freude, unter ihnen zu leben. Daß ich achtzehn Jahre fort war und nun zurück bin und das hinschreiben muß! Irr' ich mich? Wie gern möchte ich mich irren! Ich verhandle und ich verkehre und ich werde freundlich aufgenommen, und ich mache Diners mit, und ich werde aufs Land eingeladen, und ich sehe alte Männer und junge Männer, Hinaufgekommene und Leute von Familie, Männer in Ämtern und Männer mit neuen riesigen Vermögen, Menschen, die noch viel vom Leben erwarten, und Menschen die mit dem Leben abgeschlossen haben, und ich kann ihrer nicht froh werden. Und ich werde so gern eines Menschen froh! Ich achte so gern! Denke nicht, daß ich ihre Leistungen nicht achte, da müßte ich ein Dummkopf sein. Aber sie selber, die Menschen – die deutschen Menschen! Aber es geht mir unheimlich damit: ich bekomme sie nicht zu fassen. Nicht, als ob sie verschlossen wären oder hinterhältig, davon hab' ich unter südlichen Breiten ganz andere Beispiele erlebt – aber wenn auch: ein verschlossenes Gesicht und ein tückisches Gesicht reden auch ihre Sprache, und daran, daß er sich nicht fassen lassen will, daran faß ich eben einen solchen. Aber hier – hier ist nichts von Verstellung, nichts von Absicht, und darum um so schlimmer. Wo soll ich eines Menschen Wesen suchen, wenn nicht in seinem Gesicht, in seiner Rede, in seinen Geberden? Meiner Seel', in ihren Gesichtern, ihren Geberden, ihren Reden finde ich die gegenwärtigen Deutschen nicht. Wie selten begegnet mir ein Gesicht, das eine starke, entschiedene Sprache redet. So verwischt sind die meisten Gesichter, so ohne Freiheit, so vielerlei steht darauf geschrieben, und alles ohne Bestimmtheit, ohne Größe. Es geschieht mir manchmal, daß ich mir das Gesicht eines indianischen Halbbluts herbeiwünsche oder das Gesicht eines chinesischen Lastträgers. Neulich hatte ich, einer schwebenden Sache wegen, Empfehlungen an den ersten Präsidenten eines der obersten Gerichtshöfe. Der alte Herr war gütig und gesprächig, aber die Schwächlichkeit seines nervösen alten Gesichtes und ein Etwas von weltmännischer Ironie in seinem Ton, als wollte er zeigen, daß er kein Pedant wäre, vexirte mich so, daß ich ihm kaum ordentlich Antwort gab. Mir geht letzter Zeit das englische Wort nicht aus dem Kopf, mit dem sie ihren alten Gladstone ehrten. Grand old man! Und ein Richter, ein oberster Richter unter den Deutschen! Meine Träume! Ich möchte einem begegnen, der jeder Zoll ein alter oberster Richter wäre – oder doch wenigstens einem, der jeder Zoll ein großartiger alter Mann wäre. Aber es ist alles so verwischt, durcheinander hingemischt: in den Jungen wieder steckt etwas von Alten, in den Gesunden etwas von Kranken, in den Vornehmen etwas von recht Unvornehmen. Und ihre Geberden sind genau wie das. Alles mischt sich da durcheinander. Wo bloß das Höfliche hingehört, mischen sie Gott weiß was für eine Art von biederer Zutraulichkeit darunter, um dann wieder aus dem angewärmten Ton in eine solche Trockenheit, solche Trivialität zu fallen, daß es weh thut; wollen sie aber große Airs annehmen, so ist es eine falsche Feierlichkeit, eine angstvolle Gespreiztheit, die den Fremden kalt und verlegen macht. Ich habe mein Leben auf diese Dinge nicht viel geachtet – bin ich wirklich unter halbblütigen Pferdehirten und unter nackten Insulanern so verwöhnt worden, daß mir in Salons dahier und Bankettsälen und Conferenzzimmern manchmal vor Unbehagen übel wird? Aber ich würde von den Dingen nicht reden, würde mir sagen, daß ich überempfindlich bin, wäre nicht alles so einheitlich, so unerbittlich einheitlich. Jedes Land hat seinen bestimmten Geruch und jede Landschaft und jede Stadt und jeder Theil einer Stadt; Andalusien so gut wie Whitechapel und Hamburg so gut wie Tahiti. Aber hier verfolgt mich etwas wie ein geistiger Geruch, etwas namenlos Bestimmtes und doch kaum Sagbares: ein Gegenwartsgefühl, ein europäisch-deutsches Gegenwartsgefühl – warum sag' ich »verfolgt mich«? – warum nicht »erfüllt mich«? Aber das erste

Wort sagt die Wahrheit. Wie sie guten Tag sagen und wie sie Dich zur Thür begleiten, wie sie eine Tischrede halten und wie sie von Geschäften reden, wie sie in ihren Zeitungen schreiben und wie sie ihre neuen Stadttheile bauen – das ist alles aus einem Guß. Ich meine, das paßt eins zum andern: denn in sich ist nichts, was sie thun und treiben, aus einem Guß: ihre linke Hand weiß wahrhaftig nicht, was ihre rechte thut, ihre Kopfgedanken passen nicht zu ihren Gemüthsgedanken, ihre Amtsgedanken nicht zu ihren Wissenschaftsgedanken, ihre Fassaden nicht zu ihren Hintertreppen, ihre Geschäfte nicht zu ihrem Temperament, ihre Öffentlichkeit nicht zu ihrem Privatleben. Darum sag' ich Dir ja, daß ich sie nirgends finden kann, nicht in ihren Gesichtern, nicht in ihren Geberden, nicht in den Reden ihres Mundes: weil ihr Ganzes auch nirgend darin ist, weil sie in Wahrheit nirgends sind, weil sie überall und nirgends sind. Ein menschliches Gesicht, das ist eine Hieroglyphe, ein heiliges, bestimmtes Zeichen. Darin steht eine Gegenwart der Seele, und so auch beim Thier – sieh einem Büffel ins Gesicht, wenn er kaut oder wenn er zornig das blutunterlaufene Auge rollt, und sieh einem Adler ins Gesicht und einem guten Hund. In einem menschlichen Gesicht steht ein Wollen und ein Müssen, und das ist mehr als eines einzelnen Wollen und Müssen. Solche Gesichter hatten die Deutschen in meinen Träumen, deren jeder kürzer war als ein Atemzug; zwar sah ich den Unbekannten, die an mich wehten, nicht immer ins Gesicht, manchmal hörte ich ihre Rede, oder meine Seele selbst schweifte für Blitzesdauer in ihre Rede hinüber, dann war mir, ich sah s o l c h e Gesichter von innen. »Ich kann nicht anders« steht auf solchen Gesichtern geschrieben. Und nun sehe ich seit vier Monaten in die Gesichter der Wirklichen: nicht als ob sie seelenlos wären, gar nicht selten bricht ein Licht der Seele hervor, aber es huscht wieder weg, aber es ist ein ewiges Kommen und Wegfliegen wie in einem Taubenschlag, von Stark und Schwach, von Nächstbestem und Weithergeholtem, von Gemeinem und Höherem, eine solche Unruhe von Möglichkeiten, und was fehlt, ist der eine große, nie auszusprechende Hintergedanke, der stetige, der in guten Gesichtern steht, der wie ein Wegweiser durch die Wirrniß des Lebens auf den Tod und noch über den Tod hinaus weist, und ohne den mir ein Gesicht keine Hieroglyphe ist, oder eine verstümmelte, verwischte, geschändete. Und mit ihren Reden geht's mir wie mit ihren Gesichtern. Auch da ist etwas so Precäres, so etwas Unsicheres. Auch da ist mir immer, als könnten sie auch etwas anderes sagen, und als wäre es gleichgiltig, ob sie dies oder jenes gesagt hätten. Mir ist, als dächten sie immer an mehreres zugleich. Aber der eine große, nie ausgesprochene Hintergedanke, der allem, was aus eines Menschen Mund kommt, sein Mark giebt und seinen Klang, und eine Rede zur menschlichen Rede macht, so wie die Drossel ihren Laut hat und der Panther den seinen und in seinem Laut die ganze, in Worten nicht zu fassende Wesenheit seines Daseins – muß ich zurück nach Uruguay oder hinunter nach den Inseln der Südsee, um wieder von menschlichen Lippen diesen menschlichen Laut zu hören, der in ein schlichtes Abschiedswort, in eine Floskel der Gastlichkeit, in eine Frage, in ein hartes, abweisendes Wort manchmal das Ganze der menschlichen Natur zu legen vermag und mir sagt, daß ich nicht allein bin auf der weiten Erde? Denn was red' ich von Reden und was red' ich von Gesichtern: es giebt den Menschen und nichts als den Menschen. Und wenn ich meine Deutschen träumte, so waren es Menschen vor allem. Und wenn mir Menschen nicht unheimlich werden sollen, so muß ich ihnen anfühlen können, auf was hin sie leben. Ich verlange nicht, daß einer die Geheimnisse seines Lebens auf der Zunge trägt und mit mir Gespräche führt über Leben und Sterben und die vier letzten Dinge, aber ohne Worte soll er mir's sagen, sein Ton soll mir's sagen, sein Dastehen, sein Gesicht, sein Thun und Treiben. Wenn ich mit ihm esse und trinke, unter seinem Dach schlafe und mit ihm handle, so will ich erfahren, auf was er seine Sach' gestellt hat, nicht mit ausdrücklichen Worten, implicite, nicht explicite. Daraufhin will ich es mit Banditen und Goldsuchern wagen, mit Strafkolonisten, mit New Yorker Obdachlosen, mit wem Du willst. Ich kann mich in einen hineinfinden, den das Rekordfieber um Milliarden Dollars zerfrißt, und in einen, der badet und fischt und auf einer mit Taubenfedern bestickten Matte schläft und seine Frau die Feldarbeit thun läßt; in einen, dessen Höchstes eine Flasche Rum ist, und in einen, der aus Zwischendeckspassagieren christliche Heilige machen will. Aber in den kann ich mich nicht hineinfinden, der es selber nicht weiß, auf was er sich gestellt hat, der daliegt auf dem Leben wie ein Polyp, und mit dem einen Fangarm saugt er an jenem, mit dem andern an diesem, und das eine Glied weiß nichts vom andern, und haut man ihm eines ab, so kriecht er fort und weiß von nichts. So liegen die Deutschen da und haben ein »Einerseits« und ein »Andrerseits«, ihre Geschäfte und ihr Gemüth, ihren Fortschritt und ihre Treue, ihren Idealismus und ihren Realismus, ihre Standpunkte und ihre Standpunkte, ihre Bierhäuser und ihre Hermannsdenkmäler, und ihre Ehrfurcht und ihre Deutschheit und ihre Humanität und stören in den Kaisergrüften herum, als wären es Laden voll alten Trödels, und zerren Karl den Großen aus seinem Sarg und photographieren den Stoff, der um seine Knochen gewickelt ist, und restaurieren ihre ehrwürdigen Dome zu Bierhäusern und treten halb erschlagenen Chinesenweibern mit den Absätzen die Gesichter ein. Etwas Unfrommes ist in dem ganzen Thun und Treiben – ich weiß kein anderes Wort. Bin ich vielleicht selber ein frommer Mensch? Nein. Aber es giebt auch eine Frömmigkeit des Lebens, und die steckt in einem harten, kargen, geizigen Bauern, und in einem ruchlosen Desperado von Pferdedieb noch kann sie stecken, und im letzten Matrosen steckt sie, und noch mit der letzten Ruchlosigkeit ist sie verträglich, und der Glaube an die Gin-Flasche kann noch eine Art von Glaube sein. Aber hier, unter den gebildeten und besitzenden Deutschen, hier kann mir nicht wohl werden. Immer erschien mir die kleine Fabel albern, und nun verstehe ich sie mit einem Schlag: von dem Waldmenschen, den schauderte, und der in seinen Wald entfloh, als er den Bauern kalt und warm, eins ums andere, aus seinem Munde blasen sah, als wenn dies weiter nichts wäre. Auch mich kommt mehr als einmal ein solcher Schauder an. Aber wo ist mein Wald, in dem ich zu Hause wäre?

9. Mai 1901

Denke nicht, daß ich ihre Leistungen nicht achte. Aber daß die Deutschen arbeiten, davon ist die Welt voll: Da ich heimkam, dachte ich zu sehen, wie sie leben. Und ich bin da, und wie sie leben, sehe ich nicht; und ich sehe, wie sie leben, und es freut mich nicht. Sie sind reich und sie sind arm und Du stößest Dich an den Armen und den Reichen und nicht das eine und nicht das andere giebt einen reinen Klang. Es giebt Vornehme und es giebt Subalterne, es giebt Anmaßende und es giebt Demüthige, es giebt Gelehrte und es giebt, die vom gestrigen Zeitungsblatt leben; und die einen puffen, die andern ducken sich, die einen dünken sich was, die andern genieren sich: aber es giebt Alles keinen reinen Klang. Sie haben ein Oben und Unten, ein Besser und Schlechter, ein Gröber und Feiner, ein Rechts und Links, ein Füreinander und Gegeneinander, und bürgerliche Verhältnisse und adelige Verhältnisse und Universitätskreise und Finanzkreise: aber was in dem allen fehlt, ist eine wahre Dichtigkeit der Verhältnisse: es hakt nichts ins andere ein – es ist irgend etwas nicht drin, wofür ich Dir den Kunstausdruck nicht zu finden weiß, was aber doch im englischen Wesen drin ist, so grandios und vielfältig es ist, und im Maoriwesen drin ist, so kindisch und kunstlos dieses ist: das Gemeinschaftbildende, all das Ursprüngliche davon, das was im Herzen sitzt. Freilich – vielleicht irre ich – das sage ich mir immer – vielleicht ist es mit diesen Dingen wie mit einem Vexierschloß: vielleicht muß man, um dieser vielgespaltenen Welt gerecht zu sein, eine innere Vorbereitung besitzen, eine Bildung. Und Bildung, im europäischen, im heutigen Sinn habe ich nicht – aber dennoch gerade in diesen Dingen, da stellt sich mir aus dem wenigen was ich je gelernt habe, was mir da und dort hängen geblieben ist, im Innern immer etwas auf, um was ich nicht herum kann: wie sie, sterbende Männer und Jünglinge, – in den lateinischen und griechischen Büchern, Bruchstücken von Büchern, die man uns Schulbuben zu lesen giebt – in ihrem Blut, am Abend der Schlacht, den Namen der Vaterstadt vor sich hin riefen, in Triumph und Todesfestigkeit an dem Klang sich weideten: Argos meminisse juvabat – woher ist der Brocken? Was hat dies alles mit dieser Welt zu thun, mit hier, mit heute, mit mir? und dennoch, dennoch: so sagte ich: »Deutschland!« vor mich hin – nicht das Wort vielleicht, aber die Seele des Worts! So sagte ich »Deutschland!« vor mich, solange ich ferne von Deutschland war. Und dann: da hatte mein seliger Vater in Gebhartsstetten eine Mappe mit Kupferstichen des Albrecht Dürer. Wie oft zeigte er uns das, mir und meiner Schwester und meinem Bruder, die beide so früh starben. Wie vertraut und fremd zugleich waren mir die alten Blätter, wie zuwider und wie lieb zugleich! Die Menschen, die Ochsen, die Pferde wie aus Holz geschnitzt, wie aus Holz die Falten ihrer Kleider, die Falten in ihren Gesichtern. Die spitzen Häuser, die geschnörkelten Mühlbäche, die starren Felsen und Bäume, so unwirklich, überwirklich. Manchmal quälte ich den Vater, er solle die Mappe bringen lassen. Und manchmal war ich nicht dazu zu bringen, noch ein Blatt mehr zu sehen, lief mitten drin fort und wurde gescholten. Ich könnte es auch heute nicht sagen, ob mir die Erinnerung an diese schwarzen Zauberblätter lieb und kostbar oder verhaßt ist. Aber nahe gingen sie mir, in mich hinein drang eine Gewalt von ihnen und ich glaube, ich werde auf dem Todtenbett noch sagen können, was für einen Hintergrund das Meerwunder hat oder der Einsiedler mit dem Todtenschädel. »Das ist das alte Deutschland« sagte mein Vater und das Wort klang mir fast schauerlich und ich mußte an einen alten Menschen denken, wie solche in den Bildern waren, und um zu zeigen, daß ich Geographie gelernt hatte und die Welt begriff, fragte ich: »Giebt es auch ein Buch, wo man das alte Oesterreich drin sehen kann?« Da sagte mein Vater: »Dies hier unten ist wohl Oesterreich« (die Bibliothek war im Thurmzimmer, und drunten lag das Dorf und die Hügel und da und dort die kleinen Wäldchen, die den Gemeinden und den einzelnen Bauern gehören, und zwischen den Hügeln der gewundene Fluß und die weiße Straße und in der Ferne die blauen Weinberge über den großen dunkelnden fernen Wäldern) »und wir sind Oesterreicher, aber wir sind auch Deutsche und da das Land immer zu den Menschen gehört, die darauf wohnen, so ist hier auch Deutschland.« Das machte eine Art von Verbindung zwischen den Bildern in der Mappe und dem leuchtenden Land, in dessen Erde ich mich einwühlte, Maulwürfen nach oder glitzernden Steinen, in dessen Wassern und Tümpeln ich badete, dessen ganzen Duft ich in mich sog, wenn ich hoch auf dem Heuwagen, flach geduckt neben der Stange, durchs Scheunenthor fuhr. Diese Verbindung einer Wirklichkeit mit einem Eindruck von Bildern, einem halben Schrecken, einer Art von Alp war seltsam genug. Aber seltsam und auch tief sind alle Dinge, die uns in der Winterzeit widerfahren. Mit bewußten Gedanken dachte ich freilich nicht an die alten Figuren, wenn ich mit den Knechten Heu machen ging oder mit den Dorfbuben fischen und krebsen, auch nicht wenn ich Sonntags am Altar ministrierte und hinter mir aus den Bänken die bäuerischen Stimmen empordrangen und stark an das lichte Gewölbe schlugen und die Orgel dareinfuhr und der Schall wie ein Gießbach, aber kein irdischer, mir im Rücken herabstürzte, und noch weniger, als ich dann die Liebschaften aller Mädeln wußte und halb scheu, halb frech abends um die Fenster strich und zugleich bei den Alten mich einschmeichelte und mit ihnen den neuen Wein kostete – aber unbewußt bevölkerte ich doch mit den Schattengeberden dieser überwirklichen Ahnen die einsamen Stellen im Walde; die Halde mit den großen Steinblöcken, den halbzerfallenen Kreuzgang hinter der Kirche, der viel älter war als die freundliche kleine Kirche selber und die immer dämmernden Ecken in den großen Stuben der großen Bauernhöfe, wo die Urgroßmutter oder ein gelähmter Alter saßen, oder noch zu sitzen schienen, wenn wir sie auch im vergangenen Herbst begraben hatten und Asternkränze, weiß, lila und roth, auf den Sarg geworfen. Das Gehaben jener mit den überstarken Geberden, die nicht mehr da waren, ging doch zusammen mit dem Gehaben derer, mit denen ich aß und trank und in den Birnbaum stieg und die Pferde schwemmte und zur Kirche ging, so wie die alten Geschichten von Räubern, Einsiedlern und Bären zusammengingen mit der Landschaft, so wie

die Legende von der Pfalzgräfin Genovefa in mir zusammenging mit dem blonden Engelsgesicht der schönen Fleischhauerstochter Amalie.
Es war alles anders in den alten Bildern als in der Wirklichkeit vor meinen Augen: aber es klaffte kein Riß dazwischen. Jene alte Welt war frömmer, erhabener, milder, kühner, einsamer. Aber im Wald, in der Sternennacht, in der Kirche führten Wege zu ihr. Die Geräthe waren nicht die gleichen, die Trachten waren sonderbar und die Geberden waren über die Wirklichkeit. Aber ich weiß nicht welches Tiefste im Gehaben, das noch hinter den Geberden ist: das Verhältnis zur Natur, daß ich es mit einem solchen dünnen Worte sage, das Verhältnis zum Leben: wie weit es Entgegenstemmen ist und wie weit Sichfügen, wo Auflehnung hingehört und wo Ergebung, wo Gleichmut am Platze ist und eine trockene Rede und wo Übermut und Lustbarkeit: dies Wesentliche, dies Wirkliche hinter dem Alltäglichen, dies was die schlichten Handlungen des Tages aus dem Menschen heraustreibt wie es aus dem Baum sein Rauhes und sein Süßes hervortreibt, Rinde und Blatt und Apfel – dies, dies hat meine Welt, wie jene Blätter es wissen, das weiß ich heute und wußte es damals: denn es lag in mir, daß ich das Wirkliche an etwas in mir messen mußte und fast bewußtlos maß ich an jener schreckhaft erhabenen schwarzen Zauberwelt und strich alles an diesem Probierstein, ob es Gold wäre oder ein schlechter gelblicher Glimmer.
Und vor den Richterstuhl dieser Kindereien, von denen ich im Innersten nicht los kann, schleppe ich das große Deutschland und die Deutschen des heutigen Tages, und sehe daß sie mir nicht bestehen und komme nicht darüber hinweg.
Ich meinte, heimzufahren, und für immer, und nun weiß ich nicht, ob ich bleiben werde. Hättest Du noch Deinen überseeischen Posten und nicht London, wo ich nicht sein möchte – kann sein ich käme zu Dir, mein Lieber. Denn ich habe wenig Menschen auf der Welt – »wenig« ist eine Beschönigung, ich habe niemanden. Es ist das erste Mal eigentlich, daß mir dies so auf die Seele fällt. Und ich möchte in diesem Deutschland nicht sterben. Ich weiß, ich bin nicht alt und bin nicht krank –

aber wo man nicht sterben möchte, dort soll man auch nicht leben.

Früher dachte ich immer, es würde mich so unversehens mitten aus dem hastigen Leben wegnehmen, und dazu ist jeder Ort gut. Das große Spital in Montevideo mit den großen Spinnen oben an der Decke und den vielen delirierenden Menschen in den Betten und der einen unglaublich schönen spanischen Nonne, deren Gesicht dahin glitt über all den emporgeworfenen sterbenden Gesichtern wie der sanfte Mond, – und das schöne reinliche Lazarett in Serrabaja mit den Bäumen so voll der herrlichsten kleinen Vögel vor den Fenstern und sonst noch ein paar Plätze von seltsamem vorbedeutenden Gesicht: stiller tückischer Rand eines gelben Sumpfes, stiller kleiner Platz im Wald, stiller Hang, unwegsamer grauer Klippen – aber nun habe ich den Glauben, es wird anders geschehen, in Ruhe, in eigenem Bette, vielleicht in Langsamkeit. Da stelle ich mir ein Bereitsein vor, ein Gesammeltsein. Und hier ist niemand gesammelt, niemand zum Letzten bereit. Blicke stelle ich mir vor, letzte Blicke durch ein friedliches Fenster ins Freie. Nein, hier dürfte es nicht sein. Hier ist es nicht heimlich. Wie in einer großen ruhelosen freudlosen Herberge ist mir zumuthe. Wer möchte in einem Hotel sterben, wenn es nicht sein muß.

Doch weiß ich noch nicht, wohin ich will. Auch ist vorher so Manches abzuwickeln und Oesterreich will ich jedenfalls vorher noch einmal wiedersehen. Ich sage »vorher«, denn ich denke schwerlich, dort zu bleiben.

Die Farben
(aus den Briefen des Zurückgekehrten)

Den 26. Mai 1901

Ich habe gar keine gute Zeit hinter mir und weiß es vielleicht erst seit einem gewissen kleinen Erlebnis, das ich vor drei Tagen hatte – aber ich will versuchen, es in der Ordnung zu erzählen: und doch wirst du mit der Erzählung nicht viel anfangen können. Kurz, ich mußte zu einer Konferenz gehen, der entscheidenden, letzten in der Kette von Verhandlungen, die darauf abzielten, die holländische Gesellschaft, für die ich seit vier Jahren arbeite, mit einer schon bestehenden englisch-deutschen zu vereinigen, und ich wußte, daß der Tag entscheidend war – gewissermaßen auch für mein weiteres Leben – und – ich hatte mich nicht in der Hand, o wie gar nicht hatte ich mich in der Hand! Krank werden fühlte ich mich von innen heraus, aber es war nicht mein Körper, ich kenne meinen Körper zu gut. Es war die Krise eines inneren Übelbefindens; dessen frühere Anwandlungen freilich waren so unscheinbar gewesen, wie nur möglich; und daß sie überhaupt etwas gewesen waren, daß sie mit diesem jetzigen Wirbel doch zusammenhingen, das verstand ich jetzt blitzhaft, wie man eben in solchen Krisen mehr versteht als in den normalen Augenblicken des Lebens. Ganz kleine sinnwidrige Regungen von Unlust waren diese früheren Anwandlungen gewesen, ganz unbedeutende, fast dauerlose Verkehrtheiten und Unsicherheiten des Denkens oder Fühlens, aber freilich etwas ganz Neues in mir; und das glaube ich, so nichtig diese Dinge sind, daß ich doch nie etwas Ähnliches verspürt habe, außer seit diesen wenigen Monaten, da ich wieder europäischen Boden trete. Aber aufzählen diese gelegentlichen Anwandlungen eines Fast-Nichts? Immerhin, ich muß – oder diesen Brief zerreißen und das weitere für immer ungesagt lassen. Zuweilen kam es des Morgens, in diesen deutschen Hotelzimmern, daß mir der Krug und das Waschbecken – oder eine Ecke des Zimmers mit dem Tisch und dem Kleiderständer so nicht-wirklich vorkamen, trotz ihrer unbeschreiblichen Gewöhnlichkeit so ganz und gar nicht wirklich, gewissermaßen gespenstisch, und zugleich provisorisch, wartend, sozusagen vorläufig die Stelle des wirklichen Kruges, des wirklichen mit Wasser gefüllten Waschbeckens einnehmend. Wüßte ich nicht, daß du ein Mensch bist, dem eigentlich nichts groß, nichts klein vorkommt und vor allem nichts ganz absurd, ich käme nicht weiter. Immerhin kann ich ja vielleicht den Brief unabgeschickt lassen. Aber es war so. In den andern Ländern drüben, selbst in meinen elendesten Zeiten, war der Krug oder der Eimer mit dem mehr oder minder frischen Wasser des Morgens etwas Selbstverständliches und zugleich Lebendiges: ein Freund. Hier war er, kann man sagen: ein Gespenst. Es ging von seinem Anblick ein leichter unangenehmer Schwindel aus, aber kein körperlicher. Ich konnte dann ans Fenster treten und ganz dasselbe mit drei oder vier Droschken erleben, die an der andern Straßenseite standen und warteten. Sie waren Gespenster von Droschken. Es verursachte eine fast dauerlose leise Übelkeit, sie anzusehen: es war wie ein momentanes Schweben über dem Bodenlosen, dem Ewig-Leeren. Etwas Ähnliches – du kannst denken, daß ich auf diese vorbeizuckenden Regungen nicht stark achtete – konnte der Anblick eines Hauses herbeiführen, oder einer ganzen Straße: du darfst aber nicht etwa an verfallene traurige Häuser denken, sondern das Allertrivialste von heutigen oder gestrigen Fassaden. Oder auch ein paar Bäume, diese dürftigen, aber sorgfältig gepflegten paar Bäume, die sie hier und da auf ihren Squares zwischen dem Asphalt, geschützt mit Gittern, stehen haben. Ich konnte sie ansehen und wußte, daß sie mich an Bäume erinnerten – keine Bäume waren – und zugleich zitterte etwas durch mich hin, etwas, das mir die Brust entzweiteilte wie ein Hauch, ein so unbeschreibliches Anwehen des ewigen Nichts, des ewigen Nirgends, ein Atem nicht des Todes, sondern des Nicht-Lebens, unbeschreiblich. Dann kam es auf der Eisenbahn, öfter und öfter. Ich fuhr in diesen vier Monaten sehr viel Eisenbahn, von Berlin an den Rhein, von Bremen nach Schlesien und kreuz und quer. Da konnte es sich einstellen, in der trivialsten Beleuchtung, um

3 Uhr nachmittags, wann immer: kleine Stadt links oder rechts vom Gleis, oder Dorf oder Fabrik, oder die ganze Landschaft, Hügel, Felder, Apfelbäume, verstreute Häuser, alles in allem; das nahm ein Gesicht an, eine eigene zweideutige Miene so voll innerer Unsicherheit, bösartiger Unwirklichkeit: so nichtig lag es da – so gespensterhaft nichtig – mein Lieber, ich habe dritthalb Monate meines Lebens in einem Käfig verbracht, der keine andere Aussicht hatte als auf einen leeren Pferch mit mannshoch aufgespeichertem halbgetrockneten Büffelmist, zwischen dem eine kranke Büffelkuh sich herumschleppte, bis sie endlich nicht mehr herumgehen konnte und zwischen Leben und Sterben dalag: aber dennoch, in dem Pferch, in dem gelbgrauen Haufen von Mist und dem gelbgrauen sterbenden Vieh, wenn ich da hinaussah, und wenn ich daran zurückdenke – es wohnte doch immer noch das Leben dort, das gleiche, das in meiner Brust auch wohnt – und in der Welt, in die ich da momentweise aus dem Eisenbahnfenster hineinschauen kann, da wohnt Etwas – mich hat nie vor dem Tod gegraut, aber vor dem, was da wohnt, vor solchem Nichtleben graut's. Aber es ist sicherlich nichts weiter, als daß ich manchmal ein wenig den bösen Blick habe, eine Art leiser Vergiftung, eine verborgene und schleichende Infektion, die in der europäischen Luft für den bereitzuliegen scheint, der von weither zurückkommt, nachdem er sehr lange, vielleicht zu lange, fort war. Daß mein Übel europäischer Natur war, dessen wurde ich mir – es ist in diesen Dingen alles die unerklärlichste plötzlichste Intuition – im gleichen Augenblick bewußt, als ich innewurde, daß es sich mir nun aufs Innere geschlagen hatte, daß ich nun, ich selber, mein inneres Leben, so unter diesem bösen Blick lag wie in den früheren Anwandlungen jene äußeren Dinge. Durch tausend wirre gleichzeitige Gefühle und Halbgefühle schleifte sich mein Bewußtsein ekelnd und schwindelnd hin: ich glaube, ich habe in diesen Augenblicken alles noch einmal denken müssen, was ich seit meinem ersten Schritt in Europa gedacht und dazu alles, was ich hinabgedrängt hatte.

Ich kann heute nicht in klare Worte bringen, was wirbelnd durch mein ganzes Ich ging: aber daß mein Geschäft und mein eigenes erworbenes Geld mich ekeln mußten, das kam damals auf der ungeheuren und dabei lautlosen Erregung meines aufgewühlten Innern nur so daher getanzt wie Treibholz auf dem Rücken haushoher Südseewellen: ich hatte zwanzigtausend Beispiele in mich hineingeschluckt: wie sie das Leben selber vergessen über dem, was nichts sein sollte als Mittel zum Leben und für nichts gelten dürfte als für ein Werkzeug. Um mich war seit Monaten eine Sintflut von Gesichtern, die von nichts geritten wurden als von dem Geld, das sie hatten, oder von dem Geld, das andre hatten. Ihre Häuser, ihre Monumente, ihre Straßen, das war für mich in diesem etwas visionären Augenblick nichts als die tausendfach gespiegelte Fratze ihrer gespenstigen Nicht-Existenz, und jäh, wie meine Natur ist, reagierte sie mit einem wilden Ekel auf mein eigenes bißchen Geld und alles, was damit zusammenhing. Ich sehnte mich, wie der Seekranke, nach festem Boden, fort aus Europa und zurück nach den fernen guten Ländern, die ich verlassen hatte. Du kannst dir denken, es war keine gute Verfassung, um an einem Sitzungstisch Interessen zu vertreten. Ich weiß nicht, was ich nicht gegeben hätte, um die Konferenz abzusagen. Aber das war undenkbar, und ich hatte eben hinzugehen und das Beste aus meinem Kopf zu machen. Noch blieb mir fast eine Stunde. In den großen Straßen herumzugehen war unmöglich; irgendwo hineingehen und Zeitung lesen war ebenso unmöglich; denn die redeten nur allzusehr dieselbe Sprache wie die Gesichter und die Häuser. Ich bog in eine stille Seitenstraße. Da ist in einem Haus ein sehr anständig aussehender Laden ohne Schaufenster und neben der Eingangstür ein Plakat: Gesamtausstellung, Gemälde und Handzeichnungen – den Namen lese ich, verliere ihn aber gleich wieder aus dem Gedächtnis. Ich habe seit zwanzig Jahren kein Museum und keine Kunstausstellung betreten, ich denke, es wird mich, worauf es jetzt vor allem ankommt, von meinem unsinnigen Gedankengang ablenken, und trete ein.

Mein Lieber, es gibt keine Zufälle, und ich sollte diese Bilder sehen, sollte sie in dieser Stunde sehen, in dieser aufgewühlten Verfassung, in diesem Zusammenhang. Es waren im ganzen etwa sechzig Bilder, mittelgroße und kleine. Einige wenige Porträts, sonst meist Landschaften: ganz wenige nur, auf denen die Figuren das Wichtigere gewesen wären: meist waren es die Bäume, Felder, Ravins, Felsen, Äcker, Dächer, Stücke von Gärten. Über die Malweise kann ich keine Auskunft geben: du kennst wahrscheinlich fast alles, was gemacht wird, und ich habe, wie gesagt, seit zwanzig Jahren kein Bild gesehen. Immerhin erinnere ich mich ganz wohl, zur letzten Zeit meiner Beziehung mit der W., damals als wir in Paris lebten – sie hatte sehr viel Verständnis für Bilder – öfter in Ateliers und Ausstellungen Sachen gesehen zu haben, die eine gewisse Ähnlichkeit mit diesen hatten: etwas sehr Helles, fast wie Plakate, jedenfalls ganz anders wie die Bilder in den Galerien. Diese da schienen mir in den ersten Augenblicken grell und unruhig, ganz roh, ganz sonderbar, ich mußte mich erst zurechtfinden, um überhaupt die ersten als Bild, als Einheit zu sehen – dann aber, dann sah ich, dann sah ich sie alle so, jedes einzelne, und alle zusammen, und die Natur in ihnen, und die menschliche Seelenkraft, die hier die Natur geformt hatte, und Baum und Strauch und Acker und Abhang, die da gemalt waren, und noch das andre, das, was hinter dem Gemalten war, das Eigentliche, das unbeschreiblich Schicksalhafte – das alles sah ich so, daß ich das Gefühl meiner selbst an diese Bilder verlor, und mächtig wieder zurückbekam, und wieder verlor! Mein Lieber, um dessentwillen, was ich da sagen will, und niemals sagen werde, habe ich dir diesen ganzen Brief geschrieben! Wie aber könnte ich etwas so Unfaßliches in Worte bringen, etwas so Plötzliches, so Starkes, so Unzerlegbares! Ich könnte mir Photographien von den Bildern verschaffen und sie dir schicken, aber was könnten sie dir geben – was könnten dir die Bilder selbst von dem Eindruck geben, den sie auf mich machten und der vermutlich etwas völlig Persönliches ist, ein Geheimnis zwischen meinem Schicksal, den Bildern und mir. Ein Sturzacker, eine mächtige Allee gegen den Abendhimmel, ein Hohlweg mit krummen Föhren, ein Stück Garten mit der Hinterwand eines Hauses, Bauernwagen mit magern Pferden auf einer Hutweide, ein kupfernes Becken und ein irdener Krug, ein paar Bauern um einen Tisch, Kartoffeln essend – aber was nützt dir das! So soll ich dir von den Farben reden? Da ist ein unglaubliches, stärkstes Blau, das kommt immer wieder, ein Grün wie von geschmolzenen Smaragden, ein Gelb bis zum Orange. Aber was sind Farben, wofern nicht das innerste Leben der Gegenstände in ihnen hervorbricht! Und dieses innerste Leben war da, Baum und Stein und Mauer und Hohlweg gaben ihr Innerstes von sich, gleichsam entgegen warfen sie es mir, aber nicht die Wollust und Harmonie ihres schönen stummen Lebens, wie sie mir vor Zeiten manchmal aus alten Bildern wie eine zauberische Atmosphäre entgegenfloß: nein, nur die Wucht ihres Daseins, das wütende, von Unglaublichkeit umstarrte Wunder ihres Daseins fiel meine Seele an. Wie kann ich es dir nahebringen, daß hier jedes Wesen – ein Wesen jeder Baum, jeder Streif gelben oder grünlichen Feldes, jeder Zaun, jeder in den Steinhügel gerissene Hohlweg, ein Wesen der zinnerne Krug, die irdene Schüssel, der Tisch, der plumpe Sessel – sich mir wie neugeboren aus dem furchtbaren Chaos des Nichtlebens, aus dem Abgrund der Wesenlosigkeit entgegenhob, daß ich fühlte, nein, daß ich wußte, wie jedes dieser Dinge, dieser Geschöpfe aus einem fürchterlichen Zweifel an der Welt herausgeboren war und nun mit seinem Dasein einen gräßlichen Schlund, gähnendes Nichts, für immer verdeckte! Wie kann ich es dir nur zur Hälfte nahebringen, wie mir diese Sprache in die Seele redete, die mir die gigantische Rechtfertigung der seltsamsten unauflösbarsten Zustände meines Innern hinwarf, mich mit eins begreifen machte, was ich in unerträglicher Dumpfheit zu fühlen kaum ertragen konnte, und was ich doch, wie sehr fühlte ich das, aus mir nicht mehr herausreißen konnte – und hier gab eine unbekannte Seele von unfaßbarer Stärke mir Antwort, mit einer Welt mir Antwort! Mir war zumut wie einem, der nach ungemessenem Taumel festen Boden unter den Füßen fühlt und um den ein Sturm rast, in dessen Rasen hinein er jauchzen möchte. In einem Sturm gebaren sich vor meinen Augen, gebaren sich mir zuliebe diese Bäume, mit den Wurzeln starrend in der Erde, mit den Zweigen starrend gegen die Wolken, in einem Sturm gaben diese Erdenrisse, diese Täler zwischen

Hügeln sich preis, noch im Wuchten der Felsblöcke war erstarrter Sturm. Und nun konnte ich, von Bild zu Bild, ein Etwas fühlen, konnte das Untereinander, das Miteinander der Gebilde fühlen, wie ihr innerstes Leben in der Farbe vorbrach und wie die Farben eine um der andern willen lebten und wie eine, geheimnisvoll-mächtig, die andern alle trug, und konnte in dem allem ein Herz spüren, die Seele dessen, der das gemacht hatte, der mit dieser Vision sich selbst antwortete auf den Starrkrampf der fürchterlichsten Zweifel, konnte fühlen, konnte wissen, konnte durchblicken, konnte genießen Abgründe und Gipfel, Außen und Innen, eins und alles im zehntausendsten Teil der Zeit, als ich da die Worte hinschreibe, und war wie doppelt, war Herr über mein Leben zugleich, Herr über meine Kräfte, meinen Verstand, fühlte die Zeit vergehen, wußte, nun bleiben nur noch zwanzig Minuten, noch zehn, noch fünf, und stand draußen, rief einen Wagen, fuhr hin.

Konferenzen von der Art, wo die Größe der Ziffern an die Phantasie appelliert und das Vielerlei, das Auseinander der Kräfte, die ins Spiel kommen, eine Gabe des Zusammensehens fordert, entscheidet nicht die Intelligenz, sondern es entscheidet sie eine geheimnisvolle Kraft, für die ich keinen Namen weiß. Sie ist manchmal bei den Klügeren, nicht immer. Sie war in dieser Stunde bei mir, so wie noch nie und wie sie es vielleicht nicht wieder sein wird. Ich konnte für meine Gesellschaft mehr erreichen, als das Direktorium mir für den denkbar günstigsten Fall aufgelegt hatte, und ich erreichte es, wie man im Traum von einer kahlen Mauer Blumen abpflückt. Die Gesichter der Herren, mit denen ich verhandelte, kamen mir merkwürdig nahe. Ich könnte dir einiges über sie sagen, das mit dem Gegenstand unsrer Geschäfte auch nicht im fernsten Zusammenhang steht. Ich merke nun, daß eine große Last von mir abgehoben ist.

P. S. Der Mann heißt Vincenz van Gogh. Nach den Jahreszahlen im Katalog, die nicht alt sind, müßte er leben. Es ist etwas in mir, das mich zwingt zu glauben, er wäre von meiner Generation, wenig älter als ich selbst. Ich weiß nicht, ob ich vor diese Bilder ein zweites Mal hintreten werde, doch werde ich vermutlich eines davon kaufen, aber es nicht an mich nehmen, sondern dem Kunsthändler zur Bewahrung übergeben.

Mai 1901

Was ich dir schrieb, wirst du kaum verstehen können, am wenigsten, wie mich diese Bilder so bewegen konnten. Es wird dir wie eine Schrulle vorkommen, wie ein Vereinzeltes, wie eine Sonderbarkeit, und doch – wenn man es nur hinstellen könnte, wenn man es nur aus sich herausreißen könnte und ins Licht bringen. Es ist etwas dergleichen in mir. Die Farben der Dinge haben zu seltsamen Stunden eine Gewalt über mich. Aber was sind eigentlich Farben? Hätte ich nicht ebensogut sagen mögen: die Gestalt der Dinge, oder die Sprache des Lichtes und der Finsternis, oder ich weiß nicht welches Unbenannte? Und Stunden – welche sind diese Stunden? Es verstreichen Jahre, und ihrer kommt keine. – Und ist es nicht kindisch, dir anzuvertrauen, daß ein Mächtiges, das ich nicht kenne, zuweilen mächtig wird über mich? Wenn ich's fassen könnte, nicht fassen – denn es faßt mich – aber halten, da es wieder schwindet. Aber schwindet's? Hat es nicht eine heimliche bildende Kraft in mir, irgendwo, wohin ein innerer steter Schlaf mir selber den Weg verschließt? Und nun, da ich einmal gesprochen habe, treibt es mich, auch mehr davon zu sprechen. Es schwebt mir um diese Dinge etwas mir selber Unerklärliches, etwas wie Liebe – kann es Liebe geben zum Gestaltlosen, zum Wesenlosen? Aber doch, und ja, und doch: damit du nicht gering denkst von dem, was ich nun einmal geschrieben, schreibe ich mehr, und da ich zu verstehen suche, was mich da treibt, so ist es, als müßte ich verhindern, daß du mit Geringschätzung an etwas dächtest – das mir teuer ist.
Hast du je den Namen Rama Krishna gehört? Es ist ganz gleich. Es war ein Brahmane, ein Büßer, einer von den großen indischen Heiligen, der letzten einer, denn er ist erst in den achtziger Jahren gestorben, und als ich nach Asien kam, war sein Name noch überall lebendig. Ich weiß manches aus seinem Leben, aber nichts, was mir näher ginge als die kurze

Erzählung darüber, wie seine Erleuchtung, oder seine Erweckung vor sich ging, kurz, das Erlebnis, das ihn aus den Menschen aussonderte und einen Heiligen aus ihm machte. Es war nichts als dies: Er ging über Land, zwischen Feldern hin, ein Knabe von sechzehn Jahren, und hob den Blick gegen den Himmel und sah einen Zug weißer Reiher in großer Höhe quer über den Himmel gehen: und nichts als dies, nichts als das Weiß der lebendigen Flügelschlagenden unter dem blauen Himmel, nichts als diese zwei Farben gegeneinander, dies ewige Unnennbare, drang in diesem Augenblick in seine Seele und löste, was verbunden war, und verband, was gelöst war, daß er zusammenfiel wie tot, und als er wieder aufstand, war es nicht mehr derselbe, der hingestürzt war. Es war ein englischer Geistlicher von der gewöhnlicheren Sorte, der mir davon erzählte. »Ein heftiger optischer Eindruck ohne allen höheren Inhalt«, sagte er mir. »Sie sehen, es handelt sich um ein anormales Nervensystem.« Ohne allen höheren Inhalt! Wäre ich einer eurer gebildeten Menschen, wären mir eure Wissenschaften, die nichts sein können als wunderbare, alles sagende Sprachen, nicht eine verschlossene Welt, wäre ich nicht ein geistiger Krüppel, besäße ich eine Sprache, in die innerliche wortlose Gewißheiten hinüberzufließen vermöchten! Aber so!

Aber ich will versuchen, dir von einem Mal zu sprechen, wo es kam, nicht zum erstenmal, aber vielleicht stärker als je vorher und nachher. Ein Schauen ist es, nichts weiter, und jetzt zum ersten Male trifft es mich, wie doppelsinnig wir das Wort brauchen: daß es mir etwas so Gewöhnliches bezeichnen muß wie Atmen und zugleich … So geht's mir mit der Sprache: ich kann mich nicht festketten an eine ihrer Wellen, daß es mich trüge, unter mir geht's dahin und läßt mich auf dem gleichen Fleck.

Sagte ich nicht, die Farben der Dinge haben zu seltsamen Stunden eine Gewalt über mich? Doch bin's nicht ich vielmehr, der die Macht bekommt über sie, die ganze, volle Macht für irgendeine Spanne Zeit, ihnen ihr wortloses, abgrundtiefes Geheimnis zu entreißen, ist die Kraft nicht in mir, fühle ich sie nicht in meiner Brust als ein Schwellen, eine

Fülle, eine fremde, erhabene, entzückende Gegenwart, bei mir, in mir, an der Stelle, wo das Blut kommt und geht? So war es damals an jenem grauen Sturm- und Regentage; im Hafen von Buenos-Aires, frühmorgens – so war es damals und immer. Aber wenn alles in mir war, warum konnte ich nicht die Augen schließen und stumm und blind eines unnennbaren Gefühles meiner selbst genießen, warum mußte ich mich auf Deck erhalten und schauen, vor mich hinschauen? Und warum enthielt die Farbe der aufschäumenden Wellen, dieser Abgrund, der sich auftat und wieder schloß, warum schien das, was herankam, in schwerem Regen, von Gischt umsprüht, warum schien dies kleine mißfarbige Schiff, die Zollbarkasse war es, die sich auf uns zu arbeitete, dies Schiff und die Höhle aus Wasser, die wandelnde Welle, die sich mit ihm herwälzte, warum schien mir (schien! schien! ich wußte doch, daß es so war!) die Farbe dieser Dinge nicht nur die ganze Welt, sondern auch mein ganzes Leben zu enthalten? Diese Farbe, die ein Grau war und ein fahles Braun und eine Finsternis und ein Schaum, in der ein Abgrund war und ein Dahinstürzen, ein Tod und ein Leben, ein Grausen und eine Wollust – warum wühlte sich hier vor meinen schauenden Augen, vor meiner entzückten Brust mein ganzes Leben mir entgegen, Vergangenheit, Zukunft, aufschäumend in unerschöpflicher Gegenwart, und warum war dieser ungeheuere Augenblick, dies heilige Genießen meiner selbst und zugleich der Welt, die sich mir auftat, als wäre die Brust ihr aufgegangen, warum war dies Doppelte, dies Verschlungene, dies Außen und Innen, dies ineinanderschlagende Du an mein Schauen geknüpft? Warum, wenn nicht die Farben eine Sprache sind, in der das Wortlose, das Ewige, das Ungeheure sich hergibt, eine Sprache, erhabener als die Töne, weil sie wie eine Ewigkeitsflamme unmittelbar hervorschlägt aus dem stummen Dasein und uns die Seele erneuert. Mir ist Musik neben diesem wie das matte Leben des Mondes neben dem furchtbaren Leben der Sonne.
Sei dem, wie ihm sei. Vielleicht bin ich mitten zwischen dem dumpfen, rohen Menschen, der nichts von dem allem spürt, und dem mit gebildeter Seele, der hier entziffert und liest, wo

ich nur die Zeichen anstaune. Es ist mir aus meiner Jugend hängengeblieben, daß jemand den Sternenhimmel einen unausgewickelten Gedanken genannt hat. Dies möchte hierher gehören. Der südliche freilich mit seinen glühenden Feuern war mir manchmal in seltenen Nächten, wenn mein ganzes Wesen wie ein unverstörter Wasserspiegel ihm entgegenschwoll, wie eine ungeheuere Versprechung, unter der hin der Tod zerzitterte wie ein Orgelton. Aber vielleicht war auch das, was mir ein Versprechen schien, nur rohe Ahnung eines sehr großen Gedankens, dessen meine Seele nicht mächtig werden konnte.

Farbe. Farbe. Mir ist das Wort jetzt armselig. Ich fürchte, ich habe mich dir nicht erklärt, wie ich möchte. Und ich möchte nichts in mir stärken, was mich von den Menschen absonderte. Aber wahrhaftig, ich bin in keinem Augenblick mehr ein Mensch, als wenn ich mich mit hundertfacher Stärke leben fühle, und so geschieht mir, wenn das, was immer stumm vor mir liegt und verschlossen und nichts ist als Wucht und Fremdheit, wenn das sich auftut und wie in einer Welle der Liebe mich mit sich selber in eines schlingt. Und bin ich dann nicht im Innern der Dinge so sehr ein Mensch, so sehr ich selber wie nur je, namenlos, einsam, aber nicht erstarrt im Alleinsein, sondern als flösse von mir in Wellen die Kraft, die mich zum auserlesenen Genossen macht der starken stummen Mächte, die ringsum wie auf Thronen schweigend sitzen? Und ist dies nicht, wohin du auf dunklen Wegen immer gelangst, wenn du tätig und leidend lebst unter den Lebenden? Ist nicht dies der geheimnisvolle Herzenskern der Erlebnisse, der dunklen Taten, der dunklen Leiden, wenn du getan hast, was du nicht solltest und doch mußtest, wenn du erfahren hast, was du immer ahntest und nie glaubtest, wenn alles zusammengebrochen ist um dich und das Fürchterliche nirgends war ungeschehen zu machen – schlang sich da nicht aus dem Innersten des Erlebnisses die umarmende Welle und zog dich hinein, und du fandest dich einsam und dir selber unverlierbar, groß und wie gelöst an allen Sinnen, namenlos, und lächelnd glücklich? Warum sollte nicht die stumme werbende Natur, die nichts ist als gelebtes Leben und Leben, das wieder gelebt sein will, ungeduldig der kalten Blicke, mit denen du sie triffst, dich zu seltenen Stunden in sich hineinziehen und dir zeigen, daß auch sie in ihren Tiefen die heiligen Grotten hat, in denen du mit dir selber eins sein kannst, der draußen sich selber entfremdet war?

Und warum sollten nicht die Farben Brüder der Schmerzen sein, da diese wie jene uns ins Ewige ziehen?
Solange nicht höhere Begriffe und die ebenso lebendig in mich hineingreifen, mir solche Vermutungen verächtlich machen, will ich mich an diese halten.

Reiseprosa

Der Flug der Vögel ist wundervoll in diesen strahlenden Tagen, und ich begreife vollkommen, daß ich diese Zeilen einmal aufgeschrieben habe: Je me souviens des paroles d'Agur, fils d'Jaké, et des choses qu'il déclare les plus incompréhensibles et les plus merveilleuses: la trace de l'oiseau dans l'air et la trace de l'homme dans la vierge. Diese Zeilen stehen, mit Bleistift an den Rand geschrieben, mitten in einem Reisebuch, und ich fand sie vor drei Tagen, als ich danach suchte, ob es eine Straße gäbe, wenn man vom Meer herauf nach Urbino gekommen sei, dann von dort zu Wagen übers Gebirg nach Assisi oder an den Trasimenischen See zu gehen. [Denn in diesen Tagen ist die Luft so wollüstig leise bewegt, und die Reinheit des Äthers so strahlend, und die Reinheit der Zweige, die in den reinen Himmel ragen, und das Hin- und Herjagen zweier kleiner Falken über dem Knauf der Kirche, und das ferne Flüchten eines schneeweißen Taubenschwarmes sind von solcher Gewalt über die Einbildung, daß es scheint als müsse überallhin eine Straße führen. Aber es ist sonderbar, wie völlig einem alles entschwinden kann.]* Ich sehe, daß diese Zeilen von meiner Schrift sind, sie sind zittrig geschrieben, vielleicht im Wagen, vielleicht in der Bahn; aber kein Nachdenken bringt mich darauf, woher sie stammen. Aus einem älteren französischen Buch vermutlich. Aber hätte ich damals in Umbrien in fremdartigen, seltenen Büchern gelesen? Ich weiß nichts davon. Wer ist Agur? Und wer ist der Redende, der sich Agurs entsinnt? Und dennoch habe ich dies geschrieben, und nun ist alles andre verloschen, und nur dies ragt herauf. Und irgendwo in mir, bei den Dingen, die ich erlebt habe, bevor ich drei Jahre alt war, und von denen mein waches Erinnern nie etwas gewußt hat, bei den Geheimnissen meiner dunkelsten Träume, bei den Gedanken, die ich hinter meinem eigenen Rücken je gedacht habe, wohnt nun dieser Agur

* [...] Die in Klammern gesetzten Abschnitte standen nur im Erstdruck.

– und wird vielleicht eines Tages heraufsteigen wie ein Toter aus einem Gewölbe, wie ein Mörder aus einer Falltür, und sein Wiederkommen wird seltsam sein, aber nicht seltsamer eigentlich als vorgestern nachmittags das Hereinstürzen der zurückgekehrten jungen Schwalbe, durch die Luft, durch die halboffene Haustür, ins alte Nest, einschlagend wie ein dunkler Blitz. Und eine Minute darauf, wie ein zweiter dunkler Blitz, aus dem Scheitelpunkt des Äthers, nachschlagend dem ersten, kam das Weibchen, die junge Schwester, und jetzt die Frau. Denn es sind Geschwister, ausgebrütet im vorigen Sommer in diesem Nest hinter unsrer Haustür. Wie wußten sie den Weg, herabfahrend aus der Unendlichkeit der Himmel? Wie wußten sie unter den Ländern dieses Land, unter den Tälern dies kleine Tal, unter den Häusern dieses Haus? Und wo in mir wohnt Agur, der dieses Wunder anstaunte über allen Wundern, und nichts geheimnisvoller fand als die Spur dieses Wunders, die unsichtbare Spur des Vogels in der Luft?

[Aber auch wir sind immer in Bewegung, und es läßt sich keine seltsamere und geheimnisvollere Figur denken als die scheinbar willkürlichen Linien dieses Weges. Sie durchkreuzen einander, sie führen zum Anfangspunkt zurück, durchschneiden ihn und führen wieder weg. Manchmal hinterlassen sie eine Spur von Blut und Feuer, die lange leuchtet. Manchmal lassen sie eine Spur, die so strahlt, daß sie nicht vergeht. Die mit Christus leben, gehen immerfort einen Weg bis an sein Ende und wieder zurück, so wie auf jener Leiter in Jakobs Traum die Engel immerfort aufwärts und abwärts stiegen. Es sind Ruhepunkte auf diesem Weg, die niemand vergessen kann, wie jenes Abendmahl, oder früher das Niederlassen auf einem Bergesabhang, mit Tausenden ringsum, die gekommen waren, zuzuhören. Und es sind Wendepunkte, Kreuzwege, scheinbare Möglichkeiten, diesen anderen Weg zu gehen, schauerliche Momente, die immer und immer wieder von gläubigen Seelen durchlebt werden, wie jenes Innehalten vor den Toren Jerusalems, jenes Warten auf die Eselin, die gebracht werden muß, »damit das Wort erfüllet werde«, oder jener höchste, furchtbarste Augenblick auf dem Ölberg. Wer dies angeschaut hat, diesen Weg und die Stationen dieses Weges, hat die Figur erblickt, deren Linien die Wege eines Menschen sind, deren größtes Geheimnis aber die Punkte sind, wo die Linien umbiegen. Die Züge Alexanders des Großen, die Züge des Kolumbus und der Konquistadoren, ich meine die ganzen Lebenslinien dieser Menschen, von der Wiege bis zum Scheiterhaufen oder zum Grab, mit ihrem Lauf durch Königspaläste, über die Leiber von Königen und dann wieder durch Kerker und Verliese, auf einer Tafel eingezeichnet, sind tiefsinnige Figuren, aber vielleicht entstünde eine noch tiefsinnigere Figur, wenn einer die Wege des Don Quichote vor sich hinzeichnen würde, deren Wendepunkte jene Windmühlen sind, und das Gasthaus mit den Marionetten, oder der Keller mit den Weinschläuchen, oder die Wege der Figuren Dostojewskis, die doch nur von einer Wohnung in eine andere führen, oder aus einem Keller auf einen öden Platz, hinter einen Schuppen, an eine traurige Feuermauer oder dergleichen. Denn ein ganz gewöhnliches Wohnzimmer, ein verwahrloster Schuppen oder eine abbröckelnde Mauer können ebensogut die endgültigen Wendepunkte eines Weges sein wie die Tore von Jerusalem oder die Gestade des Indus. Und das Zurückkehren des Raskolnikow in das Miethaus, in die Wohnung, wo er die Pfandleiherin erwürgt hat, ist nicht weniger ein Moment des Schicksals als das Heranschreiten von Hamlets Vaters Geist auf der Terrasse von Helsingör. Es ist nur sonderbar, daß alles immerfort auf dem Weg ist; daß, abgesehen von dem Niederliegen zum Schlaf – und auch Wanderer liegen zum Schlaf nieder –, diese beiden, Hamlet und seines Vaters Geist, seit Tagen auf dem Wege zueinander sind, und daß Raskolnikow von der Stunde des Mordes an sozusagen auf Umwegen diesen Weg zurück sucht nach dem Punkt, wo sein Schicksal sich zweimal entscheiden sollte, das eine Mal scheinbar, das andere Mal wirklich und endgültig.

Dieses beständige Auf-dem-Wege-sein aller Menschen muß der bohrende Traum der Gefangenen sein und die Verzweiflung aller treuen Liebenden. Ich habe gehört, daß in den Gefangenenhäusern keines von den erlaubten Büchern so sehnlich verlangt wird als eine Landkarte. Seine Finger auf einer Landkarte wandern zu lassen, das ist der spannendste Abenteurerroman: alle seine Abenteuer sind unbestimmt und alle Möglichkeiten sind offengelassen. Wir sind keine Gefangenen, und wir sind selbst immerfort auf dem Wege unseres Schicksals. Aber wenn wir für Augenblicke stocken, wenn wir ausruhen müssen und warten, so lesen wir in Büchern wie die Gefangenen in ihrer beschmutzten Karte, und dann wandern wir wieder mit Wandernden, ob es Sindbad ist, den die Wellen von Strand zu Strand werfen, oder Lovelace zu Pferd, in der Tasche den Schlüssel, der das Hinterpförtchen zum Park der Harlowes aufsperrt, oder Ödipus auf dem Wege nach Kolonos. Wir sind mit Franz von Assisi ebenso auf dem Weg wie mit Casanova. Und nichts ist uns im Grunde seltsamer als ein Mensch, der seine Stelle nicht wechselt. Wir wissen nichts von Sankt Simeon Stylites, als daß er dreißig Jahre auf einer Säule ausgeharrt hat, aber dieses eine Faktum wirft seinen starren, schmalen Schatten durch die Jahrhunderte und vertritt die Stelle einer ganzen Legende. Wir wissen zu wenig von Kant, aber unter dem wenigen ist der eine Zug, daß es ihn nie verlangt hat, etwas von der Welt zu sehen außer Königsberg, und dieser eine Zug hat etwas Ungeheures: mit ähnlichen sparsamen ewigen Zügen sind die erhabensten Göttergesichter des alten Ägypten in den schwarzgrünen ewigen Stein gemeißelt.]

Aber es ist sicher, daß das Gehen und das Suchen und das Begegnen irgendwie zu den Geheimnissen des Eros gehören. Es ist sicher, daß wir auf unsrem gewundenen Wege nicht bloß von unsren Taten nach vorwärts gestoßen werden, sondern immer gelockt von etwas, das scheinbar immer irgendwo auf uns wartet und immer verhüllt ist. Es ist etwas von Liebesbegier, von Neugierde der Liebe in unsrem Vorwärtsgehen, auch dann, wenn wir die Einsamkeit des Waldes suchen oder die Stille der hohen Berge oder einen leeren Strand, an dem wie eine silberne Franse das Meer leise rauschend zergeht. Allen einsamen Begegnungen ist etwas sehr Süßes beigemengt, und wäre es nur die Begegnung mit einem einsam stehenden großen Baum oder die Begegnung mit einem Tier des Waldes, das lautlos anhält und aus dem Dunkel her auf uns äugt. Mich dünkt, es ist nicht die Umarmung, sondern die Begegnung die eigentliche entscheidende erotische Pantomime. Es ist in keinem Augenblick das Sinnliche so seelenhaft, das Seelenhafte so sinnlich als in der Begegnung. Hier ist alles möglich, alles in Bewegung, alles aufgelöst. Hier ist ein Zueinandertrachten noch ohne Begierde, eine naive Beimischung von Zutraulichkeit und Scheu. Hier ist das Rehhafte, das Vogelhafte, das Tierischdumpfe, das Engelsreine, das Göttliche. Ein Gruß ist etwas Grenzenloses. Dante datiert sein »Neues Leben« von einem Gruß, der ihm zuteil geworden. Wunderbar ist der Schrei des großen Vogels, der seltsame, einsame, vorweltliche Laut im Morgengrauen von der höchsten Tanne, dem irgendwo die Henne lauscht. Dies Irgendwo, dies Unbestimmte und doch leidenschaftlich Begehrende, dies Schreien des Fremden nach der Fremden ist das Gewaltige. [In der Umarmung ist das Fremdsein, das Fremdbleiben das Furchtbare, das Grausame, das Paradoxon – in der Begegnung flattert um jeden von beiden seine ewige Einsamkeit wie ein prachtvoller Mantel, und es ist, als könnte er ihn auch von sich werfen, im nächsten Augenblick schon.] Die Begegnung verspricht mehr, als die Umarmung halten kann. Sie scheint, wenn ich so sagen darf, einer höheren Ordnung der Dinge anzugehören, jener, nach der die Sterne sich bewegen und die Gedanken einander befruchten. Aber für eine sehr kühne, sehr naive Phantasie, in der Unschuld und Zynismus sich unlösbar vermengen, ist die Begegnung schon die Vorwegnahme der Umarmung. Solche Blicke hefteten die Hirten auf eine Göttin, die plötzlich vor ihnen stand, und es war etwas in dem Blick der Göttin, woran der dumpfe Blick des Hirten sich entzündete. Und Agur hat recht, wenn er ein König war oder ein großer Scheich in der Wüste, ein weiser und prunkvoller Kaufmann oder ein Seefahrer unter den Seefahrern – er hat recht, daß er am Abend seiner Tage, sitzend im Schatten seiner Weisheit und Erfahrung, jene beiden Wunder in der Rede seines Mundes in eines verflicht: das Geheimnis der Umarmung und das Geheimnis des Fluges. Aber wer ist Agur, der in mir lebt mit seiner lebendigen Rede? Soll ich wirklich in mir sein Gesicht nicht sehen können? Seine Erfahrungen sind reich und üppig, der Ton seiner Rede ist der Ton des Erfahrnen, aber lässig. Er verschmäht es, den Prediger zu machen, sondern läßt nur dann und wann ein Wort fallen, das reich und schwer ins Ohr des Hörers sinkt. Wie Boas muß ich ihn denken, der einen schönen weißen Bart hatte und ein gebräuntes Gesicht, der gekleidet ging in ein feines Linnen, und auf dessen Kornfeldern den Armen nicht verwehrt war, die Ähren zu lesen. Aber habe ich nicht einmal sein Gesicht gesehen? Freilich, nur im stummen Traum, und der, dessen Gesicht ich sah, hatte keinen Namen. Aber nun dünkt mich, das war jener Agur, und ich muß die Rede, die meine eigne Handschrift mir überliefert, in den Mund dessen legen, von dem mir einmal träumte, und der, wie der Traum ihn malte, ein Patriarch war unter den Patriarchen, ein König über ein namenloses gewaltiges Volk von Wandernden.

Dies war der Traum. Ich lag und war müde von einem weiten Weg über Berge. Es war noch Sommer, aber gegen Ende des Sommers, und als mitten in der Nacht ein Sturm die Balkontür aufriß und der See heftig rauschend gegen die Pfähle schlug, sagte ich mir, halb im Schlaf: »Das sind die Herbststürme.« Und zwischen Schlaf und Wachen durchfloß mich ein unbeschreibliches Glücksgefühl über die Weite der Welt (über deren halberleuchtete Berge und Täler und Seen jetzt der Sturm hinbrauste). In dieses Gefühl versank ich wie in eine weiche dunkle Welle und war sogleich mitten im Traum und war draußen und droben, in der halberleuchteten fahlen Nacht, im Sturm, auf dem weiten Abhang eines großen Berges. Aber es war mehr als der Abhang eines Berges, es war eine ungeheure Landschaft, es war – dies konnte ich nicht sehen, sondern ich wußte es – der terrassenförmige Rand eines gigantischen Hochlandes, es war Asien. Und um mich war, gewaltiger als der Sturm, und die fahle, halberleuchtete Nacht mit großmächtiger Unruhe erfüllend, ein ungeheurer Aufbruch. Ein ganzes Volk war um mich, und das ganze Volk war im Dunkel geschäftig, seine Zelte abzubrechen und seine Habe auf Packtiere zu laden. Ganz nahe von mir waren Gruppen stummer Menschen, hastig beluden sie Kamele und andre Tiere; aber es war sehr finster. Ich legte auch mit Hand an bei einem Zelt, das noch nicht abgebrochen war. Ich war allein in dem Zelt, riß die Zeltpflöcke aus der Erde, und bei einem halben Licht sah ich die prachtvolle Arbeit, die den untern Saum des Zeltes schmückte: ein sehr künstlerisches Ornament, aus dunkelbraunen Lederstreifen aufgenäht auf ganz hellen naturfarbenem Leder. Immerfort war um mich die dumpfe Bewegung des ungeheuren Aufbruches, ich fühlte, wie alles unter der Gewalt des Befehles geschah, eines Befehles, gegen den es keinen Widerspruch gab. Und ohne weiters wußte ich, daß das Zelt, an dem ich arbeitete, ein Teil von *seinem* Zelte war, von dem Zelte dessen, der den Aufbruch befohlen hatte, und von dem alle Befehle kamen. Und als müßte es so sein, stieg ich auf einen Klumpen übereinandergelegter Decken der Maultiere, schob irgend etwas in der Zeltwand auseinander und sah hinein in das Hauptzelt. Es war finstrer darin als dort, wo ich stand. Erst allmählich konnte ich sehen, dann aber ganz deutlich. Das Zelt war ohne Möbel oder Schmuck, nur die dunklen Wände. An der einen Seite lagen auf einer großen Decke, auf einer dunkelroten oder rotvioletten Decke, ein junges Weib von dunkler Blässe, von einer unbeschreiblichen dunklen Blässe und Schönheit, aus deren Armen ein Mann sich löste, ein großer, hagerer Mann, aufstand und dicht vor meinen Augen vorüberging durch das leere Zelt an die entgegengesetzte Wand. Die junge – sie trug nichts als breite Armreifen – hob stumm die Arme nach ihm, wie um ihn zurückzurufen, aber er sah sich nicht nach ihr um. Auch ich hatte sein Gesicht kaum gesehen, aber ich wußte, daß er alt war, alt und gewaltig, mit einem zweigeteilten wehenden Bart, um den Kopf einen erdfarbenen Turban. Aber sein sehr schlanker Körper, nackt bis zum Gürtel, seine langen dünnen Arme waren wie die eines jungen Mannes, voll Leichtigkeit und Kühnheit. Von der Hüfte hing ihm ein langer Schurz von dem unbeschreiblichsten Gelb. Ich will den Ton dieses Gelb wiedererkennen, wo und wann immer es mir wieder vor die Augen käme. Es war herrlicher als das Gelb auf alten persischen Kacheln, strahlender als das Gelb der gelben Tulpe. Jetzt war er an der Zeltwand gegenüber, der dunkelsten, und riß dort einen Vorhang auf, daß ein großes Fenster entstand. Der Wind wehte herein und warf seinen zweigeteilten weißen

Bart über seine erdbraunen mageren Schultern nach rückwärts. Die schöne Frau hob sich bittend auf und schien ihn zärtlich beim Namen zu rufen, aber die Luft trug mir den Laut nicht zu. Ich sah nur ihn und sah durch das Fenster, das er in die Zeltwand gerissen hatte, hinaus: da war draußen die halberleuchtete Nacht, das unabsehbare gestufte Bergland und der stumme Aufbruch eines ganzen Volkes. Und sein bloßes Dastehen an dem viereckigen Ausschnitt des Zeltes, das über alle Zelte erhöht war, brachte einen stummen, wilden Tumult in den ganzen Aufbruch, und selbst die Wolken schienen schneller unter dem ziemlich bleichen Mond über das Bergland hinzujagen. Dieser Mann und kein andrer war Agur.

Ich habe einmal ein chinesisches Bilderbuch gesehen. Auf jeder Seite waren alle möglichen Dinge gemalt, durcheinander und mit der unabsichtlichen Anmut, die das Leben hat. Denn die Bilder des Lebens folgen ohne inneren Zusammenhang aufeinander und ermangeln gänzlich der effektvollen Komposition. Besonders eine Seite aus dem Bilderbuche ist mir im Gedächtnisse geblieben; da hingen hübsche fliegende Hunde zwischen roten Weinblättern, darunter standen graziöse emailblaue Vasen; daneben war ein friedlicher grasgrüner Garten mit weißen Gänsen und Orchideen, Spinnen, Kolibris und Affen mit traurigen Augen, und neben dem Garten war ein Fluß; am Ufer stand eine weiße junge Frau, und über dem Flusse schwebten Dämonen, haarige, lichtblaue Riesen mit Vogelköpfen, grinsende Köpfe und rotgrüne Schlangen.

Das Ganze hatte den seltsamen, sinnlosen Reiz der Träume.

Ich glaube, so ungefähr sollten Reisebeschreibungen gemacht werden, so erlebt man sie; und es ist zwischen diesen aufgefangenen Sensationen nicht mehr Zusammenhang wie zwischen den Vasen, den Affen und den Dämonen in dem Bilderbuch.

Darum haben auch Reiseerinnerungen nachher für uns selbst diesen sonderbar traumhaften Charakter, so fremd, wie nicht wirklich gewesen. Die hübsche Art zu reisen, die empfindsame, die des Sterne und des Rousseau, ist uns verlorengegangen. Das war noch eine Reise nach Stimmungen. Man reiste sehr langsam, im humoristischen Postwagen oder in der galanten Sänfte; man hatte Zeit, um in Herbergen Abenteuer zu erleben und wehmütig zu werden, wenn ein toter Esel am Wege lag; man konnte im Vorbeifahren Früchte von den Bäumen pflücken und bei offenen Fenstern in die Kammern schauen; man hörte die Lieder, die das Volk im Sommer singt, man hörte die Brunnen rauschen und die Glocken läuten.

Unser hastiges ruheloses Reisen hat das alles verwischt, unserem Reisen fehlt das Malerische und das Theatralische, das Lächerliche und das Sentimentale, kurz alles Lebendige.
Chambéry ist die Hauptstadt des alten Savoyen; gerade seit hundert Jahren gehört es zu Frankreich, und zum Angedenken dessen stellt seit ein paar Wochen auf dem Marktplatz eine junge Savoysienne und umarmt die Trikolore. Die Stadt ist wahrscheinlich, wie die meisten Städte, in sehr verschiedenen Stilarten gebaut; bei Nacht aber, im Mond, ist sie ganz Rokoko mit schnörkligen Giebeln, geschweiften Balkonen und stilvoll bevölkert mit vielen Katzen. Es gibt winzig kleine, übermütige, die betrunken im Mondlicht kugeln und schmeichelnd kokettieren; und große sitzen in stilisierter Würde heraldisch steif auf Balkonen; und andere gleiten lautlos, mit mattleuchtenden Augen, im tiefsten Dunkel längs der Mauern hin.
Nahe der Katzenstadt liegen im Hügelland mit reicher lauer Luft und großen Lauben dunkelglühenden Weins viele kleine Landhäuser. Eins davon sind die Charmettes der Frau von Warens, wo Rousseau seine große Liebe erlebte. Sie war eine wohlerzogene, schöne Dame mit blonder Güte und Anmut und einem eleganten und herzlichen Briefstil; er war ein halberwachsener Parvenu, mit bitterem Hochmut und starker Sehnsucht nach Liebe, bös und rücksichtslos und mit glühenden rhetorischen Antithesen im Herzen. Er nannte sie »maman«, und sie nannte ihn »petit«. Es ist noch alles da: ihre Bilder, ihre Betten, das Fenster, an dem sie Arm in Arm in den Sonnenuntergang hinaussahen, das Immergrün, das sie zusammen pflückten …
Hier wäre Gelegenheit, eine Banalität zu sagen, die noch dazu sehr traurig ist. –
In Grenoble aber ist Henri Stendhal geboren. Henri Beyle, genannt Stendhal, der große Psycholog unter den Romanschreibern dieses Jahrhunderts, groß neben Balzac und vor allen übrigen, den seit 1880 wieder viele Leute in Frankreich lesen und auch einige in Deutschland.
In Grenoble haben sie eine Straße nach ihm genannt, eine

häßliche, halbfertige, nach Kalk und Ziegel riechende, charakterlose Bourgeoisstraße, nach ihm, der immer wunderbare und außerordentliche Menschen schuf, hochmütige, sehr »anders als die andern«; übrigens konnte er seine Vaterstadt nicht leiden und starb nach unruhigem Wandern in seiner Adoptiv-Heimat, dem Mailand der Restaurationszeit, mit den Melodien des Cimarosa und der lieblichen Plastik des Canova, mit weißmarmornem Domdach und lächelnder Anmut wohlerzogener kosmopolitischer Menschen. Auf seinen Grabstein aber ließ er, in dichterischer Ostentation, die Worte setzen: Arrigo Beyle, Milanese.

Grenoble liegt mitten im lichtgrünen, hügeligen Delphinat. Auf breiten Landstraßen, die durch helle Waldtäler laufen, begegnet man viel großen Viehherden, und es ist ungefähr die friedliche Natur der Gauermann und Waldmüller. Das geht so fort, in runden Hügeln und freundlichem Laub, bis Valence. Da, in der Stadt des Cäsar Borgia und der Diane de Poitiers, im Valentinois, hört französische Natur und französische Sprache auf, und es beginnt die Provence, mit gelben sonnverbrannten Hügeln, mit Oliven und Feigen und mit der eigenen Sprache, die wenig vom Französischen hat und viel vom Spanischen, manches auch vom verschollenen Italienisch der »Divina Commedia« und vom Griechisch der Phokäer und vom Arabisch der Mauren. In Rhythmus und Klangfarbe ist sie, wilder und dunkler als die übrigen romanischen Sprachen, dem Spanischen am nächsten. Sie hat viele Dichter und Dichterkongresse und Dichterkrönungen; es ist aber etwas meistersängerlich Pedantenhaftes in dieser Dichterei, etwas Galvanisiertes und Gekünsteltes, und die Epigonen der Bertran de Born, der Peire Cardenal und der Raimon von Toulouse sind Schuster, Barbiere und Buchhändler.

Ihr berühmtestes Werk ist bekanntlich die »Mirèio« des Mistral, ein Idyll in preziösen künstlichen Strophen, halb Homer, halb Berthold Auerbach, ein viel zu langes Gedicht, in dem die wunderschönen Dinge der Vergangenheit steif und tot herumstehen, wie in einem ungemütlichen Provinzmuseum.

Und doch ist die Vergangenheit in diesem Land minder tot als überall anders; es ist eine so klare, stille, trockene, erhaltende

Luft. Frauen von Arles haben noch immer die feierliche römische Schönheit, die Kameenprofile und den königlichen Gang und die königlichen Gebärden; und andere haben die griechische Grazie im Stehen und Lehnen, wie die Tanagrafiguren, und griechische Koketterie in der leichtbeflügelten Rede; und andere haben den mattgoldenen maurischen Glanz und das weiche, biegsame Gleiten, »wie Palmen im Wind«. Und sie sitzen mit ruhig-heißen Augen auf den Stufen der Arena: da ist Stiergefecht; schwarze, rotäugige Stiere und Banderilleros und Toreadores mit schönen langen Namen, aus Saragossa und Valencia, mit elegantem Gladiatorenanstand und grünseidenen Mänteln; und Musik aus »Carmen« statt der Tuben und Flöten. Das ist ihr Theater. Und wenn die Straßen in grellem Licht glühen, so gehen sie in dämmernden Klostergängen spazieren, zwischen maurischen Ornamenten und byzantinischen Säulen, oder auf den »Alyscampo«, wo im Zypressenschatten uralte Sarkophage liegen, der vornehmste Begräbnisplatz der Erde.
Oder sie gehen beten in die große Kathedrale von Saint-Trophime, und im Halbdunkel zwischen steingrauen Aposteln und Greifen, Engeln und geflügelten Stieren atmet junge griechische und sarazenische Schönheit.
Viele aber treiben den anmutigsten Beruf, den Handel mit schönen und altertümlichen Dingen. Müßig und graziös sitzen sie auf verblichenen Thronsesseln, zwischen zerbrochenen Statuetten, fanierten Goldstoffen und altmodischen Kupferstichen und warten. Sie haben ein so seltsames, verträumtes Lächeln; es ist, als warteten sie immer darauf, daß von irgendwo Blumen auf sie herunterfielen. Denn sie sind sehr eitel; sie haben eine ernsthafte, fast religiöse Eitelkeit und sind gewohnt, sich von allen Dichtern den Hof machen zu lassen.

ô jours
De ma jeunesse, quand serrant d'un long velours
Le tour de mes cheveux, la taille souple et fine,
Les seins mi-cachés sous la claire mousseline,
Nous descendions, riant au rire des galants,
Sous le porche du grand Saint-Trophime à pas lents!

Diese Verse sind nicht aus der »Arlésienne« des Daudet, aber es gibt eine Menge Stücke, die alle »L'Arlésienne« heißen könnten. Die Heldin darin hat immer diese rätselhafte, antike Schönheit, ist immer unwiderstehlich und wird meistens auf einem weißen, windschnellen Pferd entführt.
Diese weißen Pferde kommen aus der Camargue. Das ist eine große Rhône-Insel, unfern von Arles beginnend und, bis dorthin gedehnt, wo die Rhône mündet. Eine weite, baumlose Fläche, graugrün, von vielem Heidekraut violett schimmernd, nicht gefärbt, nur schimmernd (violacé); darüber der blaßlilafarbene Himmel. Da weiden in Herden die weißen Pferde und die schwarzen Stiere und rosenrote Flamingos.
Es ist eine ägyptische Landschaft, totenstill, und auf kleinen zweirädrigen Wagen rollt man lautlos hindurch.
Wo die Camargue aufhört, beginnt das Meer, »das lichtblaue Meer, mit Delphinen und Möwen«. Es hat wirklich nicht das goldatmende glänzende Blau des Claude Lorrain und auch nicht das düstere Schwarzblau des Poussin, sondern ein ganz helles Blau des Puvis de Chavanne.
Es ist keine zufällige Besonderheit, daß ich soviel von Farben spreche. Man kümmert sich in diesen hellen Ländern viel mehr um Farbe als in unserer grauen und braunen Welt. Sogar das Menü wird pittoresk. Schon in Savoyen hatte das Frühstück die heitere Farbengebung der Huysum und Hondecoeter: unter der Weinlaube stand auf reinlich weißem Tuch der Fayencekrug mit hellem Wein, und gelbe Butter, rote Krebse; grüner Spinat und blaue Trauben waren so erfreulich als erfrischend. Hier aber, am rollenden, phosphor-schimmernden Meer, ist das Dejeuner in den Fischerherbergen eine große Orgie von Farben. Der rotflossige Fisch schwimmt in einer Safransauce, andere flimmern silberschuppig, und die grellroten Langusten sind von mattgrünen Oliven umrahmt. Es fehlt nur der Pfau mit vergoldetem Schnabel zu einem farbigen Essen der Renaissance. Dazu das blaue Meer und am weißen Strand Pinien und Zypressen. Das ist längs der Küste, von den Pyrenäen bis zur Riviera. Im Innern aber ist die provenzalische Landschaft eintönig, wie die griechische. Graugelb, mit graugrünen Olivenhainen. Dann und wann auf der

staubigen alten königlichen Straße eine Schafherde, die lautlos weitertrippelt. Dann ein ausgetrocknetes Flußbett. Dann, in schweigender Einsamkeit, Ruinen; ein verfallener Aquädukt, ein Triumphbogen. Dann weite, schattenlose Haine der mageren Oliven. So hat es rings um den Engpaß ausgesehen, wo Ödipus dem Vater begegnete. So um den Hügel, wo Antigone den Leichnam des Bruders besuchte. Hier hat der heutige Tag kein Eigenleben. Die Vergangenheit ist noch immer. Und es war ganz im Stile der Natur, als vor ein paar Jahren die Comédie Française nach Orange kam, um in provenzalischer Natur und auf dem steinernen Gerüst einer antiken Bühne den »König Ödipus« zu spielen …

Augenblicke in Griechenland

I
DAS KLOSTER DES HEILIGEN LUKAS

Wir waren an diesem Tag neun oder zehn Stunden geritten. Als die Sonne sehr hoch stand, hatten wir gelagert vor einem kleinen Khan, bei dem eine reine Quelle war und eine schöne große Platane. Später hatten wir noch einmal mit den Maultieren aus einem Faden fließenden Wassers getrunken, flach auf dem Boden liegend. Unser Weg war zuerst an einem Abhang des Parnaß eingeschnitten, dann in einem urzeitigen versteinten Flußbett, dann in einer Einsenkung zwischen zwei kegelförmigen Bergen; zuletzt lief er über eine fruchtbare Hochebene hin inmitten grüner Kornfelder. Manche Strecken waren öde mit der Öde von Jahrtausenden und nichts als einer raschelnden Eidechse überm Weg und einem kreisenden Sperber hoch oben in der Luft; manche waren belebt von dem Leben der Herden. Dann kamen die wolfsähnlichen Hunde bellend und die Zähne weisend bis nahe an die Maultiere, und man mußte sie mit Steinen zurückjagen. Schafe, schwer in der Wolle, standen zusammengedrängt im Schatten eines Felsblockes, und ihr erhitztes Atmen schüttelte sie. Zwei schwarze Böcke stießen einander mit den Hörnern. Ein junger hübscher Hirt trug ein kleines Lamm auf dem Nacken. Auf einer flachen steinichten Landschaft verharrte regungslos der Schatten einer Wolke. In einer sonderbar geformten Mulde, wo Tausende von einzelnen großen Steinen lagen und dazwischen Tausende von kleinen stark duftenden Sträuchern wuchsen, zog sich eine große Schildkröte über den Weg. Dann, gegen Abend, zeigte sich in der Ferne ein Dorf, aber wir ließen es zur Seite. An unserem Weg war eine Zisterne, in die tief unten der Quell eingefangen war. Neben dem Brunnen standen zwei Zypressen. Frauen zogen das klare Wasser empor und gaben unseren Tieren zu trinken. An dem Abendhimmel segelten kleine Wolken hin, zu zweien und dreien. Geläute von Herden kam aus der Nähe und Ferne. Die Maultiere gingen lebhafter und sogen die Luft, die aus dem Tal entgegenkam. Ein Geruch von Akazien, von Erdbeeren und von Thymian schwebte über den Weg. Man fühlte, wie die bläulichen Berge sich schlossen und wie dieses Tal das Ende des ganzen Weges war. Wir ritten lange zwischen zwei Hecken von wilden Rosen. Ein kleiner Vogel flog vor uns hin, nicht größer als das Fleckchen Schatten unter einer dieser blühenden Rosen; die Hecke zur Linken, wo die Talseite war, hörte auf, und man schaute hinab und hinüber wie von einem Altan. Bis hinunter an die Sohle des kleinen bogenförmig gekrümmten Tales und an den gegenüberliegenden Hang bis zur Mitte der Berge standen Fruchtbäume in Gruppen, mit dunklen Zypressen vermischt. Zwischen den Bäumen waren blühende Hecken. Dazwischen bewegten sich Herden, und in den Bäumen sangen Vögel. Unterhalb unseres Weges liefen andre Wege. Man sah, daß sie zur Lust angelegt waren, nicht für Wanderer oder Hirten. Sie liefen in sanften Windungen immer gleich hoch über dem Tal. In der Mitte des Abhangs stand eine einzelne Pinie, ein einsamer, königlicher Baum. Sie war der einzige wirklich große Baum in dem ganzen Tal. Sie mochte uralt sein, aber die Anmut, mit der sie emporstieg und ihre drei Wipfel in einer leichten Biegung dem Himmel entgegenhielt, hatte etwas von ewiger Jugend. Nun faßten niedrige Mauern den Weg links und rechts ein. Dahinter waren Fruchtgärten. Eine schwarze Ziege stand an einem alten Ölbaum mit aufgestemmten Vorderbeinen, als ob sie hinaufklettern wollte. Ein alter Mann, mit einem Gartenmesser in der Hand, watete bis an die Brust in blühenden Heckenrosen. Das Kloster mußte ganz nahe sein, auf hundert Schritte oder noch weniger, und man wunderte sich, es nicht zu sehen. In der Mauer zur Linken war eine kleine offene Tür; in der Tür lehnte ein Mönch. Das schwarze lange Gewand, die schwarze hohe Kopfbedeckung, das lässige Dastehen mit dem Blick auf die Ankommenden, in dieser paradiesischen Einsamkeit, das alles hatte etwas vom Magier an sich. Er war jung, hatte einen langen rötlich blonden Bart, von einem Schnitt, der an byzantinische Bildnisse erinnerte, eine Adlernase, ein unruhiges, fast zudringliches blaues Auge. Er begrüßte uns mit einer Neigung und einem Ausbreiten beider Arme, darin etwas Gewolltes war. Wir saßen ab, und er ging uns voran. Durch einen ganz kleinen von Mauern umschlossenen Garten traten wir in ein Zimmer, in dem er uns allein ließ. Das Zimmer hatte die nötigsten Möbel. Unter einem byzantinischen Muttergottesbild brannte ein ewiges Licht; gegenüber der Eingangstür war eine offene Tür auf einen Balkon. Wir traten hinaus und sahen, daß wir mitten im Kloster waren. Das Kloster war in den Berg hineingebaut. Unser Zimmer, das vom Garten aus zu ebener Erde war, lag hier zwei Stock hoch im Klosterhof. Die alte Kirche, mit dem Glanz des Abends auf ihren tausendjährigen, rötlichen Mauern und Kuppeln schloß eine Seite ab; die drei andern waren von solchen Häusern gebildet, wie wir in einem standen, mit solchen kleinen hölzernen Balkonen, wie wir auf einem lehnten. Es waren unregelmäßige Häuser von verschiedenen Farben, und die kleinen Balkone waren hellblau oder gelblich oder blaßgrün. Aus dem Haus, das die Ecke bildete, lief zur Kirche hinüber wie eine Zugbrücke eine Art Loggia. Manches schien unmeßbar alt, manches nicht eben älter als ein Menschenalter. Alles atmete Frieden und eine von Duft durchsüßte Freudigkeit. Unten rauschte ein Brunnen. Auf einer Bank saßen zwei ältere Mönche mit ebenholzschwarzen Bärten. Ein andrer von unbestimmbarem Alter lehnte jenen gegenüber auf einem Balkon des ersten Stockwerks, den Kopf auf die Hand gestützt. Kleine Wolken segelten am Himmel hin. Die beiden waren aufgestanden und gingen in die Kirche. Zwei andre kamen eine Treppe herab. Auch sie hatten das lange schwarze Gewand, aber die schwarze Mütze auf ihrem Kopf war nicht so hoch, und ihre Gesichter waren bartlos. In ihrem Gang war der gleiche undefinierbare Rhythmus: gleich weit von Hast und von Langsamkeit. Sie verschwanden gleichzeitig in der Kirchentür, wie ein Segel, das hinter einem Felsen verschwindet, wie ein großes unbelauschtes Tier, das durch den Wald schreitet, hinter Bäumen unsichtbar wird, nicht wie Menschen, die in ein Haus treten. In der Kirche fingen halblaute Stimmen an, Psalmen zu singen, nach einer uralten Melodik.

Die Stimmen hoben und senkten sich, es war etwas Endloses, gleich weit von Klage und von Lust, etwas Feierliches, das von Ewigkeit her und weit in die Ewigkeit so forttönen mochte. Über dem Hof aus einem offenen Fenster sang jemand die Melodie nach, von Absatz zu Absatz: eine Frauenstimme. Dies war so seltsam, es schien wie eine Einbildung. Aber es setzte wieder ein, und es war eine weibliche Stimme. Und doch wieder nicht. Das Echohafte, das völlig Getreue jenem feierlichen, kaum noch menschlichen Klang, das Willenlose, fast Bewußtlose schien nicht aus der Brust einer Frau zu kommen. Es schien, als sänge dort das Geheimnis selber, ein Wesenloses. Nun schwieg es. Aus der Kirche drang in den dunklen, weichen, tremolierenden Männerstimmen ein gemischter Duft von Wachs, Honig und Weihrauch, der wie der Geruch dieses Gesanges war. Nun fing die frauenhafte Stimme wieder an, absatzweise nachzusingen. Aber andre ähnliche Stimmen aus dem gleichen offenen Fenster, nicht weit von meinem Balkon, fielen ein, halblaut und nicht ernsthaft, es wurde ein Scherz daraus, die schöne Stimme brach ab, und nun wußte ich, daß es Knaben waren. Zugleich kamen ihre Köpfe ans Fenster. Einer war darunter sanft und schön, wie ein Mädchen, und das blonde Haar fiel ihm über die Schultern bis an den Gürtel. Andre von den Klosterknaben standen unten im Hof und sprachen hinauf: »Der Bruder!« riefen sie, »der Bruder! Der Hirt! Der Hirt!«
Später kam ich dazu, wie die Brüder voneinander Abschied nahmen. Der junge Hirt stand im Licht der untergehenden Sonne, dunkel, schlank und kriegerisch; hinter ihm die Herde und die Hunde. Er hielt in der starken dunklen Hand die kleine Hand des Knaben mit den langen Haaren. Ein Mönch im schwarzen Talar, aber ein noch junger, bartlos, ein Novize, ein zwanzigjähriger Schöner mit einem Lächeln, das um den jungen Mund und die glatten Wangen gedankenlos und eitel, aber in der Nähe der schönen dunklen Augen ergebungsvoll und wissend war, trat ins halboffene Tor. Er rief den Knaben nicht an, er winkte nur. Die Gebärde seiner erhobenen Hand war ohne Ungeduld. Er war nicht der Befehlende, es war der Übermittler des Befehls, der Bote. Auf einen kleinen Altan

über dem Torweg trat ein älterer Mönch heraus, er stützte den Ellenbogen aufs Geländer, den Kopf auf die Hand, und sah gelassen zu, wie der Befehl überbracht und wie er befolgt wurde. Der Novize neigte sich für ihn kaum merklich oder lächelte auch nur um ein kleines ergebener und glänzender. Der schöne Knabe ließ die Hand des Bruders los und lief zu dem Novizen hin. Der Hirt wandte sich und ging sogleich mit großen ruhigen Schritten landein, bergab. Die Herde, als wäre sie ein Teil von ihm, war schon in Bewegung, flutete schon die Straße hinab, eingeengt von den Hunden. In der Kirche sangen sie stärker. Zum Dienst dieser abendlichen Stunde lagen alle in den dämmernden Kapellen auf den Knien, oder ausgestreckt auf dem Steinboden, oder in tiefer Versunkenheit stehend an dem hohen Pult lag ihr Antlitz über gekreuzten Armen auf dem heiligen Buch. In der erhabenen Gelassenheit ihres Gesanges zitterte eine nach alten Regeln gebändigte Inbrunst. Die ewigen Lichter schwangen leise in der von Weihrauch und Honig beschwerten Luft. Es vollzog sich, was sich seit einem Jahrtausend Abend für Abend an der gleichen Stätte zur gleichen Stunde vollzieht. Welches stürzende Wasser ist so ehrwürdig, daß es seit zehnmal hundert Jahren den gleichen Weg rauschte? Welcher uralte Ölbaum murmelt seit zehnmal hundert Jahren mit gleicher Krone im Winde? Nichts ist hier zu nennen als das ewige Meer drunten in den Buchten und die ewigen Gipfelkronen des schneeleuchtenden Parnaß unter den ewigen Sternen.
Die Sterne entzündeten sich über den dunkelnden Wänden des Tales. Der Abendstern war von einem seltenen Glanz; war irgendwo ein Wasser, nur ein Quell und Tümpel vielleicht zwischen zwei Feigenbäumen, so mußte dort ein Streifen von seinem Licht liegen wie vom Mond. Nun entbrannten unter ihm, am nahen irdisch schweren Horizont, in der Menschensphäre andre starke Sterne, da und dort: das waren die Hirtenfeuer, höher und tiefer an den Hängen der dunklen Berge, die das bogenförmige Tal umschlossen. Bei jeder Flamme lag ein einsamer Mann mit seinen Tieren. Im weiten Bogen um das Kloster, in dem die ewigen Lichter brannten, war der Reichtum des Klosters gelagert. Die Hunde schlugen an, und

die Hunde antworteten ihnen. Der Feuer waren mehr als dreißig, die Berghänge lebten von Schlafenden. Hie und da blökte ein Lamm aus unterbrochenem Schlummer. Die Käuzchen riefen, die Zikaden waren laut, und doch herrschte die stille ewige Nacht.

Wo der Abendstern stand, dort glänzte unsichtbar hinter dunklen Bergen der Parnaß. Dort, in der Flanke des Berges, lag Delphi. Wo die heilige Stadt war, unter dem Tempel des Gottes, da ist heute ein tausendjähriger Ölwald, und Trümmer von Säulen liegen zwischen den Stämmen. Und diese tausendjährigen Bäume sind zu jung, diese Uralten sind zu jung, sie reichen nicht zurück, sie haben Delphi und das Haus des Gottes nicht mehr gesehen. Man blickt ihre Jahrhunderte hinab wie in eine Zisterne, und in Traumtiefen unten liegt das Unerreichliche. Aber hier ist es nah. Unter diesen Sternen, in diesem Tal, wo Hirten und Herden schlafen, hier ist es nah, wie nie. Der gleiche Boden, die gleichen Lüfte, das gleiche Tun, das gleiche Ruhn. Ein Unnennbares ist gegenwärtig, nicht entblößt, nicht verschleiert, nicht faßbar, und auch nicht sich entziehend: genug, es ist nahe. Hier ist Delphi und die delphische Flur, Heiligtum und Hirten, hier ist das Arkadien vieler Träume, und es ist kein Traum. Langsam tragen uns die Füße ins Kloster zurück. Ganz nahe von uns knurren große Hunde. Auf dem Altan über dem Torweg lehnt eine Gestalt. Ein andrer, ein Dienender, tritt seitwärts aus den Hecken hervor, dort, wo die Hunde knurren. »Athanasios!« ruft der Mönch vom Altan, »Athanasios!« Er sagt es mehr als er es ruft, gelassen und sanft befehlend. »Athanasios, was gibt es da?« »Es sind die Gäste, die beiden Fremden, die herumgehen.« »Gut. Gib acht auf die Hunde.« Diese Worte sind wenige. Dies Zwiegespräch ist klein zwischen dem Priester und dem dienenden Mann. Aber der Ton war aus den Zeiten der Patriarchen. Aus wenigen Gliedern setzt sich dies zusammen. Unangetastetes Auf-sich-Beruhen priesterlicher Herrschaft, ein sanfter Ton unwidersprochener Gewalt, Gastlichkeit, gelassen und selbstverständlich geübt, das Haus, das Heiligtum, bewacht von vielen Hunden. Und dennoch, dies Unscheinbare, diese wenigen Worte, gewechselt in der Nacht, dies hat einen Rhythmus in sich, der von Ewigkeit her ist. Dies reicht zurück, dies Lebendige, wohin die uralten Ölbäume nicht reichen. Homer ist noch ungeboren, und solche Worte, in diesem Ton gesprochen, gehen zwischen dem Priester und dem Knecht von Lippe zu Lippe. Fiele von einem fernen Stern nur ein unscheinbares, aber lebendiges Gebilde, der Teil einer Blume, weniges von der Rinde eines Baumes, es wäre dies dennoch eine Botschaft, die uns durchschauert. So klang dieses Zwiegespräch. Stunde, Luft und Ort machen alles.

II
DER WANDERER

εἶσι καὶ κυνῶν ἐρινύες

Der Schlaf der Mönche ist kurz. Bald nach Mitternacht läuteten sie die Glocken, beteten, sangen; vor Sonnenaufgang wiederum. Wir hatten kaum zwei Stunden halben Schlummers hinter uns; wir waren um so wacher. Wir gingen auf dem schmalen Pfad hintereinander sehr rasch, so rasch, als die Maultiere, mit den Wegweisern im Sattel, hinter uns schritten. Der Weg führte in der Morgenkühle zurück am Hang oberhalb des lieblichen Tales, wieder über die gleiche Ebene zwischen zwei kahlen Bergen, dann bog er, im ausgetrockneten Bett eines Gießbaches, seitwärts hinab, spaltete sich gegen Davlia einerseits, andrerseits gegen Chäronea in Böotien; bis dorthin sollten es sieben Stunden sein, und halben Weges eine Ader guten Wassers, die niemals versiegte, weit und breit bekannt den Hirten.

Unser Gespräch währte bis zu jener Begegnung mit dem einsamen Wanderer; es währte also zwei und eine halbe oder drei Stunden, ununterbrochen, ohne den leisesten Zwang oder bewußten Willen, es fortzuführen, und war eines der seltsamsten und schönsten Gespräche, dessen ich mich entsinnen kann.

Wir waren zu zweit, und indem wir sprachen, war es, als hinge jeder nur seinen Erinnerungen nach, von denen viele uns gemeinsam waren. Zuweilen rief sich der eine die Gestalt eines Freundes herauf, den der andre nie gesehen, von dem er nur viel gehört hatte. Aber die tiefe und gleichsam zeitlose Einsamkeit, die uns umgab, das körperlose Erhabene der Umgebung – daß wir vom Fuß des Parnaß nach Chäronea, vom delphischen Gefild gegen Theben hinunterschritten, den Weg des Ödipus –, die strahlende Reinheit der Morgenstunde nach einer Nacht ohne tiefen, dumpfen Schlaf, dies alles machte unsere Einbildungskraft so stark, daß jedes Wort, von einem ausgesprochen, den Geist des andern mit sich fortriß und er mit Händen zu greifen wähnte, was dem andern vorschwebte.

Unsre Freunde erschienen uns, und indem sie sich selber brachten, brachten sie das Reinste unsres Daseins herangetragen. Ihre Mienen waren ernst und von einer fast beängstigenden Klarheit. Indem sie vor uns lebten und uns anblickten, waren die kleinsten Umstände und Dinge gegenwärtig, in denen unser Vereintsein mit ihnen sich erfüllt hatte. Ein Zucken, ein Weichwerden des Blicks, ein Sichfeuchten der inneren Hand in einer erregten Stunde, ein betroffenes Stocken, ein Fortgleiten, Fremdwerden, wieder ein Nahesein – alle diese ganz zarten kleinen Dinge waren in uns da, und mit der seltsamsten Deutlichkeit, doch wußten wir kaum, ob, was wir erinnerten, die Regungen des eigenen Innern waren oder die jener andern, deren Gesichter uns anblickten; nur daß es gelebtes Leben war, und Leben, das irgendwo immer fortlebte, denn es schien alles Gegenwart, und die Berge waren in diesem lautlosen, bläulichen Leben der Luft nicht wirklicher als die Erscheinungen, die uns begleiteten.

Mit einem Namen, den einer von uns hinwarf, konnten wir neue hervorrufen. Gestalt auf Gestalt kommt heran, sättigt uns mit ihrem Anblick, begleitet uns, verfließt wieder; andre, anklingend, haben schon gewartet, nehmen die leere Stelle ein, beglänzen einen Umkreis gelebten Lebens, bleiben dann gleichsam am Wege zurück, indessen wir gehen und gehen, als hinge von diesem Gehen die Fortdauer des Zaubers ab, und das Häuflein der Männer auf den Maultieren viele Hunderte von Schritten hinter uns zurückbleibt. Die noch leben und in diesem Licht atmen, kommen zu uns wie die, welche nicht mehr da sind. In diesen Minuten sehen wir alles rein: die geheimnisvolle Kraft Leben lodert in uns nur als Enthüllerin des Unenthüllbaren. Wir sehen ihre Gesichter, wir glauben den Ton ihrer Stimme zu hören, scheinbar unbedeutende kleine Sätze: aber es ist, als enthielten sie den ganzen Menschen; und ihre Gesichter sind mehr als Gesichter: das gleiche wie im Ton jener abgebrochenen Sätze steigt in ihnen auf, kommt näher und näher gegen uns heran, scheint in ihren Zügen, im Unsagbaren ihres Ausdrucks aufgefangen und darinnen befestigt, aber nicht beruhigt. Es ist ein endloses Wollen, Möglichkeiten, Bereitsein, Gelittenes, zu Leidendes. Jedes dieser Gesichter ist ein Geschick, etwas Einziges, das Einzelnste was es gibt, und dabei ein Unendliches, ein Auf-der-Reise-Sein nach einem unsagbar fernen Ziel. Es scheint nur zu leben, indem es uns anblickt: als wäre es unser Gegenblick, um dessenwillen es lebe. Wir sehen die Gesichter, aber die Gesichter sind nicht alles; in den Gesichtern sehen wir die Geschicke, aber auch die Geschicke sind nicht alles. In jedem, der uns grüßt, ist ein Ferneres noch, ein Jenseits von beiden, das uns anrührt. Wir sind wie zwei Geister, die sich zärtlich erinnern, an den Mahlzeiten der sterblichen Menschen teilgenommen zu haben.

Viele Bilder von Jünglingen und Männern waren gekommen und gegangen, da erschien noch einer. Wir sahen ihn auftauchen, der am unsäglichsten gelitten hat, bevor er uns für immer entschwand. Ich sage »Unsre Freunde«, doch waren die Begegnungen spärlich; er kreuzte unsre Lebensbahn, einmal ein leidenschaftliches Gespräch, ein Sichaufreißen ohne Maß, Himmel und Hölle Aufreißen, ein Auseinandergehen wie Brüder, dann wieder fremd, eisig fremd. Aber seine Briefe, ein Wort einmal kalt und groß, andre Worte wie blutend, sein Tagebuch, die wenigen, mit nichts zu vergleichenden Gedichte, alle aus einem einzigen Jahr seines Lebens, dem neunzehnten, und die er haßt, verachtet, in Stücke reißt, wo er sie findet, bespeit, die Fetzen mit Füßen tritt; die Geschichte seiner grausamen letzten Wochen und seines Sterbens, aufgezeichnet von seiner Schwester so ist sein Bild unsren Seelen eingegraben. Er ist arm und leidet, aber wer dürfte wagen ihm

helfen zu wollen, maßlos einsam – wer, sich ihm nur zu nähern, der mit übermenschlicher Kraft sein Selbst zusammenkrümmt wie einen Bogen, den unbarmherzigsten Pfeil von der Sehne zu schicken; der jede Hand von sich stößt, sich im Unterirdischen der großen Städte verkriecht, jede Annäherung mit Hohn erwidert, vor jeder Erwähnung seiner Gaben, seines Genius zurückweicht, wie der Sträfling vor dem glühenden Eisen, unstet auftaucht, jetzt da, jetzt dort, aus Mazedonien, aus dem Kaukasus, aus Abyssinien einen Brief den Seinen zuwirft, dessen Hoffnungen den Klang haben von Drohungen, dessen trockene Angaben starren wie maßlose Auflehnung und selbstverhängtes Todesurteil. Der um Geld zu ringen meint, um Geld, um Geld, und gegen den eignen Dämon um ein Ungeheures ringt, ein nicht zu Nennendes. Und nun sehen wir ihn abyssinisches Gebirg herabgetragen kommen, einsamen Felspfad herunter, schweigende Luft: eine ewige Gegenwart, wie hier; es ist, als trügen sie ihn auf uns zu. Er liegt auf der Bahre, das Gesicht mit schwarzem Tuch verdeckt, das eine kranke Knie groß wie ein Kürbis, daß die Decke sich emporwölbt die schöne abgezehrte Hand, die Hand, von den Schwestern geliebt, reißt manchmal das Tuch vom Gesicht, den Dunklen, Farbigen, die ihn tragen, den Weg zu befehlen; sie wollten langsam schräg den Hang entlang; er will steil hinab, ohne Weg, schnell. Unsagbare Auflehnung, Trotz dem Tod bis ins Weiße des Augs, den Mund vor Qual verzogen und zu klagen verachtend.
Keines dieser Taggesichte war gewaltiger gewesen als dieses letzte. Was konnte noch kommen? Wir gingen langsamer, und keiner sprach. Fast drohend blickte die Morgensonne auf die fremde ernste Gegend. Weggezehrt war das selbstverständliche Gefühl der Gegenwart, worin Mensch und Tier sich behagen. Fremde Schicksale, sonst unsichtbare Ströme, schlugen in uns auf Festes und offenbarten sich. Der Anblick einer Herde hätte uns erfreut. Ein Vogel in der Luft wäre uns willkommen gewesen. Da kam von ferne ein Mensch auf uns zu. Der Mann ging schnell. Er war allein, und hier geht selten einer allein. Der Hirt geht mit seiner Herde; wer kein Hirt ist, reitet; dieser ging. Er schien uns barhaupt. Hier geht um der

Kraft der Sonne willen niemand ohne einen Schutz des Hauptes: also mußte es eine Augentäuschung sein. Er kam näher, er war barhaupt. Sein Haar war schwarz, ums ganze Gesicht ging ein schwarzer, struppiger Bart; sein Gang war wankend. Er hatte einen Knüppel in der Hand, auf den er sich im Gehen stützte. Die Sonne blitzte auf dem harten Gestein, und uns war, er hätte nackte Füße. Das war unmöglich; die Wege bergauf und bergab sind Steingeröll, schneidend wie Messer; nicht der ärmste Bettler, der nicht mindest mit hölzernem Schuhwerk seine Füße schützte. Der Mann kam näher und hatte nackte Füße. Die Fetzen von Beinkleidern, solcher, wie sie die Leute in den Städten tragen, hingen um die abgezehrten Beine. Hier geht niemand, der einem andern Wanderer in der Einöde des Gebirges begegnet, wortlos an ihm vorüber. Er wollte zehn Schritte seitwärts unsres Weges mit schief gesenktem Kopf an uns vorbei, ohne Gruß. Wir riefen ihm die griechischen Worte entgegen, die den gewöhnlichen Gruß bedeuten. Er antwortete, ohne stehenzubleiben, und seine Worte waren deutsche. Da hatte ihm mein Freund schon den Weg vertreten mit einer kurzen Rede und Frage, wie er da herkomme, wo er da hingehe. Indessen stand ich auf drei Schritte, sah auf seinen Füßen geronnenes Blut, an der starken Hand einen tiefen blutigen Riß. Breite Schultern, mächtig der Nacken; das Gesicht zwischen dreißig und vierzig, näher vielleicht den vierzig, elend, von der Schwärze des Bartes noch geblich bleicher. Die Augen unstet, flackernd, verwildert zum Blick eines scheuen, gequälten Tieres. Er sagte den Namen: Franz Hofer aus Lauffen an der Salzach, Buchbindergeselle. Das Alter: einundzwanzig Jahre; das Ziel des Weges: Patras. Patras war fünf Tagereisen von hier für einen rüstigen ortskundigen Mann, Berge dazwischen, öde Flächen, eine Meeresbucht. Wenn er sich nicht auf den Stock stemmte, schütterte sein Leib, und seine Lippen flogen. Das Fieber habe er schon seit drei Monaten. Darum habe er heim wollen. Von Alexandrien in Ägypten bis zur Hafenstadt Piräus habe ihn ein Schiffsheizer unten im Kohlenraum liegen lassen, der sei aber weitergefahren nach Konstantinopel, darum müsse er jetzt zu Fuß gehen gegen Triest. Wie er den Weg zu finden

meinte? Den habe er dahier. Er zog unter dem Leibriemen einen Fetzen Papier hervor, da waren mit Bleistift, fast schon verwischt, die Namen von Ortschaften aufgeschrieben. Er wies auf einen: dorthin müsse er heute. Der Ort lag gegen Delphi hin, acht Stunden Gehens von hier, wo wir standen, wenn man den Weg kannte und die geringen Zeichen richtig wußte in der öden Landschaft. Ob er die Sprache des Landes spräche? Kein Wort: die Leute verstünden einen nicht, wenn man deutsch oder italienisch redete, das sei verflucht. Wann er die letzte Mahlzeit gehalten hätte? Gestern mittag ein Stück Brot und heute einen Trunk Wasser an einem Quell dort hinten. Das war der Quell, auf den wir zugingen, halbwegs Chäronea in Böotien.
Indessen waren unsre Leute mit den Maultieren herangekommen, standen herum und waren erstaunt über den Wanderer. Wir reichten ihm Wein in einem kleinen Becher, seine Hand zitterte wild und verschüttete mehr als die Hälfte; dann gaben wir ihm Brot und Käse, und sein Mund schütterte so kläglich, daß er die Bissen kaum hineinbrachte. Wir hießen ihn niedersitzen; er sagte, er habe keine Zeit, er müsse heute noch sehr weit gehen. Hier stieß etwas Irres in seinem Blick hervor. Wir sagten, wir würden ihm jetzt etwas Geld geben; ob dann einer von uns für ihn an seine Heimatgemeinde schreiben sollte, damit die zu ihm gehörten wüßten, daß er krank sei und wie es um ihn stünde. Das sollten wir um alles nicht unternehmen, das verbitte er sich, das wäre ihm verflucht, das ginge niemanden daheim etwas an, wie es um ihn stünde. Und sogleich wandte er sich und fing schon an zu gehen, auf den Knüttel gestützt. Wir ihm nach und sagten, er solle aufsitzen auf eines der Maultiere und mit uns zurück; wir würden ihn bis Athen und zur Hafenstadt Piräus bringen und ihm dort das Geld auf die Hand geben zur Fahrt bis Triest und darüber. Unsre Wegweiser, die verstanden was wir wollten, hatten schon ein satteltragendes Maultier herangeschoben und griffen ihn an, ihn in den Sattel zu heben. Er aber trat hinter sich mit aufgehobenem Knüppel: Das wäre ihm verflucht, den Weg zurück noch einmal zu machen, den er schon seit so vielen Tagen nach vorwärts gemacht habe – das solle sich nie-

mand unterstehen, ihn zwingen zu wollen. Nun konnte man, wie er so drohend dastand und den Stock gegen uns hob, aber mit merklich schütterndem Arm, sehen, was er für ein großer, starker Mensch war und welche Unbändigkeit in ihm steckte und wie er der Gewalttätige eines ganzen Dorfes sein konnte und der Gefürchtete, und wie dies alles herabgewüstet war zu einem tierhaft umängstigten Wesen, das sich noch diesen Tag und den nächsten hinschleppen mochte und vor Nacht hinfallen und eines elenden und einsamen Todes sterben würde. Ließen wir jetzt von ihm ab, dann kam er nicht lebendig aus diesem Gebirge. Wir hießen die Wegweiser zurücktreten und gingen, wir beide allein, zu ihm hin. Wir sagten ihm, wir wollten ihn nicht im Stich lassen, er solle selber sagen, was er von uns wolle: was immer es wäre, wir würden es tun. »Dorthin will ich.« sagte er und zeigte die Richtung; es war die, aus welcher wir kamen. So solle er sich auf das Maultier setzen und festbinden lassen im Sattel; wir wollten ihm zwei von den Wegweisern mit ihren Tieren mitgeben, die brächten ihn noch heute bis nach einem Dorf am Abhang des Parnaß, von wo er die Meeresbucht sehen konnte, an deren andrem Ende Patras lag; und sie würden für ihn die Herberge ausfindig machen und das gewöhnliche Fußkleid der Landesbewohner für ihn kaufen. Dort solle er sich pflegen und die Wunden an seinen Füßen heilen lassen und sich stille halten sechs oder auch zehn Tage lang. Dann würden wir wieder hinkommen und ihn mit uns nehmen bis Patras.
Er faßte das vordere und hintere Ende, wo der Sattel erhöht ist, und zog sich mit Anstrengung hinauf und die Wegweiser halfen ihm, den sie den »fremden Herrn Bettler« nannten und banden ihn mit Anstand und Ehrerbietung quersitzend, wie bei uns die Frauen, am Sattel fest. Dann ging das Maultier den Weg an, und der gebundene Mensch schwankte dahin, bergauf, wir aber waren gleichfalls aufgesessen und ließen uns bergab gegen Chäronea tragen und ritten schweigend.
Befremdlich war das eifrige Fußheben der Maultiere nach vorwärts und in einer befremdlichen Luft vollzog sichs, daß wir an jene Wasserader kamen, die rein und schnell zwischen dem Gestein dahinfloß, daß man die Maultiere abschirrte,

daß die Männer an der Erde lagen und neben den Maultieren tranken, und daß wir, oberhalb zwischen niedrigen Sträuchern, uns hinließen, zu trinken wie sie. Hier war vor wenigen Stunden auch er gelegen, der Schiffbrüchige, das wandelnde nackte Menschenleben, und ringsum lauerte die ganze Welt wie ein einziger Feind. Mir war, da ich nun hier trank, als flösse das Wasser von seinem Herzen zu meinem. Sein Gesicht blickte mich an, wie früher jene Gesichter mich angeblickt hatten; ich verlor mich fast an sein Gesicht, und wie um mich zu retten vor seiner Umklammerung, sagte ich mir: »Wer ist dieser? Ein fremder Mensch!« Da waren neben diesem Gesicht die andern, die mich ansahen und ihre Macht an mir übten, und viele mehr. Nichts in mir wußte in diesem Augenblick zu sagen, ob es Fremde unter den Fremden waren, deren Gesichter auf mich gewandt waren oder ob ich irgendwann irgendwo zu jedem von ihnen gesagt hatte: »Mein Freund!« und vernommen hatte: »Mein Freund!« Ohne Übergang wurde etwas in mir gegenwärtig, etwas Fernes, lieblich-angstvoll Versunkenes: ein Knabe, an dem Gesichter von Soldaten vorüberziehen, Kompagnie auf Kompagnie, unzählig viele, ermüdete, verstaubte Gesichter, immerzu vieren, jeder doch ein Einzelner und keiner dessen Gesicht der Knabe nicht in sich hineingerissen hätte, immer stumm von einem zum andern tastend, jeden berührend, innerlich zählend: »Dieser! Dieser! Dieser!«, indes die Tränen ihm in den Hals stiegen.

Ein Etwas blieb irgendwo über diesem kreisend, nichts als ein Staunen, ein Nirgendhingehören, ein durchdringendes Alleinsein, ein durchdringendes fragendes »Wer bin ich?« Da, im Augenblick des bangsten Staunens, kam ich mir wieder, der Knabe sank in mich hinein, das Wasser floß unter meinem Gesicht hinweg und bespülte die eine Wange, die aufgestützten Arme hielten den Leib, ich hob mich, und es war nichts weiter als das Aufstehen eines, der an fließendem Wasser mit angelegten Lippen einen langen Zug getan hatte.

Aber diese Stunde, und die nächste dann, bis Chäronea, und die folgenden, da wir in die Eisenbahn stiegen und durch Böotien und Attika getragen wurden, bis der Zug in der Bahn-

hofshalle von Athen einlief, sah ich eine Landschaft, die keinen Namen hat. Die Berge riefen einander an; das Geklüftete war lebendiger als ein Gesicht; jedes Fältchen an der fernen Flanke eines Hügels lebte: dies alles war mir nahe wie die Wurzel meiner Hand. Es war, was ich nie mehr sehen werde. Es war das Gastgeschenk aller der einsamen Wanderer, die uns begegnet waren.
Einmal offenbart sich jedes Lebende, einmal jede Landschaft, und völlig: aber nur einem erschütterten Herzen.

III
DIE STATUEN

Jener Wanderer war weit weg von mir, als ich am nächsten Abend zur Akropolis hinaufstieg. Auch von den Gestalten des eigenen Lebens hätte keine hier herantreten können. Es war als wäre ein Etwas zwischen mir und ihnen wieder dicht geworden, und die Erinnerung an die Magie, die uns umsponnen hatte, schien befremdlich. Sonderbar war es gewesen, im phokäischen Gebirge dem fieberkranken Manne aus Lauffen an der Salzach zu begegnen. Sonderbar unwirklich dies, wie er so mit Schweigen auf seinen Tod zuging und daß er um alles den Weg, den er gegangen war, nicht noch einmal machen wollte. Wenn man diesem Schweigen nachdachte und dem Blick, mit dem er uns hatte von sich wegscheuchen wollen, – fast war es, als ob wir ihn belästigten, da wir zwischen ihn und seinen Tod traten.
Aber mich verlangte nicht, noch weiter daran zu denken. »Gewesen«, sagte ich unwillkürlich und hob den Fuß über die Trümmer, die zu Hunderten hier umherlagen. Ich bemerkte jetzt erst, daß die Sonne hinter dem Parthenon untergegangen war und daß ich der einzige Mensch war, der sich hier oben aufhielt. Das Hervorströmen der Schatten hatte etwas Feierliches, es schien das Letzte vom Leben, das noch in ihnen war, in einem abendlichen Trankopfer sich hinzugießen auf diesen Hügel, auf dem selbst die Steine vom Alter verwesten. Ohne mein Zutun wählte mein Blick eine dieser

Säulen aus. Sie schien sich irgendwie aus der Gemeinschaft der übrigen weggerückt zu haben. Es war eine unsägliche Strenge und Zartheit in ihrem Dastehen, zugleich mit meinem Atemzug schien auch ihr Kontur sich zu heben und zu senken. Aber auch um sie spielte in dem Abendlicht, das klarer war als aufgelöstes Gold, der verzehrende Hauch der Vergänglichkeit, und ihr Dastehen war nichts mehr als ein unaufhaltsam lautloser Dahinsturz.

Wunderbar dennoch in sich gesammelt stand sie da. Ich wollte hinübergehen zu ihr; es trieb mich, um sie herumzugehen. Ihr Schatten strömte zu ihren Füßen auf den Boden hin; die abgewandte Seite, dorthin, gegen den Untergang der Sonne, diese schien mir das eigentliche Leben zu enthalten. Aber ehe ich den ersten Schritt tat, hielt ich schon inne. Ein Hauch der Verzagtheit hauchte mich an, ein Gefühl der Enttäuschung versehrte mich im voraus. Dieser Vormittag kam zurück, das endlose Umhergehen, von einem Ding zum anderen. Die Ermüdung des Wegs, Schritt um Schritt, zu Steinen hin und Trümmern von Steinen; da waren die Ausgrabungen auf der Agora, da war die Pnyx, da war der Rednerhügel, da die Tribüne; da die Spuren ihrer Häuser, ihre Weinpressen, da waren ihre Grabmäler an der eleusinischen Straße. Dies war Athen. Athen? So war dies Griechenland, dies die Antike. Ein Gefühl der Enttäuschung fiel mich an. Ich setzte mich auf eines der Trümmer, die da an der Erde lagen und auf die ewige Nacht zu warten schienen; Stufe zu einem Heiligtum, unkenntliches Bruchstück von einem Altar, oder göttliche Gestalt, abgeschliffen zu einem rundlichen Stück Stein, ich setzte mich auf eines dieser Trümmer und kehrte der Säule den Rücken.

Diese Griechen, fragte ich in mir, wo sind sie? Ich versuchte mich zu erinnern, aber ich erinnerte mich nur an Erinnerungen, wie wenn Spiegel einander widerspiegeln, endlos. Namen schwebten herbei, Gestalten; sie gingen ineinander über ohne Schönheit; als löste ich sie auf in einem grünlichen Rauch, darin sie sich verzehrten. Was war das, was ich an ihnen trieb? Ich prüfte mich selber. Es war nichts anderes als der Fluch der Vergänglichkeitt, mit dem ich sie behauchte; das kleine Wort »Gewesen« war stärker als diese ganze Welt.

Ich warf die Zeit auf sie und ich sah, wie ihre Gesichter grünlich wurden, vergingen.
Daß sie längst dahin waren, darum haßte ich sie, und daß sie so rasch dahingegangen waren. Ihre paar Jahrhunderte, die elende Spanne Zeit, jenseits des ungeheuren Abgrundes; ihre Geschichte, dieser Wust von Fabel, Unwahrheit, Gewäsch, Verräterei, Furcht, Neid, Worten; das ewige Prahlen darin, die ewige Angst darin, das rasche Vergehen. Schon war ja alles nicht, indem es zu sein glaubte! Und darüber schwebend die ewige Fata Morgana ihrer Poesie; und ihre Götter selber, welche unsicheren, vorüberhastenden Phantome: da standen Chronos und die Titanen, gräßlich und groß, schon waren sie dahin, von den eigenen Kindern gestürzt und vergessen; dann treten jene anderen heran, die Olympischen, wer glaubte sie? Schon waren auch sie vorüber, gelöst in einem farbigen Nebel, verklungen zum Echo ihrer selbst; Götter, ewige? Schon waren sie dahin, milesische Märchen, eine Dekoration an die Wand gemalt im Hause einer Buhlerin.
Wo ist diese Welt, und was weiß ich von ihr! rief ich aus. Wo fasse ich sie? Wo glaube ich sie? Wo gebe ich mich ganz an sie? Hier! oder nirgends. Hier ist die Luft und hier ist der Ort. Dringt nichts in mich hinein? Da ich hier liege, wirds hier auf ewig mir versagt? Nichts mir zuteil als dieses Gräuliche, diese ängstliche Schattenahnung?
Tiefer mußte die Sonne gesunken sein, länger zogen die Schatten sich hin, da traf mich – kam es von außen oder von innen? – ein Blick; tief und zweideutig, wie von einem Vorübergehenden. Er ging und war mir schon halb abgewandt, halb abgewandt verachtungsvoll auch dieser Stadt, seiner Vaterstadt. Sein Blick enthüllte mir mich selbst und ihn: es war Platon. Um die Lippen des Mythenerfinders, des Verächters der Götter spielten der Hochmut und geisterhafte Träume. In einem prunkvollen, unbefleckten Gewand, das lässig den Boden streifte, ging er hin, der Unbürger, der Königliche; er schwebte vorüber, wie Geister, die mit geschlossenen Füßen gehen. Verachtend streifte er die Zeit und den Ort, er schien von Osten herzukommen und nach dem Westen zu entschwinden.

Als das Phantom hinweg war, lag alles nüchtern, traurig. Doppelt entweiht schien der Hügel mit seinen Trümmern und meine Schuld lag am Tage. Es ist deine eigene Schwäche, rief ich mich an, du bist nicht fähig, dies zu beleben. Dies alles ist Anruf der Ewigkeit – wer ihn zu hören vermöchte! Wie kannst du ihn hören? Du selber zitterst vor Vergänglichkeit, alles um dich tauchst du ins fürchterliche Bad der Zeit. Wenn du um die Säule herumgehen wolltest, wolltest du nur dem eben entschwundenen Augenblick nach! – Unwillkürlich stand ich auf. Meine Gegenwart lastete auf diesem Ort. Durch mich starb das Gestorbene nochmals dahin. Ich will lesen, sagte ich zu mir und suchte mir eine Stelle im Schatten. Ich zog das Buch hervor, den »Philoktet« des Sophokles, und las. Ich wollte mir selbst entfliehen und folgte mir nach; wie ich las, von Zeile zu Zeile, so war es Zeichen um Zeichen, wie hier um mich diese Trümmer. Nicht, daß ich benommen gewesen wäre und nicht verstanden hätte, was ich las: klar und deutlich stand Vers um Vers vor mir, melodisch und furchtbar stiegen die Klagen des einsamen Mannes in die Luft. Ich fühlte das ganze Gewicht dieses Jammers und zugleich die unvergleichliche Zartheit und Reinheit der sophokleischen Zeile. Aber es schob sich zwischen mich und alles wieder jener grünliche Schleier, es ergriff mich jener verzehrende Verdacht, jene Auflehnung meines ganzen Innern. Diese Götter, ihre Sprüche, diese Menschen, ihr Handeln, alles schien mir fremd über die Maßen, trüglich, vergeblich. Diese Figuren, sie schienen, während sie vor mir redeten, ihr Gesicht zu wechseln. Sie handeln, betrügen – betrügen sie sich selber? Dieser Sohn des Achilleus, glaubt er, was er spricht? Bald schien es, als hätte Odysseus sein argloses Gemüt mit Ränken umsponnen, bald wieder scheint er sein williger, wissender Helfershelfer. Was bedeutet es, wenn er sich plötzlich gegen jenen auflehnt, und dem Philoktet die Heimkehr verspricht? Er hat kein Schiff, ihn heimzubringen. Was geht in ihm vor? Sie wollen dem kranken Mann seinen Bogen wegnehmen; aber sie wissen ja, sie müssen doch wissen, daß ohne Philoktet selber die Stadt nicht fallen kann. Wissen sie, daß es vergeblich ist, was sie tun, vergeblich diese listigen Reden, und gestehen sie es sich selber nicht ein? Dies alles war fremd über die Maßen und unbetretbar. Ich konnte nicht weiterlesen. Ich legte das Buch aus der Hand. Eine Luft erhob sich, strich über den Hügel hin und wandte die Blätter des Buches um, das neben mir auf der Erde lag. Es roch plötzlich zugleich nach Erdbeeren und Akazien, nach reifendem Korn, nach dem Staub der Straßen und nach dem offenen Meer. Ich fühlte die Bezauberung dieses Duftes, in dem die ganze Landschaft sich zusammenfaßte; dieser Landschaft, um die die Spur von Jahrtausenden hauchte, dieser Luft, worin das Gold der Ewigkeit aufgelöst schien. Aber ich wollte mich diesen nicht hingeben. Ich bückte mich, steckte mein Buch zu mir und wandte mich zum Gehen.

Unmögliche Antike, sagte ich mir, unmögliches Beginnen, vergebliches Suchen. – Die Härte dieses Wortes schien mich zu ergötzen. – Nichts ist von all diesem vorhanden. Hier, wo ich es mit Händen zu greifen dachte, hier ist es dahin, hier erst recht. Eine dämonische Ironie webt um diese Trümmer, die noch im Verwesen ihr Geheimnis festhalten. Sie gleichen allzusehr diesen Düften. Beide reizen zu vergeblichen Träumen, und was zurückbleibt ist der Geschmack der Lüge auf der Zunge.

Ich hob den Fuß, um die gespenstische Stätte des Nichtvorhandenen zu räumen und mich nach dem kleinen Museum zu begeben, das aus unscheinbarem Mauerwerk an den Abhang hingebaut ist. Dort sind, dachte ich, in Schränken Kostbarkeiten ausgelegt, die aus dem Schutt der Gräber kommen: kleine Spiegel aus Metall, Armbänder oder Gehänge aus gehämmertem Gold, Krüge und Urnen. Sie haben der Gewalt der Zeit widerstanden, für den Augenblick wenigstens, sie sprechen nur sich aus und sind von vollkommener Schönheit. Ein Becher gleicht der Rundung der Brüste oder der Schulter einer Göttin. Eine goldene Schlange, die einen Arm umwand, ruft diesen Arm herauf. Der Mäander, mit dem sie verziert sind, bringt das Motiv der Unendlichkeit vor die Seele, aber so unterjocht, daß es unser Inneres nicht gefährdet. In der Ergötzung des Auges geben sich die Sinne zufrieden und ihr Streben nach Unendlichkeit schläft ein. Ich will dorthin. Es ist vergeblich, ringen zu wollen um das Unerreichliche.

Ich ging schnell querüber und trat in den Vorraum des kleinen Museums. Der Kustode war auf der Schwelle gestanden und hatte mein Kommen beobachtet. Als ich nahe war, trat er scheinbar achtlos zur Seite und dann, sobald ich eintrat, mit gespielter Überraschung, aus dem Dunkel auf mich zu. »Sie kommen leise«, sagte er, »und Sie kommen spät, mein Herr, aber Sie kommen nicht zu spät.« Es war ein kleiner Mann von unbestimmbarem Alter und der unangenehmen Gesichtsfarbe der Blonden, die zu einer dunklen Rasse gehören. »Sie kommen darum nicht zu spät, da Sie mich noch bereit finden, meinem Reglement zutrotz Sie einzulassen, obwohl die sinkende Sonne bereits den Rand des Hügels erreicht hat.« In einer maßlos eitlen Art waren seine Lippen und die häßlich blonden Haare seines langen Schnurrbartes an jedem Wort beteiligt, das er hervorbrachte, sein Ohr bewunderte seine Zunge im Gebrauche der fremden Sprache und seine unangenehm glänzenden Augen waren in einer ungemessenen Weise fasziniert von sich. »Ich werde Sie einlassen«, fuhr er fort, »weil ich es für gut finde, obwohl ein lächerliches Reglement mir hierüber Vorschriften zu machen sich herausnimmt. Aber Ihre Zeit ist gemessen, wählen Sie aus, was Sie zu sehen wünschen.«
Indem er sprach, wurde mir sein Gesicht abscheulich, obwohl es nicht eigentlich häßlich war. Aber der dreifache, mit unmäßiger Sorgfalt gepflegte Bart: ein starker Schnurrbart, ein gestutzter Vollbart ums ganze Gesicht herum, und aus diesem sich hervorhebend ein Knebelbart, gaben der ganzen kleinen Physiognomie etwas Aufreizendes, und ich wollte ohne weiteres an ihm vorüber und eintreten. »Bewundern Sie zuerst«, sagte er, und bewunderte sich selber sichtlich im Reden, »die Weisheit, mit der mein Museum so angelegt ist, daß es nirgends den Umriß des erhabenen Hügels stört.« Er ließ mir die Zeit, diesem Phänomen gerecht zu werden; dann trat er zurück und gab mir den Weg frei: »Nun öffne ich Ihnen und stelle die Schätze, welche die griechische Nation meiner Obhut anvertraut hat, zu Ihrer Verfügung. Ich werde Sie nicht inkommodieren, berühren Sie, wenn Ihr Auge nicht genügt, mit den Händen des Kenners den ehrwürdigen Stein. Denn Sie

sind, das sehe ich auf den ersten Blick, nicht Deutscher und Archäologe, sondern Franzose und Künstler.« Ich entzog mich seinem Geschwätz und trat in den ersten Raum. An der Wand, wo es nicht mehr recht hell war, war auf einem hölzernen Gestell etwas aufgestellt, das mir fremd und häßlich schien, und ich wollte schnell daran vorbei. Da stand der Mensch schon dicht mir im Rücken. »Ganz recht, mein Herr«, sagte er, »widmen Sie den besten Teil Ihrer Zeit diesem Kunstwerk: die Welt hat vielleicht kein erhabeneres, zweifellos kein merkwürdigeres: Sie stehen vor dem dreileibigen Dämon, dem vornehmsten Schmuck des alten ursprünglichen Athenatempels.« Die drei männlichen Leiber, die in einen plumpen geringelten Drachenschwanz ausliefen, schienen mir abscheulich; die drei bärtigen Köpfe hatten eine Art von gutmütigem Ausdruck; dumpf und tierhaft glotzten sie auf mich herüber. »Hier sehen Sie«, rief der Kleine und drehte seinen Knebelbart zu einer Locke, »hier sehen Sie wahrhaft große, archaische Kunst. Welche Männlichkeit! Welcher Ernst, wogegen alles Spätere als Weichlichkeit und Dekadenz erscheint! Hier haben Sie den Zusammenbruch der Fabel von den bartlosen Griechen.« Er fixierte mich fast drohend und ich konnte erkennen, welche Bedeutung seine eigene Erscheinung mit den drei Bärten für ihn in diesem Lichte besaß. »Und nun denken Sie dies herrliche Gebilde, im Schmuck seiner Farben: die Gesichter und die Lippen braunrot – Sie sehen hier die Spuren –, die Augäpfel gelbweiß, die Augensterne grün, die Pupillen grauschwarz. Alle Bärte und Schnurrbärte haben Sie blau zu denken, wohlgemerkt! bei allen dreien, und ebenso das Haupthaar der beiden äußersten Köpfe, dagegen das des mittleren – welcher Geist, welche Bedeutung, über die ich viel nachdenke, und über die ich eine Publikation vorbereite – greisenhaft gelblichweiß!« Er zwang mich, nahe heranzutreten und wollte mich anrühren, um mir ganz genau die Spuren der Farbe auf den plumpen Gesichtern zu zeigen, da wandte ich mich sehr jäh und kehrte ihm entschieden den Rücken. Im nächsten Saal, den ich schnell betreten hatte, und wo es stärker dämmerte, denn er hatte nur ein einziges schmales Fenster, blieb ich stehen und ich glaubte seinen Schritt im

Rücken zu hören. Ich horchte, aber er war nicht hinter mir. Ich überschritt noch eine Schwelle und betrat den dritten Raum.
Standbilder waren da, weibliche, in langen Gewändern. Sie standen um mich im Halbkreis, unwillkürlich zog ich den Vorhang vor die Tür und war allein mit ihnen. In ihrer vollkommenen Ruhe, bis zum Rande gefüllt mit Leben, schienen sie an sich herabzublicken, vor sich hinzublicken, aber sie sahen mich nicht. Trotzdem – das war vielleicht das Letzte, wovon ich in der Sekunde des Eintretens mir Rechenschaft gab, ehe etwas anderes an mir geschah –, sie waren nicht blicklos: dies mochte an dem wunderbaren Leben liegen, mit dem das obere Lid beladen war, und das gegen die Nasenwurzel hinströmte und sich unter den Augen mit erhabenem Ernst verlor.
In diesem Augenblick geschah mir etwas: ein namenloses Erschrecken: es kam nicht von außen, sondern irgendwoher aus unmeßbaren Fernen eines inneren Abgrundes: es war wie ein Blitz, den Raum, wie er war, viereckig, mit den getünchten Wänden und den Statuen, die dastanden, erfüllte im Augenblick viel stärkeres Licht, als wirklich da war: die Augen der Statuen waren plötzlich auf mich gerichtet und in ihren Gesichtern vollzog sich ein völlig unsägliches Lächeln. Der eigentliche Inhalt dieses Augenblickes aber war in mir dies: ich verstand dieses Lächeln, weil ich wußte: ich sehe dies nicht zum erstenmal, auf irgendwelche Weise, in irgendwelcher Welt bin ich vor diesen gestanden, habe ich mit diesen irgendwelche Gemeinschaft gepflogen, und seitdem habe alles in mir auf einen solchen Schrecken gewartet, und so furchtbar mußte ich mich in mir berühren, um wieder zu werden, der ich war. – Ich sage »seitdem« und »damals«, aber nichts von den Bedingtheiten der Zeit konnte anklingen in der Hingenommenheit, an die ich mich verloren hatte; sie war dauerlos und das, wovon sie erfüllt war, trug sich außerhalb der Zeit zu. Es war ein Verwobensein mit diesen, ein gemeinsames Irgendwohinströmen, eine unhörbare rhythmische Bewegung, stärker und anders als Musik, auf ein Ziel zu; ein inneres Hingespanntsein, ein Sich-in-Marsch-Setzen;

es glich einer Reise; unzählige tretende Füße, unzählige Reiter: der Morgen eines feierlichen Tages; jungfräuliche Luft, der frühe Morgen vor der Sonne – daher kam dieses fahle starke Licht, das den Raum und mein Herz durchzuckt hatte –, ein Tag der Hoffnung und der Entscheidung. Irgendwo geschah eine Feierlichkeit, eine Schlacht, eine glorreiche Opferung: das bedeutete dieser Tumult in der Luft, das Weiter- und Engerwerden des Raumes – das in mir dieser unsagbare Aufschwung, diese überschwellende Geselligkeit, wechselnd mit diesem schlaffen todbehauchten Verzagen: denn ich bin der Priester, der diese Zeremonie vollziehen wird – ich auch das Opfer, das dargebracht wird: das alles drängt zur Entscheidung, es endet mit dem Überschreiten einer Schwelle, mit einem Gelandetsein, einem Hier – mit diesem Dastehen hier, ich inmitten dieser: noch ist das Ganze Gegenwart, in ihren rieselnden Gewändern, in ihrem wissenden Lächeln: da verlischt schon dies in ihre versteinernden Gesichter hinein, es verlischt und ist fort; nichts bleibt zurück als eine todbehauchte Verzagtheit. Statuen sind um mich, fünf, jetzt erst wird mir ihre Zahl bewußt, fremd stehen sie vor mir, schwer und steinern, mit schiefgestellten Augen. Groß sind ihre Gestalten; aufgebaut – tierhaft oder göttlich – aus überstarken Formen; ihre Gesichter sind fremd; geschürzte Lippen, erhabene Augenbogen, mächtige Wangen, ein Kinn, um das das Leben fließt; sind es noch menschliche Mienen? Nichts an ihnen spielt auf die Welt an, in der ich atme und mich bewege. Ist nicht in diesen zweideutig lächelnden Larven ein lauerndes Herüberblicken von drüben? und zugleich eine ganz momentane und gegenwärtige Drohung, wie von einer Atmosphäre, die sich zusammenballt? Stehe ich nicht vor dem Fremdesten vom Fremden? Blickt hier nicht aus fünf jungfräulichen Mienen das ewige Grausen des Chaos?
Aber, mein Gott, wie wirklich sind sie. Sie haben eine atemberaubende sinnliche Gegenwart. Aufgebaut wie ein Tempel hebt sich ihr Leib auf den herrlichen starken Füßen. Ihre Feierlichkeit hat nichts von Masken: das Gesicht empfängt seinen Sinn durch den Körper. Es sind mannbare Frauen, Bräute, Priesterinnen. In ihren Mienen ist nichts als die Stren-

ge der Erwartung, die erlesene Kraft und Hoheit ihrer Rasse, ein Wissen um den eigenen Rang. Was sie starr erscheinen macht, ist die Beklommenheit eines erhabenen Festes, sie nehmen an Dingen teil, die über jede gemeine Ahnung sind. Wie schön sind sie! Ihre Körper sind mir überzeugender als mein eigener. Es ist in dieser geformten Materie eine tiefsinnigere Belehrung, als ich je von meinen Gliedern empfangen habe. Es ist eine Intention in ihr, so stark, daß sie auch mich spannt. Ich habe nie zuvor etwas gesehen wie diese Maße und diese Oberfläche. Schien nicht für ein Wimperzucken das Universum mir offen?

Aber auch jetzt wiederum – indes ich mir doch so ernüchtert dünke, so schnell ernüchtert und wieder bei mir selber – diese Materie da vor mir, sie ist nicht ernüchtert, so fest sie scheint, es ist etwas Liquides an ihr, etwas Sehnsüchtiges, sie kommt irgendwoher und sie verrät, daß sie irgendwohin will. Sie ist auf einer Reise, sie landet in diesem Augenblick, will sie mich mitnehmen? Woher sonst diese Ahnung einer Abreise auch in mir, dieses rhythmische Weiterwerden der Atmosphäre, dieses mit festem Fuß Wandeln an einem fremden breiten Fluß, Hinaufgleiten an einem niegesehenen gekrümmten Berg – woher diese ganze ahnungsvolle Unruhe, dieser lautlose Tumult – der mich bedroht oder dem ich gebiete? – Es ist, antworte ich mir unfehlbar wie ein Träumender, es ist das Geheimnis der Unendlichkeit in diesen Gewändern. Nicht nur dies Gekräuselte, von den Schultern bis unters Knie Hinunterrieselnde, nein, die ganze Oberfläche ist Gewand und webender Schleier, offenbares Geheimnis. Ist denn nicht in der gleichen Weise auch der Vorhang dort, der leise weht, ein webender Teil von mir? Empfing ich nicht unsichtbare Glieder, die ich traumhaft unwissend bewege? Empfing ich sie nicht, um mit nichtirdischen Händen aufzuheben den Schleier, einzutreten in den ewigen lebenden Tempel? – Wenn in mir ein Sinn erwachte, der über alle Sinne ist; wenn der das Auge bewältigen könnte, von innen heraus! – antwortete es in mir flüssig und bestimmt, wie das Anspringen eines quellenden Wassers, und ein neuer Gedanke drängte sich herzu: Wer diesen wahrhaftig gewachsen wäre, müßte sich

anders ihnen nahen als durchs Auge, ehrfürchtiger zugleich und kühner. Und doch müßte ihm sein Auge dies gebieten, schauend, schauend, dann aber sinkend, brechend wie beim Überwältigten. – Und dieser Gedanke hob mich wie ein großes Wasser, das, ins Haus hineindringend, einen unter den Achselhöhlen ergreift. Er hob mich diesen entgegen, diese zugleich mir entgegen.
Mein Auge sank nicht, doch sank eine Gestalt über die Knie der einen Priesterin hin, jemand ruhte mit der Stirn auf dem Fuß einer Statue. Ich wußte nicht, ob ich dies dachte, oder ob dies geschah. Es gibt einen Schlaf im Wachen, einen Schlaf von wenig Atemzügen, der größere Kraft der Verwandlung in sich hat und dem Tode verwandter ist als der lange tiefe Schlaf der Nächte.
Wiederum besann ich mich auf mich selber. Ohne jeden Zweifel, sagte ich mir, bin ich hier in der Gewalt der Gegenwart, stärker und in anderer Weise, als es sonst gegeben ist. Dies, was hier vor mir ist, mein Auge füllt, richtet mich irgendwohin, ins Unendliche. Mag sein, es sind diese Statuen, wovon meine Seele ihre Richtung empfängt, mag sein, es ist etwas anderes, als dessen Boten sie mich umstehen. Denn es ist sonderbar, daß ich sie wieder nicht eigentlich als Gegenwärtige umfasse, sondern daß ich sie mir mit beständigem Staunen irgendwoher rufe, mit einem bänglich süßen Gefühl, wie Erinnerung. In der Tat, ich erinnere mich ihrer, und in dem Maß, als ich mich dieser Erinnerung gebe, in dem Maß vermag ich meiner selbst zu vergessen. Dieses Selbstvergessen ist ein seltsames deutliches Geschehen: es ist ein grandioses Abwerfen, Teil um Teil, Hülle um Hülle, ins Dunkle. Es wäre wollüstig, wenn Wollust in so hohe Regionen reichte. Ungemessen mich abwerfend, auflösend, werde ich immer stärker: unzerstörbar bin ich im Kern. Unzerstörbar, so sind diese, mir gegenüber. Es wäre undenkbar, sich an ihre Oberfläche anschmiegen zu wollen. Diese Oberfläche ist ja gar nicht da – sie entsteht durch ein beständiges Kommen zu ihr, aus unerschöpflichen Tiefen. Sie sind da, und sind unerreichlich. So bin auch ich. Dadurch kommunizieren wir.

Eines ahne ich indessen blitzschnell: worin meine gegenwärtige Herrlichkeit begründet ist. Ich verachte die Zahl und alle Unterschiede. Dies ist unter dem, was ich abgeworfen habe. Ich fühle, daß die mehr als menschliche Größe dieser Wesen sich an mir auflöst, zu nichts wird. Dann, daß ihre Vielheit mir nichts anderes ist, als die Einheit. Dann dies zugleich – und ich fühle, daß es mit den anderen Phänomenen aus einer Ordnung ist: jene Fahrten, die vor wenig Augenblicken mir angeboten waren, ich bedarf ihrer nicht mehr; verharrend bin ich auch am Ufer jenes seltsam breiten, nie gesehenen Flusses, stehe auf dem Gipfel jenes Berges mit gekrümmtem Hang. Nur diese brauche ich, die Trägerinnen der Ewigkeit, mit denen ich mich selbst zur Gottheit mache. Von ihrem Dastehen, von ihren rieselnden Gewändern, von ihren Mienen, blicklos wissend blickenden, trieft dies eine Wort: »Ewig!« Indem ich die Hieroglyphe ihres Gesichtes – denn ihre Gesichter sind längst eines für mich, und vom Scheitel bis zur Sohle sind sie wahrhaft Figur und ich kenne kein Vor- und kein Nacheinander bei ihrer Betrachtung –, indem ich die verbundenen Zeichen darin in einem letzten Schwung völlig erkenne, weiß ich als Letztes: unbedürftig bin ich auch ihrer. Ich brauche sie nur, wie sie mich brauchen. Sie stünden nicht vor mir, wenn ich ihnen nicht von Ewigkeit zu Ewigkeit hülfe, sich aufbauen.

Und indem ich mich immer stärker werden fühle und unter diesem einen Wort: Ewig, ewig! immer mehr meiner selbst verliere, schwingend wie die Säule erhitzter Luft über einer Brandstätte, frage ich mich, ausgehend wie die Lampe im völligen Licht des Tages: Wenn das Unerreichliche sich speist aus meinem Innern und das Ewige aus mir seine Ewigkeit sich aufbaut, was ist dann noch zwischen der Gottheit und mir?

Reise im nördlichen Afrika

FEZ

Das Haus, das ich bewohne, liegt am Rande der Stadt, keine hundert Schritt von der hohen alten Stadtmauer, die, mit Zinnen durchaus und je einem Turm alle tausend Schritt, die ganze über zwei Hügel hingestreckte Häusermenge umschließt und die Stadt erst zur Stadt macht, zur gewaltigen, seit tausend Jahren gesicherten, gegen das leere hügelige Land hin, das für die Reisenden und Schweifenden da ist; offen und öde, mit einem weißen rundkuppeligen Heiligengrab da und dort, oder einem einzelnen Baum, oder ein paar erdfarbigen Nomadenzelten, und in der Ferne die weißschimmernde Gipfelkette des hohen Atlas, aber in solcher Ferne am Horizont, daß dieser Streif von Grau und Silber mit seiner Last von leicht aufruhenden weißen Haufenwolken dem Himmel nichts von seiner Reinheit und Leere nimmt, nichts von seiner Höhe, aus der die klare kühle Nordostluft unablässig herabweht, durchschnitten vom ruhigen Flug der vielen Störche oder vom Flattern eines weißen Taubenschwarmes, über dem, ihn niederdrückend, die rostfarbigen Falken kreisen. Aber sowie ich die oberste Terrasse meines Hauses verlasse und die steile, enge Treppe hinabsteige, deren Stufen farbige Kacheln sind, mit einem marmornen Rand eingefaßt; sowie ich unten im Hof meines Hauses stehe, oder, um es besser zu sagen, im Garten, zwischen den Orangenbäumen, den Rosenbüschen und den steinernen Becken, in denen das Wasser immer von innen aufquillt und, über den Rand des Beckens hinabtriefend, unten wie in einem winzigen Bachbette aus blauen Fliesen murmelnd wegläuft: so sehe ich von der unendlichen Durchsichtigkeit und Weite dieses vor Klarheit fast strengen Himmels nur mehr ein kleines Stück; denn auch mein Haus ist mit einer solchen rotgelben Mauer umgeben, die zwei Stock hoch aufragt und gezinnt ist wie die Stadtmauer, und dieses Heim, das sich ein Vornehmer und Reicher vor hundert oder hundertfünfzig Jahren gebaut hat: dieser reizende kleine aufgestufte Garten mit seinen bunten kleinen Treppen und den springenden und fallenden Wassern, das Haupthaus oben, mit dem einen riesengroßen, prachtvoll vergitterten Fenster, und die fünf Pavillons mit ihren schneeweißen, flachen, dunkelgrün eingerahmten Dächern, von deren einem man zum andern herabklettern kann, denn die Stufung der Dächer wiederholt die des Gartens, diese ganze Welt des mächtigen, genießenden Einzelnen ist in eine Festung eingeschlossen. Trete ich in den untersten Pavillon, der schmal an der Mauer klebt und nur mein Zimmer und einen kleinen Vorraum enthält, so höre ich durch die Wand, an der mein Bett steht, den gedämpften Lärm der Stadt, der ich an dieser Stelle so fühlbar nahe bin, als ich im oberen Teil des Gartens mir fern von ihr und über sie hinausgehoben schien. Und an meinem Bette stehend und meine Reisesachen und Bücher herauslegend, höre ich vor allem den Aufschlag schrittgehender und auch leicht trabender Pferde und Maultiere aus solcher Nähe von meinem Ohr, daß ich mir nichts anderes denken kann, als im Hause selbst werde in irgendwelchem Raum auf gestampftem Lehmboden geritten. Ich gehe die enge Treppe hinunter, die wieder, wie in all diesen arabischen Häusern, aus bunten Kacheln und sehr steil ist – so steil, daß man immer an dies »die Treppe hinunterstoßen« denkt, das in den arabischen Erzählungen so oft vorkommt; da ist ein kleiner Vorraum; auf einem Diwan sitzen ein paar junge arabische Diener; der mir beigegebene steht auf und tritt, mir anständig den Weg weisend, aus dem kleinen Raum, in dem es dämmert, über eine Stufe in einen andern Raum, der nach oben mit uralten Holzbalken gedeckt, nach beiden Seiten offen ist; und hier, in dieser Art von Vorhalle, mit schmalen Bänken an der Seite, auf deren einer ein blinder Bettler sitzt, bin ich noch in meinem Haus – es sind auch Türen rechts und links mit dicken Türflügeln aus einem Holz, das vor Alter fast aussieht wie Stein, so daß der Raum geschlossen werden könnte –, aber ich bin auch schon auf der Gasse: Balök! ruft eine Stimmte in meinem Rücken: Gib acht, das Wort, das der Reitende halblaut und nachlässig ausspricht als Warnung für den Fußgänger in seinem Weg; und da kommt ein Alter gemächlich auf seinem kleinen Esel und wirft mir, indem ich beiseite trete, einen schnellen, scharfen, geringschätzigem Blick zu; vielleicht weil ich zu Fuß gehe, wenn auch mit einem Diener – vielleicht auch ist dieser schnell sich abwendende, verachtende Blick eben der, den er allein für die Begegnung eines »Rumi« übrig hat; denn noch ist in dieser heiligen Stadt, dem Mekka des westlichen Islam, der Europäer das sehr Fremde; das, dessen eben nur mit einem solchen Blick gedacht wird. (Das französische Protektorat, mit einer großen Zurückhaltung ausgeübt, umgibt den einzelnem mit dem Gefühl völliger Sicherheit; aber es sind nicht mehr als zwölf Jahre, daß hier an einem Tage sämtliche »Nazaräer« den Tod fanden; und ein Nachzittern davon ist in vielen Blicken, die uns streifen.) Aber schon hat sich aus der Öffnung eines Hauses heraus – oder ist es eine noch engere, noch finstere Gasse als die, in der ich meinem Führer folge? – ein noch kleinerer Esel, auf dem zwei lachende kleine Kinder in blauen Leinenburnussen sitzen, hervorgeschoben, und nun überholt mich, so daß ich wieder beiseite und dicht an die Mauer treten muß, ein sehr leicht und schnell trabendes Pferd; ein berberisches Pferd, arabisch im Gepräge, sehr mager und zartgliedrig; ein junger Neger reitet es ohne Bügel auf einem zerfetzten Strohsattel und einem strohernen Zaum; unbeschreiblich frei und leicht das Handgelenk der Linken, wie es den elenden Zaum regiert; so der leichte Druck der herabhängenden nackten Beine, mit den schön geformten Zehen, der edlen Ferse.

Nun aber ist mein Führer, scharf links sich wendend, in ein Haus getreten; nein, es ist kein Hauseingang, sondern eine neue Gasse, ein neuer solcher Schacht aus den fensterlosen Mauern hoher uralter Häuser; sie treten nach oben hin zusammen, so daß das Gefühl, im geschlossenen Raum zu sein, sich noch verstärkt; zugleich steigt diese Gasse an; und von oben her, wo sie sich wieder krümmt und scheinbar wieder in ein noch finstereres Hausinnere verliert, kommt mir auf einem schönen starken Maultier, das sie selber lenkt, eine verschleierte Frau entgegen. Die Straße ist so eng, daß fast ihr Steigbügel mich streift und daß um ein Nichts die Tücher und

Schleier, in die ihre Gestalt gehüllt ist, mich berühren müßten. Nichts von ihrem Gesicht ist frei als der schmale Streif, aus dem die beiden Augen finster blitzen; von der Gestalt nichts erkennbar in der wehenden Verhüllung der weißen Schleier; wunderbar die junge, starke Gebärde, mit der sie sich im Sattel strafft, entgegen dem Abwärtstreten des Tieres. Da ist aber schon zwischen mir und ihr auf einem dieser lautlos trippelnden kleinen Esel ein stämmiger Neger, querüber sitzend, die beiden Beine auf der einen Seite fast den Boden streifend; wulstige Riesenlippen, eine knollige Nase, eine ungeheuerliche Perücke von krausem Haar, und quer über die ganze Wange eine Narbe, tief, gräßlich und überlebensgroß wie das ganze Gesicht; und da auch, von der anderen Seite her, auf einem großen ruhig blickenden, isabellenfarbigen Maultier, auf blaßgrünem Sattel ein vornehmer Alter; sehr gelassen über mich hinblickend aus seinem violetten, auch das schöne Gesicht umgebenden Gewand; an jedem Steigbügel geht ein Diener; schwarz der eine, weiß der andere. Und so bin ich denn nach so wenigen Schritten mitten drin in dieser Stadt; wie sehr ist man und wie schnell mitten drin in ihr; wie schnell umgibt sie einen so vielgehäusig und geschlossen und ausgangslos, als wäre man ins Innere eines Granatapfels geraten. Denn da bin ich aus dem kellerartigen Schacht dieser zweiten oder dritten Gasse nun auf einem Kreuzweg, einer Art von kleinem Platz, wo alte Weiber, auf Matten hockend, gesalzene Fische feilhalten; aber er ist mit einem Balkengitter überdeckt, auf dem Schilf liegt, so daß auch hier wieder jenes Gefühl bleibt, in einem Gehäuse zu sein und daß all dies zusammenhängt, und daß man, ohne zu wissen wie, von einem ins andere kommt. Und dieses Gefühl wird bleiben für alle Tage eines Aufenthaltes in Fez, und wird alles, was man sieht und erlebt, begleiten und wird sich, je mehr Tage vergehen, eher verstärken als abschwächen. Denn der Diener stößt eine ganz kleine Tür auf, in einer dieser fensterlosen Mauern, die vor Alter aussehen wie nichts Gebautes, sondern etwas von Natur Gewordenes; und man betritt den Vorraum eines Palastes; da sitzen auf einem Teppich die vier Söhne des Hausherrn und lesen in einem Koran, den der älteste, mittelst sitzend, in seiner Hand halt, lesen alle zugleich laut und bewegen ihre Köpfe beim Lesen, und zwischen ihren wiegenden Köpfen sieht man den offenen Hof mit den springenden Wassern, die zarten Säulen des offenen Umganges, die Farben, die matten Vergoldungen, den ganzen Glanz des arabischen Hauses; und man stößt, fünfzig Schritte weiter, eine andere, ganz so alte, ganz so niedrige kleine Tür auf, tritt zwei Stufen abwärts: und man ist im Gefängnis des Pascha. Auf einer Matte, seine Babuschen vor sich, im Koran lesend, sitzt der freundliche alte Wärter. Ein Berber, mit verwildertem Haar und einem scheuen Blick wie ein frisch eingefangenes Tier, hockt halb unterirdisch im Halbdunkel hinter dicken Eisenstäben. Man schiebt sich an diesem Verlies vorbei längs einer Mauer, die wie alles hier bergesalt ist, der Führer stößt wieder eine Tür auf, und man ist in einem niedrigen Raum, in dem etwas leise behaglich surrt und stampft. In einem zarten gelbgrauen Halblicht gehen fünf Webstühle; an jedem sitzt ein Mann und webt einen breiten Gürtel: die Bänder aus fliederfarbenen Seidenfäden, silbern durchzogen, oder aus flammendem Gelb mit roten Mustern wie Korallen, verbreitern sich fast zusehends unter dem lautlosen Griff dieser fleißigen Hände, dem leisen Tritt dieser nackten Füße, dem gedämpften Surren und Stampfen dieser Webstühle, die selber wieder uralt scheinen, alles an ihnen von vielhundertjährigem Gebrauch poliert und vornehm wie sehr altes Elfenbein. Aus der Bandweberei tritt man in die Gasse der Gewürzhändler; ich hätte ebensogut gesagt in die Halle oder Laube: denn dies ist abermals mit einem hölzernen Gitterwerk gedeckt, auf dem oben Wein gezogen ist, eine steinalte Rebe mit tausend Seitentrieben. Von hier aus aber trägt mich die Welle der Gehenden und Reitenden, der kleinen Esel, die mich aus dem Weg schieben, der bettelnden Kinderhände, die mich leise anrühren, in einen ganz geschlossenen, ganz mit Menschen und Waren angefüllten Raum; die kleinen Butiken, eine an der andern, keine breiter als ein Wandschrank, bis hinauf reichend an die gewölbte steinerne Decke (oder ist es wieder eine Decke aus so altem Holz, daß es aussieht wie Stein?) und auf den Waren, auf dem Gewürz, auf den Datteln und Bananen, die jeden dieser offenen Schränke füllen, hoch oben thronend der Verkäufer mit seiner Waage und dem großen Holzlöffel, um die Ware herunterzureichen; und dieser völlig geschlossene Raum, dieses große längliche Zimmer, das so voller Menschen und Ware ist, daß man nicht begreift, wie die geduldigen kleinen Esel sich durchzwängen oder wie auf dem eisengrauen Maultier noch ein solcher Vornehmer in seinem blütenweißen Burnus und mit dem sanften geringschätzigen Lächeln, in unendlicher Gelassenheit über dem Gedräng erhoben, hier hindurchfindet, dieses überfüllte Zimmer ist eine Brücke; und durch einen Spalt irgendwo seitwärts sehe ich unter uns das wilde gelbbraune Wasser des Oued, und sehe einen Teil des Ufers; finstere Häuserwände, fensterlos bis auf einen eisenvergitterten Spalt, ein Guckloch da und dort, und unten am Fuß einer dieser Hausmauern sogar Schilf, blaßgrün und sonderbar hier mitten in der Stadt, und sich biegend unter der Heftigkeit des Wassers.

So geht eins ins andere, und alles ist, als wäre es von immerher. Ja noch diese kleine Höhlung in der Mauer eines besonders finsteren, drohend aussehenden Hauses, von immerher ausgenommen für den Leib des Bettlers, der dort hockt, zwei furchtbare Armstummel vor sich hingestreckt und mit geschlossenen oder blinden Augen immer das gleiche – ein Gebet, eine Bitte, eine Lobpreisung – mit fanatischer Kraft vor sich hinspricht. Und dieses Zusammenhängen aller Dinge mit allen, diese Verkettung der Behausungen und der Arbeitsstätten und der Märkte und der Moscheen, dieses Ornament der sich ineinander verstrickenden Schriftzüge, das überall von den sich tausendfach verstrickenden Lebenslinien wiederholt wird, all dies umgibt uns mit einem Gefühl, einem Geheimnis, einem Geruch, in dem etwas Urewiges ist, eine Ererinnerung – Griechenland und Rom und das arabische Märchenbuch und die Bibel –, aber dem zugleich etwas leise Drohendes beigemengt ist, das wahre Geheimnis der Fremdheit, und dieser Geruch, dieses Geheimnis, dieses Drinnensein im Knäuel und die leise Ahnung des Verbotenen, die niemals ganz schweigt, dies ist – heute noch und vielleicht morgen noch – Fez; bis vor zwanzig Jahren die große Unbetretene; die strengste, die verbotenste aller islamischen Städte; und der Duft davon ist noch nicht völlig ausgeraucht.

DAS GESPRÄCH IN SALEH

Der Anfang war schwierig, sagte der Hauptmann de B. Ich war mit fünfundzwanzig eingebornen Reitern ganz allein dort unten im Atlas; das Gebiet, das ich »in Ruhe zu halten« hatte, umfaßte zehn Tagereisen, mit einer Bevölkerung von vielleicht zweimalhunderttausend Berbern, nomadische und niemals zur Ruhe und zur Unterwürfigkeit geneigte Stämme; man war zu Anfang des großen Krieges und unsere Situation hier im ganzen höchlich auf der Schneide des Messers. Aber es war dies der große Moment des Marschalls Lyautey – einer der großen Momente seines Soldatenlebens – Sie haben davon gehört –, und wir sind imstande gewesen, unsere Aufgaben zu lösen, sowohl im großen ganzen als im einzelnen. Ich die meinige aber nur durch die Hilfe eines Deutschen.
Ich sah ihn an.
Dieser Deutsche befand sich nicht bei mir; ich habe ihn nie gesehen. Aber als ich mich auf meinen Posten begab, wußte ich, daß ich nichts ausrichten würde, wenn ich zu urtümlichen und kriegerischen Menschen durch den Mund eines Dolmetschers spräche – in einer Lage, in der alles auf die persönliche Geltung ankam. Es handelte sich um die Sprache, welche diese Stämme dort im Süden und auch weiter, südlich des großen Atlas, sprechen; um das »Schlö«, eine Sprache, deren Kenner in Europa damals wohl an den Fingern einer Hand hergezählt werden konnten. Aber ich hatte in der Tasche eine vollständige Grammatik der Schlö-Sprache, keine fünf Jahre alt, das Werk eines Deutschen.
Einer unserer fleißigen Reisenden, der vor eurer Ankunft das Atlasgebiet durchstreift und diese philologischen Kenntnisse gesammelt hatte, sagte ich.
Keines Reisenden. Dieser Herr hat sein Leipzig nicht verlassen und seinen Fuß nicht auf die afrikanische Erde gesetzt. Aber der Zufall hat einmal fünf Schlö-Tänzer nach Leipzig

verschlagen; sie sind, scheint es, dort in einem Zirkus aufgetreten.

Und mein Deutscher? das heißt, Ihr Deutscher?

Hat sich über sie hergemacht und sie nicht verlassen, bis er diesen Menschen in Gott weiß was für Gesprächen, mit Gott weiß welchem Aufwand an Ausdauer, Geschicklichkeit und philologischem Genie die Elemente ihrer Sprache herausgelockt und diese in ein grammatisches System gebracht hatte, das ich heute, wo das Schlö mir in zehnjähriger Übung geläufig geworden ist, nur noch mehr bewundere. Wenn Sie jemals nach Leipzig kommen und Herrn Stumme begegnen –

So werde ich diesem deutschen Gelehrten sagen, daß er einem französischen Offizier einen sehr praktischen Gefallen erwiesen hat. Sic vos non vobis –

Das zarte, aber sehr feste Gesicht des Hauptmanns de B. faßte sich aus der Gelöstheit des leichten Gespräches zu einem Ausdruck zusammen, der sehr militärisch war. So mußte dieser Mann aussehen, wenn sich ihm Schwierigkeiten entgegenstellten. Aber die Schwierigkeit dieses Augenblicks war ganz innerlicher Art: dies verriet sich augenblicklich in einem leichten Erzittern der Augensterne. Er war in der sympathischen Art verlegen geworden, in der sich bei männlichen und entschlossenen Menschen die jähe Verlegenheit ausspricht; er sah in diesem Augenblick um zwanzig Jahre jünger aus, als er war. Der Gedanke hatte ihn gestreift, mich oder uns, nämlich mich und den abwesenden Unbekannten zusammen, möglicherweise verletzt zu haben. Mein Zitat aus Vergil war für sein sehr empfindsames Zartgefühl schon zu scharf gewesen.

Aber, sagte ich schnell, um dies wieder gutzumachen, Sie haben beide wunderbar kollaboriert, und es liegt darin, wie der Deutsche aus einem Fast-Nichts von Gegebenheit ein System von Erkenntnissen hervorspinnt und wie Sie sich wieder dieses Resultates in der entgegengesetzten Sphäre, in der des praktischen Lebens, bedienen – es liegt viel von dem Wesen beider Nationen darin ausgedrückt. Aber, sagen Sie mir dies, wenn ich Ihnen eine direkte Frage stellen darf: Sie haben diese fünf Jahre bei dem Kaid eines berberischen Stammes

zugebracht als sein Hausgenosse. Es war ein Mann um weniges älter als Sie, dieser junge Fürst, ein Soldat wie Sie. Er war Ihr Verbündeter und Gastfreund. Sind Sie Freunde geworden, Freunde durch die Sympathie des Gespräches und durch die Sympathie des Schweigens, in einer ähnlichen Weise, wie es mit einem Europäer fast unvermeidlich gewesen wäre?
In einer besseren Weise als mit sehr vielen Europäern, antwortete er; und was er sagte, um diese Antwort zu begründen, war mir schön und merkwürdig, aber ich zeichne es hier nicht auf. – Wir saßen, als wir dies sprachen, auf dem flachen Dach der Medersa von Saleh, der alten kleinen Stadt der atlantischen Küste, deren Einwohner alle »Andalusier« sind – einst Vertriebene aus den maurischen Königreichen in Spanien – und daher von einem besonderen Stolz, einer besonderen Wohlerzogenheit, einer besonders hohen Bildung. (In den Jahrhunderten aber, die dann folgten, liefen von hieraus die gefürchteten maurischen Piratenschiffe, vor denen die Küste von Cadix bis Genua oder Livorno zitterte.) Zu unseren Füßen lagen die engen Straßen der Stadt, draußen das Meer, einwärts das Land; rechter Hand der starke Fluß, der sich hier ins Meer ergießt, und überm Fluß die größere Stadt Rabat, weiß und von einer hohen, gelbbraunen Mauer umgeben. Ich sah aufs Meer hinunter, auf Rabat hinüber. Störche flogen überall. Die Farben in dieser Stunde vor dem Sonnenuntergang waren von einer unglaublichen Kraft: das Meer von der reinsten Bläue, die Häuser der Stadt überm Fluß von leuchtendem Weiß. Über dem Meer hatte sich aus dem goldenen Dunst des Abends eine einzige schmale Wolke gebildet. Sie glich einem Fisch, aus einer durchscheinenden Koralle geschnitten; an seinem Kopf ging das Korallenfarb in ein durchscheinend glühendes Gold über.
Der Hauptmann hatte sich in meinem Rücken zu den vier oder fünf anderen jungen Herren gesetzt, die uns begleitet hatten. Sie saßen auf einem schmalen Mauerrand, hoch über der alten Piratenstadt, die immer mehr ins vornächtliche Dunkel versank, und sprachen miteinander. Ich hörte ihnen zu und verlor mich zugleich an die Schönheit der Farben, mit denen alle Gegenstände im Bezirk des Meeres und der Erde

über alle Begriffe geschmückt waren. Von einem einzelnen Baum, der zwischen der Stadt und dem Fluß stand und im reinsten Smaragdgrün leuchtete, schwang sich ein großer Vogel. Er schien wie aus Edelsteinen zusammengesetzt. Er flog über den Fluß, näherte sich den Mauern von Rabat, die wie vom Widerschein eines Brandes erglühten, – wich wieder zurück, überflog eine Mauerbresche und ließ sich im Gewipfel von schönen Bäumen nieder, dort drüben: das war Schella: der Wallfahrtsort, der murmelnde Quell, der kleine Friedhof mit den alten, verfallenen Sultansgräbern. Meine Phantasie war mit dem Vogel ganz dort drüben; zu sehr im Flug nur hatte ich die zauberische Stätte betreten, zu der ihn, sooft er wollte, die Flügel im schwimmenden Abendlicht zurücktrugen. Aber wir sind, gemäß dem Reichtum unserer Sinne, einer mehrfachen Aufmerksamkeit fähig. Ich verlor kein Wort von dem Gespräch, das ein paar Schritte von mir geführt wurde. Sie sprachen lebhaft, die jungen Stimmen kreuzten sich, aber das Gespräch blieb durchsichtig. Jeder von ihnen warf sich hinein, hielt wieder an sich, im Vergnügen des Zuhörens, warf sich wieder hinein; keiner rang nach Geltung, aber jeder kam zur Geltung.
Ich wandte mich zu ihnen um. Eure Sprache, sagte ich, eure französische Sprache, welch ein Quell der Geselligkeit, welch ein Zusammensein! Indem ihr sprecht, befindet ihr euch in einem Saal, der die geistige Blüte der ganzen Nation umschließt. Ebenso in eurer Gesellschaft wie die Ausgewähltesten der Mitlebenden sind auch die Toten – sie sind es nicht nur, indem ihr sie beim Namen nennt, sondern in tausend Wendungen und Schwebungen eurer Rede ist ihre fortwirkende Gegenwart fühlbar. Euer Gespräch ist schlechthin die geistige Allgegenwart der Nation. Aber auch davor, daß die Sprache dadurch überfeinert und künstlich würde, hat euer Schicksal euch bewahrt. Nicht mehr zwar erneuert sich euch aus dem tiefsten Quell, wie vielleicht den Deutschen, die volle Flut der Bilder, Gefühle und Anschauungen; eure Sprache ist fertig, sie ist da, voll Bewußtsein, taghell; wie sie auserlesen ist als das Gedächtnis der Jahrhunderte, ist sie voll Gegenwart als unmittelbares Echo des Tages; und ohne große Schwünge

und wilde Flüge belebt sie sich immer wieder in sich selber. Ihr redet eine Sprache aus dem Mund der liebenden Frau, des Gelehrten, des Politikers, des Soldaten. Aus den Redensarten und Wörtern, die der lebendige Alltag hervorbringt, schlagt ihr doppeltes und dreifaches Kapital. Ihr braucht sie in der höheren, endlich in der höchsten Sphäre – so wird euch diese nie dünn und gespenstisch. Alle Pulse eurer Sprache klopfen immer frisch, und wo man ihr begegnet, das ganze Volksgemüt ist immer lebendig. – Ich sprach lebhaft und aufrichtig, aber ich fühlte, indem ich sprach, daß ich nicht ganz aufmerksam bei mir selbst war. Ich sah nach Schella hinüber. Ich war mit meiner Phantasie, während ich weitersprach, dort drüben in der Falte des Hügels, bei dem murmelnden Quell, über den sich Feigenbäume und wilde Birnbäume beugten. Ich sah noch die verfallenen Sultansgräber, um die mit sonderbaren Sprüngen und murmelnd ein Schatzgräber kreiste, ein alter, wirrhaariger Mann, der fern aus dem Sus gekommen war, angezogen von dem Geheimnis der Schätze des Goldes, die hier mit den großen vergessenen Sultanen begraben waren. Ich sah die zwei schönen Greise, die von ihren Maultieren gestiegen waren, sinnend unter einem gewaltigen Maulbeerbaum sitzen und den Frieden des Ortes genießen; und ich sah den kleinen Trupp von Pilgerinnen aus dem Süden, wie sie, unter sich lachend, ihre Schleier lüpfen, damit der Anhauch der Schattenkühle sie treffe, oder der Blick von uns Vorübergehenden. – Ich hatte zu schnell von dort wieder weg müssen. Der Fleck Erde dort, und das Verschwundene – das Geheimnis der Zeiten (denn es war vordem eine mächtige maurische Burgstadt dort gestanden, und jene fürstlichen Gräber waren ihre letzte Spur; und vordem waren die Goten dort gesessen, und vordem die Vandalen, und vor diesen die christlichen und die heidnischen Römer, und vor ihnen die Numider; und vor diesen hatten die Karthager und die Phönizier auf diesem Hügel gehaust, und der murmelnde Quell war ein Heiligtum der Tanit, und auch davon: daß hier einer Liebesgöttin gedient wurde, davon umweht ein Etwas diesen Hügel, davon haftet ein Etwas dunkel im Bewußtsein auch dieser Pilgerinnen aus dem Süden; und die Schleier lüpfen

sich leichter als anderswo unterm Anhauch dieses feuchten Quellgrundes); dies Verschwundene alles, auch im Wort nur geisterhaft Gegenwärtige, und das, was noch dort war, die Einmaligkeit des Ortes und der Stunde, die Kürze des Lebens, die Welt, die Fremdheit – dies alles bewegte sich in mir und hob mich fast aus mir selber. Aber so weiträumig ist unser Gemüt in manchen Augenblicken: auch noch einem anderen Gedanken folgte ich, und er bewegte sich wolkenhaft mit großen weiten Aspekten zugleich in mir und vermischte sich noch mit jenem Mischgefühl aus halb sehnsüchtiger Ergötzung und staunender Bangigkeit, das auf dem Grunde der Seele des Reisenden liegt und manchmal überstark aufsteigt. Es war, indes meine Lippen noch das Lob jener anderen Sprache formten und mein Auge sich an diese abendliche Landschaft verlor, der Gedanke an die eigene Sprache, und wie unser ganzes Schicksal in ihr ist. Wie die hohe Sprache bei uns aufsteigt ins unheimlich Geistige, kaum mehr von den Sinnen Beglänzte, und wie der Sprachsinn dann müde hinabsinkt ins Gemeine, oder sich in den Dialekt zurückschmiegen muß, um nur wieder die Erde zu fühlen – und dazwischen ein Abgrund. Wie jeder sich die Sprache neu schaffen muß und nicht weiß, ob er noch tut was er darf, oder schon ins Müßige, Künstliche gerät, und jeder in diesem Tun jeden bezweifelt und befeindet und oft auch sich selber, und wie die Sprache doch durch die Herrlichkeit ihrer Aufschwünge und Offenbarungen wieder alles Erlittene aufwiegt. –
Indem ich meinen zwiefachen Gedanken nachhing, von denen die einen eine Träumerei der Sinne waren und die anderen ein plötzliches Wiedererleben von etwas oft Gedachtem und Gewußtem, und sich doch beide berührten in dem besonderen Lebensgefühl dieses Augenblicks zu einer Einheit von wunderbarer Natur: Einsamkeit, Angst des Individuums – und die völlige Überwindung beider durch den Geist, schlug es an mein Ohr, daß jetzt eine besonders junge Stimme lebhaft sprach und daß das Thema der Unterhaltung gewechselt hatte. Ich sah hin. Dieser junge Herr trug Zivil. Er mochte zum Zivilkabinett des Marschalls gehören oder zu dem kleinen Stab junger Historiker und Orientalisten, wel-

che ich beim Tee in der neugegründeten Bibliothek in Rabat kennengelernt hatte. Er sprach von Deutschland, von der Schönheit einer Stadt, einer Gegend, dem Zauber eines kleinen Friedhofs: von dem Friedhof in Bonn, wo Schumann begraben liegt.
Sie lieben Schumann? fragte ich.
Ich weiß, sagte er, man sagt in Deutschland, es ist nicht möglich, Schumann zu lieben, seit Wagner existiert hat, oder es ist nicht denkbar, daß man Schumann liebe, da es doch Bach gebe – aber ich weiß nicht…
Er wurde verlegen, da er sich vor dem Fremden zu tief in das weglose Dickicht der deutschen Komplikation verstrickt fühlte. Und da Verlegenheit immer verjüngt, so wurde er vollends zu dem hübschen Knaben, der er vor zehn Jahren gewesen war. Er sprang schnell ab und sagte: Es war eine Christnacht, in einem der Kriegsjahre, ich glaube 1917. Ich war damals ganz jung. Ich war im Graben irgendwo; der deutsche Graben war sehr nahe. Gegen Mitternacht hörte auf beiden Seiten das Schießen auf, und es wurde ganz ruhig. Die Sterne standen groß und still über den beiden Völkern. Aus der Ferne, dort wo unsere Linie umbog, hörte man die Marseillaise spielen, ganz leise und geisterhaft. Dann fing im deutschen Graben eine Stimme an zu singen. Es war eine wunderbare Tenorstimme, und sie sang Bach. O welche Sprache Sie haben! Denn das ist Ihre wahre Sprache.
Da stand P. V. auf, mit dem ich schon auf dem Schiff viel gesprochen hatte. Es schien ihm nicht recht zu sein, daß sein junger Freund (er selbst war in der Tat nur wenige Jahre älter) das frühere Gespräch mit dieser Wendung gleichsam abgeschlossen hatte.
Nein, sagte er. Eure Musik ist eine große Herrlichkeit, aber nicht sie ist eure Sprache. Sie ist euch neben eurer Sprache noch gegeben, als ein Mehr vielleicht, als ein Anderes – Aber die deutsche Sprache ist ein großes Geheimnis. Sie ist euer Schicksal, das des ganzen Volkes und das jedes einzelnen. (Mir war, als antworte er auf das, was ich früher gedacht, aber nicht ausgesprochen hatte.) Goethe hat unter ihr gelitten, und jeder, der nicht Goethe ist und sich in ihr wahrhaft aus-

drücken will, läuft Gefahr, von ihr verschlungen zu werden. Sie ist unbequem, aber großartig. Ungesellig, ich weiß, daß ihr selbst sie manchmal so genannt habt, weltlos, ja, das mag sie sein, aber immer mit einer Welt trächtig. In einem ungeheuren ruhelosen Auf und Ab wandelt sie beständig Geist zu Leib, Leib zu Geist. So gebietet sie euch die Form eures Lebens: euer geistiges Leben ist immer erneute schmerzvolle Neugeburt. Eure Toten sind nicht beständig bei euch, sie sind nicht in einem Saal mit euch, wie die unseren. Aber sie werden euch in wilden Stürmen neugeboren. Heinrich von Kleist, Büchner, Hölderlin: ich sehe diese vor hundert Jahren Verstorbenen stärker in euer Leben eingreifen, als wen immer von den Lebenden. Und seid ihr nicht im Begriff, euer ganzes siebzehntes Jahrhundert umzuwerten? Denn ihr ruhet nicht auf dem Sein, sondern ihr habt euer Schicksal im Werden. Aber welch ein Wunder, eure Sprache! Welche Weite! Welche Befruchtung aus der Dunkelheit! Sie isoliert mehr, als sie verbindet: aber das Große isoliert immer, das Poetische isoliert, und das Genie ist immer einsam. Welche Möglichkeit aber für das Genie, in dieser Sprache fast über die Grenzen der Menschheit hinauszukommen!

Sein ernstes, oft einem leidenden Ausdruck nahes Gesicht belebte sich sehr, indem er sprach. Er war glücklich, so beredt und frei ein geistiges Phänomen zu bewundern und Sympathie zu äußern. Einzelnes, die Eigennamen natürlich, aber auch andere Wörter, sagte er auf deutsch, in einer sehr reinen hauchenden, schwebenden Betonung; so dies Wort »weltlos«, das »Weltlose«. Eigentümlich kamen mir diese deutschen Wörter in seiner Rede entgegen: so zart, wie gespiegelt, etwas geisterhaft.

Alles aber auch um uns sah in diesem wunderbaren Licht aus wie gespiegelt. Die Häuser uns zu Füßen, die hohen gelbroten Mauern drüben in Rabat, Tiere und Menschen am Ufer des Flusses, alles war völlig entkörpert. Die schmale Wolke in der Gestalt eines Fisches glühte purpurviolett. Ein Starenzug flog von ihr aus gegen Osten hin, und dort ging das Türkisblau in ein zartes Grün über. Das Ferne schien sehr nahe – das Nahe ungreifbar vergeistigt. Alles bebte in sich, aber eine völlige

Harmonie hielt alles in zauberhaftem Gleichgewicht, und die Offenbarung des Schönen schien eine ungeheure Bedeutung anzunehmen, die uns im nächsten Augenblick, fühlten wir, sich zu unverlierbarem Besitz enthüllen würde.

Zu ›Reise im nördlichen Afrika‹

[Marrakesch]

Rabat, Marokko,
Hafenstadt am atlantischen Ozean
den 17.3.1925.

Unendlich oft denke ich an diese Gabe die Ihnen gegeben ist, vielleicht die schönste von allen – nicht für die Andern aber für Sie selber – diese Gabe des Schauens und des tiefen eindringlichen Genießens durch den Sinn des Auges, der in unserem geistig-gerichteten, sinnlich armen Volk so wenigen gegeben ist. Oft habe ich an Sie denken müssen, wenn ich zur Stunde vor dem Sonnenuntergang, diesen erwartend, auf meiner Turmzinne saß, zwanzig Meter hoch über dem großen Marktplatz von Marrakesch, und unter mir diese riesige aus Lehm gebaute Stadt mit den roten zinnengekrönten Mauern – das Paris der Sahara, uralte Berberstadt, nur obenhin arabisiert, und durchflutet von den Karawanen der dunklen und halbdunklen Neger, die kommen um zu handeln, zu tauschen, zu kaufen und zu schauen. Dicht unter mir das Gewimmel des großen Platzes – Platz der Toten heißt er, seltsamerweise, nach irgendwelchem großen Morden vor irgend wie viel hundert Jahren – und so voll Leben, fünftausend Menschen oder zehntausend, sich durcheinander schiebend, und so viel Esel, so viele Kamele – und eigentlich geräuschlos, kein Laut als der von Trommeln und archaischen Musikinstrumenten, der eintönige, betäubende und aufregende Rhythmus – von da – von dort. Da die geschminkten kleinen Tänzer hergerichtet wie Mädchen, und in den Hüften sich wiegend wie Mädchen, dort der Schlangenbändiger mit seinen Gehilfen, die Flöte spielen und Tambourin schlagen; er ein Riese aus einem Hochtal des Atlas, mit einer starr wegstehenden schwarzen Mähne – und von einer Grazie bei aller Wildheit und einer Art Humor – und wieder unheimlich und großartig wenn er einen aus der Menge der im Kreis herumsitzenden und stehenden sich aussucht und ihn heranwinkt, ihn anhaucht, ihm die Zukunft voraussagt; dann von einer wilden Clownerie, wenn er – indess die böse sandgraue Viper noch erst halbschläfrig auf dem Tambourin liegt und hie und da aufzuckt, seinen Gehilfen, den Kahlköpfigen, hin und her zerrt als wollte er ihn auf die Schlange stoßen – und der wunderbare, genau gezogene Kreis um ihn von Sitzenden und Stehenden, alte Männer und Jünglinge, Araber und Sudanesen, vornehme Weißbärtige und Bettler in Fetzen – und alle mit der gleichen Aufmerksamkeit des völlig gespannten Zusehens, und ein ebensolcher genau gezogener Kreis um den alten Erzähler von Heldentaten und Schwänken, ein kleinerer um den der zu einer Flöte eine Liebesgeschichte halb recitiert, halb singt – vielleicht acht solche Kreise die den einen langgezogenen Teil des Marktes ausfüllen. Hie und da hält einer, der vorbeikommt, sein Reittier an und sieht oder hört über die Schultern der Stehenden zu, andere treten aus dem Kreis und gehen wieder ihrem Handel nach; an der drüberen Seite wo der Markt sich verbreitert stehen in einem durchsonnten Staub an hundert Esel mit Bündeln grüner Gerste beladen, dort gehen die Käufer beständig ab und zu. Hebe ich mein Auge etwas von dem Markt weg so blicke ich in einen Fonduk, solch einen riesigen offenen Hof, vielleicht zweihundert Schritt im Geviert; dort laden sie die Warenballen ab, hie und da kniet ein Kamel, und die grauen geduldigen Esel warten im Halbschatten auf neue Last oder ein bißchen Ruhe. Um diesen großen Hof, schon dunkelnd, mit einem Licht hie und da – das Gewirre der engen schilfgedeckten Kaufmannsgassen: der Suk. Da schließen jetzt die Buden. Am Tag ist da ein Leben ohne Gleichen auf dem engsten Raum. Eine Gasse voller Schneider; eine voller Färber; oder Juweliere, oder Schmiede, oder Pantoffelhändler oder Gewürzhändler. Kein Laden größer als ein Wandschrank. Sie sitzen droben auf den Gewürzen, auf den Datteln. Und in solch einem Raum arbeitet der Silberschmied, ein Kind bläst ihm das Feuer an u. dahinter schläft ein Alter und die Funken fliegen ihm um den Bart. Drehe ich mich aber hinter mich, vom Markt weg, so

liegt die Stadt ganz still, tausend flache Dächer aus Lehm, hie und da ein Palast, mit hohen Mauern, finsteren Zinnen, dahinter ein Garten. Rings um die Stadt ein doppelt Ring von gezinnten Mauern, und um diese ein Gürtel von Palmen, ringsumlaufend. Und draußen noch Nomadendörfer für die wandernden Stämme, die vor den Toren lagern. Und weiter die großen Ölhaine des Sultans mit den spiegelnden in Stein gefaßten Weihern. Und um all dies herum der weiteste Horizont den mein Auge je gesehen hat. Südlich in geradem Strich die herrliche Schneekette des hohen Atlas, an zwanzig ewig beschneite Gipfel – keiner viel geringer als der Montblanc. Im Westen, nicht sichtbar, aber ahnbar, das Meer, darein jetzt mit einem jähen Ruck die Sonne versinkt – so daß ein violetter Schatten die Stadt überläuft und der eine Teil des Palmengürtels in flüssiges Gold sich auflöst. Im Norden, gegen Nordost streichend, ein geringeres Gebirg, amethystfarb und den hellgrünen Himmel. Aber wer wollte das beschreiben! Und drunten der Markt immer lauter, die Handtrommeln und Pfeifen immer heftiger. –
Ich habe diesen Brief nicht in einem geschrieben. Ich wurde gestern, während ich schrieb von jungen Offizieren des Gouvernements zu einem Tee abgeholt – und indessen habe ich den Ort verändert und schreibe dies in Meknesch, 200 km landeinwärts, eine alte Sultansstadt im mittleren Gebirg.

Sizilien und wir

Indem wir als Deutsche dieses Inselland betreten, scheint sich uns unablehnbar Goethes Genius zum Begleiter anzubieten. Wir kreuzen mit jedem Gang die Spuren seines Weges; alle diese Namen waren uns schon vorher durch ihn vertraut; wir hatten diese Buchten und Berge durch ihn gesehen, bevor wir sie gesehen hatten. Es ist unvermeidlich, daß wir uns seiner immer wieder erinnern. An dieser Insel gehen die Jahrhunderte fast spurlos vorüber, und sein Sinn, der auf das Gesetzmäßige und Bleibende gerichtet war, hat uns die Gestaltung der Landschaft überliefert mit der Genauigkeit eines Erdkundigen und ihre Färbungen und Belichtungen mit dem Auge eines Malers. Sein Bericht umfaßt die Bauwerke wie die Bräuche, er zeichnet auf, was sich auf die Volkssitten bezieht, wie das, was auf den Anbau der Feldfrüchte Bezug hat; auf die Verehrung der Heiligen, auf die Straßenpolizei, auf die Bereitung der Nahrungsmittel, die Wartung der Haustiere, die Bewässerung der Gärten; und alles mit dem gleichen, festen, nüchternen und zugleich einschmeichelnden Zug des Griffels. Hier scheint er abwechselnd ein bildender Künstler, ein Botaniker, ein reisender Kaufmann, ein Sittenforscher; oder vielmehr, er ist dies alles zu gleicher Zeit. Hier treibt er seine Kunst – die Lebenskunst – aufs höchste und versteht sie zugleich nach außen und nach innen zu wenden. Kein schattenhafter Geleiter ist hier mehr bei ihm; kein Palladio, kein Michelangelo, durch dessen Augen er sehen würde. Hier ist er ganz allein und hat sich ganz den Dingen übergeben; sie werden seine Sprache – er redet nur mehr aus ihnen. Aber nie ist er eben darum mehr er selbst und mächtiger seiner selbst. Der sizilische Aufenthalt war die Krönung seiner Reise, und diese Reise war das große Erlebnis seines Lebens. Die Harmonie seiner einander ergänzenden Sinne stand niemals höher, das Miteinander seltener und widersprechender Gaben: die innere Freiheit und die Selbstbezähmung; der Enthusiasmus und die Kraft, ihn niederzuhalten; die bis zur

Härte gehende Festigkeit, und die alles annehmende Weichheit; die Begehrlichkeit vor der Natur und die Keuschheit vor der Natur. Nie, als während sein Fuß diesen glücklichen und lichtvollen Boden tritt, ist sein Geist so majestätisch im Gleichgewicht zwischen dem Relativen und dem Absoluten. Uneingeschränkt gewährt er sich die Lust der Hingabe an das Einzelne, in der unser Geist sich erneuert, und die höhere der ordnenden Zusammenfassung. Er tränkt sich ohne Unterlaß mit dem Schauspiel des Lebens, und jedes Einzelne, das ihm vor Augen tritt, scheint von der gleichen Wichtigkeit; aber kraft des Gedächtnisses, die Formen nebeneinander zu tragen, erhebt er sich in jedem Punkt der Darstellung mühelos und ohne heftige Flügelschläge und schwebt auf ins Gesetzmäßige, Allgemeine. Nirgendwo war er großartiger klassisch und weiter von jeder Romantik; weiter von jedem Dualismus: dem von Materie und Geist, dem von Vergangenheit und Gegenwart; sie alle sind durch eine vollkommen große und ungequälte innere Haltung überwunden. Er lebt mit der Erde, auf der er steht; auf jede Macht für sich verzichtend, hat er alle Macht aus ihr in sich gezogen. Er lehnt alles ab, was die Erde je mit Gewalt bedroht und beleidigt hat: die Erdbeben, die Kriege, das gewaltsame unruhige Tun der Menschen. Er lehnt die Geschichte ab, als welche dies alles heranbringt. Majestätisch stehend, erblickt er alles im Stehen. Nie vielleicht seit Platon wandelte ein Sterblicher so ruhevoll im hesperischen Garten der Ideen.

Das Sizilien, das er uns hinhält, ist im ersten Augenblick leuchtender, stärker – soll ich sagen: wirklicher? – als das wirkliche, das uns umgibt. Wir schwanken beinahe zwischen dem Reiz, mit dem die volkswimmelnden Straßen, diese schweigenden und duftenden Gärten, diese großen Ausblicke uns anziehen, und dem unsäglichen Zauber, den er auf seine Blätter gebannt hat. Beides ist Wirklichkeit, aber auf seinem Bilde ist alles zugleich: die ganze Landschaft, das ganze Tun der Menschen, das Wachstum der Pflanzen, ja das Werden der Gesteine. Wir sehen ein Bild ohnegleichen – und wir sehen es vor unseren Augen entstehen. Er, der es malt, steht immerfort neben uns und gewährt uns die Beglückung seiner Gegen-

wart zugleich mit dem Anblicke seiner Kunst. Seine metaphorische Unerschöpflichkeit spielt vor uns mit den Objekten; keines ist ihm zu wirklich, daß er sich nicht mit ihm vereinigte; für einen Augenblick wandelt er sich in ein jedes, winkt uns aus dem Innern des Gegenstandes zu, taucht wieder auf. Mit einem Male ist nur mehr das Bild da. Er ist vor unseren Augen in sein Bild hineingegangen und uns entschwunden; wir sind allein mit einer gemalten Tafel. Ein Schauder überläuft uns, und wir verhängen das Bild mit einem Vorhang, um uns der Wirklichkeit zuzuwenden, die unvertrauter, weniger spiegelhaft gerundet, gefährlicher – aber unser ist. Das Geheimnis, daß wir Kinder unserer Zeit sind, rührt uns an, und die Unterscheidung zwischen den Jahrhunderten.
Wir sind anders hergekommen als er. Er kam, geschaukelt wie Odysseus, von widrigen Winden zurückgehalten, mühsam und gefährlich. Wir kommen über Nacht. Wir reisen schnell, fast so schnell wie der Blick über die Landschaft hinfliegt; ja die Schnelligkeit, mit der wir uns bewegen, ermutigt noch die Kühnheit unseres Auges: wo der Blick nichts gewahrt als einen bläulichen Duft, dort werden wir morgen umhergehen und einem neuen Horizont die Herrschaft unserer Gegenwart aufzwingen. So sehen wir schon vorübergehend, was wir morgen sehen werden. Wir beherrschen den Raum und zugleich die Zeit – wo er sich an die Erde schmiegte. Seinem reinen Menschensinn war dies Inselland groß, weit, mächtig, unabsehbar. So ist es zu Stunden; zu Stunden ist es uns ein Dreieck im blauen Meer, über dem wir geisterhaft schweben, und jede seiner Seiten ist einer anderen Welt zugewandt, die sich ungeheuer in den Raum wie in die Zeit hineinerstreckt: wir aber sind des Anblickes dieser drei Welten mächtig. Ihn umgab hier der Länderkranz der antiken Welt: orbis terrarum, herrlich geordnet, rein umzogen, Herkulessäulen abschließend im Westen, das Judenland, Persien, Arabien herwinkend vom Osten. In diesem Kreis stand ihm der Sturz des Daseins still, wie das Himmelsgewölbe leuchtend aufruht auf den alterslosen Gewässern. Uns rufen hier deutlich unterscheidbar drei Welten an, und dem Anruf keiner können wir uns verschließen. An den ionischen Strand der Ostküste legt

sich die griechische Welle; über Syrakus und Girgenti (noch nicht über Messina und Palermo) steht das griechische Licht; nicht in den Tempeltrümmern allein, nicht in den ewigen Namen der Landschaften und Städte – auch dort, wo nichts mehr da ist und fast weniger als nichts, kahles Gestein, der Ort des Gewesenen, erst recht rührt mit leiblicher Gewalt dies uns an die tiefste Seele. (»Was ist es, das an die alten seligen Küsten mich fesselt, daß ich mehr noch sie liebe als mein Vaterland?« Mehr noch! Und dies kam aus dem Munde eines, der sein Vaterland mit Kräften des Genius liebte.)
Vom Süden her greift das Afrikanische herein und tief in uns herein auch dies. Eine Gehstunde von Palermo am Abhange des Berges, auf dem Hamilkar sein letztes Lager hatte, ist eine Garteneinsamkeit; sie könnte einen verlassenen Sultanspalast in Tunis oder weit drüben in Meknesch umgeben. Zweimal warf sich diese afrikanische Welt herüber: als phönikisch-punische, als sarazenische; dazwischen liegt das römische Jahrtausend. Aber dort, wo Spuren geblieben sind, in den Pflanzen, in den Gesichtern, in der Sprache, vereinigen sie sich und verstärken einander, und so ist auch dies leibliche Gegenwart und macht als ein Lebendiges seinen Anspruch auf uns geltend, und die Namen überfallen uns leibhaft; Hannibal, Hamilkar mischt sich mit Heinrich, Friedrich, Manfred. Ungeheure Zusammenkunft! Gegen Westen aber sehen wir nun über das tyrrhenische Becken hinaus, über die Säulen des Herkules wittern wir ins Hesperisch-Unabsehbare, uralt vergangene, zukunftträchtige Atlantische. Diese Insel ist für uns dramatischer als irgendein Punkt der Welt. Der Geist spannt sich von Pythagoras zu Kolumbus ohne Anstrengung; ihn regiert das Gefühl einer großartigen Gegenwart. Hier landet Platon. Hier schlägt der Karthager. Hier baut der Byzantiner. Hier schläft unter arabischen Kuppeln der Staufer in einem porphyrenen Sarg. Hier reitet Goethe einen Pfad meerentlang. Hier haucht Platen seine Seele aus.
Abgründe freilich sind dazwischen; aber in uns ist Abgrund genug, daß wir wissen, wie wir das Getrennte zusammenbringen. Es ist aber dies unsäglich freudige Licht vor allem, das uns den Mut gibt zu einer ungeheuren Fassung, in die wie

in ein Becken die Zeiten und die Räume einschäumen. Dem Auge vertrauen wir uns an, das der geistigste unserer Sinne ist. Hier sind Horizonte leiblich erblickt, verschwimmend und doch völlig klar: ihr Rand scheint nicht im Raum, eher in der Zeit sich zu verlieren; sie sind wie Gedanken, nicht verfolgbar bis ans Ende, aber rein und wahr.

Goethes Zeitgenossen und Gefährten: die Hackert, die Kniep, die Tischbein zeichneten treu vor dieser großen Natur und diesen Denkmälern und legten das Gezeichnete in Wasserfarben an. Da liegt ein Bergstädtchen hoch auf dem Hügel, der mit Ölbäumen bepflanzt und mit Ruinen geschmückt ist. Da erhebt sich im einsamen Bergtal der Tempel von Segesta. Da ist an der Bucht ein normannischer Wachturm erkennbar oder ein sarazenischer Brunnen. Was wir in uns tragen, sind größere Bilder, wunderbare prometheische Horizonte. Und das Zarteste und Größte noch, das wir durchs Auge erfuhren, ist kaum festzuhalten: das Sichlösen des Festen im weichsten Duft, die Verschiedenheiten des Meeres. Die Kamera des Photographen, mit ausgebildetem Talent gehandhabt, hie und da auf die schönsten Gegenstände, noch lieber auf große zusammenhängende Anblicke im Claude Lorrainschen Stil eingestellt, kann hier das bescheidene Aquarell des achtzehnten und den Stahlstich des neunzehnten Jahrhunderts weit hinter sich lassen, ja sie kann Bilder gewinnen, an denen unsere Erinnerung sich wunderbar entzündet – und nicht nur die sinnliche Erinnerung: denn in einem Augenblick haben diese Horizonte unserem inneren Sinn für immer Licht und Weite gegeben, und nie läßt sich sagen, in welcher drangvollen verdunkelten Stunde uns dies noch zugute kommen wird!

Reden und Aufsätze

Algernon Charles Swinburne

Das moralische England besitzt eine Gruppe von Künstlern, denen der Geschmack für Moral und gesunden Gemeinsinn so sehr abgeht, daß sie für Saft und Sinn aller Poesie eine persönliche, tiefe und erregende Konzeption der Schönheit halten, der Schönheit an sich, der moralfremden, zweckfremden, lebenfremden. Auch wenn unter diesen Künstlern ein sehr großer Dichter ist, pflegt man ihm niemals auf rotsamtenem Kissen den goldenen Lorbeer ins Haus zu tragen, den Alfred Tennyson trug und vor ihm einmal Robert Southey und viel früher einmal John Dryden, das schöne, goldene, altertümliche Spielzeug. Er braucht es auch nicht. Er hat schöne, seltsame und kostbare Gedanken, sein Hirn ist mit altertümlichen und doch wunderbar glühenden Bildern angefüllt, er hat goldene Worte und Worte wie rote und grüne Edelsteine, und ihm werden aus ihnen Gebilde, schön und unvergänglich wie die funkelnden Fruchtschalen des Benvenuto Cellini.
Diese Künstler sind keine einfachen Menschen, denen ein erlebtes Gefühl zu einem naiven und lieblichen Lied wird.
Sie gehen nicht von der Natur zur Kunst, sondern umgekehrt. Sie haben öfter Wachskerzen gesehen, die sich in einen, venezianischen Glas spiegeln, als Sterne in einem stillen See. Eine purpurne Blüte auf braunem Moorboden wird sie an ein farbenleuchtendes Bild erinnern, einen Giorgione, der an einer braunen Eichentäfelung hängt. Ihnen wird das Leben erst lebendig, wenn es durch irgendeine Kunst hindurchgegangen ist, Stil und Stimmung empfangen hat. Beim Anblick irgendeines jungen Mädchens werden sie an die schlanken, priesterlichen Gestalten einer griechischen Amphore denken und beim Anblick schönfliegender Störche an irgendein japanisches Zackornament. Das alles ganz natürlich, ohne Zwang und preziöse Affektation, als Menschen, die in einer riesigen Stadt aufgewachsen sind, mit riesigen Schatzhäusern der Kunst und künstlich geschmückten Wohnungen, wo kleine sensitive Kinder die Offenbarung des Lebens durch die Hand

der Kunst empfangen, die Offenbarung der Frühlingsnacht aus Bildern mit mageren Bäumen und rotem Mond, die Offenbarung menschlicher Schmerzen aus der wächsernen Agonie eines Kruzifixes, die Offenbarung der koketten und verwirrenden Schönheit aus Frauenköpfchen des Greuze auf kleinen Dosen und Bonbonnieren.

Es ist charakteristisch, daß der erste, um den sich diese Gruppe von Künstlern sammelte, ein Kritiker war, ein genialer Mensch, der malen gelernt hatte, um zu verstehen, wie man Leben in farbige Flecke und verschwimmende Tinten übersetzt, um dann mit berauschender Beredsamkeit aus Bildern die lebendigen Seelen der Künstler und der Dinge herauszudeuten: John Ruskin, dessen Kritik ein Nachleben, ein dithyrambisches und hellsichtiges Auflösen und Wiederschaffen ist.

Es ist nicht unnatürlich, daß dieser Gruppe von Menschen, die zwischen phantasievollen Künstlern und sensitiven Dilettanten stehen, etwas eigentümlich Zerbrechliches, der Isolierung Bedürftiges anhaftet.

Die Luft ihres Lebens ist die Atmosphäre eines künstlich verdunkelten Zimmers, dessen weiche Dämmerung von den verbebenden Schwingungen Chopinscher Musik und den Reflexen patinierter Bronzen, alter Samte und nachgedunkelter Bilder erfüllt ist.

Die Fenster sind mit Gobelins verhängt, und hinter denen kann man einen Garten des Watteau vermuten, mit Nymphen, Springbrunnen und vergoldeten Schaukeln, oder einen dämmernden Park mit schwarzen Pappelgruppen. In Wirklichkeit aber rollt draußen das rasselnde, gellende, brutale und formlose Leben. An den Scheiben trommelt ein harter Wind, der mit Staub, Rauch und unharmonischem Lärm erfüllt ist, dem aufregenden Geschrei vieler Menschen, die am Leben leiden.

Es herrscht ein gegenseitiges Mißtrauen und ein gewisser Mangel an Verständnis zwischen den Menschen in dem Zimmer und den Menschen auf der Straße.

Diese Künstler kommen, wie gesagt, nicht vom Leben her: was sie schaffen, dringt nicht ins Leben. »Was sie schaffen«, sagen die auf der Straße, »sind lächerliche und verwerfliche Gefäße der Üppigkeit und der Eitelkeit.« Es sind jedenfalls zerbrechliche kleine Gefäße der raffinierten Empfindsamkeit, die gut auf altem Samt stehen zwischen Filigran und Email und schlecht auf weichem Holz, zwischen einer alten Bibel und einer Werkzeugkiste, einem Gesangbuch und einem zerrissenen Band Smiles über »Charakter«, »Sparsamkeit« oder »Selbsthilfe«. Da ist unter ihnen einer, der füllt diese zierlichen und zerbrechlichen Gefäße mit so dunkelglühendem, so starkem Wein des Lebens, gepreßt aus den Trauben, aus denen rätselhaft gemischt dionysische Lust und Qual und Tanz und Wahnsinn quillt, füllt sie mit so aufwühlenden Lauten der Seele und solcher Beredsamkeit der Sinne, daß man ihn nicht länger übersehen kann.

Zwar auch er wird nicht eigentlich populär. Man trägt den goldenen Lorbeer an seiner Tür vorbei von dem Sarge eines Dichters heiliger und offener Dinge auf den Schreibtisch eines anderen Dichters guter und klarer Dinge. Aber in die feinen Seelen junger Leute fällt viel von seiner Art, mit bebenden Nerven in die Tiefen zu tasten, wo verworren die Wurzeln der Gefühle liegen, »die Weinbeere Liebe heftig mit den Zähnen zu pressen, bis ihre Süße herb und bitter wird«.

Er hat für die Darstellung gewisser innerer Erlebnisse eine solche pénétrance des Tones gefunden, gewissen Stimmungen eine so wunderbare Körperlichkeit, solche Sprache an alle Sinne gegeben, daß er gewissen Menschen einen feineren und reicheren Rausch geschenkt hat als irgendein anderer Dichter.

Die minder empfänglichen aber auch empfinden den Schauer, der von konzentrierter Schönheit ausgeht, bei dem prunkenden und glühenden Reichtum seiner Rhetorik, dem rollenden Triumph der strömenden Bilder, deren Duft seltsam und unvergeßlich, deren Musik tief aufregend und deren Glanz fremd und traumhaft ist.

Der Dichter, von dem ich rede, heißt Swinburne, Algernon Charles Swinburne.

1865 erschien ein lyrisches Drama: »Atalanta in Kalydon«, mit wunderbarer Verlebendigung des erstarrten Mythos, prachtvollen Gebeten und Chören. Es war eine tadellose antike Amphore, gefüllt mit der flüssigen Glut eines höchst lebendigen, fast bacchantischen Naturempfindens. Nicht das zur beherrschten Klarheit und tanzenden Grazie emporerzogene Griechentum atmete darin, sondern das orphisch ursprüngliche, leidenschaftlich umwölkte. Wie Mänaden liefen die Leidenschaften mit nackten Füßen und offenem Haar; das Leben band die Medusenmaske vor, mit den rätselhaften und ängstigenden Augen; wie in der Adonistrauer, im Kybelekult flossen die Schauer des reifsten Lebens und des Todes zusammen; und Dionysos fuhr, ein lachender und tödlicher Gott, durch die unheimlich lebendige Welt.

Aus tiefsinnigen Beinamen der Götter, aus Mysteriendunkel, aus der lallenden Gewalt heiliger Hymnen, aus Strophen der Sappho, aus den marmornen Leibern sonderbarer und widernatürlicher Gebilde des Mythos war eine wilde Schönheit wach geworden, von keiner heiligen Scham gebändigt. Nach der »Atalanta« kam das Buch, das man immer nennt: ein einfacher Band Lyrik: »Gedichte und Balladen«.

Wieder für den neuen Wein höchst seltsame und altertümliche Gefäße: eine Ballade des Villon, eine Litanei, eine Erzählung des Boccaccio, ein Mysterienspiel mit lateinischen Bühnenangaben, eine Verfluchung im Stile der hebräischen Propheten, eine Legende auf Goldgrund, ein »Triumph des Lebens« und ein »Lob der Liebe« in der Manier der Humanisten oder ein Abenteuer aus dem »Livre des grandes merveilles d'amour« ...

In diesen wunderlichen Wahlen liegt nicht Spielerei, sondern ein souveränes Stilgefühl. Dieser ganze große und künstliche Apparat schlägt die Stimmung an, wie in der naiven Ballade der heulende Wind, wenn Mord geschieht; und das Blühen der kleinen Blumen, wenn Liebe redet. Nur daß jeder den heulenden Wind kennt und die Wiesenblumen, und nicht jeder den Zauber unbeholfener Anmut, der von den gemalten Legenden des Fra Angelico ausgeht, und den Duft heißer und reifer Dinge in den Gartengeschichten Messer Giovan Boccaccios.

Es ist der raffinierte, unvergleichliche Reiz dieser Technik, daß sie uns unaufhörlich die Erinnerung an Kunstwerke weckt und daß ihr rohes Material schon stilisierte, kunstverklärte Schönheit ist: die Geliebte ist gekleidet in den farbigen Prunk des Hohen Liedes Salomonis mit den phantastischen Beiworten, die so geheimnisvoll geistreich das Unheimliche an der Liebe in die Seele werfen: das Unheimliche, wie Kriegespfeifen, das Ängstigende, wie irrer Wind in der Nacht; oder die Geliebte wird gemalt, wie die kindlichen Meister des Quattrocento malen: auf einem schmalen Bettchen sitzend, eine kurzgesaitete Laute in den feinen Fingern oder einen rot und grünen Psalter; oder sie steht im Dunkel, wie die weißen Frauen des Burne-Jones, mit blasser Stirn und opalinen Augen. Und der Hintergrund erinnert an phönikische Gewebe, oder an Miniaturen des Mittelalters: da hat die Göttin Venus eine schöne Kirche, und an den Glasfenstern sind ihre Wunder gemalt…

Oder das ganze Gedicht ist die Beschreibung einer Kamee, die vielleicht gar nicht existiert; oder der psychologische Vorgang ist in eine Allegorie übersetzt, in eine so plastische, so malbare, so stilisierte Allegorie, daß sie aussieht wie ein wirkliches Gemälde des fünfzehnten Jahrhunderts. Man erinnert sich an die Gabe der Renaissancemeister, ihre Träume in lebendige Bilder zu übersetzen und in farbigen Aufzügen verkleideter Menschen zu dichten: so sehr wird alles Person: der bewaffnete Wind und die große Flamme mit riesigen Händen, und der Tag, der seinen Fuß auf den Nacken der Nacht setzt…

Der Inhalt dieser schönen Formen ist eine heiße und tiefe Erotik, ein Dienst der Liebe, so tieftastend, mit solchem Reichtum der Töne, so mystischer Eindringlichkeit, daß er im Bilde der Liebesrätsel die ganzen Rätsel des Lebens anzufassen scheint.

Was hier Liebe heißt, ist eine vielnamige Gottheit, und ihr Dienst kann wohl der Inhalt eines ganzen Lebens sein.

Es ist die allbelebende Venus, die »allnährende, allbeseelende Mutter« des Lucrez, die vergötterte Leidenschaft, die Daseinserhöherin, die durch das Blut die Seele weckt; dem Gott des Rausches verwandt, verwandt der Musik und der mystischen

Begeisterung, die Apollo schenkt; sie ist das Leben und spielt auf einer wunderbaren Laute und durchdringt tote Dinge mit Saft und Sinn und Anmut; sie ist Notre dame des sept douleurs, die Lust der Qual und der Rausch der Schmerzen; sie ist in jeder Farbe und jedem Beben und jeder Glut und jedem Duft des Daseins.

Es hat immer passionate pilgrims gegeben, Pilger und Priester der Leidenschaft: Lobredner des Rausches, Mystiker der Sinne, Sendboten der Schönheit. Es gibt darüber tiefe Worte der orientalischen Religionen, schöne Worte des Apostels Paulus, geistreiche Gedanken der Condillac und der Hegel und verführerische Dithyramben der christlichen Dichter.

Aber niemals sind auf dem Altar der vielnamigen Göttin kostbarere Gewürze in schöneren Schalen verbrannt worden als von dem Mann, dem sie vor ein paar Wochen den goldenen Lorbeerkranz nicht gegeben haben, weil er nichts Heiligeres zu tun weiß, als auf dem reichen blauen Meer mit wachen Augen die unsterbliche Furche zu suchen, aus der die Göttin stieg.

Gabriele D'Annunzio (1893)

Man hat manchmal die Empfindung, als hätten uns unsere Väter, die Zeitgenossen des jüngeren Offenbach, und unsere Großväter, die Zeitgenossen Leopardis, und alle die unzähligen Generationen vor ihnen, als hätten sie uns, den Spätgeborenen, nur zwei Dinge hinterlassen: hübsche Möbel und überfeine Nerven. Die Poesie dieser Möbel erscheint uns als das Vergangene, das Spiel dieser Nerven als das Gegenwärtige. Von den verblaßten Gobelins nieder winkt es mit schmalen weißen Händen und lächelt mit altklugen Quattrocento-Gesichtchen; aus den weißlackierten Sänften von Marly und Trianon, aus den prunkenden Betten der Borgia und der Vendramin hebt sichs uns entgegen und ruft: »Wir hatten die stolze Liebe, die funkelnde Liebe; wir hatten die wundervolle Schwelgerei und den tiefen Schlaf wir hatten das heiße Leben; wir hatten die süßen Früchte und die Trunkenheit, die ihr nicht kennt.« Es ist, als hätte die ganze Arbeit dieses feinfühligen, eklektischen Jahrhunderts darin bestanden, den vergangenen Dingen ein unheimliches Eigenleben einzuflößen. Jetzt umflattern sie uns, Vampire, lebendige Leichen, beseelte Besen des unglücklichen Zauberlehrlings! Wir haben aus den Toten unsere Abgötter gemacht; alles, was sie haben, haben sie von uns; wir haben ihnen unser bestes Blut in die Adern geleitet; wir haben diese Schatten umgürtet mit höherer Schönheit und wundervollerer Kraft als das Leben erträgt; mit der Schönheit unserer Sehnsucht und der Kraft unserer Träume. Ja alle unsere Schönheits- und Glücksgedanken liefen fort von uns, fort aus dem Alltag, und halten Haus mit den schöneren Geschöpfen eines künstlichen Daseins, mit den schlanken Engeln und Pagen des Fiesole, mit den Gassenbuben des Murillo und den mondänen Schäferinnen des Watteau. Bei uns aber ist nichts zurückgeblieben als frierendes Leben, schale, öde Wirklichkeit, flügellahme Entsagung. Wir haben nichts als ein sentimentales Gedächtnis, einen gelähmten Willen und die unheimliche Gabe der Selbstverdoppelung. Wir schauen unserem Leben zu; wir leeren den Pokal vorzeitig und bleiben doch unendlich durstig: denn, wie neulich Bourget schön und traurig gesagt hat, der Becher, den uns das Leben hinhält, hat einen Sprung, und während uns der volle Trunk vielleicht berauscht hätte, muß ewig fehlen, was während des Trinkens unten rieselnd verlorengeht; so empfinden wir im Besitz den Verlust, im Erleben das stete Versäumen. Wir haben gleichsam keine Wurzeln im Leben und streichen, hellsichtige und doch tagblinde Schatten, zwischen den Kindern des Lebens umher.

Wir! Wir! Ich weiß ganz gut, daß ich nicht von der ganzen großen Generation rede. Ich rede von ein paar tausend Menschen, in den großen europäischen Städten verstreut. Ein paar davon sind berühmt; ein paar schreiben seltsam trockene, gewissermaßen grausame und doch eigentümlich rührende und ergreifende Bücher; einige, schüchtern und hochmütig, schreiben wohl nur Briefe, die man fünfzig, sechzig Jahre später zu finden und als moralische und psychologische Dokumente aufzubewahren pflegt; von einigen wird gar keine Spur übrigbleiben, nicht einmal ein traurig-boshaftes Aphorisma oder eine individuelle Bleistiftnotiz, an den Rand eines vergilbten Buches gekritzelt.

Trotzdem haben diese zwei- bis dreitausend Menschen eine gewisse Bedeutung: es brauchen keineswegs die Genies, ja nicht einmal die großen Talente der Epoche unter ihnen zu sein; sie sind nicht notwendigerweise der Kopf oder das Herz der Generation: sie sind nur ihr Bewußtsein. Sie fühlen sich mit schmerzlicher Deutlichkeit als Menschen von heute; sie verstehen sich untereinander, und das Privilegium dieser geistigen Freimaurerei ist fast das einzige, was sie im guten Sinne vor den übrigen voraushaben. Aber aus dem Rotwelsch, in dem sie einander ihre Seltsamkeiten, ihre besondere Sehnsucht und ihre besondere Empfindsamkeit erzählen, entnimmt die Geschichte das Merkwort der Epoche.

Was von Periode zu Periode in diesem geistigen Sinn »modern« ist, läßt sich leichter fühlen als definieren; erst aus der Perspektive des Nachlebenden ergibt sich das Grundmotiv der verworrenen Bestrebungen. So war es zu Anfang des Jahr-

hunderts »modern«, in der Malerei einen falsch verstandenen Nazarenismus zu vergöttern, in der Poesie, Musik nachzuahmen, und im allgemeinen, sich nach dem »Naiven« zu sehnen: Brandes hat diesen Symptomen den Begriff der Romantik abdestilliert. Heute scheinen zwei Dinge modern zu sein: die Analyse des Lebens und die Flucht aus dem Leben. Gering ist die Freude an Handlung, am Zusammenspiel der äußeren und inneren Lebensmächte, am Wilhelm-Meisterlichen Lebenlernen und am Shakespearischen Weltlauf. Man treibt Anatomie des eigenen Seelenlebens, oder man träumt. Reflexion oder Phantasie, Spiegelbild oder Traumbild. Modern sind alte Möbel und junge Nervositäten. Modern ist das psychologische Graswachsenhören und das Plätschern in der reinphantastischen Wunderwelt. Modern ist Paul Bourget und Buddha; das Zerschneiden von Atomen und das Ballspielen mit dem All; modern ist die Zergliederung einer Laune, eines Seufzers, eines Skrupels; und modern ist die instinktmäßige, fast somnambule Hingabe an jede Offenbarung des Schönen, an einen Farbenakkord, eine funkelnde Metapher, eine wundervolle Allegorie. Ein geistreicher Franzose schreibt die Monographie eines Mörders, der ein experimentierender Psychologe ist. Ein geistreicher Engländer schreibt die Monographie eines Giftmischers und Urkundenfälschers, der ein feinfühliger Kunstkritiker und leidenschaftlicher Kupferstichsammler war. Die landläufige Moral wird von zwei Trieben verdunkelt: dem Experimentiertrieb und dem Schönheitstrieb, dem Trieb nach Verstehen und dem nach Vergessen.
In den Werken des originellsten Künstlers, den Italien augenblicklich besitzt, des Herrn Gabriele d'Annunzio, kristallisieren sich diese beiden Tendenzen mit einer merkwürdigen Schärfe und Deutlichkeit: seine Novellen sind psychopathische Protokolle, seine Gedichtbücher sind Schmuckkästchen; in den einen waltet die strenge nüchterne Terminologie wissenschaftlicher Dokumente, in den andern eine beinahe fieberhafte Farben- und Stimmungstrunkenheit.
In seinen zahlreichen längeren und kürzeren Novellen – keine, auch die längsten nicht, lassen sich eigentlich »Romane« nennen – bewegen sich vielerlei und äußerst verschiedene

Menschen; aber alle haben einen gemeinsamen Grundzug: jene unheimliche Willenlosigkeit, die sich nach und nach als Grundzug des in der gegenwärtigen Literatur abgespiegelten Lebens herauszustellen scheint, jenes Erleben des Lebens nicht als eine Kette von Handlungen, sondern von Zuständen.

Da ist die Geschichte eines armen Dienstmädchens: eine Geschichte, simpel wie eine Legende, eine Art Monographie des Lebens einer bestimmten Spezies Pflanze: eine halb verbetete, halb verträumte Jugend, dann Dienst, Dienstbotenklatsch, ein paar Wallfahrten, viel Gebete; Freundschaft, animalische Stallfreundschaft mit einem alten, kränklichen Esel; der Tod des Esels; ein Wechsel im Dienst, eine späte müde Art von Liebe zu einem Landbriefträger, und Ehe und Tod. Alles ist wahr, von einer niederschlagenden Wahrheit: nicht kraß und brutal, aber revoltierend, unerträglich durch den Mangel an Luft, durch die Konzeption des Menschen als einer Pflanze, die vegetiert, sich langweilt und abstirbt. Oder die Geschichte eines Tramwaybediensteten, Giovanni Episcopo: er ist sensitiv und feig; seine Frau hat Liebhaber, die ihn und sein Kind brutalisieren; er fürchtet sich, sehnt sich fort und schaut seinem Schwiegervater, einem Säufer, Branntwein trinken zu; und das dauert Jahre und Jahre... Oder die Geschichte, wie die Bauern, weil ihrem Dorfheiligen die Wachskerzen gestohlen worden sind, halb wahnsinnig vor Fanatismus den wächsernen vergoldeten Heiligen auf die Schulter nehmen und mit Sensen und Dreschflegeln über die nächtigen Äcker ins Nachbardorf stürmen und die Kirchentür sprengen und auf den Altar des anderen Heiligen, des Rivalen, den ihrigen setzen wollen und wie die zwei Haufen wütender Menschen mit den zwei heiligen Namen als Feldgeschrei in der finstern Kirche zwischen Lilien, Schnitzwerk und Blutlachen die Nacht durch morden.

Aber man glaubt vielleicht, daß das Quälende dieser Lebensanschauung, diese eigentümliche Mischung von Gebundensein und Wurzellosigkeit, durch den Zwang kleiner Verhältnisse erklärt werden soll? Keineswegs. Einige dieser Novellen spielen in der Gesellschaft, in den Kreisen der überlegenen, unabhängigen Menschen. Gleich »L'Innocente«, das Buch, welches von allen Werken des d'Annunzio die größte Zahl Auflagen erlebt hat. Es ist das Plaidoyer eines Kindesmörders. Ein Bericht, der auf Jahre zurück ausholt und aus den unscheinbarsten Kleinigkeiten eine unwiderstehliche Schlußkette neuropathischer Logik zusammensetzt. In diesem Buch hat Herr d'Annunzio ein Meisterwerk intimer Beobachtung geschaffen. In keinem modernen Buche seit »Madame Bovary« ist die Atmosphäre des Familienzimmers, der enge ewig wechselnde Kontakt zusammenlebender Menschen ähnlich geschildert: das Erraten der Stimmung des anderen aus dem Klang der Schritte, der Färbung der Stimme; alle Qual und alle Güte, die sich in ein besonders betontes Wort, eine rechtzeitig gefundene Anspielung legen läßt; das Erraten des Schweigens; die unerschöpfliche Sprache der Blicke und der Hände. Verglichen mit diesem wirklichen Miteinander- und Ineinanderleben von Ehegatten ist das Verhältnis in Bourgetschen oder Maupassantschen Eheromanen ein flaches, ein bloßes Nebeneinanderleben, von dem sich einzelne Duoszenen, Krisen abheben. Der Erzähler der Geschichte, der Ehemann, ist eines jener Wesen von morbider Empfindlichkeit, hellsichtig bis zum Delirium und unfähig, zu wollen. Auch er steht wurzellos im Leben, schattenhaft, müßig. An einer Mauer seiner Villa ist eine Sonnenuhr befestigt. Manchmal gleiten seine Blicke über den Quadranten, der die Inschrift trägt: »Hora est bene faciendi«. Gut tun! In der Arbeit den Sinn des Lebens suchen! Wie lang ist es doch her, daß ein deutscher Roman die Menschen bei der Arbeit aufsuchen wollte! Man hat diese Devise, vielleicht durch eine falsche Ideenassoziation, als etwas philiströs empfunden. Man wollte keine »staatserhaltenden« Romane: man wollte sich die Freiheit nehmen, den Menschen sowohl beim Verbrechen als beim Genuß, sowohl beim romantischen als beim psychologischen Müßiggang aufzusuchen. Oder, da die Neigungen der Romanfiguren immer bis zu einem gewissen Grad die Neigungen der Künstler reflektieren: man fand den Begriff des Schwebens über dem Leben als Regisseur und Zuschauer des großen Schauspiels verlockender als den des Darinstehens als mithandelnde Gestalt. Es scheint, daß man auf einem Umweg zur bürgerlichen Moral zurückkommt, nicht weil sie moralisch, aber weil sie gesünder ist…

Im »Innocente« läßt sich deutlich der Punkt wahrnehmen, wo der raffinierte Verismus der Seelenzergliederung in Phantastik umschlägt. Die Frau des Kindesmörders, das Opfer seiner willenlosen Grausamkeiten und endlosen Quälereien, ist eine Figur von so scharf duftendem, quintessenziertem Stimmungsgehalt, daß sie darüber zum Symbol wird. Sie ist nur leidende Anmut, eine graziöse Märtyrerin, reizend und unwirklich wie jene blassen Märtyrerinnen des Gabriel Max, mit einem unbeschreiblichen Ausdruck von Kindlichkeit und Hysterie. In einer Bewegung ihrer weißen blutleeren Hände, in einem Zucken ihrer blassen feinen Lippen, in einem Neigen des blühenden Weißdornzweiges, den sie in den schmalen Fingern trägt, liegt eine unendlich traurige und verführerische Beredsamkeit. Wenn sie so daliegt, die fast durchsichtige Stirn und die schmalen Wangen von dunklem Haar eingerahmt, und der Polster, auf dem sie schläft, minder bleich als ihr Gesicht – diese ganze Technik des Weiß auf Weiß erinnert frappant an Gabriel Max –, so berührt sie wie ein Kunstwerk, eine Traumgestalt. Man begreift vollständig, daß sie einen Traumtod sterben kann, daß sie zum Beispiel im Wald die Schläge einer Axt auf irgendeinen unsichtbaren Baum wie Schläge des Lebens gegen ihre überfeine Seele empfinden und an dieser Emotion, also gewissermaßen an einem poetischen Bild, sterben kann.

Etwas Ähnliches geschieht dieser Figur wirklich. Aber nicht im »Innocente«, sondern in einem der poetischen Bücher von d'Annunzio, den »Römischen Elegien«, die als »Geliebte« ganz die gleiche sensitive Frauengestalt enthalten. Römische Elegien! Uns klingen die zwei Worte bedeutend und besonders, wie ein erlauchter Name. Zum Überfluß ist denen des Italieners ein Distichon aus denen des Deutschen vorangesetzt:

Eine Welt zwar bist du, o Rom; doch ohne die Liebe
Wäre die Welt nicht die Welt, wäre denn Rom auch nicht Rom.

So wird ausdrücklich ein gleicher Inhalt angekündigt, und Vergleichung scheint geradezu herausgefordert. Dichter steht gegen Dichter und Epoche gegen Epoche. In antik-heiterem Liebesleben die glückliche Vorzeit in sich aufleben lassen, von der Liebe den hohen naiven Stil des Lebens lernen und lebend und liebend sich jener heroischen und verklärten Wesen als wesensgleicher werter Vorfahren erinnern, in genialen Metamorphosen bald die antike göttliche Welt vertraulich zu sich in Schlafstube und Weinlaube ziehen, bald ehrfurchtsvoll im eigenen Treiben das Ewige und Göttern Verwandte begreifen, das war das »Römische« an diesen deutschen Elegien von 1790. Was hat Rom dazu gegeben? Goldene Ähren und saftige Früchte, von der Sonne Homers gezeitigt, eine reinlich konturierte, simple, fast Tischbeinsche Landschaft und von all seinen unzähligen berauschenden Erinnerungen nichts als das Gärtchen des Horaz, die Hütte des Tibull voll Liebesgeplauder und Duft von Weizenbrot und die Spatzen des Properz. Nie haben die Grazien das liebliche Brot unsterblicher Verse von einfacheren Holztellern gegessen und klareres Quellwasser dazu getrunken. Auch in den »Römischen Elegien« des Heutigen, des Italieners, wandeln die Grazien. Aber der Dichter hat sie erst in das Atelier des Tizian geschickt, sich umzukleiden. Sie wandeln beim Plätschern der Renaissancefontänen durch die Laubgänge der mediceischen und farnesischen Villen; farbige Pagen warten ihnen auf, und im smaragdgrünen Boskett spielen weiße Frauen im Stil des Botticelli auf langen Harfen. Zu diesen Elegien hat Rom all seine Erinnerungen hergegeben: die herrischen, die sehnsüchtigen, die prunkenden, die mystischen, die melancholischen. Diese komplizierte Liebe saugt aus der Landschaft, aus Musik, aus dem Wetter ihre Stimmungen. »Wie ein Wiesel Eier saugt«, sagt der melancholische Jacques. Diese Liebe ist wie gewisse Musik, eine schwere, süße Bezauberung, die der Seele Unerlebtes als erlebt, Traum als Wirklichkeit vorspiegelt. Es ist keine Liebe zu zweien, sondern ein schlafwandelnder wundervoller Monolog, das Alleinsein mit einer Zaubergeige oder einem Zauberspiegel. Um so öder ist das Erwachen, dieses ernüchterte Anstarren:

Und meinen Blicken erschien ihre Hand wie gestorben, ein totes
Schien sie, ein wächsernes Ding, diese lebendige Hand.
Die mit so funkelnden Träumen die Stirn mir umflocht,
und die, wehe,
Süßeste Schauer der Lust mir durch die Adern gesandt!

In den beiden »Römischen Elegien« wiederholt sich eine Situation: wie der Dichter, auf dem Lager der Liebe halb aufgerichtet, den Schlaf der Geliebten belauscht. Welch sicheres Glück bei Goethe, welch sicheres Umspannen des Besitzes, welch seliges Genügen! Wie einen kleinen Vogel in der hohlen Hand, hält der Glückliche Leib und Seele der Geliebten, den blühenden Leib und das warme, naive hingebende Seelchen. Dem Modernen erscheint der kleine Vogel weniger zutraulich und weniger leicht zu besitzen. Wie er sich über die blasse, leise atmende Gestalt mit Liebesaugen beugt, kommt ihm nur der eine Gedanke: wie wenig die ruhelose, sehnsüchtige Seele unter diesen geschlossenen Lidern ihm gehört, wie die Träume sie bei der Hand nehmen und fortführen, wohin er nicht folgen kann. Und wenn die geliebten Lider sich öffnen und der Blick der suchenden Augen sich jenseits verlieren will, jenseits des Lebens, in vergeblicher Sehnsucht, muß er den bleichen Mond und den unendlichen mächtigen Himmel und die unruhigen Bäume und die sehnsüchtig flimmernden Sterne bitten, ihm nicht diese kleine sehnende Seele ganz zu rauben... »Gebet, wenn ich Euch verehrte, gebt, daß ihre Seele wandermüde sich an mich schmiege, weinend, mit unendlicher Liebe.« Es ist, als hätte sich in den hundert Jahren, die zwischen diesen beiden Liebestagebüchern liegen, alle Sicherheit und Herrschaft über das Leben rätselhaft vermindert bei immerwährendem Anwachsen des Problematischen und Inkommensurablen.

Gegenüber diesem ekstatischen Auffliegen der Liebe, dieser uneingeschränkten mystischen Hingabe an die Stimmung, wie nüchtern bei Goethe die weise Beschränkung, wie simpel, wie antik! Dem nervösen Romantiker ist die Liebe halb wundertätiges Madonnenbild, halb raffinierte Autosuggestion; unter den Händen Goethes war sie nichts als ein schöner

Baum mit duftenden Blüten und saftigen Früchten, nach gesunden Bauernregeln gepflanzt, gepflegt und genossen. Das war ihm »römisch«; er dachte an den Hymenaeus des Catull, diese lebenatmende Hymne, die in der Ehe nichts Heiligeres und nichts Unheimlicheres sieht als in der heiligen Ernte oder im saftsprühenden Weinlesefest. Er dachte an den Dichter, der in einem unsterblichen Buch die reife Leidenschaft der Dido und die herbe Mädchenliebe der kleinen Lavinia malt und in einem andern lehrt, die goldenen Honigwaben auszuschneiden und die reifen Birnen zu brechen. Ein Tagebuch der Liebe wie die »Elegie romane« steht nur noch halb auf der Erde. Es enthält den Ikarusflug, es enthält auch den kläglichen Fall und die lange, öde, elende Ermattung. Es enthält den Rausch der Phantasie und den Katzenjammer der Neurose und Reflexion. »Ciò che ti diede ebrezza devesi corrompere«, aus Lust wird Leid, aus Blumen Moder und Staub. So schließt mit dem Jammer des Psalmisten, was mit der Ekstase des Doctor Marianus begonnen.

Um die reine Schönheit zu erreichen, muß die Gestalt der Geliebten immer traumhafter werden, muß die Liebe selbst immer mehr einem Haschischrausch, einer Bezauberung gleichen. Das ist im »Isottèo« erreicht. Isottèo, Triumph der Isaotta, ist gleichzeitig ein reales und ein phantastisches Buch, gleichzeitig Wirklichkeit und Traum. Es ist nirgends darin gesagt, daß die beiden Menschen darin kostümiert sind, aber alle ihre Gedanken sind es. Diese Dichterseele ist so erfüllt mit den faszinierenden Abenteuern der Vergangenheit, daß sie unter der Berührung der Liebe unwillkürlich wie aus einem tiefen Brunnen eine Märchenwelt aufschweben läßt. »Mir war, als ströme aus ihrer Rede eine Bezauberung und unterwerfe alle Büsche und Bäume ...« »Ihr Hände, die ihr meinen Qualen das Tor der schönen Träume aufschlosset ...« »Ich kränze dich, Quell, wo ich an jenem Tag einen Trunk tat, der mir lebendig bis ins Herz zu gleiten schien ...« Realität und Phantasma rinnen völlig ineinander: Die Hände der Geliebten öffnen das Tor der Phantasie; wenn die Geliebte und der Dichter nebeneinander herreiten, ist es ihm, als ritten Lancelotto und Isolde mit der weißen Hand durch den smaragdfunkelnden Wald der Poesie; um ihren blonden Kopf sieht er gleichzeitig einen Kranz Rosen und die Glorie seiner Träume gewunden. Im Triumphzug der Isaotta gehen die Horen mit Feuerlilien in der Hand, hinter ihnen Zefirus, Blumenduft hauchend, gehen Flos und Blancheflos, Paris und Helena, Oriana und Amadis, Boccaccio und Fiammetta, geht der Tod, kein Gerippe, sondern ein schöner heidnischer Jüngling mit den Gelüsten und Träumen als valets de pied.

Das ist es, was ich den Triumph der Möbelpoesie genannt habe, den Zauberreigen dieser Wesen, von denen nichts als Namen und der berückende Refrain von Schönheit und Liebe zurückgeblieben ist. Freilich, die toten Jahrhunderte haben uns nicht nur Tapeten und Miniaturen, nicht nur Tanagrafigürchen und Terrakottareliefs, Grabmonumente und Bonbonnièren, farbige Kupferstiche und die goldenen Becher des Benvenuto Cellini hinterlassen, nein, wir haben auch Homer geerbt, auch den »Principe« des Machiavell und den »Hamlet« des Shakespeare. Aber Oriana und Amadis? aber Lancelot und Ginevra? aber die Frühlingsnymphen des Botticelli? aber die »Feenkönigin« des Spenser, die »Trionfi« des Lorenzo Medici, die Zaubergärten des Ariosto? Es gibt unzählige Dinge, die für uns nichts sind als Triumphzüge und Schäferspiele der Schönheit, inkarnierte Traumschönheit, von Sehnsucht und Ferne verklärt, Dinge, die wir herbeirufen, wenn unsere Gedanken nicht stark genug sind, die Schönheit des Lebens zu finden, und fortstreben, hinaus nach der künstlichen Schönheit der Träume. Dann ist uns ein Antiquitätenladen die rechte Insel Cythera; wie andere Generationen sich in den Urwald hinaus-, ins goldene Zeitalter zurückgeträumt haben, so träumen wir uns aufgemalte Fächer. In diesem Sinn ist das »Isottèo« das schönste Buch, das ich kenne; es erreicht eine berauschende, wundervoll verfeinerte Schönheit durch ein Vergleichen aller Dinge nicht mit naheliegenden, sondern wiederum nur mit schönen Dingen, ein berückendes Ineinanderspielen der Küste. »Ihre (Isaottas) Worte fielen nieder wie sehnsüchtig duftende Veilchen…« »Die nackten silbernen Pappeln standen regungslos wie silberschimmernde Leuchter, und die Lorbeerbäume bebten wie angeschlagene Lauten…«

Hier sind Beispiele machtlos; ist es doch die schönste, die ewig beneidete Sprache; ist es doch das Land unserer Sehnsucht, wo es Städte gibt, deren Namen nicht nach schalem Alltag und rauher Wirklichkeit klingen, sondern tönen, als hätten die süßen duftenden Lippen der Poesie selbst sie beim Singen und Plaudern geformt.
Ja es strömt aus diesen Versen eine Bezauberung, die unterwirft, nicht nur die smaragdenen Büsche und Bäume, sondern völliger noch die horchende Seele, die sehnende Seele, die verträumte Seele, unsere Seele.
Denn wie das rebellische Volk der großen Stadt hinausströmte auf den heiligen Berg, so liefen unsere Schönheits- und Glücksgedanken in Scharen fort von uns, fort aus dem Alltag, und schlugen auf dem dämmernden Berg der Vergangenheit ihr prächtiges Lager. Aber der große Dichter, auf den wir alle warten, heißt Menenius Agrippa und ist ein weltkluger großer Herr: der wird mit wundervollen Rattenfängerfabeln, purpurnen Tragödien, Spiegeln, aus denen der Weltlauf gewaltig, düster und funkelnd zurückstrahlt, die Verlaufenen zurücklocken, daß sie wieder dem atmenden Tage Hofdienst tun, wie es sich ziemt.

Die Sprachen gehören zu den schönsten Dingen, die es auf der Welt gibt. Man sagt, sie sind es, die unser Dasein vom Dasein der Tiere unterscheiden. Sie sind wie wundervolle Musikinstrumente, die unsicher immerfort neben uns herschweben, damit wir uns ihrer bedienen: die Möglichkeit der unsterblichsten Gedichte schläft immerfort in ihnen, wir aber spielen auf ihnen so albern als möglich. Trotzdem ist es nicht möglich, sie ganz um ihren Klang zu bringen. Ja, wenn wir für die Schönheit der eigenen stumpf geworden sind, so hat die nächstbeste fremde einen unbeschreiblichen Zauber; wir brauchen nur unsere welken Gedanken in sie hineinzuschütten, und sie werden lebendig wie Blumen, wenn sie ins frische Wasser geworfen werden.
Man teilt die Sprachen bekanntlich in lebende und tote. Diejenigen, welche alle Sprachen so lehren, als ob sie tot wären, nennt man Philologen. Die anderen, welche die lebendigen Sprachen und die Sprache lebendig lehren, heißen nur Sprachlehrer. Sie werden von den Philologen verachtet, obwohl sich unter diesen die entsetzlichsten Menschen der Welt befinden, während unter den Sprachlehrern viele gut und gescheit sind. Dies kommt daher, daß sie fast alle früher etwas anderes waren, nämlich wirkliche Menschen, und nur im Laufe ihres Lebens zufällig Sprachlehrer geworden sind. Es sind solche unter ihnen, die vom Leben noch sehr viel erwarten; und solche, die schon zuviel erlebt haben; verjagte Prinzen, abgedankte Offiziere, verkannte Dichter, enttäuschte Schauspieler, junge Mädchen, die zu viele Geschwister haben, Studenten, Erfinder, Verbannte. Alle haben sie in ihren Sprachen gedacht, gewünscht und geträumt, Antworten gegeben und empfangen, den unendlichen Inhalt nichtiger Worte empfunden, die schneidende und die berauschende Kraft der Rede gespürt, lange bevor das Schicksal sie dahin führte, zu fragen: »Wo hast du das Taschenmesser deiner Großtante gelassen?« und darauf zu erwidern: »Der gute

Admiral sitzt im Garten und weint.« Und fast immer geschieht es, daß sie ihre eigene Sprache in einem fremden Lande lehren. Man erzählt, daß Gestrandete, die einsam auf einer wüsten Insel lebten, ihr Unglück für Stunden vergessen konnten, indem sie sich damit abgaben, einem Vogel ein paar Silben ihrer Muttersprache beizubringen. In der »Göttlichen Komödie« werden selbst die rettungslos Verdammten in der Hölle und die in tiefem Ernst versunkenen Gestalten im Fegefeuer für einen Augenblick gerührt, wie der an ihnen vorübergeht, der Toskanisch spricht. Die Sprache ist alles, was einem bleibt, der seine Heimat entbehren muß. Aber sie enthält auch alles. Wie der Lufthauch, der in stillen Nächten vom festen Lande her auf ein Schiff zuweht, traumhaft angefüllt mit dem Duft von süßem Wasser und dem Atem von Wäldern und Wiesen, so weht aus der Sprache ein Hauch der Heimat; der jenseits aller Worte ist. In ihr bewegen sich wie dunkle verfließende Schatten so viele Gesichter, soviel Landschaft ist in ihr, soviel Jugend, soviel Unsägliches. Nicht in den Worten aber liegt das Stärkste dieses Zaubers: es liegt in den Wendungen, in der unübertragbaren Art, wie die Worte nebeneinandergestellt werden, wie sie aufeinander hindeuten, einander verstärken und verwischen, miteinander spielen, ja sich verstellen, und eines des anderen Maske vornehmen, wechselweise einander ihrer ursprünglichen Bedeutung entfremdend. Dies ist ein Gebiet, in welches die Gelehrten fast keinen Zutritt haben. Hier hört die Arbeit des Philologen auf, und der Reiz derer, die zuzuhören verstehen, fängt an. Was sich davon zergliedern läßt, ist fast nichts: es handelt sich um ein ungreifbares Ding: es ist, als ob man das Lächeln, das, von einem Gesichte ausstrahlend, eine ganze Gestalt, ja einen ganzen Raum mit einem unbegreiflichen flüchtigen Glanz erleuchtet, zergliedern wollte, indem man die meßbaren Zusammenziehungen kleiner Muskeln rings um den Mund und rings um die Augen niederschriebe. Dieses Geheimnisvolle, Unübertragbare macht den großen Zauber der Sprache aus. Das und nichts anderes macht die fremden Sprachen erfrischend wie ein Bad. Wer eine fremde Sprache nach ihrem Geist spricht, steht zwar in derselben Welt wie früher, dieselben Menschen stehen um ihn und an seinem Schicksal ist nichts verändert, aber es ist, als wäre ihm ein Zauberring an den Finger geschoben, und er sieht alle Dinge um ein Etwas verändert, ja wenn er mit Freunden Reden über sein Leben austauscht, Vorsätze oder Gesinnungen ausspricht, so geht durch alles das ein Zauber hin, der das Gewicht der äußeren Dinge verringert, das Bewußtsein des eigenen Selbst aber wie mit einem Panzer von Kraft und Mut umgibt.

In der »Griechischen Anthologie« steht ein merkwürdiges Gedicht, das, wenn ich nicht irre, dem Paulus Silentiarius zugeschrieben wird. Es erzählt von einem Jüngling und einem jungen Mädchen, die einander sehr liebten und so viele Zeit als sie wollten miteinander sein durften; aber doch von dem immer gleichen Leben eine Art Ermüdung empfanden und des Abends, wie mit Puppen spielende Kinder, nur mit lebendigen Puppen, ihre Kleider tauschten, daß dann er dem in Mädchenkleidern verborgenen Achill, sie der Jägerin Artemis ähnlich sah; und wie sie füreinander in der Verkleidung etwas ganz Neues empfanden, als hätten sie sich gerade erst kennengelernt. Ich weiß leider die Hexameter nicht auswendig, in denen diese schöne kleine Geschichte erzählt ist: aber wenn man ihr einen zweiten Sinn unterschieben wollte, so gäbe es keine hübschere Allegorie, um auszudrücken, wie merkwürdig und reizend es ist, von Lippen, die man sehr gut kennt, eine fremde Sprache in ihrem Geiste sprechen zu hören.

Dieser Zauberring, den man nur anzustecken braucht, um ein verwandeltes Bild der Welt und des Lebens zu besitzen, geht ziemlich selten von der Hand eines gelehrten Philologen an die seines fleißigen Schülers über, denn meistens besitzt ihn keiner von beiden, aber der Sprachlehrer hat ihn fast immer aus der Hand des Lebens bekommen und kann ihn wieder auf einen anderen Finger schieben, am leichtesten auf den eines Kindes. Denn eine Sprache in ihrem Geiste zu sprechen, das ist alles! Das ist die Prinzessin, deren seidenes Kleid durch die dicke Hecke der unregelmäßigen Zeitwörter schimmert. Was ich hier meine, ist so wahr und so ernst, aber ich fürchte, ich kompromittiere die Ernsthaftigkeit meines Gegenstandes, weil ich immer voll Zaubersachen, von griechischen Gedichten und von Verkleidungen spreche. Ich würde sehr gern jetzt Goethe anführen, denn gewiß hat er in einem seiner großen und weisen Gespräche mit dem guten Eckermann auch diesen Gegenstand berührt, er, vor dem die Sprachen der Völker nichts anderes waren als die verschiedenen Saiten einer großen Harfe, er, der in seiner Kinderzeit einen Roman schreiben wollte von sieben Geschwistern, von denen eines französisch korrespondierte, eines italienisch, eines griechisch und eines Frankfurter Judendeutsch... Gewiß hat er auch über die Sache einmal gesprochen, entweder auf der Landstraße gegen Jena hin oder in dem schönen Garten an der Ilm oder in dem freundlichen Zimmer, wo der Gipskopf der großen Juno stand. Aber leider gehört dieses Gespräch zu den verlorengegangenen. Dagegen steht in den »Essais« von Montaigne eine Stelle im fünfundzwanzigsten Kapitel des Ersten Buches, die mit den weisesten, den knappsten und anmutigsten Worten alles sagt, was ich über diesen Gegenstand noch zu sagen versuchen könnte. Das betreffende Kapitel heißt: »Von der Erziehung der Kinder«. Hier spricht Montaigne zuerst davon, wie man den Kopf der Kinder nicht mit Gelehrsamkeit und Wortklugheit anstopfen dürfe, sondern wie man sie lehren müsse, dem Leben selber alles abzulernen; dann fährt er fort: »Für diese Lehrmethode nun ist alles, was uns vor die Augen kommt, Buch genug: die Gaunerei eines Pagen, die Dummheit eines Bedienten, irgendein Wort, das bei Tisch fällt, das ist alles schon ein Stoff. Nichts aber geht über den Verkehr mit Menschen und das Herumkommen in fremden Ländern,... non pour en rapporter seulement, à la mode de nostre noblesse françoise, combien le visage de Néron, de quelque vieille ruyne de là, est plus long ou plus large que celui de quelque pareille médaille; mais pour en rapporter principalement les humeurs de ces nations et leurs façons, et pour frotter et limer nostre cervelle contre celle d'aultruy.« Ich wollte, ich wüßte auf deutsch auch nur im Traume so schön, so kurz und so richtig zu sagen, wozu das Herumkommen in fremden Ländern gut ist, wie er es hier sagt, und warum die kleinen Kinder fremde Sprachen lernen müssen. Denn mit seiner un-

vergleichlichen Sicherheit, die ihn einem so großen Arzt so ähnlich macht, hat er hier mit ein paar Worten alles Nützliche davon herausgesagt, während mir nur das Schöne davon eingefallen war.
Da ist nun ein Buch, über das fast nichts oder unendlich viel zu sagen wäre. Es ist eine kleine Beispielsammlung, ganz durchleuchtet von der Liebe eines Sprachlehrers für seine Sprache. Ich glaube wirklich, daß niemand seine Sprache so sehr liebt, nicht einmal die Dichter, wie diese Verbannten. Es heißt: »Gentillesses de la langue française«, oder: »Choix d'expressions ingénieuses ou caractéristiques propres à donner au langage des étrangers un air bien français«. Wirklich, wer dieses kleine dünne Buch hin und her blättert, wird mehr Freude daran haben als an vielen dicken, gelehrten, systematischen Bänden. Vielleicht bei keiner Sprache der Welt kommt es so sehr auf das »Wie« des Sprechens an wie bei der französischen. Sie ist unter ihren Schwestern vielleicht die ärmste an Stoff und die reichste an Wendungen. Es sind sicher in keiner Sprache der Welt mehr unerwartete Antworten, geistreichere Definitionen, geschicktere Umschreibungen geformt worden als in der französischen. Ihre größten Stilisten waren es nicht durch die Wucht oder durch den Reichtum, sondern durch die Biegsamkeit. Die relative Armut ihres Wortschatzes ist durch unaufhörliche Übertragungen aus einem Gebiet ins andere zu einem unbeschreiblichen Reichtum geworden. Wir in unserer unendlich reichen, fast mystischen Sprache sind, wenn wir uns nicht in eine dunkle Bildlichkeit flüchten wollen, viel unbeholfener, viel schwerfälliger; viel ärmer, das zu sagen, was das Leben des Herzens und des alltäglichen Denkens ausmacht. Das Gewimmel der Wendungen aber, mit denen das Französische das innere Leben malt, hat in allen Übertragungen nur immer mehr Bestimmtheit und Anmut gewonnen. Ein älterer Gebrauch sticht hie und da durch und erinnert, daß eigentlich vom Acker, vom Weingarten, vom Webstuhl hergenommen ist, was heute zum Ausdruck innerer Vorgänge dient, die weit weg sind von der schweren ehrwürdigen Ackererde, vom fröhlichen Weingarten und vom friedfertigen Webstuhl. Es ist eine weltlichere Sprache als die un-

sere. Ganz deutlich hört man auch vergangene weltliche Dinge aus ihr reden, hie und da den Ton der Könige und seiner Hofherren, hie und da die Stimmen von Bauern, von Gerichtsleuten, von Frauen, vielen Frauen, und auch von Kindern. Voll von hübschen Beispielen für das alles ist das kleine Buch, irgendwie lose aneinandergereiht und von nichts zusammengehalten als von der Liebe dessen, der sie nebeneinander aufgeschrieben hat, »von seiner eigensinnigen Liebe für das, was ihm durch und durch französisch erscheint«. Und wirklich scheint mir in dieser Sammlung hübscher Redensarten etwas oder vielmehr viel vom Geist der französischen Sprache zu liegen, locker und offen dazuliegen, wie selten in einem Lehrbuch. Wenn dieses Buch von einem Gelehrten gemacht wäre, so ist nicht zu sagen, um wieviel vollständiger, gründlicher, systematischer es wäre, und um wieviel wertloser. Denn sein ganzer Wert liegt darin, daß es so gar nicht gemacht ist. Wenigstens wüßte ich nicht zu sagen, ebensowenig wie bei einem Gedicht, wie man dergleichen nachmachen könnte. Man muß dazu seine Sprache lieben, wie ein Verbannter den Rauch der Hütten von zu Hause, wie ein Kind sein Lieblingsspielzeug, wie ein Dichter den Klang seiner Reime. Denn der ganze Reiz daran ist ein Hauch von Unmittelbarkeit. Man könnte genau so gut fragen: »Wie macht man Blumen?«

Die Duse im Jahre 1903

Diese Frau leidet die Leiden unserer Zeit mehr als irgend ein anderes Geschöpf, und in einer großartigen Weise. Von Jahr zu Jahr, von Land zu Land scheint sie blindlings zu fallen, »wie Wasser, von Klippe zu Klippe geworfen«. Ihr Kommen und Verschwinden ist aufregend wie das Herabtaumeln eines verwundeten Sturmvogels auf das mit Menschen überfüllte Verdeck eines Schiffes. Sie ist das ruhmbeladenste Geschöpf der Erde und das ruheloseste; ihre Reisen sind Triumphzüge, und sie gleichen einer Flucht. Wie der Fieberkranke seine Kissen, wechselt sie die Länder der Welt und findet nicht fußbreit, sich auszuruhen. Es ist, als hätte diese ganze Welt nicht den Garten, der sie umfrieden kann, nicht den Brunnen, an dessen Rand sie die fiebernde Schläfe kühlen, nicht den Baum, in dessen Schatten sie einschlummern wird. Und lägen nicht die Jahrtausende dazwischen, so könnte ihre Legende zusammenfließen mit dem Mythos der unglücklichen Io, die durch die Länder stürmt, dumpf aufbrüllend vor Qual und Müdigkeit, den unstillbaren Zorn einer Göttin als giftigen Stachel an ihre zitternde Flanke geheftet. Sie kommt wieder, und gleicht sich selber nicht; und wieder geht sie von uns, hinabzusteigen in ewig wechselnde Gewässer. Doch war sie da. Und wir fühlten die Nähe einer unnennbaren tragischen Gewalt, einer größeren Seele, beladen mit höheren Schmerzen, als die Geschöpfe, welche sie verkörpert, zu leiden fähig sind. Die Geschöpfe, welche sie vor uns verkörperte, waren nur die Sklavinnen, die zu den Füßen eines königlichen Scheiterhaufens verbrannt werden. Oben aber, zuhöchst, verzehrte sich in den gleichen Flammen der Leib einer Göttin.

Mehr als jemals ging diesmal, während sie auf der Bühne stand und spielte, etwas Größeres vor als das Schicksal dieser Figuren, etwas Allgemeineres, etwas von so hoher Allgemeinheit, daß es dem tragischen Leben erhabener Musik sehr nahe verwandt war.

Mehr als sonst mußten wir uns diesmal, während sie auf der

Bühne stand und Theater spielte, fragen: Existiert das Theater vielleicht nicht mehr? Hat es nicht für uns zu existieren aufgehört? Mit all seinen großen Häusern, seinen Tausenden von Lampen, seiner scheinbar so großen Realität hat das, was wir Theater nennen, als geistige Kraft, als Macht über uns nicht zu existieren aufgehört? Lebt es nicht vielleicht nur mehr für die Kinder, die tagsüber schon zitternd vor Ahnung die Bude wandernder Komödianten umschleichen; denen eine Zauberwelt aufgeht, wenn sie durch den Spalt unter dem verschlissenen Vorhang den mit Silberflitter gestickten Schuh eines Edelknappen schon lange sehen können, während noch die fünf Musikanten unten Geige und Brummbaß stimmen?

Es ist eine solche Zauberkraft in dieser Frau, daß sie den Kahn, auf dem sie fährt, zum Sinken zwingt und den Fuß auf die nackten Wellen setzt und auf uns zuschreitet. Es lebt in dieser Schauspielerin eine solche Seele, daß vor der Erhabenheit ihrer Gebärden jedes Stück, in welchem sie spielt, aus seinen Fugen geht und nur mehr sie da ist, ihre Natur, die unfähig ist, sich zu verbergen, ihre großen Regungen, die in einer unerhörten Weise leibliche Form geworden sind, ihr Gehen und Stehen, die Hoheit ihres Nackens, die Magie ihrer Hände, die wundervolle tragische Maske, gewoben aus Strahlendem und Dunklem, die ihre Seele verhüllt und verrät.

Und sie will Schauspielerin sein, und sie strebt sich zu verhüllen, und sie bietet die ganze dämonische Kraft ihres Leibes auf, in tausend Verwandlungen den Strahl ihres Wesens zu brechen. Sie türmt gemalte Burgen und gewölbte Gemächer und Landschaften um sich auf, sie hüllt ihre Glieder in die Gewänder der vergangenen Zeiten und legt sich in den Mund die Reden der erdichteten Geschöpfe. Sie will einem Dichter dienen, sie gibt sich in die Hand eines Dichters, wie ein willenloses Wesen gibt sie sich in seine Hand, wie seine Sache, wie seine Wünschelrute, die in seiner Hand liegt und dämonisch aufzuckt, wenn er in seinen Träumen großen Dingen nahe kommt. Sie gibt sich ihm, damit er ihr die Möglichkeit wundervoller Ausrufe, wundervoller Gebärden schaffe. Und ihr Dichter zieht sie zu dem Leichnam der Kassandra, an den Mund der Kassandra läßt er sie die Hände legen; und er taucht sie in die rote Glut des Inferno; ihre wundervollen Hände läßt er sie verlieren und am Rande des Meeres sie traurig dastehen, armlos, wie einen großen unheimlichen Strandvogel; und er blendet ihre Augen und läßt sie mit sehenden Händen, mit fühlendem Leib durch den Raum gleiten; und Szenen gibt er ihr, wo sie im aufgelösten Haare wühlen kann, und Szenen, wo sie mit blühenden Rosen spielt, und Szenen, wo sie zwischen dem jungen Grün der Büsche irren Blickes, doch sanfter als ein Kind, hervortritt.

Aber in all diesen Verwandlungen gehört sie noch zu sehr sich selbst. Sie will sich völliger hingeben, in einer fremderen, befremdlicheren Welt sich verlieren. So kommt sie an Ibsen. Es hat etwas von einem bösen Traum, sie die Hedda Gabler spielen zu sehen. Es liegt eine Unheimlichkeit darin, die außerhalb des Stückes liegt, die grotesker, aufregender, phantastischer ist als das Stück selbst. Es liegt etwas darin, das die Romantiker aufs äußerste fasziniert hätte. Ihre bloße Anwesenheit bringt ein so sonderbares magisches Licht mitten in eine halb tragische, halb fratzenhafte Atmosphäre, daß es an gewisse kleine Blätter von Rembrandt erinnert, an gewisse kleine Bilder von Daumier. Nie konnte man sie so grell angeleuchtet sehen, diese bösartige kleine Welt des buschigen, gedrungenen, mächtigen Dämons, des Zauberers in Filzpantoffeln, des Apothekerlehrlings aus Bergen, der die Gifte und Gegengifte kennt und aus ihnen seine Tränke braut und aus seinen Phiolen seinen in Zauberschlägen eingefangenen Menschen und Halbmenschen so viel eingibt, daß sie unheimlich durcheinandertanzen.

Aber der Vorhang fällt, und sie steht da, einsam, und schüttelt die Spuren dieser Dinge von sich ab wie angeflogenen Staub. Sie hat sich gegeben und nicht ausgegeben, sie hat sich ermüdet und nicht erschöpft. Sie hat nur gespielt. Und das Dunkel eines geheimen Unmutes, einer geheimen Enttäuschung legt sich als ein neuer wundervoller Schatten auf die tragische Maske, die ihr Antlitz ist.

Früher war sie nicht so. Früher trug sie ihr zuckendes Herz in den Händen, früher wühlte sie in ihren Eingeweiden wie in den Saiten einer Harfe früher hauchte sie ihren letzten

Hauch, und dann wankte sie vor an die Rampe, und ihre fast ersterbenden Blicke riefen hinunter: »Ich gab euch alles!«
Aber sie bleibt sich nicht gleich. Ist denn irgend einer unter den Tausenden, die ihre Augen auf sie heften, der noch nicht bemerkt hat, daß sich niemand weniger gleich bleibt als diese Frau?
Daß sie lebt, daß sie sich entwickelt, daß sie ihrem früheren Selbst entfremdet ist, daß sie nicht mehr begreifen kann, wie sie früher war. Daß sie gereift ist an der Glut ihrer Schmerzen, der Schmerzen, die sie gelebt und die sie gespielt hat. Daß sie heute größer ist als die Schicksale, die sie darstellt. Daß sie mit den tiefen, weisen Blicken ihrer Augen das Gewölk dieser Schicksale zerteilen kann. Daß sie zu weise ist für Julia und Kleopatra, zu weise für die arme böse Hedda Gabler, nein, weiser als Ödipus, klüger als Hamlet. Daß sie dort schwebt, wo dunkles Gewölk sich nicht mehr ballt, wo nur die reinsten Blitze des Schicksals, den Äther durchzuckend, treffen und töten. Daß sie dort ist, wo man die »Antigone« zu spielen reif ist, oder wo man überhaupt Theater zu spielen aufhört.
Man versteht, daß die Dichterseele, die aus Werthers gequälten Augen angstvoll blickte, sich läutern konnte, sich stärken zu dem wundervoll klaren, das Schicksal bändigenden Blick der Iphigenie! Man meint das zu begreifen. Für eine billige Weisheit hält man es, für einen rechten Gemeinplatz, das zu wissen. Und hier geht ganz das gleiche vor. Hier steht jemand auf der Bühne, der mit unendlich vielem fertig geworden ist. Hier nimmt eine Seele Masken vor, die über die Maskenspiele hinaus ist. Hier ringt eine namenlos große Kraft, eine königliche, priesterliche Seele um die Möglichkeit, sich geradewegs herzugeben, und findet nur Gleichnisse. Wie keine zweite menschliche Kraft hat sich die Duse auf das Leben gestürzt, auf das Leben, wie jeder es sieht, spürt und leidet, auf das Leben sans phrase. Vom A bis zum Z hat sie das Alphabet der menschlichen, allzu menschlichen Dinge innegehabt, besessen die ganze Skala, die ganze, wie kein zweites Geschöpf. In Stunden des Triumphes mochte sie wähnen, die Zauberformel zu besitzen, die Himmel und Erde aufschließt, aber sie löste sich auf, zerrann zu Figuren, war nur ein Alphabet. Eine

so große Schauspielerin ist sie geworden, daß sie dahin kommen mußte, die Grenzen ihrer Kunst als eigenstes Leid in ihre Seele hinüberzunehmen. Es sind nicht die Länder der Erde allein, die sie wechselt, wie der Fieberkranke seine Kissen – auch in ihrem Tun vermag sie nicht auszuruhen.
Sie spielt Theater, und die Niedrigkeit der erfundenen Begebenheiten, die Lügen der bemalten Leinwand, die Erbärmlichkeit der ganzen Sache brennt auf ihr wie ein vergiftetes Gewand. Sie wird es auf irgendwelche Weise von sich abreißen, auf einmal wird sie wiederkommen, allein, eine keusche Lampe neben sich statt des erlogenen Lichtes der Soffitten, und wird lesen, Hymnen des Pindar oder Dialoge des Platon. Und der Strahl ihrer Augen, die Schatten, die über ihre strahlende Stirne fliegen, eine einzige Gebärde ihres Armes werden das ganze, das entzückende Schauspiel sein, auf das sich tausende Augen heften werden. Vielleicht aber wird ein tiefer Drang sie zwingen, aus jenen Hymnen des Pindar, die strahlen wie Perlenbänder, die erregteste zu wählen. Vielleicht wird sie ihre Arme heben, wird, ihrer selbst vergessend, die Füße setzen wie zum Siegestanze, wird das Haupt zurückwerfen und es nicht ertragen, nur eine göttlich beseelte Stimme zu sein, wird ein göttlich beseelter Leib sein wollen, eine tragische Tänzerin, eine Schauspielerin. Und wenn sie einmal die Hände gerungen hat, wenn sie einmal die Schauder einer rührenden Schwäche hat durch ihren Leib fließen lassen, so wird es sie zurücktreiben, und sie wird wieder sein wollen, was sie war, was sie heute ist. Und so wird sie kommen und gehen. Ihre Reisen werden Triumphzüge sein und werden einer Flucht gleichen. Denn sie ist eines der wunderbaren seltenen Geschöpfe, in deren Seele größere Möglichkeiten sind als im Bereiche ihrer Kunst. Darum hat es fast keinen Sinn, sie zu verherrlichen. Darum fällt der Beifall von Tausenden vor ihren Füßen hin, kraftlos wie ein welkes Blatt, und ebenso fiele vor ihr hin der Haß von Tausenden. Sie ist wie eine Pythia, die sich aus dem heiligen Hain verirrt hat und nicht mehr zurückfindet zu der dampfenden Kluft, die ihr die Raserei des Gottes eingibt. So tanzt sie zwischen den Hütten und Gehegen der sterblichen Menschen geisterhaft einher,

tritt manchmal starren Auges unter sie, schläft scheu wie ein Wild am Rain des Ackers. Manchmal überfällt sie der Gott, dann saugt sie am jungen Grün der Bäume, wirft die Arme gegen die Wolken, oder reißt einem jungen Tier des Feldes den Kopf ab und befleckt sich mit Blut, gleich einer Mänade. Man sieht aber, daß ihr alles dies nur ist statt der weissagenden Raserei, die sie nicht mehr finden kann. Darum sehen die Leute ihr nach, sehr viele lieben sie wie eine Gottheit, und nur wenige empfinden etwas wie Furcht vor ihr.

Sebastian Melmoth

Dieser Name war die Maske, mit der Oscar Wilde sein vom Zuchthaus zerstörtes und von den Anzeichen des nahen Todes starrendes Gesicht bedeckte, um noch einige Jahre im Dunkel dahinzuleben. Es war das Schicksal dieses Menschen, drei Namen nacheinander zu führen: Oscar Wilde, C 33, Sebastian Melmoth. Der Klang des ersten nichts als Glanz, Hochmut, Verführung. Der zweite fürchterlich, eines jener Zeichen, welche die Gesellschaft mit glühendem Eisen in eine nackte menschliche Schulter einbrennt. Der dritte der Name eines Gespenstes, einer halbvergessenen Balzacschen Gestalt. Drei Masken nacheinander: eine mit wundervoller Stirn, üppigen Lippen, feuchten, herrlichen, frechen Augen: eine Bakchosmaske; die zweite eine Maske von Eisen mit Augenlöchern, aus denen die Verzweiflung sieht; die dritte ein dürftiger Domino aus der Maskenleihanstalt, geborgt, um ein langsames Sterben darin vor den Blicken der Menschen zu bergen. Oscar Wilde glänzte, entzückte, verletzte, verführte, verriet und wurde verraten, stach ins Herz und wurde ins Herz gestochen. Oscar Wilde schrieb die Betrachtung über den Verfall des Lügens, schrieb »Der Fächer der Lady Windermere«, schrieb »Salome«. C 33 litt. C 33 schrieb die »Ballade des Kerkers von Reading« und jenen Brief aus dem Kerker von Reading, genannt »De Profundis«. Sebastian Melmoth schrieb nichts mehr, schleppte sich in den Straßen von Paris herum, starb und wurde eingegraben.

Und nun ist Sebastian Melmoth, hinter dessen armem Sarg fünf Menschen gingen, so überaus berühmt. Nun ist alles, was er lebte, beging und litt, in aller Leute Mund. Nun wissen sie alle, daß er in einer Art von Kaninchenstall saß und mit den feinen, blutenden Fingern alte Schiffstaue zu Werg aufdrehen mußte. In aller Munde ist dies von dem fürchterlichen Bad, in das er steigen mußte, dem schmutzigen Wasser, in das die Sträflinge der Reihe nach steigen mußten, und Oscar Wilde als der letzte, weil er der letzte in der Reihe war. »Oscar Wilde«, sagte mit unbewegten Lippen einer hinter ihm, als sie im Gefängnishof auf und nieder geführt wurden, »Oscar Wilde, ich verstehe, daß Sie mehr leiden müssen als wir anderen alle.« Auch diese Worte, die irgend ein Sträfling, mit unbewegten Lippen und doch hörbar, in seinem Rücken flüsterte, sind heute sehr berühmt. Sie sind ein Detail einer Legende, die wundervoll ist, wie immer etwas Wundervolles entsteht, wenn das Leben sich die Mühe nimmt, ein Schicksal dichterisch zu behandeln.

Aber man sagt: »Welch eine Wandlung!« Man sagt: »Oscar Wilde, der frühere, und Oscar Wilde, der andere.« Man spricht von einem Ästheten, aus dem ein neuer Mensch geworden ist, ein Gläubiger, gar ein Christ. Man hat sich angewöhnt, von gewissen Romantikern gewisse Dinge zu sagen, und man wiederholt sie zu gerne. Man sollte sie nicht wiederholen. Erstens darum, weil sie wahrscheinlich schon das erstemal nicht ganz richtig waren, und zweitens darum, weil die Zeiten sich verändern und es gar keinen Sinn hat, so zu tun, als ob die Dinge wiederkämen, während in Wirklichkeit immer neue, unendlich differenzierte, unendlich merkwürdige Dinge heraufsteigen. Es hat gar keinen Sinn so zu sprechen, als ob Oscar Wildes Schicksal und Oscar Wildes Wesen zweierlei gewesen wären und als ob das Schicksal ihn so angefallen hätte wie ein bissiger Köter ein ahnungsloses Bauernkind, das einen Korb mit Eiern auf dem Kopf trägt. Man sollte nicht immer das Abgegriffenste sagen und denken.

Oscar Wildes Wesen und Oscar Wildes Schicksal sind ganz und gar dasselbe. Er ging auf seine Katastrophe zu, mit solchen Schritten wie Ödipus, der Sehend-Blinde. Der Ästhet war tragisch. Der Geck war tragisch. Er reckte die Hände in die Luft, um den Blitz auf sich herabzuziehen. Man sagt: »Er war ein Ästhet, und dann kamen unglückselige Verwicklungen über ihn, ein Netz von unglückseligen Verwicklungen.« Man sollte nicht mit den Worten alles zudecken. Ein Ästhet! Damit ist gar nichts gesagt. Walter Pater war ein Ästhet, ein Mensch, der vom Genießen und Nachschaffen der Schönheit lebte, und er war dem Leben gegenüber voll Scheu und Zurückhaltung, voll Zucht. Ein Ästhet ist naturgemäß durch und durch voll Zucht. Oscar Wilde aber war voll Unzucht, voll tragischer Unzucht. Sein Ästhetismus war etwas wie ein Krampf. Die Edelsteine, in denen er vorgab mit Lust zu wühlen, waren wie gebrochene Augen, die erstarrt waren, weil sie den Anblick des Lebens nicht ertragen hatten. Er fühlte unaufhörlich die Drohung des Lebens auf sich. Das tragische Grauen umlagerte ihn fortwährend. Unablässig forderte er das Leben heraus. Er insultierte die Wirklichkeit. Und er fühlte, wie das Leben sich duckte, ihn aus dem Dunkel anzuspringen.

Man sagt: »Wilde sprach geistvolle Paradoxa, an seinen Lippen hingen die Herzoginnen, seine Finger zerpflückten eine Orchidee, und seine Fußspitzen wühlten in Polstern aus alter chinesischer Seide, dann aber kam das Unglück über ihn und er wurde in das Bad gestoßen, aus dem vorher zehn Sträflinge gestiegen waren.« Aber man muß das Leben nicht so banalisieren, man muß nicht alles auf das Niveau eines Unglücksfalles herunterzerren. Die wundervoll geschliffenen Worte, die bis zum Schwindelnden mondänen und bis zur Gequältheit zynischen Sätze, die von diesen schönen, geschwungenen, verführerischen und frechen Lippen fielen, waren im Tiefsten gar nicht für das Ohr der schönen Herzoginnen gesprochen, sondern für das Ohr einer Unsichtbaren, die ihn mit Grausen lockte, wie die Sphinx, an die er unaufhörlich dachte, während er sie unablässig verleugnete, und deren Namen »Wirklichkeit« er nur im Munde führte, um ihn zu verspotten und zu demütigen. Und seine Glieder, die Orchideen zerpflückten und sich in Polstern aus uralter Seide dehnten, waren im tiefsten voll fataler Sehnsucht nach dem gräßlichen Bad, vor dem sie doch, als es sie dann wirklich bespritzte, sich zusammenkrampften vor Ekel.

Darum muß es erschütternd gewesen sein, Oscar Wilde in einem Augenblick seines Lebens zu sehen. Ich meine in dem Augenblick, als er, über den niemand Gewalt hatte als sein Geschick, entgegen dem Flehen seiner Freunde und fast zum Grausen seiner Feinde zurückkehrte und den Queensberry verklagte. Denn damals muß die Maske des Bakchos mit den schön geschweiften, üppigen Lippen in nie zu vergessender

Weise umgewandelt gewesen sein in die Maske des sehendblinden Ödipus oder des rasenden Ajas. Damals muß er um die schöne Stirn die Binde des tragischen Geschickes getragen haben, sichtbar wie wenige.

Man muß das Leben nicht schaler machen als es ist, und die Augen nicht wegwenden, um diese Binde nicht zu sehen, wo einmal eine Stirn mit ihr umwunden ist.

Man muß das Leben nicht banalisieren, indem man das Wesen und das Schicksal auseinanderzerrt und sein Unglück abseits stellt von seinem Glück. Man darf nicht alles sondern. Es ist alles überall. Es ist Tragisches in den oberflächlichen Dingen und Albernes in den tragischen. Es ist etwas würgend Unheimliches in dem, was man Vergnügen nennt. Es ist Dichterisches in den Kleidern der Kokotten und Spießbürgerliches in den Emotionen der Lyriker. Es ist alles im Menschen drin. Er ist voll der Gifte, die gegeneinander wüten. Es gibt auf gewissen Inseln Wilde, die ihre Pfeile in den Leib ihrer toten Verwandten stecken, um sie unfehlbar tödlich zu vergiften. Dies ist eine geniale Art, einen tiefen Gedanken metaphorisch auszudrücken und dem Tiefsinn der Natur ohne viel Umschweife zu huldigen. Denn wirklich, die langsam tötenden Gifte und die Elixiere der sanft schwelenden Seligkeiten, alles liegt in unserem lebendigen Leib beisammen. Man kann kein Ding ausschließen und keines für so niedrig nehmen, daß es nicht eine sehr große Macht sei. Es gibt, vom Standpunkte des Lebens betrachtet, kein Ding, das »dazu gehört«. Es ist überall alles. Alles ist im Reigen.

Wundervolles Wort des Dschellaledin Rumi, tiefer als alles: »Wer die Gewalt des Reigens kennt, fürchtet nicht den Tod. Denn er weiß, daß Liebe tötet.«

Wir hatten dieses Buch in Händen, da wir Knaben waren; und da wir zwanzig waren, und meinten weit zu sein von der Kinderzeit, nahmen wir es wieder in die Hand, und wieder hielt es uns, wie sehr hielt es uns wieder! In der Jugend unseres Herzens, in der Einsamkeit unserer Seele fanden wir uns in einer sehr großen Stadt, die geheimnisvoll und drohend und verlockend war, wie Bagdad und Basra. Die Lockungen und die Drohungen waren seltsam vermischt; uns war unheimlich zu Herzen und sehnsüchtig; uns grauste vor innerer Einsamkeit, vor Verlorenheit, und doch trieb ein Mut und ein Verlangen uns vorwärts und trieb uns einen labyrinthischen Weg, immer zwischen Gesichtern, zwischen Möglichkeiten, Reichtümern, düstern, halbverhüllten Mienen, halboffenen Türen, kupplerischen und bösen Blicken in den ungeheuren Bazar, der uns umgab: wie glichen wir diesen weit von der Heimat verirrten Prinzen, diesen Kaufmannssöhnen, deren Vater gestorben ist, und die sich den Verführungen des Lebens preisgeben, wie meinten wir ihnen zu gleichen; gleich einer magischen Tafel, worauf eingelegte Edelsteine, wie Augen glühend, wunderliche und unheimliche Figuren bilden, so brannte das Buch in unseren Händen: wie die lebendigen Zeichen dieser Schicksale verschlungen ineinanderspielten, tat sich in unserem Inneren ein Abgrund von Gestalten und Ahnungen, von Sehnsucht und Wollust auf. Nun sind wir Männer, und dieses Buch kommt uns zum dritten Male entgegen, und nun sollen wirs erst wirklich besitzen.

Was uns früher vor Augen gekommen ist, waren Bearbeitungen und Nacherzählungen; und wer kann ein poetisches Ganzes bearbeiten, ohne seine eigentümlichste Schönheit, seine tiefste Kraft zu zerstören? Das eigentliche Abenteuer freilich ist unverwüstlich und bewahrt, nacherzählt und wiederum nacherzählt, seine Kraft; aber hier sind nicht bloß Abenteuer und Begebenheiten, hier ist eine poetische Welt – und wie wäre es uns, wenn wir den Homer nur aus der Nacherzählung seiner Abenteuer kennten. Hier ist ein Gedicht, woran freilich mehr als einer gedichtet hat; aber es ist wie aus einer Seele heraus, es ist ein Ganzes, es ist eine Welt durchaus. Und was für eine Welt! Der Homer möchte in manchen Augenblicken daneben farblos und unnaiv erscheinen. Hier ist Buntheit und Tiefsinn, Überschwang der Phantasie und schneidende Weltweisheit; hier sind unendliche Begebenheiten, Träume, Weisheitsreden, Schwänke, Unanständigkeiten, Mysterien; hier ist die kühnste Geistigkeit und die vollkommenste Sinnlichkeit in eins verwoben. Es ist kein Sinn in uns, der sich nicht regen müßte, vom obersten bis zum tiefsten; alles was in uns ist, wird hier belebt und zum Genießen aufgerufen.

Es sind Märchen über Märchen, und sie gehen bis ans Fratzenhafte, ans Absurde; es sind Abenteuer und Schwänke, und sie gehen bis ins Groteske, ins Gemeine; es sind Wechselreden, geflochten aus Rätseln und Parabeln, aus Gleichnissen, bis ins Ermüdende: aber in der Luft dieses Ganzen ist das Fratzenhafte nicht fratzenhaft, das Unzüchtige nicht gemein, das Breite nicht ermüdend, und das Ganze ist nichts als wundervoll: eine unvergleichliche, eine vollkommene, eine erhabene Sinnlichkeit hält das Ganze zusammen.

Wirklich, wir kannten nichts, da wir nur die Begebenheiten aus diesem Buche kannten; sie konnten uns grausig und gespenstisch scheinen; es war nur, weil sie aus der Luft ihres Lebens gerissen waren. In diesem Buche ist kein Platz für Grausen: das ungeheuerste Leben erfüllt es durch und durch. Die ungeheuerste Sinnlichkeit ist hier Element. Sie ist in diesem Gedicht, was das Licht in den Bildern von Rembrandt, was die Farbe auf den Tafeln Tizians ist. Wäre sie irgendwo eingeschränkt und durchbräche an einzelnen Stellen diese Schranken, so könnte sie beleidigen; da sie ohne Schranken dies Ganze, diese Welt durchflutet, ist sie eine Offenbarung.

Wir bewegen uns aus der höchsten in die niedrigste Welt, vom Kalifen zum Barbier, vom armseligen Fischer zum fürstlichen Kaufherrn, und es ist *eine* Menschlichkeit, die uns umgibt, mit breiter, leichter Woge uns hebt und trägt; wir sind unter Geistern, unter Zauberern, unter Dämonen und fühlen uns wiederum zu Hause. Eine nie hinfällige Gegenständlichkeit malt uns die herrlich mit Fliesen belegte Halle, malt uns den Springbrunnen, malt uns den von Ungeziefer wimmelnden Kopf einer alten Räubermutter; stellt den Tisch hin, deckt ihn mit schönen Schüsseln, tiefen Gefäßen, läßt uns die Speisen riechen, die fetten und die gewürzten und die süßen, und die in Schnee gekühlten Tränke aus Granatkernen, geschälten Mandeln, stark mit Zucker und duftendem Gewürz angesetzt, stellt mit der gleichen Lust uns den Buckel des Buckligen hin und die Scheußlichkeit böser alter Männer mit geiferndem Munde und schielenden Augen; läßt den Eseltreiber reden und den Esel, den verzauberten Hund und das eherne Standbild eines toten Königs, jeden voll Weisheit, voll Wahrheit; malt mit der gleichen Gelassenheit, nein, mit dem gleichen ungeheuern Behagen das Packzeug eines abgetriebenen Esels, den Prachtzug eines Emirs und von Gebärde zu Gebärde, schrankenlos, die erotische Pantomime der Liebenden, die nach tausend Abenteuern endlich ein erleuchtetes, starkduftendes Gemach vereinigt.

Wer möchte versuchen, ein durchaus wundervolles Gewebe, wie dieses, aufzutrennen? Und dennoch fühlen wir uns verlockt, dem Kunstmittel nachzuspüren, welches an tausend Stellen angewandt sein muß, daß eine so ungeheure Masse des Stoffes, mit der äußersten Realität behandelt, uns mit ihrer Wucht nicht beklemme, ja auf die Dauer unerträglich werde. Und das Gegenteil tritt ein: je länger wir lesen, desto schöner geben wir dieser Welt uns hin, verlieren uns im Medium der unfaßlichsten, naivsten Poesie und besitzen uns erst recht; wie man, in einem schönen Wasser badend, seine Schwere verliert, das Gefühl seines Leibes aber als ein genießendes, zauberisches, erst recht gewahr wird. Dies führt uns in die innerste Natur orientalischer Poesie, ja ins geheime Weben der Sprache; denn dies Geheimnisvolle, das uns beim höchsten gehäuften Lebensanschein von jeder Beklemmung, jeder Niedrigkeit entlastet, ist das tiefste Element morgenländischer Sprache und Dichtung zugleich: daß in ihr alles Trope ist, alles Ableitung aus uralten Wurzeln, alles mehrfach denkbar, alles schwebend. Die erste Wurzel ist sinnlich, primitiv, konzis, gewaltig; in leisen Überleitungen gehts von ihr weg zu neuen verwandten, kaum mehr verwandten Bedeutungen; aber auch in der entferntesten tönt noch etwas nach vom Urklang des Wortes, schattet noch wie in einem trüben Spiegel das Bild der ersten Empfindung. Von diesem ihrem Wesen sehen wir die Sprache und die Poesie – auf dieser Stufe sind sie eines – hier den unbewußtesten und unbegrenztesten Gebrauch machen. In einer schrankenlosen Gegenständlichkeit der Schilderung scheint die Materie überwuchtend auf uns einzudringen: aber was uns so nahekommt, daß es uns beleidigen könnte, wofern es nur auf den nächsten Wortsinn beschränkt wäre, löst sich vermöge der Vieldeutigkeit des Ausdrucks in einen Zaubernebel auf, daß wir hinter dem nächsten Sinn einen anderen ahnen, von dem jener übertragen ist. Den eigentlichen, ersten verlieren wir deswegen nicht aus dem Auge; aber wo er gemein war, verliert er sein gemeines Geheimnis, und oft bleiben wir mit dem aufnehmenden Gefühl in der Schwebe zwischen dem, was er versinnlicht, und einem Höheren dahinter, das bis zum Großartigen, zum Erhabenen uns blitzschnell hinleitet. Ich meine es einfach und möchte verstanden werden. Aber da ich von einer Trope, von einer übertragenen Bedeutung rede, so wird der Verstand des Lesers seine angewohnte Bahn gehen und nicht dorthin, wo ich ihn haben will, und wird an einen transzendentalen Sinn, eine verborgene höhere Bedeutung denken, wo ich ein weit minder künstliches und weit schöneres, das ganze Gewebe dieser Dichtungen durchsetzendes Phänomen aufzeigen möchte: diese Sprache – und es ist die Sache einer vortrefflichen Übersetzung, daß wir durch sie hindurch die Nacktheit der Originalsprache müssen spüren können wie den Leib einer Tänzerin durch ihr Gewand –, diese Sprache ist nicht zur Begrifflichkeit abgeschliffen; ihre Bewegungsworte, ihre Gegenstandsworte sind Urworte, gebildet, ein grandioses, patriarchalisches Leben, ein nomadisches Tun und Treiben, lauter sinnliche, gewaltige, von jeder Gemeinheit freie, reine Zustände sinnlich und naiv, unbekümmert und kraftvoll hinzustellen. Von einem solchen urtümlichen Weltzustand sind wir hier weit entfernt, und Bagdad und Basra sind nicht die Gezelte der Patriarchen. Aber noch ist die Entfernung keine solche, daß nicht eine unverwüstete, von Anschauung strotzende Sprache diesen modernen Zustand an jenen uralten tausendfach zu knüpfen vermöchte. Um eine laszive Gebärde, einen frechen Griff nach der Schüssel, ein gieriges Fressen und Hinunterschlingen köstlicher Speisen, eine brutale Züchtigung, eine fast tierische Regung von Furcht oder Gier nur bloß auszudrücken, sind ihr keine anderen als jene Urworte und Wendungen zur Verfügung, an denen immer etwas Großartiges hängt, etwas Ehrfurchtgebietendes und Naives, etwas von geheiligter Natur, grandiosen Zuständen, ewiger Reinheit. Es ist keine Ausschmückung gewollt, keine Hindeutung auf Höheres, kein Gleichnis; kein anderes Gleichnis zumindest, als eines, das dienen solle, das Sinnliche noch sinnlicher, das Lebendige noch lebhafter zu malen: es wird nicht der Mund groß aufgetan, um eine höhere Welt herbeizurufen, es ist nur wie ein Atmen durch die Poren, aber wir atmen durch die Poren dieser naiv poetischen Sprache die Luft einer uraltheiligen Welt, die von Engeln und Dämonen durchschwebt wird und in der die Tiere des Waldes und der Wüste ehrwürdig sind wie Erzväter und Könige. So wird das Gemeine, die schamlose Einzelheit, ja das Schimpfwort nicht selten wie ein Fenster, durch das wir in eine geheimnisvoll erleuchtete Ahnenwelt, ja in noch höhere Geheimnisse hineinzublicken meinen.

Sehen wir so die grenzenlose Sinnlichkeit von innen her mit eigenem Lichte sich erleuchten, so ist zugleich dies Ganze mit einer poetischen Geistigkeit durchwoben, an der wir mit dem lebhaftesten Entzücken vom ersten Gewahrwerden zum vollen Begriff uns steigern. Eine Ahnung, eine Gegenwart Gottes liegt auf allen diesen sinnlichen Dingen, die unbeschreiblich ist. Es ist über dieser Wirrnis von Menschlichem, Tierischem und Dämonischem immer das strahlende Sonnenzelt ausgespannt oder der heilige Sternenhimmel. Und wie ein sanfter, reiner, großer Wind wehen die ewigen, einfachen, heiligen Gefühle: Gastlichkeit, Frömmigkeit, Liebestreue, durch das Ganze hin. Da ist, um von tausend Seiten eine aufzuschlagen, in der Geschichte von Allischar und der treuen Summurud, ein Augenblick, den ich nicht für irgendeine erhabene Stelle unserer ehrwürdigsten Bücher tauschen möchte. Und es ist fast nichts. Der Liebende will seine Geliebte befreien, die ein böser alter Christ ihm gestohlen hat. Er hat das Haus ausgekundschaftet, er ist um Mitternacht unter dem Fenster, ein Zeichen ist verabredet, er soll es nur geben, doch muß er noch eine kurze Frist warten. Da überfällt ihn so ungelegen als unwiderstehlich, als hätte das Geschick aus dem Dunkel ihn lähmend angehaucht, ein bleierner Schlaf. »Sitzend im Dunkel der Mauer, unter dem Fenster«, heißt es, »schlief er ein. Ruhm und Preis Ihm, den niemals Schlummer befällt.«

Ich weiß nicht, welchen Zug aus Homer oder Dante ich neben diese Zeilen stellen möchte: so aus dem Nichts in ein wirres Abenteuer hinein das Gefühl Gottes aufgehen zu lassen wie den Mond, wenn er über den Rand des Himmels heraufkommt und in das Menschenleben hineinblickt. Was aber wäre von den Weisheitsreden der Vögel und anderen Tiere zu sagen, von den tiefsinnigen Antworten der wunderbaren Jungfrauen, von den ans Herz gehenden Sprüchen und Wahrheiten, die sterbende Väter und alte weise Könige ins Ohr der jungen Menschen träufeln, und von den unerschöpflichen Wechselreden, mit denen die Liebenden ihr Glück und die Last ihres Entzückens gleichsam von sich entfernen, über sich hinausheben, dem Dasein zurückgeben. Und wie sie ihr Glück über sich heben, indem sie es in den Worten der Dichter, in den Worten heiliger Bücher aussprechen, so hebt der Knabe seine Schüchternheit, der Bettler seine Armut, der Durstende seinen Durst über sich hinaus. Indem die frommen, reinen Worte der Dichter in jedem Munde sind wie die Luft, an der jeder Anteil hat, ist von allen Dingen die Niedrigkeit genommen; über Tausenden verflochtener Geschicke schwebt rein und frei ihr Ewiges, in ewig schönen, unvergänglichen Worten ausgesprochen. Diese Abenteuer, deren ganzer Inhalt ein gieriges Trachten ist, ein verworrenes Leiden und ein unbedingtes Genießen, scheinen nur um der erhabenen, über ihnen schwebenden Gedichte willen da – aber was wären diese Gedichte, was wären sie uns, wenn sie nicht aus einer Lebenswelt hervorstiegen?

Unvergleichlich ist diese Lebenswelt, und durchsetzt von einer unendlichen Heiterkeit, einer leidenschaftlichen, kindlichen, unauslöschlichen Heiterkeit, die alles durcheinanderschlingt, alles zueinanderbringt, den Kalifen zum armen Fischer, den Dämon zum Hökerweib, die Schönste der Schönen zum buckligen Bettler, Leib zu Leib und Seele zu Seele. Wo hatten wir unsere Augen, da wir dies Buch ein Labyrinth und voll Unheimlichkeit fanden! Es ist unsäglich fröhlich. Noch das böse Tun, das böse Geschehen umgaukelt es mit unendlicher Heiterkeit. Der Liebende will seine Geliebte befreien; er ist um Mitternacht unter den Fenstern; sie, im Dunkeln, harrt seines Zeichens, da überfällt ihn ein bleierner Schlaf. Ein riesenhafter Kurde, der grausamste, schändlichste Räuber von vierzig, gerät in die Straße, sieht den Schlafenden, erlauscht die Harrende; er klatscht aufs Geratewohl in die Hände, die schöne Summurud läßt sich auf seine Schultern hinab, und er galoppiert dahin, die schöne leichte Last tragend, als wäre es nichts. Sie wundert sich seiner Kraft. »Ist dies Allischar?« fragt sie sich, »der da unter mir hintrabt, unermüdlicher als ein junger Gaul? Kann dies mein Liebster sein, der mir schrieb, er wäre vor Gram und Sehnsucht nach mir abgezehrt und matt, nahe am Tod?« Und er galoppiert dahin, und sie wird ängstlicher, und da er ihr nicht antwortet, fährt sie ihm mit der Hand ins Gesicht: »da war es das Gesicht des greulichen Kurden, rauh und stachlig, es war anzufühlen wie die Schnauze eines Schweines, das in seiner Gier ein Huhn lebendig verschluckt hat, und die Schwanzfedern stehen ihm zum Halse heraus«. Es ist frevelhaft, das einzelne so herauszureißen – aber diese Situation, diese Erwägung, dies Nachdenken der Schönen, während sie durch die Nacht hinsaust auf den Schultern des wüsten Räubers, dieser Augenblick der Entdeckung und dies unglaubliche Gleichnis, das uns mit eins in den hellen Tag, ins Gehöfte hinausweist und das man nicht vergißt – ich weiß nicht, wo ähnliches zu finden wäre, außer dann und wann an den heitersten, naivsten, frechsten Stellen der Komödien des bezaubernden Lope de Vega. Wo hatten wir unsere Sinne, als wir dies Buch unheimlich fanden! Es ist ein Irrgarten, aber ein Irrgarten der Lust. Es ist ein Buch, das ein Gefängnis zum kurzweiligen Aufenthalt machen könnte. Es ist, was Stendhal davon sagte. Es ist das Buch, das man immer wieder völlig sollte vergessen können, um es mit erneuter Lust immer wieder zu lesen.

Balzac

Man kennt diesen großen Autor nicht, wenn man von ihm nur dies oder jenes kennt. Es gibt nicht den einzelnen Band, der die Essenz seines dichterischen Daseins enthielte, wie »Faust« oder die »Gedichte« die Essenz von Goethes Dasein in sich fassen. Balzac will im breiten gelesen sein, und es bedarf keiner Kunst, ihn zu lesen. Es ist die selbstverständlichste Lektüre für Weltleute, das Wort in seinem weitesten Sinn genommen, vom Advokatenschreiber oder Kaufmannslehrling bis hinauf zum großen Herrn. Eher bedürfte es für Weltleute (ich rede von Männern aller Stände, von Politikern, Soldaten, von Geschäftsreisenden, von vornehmen und einfachen Frauen, von Geistlichen, von allen Menschen, die keine Literaten und keine Schöngeister sind, und von allen denen, die nicht aus Bildungsbedürfnis, sondern zur Belustigung ihrer Einbildungskraft lesen) von Fall zu Fall einer kleinen Anspannung, eines gewissen Übergangs, um Goethe zu lesen. Es ist mehr als wahrscheinlich, daß sich ihnen Goethe in den beschwerten und den verworrenen Momenten ihrer Existenz versagt; Balzac wird sich immer mit ihnen einlassen. Nicht im literarischen Sinn meine ich dies: denn bei Goethe wird der erste Vers, den sie aufschlagen, immer etwas Wundervolles sein, ein Geisterklang, ein Zauberspruch, und bei Balzac werden sie leicht auf drei oder vier langweilige, ermüdende Seiten stoßen, nicht bloß im Anfang einer Geschichte, sondern möglicherweise wo immer sie aufschlagen. Aber schon indem sie diese gleichgiltigen und eher mühsamen Seiten mechanisch durchfliegen, wird etwas auf sie zu wirken beginnen, dem sich der wirkliche Leser, der lebendige menschliche Leser, niemals entzieht: eine große, namenlos substantielle Phantasie, die größte, substantiellste schöpferische Phantasie, die seit Shakespeare da war. Wo immer sie aufschlagen, bei einer Abschweifung über Wechselrecht und die Praktiken der Wucherer, bei einem Exkurs über legitimistische oder liberale Gesellschaft, bei der Schilderung eines Kücheninterieurs, einer ehelichen Szene, eines Gesichtes oder einer Spelunke, werden sie *Welt* fühlen, Substanz, die gleiche Substanz, aus der das Um und Auf ihres Lebens gebildet ist. Sie werden unmittelbar aus ihrem Leben in diese Bücher hinüberkönnen, ganz unvermittelt, aus ihren Sorgen und Widerwärtigkeiten heraus, ihren Lieblingsgeschichten und Geldaffären, ihren trivialen Angelegenheiten und Ambitionen. Ich bin dem Finanzier begegnet, der übergangslos nach seinen Sitzungen und Konferenzen zu seinem Balzac griff, in welchem er die letzten Notierungen der Börse als Lesezeichen liegen hatte, und der Weltdame, die in »Les illusions perdues« oder »La vieille fille« die einzig mögliche Lektüre fand, um zu sich selbst zurückzufinden, abends, nachdem man unter Menschen war oder Menschen bei sich gesehen hat, die einzige Lektüre, die stark und rein genug ist, um die Phantasie von dem jähen und so zerrüttenden Fieber der Eitelkeit zu heilen, und alles Gesellschaftliche auf sein Menschliches zu reduzieren. Diese Funktion, mitten in das Leben des Menschen hineinzugreifen, das Gleiche mit dem Gleichen zu heilen, die Wirklichkeit mit einer erhöhten dämonischen Wirklichkeit zu besiegen, – ich frage mich, welcher unter den großen Autoren, mit denen unser geistiges Leben rechnet, hierin mit Balzac rivalisieren könnte es wäre denn Shakespeare. Aber Shakespeare so zu lesen, wie andere Generationen die Alten gelesen haben, ich meine, ihn so zu lesen, daß man das Ganze des Lebens aus ihm herausliest, ihn vom Standpunkt des Lebens zu lesen und die wahrsten Bedürfnisse seiner Wißbegierde an ihm zu befriedigen, ist nicht jedermanns Sache. Es ist nicht jedermanns Sache, seine Einbildungskraft so anzuspannen, daß sie die Distanz von drei Jahrhunderten überfliegt, alle Verhüllungen einer prachtvollen, aber wildfremden Epoche durchdringt und dahinter nur das ewig wahre Auf und Ab des menschlichen Tuns und Leidens wahrnimmt. Es ist nicht jedermanns Sache, ohne die Hilfe des Schauspielers, ohne eine ganz bestimmte Begabung der nachschaffenden Einbildungskraft, die genialste Verkürzung und Zusammendrängung, die jemals realisiert wurde, wieder in eine solche Breite des Weltbildes aufzulösen, daß er

in ihr sich selber und die vielfach verschlungenen Fäden des Daseins wiederfindet, deren Durchkreuzung seine Wirklichkeit bedeutet.
Goethe ist in gewissem Sinne leichter zu lesen, und wer liest ihn nicht? Obwohl er eine seiner tiefen und subtilen Einsichten aussprach, als er sagte, seine Schriften seien nicht geschaffen, populär zu werden, und ihr wahrer Gehalt werde immer nur einzelnen aufgehen, die ähnliches in sich durchgemacht hätten, so scheinen dieser einzelnen heute so viele zu sein, daß die Wahrheit seines Wortes beinahe wieder aufgehoben ist. Aber wer sich eines seiner Werke aufs neue aneignen, wer »Hermann und Dorothea«, den »Wilhelm Meister«, die »Wahlverwandtschaften« genießen will, muß sich mit schon gereinigten Sinnen dem Buche nähern. Er muß viel von sich, von der Atmosphäre seines Lebens draußen lassen. Er muß die Großstadt vergessen. Er muß zehntausend Fäden seines augenblicklichen Fühlens, Denkens und Wollens durchschneiden. Er muß sich auf seinen »verklärten Leib« besinnen, ich meine: auf sein Ewiges, sein Rein-Menschliches, sein Unbedingtes. Er muß der ewigen Sterne gedenken und sich durch sie heiligen. Dann freilich ist es beinahe gleichgiltig, welches von Goethes Werken er aufschlägt: überall umfängt ihn die gleiche gesteigerte und verklärte Wirklichkeit. Ihn umgibt in Wahrheit eine Welt, ein Geist, der eine Welt ist. Die Sentenzen und die Gestalten, eine Idee oder die Beschreibung einer Naturerscheinung, ein Vers oder Mignon oder Ottilie, alles ist die gleiche göttliche, strahlende Materie. Hinter jeder Zeile fühlt er den Bezug auf ein Ganzes, auf eine erhabene Ordnung. Die ungeheure Ruhe eines ungeheuren Reichtums legt sich beinahe bedrückend auf seine Seele, um diese Seele dann grenzenlos beglückend emporzuheben. – Aber dieser Arm, der zu den Sternen heben kann, umschlingt nicht jeden. Auch der lebendige Goethe gab sich nur wenigen und diesen nicht zu jeder Stunde. Wer mit unruhiger Hand danach greift, dem verschließt sich ein Gebilde wie die »Wahlverwandtschaften«, wie eine Muschel sich zuklappt. Solchen erscheint Goethe kühl, fremd, sonderbar. Er imponiert mehr, als er einnimmt. Sie verschieben es, ihn zu

lesen – auf ruhigere Tage, oder auf eine Reise. Oder er macht, daß sie sich nach ihrer Jugend sehnen, nach einer höheren Empfänglichkeit. Er scheint ihnen künstlich, er, der die Natur selbst war, und kalt, er, dessen Liebesblick noch das starre Urgestein mit Wärme durchdrang. Sie suchen nach einer Vorbereitung, ihn zu genießen. Sie greifen nach einem Erklärer oder nach den wunderbaren Briefen und Gesprächen, in denen er sich selbst kommentiert, und erst auf diesem Umweg kommen sie wieder zu seinen Werken zurück. Nichts ist undenkbarer als ein Leser, der zu den Werken Balzacs auf einem indirekten Wege käme. Die wenigsten seiner zahllosen Leser wissen irgend etwas von seinem Leben. Die Literaten kennen über ihn einige kleine Anekdoten, die niemanden interessieren würden, wenn sie sich nicht auf den Autor der »Comédie humaine« bezögen, und den Briefwechsel mit *einer* Person, welcher fast nichts enthält als Bulletins über seine unaufhörliche, gigantische, mit nichts in der literarischen Welt zu vergleichende Arbeitsleistung. Es ist der stärkste Beweis für die ungeheure Kraft seiner Werke, daß wir diese endlosen Bulletins mit einer ähnlichen Gespanntheit zu lesen vermögen wie einen Feldzugsbericht Napoleons, in dem es sich um Austerlitz, Jena, und Wagram handelt. Seine Leser kennen seine Werke und nicht ihn. Sie sagen »Peau de chagrin« und erinnern sich eines wachen Traumes, eines abenteuerlichen Erlebnisses, nicht der Leistung eines Dichters; sie denken an den alten Goriot und seine Töchter und besinnen sich nicht, wie der Verfasser heißt. Sie sind einmal in diese Welt hineingeraten, und neunzig auf hundert von ihnen werden immer wieder zu ihr zurückkehren, nach fünf, nach zehn, nach zwanzig Jahren. Walter Scott, den einmal die reifen Menschen mit Entzücken lasen, ist die Lektüre der Knaben geworden. Balzac wird immer (oder sehr lange, denn wer darf von »immer« sprechen) die Lektüre aller Lebensstufen bleiben, und der Männer ebensowohl wie der Frauen. Die Kriegsgeschichten und Abenteuer, die »Chouans«, »L'Auberge rouge«, »El Verdugo«, sind für die Phantasie eines Sechzehnjährigen die Ablösung der Indianergeschichten und des Kapitän Cook; die Erlebnisse der Rubempré und Rastignac sind die Lektüre des jungen Mannes; »Le Lys dans la vallée«, »Savarus«, »Modeste Mignon« der jungen Frau; Männer und Frauen, die um vierzig sind, die Reifen und noch nicht Verarmten, werden an das Reifste sich halten: an »Cousine Bette«, das grandiose Buch, das ich nicht finster nennen kann, obwohl es fast nur Häßliches, Trauriges und Schreckliches enthält, da es von Feuer, Leben und Weisheit glüht – an »La vieille fille«, das eine über jedes Lob erhabene Plastik der Gestalten mit der profundesten Lebensweisheit vereinigt und dabei klein, rund, behaglich, heiter ist, in jedem Betracht ein unvergleichliches Buch, ein Buch, das stark genug wäre, für sich allein den Ruhm seines Autors durch die Generationen zu tragen. Ich habe einen alten Herrn die »Contes drôlatiques« preisen hören und habe einen andern alten Herrn mit Rührung von der Geschichte des César Birotteau sprechen hören, diesem stetigen Aufstieg eines braven Mannes, von Jahr zu Jahr, von Bilanz zu Bilanz, von Ehre zu Ehre. Und wenn es Menschen gegeben hat, die aus dem »Wilhelm Meister« die »Bekenntnisse der schönen Seele« herausschnitten und das übrige verbrannten, so hat es sicher auch den Menschen gegeben, der aus der »Comédie humaine« »Séraphitus-Séraphita« herausschnitt und sich daraus ein Erbauungsbuch machte, und vielleicht war ein solcher jener Unbekannte, der in Wien in einem Konzertsaal auf Balzac zudrängte, um die Hand zu küssen, die »Serapltita« geschrieben hatte.

Jeder findet hier so viel vom großen Ganzen des Lebens, als ihm homogen ist. Je reichlicher genährt eine Erfahrung, je stärker eine Einbildungskraft ist, desto mehr werden sie sich mit diesen Büchern einlassen. Hier braucht keiner etwas von sich draußen zu lassen. Alle seine Emotionen, ungereinigt wie sie sind, kommen hier ins Spiel. Hier findet er seine eigene innere und äußere Welt, nur gedrängter, seltsamer, von innen heraus durchleuchtet. Hier sind die Mächte, die ihn bestimmen, und die Hemmungen, unter denen er erlahmt. Hier sind die seelischen Krankheiten, die Begierden, die halb sinnlosen Aspirationen, die verzehrenden Eitelkeiten; hier sind alle Dämonen, die in uns wühlen. Hier ist vor allem die große Stadt, die wir gewohnt sind, oder die Provinz, in ihrem be-

stimmten Verhältnis zur großen Stadt. Hier ist das Geld, die ungeheure Gewalt des Geldes, die Philosophie des Geldes, in Gestalten umgesetzt, der Mythos des Geldes. Hier sind die sozialen Schichtungen, die politischen Gruppierungen, die mehr oder weniger noch die unseren sind, hier ist das Fieber des Emporkommens, das Fieber des Gelderwerbs, die Faszination der Arbeit, die einsamen Mysterien des Künstlers, des Erfinders, alles, bis herab zu den Erbärmlichkeiten des kleinbürgerlichen Lebens, zur kleinen Geldmisere, zum mühsam und oft geputzten Handschuh, zum Dienstbotenklatsch.
Die äußere Wahrheit dieser Dinge ist so groß, daß sie sozusagen getrennt von ihrem Objekt sich zu erhalten und wie eine Atmosphäre zu wandern vermochte; das Paris von Louis Philippe ist weggeschwunden, aber gewisse Konstellationen, der Salon in der Provinz, in dem Rubempré seine ersten Schritte in die Welt tut, oder der Salon der Madame de Bargeton in Paris, sind heute von einer verblüffenden Wahrheit für Österreich, dessen sozialer und politischer Zustand vielleicht dem des Julikönigtums sehr ähnlich ist; und gewisse Züge aus dem Leben von Rastignac und de Marsay sind vielleicht heute für England wahrer als für Frankreich. Aber der Firnis dieser für uns greifbaren, aufregenden »Wahrheit«, – diese ganze erste große Glorie des »Modernen« um dieses Werk wird vergehen: jedoch die innere Wahrheit dieser aus der Phantasie hervorgeschleuderten Welt (die sich nur einen Augenblick lang in tausend nebensächlichen Punkten mit der ephemeren Wirklichkeit berührte) ist heute stärker und lebendiger als je. Diese Welt, die kompletteste und vielgliedrigste Halluzination, die je da war, ist wie geladen mit Wahrheit. Ihre Körperhaftigkeit löst sich dem nachdenklichen Blick in ein Nebeneinander von unzähligen Kraftzentren auf, von Monaden, deren Wesen die intensivste, substantiellste Wahrheit ist. Im Auf und Ab dieser Lebensläufe, dieser Liebesgeschichten, Geld- und Machtintrigen, ländlichen und kleinstädtischen Begebenheiten, Anekdoten, Monographien einer Leidenschaft, einer seelischen Krankheit oder einer sozialen Institution, im Gewirr von beinahe dreitausend menschlichen Existenzen, wird ungefähr alles berührt, was in unserem bis zur Verworrenheit

komplizierten Kulturleben überhaupt einen Platz einnimmt. Und fast alles, was über diese Myriaden von Dingen, Beziehungen, Phänomenen gesagt ist, strotzt von Wahrheit. Ich weiß nicht, ob man es schon unternommen hat (aber man könnte es jeden Tag unternehmen), ein Lexikon zusammenzustellen, dessen ganzer Inhalt aus Balzac geschöpft wäre. Es würde fast alle materiellen und alle geistigen Realitäten unseres Daseins enthalten. Es würden darin Küchenrezepte ebensowenig fehlen wie chemische Theorien; die Details über das Geld- und Warengeschäft, die präzisesten, brauchbarsten Details würden Spalten füllen; man würde über Handel und Verkehr vieles erfahren, was veraltet, und mehreres, was ewig wahr und höchst sachgemäß ist, und daneben wären unter beliebige Schlagworte die kühnsten Ahnungen und Antizipationen von naturwissenschaftlichen Feststellungen späterer Jahrzehnte aufzunehmen; die Artikel, die unter dem Schlagwort »Ehe« oder »Gesellschaft« oder »Politik« zusammenzufassen wären, wären jeder ein Buch für sich und jeder ein Buch, das unter den Publikationen der Weltweisheit des neunzehnten Jahrhunderts seinesgleichen nicht hätte. Das Buch, welches den Artikel »Liebe« enthielte und in einem kühn gespannten Bogen von den unheimlichsten, undurchsichtigsten Mysterien (»Une Passion dans le désert«) durch ein strotzendes Chaos aller Menschlichkeiten zur seelenhaftesten Engelsliebe sich hinüberschwänge, würde das eine berühmte Buch gleichen Namens, das wir besitzen und das von der Hand eines Meisters ist, durch die Größe seiner Konzeption, durch den Umfang seiner Skala in den Schatten stellen. Aber schließlich existiert dieses Lexikon. Es ist in eine Welt von Gestalten, in ein Labyrinth von Begebenheiten versponnen, und man blättert darin, indem man dem Faden einer prachtvoll erfundenen Erzählung folgt. Der Weltmann wird in diesen Bänden die ganze Reihe der so scheinhaften und doch so wirklichen Situationen abgewandelt sehen, aus denen das Soziale besteht. Die tausend Nuancen, wie Männer und Frauen einen anderen gut und schlecht behandeln können; die unmerklichen Übergänge; die unerbittlichen Abstufungen, die ganze Skala des wahrhaft Vornehmen, zum

Halbvornehmen, zum Gemeinen: dies alles abgewandelt und in der wundervollsten Weise vom Menschlichen, vom Leidenschaftlichen durchbrochen und für Augenblicke auf sein Nichts reduziert. Der Mensch des Erwerbs (und wer hat nicht zu erwerben oder zu erhalten oder zu entbehren?) hat seine ganze Welt da: alles in allem. Den großen Börsenmann, den verdienenden Arzt, den hungernden und den triumphierenden Erfinder, den großen und kleinen Faiseur, den emporkommenden Geschäftsmann, den Heereslieferanten, den Geschäfte vermittelnden Notar, den Wucherer, den Strohmann, den Pfandleiher, und von jedem nicht einen, sondern fünf, zehn Typen, und was für Typen! und mit allen ihren Handwerksgriffen, ihren Geheimnissen, ihrer letzten Wahrheit. Die Maler halten unter sich die Legende aufrecht, daß von Delacroix herrühren müsse, was im »Chef-d'oeuvre inconnu« an letzten Intimitäten über die Modellierung durch das Licht und den Schatten gesagt ist; diese Wahrheiten sind ihnen zu substantiell, als daß jemand sie gefunden haben dürfte, der nicht Maler, und ein großer Maler, gewesen wäre. Der Denker, dem man »Louis Lambert« in die Hand gegeben hat, als die Monographie über einen Denker, mag den biographischen Teil schwach finden und an der Realität der Figur zweifeln: aber sobald er zu dem in Briefen und Notizen übermittelten Gedankenmaterial kommt, so wird die Konsistenz dieser Gedanken, die substantielle Kraft dieses Denkers so überzeugend, daß jeder Zweifel an der Figur weggeblasen ist. Dies sind Gedanken eines Wesens, dies Hirn hat funktioniert – man mag im übrigen die Gedanken, diese Philosophie eines spiritualistischen Träumers ablehnen oder nicht. Und der verheiratete Mann, dem in einer nachdenklichen Stunde die »Physiologie der Ehe« in die Hand fällt, wird in diesem sonderbaren und vielleicht durch einen gewissen halbfrivolen Ton unter den Werken Balzacs ein wenig deklassierten Buch auf einige Seiten stoßen, deren Wahrheiten so zart als tief und beherzigenswert sind, wahrhafte Wahrheiten, Wahrheiten, die sich, wenn man sie in sich aufnimmt, gewissermaßen ausdehnen und mit einer sanften, strahlenden Kraft im Innern fortwirken. Allen diesen Wahrheiten haftet nichts

Esoterisches an. Sie sind in einem weltlichen, manchmal in einen fast leichtfertigen Ton vorgetragen. Verflochten unter Begebenheiten und Schilderungen, bilden sie die geistigsten Elemente im Körper einer Erzählung, eines Romans. Sie sind uns entgegengebracht, wie das Leben selbst uns seinen Gehalt entgegenbringt: in Begegnungen, in Katastrophen, in den Entfaltungen der Leidenschaften, in plötzlichen Aussichten und Einsichten, blitzhaft sich auftuenden Durchschlägen durch den dichten Wald der Erscheinungen. Hier ist zugleich die leidenschaftlichste und vollständigste Malerei des Lebens und eine höchst überraschende, scharfsinnige Philosophie, die bereit ist, jedes noch so niedrig scheinende Phänomen des Lebens zu ihrem Ausgangspunkt zu machen. So ist durch das ganze große Werk, dessen Weltbild ebenso finster ist als das Shakespeares, und dabei um so viel wuchtender, trüber, schwerer durch seine eigene Masse, dennoch eine geistige Lebendigkeit ergossen, ja eine geistige Heiterkeit, ein tiefes Behagen; wie wäre es anders zu nennen, was uns, wenn einer dieser Bände uns in die Hand gerät, immer wieder nach vorwärts, nach rückwärts blättern macht, nicht lesen, sondern blättern, worin eine subtilere, erinnerungsvolle Liebe liegt – und was uns die bloße Aufzählung der Titel dieser hundert Bücher oder das Register der Figuren, die in ihnen auftreten, gelegentlich zu einer Art von summarischer Lektüre macht, deren Genuß komplex und heftig ist, wie der eines geliebten Gedichtes?

Die Anhäufung einer so ungeheuren Masse von substantieller Wahrheit ist nicht möglich ohne Organisation. Die anordnende Kraft ist ebensosehr schöpferische Kraft als die rein hervorbringende. Vielmehr sind sie nur verschiedene Aspekte einer und derselben Kraft. Aus der Wahrheit der Myriaden einzelner Phänomene ergibt sich die Wahrheit der Verhältnisse zwischen ihnen: so ergibt sich eine Welt. Wie bei Goethe fühle ich mich hier in sicherem Bezug zum Gesamten. Ein unsichtbares Koordinatensystem ist da, an dem ich mich orientieren kann. Was immer ich lese, einen der großen Romane, eine der Novellen, eine der phantastisch-philosophischen Rhapsodien, und ob ich mich in die Geheimnisse einer Seele vertiefe, in eine politische Abschweifung, in die Beschreibung einer Kanzlei oder eines Kramladens, niemals falle ich aus diesem Bezug heraus. Ich fühle: um mich ist eine organisierte Welt. Es ist das große Geheimnis, daß diese lückenlos mich umschließende Welt, diese zweite, gedrängtere, eindringlichere Wirklichkeit nicht als eine erdrückende Last wirkt, als ein Alp, atemraubend. Sie wirkt nicht so: sie macht uns nicht stocken und starren, sondern ihr Anblick gießt Feuer in unsere Adern. Denn sie selber stockt nicht, sondern sie ist in Bewegung. Infinitis modis, um das Kunstwort mittelalterlicher Denker zu brauchen, ist sie in Bewegung. Die Welt ist in dieser vollständigsten Vision, die seit Dante in einem Menschenhirn entstand, nicht statisch, sondern dynamisch erfaßt. Alles ist so deutlich gesehen, daß es eine lückenlose Skala ergibt, das ganze Gewebe des Lebens, von Faden zu Faden, ab und auf. Aber alles ist in Bewegung gesehen. Nie wurde die uralte Weisheit des Πάντα ῥεῖ grandioser erfaßt und in Gestalten umgesetzt. Alles ist Übergang. Hier scheint hinter diesen Büchern, deren Gesamtheit neben dem »Don Quixote« die größte epische Konzeption der modernen Welt bildet, die Idee der epischen Kunstform ihre Augen aufzuschlagen. Die Menschen zu schildern, die aufblühen und hinschwinden wie die Blumen der Erde. Nichts anderes tat Homer. Dantes Welt ist starr. Diese Dinge gehen nicht mehr vorüber, aber er selber wandert und geht an ihnen vorüber. Balzac sehen wir nicht. Aber wir sehen mit seinen Augen, wie alles übergeht. Die Reichen werden arm, und die Armen werden reich. César Birotteau geht nach oben und der Baron Hulot nach unten. Rubemprés Seele war wie eine unberührte Frucht, und vor unseren Augen verwandelt sie sich, und wir sehen ihn nach dem Strick greifen und seinem befleckten Leben ein Ende machen. Séraphita windet sich los und entschwebt zum Himmel. Jeder ist nicht, was er war, und wird, was er nicht ist. Hier sind wir so tief im Kern der epischen Weltanschauung, als wir bei Shakespeare im Kern der dramatischen sind. Alles ist fließend, alles ist auf dem Wege. Das Geld ist nur das genial erfaßte Symbol dieser infinitis modis vor sich gehenden Bewegung und zugleich ihr Vehikel. Durch das Geld kommt alles zu allem. Und es ist das Wesen der Welt, in dieser grandiosen und epischen Weise gesehen, daß alles zu allem kommt. Es sind überall Übergänge, und nichts als Übergänge, in der sittlichen Welt so gut wie in der sozialen. Die Übergänge zwischen Tugend und Laster – zwei mythische Begriffe, die niemand recht zu fassen weiß – sind ebenso fein abgestuft und ebenso kontinuierlich wie die zwischen reich und arm. Es stecken in den auseinanderliegendsten und widerstreitendsten Dingen gewisse geheime Verwandtschaften, wodurch alles mit allem zusammenhängt. Zwischen einem Concierge in seiner Souterrainwohnung und Napoleon in St. Cloud kann für einen Moment eine geheime Affinität aufblitzen, die unendlich viel mehr als ein bloßer Witz ist. In der Welt wirkt schlechtweg alles auf alles: wie sollte dies nicht durch die geheimnisvollsten Analogien bedingt sein? Alles fließt; nirgends hält sich ein starrer Block, weder im Geistigen, noch im äußeren Dasein. »Liebe« und »Haß« scheinen getrennt genug, und fest genug umschrieben: und ich kenne diese und jene Figur bei Balzac, in deren Brust das eine dieser Gefühle in das andere übergeht mit einer Allmählichkeit, wie die Farben des glühenden Eisens. Haßt Philomène den Albert Savarus oder liebt sie ihn? Am Anfang hat sie ihn geliebt, am Ende scheint sie ihn zu hassen; sie handelt unter einer Besessenheit, die vielleicht Haß und Liebe zugleich ist, und vermöchte man sie zu fragen, sie könnte keine Auskunft geben, welches von beiden Gefühlen sie martert. Hier sind wir durch einen Abgrund getrennt von der Welt des achtzehnten Jahrhunderts mit ihren Begriffen, wie »Tugend«, die fest, rund und dogmatisch sind, wohl geeignet, feste und theologische Begriffe zu ersetzen. Hier ist jede Mythologie, selbst die der Worte, aufgelöst. Und nirgends sind wir Goethe näher. Hier, ganz nahe, ja im gleichen Bette, rauscht der tiefe Strom seiner Anschauung. Aber es war die Grundgebärde seines geistigen Daseins, sich hier nach der entgegengesetzten Seite zu wenden. Die fließenden Kräfte seiner Natur waren so gewaltig, daß sie ihn zu überwältigen drohten. Er mußte ihnen das Beharrende entgegensetzen, die Natur, die Gesetze, die Ideen. Auf das Dauernde im Wechsel heftete er den Blick der Seele. So sehen wir sein Gesicht, so hat sich die Maske des betrachtenden Magiers geformt. Balzacs Gesicht sehen wir nicht als eine olympische Maske, über seinen Werken thronend. Nur in seinen Werken glauben wir es manchmal auftauchen zu sehen, visionär, hervorgestoßen von chaotischen Dunkelheiten, wirbelnden Massen. Aber wir vermögen nicht, es festzuhalten. Jede Generation wird es anders sehen, eine jede wird es als ein titanisches Gesicht sehen und wird auf ihre Weise daraus ein Symbol unaussprechlicher innerer Vorgänge machen. Wir wundern uns, daß wir es nicht von der Hand dessen besitzen, der das »Gemetzel auf Chios« und die »Barke des Dante« schuf. Er hätte den dreißigjährigen Balzac als den Titanen gemalt, der er war, als einen Dämon des Lebens, oder sein Gesicht als ein Schlachtfeld behandelt. Es ist eine überraschende Lücke, daß uns die Maske des Fünfzigjährigen dann nicht von Daumier überliefert ist. Sein wunderbarer Stift und sein gleich wunderbarer Pinsel hätten das grandios Faunische des Mannes aus dem Dunkel springen lassen und es mit der wilden Einsamkeit des Genies geadelt. Aber vielleicht waren ihm diese Generationen zu nahe, und es bedurfte der Distanz, die wir zu ihm haben, damit etwas wie das Gebilde Rodins entstehen konnte, dieses völlig symbolgewordene, übermenschliche Gesicht, in welchem eine furchtbare Wucht der Materie sich mit einem namenlosen Etwas paart, einer dumpfen, schweren Dämonie, die nicht von dieser Welt ist, ein Gesicht, in dem die Synthese ganz verschiedener Welten vollzogen ist: das immerhin an einen gefallenen Engel erinnert und zugleich an die maßlose dumpfe Traurigkeit uralt griechischer Erd- und Meeresdämonen. –

Jede Generation, die in sich selber aus dem Umgang mit dem Werk Balzacs die Vision dieses Gesichtes hervorbringt, wird darin eine ähnliche Synthese vollziehen zwischen der ganzen Lebensschwere in sich und dem geheimsten Drang nach Bewältigung dieser Schwere, nach Erlösung, nach Aufschwung. Das Dazugehören zur dumpfen, wuchtenden Masse des Lebens, die ewig sich selber befruchtet, und zugleich das Darüberhinauswollen, der tiefste Drang des Geistes nach Geist: das ist die Signatur dieses großen tragischen Gesichtes, das nicht wie Goethes Maske über uns hin ins Ewige zu schauen scheint, sondern durch uns hindurch, mitten durch die Schwere des Lebens. Diese ungeheure Welt, aufgebaut aus unserem Leben, dem Leben der Begierden, der Selbstsucht, der Irrtümer, der grotesken, erhabenen und lächerlichen Leidenschaften, diese Welt, in deren Gemenge die Begriffe »Komödie« und »Tragödie« ebenso aufgelöst sind wie »Tugend« und »Laster«, diese Welt ist im Tiefsten ganz Bewegung, ganz Drang, ganz Liebe, ganz Mysterium. Dieser scheinbare Materialist ist ein leidenschaftlicher Ahnender, ein Ekstatiker. Die Essenz seiner Figuren ist Aspiration. Alle Dulderkräfte, Liebeskräfte, Künstleranspannungen, Monomanien, diese Titanenkräfte, die großen Motoren seiner Welt, sind Aspiration: alle zielen sie auf ein Höchstes, Unnennbares. Vautrin, das Genie als Verbrecher, und Stenbock, das Genie als Künstler, Goriot, der Vater, Eugénie Grandet, die Jungfrau, Frenhofer, der Schöpfer, alle sind sie eingestellt auf ein Absolutes, das sich offenbaren wird; wie die vom nächtlichen Sturm umhergeworfenen Schiffe eingestellt sind auf das Dasein des Polarsternes, wenngleich Finsternis ihn verhüllt. In den Tiefen ihres Zynismus, in den Wirbeln ihrer Qualen, in den Abgründen der Entsagung suchen und finden sie Gott, ob sie ihn beim Namen nennen oder nicht.

Alle diese so körperhaften Figuren sind doch nichts als vorübergehende Verkörperungen einer namenlosen Kraft. Durch diese unendlichen Relativitäten bricht ein Absolutes; aus diesen Menschen blicken Engel und Dämonen. Jede Mythologie, selbst die letzte, zäheste, die der Worte ist hier aufgelöst: aber eine neue, geheimnisvolle, höchst persönliche ist an die Stelle dieser anderen getreten. Ihre Konzeption ist großartig und in einer solchen Weise bestimmt und doch vag, daß Hunderttausende sie annehmen und sich aus ihr etwas wie den Mythos des modernen Lebens machen können. Alle diese Gestalten, die sich der Phantasie so sehr als »wirkliche« aufdrängen, erscheinen unter einem gewissen geisterhaften Licht, das von den Gipfeln dieses Werkes herabfällt, als gute und böse Genien, Wesen, in denen die irdischen Triebe vorübergehend inkarniert sind. Aber nichts an dieser Konzeption ist schematisch. Hier sind keine Dogmen statuiert, sondern Visionen. Taine, der genau vor einem halben Jahrhundert seinen großen Essay über Balzac schrieb, legt an diese Intuitionen, diese schwebenden Wahrheiten, die alle nur für einen Augenblick wahr sind und nur an der einen Stelle wo sie stehen, einen Maßstab, den sie nicht vertragen. Einem Dichter kann man nichts Einzelnes entwinden. Alles, was innerhalb einer Welt Wahrheit ist, ja mehr als Wahrheit – schrankenlose Ahnung –, wird eine mißgeborene Phantasmagorie, wenn man es aus dem Zusammenhang herausreißt. Es handelt sich um Formen des Sehens. Der Denker sieht Prinzipien, Abstraktionen, Formeln, wo der Dichter die Gestalt erblickt, den Menschen, den Dämon.

Immerhin ist hier, auch mit kaltem Blick betrachtet, die ungeheuerste Synthese vollzogen. Hier begegnet sich wirklich Novalis der Magier mit den titanischen Anfängen eines wahren Naturalismus; hier ist die Verbindung zwischen Swedenborg und Goethe oder Lamarck. Hier ist, in gemessenem Sinn, das letzte Wort des Katholizismus und zugleich dringt die Ahnung der Entdeckungen Robert Mayers sternenhaft aus dem Nebel. Die Gewalt, die noch mehr als eine Generation unterjochen wird, liegt in der wundervollen Durchdringung dessen, was die Wirklichkeit des Lebens ist, der vraie vérité, bis herab zu den trivialsten Miseren des Lebens, mit Geist. Die Geistigkeit des neunzehnten Jahrhunderts, diese ganze ungeheure synthetische Geistigkeit, ist hier in die Materie des Lebens hineingepreßt wie ein alle Fasern durchdringender glühender Dampf. Wo die Niederschläge dieses Dampfes sich stark und deutlich kristallisieren, wie in dem »Louis Lambert«, in der »Recherche de l'absolu«, im »Chef-d'œuvre inconnu«, dort ergeben sich Ketten von Gedanken, Ahnungen, Aphorismen, die sich mit nichts vergleichen lassen als mit den »Fragmenten« des Novalis. Aber diese Kristallisationen, die bei Novalis fast alles sind, was uns in den Händen geblieben ist, sind hier nur ein Nebenprodukt dieser geistig-organischen Vorgänge. Viel bewundernswerter noch ist das Phänomen, welches sich ergibt, wenn die eingepreßte Gewalt dieser Geistigkeit die lebende Materie vorwärtstreibt, wenn

Figuren entstehen, deren Getriebenheit uns das Walten des Geistigen mitten im Herzen des Lebens spüren läßt: so ist Claes, der rastlose Sucher des Unbedingten, so ist Louis Lambert, so ist Séraphita. Und so ist, über allein einzelnen, Balzacs Konzeption der Liebe. Seine »Liebe« ist die unvergleichlichste und individuellste Schöpfung. Sie ist ganz Aspiration und zugleich das Medium der geheimnisvollsten Synthese zwischen Geistigem und Sinnlichem. Sie ist ein geheimnisvolles Phänomen, das ich mit Worten nicht auflösen möchte. Sie nimmt keinen meßbar großen Raum ein in diesem wuchtigen Werk. Und dennoch scheint sie mir das, was wärmt und leuchtet, und ich könnte diese schwere Masse, diese dunkle Menschenwelt, ohne sie mir nicht anders als furchtbar denken.

Hier ist eine Welt, wimmelnd von Gestalten. Es ist keine darunter, so gewaltig empfangen, so vollständig in sich selber, daß sie, gelöst von ihrem Hintergrunde, für sich allein zu bestehen vermöchte, in der unvergänglichen Vollständigkeit ihrer Geste, wie Don Quixote, wie der König Lear, wie Odysseus. Die Materie ist brüchiger, die Vision ist nicht von so strahlender Klarheit, daß Gestalten aus ihr hervorgehen könnten, so modelliert im reinsten, stärksten Licht, wie der Homerische Achilles, wie Nausikaa, oder im zartesten Halblicht, wie Mignon und Ottilie. Alles hängt zusammen, alles bedingt sich. Es ist bei ihm so unmöglich, das Einzelne herauszulösen, wie aus einem Gemälde von Rembrandt oder von Delacroix. Hier wie dort liegt das Großartige in einem stupenden Reichtum der Tonwerte, der ab und auf, infinitis modis, wie die Natur selber, eine lückenlose Skala ergibt. Jene Gestalten dort scheinen gelöste schreitende Götter: wie sie entstanden sein mögen, ist undurchdringliches Geheimnis; diese hier sind einzelne Noten einer titanischen Symphonie. Ihre Entstehung scheint uns begreiflicher, wir glauben in unserem Blut die Elemente zu tragen, aus denen ihre finsteren Herzen gebildet sind, und mit der Luft der großen Städte sie einzusaugen. Aber auch hier waltet ein Letztes, Höheres. Wie die Skala voll Finsternis zur Helligkeit auf einem Rembrandt nur darin dem irdischen Licht und der irdischen Finsternis gleicht, daß sie lückenlos, überzeugend, absolut richtig ist: aber darüber hinaus ein Namenloses in ihr wirksam ist, das Walten einer großen Seele, die in jenen Visionen selber sich einem höchsten Wesen hingibt, so vibriert hier in den Myriaden kleiner Züge, mit denen eine wimmelnde Welt hingemalt ist, ein kaum zu nennendes Letztes: die Plastik dieser Welt geht bis zum Überschweren, ihre Finsternis bis zum Nihilismus, die Weltlichkeit in der Behandlung bis zum Zynischen: aber die Farben, mit denen dies gemalt ist, sind rein. Mit nicht reinerem Pinsel ist ein Engelschor des Fra Angelico gemalt als die Figuren in »Cousine Bette«. Diesen Farben, den eigentlichen Grundelementen des Seelischen, haftet nichts Trübes an, nichts Kränkelndes, nichts Blasphemisches, nichts Niedriges. Sie sind unverweslich, von keinem bösen Hauch zu kränken. Eine absolute Freudigkeit vibriert in ihnen, die unberührt ist von der Finsternis des Themas, wie die göttliche Freudigkeit der Töne in einer Beethovenschen Symphonie in keinem Moment von der Furchtbarkeit des musikalischen Ausdrucks verstört werden kann.

Über die Pantomime

Die alte Schrift des Lukian, welche den gleichen Gegenstand behandelt, würde man auch heute nicht ohne Nutzen und Vergnügen durchlesen.

Ihr Titel Περὶ ὀρχήσεως durfte dem Sinne nach in den oben stehenden Worten übertragen werden. Ebensowohl hätte die Überschrift lauten mögen: »Über den Tanz.« Es ist vom darstellenden Tanz zumeist die Rede; doch kann niemand auch den primitivsten Formen des Tanzes ein darstellendes, pantomimisches Element absprechen. Das Pantomimische andererseits wäre undenkbar, ohne daß es durch und durch vom Rhythmischen, rein Tanzmäßigen durchsetzt wäre; fällt dies weg, so befinden wir uns in einem Schauspiel, dessen Darsteller sich absurderweise der Hände bedienen, anstatt ihrer Zunge; also in einer mit Willkür unvernünftigen Welt, in der zu verharren beklemmend wirkt. Dagegen in eine Haltung, eine rhythmische Wiederholung von Bewegungen einen Gemütszustand zusammenfassen, darin ein Verhältnis zu umgebenden Personen, gedrängter, und bedeutender als die Sprache es vermöchte, auszusprechen, etwas an den Tag zu geben, was zu groß, zu allgemein, zu nahe ist, um in Worte gefaßt zu werden: diese Ausdrucksform ist einfachen heroischen Zeiten, ja besonders dem urweltlichen Zustand geläufig, und wiederum aus unserer bis zur Verworrenheit vielfachen, übergreifenden Gegenwart hebt sich, wie alles Menschliche beharrender Art ist, das gleiche unzerstörbare Bedürfnis hervor, welches zu stillen, da der Lebensboden ungünstig ist, die Kunst eine ihrer uralten Formen zu einer neuen Belebung uns darbietet.

»Die frommen Inder«, sagt Lukian, »begnügen sich nicht, die aufgehende Sonne nach Art der Griechen durch den Kuß der eigenen Hand zu verehren; nach Osten gewandt grüßen sie schweigend den Gott durch eine Folge bewegter Gebärden, durch welche dessen eigener Tageslauf über das Gewölbe des Himmels darstellend gemeint ist; und durch diesen pantomimischen Ersatz für unsere Gebete, Opfer und Chorlieder versichern sie sich seiner Gunst bei Anfang und Ende seines täglichen Kreislaufes. Weiter gehen noch die Äthiopier und tanzen auch während der Schlacht; der Pfeil, den ein Äthiopier aus der Federkrone seines Hauptes zieht, die ihm statt des Köchers dient, wird nicht von der Senne fliegen, ohne daß rhythmische Bewegungen, worin sich das Gefühl der eigenen Kraft mit der dem Feinde zugedachten Todesdrohung verbindet, sich zwischen die einzelnen kriegerischen Handgriffe einschieben.«

Auf Zeremonie läuft alles hinaus, in ihr stillt sich ein tiefstes Bedürfnis, urtümlich religiöser Sphäre; hier ist nichts von leer, mit welchem Beiwort die im Schwang befindliche Tagessprache gerne das Wort Zeremonie zu behängen pflegt. Es sind, wie bei jenen Sonnenanbetern und Kriegern, die erfülltesten Momente des Daseins, ehrfürchtige Hingenommenheit oder die Ekstase des Kampfes, in welchen aus innerer Überfülle sich ein gehaltenes zeremoniöses Gebaren entbindet. Zur Zeremonie kann die einfachste Handlung erhoben werden: das Schütteln von Speer und Schild, ebenso wie das Darreichen einer Trinkschale, und keine wäre so einfach, daß sie nicht in gereinigtem Sinne als erhaben erscheinen könnte. So haben wir Ruth St. Denis hervortreten sehen und im Gewand eines im Tempel dienenden Mädchens, die Schale mit dem Feuer in Händen, in einer langen Folge der einfachsten Gebärden, mit Schreiten und Neigen, Entzünden und Weihen, eine unermeßliche Wahrheit, geistige Schönheit entfalten. So ist der große Tänzer Nijinsky und vermag in der Gebärde eines, der mit hohler Hand am Quell sich Wasser schöpft, alle Reinheit und Erhabenheit der unverderbten menschlichen Natur zu offenbaren. So waren die Zeremonien der Sada Yakko, eingeschoben zwischen den Dialogen einer uns fremden Sprache in langwierigen Dramen, deren Handlungen uns unverständlich waren; und haben wir nicht gleichfalls von der großen europäischen Schauspielerin dergleichen Momente erlebt, in denen sie aus der Nüchternheit der Vorgänge einer »Kameliendame« gleichsam auf eine ganz andere, die eigentliche Bühne trat und sich für uns in Augenblicke eines wahr-

haft tragischen Tanzes der Gehalt, nicht mehr des abgegriffenen Theaterstückes, sondern menschlich ewiger Situation zusammendrängte?
Die Erfindungen, durch welche allenfalls der Theaterdichter solchen Offenbarungen einer hohen seelisch-sinnlichen Begabung zu Hilfe kommen kann, indem er sich ihr in auserwählten Fällen mit Freude unterordnet, bewegen sich auf einer anderen Ebene als das Drama. Es sind wohl Schauspiele, was hier zu geben versucht wird, aber keine Dramen. Der Aufbau bleibt schematisch, den Figuren muß das Individuelle mangeln, welches nicht anders als durch die Sprache zu geben ist. Ein geistiger, bedeutender, ja unendlicher Inhalt wird aber nur scheinbar fehlen. Denn die Kunst wie die Natur ist in ihrem Bereich unerschöpflich an Auskunftsmitteln, jedem ihrer Geschöpfe einen unendlichen Lebensreichtum zu sichern, und unbedingt ist ihr Vermögen, alles schließlich wieder ins Gleichgewicht zu setzen. Ist die Erfindung der Situationen nur derart, daß sie den Tänzer schnell in sein eigentliches Element hinüberführen: sein allgemein Menschliches aus der Fülle seiner Natur herauszugestalten, so steht auch hier wie nur je im Wortgedicht ein Unendliches vor uns. Kein Neigen des Hauptes, kein Heben des Fußes, kein Beugen des Armes gleicht dem andern; hier ist Kunst, und wie Natur ist sie nach unendlichen Arten unendlich. Eine reine Gebärde ist wie ein reiner Gedanke, von dem auch das augenblickliche Geistreiche, das begrenzte Individuelle, das fratzenhaft Charakteristische abgestreift ist. In reinen Gedanken tritt die Persönlichkeit vermöge ihrer Hoheit und Kraft hervor, nicht eben allen sogleich faßlich. So tritt in reinen Gebärden die wahre Persönlichkeit ans Licht und über die Maßen reichlich wird der scheinbare Verzicht auf Individualität aufgewogen. Wir sehen einen menschlichen Leib, der sich in rhythmischem Fluß bewegt nach unendlichen Modifikationen, die in vorgezeichneten Bahnen ein innerer Genius leitet. Es ist ein Mensch wie wir, der sich vor uns bewegt, aber freier, als wir jemals uns bewegen, und dennoch spricht die Reinheit und Freiheit seiner Gebärden das Gleiche aus, das wir aussprechen wollen, wenn wir gehemmt und zuckend uns innerer

Fülle entladen. Ist es aber nur Freiheit des Körpers, was uns hier beglückt? Enthüllt sich nicht hier die Seele in besonderer Weise? Entlädt sie sich nicht hier wie in den Tönen, aber noch ummittelbarer, noch zusammengefaßter, der inneren Fülle? Worte rufen eine schärfere Sympathie auf, aber sie ist gleichsam übertragen, vergeistigt, verallgemeinert; Musik eine heftigere, aber sie ist dumpf, sehnsüchtig ausschweifend; die von der Gebärde aufgerufene ist klar zusammenfassend, gegenwärtig, beglükkend. Die Sprache der Worte ist scheinbar individuell, in Wahrheit generisch, die des Körpers scheinbar allgemein, in Wahrheit höchst persönlich. Auch redet nicht der Körper zum Körper, sondern das menschliche Ganze zum Ganzen.

»Das ist wahr«, heißt es beim Lukian, »der Pantomime muß gewappnet sein von Kopf zu Fuß. Sein Werk muß in Harmonie ausgesonnen sein, vollkommen im Gleichgewicht und in den Verhältnissen; eins in sich selber, jedem Gegner gewachsen. Da dürfen keine Flecken daran sein; da muß, alles vom Besten sein: ein schöner Einfall, ein tiefer Kunstverstand, vor allem wahre Menschlichkeit. Wenn jeder Einzelne von den Zusehern eins wird mit dem, was sich auf der Szene bewegt, wenn jeder Einzelne in den Tänzen gleichsam wie in einem Spiegel das Bild seiner wahrsten Regungen erkennt, dann – aber nicht früher als dann – ist der Erfolg errungen. Solch ein stummes Schauspiel ist aber auch nicht weniger als eine Erfüllung jenes delphischen Gebotes: ›Erkenne dich selbst‹, und die aus dem Theater nach Hause gehen, haben etwas erlebt, das erlebenswert war.«

Blick auf Jean Paul
1763–1913

Geht der Blick hundertfünfzig Jahre nach rückwärts, so trifft er den Lebensanfang dieses Dichters, der einst den Deutschen so teuer war, geht er um ein Jahrhundert zurück, seine volle Gewalt und überschwengliche Berühmtheit, ein halbes Jahrhundert, seine Geringschätzung und drohende Vergessenheit. Aber auch heute lebt sein Werk noch fort, wenn es auch nur ein dämmerndes Halbdasein ist. Ein wesenhaftes, geistiges Leben, in der Sprache ausgeprägt, ist niemals völlig abgetan, und wie eben in der Überlieferung eines großen Volkes alles da ist, »Stärke und Schwäche, Keime, Knospen, Trümmer und Verfallenes neben- und durcheinander«, so sind auch diese Werke da, und wenn der Blick auf sie fällt, scheinen sie widerzublicken und den Betrachtenden zu binden mit der Zauberkraft, die von jedem Leben ausgeht und ihm verliehen wurde zum Ersatz dafür, daß es ein Einmaliges, Nichtwiederkommendes ist.

Wer sich aber einlassen will mit diesen seltsamen Lebensgängen und barocken Zusammenfügungen, die zu durchlaufen unseren Großeltern so leicht und süß schien, dem widersteht das Ganze, und ihn verwirrt auch das Einzelne. Die Zusammenfügung ist lose, die Handlung zugleich dürftig und sonderbar, die Gestaltung schwach. In einem war dieser Dichter, den die Mitwelt den Einzigen nannte, den ein Herder über Goethe stellte, groß; herrlich nennt ihn der strenge Grillparzer in diesem einen: im Abspiegeln innerer Zustände. Uns aber ist zuerst auch, in diesem einen das Überschwengliche befremdlich, bis das Seelenhafte und trotz allem Wahre uns überwältigt. Vielleicht ist uns dieser Überschwang darum so fremd, weil wir heute in einem anderen Überschwang, diesem entgegengesetzt, befangen sind. Das in Freude und Wehmut ausschweifende Ich ist selten unter uns, desto häufiger ein dumpfes, beschwertes, ängstlich-selbstsüchtiges Wesen. Das Aufgeschlossene, die grenzenlos gesellige zarte Gesinnung ist uns verloren, statt dessen sind wir in die Materie zu viel und zu wenig eingedrungen, das allseitig Bedingte zieht uns in einen trostlosen Wirbel – das doch im geheimen auch allseitig frei ist, erkennten wir es nur so tief –, wir sind wahrhaftig jene, »Anachoreten in der Wüste des Verstandes, auf denen schwer das Geheimnis der Mechanik liegt«. Solchen Wechsel schaffen die Umstände der Zeit, die für das Ganze das sind, was für den Einzelnen die leibliche Verfassung. Die geistigen Ab- und Ausschweifungen wechseln von Geschlecht zu Geschlecht, aber auch ihr Rückstand und Bodensatz, das Gewöhnliche und Alberne, das, worin die Naivität und Beschränktheit einer Zeit liegt, wechselt bis zur Unbegreiflichkeit; darum gibt es kein Fern und Nah bei der Betrachtung der Vergangenheit, alles ist schwankend und unmeßbar, das Geistige in dem Individuum von 1830 uns ganz nahe, das Fratzenhafte der Epoche uns ganz fern; daß auch unsere eigene Zeit den Nachlebenden ein solches Gesicht zeigen wird, müssen wir einsehen, ohne es begreifen zu können.

Jean Paul teilte seine Gemälde in die *italienischen* und die *niederländischen*; eine dritte Weise, die *deutsche*, stellte er dazwischen, worin er beide zu verbinden suchte. In seiner italienischen Manier sind die großen Romane abgefaßt, in denen es um hohe Gegenstände und die großen Verknüpfungen des Lebens geht und die das Entzücken seiner Mitlebenden bildeten; in der niederländischen und deutschen die kleinen Gemälde der wehmütig-vergnügten Anmut und des dürftigen, eingeschränkten Lebens, worin auch für unseren Sinn neben dem Barocken das Zarte, Tiefsinnige und Unerwartete fast nicht zu erschöpfen ist. Den großen Romanen aber, »Titan«, »Hesperus«, deren Namen selbst die Geringschätzung der Jahrzehnte nicht völlig haben klanglos machen können, waren mehr oder minder lose jene unvergleichlichen Stücke eingefügt, die wahrhaftige Gedichte sind und die in einer Blütenlese zusammenzustellen immer wieder von solchen versucht werden wird, deren Sinn dem Schönen in der Dichtkunst aufgeschlossen ist. Denn wessen Geist das Schöne überhaupt erfaßt, der kann auch nicht an irgendeiner Art des

Schönen stumpf vorübergehen. Diese Gedichte, ohne Silbenmaß, aber von der zartesten Einheit des Aufschwunges und Klanges, sind die Selbstgespräche und Briefe der Figuren, ihre Ergießungen gegen die Einsamkeit oder gegen ein verstehendes Herz, ihre Träume, ihre letzten Gespräche und Abschiede, ihre Todes- und Seligkeitsgedanken; oder es sind Landschaften, Sonnenuntergänge, Mondnächte, aber Landschaften und Mondnächte der Seele mehr als der Welt. Die deutsche Dichtung hat nichts hervorgebracht, das der Musik so verwandt wäre, nicht so Wehendes, Ahnungsvolles, Unendliches.

Bald ist es ein tönendes Anschwellen der Seele in einem erhabenen Traumgesicht, bald die Mittagswehmut oder die Beklommenheit der Dämmerung; es ist ein Zittern, ein Auseinanderfließen in träumende Ruhe, oder die Unendlichkeit einer letzten Begegnung, eines letzten Augenblicks, die Ahnung des Einganges der Welt und die vorausgeahnte Seligkeit des Vergehens.

In diesen Gesichten und Ergießungen ist die *Ferne* bezwungen, der Abgrund des Gemüts, den von allen Künsten nur die tönende ausmißt; in den niederländisch-deutschen Gemälden aber oder den Idyllen, wie man sie wohl nennen muß, ist es das Nahe, das mit einer unbegreiflichen Kraft seelenhaft aufgelöst und vergöttlicht ist. Auch diese kleinen Dichtungen, der »Siebenkäs«, der »Quintus Fixlein«, der »Jubelsenior« und vor allem das »Leben des vergnügten Schulmeisterlein Maria Wuz in Auenthal«, sind fürs erste nicht leicht zu lesen. Hier gleichfalls ist in einer barocken Weise alles zusammengefügt und durcheinander hingebaut, alles ist Anspielung und Gleichnis, neuerfundene Wörter und absonderliche Kunstwörter, zusammengetragen aus der Sternkunde und Anatomie, der Gartenkunst oder dem Staatsrecht wie der Kochkunst; aber zwischen dem allen dringt etwas hervor, das wahre Poesie ist, vielleicht noch seltener und kostbarer als jene Ahnungen und Träume. Nach einer erhabenen Ferne strebt in Träumen und halben Träumen etwa auch ein zerrissenes und zweideutiges Gemüt, aber um das völlig Nahe in seiner Göttlichkeit zu erkennen, dazu bedarf es eines vor Ehrfurcht zitternden und zugleich gefaßten Herzens, denn eben weil es das Nahe und überall dicht an uns Herangedrängte ist, so überwächst sichs schnell mit der Dunkelheit des Lebens, geht wieder hin, wie nie geboren. So ist es mit dem Unsagbaren zwischen Eltern und Kindern, zwischen Mann und Frau, auch zwischen Freunden und miteinander Lebenden. Hier bedürfte es einer beharrenden Spannung des Herzens, der aber der Mensch ebensowenig fähig ist wie eines beständigen Gebetes. Nur in Aufschwüngen vermag er sich zu einem grenzenlos innigen Anschauen zu erheben, wo dann Groß und Klein, Vergänglich und Beständig als leere Worte dahinterbleiben. Die Jean Paulschen höchsten Momente sind dieser Art. Sie heften sich immer an das Kleine und Alltägliche; es ist in diesen idyllischen Erzählungen von nichts die Rede als von dem Gewöhnlichen der Leiblichkeit und der niedrigen Regungen des Geistigen, die fast wieder ins Leibliche fallen, den kleinen Eitelkeiten, Ängstigungen und Befriedigungen des Alltags. Der Leser hört viel von dem Zubehör der Kleidung, Bettzeug, Küchengerät und anderen Dürftigkeiten, womit vierundzwanzig Stunden des Alltags und der Raum zwischen Stubenwand und Fensterscheiben ausgefüllt sind. Aber dem Blick des Gemüts, der zart und gespannt genug ist, auf stummen Nichtigkeiten und Wehmut und Zärtlichkeit zu verweilen, steht ein redender Himmel offen, wenn bloß nur in einem alten Gesicht das Kindergesicht sich aufschlägt, worin das Unsagbarste uns auf die Seele fällt und Leben und Tod ineinandergehen. Diese beharrliche liebende Betrachtungskraft – von wie vielen vergeblich nachgeahmt, nicht nur dem zarten Stifter, sondern auch dem strengen Hebbel, dem witzigen Heine – trägt den Segen in sich, daß vor ihr wie das Häßliche so auch der Schmerz sich auflöst, ja die Nichtigkeit des Daseins selber sich vernichtigt: so wirkt sie, woran aller Schwung und Tiefsinn des angespannten Denkens scheitert: die kleine Wirklichkeit unseres Lebens liegt in diesen Dichtungen tröstlich da und umfriedigt.

Diese Bücher und die in ihnen webende Gesinnung mögen halb vergessen sein und allmählich noch mehr in Vergessenheit geraten, wie leicht möglich ist, es ist gleichwohl in ihnen etwas vom tiefsten deutschen dichterischen Wesen wirkend, das immer wieder nach oben kommen wird: *das Nahe sofern zu machen und das Ferne so nah, daß unser Herz sie beide fassen könne.*

Goethes »West-östlicher Divan«

Das Vortreffliche ist unergründlich, man mag damit anfangen, was man will. *Goethe*

Dieses Buch ist völlig Geist; es ist ein Vorwalten darin dessen, was Goethe das »obere Leitende« genannt hat, und so ist etwas entgegen, daß es nicht ins Breite beliebt und verstanden sein könne. Freilich sind Worte daraus in jedermanns Munde und Stücke daraus durch die Musik in jedermanns Ohr, aber als Ganzes ist es, man kann sagen, wenig bekannt und in der Herrlichkeit seiner Zusammenfügung nicht von sehr vielen, dem Verhältnis nach, begriffen worden. Und doch ist es eine Bibel: eines von den Büchern, die unergründlich sind, weil sie wahre Wesen sind, und worin jegliches auf jegliches deutet, so daß des innern Lebens kein Ende ist. An diesem teilzunehmen aber bedarf es eines erhöhten inneren Zustandes, und nichts ist in unserer Zeit seltener geworden als auch nur die Forderung an uns selbst, diesen uns herzustellen.

Das Reine, Starke ist schwer zu fassen, eben um seiner Reinheit, um seiner Stärke willen. Das Bizarre fesselt den Blick, das schwächlich Gefühlvolle zieht uns hinüber, das Übertriebene drängt sich auf, das Leere noch und das Gräßliche haben ihre Anziehung: das Reine, Starke auch nur gewahr zu werden, bedarf es der Aufmerksamkeit. So auch unter den Menschen: ist nicht, um der Menschen Bestes und Reinstes in sich zu nehmen, ein erhöhter Zustand nötig, den wir Liebe nennen? Diese Worte führen die Dichter und die Halbdichter unablässig im Munde, ihre Geschöpfe sind mit ihm behaftet, aber sieht man näher zu, wieviel ist daran verworrene Begierde, ein düsteres selbstsüchtiges Trachten, ja ein Mißverständnis; wie selten ist der reine Blick, das bereite Herz, der aufmerksame Sinn? Wer ein Buch wie dieses, einen Geist, ein Wesen, genießen will, der sei auch da und mit der Seele da. Es haben sich an ihm viele versucht, und es nicht genossen; die innere Trägheit war entgegen, Verworrenheit, Unaufmerksamkeit, der Zwiespalt des eigenen Wesens. Gespaltenes will das Ganze nicht erkennen, ein Gegenwille tritt dann im dunkelsten kaum bewußten Bereich dämonisch auf, ein Urteil wird nicht reif, das Vorurteil wirft sich dazwischen. Ein solches Vorurteil haftet an diesem Buch, es ist platt und töricht, aber seit vielen Jahrzehnten beharrend; allmählich wird es weichen, denn das Vortreffliche hat Zeit, es bleibt in sich stets lebendig, und sein Augenblick ist immer. Das Vorurteil geht dahin, es habe sich Goethe, als ein im Herzen kühler alternder Mann, grillenhaft dem Fremden zu-, dem Nahen und Eigenen abgewandt und habe das orientalische Gewand wie eine Vermummung übergeschlagen, so sei dies Buch entstanden, woran alles fremd und seltsam, bis auf den Titel.

Diesem mit Streitgründen entgegenzutreten, ist schwer, denn um einen solchen Kampf auszufechten, müßte man sich auf eine andere Ebene begeben – eben wie für Goethes Vaterlandsliebe –, und jeder bleibt gern, wo er ist, mit denen, die ihm nahe sind, und denen, die er ehrt. Wer aber Gedichtetes zu lesen und durch den Buchstaben den Geist zu empfangen begnadet ist, der wird in diesem »West-östlichen Divan« nichts von Vermummung gewahr werden, sondern nur von Enthüllung ohne jede Schranke. Doch ist es ein anderes, ob ein Jüngling leidenschaftlich sein Herz entblößt, oder ob ein reifer Mann, lebend und liebend, sich völlig denen dahingibt, die ihn zu fassen vermögen. Des Jünglings Herz ergießt sich wie ein schäumender Bergstrom gegen die Welt, das ist ein Schauspiel, das jeder fassen kann; der Mann ist der Welt inniger, als sich sagen läßt, verbunden, und nicht anders vermag er sein Inneres preiszugeben, als indem er gleichsam vor unsern Augen, aufleuchtend in der Glut seines Herzens, aus den Dingen hervortritt und sogleich sich wieder in die Dinge hinüberwandelt. Ein höchster durchgebildeter Bezug zu den Menschen, ein weitumgreifender Blick über alle Weltgegenstände sind männlich: scharf zu trennen, innig zu verbinden ist dem Mann gegeben. Dem Jünglinge gehts um alles und um nichts; daß er zu geben und zu nehmen wisse, und *wie* zu geben, *wie* zu nehmen, ist des Mannes Sache. Der Jüngling stürmt dahin, oder er liebt und starrt und stockt; sich lebend und liebend im Weitergehen zu behaupten, wird vom Mann verlangt. Dem Jüngling steht es gut an, daß er neun Zehnteile

der Welt nicht gewahr wird: der Mann muß *allem* seinen Mann stehen, und noch die Vergangenheit fordert ihn hinaus: das unabsehbare Gegenwärtige aber wirft sich auf ihn wie ein verworrener Traum, der reingeträumt werden muß, ein wüster Schall, der zum Ton sich runden muß. So ist die Beschwerde groß, ein Mann zu sein: dafür nimmt er den größten Lohn dahin: der höchsten allseitigen Bewußtheit. Der Jüngling trägt sein Herz in Händen, aber sein Sinn ist dumpf dem Greis geht alles dahin wie in einem Spiegel; der Mann allein ist wahrhaft im Spiel, und wie er ganz im Spiel ist, so ist er sichs ganz bewußt. Dieses ruhmreiche Geschick des Mannes tritt in den zwölf Büchern von Blatt zu Blatt hervor. Im »Buch des Sängers«, »Buch Hafis« ist es Selbstbehauptung, männlich, kühn, großmütig, rauh und mild; im »Buch des Unmuts« Abwehr, Zurechtweisung, mutig, stark, ja derb; im »Buch der Liebe«, »Buch Suleika« Hingabe, herrlich, schrankenlos, bis ans Mystische, Unfaßliche reichend; im »Schenkenbuch« Vertrauen unnennbarer Art zwischen Älterem und Jüngerem; im »Buch des Paradieses« höchstes Anschauen eigenen Wertes, Verklärung erfüllten Geschickes; in den Büchern der »Sprüche«, der »Betrachtungen«, der »Parabeln« letztlich zarteste Weltklugheit, Adlerauge und gelassene Hand, wie des Teppichknüpfers, vor dem Ungeheuren, Verworrenen.
Dies alles ist einer fremden Welt angenähert oder zwischen ihr und uns in der Schwebe: alles ist doppeltblickend, und eben dadurch dringt es uns in die Seele; denn das Eigentliche in uns und um uns ist stets unsagbar, und doch ist dem Dichter alles zu sagen gewährt.

Soll ich nun, unter so vielen herrlichen, die Gedichte nennen, auf denen vor allem die Seele ausruht, immer wieder zu ihnen zurückkehrt, und durch welche sie, wie durch Tore, irgendwo hinzudringen meint, wo ihre eigentliche Heimat ist, so sind es vielleicht diese zehn: im »Buch des Sängers« das erste gleich »Hegire«, worin die Wunderwelt nicht sowohl des Orients als einer großen weltliebenden Seele sich aufschlägt; dann jene »Talismane«, wahrhaft ewigen Gehalts, »Im Gegenwärtigen Vergangnes«, dies unvergleichliche Lebensgedicht, worin, aus einer deutschen Landschaft heraus, das Weiseste leicht und lieblich gesagt ist; endlich ›Selige Sehnsucht‹. Im »Buch Hafis« von denen, die ›An Hafis‹ überschrieben sind, das zweite, das anfängt: ›Was alle wollen, weißt du schon, Und hast es wohl verstanden‹, worin in Strophen unnennbarer Magie die Liebe mit der Welt, Weisheitsausspendung mit glühend reiner Lust verflochten sind, wahrhaft vier Elemente in eins gemischt; im »Buch des Unmuts« das erste: ›Wo hast du das genommen? Wie konnt es zu dir kommen?‹ Im »Buch Suleika« jenes ›Wiederfinden‹, das in der Dichtung das gleiche ist, was eines von Beethovens reinsten Geschöpfen in der Musik; im »Buch des Schenken« die ›Sommernacht‹; im »Buch des Paradieses« ›Berechtigte Männer‹, im »Buch des Parsen« ›Vermächtnis altpersischen Glaubens‹. Hat man aber eines dieser Gedichte betreten, so ist eine magische Grenze überschritten; man wähnt sich am Rande und ist doch schon im Kreise, ist schon in der Mitte. Ja, nicht nur diese auserwählten Gedichte, ein jedes auch von den kleineren, oft nur vier Zeilen aneinandergereiht, wird das gleiche bewirken, wo nur der Sinn gesammelt und hingegeben auf ihnen ruht. Denn ein solches Buch ist Leben, und erhöhtes Leben. Goethes Jünglingsgedichte fliegen uns durch die Seele wie Musik, in »Hermann und Dorothea«, im »Meister« ist das Dasein wie in festen, von innen erhellten Bildern vor uns hingehalten, so ist auch der »Faust« eine Bilderfolge, freilich eine magische; hier aber, im »West-östlichen Divan«, sind wir, wie nirgends, mitten in den Bereich des Lebenden gestellt. Der Jüngling begehrt zu leben, der Greis erinnert sich, gelebt zu haben, und jedem dieser Alter ist wieder eine Gewalt verliehen, die einzig ist. Aber der Mann allein ist wahrhaft der Lebende. Er steht wahrhaft in der Mitte des Lebenskreises, und der Kreis hält ihm die Welt gebannt. Nichts flieht vor ihm, wie er vor nichts fliehen kann. In der kleinsten Handlung ist auf das Größte Bezug, das überwunden Gewähnte tritt unversehens wieder hervor, das Vergeudete wie das Vergewaltigte wird gewaltig und meldet sich an, eigener Falschheit entrinnt man nie wieder, jedes Vergangene wirft den dünnen Schleier von sich und zeigt sich als ein ewig Gegenwärtiges. Jegliches führt jegliches herbei, denn in jedem Sinn ist alles in den Kreis geschlossen, dem Gemüte müßte es fast schwindeln, wie es gewahr wird, daß des Schicksals wie der Menschen Gunst erworben und verscherzt wird auf demselben Wege, daß das Leben ein unaufhörliches Wiederanfangen ist und ein unaufhörliches Wiederzurückkommen. So geht es uns in diesem Buch, wie es uns draußen im eigenen Bereich ergeht: wir meinen uns frei im Unendlichen zu bewegen, doch sind wir immer in die Mitte unseres Lebenskreises gebannt, und der Ring des Horizontes ist mehr als ein bloßer Augentrug. Aber dem dies widerfährt, dem wachsen die Kräfte, und es ist, als ob wiederum der Kreis ihn stärke. In seinem Herzen erneuert sich unablässig das Göttliche: wie dies geschehen, dies ist recht eigentlich, wenn man auf ein Unaussprechliches mit einem Wort hindeuten darf, der Inhalt dieses Buches. Das Buch ist in manchem Augenblick in mancher Hand, und wir sind nicht in jedem Augenblick fähig, Hohes zufassen; aber es liegt in uns, daß wir dies, und noch mehr, fassen können.

Worte zum Gedächtnis des Prinzen Eugen

GESCHRIEBEN IM DEZEMBER 1914

> Wenn wir das Andenken großer Männer feiern, so geschieht es, um uns mit großen Gedanken vertraut zu machen, zu verbannen, was zerknirscht, was den Aufflug lähmen kann. Güterverlust läßt sich ersetzen, über andern Verlust tröstet die Zeit; nur ein Übel ist unheilbar: wenn der Mensch sich selbst aufgibt.
>
> *Johannes von Müllers Rede auf Friedrich den Großen*

Großen Schwierigkeiten muß das Gemüt, wenn es sich nicht selber verlieren will, neuen und immer neuen Aufschwung entgegensetzen; die Kraft hierzu kann ihm nur der Geist verleihen. Wenn das Geschehen übermächtig und furchtbar wird und wie ein Gewölk über dem Meere sich aus dunklen Tiefen unablässig erneuert, das mit Opfern Errungene zeitweilig wieder dahinfällt, unsägliche Anstrengung vergeudet erscheint, wissen wir nicht aus noch ein. Unser Geist schweift angstvoll umher nach einem Sinn solchen Geschehens; auch über das Härteste könnte er sich beruhigen, wo er die höhere Notwendigkeit erkennte. Die Gewalt aber, die scheinbar gleichgültig über alle hinschreitet, ist zu stark für unsre Fassung; wahllos sehen wir sie die Einzelnen zu Tausenden und Tausenden vernichten, da müssen wir uns selber, die wir Einzelne sind, bis zur Vernichtung gedemütigt fühlen. Die Liebe selbst, in der wir erst wahrhaft leben, wird von einem unbegreiflichen Gedanken ins Herz zurückgeängstet, sie getraut sich nicht mehr, an dem Einzelnen zu haften, und doch behauptet sich auch in einer solchen Lage das Tiefste unsrer Natur, ein großes Wort vermag uns für Augenblicke aufzurichten, die Erzählung einer herrlichen Tat setzt alle unsre Kräfte in Bewegung. Nie sind wir würdiger als in dieser Verfassung, unsre Gedanken auf einen großen Mann zu richten.

Jetzt steht uns die Gewalt vor Augen, gegen die er sich zu behaupten hatte; wie er gerungen und womit er gerungen, wovon in gewöhnlichen Verhältnissen wir auch nicht die Vorstellung aufbringen, jetzt tritt es uns vor die Seele. Die Vergangenheit erscheint nicht als ein abgeschlossenes, friedlich daliegendes Bild, wir erkennen sie in steter furchtbarer Bewegung wie unsre eigene Zeit, und das Leben der Völker enthüllt sich uns als ein unablässiges Gegeneinander; nur in welchem Verhältnis sie als Gegner antreten und sich verbünden, wechselt. Wir sehen eine große, für ein Vierteljahrtausend entscheidende Epoche; Europa in Brand, und die Linie des Kampfes gezogen von Lille bis Belgrad, wie heute; aus diesen Kämpfen, erfahren wir, wird unser Österreich geboren. Wir sehen nicht, daß es geschehen konnte, nur daß es geschah; wir erkennen nirgend den vorgezeichneten Weg, nur daß immer alles unsicher, zerfahren und bedrohlich war, und daß einer es war, der das Mögliche schuf, wo keinem stumpferen Blick ein Mögliches vorher erschienen wäre; da wird unsre Brust frei, wir fühlen, was ein Mensch vermag, die Gewalt des Geistes hebt uns empor, wir vermögen eines Menschen Großheit zu erkennen und müssen ihn unbedingt lieben; so stehen die heutigen Preußen zu ihrem Friedrich, so wir Österreicher zu dem größten Österreicher, zu Eugen von Savoyen. Zwischen ihm und uns liegt freilich ein Vierteljahrtausend; aber was soll uns dieser Schein? Der Materie ist auch der eben verflossene Augenblick unwiederbringlich dahin, ihrem dumpfen Reich müssen wir das ungeistige Walten vieler zurechnen, die noch vor Dezennien, vor wenigen Jahren, Lebende waren: der Geist kennt nichts als Gegenwart. Dem Geiste nach ist Prinz Eugen ein Lebender unter uns, seine Taten erneuern sich in diesen Kriegstaten unsres Geschlechts, und seine unverweslichen Gedanken sind das einzige politische Arkanum in einer ungewissen, zukunftsschwangeren Gegenwart. Die schöpferische Gewalt eines solchen Mannes ist ohne Grenzen, und ihren Wirkungen hat es nichts an, ob Generationen dahingehen, die nicht fähig sind, zu erkennen, wer die Fundamente legte, auf denen der Umkreis ihres Daseins ruht. Aber wenn sich die große Krise der Weltgeschichte erneuert, wenn in schweren Stunden das Gemüt der Denkenden mit Entschiedenheit verlangt, hinter dem Unzulänglichen, das als halbvergangenes Geschehen sich schwer auf die Seele legt, ein Höheres zu erkennen, dem es den Zoll unbedingter Ehrfurcht entrichten kann, wenn das Verworrene und kaum zu Entwirrende, die Zerfahrenheit und die wechselseitige Verschuldung durch einen Strahl aus höheren Welten gespalten werden muß, sollen wir dem Druck der Gegenwart standhalten, so tritt die Gestalt dieses Heros aus dem ehrwürdigen Dunkel, und Staunen durchfährt uns: jedes Atom an ihr ist lebendig.

Österreich ist das Reich des Friedens, und es wurde in Kämpfen geboren; es ist seine Schickung, daß es Gegensätze ausgleiche, und es muß sich in Kämpfen behaupten und erneuen. Der Mann, der diesen Staat aus dem Chaos in die Welt des Gestalteten zu rufen hatte, mußte ein großer Feldherr sein und zugleich der höchsten Staatskunst mächtig. So war Eugen: ein gewaltiges Jahrhundert hatte ihn geboren; unter den riesigen Söhnen jener Zeit, Richelieu, Wallenstein, Kurfürst Friedrich Wilhelm von Brandenburg, Wilhelm von Oranien, hebt sich auch seine Gestalt empor; in der unerschütterlichen Folge seiner Entschlüsse und der Gewalt, sie auszuführen, weicht er ihrer keinem, noch auch in der fortwirkenden, Jahrhunderte durchdauernden Großheit des Erreichten; durch die Reinheit und Redlichkeit seines Gemütes, den Reichtum und die Anmut seines Geistes bei so gewaltigem Tun ist er unsrem Herzen lebendiger und näher als irgendeiner jener andern.

Aus fremdem Land rief ihn sein Geschick hierher, so rief ein Jahrhundert später Frankreichs Geschick Napoleon von seiner Insel. Er war ein Fürstensohn und hatte über diesem eine fürstliche Seele; es war ihm eingeboren, daß er nur dem Herrn dienen konnte, der ihm das Höchste verkörperte. So kam er hierher und diente dem Kaiser und dem Reich. Er kam aus der Fremde, er hat die deutsche Sprache nie beherrschen gelernt, und er wurde ein deutscher Nationalheld; allezeit und auf allen Schlachtfeldern Europas haben Deutsche unter ihm gefochten; die verbrannte Pfalz und das verwüstete unterrheinische Land hat er gerächt; Straßburg und Metz gewann

er wieder, wo nicht die sittlichen Kräfte – mehr als die kriegerischen – des erniedrigten, zerspaltenen Deutschland ihm versagten. Wien war des Römischen Kaisers Residenz; so kam Eugen nach Österreich, sich sein Geschick zu suchen, und er schuf unser Geschick. Das Entscheidende lag in ihm; die Mittel, die Gelegenheiten bot das Glück. Ein Reiterkommando und eine große Epoche, dies war, was ihm gegeben war. Vor Wien lagen die Türken; Ungarn war ihr Land, die Erblande schutzlos. Von Westen her drohte ein Frankreich, wie es kühner, übergreifender nur einmal wieder dagestanden hat; nur ob er für sein Haupt oder für das des Dauphin die römische Kaiserkrone verlangen werde, war Ludwig XIV. im Schwanken; nicht über die Gestalt, die er Europa zu geben gewillt war. Ungarn und Polen waren zu vereinigen; an ihrer Spitze eine Herrschaft des Adels, ein gemeinsamer Reichsrat oder ein König, ein vasallisches Werkzeug von Frankreichs Thron dieser wie jener. Tirol kam an die Schweizer Eidgenossen zur Bildung einer »granitnen Neutralitätswand«, österreichischen Heeren den Weg nach Italien zu verschließen. Beide Sizilien an Frankreich, die Barbareskenstaaten zerstört und kolonisiert, Ägypten französische Provinz. Wer denkt nicht bei einer so gewaltigen durchgreifenden Politik, bei dieser größten und aussichtsreichsten Bedrohung, welcher das Herz Europas jemals ausgesetzt war, an den heutigen Tag und erkennt die Staaten als ein Lebendiges und ihren Machtwillen als das Leben ihres Lebens? In diese Konstellation tritt ein großer Mann und gibt der Landkarte Europas für ein Jahrhundert eine genaue Zeichnung, für ein Vierteljahrtausend uns die großen Richtlinien des politischen Bestehens.
Mit neunundzwanzig Jahren war Eugen von Savoyen kaiserlicher Feldmarschall. Er schlägt sieben Hauptschlachten der Weltgeschichte; durch die Siege von Zenta, Peterwardein, Belgrad nimmt er den Türken für ewige Zeiten Ungarn ab; bei Höchstädt gewinnt er Bayern und Deutschland, bei Turin das obere Italien, durch Oudenarde und Malplaquet die Niederlande. Er ist der große Stratege seiner Zeit, der anerkannte Lehrer Friedrichs des Großen; einer der sieben Feldherren aller Jahrhunderte, deren Heereszüge Napoleon des Studiums

der Nachwelt wert hielt. Keine Trägheit des Vorstellungsvermögens darf uns verführen, die Schlachten jenes höchst kriegerischen Jahrhunderts um der geringeren Zahl der Streitkräfte und des minder ausgebildeten Geschützes willen für leichter zu lösende Aufgaben zu halten, als es die heutigen Schlachten sind. In jeder Epoche drängt sich in solche Entscheidungen das Höchste an Forderungen zusammen, die an Menschen gestellt werden können. Immer gleich bliebe, wenn sie errechenbar wäre, die geheimnisvolle Kurve, in der sich das Verhältnis des schöpferischen Geistes zu den jeweils erlernbaren handwerkmäßigen Bedingungen und Umständen des Krieges ausspräche, und immer gleich selten und kostbar bleibt die Erscheinung des großen Heerführers. Eugens Schlachten zählen zu den blutigsten jener blutigen Epoche, seine Märsche zu den erstaunlichsten, seine Entschließungen in schwieriger Lage zu den kühnsten und erfolgreichsten, welche die Kriegsgeschichte kennt. Jede seiner kriegerischen Großtaten trägt den Stempel eines großen, wahrhaft ursprünglichen Geistes: der seinen Zeitgenossen kaum faßliche Alpenübergang bei Rovereto mit Reiterei und Geschütz, indes der Feind ihn am Ausgang der Veroneser Klause erwartet; bei Chiari das Herankommenlassen des überlegenen Feindes bis dicht an die Laufgräben; bei Höchstädt der Bachübergang in vollem feindlichen Feuer; bei Malplaquet die unerhörte Wucht des entscheidenden Stoßes; bei Zenta das Erreichen des Feindes im Augenblick des Überschreitens der Theiß; der Handstreich von Cremona, und endlich Belgrad, die Tat aller Taten, wo der Belagernde, mit seinem durch Seuchen entkräfteten Heere vom überlegenen Entsatzheer umringt, selber zum Belagerten geworden, aus einer Lage, die jeder kleinen Seele hoffnungslos erschienen wäre, durch nichts als die Schwungkraft des Genius sich herausreißt, gegen sechsfache Übermacht nach zwei Fronten schlägt und zugleich den Besitz der Feste und den größten Sieg in offener Feldschlacht davonträgt. Mit diesem aber wird nur von einzelnen berühmtesten Taten einzelnes angemerkt; wie wäre es möglich, in Verfolg einer bloßen Rede, die an Großes erinnern, nicht es darstellen will, mehr als die Namen jener ruhmvollen Schlachten einzuflechten? Ruhmvoll, sie waren es, und Kindern gleich tragen sie die Zeichen des väterlichen Geistes an der Stirn. Und dennoch ist eines größer und seltener noch als die Feldherrntugend, mit der er vierundzwanzig Schlachten schlug: daß er die Weisheit hatte, die Schlacht und den Sieg einzig nur als ein Werkzeug politischen Vollbringens anzusehen und zu nützen. Es gibt solche unter seinen kriegerischen Aktionen, ja vielleicht sind es die mehreren, von welchen man nicht weiß, ob man sie mit mehr Recht zu den Kunstwerken der Strategie oder der hohen Politik rechnen soll. So war der Einfall von Italien aus in die Provence, so der ganze niederländische Feldzug. Der Krieg ist das Werk der Zerstörung; aber seine größten Meister sind über ihrem Werk; Alexander, Hannibal, Cäsar, Gustav Adolf, Friedrich, Eugen waren schöpferische Politiker über dem, daß sie große Feldherren waren. Eugen, der große Meister des Krieges, war der mäßigste und wirksamste Unterhändler des Friedens. Er schuf Bündnisse und wußte die Allianzen der Gegner zu sprengen. In einer Zeit der verschlagenen Kabinettspolitik ruhte in seinen Händen die diplomatische Vorbereitung der großen, auf weite Ziele eingestellten Aktionen. Wir haben seine Mémoires, seine Noten und Briefe. Mit der höchsten Klarheit ist darin die verworrene Gegenwart behandelt, mit der höchsten Voraussicht – seltenste Gabe, und gar in Österreich! – die Zukunft. Aus dem unabsehbaren Material seiner politischen Korrespondenz blickt uns ein Auge an, so feurig, so menschlich, so nahe, so gegenwärtig! Alles, wovon er redet, ist von heute. Denn was er redet, ist Geist, und was der Geist ergreift, bleibt lebendig, denn er ergreift nur das Wesentliche. Wie aber wäre es möglich, hier sein geistiges Walten aufzurufen, wo auf alles bloß hingedeutet werden kann! Er erobert, und wo er erobert, dort sichert er; er gewinnt Provinzen mit dem Schwerte zurück und gewinnt sie auch wirklich. Unversehens blühen ihm unter schöpferischen Händen, und überall, aus kriegerischen Taten die Werke des Friedens hervor. Hinter seinem Heer geht der Pflug und im Walde die Axt des Kolonisten. Er besiedelt das verödete Kroatien, Syrmien, das Banat. Die Warasdiner Grenzer, die Banater

Schwaben sind von ihm angepflanzt. Er rodet Dickicht aus, er legt Sümpfe trocken, er baut Straßen und Brücken. Sein Feldherrnstab, das Symbol der zerstörenden Kriegsherrschaft, befruchtet die Länder und weckt das erstarrte Leben auf. Er unterwirft und versöhnt, er vereint und leitet. Dies Heer, in dem zum erstenmal die Ungarn mit Österreichern Seite an Seite fechten, ist das Werk seiner großen Seele. Er gründet, wo er hinkommt, und was er gründet, hat Bestand. Triest ist sein Werk. Er baut, er schmückt, er veredelt, er beschenkt.
Was von ihm getan wurde, hier wäre es dürftig aufgezählt, aber dies sind nur Worte, die Schattenbilder der Taten. Den gedachten Grundriß seiner Taten zu entwerfen, schon dazu hätte es einer großen Seele bedurft – was aber gehörte dazu, sie wirklich zu tun? Ist etwas in uns, das sich aufschwingen kann, diesem Gedanken nachzukommen? Wir fürchten, nein; denn die Tat ist undurchdringlich, wahrnehmbar nur die Folge, das Geschehene. Aber großen Taten nachzudenken, ist dennoch fruchtbar, und ein Etwas bringen wir davon in unsre Seele, wenn wir uns mühen, und gewinnen Mut und eine unzerstörbare Ahnung des Höheren. Ein Heer zu führen und immer wieder zu führen, wie er es führte, zu Schlachten und neuen Schlachten, Belagerungen und neuen Belagerungen, neununddreißig Jahre lang. Es heraufzuführen von der Save in die Lombardei und wieder zurück durch Tirol nach Bayern und an den Rhein und wiederum hinab ins Banat und wieder herauf nach Flandern. Und dreizehnmal verwundet hinzusinken und wieder aufs Pferd, wieder ins Zelt, wieder in den Laufgraben. Und sein Adlerblick über alle diese Dinge, über das Heer und den Troß und die Artillerie und das Gelände und den Feind. Und ein winziges Stoßgebet vor dem Beginn der Aktion, dieses sein »Mon Dieu!« mit einem Blick zum Himmel, und dann das Zeichen »Avancez!« mit einer einzigen kleinen Bewegung seiner Hand. Er, der so viel von den Leiden des Krieges wußte! Von den zerschmetterten Leibern, dem Wehgeschrei der Verwundeten, dem furchtbaren Geruch des Schlachtfeldes, den Qualen der Packknechte, den Seuchen, den brennenden Dörfern, den greulichen Kämpfen in den Approchen, den Brandgranaten, dem Hunger, der Nässe. Dies

alles immer wieder nach vorne zu bewegen, durch die einzige Kraft seines Willens. Und es am Leben zu erhalten, es mit Lebenskraft zu durchsetzen, es zu entlohnen, es zu nähren, es mit seinem Geist zu durchdringen, neunundddreißig Jahre lang. Welche Arbeit des Herkules! Und der unabsehbare beständige Kampf nach rückwärts hin, gegen die Mißgunst, den Neid, die Torheit, die Unredlichkeit. Dies unabsehbare Durchgreifenmüssen, der Kampf gegen die Anciennität, »diese Mutter der Eifersucht, des Eigensinns und der Kabale«; der Kampf ohne Rast und ohne Ende gegen den amtlichen Dünkel, die Intrige, die dumme Verleumdung, die geistreiche Niedertracht. Eine Welt von Feinden vor ihm; welch eine Welt aber hinter ihm: aus einer Wurzel entsprossen, dem österreichischen Erbübel, aber in tausend Schößlingen auftreibend; die Wurzel immer die gleiche: Trägheit der Seele, dumpfe Gedankenlosigkeit, die geringe Schärfe des Pflichtgefühles, die Flucht aus dem Widrigen in die Zerstreuung, nicht Schlechtigkeit zumeist, aber ein schlimmeres, verhaßteres Übel, einer schweren dumpfen Leiblichkeit entsprungen – im Kampf mit diesem allen bis ans Ende und nie ermüdet, und Sieger und Schöpfer, Organisator der widerspenstigsten Materie – ein Mensch, ein großer, guter Mensch und in ihm verborgen das Geheimnis aller Geheimnisse: schöpferische Natur. Unversiegbar in ihm ist die Liebe zu diesem Österreich und in dieser Liebe der feste Punkt, von dem aus er die Welt aus den Angeln hob; und die Krone von Polen, der Herzogsmantel von Mantua zurückgewiesen aus dieser Liebe heraus. Eine fürstliche Seele, die in der Welt gesucht hatte, wem sie dienen könne, und die dann diente bis ans Ende.

Es ist alles, im großen, so verblieben, wie er es hinter sich ließ, denn die Staaten verändern nicht ihr Wesen, und zwei Jahrhunderte sind eine geringe Zeit in der Geschichte. Jung, rein und unversehrt sind heute noch die Völker, wie er sie mit dem Goldband seiner Taten zusammenband. Lange waren die Herzen von dumpfen, stockenden Zeiten gequält, bis zum Verzagen, nun sind sie betäubt vom ungeheuerlichen Geschehen; aber unerschöpfliche Hoffnung geht ihnen allen aus von dieser einen Gestalt: Eugen. Dies Österreich ist ein Gebilde des Geistes, und immer wieder will eine neidische Gewalt es zurückreißen ins Chaos; unsäglich viel aber vermag ein Mann, und immer wieder, im gemessenen Abstand, ruft ja die Vorsehung den Mann herbei, von dem das Gewaltige verlangt wird und der dem Gewaltigen gewachsen ist.

Österreich ist zuerst Geist geworden in seiner Musik und in dieser Form hat es die Welt erobert. Haydn, Mozart, Schubert, auch Strauß und Lanner, diese Namen sprechen für sich selbst, und vor Ihnen, die Sie Österreicher sind, brauche ich sie nur zu nennen, damit sie einen unermeßbaren Gehalt für Sie anklingen lassen. Die lieblichste Heiterkeit, Seligkeit ohne Ekstase, die Freudigkeit, fast Lustigkeit in Haydns Messen, ein Hauch von Slawischem, ein Glanz von Italienischem, in dieser aus der tiefsten Deutschheit geschöpften Musik, Deutschheit aber ohne Sehnsucht, ohne Schweifendes, Größe ohne Titanisches – diese Kriterien unserer Musik, die dann die Musik der Welt geworden ist, sind Ihnen gegenwärtig. Sie kennen alle die Anekdote, die der alte Zelter Goethe erzählte: Man habe den alten Haydn gefragt, warum denn seine Messen so fröhlich wären und nicht feierlich und getragen. Darauf habe er gesagt: Ja, wenn ich an den lieben Gott denke, dann bin ich doch lustig! Und Sie wissen auch, daß Goethe, als Zelter ihm das erzählte, über diesen Zug tiefster naturhafter Ingenuität die Tränen heruntergelaufen sind. Sie erinnern sich, wie Goethes Liedertexte in Schuberts Fassung ein – ich weiß nicht was – von höherer Volkstümlichkeit annehmen, und so ist Ihnen bei diesen bloßen Namen gegenwärtig und klar, wie das Lebenselement der Gebildeten, der Fühlenden um die Wende des achtzehnten zum neunzehnten Jahrhundert in Österreich Musik sein mußte, so wie es um die gleiche geistig hochgespannte Zeit in Deutschland Geistigkeit war.
In dieser Atmosphäre erwacht die österreichische Dichtkunst. In dieser Luft erwächst sie als ein eigenes Gebilde, als ein volkstümliches Gebilde auch in ihrem größten Vertreter, dem Kunstdichter Grillparzer, volkshaft um wieviel mehr in dem Schauspieler Raimund, in dem Schauspieler Nestroy, in dem Bauernsohne Anzengruber, in dem Waldbauernbuben Rosegger, in dem Böhmerwaldsohn Stifter. Denkt man an die stärksten Repräsentanten unserer Dichtkunst, so kann man von

einer Poesie der Bauernsöhne sprechen und diese der Filiation der Pastorensöhne, die dem deutschen Volke so viel höchsten geistigen Besitz gegeben haben, entgegenstellen. Auf dem Schoße der Wärterin, aus dem Textbuche zur »Zauberflöte«, lernt Grillparzer lesen. Es gibt keine Zufälle, weder weltgeschichtlich noch individuell-biographisch. Dieser Text der »Zauberflöte«, was für ein merkwürdiges Ding! Naiv, kindhaft, von späteren Bildungsepochen verachtet und doch unzerstörbar und doch einem Goethe würdig, daß er daran dachte, ja es auch durchführte, ihm eine Fortsetzung zu schaffen. Man möchte denken – und es ist ja sehr wahrscheinlich –, daß diese Wärterin, diese Amme, auf deren Schoß Grillparzer in dem Textbuche zur »Zauberflöte« buchstabieren lernte, halb oder ganz slawischen Blutes gewesen sei und daß von ihr Grillparzer etwas von dem Hauche der Sagen von Drahomira, von Herzog Krok und seinen Töchtern eingesogen hat, die lebenslang mit einem eigentümlichen Dämmerhauch halbbarbarischer Phantasie seine eigene Phantasie umschweben und nähren. »Meinen Werken merkt man es an, daß ich in meiner Jugend an den Geister- und Feenmärchen der Leopoldstadt mich ergötzt habe«, sagt dann Grillparzer selbst einmal, und in der Tat, es ist immer ein volkstümlicher Kanevas, auf dem das Beste, was er geschaffen hat, aufgestickt ist, es ist etwas vom Ritter-, Räuber- und Gespensterstück, vom dramatisierten Ammenmärchen in seinen Werken oder unter seinen Werken. Denken Sie nur an die »Ahnfrau«, die ein Gespensterstück ist, an »Traum ein Leben«, das ein veredeltes Spektakelstück ist, oder an »Libussa«, die eine Verwandlungs- und Zauberkomödie ist. Nun aber gar Raimund, und den Gebrauch, den er vom volkstümlich Derben und vom volkstümlich Allegorischen macht! Und Nestroy mit seiner ins Geniale getriebenen Vorstadtposse, Anzengruber mit dem eigentümlich melodramatischen Element, mit dem er sich von dem Stil des dramatischen Realismus, dem er doch Bahn gebrochen hat, wieder unterscheidet – wie da im entscheidenden Moment ganz unrealistisch eine Musik spielt – anderseits mit dem tief heiteren, volkshaften Element, mit dem er heikle Probleme, wie

in den »Kreuzelschreibern«, umgoldet und beseelt. Diese Heiterkeit, die Mitgift des Volkes, das eigentümlich vergoldende Element der heiteren Geselligkeit, dies, ob es da ist oder nicht da ist, unterscheidet vielleicht vor allem Volkshaftes in Poesie von dem Bildungshaften. Und hier ergibt sich uns ein eigentümlicher Ausblick: ein größtes Gebilde unserer Bildungsliteratur, den »Faust«, als ein relativ armes zu sehen, arm nicht ganz ohne das Bewußtsein seines Schöpfers.
Was Goethe nicht in den »Faust« hineinbringen konnte, das Wertvollste und Kostbarste, das Volkselement, ist das eigentlich Humoristische. Mephisto hat auf einem sehr hohen Niveau einen Anflug des geistig Humorvollen. Dort klingt es allenfalls an, aber ein wirklich kasperlhaftes Element, wie es jedenfalls ein ähnlich großer Dichter einer naiveren Epoche geschaffen hätte, war schon nicht mehr möglich. Die Volkselemente sind sehr mühsam herangebracht; umgekehrt könnte man bei Raimund die Bildungselemente als mühsam herangebracht empfinden und die höhere Sprache hat bei ihm etwas Ausgeliehenes, nicht unmittelbar an das Höchste der Bildungswelt Anschließendes. Stellen Sie anderseits Nestroy neben Kotzebue; die Posse Kotzebues ist spießbürgerlichschal, darum früh welkend, die Nestroys volkshaft, unzerstörbar. Eine lokale Posse war überall vorhanden, in Berlin, in Dresden, in München, aber sie ist nirgends so hoch gekommen, anderseits ist das Bildungsdrama nirgendwo so durchsetzt mit volkstümlichen Elementen und dadurch beide einander nirgends so nahe wie hier. Eine Vereinigung beider, die ja ein Ideal der dramatischen Produktion wäre, ist wirklich beinahe erreicht, einerseits auf der Bühne, anderseits im Publikum. Es war doch damals ein wirkliches Theater da und man hat ein Schlagwort geprägt: Wien war eine Theaterstadt. Damals war es polemisch gemeint – heute können wir es als historisch gelten lassen. Es war innerhalb der deutschen Kultur ein wirklich lebendes, aus dem Volke gekommenes Theater, eine wirkliche Möglichkeit, alles Soziale, Geistige, Gemütliche Form werden zu lassen. Wie weit diese Möglichkeit hinaufgreift, davon könnte man – gar sehr cum grano salis allerdings – ein Exempel sehen in der Gestalt des Kaisers

Franz, die ja ganz abgesehen von ihren historischen wirklichen Qualitäten und Mängeln in einer merkwürdigen Weise die Fähigkeit in sich trug, Legende zu werden. So könnte man vielleicht sagen, daß etwas in der Führung einer Figur wie Kaiser Franz, in seiner ganz bewußten Führung, von dem allgemeinen Sinn und Instinkt für das Theater und seine populäre Wirkungskraft ergriffen war. Denn es ist immerhin merkwürdig genug, daß Kaiser Franz, bis zu einem gewissen Momente seines Lebens sehr stark noch großherzoglich-toskanischen Gepräges, also fast romanisch, großer Herr des achtzehnten Jahrhunderts, ungefähr 1808, fast gleichzeitig mit dem Tiroler Volksaufstand, die Haltung, die sich später in der Figur des »guten Kaiser Franz« legendenhaft entwickelt, angenommen hat.

Diesem allgemein Volkshaften, das in ein wahrhaftes populäres Bühnenwesen mündet, steht etwas anderes gegenüber, und das ist die landschaftliche Bindung und Individualisierung des allgemeinen Elements. Der österreichische Dichter hat zum Hintergrunde seine Landschaft. Einen Deutschen kann ich mir viel eher gelöst denken vom Hintergrunde. Denke ich an Männer wie Kant, Hölderlin, Nietzsche, so ist der geistige Aufschwung ohnegleichen vor meinem Auge und ich könnte an der Höhe des Fluges die Deutschheit und das Aufgeflogensein vom deutschen Geistesboden erkennen, nicht aber das Gefieder. Ein österreichischer Vogel fliegt nicht so hoch, daß man nicht das Gefieder erkennen könnte. Das stetig Heimatgebundene gibt einen ganz entscheidenden Zug in der dichterischen Individualität bei uns. Rosegger hat einmal gesagt: »Es gibt Kinder, die ins Leben hinausschauen und jeden Vorübergehenden freundlich anlächeln und dabei doch nie die Rockfalte der Mutter auslassen. So ein Kind bin ich, und meine Mutter ist die Steiermark.« Das ist nicht nur hübsch, sondern auch sehr richtig. Ein Analogon ist im Deutschland des neunzehnten Jahrhunderts kaum mehr denkbar. Denken Sie das Wort: »Ich bin ein Kind, und meine Mutter ist Thüringen oder die Mark oder das Hessenland.« So entsteht ein gewollter, nicht natürlicher Partikularismus (den ein naiver und bedeutender Genius von dem Range Roseggers auch nie begehen wird). Wir haben diesen Partikularismus, nicht der Fürsten, nicht des dynastischen Familienbesitzes, wie in Deutschland, sondern den Partikularismus des Landes gehabt, eines Landes wie Böhmen, wo ein unendlicher Teil der politischen Schwierigkeiten um die Einheit des Landes sich drehte, wie Tirol – denken Sie an die Bewegung, die eingesetzt hat, als es sich darum handelte, einer fremden Macht Teile von Tirol abzugeben oder nicht, sie ist kaum faßlich, wenn man nicht mit der unendlichen Vitalität dieses Landesbegriffes rechnet –, aber auch kleine Einheiten haben bei uns dies gute Eigenleben wie die Gottschee oder das Banat oder die siebenbürgische Sachsenschaft, die Kreise, Viertel, Gaue, ja die Wiener Vorstädte. Aus dieser sehr großen Lebendigkeit des Einzelgebildes geht der eigentümliche, dumpfe Widerstand bei uns gegen jeden Zentralismus, gegen den Josefinismus, gegen den Liberalismus der sechziger Jahre hervor. Diese Bewegung greift bei uns schwer über eine dünne Oberschicht hinaus und viele unserer Schwierigkeiten hängen damit zusammen. Der Partikularismus der Landschaften, Länder, Kreise, ja Städte und Vorstädte läßt sich natürlich noch viel mehr in den Individuen akzentuieren. Sehen Sie ein Wesen wie Stifter, Beamter, Schulmann, ziemlich anerkannter Schulmann, vom Ministerium gern verwendet, ein gewisses Analogon zum Züricher Stadtschreiber Keller, zum schwäbischen Pastor Mörike, wenn Sie wollen. Aber der Weg führt bei ihm, anstatt ins Soziale, durchaus ins Einzelne, ja Einsiedlerische. Sonderlinge, Zurückgekehrte, Resignierte sind seine Figuren: der alte Freiherr von Riesach in seinem Garten, der heimgekehrte Felix im Heidedorf, Brigitta auf ihrer Pußta, der Hagestolz auf seiner Insel. Eine naturnahe Beschäftigung, als Gärtner, als Landarzt, Maler, Altertümler, bindet sie wieder, betrachtende Fromme, an die Landschaft, von der das Leben sie abgelöst hat. Der Natur ist das letzte Wort überlassen, ein Regenschauer, ein Schneefall löst alles, das eigene Geschick wird an die Natur abgegeben. Ich kenne keine merkwürdigere Synthese als diese Stiftersche Frömmigkeit, die Synthese zwischen Christlich und Antik, eine eigentlich christliche Seelenhaltung mit einem antiken Naturkraftglauben, ein Gebundensein an die Natur, das ganz singulär ist, wenn Stifter seine Menschengeschicke, seine Novellen, die vollkommene Menschenschicksale enthalten, überschreibt mit den Namen »Bunte Steine«, »Bergkristall«, »Granit«, »Turmalin«. Bei einem Menschen von der Reinheit der Phantasie und des Gemütes wie Stifter ist das keine Manieriertheit, keine Ziererei. Mit diesen einfachsten Naturgebilden scheint das innerste Geschick seines Wesens etwas zu tun zu haben, er bindet sie daran und gibt sie an die Natur wieder ab.

Die Vielheit, die wir aus dem Eigenleben der Landschaft abgeleitet haben, hat noch einen Quell: in der Vielheit der sozialen Typen und in der Lebendigkeit, mit der unser Kulturleben den Reichtum der sozialen Typen des ancien régime bis tief ins neunzehnte Jahrhundert durchgetragen hat. Es waren hier sehr erhaltende Faktoren: der Klosterbesitz, die Gutsherrschaft, die Einzelbesiedelung, wie die Militärbesiedelung in den Zeiten Maria Theresias, Prinz Eugens, Kaiser Josefs. Noch vor wenigen Jahren – allmählich verwischt und nivelliert die Zeit ja alles – mag ein Mann sich durchaus als fürstlich Schwarzenbergscher Untertan, als Melker Stiftsuntertan gefühlt haben, nicht einfach als Niederösterreicher oder als Österreicher. Banater Schwabe ist Banater Schwabe, Grenzerfamilie ist Grenzerfamilie. Ein Analogon oder ein Fruchtbarwerden dieses starken Individualisierens haben Sie im Kriege gefühlt. Gebilde wie »Gruppe Pflanzer-Baltin« mit einer Buntheit, die unsere deutschen Bundesgenossen zuerst so überrascht hat und die ihnen dann allmählich verständlich geworden ist, das Huzulenpferd neben dem Pinzgauer, der Ruthene neben dem Steirer, die große Tüchtigkeit und Initiative des einzelnen Abteilungskommandanten, des einzelnen Pionieroberleutnants usw., das ist der Partikularismus des einzelnen, der sich bis zur höchsten Besonderheit in unseren größten Dichtern ausgelebt hat. Die stärksten Figuren Grillparzers sind zwei Einsame, der arme Spielmann und Rudolf II., die stärkste Figur Roseggers ist der einsame Waldschulmeister, Anzengruber hat seine einschichtigen Träumer und Philosophen, Pichler seinen Hexenmeister auf der Berg-

hütte. So haben Sie lauter Partikularismen, und das Ineinanderklingen derselben gibt die österreichische Gesamtatmosphäre, die als poetischer und reizvoller Weltzustand so bezaubernd auf die Romantiker gewirkt hat, die gleiche schwebende, vieldeutige, beziehungsvolle Atmosphäre, welche Grillparzer mit den berühmten Versen charakterisiert hat: »Man lebt in halber Poesie, gefährlich für die ganze«. Das Alte und das Neue ist nebeneinander da, ist wirklich bei uns ein bißchen mehr da als anderswo. Wenn Sie am Rhein gefahren sind und bald darauf auf der Donau fahren, es ist wirklich, als wenn die Erinnerung an das Mittelalter auf der Donau unendlich viel mehr da wäre, weniger übergegangen, weniger ins Museum übergegangen wäre als am Rhein. Noch sind die Spuren germanischen und slawischen Urlebens unverwischter als irgend anderswo im eigentlichen Europa.
In einer Schrift von Viktor Hehn über das Salz und die alten Salzstraßen – das Salz ist ein großes, völkerbindendes Ding – lesen Sie vom Salzkammergut, von Hall, Hallein, Reichenhall, von Wieliczka und anderseits von Halle an der Saale. Da kommen Ihnen diese alten Dinge, bezogen auf unser Salzwesen, ganz wie von heute und ganz nahe vor, und es kommt Ihnen wirklich vor, als ob Dinge, wie die Pfahlbauten in Hallstatt, nicht gar so weit von uns wären. Beziehen Sie das aber auf Stätten wie Halle an der Saale, so erscheint es Ihnen durch den höchstveränderten Weltzustand distanziert. So naturhaft ist bei uns alles im Geschichtlichen. Aber auch in der Sittlichkeit könnte man bei uns von Naturhaftem sprechen, im Gegensatz zur Fundierung der Sittlichkeit in der höchsten Abstraktion, die schließlich in Kant wurzelt. Das sittliche Beispiel eines unverdorbenen Bauernstandes ist vielleicht bei uns der stärkste sittliche Faktor, so wie er dort ein sehr hochgefaßter philosophisch fundierter ist. Dieses beständige nahe Beispiel eines unverdorbenen Bauernstandes ist etwa das, was den Kern des Grillparzerschen Lebenswerkes mit seiner wunderbaren Reinheit ausmacht, wie sich denn in Grillparzer überhaupt – darum ist er auch eine repräsentative Figur – eine fast lückenlose Synthese unserer Elemente beisammenfindet: die Synthese von Alt und Neu – das historische Drama

»Ein Bruderzwist im Hause Habsburg«, das man heute als politisches Vademekum zitieren kann, wie viel näher, lebendiger dies als etwa die Atmosphäre von Schillers historischen Dramen –, die Synthese von Naiv und Reflektierend, die Synthese von Eigenbrötlerisch und Sozial, von Katholisch und Humanistisch, von Städtisch und Bäuerlich.

All dieses poetische Wesen ist wirklich, wenn man darin zu lesen und es zu deuten versteht, ein Spiegel, in dem die österreichische Idee sichtbar wird. Wie aber? Der Moment nötigt durchaus zu praktischem Austriazismus und nur zu praktischem. Was soll uns die Kontemplation? Wir sind von Taten umgeben und jeder in seinem Kreise zu Taten genötigt. Was soll uns die Poesie? Nun, ein Gemeinsames zwischen den Taten und der Poesie steht mir vor der Seele. Sie beide sind lügenlos, sie beide reden die Wahrheit. Die Taten werden richtbar, wenn es Abend wird, und die Poesie enthält die Wahrheit der Dinge und das Gericht über die Dinge. Die Poesie und die Taten sind die beiden Elemente, in welchen der innerste Gehalt einer Gemeinschaft sich auswirkt. Nicht ohne diese beiden Genien entsteht ein nationaler Mythos, nicht ohne die beiden ein gewecktes und reiches nationales Bewußtsein, worin ein Integrieren, ein Ineinanderweben aller Lebenselemente stattfindet, worin alle Gefühle schließlich zusammengefaßt werden, wovon uns das französische Nationalgefühl in seiner unsäglichen Verwobenheit, in seiner kühnen Synthese, in der Figuren wie die Jungfrau von Orléans, Ludwig XIV., Heinrich IV. und Napoleon wirklich zu einer französisch-legendenhaften Einheit verwoben werden, ein großes Beispiel aufweist.

Nur wo diese beiden Genien am Werke sind, entsteht ein nationales Pathos, eine nationale Sprache; so könnte ein berechtigter Austriazismus höheren Stils sich entwickeln. Eine nationale Sprache, sage ich und meine damit den adäquaten Ausdruck inneren Verhaltens, hervorgehend aus dem Urteil über sich selber. Haben wir ein Urteil über uns selber? Unstreitig! Aber vielleicht haben wir ein auseinanderklaffendes Urteil? Dem gemeinen Urteil fehlt es nicht an Naivität, wohl aber an Aufschwung, dem höheren vielleicht an Natur und dadurch an Autorität. Hier würde es sich darum handeln, das Natürliche mit dem Würdevollen zu verbinden. Vielleicht ist Ihnen nationales Pathos, in bezug auf Österreich gebraucht, auf den ersten Blick ein befremdendes Postulat bei so verfließenden Grenzen, als in welchen Österreich, der Faktor, von dem ich rede und unter dem ich nicht nur das deutsche Österreich, sondern mindestens den festen Kern der Erblande mit Böhmen verstehe, gefaßt werden will.

So lassen wir das Wort »nationales Pathos« einen Augenblick beiseite und sehen als Postulat an: die Spontaneität eines höheren Individuums; das, was für die Teile vorhanden ist, für die Kronländer, für die Kreise, für das Land Tirol. Dort überall ist eine gewisse Spontaneität gleichsam eines Individuums vorhanden, aber zweifelhaft wird sie für das Ganze um seiner fließenden Grenzen willen. Ein Zusammenhaltendes für dieses Ganze muß gedacht werden. Es kann nicht anders gedacht werden als in dem Begriffe, den – ich glaube nicht zu irren, daß es Ranke war – in den Dezennien einer schwierig werdenden politischen Begriffsbildung, in den zwanziger Jahren des neunzehnten Jahrhunderts, für den Nationalstaat postuliert hat: »einen Auftrag von Gott«. Aus diesem Auftrage von Gott, aus der Sendung, resultiert für ihn die moralische Energie als staatenbildende Kraft. Der bloße Machtstaat, der nur auf Geld und Soldaten beruht, hat ihm keine Lebensfähigkeit.

Operiere ich hier mit diesem rein geistigen oder sittlichen Begriffe der Nation für Österreich, so scheine ich einen Provinzialismus, einen übertriebenen Partikularismus an den Tag legen zu wollen. Wo alles in der Welt auf Bindung hindrängt, scheine ich sondern zu wollen; wo der Begriff eines Mitteleuropa, mit der größten Liberalität behandelt werden will und hier an eben dieser Bildungsstätte, an der ich jetzt spreche, des öfteren von einem beredten Manne behandelt wurde, scheine ich reaktionär und partikularistisch. Ich verwirre Ihnen die Einfalt der Gefühle und statuiere einen Dualismus dort, wo Sie in der Einheit der Sprache jede übrige Einheit mit dem großen deutschen Volke, wie es sich zum größten Teile im deutschen Nationalstaat verkörpert, ver-

bürgt wissen wollen. Lassen Sie mich Ihnen da, wo ich diese heiklen Dinge berühre, die Überzeugung entgegenhalten, daß nur bei zarter Sonderung und reiner Ausbildung aller Begriffe eine Harmonie, eine wirkliche Harmonie erzielt werden kann. Der Begriff der Nation darf nicht überanstrengt werden. Wer ihn gebraucht, muß wissen, daß er keine scharfe Grenze der Anwendung hat, »sein ins Unendliche sich verlierender Hintergrund muß mitgedacht werden«. Ich darf mir hier keinen Geringeren als Bismarck zum Helfer für die Gewinnung dieser Begriffe herbeirufen, der in seinen »Gedanken und Erinnerungen« es ausspricht: »das spezifische Wesen des deutschen Nationalgefühles äußert sich darin, daß es nur wirksam wird durch das Wesen der besonderen Nationalitäten, die sich bei uns auf der Basis des dynastischen Familienbesitzes gebildet haben«, und nochmals in den »Gedanken und Erinnerungen«: »Das Deutsche Reich beruht auf dem Dualismus der nationalen Motive.«
Dieser Dualismus des Gefühles: unsere Zugehörigkeit zu Österreich, unsere kulturelle Zugehörigkeit zum deutschen Gesamtwesen müssen wir uns zu erhalten wissen in der furchtbaren und kritischen kulturellen und politischen Situation, in welcher wir uns befinden. Ich sehe hierin keine Gefahr, denn das deutsche geistige Wesen, an welchem wir teilhaben, ist in seinem großen Reichtum, in seiner eigentümlich schicksalsvollen Natur auf Dualismen angelegt. Die Gefahr liegt im Gegenteil darin, daß die österreichische Auffassung vom deutschen Wesen nicht ins Enge gerate, daß sie nicht aus dem Mangel an Kraft, eine weite Synthese zu schaffen, scheinbar weit Auseinandergehendes zusammenzufassen und zu integrieren, sich auf eine starre Formel festlegt, die sich zum Bismarckismus verhält wie der Alexandrinismus zur wirklichen Antike. Es kommt nicht darauf an, daß die Begriffe immer einfacher und handlicher werden, sondern daß sie möglichst viel vom höchsten Lebensgehalt einer Gemeinschaft in sich fassen. Jenes deutsche Wesen, welches einstmals die Welt eroberte, welches den Osten und den Westen durchdrang, welches seine Baukünstler, seine Kaufherren, seine Gelehrten, seine die Jahrhunderte durchdauernden

Bauerngeschlechter über den Niederrhein schickte, über die Oder und donauabwärts, welches Handel trieb und erzog, erleuchtete und bereicherte, kolonisierte, ohne zu erobern, leitete, ohne zu regieren, deutsches Bauernwesen, deutsches Stadtrecht, deutsche Dome, deutsche Offizinen aufrichtete, wohin ist es denn hinübergerettet, wenn nicht in uns? Wo spiegelt sich am größten die alte Idee deutschen Wesens, im Deutschen Reiche offenbart, aber nie völlig verkörpert, wenn nicht in uns? Hier nahm sie ein für allemal Körper an. Daß wir sind und wie wir sind, was wir beanspruchen dürfen und was wir zu leisten haben, wie wir hier sitzen zwischen fremdsprachigen Völkern, und was wir diesen Völkern schuldig sind, um der Jahrhunderte willen und um des Ranges willen, den wir kraft unserer Sendung unter ihnen behaupten: das ist historisches heiliges deutsches Erbe.

In uns wie nirgends in der Welt tritt dem deutschen Volke das Produktive seiner großen Vergangenheit entgegen. Darum haben Schweden und Schweizer ausgesprochen: Wenn wir neben Deutschland stehen in diesem Kriege und nach diesem Kriege, erst dann sieht die Welt wieder Deutschlands anderes Gesicht.

Ja, diese Dinge sind, nicht leicht und einfach. Sie sind nicht handgreiflich wie der Bukarester Chauvinismus und auch nicht so einfach wie das gesteigerte Nationalgefühl des Franzosen. Sie sind ehrwürdig und sie brauchen etwas Einsicht und Frommheit, Liebe zum auferlegten Schicksal, um sie erkennen zu wollen. Darum ist das letzte Wort eines geistigen Austriazismus ein schwer auszusprechendes, scheues und um dieser Wesensart willen sehr deutsches. Die harte, grelle Selbstassertion, der überhebliche Versuch, dem ehrwürdigen deutschen Wesen klipp und klar Grenzen zu geben, in Worte zu fassen, was deutsch ist, »den Genius der deutschen Jahrhunderte, der gegenwärtigen und zukünftigen, mit Namen anzurufen«, ist undeutsch. Deutsches Wesen offenbart sich durch Bescheidenheit im Glück – bis zur Dumpfheit, bis zur Zerfahrenheit –, durch unbedingten Aufschwung im Unglück. Sich selbst zu bereden, ist ihm widerstrebend. Unsere geistige Haltung gegenüber dem deutschen Nationalstaate, von dem wir Unbegrenztes zu empfangen und dem wir Unschätzbares zu geben haben, ist deutlich vorgeschrieben. Es ist eine Haltung, der es an Würde und Schönheit nicht fehlen darf, die aus dem Gefühle der Ebenbürtigkeit, aus dem Bande der Familiarität und aus dem Zeichen unseres besonderen Schicksals, Charisma oder Stigma, Gnadenzeichen oder Leidenszeichen, wie Sie wollen, sich herleitet. Ein zartes, gereinigtes Selbstgefühl, weit entfernt von jeder Selbstgefälligkeit, ist seine Grundlage.

Unser kultureller Besitz ist uns heilig und wir wissen, was wir mit ihm in die Waagschale legen. Aber er besteht für uns nicht in ehrwürdigen Bauwerken und alten Ordnungen, in einer an glanzvollen Erinnerungen reichen monarchischen Aristokratie und auch nicht in der Buntheit unserer Landschaften und dem Reichtum ihrer Sitten. Wir wollen ihn tiefer und lebendiger fassen: Kultur ist uns kein Totes und Abgeschlossenes, sondern ein Lebendiges, das Ineinandergreifen der Lebenskreise und Lebenskräfte, des Politischen und des Militärischen, die Verbindung des Materiellen mit dem Sittlichen. Und weil bei uns nicht leicht über unsere Dinge gesprochen werden kann, ohne daß ein kleines Wort des Tadels einfließt, so könnten wir doch einmal von einem österreichischen Fehler sprechen, der sich durch Dezennien hingeschleppt hat, der so ganz und gar dem Wesen unserer größten österreichischen Figuren, der großen Kaiserin oder des Prinzen Eugen, widerspricht, dem Fehler, Politik und Verwaltung, Verwaltung und Kultur gesondert zu behandeln. Politik! Was ist diese eigentlich? Was ist sie, wenn nicht Verständigung über das Wirkliche, darüber, wo das Entscheidende wirklich zu finden ist, ob im Materiellen des Handels, der Industrie, im Geistigen des Glaubens, des Vaterlandsglaubens? Da schwingt der Pendel weit hin und her. Darüber, wo das Wirkliche zu finden ist, hat uns vielleicht der Krieg einen Fingerzeig gegeben. Das muß doch das Wirkliche sein, wo die größte, unbedingteste, innerste, lauterste Kraft ist. Sie ist beim Volke, das haben wir in diesem Kriege verstehen gelernt. Die Geistigkeit der Gebildeten, sie läßt sich mit einer Tafel vergleichen, auf der furchtbar viel gekritzelt und quergeschrieben und ausgelöscht und wieder darübergeschrieben ist. Die Geistigkeit des Volkes ist eine wunderbare reine Tafel, auf der wenige Erkenntnisse mit reinen Zügen, die die Jahrhunderte durchdauern, eingetragen sind. Das Volk hat sich in dem ungeheuren Erlebnis dieses Krieges einige wenige neue Zeichen auf seine Tafel eingegraben. Alles, scheint mir, wird darauf ankommen, wie man diese Zeichen deutet. Groß wird die Verantwortlichkeit der geistig Mündigen sein, die die Aufgabe haben, dem Volke diese Zeichen zu deuten. In den Naturtiefen, in denen das Volk west, gleichwie in jenen dunklen Tiefen des Individuums, wo zwischen Geistigem und Leiblichem eine fließende Grenze aufgerichtet ist, dort ist nicht Reflexion und Erkenntnis, dort sind Wollen und Glauben zu Hause. Nur wollend und gläubig kann die österreichische Idee erfaßt werden, und ohne das Licht einer Idee werden wir den Weg, der sich jetzt vor uns auftut, nicht gehen. Es werden allerlei Arten von praktischem, sehr praktischem, radikalem, sehr radikalem, eingreifendem, momentanem Austriazismus notwendig sein und in Schwang kommen, aber die Erfassung der österreichischen Idee ist der geometrische Ort für alle irgend möglichen Austriazismen, und ohne einen Hauch von geistigem Universalismus kann ein zukünftiges Österreich weder gewollt noch geglaubt werden.

Shakespeare und wir

ZUM 23. APRIL 1916

Es sind nun hundertunddrei Jahre her, daß Goethe seinen Aufsatz »Shakespeare und kein Ende« veröffentlichte. Darin stellt er seine Ansicht von Shakespeare »als Dichter überhaupt« und Shakespeare »als Theaterdichter«, welche beide er scharf auseinanderhält, dem enthusiastischen Betreiben der von Tieck geführten Romantiker gegenüber, Shakespeares Werke unverkürzt auf die Bühne zu bringen. Er lobt mit Nachdruck die Schauspielerbearbeitungen von der Art der Schröderschen, »welche sich ganz allein ans Wirksame halten und alles übrige wegwerfen«, und nennt es ein Vorurteil, das sich in Deutschland eingeschlichen habe, »daß man Shakespeare auf der deutschen Bühne Wort für Wort aufführen müsse, und wenn Schauspieler und Zuhörer daran erwürgen sollten«. Zum Schluß weist er darauf hin, nach welchen Grundsätzen man »Romeo und Julia« für das Weimarsche Theater redigiert habe, ein Stück, dessen tragischer Gehalt beinahe ganz zerstört wird durch die zwei komischen Figuren Mercutio und die Amme. »Betrachtet man«, fährt er fort, »das Stück recht genau, so bemerkt man, daß diese beiden Figuren, und was an sie grenzt, nur als possenhafte Intermezzisten auftreten, die uns bei unserer folgerechte Übereinstimmung liebenden Denkart auf der Bühne unerträglich sein müssen.« Es bedarf keiner Weisheit, auszusprechen, daß dem größten Mann hier von dem Geschmack der Nation widersprochen wird, der von Generation zu Generation immer deutlicher bis auf den heutigen Tag für die entgegengesetzte Richtung manifestiert hat. Aber, was Goethe zu wahren strebte: das Gehobene und Unvermischte auf dem Theater, auch diesem ist in anderer Weise eine Tendenz des Publikums treu geblieben und hat die hohe Geltung und Popularität der großen oder tragischen Oper herbeigeführt, welcher Goethe selber, als Schöpfer und Urteilender, nicht weniger geneigt war, der, von den vielen Singspielen und Halbopern zu schweigen, die gelegentlich aus seiner Feder kamen, an drei Epochen der großen dramatischen Musik als Dichter teilnahm, wenn er für Gluck die herrliche, Fragment gebliebene »Proserpina« dichtete, durch die Fortsetzung der »Zauberflöte« sich post mortem Mozart als Textdichter darbot und für seinen zweiten Teil des »Faust« einen Mann wie Spontini oder Meyerbeer als unerläßliche Gesellschafter – sofern das Werk aufs Theater sollte – herbeizuziehen sich vorsetzte. Dies aber beiseite, so ist auf der rezitierenden Bühne das Gemischte, wie es eben in Shakespeare grandios uns entgegentritt, zur unbestrittenen Herrschaft gekommen. Die Träger dieser erobernden Vorwärtsbewegung waren von Generation zu Generation ganz unzweifelhaft die großen Schauspieler, von jenen älteren, Schröder und Anschütz, herab bis auf die, welche unter uns, indem sie sich in Lear oder Falstaff verwandeln, etwas ihnen selbst Verborgenes ihrer Natur zu enthüllen und darzubringen verstehen. Von den beiden, die Goethe mit bestimmter Absicht antithetisch behandelte, dem »Dichter überhaupt« und dem »Theaterdichter« ist der letztere oder, um es anders zu sagen, von dem einmaligen Naturphänomen des größten Dichterschauspielers Shakespeare ist das schauspielerische Element zu einer unvergleichlich großen um sich greifenden Macht innerhalb des deutschen geistigen Lebens gekommen, und wenn wir heute ein deutsches Theater in einem höheren Sinne besitzen, welches als eine Art Verwirklichung der von den großen Geistern des achtzehnten Jahrhunderts geträumten »deutschen Nationalbühne« gelten kann, so ist Shakespeare in zweifacher Weise für den Urheber dieses unseres Theaters anzusehen: einmal, wie es oft und einläßlich in bedeutenden Darstellungen ausgeführt worden ist, als einer jener wahrhaftigen Schöpfergeister, die sich »keineswegs nach vollbrachtem Tageswerk zur Ruhe begeben, sondern fortwährend wirksam sind in höheren Naturen, um geringere zu sich heranzuziehen«; so hat sein Geist, in immer neuen Formen gleichsam indirekter Zeugung, uns vom »Götz« und der »Emilia Galotti« angefangen bis zu dem dramatischen Zaubermärchen Ferdinand Raimunds so ziemlich das meiste dessen hervorgerufen, was als höheres Repertorium den Bestand dieses deutschen Theaters ausmacht; zum zweiten aber, indem er von Individuum zu Individuum und von Geschlecht zu Geschlecht immer das Höchste der schauspielerischen Begabung auf sich gezogen und dem deutschen schauspielerischen Dasein mit einer unauflöslichen Aufgabe zugleich ein geistiges Zentrum geschenkt hat. Der französische Schauspieler lebt, eine Generation auf die andere, das gesellschaftliche Leben seines Volkes mit. Nicht so der deutsche, denn die Nation hat selber kein ausgeprägtes, und die wertvolleren dichterischen Produkte entstammen nicht dieser Sphäre. Aber an Shakespeare hat sich das deutsche schauspielerische Dasein unter stets aufs neue problematischen Verhältnissen immer wieder emporgehoben, hier besteht im allseits Abgebrochenen, stets Traditionslosen sogar eine Art von Kontinuität. Der Schauspieler ist es, der die Herrschaft Shakespeares auf dem deutschen Theater unablässig ausgebreitet und vertieft hat, und ein Mann wie Reinhardt, der Schauspieler-Direktor, handelt ebenso unter geschichtlicher Konsequenz wie aus eigener Leidenschaft, wenn er, was Generationen von Schauspielern, zuerst im Wetteifer mit Garrick und Kemble, dann mit Salvini und Rossi, dem deutschen Theater einverleibt haben, zu seiner hohen Blüte und damit zu einem zeitweisen Abschluß treibt.

Der Schauspieler ist es, der nach und nach dem Publikum eben jenes Gemischte annehmbar gemacht hat, sowohl innerhalb jedes Stückes, wie innerhalb der Figuren; zunächst das Komische hart neben dem Tragischen, dann aber auch das Tragische im Komischen, eine Figur wie den Narren in »Lear« etwa, oder das Melancholische im »Falstaff«. Und nur wenn diese Mischung, anstatt zu befremden, als Genuß empfunden wird, kann ein Stück wie »Was ihr wollt« auf der Bühne bestehen, das in der Tat vor hundert Jahren, als die Romantiker es zuerst aufs Theater brachten, vom Publikum fallen gelassen wurde, jetzt aber in Wien, wie vor ein paar Jahren in Berlin, für eine Weile die erste Stelle im Repertoire einnimmt. Denn sein ganzer Reiz ruht auf einer solchen Mischung von derb-komischen, grotesken und ganz zarten Figuren, die zu einer Gruppe verbunden sind; eine ähnliche Gruppe ist Prospero und Miranda, Ariel und Caliban.

Das deutsche Theater, indem es sich Shakespeare ergab und ihm diente, hat auch wieder zu eigenem höchstem Nutzen gehandelt; die Möglichkeiten, die für den Schauspieler hier liegen, sind kaum auszuschöpfen und führen immer tiefer und höher. Hand in Hand mit der theatralischen Unternehmung ging die dramaturgische und sonstige gelehrte Betrachtung; die einzelnen Stücke, das, was man, mit einem Körnchen Salz, die Idee jedes einzelnen nennen kann, die Figuren in sich selber betrachtet und die Bezüge zwischen den Figuren, Hamlet mit Horatio, Brutus mit Cassius, Antonio mit Bassanio, die Landschaften, welche freilich Landschaften der Seele sind, und das, was man die Hintergründe und Ausblicke nennen könnte, alles dies ist an den Tag gebracht, analysiert, gesammelt und in Sammlung über Sammlung wieder gesichtet, verglichen, registriert usf. in infinitum. Einst trat diese Zauberwelt plötzlich an einzelne heran, und der Eindruck war überwältigend. So ist das Erlebnis Goethes. »Die erste Seite, die ich von Shakespeare las, machte mich auf zeitlebens ihm eigen, und wie ich mit dem ersten Stück von ihm fertig war, stand ich wie ein Blindgeborener, dem eine Wunderhand das Gesicht in einem Augenblick schenkt. Ich erkannte, ich fühlte meine Existenz um eine Unendlichkeit erweitert.« Noch Ferdinand Raimund bekommt erst als reifer Mann den Shakespeare in die Hand, der ihn umwirft, und datiert von da an Epoche in seinem Leben. Das Glück, diese Welt dämonisch im schicksalsvollen Augenblick ins eigene Dasein hereinbrechen zu fühlen, müssen die darauffolgenden Generationen mehr und mehr entbehren.
Für sie ist Shakespeare immer schon da. Tausendfach ausgedeutet, wenn auch im Tiefsten unausdeutbar, liegen diese Gebilde zutage, die inneren Spannungen und die Strahlungen, die von ihnen ausgehen, sind aufgezeichnet und tabelliert. Alle Hilfsmittel zu einer beständigen Schwelgerei sind dem Heranwachsenden vorgerichtet, und heilig muß seine Scheu sein, wenn er zu einem höheren als schwelgerischen Verhältnis sich erhebt. Das Theater ruft ihn zu Shakespeare, sich schwelgerisch in Natur aufzulösen, wie der Schauspieler selbst sich auflöst; so ruft ihn leider auch der stets offene

Musiksaal zu Beethoven. Der Reichtum unendlicher Bezüge, Hamlet und Ophelia, Macbeth und seine Frau, Coriolan und der Pöbel, Prospero und die Geister, Brutus und Cäsar, alles dies liegt am Tage, ist dem geistigen Sammelbesitz der Nation einverleibt. Höchst problematisch aber wird der Begriff des Besitzes, wo es sich um Geistiges handelt, ja es kann das Geistige seiner Natur nach in das alltägliche Dasein nicht einbezogen werden: denn es will und soll ja dieses Dasein aufheben. So kann ein zweideutiges Verhältnis entstehen, ein schlaffes und trübes Haben und Nichthaben. In der Jugend aber, von Geschlecht zu Geschlecht, ist ein heiliger Drang nach dem Unentweihten. Hier fällt den Generationen wahrhaftig ein verschiedenes Los. Die Jugend von 1770 wollte nichts als zu sich selber kommen, und in Shakespeare fand sie sich selber, die glühende Welt des Herzens und der Einbildung. Aus diesem beglückenden Verhältnis heraus sind Goethes obige Worte ausgesprochen. Eine andere Zeit wollte sich in die Welt auflösen, und ihr waren Shakespeares Werke das allermächtigste Lösungsmittel. Dieser Generation, der romantischen, danken wir Schlegels Übersetzung, in der das fremde ungeheure Werk für uns nochmals aus der eigenen Sprache wiedergeboren ist.

Die heutige Zeit kennt keinen tieferen Drang, als über sich selber hinauszukommen. Der Lebende fühlt sich überwältigt durch die Gewalt der Umstände; das schweifende, schwelgende Genießen, das fühlt er, ist kein Ausweg, der Genuß zieht ihn nur tiefer in die Sklaverei hinein, und der Besitz unterjocht. Nach oben hin ist die Idee der Freiheit in den Äther entschwunden, nach innen zu die Idee der Tugend leer und wesenlos geworden. Begriffe, Namen verdüstern die Pfade des Lebens mehr, als sie sie erleuchten, die Handlung hat sich zur Begebenheit erniedrigt. Wo ist eine Offenbarung des Höchsten? Ebendort, wo Wirklichkeit ist, antwortet die innere Stimme, die untrüglich ist.

Menschen, zu allen Zeiten, suchen Wirklichkeit begierig, überall. Bei den Geistern und Gespenstern noch, unter deren Anhauch sich eine neue Seite ihres Selbst ihnen offenbart, im Krater der Wollust, ja am Spieltische, wie im Gebet und im

Gedicht. Kaum geahnt wird die Wirklichkeit der Mitlebenden, ja noch geliebter naher Wesen, dem trägen Blick bleibt sie auch im Leiden noch verschleiert, bis sie uns plötzlich anweht: Ahnung, daß das Einmalige alles sei, nichts wiederkomme, nichts sich gleiche, alles im Augenblicke unendlich, ungeheuer, begrifflos, vor Gott ewig. In der Leidenschaft wird diese Sprache begriffen, so liegt in der Leidenschaft, nicht in der niedrigen, sondern der hohen, die eigentliche Weihe des individuellen Daseins. Nur in der geistigen Spannung der Leidenschaft wird das Individuelle, das Einmalige wesenhaft: es ist das, wessen sonst der ruhig Hinlebende kaum gewahr wird. Dieses Einmaligen ist die Welt Shakespeares voll, nirgend sind die inneren Spannungen so wie in »Hamlet«, »Macbeth«, »Othello«.

In jeder seiner Figuren ist ein unsagbarer Bezug auf sich selbst, eine schauerliche und erhabene Konzentration. Die Einsamkeit dieser Leidenschaftlichen, jeder in seine Welt hineingebannt, dies und nicht mehr die wunderbare Vielfalt des glühenden Geschehens, nicht die romantische Uferlosigkeit des Widerspieles, bannt die Blicke einer neuen Jugend, der die Zusammenfassung und Erhöhung ihres Selbst über alles gehen muß. Und wenn Goethes Shakespeare der Geist ist, der die Welt durchdringt und keines ihrer Geheimnisse bewahrt, dem alles von den Lippen fließt, was bei einer großen Weltbegebenheit heimlich durch die Lüfte säuselt, was in Momenten ungeheurer Ereignisse sich in den Herzen der Menschen verbirgt, was ein Gemüt ängstlich versteckt, so wird einem anderen Geschlechte ein stummer Shakespeare entgegentreten, und er wird abermals wahr sein, so wahr als jener, »der die Geheimnisse des Weltgeistes verschwätzt«. Denn wo jedes Wort im ungeheuersten Bezug auf sich selber steht, alle Worte zusammen zu der Rune sich verbinden, die das Individuelle als das Einmalige ausspricht, nichts vom Individuum hinaus in die Welt weist, in die Geselligkeit der Begriffe, dort waltet etwas wie Stummheit, und mit dieser bannt sein unerforschlicher Geist ein neues Geschlecht, wie ein früheres mit der Magie schrankenloser Beredtheit.

Wie komme ich aber, indem ich in Gedanken Shakespeare

und eine neue Generation zueinander halten will, dazu, das, was gemeinhin dunkel und trübe erscheint: Leidenschaft, und die reinen Gebilde der Kunst zusammenzustellen? In der Leidenschaft wie in der Kunst ist das Schöpferische wirksam: das vom höchsten, ersten Schöpfer Entsprungene; Hergeleitete, in den Geschöpfen, womit sie gegen das Chaos sich zur Wehr setzen.

Maria Theresia

ZUR ZWEIHUNDERTSTEN WIEDERKEHR IHRES GEBURTSTAGES

> Der Staat ist eine Allianz der vergangenen Generationen mit den nachfolgenden und umgekehrt.
>
> *Adam Müller*

Der großen Regenten sind wenige; über die Jahrhunderte hingestreut, geht es mit ihnen wie mit den Nägeln, die in einer Wand eingeschlagen sind: es scheint, als wären ihrer viele, denn sie geben der ganzen Wand ihr Muster; zieht man sie aber heraus, so ist es ein kleines Päckchen, das kaum die hohle Hand ausfüllt. Sieht man aus der Ferne auf sie hin, wie die Geschichte oder die Legende sie darstellt, so scheinen sie mehr und weniger als Menschen. Etwas Wunderbares ist um sie, aber leicht auch etwas Schauerliches und Dämonisches. Unheimlich ist es, wenn man die Relation ins Auge faßt zwischen ihnen und der Materie, die sie in Bewegung setzen: den Völkern. Hier erscheinen sie als Schöpfer und Unglücksbringer zugleich. Die Gewalt, mit der sie sich geltend machen, hat nichts Liebevolles mehr. Fast könnte man denken, daß sie auch in Haß umschlagen könnte. Zugleich erscheinen sie durch ihre Auserlesenheit wie gestraft, ja verflucht. Es sind etliche Frauen unter ihnen: Semiramis, Katharina von Rußland, Elisabeth von England. An ihnen kommt die furchtbare Last, »ein Individuum zu sein, in dem die Weltbewegung sich zusammenfaßt«, auf eine andre Weise zur Kompensation: sie sind unfruchtbar als Frauen oder lasterhaft oder in andrer Weise ausgesondert. Zwischen dem, worin sie groß erscheinen, und dem andren ist eine Kluft, ein Widerspruch, der die Nachwelt beschäftigt. Gerade darin liegt es begründet, daß diese Gestalten in der Geschichte einen sehr scharfen Kontur gewinnen. Bei Maria Theresia ist nichts von alledem. Ihr Charakter als Frau geht in der vollkommensten Weise in den der Regentin über. Sie war eine große Herrscherin, indem sie eine unvergleichliche, gute und »naiv-großartige« Frau war. Das ist das Einzigartige an ihr. Hier ist die vollkommenste Rundung und gar kein Kontur. Darum ist es schwer, sie darzustellen, und sie wird für alle Zeiten das Fortleben ihres Namens der magischen Nachwirkung ihrer Natur verdanken, weit mehr als der Feder der Publizisten.

»Die großen Individuen«, sagt Jakob Burckhardt, »sind die Koinzidenz des Verharrenden und der Bewegung in einer Person.« Dieses Wort erscheint wie auf sie geprägt. Weil sie ein solches Individuum war, darum konnte sie Österreich begründen.

Am Beginne ihrer Regentschaft steht eine große, gefährliche Krise. Fast jede große Herrscherkraft muß in einer Krise durchbrechen. Zugleich war sie damals im Begriff, Mutter zu werden. Das Zusammentreffen dieser beiden Situationen, sich an einer historischen Krise als repräsentatives Individuum behaupten zu müssen und als Frau einem Kinde das Leben schenken zu müssen, diese Durchkreuzung des höchst Individuellen mit dem höchsten Natürlichen ist Maria Theresias Signatur. Immer wieder gab es Krisen, gefährliche und verworrene Situationen, denen zu Trotz sie ein ungeheures Maß von konstruktiver Arbeit leistet; die ruhigen Momente, die ein schwächerer Geist abgewartet hätte, kamen niemals oder waren sehr kurz; und sie ist sechzehnmal Mutter geworden. Das eine wie das andre nahm sie auf sich: mit Bereitwilligkeit, ja, mit Begierde. Die Begierde ging aus der Komplettheit der Fähigkeiten hervor, die in beiderlei Betracht unvergleichliche waren. Ihr Gebet war, Gott möge ihr für die politischen Geschäfte die Augen öffnen. Sie betete nur um die Entfaltung dessen, was in einem unvergleichlichen Maße in ihr lag. Mit diesem Gebet ging sie daran, aus den deutschen und böhmischen Erbländern ein Lebendiges zu schaffen. Sie folgte darin ihrem Genius, das dämonisch Mütterliche in ihr war das Entscheidende. Sie übertrug auf ein Stück Welt, das ihr anvertraut war, ohne Reflexion ihre Fähigkeit, einen Körper zu beseelen, ein Wesen in die Welt zu setzen, durch dessen Adern die Empfindung des Lebens und der Einheit fließt. In der Tat besteht eine völlige Analogie zwischen ihrem Verhältnis zu ihren Kindern und dem zu ihren Ländern. Die Briefe der Regentin und der Mutter sind dem Ton nach kaum auseinanderzuhalten: es ist dasselbe Maß von unermüdlicher

Sorge darin, dieselbe ihr ganz eigentümliche Mischung von Autorität und Zartgefühl. Sie hatte Ehrfurcht vor dem Lebenden, mochte es aus ihrem Schoß hervorgegangen sein oder ihrem Geist die Form seines Daseins verdanken. Diese Ehrfurcht ist ein Teil ihrer wunderbaren und alles durchdringenden Frömmigkeit.

Nie ist irgendwo so reformiert worden: nie mit dieser Paarung von Kraft und großer Anschauung einerseits und Zartgefühl und Schonung anderseits. Die politische Verwaltung, das bürgerliche und das kriminale Rechtswesen, die Finanzen, die militärische Organisation, der Unterricht, die Stellung des Staates zur Kirche, ein jeder dieser Komplexe mußte neu gedacht werden. Das starrende Einzelne, Beschränkte, Überkommene mußte in ein höheres Leben gehoben werden. Die in der Zeit liegende Idee mußte durchgeführt werden, aber mit einer unbedingten Schonung der Kräfte des Beharrens. Hierin liegt Maria Theresias historische Größe. Die großen Ideen der Zeit, die Ideen von Natur und Ordnung lagen beide in ihr verkörpert. Das bedeutete mehr, als wenn sie sie, wie ihr Sohn, nur mit dem Intellekt erfaßt hätte. Sie war eine große Herrschernatur, das ist mehr und etwas andres als ein noch so reiner Wille und ein noch so hochfliegender Geist.

1747 schreibt Podewils, der preußische Gesandte, über sie an Friedrich den Großen: »Sie beobachtet sich selbst und zeigt sich nur von ihren guten Seiten; herablassend, fromm, freigebig, leutselig, mildtätig, mutig und großherzig, so erscheint sie der Welt.« Er hätte hinzufügen müssen: »Als ein geborner großer Herrscher übersieht sie jedes Verhältnis in ihren Staaten, im Detail wie im Ganzen, und durchblickt die Ursachen und die Wirkungen. Sie sieht auch die kleinen Verhältnisse, und nichts ist ihr unwichtig, nichts aber auch überwältigt sie durch seine Größe oder schreckt sie durch seine Schwierigkeit. Sie sieht die Dinge, wie sie wirklich sind, und läßt sich in keinem Betracht vom Lärm des Augenblicks betäuben; sie weiß sich jederzeit von der landläufigen Auffassung frei zu halten und überall Mächte von Scheinmächten zu unterscheiden. Ihr Wille, sich zur Herrin der Verhältnisse zu machen, ist unbedingt, ihre Willenskraft ohne Vergleich und nur von ihrer Arbeitskraft erreicht. Sie ist nicht kleinlich; meist entscheidet sie nur, was geschehen muß, in dem ›Wie‹ läßt sie freie Hand. Die Maxime ›Le roi regne et ne gouverne pas‹ hat sie sich zu eigen gemacht.

Sie sucht in allem und vor allem die Gerechtigkeit; hierin ist sie von einer exemplarischen Strenge gegen sich selbst, und sie macht allein ihr Gewissen zum obersten Richter zwischen sich und der Welt. Öfter haben ihre Minister sie über eine Entscheidung in Tränen gefunden; es hat sich aber auch der Fall ereignet, daß man sie mit Tränen in den Augen ihre Zustimmung zu einer Maßregel geben sah, zu der ein erprobter Ratgeber ihren Kopf, aber nicht ihr Gemüt zu bewegen vermochte.

Wo sie mit sich selbst im reinen ist, ist ihre Festigkeit unerschütterlich, und sie wird dem ganzen Staatsrat, ja, dem Ersten Minister und dem über alles geliebten Gemahl widerstreben und die Oberhand behalten.

Da sie eine starke Seele hat, schrecken Krisen sie nicht, und in einem Schicksalswechsel bleibt sie gefaßt. Zudem gibt ihr die Frömmigkeit eine Zuflucht, wo alle Gefahren und Anfeindungen der Welt sie nicht erreichen können. Sie hat viel Mut und noch mehr Geduld: sowohl eine Sache von weither anzulegen, als auch die, in dem, was sie sich vorgesetzt hat, immer aufs neue wieder anzufangen; welche Geduld nichts andres ist als eine höhere Art von Mut und die unentbehrlichste für einen großen Monarchen.

Aber sie ist nicht nur Monarchin, sondern auch eine sehr liebenswürdige und schöne Frau, eine musterhafte Gattin und eine vortreffliche Mutter. Sie weiß die Autorität der Regentin durch die Anmut der Frau ebenso zu verstärken als zu verdecken, sowie sie es auch liebt, daß die Autorität der Gesetze durch die Geltung der Schicklichkeit und des Herkommens gemildert und verstärkt werde. In beiden ist sie eine große Meisterin, und sie ist ebenso groß im Befehlen als im Gewinnen und Versöhnen. Sie ist kühn und fordert die Gefahr heraus; sie hasardiert, wenn sie hinter den Hunden im Sattel sitzt und gelegentlich auch am Spieltisch. Ihre größten Schönheiten sind ihr Teint, ihr Haar und ihre Stimme. In den ersten

Jahren ihrer Ehe pflegte sie bezaubernd zu singen; jetzt lassen die Geschäfte ihr weniger Zeit, sich darin zu üben. Sie ist herablassend und nicht nur mit ihren Vertrauten, sondern mit jedermann von der äußersten Natürlichkeit; daß sie dabei ihrer Würde etwas vergeben könnte, gehört zu den Dingen, die unvorstellbar sind. Ihr Gefühl von sich selbst ist so hoch, daß sie es oft ausgesprochen hat: ›Es könne ihr niemand an schuldiger Ehrfurcht mankieren, das sei nicht im Bereich der Möglichkeit.‹

Sie ist außerordentlich glücklich in der Auswahl ihrer Vertrauten und gegen ihre Diener von der größten und ausdauerndsten Güte. Wie sie in allem sehr ganz ist, schenkt sie ihr Vertrauen auch nie bloß halb. In Dankbarkeit ist sie kraftvoll wie in all und jedem; nie vergißt sie den geringsten Dienst, nie das kleinste Zeichen der Anhänglichkeit. Im Verzeihen ist sie rasch und großmütig; zur Rankúne ist sie unfähig, wie sie selber bekennt. Es ist selten, daß ein Regent nicht entweder der Schmeichelei zugänglich sei oder den Gedanken an den Nachruhm über alles stelle. Sie ist der Schmeichelei unzugänglich und hat eine Art, diese von sich abzulehnen, die niemand mißverstehen kann; aber auch der Ruhm scheint sie beinahe kalt zu lassen. Dagegen hält sie sehr viel auf das, was sie Ehre nennt, und worunter sie eine Übereinstimmung der rechtlich denkenden Leute mit der Stimme ihres eigenen Gewissens versteht.«

Wenn der gleiche Podewils ferner die ganzen vierzig Jahre ihrer Regierung als ein aufmerksamer Beobachter Maria Theresias an ihrem Hofe ausgeharrt und die Kaiserin noch überlebt hätte, so hätte er seine Aufzeichnungen nach ihrem Tode etwa mit folgendem Resümee abschließen müssen: »Mit den vorrückenden Jahren nahm ihre geistige Klarheit zu, ihre Güte nicht ab. Sie täuschte sich über nichts: weder über den Charakter ihrer Kinder, deren Schwächen sie von ihren liebenswürdigen Eigenschaften aufs reinste zu sondern verstand, noch über die Grenzen ihres Lebenswerkes, die noch drohenden Unsicherheiten und Gefahren. Ihre Selbstkritik war die strengste; oft konnte man sie klagen hören, daß sie sich nicht mehr en vigueur fühle. Vielleicht kann man sagen, daß nichts

ihrem Blick zu entgehen schien als die Größe ihrer eigenen Leistung.
Maria Theresia besaß wahrhaftig jenes Janusgesicht der guten und großen Fürsten, die mit einem Augenpaar die Vergangenheit festzuhalten, mit dem andren in die Zukunft vorauszublicken scheinen. Den ewigen Gegensatz zwischen Politik und Recht, zwischen gegebenen Zuständen und notwendigen Veränderungen darf sie sich rühmen, mit einer nie ermüdenden Anspannung ihrer Regentenkraft bis zur denkbarsten Milderung gebracht zu haben. Ihre Maxime scheint simpel genug: sie war bestrebt, daß alles in Fluß bleibe und eine einfache, friedliche und rechtliche Lösung finde. Aber man muß die Schwierigkeit der politischen Geschäfte überhaupt und die Besonderheit ihrer Länder kennen, um zu wissen, was es bedeutet, eine solche Maxime in einer vierzigjährigen Regierung auch wirklich durchzuführen, und das inmitten von fast fortwährenden Kriegen und Kriegsdrohungen und mit der Last fortwährend sich erneuernder Mutterschaft, schließlich aber krank und fast ohne Atem.
Betrachtet man die Summe ihrer Maßregeln, mit denen sie ihre Staaten von oben bis unten, und das in der Stille, reformiert hat, so erscheint das Vollbrachte ungeheuer. Fast unmerklich hat sie den Übergang der politischen Verwaltung von den provinzialen Ständen an die Organe des Staates bewerkstelligt und zugleich die Justiz von der politischen Verwaltung abgetrennt. Sie hat durch die stabile Kontribution dem Staat ein beständiges Einkommen zugewiesen und durch die Konskription das stehende Heer fundiert. Das System der indirekten Steuern ist in den Mauten durch sie begründet. Für das Dasein der Bauern, die in ihren Ländern das eigentliche Volk bilden, ist durch die Aufhebung der Leibeigenschaft und die gemäßigte Untertänigkeit eine neue Epoche gemacht. Was sie im einzelnen an Verordnungen geschaffen, über den Gang der Märkte, das Maß und Gewicht in den Städten, den Bau von Chausseen und Wegen, die Zünfte, die Baupolizei, die Ordnung der ländlichen Gemeinden, die Dienstbotenordnung, die Waldordnung, das übersteigt nahezu das Maß der menschlichen Vorstellung: und in der

kleinsten Maßregel wird man den gleichen Geist der Vernunft und, ich möchte sagen, der Natürlichkeit finden, der im großen ihrem System zugrunde liegt.
Dabei muß man bedenken, daß ihr zeitlebens nur *ein* ganz außerordentlicher Mann zur Seite gestanden ist, und dieser nur auf dem Gebiete der äußeren Politik: der Fürst Kaunitz. Trotzdem war sie von der größten Bescheidenheit. Es wird ein Wort von ihr kolportiert aus einem Brief an eine ihr nahestehende Person: ›Das bißchen Ruhm, was ich mir in der Welt erworben habe, verdanke ich nur der guten Auswahl meiner Vertrauten.‹ Da sie zur Lüge unfähig war, so enthält dieses Wort wirklich ihre aufrichtige Gesinnung über diesen Punkt. Ganz ebenso hat sie sich in ihren Handbilletten an ihre ersten Diener ausgedrückt; ja, man kann als Souverän nicht weiter gehen in der Wärme und Größe des Ausdrucks, als sie es zuweilen getan hat. Aber ihre Güte auch gegen ihre Kammerfrauen und niedriges Personal war ohne jeden Stolz, von einer vollkommen aus der Tiefe ihrer Natur entspringenden Wärme. Nie ist diese stärker zutage getreten als nach dem Tode ihres über alles geliebten Gemahls, des Kaisers Franz I. Mit eignen Händen an dem Leichentuch für den geliebten Toten arbeitend, wurde sie nicht müde, den mithelfenden Damen und Kammerfrauen von der Schönheit und Liebenswürdigkeit des Verblichenen zu erzählen. Die Kraft ihrer Trauer in diesem und zugleich die Lebhaftigkeit und Ingenuität, mit der sie sich der Erinnerung an den einzig Geliebten hingab, soll alle Anwesenden erschüttert und erstaunt haben; aber sie verbot allen diesen Frauen bei ihrer vollen Ungnade, je ein Wort von dem, was sie in der höchsten Vertraulichkeit des Schmerzes mit ihnen geteilt hatte, unter die Leute zu bringen. Dieser Zug scheint mir die unvergleichliche Frau besser zu malen, als eine lange Schilderung oder Analyse ihres Charakters es vermöchte, desgleichen alles, was sie tat, um dieser bis zum letzten Atemzug währenden Trauer den Ausdruck zu geben, der ihrer großartigen und in allem nach Ganzheit und Fülle verlangenden Natur genügte. Gleich nach dem Tode des Gemahls schnitt sie sich ihre schönen Haare ab und verbarg den kahlen Kopf für die folgenden siebzehn Jahre unter der

Witwenhaube. Das Zimmer, in dem Franz den letzten Atemzug getan hatte, verwandelte sie in eine Kapelle. Sie selbst zog aus ihren Gemächern aus, in den dritten Stock der Burg, wo sie fortan eine Reihe von Zimmern bewohnte, die sie mit schwarzem Samt ausschlagen ließ. Den Monatstag, jeden Achtzehnten, verbrachte sie eingeschlossen im Gebet, so auch den ganzen Sterbemonat, den August, insgesamt zweiundvierzig Tage im Jahr. Bei all dieser Hinwendung ihrer Seele auf den Tod und die letzten Dinge hat ihre Menschlichkeit nicht abgenommen; ja, die Gewissensangst und Sorge um das ihr Anbefohlene war vielleicht tiefer und leidenschaftlicher als in ihren jungen Jahren. So sah man sie zwei Jahre vor ihrem Tode, in dreistündigem Gebet in der Stephanskirche auf den Knien liegend, von Gott die Abwendung eines drohenden Krieges zu erflehen. So offenbarte sie bis in den Tod hinein die wunderbare Vereinigung zweier so seltener als scheinbar widersprechender Eigenschaften in einer Natur: der vollkommensten Menschlichkeit und Weiblichkeit, Weichheit, Herzenswärme, mit einer unbeugsamen Stärke der Seele. Von den Tagen und Stunden, die ihrem Tode vorausgingen, werden Zeugnisse der höchsten Gefaßtheit und Seelenkraft erzählt. Sie habe gewünscht, daß man sie wach erhalte; denn sie wolle nicht überfallen werden, sondern den Tod kommen sehen. Sie starb, nach ihren eigenen Worten, wie ihre älteste Tochter, die Erzherzogin Marianne, sie aufgezeichnet hat, bei völliger Klarheit, ohne die mindesten Ängste und Gewissensskrupel. Darüber habe sie selbst reflektiert und folgende Worte darüber geäußert, in denen sich die in ihr hergestellte Einheit einer vollkommenen Christin mit einer großen weltlichen Regentin in der größten Einfachheit offenbart: ›Ich hab alleweil gearbeitet, so zu sterben; aber ich hab mich geforchten, es möchte mir nicht geraten; jetzo seh ich, daß man mit der Gnad Gottes alles kann.‹
In dieser Weise etwa hätte ein Zeitgenosse sich ausdrücken können, der es versucht hätte, sich über ihr Wirken Rechenschaft zu geben und ihr Gerechtigkeit widerfahren zu lassen. Aber dieser Versuch, einen Kontur ihrer Person zu finden, war unzulänglich, ebenso ist es unsrer; wir fühlen, es gibt hier ein

Etwas, dessen Kontur nicht nachzuzeichnen ist: eine vollkommene Rundung, die Äußerung einer ganz ausgeglichenen Kraft, die ein Mysterium war, und deren mysteriöse Nachwirkung über anderthalb Jahrhunderte hinweg eine von den mitbestimmenden Kräften unsrer Existenz ist. Als Kraft tritt sie in der Regententätigkeit, die für ihre Staaten neue Verhältnisse geschaffen hat, ebenso hervor wie im privaten Leben: ihre Art, die Existenz von zehn erwachsenen Kindern, die zum Teil Souveräne sind, zu gouvernieren, ihre Art von Dankbarkeit und Hingabe, ihre Art, sich herabzulassen, und ihre Art, zu trauern, alles das dokumentiert ein ganz außerordentliches und besondres Maß von Kraft. Das besondre Geheimnis dieser Kraft, die individuelle Signatur des Wesens liegt in der Einheit der Person in allem und jedem; nie wirkt bloß ihr Kopf, bloß ihr staatsmännischer Wille; sie kann nicht nach Willkür Gemüt oder Gewissen draußen lassen. In allem, wo sie handelt, ist sie ganz drin: wenn sie einen Brief schreibt, wie jenen berühmten an die Pompadour, durch den die Allianz mit Frankreich zustande kam, so fühlen wir, daß ihr Gewissen, das stärker war als ihr starkes und stolzes Gemüt, die Entscheidung gegeben hat und daß in dem Briefe eine Art Selbstaufopferung liegt; wer so handelt, kann sich freilich nichts vergeben, und dieses Gefühl, daß sie sich nichts vergeben kann, verläßt sie nie. Die Äußerung ihrer Kraft hat etwas Magisches wie bei jedem großen Menschen; aber daß sie als eine mächtige Herrscherperson sich der Besessenheit der Macht entzog, das ist ganz groß und singulär: denn leichter fällt es einer großen Seele, den Ruhm als hohl und lügnerisch gering achten, als der Faszination der Machtmehrung sich zu entziehen, welche das ganze Gewicht der Realität für sich in die Waagschale wirft. Darum ist ihr Widerstand gegen die Teilung Polens, ihre Tränen, ihr unwilliges Nachgeben, um ihren Staaten den von Preußen und Rußland angedrohten Krieg zu ersparen, die Fassung ihrer endlichen Zustimmung: »Placet, weil soviel große und gelehrte Männer es wollen, wenn ich aber schon längst tot bin, wird man erfahren, was aus dieser Verletzung an allem, was bisher heilig und gerecht war, hervorgeht« – darum sind dies, obwohl gegen ihren Willen gehandelt wurde, und die Dinge weiter ihren Lauf nahmen, große theresianische Dokumente und auch der bescheidenste Versuch, ihrem Andenken zu huldigen, kann nicht an ihnen vorbeigehen.

Als sie die Augen schloß, schrieb Friedrich II. an seinen Minister: »Maria Theresia ist nicht mehr, somit beginnt eine neue Ordnung der Dinge.« Für uns ist über alles wichtig die Ordnung der Dinge, die mit ihr begonnen hat und noch fortwirkt. Sie ist eine ganz große repräsentative Person und eine unvergängliche Erzieherin. Das, was man das Josefinische nennt, ist schärfer im Umriß und leichter faßlich; das Theresianische ist bei weitem stärker, geheimer und schicksalsvoller. In ihr war eine Zusammenfassung des österreichischen gesellschaftlichen Wesens, die für die Folge entscheidend geblieben ist. Prägten die preußischen Könige den Begriff der Stände, geschieden nach Rang, Lebensart und Funktion im Staate, aufs schärfste aus, so hatte Maria Theresia einen naiven und großen Begriff vom Volk, dem wir unendlich viel verdanken, weil er intuitiv und darum unerschöpflich ist. An welche Mächte sie glaubt und an welche nicht, ist eine Frage, die in keinem Katechismus steht und doch von Generation zu Generation unausgesprochen beherzigt worden ist; wie sie das Rechte kaum vom Schicklichen und das Schickliche kaum vom Natürlichen trennte – so natürlich war ihr das Sittliche –, wie sie ein hohes Ehrgefühl in sich trug, ganz ohne Ruhmsucht und Sucht nach Geltung, wie sie um keine Gunst buhlte: auch nicht um die des Volkes, auch nicht um die der Geschichte; ihre Instinktsicherheit und ihre hohe Seelenkraft, daß sie das Höchste überall nicht begrifflich, sondern mit dem Gemüt fassen will; ihr Mißtrauen gegen den Begriff und ihr Zutrauen auf den Menschen, das ist einem Geschlecht nach dem andern ins Blut gegangen. Ihr Ruhm ist stärker in Geschöpfen als in Worten. Wenn auf unserm Dasein ein besonderes Licht liegt, das die Deutschen fühlen, wenn sie aus ihrer Welt in die unsre herübertreten, so ist sie schuld daran, in geheimerer Weise, als die Feder des Geschichtschreibers ausführen kann.

Unter den großen Figuren der Geschichte möchte man sie in

die Nähe des Augustus stellen, der gleich ihr nicht den Kriegen seinen Ruhm verdankt und ein Baumeister des Lebendigen war wie sie. Freilich ein Augustus, bei dem kein Vergil und kein Livius steht. Aber dennoch blieb ihr Walten nicht ohne eine Stimme. Wo eine Fülle sich zusammenfaßt, will das innere Gefühl des Reichtums an den Tag. Das theresianische Weltwesen war irdisch und naiv und voll Frömmigkeit. Es war voll Mut zur Ordnung und Natur und voll Erhebung zu Gott. Es war naturnahe und, wo es stolz war, voll echtem Stolz ohne Steifheit und Härte. Haydn, Gluck und Mozart sind sein unvergänglicher Geist gewordener Gehalt.

EIN SCHEMA

Im Ganzen:

PREUSSEN:	ÖSTERREICH:
Geschaffen, ein künstlicher Bau, von Natur armes Land,	Gewachsen, geschichtliches Gewebe, von Natur reiches Land,
alles im Menschen und von Menschen,	alles von außen her: Natur und Gott,
daher: Staatsgesinnung als Zusammenhaltendes,	Heimatliebe als Zusammenhaltendes,
mehr Tugend,	mehr Frömmigkeit,
mehr Tüchtigkeit.	mehr Menschlichkeit.

Soziale Struktur:

PREUSSEN:	ÖSTERREICH:
Ein undichtes soziales Gewebe, die Stände in der Kultur geschieden; aber präzise Maschinerie.	Ein dichtes soziales Gewebe, die Stände in der Kultur verbunden; die Mechanik des Ganzen unpräzise.
Niedriger Adel scharf gesondert, einheitlich in sich.	Hoher Adel reich an Typen, politisch uneinheitlich.
Homogene Beamtenwelt: Träger *eines* Geistes.	Polygene Beamtenwelt: Keine geforderte Denk- und Fühlweise.
»Herrschende« Anschauungen und Gepflogenheiten.	
Volk: Disziplinierbarste Masse, grenzenlose Autorität (Armee; wissenschaftliche Sozialdemokratie).	Volk: Selbständigste Masse, unbegrenzter Individualismus.
Höchste Autorität der Krone.	Höchstes Zutrauen der Krone.

Der Einzelne:

DER PREUSSE:	DER ÖSTERREICHER:
Aktuelle Gesinnung (um 1800 kosmopolitisch, um 1848 liberal, jetzt bismarckisch, fast ohne Gedächtnis für vergangene Phasen).	Traditionelle Gesinnung, stabil fast durch Jahrhunderte.
Mangel an historischem Sinn. Stärke der Abstraktion.	Besitzt historischen Instinkt. Geringe Begabung für Abstraktion.
Unvergleichlich in der geordneten Durchführung.	Rascher in der Auffassung.
Handelt nach der Vorschrift.	Handelt nach der Schicklichkeit.
Stärke der Dialektik.	Ablehnung der Dialektik.
Größere Gewandtheit des Ausdrucks.	Mehr Balance.
Mehr Konsequenz.	Mehr Fähigkeit, sich im Dasein zurechtzufinden.
Selbstgefühl.	Selbstironie.
Scheinbar männlich.	Scheinbar unmündig.
Verwandelt alles in Funktion.	Biegt alles ins Soziale um.
Behauptet und rechtfertigt sich selbst.	Bleibt lieber im Unklaren.
Selbstgerecht, anmaßend schulmeisterlich.	Verschämt, eitel, witzig.
Drängt zu Krisen.	Weicht den Krisen aus.
Kampf ums Recht.	Lässigkeit.
Unfähigkeit, sich in andere hineinzudenken.	Hineindenken in andere bis zur Charakterlosigkeit.
Gewollter Charakter.	Schauspielerei.
Jeder Einzelne Träger eines Teiles der Autorität.	Jeder Einzelne Träger einer ganzen Menschlichkeit.
Streberei.	Genußsucht.
Vorwiegen des Geschäftlichen.	Vorwiegen des Privaten.
Harte Übertreibung.	Ironie bis zur Auflösung.

Die Idee Europa

NOTIZEN ZU EINER REDE

> Da poi chè sotto il cielo cosa non vidi
> Stabile e ferma, tutto sbigottito
> Mi volsi e dissi: Guarda, in che ti fidi?
>
> *Petrarca*

Der Krieg als geschichtliche Krise, Ende der materiellen und ideellen Kredite:
Die Konventionen werden jählings auf ihre wirkliche greifende Kraft reduziert.
Der Weltzusammenhang enthüllt sich als kritisch gewordener großer Ausgleich der geistigen und Rechtsmächte; alle zeitbeschränkten Denkformen,
alles in Form des contrat social Erschlichene bricht zusammen.

Analogien:
a) Ende des politischen Panhellenismus im Peloponnesischen Krieg
b) Ende des republikanischen Staatsrechtes als religio in der caesarischen Krisis
c) Ende der Kirche als einer allgemeinen Gewissenshut (praesidium conscientiarum) in der lutherischen Krisis.
Alles dieses alte Frömmigkeitsformen, die sterbend der Menschheit ihren transzendenten Gehalt gleichsam nochmals gebären. Daher ihr Tod immer ein furchtbares Ereignis. (Alle Frömmigkeitsformen stammen aus Offenbarung, alle Konventionen aus dem geistigen Erlebnis von Individuen.)
Der Begriff Europa: Wir sind mit ihm groß geworden. Sein Zusammenbruch für uns ein erschütterndes Erlebnis. Kritik des Begriffes: seine Unbedingtheit von jeher höchst prekär.
a) Einheit Europas keine *geographische* (wie etwa Australien) (Zerstückelung des eurasiatisch-afrikanischen Continents in Erdteile ein empirischer Behelf ohne Urteilswert)
b) Einheit auch keine rassenmäßige ethnische. Die weiße Ras-

se des Okzidents greift über Europa hinaus, fremde greift in sie hinein:
so läßt sich der Begriff nirgends verankern.
Sein Wesen ideologisch und spirituell: transzendent, er schichtet sich den Realitäten über, worin seine Ungreifbarkeit und Unangreifbarkeit liegt.
Sein Charakter: höchste Gemeinbürgschaft für ein heiliges Gut, dessen Benennung mit den Zeiten gewechselt hat.
Geschichtliche Analogien hiefür:
a) Gemeinbürgschaft der griechischen Städtestaaten als Amphiktyonen für Delphi
b) Roms und des römischen Imperiums für das gemeinsame Hellenische
c) der zu Volksstaaten emanzipierten Teile des Imperiums für Rom und den alle antike Zentrale beerbenden und in sich integrierenden Papat.
Zwischen jedem dieser Übergänge eine Krisis, ein entsetzliches und die Gewissen beängstigendes »Stirb und werde«.
Phasen des Begriffes »Europa«.
Erste: ursprüngliche, seiner kaum bewußt: der des in kirchlicher Denk- und Seelenform zusammengefalteten Okzidents.
(Gemeinbürgschaft der Christen gegen die Heiden, erlebt in den großen Predigten der Kreuzzugsjahrhunderte als eine missio, Sendung und Entsendung. Teilschaft aller Aufgerufenen an einem göttlichen Beruf: Ausbreitung einer als die höchste empfundenen hegemonischen Gesittung; als Aufbruch).
(NB. Durchquerung der Ideologie durch reale Krisen des staatlichen Egoismus: Friedrich II. und die Sarazenen, Revolutionierung Italiens gegen die Internationalisierung durch den Papat.)
Zweite Form des Begriffes: die der Renaissance.
(Gemeinbürgschaft aller an der *Latinität* der höheren geistigen Existenz beteiligten für Erweckung und Bewahrung dieses grundlegenden Erbes. Antike Literatur als unsterbliche fortlebend gegenüber sterblicher neuerer gefaßt, Idealität und Sprache allen gemeinsam.)

Übertreten des gehüteten heiligen Gutes aus dem Raum des Glaubens in den des Wissens. (Doch trägt Wissen noch die emotionelle Farbe des Glaubens, gibt sich als Transzendenz und übernimmt das Pathos der *missio:* Ausbreitung der bonae artes.)
Zur civitas dei tritt die res publica litteraria.
Organ dieser Gemeinbürgschaft: international europäischer Briefwechsel. Publizität des Zusammenhanges.
Dritte und höchste Form des Begriffs: die deutsche Humanität.
Gemeinbürgschaft der gesitteten Völker für die Heiligkeit des Sittlichen als eines ungeschriebenen rein europäischen Kodex.
Das Heiligtum hat von neuem die Cella gewechselt.
Empfindung des Nationalen nicht nur als eines Beschränkten, sondern eines Unsittlichen.
Stellung Herders zur Germanisierung des Baltenlandes.
Herders Wort: »Kabinette können miteinander hadern, Staatsmaschinen gegen einander Krieg führen, Vaterländer nicht.«
Schillers Wort: »die Vaterlandsliebe eine heroische Schwachheit«,
Das unvollendete Gedicht »Größe des Deutschen« (nach Lunéville 1801):
»Während der Brite nach Schätzen, der Franke nach Glanz lüstern späht, ist dem Deutschen das Höchste bestimmt: er verkehrt mit dem Geist der Welten.«
»Jedes Volk hat seinen Tag, doch der Tag des Deutschen ist die Ernte der ganzen Zeit.«
Novalis: »Deutschheit ist Kosmopolitismus mit der kräftigsten Individualität gemischt.
In energischer Universalität kann keine andere Nation gegen uns auftreten.«
Ihm ist alles Irdische und Geschichtliche nur ein Gleichnis oder ein Annäherungsmittel zum Unsichtbaren und Unendlichen.
Humboldt: An dem deutschen Nationalcharakter fand er groß und schön: daß er die naturhaften Schranken anderer Natio-

nalcharaktere nicht kenne, sondern reiner und freier zum allgemein Menschlichen sich erhebe.
Goethes Haltung zur Französischen Revolution und zu Napoleon.
Chaque homme a deux pays, le sien et puis la France.
Zur Civitas Dei und Res publica litteraria tritt eine dritte schwebende Ideologie, die für naive Benennungen schon zu weit und zu tief ist. Europa – auch Natur (Rousseaus), auch Humanité St. Simons, Michelet.
Neues Pathos der Toleranz (an Stelle des früheren propagandistischen Pathos).
Zu dem heiligen Gute des Glaubens und Wissens tritt das Allerheiligste des Begreifens, Ertragens, Verzeihens. Postuliert ist nicht Europa sondern namens Europa die Menschheit (namens der Menschheit göttliche Allgegenwart: Gott selber).
Der Begriff nicht unpolitisch, sondern antipolitisch, bewußt unweltlich.
Daher seine Durchquerung durch jede zur Selbstdurchsetzung verpflichtete nationale Energie. Daher auch seine leichte Benutzbarkeit durch kühlen und weltklugen Machtwillen: wie seinerzeit der Papst mit dem Begriff des in eine Gemeinbürgschaft verklammerten christlichen Okzidents schaltete.
XIX. Jahrhundert wirkt politische und ideologische Fassung aus.
Die Französische Revolution seit dem römischen Imperium die erste europäische Angelegenheit (geht auf Umgestaltung der Karte, Denkform, Verfassung), im napoleonischen Imperium teilweise erreicht.
Aus der Notwendigkeit, das Beharrende gegen die genial vergewaltigende napoleonische Skizze einer Vereinheitlichung des europäischen Ländergebietes wieder auszugleichen, erwächst über die Zwischenstufen: Wiener Kongreß und Heilige Allianz der Begriff des europäischen Konzertes (in seiner englischen Fassung: europäischen Gleichgewichtes.)
Geringer geistiger und dynamischer Wert. Sein Entstehen nicht aus der Gewalt der Personen, sondern als Kompromiß zwischen Mächten d.h. nationalen Egoismen; Aufgabe nicht

mehr schöpferischer und ausbreitender Natur, sondern:
hemmend – bewahrend
erhaltend – verbindend
»Europa« nicht mehr als Integrale über den einzelnen Komponenten empfunden, sondern als System der Lagerung der Componenten untereinander.
Weder Codex noch wirkliche Executive
Tragikomödie der europäischen Mandate,
Abspaltung der Westmächte im Krimkrieg,
Beginnende Unlust gegen dies Europa in den vornehmlich sein Deliberationsobjekt bildenden Resten der antiken Welt: sog. »Orient«; Balkanländer; Europa.
Die russisch-byzantinischen Ideologien eigentlich Abfall von Europa, Kritik der Kontinentalität und Vitalität des Begriffes (Dostojewskis Europa, Tolstois Europa).
Auch dieser politische Begriff niemals in die Gewalt einer Seele eingekehrt und aus ihr zurückgeboren.
Gladstone etwa der höchste politische Ausdruck, den es seiner geringen Mächtigkeit nach finden konnte.
Er deckt sich mit der Pedanterie und Lehrhaftigkeit, aber auch der großartigen Mäßigkeit dieser typischen Mittelstandsnatur.
Dieser Begriff Europa rettet das Schicksal des Erdteils von Frist zu Frist.
Alte missio eingeschrumpft zum Begriff einer vom Zentrum aus regelnden, etwas schulmeisterlichen obersten Weltinstanz.
Reste der alten Universalität, Katholizität (etwas latent Heiliges).
Grundohnmacht in der Tatsache, daß nichts eigentliches mehr gegeben werden kann, außer Ware.
Die Religion Europas, die Humanität Europas waren unkäuflich gewesen, schwer zu geben, unendlich schwer zu nehmen, aber: aus dem Ganzen der Seele fließend, das Ganze fordernd, das Ganze gestaltend.
Gehalt des Begriffes im XIX. Jahrhundert nicht bereichert: nur konsolidiert, indem es alle die alten Formen in einem allseitigen Kulturbegriffe zusammenfaßt.

Er hat als solcher, wie alle Kulturbegriffe, relativ hohe und niedere Möglichkeiten: als die relativ niederste begreift er in sich das Musterbild und Modell der Weltwohlfahrt in technischem, hygienischem Securitäts- und sonstigem mechanischen Sinn.
Europa als einheitliches Zivilisationsgebiet;
verflacht; Deszendenz von großen und frommen Gedankenwelten schattenhaft spürbar.
Nirgend individuell erlebt: Utilitätscharakter, der sich dem Pathos der Person versagt.
Publikumsbedarf: gleitet in den Gemeinplatz über.
Reste seiner missio im zivilisatorischen Berufe mit dem Bleigewicht des Vaterlandes behaftet.
Diese Welt: es war die europäische Wirklichkeit vor dem Kriege.
Es war eine unerhörte Herrschaft über die Natur. Der alte Kampf mit der Natur schien ausgekämpft. Technisch ausgebeutet als der Sklave lag die Natur da, nicht als Dämon, als geheimnisvoller Lehrer, als gigantischer Feind. Die rasende Hast des Austausches, die praktische Abschaffung der Entfernungen – das Tosen auf London-Bridge – Hotels von Alpen bis Benares – Ozeandampfer, die als Resultat der gesamten Weisheit und Wissenschaft unserer Tage einen Fetzen Stoff über das Meer fahren für den Salon einer Modedame, Berge von überflüssigen Nachrichten in die Welt setzen durch Wunder von Tausendundeiner Nacht.
Dies nur als notwendiger Schritt der Weltauswirkung erträglich, aber unheimlich, wenn man den Herrn dieser Maschine sah.
Das tausendfache internationale Ich, dieses europäische Wesen, für das diese ganze Maschine lief – es war nicht gewaltig. Diese berauschende Eroberung des Geistes hat sein Leben nach innen umgestaltet mit der Gewalt einer Elementarkatastrophe. Sie hat uns fast mehr zermalmt als vordem unsere Ohnmacht gegen die Natur. Zauberlehrling, den seine Besen bemeistern. Ein unsäglicher Relativismus um ihn als schwindelnde kreisende Atmosphäre: die Sitten von heute und ehedem als *relativ* enthüllt, alles als ein Werden gefaßt, Wissen-

schaft, Kunst und Sittlichkeit selber in Frage gestellt. Eine verzehrende Ironie über all unser Tun gekommen. Eine Kritik, die alles ergriff, noch nach innen. Zweifel an der Möglichkeit, mit der Sprache etwas vom Weltstoff fassen zu können. Sprachkritik als Welle der Verzweiflung über die Welt laufend: als jene Seelenverfassung, die sich ergeben hatte, weil nicht Wahrheit sondern Technik das Ergebnis des wissenschaftlichen Geistes gewesen war.

In diese Welt hinein – die Dichter sind symbolische Träumer – zielt das Ringen um den Begriff »Tat« in »Elektra«: alle Worte, die nur Schall sind, wenn wir das Ding in ihnen suchen, werden hell, wenn wir sie leben: im Tun, in »Taten« lösen sich die Rätsel der Sprache.

Es war durch den Relativismus das Ich der Sklave der Zeit, des schwindelnden Vergehens geworden. Durch den Materialismus Sklave seines Körpers: das wunderbare Instrument der Freude, das lichtverwandte, geistdurchstrahlte, der Tempel Gottes war zu einem Gefängnis geworden, einem Kerker der Furcht. Beständige Todesfurcht in tausend Verkleidungen, Methusalemismus, Aberglaube des längeren Lebens, nichts Schlimmeres kennen als den Tod.

Ohne Scheu betete diese Welt die drei Götzen Gesundheit, Sicherheit und langes Leben an, Kultus der Sicherheit, des Behagens. Komfort ohne Schönheit. Die Natur als *Feind*, in den Krankheiten ihr Schlupfwinkel. Düsterer Fatalismus der Erbsünde – Erblichkeit.

Gefährlichste Einengung und Erniedrigung des Ich: Abhängigkeit jedes vom Gelde. Der verlarvte Einfluß des Geldes. Das Zweifelhafte der Taten. Charakteristisch, daß in der deutschen Sprache »handeln« einerseits »tun« bedeutet, andrerseits »Handel treiben«. Jedes Machtverhältnis in Geld umsetzbar. Geld der Knoten des Daseins, Träger der schwarzen Magie. Man sah jedermann in Geldsachen gegen seine eigene Überzeugung handeln. Stand auf alten preußischen Kanonenläufen »Ultima ratio regis«, so stand vor dem Kriege »Ultima ratio« über den Geldschränken des europäischen Menschen. Maximale Zuspitzung und Ausbreitung des Verlangens nach Geld in unserer Zeit: Geistige Krankheit, ihr entspricht

eine geistige Wachheit, eine Kontrolle auch dieses Phänomens.
Geld als allgemeiner Endzweck, wo es doch das allgemeine Mittel ist. Dies hängt so zusammen: die wirklichen Zwecke unseres Handelns vor uns vielfach verborgen: daß die Mittel zu Zwecken werden, rechtfertigt sich dadurch, daß im letzten Grund auch die Zwecke nur Mittel sind – der Endzweck verhält sich zu den teleologischen Reichen wie der Horizont zu den irdischen Wegen.
Hat das Geld, fragte sich jener, der es ins Auge faßte, nicht die Kraft, sich an Stelle Gottes zu setzen? – und ihm tat sich ein seltsamer Gedanke auf, der abschreckend durch die Blasphemie und verlockend durch die Folgerichtigkeit war: der Gottesgedanke hat sein tieferes Wesen darin, daß alle Mannigfaltigkeit und Gegensätze der Welt in ihm zur Einheit gelangen, er ist die Ausgleichung aller Fremdheiten und Unversöhntheiten des Seins: daher umschwebt ihn Friede, Sicherheit, allumfassender Reichtum. Das Geld mehr und mehr Ausdruck und Äquivalent aller Werte, über allen Objekten wird es zum Zentrum, worin die fremdesten fernsten Gedanken einander berühren. Es entsteht das Zutrauen in seine Allmacht, uns jedes beliebige Einzelne und Niedrigere in jedem Augenblick gewähren zu können.
Besondere Eignung der Juden: seit Jahrtausenden gewöhnt, in *einem* höchsten Wesen Schnittpunkt aller einzelnen Interessen zu sehen – Gedanken: Schatten des Götzen, der über die ganze Erde fiel. – Kanonistische Erfassung der Gefährlichkeit: Verwerfung des Geldzinses.
Das völlig freie Ich Sklave des Mammons: englische Redensart: »he is possessed of…« – Vor ihm, dem Sklaven Mammons, lag eine erniedrigte Wirklichkeit: keine magische Sprache von ihm zu dieser entseelten Welt. Tastbar – in Bewegung zu setzen durch Technik: durch Geld.
Man meinte einig zu sein über den Begriff: Was ist *wirklich*. Jeder Umschwung, Politik, alle Philosophie, alle Kultur: eine neue Verständigung über den Begriff des Wirklichen. – Wirklichkeit des Überpersönlichen war verloren – oder nur repräsentiert durch Geld-Chaos.

Dumpfes Gefühl der Not. Hinstreben zu Asien als Zeichen der Zeit, anders als im achtzehnten Jahrhundert. Tolstois Grauen vor Europa, Romain Rollands Grauen vor dem Geldwesen. Tolstois Korrespondenz mit Chinesen: dem Land des Gesetzes, gegenüber der Exuberanz der Freiheit. Überwindung durch Außenstehen.
Lafcadio Hearn: das völlige Hinübergehen eines Europäers. Über die Linie: »Merely to cross the concession line is almost the same thing as to cross the Pacific Ocean – which is much less wide than the difference between the races.« Sein Blick vom anderen Ufer in »A Conservative«. Grauen vor Europa, vor dem Individualismus, Mechanismus, Merkantilismus. Blick auf Asien: Paradies – das noch vorhandene, beginnliche unzeitliche, »zeitlose«. Der Markt – der Warentausch – das Brot – der Hausierer, der Minister, der anhält, mit seinen Dienern speist, Philosophen, die freiwillig Schmiedearbeit tun, während hohe Würdenträger an ihrer Schwelle warten, junger Student, der den hohen Beamten bittet, für ihn Flöte zu spielen. Reisekultur, der Pilger, der wandernde Mönch. Menschlicher Verkehr an Stelle des maschinellen, Funktionellen. Industrie und Kunstgewerbe. Die Schönheit der Dinge. Die einmalige Vision und die generationenlange humanisierende Kraft der Arbeit.
Diesem Asien, auf das er mit ergriffenem Blick hinstarrte, hat Europa symbolisch die Palme gereicht.
Selbstbewußtsein dieses Asien. Fand Ausdruck tausendfach; in Kakuzo Okakura »The Glory of Asia«, »Ideals of the East«. –
Hören Sie die Verurteilung des europäischen Wesens, um so zermalmender als sie würdevoll und ohne Polemik ist. Hören Sie, wie Asia sich aufrichtet, seiner Einheit bewußt, nur akzentuiert in seiner Zweiheit, nicht getrennt durch die ewigen Schneeketten des Himalaja: Bewußt seines erhabenen inneren Erbes, jener Erstgeburt des religiösen Denkens, »that common thought inheritance of every asiatic race, enabling them to produce all the great religions of the world and distinguishing them from those maritime people of the Mediterranean and the Baltic, who love to dwell on the particular

and to search out the means not the end of life.« (Ku Hung Ming.)
Das Stigma Europas: die Mittel, nicht das Ziel des Daseins zu suchen, über dem Werden das Sein, über der Scheinfreiheit das Gesetz verloren zu haben.

So die alte Not. Ein Chaos: eine Gefahr der Auflösung. Da kam die neue Not. Leiden als göttliches Prinzip.
Es kam maßloses Leiden. Selbstüberwindung. Tausendfaches Hinnehmen und Vorwegnehmen des Todes, Einstehen für sich selber. Das Unvertauschbare. Das Einmalige. Schicksal. Leiden und Tun in einem. Bitterstes Niedertreten der Selbstsucht, ja des Selbsterhaltungstriebes. Auslöschen seiner Selbst immer und immer wieder: dem Befehl gehorchen wie einer Gottheit, das Brandsche »alles oder nichts«.
Ja es kam das Leiden, von dem Meister Eckhart, unser alter Mystiker, sagt, es ist das schnellste Tier, das zur Vollkommenheit trägt. Stummes Dulden und Tun. Frömmigkeit. Idealismus und Realismus dagegen kraftlose Wörter: Gott erkennen im Wirbel der Technik. Urkräfte geweckt: das *Volk*, die heiligen gehaltreichen Tiefen, sie, für die das Leben ein ewiger Krieg war – durch sie, in ihnen eine Offenbarung des Nichtfaßlichen hinter dem Gegebenen: ein Etwas das wirklicher war als die Individuen.
Das Überpersönliche war wieder das Wirkliche. Alle diese Millionen brechender Blicke, brechender Herzen, dieses Meer von Blut und Tränen, brennenden Heimstätten im Osten und Westen, diese Großväter und Kinder neben den Landstraßen sterbend, diese Tiere noch: diese Allverwobenheit des Gegebenen…

Eine neue europäische Idee: neue Wirklichkeit. Nicht eine Utopie, nicht eine Konföderation, nicht die permanente Konferenz, obwohl alles dies kommen kann, – sondern ein neues europäisches Ich, ein geändertes Verhältnis des Ich zum Dasein, zum Geld. Sozialisierung des Staates: Realisierung von Tendenzen von 1830 jetzt.
Neue Wirklichkeit. Die Wirklichkeit besteht nicht nur aus kon-

kreten Dingen, aus exakt Greifbarem: genau ebenso leben wir in einer Welt von Mysterien und ganz ungreifbaren allerwirksamsten Lebendigkeiten. (Konkret und Abstrakt: die Worte verschleiern vieles. Das höhere Erleben ist nicht abstrakt, nichts ist weniger abstrakt als was auf diese Wände gemalt ist.)
Hier kann nun der ermüdete und überanstrengte Begriff Europas wieder auftauchen. In Einzelnen. (In den Massen lebte er zum Schema vergriffen, zum Rechenpfennig geworden.) Individuen besitzen das noch ganz dumpfe Metall ohne Bild und Schrift und das große Individuum prägt es, – worauf es dann schlechter und schlechter nachgeprägt, unterteilt und mehr und mehr verbilligt umherzulaufen beginnt und der ewige Vorgang reif wird, sich zu wiederholen.
Es werden vereinzelte Individuen sein, eine stille Gemeinde, die schon da war, in denen die letzte Phase des Begriffes *Europa* sich verteidigt und vertieft. Von hier allein Europa als die geistige Grundfarbe des Planeten empfunden, das Europäische als der absolute Maßstab aufgestellt, das jeweilig Nationale immer wieder an ihm gemessen und korrigiert.
Unter diesen Figuren wird Nietzsche seinen Platz haben; vielleicht aber darf man sagen, daß sein Europäertum etwas Brüchiges hat, weil er sich auf Europa zurückzieht, statt sich zu Europa zu erweitern.

Der einzige tröstliche Ausblick bleibt die Idee, das erneute Erlebtwerden der Idee in ihrer alten Heiligkeit. Unzähligen Seelen ist Neues zugestoßen, es ist unausbleiblich, daß dem Kriege eine neue Epoche der Seele folgt, wie im Pietismus hinter dem Dreißigjährigen Kriege eine neue Welt der Seele entdeckt wurde. Gewalt der Individuen, in denen Geist sich offenbart; ein anderes Gewaltiges nicht erkennbar.
Wo könnte eine Hoffnung dieser Art laut werden, wenn nicht auf schweizerischem Boden, auf dieser hochgespannten Brücke zwischen Nord und Süd und West und Ost, in diesem alten Bollwerk der Freiheit, dieser alten Kampfstätte der Geister? Wo denn anders als hier, wo immer das aus der Menschenbrust offenbarte Ewige zuhöchst gegolten hat, wo nie

der Götzendienst der Zahlen, der Masse getrieben worden ist – und aus welchem Mund könnte diese Hoffnung sehnlicher und glaubensvoller dringen als aus dem Mund dessen, der zu Ihnen redet, eines Österreichers.

Wer sagt »Österreich«, der sagt ja: tausendjähriges Ringen um Europa, tausendjährige Sendung durch Europa, tausendjähriger Glaube an Europa.

Für uns, auf dem Boden zweier römischen Imperien hausend, Deutsche und Slawen und Lateiner, ein gemeinsames Geschick und Erbe zu tragen auserlesen, – für uns wahrhaft ist Europa die Grundfarbe des Planeten, für uns ist Europa die Farbe der Sterne, wenn aus entwölktem Himmel wieder Sterne über uns funkeln. Wir, nicht auf errechenbare Macht, nicht auf die Wucht des nationalen Daseins, sondern sehenden Auges auf einen Auftrag vor Gott gestellt, – wie sollten wir leben, wenn wir nicht glauben wollten, und was wäre des Glaubens würdiger als das Hohe, das sich verbirgt, und das Ungreifbare, das sich dem gebundenen Sinn, dem stumpfen Herzen versagt.

Rede auf Beethoven

1770–1920

Einhundertundfünfzig Jahre sind ein gewaltiger Zeitraum, gemessen am Leben des Menschen. Die Nation aber mißt mit anderen Maßen, und jenes Damals ist ihr ein Gestern. Damals war über der deutschen Nation eine Zeit wie junger Morgen, aufsteigend gegen hohen Mittag. Die Stunde im Leben des Volkes, die heute geschlagen hat, wüßten wir kaum zu benennen. Aber wir müssen sie auswarten und fest und ruhig in ihr stehen: das ist unser Teil.

Mozart war da, und hier in diesen Gemarken, wo sich das neue und alte Europa berühren, an diesem Grenzstrich zwischen römischem, deutschem und slawischem Wesen, hier war die Musik entstanden, die deutsche Musik, die europäische Musik, die wahre, ewige Musik unseres Zeitalters, die volle Erfüllung, natürlich wie die Natur, unschuldig wie sie. Aus den Tiefen des menschlichsten der deutschen Stämme hervorgestiegen, trat sie vor Europa hin, schön und faßlich wie eine Antike, aber eine christliche, gereinigte Antike, unschuldiger als die erste. Aus den Tiefen des Volkes war das Tiefste und Reinste tönend geworden; es waren Töne der Freude, ein heiliger, beflügelter, leichter Sinn sprach aus ihnen, kein Leichtsinn; seliges Gefühl des Lebens; die Abgründe sind geahnt, aber ohne Grauen, das Dunkel noch durchstrahlt von innigem Licht, dazwischen die Wehmut wohl – denn Wehmut kennt das Volk –, aber kaum der schneidende Schmerz, niemals der Einsamkeit starrendes Bewußtsein.

Für ewig hatte dieses junge Volk der Deutschen, das späteste in Europa, das neugeborene aus dem Grab eines dunkeln Jahrhunderts, seine Stimme gewonnen, und ihr Wohllaut fließe ewig durch die aufeinanderfolgenden Geschlechter hin und sei gesegnet, und das Volk erkenne in ihm den innersten Klang seiner frommen und freudigen Seele: aber wer ist Beethoven, daß wir trotz Mozart ihn heute feiern, in der dunklen, ungewissen Stunde, als einen, der keinem weicht;

daß wir heute sagen: Jener war der Einzige, Er aber war der Gewaltige?

Nicht länger in diesen neueren Zeiten bleiben die Nationen eine Einheit in sich, wie wir uns die Alten denken oder die großen Völker des Orients: wie ein einziger metallener Stab das ganze Volk, einen vollen Ton gebend unterm Hammerschlag des Schicksals; am wenigsten sie, die zerklüftete von Anbeginn, die deutsche. Myriaden Seelen lösen sich von der innigen Gemeinschaft und bleiben, Gelöste, ihr doch schwebend verbunden: unantiken Gepräges, die neueren Menschen, Vorväter uns und Brüder zugleich, denn wir sind für dieses Geschlecht wiederum, was sie für ihres waren: die Geistigen; nicht die Blüte der Nation – wer wagte das zu sagen ohne Scham? – auch nicht das Herz, aber doch wohl ihr Flügel, mit dem sie sich hebt über den Abgrund der Sonne entgegen. Nichts war würdig an ihnen, zu bestehen, wofern sie sich abtrennten im Letzten von der Wesensart des Volkes, und doch war Vereinzelung ihnen auferlegt. Furchtbar war und ist ihr Geschick, an ihnen aber hängt doch das Geschick der Nation, und sie sind die Erbvollstrecker der Jahrhunderte. Hin und her geworfen zwischen großem Stolz und Schwachmut, zuzeiten dünken sie sich Göttersöhne – Schöpfer, das ungeheure, fast lästerliche Wort dünkt ihnen nicht zu groß, die Fülle zu malen, die sie in sich tragen; dann aber stürzen sie wieder dahin wie Ikarus. Das Stumme, Ungesellige der Nation, in ihnen ward und wird es zur glühenden Qual. Sie verzehrten sich im Gefühl der unmitteilbaren Fülle. Mitten unter den Menschen waren sie einsam wie die Eremiten. Ihrem Drang zu genügen, kam Werther, der maßlos Liebende, Faust, der maßlos Begehrende; für sie warf Schiller Gestalt auf Gestalt in die Welt, die dem Gesetz der Welt das Gesetz des eigenen einzelnen Herzens entgegenstellte, und hieß in kühnen Reden hochsinnig Gestalt die Gestalt überbieten; für sie horchte Herder, begabt mit maßloser Gewalt des Ohres, in die Jahrhunderte und in die Völker. Aber ihrem Drang war der »Werther« unzulänglich, der »Faust« gab ihnen nicht das Letzteste; über Herders Ohr ging ihre Begierde hinaus, das Unhörbare zu erhorchen, und Schillers Gestalten waren die

Beredsamkeit ihrer Träume, nicht der Nerv ihrer Taten. Denn dieser Beredsamkeit letztes Ziel war Politik, und danach stand ihnen nicht im tiefsten der Sinn, dazu waren sie zu unreif und zu überreif immer wieder. Sie ringen um das lebendige Wort und um die lebendige Tat, sehnen sich nach dem Unerreichlichen: daß das Wort und die Tat eins sei. Mozarts Klänge waren ihren drangvollen Herzen zu erhaben in ihrer Harmonie und zu irdisch friedevoll. Sie wollten den Redner, der ihr Zerklüftetes in eins brächte und das Übermaß der Empfindung reinigte und heiligte; den Priester, der ihr Herz hinauftrüge vor Gott wie ein verdecktes Opfergefäß; den Wortführer – aber wie sage ich es? sie wollten den Priester ohne Tempel, den Wortführer gewaltig wie Moses und doch beschwerten, behinderten Mundes; sie wollten den Redner, das Unsägliche zu sagen. Ihre ganze Inbrunst ging auf das, was unerfüllbar schien. Da rief der Genius der Nation noch einen: da trat Beethoven hervor.

Er trat herein in Haydns und Mozarts Welt, wie Adam hereintrat zwischen die vier Ströme des Paradieses. Er glich den Engeln und war nicht ihresgleichen, frommen, aber störrischen Gesichtes: er war der erste Mensch. Sein Verhältnis zur Musik war nicht mehr unschuldig, es war wissend. Das singende, gleichsam mit Menschenstimme sprechende Orchester unter seinen Händen sang nicht mehr reinen Wohllaut, verklärte Harmonie der Schöpfung: es sang eigensinnig des einzelnen Menschen Lust und Weh. Jeder Musiksatz war ein Thron der Leidenschaft. Ihm war Brust und Stimme gegeben, das Heilige aus seinen geheimen Wohnsitzen zu rufen, und er rief es zu sich, dem Einsamen, mit ihm zu ringen und mit ihm zu spielen. Einsam führte er ein tönendes Gespräch mit dem eigenen Herzen, mit der Geliebten, mit Gott, ein stockendes Gespräch, oft ein erhaben-verwirrtes. Aus unzerbrochenem, im Aufruhr noch frommem Gemüt ward er der Schöpfer einer Sprache über der Sprache. In dieser Sprache ist er ganz: mehr als Klang und Ton, mehr auch als Symphonie, mehr als Hymnus, mehr als Gebet: es ist ein nicht Auszusagendes: eines Menschen Gebärde ist darin, der dasteht vor Gott. Hier war ein Wort, aber nicht das entweihte der

Sprache, hier war das lebendige Wort und die lebendige Tat, und sie waren eins.

Sein Werk ist nicht volkstümlich und wollte es nicht sein. Aber es ist darin das, was vom Volk emporsteigt in die Einzelnen und dort aufs neue Wesen wird, so wie das ganze Volk ein Wesen ist; darum kann sich zwar das Volk in seinen Werken nicht erkennen, aber die Einzelnen, die vom Volk abgelöst sind und zu ihm gehören, können ihr und ihres Volkes Wesen in ihm erkennen. Dem Mann aus dem Volk gleichend, hatte er eine unzerbrochene, unzerklüftete Seele. Aber er hatte, was das Volk als Ganzes nicht kennt und was die Vielen nicht kennen, die das Wort meist trüglich im Munde führen: geistige Leidenschaft, und aus ihr machte er den Sitz der Musik. Stark war er und beherzt und mutig und unschuldig wie ein Kind; aber in Ahnung und Aufschwung konnte er sich erheben, wohin kaum je ein Mensch gedrungen war. Aufrichtig war er und wahr; alles im Bereich des Geistes hat er gefühlt und gekannt, nur nicht den Zweifel. Jede Bewegung des Gemüts hat er auszusprechen vermocht, nur nicht den Leichtsinn. Ganz war er: was ihn traf, das traf den ganzen Menschen. Sein Leib war stark und kraftvoll bis zur Derbheit und ausgestattet zu leiden, wie eines Propheten und Mittlers Leib. An dem Sinn, der ihm das Übersinnliche zubrachte, traf ihn die Prüfung und machte ihn ärmer als den gewöhnlichsten Menschen. Darin gleicht er dem Moses, der reden mußte mit Gott für sein Volk und ein Stammler war. Sein Leib und sein Geist waren eins, schließlich blickte sein gewaltiges, störrisches Antlitz genau wie seine Werke, und wo sein Leib ruht, da ist wahrlich eine geheiligte Stätte und das Grab eines Heroen. Ehre uns und Erhebung auf immer, die wir es umwohnen. Denn ihn trugen, so war es bestimmt, vom fernen Rhein zu uns her die Schritte; Mozart und Haydn, die Unseren, traten ihm entgegen; unsere Landschaft hat ihm mit Rauschen der Bäume und Singen der Vögel das Herz gesänftigt, solange noch ein Laut der Welt in sein Inneres drang; auf unseren Boden hat er sich hingeworfen, in sich hineinzuhorchen, und Grillparzer und Schubert haben seinen Sarg zu Grab getragen.

Feierlich ist dieser Augenblick, da wir eines solchen Men-

schen gedenken, und wie er unter uns herumging und wie wir den Fuß in die Stapfen seiner Füße setzen – und erhöht dadurch, daß er ein großes Volk in der Erniedrigung trifft. In der lichtlosen Stunde erglänzen die Geschmeide des Himmels, und unter diesen ist er. Es ist nicht die Stunde, Feste zu feiern, aber es ist die Stunde, sich zu sammeln und sich aufzuerbauen. Angegriffen ist diese Nation in ihrem Tiefsten, und unzerbrochen dennoch trägt sie, und trägt nicht knirschend, sondern in tiefen Gedanken. Verschuldung fühlt sie gegen den eigenen Genius und will ihr Herz emporheben über die Verschuldung. In den Einzelnen sucht sie sich wieder herzustellen, der eigenen unerschöpflichen Tiefe dunkel bewußt, und wieder hängt an den Einzelnen das Geschick und an der Jugend, ob sie sich würdig erweise. Abermals zeigt sich das Zeichen der im Tiefsten ungeselligen, unberedsamen Nation. Das Wort der gemeinsamen Sprache, das alle binden sollte zur Einheit, hält alle tausendfach auseinander wie Ketzer und Widerketzer. Die Nation hat im Geistigen nicht einerlei Sprache, so hat sie keinerlei. Ihr fehlt aber- und abermals der Seelenmittelpunkt, so liegt sie da, ihres eigenen Daseins nicht mächtig und mit fremden, verworrenen Gedanken wie ein Krankes. Aber die Einzelnen sind des Hohen noch eingedenk, und noch tragen sie in sich aufgebaut den Thron der geistigen Leidenschaft, von wo der glühende Gedanke, nach allen Seiten ausladend, hineilt, zu umfassen ein Ewiges, nie ganz zu Umfassendes. Dem Wort mißtrauend, sind sie unberedsam aus Keuschheit; in ihrem Herzen aber ist sprachlose Sprache, die über allen Sprachen ist, ist Wissen um alle Finsternisse des Daseins und dennoch Hoffnung bis an die Sphären.
In diesem feierlichen Augenblick treten sie ernst zueinander, und wo ihrer nur zwei oder drei beisammen sind, da ragt über ihnen ein Haupt, unausdeutbaren Ausdruckes, störrisch und fromm zugleich – templum in modum arcis – ein Gottestempel in Gestalt einer Burg: Beethovens Haupt.
Wir gedenken seiner in dieser Stunde. Möge er in der gleichen Stunde unser gedenken und durch uns hinziehen mit dem Wehen seiner Kraft und seiner Reinheit.

Worte zum Gedächtnis Molières

I

PROLOG
GESPROCHEN VOR DEM »EINGEBILDETEN KRANKEN« VON DER SCHAUSPIELERIN IM KOSTÜM DER DIENSTMAGD TOINETTE

Verwundern Sie sich nicht, daß ich heraustrete anstatt eines Herren im Festkleid, ich, die Dienstmagd Toinette des Herrn Argan, es geschieht ganz im Sinne des Mannes, den wir heute ehren wollen, zu nennen brauche ich ihn ja nicht. Er hat des öfteren keinem feineren und gebildeteren Geschöpf als ich es bin seine allerbesten Sachen in den Mund gelegt, und es nicht verschmäht, unsereinen zum Sprachrohr für seinen Kopf und sein Herz zu machen, wo er doch aller Menschen Platz sehr gut gekannt hat und Manns genug war, auch den König an den seinen zu stellen, ich meine in seinen Gedanken, denn er war ein furchtloser Kopf und ein großer Herr wie einer, seinem Gemüt nach, wenngleich er nach dem Hofalmanach ein Lakai war und unter den Hoftapezierergehilfen geführt wurde. Soll ich ihn aber vor Ihnen loben zu seinem dreihundertsten Geburts- und Gedächtnistag, so muß ich den Mund nur wenig aufmachen, denn er war der geschworene Feind und Spötter aller Schönredner: er hielt sie insgesamt für Flachköpfe, Narren oder abgefeimte Heuchler – obwohl er, wenn er wollte, eine Rede hinsetzen konnte, biegsam und feurig genug, die Erde und den Himmel umzuwenden; denn das war sein Handwerk, Figuren zu ersinnen und ihnen Reden in den Mund zu legen, die so natürlich aus ihrem Mund herauskamen wie das Miauen einer Katze und dabei das Zwerchfell kitzelten und zugleich das Herz schneller oder langsamer pochen machten und oben bei den Stirnen anklopften und den Menschenverstand aufweckten. Darin war er ein Meister und ist dafür erkannt worden über die ganze Welt hin, seit dreihundert Jahren, und das will etwas heißen, den Appetit von neun aufeinanderfolgenden Menschengeschlechtern gestillt zu haben, denn jedes bringt einen anderen mit, die Nahrung aber, die er anbot, hat Stich gehalten wie das ehrliche tägliche Brot, das auch nicht aus der Mode kommt, und seine Kinder, ich meine, die ihm bei der Stirn hervorgesprungen sind, haben ihm mehr Enkel und Urenkel in die Welt gesetzt, als ich ihm an den zehn Fingern von beiden Händen aufzählen könnte, und nähme ich noch Ihrer aller Hände dazu, und ich habe sagen hören, daß der Tasso des großen Goethe auch noch seinen Misanthropen für einen seinigen Ahnherrn ansieht, aber das geht über meinen Horizont – fürs übrige aber bürge ich Ihnen, und daß es nicht die schlechtesten Kreaturen sind, die von ihm abstammen. Das macht, er hat uns, die wir seine erstgeborenen Geschöpfe sind, aus seinem Innersten etwas mitgegeben; sein Innerstes aber war: Verstehen der Menschen, nicht so, wie einer bloß mit dem Kopfe versteht, sondern schon mit dem ganzen Ich und allen Eingeweiden, daß er im Verstehen sich mit meinte und sich selber mitverspottete, denn er hielt es, was das Verhalten im Leben anlangt, für das Richtige, daß jeder mit Anstand seinem Geschäfte nachgehe, und das seinige war nun einmal, die Leute lachen zu machen. In welchem Sinne er das aber verstand, das wird Ihnen aufgehen, wenn Sie an den Narren Orgon denken, wie er unter den Tisch kriecht und seine Frau mit dem Tartüff allein läßt, oder an Harpagon den Geizigen, wie er seine Kassette umarmt, oder an Arnolphe, den armen, verliebten Narren, oder an meinen armen Herrn Argan da in seinem Lehnstuhl, der Ihnen gleich vor Augen kommen wird. Es ist schon keine ganz gewöhnliche Sorte von Lachen, auf die er es abgesehen hat: es mischt sich zuweilen ein Weh hinein oder ein kleines Gruseln. Das ist seine Stärke. Was kann ich Ihnen jetzt noch viel von ihm sagen? Wenn dann der Lehnstuhl des Herrn Argan hineingeschoben wird in dem ist er sozusagen gestorben. Ja, er schonte sich nicht, er gab sich preis, aber schon wie einer, er war ein Held, ein großer Held in seiner Weise, und da er es unternommen hatte, ein Komödiendirektor zu sein und ein Komödienspieler – und dabei doch des Menschen Würde zu wahren – und er hat sie gewahrt, meiner Seel, und wenn der König mit ihm sprach, so war ihm, er habe mit seinesgleichen gesprochen –, so achtete er einen kleinen trockenen Husten für nichts und machte sich auch nichts aus einem Krampf, der ihn hie und da anfaßte, und aus heißen fiebrigen Händen, sondern spielte fort, und eines Abends, als man besonders hatte über ihn lachen können, da faßte ihn der Krampf ein bißchen heftig an, und man mußte ihn, in den Schlafrock des Herrn Argan gewickelt, hinaustragen, nicht anders als man einen zu Tod geschossenen Seehelden, in die Flagge des Admiralschiffes gewickelt, hinunter in die Kajüte trägt, indes alle, an denen sie ihn vorbeitragen, still stehen und salutieren – er aber will nicht anders salutiert sein als damit, daß Sie lachen über unsere Gebärden und die Reden, die er uns in den Mund gelegt hat – denn lachen machen, das war sein Handwerk, und das, was ich jetzt gesagt habe, ist alles, was er mir, aufs höchste, zu sagen erlaubt hätte.

Sie macht die Reverenz und tritt hinter den Vorhang.

II

So ungefähr könnte Toinette sprechen, aber es bliebe dabei noch etwas ungesagt, das auch gebildetere Personen als Toinette, und selbst solche, die dicke Bücher über Molière geschrieben haben, noch haben ungesagt sein lassen. Da war dieser Mensch Poquelin, genannt Moliere, Hofbediensteter, Tapezierer, Schauspieler. Er war ein Kind des Volkes. Er liebte den gesunden natürlichen Verstand und liebte nicht die Besonderheiten. Er konnte, was er wollte, und wollte nichts anderes, als was er konnte. Er hat sein Handwerk verstanden wie kein zweiter. Was das Wesen Molières, den Menschen anlangt, so hat er auf diesen nicht sehr aufgepaßt; er hat sich nicht überschätzt. Er war Schauspieldirektor, Gatte, Betrogener, Lustigmacher; dabei war er unsäglich einsam, aber natürlich fortwährend unter Menschen, umgeben von dem Haß unfähiger Literaten, schlechter Schauspieler, frecher Höflinge, frommtuender Intriganten. Aber er war ein tiefer Kopf, einer der tiefsten und stärksten Köpfe seines Jahrhunderts, nein, aller Jahrhunderte. Es war in ihm etwas, das einen Rousseau aufreizte, aber einen Goethe mit nie erlöschender ehrfürchtiger Liebe erfüllte. Was war dies? Ist es eigentlich in seinem dichterischen Werk enthalten? »War es genug«, hat man gefragt, »der Juvenal der Preziösen zu sein, der Verspotter schlechter Komödianten vom Hôtel de Bourgogne, der Satiriker der Ärzte, der Provinzialen, der affektierten Sprachreiniger, der Koketten und Hypochonder?« Musset hat es ausgedrückt, die Verse sind bekannt genug:

Ne trouvait-il rien mieux pour émouvoir sa bile
Qu'une méchante femme et qu'un méchant sonnet?
Il avait autre chose pour mettre au cabinet.

Ein Franzose, ein konservativer berühmter Kritiker, hat die Analyse seiner »allgemeinen Ideen« gemacht und schließt das Kapitel mit den Worten: »Ich würde nicht so weit gehen« – als ein anderer, der sehr weit in seiner Kritik geht – »aber ich würde sagen, daß eine Nation, die Molière zu ihrem Führer im Sittlichen genommen hätte und die seinen Vorschriften genau folgen würde, nicht sehr schlimm wäre – sie hätte immerhin, was man gesunde Vernunft nennt, und einen guten Geschmack –, aber sie wäre die platteste Nation von der Welt.« Welch ein Urteil! Aber diese Nation nennt ihn den größten Dichter, und er ist es: wir fühlen, daß er es ist. Es gibt also etwas in einem Dichter, das geistiger ist als seine Ideen, gewichtiger als seine Werke, dauerhafter als sein in Worte formulierter Ruhm. Hier rühren wir an das Geheimnis der Kunst und der Künstler.
Den Werken haftet etwas Bürgerliches an. Zwar der »Misanthrop« ist ein unvergängliches ernstes Lustspiel, und die »Schule der Frauen« steht vielleicht noch darüber, man hat sie seinen »Hamlet« genannt. Aber immerhin: hier ist nichts, das sich, was den geistigen Gehalt anlangt, neben den großen Werken Goethes hielte, geschweige denn neben Calderon, neben Shakespeare, neben Dante. Die Franzosen selbst zögern, ihn »Dichter« zu nennen; sie sind zurückhaltend und verstehen abzuwägen. Aber aus diesem ganzen dichterischen

Werk sieht uns ein schmerzlich vergeistigtes, unendlich edles und überlegenes Gesicht an, die Lebensmaske eines vollkommen großen Menschen. Wir erkennen kaum mehr darin die Merkmale einer Nation, und erkennen sie dennoch, aber zugleich etwas höchst Allgemeines, Europäisches, ja Menschliches. Alle Qual, alle Duldung, alles Verstehen ist darin reine geistige Kraft und Heiterkeit geworden. Wir stehen mit Ehrfurcht vor einer Figur, die mit keinen Maßen, die außer ihr lägen, zu messen ist – vor dem gültigen Repräsentanten einer der großen Nationen Europas.

Schöne Sprache

»Ich liebe diese Sprache«, schreibt mir jemand, »schon um ihrer formalen Schönheit willen: Dasselbe Wohlgefallen, das mich immer wieder zu diesen Bänden treibt, führt mich auch immer wieder an die lateinische Prosa der deutschen Humanisten heran. Wenn ich wenig Genüsse kenne, die sich mit der Kostbarkeit von Huttens lateinischen Dialogen vergleichen ließen, so denke ich dabei weniger an den Inhalt als an die Form. Nur unter den Deutschen ist das Schlagwort möglich, daß der Gehalt über die Form gehe. Die Sprache, an sich und zwecklos, soll und kann Gegenstand und Ausdruck einer Kunst sein. Es handelt sich hier um ein Formgefühl, das den Griechen und Romanen etwas naiv Selbstverständliches ist.« – Gewiß, das ist ganz richtig, man darf das sagen, es deutet in die Richtung hing, wo die Wahrheit liegt, aber man müßte noch ein wenig in die Tiefe gehen, um auf die wirkliche Wahrheit zu kommen. Denn »schön«, das ist eines von den Worten, mit denen die Leute am geläufigsten operieren, und bei denen sie sich am wenigsten denken, und »schöne Sprache« oder »schön geschrieben« ist ein richtiges Verlegenheitswort, das dem in den Mund kommt, dem ein Buch nichts gegeben und ein Stück Prosa nichts gesagt hat. Und doch gibt es keinen schönen und auch keinen bedeutenden Gehalt ohne eine wahrhaft schöne Darstellung, denn der Gehalt kommt erst durch die Darstellung zur Welt, und es kann ein schönes Buch ohne schöne Sprache ebensowenig geben als ein schönes Bild ohne schöne Malerei; und gerade das ist das Kriterium des schöngeschriebenen Buches, daß es uns viel sagt, des häßlich geschriebenen aber, daß es uns wenig oder nichts sagt, wenngleich es uns immerhin irgend etwas übermitteln, oder zu Verstand bringen, oder Tatbestände vor die Augen führen kann. Der Theolog oder der Anthroposoph, trägt er uns das vor, was ihm als höchste Einsicht oder überirdische Ahnung vorschwebt – und welch höherer Gegenstand wäre denkbar als die Zusammenhänge unserer Natur mit dem Göttlichen –, aber trägt er es in einem Kaufmannston, in einer abgenützten Zeitungssprache, oder in einer flauen, stammelnden Bildersprache vor, so ist es nicht da; aber Boccaccio hat seine Erzählungen so hingeschrieben, daß alles daran für ewig da ist, und ihr Gegenstand sind die Begegnungen von Verliebten, Überlistungen von Ehemännern und andere schlechte Streiche; aber in ihrer Unzerstörbarkeit und geistigen, man kann nicht anders sagen als geistigen Anmut stehen diese frivolen Geschichten neben den Dialogen des Platon, deren Gehalt der erhabenste ist. So käme man fast in die Nähe des Gedankens, es gebe keinen an sich hohen und keinen an sich niedrigen Gegenstand, sondern nur Reflexe des unfaßlichen geistig-sinnlichen Weltelementes in den Personen, und diese Reflexe seien von unendlich verschiedenem Rang und Wert, je nach der Beschaffenheit des spiegelnden Geistes. Von den Gegenständen gleitet unser Blick plötzlich zurück auf den Mund, der zu uns redet. Aber auch das Montaignesche »Tel par la bouche que sur le papier« ist eine subtile Wahrheit, die verstanden sein will; denn zwar ganz sicherlich ist das, was den tiefsten Zauber des schön geschriebenen Buches ausmacht, eine Art von versteckter Mündlichkeit, eine Art von Enthüllung der ganzen Person durch die Sprache; aber diese Mündlichkeit setzt einen Zuhörer voraus; somit ist alles Geschriebene ein Zwiegespräch und keine einfache Äußerung. Von dieser Einsicht aus fällt wie durch ein seitlich aufgehendes Fenster eine Menge Licht auf gewisse Vorzüglichkeiten, an denen wir das gut geschriebene Buch, die gut geschriebene Seite Prosa – denn die Prosa und durchaus nicht die Poesie ist es, welche wir hier betrachten – erkennen und die wir an ihr hervorzuheben gewohnt sind. Eine behagliche Vorstellung oder eine bedeutende körnige Kürze, eine reizende oder eine kühne Art zu verknüpfen und überzugehen, wohltuende Maße, eine angenehme Übereinstimmung zwischen dem Gewicht des Dargestellten und dem Gewicht der Darstellung; die Distanz, welche der Autor zu seinem Thema, die, welche er zur Welt, und die besondere, welche er zu seinem Leser zu nehmen weiß, die Beständigkeit des Kontaktes mit diesem Zuhörer, in der man ihn verharren fühlt, das sind lauter Ausdrücke, die auf ein zartes geselliges Verhältnis zu zweien hindeuten, und sie umschreiben einigermaßen jenes geistig-gesellige leuchtende Element, das der prosaischen Äußerung ihren Astralleib gibt, und es ist keins unter ihnen, das sich nicht auf den Stil des »Robinson Crusoe« ebensogut anwenden ließe als auf den Voltaires, auf Lessings Streitschriften ebenso wie auf Sören Kierkegaards Traktate. Auf Kontakt mit einem idealen Zuhörer läuft es bei ihnen allen hinaus. Dieser Zuhörer ist so zu sprechen der Vertreter der Menschheit, und ihn mitzuschaffen und das Gefühl seiner Gegenwart lebendig zu erhalten, ist vielleicht das Feinste und Stärkste, was die schöpferische Kraft des Prosaikers zu leisten hat. Denn dieser Zuhörer muß so zartfühlend, so schnell in der Auffassung, so unbestechlich im Urteil, so fähig zur Aufmerksamkeit, so Kopf und Herz in eins gedacht werden, daß er fast über dem zu stehen scheint, der zu ihm redet, oder es wäre nicht der Mühe wert, für ihn zu schreiben; und doch muß ihm von dem, der ihn geschaffen hat, eine gewisse Unvollkommenheit zugemutet werden, mindestens eine gewisse Unvollkommenheit der Entwicklung, daß er es notwendig habe, auf vieles erst hingeführt zu werden; eine starke Naivität, daß er mit dem, was das Buch bringt, wirklich zu ergötzen sei und dadurch etwas wesentlich Neues erfahren werde. Vielleicht könnte man eine ganze Rangordnung aller Bücher, und ganz besonders der belehrenden, danach aufrichten, wie zart und wie bedeutend das Verhältnis zu dem Zuhörer in ihnen erfüllt sei; und nichts zieht ein Buch und einen Autor schneller herunter, als wenn man ihm ansieht, er habe von diesem seinem unsichtbaren Klienten eine verworrene, unachtsame und respektlose Vorstellung im Kopf gehabt.

Es sind also immer ihrer zwei: einer, der redet oder schreibt, und einer, der zuhört oder liest, und auf den Kontakt zwischen diesen zweien läufts hinaus; aber dieser Kontakt gibt, je bedeutender er ist, in je höherer Sphäre er wirksam wird, um so mehr das Übergewicht dem Gebenden, während der Empfangende in diesen höheren Sphären immer leichter und dünner wird, ohne daß er freilich je aufhören würde, da zu sein.

Wenn Goethe sagt, ihm sei, so oft er eine Seite Kant aufschlage, als trete er in ein helles Zimmer, so ist uns ein lichtvoller, mit der höchsten Quelle allen Lichtes kommunizierender Geist vorgestellt. Aber ebenso wie diese Eigenschaft, ein Licht zu sein, spüren wir bei anderen großen Autoren andere oberste Qualitäten des Geistes: die Stärke, welche von der inneren Ordnung nicht zu trennen ist; die wahre Selbstachtung, welche zusammengeht mit der Ehrfurcht; die seltene Glut der geistigen Leidenschaft. In der Darstellung eines solchen Geistes meinen wir wahrhaft die Welt zu empfangen, und wir empfangen sie auch, und nicht nur in den Gegenständen, die er erwähnt, sondern alles das, was er unerwähnt läßt, ist irgendwie einbezogen. Gerade die Kraft und die Überlegenheit, von dem ungeheuren Wust der Dinge unzählig viele fortzulassen – nicht ihrer zu vergessen, was die Sache eines schwachen und zerstreuten Geistes wäre, sondern sich mit bewußter Gelassenheit über sie hinwegzusetzen; die unerwarteten Anknüpfungen und Verbindungen hinwiederum, in denen plötzlich eine nach allen Seiten gewandte Aufmerksamkeit und Spannkraft sich offenbart; die scheinbare Zerstreutheit sogar endlich und die Willkürlichkeiten, welche zuweilen reizend sein können, all dies gehört zu dem geistigen Gesicht des Schriftstellers, – dem Gesicht, das wir zugleich mit der Spiegelung der Welt empfangen, während wir seine Prosa lesen. Wie ein Seiltänzer geht er vor unseren Augen auf einem dünnen Seil, das von Kirchturm zu Kirchturm gespannt ist; die Schrecknisse des Abgrundes, in den er jeden Augenblick stürzen könnte, scheinen für ihn nicht da, und die plumpe Schwerkraft, die uns alle niederzieht, scheint an seinem Körper machtlos. Mit Entzücken folgen wir seinem Schritt, mit um so höherem, je mehr es scheint, als ginge er auf bloßer Erde. So wie dieser wandelt, genauso läuft die Feder des guten Schriftstellers. Ihr Gang, der uns entzückt und der so einzigartig ist wie eine menschliche Physiognomie, ist die Balance eines Schreitenden, der seinen Weg verfolgt, unbeirrbar durch die

Schrecknisse und Anziehungskräfte einer Welt, und eine schöne Sprache ist die Offenbarung eines unter den erstaunlichsten Umständen, unter einer Vielheit von Drohungen, Verführungen und Anfechtungen aller Art bewahrten inneren Gleichgewichtes.

Musikalisch theatralische Festspiele in Salzburg zu veranstalten, das heißt: uralt Lebendiges aufs neue lebendig machen; es heißt: an uralter sinnfällig auserlesener Stätte aufs neue tun, was dort allezeit getan wurde; es heißt: den Urtrieb des bayrisch-österreichischen Stammes gewähren lassen, und diesem Volk, in dem »die Gabe des Liedes, des Menschensachenspielens, des Holzschneidens, des Malens und des Tonsetzens fast allgemein verteilt ist«, den Weg zurück finden helfen zu seinem eigentlichen geistigen Element.
Dem Bajuwaren wurde alles Handlung; er ist der Schöpfer des deutschen Volksspieles. Das Passionsspiel der Oberammergauer Bauern, alle zehn Jahre wiederholt, ragt heraus, weltberühmt. Aber der Ammergau ist ein Gau unter siebzig Gauen deutscher alpenländischer Landschaft; und die Dörfer und Städtlein, die Abteien und Schulklöster am Inn und an der Etsch, an der Donau und an der Mur haben aus sich das gleiche herausgeboren. In Tirol allein lassen sich innerhalb eines halben Jahrhunderts, 1750 bis 1800, an 160 verschiedenen Orten über 800 Volksaufführungen zählen. »Der Tiroler Bauer hat in diesem halben Jahrhundert einfach alles gesehen, was seit 1600 über deutsche Bühnen, vieles, was in dieser Zeit über europäische Bühnen gegangen war.« Da sind Staatstragödien großen Stiles, Passionsspiele, Weltgerichtsspiele, deutsche und italienische Operetten; da sind Legenden; da sind Komödien und Tragödien aus dem Spielplane aller deutschen Hoftheater dieses Menschenalters; alte Fastnachtspiele. Da steht unter Voltaires »Zaïre« der sächsische Prinzenraub, unter der »Maria Stuart« die »Griseldis«, »Genofeva«, »Johannes von Nepomuk«. Das ist Tirol, und so geht es den Inn entlang, die Donau hinab zum Böhmerwald hinüber, es geht südlich bis an die kärntnerische Drau, östlich bis Preßburg. So ists Stadt um Stadt, Dorf um Dorf. Die mächtigen Abteien, die von schönen Hügeln herab weit ins Land schauen, haben ihre Bühne für das große Schauspiel, für die prunkvolle

Oper; sie wetteifern mit München und Wien. Ihrer jede ist der Mittelpunkt, von dem aus diese volkstümliche Kunst nach allen Seiten ausströmt »bis in die einsamste Waldkapelle, in die letzte Holzschnitzerwerkstatt«. Wo in einem Waldtal die Schmiedehämmer dröhnen, spielen die Schmiede und Schmiedgesellen Theater. Sie spielen Ritterstücke, Märchen und Sagen. An der Kieferach blühte ein solches Schmiedetheater vom Ende des sechzehnten Jahrhunderts bis zum Anfang des neunzehnten. Anderswo sinds die Müller und Müllergesellen, die sich zusammentun. In den Bergstädten haben die Bergleute ihre Singschulen, und aus ihnen wachsen Theater. In Lauffen an der Salzach, dem schönen Fluß, an dem Salzburg liegt, blüht die Gilde der Salzschiffer, mächtig und geachtet. Im Winter, wenn der Fluß vereist ist, spielen sie Theater: in Wirtshäusern, in Mühlen, auf Schlössern, und ihr Ruhm als Schauspieler stellt ihren Ruhm als mutige und geschickte Schiffer in den Schatten. Es ist wahrhaftig ein Urtrieb, der sich da auslebt; und wenn die Zeiten finster werden, die Wirklichkeit hart und gräßlich auf den Menschen liegt, so wird dieser Trieb stärker, nicht schwächer. 1663, im furchtbaren Pestjahre, gelobten die Oberammergauer ein Passionsspiel und seit damals halten sie ihr Gelübde. 1683, als die Türken vor Wien lagen und halb Niederösterreich in die Sklaverei verschleppt wurde, und der Brand der Dörfer und Städte nicht aufhörte, den Nachthimmel zu röten, wurde in den verschonten Teilen der Alpenländer Theater gespielt mit einer Hingabe wie kaum je zuvor, und sieben Jahre später war Kara Mustapha eine Bühnenfigur auf zwanzig Bühnen. Es ist etwas in diesem Tun und Treiben, diesem unbesiegbaren Drang zur Darstellung, in dem Bild und Klang, pathetische Gebärde und Tanzrhythmus zusammenfließen, das an Attika gemahnt; und hier wie dort scheint es an das gleiche Naturgegebene gebunden: das Bergland. Ein Bergtal ist ein natürliches Theater, und sonderbar genug, der theatralische Trieb des südlichen deutschen Stammes folgt den Bergketten. So strahlt er bis in den Böhmerwald aus; die Passionsspiele zu Höritz sind sein letztes lebendiges Überbleibsel; so geht er nördlich bis Niederbayern, östlich bis an die ungarische Ebe-

ne. Die Nürnberger Landschaft gehört noch dazu, die Hügel von Bayreuth gehören dazu. Und sollte es Zufall sein, daß Wagner Bayreuth gewählt hat? In Bayreuth steht aus der Markgrafenzeit das prunkvolle Barocktheater, das ein süddeutscher Fürst geschaffen hat. Es ist nichts Zufall, alles geographische Wahrheit, tiefer Zusammenhang zwischen scheinbar nur Geistigem und scheinbar nur Physischem. In Syrakus, im antiken Theater, mit dem ewigen Meer als Hintergrund, wird seit drei Jahren jedes Frühjahr eine der Tragödien des Äschylos aufgeführt, mit gesungenen Chören, die Gewänder in den Farbtönen der antiken Wandmalereien, die stumpf erscheinen unter unserem stumpfen Licht, aber wundervoll aufleben unter der sizilianischen Sonne. Der Eindruck ist überwältigend, und er appelliert nicht an den Bildungssinn, sondern an das unmittelbare Gefühl. Es waren Fremde, Schweden, Schweizer, die von dorther zurückkamen und mir davon sprachen. Sie waren sich bewußt, etwas aufgenommen zu haben, das – obwohl aus der höchsten geistigen Sphäre und durch den Abgrund der Jahrtausende von uns getrennt – doch, an dieser Stätte, so unmittelbar, so natürlich, so volkshaft auf sie gewirkt hatte wie eine Marienprozession in Gent oder ein Stiergefecht in Spanien. So war es mit dem »Jedermann« in Salzburg.
Es war nur ein Anfang. Aber der Eindruck war ungeheuer: denn hier, wie dort in Syrakus, traten unendlich komplizierte Elemente, die ganz verschiedenen Ordnungen angehören, zu einer solchen Einheit zusammen, daß das Resultat als etwas rein Volkshaftes, ja Naturhaftes, Unmittelbares erschien. Salzburg ist in der Tat das Herz dieser bayrisch-österreichischen Landschaft. Alle diese kulturellen und geographischen Linien, die Wien mit München, Tirol mit Böhmen, Nürnberg mit Steiermark und Kärnten verbinden, laufen hier zusammen. Zugleich ist es landschaftlich und architektonisch der stärkste Ausdruck des süddeutschen Barock, denn die Landschaft spielt hier so der Architektur entgegen, die Architektur hat sich so leidenschaftlich theatralisch der Landschaft bemächtigt, daß die beiden Elemente zu trennen undenkbar wäre. Das Geistige stimmt überein. Salzburg war seit der Mitte des

siebzehnten Jahrhunderts »der unbestrittene geistige Führer alles freien Landes zwischen München, Wien und Innsbruck. Humanismus, Renaissance und Barock hatten hier einen geschichtlichen Gehalt wie in keiner Landschaft*«. Nirgends so wie dort fließen die Jahrhunderte ineinander, das Barock des Mittelalters – die nach Ausdruck und Darstellung ringende franziskanische Zeit – und das Barock des Jahrhunderts. Das bäuerliche, beharrende, naturnahe Element bindet beide. Der von Palästen und Säulenbogen umschlossene Domplatz ist italienisch, fast zeitlos. Herein blicken die Berge einer deutschen Landschaft, gekrönt von einer deutschen Burg. Die Franziskanerkirche ragt daneben auf, reines Mittelalter. Die Statuen vor dem Dom sind frühes Barock. Es war der Gedanke Max Reinhardts, auf diesem Platze, vor der Fassade des Doms, das Gerüst für das »Jedermann«-Spiel aufzubauen. Aber als das Spiel lebendig wurde, schien es sein Gedanke gewesen zu sein, der in diesem Platz, diesem Ganzen aus Natur und Baukunst, immer gelegen war. Die Fanfarenbläser und Spielansager hatten ihren selbstverständlichen Platz, zerstreut auf dem marmornen Portikus. Wie ein Selbstverständliches wirkten die marmornen fünf Meter hohen Heiligen, zwischen denen die Schauspieler hervortraten und wieder verschwanden, wie ein Selbstverständliches die Rufe »Jedermann« von den Türmen der nahen Kirche, von der Festung herab, vom Petersfriedhof herüber, wie ein Selbstverständliches das Dröhnen der großen Glocken zum Ende des Spieles, das Hineinschreiten der sechs Engel ins dämmernde Portal, die Franziskanermönche, die von ihrem Turm herunter zusahen, die Kleriker in den hundert Fenstern des Petersstiftes, wie ein Selbstverständliches das Sinnbildliche, das Tragische, das Lustige, die Musik. Selbstverständlich war das Ganze den Bauern, die hereinströmten, zuerst vom Rande der Stadt, dann von den nächsten Dörfern, dann von weiter und weiter her. Sie sagten: »Es wird wieder Theater gespielt. Das ist recht.«

* Josef Nadler, »Literaturgeschichte der deutschen Stämme und Landschaften«, dem auch die übrigen Zitate angehören.

In diesem Jahre zu gleicher Zeit, in der zweiten Hälfte des August, wird das »Jedermann«-Spiel wiederholt. Aber dazu tritt nun Mozart. Von all dieser Theaterkunst, dieser wahren organischen Entwicklung, einer der folgerichtigsten, ungebrochensten, die je, seit der Antike, auf künstlerischem Gebiete da war, ist das Mysterienspiel in deutschen gereimten Versen der Anfang und ein Gebilde wie der »Don Juan« die Krönung. Verwandt sind sie beide durch und durch, denn beide sind sie ein wahres Theater, nicht aus der Rhetorik geboren, nicht aus dem Psychologischen, sondern aus jenem Urtrieb, »der das Übermenschliche greifbar vor sich sehen will und tiefen Abscheu hegt vor jeder formlosen Abstraktion«. Äußerlich schon wie ein kleines Abzeichen blutsverwandter Kinder, verbindet sie das gemeinsame Buffo-Element, eine Figur wie der Teufel des mittelalterlichen Mysterienspieles und der Leporello sind eines Geschlechtes. Ihr Gemeinsames heißt Hans Wurst; und Hans Wurst wieder ist ein geborener Salzburger. Zu dem »Don Juan« tritt »Così fan tutte«: das Gebilde, worin dieses Buffo-Element zum herrschenden geworden ist, das Tanzhafteste, was Mozart schuf, das am verwandtesten ist dem bezauberndsten Bau-Element des Rokoko: einem schwebenden Plafond aus Stukkatur und Malerei. Den Taktstock führt – als Regisseur zugleich, als Führer ganz und gar – Strauss, der ein Bayer ist und ein Künstler, der – wenn mit einer Sache auf der Welt – mit der Welt des Barock eine wirkliche Affinität hat. So wird einmal an einem Ort der Welt wieder etwas gemacht werden, das zugleich höchst raffiniert und höchst natürlich, ja naturhaft sich aufbaut. Möge es Freude machen.

Rede auf Grillparzer

FÜR DIE DEUTSCHE GRILLPARZER-GEDENKFEIER
ZU HANNOVER, DEN 7. MAI 1922

Was ist das, daß wir heute hier zusammentreten, um einen der berühmtesten Dichter unseres Volkes zu feiern, dessen Ruhm doch unangefochten dasteht und durch die festlichen Anstalten, die wir hier an einem Punkte des großen vielstämmigen Vaterlandes vorbereitet haben, weder ungemein gemehrt, noch tiefer begründet werden kann? – Indem wir uns darauf hinwenden, dieser Frage zu antworten, geschieht in uns diese Einsicht: eines großen Menschen Ruhm ist keineswegs einem Hort Goldes zu vergleichen, der gesichert daliegt, wofern nur welche darüber wachen, daß ihm nichts entfremdet werde – sondern ein solcher Ruhm ist selber ein lebendiges Geisteswesen; er ist ein Aufforderndes, ein edler beflügelter Teil des gesamten Volksgeistes, der sich als lebend meldet, um dem Ganzen in besondern Nöten zu Hilfe zu kommen oder es in erhabenen Zeiten freudig zu umschweben. Wenn es nun über Volksgenossen kommt, daß sie eines ihrer Großen stark und sehnlich gedenken müssen, und wenn dies über Berge und Flüsse hinweg und sogar über Grenzschranken, doch aber innerhalb der Grenzen des großen deutschen Vaterlandes geschieht, so wie hier, daß an norddeutscher Stätte dessen feierlich gedacht werde, der in Österreich gelebt und gedichtet hat, so geht hervor, daß zuweilen eine deutsche Volksgliedschaft wie einen Ruf zu sich dringen fühlt, einer anderen edelste Kraft an sich zu ziehen, nicht anders wie in einem bemühten Leibe Erquickung von Brust zu Haupt aufsteigen, von Haupt zu Glied sich niedersenken kann.

So ziehen seit weit mehr als hundert Jahren alle Deutschen die höchste Kraft, Milde, geschmeidige Weltklugheit des fränkischen Stammes aus dem einen Wesen Goethe an sich, und aus unserem Österreich ist die gesänftigte tiefe Herzensgewalt des bayrischen Stammes in den Tönen Haydns, Mozarts, Schuberts über das ganze Deutschland seit ebenso langer Zeit wie Balsam geflossen; da aber nun unser größter

Dichter, fünfzig Jahre nach seinem Tode, von versammelten vielen Volksgenossen anderer Stämme soll gefeiert werden, so geschieht uns noch Höheres: weil der Dichtkunst ja unter den Künsten der erste Rang zuerkannt wird von den bewußten, dem Geiste zugewandten Menschen.

Dunkel ist das meiste um uns, und verworren was zutage liegt, aber doch kann eines großen Volkes Lebenszeit nie dürr und vereinsamt sein – da ja doch das übergewaltige Leben des Ganzen immer vorhanden; aber es stockt wie Blut in den Adern, das freudige Fließen von Vergangenheit zu Gegenwart ist unterbunden, wenn die Geschicke dumpf und zweifelswürdig daliegen: da kann nur die innige Betrachtung einer einzelnen großen Gestalt uns aufrichten. Das Allgemeine, wie wir es zu erkennen glauben, ist trügerisch und wesenlos; in wenigen Wesen aber lebt das Menschengeschlecht ganz; ihnen ist nicht leicht zu begegnen, aber wir suchen beständig nach ihren Spuren, und sie in ihren geistigen Werken zu gewahren ist unser höchster Lebensgewinn.

Grillparzers Lebensgang war still und einsam, und doch ist er aus dem geselligsten der deutschen Stämme hervorgegangen. Vom Vater her ist das Blut bäurisch, und eine bäurische Schweigsamkeit, auch gegen die Nächsten, ist ihm überkommen; von der Mutter her eine Schwermut, die beredt wurde in der Klage und in der Selbstanklage und sich linderte oder steigerte in der Musik. Ihm war sein eigener Name verhaßt, er schämte sich, wenn er ihn ausgesprochen hörte, er schien ihm wie ein Spottname; uns dünkt er schön durch einen edlen Gehalt, wie ein Gesicht durch seinen Ausdruck schön wird. Auch von der Mutter her war die Abkunft bäurisch, obwohl diese Familie seit etlichen Geschlechterfolgen in der Stadt seßhaft war. Stellt man den Vaters- und den Mutternamen zusammen, Grillparzer und Sonnleithner, so meint man in eine österreichische Dorflandschaft hineinzublicken, und sieht linker und rechter Hand die weichgeformten Hügelhänge, da und dort ein dunkles Waldstück, den Gehöften zugehörig, und in der Ferne blitzend die Donau. Er war ein Beamter nach seinem bürgerlichen Geschäft und ein Dichter nach seinem Beruf. Er errang früh eine große Geltung in

Österreich sowohl als im übrigen Deutschland; später, wie die Zeiten und das, was sie für ihren geistigen Inhalt ansehen, wechselten, denen er immer widerstrebte und ihr unruhiges, seichtes Gehaben verachtete, blieb er dem Namen nach berühmt, in der Tat unbeachtet und beinahe ungekannt. Ob er ein Christ gewesen und inwieweit, ist nicht leicht geantwortet. Der Seele nach war er ein Christ so gut wie Goethe und Schiller, denn es ist das Christentum, das unseren Seelen ihre Beschaffenheit und Bewußtheit gegeben hat. Zudem war er ein süddeutscher Katholik durch die Zugehörigkeit zu einer Lebensluft, die alle Poren durchdringt, und doppelt die seinen, der ein empfängliches Wesen war. Dem Bekenntnis nach war er ein Freigeist, wenn wir das Wort mit dem edleren und reineren Beiklang gebrauchen, der ihm bis in die ersten Zeiten des vorigen Jahrhunderts geblieben ist. Daß er von einer tiefen Gottgläubigkeit gewesen ist, das nicht zu erkennen, ist fast nicht möglich, wenn man denkt, was seine letzten Worte waren, die er uns hinterließ: die Gestalt des Kaisers Rudolf, die Reden der Libussa und die Erzählung des armen Spielmanns, freilich nicht Worte in der alltäglichen Bedeutung des Begriffes, aber deutbare, sinnbildliche Reden, richtige letzte Sprüche eines großen Lehrers, in denen er sein Selbst vergeistigt uns in die Seele legt. Als er diese gestalteten Worte aussprach, die er der Nachwelt bestimmte und in seinem Schreibschrank eingeschlossen liegen ließ, war er ein vereinsamter Greis, aber ein gewaltiges Wesen. Groß war in den Stunden, in denen er seiner höchsten Kräfte Herr war, in ihm die Strenge, Bewußtheit und Klarheit des Geistes; eine mächtige Erfahrung schmiegte sich an ihn. Die Zeit, die ihn noch umgab, war ihm ein Nichts. Aber mit dem Lande, dem er zugehörte, mit dem unzerstörbaren Wesen des Volkes, mit dem Weben der großen Geschicke – mit all dem wußte er sich verbunden. Man darf im greisen zögernden Rudolf, im einsamen armen Spielmann nicht alles für Sich-Kleindünken nehmen. Es waltet in diesen Dingen eine erhabene Ironie, mit der verglichen die Ironie der Romantiker nur ein unmündig verlegenes Gehaben ist, Ironie von Jünglingen, die noch meinen, den Zwiespalt des Lebens genießen zu dürfen, wo dem Greise ganz anders furchtbar das zerklüftete menschliche Dasein vor Augen liegt.

Als ein solcher einsamer aber gewaltiger Greis bleibe er in unser Gedächtnis eingegraben, eine Gestalt von großem Ernst, uns Österreichern zu besonderem Stolz und eindringlichem Trost, und wenn uns die Züge des Antlitzes geisterhaft verschwimmen mit denen des Habsburgerkaisers auf dem Hradschin und andererseits mit denen des einsam auf seiner Geige stümpernden Sonderlings, oder auch gar mit denen der verlöschenden Seherin Libussa, so sei's; es ist kein Zufall, wie ein großer Dichter zuletzt sich der Erinnerung des Volkes eindrückt, auch hierin erkennen wir das Walten einer Macht, die dort, wohin der Zufall nicht reicht, unsere eigentliche Geschicke formt; vor ihr beugen wir uns und empfangen aus ihrer Hand, was mehr ist als biographische Erkenntnisse und Messungen, das Bild des Lebens, worin das Schicksal sich ausprägt. Hierher zählen wir Schillers frühes, jähes Wegsterben, wie die stark geschwenkte Fackel jäh abbrennt, aber auch Goethes nach außen fürstlich-geselliges, im tiefsten einsames Greisenalter, für das man, um es zu schildern, zu den Namen von Zauberern, Merlin und Klingsor, gegriffen hat; auch Kleists jäher Zusammenbruch gehört hierher, auch Hölderlins langer, sanfter Wahnsinn. Dies sind unsere wahren heroischen Mythen, an denen unser Gemüt tiefer und gespannter wird, wie anderen Geschlechtern ihres an ihrem Homer und Plutarch.

Er war ein geborener Dramatiker; sein erster Schritt trägt ihn in den Mittelpunkt jedes ersonnenen Wesens, und er wohnt in diesen wie in seinem eigenen. Darum hat er sich selber mit sicherem Gefühl den Platz zugewiesen zunächst Goethe, dem Gestalter, und Schiller, dem Erfinder großer Lebenslagen, aber beiden nachgeordnet. Die Nachwelt gönnt ihm den Platz, die so vieler anderer Ansprüche für ewig verworfen hat; aber sie sieht einen neben ihm, dessen ganzen Wert er noch nicht erkannte: Kleist.

Der Streit, ob Klassiker, ob Romantiker, der die Zeitgenossen seiner Jugend bewegte, findet auf ihn keinen Bezug. Alle die abgeleiteten und künstlichen Gegensätze, in denen sie sich ergötzten: Künstler und Philister, Frömmigkeit und Weltverstand, das schöne Alte und das häßliche Neue, sind ihm fremd. Wie sollte der Landsmann Haydns und Schuberts zwischen Volk und Künstler unterscheiden, der Verehrer und Schüler Mozarts zwischen Frömmigkeit und Verstand! Und wie sollte der Österreicher zwischen Altem und Neuem unterscheiden, da um ihn die herrlichen Denkmäler vergangener Zeit eins ins andere übergingen, das im dreizehnten Jahrhundert Angehobene in den Werken des siebzehnten seine Schwingung fortsetzte und bis in die Gegenwart hineinschwang, indem die Saiten weitersangen, wo die Steine zu reden aufgehört hatten. Die Romantiker machen den Geist zum Spielzeug der Einbildungskraft, die Jungdeutschen dann machen aus dem Gemüt die Magd ihres kalten, seichten Verstandes. Grillparzer hält Geist und Gemüt zusammen: ihrer beider Zusammenklang, den seltenen, nennt er Sammlung, und er kennt keinen höheren Begriff als diesen. Indem er lebt, tut sich eine Schule nach der andern auf. Aber wie wenige sind zu lernen fähig, und er war es. Mit Ernst und Stetigkeit geht er seinen eigenen Weg, aber wahre Lehrer treten ihm auf jeder Lebensstufe entgegen, freilich keine Lebenden, sondern Tote, die wahren gereinigten Begleiter dessen, der in der Stille den Weg des echten Künstlers sucht. Lessing nennen wir zuerst unter ihnen; in der Anlage der dramatischen Verwicklung schuldet er ihm viel; auch sein Vers bis in die späten Werke hinein ist am »Nathan« vielleicht mehr noch gebildet als an Schillers Sprache, an der ein Zuviel von Schwung und Prunk seiner Natur, die wählerisch und streng war, widerstehen mußte. Von Goethe ist es der »Egmont« vielleicht neben dem ersten »Faust«, dem er sich am tiefsten verschuldet bekannt hätte; Shakespeare nenne ich erst gar nicht, seinem Einfluß hat sich kein Deutscher entzogen. Den Euripides muß ich aber nennen, an dem ihm die Mischung des Seelengemäldes mit dem schönen geformten Mythischen reizend war. Aus den großen Spaniern machte er das Studium seines reifen Mannesalters: daß alles Gefühlte gleich Tat wird, alles Geschehen gleich Bild, dies Unerreichbare bezauberte ihn an diesen und hielt ihn ewig in ihrem Bann. Vielleicht darf ich einen noch nennen, dessen Spur ich hie und da zu merken glaube, in der zarten geistigen Abgrenzung der Figuren: den Terenz.

Die toten Meister antworten wohl, aber nur dem, der zu fragen versteht. Aus sich selber mußte er in stetem Nachdenken die hohe Einsicht in die Kunstgesetze gewinnen; wie die Erfindung der Handlung übereinzubringen mit dem Eigenleben der Charaktere – das, was der Komposition in der Malerei gleichkommt und was zu bewältigen die Hände der Neueren meist zu schwach sind, die sich im besten Fall mit dem allzu breiten Charaktergemälde begnügen – und wie auch das Zarte und Verflochtene, sodann das Besondere und Jähe, das im Innern der Figuren sich vollzieht, mit sparsamen aber unübersehbaren Zügen nach außen gebracht werde, daß alles im mimischen, sinnfälligen Geschehen fortfließe, alles wahrhaft ein Theater sei, darin ist er Meister geworden unter den Deutschen und übertrifft an Sicherheit auch noch den Kleist, dem zuweilen hierin auch das Erstaunliche gleichsam wie im Traum gelingt, der aber darin wieder mit gewaltsamem Eigensinn jäh sich selber vom Ziel wegreißt. Hierin freilich kommt ihm zugute, daß er ein Wiener war: immer hatte er eine lebendige Bühne vor sich, wo alles, vom Tragisch-Höchsten bis zum Platt-Gewöhnlichen zum sinnfälligen Bild sich formte, alles in der Gebärde des Schauspielers zusammenlief. Ihm war Theater ein mit allen Sinnen zu fassendes Schauspiel, nicht ein geträumtes Gedicht, noch ein gelesenes Buch. Ja noch die aufnehmende Menge, die das Haus in allen Räumen füllt, der bunte Haufe, der hier, und nur hier, zur fühlenden erregten Einheit wird, sie gehörte ihm dazu, sie war ihm Lehrmeisterin, Natur, wie die sinnende Natur in seiner Brust selber. An das volkstümliche Theater lehnte sein hohes Theater sich an, ja, es war mit jenem aus genau einer Wurzel gewachsen; auch die Oper ist immer nahe, die rührenden und geistreich ersonnenen Situationen von Metastasios Libretti, die wunderbare klingende Zauberei der »Zauberflöte«; fließend ist die Grenze zwischen seinem Geschaffenen und all diesem. Nur die lustige Person, die so nahelag, bleibt verbannt aus seinen Stücken, darin ist er bei allem Reichtum der Phantasie zu sehr ein Sohn des achtzehnten Jahrhunderts mit seinem verstandesmäßig gereinigten Geschmack. Auch von der Mundart hält er sich zurück, die seinen Frauengestalten leicht und lieblich über die Lippen springen würde; er verharrt beim Hochdeutschen, worin, nach Jacob Grimms Wort, aufgeht, was in den Dialekten sich entgegentritt. Aber das volkstümliche Wiener Theater ist sich seiner brüderlichen Nähe, der geheimen, nie ausgesprochenen, nie aber auch verleugneten Zugehörigkeit im stillen bewußt: in Ferdinand Raimunds rührender Gestalt tritt es ihm leibhaftig entgegen, streckt ihm die Hände hin mit scheuer Liebe, mit einem Etwas von Eifersucht: es ist, als wären diese Begegnungen selber eine Allegorie und Erdichtungen der zarten Feder Raimunds, der die rührendsten, unvergänglichsten Allegorien unseres Theaters entflossen sind. Wunderbar ist das Verhältnis zwischen diesen beiden, es kann nicht in Worten auseinandergelegt, nur in der Anschauung genossen werden – wo aber Grillparzer aus wahrer Erkenntnis geehrt wird, da ist Raimunds Gestalt von der seinen untrennbar.

Grillparzer verbindet meisterlich die Züge, die zu einem Charakter passen, und bringt meisterlich die Charaktere und die Handlung überein. Wir erinnern uns, wenn wir an seine Stücke denken, anders als bei Goethe, stärker noch an das Geschehen als an die Figuren; hier ist er wahrer Dramatiker, Shakespeare und den Spaniern näher als etwa Schiller, dessen Stärke die Hinsetzung großer Kontraste, die sich in gewaltigen Reden entladen. – Kleist ist ihm hier wieder ganz nahe, der im »Käthchen«, im »Prinzen von Homburg« die Charaktere plötzlich enthüllt durch Situationen von unvergeßlicher Besonderheit. – Den stärksten geistigen Gehalt legt Grillparzer nicht in die Rhythmen, sondern in die Erfindung, die recht eigentlich für die Bühne ersonnen ist; in ihr läßt er dann die Figuren das Notwendige, Entscheidende sagen, oft sparsam und beinahe nüchtern. Nur manchmal, dann aber unwiderstehlich, trifft er die Seele mit einer sehr warmen vollen Rede, wie mit einem vollen Blick. Er läßt seine Figuren herankommen, zögert ihnen ihr Tiefstes heraus. Wie anders als Schiller, der sie in einem Feuersturm ihr Inneres auswerfen läßt, oder gar der

vielen Geistes aber geringer Gestaltung mächtige Hebbel, der uns durch Luken und Fugen in sie hineinzuschauen zwingt, zudringlicher als wir uns wünschen und nicht beglückend. Grillparzers Figuren ziehen uns leise aber unwiderstehlich in sich, und sie scheinen es nicht zu wollen – es ist, als wollten sie sich an uns vorüberdrücken. Wer denkt nicht, indem ich dieses ausspreche, an den armen Spielmann. Aber ist nicht die Esther genau so? Schon wollte der König an ihr vorüber. Da – an einem »fast nicht«, an einem »kaum noch« bleiben sie aneinander hängen, und das Schicksal knüpft sein Gewebe an. Bei Rudolf II. aber scheint es allen, als wollte die Welt über ihn hinweg: er aber weiß, sie kann nicht. So ist hier die Natur darin nachgeahmt, worin ihr nachzuahmen am schwersten ist: in ihrer Bescheidenheit.
Darin liegt des dramatischen Dichters hoher Rang mitbegründet, daß er schöne und besondere Bezüge herstelle zwischen seinen Gestalten. Wer vergißt je die hinreißende Musik der Freundschaft zwischen Hamlet und Horatio, zwischen Antonio und Bassanio, um aus Shakespeares Fülle nur eines zu nennen, das juwelenhaft hervorblickt; wie schön aber stehen Jugend und Alter zueinander im Küchenjungen Leon und dem weisen Bischof Gregor, wie schön steht nach wenigen Sekunden, aus völliger Fremdheit, Esther zum König Ahasver; edel und besonders stehen Kaiser Rudolf und der Herzog von Braunschweig gegeneinander, höchst geheimnisvoll und ungemein steht Rudolf zu Don Cäsar. Die schönsten Bezüge aber tun sich auf zwischen Mann und Weib, und so vielfältig, dabei aber doch gehalten und nie ans Äußerste, aller Maße Entratende gehend, wohin Kleist so schnell gelangt: Hero und Leander, Edrita und Leon, König Alfons und Rahel, Jason und Medea, Primislaus und Libussa – hier ist der volle ewige Strahl wie durch ein zauberisches Prisma in die wechselnden Farben auseinandergelegt! – und welche Situationen: die Liebenden, durchs Meer getrennt; die märchenhafte Brautwahl des Perserkönigs, die mythische Reise von Kolchis nach Korinth; welche Erfindungen, das, was zuletzt das Herz betreffen soll, zu allen Sinnen sprechen zu lassen, wie märchenbunt und tiefsinnig ausgesonnen in der »Libussa«, wie geistreich

schnell und gefährlich sich verwickelnd in der »Jüdin von Toledo«, worin ich nicht der Spanier nur, auch Lessings Schüler, den einzigen des Lehrers würdigen, immer wieder erkenne. Die Stärke des Österreichers aber ist die dichterisch-theatralische Erfindung, aus immer neuen überraschenden Gliedern, wie ein reichströmendes Bühnenleben ihrer unzählige auf breitem Rücken dahinträgt, zum Teil uralter Überlieferung entnommenen, zum Teil mit frischem Griff dem Leben abgewonnen. Hier ist Grillparzer dem jungen Goethe nahe, dem unerschöpfliche theatralische Erfindungskraft, der Nähe eines lebendigen Theaters entbehrend, dann allmählich abgedorrt ist, bis er sie im zweiten »Faust«, als Phantasmagorie mehr denn als wirkliches Theater, noch einmal gewaltig hervortreten ließ. Aber gleichbürtig steht hier Raimund daneben, dem geistreiche, oft wahrhaft tiefsinnige Bezüge zwischen den Figuren, kühne und schlagende Gegensätze bezeugen, wie hoch er in Wahrheit als Theaterdichter zu stellen ist: wenn wir an das Gegeneinanderstehen von Flottwell und Valentin denken, von Rappelkopf und seinem gespenstischen Ebenbild, oder wie die Jugend und der alte Wurzel einander gegenübergebracht sind, oder in einem Stück die wüste Schenke des Harfenisten Nachtigall und in einem andern das »stille Haus« und der melodische Abschied, den seine Inwohner von ihm nehmen.

Da wir von Grillparzer hier als einem der großen Dichter der Nation reden, so wird die Frage sich auf die Lippen drängen, ob wir erhabene Züge aufweisen können in seiner Schöpfung – denn nicht ohne diese Merkzeichen darf das sein, was wir der Jugend als höchstes Beispiel hinstellen. Den Begriff des Erhabenen dürfen wir uns nicht verwirren dadurch, daß wir ihn nur gepaart mit dem Riesenhaften und Furchteinflößenden suchen. Das Furchtbare finden wir nicht in seinem Werk: keine Begegnung Hamlets mit dem Geist, auch nicht die ärgere mit der verderbten Mutter; nichts was sich neben Othellos und Jagos Zwiegespräche stellen ließe; auch nicht die Höllentöne aus dem »Don Juan«, noch die riesigen aus Beethovens letzten Werken. Aber er hatte ein großes Herz. Seine Gedichte sind von jener gehaltenen strengen Trauer, von der man gesagt hat, die Fähigkeit zu ihr sei der Maßstab für die Tiefe und Weite des Geistes. Er befreit sich in ihnen nur notdürftig von der furchtbaren Bedrängnis des Lebens, in den Gestalten erst, die ihm aus der Fingerspitze quollen, befreit er sich ganz: denn sie, wie um sich selber zu retten, gibt er dem vollen Druck des Lebens preis. Er gibt ihnen viel von sich selber mit. Fast alle sehen sie uns mit dem gleichen klaren Blick an, wie er selbst in den Gedichten, in der Beschreibung seines eigenen Lebens, in den Tagebüchern das Auge aufschlägt. Ihre Rede gleicht der seinen in diesem, daß sie wahrhaftig ist; seine Worte sind wahr, und das mehr, als bei Dichtern die Regel ist. Seine Klagen sind wahr, sein Nachdenken ist wahr – er dachte nur, wo es ihn zu denken trieb, er kannte keine Routine, auch nicht die des großen Talents, keine Aufreizung der eigenen Kräfte, wovon selbst Schiller nicht ganz frei geblieben ist. Solcher Art sind seine Figuren wahr in sich und auch wahr in ihrem Schicksal, wogegen einem Kleist es widerfährt, daß er die Verhältnisse gewaltsam fortzieht zu einer Handlung, mit deren Gedanken man sich bloß zu spielen erlaubt hätte. – Darum aber auch findet sich in Grillparzers Werken hie und da, und nicht selten, jener höchste Zug, den wir das Erhabene nennen müssen: der »unmittelbare Strahl, der aus dem Charakter schießt, das, was aus dem Tiefsten kommt und am weitesten reicht, jener Zug der letzten Aufrichtigkeit, worin die schicksalhafte Not einer reinen Seele offenbar wird«.

Er besitzt – seltene Gabe! – er besitzt, was ihm zunächst. Ein fast erschreckend Naturnahes tritt manchmal hervor: so im vierten Aufzug der »Hero«, im ersten und zweiten der »Jüdin von Toledo«, auf vielen Seiten des »Armen Spielmanns«. Das gleiche überwältigt uns beim jungen Goethe, der »Urfaust« ist fast nur aus solchen Zügen geschaffen, beim mittleren Goethe dann tritt es zurück. Viel ist auch Bekenntnis in Grillparzers Werken, das sich nicht dem ersten Blick als solches preisgibt; geheimnisvoll und schön die Hindeutung auf sein eigenes Leben, auf das eigentliche Schicksal, nicht auf das, das Hinz und Kunz kennen und bereden: so, wie Libussa aus zaubervoller Einsamkeit ins Leben zweimal gezwungen wird, zuletzt als widerwillige und doch kundige Seherin. In Rudolf II. dann fließt alles zusammen: das besondere Schicksal und das Geschick des geschichtlichen Ganzen und der Dynastie, Herrschertum und geistiger Vorrang, Verantwortlichkeit und Unberührbarkeit. Der Gemütszustand dieser drei letzten Figuren – der Kaiser, der Spielmann, die Seherin – gehört zu denen, die sich nicht umschreiben lassen: denn es wohnt ihm das Schöpferische inne, das der Einordnungen spottet. Diese Figuren sind Heilige, Wissende und Liebende, nicht nach den Maßen des Alltags, noch nach den Maßen derer, die alles mit Worten wie mit Zahlen zu messen meinen, sondern nach den bleibenden Maßen der Dichter. Der Orden, den Rudolf seinem Freunde Braunschweig umhängt, ist der Orden derer, in deren Herzen der Geist Herrscher geworden ist. Es sind Gestalten ohnegleichen in der deutschen Literatur, und nicht nur in der deutschen. Sie scheinen weniger oder mehr gedichtet als fast alle großen erdichteten Gestalten, die wir kennen. Sie leben völlig für sich und doch scheinen sie nicht gänzlich abgetrennt von ihrem Schöpfer: er lebt und leidet noch im Geist mit ihnen, und darum bezaubern sie uns mit seiner ganzen Macht.

Was mußte er freilich an Redeschwall erdulden von den Zeitgenossen: seine Gedichte seien arm an Ideen und darum müsse er hinter einem Hebbel oder einem Gutzkow zurückstehen, die so viele Ideen und Probleme in ihre Werke versponnen hätten, geschweige denn wie weit hinter einem Schiller, der alle großen Ideen des Jahrhunderts dramatisch ausgesprochen. Freilich deuten die Zeitgenossen immer auf Probleme hin, überall sehen sie nach Hegels Redeweise, Prozesse anhängig. Aber ihre Probleme waren sehr oft nur Täuschungen eines unreifen Verstandes, Gesichtsfehler, Hysterien, Unerfahrenheiten; er aber hat vieles zu Ende gelebt und durchschaut die Zustände wirklich. Wer nicht gestalten kann, schleppt den Prozeß der Begriffe von einer Instanz zur andern. In der Gestalt erst ist das Problem erledigt.

In dieser Verkennung hat er einen Gefährten gehabt: den edlen Stifter, der mit seinen reinen Gestalten tiefere Fragen beantwortet, als jenen zu stellen in den Sinn gekommen wäre:

denn um tief und bedeutend zu fragen, muß man auch anderswo stehen als im Vorhof, den der Lärm der Zeit erfüllt. Unter Ideen aber, wenn man das Wort mit Ernst gebrauchen will, ist weit etwas anderes zu verstehen als der gemeine und gestaltlose Begriff, den die heutige Gemeinsprache damit verbindet, wo das edle Wort nichts anderes mehr besagt als die erbärmlichen sogenannten Zeitgedanken, die platten, von Myriaden Zungen abgeschliffenen Schlagworte, die wie Schmeißfliegen den Wanderer eine Strecke Wegs umschwirren und dann wieder plötzlich von ihm ablassen und auf Nimmerwiedersehen ins Gebüsch verschwinden. Was das Wort bedeute und welche Würde ihm innewohne, dahin gibt uns Schillers hohe Kunstsprache, wie er sie in seinen Ästhetischen Schriften anwendet, einen Fingerzeig, wo freilich der Gebrauch des Wortes kein scharf gesicherter und gegen das Wort »Ideal« die Grenze verschwimmend ist, wo aber durchaus der hohe antike Begriff noch fühlbar bleibt und das Grundwort εἶδος – Bild – durchschimmert. Im gleichen Sinn wird der Begriff, den Künstler mit dem Wort verbinden, uns faßlich, wenn wir lesen, wie Raffael an den Baldassar Castiglione schreibt: Da es in dieser Welt an schönen Frauen Mangel habe, so bediene er sich dafür einer gewissen Idee, die er in seinem Geist trage. Der Dichter denkt, indem er das Menschliche tief sieht. Darüber entsteht in ihm von den Grundverhältnissen des Daseins eine Idee, und mit solchen Ideen, die Gestalten sind, bringt er in das schwanke und wirre Weltwesen die herrliche Ordnung, die aus seinen Gedichten widerstrahlt. Nicht anders ist es zu verstehen, wenn im Prolog zu »Faust« der Herr seine Engel heißt, das, was in schwankender Erscheinung schwebt, mit dauernden Gedanken zu befestigen. An solchen, den einzigen dichterischen Ideen, sind Grillparzers Werke überaus reich. Wunderbar und vielfältig tritt uns die Idee der Verantwortung entgegen; rührend die Idee der Einsamkeit. Die Idee der Ehe durchstrahlt »Das Goldene Vlies« mit deutlichem Licht. Die Ideen der Tat und der Nicht-Tat treten im Traumstück einander gegenüber, in der »Libussa« die Ideen des Herrschertums und der Untertanenpflicht, in »Weh dem, der lügt« wird die Idee selbst in ihrer

Reinheit und Unbedingtheit konfrontiert mit dem Weltwesen, das ihr keinen Platz verstatten will. Wir rühren vor dem Schluß dieser Rede noch an eines, wodurch die seltenste Meisterschaft sich bezeugt: daß jedes seiner Dramen, nicht dem Gegenstand nach, was ja selbstverständlich, sondern dem Stil nach ein Gebilde völlig für sich ist. Jedes, dränge man in der Betrachtung tief genug und dürfte sich in der Darlegung genug ausbreiten, erschiene innerhalb der dramatischen Gattung als die Vertretung einer Gattung für sich. Wir können aber hier nur auf das deutlich und schnell ins Auge Fallende flüchtig hinweisen.

Die »Ahnfrau« in ihrer Vermischung des Volkstümlichen, des Gespenster- und Räuberstückes mit der spanischen Trochäenform, die dem Stück das Atemlose, Fliegende und zugleich das Entfernte gab, machte ihn mit einem Schlag zum berühmten Dichter; nie wieder aber hat er auf die gleiche oder ähnliche Mischung der dichterischen Elemente zurückgegriffen. Das »Goldene Vlies« sodann knüpft wohl an Euripides und auch an Schillers Stil an, verbindet aber in einer ganz neuen Weise das Mythische mit einer Zergliederung der Seelen, die ganz der neueren Zeit angehört. Die »Hero«, tragische Idylle, steht ohnegleichen. Der »Traum ein Leben« ist das Zauberstück der Wiener Volksbühne, unerhört veredelt und vergeistigt, aber auch diese wunderbare Stilform, der der örtliche Genius zuzulächeln scheint, hat er nie wieder aufgenommen. »Weh dem, der lügt« – denn ich kann hier nicht alle seine Gedichte der Zeit nach aufzählen – ist das Seltenste vom Seltenen: reizendes idyllisches Gemälde ferner Vorzeit und zugleich hohes Lustspiel, von jener Gattung, welche die im Kunsturteil behutsamen und genauen Franzosen als »comique sérieux« bezeichnen; wovon dieses Stück neben der »Minna von Barnhelm« die beiden unvergänglichen Beispiele, allein für die ganze Gattung stehend, Ausbeute von anderthalb Jahrhunderten; der »Zerbrochene Krug« gehört nicht ganz auf die gleiche Linie. In den drei letzten Stücken aber ist auch in diesem Betracht wieder das Höchste erreicht, die ganze Kunstkraft eines langen Lebens geläutert und zusammengenommen: im »Bruderzwist« ist zum einzigen Mal –

denn Schillers Tragödien sind, den »Wallenstein« ausgenommen, und auch den nur zur Hälfte ausgenommen, nicht historische Stücke im Sinn, den wir damit verbinden – unter besondersten Bedingungen das fast Unglaubliche gelungen: den historischen Gehalt einer vergangenen, im wesentlichen aber noch fortwirkenden Epoche ganz zu geben, und ihn in Gestalten zu geben.

Nur einem Österreicher vielleicht, und allein für das siebzehnte Jahrhundert, zwischen dem und uns noch geheime Fäden liefen bis auf den gestrigen Tag, konnte dies gelingen. In der »Jüdin von Toledo« dann ist ganz Neues erreicht: die Anekdote, das private Schicksal, das Novellenhafte, mit einer unvergleichlichen Beseelung und Gestaltung giltig hingestellt als Tragödie, der nichts Privates und Zufälliges anhaftet. In der »Libussa« endlich ist das Märchen mit nachdenklichem Sinn geformt, und mit Politischem so gut wie mit Allgemeinem, Ewigen verknüpft. Beide diese wunderbar angebahnten Pfade ist niemand nachgegangen.

In diesen Formungen liegen hohe dichterische Ideen, denen nachzudenken man reif sein muß. Solche Ideen zu haben ist die Sache des Starken, und hierin, in der Kraft, stelle ich ihn neben Lessing, der ein großer Gestalter war, wie in der einzelnen Rede so im Aufbau des Ganzen, und neben Kleist, derer beider Figuren noch heute lebendig auf uns einreden, unkränkbar durch die Zeit. Große Kraft war ihm selber innewohnend und allem, was er hinterlassen hat, eine Kraft strenger, in sich geschlossener Art, von solcher Art, wie uns ahnet, daß sie im menschlichen Gemüt die Trägerin des echten Glaubens und des echten Vollbringens ist. Solcher Beschaffenheit auch ist sein Ruhm, wie ja beim gleichen Wesen alles sich gleicht. Er war früh gewonnen und von ihm nicht hochgeschätzt. Dafür haucht, was jetzt davon da ist das Aroma einer unverweslichen Kraft aus, unfühlbar freilich denen im ewigen Vorhof – aber wen es treibt, tiefer in Vergangen-Gegenwärtiges, das ist in das eigentliche Leben der Nation einzudringen, der ist diesen Krafthauch einzuatmen gezwungen und das Heiligtum der Nation ist von ihm erfüllt; denn es gibt ein solches, und da es nicht aus Steinen erbaut ist, so ist es unzerstörbar und jeder Kränkung entrückt. Grillparzers Ruhm ist seine Kraft; seine Kraft ist sein Ruhm, beide sind da, Glauben erzwingend und Leben spendend, nicht an jedem Kreuzweg, aber überall dort, wo wir ihrer bedürfen. Er ist von den wenigen, die in uns aufstehen, wenn wir uns zu einem höheren Begriff unseres Selbst erheben.

Deutsches Lesebuch

VORREDE DES HERAUSGEBERS ZUR ERSTEN AUFLAGE

Es ist nichts Geringes, ob eine Nation ein waches literarisches Gewissen besitze oder nicht, und gar die unsere: denn wir haben nicht die Geschichte, die uns zusammenhalte – da sind bis ins sechzehnte Jahrhundert zurück keine allen Volksteilen gemeinsamen Taten und Leiden, und auch das Geistige, das hinter den Leiden noch steht, und diese zu einem Besitz machen könnte, ist nicht gemeinsam – die ferne Geschichte aber, die des Mittelalters, ist zu schattenhaft: mit alten Märchen kann man eine Nation nicht zusammenbinden. Nur in der Literatur finden wir unsere Physiognomie, da blickt hinter jedem einzelnen Gesicht, das uns bedeutend und aufrichtig ansieht, noch aus dunklem Spiegelgrund das rätselhafte Nationalgesicht hervor.

Wie pflegen die Franzosen ihr »großes Jahrhundert«! Das achtzehnte hat erst das siebzehnte recht erkannt und es in ein genaues und zugleich ehrfürchtiges Licht gestellt; Molière und Lafontaine, Racine und Pascal haben durch das Zeitalter Voltaires ihre Festigung erfahren, und die Sprache ist in aufmerksamer Bewunderung für das vergangene Zeitalter zu dem großen Bewußtsein ihres Selbst erwacht, woraus sie den Anspruch auf Weltherrschaft ableitete und noch heute festhält. Ihr großes Jahrhundert? und haben wir denn keines? – Es ist an dem, daß wir die Zeit von 1750 bis 1850 dafür erkennen, und ich habe sie von einem bedeutenden Mann unter unseren Zeitgenossen mit einem schönen Wort »das Jahrhundert deutschen Geistes« nennen hören, und anders, aber ähnlich werden viele, für sich diese drei Menschenalter von Lessings Hervortreten bis gegen das Jahr 1848, das in vielem die Wende war, vor sich hinstellen.

Seit damals ist deutsches geistiges Wesen neuerdings in der Welt erkannt – ein hoher Begriff, von dem wir noch heute zehren; denn noch sind wir nicht ohne Freunde in der Welt, und wo wir nur recht in uns selber wohnen und Geist und Gemüt

in einem Haus zusammenfassen, da geht Gewalt davon aus, aber es ist freilich, als hätten wir seit damals unseren Schwerpunkt verloren.
Damals ist der Sprachquell hervorgebrochen, aus dem wir unser ganzes geistiges Leben schöpfen, aber manchmal mit allzu flachen oder durchlöcherten Gefäßen – oder gar mit unreinen: die neuere deutsche Prosa. Aus dieser Zeit haben wir nun prosaische Stücke zusammengetragen, zum überwiegenden Teil in sich geschlossene, nicht einem größeren Ganzen entnommene, von über siebzig Autoren. Ob es lauter große Schriftsteller sind, die wir ausgewählt haben? Der gute Matthias Claudius und Uli Braeker aus Toggenburg möchten dagegen eingewandt werden, aber ganz gering sind auch sie nicht: wie vermöchten sie sonst, sich nach hundertundfünfzig Jahren in der Gesellschaft der Großen zu behaupten?
Wir haben nicht wie die Franzosen einen Kanon; wie wir uns nie zu festen Regeln der Beurteilung durchfinden, so wird auch der Rang des Einzelnen bei uns immer ein schwankender sein, nicht von den Lebenden, sondern sogar noch von den Toten. Wir haben solche ausgesucht, deren Sprache und Tonfall uns besonders wahr schien, solche, bei denen der ganze Mensch die Feder geführt hat. So meinten wir mit einem Griff die zu fassen, welche ein eigenes Herz haben – wovon Goethe sagte, es seien ihrer unter Tausenden kaum zweie, und in ihnen zugleich die, welche man wahrhafte Stilisten, wahrhafte Prosaisten nennen kann. Sie haben gut geschrieben, weil sie gut gedacht und rein gefühlt haben, und indem sie uns sich selbst auszusprechen meinen, wird das Volksgemüt in ihnen redend. Die Worte und Wendungen der Sprache an sich sind herzlich und geistreich; dem einfachen Sprachgeist ist die Überhebung fremd, aber auch die Schwächung, die widerfährt durch Unruhe und das ungesammelte gierige Gemüt. Es ist Volksweisheit darin, die alles an seinen Platz stellt, von allem das rechte Gewicht fühlt. Die besten Schriftsteller scheinen oft nur die Wörter hinzustellen und ihnen so viel Raum zu lassen, daß sie sich auswirken können: dann wirkt aus ihnen die unzerstörbare Wirkung der Sprache. So schreibt die bloße Ehrfurcht und Zucht schon

gut, und ein Jung-Stilling mag unter großen Schriftstellern in Ehren mitgehen, weil er das keusche Sprachwesen gewähren läßt, das gibt dann einen zarten Rhythmus aus sich selber, tausend Meilen entfernt von dem abgehackten oder kraft- und fühllos aneinandergehängten Zeug, das unserer Tage in den Zeitungen und Büchern zu finden ist. Herrlich aber – wenn das Herz eines großen Schriftstellers in Zutrauen und Selbstgefühl anschwillt und seine Feder einen wahrhaft persönlichen Rhythmus anhebt, der mit der allgemeinen Sprache schaltet wie der Wind mit dem Ährenfeld: wie Lessings mannhafter Ton, dessen ganze Spannung kein Deutscher wieder erreicht hat, oder Schillers Schwung oder Kants Klarheit, die uns anmutet, wie es Goethe aussprach: »als träten wir in ein helles Zimmer«.

Von jedem haben wir ein Stück aufgenommen, von Goethe allein ihrer dreie; denn er scheint uns als ein lang und gewaltig Lebender dreien Geschlechtern zuzugehören, und in jedem aufs neue steht er als das Haupt der Seinigen. In ihm waltet der Sprachgeist wie in keinem zweiten: was ihn leibhaft anrührt durchs Auge, durchs Ohr oder durch das Gemüt, worin alle Sinnenreiche unmittelbar einmünden, das verwandelt er, es ausredend, in Geist. Ja, man darf es sagen: er redet als der Volksgeist selber, indem er doch nur meint, sein einziges volles Herz auszusprechen. – In einem Volk, das lebt, arbeitet und träumt, bilden sich vielerlei Sprachen aus: es war an den Höfen und in den Kanzleien eine weltmännische Sprache in Gebrauch gekommen, sie merkte der französischen viele Wendungen ab, aber in Wielands Mund wurde sie wahrhaftig mündig und durfte der Schwester als ebenbürtig gelten; die deutsche Gelehrtensprache war durch Lessing zu ihrem Höchsten gelangt, Herder wandte die Sprache der Prediger und Schriftdeuter und noch darüber hinaus die zärtlich innige Redeweise der Frommen Einzelnen von Gott, ihrer alleinigen Beschäftigung, hinweg auf die größten und mannigfältigsten irdischen Gegenstände – ihrer aller gesonderte Sprachen aber raffte Goethes Genius zusammen und warf noch vieles Element dazu, das er aus den Liedern und Reden der Handwerker und geringen Leute nahm, oder das aus alten Büchern

ihm zutrat, in denen vergessene Menschen, Goldsucher und Sterndeuter, ihren Tiefsinn in besondere Worte altertümlichen Gepräges eingelegt hatten.
So rührte sein jugendlicher Zugriff den ganzen Reichtum der Sprache auf; bei denen dann, die von ihm abhingen, ist es wie eine heftig angeschlagene Leier, deren Saiten alle durcheinanderklingen. Sie sind groß, wo sie in der enthusiastischen Beschreibung ein aufgeregtes empfindendes Innere zeigen, mehr als den Gegenstand, den sie darzustellen meinen. Es ist ein Schwall angreifender, zerstäubender innerer Kräfte, gegenüber der früheren bürgerlichen Verständigkeit oder eingeschränkten Träumerei. Goethe inzwischen hatte sich mit leiser Wandlung ganz gegen die Welt gewandt. Es dringt nun als seines reifen Alters Rede kein Wort aus seinem Mund, das nicht im Draußen seinen ruhigen Gegenstand hätte. Die ganze Welt liegt in seinem Geist wie im Licht eines Frühherbsttages mit ihren Anhöhen und ihren Klüften, ihren Lieblichkeiten und ihren Furchtbarkeiten, mit allen ihren Sonderungen und Bindungen, durch die Schatten und Licht an ihr schaffend werden. In dieser Epoche übt seine Sprache ihren größten Einfluß: noch in den Denkschriften der Generale und Staatsmänner, eines Gneisenau, eines Gentz, eines Erzherzog Karl, erkennen wir mit Staunen, wie sein Geist und der schöne gelassene Anstand seiner Darstellung, unter dem sich ein gewaltiges Weltverhältnis verbirgt, über alle bedeutenden Köpfe seiner Zeit mächtig wird. Die letzte Periode dann ist völlig unnachahmlich. Ohne den Thron des Betrachtenden zu verlassen, schwebt er doch in seinem Sprach-Denken nun an alle Lagen der Existenz dicht heran, wie das Licht selber: auch noch an das stumme unredbare Wesen der Gesteine. Daß dieses letzte Phänomen seines Geistes unmittelbar auf die Welt einwirke, war nicht möglich; aber es ging davon ein leiser ungeheurer Anstoß aus, der noch heute nicht zur Ruhe gekommen ist: doch gehört dieser kaum mehr in die literarische Sphäre, sondern in die höhere, religiöse. Sehen wir aber, wie etwa in der Seele des zarten Stifter, dessen Prosastück wir an das Ende des zweiten Bandes gestellt haben, jener Anstoß geheim und herrlich fortwirkt, so geht wieder eine Einheit durch

das Ganze, und wir können das, was notgedrungen als eine Abfolge geordnet ist, als einen Zusammenklang und consensus fassen – so daß das Ganze doch zur Orgel wird, die mit einem einzigen Schall unser Gemüt umarmt.
Es werden aber, durfte uns bedünken, neben Goethe, dem Größten, auch viele andere sich so schön und stark behaupten, daß jeder an seiner Stelle für den Augenblick alle übrigen werde aufzuwiegen scheinen. So schien uns, es wäre niemals politisch-sittlicher gedacht worden als von Georg Forster in seinen Briefen aus dem Paris von 1793, es sei ein hohes Kunstgebilde nie mit größerem Ernst und größerer Liebe auseinandergelegt worden als die »Wahlverwandtschaften« in Solgers Kritik, kein aus Wirklichkeit und Träumerei gemischtes Phantasiestück irgendeiner Nation, schien uns, könne herzlicher sein und schönere Farben aufweisen als Jean Pauls »Tag eines schwedischen Pfarrers«, nicht Engländer noch Franzosen noch Italiener, ja überhaupt niemand seit Platons Mythen, habe ein so nettes von Verstand und Anmut glänzendes Stück Philosophie hervorgebracht, wie Kleists Aufsatz über die Marionetten, und keine männliche Feder habe jemals, unahnend eines fremden Blickes, so unsägliche, das Herz ergreifende Zeilen hingeschrieben als die Hölderlins.
Indem wir uns aber dessen rühmen, was dargeboten ist, werden einzelne unserer Leser, deren Sinn auf das Vollständige und die Ordnung im Überlieferten geht, es übel vermerken, daß sie den einen und den anderen nicht erblicken, den vorzufinden sie erwartet haben. Wie wollen wir es aber wirklich rechtfertigen, daß Seume nicht so gut seinen Platz erhielt wie Jung-Stilling, oder ein Abschnitt aus Johann Jacob Mosers Beschreibung des eigenen Lebens nicht so gut wie ein Stück aus dem »Anton Reiser«? daß wir dem Thümmel und dem H. P. Sturz ihren Platz verkümmert, voll Goethes Freunden späterhin den Knebel und den Zelter zu Worte kommen lassen, Merck, dem Freund der Jugend, aber nicht so viel vergönnen? Ja daß wir es nicht über uns brachten, Schelling einen Platz zu gewähren, und daß wir fast auch Hegel aufzunehmen zögerten: und dies darum, weil sie uns zwar als große folgenreiche Denker sich darstellen, nicht eigentlich aber als große deut-

sche Prosaisten; uns war, als wäre hier etwas von der wahren Würde des großen Autors abgefallen; es habe nicht mehr der ganze Mensch die Feder geführt, sondern etwa nur ein großer seltener Verstand: Stil aber ist unzerteilte Einheit des höheren Menschen.

Wir wollen uns aber in bezug auf alle diese Fortlassungen mit einem Gleichnis entschuldigen. Wer ein paar Jahre vor dem Krieg eine der ersten deutschen Gemäldegalerien wieder betrat, die von einem befugten Kenner eben neu geordnet war, der empfing einen Eindruck, den er nicht leicht vergessen wird: ihm blickten die alten Bildertafeln wie neu entgegen, die ganzen Säle strahlten in einem neuen Schmuck, und doch war nirgends etwas von Ausschmückung oder auf den ersten Blick auch nur von Veränderung zu gewahren. Es war nichts geschehen, als daß der neue Vorsteher die dem eigenen Blick vertrauende Kühnheit gehabt hatte, von den an den Wänden gedrängten Gemälden weit über die Hälfte abzunehmen und in die Magazine zu legen, nicht ganz geringe oder übermalte Bilder etwa nur, sondern auch solche, die eben nur nicht völlig vom ersten Range waren und deren Zahl insgesamt stärker gegen ihr Verbleiben sprach als ihr Unwert im einzelnen. Denn sein für das Schöne wahrhaft empfindliches Gefühl hatte erkannt, daß von einer gewissen Zahl an nur noch der Gelehrte oder der stumpfe Beschauer auf seine Rechnung komme, nicht mehr der mit Feuer genießende Liebhaber. An das Beispiel dieses Mannes haben wir uns gehalten: die durch unsere Hand von den Saalwänden unseres Lesebuches weggehängten Bilder waren des Platzes nicht unwürdig, aber die Bleibenden waren es wert, daß jene um ihretwillen entfernt wurden, bevor wir einem empfindenden Leser die Tür öffneten.

So sind wir denn beim Leser angelangt, den in seiner Einbildungskraft mitzuschaffen die oberste gesellige Pflicht dessen ist, der ein Buch macht. Denn eine Gabe kann nicht dargereicht werden, ohne daß zum voraus des Empfängers gedacht werde. Am wenigsten nun wünschen wir uns den Leser, der alles historisch nimmt. Denn wir sehen alles, was im geistigen Leben der Nation einmal wesenhaft hervorgetreten ist, für bleibend an und nehmen die Gegenwart zu hoch, als daß wir die noch greifbaren Schätze der Vergangenheit nicht in sie einbegriffen. Viel haben wir gewonnen, wenn ein Leser unser Buch als Hinweisung auf den Reichtum unserer älteren Literatur ansieht, deren Autoren noch den heute Sechzigjährigen vertraute lebendige Namen waren, seitdem aber wie durch einen Riß aus dem lebendigen Bewußtsein entfernt sind; ihm wird das Schlußverzeichnis mit seinen Angaben dienlich sein. Aber noch schöner, wenn jemand in dem Buch selber unmittelbar den Reichtum findet, den wir meinen darin wahrgenommen zu haben. Einen solchen Reichtum fanden vor Zeiten viele alte und junge Menschen, denen das Zeitungsblatt zu schal und der ausgesponnene Roman zu weit ab von ihrem eigentlichen Bedarf war, in ihrem Kalender. Darin hatten sie ihre Lieblingsstücke, zu denen sie wieder und wieder zurückkehrten, und sie hätten nicht zu sagen vermocht, ob es das immer wieder Neue war, das sie daran anzog, oder das immer wieder Alte, und ob sie das suchten, was ihnen schon ewig vertraut war, oder das, was sie ewig befremdete. Die geistige Lage ist seitdem freilich eine andere geworden. Aber es gibt viele, ja unzählige Menschen, die nach einem Buch wie dies hier zu greifen fähig und reif wären, und die darin für ihr inneres Jahr die schönen ewig wiederkehrenden Gezeiten, die hohen Feiertage und noch vieles andere eingezeichnet fänden, das nicht auf den ersten Blick sich ergibt, sondern als ein jeder liebevollen Zusammenstellung eigenes Geheimnis sich erst dem, der mit einem Buch wahrhaft vertraut ist, erschließen würde. Denn ein Buch ist zur größeren Hälfte des Lesers Werk wie ein Theater des Zuschauers.

Ansprache
bei Eröffnung des Kongresses
der Kulturverbände in Wien

Indem Sie mir, meine Damen und Herren, die Ehre antun, mich mit dem Vorsitz an Ihrer Tagung zu beauftragen, ist es vor allem Ihre Absicht – daran zweifle ich nicht –, einem Österreicher diese Auszeichnung zu erweisen. Sie gedenken in diesem Augenblick des Bodens, auf dem Sie sich versammeln, und es ist Ihnen gegenwärtig, daß die Gastlichkeit, welche dieser Boden Ihrer Zusammenkunft bietet, doch für die Idee, der Sie dienen, noch eine ganz andere Bedeutung hat als die irgendeiner andern Stadt oder eines anderen Landes, und dies aus Ursachen, deren ich als Österreicher nicht ohne jene Trauer gedenken kann, die, wo sie sich auf Unabänderliches bezieht, in das Gefühl der Resignation und der Ergebung in das verhängte Schicksal übergeht.

Sie stehen auf dem Boden der Stadt, welche durch lange Jahrhunderte das Oberhaupt des Römischen Reiches Deutscher Nation mit ihren Mauern umgab. Der Geist dieses nicht bloß weltlichen, sondern sakralen Imperiums, das über die Nationen griff, ist als Idee auch jenem irdischen, aber noch immer ehrwürdigen Staatsgebäude innewohnend geblieben, das nach den Erschütterungen der napoleonischen Zeit aus den Trümmern jenes älteren Reiches hervorging: dem österreichischen, mit der deutschen Nation staatsrechtlich verbundenen Kaiserstaat.

Ideen sind lebende Mächte höherer Ordnung, sie wählen sich ihre Träger, so wie das Kunstwerk den wählt, durch den es ans Licht kommen will. Dieses Staatsgebilde, hier an dieser Stelle Europas von der Geschichte gewollt, den europäischen Kulturkreis südöstlich gegen den orientalischen abzuschließen, war der Träger einer übernationalen Idee, und vermöge dieser Idee, nicht durch staatsrechtliche Verklammerungen und Sanktionen, hat es durch Jahrhunderte bestanden und Macht geübt. Und auch heute, nach furchtbaren Entscheidungen, die wir durchlebt, und furchtbaren Belehrungen, die wir empfangen haben, wage ich es auszusprechen, daß diese Idee bis in die jüngste Zeit hinein eine lebende war, daß sie an den Seelen nicht nur der deutschen Bewohner dieser Länder, sondern auch der slawischen eine bildende Gewalt übte, und daß ihre Ausstrahlungen, diese dem Geist des späteren neunzehnten Jahrhunderts immer ungemäßeren, mit immer weniger bewußter Liebe aufgenommenen Ausstrahlungen, eine heimliche segensreiche Wirkung über den deutschen Kulturkreis hin gehabt haben, bis ins Kontor eines hanseatischen Kaufmannes, bis in die Arbeitskammer eines rheinischen Handwerkers, bis in die Studierstube eines Baseler Gelehrten. Das Österreich, von dem ich spreche, besteht nicht mehr. Aber die Geistesverfassung, die ein halbes Jahrtausend besiegelte, kann durch kein Friedensinstrument, durch keine technische Neuordnung annulliert werden. Es hatte in Europa neben der Schweiz, und in anderen Ausmaßen als die Schweiz, für Millionen denkender Individuen ein übernationales Vaterland gegeben. In Millionen denkender Individuen war, von Geschlecht zu Geschlecht überliefert, dieser Glaube lebend gewesen: daß sich Nationen verstehen, ihre Kultur mit wechselseitiger Sympathie umfassen und über ihr nationales Dasein hinaus sich in einer höheren Einheit zusammenfinden sollen und können. Was ist natürlicher, als daß von hier aus, von den Trümmern Österreichs aus, diese Idee – denn auch ein Zusammensturz ohnegleichen vermag nicht eine Idee zu töten – aufs neue nach ihrer Aktualisierung zu streben anfing, daß es ein Österreicher war, der Prinz Karl Rohan, dem nach so furchtbaren Belehrungen, denen sich am wenigsten ein junges Individuum entziehen wird, keine andere Haltung des Weiterbestehens möglich erschien, als die dem Österreicher so gemäße des Europäers, daß er sich aufmachte, Europa in Europa zu suchen, daß er der Gründer jener einzelnen Unionen, endlich der Gründer jener sie zusammenfassenden Föderation wurde, als deren ständiger Sekretär er uns so vertraut und der nie ermüdende Initiator unseres übereinstimmenden Handelns geworden ist.

Wenn ich an das österreichische Unglück erinnert habe, ein Unglück, über das nur die Gedankenlosigkeit oder allzu triviale politische Geschäftigkeit einfach zur Tagesordnung übergehen könnte, so geschah es, weil dieses Unglück uns mehr als andere befähigt, Träger von Aktionen zu sein, die Ihnen teuer sind, und dies mit einem letzten Ernst: denn das furchtbar Definitive des Erlittenen macht uns intolerant gegen viele scheinbar noch geltende Fiktionen und die Phrasen, mit denen man sie am Leben zu halten meint. Wer einmal die äußere Bedrohung hat wirksam werden sehen, der ist empfindlich für das Maß von Bedrohung, mit dem Europa als Ganzes umgeben ist, und niemand wird in seiner Sorge um Europa aufrichtiger sein als der, dem Europa ein verlorengegangenes großes Vaterland ersetzen muß.

Unserer diesmaligen Zusammenkunft gibt ein Umstand besondere feierliche Wichtigkeit. Zum ersten Male habe ich als der diesmalige Vorsitzende einer internationalen Tagung der Föderation die Ehre, eine deutsche Delegation begrüßen zu dürfen.

Die geistigen und sittlichen Schwierigkeiten, unter denen ein seiner Verantwortlichkeit bewußter Deutscher heute der ganzen Sphäre europäischer Einigungsbestrebungen nahetritt, sind für den Angehörigen einer der anderen Nationen kaum zu ermessen. Aber wir müssen, um dem Entschluß, der Sie hierher führte, die gebührende Ehre zu erweisen, in diesem Augenblick ihrer gedenken.

Während die geistigen Vertreter aller anderen Völker das Fundament eines gefestigten Nationalgefühls unter sich wissen und, wie immer sie mit ihren Handlungen der Verwirklichung übernationaler Gedanken zustreben, doch niemals dadurch Gefahr laufen, zum Ganzen ihrer Nation in ein fragwürdiges Verhältnis zu geraten, steht es aber für den Deutschen so, daß der Weg zu einer wahren nationalen Zusammenfassung innerhalb seiner Nation vor dem eigenen so anspruchsvollen Denken dieses Volkes als kein völlig gesicherter dasteht, und daß alle seine höheren Kräfte für das schwere Werk dieser endgültigen Selbstfindung kaum ausreichen.

Soll in dieser furchtbar prekären Lage, in welcher ein dem Deutschen tiefst innewohnender Hang zur Transzendenz die Spannung der Gemüter bis hart an einen inneren Religionskrieg treibt, soll in dieser Lage ein Deutscher es wagen, sich mit Europa einzulassen? Soll er andererseits seinen Geist der Notwendigkeit, daß Europa geistig wieder gesetzt werde, verschließen und damit seiner Nation die Teilnahme an Gütern höchster Ordnung vergällen, deren Wert zu erkennen er sich in seinen reinsten weltbürgerlichen Momenten vielleicht vor allen anderen befähigt glaubt? Dies ist kaum mehr eine Frage des politischen Verhaltens. Es ist eine Frage des Gewissens. Hier, wie in so vielen Geisteslagen, in die sein Schicksal ihn selbst stellt, ist dem Deutschen sein innerstes Gemüt gespalten. Nur sein Gewissen kann ihm raten. Folgt er ihm aber hierher in unsere Mitte, so droht ihm die Gefahr, ja fast die Gewißheit, von solchen, die ihm am nächsten sind, nicht verstanden zu werden, dafür aber die Billigung derer zu finden, von denen sein Sinn am weitesten entfernt ist; deren flache hedonistische Argumente, wo es um die höchste sittliche Verantwortung geht, deren leichtherzige Technizität bei der Behandlung eines so ungeheuren Fragstückes, wie dieses neue Europa es ist, ihm in die Seele verhaßt sind.

Auf diese ernsten Dinge durfte ich hier nur hindeuten, aber daß der ganze Ernst und das ganze Gewicht Ihres Hierherkommens von uns allen empfunden wird, das, meine Herren aus dem Deutschen Reich, bitte ich aussprechen zu dürfen, und in diesem Sinn heiße ich Sie vor allem hier willkommen. Aber es sei mir erlaubt, meine Herren Vertreter der französischen Gruppe, in die gleiche Begrüßung Sie einzubeziehen. Denn alle Bemühungen um die Gründung einer deutschen Gruppe wären vielleicht ohne Ihr Handeln vergeblich gewesen. Die furchtbaren erstarrenden Folgen jener so jähen und folgereichen Vergiftung der Geister, die der Krieg gewirkt hatte, konnten nicht durch eine bloße Entspannung, durch ein leichtes Milder- und Hellerwerden der Atmosphäre schon völlig aufgelöst werden. Die furchtbare Gebärde, welche das Fundament selber des geistigen Europas erschüttert hatte, mußte durch eine neue Gebärde von nicht geringerer Wucht aufgehoben werden. Diese Gebärde ist von Ihnen gekommen, da Sie, meine Herren, der Initiative Herrn Langevins folgend, jenen Beschluß vorschlugen, durch welchen alle Maßnahmen, welche die internationale geistige Zusammenarbeit hindern, aufgehoben werden sollten. Dieser Augenblick bezeugt uns die glückliche Wirkung Ihres Handelns. Daß wir Ihnen heute unsern Dank aussprechen können, ist uns eine Genugtuung. Was unsere Genugtuung erhöht, ist unser Wissen, daß nicht nur die Führenden unter den gelehrten und geistigen Männern Frankreichs Ihnen zustimmten, sondern daß die Jugend Ihres Landes Ihnen Beifall gab, kraft des großmütigen Aufschwunges, der durch die französische Jugend geht, und jenes Willens, die Trümmer hinwegzuräumen und Europa wieder aufzubauen.

Die Tagung, zu der wir uns anschicken, wird allein mit den Aufgaben international-organisatorischer Ordnung, die uns obliegen, ausgefüllt sein. Der Abend des letzten Kongreßtages ist einem Gespräch höherer Art gewidmet. Zu dem Thema, das uns als das zentrale erscheinen muß: »Die Rolle des geistigen Menschen beim Aufbau Europas«, werden die Repräsentanten dreier großer Nationen das Wort ergreifen. Wir werden die Ehre haben, Herrn Paul Valéry, Herrn Professor Theodor Litt und Herrn Balbino Giuliano sprechen zu hören, und groß ist unsere Hoffnung, daß drei so hervorragende Männer uns in einer kaum vorher erlebten Weise zeigen werden, welcher vitalen Intensität die Reflexion fähig sein kann, wenn sie sich auf einen Gegenstand wendet, der für uns doch eine ganz andere als eine ästhetische oder theoretische Wichtigkeit hat.

Im Namen denn dieser Stadt, im Namen der Landschaften, welche allein heute noch Österreich heißen, im Namen des Geistes, der noch heute über diesen Ländern weht, lassen Sie mich Ihnen die Freude aussprechen, die wir empfinden, da wir Sie hier sehen. Möge Stadt und Landschaft Sie freundlich umgeben. Mögen Sie sich wohlfühlen. Mögen die geistigen Ergebnisse dieser Zusammenkunft hinter Ihren Erwartungen und Hoffnungen nicht zurückbleiben.

Und somit, meine Damen und Herren, erkläre ich die dritte Tagung der Föderation der Kulturellen Verbände für eröffnet.

Das Schrifttum als geistiger Raum der Nation

REDE, GEHALTEN IM AUDITORIUM MAXIMUM
DER UNIVERSITÄT MÜNCHEN AM 10. JANUAR 1927

Zugeeignet Karl Vossler, dem Rektor der Universität

Nicht durch unser Wohnen auf dem Heimatboden, nicht durch unsere leibliche Berührung in Handel und Wandel, sondern durch ein geistiges Anhangen vor allem sind wir zur Gemeinschaft verbunden. Hierdurch unterscheiden sich unsere alten europäischen Nationen von jenem jungen, nach außen mächtigen amerikanischen Staatswesen, in dem wir eine Nation in diesem Sinne noch nicht zu erkennen vermögen. In einer Sprache finden wir uns zueinander, die völlig etwas anderes ist als das bloße natürliche Verständigungsmittel; denn in ihr redet Vergangenes zu uns, Kräfte wirken auf uns ein und werden unmittelbar gewaltig, denen die politischen Einrichtungen weder Raum zu geben, noch Schranken zu setzen mächtig sind, ein eigentümlicher Zusammenhang wird wirksam zwischen den Geschlechtern, wir ahnen dahinter ein Etwas waltend, das wir den Geist der Nation zu nennen uns getrauen. Alles Höhere, des Merkens Würdige aber, seit vielen Jahrhunderten, wird durch die Schrift überliefert; so reden wir vom Schrifttum und meinen damit nicht nur den Wust von Büchern, den heute kein einzelner mehr bewältigt, sondern Aufzeichnungen aller Art, wie sie zwischen den Menschen hin und her gehen, den nur für einen oder wenige bestimmten Brief, die Denkschrift, desgleichen auch die Anekdote, das Schlagwort, das politische oder geistige Glaubensbekenntnis, wie es das Zeitungsblatt bringt, lauter Formen, die ja zuzeiten sehr wirksam werden können.
Das Wort Literatur bezeichnet wohl annähernd das gleiche, aber es ist uns zweideutiger in seinem Klang: der unglückliche Riß in unserem Volk zwischen Gebildeten und Ungebildeten tritt uns gleich ins Gefühl, wenn wir dieses Wort brauchen, wir sind sogleich in seinem Bildungsbereich – der

Abglanz aber von Goethes Geist, der vor hundert Jahren auf diesem Worte lag, ist verblaßt.
Nicht die gleiche Bewandtnis aber hat es mit dem gleichen Begriff, wenn wir uns anderen benachbarten Nationen zuwenden. Von den drei romanischen Nationen, welche seit dem Sechzehnten Jahrhundert eine nach der anderen die kulturelle Führerschaft innehatten, ist uns die französische ihren Grenzen nach und durch Schicksalsverbundenheit die nächste. Sie nun besitzt eine Literatur im wahren Sinne des Wortes. Das Große, seit Beginn der neueren Ära, das ist seit etwa dreihundertfünfzig Jahren, Hervorgetretene erscheint fortwirkend. Das Mittlere, zu jenem Großen in klar abgestuftem Verhältnis, tritt nach gemessener Zeit ins Dunkel zurück und steigt in neuen geistreichen Formen wieder hervor. Selbst das Geringe, für den Tag Bestimmte, nimmt für die Spanne seiner Wirksamkeit teil an einer gewissen Würde durch die Sorgfalt, mit welcher es eine reine Sprache anstrebt und die Gedanken klar und wohlgeordnet und faßlich Wiedergeben will. Mode belebt die Tradition, Tradition adelt die Mode. Innerhalb solchen beharrenden Wechsels ist der Ehrgeiz nicht darauf gerichtet, abzustechen, sondern: die traditionellen Forderungen zu erfüllen. Ein großer Beobachter hat es ausgesprochen, daß bei jenem Volk die Zucht des persönlichen Ausdruckes über das Hinreißende der Einmaligkeit gestellt wird, und dem Kunstwerke gegenüber richtet sich die Aufmerksamkeit nicht auf das biographische Mysterium, sondern auf das aus der Leistung abnehmbare Gesetz. Die Blüte dieser Tendenz ist die Sprachnorm, welche die Nation zusammenhält und innerhalb ihrer dem Spiel widerstreitender Tendenzen – der aristokratischen wie der nivellierenden, der revolutionären wie der konservativen – Raum gewährt. In dieser geselligsten Nation entwickelt sich auch innerhalb der Literatur jenes vor allem gesellige Element, dessen Grundlage eine nie schlummernde wechselseitige Aufmerksamkeit und Rivalität ist. Bei einer ungeheuren geselligen Reizbarkeit, deren Quälendes nur durch eine fast unbegrenzte soziale Erfahrung erträglich wird, erscheint es mehr versprechend, seine Grenzen zu erkennen als sie zu überschreiten. Eben

diese große Aufmerksamkeit sichert der unauffälligen Schönheit, dem glücklichen einzelnen Zug, der Eleganz ihren Triumph. Die Originalität gilt nur bedingt, jedenfalls gilt sie nur in bezug auf die anderen – der Deutsche statuiert eine Originalität an und für sich –, aber eine relative Überlegenheit, das Überragen um ein Geringes, wird hoch gewertet. Auch die Einsamkeit, bei uns der natürliche Spielraum des Geistigen, wird nur in der Spiegelung des Geselligen überhaupt wahrgenommen. Sei es Rousseau, sei es sein Vorläufer, jener Misanthrop des Molière, ihre Einsamkeit ist wie die Verbannung des Ovid nur das Widerspiel der Geselligkeit. Ihr Dortsein, wo die anderen nicht sind, ist der Quell ihres Stolzes und ihres Zürnens, und sein Objekt sind immer die, welche, obwohl abwesend, ihm als gegenwärtig stets vorschweben. Die Scheu vor dem unverstandenen Alleinsein ist größer als die vor dem Tode, und noch die Unsterblichkeit erscheint als die Vision eines geselligen Fortlebens. Das einzelne Talent wird streben, sich mit Grazie in seinen Grenzen zu bewegen, wissend, daß diese Bescheidung ihm am meisten einträgt. Nirgends hat die grobe geistige Scharlatanerie weniger Aussichten, dagegen ist das geistige Gewebe so dicht, die Aufmerksamkeit aller auf alles so groß, daß auch der bescheidenen Leistung ein Mittönen noch der höheren Regionen des Geistigen zuteil werden kann: denn in der Tat tönt dort alles überein mit allem. Was Selbstzucht allein nicht wirken könnte, wirkt die eherne Disziplin des Geschmacks und der Übereinkunft. Der Möglichkeiten, lächerlich zu sein, sind unzählige, die Resonanz jedes Fehlers fast unbegrenzt, der witzige Kommentar immer parat und bis zur Vernichtung scharf. In der Medisance wird die ganze Nation zum Autor und zum geistig Genießenden. »Geschlossen ist der Ring, nicht der Formen selber, sondern gerade durch die Weltlichkeit, die Soziabilität der Formen ist der Ring geschlossen zwischen Dichter und Nation, Schriftsteller und Leser, Sprecher und Hörer«, um mich der Worte des Mannes zu bedienen, der von diesen Dingen und ihren Zusammenhängen öfter und meisterhaft gehandelt hat und auch noch den zartesten Flaum um sie, den Lebenshauch, der die geistige Form umgibt, uns tausendfach zugemittelt hat – um mich der Worte Karl Vosslers zu bedienen.

In solchem Kontext, in welchem die Dinge nur im flüchtigen Umrisse erscheinen, kann auf die Übereinstimmung gerade nur hingedeutet werden, in welcher diese Seite des Lebens durchaus und auf jede Weise mit der politischen steht. Eng ist der Zusammenhang zwischen der skeptischen Geisteshaltung, als einer für diese Nation charakteristischen – wenngleich nicht ihrer einzigen –, mit jener politischen Möglichkeit, fruchtbare, die Nation aufrüttelnde, nicht sie zerrüttende Revolutionen zu entfesseln. Vollständig ist die Übereinstimmung einer gewissen Grundtendenz des sprachlichen Gehabens mit dem Schwung der Diesseitigkeit, dessen stärkste Entladung in der Französischen Revolution zu einem solchen – in seinen Folgen noch nicht erledigten materiellen und zugleich geistigen Einbruch in die deutsche Welt führte.

Genug: Die Literatur der Franzosen verbürgt ihnen ihre Wirklichkeit. Wo geglaubte Ganzheit des Daseins ist – nicht Zerrissenheit –, dort ist Wirklichkeit. Die Nation, durch ein unzerreißbares Gewebe des Sprachlich-Geistigen zusammengehalten, wird Glaubensgemeinschaft, in der das Ganze des natürlichen und kultürlichen Lebens einbeschlossen ist; ein Nationstaat dieser Art erscheint als das innere Universum und von Epoche zu Epoche immer aufs neue als »das gedrungene Gegenstück zur deutschen Zerfahrenheit«.

Der Raumbegriff, der aus diesem geistigen Ganzen emaniert, ist identisch mit dem Geisterraum, den die Nation in ihrem eigenen Bewußtsein und in dem der Welt einnimmt. Nichts ist im politischen Leben der Nation Wirklichkeit, das nicht in ihrer Literatur als Geist vorhanden wäre, nichts enthält diese lebensvolle, traumlose Literatur, das sich nicht im Leben der Nation verwirklichte. Auf den Literaten in diesem »Paradies der Worte« strahlt eine Würde ohnegleichen. Der Journalist noch, und wäre er der kleinste, darf sich neben Bossuet und La Bruyère stellen, der Schullehrer ist der Gefährte Montaignes; Molière und Lafontaine, Voltaire und Montesquieu sprechen noch heute für alle, alle sprechen aus ihnen. Auch hier ist der Ring geschlossen.

Wenden wir uns der eigenen Nation zu, so tönt uns freilich geradezu das Gegenteil jener Einhelligkeit entgegen. Von einer Zusammenfassung aller produktiven Geisteskräfte der Nation im Gebiete der Literatur kann keine Rede sein; oder wir müßten uns darauf einlassen, unter dem Begriff Literatur hier etwas völlig anderes zu verstehen als dort. Jener Kreislauf zwischen dem Geistigen und dem Gesellschaftlichen, auf den dort alles hindrängt, in den schließlich alles einmündet, ihm wirkt hier der tiefste Instinkt entgegen. Statt daß dort noch in der Abweichung vom Allgemeinen der Hinweis auf das Allgemeine fühlbar wird, bedarf es hier keiner Abweichung, damit sich das Bezuglose enthülle. Kein Zusammenhang in der Ebene der Gleichzeitigkeit, kein Zusammenhang in der Tiefe der Geschlechterfolge. Jenes Fortwirken dort des einmal Geleisteten, wodurch eine gleichzeitige geistige Präsenz von zwölf Generationen erreicht wird, hier ist von ihr, strenggenommen, keine Spur. Der ganze Begriff geistiger Tradition erscheint nur höchst bedingungsweise anerkannt. Daß beispielsweise eine Nation ihre zwei größten Historiker, Geister von der Kraft Johannes von Müllers und Rankes, die wahren großen deutschen Epiker der neueren Zeit, bei einer Wendung ihres Weges völlig aus dem Auge verlieren könne, erscheint – wenn es zufällig ins Bewußtsein tritt – fast unbegreiflich. Und selbst in bezug auf ein solches Phänomen wie Goethe, fahndet man nach einem Konsensus, will man herab in eine tiefere Strömung als das oberflächliche Gerinnsel der Bildungstradition, sieht man ab von der nicht ganz angenehmen Goethevertraulichkeit der Philologen und der Goethepietät der Einzelnen, so kommt man zu der Einsicht: daß sein Wirken als ein schlechthin gegebenes, das durch alle Schichten hin fortwirke, als Besitz, als ein Haben, als eine Immanenz im geistigen Bestehen nicht gelten kann; höchstens könnte man in bezug auf ihn sich auf die Formel einigen, die Rudolf Pannwitz ausgesprochen hat: daß Goethe für den Deutschen in seinem Verhältnis zur Welt zwar nicht der Standpunkt sein könne, aber ein Punkt, auf den bezogen andere Punkte Figuren werden. Aber auch dies gilt doch nur für die Reifsten unter den Gebildeten, und über das Verhältnis

der Nation zu ihrem größten Individuum ist damit nichts ausgesagt.
Die Grundhaltung drüben ist diese: teilhaben am nationalen Besitz, mitinbegriffen sein in die Repräsentanz der Nation, als welche sich vollendet in der vollkommenen und allen zugänglichen Sprachschönheit – Klarheit, schöne Nüchternheit, zuchtvolle Nachdenklichkeit –, welche ein Sichhaben ist – ein Selbstbesitz und Genießen dieses Selbstbesitzes, gleichweit vom »Barocken« und vom »Gotischen«. Hüben aber ist dies die Grundhaltung: das National-Gesellschaftliche ist nicht das Primäre, sondern die Widerlegung des Gesellschaftlichen ist das Primäre. Von einem Etwas im geistigen Bestande der Nation, dem eine verkappte, aber kaum bestrittene Macht zukommt, wird jene Ebene negiert, durch deren Setzung sich die Gesamtheit der geistigen Erzeugnisse erst zur Literatur zusammenfassen würde. Wir haben eine Literatur im uneigentlichen, konventionellen Sinne, die aufzählbar, aber nicht wahrhaft repräsentativ noch traditionbildend ist. Und wir haben neben ihr, außer ihr, unter ihr, über ihr eine geistige Regsamkeit, die in dem Begriff Literatur nicht einbegriffen sein will, aber alle Ansprüche, das geistige Leben der Nation zu bestimmen, in sich faßt, die sich weder an die Gegenwart als die verantwortliche Geselligkeit der Lebenden, noch an die Geschichte als die verantwortliche Geselligkeit der Nation zu binden, die überhaupt nichts zu verantworten begehrt und doch nach den tiefsten, ja nach kosmischen Bindungen und den schwersten, ja religiösen Verantwortungen für die Gesamtheit begierig, durchaus nur in der einzelnen Persönlichkeit wirksam sein will.
Wie nun bezeichne ich Ihnen diese Geistigen und doch nicht durch das Werk Gedeckten und im Werke Aufgehenden, diese Verantwortungsbeladenen und doch Verantwortungslosen, diese durchaus Vereinzelten, aber um die höchsten Bindungen Bemühten, diese fast Unbekannten und doch da und dort heimlich und hinterrücks Autoritativen – diese ungreifbaren Vielen oder Wenigen, ohnmächtig Mächtigen, geheim Wirksamen? Ich weiß kein treffenderes Wort, sie zu bezeichnen, als daß ich sie mit dem Worte nenne, mit dem Nietzsche in

der ersten »Unzeitgemäßen Betrachtung« diese deutsche Geisteshaltung bezeichnet hat: daß ich sie Suchende nenne, unter welchem Begriffe er alles Hohe, Heldenhafte und auch ewig Problematische in der deutschen Geistigkeit zusammenfaßte und es gegenüberstellte allem Satten, Schlaffen, Matten, aber in der Schlaffheit Übermütigen und Selbstzufriedenen: dem deutschen Bildungsphilister.
Jener deutsche Bildungsphilister meinte damals nach einem siegreichen Ringen endgültig triumphieren zu dürfen. Er meinte, es sei an dem, daß man sich als die Nation der stärksten Kultur betrachte; es sei an dem, daß man das ewige Suchen und Wollen und Ringen in ein Sein und Haben verwandle, daß man sich behaglich niederlasse auf dem Fundament einer Bildung, die man besitze, geschaffen wie sie nun einmal sei durch die Leistung unserer Klassiker, die man ja habe, als einen festen Besitz, der nicht verlorengehen könne und der zusammen mit anderen irdischen Besitztümern eben die Wirklichkeit ausmache. Wie freilich eine solche übermütig satte Geisteshaltung im überwiegenden Teile der großen tragisch veranlagten Nation Platz greifen konnte, so daß nur ein Einzelner, eine so gespannte Seele wie Nietzsche, diesem Sichgebärden entgegenzutreten da war, das nimmt uns heute fast wunder. Wir müssen darüber staunen, daß es einen Moment geben konnte, in welchem jene verkappte, aber kaum bestrittene Macht sich so wenig Geltung zu verschaffen wußte, jene verkappte Macht, welche innerhalb der Nation die Spannungen und Beklemmungen hervorruft, an denen wir alle mitleiden, diesen Spannungen zeitweise durch Ausbrüche und Umstürze ein Ende macht, Scheinautoritäten stürzt, herrschende Zeitgedanken abwirft und unser schattenhaftes Dasein immer wieder ans Ewige bindet, und die ich nicht anders benennen kann als das geistige Gewissen der Nation. Wenn dieses Gewissen nun, geweckt und geschärft durch allerdings furchtbare Erfahrungen, heute mit solcher Entschiedenheit die dem Bildungsphilister entgegengesetzte Partei nimmt, wenn es die Autorität, die es zu vergeben hat, heute so entschieden und unbedenklich hinüberwirft von den Behausten zu den Unbehausten, von denen die haben zu

denen die suchen, von der Literatur zum außer der Literatur stehenden, ringenden Sektierertum, von der geistigen Besitzordnung zur Anarchie – und wie sehr dies der Fall ist, das zu bezeugen rufe ich Ihr eigenes Gefühl an, das untrügliche Gefühl der Zeitgenossen, Ihre tägliche Erfahrung, die Atmosphäre geistiger Beunruhigung und Fragwürdigkeit, in der wir leben –, so vermag ich darin nur eines zu erkennen: die Kraft und Gesundheit dieses Gewissens, seine deutsche Kühnheit, daß es wieder einmal die Schiffe hinter sich verbrennt, wie jener tollkühne Agathokles von Syrakus, als er in Afrika gelandet war, um den Angriff auf Karthago aufzunehmen – die große Art auch dieses Gewissens, daß es mit großen Zeiträumen rechnet und des Gefährlichen, der Romantik und jener nicht unverschuldeten Verödung und Entgötterung, die auf sie folgte, nur als eines Intermezzos, eines leichten Zwischenwellenspieles gedenkt und darüber hinweggeht und mit neuem Mut und Glauben die Anarchie legitimiert und dadurch zu erkennen gibt, sie halte diese für die gültige Erscheinungsform des Produktiven in unserem geistigen Handel und Wandel.
Die Träger nun dieser produktiven Anarchie – wenn anders als eine produktive diese Anarchie von uns begrüßt und gläubig hingenommen werden soll –, diese Suchenden, da wir sie mit dem einzigen Worte als eine Gemeinschaft begreifen können, – was sie denn suchen, um was sie denn ringen, vielleicht können wir dem späterhin auf Blickweite uns annähern. Aber zuvor wollen wir sie doch selber vor uns sehen, wir wollen diese Geister zitieren, daß sie uns für einen Augenblick hier Erscheinung werden. Wo, fragen wir da, in welchem Randbezirk unseres Lebens siedeln denn diese Suchenden, in welchem Geklüfte unserer vielzerklüfteten Kultur haben sie denn ihre Wohnstätten aufgeschlagen, wo begegnete denn, wer ihnen begegnen wollte, am schnellsten diesen schweifenden, verlorenen Söhnen, die doch den Fahnenwagen ihrer Nation in ihrer Mitte führen? – so wissen Sie darauf die Antwort so wohl als ich sie weiß. Auf Schritt und Tritt begegnen wir ihnen, niemals aber als einem dichten Haufen, sondern einzeln schweifend durchdringen sie diese Nation der Einzelnen. Ihre Nächsten, die Sie da vor mir sitzen,

wo nicht Sie selber, Ihre Kinder, Ihre jüngeren Brüder und Schwestern, Ihre Freunde und die Freunde Ihrer Freunde sind in dies schweifende Treiben verstrickt. Ich versuche es und rede Ihnen zusammenfassend von dem, was im einzelnen in der täglichen Erfahrung ist, die unser Leben mit fragwürdigen Lichtern überspielt. Dies Suchen und Treiben und Drängen ist überall da es manifestiert sich in jedem Wort höherer geistiger Rede, das zwischen uns hin und her geht. Es ist da als ein Schwindel unter unseren Füßen, es bringt dies Gefährliche und Abwegige, mit Überraschungen und Zweifeln Schwangere in jede Unterhaltung, es durchsetzt die Atmosphäre mit der Ahnung, daß beständig alles möglich ist – mit diesem Knistern wie vom Zerfall ganzer Welten, diesem hahlen Heranwehen eines ewig Morgigen …

Wem ist nicht, und mehr als einmal, die Gestalt begegnet, die diese Zeichen trug und voll solcher Luft umweht war? Der schweifende, aus dem Chaos hervortretende Geistige, mit dem Anspruch auf Lehrerschaft und Führerschaft – mit noch verwegeneren Ansprüchen – mit dem Anhauch des Genius auf der hohen Stirn, mit dem Stigma des Usurpators im scheulosen Auge oder im gefährlich geformten Ohr? Er, der darum revolutionär in der geistigen Welt ist, weil ihm, als einem wahren Deutschen und Absoluten, die Formen der gesellschaftlichen, der geschichtlichen Welt nicht des Zerbrechens wert erscheinen, so wenig nimmt er ihr Gewaltiges wahr, so wenig gilt ihm ihr Gewaltiges für wirklich, und der nun für seinen Kriegszug Gefährten wirbt, Adepten, solche die sich ihm unbedingt unterwerfen, denn so sehr alles in seinem titanischen Beginnen auf Alleinsein gestellt ist, die völlige, starrende Einsamkeit erträgt er doch auf die Dauer nicht. Er ist auch Dichter, dieser unser Ungenannter, dessen Umrisse ich Ihnen in die Luft hinzeichne, als eines für viele – vielleicht ist er mehr Prophet als Dichter, vielleicht ist er ein erotischer Träumer – er ist eine gefährliche hybride Natur, Liebender und Hassender und Lehrer und Verführer zugleich. Wenn er es zuzeiten nicht verschmäht, Dichter zu sein, so geschieht es nicht um des Werkes willen. Das Werk würde ihn in die Ordnung hineinbeziehen, um ihn aber in seiner empedokleischen Nacktheit schlägt unrealisierte Dichtung ihren Mantel, sein Hauptwerk ist ein nie geschriebenes, dem alles was er von sich gibt nur Prolegomena sind, als solche belanglos, bedeutsam nur in der von ihm und den Seinen erahnten Relation zum Hauptwerk, jenem, das einer Umschöpfung seines Ich und damit einer Umschöpfung der Welt gleichkommt. Um die Sprache ringt er zuzeiten wirklich – aber nicht mitzuwirken an der Schöpfung der Sprachnorm, in der die Nation zur wahren Einheit sich bindet, sondern als die magische Gewalt, die sie ist, will er sich sie dienstbar machen, seine geistige Leidenschaft ist so groß, in den höchsten Momenten wird er wirklich ein leidenschaftlich Erschautes bis in den Rhythmus seines Leibes in sich nachzittern fühlen und darin wahrhaft Dichter sein. Zuzeiten wieder wird er die Herablassung des Sprechens verschmähen, wird er durch Krisen einer Sprachbezweiflung durchgehen, die ihre furchtbaren Spuren bis in die flackernden Züge seines Gesichtes zurücklassen wird, und wieder zuzeiten sich emporschwingen zu einer Ahnung der heilenden Funktion der Sprache, zur Erschauung verwirklichbarer Maßgestalten. Er wird sich gelegentlich auch der literarischen Formen bedienen: des Dramas, des Romans, der Parabel, aber wo er sich ihrer bedient, wird es nur geschehen, um sie zu transzendieren. Sein Drama wird ihm zum Mythos des eigenen Ich aufschwellen, sein Roman wird kosmische Geheimnisse umschließen, wird Märchen, Historie, Theogonie und Bekenntnis zugleich sein wollen. Je großartiger, fragmentarischer er sich gibt, um so großartiger wird er verlangen, als ein Ganzes, als das einzige Ganze dieser zerrissenen Welt genommen zu werden... Er wird viele kennen und vielen sich verstricken, wird erschüttern und verwirren, Entwicklungen mit sich reißen und verschütten: aber es wird keiner ihm begegnet sein, der nicht von dieser Begegnung in seinem inneren Leben Epoche datierte.

Denn er hat dieses Gesetz über sich gesetzt, daß alles mit ihm, mit seiner Seelenwallung neu anfangen müsse – und so meint jeder von seinen jungen Begegnenden; für ihn ist alles überwunden und so wie es zu gelten scheint nicht gültig, sondern muß zu neuer Gültigkeit aus ihm wiedergeboren werden –

und so meint es jeder; er schleppt sich aus der Ferne der Zeiten die widerspenstigsten Blöcke herbei, seinen Tempel zu bauen, Urworte von da und dort, sibyllinische Sprüche der vorplatonischen Denker, Orpheus oder Hamann, Lionardo oder Laotse – und so hält es jeder; er verschmäht es, gemäß Ordnungen zu empfangen, und will gemäß Ordnungen, die von ihm gesetzt sind, austeilen – und so will es im Herzen jeder.

Ist Ihnen aber der Umriß dieser Gestalt zu scharf und zu unheimlich, so lassen Sie mich einen anderen Umriß hinzeichnen; völlig kontrastierend mit diesem in der Grundgebärde. Auch ihm sind wir im Gewühl der Suchenden begegnet, der so zuchtvoll war, als jener erste voll Überhebung, so gebunden bis zur Qual, als jener frei bis zur Zerrüttung. Waren die Ränder unserer Geisteswelt der Wohnbereich jenes Schweifenden, so suchen wir das Bild dieses an einer der hohen, strengen Stätten der Wissenschaft, inmitten des aufgehäuften Geisteserbes; und dieses Erbe selbst und die Berufung es zu wahren wird ihm zum dunkelsten Geschick. Ein schwermütiger Ernst umfließt diese Gestalt, aber geistige Leidenschaft ist auch in ihr der dunkelglühende Kern, etwas Heroisches ist in ihr, heroisch der nie entspannte Wille, dem Überschwellen geistiger Erkenntnis immer wieder die sittliche Norm, das absolute Maß zu entreißen, tragisch die höchste, letzte Einsicht, jene, die direkt zur Aufopferung führt, daß »die Dignität der sittlichen Norm uns erst im Vollzug zu erkennen gegeben sei«. Eine Hybris ist auch hier: im Überspannen der Kräfte – als ein Einzelner – die hybrid gewordene Wissenschaft, dies Weggebrochene vom Leben, das nicht mehr da sein will, daß es dem Menschen diene, sondern daß der Mensch ihm diene, mit seinen, eines Individuums, Kräften zurückbiegen zu wollen und koste es das Leben – in dieses Klaffende sich mit seinem Individuum hereinzustürzen, damit die Kluft sich schließe. Wunderbar pathetisch vollzieht sich diese Hybris als die Gebärde eines kraftvollen, von Fesseln und Banden umschnürten raumlosen Gefangenen – wie dort als eines fast Rasenden, im allzu freien Raume Lechzenden, daß ihn etwas berühre und begrenze. War in jenem Tun die Hybris des Herrschenwollens, fußend auf erträumten, vorweggenommenen Ordnungen, so ist in diesem eine Hybris des Dienenwollens, überkommenen Ordnungen das Blutopfer zu bringen; klingt hinter jenem Sichaufrecken ein Wildes, Heidnisches wie Tubaklänge, so tönen hinter dieser heldenhaften Strenge mit eherner Schwermut die Töne des Zinzendorfischen Kirchenliedes:

Wir wollen nach Arbeit fragen,
Wo welche ist,
Nicht an dem Amt verzagen
Und unsere Steine tragen
Aufs Baugerüst.

Aber sie sind nur Schatten und Schemen, diese beiden, und der wirklichen unserer Suchenden ist Legion und Legion die Zahl unserer Begegnungen mit ihnen. Die Gestalt des Suchenden ist an keine Altersstufe gebunden: wie wir jenem zum frühen Tode bestimmten Jüngling begegnet sind und in verwandelter Gestalt ihm wieder begegnen werden, dessen Gespräche so hoch waren, daß es den Überlebenden bedünken mochte, aus diesem früh verschlossenen Munde habe der Genius der Nation zu ihm gesprochen, so führt uns ein anderer Schicksalstag den Sechzigjährigen entgegen, der mit fast Gleichalterigen sich zusammengefunden hat, daß sie mit Jünglingseifer ihre Erfahrung aufeinanderlegen, die Erfahrung ihrer Wissenschaft, ihres Arzttums, ihres geistlichen Amtes, ihrer Jugendbildnerschaft, ihres Künstlerstrebens, und daß sie aller dieser Dinge Wesenheit erkennen, als die »verstreuten Glieder einer Idealität, die sich nicht zu sehen, nur zu suchen gibt«, und ringen, aus ihnen die eine Wissenschaft zu ziehen, die not tut.

Dieser Gruppen gibt es viele im innerlich so weiten Raume unseres großen Landes, vom Bodensee bis an die Kurische Nehrung, von der Weser bis ins steirische Gebirge, und ihr geheimer Konsensus – all dieser Abseitigen, Ungekannten, von Geistesnot sich selber berufen Habenden – ist die wahre und einzig mögliche deutsche Akademie.

Deuter sind sie in ihren höchsten Augenblicken, Seher – das

witternde, ahnende deutsche Wesen tritt in ihnen wieder hervor, witternd nach Urnatur im Menschen und in der Welt, deutend die Seelen und die Leiber, die Gesichter und die Geschichte, deutend die Siedlung und die Sitte, die Landschaft und den Stamm; Schriftleser, Handleser, Sternleser – und die Wucht der Erfahrung oder die Not der Jugend löst ihnen das Wort vom Munde, der Wirbel der Vielheit oder die Ergriffenheit vor dem Einzelnen. Um sie ist ein Kreisen von Begegnenden und Mitgerissenen, von Sektierern aller Sorten – da spukt allerlei aus drei oder vier Jahrhunderten, nicht ganz Abgelebtes, da zuckt Paracelsus auf und Jacob Böhme, das zerrissene Gesicht von Reinhold Lenz, Lavaters physiognomisches Prophetenauge und die flackernde Miene jenes Christoph Kauffmann, den seine Zeitgenossen den Spürhund Gottes nannten – dies alles kreist mit – aber wo Wirbel sind, dort ist Kraft wirksam, Wirbel ziehen Wirbel an sich zu stärkerem Kreisen, und es gibt den Geist nicht, der sich der saugenden Kraft dieses Feldes von ringenden Wirbeln entzöge, er wäre denn ein Abgestorbener.

Worin liegt denn aber das Neue, daß diese unsere Suchenden bezeichnet als die Unsrigen, wodurch denn unterscheiden sie sich vom romantischen und von jenem Treiben um 1770? Denn wirklich Vieles ist ihnen mit diesen Vorfahren gemeinsam. Wer keinen sehr genauen Blick hinwürfe, nicht scharf hinhorchte, könnte glauben, es ginge doch abermals um dieses verwirrende Gemisch von Begriffsgespinsten, um diesen Kultus des Gemütes über alles, diese Suprematie des Traumes über den Geist, um diese schwärmerisch-sehnsüchtige, diese träumerische Pietät gegen das Gewesene, um dieses fast wollüstige Sichverlieren in das Naturhafte, um diesen ganzen raffinierten Sensualismus, mit dem sich die romantischen Geister wie ein Insektenschwarm über alle Lebensblüten des Morgen- und des Abendlandes gestürzt haben, ihre trunkenmachende Süßigkeit abzuweiden, es ginge um das Genießen – das Genießen seines Selbst als Geist im Aufbau von Begriffen, seines Selbst als Gemüt im Sehnsüchtigen und Träumerischen, zuletzt in der Musik, es ginge um das Musikmachen aus allem und mit allem, das das letzte Wort der

Romantik ist – dieses Weiche und Vage, alles in allem Auflösende, welches das Stigma ist, womit die Romanen diese Geistesart als die deutsche bezeichnen zu dürfen meinen und uns als Knaben, gleichsam schwärmende und schwelgende, unmündige, von ihrem Reich der Klarheit und männlichen Festigkeit absondern.

Uns aber, den Zeitgenossen nicht nur, sondern den Genossen schlechtweg dieser Geistesbedrängnis, den Mitleidenden unter diesen Zerklüftungen, Parteiungen, zeitweisen Verdunkelungen und Verfitzungen, uns, die wir in der Welt zu leben haben, die für das Auge der romanischen Nationen ein undurchdringliches Dickicht ist, uns sind noch unbetrüglichere Organe gegeben als das Auge und das Ohr, um zu erkennen und zu werten, was hier vorgeht. So dürfen wir es wohl aussprechen, daß es doch noch anders steht um unsere Suchenden als um ihre älteren Brüder, jene Generationen von 1780 und 1800, wenngleich sie diesen schicksalsverbunden sind, als Glieder schmerzvoller Entwicklung. An Stelle jenes damaligen verantwortungslosen Wesens – und es mag dahingestellt bleiben, ob es von Kraft oder von Schwäche trunken war, denn es war viel jäher Übergang darin von der überheblichen Selbstbehauptung zur fast wollüstigen Prostration –, an Stelle eines Rausch- und Schwärmerwesens ist bei unseren Suchenden ein strengeres, männlicheres Gehaben unverkennbar getreten, eine Bescheidung, in der Tapferkeit liegt, eine fast grimmige Festigkeit gegenüber der Verführung, sowohl ans Begriffliche als an das Schwärmerische sich zu verlieren – ein Mißtrauen gegen das unverantwortlich Spekulative und ein Mißtrauen auch gegen das unverantwortlich Musikantische, etwas Fanatisches und Asketisches, ein die Hast verschmähendes, ausdauernd resigniertes Wesen, wie es jene früheren Zeiten nicht gekannt haben. Denn nicht Freiheit ist es, was sie zu suchen aus sind, sondern Bindung. Dies besagt die bis zum Krampf energische große Gebärde, die wir an ihnen wahrnehmen, daß sie sich festbinden wollen an der Notwendigkeit, aber an der höchsten, an der, die über allen Satzungen und gleichsam der geometrische Ort aller denkbaren Satzungen ist. Nie war ein deutsches Ringen um Freiheit inbrünstiger und dabei zäher, als dieses in tausenden Seelen der Nation vor sich gehende Ringen um wahren Zwang und Sichversagen dem nicht gering zwingenden Zwang. Wenn Lichtenberg einmal schrieb: Dies sei das englische Wort, das sich jeder Deutsche auf den Fingernagel schreiben müsse: »Als ein Ganzes muß der Mann sich regen« – heute ist dieser Samen in den Besten der Nation aufgegangen; denn um die Ganzheit, auf die jenes Wort hindeutet, daß sich Seele und Geist, daß sich das ganze Gemüt auf eins rege, um das geht es heute, wenn es um etwas geht. Jenes »Gib mir wo ich stehe, und ich werde dir die Welt aus den Angeln heben« tönt aus ihren Sendschreiben, aus ihren Unterredungen und auch aus ihren einsamen Meditationen mit einem finster festen Klang, der, wenn ich meinem Ohre trauen darf, mehr von innerem Metall zeugt als die titanischen Ausbrüche und melodischen Romantismen jener früheren Epochen.

Wohl ist die Form, in der sich dieses neue Suchen und Ringen vollzieht, scheinbar die gleiche geblieben: der leidenschaftlich-einsame Dienst an der eigenen Seele als einziger Daseinsinhalt, einzige Pflicht, die alles aufzehrt – jener Geisteszustand des einsamen weltlosen Deutschen seit ihn die Revolution zu Ende des achtzehnten Jahrhunderts von der Sitte, dem Herkommen, dem Väterglauben jäh losgerissen und ihm nur die schrankenlose Orgie des weltlosen Ich anheimgegeben hatte. Auch unseren Suchenden ist die Tiefe des Ich, die dunkle, eigene Seelenwallung das einzig Gegebene, und einzige Aufgabe dieses titanische Beginnen: jenes Ganze da außen mit den bloßen zwei Händen auszureißen aus seinem Stand, den es einnimmt in der Welt scheingeistiger Ordnungen, und es mit sich hinabzureißen in die tiefere Lebenswoge und von da es wieder emporzureißen zu neuer Wirklichkeit.

Aber auch diese titanische Grundhaltung, dieses furchtbar angespannte, tragische Sichübernehmen der einzelnen Seele – bleibe es die Grundform der schöpferischen Anspannung beim Deutschen – es ist an ihr viel und entscheidend Veränderndes geschehen, denn zwischen diesem suchenden Geschlecht und jenem früheren liegt das furchtbare Erlebnis des neunzehnten Jahrhunderts – oder es anders auszudrücken: der gleiche deutsche suchende, nach höchsten Verantwortungen und Bindungen dürstende Geist spricht aus ihnen wie aus jenen früheren, aber er ist indessen einen furchtbaren Weg gelaufen und als ein Veränderter wieder zutage getreten. Jenes mit Lust unmündige, knabenhafte titanische Wesen ist ihm auf immer abgestreift. Sehr strenge Zeichen der Männlichkeit sind seiner Miene eingezeichnet: sein intellektuelles Gewissen hat eine unbegrenzte Schärfung erfahren, es ist etwas von dem Verantwortlichkeitssinn der Wissenschaft über ihn gekommen, von den strengen Gelehrtenmethoden des neunzehnten Jahrhunderts, von diesem Nichtsauslassendürfen, alles mit allem konfrontieren zu müssen, diesem Zwang, eine maßlose Vielfältigkeit in sich ausgleichen zu müssen, auf keinem Resultat länger als eine Sekunde ausruhen zu dürfen, noch minder aber auf dem bequemen Bett der Skepsis, sondern immer wieder sich aufraffen und neuen Fragen und Schicksalsentscheidungen auf Leben und Tod ins Auge sehen zu müssen – gewitzigt zugleich und heroisch sein zu müssen und einmal für allemal alle unverantwortlichen Übertreibungen von sich abtun zu müssen, so die Selbstüberhebung wie die romantische Prostration vor diesem oder jenem geliebten Phantom mit ihrer Folge, der romantischen Ironie.

Welch ein Erlebnis aber auch, dieses neunzehnte Jahrhundert, so wie der deutsche Geist es durchzumachen hatte, mit diesen immer neuen Anspannungen und Entspannungen, immer schärferen Reaktionen und Zusammenbrüchen, welche die Seele verzehrenden Täuschungen, Trunkenheiten und furchtbaren Rückschläge, welche halben und Zwischenzustände unausdenklicher Art, bis endlich in diesem ganzen scheingeistigen Bereich die Luft unatembar wurde, bis endlich aus diesem Pandämonium von Ideen, die nach Lebenslenkung gierten – als ob es lebenlenkende Ideen geben könnte –, er sich losrang, unser suchender deutscher Geist, bewährt mit dieser einen Erleuchtung: daß ohne geglaubte Ganzheit zu leben unmöglich ist – daß im halben Glauben kein Leben ist, daß dem Leben entfliehen, wie die

Romantik wähnte, unmöglich ist: daß das Leben lebbar nur wird durch gültige Bindungen.

Wie kein Menschengeschlecht vordem weiß sich dieses und das nächste, das wir schon zwischen uns aufsteigen sehen, der Ganzheit des Lebens gegenüberstehend, und dies in einem strengeren Sinne, als ihn romantische Generationen auch nur zu erahnen fähig waren. Alle Zweiteilungen, in die der Geist das Leben polarisiert hatte, sind im Geiste zu überwinden und in geistige Einheit überzuführen; alles im äußeren Zerklüftete muß hineingerissen werden ins eigene Innere und dort in eines gedichtet werden, damit außen Einheit werde, denn nur dem in sich Ganzen wird die Welt zur Einheit. Hier bricht dieses einsame, auf sich gestellte Ich des titanisch Suchenden durch zur höchsten Gemeinschaft, indem es in sich einigt, was mit tausend Klüften ein seit Jahrhunderten nicht mehr zur Kultur gebundenes Volkstum spaltet. Hier werden diese Einzelnen zu Verbundenen, diese verstreuten wertlosen Individuen zum Kern der Nation. Denn von Synthese aufsteigend zu Synthese, mit wahrhaft religioser Verantwortung beladen, nichts auslassend, nirgend zur Seite schlüpfend, nichts überspringend – muß ein so angespanntes Trachten, woanders der Genius der Nation es nicht im Stiche läßt, zu diesem Höchsten gelangen: daß der Geist Leben wird und Leben Geist, mit anderen Worten: zu der politischen Erfassung des Geistigen und der geistigen des Politischen, zur Bildung einer wahren Nation.

In dieser Grundhaltung ist die Sicherung des geistigen Raumes antizipiert, wie in der romantischen Haltung die Vergeudung des Raumes, in der Haltung des Bildungsphilisters die Verengung des Raumes inbegriffen ist.

Was dieser synthesesuchende Geist erringt – wo immer hier, auch in der einzelnen Brust, von Errungenschaften die Rede sein kann –, das sind schon ins Chaos projizierte Punkte, deren Verbindungen den Grundriß jenes Geistraumes ergäben. Ich spreche von einem Prozeß, in dem wir mitten inne stehen, einer Synthese, so langsam und großartig – wenn man sie von außen zu sehen vermöchte – als finster und prüfend, wenn man in ihr steht. Langsam und großartig dürfen wir den Vorgang wohl nennen, wenn wir bedenken, daß auch der lange Zeitraum der Entwicklung von den Zuckungen des Aufklärungszeitalters bis zu uns nur eine Spanne in ihm ist, daß er eigentlich anhebt als eine innere Gegenbewegung gegen jene Geistesumwälzung des sechzehnten Jahrhunderts, die wir in ihren zwei Aspekten Renaissance und Reformation zu nennen pflegen. Der Prozeß, von dem ich rede, ist nichts anderes als eine konservative Revolution von einem Umfange, wie die europäische Geschichte ihn nicht kennt. Ihr Ziel ist Form, eine neue deutsche Wirklichkeit, an der die ganze Nation teilnehmen könne.

Gotthold Ephraim Lessing

ZUM 22. JANUAR 1929

Die geistige Atmosphäre innerhalb dieser (um Grillparzers Worte zu gebrauchen) »wetterwendischen, in sich selber unklaren« Nation, der deutschen, ist in einer solchen Veränderung begriffen, daß es schwierig erscheint – was jedenfalls während der letzten hundert Jahre nicht für schwierig gegolten hätte –, über einen unbezweifelten Klassiker wie Lessing heute etwas auszusagen, worin zugleich das Verhältnis der Allgemeinheit zu ihm klar zum Ausdruck käme. Eine solche Schwierigkeit wäre für einen Franzosen oder Engländer unverständlich, denn dort pflegen auch die heftigsten politischen und sozialen Änderungen die geistigen Hauptverhältnisse unberührt zu lassen. Innerhalb der deutschen Sprachwelt aber sind wir im Zusammenhang mit dem, was geschehen ist, gewissermaßen in ein anderes Klima geraten, von wo aus zu dem sozusagen selbstverständlich Vorhandenen ganz neue Richtlinien gezogen werden müssen.

Trachtet man aber, in sich selber eine neutrale Ebene herzustellen, so erkennt man, daß die Erscheinung dieses außerordentlichen Menschen Lessing sich immer in der gleichen Entfernung von uns befindet – auf einer anderen Ebene zwar als wir selber, aber ohne daß die Distanz sich merklich verändert hätte. Historisch gesprochen, erkennen wir vielleicht mehr als zuvor seine Zusammenhänge mit dem achtzehnten Jahrhundert, dem er so völlig angehört, und darüber hinaus sogar mit dem sechzehnten, dem Jahrhundert des militanten Protestantismus und des militanten Gelehrtentums. Aber mit absoluten Maßstäben gemessen, ist er uns nahe, und gehört zu den Kräften, unter deren Einfluß wir stehen. Der Ton seiner Polemiken, die Vereinigung der Logik mit etwas Höherem, schwer zu Benennendem – das, was seine Logik so wenig trocken erscheinen läßt –; das Wenige und doch Bedeutende, das unser Gedächtnis von seinem Leben mitträgt; die Struktur seiner Stücke, der Rhythmus in ihnen,

das Besondere und Einmalige, herb Männliche, leuchtend Metallische; die merkwürdigen Worte, die gelegentlich über dunkle Gebiete unseres Denkens so blitzartig Licht auswerfen; dies alles ist da und trifft uns mit einer Kraft, der man alles absprechen kann, nur nicht, daß sie lebendig sei. Unsere Schulverfassung, die ja ihrem Geist nach auch schon fast hundert Jahre alt ist, gibt ihm einen imposanten Platz: sie macht aus ihm, mehr als aus einem anderen unserer geistigen Vorfahren, einen Gefährten der Jugend. Man kann zweifeln, wieweit sechzehnjährige Knaben imstande sind, durch solche Verkleidungen hindurch wie den »Laokoon« und die »Hamburgische Dramaturgie« das Großartige seines Charakters zu spüren, aber etwas bleibt von einer solchen Begegnung bei den Empfänglicheren. In einer viel sinnfälligeren Weise hält ihn das Theater am Leben.
Da sind diese drei Stücke: »Minna von Barnhelm«, »Emilia Galotti«, »Nathan der Weise«. Sie sind heute wirksam wie je. Es ist keine Phrase, wenn man sagt, daß durch ihr Wegfallen das Repertoire sehr fühlbar verarmen würde. Was sie stark macht, ist nicht die Erfindung allein und nicht die Charakteristik allein, sondern daß diese beiden ineinandergehen. Lessing hat ausgezeichnete Rollen geschrieben: darum erhalten die Schauspieler seine Stücke auf dem Theater. Aber diese Rollen stehen nicht für sich; sie stehen in Gruppen, und in diesen Gruppen liegt ein ungeheurer Kalkül: so machen die Rollen einander wechselweise noch stärker, als jede für sich schon wäre. Auskalkuliert ist alles an diesen Figuren, aber von einem Mann, dessen Genie die Logik und die Berechnung war. Shakespeare beiseite und Calderon beiseite; aber man nenne mir unter den Deutschen oder überhaupt unter den Modernen, die fürs Theater gearbeitet haben, einen, der es in sich gehabt hätte, aus der auskalkulierten Notwendigkeit, daß er eine Figur brauchte, die dem Odoardo einen Dolch in die Hand spiele, eine Gestalt wie die Orsina herauszuspinnen.
»Emilia« ist das kunstvollste dieser Produkte, im bedenklichen Sinn des Wortes auch, vor allem aber im positiven. Eine Gruppierung wie die: der Prinz, Marinelli, die Orsina, entspringt nur einem Kopf ersten Ranges. Daß der Schluß mit

dem Virginiamotiv etwas Überhastetes und Künstliches hat, ist hundertmal ausgesprochen. Auch gegen die Sprache läßt sich alles sagen – hier ist nichts vom Hauchenden, Seelenhaften, das dann durch Goethe in die Sprache auch des Theaters kam, auch nichts vom finstern Naturlaut, den die Stürmer und Dränger aufbrachten; alle diese Figuren reden in scharfen Antithesen, in pointierten Wendungen, wie wenn sie alle Denker wären, – für diese Sprache aber läßt sich nur das eine sagen: sie hat ein solches geistiges Leben in sich, daß sie aus dem Stück etwas Unverwesliches gemacht hat.

»Nathan« hat man den Gipfel von Lessings poetischem Genie genannt; Friedrich Schlegel nannte es »Lessings Lessing, das Werk schlechthin unter seinen Werken« – andere nennen es ein schwaches Werk, das zwischen der Poesie und Philosophie im Leeren hänge. Das sind Urteile – es ist über wenige Menschen so viel Geistreiches und auch Gescheites gesagt worden wie über Lessing, – aber das Theater gibt die immerhin entscheidende Auskunft, daß »Nathan« auch heute lebt – wenngleich man dieses Stück, für mein Gefühl, nie so gespielt hat, wie es gespielt werden müßte; ganz als das geistreichste Lustspiel, das wir haben, ganz auf die unvergleichliche Gespanntheit dieses Dialoges hin, dies Einander-aufs-Wort-Lauern, Einander-die-Replik-Zuspielen, auf dies Fechten mit dem Verstand (und mit dem als Verstand maskierten Gemüt), wovon das ganze Stück bis in die Figuren der Mamelucken hinab erfüllt ist, fast wie das Stück eines der großen Spanier.

An dem Leben, das in der »Minna« steckt, wagt auch der Zweifel nicht zu zweifeln; hier ist auch die Sprache über dem Nörgeln, aus einem helleren gehämmerten Metall – voll Witz und näher sich herablassend zum Mimischen.

Aber bei scheinbar so großer Verschiedenheit sind sie alle drei innigst verwandt; sie sind wahrhaft die Kinder eines Vaters, und wie seine Polemik aus seinem tiefsten Selbst herauskam, so auch die Dialektik dieser Figuren. Jede von ihnen hat etwas von ihrem Urheber: wie er, stehen sie mitten in einer Nation von Grüblern als höchst ungrüblerische Naturen; den Genuß des Denkens kennen sie alle (das ist, wenn man will, das Un-

realistische an ihnen), aber Denken und Handeln sind ihnen eins: das ist das Undeutsche an ihnen.
Er beeinflußte viele, aber in der Stille. Schillers Werden, vor allem der Mut zu den entscheidenden Jugendwerken, ist ohne ihn nicht denkbar; sein Einfluß auf Grillparzer ist versteckt, aber gleichfalls sehr groß: der Dialog Grillparzers, dort wo er am besten, am freiesten von Schiller ist, hat von ihm das Salz im Blut. Andererseits hat er die Iffland und Schroeder hervorgebracht und mit ihnen das ganze deutsche bürgerliche Schauspiel bis auf den heutigen – oder den gestrigen – Tag.
Seine Stücke sind er selbst: seine Wesenheit, Form geworden. So wie diese Figuren sich zueinander und zu sich selber verhalten, so elastisch, bündig, schlagkräftig, voll von einer unglaublichen Wachheit und Bewußtheit (aber ohne alles Zerfaserte und Bohrende), so war er selbst. So verlief diese ganze Existenz. Physiognomisch genommen, um Rudolf Kassner das Wort zu entlehnen, dem seine Arbeiten eine so große Tragweite gegeben haben, ist es eine Figur von solcher Geschlossenheit, wie die deutsche Literaturgeschichte keine zweite aufzuweisen hat. Das ganze männlich Freie, Trockene seiner Lebensführung; die Existenz als freier Gelehrter, als Rezensent, in einer so dumpfen, gebundenen Welt; die Lust am Umspringen, am Wechsel immer wieder (ohne jedes romantische Schweifen) – am Kampf, in dieser herrisch nüchternen Weise; die paar Freundschaften mit Männern, mit dem unglücklichen Ewald von Kleist, mit Moses Mendelssohn; die späte Brautschaft und Ehe, der tiefe Ernst darin und doch das Schwingende; die letzten Jahre als Bibliothekar in Wolfenbüttel, und der frühe Tod, auch er von einem fast römischen Stil in der Nüchternheit – die Abwesenheit gewollt jeder Repräsentation, lebenslang; die paar Details, die wir wissen: die eingestandene Liebe zum Spieltisch, das immer Traumlose seiner Nächte: alles geht zusammen zu einer imponierenden Einheit wie die Züge an einer römischen Porträtbüste.
Achtung zu fühlen, Achtung zuzuerkennen dort, wo er sie fühlte, das setzte sein Gemüt in Bewegung. Da ihm edle Juden, oder ein edler Jude, begegneten, bezeigte er den Juden

Achtung; er spricht durch den Mund des alten Galotti von jener »guten, unsers Mitleids, unsrer Hochachtung so würdigen Gattung der Wahnwitzigen«. Die Gesinnung im allgemeinen ist die des Jahrhunderts, aber im Ausdruck ist der ganze Lessing. In der Art, wie er Achtung zuerkannte (und wie er sie verweigerte), liegt das ganze Pathos des Menschen; ein schwingender Stahlstab, fix an einem granitenen Sockel, dem Verstand. Neben ihm, nach ihm, bricht der Schwall durch: der Überschwang des »Werther« (den er geringschätzte), der Überschwang der Stürmer und Dränger (die er mißachtete), Jean Paul, die Romantik, Hegel, Fichte, Schelling: das Ausschweifende des Geistes, mit dem diese »gedankenvolle, aber tatenarme« Nation auf die französische Ausschweifung des Handelns antwortete.
Er war von einem anderen Geschlecht; er zeigte eine Möglichkeit deutschen Wesens, die ohne Nachfolge blieb; er beherrschte den Stoff, statt sich von ihm beherrschen zu lassen. Seine Bedeutung für die Nation liegt in seinem Widerspruch zu ihr. Innerhalb eines Volkes, dessen größte Gefahr der gemachte Charakter ist, war er ein echter Charakter.

Aufzeichnungen

Der Mensch wird in der Welt nur das gewahr, was schon in ihm liegt; aber er braucht die Welt, um gewahr zu werden, was in ihm liegt; dazu aber sind Tätigkeit und Leiden nötig.

Die Liebe und ihre Umkehrung, der Haß, sind darum das eigentliche Medium des Lebens, weil sie allein aus den andern Individuen die Konsequenzen ziehen.

Die ahnende Jugend weiß die Welt mit Kräften erfüllt; aber es kommt ihr nicht bei, welche Rolle in der Welt die Schwäche in ihren verschiedenen Formen spielt.

In jedem Menschen wohnt eine eigene Unschuld.

Es ist ein entscheidender Unterschied, ob Menschen sich zu anderen als Zuschauer verhalten können, oder ob sie immer Mitleidende, Mitfreudige, Mitschuldige sind: diese sind die eigentlich Lebenden.

Sind wir nicht am ärmsten, wo wir am gesichertsten sind, am reichsten, wo wir am gefährdetsten sind – kommt es nicht darauf an, immer aufs neue die Gefährdung aufzusuchen; ist nicht ein Hauch des Todes und der Verwesung um alle die Anstalten, in denen das Leben gegen den Mechanismus des Lebens hintangesetzt wird, den Ämtern, öffentlichen Schulen, dem gesicherten Funktionieren der Geistlichen usf.?

Der einzelne Mensch hat als Kind teilgenommen an den Erinnerungen seiner Großeltern, nimmt als Greis teil an den Hoffnungen seiner Enkel; er umspannt fünf Geschlechter oder hundert bis hundertundzwanzig Jahre.

Man ist vielfache Person als vielfacher Schüler.

Erfahrung ist zwiefach zu beurteilen, je nachdem wie sie das Selbstbewußtsein hebt, inwiefern sie es unterdrückt.

Il n'y a rien qui rafraîchisse le sang comme d'avoir su éviter de faire une sottise. *La Bruyère*

Die meisten Menschen fühlen nicht, sie glauben zu fühlen; sie glauben nicht, sie glauben, daß sie glauben.

Diderot, Paradoxe sur le comédien

Der höhere Mensch lebt mit allen in Frieden, ohne wie alle zu handeln. Der niedere handelt genau wie alle und wird mit niemandem fertig. Dem Höheren ist leicht gedient, aber er wird schwer befriedigt. Der Niedrige fordert schweren Dienst und ist mit Billigem zufrieden. *Konfuzius*

Je ne crains que ce que j'estime.

Stendhal in der Vorrede zu ›De l'Amour‹

Man muß im Ganzen an jemanden glauben, um ihm im Einzelnen wahrhaft Zutrauen zu schenken.

Ein gewöhnlicher Verstand ist wie ein schlechter Jagdhund, der die Fährte eines Gedankens schnell annimmt und schnell wieder verliert; ein außerordentlicher Verstand ist wie ein Leithund, der unbeirrbar fest auf der Fährte bleibt, bis er das Lebendige ereilt hat.

Les uns disent que non, les autres disent que oui: et moi je dis que oui et non.

(Sganarelle über eine schwierige medizinische Frage)
Molière, Le médecin malgré lui

Es ist in den Menschen ebensoviel unbegreifliche Trägheit, als schädliche Aktivität zur unrechten Zeit und am unrechten Punkt.

Man schätzt diejenigen als etwas Seltenes, die ruhig und aufmerksam zuzuhören verstehen; ebenso selten ist ein wirklicher Leser, am seltensten einer, der seine Nebenmenschen auf sich wirken läßt, ohne den Eindruck unablässig durch seine innere Unruhe, Eitelkeit, Selbstsucht zu zerstören, ja zu vernichten.

Die Jugend ist so stark, als sie sich ahnt, und zugleich so zart und schwach, als sie sich gebärdet; das ist das Zweideutige an ihr und das Dämonische.

Gelten lassen ist schwerer, als sich begeistern.

Here lies a proof, that wit can never be
Defence enough against mortality.

Grabstein der Dichterin Aphra Behn,
einer Freundin von Pope und Dryden, in Westminster Abbey

Die Freunde sind nicht viele noch wenige; sondern die hinreichende Zahl.

Man kann sechzig Jahre alt geworden sein, ohne zu ahnen, was ein Charakter ist. Nichts ist verborgener als die Dinge, die wir beständig im Mund führen.

In Er-leben ist ein aktivischer Ursinn, wie in Er-reichen, Er-eilen; aber niemand hört ihn mehr, und wir haben ein reines Passivum daraus gemacht.

Man überträgt (sagt irgendwo Hebbel) leicht seinen Respekt für das Element, worin jemand waltet, auf die Person. Er sagt es in besonderem Bezug auf Adam Müller und Gentz, trifft aber dabei etwas allgemein Wahres.

Der hundertäugige Argus war ein Mensch ohne Geschäfte, wie sein Name ausweist. Es ist daher kein Ruhm, daß ein Zuschauer von einigen Dingen besser urteilen kann, als die sie unter den Händen haben; und keine Schande für diese, ihre

Handgriffe nach den Beobachtungen eines Müßiggängers zu verbessern. *Hamann an seinen Bruder 1760*

Die wenigsten Leute haben auch nur einen Augenblick ihres Lebens wirklich gewollt, ebensowenig als geliebt.

Der Bildungsgang ist um so glücklicher, je mehr seine einzelnen Phasen den Charakter von Erlebnissen annehmen.

Bismarck (damals Gesandter in Paris) ließ dem ihm unbekannten Paul Lindau für die gelungene Übersetzung von ›désarmer‹ durch das neue Wort ›abrüsten‹ seine Hochachtung ausdrücken. Später übersandte er ihm noch eben dafür die Œuvres de Frédéric le Grand.

Der Töpfer haßt den Töpfer, der Baumeister den Baumeister, der Bettler neidet den Bettler und der Sänger den Sänger.

Hesiod

Man hat etwas weniger Freunde, als man annimmt, aber etwas mehr, als man kennt.

Betrachtet man den Zeitverlauf, so hält man schließlich in bezug auf menschliche Beziehungen nichts für unmöglich: keine Umgestaltung, kein Zurücknehmen, keinen Selbstwiderspruch. Was alle zusammenhält, der gemeine menschliche Zustand, der sich in alles finden kann, ist bei weitem das Stärkste.

Nicht der Täter wird unrein durch die Tat; nur die Tat durch den Täter.

Einen Sinn in Kindern auszubilden ist das Wichtigste: den, wahrzunehmen, daß das Göttliche sich unmittelbar in unserer Nähe offenbart. Vieles aber, das wir tun und gewähren lassen, zielt darauf ab, diesen Sinn durch Verhärtung abzutöten.

On ne s'imagine d'ordinaire Platon et Aristote qu'avec de grandes robes, et comme des personnages toujours graves et sérieux. C'étaient d'honnêtes gens qui riaient comme les autres avec leurs amis; et quand ils ont fait leurs *lois* et leurs traités de *politique*, ç'a été en se jouant et pour se divertir. C'était la partie la moins philosophe et la moins sérieuse de leur vie. La plus philosophe était de vivre simplement et tranquillement.

Pascal

Alles Behagen am Leben ist auf eine regelmäßige Wiederkehr der äußeren Dinge gegründet. Der Wechsel von Tag und Nacht, der Jahreszeiten, der Blüten und Früchte, und was uns sonst von Epoche zu Epoche entgegentritt, damit wir es genießen können und sollen, diese sind die eigentlichen Triebfedern des irdischen Lebens. Je offener wir für diese Genüsse sind, desto glücklicher fühlen wir uns.

Goethe, Dichtung und Wahrheit, 13. Buch

Wer älter wird, erkennt, daß man beständig schuldig bleibt, durch alle Lebensverhältnisse und Verkettungen hin; doch wohnt auch in jedem Menschen seine Art von Unschuld; die ist es, die ihn aufrecht hält, er weiß selbst nicht wie.

Daß sie ihre eigene Kraft kennen, das ist das Hinreißende an den Liebenden.

Situationen sind symbolisch; es ist die Schwäche der jetzigen Menschen, daß sie sie analytisch behandeln und dadurch das Zauberische auflösen.

Wodurch Aladdin groß ist, ist sein Wunsch, daß seine Seele Mark hat zu begehren. Und sollte ich in dieser Hinsicht etwas gegen ein Meisterstück einwenden, so wäre es, daß nicht stark und deutlich genug hervortritt, daß Aladdin eine berechtigte Individualität ist, daß wünschen und wünschen können, dummdreist wünschen, resolut zugreifen, unersättlich begehren eine Genialität ist, so groß wie eine andere. Man glaubt es vielleicht nicht, und doch werden in jeder Generation vielleicht nicht zehn Jünglinge geboren, die diesen blinden Mut, diesen Griff ins Unendliche haben. *Kierkegaard*

Mirabeau als Liebender wie als Politiker ist ein großartiger hinreißender Anblick und wäre eins nicht ohne das andere.

Die Umstände haben weniger Gewalt, uns glücklich oder unglücklich zu machen, als man denkt; aber die Vorwegnahme zukünftiger Umstände in der Phantasie eine ungeheure.

Il n'y a rien de violent à Paris comme ce qui doit être éphémère. *Balzac*

Angewöhnungen sind darum so schwer zu bekämpfen, weil sich in ihnen die Trägheit, die sonst jedem Tun entgegenwirkt, mit einem gewissen rhythmischen Tätigkeitssinn verbündet.

Wir sind so versessen auf Besitz und so beglückt über jedes Zeichen von Anhänglichkeit, daß wir auch an einem regelmäßig wiederkehrenden Fieber etwas wie Vergnügen empfinden können.

Je näher ein Mensch dem andern kommt, desto weniger vermag er ihn – außer er sieht ihn mit den Augen der Liebe – in seinem Treiben folgerichtig und in seinem Innern konsistent zu finden, und der andere vergilt ihm das. In der Tat ist aber auch Konsistenz nirgends außer im Produktiven.

Ich kann nur die Oberfläche der Leute auf meine Seite bringen, ihr Herz erhält man nur mit ihrem sinnlichen Vergnügen – davon bin ich so überzeugt, als ich lebe.
Lichtenberg, Beobachtungen über den Menschen

Ein Mann, der mit fünfunddreißig stirbt, ist auf jedem Punkt seines Lebens ein Mann, der mit fünfunddreißig stirbt. Das ist das, was Goethe die Entelechie nannte.
Moritz Heimann

Niemand kennt sich, insofern er nur er selbst und nicht auch zugleich ein anderer ist. *Friedrich Schlegel über Lessing*

Menschen in bezug auf Menschen sind bloß immer komisch; das Tragische entsteht, wenn das Schicksal des Einzelnen, Einsamen sich einmischt und hinter den Gegenspielern verbirgt.

Wie gedankenlos ist man gegenüber dem, was andere trifft. Zum Beispiel das Schicksal eines großen Sängers, der in jungen Jahren seine Stimme verliert, ist von unausdenkbarer Härte. Er hat besessen, was ihn über alle hinaushob und zugleich allen angenehm machte. Er verliert es mit einem Schlag, und was übrigbleibt, ist eine leere Hülse, die vielleicht noch dreißig oder vierzig Jahre auf der Erde herumspazieren wird.

Die Menschen sind oft die Sklaven ihrer Willkür, auch in sich selber; aber es ist erstaunlich, wie selten sie ihren Willen anzusetzen wissen.

Krankengeschichten, aufgezeichnet von Janet, bringen in Evidenz, daß Glaubenskraft abnimmt bei geminderter Willensstärke. – Hier liegt die Wurzel des höheren Daseins.

C'est un malheur que les hommes ne puissent d'ordinaire posséder aucun talent sans avoir quelque envie d'abaisser les autres. S'ils ont la finesse, ils décrient la force; s'ils sont géomètres ou physiciens, ils écrivent contre la poésie et l'éloquence; et les gens du monde, qui ne pensent pas que ceux qui ont excellé dans quelque genre jugent mal d'un autre talent, se laissent prévenir par leurs décisions. Ainsi, quand la métaphysique ou l'algèbre sont à la mode, ce sont des métaphysiciens ou des algébristes qui font la réputation des poètes et des musiciens, ou tout au contraire; l'esprit dominant assujettit les autres à son tribunal, et la plupart du temps à ses erreurs.

Vauvenargues

Eine gewisse feinere transzendente Eitelkeit ist ein Element, ohne das wir nicht leben könnten. Wie ein gekrümmter Spiegel malt sie uns ein All, dessen belebende Mitte wir selber sind; ohne sie, fühlen wir, würden wir uns selber entstürzen ins Finstere, Weltlose.

I had none but divines to call upon me, to whom I said, if my ambition could have entered into their narrow hearts, they would not have been so humble; or if my delights had been once tasted by them, they would not have been so precise.

Aus einem Brief des Grafen von Essex,
geschrieben kurz vor seiner Hinrichtung

C'est la profonde ignorance qui inspire le ton dogmatique.

La Bruyère

Gar viele Menschen sind noch jetzt an ihm (Wieland) irre, weil sie sich vorstellen, der Vielseitige müsse gleichgültig und der Bewegliche wankelmütig sein. Man bedenkt nicht, daß der Charakter sich nur durchaus aufs Praktische beziehe. Nur in dem, was der Mensch tut, zu tun fortfährt, worauf er beharrt, darin zeigt er Charakter, und in diesem Sinn hat es keinen so festen, sich selbst immer gleichen Mann gegeben als Wieland.

Goethe

Das Maß des Anstandes liegt bei der Wirklichkeit.

In jedes Menschen Charakter sitzt etwas, das sich nicht brechen läßt – das Knochengebäude des Charakters; und dieses ändern wollen, heißt immer, ein Schaf das Apportieren lehren. *Lichtenberg*

›Einen gelten lassen‹ und ›an einen glauben‹ sind Begriffe getrennter Sphären.

Ohne die Selbstliebe ist kein Leben möglich, auch nicht der leiseste Entschluß, nichts als Verzweiflung und Starrheit.

Napoleon während der Schlacht von Ligny zu zwei jungen Generalstabsoffizieren, die hinter ihm lachen und plaudern: Soyez donc plus sérieux devant tant de braves gens qui s'égorgent.

Jede Generation hätte triftige Gründe, die ihr vorgehende aufs höchste zu achten; aber es gehört nicht zur Ökonomie des Lebens, daß der nachfolgenden Generation selbst diese Gründe in einzelnen Individuen ins Bewußtsein treten müßten, geschweige denn im Ganzen.

Tempus divitiae meae, tempus ager meus.

Goethe in einem Brief an Fritz von Stein

Es gibt so viele Arten von Zwanzigjährigen, oder von Fünfzigjährigen, als es Arten von Freunden, Liebhabern oder Vätern gibt.

Le suffisant est celui en qui la pratique de certains détails, que l'on honore du nom d'affaires, se trouve jointe à une très grande médiocrité d'esprit. *La Bruyère*

Die Eingebungen der Selbstsucht sind nach innen zu und nach außen nicht zu verdolmetschen. Es sind Chiffren, für die es keinen gemeinsamen Schlüssel gibt.

Ein gewisses Maß von Hochmut ist ein nützliches Ingrediens des Genies.

Menogenes, der Koch des großen Pompejus, sah wie der große Pompejus selbst aus. *Lichtenberg (nach Plinius)*

Es ist mit dem Ruhm ein eigenes Ding. Ein Holz brennt, weil es Stoff dazu in sich hat, und ein Mensch wird berühmt, weil der Stoff dazu in ihm vorhanden. Suchen läßt sich der Ruhm nicht, und alles Jagen danach ist eitel. Es kann sich wohl jemand durch kluges Benehmen und allerlei künstliche Mittel eine Art von Namen machen. Fehlt aber dabei das innere

Juwel, so ist es eitel und hält nicht auf den andern Tag. Ebenso ist es mit der Gunst des Volkes. Er – Carl August – suchte sie nicht und tat den Leuten keineswegs schön; aber das Volk liebte ihn, weil es fühlte, daß er ein Herz für sie hatte.

Goethe zu Eckermann

Libertas est: qui pectus purum et firmum gestitat. *Ennius*

Was ist das Grundelement der Würde? Naivetät. Das Imponierende ohne Würde ist leicht beängstigend. Napoleon. Jenes: Il n'y a qu'un pas du sublime au ridicule, richtig, aber nur für ihn; sein Erhabenes war so beschaffen, daß es dem Sturz beständig nah war.

Frauen haben ein zartes Organ, den Ruhm rein aufzunehmen wie einen Duft des Himmels.

Je trouve plus poli d'admirer que de louer.

Madame de Grignan an Madame de Sévigné

Es ist etwas anderes, ob man eine Haltung, sei es welche immer, wirklich hat, oder ob man vor anderen oder sogar vor sich selber sie zu haben vorgibt.

Ein nobler großmütiger Mann, der glaubt, man dürfe nicht nobel sein, seine Freigebigkeit unterdrückt, alles aus Pflichtgefühl, ist wohl denkbar.

Qui nulli gravis exstiteram, dum vita manebat,
Hac functo aeternum sit mihi terra levis.

Zitat von Möser in den ›Patriotischen Phantasien‹

Eine Art von unablässiger indirekter Anerkennung ist ein Ingrediens, das dem geselligen Verkehr nie fehlen darf; die direkte Anerkennung ist schwerer zu ertragen: wer uns seine Anerkennung direkt äußert, gibt damit zu verstehen, daß er sich mit uns auf eine Stufe stellt, zumindest in der Lage ist, uns und unser Verdienst zu überblicken.

He (Captain Blifil) began to treat the opinions of his wife with that haughtiness and insolence, which none but those who deserve some contempt themselves can bestow and those only who deserve no contempt can bear.

H. Fielding

Es ist nur ein geringer und scheinhafter Unterschied zwischen dem flüchtigen und geringfügigen Ruhm, den ein Schauspieler, und dem ›bleibenden Ruhm‹, den ein Dichter erwirbt.

Urteil einer alten Frau aus dem Volk über Lessing: Ne, smoket hat he neg, wän he man süs wat dogt harre! (Nein, geraucht hat er nicht, wenn er nur sonst was getaugt hätte!)

Carl Julius Weber, Briefe eines in Deutschland reisenden Deutschen

Autorität über sich erkennen ist ein Zeichen höherer Menschlichkeit.

Un homme partial est exposé à de petites mortifications; car, comme il est également impossible que ceux qu'il favorise vivent toujours heureux ou sages, et que ceux contre qui il se déclare soient toujours en faute ou malheureux, il naît de là qu'il lui arrive souvent de perdre contenance dans le public, ou par le mauvais succès de ses amis, ou par une nouvelle gloire qu'acquièrent ceux qu'il n'aime point.

La Bruyère

Die Ich-Sucht vergeht sich nicht so sehr durch Taten, als durch Nicht-Verstehen.

In Hinsicht auf den Begriff ›Erfahrung‹ gibt es zwei unangenehme Sorten von Leuten: die, denen Erfahrung mangelt, und die, welche sich auf Erfahrung zu viel zugute tun.

Altkluge Kinder und unreife Greise sind in gewissen Weltzuständen genug da.

Es ist eine unangenehme, aber notwendige Kunst, die gemeinen Menschen durch Kälte von sich abzuhalten. ›Nur die Kälte bändigt den Kot, daß er dir den Fuß nicht beschmutzt‹, sagt ein arabisches Sprichwort.

Es ist nicht genug, nur wahre Dinge zu sprechen; es ist außerdem nötig, nicht alle die zu sagen, welche wahr sind; weil man nur die Dinge bringen soll, welche zu enthüllen nützlich ist, und nicht die, welche nur verletzen würden, ohne etwas zu fruchten; und also wie die erste Regel ist ›mit Wahrheit zu sprechen‹, so ist die zweite ›mit Diskretion zu sprechen‹.

Pascal

Wer das Gesellschaftliche anders als symbolisch nimmt, geht fehl.

Frauen verraten vieles, das sie sonst geheim halten, durch ihren Anzug, woran nie das Geringste ganz ohne Überlegung hinzugetan oder weggelassen ist, auch nicht bei der ärmsten Magd. Daraus müßten sich anfangende Liebhaber, die nicht wissen, woran sie sind, manches herausfinden.

Die Eitelkeit steckt im Ausgangspunkt ebenso wie im vorgesetzten Ziel.

Junge Leute tragen im Geistigen oft eine Perücke, aber aus eigenem Haar.

Valmont: Voilà bien les hommes! tous également scélérats dans leurs projects, ce qu'ils mettent de faiblesse dans l'exécution, ils l'appellent probité.

Das ist das Furchtbare an der Schuld, daß sie der Furcht, dem größten Übel auf Erden, eine ungeheure Berechtigung unterschiebt.

Obgleich in der Empirie fast alles Einzelne unangenehm auf

mich wirkt, so tut doch das Ganze sehr wohl, wenn man endlich zum Bewußtsein seiner eigenen Besonnenheit kommt.

Goethe, Reise in die Schweiz, 1797

Zola n'était pas un méchant homme, mais il vivait sous l'influence des événements. *Cézanne im Gespräch*

Partieller Selbsthaß allem Schiefen zugrunde liegend.

Es gibt viele Arten von Liebe, die berühmteste ist nicht die angenehmste. *Rudolf Pannwitz*

Allegorie ist ein großes Vehikel, das man nicht verachten soll. Was Freunde einander wirklich sind, ist eher an einem getauschten Zauberring und Zauberhorn klar zu machen als durch Psychologie.

Der Fleischhauer in Kaschau, der an seinem Hochzeitstag sich so fröhlich, so glücklich fühlt, daß er – bevor er zu seiner Frau hineingeht – sich den stärksten Ochsen herführen läßt und ihn kunstgerecht abschlägt, seinen Gefühlen Lauf zu lassen.

Kann wohl den Wert des Menschen jemand kennen,
der nicht in der Welt Hitze und Kälte erlitten hat?

Aus dem türkischen Spiegel des Kjatibi Rumi

Allez en avant et la foi vous viendra. *D'Alembert*

Es kann einer lange Haare haben, und es tut nichts; aber Absalom wird immer wieder durch seine Haare umkommen.

Das Unheil, das dich irgend einmal trifft, kommt aus einer Stunde, die du versäumt hast. *Napoleon*

Bedenkt man, daß wiederholte sittliche Spiegelungen das Vergangene nicht allein lebendig erhalten, sondern sogar zu einem höheren Leben emporsteigern – *Goethe*

Wirklichkeit ist die fable convenue der Philister.

Es ist etwas in uns, das über und hinter allen Altern ist und mit allen Altern spielt.

›She who is dead and sleepeth in this tomb
Had Rachel's comely face, and Leah's fruitful womb,
Sarah's obedience, Lydia's open heart,
And Martha's care, and Mary's better part.‹

Shakespeare, Grabschrift einer Frau

Im Anfang des Lebens ist man am subjektivsten und begreift am wenigsten die Subjektivität der anderen.

Wer ein allgemein anerkanntes sittliches Verhältnis für seinen Teil aus der Konvention heraushebt und negiert, auch ohne diese Negation auszusprechen, erzeugt einen Wirbel, in den er und was ihm in die Nähe kommt, hineingerissen wird.

Die Frauen sind geborene Französinnen, durch ihren Sinn für das Maß und ihren Hang zum Maßlosen.

Schmeichelhaftes mit Würde kann nur ein Mann in mittleren Jahren aussprechen.

Eine Art, uns selbst zu erziehen, ist die, daß wir einen Menschen, der für uns Autorität hat, herausfordern, sich über einen Gegenstand zu äußern, über den wir ihn anders urteilend wissen, als wir selber urteilen.

Jede neue bedeutende Bekanntschaft bewirkt Auseinanderfallen und neue Integration.

Nichts befriedigt unsere Eitelkeit mehr, als von jemand, dem wir große Achtung schuldig sind, mit Überzeugung auszusprechen, daß er diese oder jene Sache nicht verstehe.

Die Dummheit des Klugen, die Plumpheit des Feinen: wo wurzelt sie? In ungezügelter Nachahmungslust.

Snobs lesen die Geschichte der Salons des ancien régime, wie Kinder Märchen, mit allen fünf Sinnen.

Deutsche bei der Behandlung der gewöhnlichen zarteren Lebensverhältnisse, dem eigentlich Geselligen, schwanken immer zwischen dem Verwahrlosen und dem Verkünsteln.

Wer im Verkehr mit Menschen die Manieren einhält, lebt von seinen Zinsen, wer sich über sie hinwegsetzt, greift sein Kapital an.

Ein junger Mensch, auf der Opernstiege von einem alten Mann mehrmals in den Rücken gestoßen, gibt diesem eine derbe Ohrfeige. »Was werden Sie sagen, mein Herr«, ruft der Greis aus, »wenn Sie erfahren, daß ich blind bin!«

Beaumarchais

Die Scham, von seinen eigensten Verhältnissen zu niemand reden zu wollen, ist eine Selbstwarnung des Gemütes; in jedes Geständnis, in jede Darstellung schleicht sich leicht die Verzerrung ein, und aus dem Zartesten, Unsagbaren wird im Handumdrehen das Gemeine.

Aufmerksamkeit und Liebe bedingen einander wechselseitig.

Es ist eine Fiktion, von einer europäischen Aristokratie im allgemeinen zu sprechen; in der Tat sind ein österreichischer Graf, ein preußischer Junker, ein principe Romano, ein polnischer Edelmann, ein Lord und ein Berner Patrizier höchst verschiedene Gebilde: aber als Postulat kann und soll man sehr wohl von einer europäischen Aristokratie sprechen.

Ein junger Ionier tritt in Athen in goldgesäumtem Purpurgewand auf. Man fragt ihn nach seiner Heimat, und er antwortet: »Ich bin reich.«

Athenaios

Die Stärke patrizischer Erzogenheit liegt im Ablehnen.

Anekdote: Die reiche schöne Witwe mit den drei Freiern. In einer kalten Nacht, als die drei Herren nach einem Souper bei ihr im Schlitten abfahren, die Frage: Has Lord Peto got his coat? Womit sie offenbart, welchem sie den Vorzug gibt.

Die klassische Musik der Liebe ist in Dur, die romantische in Moll.

Die moderne Liebe ist schwache Melodie, überinstrumentiert.

In den höheren Formen des Verkehrs, auch in der Ehe, dürfte nichts als ein Festes, nicht einmal als ein Gegebenes hingenommen werden, sondern alles als das Geschenk jedes einzelnen, eine Welt umspannenden Augenblickes.

Die Wollust liebt die Mittel, nicht den Zweck.

Die Regeln des Anstandes, richtig verstanden, sind Wegweiser auch im Geistigen.

Österreichische Bauern, wenn sie höflich und freundlich sein wollen und im Reden weder das Du noch das Sie recht am Platz scheint, reden mit ›Wir‹ an. So noch mein Großvater zu mir als Kind.

De toutes les passions, celle qui est la plus inconnue à nous-mêmes, c'est la paresse; elle est la plus ardente et la plus maligne de toutes, quoique sa violence soit insensible.

La Rochefoucauld

Es gibt nicht zwei Menschen auf der Erde, die nicht durch eine teuflisch ausgedachte Indiskretion zu Todfeinden gemacht werden könnten.

Der Tröster prahlt leicht.

Das Problem des Familienlebens liegt darin, daß Menschen von verschiedenem Charakter und verschiedenen Lebensaltern durch eine gemeinsame Lebensführung allen leidlich ihr Recht werden soll.

Geliebte Menschen sind Skizzen zu möglichen Gemälden.

Es gibt nichts Selteneres in der Welt als Willen; und dennoch reicht das spärliche Maß von Willen, das den Menschen zugeteilt ist, um alle ihre Urteile umzubiegen.

Tous les vices à la mode passent pour vertus. *Molière*

Das Gesellschaftliche kann und darf man nur allegorisch nehmen. Hier läßt sich das ganze Gesellschaftliche der neueren Zeit (von La Bruyère und der Sévigné an) als eine große Mythologie zusammenfassen.

Es gibt so viele geistige Personen, als es Begegnungen gibt.

Eine Geliebte aufgeben, zeugt von erlahmter Phantasie.

Jede neue bedeutende Bekanntschaft zerlegt uns und setzt uns neu zusammen. Ist sie von der größten Bedeutung, so machen wir eine Regeneration durch.

Fremde in Athen, nach mehreren mit Plato vertraulich verbrachten Tagen, ersuchen diesen, sie nun ja zu seinem Namensvetter, dem berühmten Philosophen, zu führen.

Les plus grandes choses n'ont besoin que d'être dites simplement: elles se gâtent par l'emphase. Il faut dire noblement les plus petites: elles ne se soutiennent que par l'expression, le ton et la manière. *La Bruyère*

Kinder sind dadurch unterhaltend, daß sie leicht zu unterhalten sind.

Es gibt bei höheren Menschen eine fruchtbare Trägheit und eine unfruchtbare, und sie gehen in einer Region, die sich dem Blick entzieht, scheinbar ohne deutliche Grenze ineinander über.

Was die Liebe wechselweise fordert, ist plastische Kraft. Darum gibt es in der Liebe wie in der Kunst so viele verunglückte Entwürfe ohne die zureichende Kraft der Ausführung.

Ce qu'on fait simplement, est simple à faire. *Wladimir Ghika*

Gesang ist darum wunderbar, weil er die Bändigung dessen ist, was sonst reines Organ der Selbstsucht: die menschliche Stimme.

Eine Frau erträgt es in gewissen Verhältnissen, daß ein Mann sie von seiner Liebe zu einer andern unterhält, aber es muß der ganze Akzent auf der Liebe liegen und nicht auf dem Gegenstand der Liebe.

Wer sich nach dem Frühling sehnt, darf nicht auf den Nußbaum schauen.

Philinen oder Manon Lescauts wird es immer und in allen Lebenslagen geben; aber die Aspasien sind selten genug; hier muß zu einer starken weiblichen Natur noch eine besondere Geistigkeit sich hinzufinden, aber eine solche, die nie auf eigene Hand agiert, sich vom Spiel der sinnlichen Anziehung nie entfernt, sondern die ganze Welt in dieses Spiel verflicht.

Degas, auf die Frage: Pourquoi est-ce que vous faites les femmes si laides, monsieur Degas? – Les femmes sont très laides, madame.

God fram'd her so, that to her husband she
As Eve should all the world of women be.

Sir Thomas Overbury,
Grabschrift einer Gattin

Menschen unserer verworrenen Epoche erleben ihr Eigentliches in Zwischenerlebnissen, unaufgeklärten Mißverständnissen, produktiven Zerstreutheiten.

Wer sich erkannt sieht, beginnt zu lieben oder zu hassen.

Rudolf Pannwitz

Der Sinn der Ehe ist wechselseitige Auflösung und Palingenesie. Wahre Ehe ist darum nur durch den Tod lösbar, ja eigentlich auch durch diesen nicht.

Übereinstimmung ohne Sympathie gibt ein widerwärtiges Verhältnis.

In einem Familienleben sollte durch ein fortwährendes leichtes Aussprechen der wichtigsten Bezüge die Atmosphäre beständig aufgehellt werden.

Die Manieren ruhen auf einer doppelten Grundlage: dem andern alle Aufmerksamkeit erweisen, sich selber nicht aufdrängen.

Wer wollte heftiger der Liebe nachjagen, als der wenig fähig ist, sie zu empfinden; er legt in die Welt den Mangel, der in ihm ist, und beklagt immer aufs neue die mangelhafte Gelegenheit.

Die an der Seele Defektuösen kennen und wittern einander.

Als man vor Kapellmeister Schwanenberg, einem Freund Salieris, das Gerücht erwähnte, Mozart sei von den Italienern vergiftet worden, replizierte S.: »Non ha fatto nulla, per meritar tal onore.«

Les hommes sont si nécessairement fous, que ce serait être fou par un autre tour de folie que de ne pas être fou.

Pascal

Selbstliebe und Selbsthaß sind die tiefsten von den irdischen produktiven Kräften.

André Chénier, auf dem kleinen Karren zur Guillotine fahrend, indem er sich vor die Stirn schlägt: Il y avait pourtant quelque chose là dedans.

Marquis de P., den man zur Restaurationszeit fragte, was er während der Revolution getan habe: J'ai vécu, monsieur, c'est bien assez.

Freundschaft und Liebschaft ist ébauche der Ehe, die erste ihrer geistigen Seite nach, die zweite nach der mystischen Seite.

Es gibt solche Vorzüge in uns, die niemals im Resultat einer Leistung uns selber vor Augen treten, noch auch in der Reagenz der Welt uns fühlbar werden; und doch sind es die wertvollsten, und ihrer bewußt zu sein, würde den Lauf unseres Blutes beschwingen; diese Strahlen aufzufangen und zurückzugeben ist die zarteste Aufgabe der Freundschaft.

Des Menschen Alter, von innen gesehen, ist ewige Jugend.

Indem sie ihre Gedanken hinnehmen und hingeben, kommunizieren die Menschen wie in den Küssen und Umarmungen; wer einen Gedanken aufnimmt, empfängt nicht etwas, sondern jemanden.

Über dem Gedächtnis eines in der Fülle seiner Kraft verstorbenen Freundes hängt die Seele wie über einem Wasserfall, stürzt sich immer wieder mit der lebendigen Masse nach unten, sieht sie zerstäuben und zu Dunst werden, um wieder zum Scheitel aufzusteigen und sich aufs neue herabzustürzen.

Es gibt eine Stille des Herbstes bis in die Farben hinein.

Ist nun die Einsamkeit noch ein Wert in der Welt der Individualität? An sich nicht, sondern nur noch inmitten der Menschen.

Rudolf Kassner, Zahl und Gesicht

Ce que j'aime le mieux au monde: les feuillages, n'existe plus, et je souffre de tout mon cœur au milieu de ces paysages de pierre. *Charles-Louis Philippe*

Die Musik verbindet, die Bräuche trennen. Durch die Verbindung entsteht die Freundschaft der Menschen untereinander, durch die Trennung die Achtung voreinander. Wenn die Musik zu große Bedeutung erlangt, gibt es Nachlässigkeit. Wenn die Bräuche zu sehr herrschen, entsteht Entfremdung.

Aus dem Buche Jo-Ki (dem Buch über die Musik)

Der Dichter ist nie in seiner Sache ganz. Der Fachmann immer.

Addison

Freude erfordert mehr Hingabe, mehr Mut als der Schmerz. Sich der Freude hingeben heißt, genau so weit das unbekannte Dunkle herausfordern.

Anekdote: Ein Mensch, der eine sehr finstere Jugend hatte (ich glaube Alphonse Karr). Bei einem Souper mit Freunden sagt seine Geliebte: Voyez comme ce sourire embellit Alphonse; comme il est jeune, ce sourire. – C'est qu'il a si peu servi, sagt er.

Im Gesicht von Kindern ist ein Letztes, das nur das Auge des Vaters oder der Mutter sieht.

Der Tod selbst ist für den, der nachdenkt, nichts so Ernstes wie die Ehe. *W. S. Landor*

Es gehört Glaubenskraft, also Genialität dazu, die dargebrachte Liebe zu erfassen.

Gegenwart ist die absolute Leidensseite der Existenz – aber nur ein Provisorium.

Die ganze Seele ist nie beisammen, außer in der Entzückung.

In der außerordentlichsten und einsamsten Art sich zu verhalten und in der erbärmlichsten geheimsten Lage hat jeder Tausende von Gefährten, von denen er nichts ahnt.

J'aime toutes les choses, mais j'aime surtout ce qui souffre. D'une belle jeune fille et de sa grand'mère, je préfère la grand'mère parce qu'elle est vieille, qu'elle souffre, et qu'elle va bientôt mourir. Je préfère la grand'mère parce que, comme je te le disais, mon cœur s'est habitué à vivre dans une haute atmosphère où il y a surtout de la bonté. Il y a eu, tout l'été dernier, une aïeule qui installait sa chaise au soleil en face de mon bureau, en haut des marches de la rue François-Miron, elle chauffait son pauvre sang froid et son visage et ses cheveux blancs. Une fois sa petite-fille est venue près d'elle jouer, l'amuser, l'agacer. Oh! mon ami, il fallait voir les gestes de défense de la vieille. Elle ne riait pas, elle se défendait de ce mouvement, avec un recul de son corps et de ses membres et une crispation de son visage. C'était pitoyable. Mon cœur en saignait de tristesse, de bonté et de bonheur.

Charles-Louis Philippe

Wenn ein Mensch dahin ist, nimmt er ein Geheimnis mit sich: wie es ihm, gerade ihm – im geistigen Sinn zu leben möglich gewesen sei.

Wo ist dein Selbst zu finden? Immer in der tiefsten Bezauberung, die du erlitten hast.

Georg Büchner auf dem Totenbett hatte in seinen Delirien abwechselnd revolutionäre Gesichte, dazwischen ließ er mit feierlicher Stimme sich so vernehmen: »Wir haben nicht zu viel, wir haben ihrer zu wenig, denn durch den Schmerz gehen wir zu Gott ein. Wir sind Tod, Staub und Asche – wie dürfen wir klagen?«

* * *

Gott hat gesagt: Dem, der Gutes tut, vergelte ich es zehnfältig, und mehr; wer Böses tut, den trifft Vergeltung, wenn ich ihm nicht vergebe; und wer sich mir eine Spanne nähern will, dem komme ich zwölf Ellen entgegen, wer im Schritt zu mir kommt, zu dem laufe ich; und wer voll Sünde, aber gläubig vor mir erscheint, vor dem erscheine ich, bereit, ihm zu vergeben.

Gott sagt: Ich war ein Schatz, den niemand kannte, und wollte bekannt werden. Da schuf ich den Menschen.

Eine Stunde Betrachtung ist besser als ein Jahr Andacht.

Das Streben nach Wissen ist ein göttliches Gebot für jeden Gläubigen; wer aber Unwürdigen Wissen mitteilt, hängt Perlen, Edelsteine und Gold Schweinen um den Hals.

Mohammed

Jede wahrhaft große geistige Erscheinung ist übermenschlich und macht für den, der sich ihr hingibt, alles übrige entbehrlich, bis ans Ende der Zeiten; das ist die Wurzel der durch ein Individuum geoffenbarten Religionen und ihres Anspruches auf Orthodoxie.

Die wenig Zusammenhang in sich selber fühlen, reden vom Festhalten an den Ideen. Die Ideen sind aber nichts, woran man festhalten könnte; sie sind ein Jenseitiges, das sich uns in höchsten Augenblicken enthüllt und sich wieder entzieht.

Der Mensch steckt voller Absichten; er kennt sie nicht, aber sie sind die geheimen Triebfedern seines Handelns.

Mythisch ist alles Erdichtete, woran du als Lebender Anteil

hast. Im Mythischen ist jedes Ding durch einen Doppelsinn, der sein Gegensinn ist, getragen: Tod = Leben, Schlangenkampf = Liebesumarmung. Darum ist im Mythischen alles im Gleichgewicht.

Als Drittes dann die innere Landschaft, die die Seele aus ihrem Zustand vor der Geburt mit in die Welt bringt, die das Wesen und die Farbe des Traumes bestimmt, des Traumes in der weitesten Bedeutung, wie überhaupt die heimlichen und unbewußten Richtwege des Geistes, die sein Klima sind, seine eigentliche Heimat. Nicht etwa nur Phantasiegestaltung von Meer und Gebirge, Höhle, Park, Urwald, das paradiesisch Ideale der unreifen Sehnsucht, der Aus- und Zuflucht alles Ungenügens an der Gegenwart, ist unter der inneren Landschaft zu verstehen, vielmehr ist sie der Kristall des wahren Lebens selbst, der Ort, wo seine Gesetze diktiert werden, und wo sein wirkliches Schicksal erzeugt wird, von dem das in der sogenannten Wirklichkeit sich abspielende vielleicht bloß Spiegelung ist. *Jakob Wassermann*

Das Innere eines Menschen wird schließlich ein in einen harten Stein getriebenes Labyrinth, von dem er allein den Ausweg ins, Freie zu kennen glaubt, – aber er glaubt nur.

Nicht daß einer alles wisse, kann verlangt werden, sondern daß er, in dem er um eins weiß, um alles wisse.

Der Geist sucht das Wirkliche, der Ungeist haftet am Unwirklichen.

So göttlich ist die Welt eingerichtet, daß jeder an seiner Stelle, an seinem Ort, zu seiner Zeit, alles übrige gleichwägt.

Goethe

In der Gegenwart, die uns umgibt, ist nicht weniger Fiktives als in der Vergangenheit, deren Abspiegelung wir Geschichte nennen. Indem wir das eine Fiktive durch das andere interpretieren, entsteht erst etwas, das der Mühe wert ist.

Das Gute allein ist auf die Dauer beachtenswert.

Immermann

Was ein Ding ist, wäre schwer zu sagen, aber man kann sagen, daß die Menschen sich darüber einig sind und den Begriff nicht auf das, was ertastbar ist, beschränken.

Seinen Kopf nicht anfüllen, sondern stärken.

Lichtenberg

Die immer erstaunliche Wirklichkeit springt dort ein, wo vernünftige Notwendigkeit zur Begründung eines Geschehenen nicht ausreicht.

Die einzige Gleichheit, die vor dem tiefer eindringenden Blick besteht, ist die Gleichheit des Gegensätzlichen.

Der Mystiker stellt die Hingabe am höchsten, gleichgültig ob ans Gute oder ans Böse; aber das Böse hat nicht die Kraft der Hinnahme, die hat nur das Gute.

Moritz Heimann

Die Gründlichkeit der Welt verschmäht die Maße,
in denen sich der Hang zur Dinglichkeit verrät ...

Theodor Däubler

Zu denken, daß alle Himmel und Unterwelten aller Religionen aus dem menschlichen Innern erbaut sind: auf die Kraft der Projektion nach außen kommt alles an.

Der Adler kann nicht vom flachen Boden wegfliegen; er muß mühselig auf einen Fels oder Baumstrunk hüpfen: von dort aber schwingt er sich zu den Sternen.

Im Bereich der Einbildung ist das Unbekannte allmächtig.

Napoleon

Nicht in der Weltgeschichte, wie die Professoren-Philosophie es wähnt, ist Plan und Ganzheit, sondern im Leben des Einzelnen.

Schopenhauer

Alles Geglaubte besteht, und nur dieses.

Si la pauvreté est la mère des crimes, le défaut d'esprit en est le père.

La Bruyère

Fünf Schicksale leiten den Menschen: seine geistige Natur, sein Körper, sein Volk, seine Heimat, die Epoche: sich über alle fünf zu erheben, ist das Göttliche.

Jeder starke Eindruck bringt Freiheit und Bindung; darum formen uns unsere Eindrücke.

Es hat keinen Zweck, daß das Individuum sich im Geistigen bescheiden stelle; die ganze Mitwelt, alle Vergangenheit in ihr eingeschlossen, ist genau der Raum, den es braucht, um ganz zu existieren.

Alles Gelebte schmeckt sonderbar und gräßlich wie Brackwasser: Tod und Leben gemischt.

Was Geist ist, erfaßt nur der Bedrängte.

Magie ist Weisheit, praktisch geworden. Auch unbewußte Weisheit kann praktisch werden. (Für gewöhnlich wird nur das Praktischwerden des Verstandes wahrgenommen.)

Zu jedem Höheren ist Zusammensetzung gefordert. Der höhere Mensch ist die Vereinigung mehrerer Menschen, das höhere Dichterwerk verlangt, um hervorgebracht zu werden, mehrere Dichter in einem.

An unseren Gedanken hat der Wille weit mehr Anteil als der Verstand.

– wie das Erhabene von Dämmerung und Nacht, wo sich die Gestalten vereinigen, gar leicht erzeugt wird, so wird es dagegen vom Tage verscheucht, der alles sondert und trennt, und so muß es auch durch jede wachsende Bildung vernichtet werden, wenn es nicht glücklich genug ist, sich zu dem Schönen zu flüchten und sich innig mit ihm zu vereinigen, wodurch denn beide gleich unsterblich und unverwüstlich sind. *Goethe*

Darum sollen wir Gott anbeten, welcher nur im Geiste, das ist in dem innersten Grunde des Menschen, verehrt werden kann.

J. B. van Helmont

Aus welcher Ursache auch etwas aus dem Nichtsein in das Sein übertritt, gleichviel, ein dichterisches Erschaffen findet dabei alleweil statt. *Plato*

Eine einzelne Handlung oder Begebenheit interessiert nicht, weil sie erklärbar oder wahrscheinlich, sondern weil sie wahr ist. *Goethe*

Die Möglichkeit, gewisse tiefe Fragen zu stellen, könnte sich in uns ausbilden durch die Ahnung, daß sie beantwortet werden könnten, durch Begegnungen, ja die Antizipation von Begegnungen.

Wie viel Kräfte mag es geben, deren Existenz wir nicht einmal ahnen, weil es keine Beziehung zwischen den Ideen gibt, die wir durch unsere fünf Sinne erlangen, und denen, welche wir durch andere Sinne erlangen könnten.

Lessing

Die Welt will einen jeden aus ihm selbst herausreißen und wieder zu ihm selbst bringen.

Wissen ist wenig; im rechten Bezug zu wissen ist viel, im rechten Punkt zu wissen ist alles.

La bêtise n'est pas d'un côté et l'esprit de l'autre. C'est comme le vice et la vertu; malin qu'il les distingue. *Flaubert*

Gott gibt uns die Seele; aber das Genie müssen wir durch Erziehung bekommen. Ein Knabe, dessen ganze Seelenkräfte man soviel als möglich beständig in einerlei Verhältnissen ausbildet und erweitert, dem man angewöhnt, alles, was er täglich zu seinem kleinen Wissen hinzulernt, mit dem, was er gestern bereits wußte, zu vergleichen, den man lehrt, sich ebenso leicht von dem Besonderen zum Allgemeinen zu erheben, als von dem Allgemeinen zum Besonderen wieder herabzulassen: der Knabe wird ein Genie werden oder man kann nichts in der Welt werden. *Lessing*

Einer gilt mir für dreißigtausend, doch die Unzähligen für nichts. *Heraklit*

Die Menschen werden Dich nicht immer verstehen; und die Dir am nächsten zu stehen behaupten, die werden am meisten Dich verleugnen; ich seh in die Zukunft, da sie rufen werden: »Steiniget ihn!« Jetzt, wo Deine eigene Begeisterung gleich einem Löwen sich an Dich schmiegt und Dich bewacht, da wagt sich die Gemeinheit nicht an Dich.
Bettina an Goethe

Der Geist entfaltet seine größte Kraft corps à corps mit dem Sinnlichen.

Wer die höchste Unwirklichkeit erfaßt, wird die höchste Wirklichkeit gestalten.

Es muß einen Stern geben, auf dem das vor einem Jahr Vergangene Gegenwart ist, auf einem das vor einem Jahrhundert Vergangene, auf einem die Zeit der Kreuzzüge und so fort, alles in einer lückenlosen Kette, so steht dann vor dem Auge der Ewigkeit alles nebeneinander, wie die Blumen in einem Garten.

Der Geist besiegt die Materie. Ihre stärkste Waffe im Kampf mit ihm ist ihre Flüchtigkeit.

Es ist nichts im Innern wesentlich, das nicht zugleich im Äußern wahrgenommen wird.

Jede Idee entbindet sich durch ihr contrarium: Königtum in der Bedrängnis; sei es Friedrich II., sei es Ludwig XVI., jetzt Geistesgewalt durch das Überwuchten der militärischen, technischen, ökonomischen Materie.

Man kann ein stumpfes und ein feines Gefühl von der Zeit in sich tragen, so wie ein wirksames und ein unvermögendes Gefühl von Raum.

Man muß über das Gefühl der Gegenwart hinwegkommen, wie in der Musik über das Hören der Klangfarben der Instrumente.

Eine große Nation bringt zwar immer aufs neue Dichter und Denker hervor, die ihr geistiges Wesen repräsentieren; aber die meisten sind Objekte dieses Geisteslebens, nur äußerst wenige sind Subjekte desselben.

Ein Ding ist eine unausdeutbare Deutbarkeit.

Der geistlose und der geistreiche Gelehrte sind beide gefährlich: der geistlose vermehrt die lastende Materie in der Welt unter dem Vorwand geistigen Tuns, der Geistreiche opfert leicht das Oberste dem Niedrigeren auf.

Denke ich mich und was immer Zweites dazu – und wär es die Landkarte von Griechenland – so sehe ich wie durch ein Fenster in mich hinein.

Starke Phantasie ist konservativ.

Wir haben im ganzen Leben, besonders in der Sphäre des

geistigen Verkehrs, die unrichtige Angewohnheit, daß wir den andern Menschen vieles von dem leihen, was uns eigen ist, ganz als müßte das so sein. Da sie nun außerdem ihr Eigenes vor uns erscheinen lassen, so entstehen, indem wir aus beiden Teilen eine Einheit zu schaffen suchen, eigentlich Monstra, ähnlich denen, die in einem winkligen Haus durch den Schein einer Laterne halb aus Schatten, halb aus wirklichen Gegenständen erzeugt werden. Es gibt keine nützlichere aber auch schwierigere Operation, als dieses unbewußt Geliehene von der Erscheinung des anderen wieder abzuziehen. Erst dadurch aber machen wir begreifliche Menschen aus ihnen – oder kürzer ausgedrückt: Der Mensch glaubt die Menschen zu verstehen, wenn er zu einer vermuteten unbegrenzten Analogie mit seinem Selbst noch einiges diesem Selbst Widersprechende hinzu addiert. Es ist Sache der Erfahrung, mit Menschen operieren zu können, die man sich vom Kern aus verschieden vom eigenen Selbst vorzustellen hat.

Rien n'est simple de ce qui s'offre à l'âme, et l'âme ne s'offre jamais simple à aucun sujet. *Pascal*

Reifer werden heißt schärfer trennen, inniger verbinden.

Vielleicht die seltsamste Berührung zwischen dem Realen und dem Irrealen ist das wirkliche Unheil, das falsche Begriffe anrichten.

Der mittelmäßige Mensch hält zu knapp nach dem richtigen Gedanken inne; daher die vielen Halbwahrheiten in der Welt.

Unvergeistigte Gedanklichkeit ist ein ganz guter gesprächsweisender Ausdruck für den gegenwärtigen Geisteszustand, wie er in den zahllosen Broschüren und ephemeren Büchern zutage tritt.

Embryos haben den Umriß von Riesen, aber nicht die Kräfte.

Die Philosophie ist die Richterin eines Zeitalters; es steht schlimm, wenn sie statt dessen sein Ausdruck ist.

Rudolf Pannwitz

Was ist Kultur? Zu wissen, was einen angeht, und zu wissen, was einen zu wissen angeht.

Toute débauche parfaite a besoin d'un parfait loisir.

Baudelaire

Es muß erlaubt sein, sich mit der eigenen geistigen Person zu beschäftigen, wenn eine wirkliche Neugierde den Antrieb bildet.

Das Fremde zu schauen hindert die Fremdheit, das Vertraute zu erkennen verwehrt die Vertrautheit.

Betrachtet man die Wielandsche Auffassung der Antike und die Nietzschesche nebeneinander, ebenso die von Winckelmann und von Jacob Burckhardt, so erkennt man, daß wir etwa noch mehr als die andern Nationen die Antike als einen magischen Spiegel behandeln, aus dem wir unsere eigene Gestalt in fremder, gereinigter Erscheinung zu empfangen hoffen.

Daß wir sie überschätzen, dazu ward die Vergangenheit unserem Gedächtnis einverleibt.

Gegenwart anerkenne dort, wo du Gestaltung empfängst.

Über Oeser. – Seine Werke gaben immer etwas zu sinnen und wurden vollständig durch einen Begriff, da sie es der Kunst und der Ausführung nach nicht sein konnten.

Goethe

Das Fragende in den menschlichen Gesichtern ist Geist, die Behauptungen sind Behauptungen der Materie.

Wie man empfindet, so will man empfunden sein.

Im Höchstvergeistigten noch ist es die Naivetät, das irrational Körperhafte, wodurch das Geistige Bestand hat.

Wir sehen von unsern eigenen Gedanken nur das nächste Stück, wie die Kurzsichtigen von dem Feldweg vor ihren Augen, nicht aber, wohin er sich am jenseitigen Abhang des Tales fortsetzt.

Daß der Mund küßt, ißt und redet, sollte für sich allein, die am Greifbaren haften, darauf bringen, daß wir durchaus dem Unbegreiflichen gegenüberstehen.

Wenn man wissen könnte, wie viele homogene Massen (zu diesen rechnet er die elektrische, die magnetische Materie) die materielle Welt enthielte, so könnte man auch wissen, wie viele Sinne möglich wären. *Lessing*

Je mehr der Gelehrte oder Denker sich dem Künstler nähert, ohne ihn doch zu erreichen, ein desto bedenklicheres Phänomen ist er.

Die gefährlichste Sorte von Dummheit ist ein scharfer Verstand.

Der Mensch versteht alles, nur das völlig Einfache nicht.
Grillparzer

Nur zwischen dem Nicht-Seienden gibt es Ähnlichkeiten, demNicht-Menschlichen der Menschen usf. – das Seiende ist immer einzig.

Geist ist überwundene Wirklichkeit. Was sich von der Wirklichkeit absentiert, ist nicht Geist.

Die Einfälle sind wahre Zeugungen des schöpferischen Augenblicks, und sie gleichen ihm, ihrem Vater, von Angesicht und Wuchs, ja sie perpetuieren sein, des völlig entschwundenen, Andenken.

La ressource de ceux qui n'imaginent pas est de toujours conter. *Vauvenargues*

Generelle Kenntnis ist entfernte Kenntnis, das Wissen besteht aus Einzelheiten, ebenso wie das Glück. Nur wer auf das genaueste in die Manieren, die Absichten und die Charaktere in allen ihren Verzweigungen eindringt und sie zu unterscheiden weiß, ist der einzig weise und vernünftige Mensch, und auf diese Unterscheidung ist alle Kunst gegründet.

William Blake

Gute Gedanken muß man auch von rückwärts anschauen können. *Novalis*

Perspektivismus: Der Gebrauch, den wir von den Wahrheiten anderer Zeiten machen, ist ein uneigentlicher, der sein Analogon in der Nach-Descartesschen Mathematik findet.

Um überhaupt nur zu sehen, muß man den Sand aus den Augen kriegen, den die Gegenwart beständig hineinstreut.

Kant, Fichte und Hegel sind in gewisser Weise der Ausdruck einer desequilibrierten bürgerlichen Welt.

Nicht: vieles zu kennen, aber: vieles miteinander in Berührung zu bringen, ist eine Vorstufe des Schöpferischen.

Indem man von der Wirklichkeit irgend etwas Zusammenfassendes aussagt, nähert man sie schon dem Traum, vielmehr der Poesie.

Aus lauter Leeren ist die Fülle der menschlichen Existenz aufgebaut.

Die besten Augenblicke sind die, in denen sich das Individuum über seine Situation im Dasein klar wird; das Gefühl kann sich steigern bis zum Magischen, und es ist ohne alles Selbstsüchtige, ohne ein Trachten.

Wer Geist hat, braucht sein Leben lang, sich in seine Elemente auseinanderzulösen; das Genie baut aus diesen eine neue Welt.

Wunderbar ist der Übergang im Denken, der es möglich macht, das für uns individuell Fürchterliche fast freudig zu betrachten.

Die Ereignisse sind Wellen, die den Geist bedrohen, aber auch tragen.

Was ist innere Freiheit? Im Einzelnen zugleich das Allgemeine und Notwendige zu erkennen.

Als der heilige Antonius von Padua vor seinem Ende sah, wie einer der Brüder ihm die letzte Ölung herbeibrachte, sagte er lächelnd zu ihm: »Damit bin ich schon innen gesalbt.«

De la Haye,
Vita di S. Antonio

Der Glaube hat nur einen Gegenstand, ebenso der Unglaube. Beide gehen auf das Ganze.

Serpens nisi serpentem comederit non fit draco.

Daß er sich als Materie zu Höherem fühle, ist das Letzte, was dem Menschen bleibt, wenn er sich verwirft.

Die Tiefe muß man verstecken. Wo? An der Oberfläche.

Die Welt läßt sich die Niederträchtigen gefallen, aber nur der Außerordentliche tut ihr genug. Die dazwischen haben einen schweren Stand und leicht ein böses Gewissen.

Die einfachen Charaktere, nicht die zusammengesetzten, sind schwer zu verstehen.

Die gefährlichsten unserer Vorurteile herrschen in uns selber gegen uns selber. Sie aufzulösen ist das Schöpferische.

Die Wirklichkeit steht immer gleich nahe.

Der gefährlichste Gegner der Kraft ist die Schwäche.

Es braucht ein ganzes Leben, um einzusehen, wie dinglich – objektiv – sich die Dinge, wie menschlich – subjektiv – die Menschen verhalten.

Nicht durch den kategorischen Imperativ, den man immer im Munde führt, hat Kant auf ganze Generationen gewaltig gewirkt, sondern durch den Kritizismus, in dem das Scheue, Weltlose der Deutschen seinen abstrakten Ausdruck fand.

Die Formen beleben und töten.

Auch dies gehört zur inneren Freiheit; der Jüngling in uns muß vom Mann hinweggeräumt werden, der Mann vom Greis, die Jungfrau von der reifen Frau: es ist nur *ein* Priester im Heiligtum.

Das Lebendig fließt, aber das Fließende ist nicht die Form des Lebens.

Rudolf Pannwitz

Auch um die Unterschiede zwischen uns und andern zu erkennen, bedarf es des erhöhten Augenblickes.

Es gibt ein Enthusiastisches aus Schwäche und eines aus Stärke; das erste ist der Sentimentalität verwandt, das andere ist ihr entgegengesetzt.

Der Weg des Übermaßes führt zum Palast der Weisheit.

William Blake

Der feste Wille ist die Absicht; bei wem der stark ist, dem gelingt das Streben. Stark aber ist dessen Wille, der auf die Frage: »Wer kann wohl, wenn man vier Unermeßliche Zeitfolgen und hunderttausend Weltalter hindurch in einer Hölle gemartert war, noch hoffen ein Erwachter zu werden?!« – »*Ich!*« zu erwidern vermag.

Sārasaṅgaho des Siddhahatto. XII. Jahrh.

Wer sich des Guten nicht erinnert, hofft nicht. *Goethe*

Auch im Leid wird der Gläubige wahrhaft an seinem Ort sein, auch im verzweifelten Augenblick.

Wenn Liebe einen ›Zweck‹ hat, transzendent gesprochen, so müßte es der sein, daß in ihrer Glut der beständig in innerste Teile auseinanderfallende Mensch zu einer Einheit zusammengeschmolzen wird.

Daß für ihn der Reichtum des sittlich Möglichen in Gestalten, nicht in Begriffen sich innerlich darstelle, dadurch unterscheidet sich, der den Tempel der Bildung betreten hat, von dem im Vorhof Verweilenden.

Seid behutsam in sechs Fällen: Wenn ihr sprecht, sprecht die Wahrheit; wenn ihr etwas versprecht, haltet es; bezahlt eure Schulden; seid keusch in Gedanken und in Werken; meidet jede Gewalt; und flieht alles Böse.

Möglichst viel schweigen und dabei heiter bleiben.

Unwürdig des Gläubigen ist jedes leere Geschwätz.

Mohammed

Wo der Wille nur erwacht, dort ist schon fast etwas erreicht.

Eine Flaumfeder kann einen Kieselstein rund schleifen, wofern sie von der Hand der Liebe geführt wird.

Die Seele ist unter allen Giften das stärkste. *Novalis*

Der Schmerz ist verschiedener Art, je nach dem Willen, ihn aufzunehmen. Es gibt ein Schmerzempfinden nach oben wie nach unten.

Schöpfung und Darstellung sind Gegensätze, obwohl meist verbunden; ihre wahre Einheit ist nur im Kultus.

Rudolf Pannwitz

Die Zeremonie ist das geistige Werk des Körpers.

Durch Glauben wird Leben erst zum Leben, auch in seinen zartesten Gliedern.

Ein Kunstwerk ist eine umständliche und ausgebreitete Handlung, durch die ein Charakter erkennbar wird.

Das Schöne, auch in der Kunst, ist ohne Scham nicht denkbar.

Der Geist kann harmonisch sein und der Körper ohne Mißbildung – und doch ein gewisser Geist des Körpers fehlen.

Alter Wein ist mehr als Greis und gewinnt den Duft wieder, der auf ihm schwebte, da er weniger war als Kind: ungeboren.

* * *

Die Gegenwart oktroyiert Formen. Diesen Bannkreis zu überschreiten und andere Formen zu gewinnen, ist das Schöpferische.

Innerhalb der engsten Schranke, der besondersten Aufgabe ist mehr Freiheit, als an dem unbegrenzten Unort, den der moderne Sinn sich als Tummelplatz dieser imaginiert.

Geistige Deutsche werden schwer und spät zum eigentlichen

Leben geboren; sie machen dann die zweite Geburt durch, in der viele sterben.

Hic libertatem nostri posuere parentes. *Schweizer Inschrift*

Der Großstaat ist in der Geschichte vorhanden zur Erreichung großer äußerer Zwecke, zur Festhaltung und Sicherung gewisser Kulturen, die sonst untergingen, zur Vorwärtsbringung passiver Teile der Bevölkerung, welche, als Kleinstaat sich selbst überlassen, verkümmern würden, zur ruhigen Ausbildung großer kollektiver Kräfte. *Jacob Burckhardt*

Was den Staat nach innen betrifft, so ist er nicht entstanden durch Abdikation der individuellen Egoismen, sondern er *ist* diese Abdikation, er *ist* ihre Ausgleichung, so daß möglichst viele Interessen und Egoismen dauernd ihre Rechnung dabei finden und zuletzt ihr Dasein mit dem seinigen völlig verflechten.
Jacob Burckhardt

Ein Gedanke, auf den man nicht leicht kommt und der doch zu vielem den Schlüssel gibt, ist dieser: es verberge sich in jeder Epoche aufs neue unter der Maske des besonders Kraftvollen das sonderlich Schwache.

Die Menschheit gelangt zu Neuschöpfungen unsäglich schwer und hegt darum die einmal entwickelten Formen als ein heiliges Erbstück. Darum knüpfte Cäsar mit gutem bedacht an Servius Tullius in ähnlicher Weise an, wie später Karl der Große an ihn angeknüpft hat und Napoleon an Karl den Großen wenigstens anzuknüpfen versuchte.
Theodor Mommsen

Ein kurzes Siegesfest nur ist der Wahrheit beschieden, zwischen den beiden langen Zeiträumen, wo sie als paradox verdammt und als trivial geringgeschätzt wird. *Schopenhauer*

Wenn die Deutschen jetzt das Geistige in die Politik einbeziehen wollen, so müssen sie vor allem lernen, zwei Begriffe scharf zu trennen, deren einer sich aufs Nächste, der andere aufs Höchste bezieht: Zweck und Ziel.

Die Verzweiflung einer Epoche würde sich darin aussprechen, wenn es ihr nicht mehr der Mühe wert erschiene, sich mit der Vergangenheit zu beschäftigen.

In der gegenwärtigen Geistesverwirrung sind Elemente von jedem deutschen Unsinn seit dem sechzehnten Jahrhundert in Umlauf.

Es gehört zum glückseligsten Schicksal eines Volkes, eine einzige große und rhythmisch waltende Naturgewalt in der Mitte des Daseins zu haben. Das war für die alten Ägypter der Nil. Sie empfingen den Segen und das Brot, den Mythos, die Rechtsbelehrung und den Lebensrhythmus aus einer milden Hand. Darum waren sie so heiter-ernst, wie niemand nach ihnen, und überwanden Tod und Leben eins durchs andere.

Vergewaltigung der Natur ist ein starkes Ingrediens unserer Kultur seit hundert Jahren.

Der Gegenwart entflieht, wer unter die Bauern geht. Der Bauer und die Gegenwart liegen in einem gesunden ewigen Streit, und über der Natur und den Sternen schwebt eine unverwelkliche Zeit, die nichts von der schalen Gegenwart weiß.

Die nationale Mystik ist Bespiegelung des Selbst, in ein Totem verlegt.

Man weiß ebenso Weniges und Ungenaues von dem Volksganzen, dem man zugehört, als von dem eigenen Leib.

Das Volk übt zeitweise eine Art von Ostrazismus, wenn es gewisse Stände und Klassen zum Gegenstand der Anklage macht, es deutet dabei aber auf eine höhere Wahrheit hin: nur die Gesamtheit der Produktiven bildet das Volk.

Les institutions périssent par leur victoire. *Montesquieu*

Alle nationale Politik führt letzten Endes in ein unvermittelbares Element, in den Idiotismus, das Wort in seinem Ursinn verstanden.

Pierre le Grand a marié la Russie à l'Europe, de là votre malheur, dont voici le gémissement éternel: Nec sine te nec tecum vivere possum. *Joseph de Maistre*

Das Vergnügen am Kennenlernen vergangener Zeiten hat mehr sinnlichen Zusatz, als wir denken würden; es ist damit wie mit dem Reisen.

Die Völker sprechen so verschiedene Sprachen, daß sie einander weder beleidigen noch genugtun können.

Womit Völker einander beikommen, ist das Geringste an ihnen, und dies noch durch einen Zerrspiegel zurückgeworfen.

Griechen machen aus einem kleinen Fonds das meiste, Deutsche aus riesigem das wenigste.

Das Anthropozentrische ist auch eine Art von Chauvinismus.

Der Witz der Franzosen ist überraschende gefällige Art, eine Wahrheit scharf auszusprechen. Der Deutsche irrt sehr, wenn er annimmt und behauptet, jener gebe den Witz an Stelle der Wahrheit, es sei unter dem Witz die Unwahrheit oder nichts verborgen. So meint es Voltaire in seinen Witzen über Gott und die Kirche; so ist die Antwort Rodins zu verstehen: die deutschen Barbaren verführen mit der Kathedrale von Reims nicht anders, als die französischen Restauratoren jahraus, jahrein an allen Kathedralen von Frankreich.

Es ist uns leicht, die plumpe Albernheit einer überlebten Epoche aus alten Dokumenten, die damals der ›Zeit‹ dienten, ihr huldigten, in ihr schwelgten, mit dem ersten Blick zu durchschauen; und ein schneller Ekel heißt uns den Blick wieder abwenden. Wie aber wird uns zumute, wenn uns für das Treiben der Gegenwart plötzlich der Star gestochen und allmählich das Auge sehend wird, wir die gleiche unbegreifliche Schalheit, läppische Nichtigkeit und unsägliche Zerfahrenheit in Kraft erblicken, ja die völlige Identität unserer jetzigen Philister mit den vormärzlichen oder den gelehrten und ungelehrten Rüpeln des XVIII. – und das Ganze uns wie ein ekles, stagnierendes Gewässer zu umgeben scheint, ein unsterblicher Sumpf, den kein Herrscher jemals trocken legen wird! *Nach der Lektüre eines Nekrologes auf Dehmel*

Deutsche tun sich viel auf die Tiefe zugute, die nur ein anderes Wort ist für nicht realisierte Form. Nach ihnen müßte uns die Natur ohne Haut, als wandelnde Abgründe und Wirbel, herumgehen lassen.

Der Philosoph – das Wort im antiken Sinn und im Sinn des achtzehnten Jahrhunderts gebraucht – hat einen guten Stand sowohl in einer grandiosen als in einer erbärmlichen Epoche: von beiden wird er sich abheben. Aber eine Epoche, die sich selber annulliert, annulliert auch ihn.

Die Zeiten folgen einander. Was für die eine eine Errungenschaft war, ist für die andere ein schales Selbstverständliches. Wer seine Zeit nicht erfaßt, hat verspielt.

Das größte Bedürfnis eines Staates ist das einer mutigen Obrigkeit. *Goethe*

Der moralische Sieger ist es, der sich am leichtesten zu Tode siegt.

Kabinette mögen einander betrügen; politische Maschinen mögen gegeneinander gerückt werden, bis eine die andere zersprengt. Nicht so rücken Vaterländer gegen einander; sie liegen ruhig neben einander und stehen sich als Familien bei.

Vaterländer gegen Vaterländer im Blutkampf ist der ärgste Barbarismus der menschlichen Sprache. *Herder*

Jedes Volk besitzt von der Welt so viel, als es sich geistig anzueignen vermag. Die Deutschen im Mittelalter und das Imperium Romanum.

Was den Staat betrifft, so ist die Form der Regierung von sehr geringer Bedeutung, obwohl halbgebildete Leute anders denken. Das große Ziel der Staatskunst sollte Dauer sein, indem sie weit wertvoller ist als Freiheit. *Machiavelli*

Die modernen Italiener haben vielleicht größere Schwierigkeiten, sich in ihrem Innern wahrhaft als Nation zusammenzufinden, als die Deutschen; sie sind noch gar nicht auf dem Punkt angelangt, wo sie allgemein das Problematische ihrer nationalen Existenz erkennen können; dazu gehört eine tiefere Reflexion, als deren sie heute fähig wären. Hier wird der italienische Süden, immer die Heimstätte des philosophischen Denkens, eine große Rolle zu spielen haben. Es ist kein Zufall und nichts Geringes, daß die Denker von Thomas von Aquino und Giordano Bruno an bis auf Giambattista Vico, Galiani und letztlich Benedetto Croce, alle aus dem Süden der Halbinsel stammen.

Im Nationalen herrscht Idiosynkrasie; jeder glaubt um die Nation ein Letztes zu wissen, wie er glaubt um sich selber ein Letztes zu wissen. Würde man ihn aber fragen, was dieses sei, so würde er antworten wie Augustinus auf die Frage nach dem Wesen der Zeit: Wenn man mich nicht fragt, so weiß ich es; fragt man mich aber, so weiß ich es nicht.

Das achtzehnte Jahrhundert hatte eine wahre Popularphilosophie, an deren Stelle das neunzehnte einen Hexenbrei aus allen denkbaren Gedanken und Meinungen gesetzt hat. Aus diesem wieder das Höhere und für die Epoche Wertvolle zu destillieren, scheint die Aufgabe zu sein, der sich die gegenwärtige Generation unterziehen muß.

In früheren Epochen war die sentimentalische Affektation vorherrschend, in den gegenwärtigen ist es die realistische.

Die Antike hat keine pathetischere Figur als Hannibal. Verlassen und verraten von dem Volk, für das er handelte, hat er es schließlich seinen Todfeinden überlassen müssen, sein Bild für die Jahrtausende hinzustellen, und ist trotzdem unsterblich geworden.

En politique, les grands créateurs ne sont pas ceux qui conçoivent, ce sont ceux qui exécutent.

Vandal, L'avènement de Napoléon

Dem Franzosen macht die Eitelkeit die Augen klar und die Welt deutlich und merkwürdig.
Der Deutsche hat die Eitelkeit nicht dicht an der Haut sitzen, sondern ein Stück weiter außen, so modifiziert er durch sie die Dinge, anstatt sein Verhalten zu ihnen.

Allgegenwart der Vergangenheit zu ahnen ist ein deutscher Sinn, eine Gabe des latenten großen deutschen Wesens.

Politik ist Kunst des Umganges auf höherer Stufe.

Politik ist Verständigung über das Wirkliche.

Jedes Überbleibsel von Kaiser und Reich rührt mich, wo ich es erblicke. Dieser Staat war doch der einzige, welcher auf ganz geistigen und friedlichen Grundlagen ruhte.

Immermann

Vieles wird nicht gewagt, weil es schwer erscheint; vieles erscheint nur darum schwer, weil es nicht gewagt wird.

Kaunitz

In der Politik muß man nichts für unmöglich halten, indem ein gewandter Mann alles durchsetzen kann. *Kaunitz*

Der Deutsche hat eine ungeheure Sachlichkeit und ein sehr geringes Verhältnis zu den Dingen.

Jede Epoche hat ihre eigene Sentimentalität, ihre Art, gewisse Schichten des Empfindens zu übersteigern. Die Sentimentalität der Gegenwart ist ichsüchtig und lieblos; sie übertreibt nicht die Liebesgefühle, sondern das Ich-Gefühl.

Die Deutschen haben wenig Begabung für Schauspielkunst, aber viel Schauspielerei; wenig Sinn und Geschmack für Rhetorik, aber viel Übertreibung; wenig Anlage fürs Soziale, aber unendlich viele gesellschaftliche Hemmungen.

Die Franzosen setzen das Gesellige, die Welt der Reflexe als die absolute Wirklichkeit, an der zu zweifeln niemand absurd genug sein könnte.

Eine Klasse, die im Staat geherrscht hat, muß entweder vernichtet und zum bloßen Schatten ihrer selbst gemacht werden, oder sie wird schaden.

Der Staat ist eine Allianz der vorangegangenen Generationen mit den nachfolgenden und umgekehrt. *Adam Müller*

Die große Folgerichtigkeit in ihrer Geschichte ist der eherne Sockel, auf dem das Selbstgefühl der Engländer ruht.

Daß von einem Wesen wie Wagner, im Grund einem Theatraliker höchsten Stils, ein Konflikt ausgehen konnte, der die ganze Kultur durchriß und auch heute nichts weniger als beruhigt ist, zeigt eine große Seite des deutschen Geisteswesens: daß ihnen wie den Griechen im Geistigen die Fächer und Abteilungen nichts gelten.

Die Elemente sind stets die gleichen – woran doch erkennen wir den Menschen unserer Zeit, den, der um der Zeit willen unser Genosse ist? Zeitgeist in schönem Sinn ist ein Einatmen einer ganz frischen Luft – in welcher die Ewigkeit vorbeiweht.

Ihr Geistigstes haben die Franzosen auf dem Grenzstreifen zwischen Katholizismus und Ketzertum gegeben.

Hinter den Rücken des Geldwesens zu gelangen, ist vielleicht der Sinn der moralischen und sogar religiösen Revolution in der wir zu stehen scheinen.

Les journaux sont les cimetières des idées. *Proudhon*

Es ist hart, sich mit einer herrschenden Gesellschaft herumzuschlagen, aber härter, eine nicht vorhandene postulieren zu müssen.

Es ist allenfalls möglich, zu imaginieren, was vergangene Epochen in ihr Denken einschlossen, nicht aber, was sie ausschlossen.

Die Eitelkeit der Deutschen hat sich bei der Armut des gesellschaftlichen Lebens in Selbstgerechtigkeit und Sentimentalität pervertiert.

Ein Wiener spricht den Namen eines ausländischen Malers in der Weise aus, wie er ihn von Gebildeten glaubt gehört zu haben. Er kommt unter Landsleute des Malers, er verbessert seine Aussprache nach der ihrigen, er kommt wieder zurück unter Wiener und gibt seine richtige Aussprache auf, anbequemt sich der falschen. Das alles halb aus Höflichkeit, halb aus Unlust, einen Widerstand zu Überwinden. Ein Preuße spricht den Namen falsch; er kommt unter Leute, die ihn richtig sprechen; wenn er den Unterschied bemerkt, so bleibt er doch bei seiner Aussprache, und er wird den andern, sooft das Wort vorkommt, einen ungeduldigen Blick geben, ja vielleicht wird er sie schulmeistern und betonen, daß er den Namen so spreche, wie er geschrieben werde, also richtig. Stärke und Schwäche in einem.

Politik ist Magie. Wer die Mächte aufzurufen weiß, dem gehorchen sie.

Wir müssen überhaupt suchen, den Ausdruck ›Glück‹ aus dem Völkerleben loszuwerden und durch einen andern zu ersetzen, während wir den Ausdruck ›Unglück‹ beizubehalten haben.
›Glück‹ ist ein entweihtes, durch gemeinen Gebrauch abgeschliffenes Wort. *Jacob Burckhardt*

Will meine Zeit mich bestreiten,
Ich laß es ruhig geschehn.
Ich komme aus anderen Zeiten
Und hoffe in andre zu gehn.
Grillparzer

* * *

Jedes wirkliche Kunstwerk ist der Grundriß zum einzigen Tempel auf Erden.

Goethe kann als Grundlage der Bildung eine ganze Kultur ersetzen.

Wir haben keine neuere Literatur. Wir haben Goethe und Ansätze.

Es ist das Paradoxon der literarischen Existenz, daß das in der Zeit stehende Publikum nach anderer Nahrung Verlangen trägt als das überzeitliche.

Jede Darstellung eines Seienden ist schon Indiskretion; dieses primäre *vitium* durch eine Gegenwirkung, die man nicht anders als religiös nennen kann, zu sühnen, ist der Sinn jeder höheren Bemühung in der Kunst.

Für den Produzierenden gibt es keine ernstere Prüfung, als zu erkennen, ob das, was ihn von Schritt zu Schritt nötigt und warnt, sein wahrer Genius oder die feige Stimme seiner Unzulänglichkeiten ist: ob er, indem er die Form gewinnt, seinem Höchsten oder dem Niedrigsten gehorcht.

Den höchsten dichterischen Produkten wird eine Art von religiöser Funktion zugebilligt; auf wie verschiedenen Wegen dies erreicht werden kann, zeigen Goethes symbolische Dichtungen und Dostojewskis Romane.

Malerei verwandelt den Raum in Zeit, Musik die Zeit in Raum.

Die Menschen verlangen, daß ein Dichtwerk sie anspreche, zu ihnen rede, sich mit ihnen gemein mache. Das tun die höheren Werke der Kunst nicht, ebensowenig als die Natur sich mit den Menschen gemein macht; sie ist da und führt den Menschen über sich hinaus – wenn er gesammelt und bereit dazu ist.

Goethe sagt von seinen Romanen, ihr Stil sei ›höfliche Andeutung‹.

Die dichterische Aufgabe ist Reinigung, Gliederung, Artikulation des Lebensstoffes. Im Leben herrscht das gräßlich Widersinnige, ein furchtbares Wüten der Materie – als Erblichkeit, innerer Zwang, Dummheit, Bosheit, innerlichste Niedertracht –, im Geistigen eine Zerfahrenheit, Inkonsistenz bis ins Unglaubliche – das ist der Augiasstall, der immer wieder gereinigt und in einen Tempel verwandelt werden will.

Ce qu'il faut, c'est refaire le Poussin sur nature, tout est là.

Cézanne

Ein Autor, ob er will oder nicht, kämpft immer mit der ganzen Mitwelt. Er lernt alle Widerstände der Epoche fühlen, aber er wird bei seinen Lebzeiten nie erfahren, ob die Gewichte, die ihn zu erdrücken drohten, aus Eisen oder aus Papier waren.

Racine était un romantique pour les gens de son temps. Pour tous les temps il est classique, c'est-à-dire parfait.

Delacroix

Das Schwierige im Leben ist, daß im Menschen Vernunft und Leidenschaft zugleich wohnen und er beide in sich, so gut es geht, übereinbringen muß. Desgleichen ist in der poetischen Darstellung dies das Schwierige: einen schönen Übergang vom Leidenschaftlichen zum Rationellen herzustellen.

›Daphnis und Chloe‹, übersetzt von Courier: Es ist eine bewunderungswürdige Tagesklarheit in dieser Darstellung. Sie ist von der höchsten Milde, aller Schatten wird Reflex. Welcher Künstler überhaupt das noch verstünde!

Goethe

Niemand ist von Haus aus weniger Psychologe als der Novellist. Er betrachtet die Charaktere als das Allgemeine und die Situation als das Besondere.

Formenverwandtschaft: des Dostojewski'schen Romans mit der griechischen Tragödie;
des Rechnerischen bei Kleist und bei Poe;
der Novalis'schen Intuition von Leib – Geist mit der gleichen Intuition bei Tolstoi und Dostojewski.

Geist und Gestaltung im Kunstwerk beglaubigen einander wechselseitig.

Das deutsche Publikum:
Im Grunde völlig gleichgültig gegen alle Form, und nur voll unersättlichen Durstes nach Stoff, verlangt auch das feinere Publikum von dem Künstler nichts als interessante Individualität. *Friedrich Schlegel*

Es ist heutzutage fast kein anderes Mittel da, auf Menschen zu wirken und im höheren Sinn in der Welt gesellig zu leben, als eben das Privatgespräch und die Reflexion darin. *Solger*

Was Ibsen gehindert hat, aus seinen Stoffen Komödien zu machen, war eine nordisch-protestantische Steifigkeit und Ungeselligkeit.

Einen Besucher gemahnte der fünfundsechzigjährige Goethe an den Apollo vom Belvedere, an einen Pfau und an die Ruinen des Heidelberger Schlosses, alles gleichzeitig.

Biedermann, Gespräche mit Goethe

Der berühmte Autor lebt nur in einer anderen Form von Ungekanntheit, als der Autor, von dem niemand redet.

Mit den geistigen Hervorbringungen einer Epoche, die hervorragendsten ausgenommen, ist eigentlich noch nichts getan, es müßte erst etwas getan werden.

Jeder Stoff führt an jedem Punkt ins Unendliche.

Ist nicht die Verzweiflung des gegenwärtigen Zeitalters der verlorengegangene Glaube an die Form?

Le poète est celui qui émeut: il y a deux manières d'émouvoir.
Peindre parfaitement des choses capables de donner une très petite quantité d'émotion, alors on la leur fait rendre toute:
La Fontaine peignant la belette ne pouvant sortir du grenier.
Peindre plus ou moins bien une chose capable de donner une très grande quantité d'émotion:
Voltaire peignant la position de Mérope et ce qu'elle fait dans la tragédie de ce nom.
Je crois que si je lisais attentivement (et avec ce sentiment du mauvais et du faux dans les sentiments, très exercé, en poète) Mérope et la fable du pauvre bûcheron tout chargé de ramée, les quinze premiers vers de cette fable me donneraient beaucoup plus d'émotion que toute la tragédie. *Stendhal*

Die größte Achtung, die ein Autor für sein Publikum haben kann, ist, daß er niemals bringt, was man erwartet, sondern was er selbst, auf der jedesmaligen Stufe eigener und fremder Bildung, für recht und nützlich hält. *Goethe*

Grillparzer und Hebbel mußten einander so hart verkennen, weil sie – beide über der Epoche stehend – zu ihr das entgegengesetzte Verhältnis nahmen. Hebbel, als der nördliche Deutsche, wollte sie geistig bewältigen und zur Erfüllung bringen, Grillparzer, als deutscher Orientale, sich ihr entwinden. Schließlich erschien dem Grillparzer Hebbel beinahe als Journalist, diesem jener als Dilettant.

Der Künstler gibt im Werk und im Umgang am meisten Gehalt, wo er am meisten Form und Nuance gibt.

Man muß der Natur darin nachstreben, daß sie keine Zwischenglieder, keine Nebensachen, kein Provisorium kennt, sondern jedes Ding als Hauptsache behandelt.

Was man in der dichterischen Darstellung das Plastische nennt, die eigentliche Gestaltung, hat seine Wurzel in der Gerechtigkeit.

Die Eigenschaft, die ein niedriger Literat an einem höheren am wenigsten zu schätzen weiß, weil er sie gar nicht kennt, ja nicht zu ahnen vermag: ist die Ausdauer, das eigentliche zähe Wollen des Höheren.

Im Dilettantismus ist der Keim einer sittlichen Verderbnis.

Der Hauptunterschied zwischen den Menschen im Leben und den erdichteten Figuren ist dieser, daß die Dichter es sich alle Mühe kosten lassen, den Figuren Zusammenhang und innere Einheit zu geben, während die Lebenden in der Inkohärenz bis ans Äußerste gehen dürfen, da ja die Physis sie zusammenhält.

Was dem gewöhnlichen Beschauer schon Form ist, das ist dem Kenner noch Stoff; der echte Kunstgenuß entspringt nur aus dem liebevoll hingegebenen Vertiefen in das Kunstwerk, dem Suchen nach seiner geistigsten Form, deren Existenz der gewöhnliche Beschauer höchstens ahnt.

Otto Ludwig

Grillparzer war der seltsamen Meinung, eine in Prosa verfaßte Dichtung sei nur halb eine Dichtung zu nennen.

Die modernen psychologischen Dichter approfondieren, was übergangen werden sollte, und nehmen oberflächlich, was tief genommen werden müßte.

Talent ist nicht Leistung, Glieder sind kein Tanz.

On peut traduire et indiquer les choses les plus subtiles en appliquant ce vers de Boileau:
›D'un mot mis en sa place enseigna le pouvoir.‹
Il n'est point besoin du vocabulaire bizarre, compliqué, nombreux et chinois qu'on nous impose aujourd'hui sous le nom d'écriture artiste, pour fixer toutes les nuances de la pensée; mais il faut discerner avec une extrême lucidité toutes les modifications de la valeur d'un mot, suivant la place qu'il occupe. Ayons moins de noms, de verbes et d'adjectifs au sens presque insaisissables, mais plus de phrases différentes, diversement construites, ingénieusement coupées, pleines de sonorités et de rythmes savants. *Maupassant*

Das Geistige eines Kunstwerkes besteht nicht darin, über was es spricht, sondern zu wem es spricht.

Moritz Heimann

Auf der höchsten Stufe der Kunst herrscht Nacktheit, Selbstentblößung, ihr Gegengewicht ist höchster Ernst, völlige Erfülltheit. Wo dieser Zustand intermittiert, ein Auge nach außen blinzt, ist Schamlosigkeit.

Die modernen Maler legen alles auf den Reiz an; und der Reiz ist gerade, was die große Kunst völlig ausschließt.

Müller-Hofmann im Gespräch

Daß Goethe nicht gut Griechisch konnte und nie ein echtes griechisches Bildwerk mit Augen gesehen hat, ist seltsam zu denken.

Daß sie bei großem Tiefsinn die naive Seele eines Jünglings malen, macht die Aphorismen von Novalis so bezaubernd.

Das Schöne kann allein
Der Gegenstand von unsrer Liebe sein;
Die große Kunst ist nur, vom Stoff es abzuscheiden. *Wieland*

Elle était pleine de grâce pour se mettre au lit, pour se déshabiller. J'aurais voulu qu'un Albane la vît alors, pour la dessiner.
Napoleon über Josephine

L'étude du beau est un duel où l'artiste crie de frayeur avant d'être vaincu. *Baudelaire*

Was ist Hogarth und alle Karikatur anderes, als der Triumph des Formlosen über die Form? *Goethe*

Gemalte Phantastereien sind nichts Mögliches; das legitime Objekt der höheren malerischen Phantasie ist der menschliche Körper.

Jedes ausgesprochene Wort supponiert den Hörer, jedes geschriebene den Leser: diesen mitzuschaffen ist der verhüllte, aber größere Teil der schriftstellerischen Leistung.

Daß wir ein Wort wie Grazie haben, gibt uns die Möglichkeit, das Wort Anmut für die höhere oder strengere Sprache aufzubewahren. Die Franzosen haben übrigens auch ihre Fremdwörter und drücken mit ihnen sehr schön die Schwebungen der Bedeutung aus; z. B. inclination neben inclinaison.

Charaktere ohne Handlung sind lahm, Handlungen ohne Charaktere blind.

Wende des achtzehnten zum neunzehnten Jahrhundert. Letztes Gewahrwerden der Natur mit dem Herzen: Novalis. Erstes Gewahrwerden des Ökonomischen mit den Augen des Geistes: Immermann.

Das Wort *Sehnsucht* hörte man früher unter den Deutschen bis zum Verdruß; jetzt ist es seit einigen Dezennien wie verschwunden.

Jede Dichtung, die nicht übertreibt, ist wahr, und alles, was einen dauernden, tiefen Eindruck macht, ist nicht übertrieben. *Goethe*

Das eigentliche Dichterische hält sich gleich weit vom Herzlosen und vom Empfindsamen.

Die Schwierigkeit des Schreibens in den heutigen Zeitungen ist die, daß man nicht weiß, zu wem man redet. (Früher kannte man, wenn nicht die Individuen, doch den Kreis, die Klasse oder Gruppe nach Bildung oder Gesinnung.)

Philologen vergessen, daß wir, mit Goethe zu reden, das Urteil am eigentlichsten durch die Produktionen der Gegenwart zu schärfen vermögen; Journalisten wiederum fehlt die Einsicht, daß nichts Höheres für den Augenblick da ist, noch vom Augenblick aus erfaßt werden kann, und die weitere, daß Folge, Stufung, Gliederung alles und die einzelne Erscheinung eigentlich nichts ist.

Was gut sein soll, muß immer ›gleich‹ sein, denn ›gleich‹ ist die göttlichste aller Kategorien und verdient geehrt zu werden wie in der Römersprache ›ex templo‹, weil es der Ausgangspunkt des Göttlichen im Leben ist; was nicht gleich geschieht, ist vom Übel. *Kiergegaard*

Beim gegenwärtigen Literaturzustand ist durch Konversation mehr zu erreichen als durch Publikation.

Von Goethes Sprüchen in Prosa geht heute vielleicht mehr Lehrkraft aus als von sämtlichen deutschen Universitäten.

Die meisten Leute, indem sie den sogenannten geistigen Beschäftigungen nachgehen, als da sind das Lesen und das

Schreiben (nicht das Briefschreiben, sondern das Schreiben als Autor), tun da gar nicht das, was sie zu tun meinen: denn weder verschönern sie ihre Bildung – Bildung ›erweitern‹, wie man zu sagen pflegt, ist ein häßliches Unding –, noch schärfen sie ihre Begriffe, noch bereichern sie ihre Erfahrung, sondern sie leisten nicht mehr und nichts Wesentlicheres als Buben, die am Rand eines Weihers herumstochern, Steine in trübe Wasser werfen usf., kurz ein geschäftiges Nichts.

Kein Stück der Oberfläche einer Figur kann geschaffen werden, außer vom innersten Kern aus.

Die Literarhistoriker machen ein ungeheures Wesen aus gewissen Äußerlichkeiten, aber sie übersehen dabei, worauf es dem einzelnen Künstler im besonderen Fall angekommen ist. Racine legt alles auf innere Entscheidungen an; was sollten ihm da Shakespeares bunte und wechselnde Schauplätze; die vier Wände eines fürstlichen Gemaches, würdig aber fast kahl, sind genau bis zum Symbolischen das, was er braucht.

Ein Kunstwerk ist eine umständliche und ausgebreitete Handlung, durch die ein Charakter, der des Autors, erkennbar wird.

Tiefsinn der Sprache, daß sie ›eitles‹ Beginnen ein Beginnen nennt, dem aus Notwendigkeit die Wirkung versagt bleibt. Sie weist auf die Wurzel der Eitelkeit, die tiefer liegt als in der geselligen Sphäre.

Merkt man Lessings Stücken nicht an, daß er stets traumlos schlief und daß er ein Spieler war?

La durée n'est promise qu'a ceux des écrivains capables d'offrir aux successives générations des nourritures renouvelées, car chaque génération apporte une faim différente.

André Gide

Novalis' Bemerkung, daß Goethes Betrachtungen des Lichts,

der Verwandlung der Pflanze usw. Bestätigungen sind, daß auch der vollkommene Lehrvortrag in das Gebiet des Künstlers gehört.

Wahre Sprachliebe ist nicht möglich ohne Sprachverleugnung.

Der gewöhnliche Erzähler erzählt, wie etwas beiläufig geschehen könnte. Der gute Erzähler läßt etwas vor unseren Augen wie gegenwärtig geschehen. Der Meister erzählt, als geschähe etwas längst Geschehenes aufs neue.

Flaubert ist ein sehr bedeutender Autor. Vergleicht man ihn aber mit Goethe oder mit Dostojewski, so erscheint die Ironie als ein zu sehr vorwaltendes Element seiner Poesie.

Französische Prosa auf ihrer höchsten Stufe ist im Geistigen sinnlicher und im Sinnlichen geistiger, als die deutsche auf ihrer gegenwärtigen Stufe.

Der gute Geschmack ist die Fähigkeit, fortwährend der Übertreibung entgegenzuwirken.

Lessingsche Figuren gehen in der Delikatesse bis zur Grobheit, das ist das Deutsche an ihnen. Eine Figur wie Valmont (in den Liaisons dangereuses) geht im Niederträchtigen bis zur Delikatesse, das ist Französisch.

Goldoni: dichterische Hand, aber Eingeweide eines Philisters.

Die Leute, die nicht schreiben, haben einen Vorzug: sie kompromittieren sich nicht. *Goethe*

Sollte ich zwei Bücher nennen, die, ohne der hohen Poesie anzugehören, eine wahre Unerschöpflichkeit des menschlichen Gehaltes aufweisen, so würde ich sagen: La Bruyères ›Caractères‹ und Goethes Autobiographie. Ein drittes wäre der ›Samuel Johnson‹ von Boswell.

Un auteur est un homme qui trouve dans des livres tout ce qui lui trotte par la tête. *Alte Vorrede zum Gil Blas*

In Wielands geistigem Leben in der ersten idealen Phase ist viel Hölderlinsches, in der zweiten humoristischen Phase viel Jean Paulsches.

Gewaltsames Fortziehen der Verhältnisse zu einer Handlung, mit deren Gedanken man sich bloß zu spielen erlaubt hatte – (H. v. Kleists Brief an W. v. Zenge 14.4.1801) ist die unwillkürlich selbstkritische Formel, die auf Kleists eigenes Verhalten und auf das aller seiner Figuren zielt.

Dichten – feindre – to feign.

Das jetzige Ausmalen von Dichter- und Künstlerleben hat eine sehr ungesunde Quelle; besser man begnüge sich mit den Werken, worin z.B. Gluck den Eindruck der Größe und des ruhigen Stolzes, Haydn den des Glücks und der Herzensgüte macht.

Jacob Burckhardt

Jede Hingabe ans Deskriptive führt zur Übertreibung.

Goethe ist oder sollte sein der geometrische Ort für den Deutschen zur Welt, nicht ein Standpunkt, aber ein Punkt, auf den bezogen andere Punkte Figuren werden. *Rudolf Pannwitz*

Franzosen bringt die Phraseologie des ›Wilhelm Meister‹ zur Verzweiflung. Sie finden sie künstlich und gemacht bis zur Unerträglichkeit.

Ein Buch wie das zweibändige Leben Winckelmanns von Justi ist darum merkwürdig, weil es vortrefflich ist.

Lebt man beständig in einer Welt, die stumpf für die Sprache und durch das Wort kaum zu erschüttern ist, so gerät man um so mehr in Gefahr, durch Ausgesprochenes die Einzelnen zu verletzen und sich durch Reden der Verkennung auszusetzen.

Balzac ist die größte Annäherung des französischen Geistes an deutsche Denk- und Darstellungsweise, Goethe in der zweiten Lebenshälfte folgt der entsprechenden umgekehrten Tendenz.

Attribut des Genies: de coordonner, d'assembler les rapports, de les voir plus justes et étendus.

Delacroix

Dostojewski ist ein gewaltiger Dichter, aber in Turgenjeff ist die vollkommenste Magie des Künstlerischen.

In jedem Sprachausdruck ist ein Unnaives, das geht uns leicht ein, geht aber auch leicht weg wie ein Nebel; und ein Naives, an dem stoßen wir uns, aber so wie an einem lebenden Leib.

M. Joubert über Le Sage: On peut dire des romans de Le Sage qu'ils ont l'air d'être écrit dans un café par un joueur de dominos en sortant de la comédie.

Das Plastische entsteht nicht durch Schauen, sondern durch Identifikation.

Die Fragmente des Novalis können geistige heroische Landschaften vorstellen, in welchen die Zeit besiegt ist.

Ein Mensch wird um so sprachgewaltiger sein, aus einer je tieferen Einsamkeit er kommt; umgekehrt, der geselligste Mensch, der Engel der Geselligkeit, müßte schweigen und blicken.

Goethe ist nicht der Quell von diesem und jenem in unserer neueren Literatur, sondern er ist ein Bergmassiv, und das Quellgebiet von all und jedem in ihr.

An Goethe kann man sich bilden, wofern man sich an ihm nicht verwirrt; an der deutschen Literatur kann man sich nicht bilden, nur verwirren.

Kein Wort ist unter den Deutschen so außer Gebrauch gekommen wie das Wort ›Geschmack‹! – es wäre denn von Hausgerät oder Kleidern die Rede. Und doch nennt der Lateiner einen Mann, der zu schmecken versteht, einen Weisen.

Der übelste Stil entsteht, wenn man etwas nachahmt und gleichzeitig kundgeben will, daß man sich diesem Nachgeahmten überlegen fühle.

›Die Palette auffrischen‹ ist ein guter Ausdruck in der malerischen Kunstsprache.

Certains auteurs, parlant de leurs ouvrages, disent: Mon livre, mon commentaire, mon histoire, etc. – Ils sentent leurs bourgeois, qui ont pignon sur rue et toujours un ›chez moi‹ à la bouche. Il feraient mieux de dire: Notre livre, notre commentaire, notre histoire, etc. –, vu que d'ordinaire il y a plus en cela du bien d'autrui que du leur. *Pascal*

Wer selbst auf dem Punkte der Existenz steht, um welchen der Dichter sich spielend dreht, dem können die Gaukeleien der Poesie, welche aus dem Gebiet der Wahrheit ins Gebiet der Lüge schwankt, weder genugtun, weil er es besser weiß, noch können sie ihn ergötzen, weil er zu nah steht und es vor seinem Auge kein Ganzes wird.

Goethe an Carl August über Egmont

J'ai toujours reconnu l'esprit des jeunes gens, au détail qu'ils faisaient d'une pièce nouvelle qu'ils venaient d'entendre; et j'ai remarqué que tous ceux qui s'en acquittaient le mieux, ont été ceux qui depuis ont acquis le plus de réputation dans leurs emplois. Tant il est vrai qu'au fond l'esprit des affaires et le véritable esprit des belles lettres est le même.

Voltaire

Franzosen äußern zuweilen, daß sie uns um ein so vielsagendes und unübersetzbares Wort wie *Sehnsucht* beneiden; aber sie wissen nicht, wie sehr bei den neueren Deutschen der zarte schwebende Begriff durch plumpen Mißbrauch in Mißkredit gekommen ist.

Geistreicher und schöner als Sprachkritik wäre ein Versuch, sich der Sprache auf magische Weise zu entwinden, wie es in der Liebe der Fall ist.

Die Mischung des Beschreibenden mit dem Enthusiastischen gibt ein unleidliches Genre.

Hebbels Gedichte sind eine grandiose Lebenskristallisation. Im ganzen, nicht im einzelnen, haben sie etwas von der Antike.

Daß wir Deutschen das uns Umgebende als ein Wirkendes – die ›Wirklichkeit‹ bezeichnen, die lateinischen Europäer als die ›Dinglichkeit‹, zeigt die fundamentale Verschiedenheit des Geistes, und daß jene und wir in ganz verschiedener Weise auf dieser Welt zu Hause sind.

Le premier mérite d'un tableau, c'est d'être une fête pour l'œil.

Delacroix

Die Natur durchsetzt alles mit dem Geheimnis des Nichtverstehens: dieses waltet noch zwischen dem geistigen Produkt und dem eigenen Erzeuger.

Zu GOETHES ›NOVELLE‹: Dort, wo eine hohe Form erreicht ist, erscheint dem mittelmäßigen Leser der Stoff, das Eigentliche, verflüchtigt – wo es doch gereinigt ist; der kunstgemäße Leser kommt auf seine Rechnung, wie der reine, naive.

In den schlechten Erzählungen erfolgen die Beschwörungen der Geister mit kunstvollen und besonderen Formeln, in den besten Berichten mit den einfachsten Elementen der Rede, einzelnen Wörtern, ja Silben.

Entre autres choses, ce qui fait le grand peintre, c'est la combinaison hardie d'accessoires qui augmente l'impression. Ces nuages qui volent dans le même sens que le cavalier emporté par son cheval, les plis de son manteau qui l'enveloppent ou flottent autour des flancs de sa monture. Cette association puissante … car, qu'est-ce que composer? C'est associer avec puissance.

Delacroix

Die Regel nützt nur dem, der sie entbehren kann; den aber verdirbt sie, der sich in ihr weise glaubt; jede Regel ist ein Rätsel, das durch andere Rätsel forthilft. *Arnim*

Das einzige Dichterische, was ich in Bürgers Darstellung anerkenne, ist Leben. Aber Leben ist nur ein Element der Schönheit und nicht Schönheit selbst.

Friedrich an August Wilhelm Schlegel

Wir suchen überall das Unbedingte und finden überall nur Dinge. *Novalis*

Das wir für zwei auseinanderklaffende Begriffe, ja Begriffe verschiedener Ordnung, als wofür die Franzosen einmal chair, das andre Mal viande setzen, das eine Wort Fleisch gebrauchen, zeigt von einem stumpfen Arbeiten der sinnlichen Phantasie.

Was es auf sich hat, ein Wort in seiner eigentlichen, körperhaften Verwendung zu hören, das wir immer nur in halb oder ganz übertragenem Sinn zu hören gewohnt sind, das sieht man aus dem großen Eindruck, den es auf Goethe machte, als er im Nibelungenlied auf diesen Vers stieß:

Es war der große Siegfried, der aus dem Grase sprang,
Es ragete ihm vom Herzen eine Speerstange lang.

Einem den Rang ablaufen, eigentlich den Rank ablaufen, heißt auf der Senne des Bogens laufen und dadurch zuvorkommen; in die Schanze schlagen, kommt von chance und heißt etwas in einem gewagten Spiel einsetzen.

Die Anspielung ist eine niedrige rhetorische Form, welche in der höheren Rede darum nicht stattfinden kann, weil diese durch und durch Anspielung auf Unmittelbares ist.

In Gottfried Keller ist ein beständiger Gebrauch der anmutigen Ironie, der schließlich ungeduldig macht.

Kann uns die Komödie schmackhaft sein ohne einen Hauch von Mystizismus?

Von denen, die wirklich ihr Schicksal zur Schauspielerei gedrängt hat, sind die heroischen und tragischen Schauspieler auf der Flucht vor dem Ich, die komischen auf der Flucht vor der Welt.

L'avilissement des mots est une de ces bizarreries de mœurs qui, pour être expliquée, voudrait des volumes. Écrivez à un avoué en le qualifiant *d'homme de loi,* vous l'aurez offensé tout autant que vous offenseriez un négociant en gros de denrées coloniales à qui vous adresseriez ainsi votre lettre: – Monsieur un tel, épicier. Un assez grand nombre de gens du monde qui devraient savoir, puisque c'est là toute leur science, ces délicatesses du savoir-vivre, ignorent encore que la qualification *d'homme de lettres* est la plus cruelle injure qu'on puisse faire à un auteur. *Balzac*

So bei uns mit der Bezeichnung Journalist u. a.

Vorzug der französischen Sprache, daß sie von den sinnlichen Abstraktis ungezwungen den Plural bilden kann: les fatigues, les vides, les noirs.

Der Dialekt erlaubt keine eigene Sprache, aber eine eigene Stimme.

Das Determinierende an Hebbel, daß er zu wenig von dem hatte, was die Griechen αἰδώς nannten. Beim Dichter liegt dies in der Sprache. Das Verhältnis zur Sprache ist angeboren. Hebbel und Sophokles, polare Gegensätze.

Claudel über den Stil von Baudelaire: c'est un extraordinaire mélange du style racinien et du style journaliste de son temps.

Es ist sehr bedeutungsvoll, daß wir kein Wort aufbringen für *sobre* im lobenden Sinn, ein Wort, das in der Ästhetik der Franzosen immer wiederkehrt und mit dem größten Gewicht; mit ›nüchtern‹ verbindet der Deutsche seltsamerweise keinen angenehmen Sinn. – Auf Grund dieser Armut im Sprachgebrauch konnte dann freilich das Exzentrische, Einmalige erblühen, wie die wunderbare Wortverbindung ›heilig nüchtern‹ bei Hölderlin.

Nur der das Zarteste schafft kann das Stärkste schaffen.

Böcklin ist Poussin, vergröbert und sentimentalisiert.

Goethes Bedeutung für die deutsche Literatur ist freilich ungeheuer; hat er aber eine ähnliche oder überhaupt irgendwelche Bedeutung für das gegenwärtige deutsche Volk? Wer getraut sich zu antworten? Die Franzosen sind ein Volk, das unter seinem geistigen Reiter dahingeht und dem sanften Zügeldruck folgt – oder es nimmt einmal die Zügel zwischen die Kinnladen und geht durch; das deutsche geht hinterm Zügel, und man weiß nicht, ob überhaupt ein Reiter im Sattel sitzt.

Das Genie bringt Übereinstimmung hervor zwischen der Welt, in der es lebt, und der Welt, die in ihm lebt.

Goethes Werke verbinden die Geselligkeit mit der Einsamkeit.

Die Poesie auf ihrer höchsten Stufe zeigt auf ein Etwas hin, auf dem alles Geschehen ruht und das geheimer ist als Kausalität:

daß Hektor und Achilles nicht vorher aufeinandertreffen als zu dem einen entscheidenden Kampf, das läßt sich nicht begründen; es läßt sich nur hinstellen.

Indem wir ein chinesisches Gedicht in einer englischen oder deutschen Transkription genießen, empfangen wir einen Gehalt, von dem wir wissen, daß er in keiner Weise von der Form abzutrennen ist, im Wege einer formlosen, entfernten Hindeutung auf eine Form, vermöge welcher jener Gehalt erst existent wird. Wir trinken also einen gespiegelten Wein, indem wir eine gespiegelte Schale an die Lippen führen. Wenn wir dennoch trunken werden, ist dann nicht die Wirkung, die wir unter so merkwürdigen Umständen erfahren und welche wir in die höchste Kategorie setzen, eine solche, die uns durch das religiöse Organ zugemittelt wird?

Sehr weitführende Bemerkungen von Goethe in den Tagebüchern unterm 16.XI.1808:
Betrachtungen über den Reflex von oben oder außen gegen das Untere und Innere der Dichtkunst. Z.E. die Götter im Homer nur ein Reflex der Helden; so in den Religionen die anthropomorphistischen Reflexe auf unzählige Weise. Doppelte Welt, die daraus entsteht, die allein Lieblichkeit hat, wie denn auch die Liebe einen solchen Reflex bildet. Und die Nibelungen so furchtbar, weil es eine Dichtung ohne Reflex ist; und die Helden wie eherne Wesen nur durch und für sich existieren.

Die bedeutenden Deutschen scheinen immer unter Wasser zu schwimmen, nur Goethe wie ein einsamer Delphin streicht auf der spiegelnden Oberfläche dahin.

Die Welt hat ihre Unschuld verloren, und ohne Unschuld schafft und genießt man kein Kunstwerk.
Die Losung unserer Tage ist Kritik. Weber ist ein kritischer Komponist.
Die Musik ist die einzige Kunst, welche die Neueren *erfunden* haben.
Grillparzer

In der Jugend findet man das sogenannte Interessante merkwürdig, im reiferen Alter das Gute.

Naturalismus entfernt sich von der Natur, weil er, um die Oberfläche nachzumachen, das innere Beziehungsreiche, das eigentliche Mysterium der Natur, vernachlässigen muß.

An einem Kunstwerke höherer Ordnung, ebenso wie beim organischen Gebilde, ist nicht die einzelne Form das Wunderbarste, sondern das Hervortreten einer Form aus der anderen.

Tous les rapports dont le style est composé sont autant de vérités aussi utiles et peut-être plus précieuses pour l'esprit humain que celles qui peuvent faire le fond du sujet.

Buffon

Wenn Geister vom höchsten Rang, wie Goethe und Lionardo, sich herablassen, zu spielen, dann, aber nur dann entstehen Gebilde wie das Märchen von der Lilie und der Schlange oder das Gemach mit den verschlungenen Reblauben im Mailänder Kastell.

Die reinste Poesie ist ein völliges Außer-sich-sein, die vollkommenste Prosa ein völliges Zu-sich-kommen. Das letztere ist vielleicht noch seltener als das erstere.

Nur von dem scheinbar ganz am Tag Liegenden, mit Händen zu Greifendem kann die hohe Wirkung des Geheimnisses ausgehen.

Herrliches Wort von Poussin, am Ende seines Lebens.
Je n'ai rien négligé.

Ad me ipsum

H. v. H. EINE INTERPRETATION

> Quocirca supremae pulchritudinis amator quod jam viderat tamquam imaginem eius quod non viderat credens, ipso frui primitivo desiderabat.
>
> Gregorius Nyssenus
> Vita Mosis

(cf. Andrian »Garten der Erkenntnis«)

Praeexistenz. Glorreicher, aber gefährlicher Zustand.
ihre Qualitäten:

frühe Weisheit / Claudio, Andrea – ironisch: junge Witwer, ›Ballade des äußeren Lebens‹; ›Erlebnis‹.

Auserlesenheit / Kaiser – Abenteurer – Zauberer – Weiser (abgedankter Kaiser) – Dichter – Kind – Wahnsinniger
Angehöriger einer höchsten Welt: millennarische Anklänge
Versuch diesen erhöhten Zustand zu wahren durch Supposition des quasi-Gestorbenseins.

Geistige Souveränität: sieht die Welt von oben
Das Über-ich: und mein Teil ist mehr etc.
Das Ich als Universum.

Nachteil: sieht nur Totalitäten (sic: Kleines Welttheater: *Ein* Wesen ists, daran wir uns entzücken. Das Gegenmotiv auftauchend, aber fast nur ironisch: denn er wendet sich gleich wieder dem Ganzen Fluß zu. Gabe sich zu vervielfältigen: die Spiegelungen. (Es emanieren gleiche Wesen aus ihnen: im Prolog zu Tizians Tod. Kaiser und Page u.s.f.)

Bangen und Sehnsucht diesen Zustand zu verlassen: auf welchem Weg?

Verknüpfung mit dem Leben. Durchdringen aus der Praeexistenz zur Existenz.

Vor-thema. Die Süßigkeit der Verschuldung, die Lust daran

»ihr führt ins Leben uns hinein
ihr laßt den Armen schuldig werden
dann überlaßt ihr ihn der Pein«/»W. Meister«

So schon im ›Tor und Tod‹. Deutlich in ›Der Jüngling und die Spinne‹. Hier jene Zeile: »Die Welt besitzt sich selber, ha, ich lerne.«

Ambivalenter Sinn der »Verschuldung«: Halb verlorener Zustand der Praeexistenz

Bängliche Seite der noch unvollkommenen Verknüpfung mit der Welt.

Analogie mit Blakes Mystik.

Der Dichter, aus jener höchsten Welt, deren Bote der Tod, herausgefallen:

(Er, der Liebhaber der höchsten Schönheit, hielt was er schon gesehen hatte nur für ein Abbild dessen, was er noch nicht gesehen hatte und begehrte dieses selbst, das Urbild, zu genießen. Greg. v. Nyssa)

In ›Kaiser und Hexe‹ Versuch diese Welt wieder zusammenzustellen.

Im ›Bergwerk‹ Versuch wieder hinüberzugelangen.

Im ›Tizian‹ Atmosphäre jener höchsten Welt.

Im ›Welttheater‹: jeder dieser Glücklichen irgendwie noch Angehöriger der höchsten Welt, am vollsten teilhaftig der Wahnsinnige

Ambivalenter Zustand zwischen Prae-existenz und Verschuldung.

Die Bedeutung des Namens Claudio für den »Toren« (von claudere). Zugleich der Name des bösen Stiefvaters im

›Hamlet‹. (Ist Claudio nicht ein Stiefvater seines besseren Selbst?)

Im ›Tor und Tod‹ bezieht die Selbstanklage sich auf die schwankende Zugehörigkeit zum Reich des Ewigen und des Vergänglichen, auf die Unfähigkeit, jeden einzelnen Auenblick durch den Überschwang ins Reich des Ewigen zu heben?!

Die Intro-version als Weg in die Existenz. (Der mystische Weg.)

a) Chandos-brief. Die Situation des Mystikers ohne Mystik. Dazu zuviel »Weltfrömmigkeit«.
   Der Anstand des Schweigens als Resultat.
b) andere Versuche der Introversion. [cf. Silberer: ›Probleme der Mystik‹].

»Wer sich der Introversion unterzieht« (= der Auserwählte, zum Opfer bestimmte, Gekrönte: wie Ödipus, auch Elektra, oder der Kaiser, desgleichen Elis Fröbom) »gelangt an einen Punkt, wo sich zwei Wege trennen« (Bild des Abgrundes, des Scheideweges). »Die Gefahr wird augenfällig, indem der Held zumeist einen scheinbar ganz kleinen Fehltritt tut und dann unerhörter Mühen bedarf, um diesen einzigen kleinen Fehler gutzumachen. Noch ein unrechter Schritt, und alles wäre verloren gewesen.« (›Kaiser und Hexe‹) Versuch des Kaisers, sich gegen den jungen Kämmerer über diesen scheinbar ganz kleinen Fehltritt zu äußern. Er besteht in einer Verfehlung gegen die Wortmagie. Die magische Herrschaft über das Wort das Bild das Zeichen darf nicht aus der Praeexistenz in die Existenz hinübergenommen werden. Analog das Verschulden oder der bedenkliche Zustand der Frau des Schmieds in der ›Idylle‹.

Der ambivalente Zustand zwischen Prae-existenz und Leben. Das Zu-sich-selber-Kommen (zu der höhern Existenz zurückkommen) auf direktem Wege

Das Grundmotiv deutlich im ›Traum von großer Magie‹. Ebenso: »der tiefe Brunnen weiß es wohl« – wobei der tiefe Brunnen als das eigene Ich.

In ›Kaiser und Hexe‹: durch ein Zusammenkommen der höhern Elemente.

wenn sie sich vereinigen, ist die Hexe überwunden und erlöst. (Die Hexe versinnbildet einen zweideutigen und schrecklichen Zwischenzustand) ›Tor und Tod‹.

Auch hier läuft es auf eine Geisterstunde hinaus.

Die Momente der Erhöhung in dem Brief des Lord Chandos.

Hiezu: das Kommen zu sich selber variiert mit den verschiedensten Vorzeichen: ›Erlebnis‹ – das Erblicken seiner selbst – ›Vor Tag‹ (zurückkehren ins eigne Zimmer) Erblicken seiner selbst doppelgängerhaft mit wohlwollendem oder ironischem Blick (Der Dichter und der Page, Cesarino Tarquinius.)

Variiertes Grundthema: das Ich als Sein und das Ich als Werden.

Das Thema in ›Gestern‹ frevelhaft gebracht. Andrea ist schicksallos. Begriff des Schicksals.

›Sobeïde‹: Entwicklung aus jener Zeile in ›Gestern‹. »Es ist vielleicht mein Schicksal das da stirbt.«

Das Unbefriedigende in der ›Sobeïde‹: der Schicksalsbegriff ist unzulänglich erfaßt.

Der Weg zum Leben und zu den Menschen durchs Opfer:

zwei Mythen: Alkestis und Ödipus.

Das Opfer als Selbst-aufgabe. (Diese liegt schon im Übergang von einem zum anderen Moment.)

Der Weg zum Sozialen als Weg zum höheren Selbst: der nichtmystische Weg.

a) durch die Tat

b) durch das Werk

c) durch das Kind

Fällt das Wesen aus jener Totalität (Praeexistenz Schicksallosigkeit) heraus, so ist es in Gefahr, sich zu verlieren, zu verirren: es sucht das zu ihm Gehörige, Entscheidende, das Äquivalent: im ›Abenteurer‹ ist die Lösung ironisch angedeutet (das Werk und das Kind).

a) die Verwandlung im Tun. Tun ist sich aufgeben.
Das Alkestis- und Ödipus-Thema sublimiert in der ›Elektra‹. (Das Verhältnis der Elektra zur Tat freilich mit Ironie behandelt. Elektra-Hamlet.) Das Entscheidende liegt nicht in der Tat sondern in der Treue. Identität von Treue und Schicksal.
Zugrunde liegt dieser Vers aus ›Tor und Tod‹: »Ich will die Treue lernen die der Halt von allem Leben ist.« (Das Motiv der Treue ironisch im ›Weißen Fächer‹.)

Innerstes: die Unbegreiflichkeit des Tuns. Die Unbegreiflichkeit der Zeit: eigentliche Antinomie von Sein und Werden.
Elektra-Chrysothemis
Variation: Ariadne-Zerbinetta.

Verwandlung. – aber jenseits des Lebens: Ariadne. Wiedergeburt.

Der Weg zum Leben (und zum Sozialen) durch das Werk und das Kind.

contraposto der beiden Motive im ›Abenteurer‹. Der schicksallos gewordene Vater und Autor. Die ironischen Verse darüber aus Vittorias Mund (Harlekin als Spiegelung dieser Figuren.)

Suchen nach dem schicksalvollen Vater.

Der schicksalvolle Bräutigam: Bacchus. Kreuzung mythischer Motive. Die gegenseitige Verwandlung. Das allomatische Element.

›Die Frau ohne Schatten‹ Triumph des Allomatischen. Allegorie des Sozialen.

Kreuzung zweier Hauptmotive: Erfassung des Schicksalsbegriffes (Schicksal auf sich nehmen oder fliehen* und: Sich läutern = sich verwandeln.

* Sobeïde iterum. »Tyche«. Das Motiv schon in ›Tor und Tod‹. (»Verworrner Traum entsteigt der dunklen Schwelle – und *Glück* ist alles: Stunde Wind und Welle«) Tyche: die Welt, die das Individuum von sich entfernen will, um es zu sich zu bringen.

Vereinigung und Verknüpfung sämtlicher Motive in der ›Frau ohne Schatten‹.
Die Färberin und der Färber: zusammen Träger des Schicksalsmotives, vorgezeichnet in der ›Sobeïde‹ (Situation der Färberin zwischen Gatte und Efrit wie dort zwischen Gatte und Ganem.) Die Kaiserin und der Kaiser vereinigen in sich die Motive der Schicksalfindung durch Auf-sich-nehmen des Fluches
zugleich das Gewahr-werden der Mitwelt als gleichberechtigt (wie am Schluß von ›Kaiser und Hexe‹)
ferner die Umkehrung der Motive von ›Kaiser und Hexe‹ und ›Bergwerk‹: die Liebe zu einem Dämon wird hinaufgeläutert zur Liebe zu einem menschlichen Wesen, anstatt zu dieser in Antithese zu stehen.
Für beide Gruppen wird die Erlösung durch die Ungeborenen – aber in magischem Sinn – statuiert:
zugleich sind diese Ungebornen die erhöhten Spiegelbilder ihrer Eltern
diese kommen also zu sich selber, indem die Kinder zu ihnen kommen.

Das Motiv des Zu-sich-selber-Kommens in den Jugendwerken möge hier nachgewiesen werden, um den Schluß mit dem Anfang zu verbinden.

In den Gedichten: ›Erlebnis‹, das Erblicken seiner selbst – ›Vor Tag‹: Zurückkehren ins eigne Zimmer als Doppelgänger. Desgleichen ›Tod des Tizian‹ der Page und das Bild, der Page und der Dichter einander wechselweise spiegelnd; Cesarino den Abenteurer spiegelnd über den Abgrund der Zeit hinweg.
Nochmals hier: das Grundproblem als dämonische Mächte, welche über die Seele verfügen wollen

Das Über-ich
(dem Sein untertan)
über die Zeit erhaben: kulminierend im magischen Augenblick

gerechtfertigt als Generationskette (die Wächter die Ungeborenen, ihre Rede) wofern es im Individuum dem Werden seinen Tribut zollt: sich der Zeit untertan macht.

Ad me ipsum

(MIT HINBLICK AUF DIE ›FRAU OHNE SCHATTEN‹
UND DIE ARBEIT VON MELL DARÜBER)
(AB FRÜHLING 1916)

»Von den Antinomien des Daseins wird diese oder jene zur Achse der geistigen Existenz.«

Praeexistenz, glorreicher aber gefährlicher Zustand.
Ihre Qualitäten: frühe Weisheit (Claudio, Andrea, der Page – Gianino, – ironisch: junge Witwer ›Ballade des äußeren Lebens‹, ›Erlebnis‹)
Jugend Grundgefühl: ein banger Stolz Weltbesitz und Weisheitszustand des Alters
Auserlesenheit: (Kaiser, – Abenteurer – Zauberer – Weiser (abgedankter Kaiser) – Dichter – Künstler – Wahnsinniger)
Geistige Souveränität: sieht die Welt von oben

Angehöriger einer höchsten Welt: millennarische Anklänge.

Versuch diesen erhöhten Zustand zu wahren durch Supposition des quasi-Gestorbenseins (Claudio/Frau im Fenster/Das gesteigerte Ich des Sterbenden oder zum Tode Bestimmten)

Nachteil: sieht nur Totalitäten (sic: Kleines Welttheater: alles geht auf Totalitäten)

demgegenüber schwer zum Einzelnen durchzudringen. Ein Wesen ist's daran wir uns entzücken

Das Über-Ich: »Und mein Teil ist mehr« etc. (Warum bemächtigt sich des Kindersinns-)
Das Ich als Universum.

Bedrohung dieses Zustandes durch ein Etwas von außen her:

Eros/Welt/die Welt als Dunkles Drohendes Verschlungenes empfinden. Märchen vom Kaufmannssohn

Ahnende Belehrung: »Die Welt besitzt sich selber, ha ich lerne!«

Das Leben als Verwirrendes (Märchen)

»Was frommt das alles uns und diese Spiele
die wir doch *groß* und *ewig** einsam sind
was frommts dergleichen viel gesehen haben«

* in der Prae-existenz.

Die Süßigkeit der Verschuldung: weil sie Verknüpfung mit dem Leben, Durch-dringen zum Sein ist.
die Lust daran anstatt des Grauens davor.

So schon in ›Tor und Tod‹
Deutlich in ›Der Jüngling und die Spinne‹
am deutlichsten in der Gestalt der Kaiserin (›Frau ohne Schatten‹)

Zielgedanke: Das höhere Leben muß die Steigerung des Selbst sein, empfangen durch das Drauf-kommen aufs Richtige, aufs Eigentliche (Symbol: ›Traum von großer Magie‹/›Der tiefe Brunnen‹)
Es muß sich einstellen als richtige Schicksalserfüllung, nicht als Traum oder Trance.
Kreuzung zweier Hauptmotive: Sein Schicksal auf sich nehmen mit:
Sich läutern = sich verwandeln
Sich wandeln (= sein Schicksal suchen) im *Tun* (Tun ist Sich-aufgeben)

Ödipus – Gegenfigur: Kreon
Elektra *Opfer*

Auf dem Weg, das Schicksal zu suchen: das Vorspielhafte der Ödipus-Tragödie, auch des ›Bergwerks‹ ›Tod des Tizian‹

Ringen um den klaren Schicksalsbegriff: Inhalt der Sobeïde (Berührung mit der bürgerlichen Welt) entwickelt aus jener Zeile in ›Gestern‹.

Der Abenteurer, jener die Totalität umfassende, umarmende Geist – in die Sphäre des Lebens gefallen: der Zeit und den verändernden Gewalten ausgeliefert. Sein Spiegelbild hierin der Musiker: beide fortlebend in der Auswirkung ihres höchsten Augenblickes: im Werk, im Kind. (Ironie daß beide mit dem Werk und mit dem Kind nichts mehr anzufangen wissen)

Die Kette von Motiven welche die Auseinandersetzung mit Daimon-Tyche und Ananke enthalten, angeklungen schon in ›Gestern‹ (Angst vor dem Versäumen des Schicksals) – im ›Abenteurer‹ schon dem Mysterium der Ehe und Zeugung nahegebracht
in der ›Elektra‹ zum Äußersten entwickelt als Motiv der Treue (Treue bis über den Tod hinaus im ›Weißen Fächer‹ aber ironisch behandelt)
in ›Sobeïde‹ zuerst, in ›Ariadne‹ wieder mit der Ehe in Verbindung gebracht.
(N. B. Tyche immer als ein unerträglicher Dämon;
sic: »verworrener Traum entsteigt der dunklen Schwelle und
Glück ist alles, Stunde Wind und Welle«
Tyche = die Welt die das Individuum von sich entfernen will um es zu sich zu bringen
Letzte gesteigerte Formung davon: der Efrit im Märchen von der ›Frau ohne Schatten‹)
Hinzutretendens Hauptmotiv: (mit welchem die Auflösung erfolgt)
Mit dem Sich-verwandeln das Verwandeln eines Andern
Verknüpfung mit der Welt durch Verknüpfung zweier Individuen
der Abenteurer bringt das Motiv zuerst ironisch
der Abenteurer verwandelt Vittoria
Ariadnes Verwandlung durch Bacchus/verstärkendes Gegenmotiv: sein Nicht-verwandelt-werden durch Circe, wodurch erst seine Auserwählung ihm selber bewußt wird. Circe, wie Zerbinetta, ist der Welt-dämon, Tyche, ein Element gleich dem Efrit.
Höchste Auswirkung des Motives: die Verbundenheit von Kai-

ser und Kaiserin im Schicksal (Fluch und Erlösung); analog verbunden sind Iphigenie und Orest im Mythos.

Grundthema: Sich selbst finden. So im ›Tor und Tod‹.

Analogie zwischen Ödipus und Elektra. wo ist die Offenbarung des Höchsten?

›Bergwerk von Falun‹ ›Kaiser und Hexe‹	} gemeinsam: Analyse der dichterischen Existenz.

in ›Gestern‹ redet eigentlich: »the imp of the perverse« [Poe]. Eine freche Stimme, welche jenes andere: ›Tor und Tod‹ herausfordern will. (Der Jüngling Andrea analog zum Leipziger Goethe der ›Mitschuldigen‹.)
So steht im Prolog zum ›Tod des Tizian‹ der Page mit bewußter Herausforderung seinem tiefen Selbst, dem Dichter, gegenüber. Der Jüngling Tarquinius steht fragend, Cesarino kritisch und erfüllend zu seinem Spiegelbild. Der Abenteurer ist Andrea der Wechselnde, ist Harlekin.
Das Zu-sich-selber-kommen oder den andern zu seinem höchsten Selbst bringen in der ›Ariadne‹ wechselseitig.

In ›Kaiser und Hexe‹ ein Zusammenkommen aller Elemente des Höhern: wenn sie sich vereinigen, ist die Hexe überwunden und erlöst. Hier die Figur der Gattin seltsam und wichtig. Auch hier läuft es auf eine Geisterstunde hinaus. Auch dieser Kaiser ein junger Verheirateter (wie im ›Weißen Fächer‹)

Der Wahnsinnige eine Form der erreichten Vollkommenheit.

Im ›Abenteurer‹ jener Geist, in die Sphäre des Lebens gefallen, ein anderer »state«. Der Musiker sein Spiegelbild.
Der reinste state der Wahnsinnige, wovon die anderen »Glücklichen« nur unvollkommene Spiegelungen.

Bedeutung des *Abends.* (Der Mann des Abends.) Der Abend als Erfüllung: etwas millennarisches. Im ›Tor und Tod‹ vorzeitiger Abend.
›Madonna Dianora‹ die Ausdeutung des offenstehenden Fensters am Abend (mit dem dunklen Zimmer dahinter)

> »und dennoch sagt der viel der Abend sagt,
> ein Wort daraus Tiefsinn und Schwermut quillt
> wie schwerer Honig aus den hohlen Waben – –«

Den Hesperos lassen die Alten alles zusammenführen was die Eos trennt (Fr Sapph 95 Catull 59, 20 ff), der den Küchlein die Mutter, allen Wipfeln die Ruh wiederbringt (Demetrius de elocutione 141) er erglänzt der Sappho als mildester und schönster aller Silbersterne am Himmelszelt

Bachofen, S. 344

Jugendfiguren, Träger *dieser* Jugend-seelenverfasung: Claudio – der Page – der junge Kaiser – Gianino (was ist das für ein Jüngling der da ausruft: »das Leben man kann es haben und doch sein vergessen«? was für merkwürdige Zustände!) – die jungen Witwer im ›Weißen Fächer‹ –
Der Kaiser Porphyrogenitus – Kreon – der Kaiser der südöstlichen Inseln.

Zustand dieser Jugend
antizipierter Weltbesitz, Weisheitszustand des Alters
Bedrohung durch den Eros

Eine fruchtbare [?] Vorwegnahme auch des »Wunders« im eigenen Leben.
Hierin eine Haltung der ganzen Epoche
Es ist doch auch die echt jugendliche, ahnende Vorwegnahme.
Das Suchen nach dem Bleibenden Entscheidenden:
dies unter dem Begriff *Schicksal,* das man versäumen könne.
Fällt das Wesen aus jener Sphäre der Totalität (Praeexistenz) heraus so ist es in Gefahr sich zu verlieren zu verirren, es sucht

das ihm Gehörige, Entscheidende: im ›Abenteurer‹ ist die Lösung ironisch angedeutet: Weib, Kind
Grundproblem: Verknüpfung mit dem Leben = Durchdringen zum Sein
Die Liebe geht aufs Ganze: »Ein-Wesen ists« – aber er entzückt sich doch am ganzen Flusse, Flusse des Daseins

Das höhere Leben aus der Steigerung seiner selbst als das Draufkommen aufs Eigentliche (›Traum von Großer Magie‹, »tiefe Brunnen«) empfangen, auch als richtige Schicksalserfüllung nicht als Traum oder Trance.
Kreon erhofft Verwandlung: König werden

Leben als Verwirrendes – und das zu gewinnende

in der Praeexistenz	»Was frommt das alles uns und diese Spiele Da wir doch groß und ewig einsam sind ——————————— Was frommts dergleichen viel gesehen haben?«
nicht pessimistisch	

[Kleines] ›Welttheater‹
Bekehrung zur Einheit: »Ein-Wesen ists daran wir uns einzücken«
einzeln: Gärtner an der Gleichheit der Menschen und Pflanzen, Mädchen an der Form die alles durch Entfernung annimmt, Dichter an der Figur des Geschauten Lebens.
Alles geht auf Totalitäten
demgegenüber schwer zum Einzelnen durchzudringen.

Die Wiedergeburt eines neuen genießen aus der Höhle der Schmerzen Ariadne-Elektra.

Der Weg zum Sozialen: durch das Opfer – Ödipus Alkestis –: ist der Weg gangbar.
Der Weg zum Sozialen als Weg zu sich selbst
»ich will die Treue lernen«

Elektra-Ariadne.
Der Weg zum Sozialen durch das Werk und das Kind.
Das *erreichte Soziale: die Komödien.*

es ist selten etwas weniger verstanden worden als daß in dem Liedchen des Bacchus nicht nur eine Lebenssituation sondern eine ganze Lebensgeschichte darin steckt – daß er durch dieses Erlebnis gleichwertig neben Ariadne tritt.

Das Entgegenkommen der mythischen Motive: Vorgeschichte des Bacchus, (Semelemotiv)

Gehalt: Übergang von der Prae-existenz zur Existenz: dies ist in jedem Übergang jedem Tun. Das Tun setzt den Übergang aus dem Bewußten zum Unbewußten voraus.
Die Schwierigkeit der Tat für Elektra.

Grundproblem: Werden und Sein:
als dämonische Mächte welche über die Seele verfügen wollen (das Sein als Unterbewußtsein Allgegenwart)
(wie sie einander in den Zwillingsbrüdersonetten Schröders als dämon. kosmische Gewalten gegenübergestellt sind)
Das Wunder verbindet beide

Das Über-ich (der Magier des ›Traumes‹, der Wahnsinnige, der Bergmann) auch erfaßt als Generationskette: der Dichter im Vorspiel für Puppen
Claudios Hindeutung: »Hohles Bild von einem vollern Sein«
auch Kreon ringt um solch ein Über-ich

Das Über-ich

> »Warum bemächtigt sich des Kindersinns
> So hohe Ahnung von den Lebensdingen
> Daß dann die Dinge wenn sie wirklich sind
> Nur schale Schauer des Erinnerns bringen?«
> – – – –
> »Und mein Teil ist mehr als dieses Lebens
> Schlanke Flamme oder schmale Leier«

Das Plastische gegenüber dem Visuellen:
im Handwerker
im ›Bergwerk‹ Relation zur Bergkönigin die außerhalb der Zeit steht
im ›Traum von Großer Magie‹
in Κόραι, (Griechische Reise: »die Statuen«)
– »der tiefe Brunnen«

Hieher: jenes Jugenderlebnis (16–22tes Jahr etwa) daß alles gegenwärtige Schöne in der Natur nur auf ein ganz unerreichbares Früheres hinzudeuten schien.
vergl. hierzu das Zitat aus Gregor von Nyssa, Moses-Leben bei Burdach S. 400.

In ›Tor und Tod‹ bezieht die Selbstanklage sich nicht vielleicht auf die Zugehörigkeit zum Reich des Vergänglichen – auf die Unfähigkeit, jeden einzelnen Augenblick – oder mehr als einzelne Augenblicke – durch den Überschwang ins Ewige zu lieben.

›Kaiser und Hexe‹. Das Stammelnde, Insuffiziente im Geständnis des Kaisers.

Die Schemata der frühen Klugheit: Page, Tarquinius Morandin, die jungen Leute im ›Weißen Fächer‹. junge Witwer.

Der Terminus Spiegel in ›Tor und Tod‹

Die Bedeutung des Namens Claudio. Die Selbstabspiegelung der Madonna Dianora.
Spiegelung des Pagen
Kaiser im Kämmerer gespiegelt,
Abenteurer in Cesarino.

autobiographisch
Der Abenteurer (Prolog).
Weidenstamm entschloß sich – eine frühere Geliebte wiederzusehn – er hätte gerade so viel glänzende Formen Spring-

brunnen, Stalaktiten annehmen können – es standen ihm in diesem Augenblick so viele Möglichkeiten zu Verfügung – er war so sehr eine Naturgottheit –. Eine zauberhafte Dämonie wurde Stimme einer Frau (maskierte sich als Stimme einer Frau) die Valeurs stimmten zueinander: es war ein verborgener Ausgleich in der Sache der ein Glücksgefühl erzeugte –

Κόραι Das unheimliche Vergessen von Augenblick zu Augenblick.

La présence de l'univers:
das Ich der Sterbenden
(›Tor und Tod‹; ›Frau im Fenster‹, sic! schon bevor sie tödlich bedroht ist)

Wiederspiegelung: sich selbst gegenübertreten, sich selber schauen

Das Ich als Spiegel des Ganzen aber mehr als Spiegel:
der Wahnsinnige

zwei Antinomien waren zu lösen. die der vergehenden Zeit und der Dauer – und die der Einsamkeit und der Gemeinschaft. Ohne Glauben an die Ewigkeit ist kein wahrhaftes Leben möglich.
In dieser Zeile in ›Tor und Tod‹
»Ich will die Treue lernen die der Halt von allem Leben ist – –«
war das Entscheidende ausgesprochen.

Das Schöne
Herauszureißen aus der Natur Dürer-Rembrandtisch
so in den ›Geschwistern‹ von Goethe
Aufmerksamkeit auf Spiegel und Spiegelungen
»der Flüsse Dunkelwerden
begrenzt den Hirtentag«

ein Weg mit vielen Teichen

zu dem Begriff des *Reflexes* (der wechselseitigen Spiegelung in meinen Gedichten und Dramen)
Goethe in den Tagebüchern unterm 16 XI 1808. Betrachtungen über den Reflex von oben oder außen gegen das Untere und Innere der Dichtkunst; z. E. die Götter im Homer nur ein Reflex der Helden; so in den Religionen die anthropomorphischen Reflexe auf unzählige Weise. Doppelte Welt, die daraus entsteht, die allein Lieblichkeit hat, wie denn auch die Liebe einen solchen Reflex bildet. Und die Nibelungen so furchtbar, weil es eine Dichtung ohne Reflex ist, und die Helden wie eherne Wesen nur durch und für sich existieren.

›Frau ohne Schatten‹ Fluch und Erlösung.

Die Verbundenheit von Kaiser und Kaiserin im Schicksal. (analog Iphigenie und Orest)

Jedermann *Heintl* – der Aspekt der letzten Stunde als Steigerung Tizian Girondins Frau im Fenster

»die Vorwegnahme des möglichen Schicksals, die zugleich Aufhebung und Überwindung des Gegenwärtigen sein kann« (Gundolf):
Hoffnung (oder Furcht)
Der Tod als eine Art Furcht – Hoffnungsdämon.
»allegorische Dämonen« Gundolf

ad: »die schwebend unbeschwerten« usf.
desgleichen:
»Nichts ist hier – nur aufzufliegen
ist ein Ort an jedem Ort«
Volker: Der Sinn der Welt ist Lösung. Nichts läßt sich im Weltlichen befestigen. Welt ist Werkstätte ist Ort der Gestaltung, Erneuerung, Wechsel, ist um der Fülle der Schönheit der Liebe willen usf.

Gespräche mit Brecht ›Kaiser und Hexe‹
Was bedeutet das, könnte man fragen, worauf der Kaiser in

dem Gespräch mit dem jungen Kämmerer diesen warnend hinweist? Um welche Versündigung gegen das Höhere oder um welches Vergehen handelt es sich da? –
In der Biographie von Clemens Brentano (auch von Bettina) finden sich manche Hindeutungen auf Ähnliches, wodurch man per analogiam den Schlüssel zu obigem finden kann.
Es handelt sich um ein Zu-viel im Reden, ein Übertreiben – und in diesem Zu-viel ist eine Spaltung – ein Teil des Ich begeht was der andere nicht will – es ist dies Quer-hindurchschauen durch die Übertriebene bizarre witzige Rede, die der »Zweite« in uns hält (Clemens Brentano). Er überläßt manchmal »seine Worte« (sagt er selbst) »ihrer inneren lebendigen Selbständigkeit und die Rede wirtschaftet dann auf ihre eigene Hand munter drauf los, während meine Seele in der Angst, Trauer und Sehnsucht liegt«. Es ist die Gefahr der »Aufwallung, der kein Tun folgt«.
»Mäuse, Raubtiere, Diebe, Buhler, Flüchtende« nennt er einmal die Worte, die ihm »mit seinen Empfindungen aus dem Maul laufen«. Die seelische Situation ist die des jungen, innerlich ungefestigten Wesens, das mit sich selbst noch nicht genug hat, sich den Menschen, die er liebt oder gewinnen will, »hinwirft bis zur Würdelosigkeit«. Es ist, nach der Einsamkeit der Prae-existenz, die leidenschaftliche Vorwegnahme des Sozialen, bis zum Frevelhaften, auch ein Verwischen der Grenze zwischen Phantasie und Wirklichkeit also Lüge.
Bei Figuren wie den Brentanos war das ein Lebenszustand, hier ist es einmalig, eine der Facetten des harten und scharfgeschliffenen Steines. – Es zielt auf die Rede als soziales Element, als *das* soziale Element – und so führen Fäden von hier zurück zu Claudio, nach vorne zu dem Lord Chandos des ›Briefes‹ und zu dem ›Schwierigen‹.

[1917?]

Zur Darstellung meines Lebens:

I. Kindheit: bis zum zehnten Lebensjahr. Vorfahren Stadt, Landschaft. – Dann die ersten Irrtümer und Komplikationen. Aber das Kind noch bleibend.

II. Jünglingszeit. Die Kindheit als Spiegelung der Sehnsucht. Alles Vorbereitung, Hindeutung. Die Welt nahe und fern. Frühe Berühmtheit. Hermann Bahr, George. Das frühere Wien. Ahnung eines nicht mehr vorhandenen Zustandes. Ahnung der Welt: Antike, Orient, Geschichte. Die dunklen Seiten. Furcht. Richard B[eer]-H[ofmann]. Verhältnis zu Frauen: jenes »Adolphe« – der wenn er geheiratet hätte vielleicht ein vortrefflicher Ehemann gewesen wäre. Versuch alles zu gruppieren. Andrian, Bui [Georg Franckenstein] – endet mit 1899 – Produktives bis zum ›Abenteurer‹. Was war mit Italien – ja was war mir alles dies? Das Spiegelnde scheinbar Unteilnehmende: Frau v. W[ertheimstein] im Innersten betroffen und belastet.

III. Gegenwart (etwa 1912–1917) Krise des Mannesalters. Wahrhaftige Bedeutung auch des früher Besessenen: Bodenhausen Schröder Pannwitz

Nene della Casa

1917

Grabschrift des Dichters. – Jugendstadium: Magie. Varese. Später Gestaltung. Ferner: Aufbewahrung. Erkenntnis der Zusammenhänge. Sich leichter fühlen. Ahnung des Höheren kaum mehr ausdrückbar: Wölkchen sich auflösend.

[›Frau ohne Schatten‹] Hindeutung auf Höheres, Entselbstetes innerhalb der Ehe in den letzten Stellen zu vier am Schluß der Oper. Eine aphoristische Ethik.

Neubeuern, 9.VIII.21

»und dennoch sagt der viel, der ›Abend‹ sagt« – das Gleiche entwickelt in der dramatischen Parabel von ›Leben ein Traum‹

Scientia creaturae in comparatione scientiae creatoris quodammodo vesperascit. S. Augustinus

Aussee, 15. IX. 21

Der Einzelne und die Epoche als Mythos gesehen

sic: das was in der Epoche seit Kant an verändertem Weltgefühl lebt irgendwie gespiegelt im Sigismund

Ohne Taten und Leiden der Individuen entsteht kein Mythos: daher bedurfte es der Vorgänge seit 1914, damit die Mächte sich zum Mythos gestalten.

Mythenbildung ist wie Kristallisation in der gesättigten Salzlösung: es wird dann im entscheidenden Augenblick alles mythisch, so wie das Hündchen zu den Füßen des Ritters.

bei Berufung zum Dichter:
darüber, was diese 15 Gedichte enthalten: keine Liebesgedichte, ein Gewahrwerden seiner Selbst, einen magischen Ton

Die *Sprache*

Über George. Einzige Berührung mit ihm beim Lesen der »Hymnen« »Pilgerfahrten«. Die Spitze mit der sich das Unendliche in die Seele gräbt

Über Borchardt

Über den Wiener Dialekt. Das Schöne davon: das Maßvolle. Alles in dieses Gewebe gegangen – die Geschichte ist arm.

Der Dichter: er kommt nie zurecht und gerade dadurch kommt er zurecht (so mein Versuch, mit ›Die beiden Götter‹ das dem Augenblick Gemäße zu sagen).

Der Dichter und die Frager
Gibt es eine deutsche Literatur? geht es auf- oder abwärts? ist alles umsonst? Ach! Ach!

Über Molière und daß die Deutschen ihn nicht verstehen und warum.
So die Erklärung Tartuffes an Elmire: »Ah! pour être dévot je n'en suis pas moins homme«.
a-t-on souvent exprimé autant en si peu de mots – suggéré tant de choses avec autant de sobriété …

hiezu die Stelle über den Stil von Renan: daß er en-deça de sa pensée bleibe

III. 22

Als junger Mensch sah ich die Einheit der Welt – das Religiöse – in ihrer Schönheit; die vielfältige Schönheit aller Wesen ergriff mich, die Kontraste, und daß alle doch auf einander Bezug hatten. Später war es das Einzelne und die hinter der schönen Einheit wirksamen Kräfte, das ich darzustellen mich gedrungen fühlte, aber von dem Gefühl der Einheit ließ ich nie ab. (Auch dort wo Kontraste dargestellt sind, in der mittleren Periode, wie die heroische Elektra und die nur weibliche Chrysothemis, oder der starke Pierre und der schwache Jaffier, kam es mir immer darauf an, daß sie mitsammen eine Einheit bildeten, recht eigentlich *eins* waren.)

Ramsau, 30.VII.23

›ad me ipsum‹, neu konzipiert in numerierten Abschnitten, wovon im Folgenden einige angedeutet.

Wenn unsere Epoche eine des Unterganges sein soll … wie vieles ist doch noch da, unverbraucht, in ursprünglicher Reinheit. Es muß gedacht werden, daß auch das untergehende Rom voll solcher intakter Lebenskeime war – und daß es ein Schicksal gibt, ein von außen Herantretendes. – Mit diesem Gedanken sind wir schon dort wo man sich über alles erheben kann.

Es sind mir Menschen entgegengetreten, auf welche die Natur einige ihrer größten Gaben gehäuft hatte. Es waren wahrhaft imperatorische Naturen – und ihr Geschick hat sie fallen lassen. Schon das müßte einen auf ewig skeptisch machen.

Über das Besinnungslose früher produktiver Epochen.

Über die Wahl des Dichterberufes. Ein Mensch sitzt im Wald, schreibt 21 Gedichte. Er malt Gestalten hin, der Augenblick nimmt sie auf: und sein Schicksal ist entschieden. Aber er steht erst am Anfang eines harten Weges.

Über den Zusammenhang meiner Arbeiten

Einer der größten Vorteile den das Selbstgefühl dem Künstler gibt, ist der, sich seinen geistigen Umgang zu wählen, ohne an die Zeit gebunden zu sein.

Das In-sich-Gebundene des Dichters, in dieser Form. – N. ist ein Mensch des geistigen Bereiches, aber er ist kein Mann von Geist. Er rührt an die größten Dinge und sie besitzen ihn nicht. Er hat in einem Augenblick das Weltall zu Gebot, im anderen fast nichts. Er scheint Menschen zu verstehen – aber er muß sich gestehen, daß er sie fast nicht versteht. Er ist unerfahrener als seine Kinder – seine Dialektik ist nichts wert. Entwickelt er sich? Kaum. – Seine Eitelkeit ist nicht sehr groß – aber seine Empfindlichkeit desto größer. Er ist da und nicht da. Er ist ein Dichter. Ferner: er fürchtet den Tod nicht, eher das Leben. – Er gleicht dem Zerstreuten, der abends in sein Haus kommt, es nicht erkennt: verhält er sich so zur Epoche? Er kommt im Maskenkleid zu einem Begräbnis.
C[arl] B[urckhardt]s Wort vom Raum in der Zeit für Gewisses, und für Anderes nicht.

Über das Lustspiel

1926

»A man can neither be insulted nor praised.«

Ni l'objet propre de la poésie, ni les méthodes pour le joindre n'étant élucidés, ceux qui les connaissent s'en taisant, ceux qui les ignorent en dissertant, toute netteté sur ces questions demeure individuelle. Paul Valéry, ›Variété‹

Begegnung. George.

Bildung. Das Theater. Burgtheater und Vorstadt. Die Einheit im Schauspieler. Reflexe in dem Knaben: den Stil des Racine

mit dem der ›Ahnfrau‹ verschmelzen zu wollen. (Die ›Ahnfrau‹ sehr wohl als volksmäßig erkannt.)
Feste: Praterfahrt Fronleichnam Kaiserliche Begräbnisse

Jene nur geahnten, nie betretenen Kontinente.
Zusammenhang von Bild Wort und Schrift. – Jene geplanten ›Rodauner Anfänge‹. Über die Kunstsprache und die Mathematik (anknüpfend an Lionardo).

Geheimnisse: der Zeichendeuter. Die Doch-nicht-Halluzinationen. Die Erkenntnis jeder Erscheinung als gut oder böse, um 1890–91. Alles kommt darauf an, welchen Rang man diesen Dingen gibt.
Freunde: Auflösung und Neu-geburt durch solche Beziehungen.

Formidable Einheit des Werkes.

Die theatralischen Formen: auch die minder strengen.

Das Biographische des œuvre: der Verschwender-Typus – der Wahnsinnige – der Abenteurer – der Schwierige –

Im ›Schwierigen‹ Andeutung des Verhältnisses zwischen Phantasiegestalten und der Realität. Das Soziale – perspektivisch behandelt.

Zeitpunkt 1892. Frühe Einflüsse: Edgar Poe – Baudelaire – Verlaine – Mallarmé (Georges Kopie des ›Après-midi d'un faune‹).
Der Zeitgeist: das Musikhafte
ferner: Novalis, die englischen Dichter, besonders Keats.

IX. 26

Das Suchen nach der möglichen – notwendigen Tat. (Die Tat der Pagen Alexanders war Hysterie – die der Elektra geht aus einer Art Besessenheit hervor.) Die mögliche Tat geht aus dem Wesensgrund, aus dem Geschick hervor.

›Kaiser und Hexe‹: was es mit dem Stoff auf sich hat mit der Schuld *für die Frau.* Die Tragweite damals nicht erkannt. Für solche Bekenntnisse müßte erst eine Sprache ganz einfach erfunden werden.

1. XI. 26

Es sind einige herangetreten, meine Biographie schreiben zu dürfen. Ein sehr sonderbares Ansinnen. Die Anekdoten – die Aufenthaltsorte – die Begegnungen – die Einflüsse. Unfähigkeit, das rein geistige Abenteuer zu erfassen. Es ist zu vermuten, daß sie nicht erfaßt haben, um was es sich handelt. Es handelt sich, den Geist der Epoche und den des Individuums zu beschwören und sie beide auseinanderzulösen (il faut avoir beaucoup de suite dans ces pensées). Die Hexe von Endor ist schließlich erschöpft und halbtot.
Der Anfang ist pure Magie: Praeexistenz.

Wer eine Biographie macht, stellt sich gleich. Die Biographen können nur erfassen was sie mit ihm (und vielen anderen) gemein haben.

Die substantiae secundae: das Theaterstück – das Trauerspiel.

Ahnung der Regeln. Ahnung, daß hier von der Gesamtheit etwas gewollt und gesucht wird.

Die Offenbarungen, durch die Ausübung der Dichtkunst empfangen.
Die Augenblicke der Macht.

Die soziale Seite der Dichtkunst: die Verbindungen. (Anfang: Aber geht es um Selbstgenuß –? …) Der Trieb und Zwang, alles nachzufühlen. – Die Verbindungen innerhalb der Kunstsphäre: z. B. mit Shakespeare, mit Calderon.

Das Bekenntnishafte: in ›Kaiser und Hexe‹.

Auch diese Seiten selbst sind Bekenntnis. Und für wen schreibe ich sie – für wen durfte ich sie ohne Eitelkeit schreiben?

Auch hier bedarf es einer Geisterbeschwörung: empirische Begegnungen müssen vergeistigt werden.

5. XI. 26

Haltung: soziale – österreichische (der »feine kluge Wiener«). Anschluß an eine Tradition. Absichtliche Mittelbarkeit. (Haltung des ›Schwierigen‹ in einer nuancenlosen Welt). Differenz mit George kommt hier zur Sprache.
Innerhalb des deutschen Ganzen.
Zur geistigen Gegenwart:
Zur Tradition:
Zum Planetarischen:
Zum Göttlichen: katholische Umwelt
Zu sich selber: wie faßt man sich selbst und das Göttliche in sich auf?
Zartes Geheimnis. Arielhaft: dienend – Befreiung erhoffend. (Der ›Wahnsinnige‹ im ›Welttheater‹.) – Tiefere Geheimnisse: der Kaiser im Märchen sowie in ›Kaiser und Hexe‹.
Diesem zugrunde: wie man die Optik eines Lebenskreises mit der des andern überfliegen muß –

Zur deutschen Geschichte: frühe Lektüre der Quellen. Gefühl der Zugehörigkeit zum Heiligen Römischen Reich ungebrochen. So auch gegen Italien (hier auch durch Blut zugehörig) –

10. XI. 26

Hochmut als innerster Schutz um den Kern. Wort Valérys von der notwendigen Beigabe des Hochmuts beim höheren Geistigen.

Das Gefühl *konzentrischer* Verantwortungen.
Das Gleichnisweise in alledem. Ein Spiel – das Auftauchen einer neuen Figur, die dadurch entstehende Konstellation könnte alles verändern. So nahm Napoleon Goethen eine große Last ab. Die Unmöglichkeit sich aus diesem planetarischen Spiel herauszuziehen. Ähnlich jetzt das Auftauchen Hölderlins.

ad ›Turm‹: der Vater: oder das Bestehende – der Gouverneur: das Belehrende – der Empörer: das Drohende der Materie. Sigismund der Mensch: von dem der Vater sich Fortsetzung erwartet: der ihn unerwartet fortsetzt und sich selbst im Kinderkönig fortsetzt.

Il en est de notre esprit comme de notre chair: ce qu'ils sentent de plus important, ils l'enveloppent de mystère, ils se le cachent à eux-mêmes; ils le désignent et le défendent par cette profondeur où ils le placent. Tout ce qui compte est bien voilé; les témoins et les documents l'obscurcissent; les actes et les œuvres sont faits expressément pour le travestir.
[Valéry]

12. XI. 26

Das Mythische. Der Abenteurer eine mythische Figur. Desgleichen Ariadne. Das Mythische in höherer Sphäre realisiert in »Helena«. Aristie: Menelas als Vertreter des Abendlandes. (In der Türkei Menelas-Hahnrei.) – Ausgleich zwischen Orient und Abendland (vgl. Bachofens Interpretation der »Aeneis«).

›Kaiser und Hexe‹ reines Bekenntnis.

Ad me ipsum (bezüglich der Jugendwerke) 1927
Imaginärer Brief an C. B.

Ihr Brief hat mich gerührt – es hat mich gerührt wie vieles Sie fühlen, erkennen – und daß Sie dies Jugendœuvre ein so berühmtes als unverstandenes nennen. Es scheint mir wirklich so. Ich staune, wie man es hat ein Zeugnis des l'art pour l'art nennen können – Wie man hat den Bekenntnischarakter, das furchtbar Autobiographische daran übersehen können –

Gefahr, daß das Ego die Liebe verlerne; ästhetisch gesprochen, daß die Form erstarre. (Pigenot.) – Ich verließ jede Form bevor sie erstarrte.

›Gestern‹, ›Tor und Tod‹: Gefahr der Isoliertheit, des selbstischen Erstarrens, der Überhebung.
›Tor und Tod‹ sowie ›Kaiser und Hexe‹ ermangeln einer wirklichen Interpretation.
Die Versündigung in ›Kaiser und Hexe‹ ist das Abschweifen der Phantasie, das Antizipieren, das Nicht-sich-Halten am engen Gegebenen – das Amalgamieren fremder Erfahrung (die Worte sind *Harpyen*)

In ›Tor und Tod‹: eine solche Stelle wie: »Ich füg mich so, daß Gut und Böse über mich Gewalt…« heißt: Gut und Böse hat keine Gewalt: ich glaube sie nicht, weil ich sie nicht vom vitalen Urgrund des Erlebnisses her empfangen habe. (Sic et Tochter des Töpfers.) Das gleiche im ›Tod des Tizian‹ bezüglich Erfahrung.
Im ›Bergwerk‹ ist jenes gewaltig Hinüberziehende (das die Seele dem Leben entfremdet) erst wirklich gestaltet: das Reich der Worte worin alles Gegenwart. – Das Ganze drückt den Versuch der Seele aus, der Zeit zu entfliehen in das Überzeitliche. Worte reißen das Einzelne aus dem Strom des Vergehens, vergegenwärtigen = verewigen es. Die magische (nur selten gefährliche) Gewalt der Worte auf ein für diese Gewalt empfängliches Kindergemüt.

Ringen um das Notwendige: das was Hölderlin das Schickliche nennt. τὸ ὅσιον.

Gleichnis jener Praeexistenz. – Homunculus – das alles überschauendste, fast unbegrenzte Wesen – das umherspäht, seine ihm bestimmte Enge zu finden. (Schließlich zerschellt es an der Galatea Throne, zerrinnt endgültig ins Unendliche.)

IX. 27

»… ihre Popularität, ihre Art, fremde Naturen anzunehmen und sich ihnen mitzuteilen…« (Brief Hölderlins vom 2. XII. 1802) – diesen Begriff auf mich anzuwenden.

X. 27

Bildung zart zu behandeln.
Ein Minimum von verbalem Gedächtnis.
Geschichte-Mythos Bachofen.
Ortsgefühl: Versuch des Umfassens. Symbolische Haltung.
Das Umspannen weiter Zeiträume.
Buckle-Gibbon. – Die Nachfolge Roms in Österreich als lebendig (Riegl, Wickhoff).

H. v. H.
Ein Versuch nach Gesprächen

›Der Turm‹. Darzustellen das eigentlich Erbarmungslose unserer Wirklichkeit, in welche die Seele aus einem dunklen mythischen Bereich hineingerät. Anzuknüpfen: jener Begriff der Prae-existenz.

›Helena‹: das beweisen was sonst als bewiesen angenommen wird.
Nationale Aufgabe: Begriff der Mitte der Nation. Äußerungen über George, Pannwitz und andere (Gegenwart und Geschichte). Soziale Haltung.
Figur. Charakter. Das: Verbirg dein Leben. Autobiographisches überall: ›Kaiser und Hexe‹, Märchen, ›Schwierige‹. ›Turm‹. Rahmen, novellenartig. Reise.

Autobiographisches IX. 28

Frühe Einwirkung jenes Bildes: Kaiser Maximilian spricht mit acht Hauptleuten in ihren Sprachen.
Beschäftigung mit der Geschichte. Früh (14 – 17) Buckle: Ideen und Geschehnisse in ihrem Zusammenhang. Daneben zu den Quellen gehen: die »Monumenta Germaniae«, Gibbon, Duncker »Geschichte des Altertums«. Wattenbach »Deutschlands Geschichtsquellen«.
Bedeutung von Byzanz – hieran anknüpfend dichterische Pläne.

Neu-aufnahme dieser Bestrebungen. Die Begegnung mit Dilthey.
Die Begegnung mit George. Unausgesprochener Gegensatz.
Das Österreichische. Natürliche Verbindung mit dem Theater. Begegnung mit Schröder. Übereinstimmung.
›Rodauner Anfänge‹ – gemeint als eine Rückführung der wissenschaftlichen Kunstsprache.
Die Unternehmungen der Bremer Presse.
Salzburger Festspiele. Theater überhaupt: Burg / Berlin / Reinhardt / Oper.
Hinwendung auf das unmittelbar Notwendige. Die Münchener Rede. Die Beziehung zu Universitäten.
Das Phänomen Berlin.
Das Phänomen Tolstoi, seit etwa 1891 (»Kreutzersonate«).

Stadien

(Versuch, gewisse Momente des eigenen Lebens darzustellen.)

Verschiedene Momente meines Lebens auffangen und vor allem zeigen, was im Schatten ist. Das Lebendige, das *Wahre* in dem aufweisen was schweigt. Z. B. Epoche der Freundschaft mit Poldy (›Kaufmannssohn‹ ›Garten der Erkenntnis‹; vgl. hiezu das zwölf Jahre spätere Buch ›Verwirrungen des Zöglings Törless‹): das Hauptproblem dieser sehr merkwürdigen Epoche liegt darin, daß Poldy vollständig (ich weniger vollständig, sondern ausweichend, indem ich eine Art Doppelleben führte) das Reale übersah: er suchte das Wesen der Dinge zu spüren – das andere Gesicht der Dinge beachtete er nicht, er wollte es absichtlich nicht beachten, *für nichts ansehen* (ähnlich kann der Zögling Törless das Gesicht der Dinge, wenn sie ferne sind, und das andere, wenn sie hart an uns sind, nicht übereinbringen).

Eine andere Phase! zu kristallisieren in einem Erlebnis einer Sommernacht in Unterach. Das Haben und Nicht-Haben des Sinnlichen.

Das Kind. Theater. ›Die Afrikanerin‹.

Der einsame Knabe. Fusch 1888. Gerade die widerhaarigen Züge beachten, die scheinbar *nicht* ins Bild wollen, die ganz kleinen Details, die der Erinnerung entschlüpfen wollen, ihnen nachgehen; auch den sonderbarsten Assoziationen unermüdlich nachgehen.

Anhang

Zu dieser Ausgabe

Der vorliegende Band von Hugo von Hofmannsthals, der als kommentierte Leseausgabe konzipiert ist, präsentiert, nach Gattungen geordnet, den Lyriker, Erzähler, Essayisten und Aphoristiker mit einer Auswahl seiner Gedichte und Erzählungen einschließlich des *Andreas*-Fragments, der Erfundenen Gespräche und Briefe, der Reiseprosa, der Reden und Aufsätze, schließlich der Aufzeichnungen. Eine Auswahl der Stücke Hofmannsthals, einschließlich seiner Lyrischen Dramen, enthält der zweite Band.

Aufgenommen wurden ästhetisch gelungene, für den Autor repräsentative und wirkungsmächtige Texte. Daß die Auswahl, insbesondere bei den Gedichten und Erzählungen, großzügiger ist als die, die Hofmannsthal selbst vorgenommen hat, erklärt sich nicht nur aus Unterschieden des ästhetischen Urteils, sondern auch aus der Rezeptionsgeschichte, die zu Neubewertungen mancher Werke und Werkgruppen (wie etwa der Erfundenen Gespräche) geführt hat. Im übrigen bleibt bei dieser wie bei jeder Auswahl ein unauflösliches Moment von Subjektivität.

Die Textfassungen der *Gedichte*, der *Erzählungen*, des *Andreas*-Fragments und der *Erfundenen Gespräche und Briefe* folgen der Ausgabe: Hugo von Hofmannsthal: *Sämtliche Werke. Kritische Ausgabe.* Veranstaltet vom Freien Deutschen Hochstift. Hg. v. Rudolf Hirsch, Clemens Köttelwesch, Christoph Perels, Edward Reichel, Heinz Rölleke, Ernst Zinn. Frankfurt/M. 1975ff.

Die Textfassungen der *Reiseprosa*, der *Reden und Aufsätze* und der *Aufzeichnungen* folgen der Ausgabe: Hugo von Hofmannsthal: *Gesammelte Werke in Einzelbänden.* Hg. von Bernd Schoeller und (für Bd. 10) Ingeborg Beyer-Ahlert. Frankfurt/M. 1979f.

Der Anhang bietet, neben einer Zeittafel zu Leben und Werk und einer Auswahlbibliographie der neueren Forschungsliteratur, vor allem knappe Wort- und Sach-Erläuterungen, die nur gelegentlich auch Hinweise zur Interpretation einschließen. Sie sind als ein erster Versuch zu verstehen, das Werk Hofmannsthals im Zusammenhang zu kommentieren.

Anmerkungen

Die folgenden Anmerkungen umfassen neben einleitenden Bemerkungen zu Quellen, zur Entstehung und Veröffentlichung der einzelnen Werke vor allem Sacherklärungen, Erläuterungen zum sprachlichen Verständnis und Verweise auf Motivähnlichkeiten innerhalb von Hofmannsthals Werk. Auf die Darstellung von Interpretationsansätzen wurde gänzlich verzichtet. Die Anmerkungen sind in vielerlei Hinsicht den bereits vorliegenden wissenschaftlichen Veröffentlichungen und Kommentaren, hierbei insbesondere der vom Freien Deutschen Hochstift veranstalteten Ausgabe *Sämtliche Werke* (Frankfurt a.M. 1975ff.) sowie der von Ernst Zinn mit Quellennachweisen hrsg. Ausgabe vom *Buch der Freunde* (Frankfurt a.M. 1965) verpflichtet.

GEDICHTE

7 **Was ist die Welt?**
Erstdruck in *An der Schönen Blauen Donau,* 1.8.1890, unter dem Pseudonym Loris Melikow.

8 **Für mich ...**
Erstdruck in *An der Schönen Blauen Donau,* 1.11.1890, unter dem Pseudonym Loris.
Ghasel: Gedichtform oriental. Herkunft, meist aus 10 bis 13 gleichförmigen Versen mit dem Reimschema aa xa xa usw. bestehend. Das Ghasel wurde bes. durch die Übersetzungen und Gedichte des Dichters und Orientalisten Friedrich Rückert (1788–1866) in Deutschland bekannt.

9 **Prolog zu dem Buch »Anatol«**
Erstdruck in dem Einakter-Zyklus *Anatol* (Berlin 1893) des mit Hofmannsthal befreundeten österr. Schriftstellers Arthur Schnitzler (1862–1931), gezeichnet mit Loris.
Taxus: Nadelholzart der Familie der Eibengewächse.
Canaletto: der ital. Radierer und Maler Giovanni Antonio Canal (1697–1768) aus Venedig.
Monsignori: (ital.) Anrede für Würdenträger der katholischen Kirche.
Abbati: (ital.) Äbte.
Watteau: der frz. Maler Jean-Antoine W. (1684–1721).

12 **Vorfrühling**

Erstdruck in *Blätter für die Kunst,* Dezember 1892. In den 1892 von Stefan George (s. Anm. zu S. 59) begründeten und bis 1919 von ihm herausgegebenen *Blättern für die Kunst* wurden hauptsächlich Beiträge von George mehr oder weniger nahestehenden Dichtern gedruckt. George konnte Hofmannsthal zeitweise für die Mitarbeit an seiner Zeitschrift gewinnen. Hofmannsthal hielt sich jedoch von dem sog. George-Kreis eher fern (vgl. Anm. zu S. 59).

14 **Erlebnis**

Erstdruck in *Blätter für die Kunst,* Dezember 1892.

Zur Verbindung von Tod und Musik vgl. die Figur des Geige spielenden Todes in Hofmannsthals lyrischem Drama *Der Tor und der Tod.* Vgl. a. *Ad me ipsum* (S. 724, 726f.).

15 **Psyche**

Erstdruck in *Blätter für die Kunst,* Dezember 1892.

Psyche … Poe: Anregung war wohl das motivähnliche Gedicht *Ulalume* (1847) des am. Schriftstellers Edgar Allan Poe (1809–1849). Die Figur der Psyche stammt ursprünglich aus der märchenhaft-allegorischen Erzählung *Amor und Psyche* in den *Metamorphosen* des röm. Schriftstellers Lucius Apuleius (um 125 – zw. 161 u. 180).

17 **Weltgeheimnis**

Erstdruck in *Blätter für die Kunst,* März 1896.

Vgl. *Ad me ipsum* (S. 723, 728). Zu dem von Hofmannsthal häufig verwendeten Traum-Motiv vgl. *Ein Traum von großer Magie* (S. 24).

18 **Ballade des äußeren Lebens**

Erstdruck in *Blätter für die Kunst,* Januar 1896.

Vgl. *Ad me ipsum* (S. 727f., 731, 738). Eines von Hofmannsthals Terzinen-Gedichten. Vgl. a. das Gedicht *On Death* des engl. Dichters John Keats (s. Anm. zu S. 334).

19 **Über Vergänglichkeit**

Erstdruck in *Blätter für die Kunst,* März 1896. In späteren Ausgaben als *Terzinen I* zusammengestellt mit den Texten S. 21 u. 22.

In Reaktion auf den Tod von Josephine von Wertheimstein (1820–1894) geschrieben. Den jungen Hofmannsthal verband mit der 54 Jahre älteren Josephine von Wertheimstein eine intensive Freundschaft, und er verkehrte in ihrem Salon.

Und daß … und fremd: vgl. *Soldatengeschichte* (S. 87).

So eins … Haar: vgl. den Monolog der Marschallin (»Aber wie kann das wirklich sein …«) in *Der Rosenkavalier,* 1. Akt.

20 **(Zuweilen kommen nie geliebte Frauen)**
Erstdruck in der Zeitschrift *Pan*, Berlin, Juni/Juli/August 1895.

21 **(Wir sind aus solchem Zeug)**
Erstdruck in der Zeitschrift *Pan*, Berlin, Juni/Juli/August 1895. In späteren Ausgaben als *Terzinen III* zusammengestellt mit den Texten S. 19 u. 22.

22 **(Die Stunden! wo wir auf das helle Blauen)**
Erstdruck in der Zeitschrift *Pan*, Berlin, Juni/Juli/August 1895. In späteren Ausgaben als *Terzinen II* zusammengestellt mit den Texten S. 19 u. 21.

23 **Die Beiden**
Erstdruck in *Wiener Allgemeine Zeitung*, 25.12.1896.
Daß keine … fand: vgl. die Szenenanweisung in Hofmannsthals Drama *Der Schwierige* (Ende von II, 14).

24 **Ein Traum von großer Magie**
Erstdruck in *Blätter für die Kunst*, Januar 1896.
Elemente des Gedichts gehen wohl auf Hofmannsthals Lektüre der Schriften des dt. Philosophen Arthur Schopenhauer (1788–1860), bes. dessen *Versuch über das Geistersehen und was damit zusammenhängt* zurück. Zum Motiv der Magie und des Traumes als Inspiration vgl. das Gedicht *Kubla Khan* des engl. Dichters und Philosophen Samuel T. Coleridge (1772–1834). Zum Traum-Motiv vgl. a. *Weltgeheimnis* (S. 17). Vgl. *Ad me ipsum* (S. 728, 732).
Er bückte sich, und … in Ringen: vgl. das Gedicht *Lied und Gebilde* im »Buch des Sängers« von Goethes *West-östlicher Divan* (1814–1819) und *Das Gespräch über Gedichte* (S. 346).

26 **Manche freilich …**
Erstdruck in *Blätter für die Kunst*, März 1896.
Vgl. *Ad me ipsum* (S. 727, 734).
Sibyllen: Bezeichnung für weissagende Frauen in der Antike.
schmale Leier: vgl. die Wiederaufnahme in Rainer Maria Rilkes *Die Sonette an Orpheus* (Teil 1, Sonett III, Zeile 2) von 1923.

27 **Nox portentis gravida**
Erstdruck in *Blätter für die Kunst*, August 1896.
Nox portentis gravida: (lat.) »Mit Vorahnungen gefüllte Nacht.«
Hermes und die beiden Dioskuren: die nach dem Götterboten Hermes und nach den unzertrennlichen Zwillingsbrüdern Kastor (Vater: Tyndareos) und Polydeukes (Vater: Zeus) der gr. Mythologie benannten Sterne.

Meduse: (Medusa) im gr. Mythos weibliches Ungeheuer mit Schlangenhaaren, deren Anblick den Betrachter zu Stein verwandelt.

29 **Lebenslied**
Erstdruck in *Wiener Rundschau*, 15.11.1896 (ohne Titel).
Die Verse 21–24 u. 29–32 waren so ähnlich ursprünglich für das Ende von *Die Frau ohne Schatten* (S. 232–233) geplant.
Vgl. *Ad me ipsum* (S. 736).

30 **Gute Stunde**
Erstdruck in *Wiener Rundschau*, 15.11.1896.

31 **Der Juengling in der Landschaft**
Erstdruck in der Zeitschrift *Pan*, Berlin 15.9.1896.

32 **Der Jüngling und die Spinne**
Erstdruck in *Blätter für die Kunst*, 1899.
Vgl. *Ad me ipsum* (S. 722, 728).
Schmerzen leiden ... zuzufügen: vgl. »Wer wird etwas Großes erreichen, wenn er nicht die Kraft und den Willen in sich fühlt, große Schmerzen zuzufügen? Das Leidenkönnen ist das Wenigste; [...]« in *Die fröhliche Wissenschaft* (1882; viertes Buch, Aphorismus 325) des dt. Philosophen und Altphilologen Friedrich Nietzsche (1844–1900).

35 **Der Kaiser von China spricht:**
Erstdruck in *Wiener Allgemeine Zeitung*, Osterbeilage, 5.4.1898.

37 **Verse auf ein kleines Kind**
Erstdruck in *Wiener Allgemeine Zeitung*, Osterbeilage, 5.4.1898.
Entstanden im Zusammenhang mit der Geburt der Tochter Mirjam des österr. Schriftstellers Richard Beer-Hofmann (1866– 1945), mit dem Hofmannsthal befreundet war.
Willst du ... teilen?: vgl. das *Märchen von der Unke*, Märchen Nr. 105 der *Kinder- und Hausmärchen gesammelt durch die Gebrüder Grimm* (1857).
freundlichen guten Delphin: vgl. die Freundschaft eines Knaben mit einem Delphin in den *Gesta Romanorum* (*Taten der Römer*), der mittellat. (13./14. Jh.), weit verbreiteten Sammlung von historischen Berichten, Sagen und Legenden.

38 **Zum Gedächtnis des Schauspielers Mitterwurzer**
Erstdruck in *Wiener Rundschau*, 1.6.1898, unter dem Titel *Verse zum Gedächtnis eines Schauspielers*.
Mitterwurzer: Friedrich M. (1844–1897) war bekannt für seine psychologisch-realistische Darstellungsweise von Helden- und Charakterrollen am Wiener Burgtheater.

von einem Säufer: vielleicht die Figur Henry Crampton in Gerhart Hauptmanns Stück *College Crampton* (1892).
Don Philipp: Figur in Friedrich Schillers *Don Carlos*.
Caliban: Figur in William Shakespeares *Der Sturm*.
Sprang … Leib: Mitterwurzer hatte im Laufe seiner Karriere in verschiedenen Stücken (Shakespeares *Hamlet*, Schillers *Die Räuber* und *Don Carlos*) sowohl die Rolle des Vaters wie die des Sohnes gespielt.
Jago: Figur in Shakespeares *Othello*.
einen süßen Narren: vgl. die Frage des Narren nach dem Unterschied zw. einem bitteren und einem süßen Narren in Shakespeares *König Lear* (I, 4).
Träumer: Gemeint sein können Hamlet aus Shakespeares gleichnamiger Tragödie oder Hjalmar Ekdal aus Hendrik Ibsens *Die Wildente*.
Tiere … Löwen: bezieht sich möglicherweise auf Mitterwurzers Auftritte als Märchenerzähler.
dummen Teufel … schrecklichen: bezieht sich wahrscheinlich auf das Fastnachtsspiel *Der Teufel und das alte Weib* von Hans Sachs und auf Mephisto in Goethes *Faust*.
Labyrinth der Brust: vgl. Goethes Gedicht *An den Mond* (1789), vorletzte Zeile.

41 **Reiselied**
Erstdruck in *Wiener Rundschau*, 15.9.1898.
Im Anschluß an Hofmannsthals Alpenüberquerung mit dem Fahrrad im August 1898 geschrieben. Anspielungen auf Goethes *Mignon*-Gedicht (»Kennst Du das Land, wo die Zitronen blühen …«). Die 1. Strophe erinnert an ein Abenteuer Sindbads des Seefahrers in den Erzählungen aus *Tausendundeiner Nacht*; vgl. S. 314.

42 **Auf den Tod des Schauspielers Hermann Müller**
Erstdruck in *Zum Gedächtnis Hermann Müllers*, Privatdruck aus Anlaß der Trauerfeier am 9.4.1899 im Foyer des Deutschen Theaters Berlin. Das Gedicht wurde bei dieser Trauerfeier als Prolog vor einer Rede des Theaterleiters Otto Brahm und einem Nachruf des Schauspielers Josef Kainz vorgetragen (s. Anm. zu S. 53).
Hermann Müller: Schauspieler (1860–1899) am Deutschen Theater in Berlin (vor 1894 am Wiener Burgtheater). Er hatte bei der Uraufführung von Hofmannsthals *Die Frau im Fenster* (15.6.1898) die Rolle des Messer Braccio übernommen und sollte bei der Uraufführung von *Die Hochzeit der Sobeide* am 18.3.1899 den Schalnassar spielen, nahm sich jedoch am 15.3. das Leben.

Vorhang ... Augenlid: vgl. »der Augen Fransenvorhang« in Shakespeares *Der Sturm* (I, 2).

44 **Großmutter und Enkel**

Erstdruck in *Jugend – Münchener Illustrierte Wochenschrift für Kunst und Leben*, 26.8.1899.

Ein Gespräch Hofmannsthals mit seiner Großmutter mütterlicherseits über seine zukünftige Frau Gertrud Schlesinger wird als biographischer Hintergrund des Gedichts angenommen. In Metrum, Reimform und einigen Reimwörtern erinnert das Gedicht stark an Goethes *An den Mond* (1789).

46 **Im Grünen zu singen**

Erstdruck im ersten Heft der Illustrierten Monatsschrift *Die Insel* (Oktober 1899), deren Mitarbeiter Hofmannsthal zeitweilig war und aus der später der Insel Verlag hervorging.

47 **Der Schiffskoch, ein Gefangener, singt:**

Erstdruck in *Blätter für die Kunst*, 1904.

48 **Des alten Mannes Sehnsucht nach dem Sommer**

Erstdruck in *Österreichische Rundschau*, Brünn 15.4.1907.

50 **Vor Tag**

Erstdruck in der von Hofmannsthal zusammen mit Werner Sombart, Richard Strauss, Georg Brandes und Richard Muther begründeten und herausgegebenen Zeitschrift *Morgen. Wochenschrift für deutsche Kultur*, Berlin 1.11.1907.

Vgl. *Ad me ipsum* (S. 724, 726) und das Gedicht *Le Crépuscule du matin* in der Gedichtsammlung *Les Fleurs du Mal* (1861) des frz., dem frühen Symbolismus zugerechneten Dichters Charles Baudelaire (1821–1867).

52 **Josef Kainz zum Gedächtnis**

Erstdruck in *Die Zeit*, Morgenblatt, Wien 22.10.1910.

Josef Kainz: österr. Schauspieler (1858–1910), wird als einer der Begründer einer mit psychologischen Mitteln arbeitenden Schauspielkunst angesehen. Kainz war bis 1899 Mitglied des Deutschen Theaters Berlin und ging dann ans Wiener Burgtheater. Er spielte bei der Uraufführung von *Der Abenteurer und die Sängerin* (1899) in Berlin den Baron Weidenstamm. Das Gedicht wurde bei der Trauerfeier im Deutschen Theater am 22.10.1910 vorgetragen. Kainz war am 20.9. gestorben.

Romeo: Kainz war bes. bekannt als Darsteller der männlichen Hauptfigur in Shakespeares *Romeo und Julia*.

Richard Plantagenet: Richard II. in Shakespeares gleichnamigem Stück.

Tasso: vgl. *Unterhaltung über den »Tasso« von Goethe* (S. 350).

55 **Verse, auf eine Banknote geschrieben**
Entstanden im Oktober 1890. Erstdruck aus dem Nachlaß in H.v.H.: *Nachlese der Gedichte*, Berlin: S. Fischer 1934.
Der Titel und das Motiv sind dem Gedicht *Lines written on a Bank-note* des schott. Nationaldichters Robert Burns (1759–1796) entliehen.

58 **Einem der vorübergeht**
Erstdruck postum in *Die Neue Rundschau* XLV, 2 1934.
Das Gedicht entstand (zusammen mit *Der Prophet*) im Anschluß an die erste Begegnung mit dem vom Symbolismus beeinflußten dt. Dichter Stefan George (1868–1933) in Wien im Dezember 1891. Aus dieser Begegnung entwickelte sich eine komplizierte lit. Freundschaft, die auf der einen Seite durch Georges (z.T. forderndes) Werben um die Zusammenarbeit mit Hofmannsthal, auf der anderen Seite durch Hofmannsthals Verehrung für George, aber auch durch seine Distanzierung von George geprägt war. George brach den Kontakt 1906 wegen zu großer persönlicher und künstlerischer Differenzen ab (vgl. den Briefwechsel zw. George und Hofmannsthal). Vgl. a. *A un Passant* aus *Odes et Ballades* (1822) von Victor Hugo, *A une Passante* aus *Les Fleurs du Mal* von Charles Baudelaire und den Ausspruch: »Diese Lehre aber gebe ich dir, du Narr, zum Abschiede: wo man nicht mehr lieben kann, da soll man – vorübergehn!« aus Friedrich Nietzsche: *Also sprach Zarathustra*, Teil 3, »Vom Vorübergehen« (1883–85).
Z. 1–4: vgl. Hofmannsthals lyrisches Drama *Der Tor und der Tod* in H.v.H.: *Sämtliche Werke*, Bd. 3, Frankfurt a.M. 1982, S. 77, Z. 4–10.

59 **Nach einer Dante-Lectüre**
Wahrscheinlich im Herbst 1893 entstanden. Erstdruck postum in *Die Neue Rundschau*, Berlin November 1929.
Zum Titel vgl. das Gedicht *Après une lecture de Dante* aus dem Gedichtband *Les Voix intérieures* (1837; *Die inneren Stimmen*) des frz. Schriftstellers Victor Hugo (1802–1885), wo u.a. auf das Inferno (Hölle) der *Divina Commedia* (entstanden 1311–21; *Die Göttliche Komödie*) des ital. Dichters Dante Alighieri (1265–1321) Bezug genommen wird. Das Gedicht ist eine der wenigen Bezüge Hofmannsthals auf Dante, aus dessen *Göttlicher Komödie* Stefan George Teile ins Dt. übertragen hatte. Vgl. a. Anm. zu S. 405.

ERZÄHLUNGEN

Gerechtigkeit

Die Erzählung gehört zu einer Reihe von Texten, die Hofmannsthal als Prosagedichte bezeichnete und um 1892/93 unter dem Einfluß der Lektüre der *Gedichte in Prosa* (1882) des russ. Schriftstellers Iwan Turgenjew (1818–1883) sowie von C. Baudelaires (s. Anm. zu S. 51) *Le Spleen de Paris. Petits poèmes en prose* (1869) verfaßte. Die Handschrift ist auf den 26.5.1893 datiert. Der Erstdruck erfolgte postum in *Neue Freie Presse*, Wien 25.12.1929.

Das Märchen der 672. Nacht

Erstdruck in drei Teilen in *Die Zeit*, Wien 2.11., 9.11., 16.11.1895. Der Titel soll an die Märchen aus *Tausendundeine Nacht* erinnern; der Text zeigt jedoch keine Parallelen zu dem entsprechenden Märchen der Sammlung. Die Hauptfigur (der Kaufmannssohn) weist Ähnlichkeiten mit Andreas aus dem gleichnamigen Erzählfragment auf. Die Erzählung läßt Parallelen zu L. Andrians *Der Garten der Erkenntnis* (s. Anm. zu S. 721) erkennen. Hofmannsthal widmete sie in einem Brief seinem Freund R. Beer-Hofmann (s. Anm. zu S. 38). A. Schnitzler (s. Anm. zu S. 9) sah in der Geschichte eher eine Traumerzählung als ein Märchen. Sie wird zuweilen als Anspielung auf das Leben von Oscar Wilde gelesen. (s. *Sebastian Melmoth*, S. 490–493). Vgl. *Ad me ipsum* (S. 728).

66 *Akanthus*: Stauden mit sattgrünen, gefiederten Blättern und lippenförmigen Blüten.

69 *maulbeerfarbigem Gesicht*: In den Parallelbiographien des gr. Philosophen und Historikers Plutarch (um 46 – zw. 120 u. 125) wird berichtet, daß das Gesicht des röm. Staatsmannes Sulla (138–78 v. Chr.) einer Maulbeere gleicht. (Vgl. z. B. *Große Griechen und Römer*, Bd. 3, eingel. und übers. von Konrat Ziegler, Zürich/Stuttgart 1955, S. 47).

70 *sehr großen Königs der Vergangenheit*: Nach seinen Notizen hat H. hier an Alexander den Großen (356–323 v. Chr.) gedacht.
Heliotrope: feingliedrige Pflanze mit zumeist bläulich-violetten Blüten.

75 *Beryll*: klares Mineral, dessen verschiedenfarbige Kristalle (Aquamarin, Smaragd, Heliodor, Morganit) als Schmucksteine verwendet werden.

81 *Zwilch*: svw. Zwillich, dichtes und festes Baumwoll- oder Leinengewebe.

Soldatengeschichte

Entstanden wahrscheinlich im Sommer 1895 im tschech. Göding, wo Hofmannsthal einen Teil seines Freiwilligenjahrs in einem Dragonerregiment absolvierte. Erstdruck aus dem Nachlaß in H. v. H.: *Sämtliche Werke*, Bd. 19: *Erzählungen 2*, hrsg. von Ellen Ritter, Frankfurt a. M. 1978.

85 *Dragoner*: Teil der Kavallerie.
Schwadron: Truppeneinheit der Kavallerie.
Eskadronistentrompeter: Trompeter des Eskadron. Eskadron ist die aus dem Frz. stammende Bezeichnung für Schwadron.
Korporäle: Korporal ist die aus dem Frz. stammende Bezeichnung für den Dienstgrad des Unteroffiziers.

87 *Die Erinnerung ... Hund*: vgl. *Über Vergänglichkeit* (S. 19, Z. 7–9).
webend: sich hin- und herbewegend.

89 *Eskadronsriemer*: Riemer ist eine Bezeichnung für Riemenmacher.
Spielberg: Erhebung in der Nähe von Brünn mit Zitadelle, in der damals das Staatsgefängnis untergebracht war.

96 *Mein Gott ... vorübergehn!*: vgl. Lukas 22,42.

98 *Zwilchmontur*: zu Zwilch s. Anm. zu S. 81.

Reitergeschichte

Erstdruck in *Neue Freie Presse*, Weihnachtsbeilage, Wien 24.12. 1899.
Hofmannsthals Eindrücke aus seinem Freiwilligenjahr in Göding (1894/95) und von Waffenübungen im Mai 1896 und Juni 1898 sind wohl in die Erzählung eingeflossen.

100 *22. Juli 1848*: Am 23. Juli 1848 eröffnete der österr. Feldmarschall Joseph Graf Radetzky von Radetz (1766–1858) die Offensive gegen die im Namen der ital. Bewegung für nationale Selbstbestimmung kämpfende piemontesische Armee des Königs von Sardinien Karl-Albert und sicherte mit dem Sieg von Custoza (25.7.1848) die österr. Herrschaft in Oberitalien. Hofmannsthal verlegt das Geschehen auf den 22. Juli, den St. Magdalenentag, der im Volksglauben zugleich als Glücks- und als Unglückstag gilt.
Streifkommando: selbständig agierende militärische Einheit.
Eskadron: Truppeneinheit der Kavallerie (s. Anm. zu S. 85).
Wallmodenkürassieren: Kürassiere sind eine mit einem

Brustharnisch (Kürass) ausgerüstete Waffengattung der Kavallerie. Das 6. Dragoner-Regiment, in dem Hofmannsthal sein Freiwilligenjahr absolvierte, hieß bis 1867 *Mährisches Kürassier-Regiment Graf Wallmoden*, hat jedoch nicht in Italien gekämpft.

Rofrano: Der Octavian aus Hofmannsthals Libretto *Der Rosenkavalier* ist ein Graf Rofrano.

Bergamasken: Bewohner der nordital. Stadt Bergamo.

Freikorps: Truppe von Freiwilligen, die mit Erlaubnis des Kriegsherrn für die Dauer eines Krieges oder Feldzugs gebildet wurde.

Giudikarien: ital. Landschaft nordwestl. des Gardasees (Valli Giudicarie).

101 *Tete-Zug*: Truppenspitze.

Rotte: eine Reihe hintereinander stehender Soldaten.

Santo Babila … San Eustorgio: verschiedene Kirchen in Mailand.

102 *Porta Venezia … Porta Ticinese*: nordöstl. (Richtung Venedig) und südl. Stadttor (Richtung zum Fluß Ticino) von Mailand.

Glaçis: (frz.) leichter Abhang vor einer Befestigung.

Biskuit: weiches, unglasiertes Porzellan.

104 *Lodi*: Stadt in der Lombardei am Fluß Adda südöstl. von Mailand.

107 *der Wachtmeister … erkennend*: Das Motiv des Doppelgängers oder der Doppelnatur findet sich häufig in Hofmannsthals Werk. Vgl. Anm. zu S. 129 u. S. 294.

debouchierten: (frz.) herauskamen.

108 *Mêlée*: (frz.) Handgemenge, Getümmel.

Kürasse: Brustharnische.

Schabracken: verzierte Decken unter dem Pferdesattel.

110 *Insubordination*: (frz.) Ungehorsam.

ralliierenden: (frz.) sich wieder in ihren Einheiten aufstellenden.

Erlebnis des Marschalls von Bassompierre

Erstdruck in zwei Teilen in *Die Zeit*, Wien 24.11. u. 1.12.1900.

Die Geschichte ist in sehr viel knapperer Form in Johann Wolfgang von Goethes *Unterhaltungen deutscher Ausgewanderten* (1795) als Übersetzung aus dem frz. Original enthalten. Wegen einiger fast wörtl. Übernahmen aus Goethes Text wurde Hofmannsthal nach Erscheinen des ersten Teils des Plagiats bezichtigt. Karl Kraus verteidigte die Übernahmen als Zitate. Hofmannsthal verfaßte zum zweiten Teil folgende Anmerkung: »In der Annahme, daß

Goethes sämtliche Werke sich in den Händen des gebildeten Publicums befinden, fand ich es überflüssig, ausdrücklich darauf hinzuweisen, daß der anekdotische Stoff der obigen Novelle aus den Memoiren des Herrn Bassompierre stammt und von Goethe in den ›Unterhaltungen deutscher Ausgewanderten‹ in wörtlicher Uebersetzung und mit Citierung der Quelle mitgetheilt wird. Die betreffende Stelle findet sich im Original der ›Mémoires du Marechal de Bassompierre‹, Köln, bei Pierre Marteau, 1665, Bd. I, S. 160 bis 164, und in der Goethe'schen Uebersetzung Bd. XIX der Cotta'schen Ausgabe von 1810, S. 253, woselbst sich der Leser über das Verhältnis des Ueberlieferten zu meiner dichterischen Ausgestaltung des Stoffes orientieren kann.«

Lucidor

Erstdruck in *Neue Freie Presse*, Wien 27.3.1910.
Stoffliche Anregungen entnahm Hofmannsthal der Komödie *Le dépit amoureux* (1656; *Der Liebesverdruß*) von Molière. Stilistisch von Bedeutung war die Technik psychologischen Erzählens des frz. Schriftstellers Stendhal (1783–1842). Auch nach dem Erscheinen der Erzählung gab Hofmannsthal den Plan nicht auf, den Stoff für das Theater zu bearbeiten. Die Erzählung wurde schließlich zur Grundlage für das 1927–29 entstandene Libretto der von Richard Strauss vertonten Oper *Arabella* (1933).

122 *Frau von Murska*: Die Figur trägt Züge der in dem Gedicht *Die Frau von Malogne* aus dem Gedichtband *Hama* (1908) des dt. Schriftstellers Rudolf Alexander Schröder (s. Anm. zu S. 733) beschriebenen Figur.
Kärntnerstraße: Straße im Zentrum Wiens.
Gueridon: (frz.) kleiner, runder Tisch.
Attachen: (von frz. attaches) Beziehungen.
vaguement: (frz.) irgendwie, in unsicherer Weise.
»Blaustrumpf«: abwertende Bezeichnung für eine gelehrte, ihre Weiblichkeit vernachlässigende Frau.

124 *Groom*: (engl.) Diener.

125 *Wladimir*: Hofmannsthal bezeichnet Wladimir in seinen Notizen als eine »blonde zärtliche willensschwache immer mitgerissene Figur wie jene Helden Turgenjews«.
Dieser Onkel: Hofmannsthal bringt in seinen Notizen den Onkel mit der Hauptfigur aus Ben Johnsons Komödie *Volpone* (s. S. 310) in Verbindung.
Wallnerstraße: Straße im Zentrum Wiens.
de mauvaise grâce: (frz.) widerwillig.

126 *Gentilhomme*: (frz.) Adeliger.
127 *postillon d'amour*: (frz.) Liebesbote.
129 *non-valeur*: (frz.) ungültiges Wertpapier, ertraglose Investition.
Doppelnatur: zum Motiv der Doppelnatur (hier der vermeintlichen Doppelnatur Arabellas und der tatsächlichen Doppelnatur Wladimirs) vgl. Anm. zu S. 107 u. S. 294.
130 *terre à terre*: (frz.) nüchtern, sachlich.
132 *sie goutiert es nicht*: (frz.) sie findet keinen Geschmack daran, es gefällt ihr nicht.

Die Frau ohne Schatten

Erstdruck als *Die Frau ohne Schatten. Erzählung von Hugo von Hofmannsthal.* Berlin: S. Fischer 1919.
Der Stoff der Erzählung stammt aus den Märchendramen *Il corvo* (*Der Rabe*) und *La donna serpente* (*Die Frau eine Schlange*) des ital. Schriftstellers Carlo Gozzi (1720–1806) und (bezüglich der Figur der Färberin) aus der Ballade *Anna* (1838) des österr. Schriftstellers Nikolaus Lenau (1802–1850). Des weiteren gibt es Motivähnlichkeiten mit der Geschichte des Königs Sindbad aus der 5. Nacht der oriental. Märchensammlung *Tausendundeine Nacht* – bes. in Bezug auf den Falken – und mit dem oriental. Schauerromen *Vathek* (1787) des engl. Schriftstellers William Beckford (1759–1844) – bes. für das vierte Kap. (S. 168–190). Thematisch wichtig sind auch Goethes Gedichte *Legende* aus der Trilogie *Paria* und *Vermächtniß alt persischen Glaubens* aus dem *Buch des Parsen* des *Westöstlichen Divan.* Anregungen hat Hofmannsthal außerdem erhalten durch *Die Zauberflöte* von Mozart und Schikaneder, die Zaubermärchen Raimunds sowie die kulturgeschichtliche Abhandlung zum Matriarchat *Das Mutterrecht* (1861) des schweiz. Altertumsforschers Johann Jakob Bachofen (1815–1887). Stilistisch ist Goethes *Märchen* (zur Fortsetzung der *Unterhaltungen deutscher Ausgewanderten*) das wichtigste Vorbild. Vgl. *Ad me ipsum* (S. 725 f., 729, 736).
136 *Keikobad*: Ein Re Cheicobad wird in Gozzis Märchendrama *Turandot* erwähnt.
137 *das goldene Wasser*: Das Motiv des lebensspendenden, goldenen Wassers ist aus den Märchen *Tausendundeine Nacht* (bes. 756. Nacht) entnommen.
141 *gähfließendes:* rasch fließendes.
Weih: Greifvogel.
146 *Loh- und Weißgerber*: Gerber, die mit Lohe (Gerbrinde) bzw. Alaunen (Salzen) als Gerbmittel arbeiten.
147 *Schwemmen*: Auswaschen.

148 *Barak*: Barach ist eine Figur in Gozzis *Turandot*.
155 *Pantoffel am linken Fuß*: Nach der in Bachofens *Das Mutterrecht* (s. Einleitung) dargelegten mythischen Bedeutung des Schuhs wird eine Beziehung hergestellt zwischen der Entblößung des linken Fußes und der Fruchtbarkeit.
158 *Küpen*: Färbekessel.
159 *Vetteln*: unordentliche, alte Frauen.
161 *Ambra*: wohlriechendes Stoffwechselprodukt des Pottwals.
Narden: wohlriechende Pflanzen.
162 *Efrit*: Die Ifrit (*Tausendundeine Nacht*) oder Afrit (Beckford) sind Dämonen in arab. Sagen.
178 *Ich scheide … webe ich*: vgl. die Ähnlichkeiten mit der Versdichtung *Musarion oder die Philosophie der Grazien* (1768; 2. Buch, Z. 281–309) des dt. Schriftstellers Christoph Martin Wieland (1733–1813). Vgl. a. *Buch der Freunde* (S. 708).
189 *es war … zugehe*: vgl. »Sie scheint mit geschloss'nen Füßen zu gehen« in Goethes *Faust I*, Walpurgisnacht, V. 4186 (vgl. a. S. 425).
191 *Schaff*: Gefäß.
193 *henken*: an den Galgen hängen.
219 *Indigo*: pflanzlicher blauer Farbstoff.
Waid: Staude, deren gelbe Blüten einen indigoartigen Farbstoff enthalten.
233 *Vater, dir … die Wirte?*: vgl. Anm. zu *Lebenslied* (S. 29).

ANDREAS

Erste Pläne zu einer Novelle oder Reiseerzählung entstanden während des Venedig-Aufenthaltes im Juni 1907. Die Niederschrift der vorliegenden Fragmente erfolgte vom 12.9. bis 8.10.1912 und vom 18.7. bis 29.8.1913. Hofmannsthal machte sich in den folgenden Jahren kontinuierlich weiter Notizen zu dem Stoff. Zu den vielfältigen Anregungen zum *Andreas* zählen u. a. die Tradition des dt. Erziehungs- und Bildungsromans, bes. Goethes *Wilhelm Meister*, sowie die Memoiren Casanovas (s. Anm. zu S. 314). Parallelen zur Novelle *Lenz* von Georg Büchner sind erkennbar. Eine wichtige Rolle für die Konzeption spielte der Begriff des Allomatischen (s. Anm. zu S. 725), d. h. die Verwandlung der Hauptfigur durch ihre Begegnungen mit den unterschiedlichen Figuren der Handlung. Als Titel wurde zeitweise *Andreas oder die Vereinigten*, später *Andreas oder die Verwandelten* in Erwägung gezogen. Die im November 1925 begonnene Arbeit an der Konzeption eines neuen Romans, in den die früheren *Andreas*-Fragmente eingehen sollten, blieb unabgeschlossen. Ein erster Teildruck erfolgte in *Corona*

(I, 1 und I, 2), München/Zürich Juli, September 1930, die erste Buchausgabe beim S. Fischer Verlag, Berlin 1932.

237 *Rossauerlände*: Straße am Donaukanal in Wien (9. Bezirk).
unter den Weißgärbern: Wiener Vorstadt (3. Bezirk).
Görz: (heute Gorizia) nordostital. Stadt in der Nähe von Triest am Isonzo an der slow. Grenze.

238 *Pandurenoberst*: Panduren waren eine im 17./18. Jh. in Südungarn aufgestellte Truppe der österr. Armee.
Raisciac: Ein Freiherr von Reischach kommt vor im Bd. 2 der Aufzeichnungen *Aus der Zeit Maria Theresias* (ersch. 1908–1972) von Johann Josef Khevenhüller-Metsch.
Esterhaz: Die Esterházy von Galántha waren ein ungarisches Magnatengeschlecht.
Sanct Samuel: Viertel um die Kirche S. Samuele am Canale Grande neben dem Palazzo Grassi.

239 *Chignon*: (frz.) weibliche Haartracht, bei der das Haar im Nacken aufgesteckt wird.

241 *Domino*: schwarzseidener, die ganze Gestalt einhüllender Maskenmantel in Venedig.
Berlocken: zierliche, an der Uhrkette getragene Schmuckanhänger.
Kujon: (von frz. couillon) Dummkopf, Schuft.
Furlaner: Leute aus dem oberital. Friaul mit besonderem Dialekt (Furlanisch).
Rialto: der Bereich in der Nähe der Rialto-Brücke.
erkennen … Schuhschnallen: Auf diese Weise wurde G. Casanova nach dem Bericht in seinen *Geschichten meines Lebens* (s. Anm. zu S. 314) von einem Furlaner erkannt.

242 *Graf Prampero*: auch Namen einer Figur in *Florindo und die Unbekannte* (Erstdruck 1909), einer Vorstufe zu Hofmannsthals Komödie *Cristinas Heimreise* (1910).
Trabackeln: (von ital. trabaccolo) früher zweimastige, kleinere Segelschiffe auf der Adria.
Donauzillen: kleine, offene Lastkähne, mit einem Ruder gesteuert.

243 *Lichtputzer*: Bedienter im Theater, der den verkohlten Docht brennender Lichter abschneidet.
blauen Freihaus auf der Wieden: das 1787 eröffnete feste Theater im Starhembergischen Freihaus auf den Wieden in Wien (4. Bezirk), in dem 1791 Mozarts *Die Zauberflöte* durch den Librettisten und Theaterleiter Emanuel Schikaneder (1751–1812) uraufgeführt wurde.
Mandorlettiverkäufer: Mandorletti (ital.), gebrannte Mandeln.

244 *Zechinen*: venezianische Goldmünzen.
245 *Leibjäger*: Diener bei Treibjagden, zuständig für das Nachladen der Gewehre.
Wälsche: Bezeichnung für das Fremdländische, hier wohl für das Frz.
Ladinische: in Südtirol gesprochener rätoromanischer Dialekt.
Roßtäuscher: Bezeichnung für Pferdehändler.
gefingertsten: (österr.) durchtriebensten.
Pikeur: berittener Hundeführer bei der Jagd.
246 *Atout*: (für frz. à tout prix) um jeden Preis, auf jeden Fall.
Spanischen Tritt: bezeichnet in der Reitkunst eine Passage mit trabartigen Schritten mit geringem Raumgewinn.
Mantelsack u. Felleisen: veraltete Bezeichnungen für bestimmte Reisegepäckstücke.
247 *Spiegelgasse*: Straße im Zentrum Wiens (1. Bezirk).
248 *Spittal*: Ort in Oberkärnten.
249 *Rehpfosten*: (a. Rehposten) grober Schrott.
251 *Krummschließen*: gefesselt ins Gefängnis setzen.
253 *Romana*: Möglicherweise war die Tochter (Romana Kals) der Wirtsleute, bei denen Hofmannsthal im Juli 1896 in Alt-Aussee wohnte, das Vorbild für die Figur.
255 *Wälschtirol*: alte Bezeichnung für Südtirol.
Kaiser Maximilian dem Ersten: (1459–1519) Habsburger König (seit 1486) und Kaiser (seit 1508).
259 *Grummet*: der getrocknete zweite Schnitt einer Wiese nach dem Heu.
261 *löffeln*: eine Liebschaft haben.
Tobel: enge Schlucht.
262 *Ausgeberin*: Haushälterin.
265 *Durchhaus*: Haus mit Durchgang, der zwei Straßen verbindet.
270 *Dublonen*: span. Goldmünzen.
273 *Kapuziner*: Franziskaner-Mönch.
278 *sie riß … sie davon*: vgl. eine ähnliche Szene zw. Küngolt und Dietegen in der Erzählung *Dietegen* (aus *Die Leute von Seldwyla*, 2. Bd., 1874) des schweiz. Schriftstellers Gottfried Keller (1819–1890).
281 *Fronleichnahmsaltar*: Altar, der zur Prozession am Fronleichnamsfest (Hochfest des Leibes und Blutes Christi, 2. Donnerstag nach Pfingsten) errichtet wird.
Draperie: (frz.) kunstvolle Gestaltung eines Faltenwurfs.
Guirlanden: (frz.) in durchhängenden Bögen angeordnetes Gebinde.

282 *Taffetrock*: Taffet altertümlich für Taft.
Ich habe soeben … meiner Familie: vgl. die ähnliche Rede des Grafen Bonafede in G. Casanovas *Geschichte meines Lebens* (3. Bd., 13. Kap.); s. Anm. zu S. 314.
284 *Triest*: ital. Stadt an der Adria (an der Grenze zu Slowenien).
286 *Paradiesapfel*: (österr.) Tomate.
287 *stutzigen*: (österr.) widerspenstigen.
Sie waren … zu spüren: ähnliche Konstellation in der Szenenbeschreibung zu Beginn von *Florindo und die Unbekannte* (s. Anm. zu S. 242).
288 *Riva*: die in der Nähe der Piazza S. Marco entlang des Schiffsanlegeplatzes verlaufende Riva degli Schiavoni in Venedig.
289 *Malteser*: Mitgleid des Malteser-Ritterordens, des katholischen Zweigs des geistlichen Ritterordens der Johanniter.
Kreuz: achtspitziges Kreuz der Malteser.
292 *Schwibbogen*: (a. Schwebebogen) Bogen zw. zwei Baukörpern ohne darauf lastendes Mauerwerk.
294 *dort … andere Person*: Das für die Konzeption des *Andreas*-Romans wichtige Doppelgänger-Motiv geht u. a. zurück auf Hofmannsthals Lektüre von Morton Prince: *The dissociation of a personality. A biographical study in abnormal psychology*, 2nd ed., New York 1906; vgl. a. Anm. zu S. 107 u. S. 129.
297 *Redemptoristenklosters*: Die Redemptoristen sind ein katholischer Orden (1732 gegründet), der sich vor allem der Seelsorge und der Mission widmet.
298 *Sbirren*: (ital.) Häscher.
299 *Tabouret*: (frz.) niedriger, gepolsterter Hocker.
302 *Aeolharfe*: Saiteninstrument (bekannt seit der Antike), dessen auf einen Ton gestimmte Saiten unterschiedlicher Dicke durch Luftzug in Schwingung versetzt werden.

ERFUNDENE GESPRÄCHE UND BRIEFE

Über Charaktere in Roman und Drama

Erstdruck in *Neue Freie Presse*, Wien 25.12.1902.
307 *Honoré de Balzac*: der frz. Schriftsteller (1799–1850) und Autor der *Comédie humaine* (*Die Menschliche Komödie*), eines auf 137 Werke (mit zum Teil wiederkehrenden Figuren) angelegten Sittengemäldes der frz. Gesellschaft des 19. Jh.s (vollendet wurden 91 Erzählungen und Romane). Balzac hat daneben seit 1837 – zumeist weil er sich dadurch Linderung seiner permanenten Geldnot erhoffte – sechs Theaterstücke

geschrieben, die jedoch mit Ausnahme des letzten, postum veröffentlichten Stücks weitgehend erfolglos blieben.

Hammer-Purgstall: Joseph Freiherr von H.-P., österr. Orientalist, Historiker und Dichter (1774–1856). Goethe wurde durch seine Übersetzung des *Diwan des Hafis* zum *West-östlichen Divan* angeregt.

»Die Ahnfrau«: Tragödie (1817) des österr. Schriftstellers Franz Grillparzer (1791–1872).

Raupach: der dt. Dramatiker Ernst R. (1784–1852).

308 *Herzogin von Maufrigneuse ... Vautrin*: Die genannten Namen bezeichnen Figuren aus Balzacs *Menschlicher Komödie.*

309 *Napoleons ... Austerlitz*: Napoleon (1769–1821; Kaiser der Franzosen 1804–1814/15) besiegte am 2.12.1805 bei der tschech. Stadt Austerlitz die Armeen des russ. und des österr. Kaisers.

Victor Hugo: frz. Schriftsteller (1802–1885); vgl. Anm. zu S. 59 u. 60.

Lear ... verschlungen!: die Tragödie *King Lear* (um 1606) von William Shakespeare (1564–1616), hier III, 1–2 u. 4.

310 *Volpone ... ziehen*: die Komödie *Volpone, or the Fox* (1605) des engl. Dramatikers Ben Jonson (1572–1637); vgl. Anm. zu S. 125.

»Gerettete Venedig« von Otway: das Drama *Venice preserv'd, or, a Plot discovered* (1682) des engl. Dramatikers Thomas Otway (1652–1685); Vorlage für Hofmannsthals Drama *Das gerettete Venedig* (1905).

311 *Reiter ... Bodensee*: das Gedicht *Der Reiter und der Bodensee* (1826) des dt. Schriftstellers Gustav Schwab (1792–1850).

313 *Werg*: Hanfabfall.

Timur der Eroberer: asiat. Eroberer (1336–1405), der versuchte das Reich Dschingis Khans wieder herzustellen.

Lucullus der Prasser: Der röm. Feldherr und Politiker Lucius Licinius (um 117 – um 57 v. Chr.) war bekannt für seine Genußfreude.

Casanova der Verführer: der ital. Abenteurer und Schriftsteller Giacomo Girolamo Casanova (1725–1798), bekannt durch seine mit erotischen Abenteuern gespickten Memoiren *Geschichte meines Lebens.* Eine Episode dieser Memoiren war die Vorlage für Hofmannsthals Komödie *Cristinas Heimreise* (1910).

Mirabeau: der frz. Politiker Honoré Gabriel Riqueti, Graf von M., (1749–1791), bekannt für seinen ausschweifenden Lebenswandel.

Sindbad des Seefahrers: Figur aus der Sammlung *Tausendundeine Nacht* (536.–566. Nacht); vgl. Anm. zu S. 42.

315 *Midas*: In der gr. Mythologie erbat der phrygische König M. von Dionysos die Gabe, daß alles, was er anfaßt, sich in Gold verwandle, und wäre fast an der Erfüllung dieses Wunsches verhungert.

Benvenuto Cellini: ital. Goldschmied und Bildhauer (1500–1571). Goethe übersetzte seine kulturhistorisch interessante Autobiographie ins Deutsche.

Frenhofer … »Chef d'œuvre inconnu«: In seiner 1831 als Teil der *Menschlichen Komödie* veröffentlichten Erzählung *Le Chef-d'œuvre inconnu* (*Das unbekannte Meiserwerk*) erzählt Balzac von dem Maler Frenhofer, der an dem Versuch, das vollkommene Gemälde zu schaffen, scheitert.

Mabuse: der fläm. Maler Jan Gossaert, gen. M. (um 1478 – um 1532).

Giorgione: der ital. Maler Giorgio da Castelfranco (1478–1510).

Tizian: der ital. Maler Tiziano Vecelli (1476/77 oder 1489/90–1576).

Pourbus: der fläm. Maler Frans P. der jüngere (1569–1622), ab 1609 als Hofmaler in Paris tätig.

Nicolas Poussin: frz. Maler (1594–1665); Pourbus und Poussin kommen als Figuren in *Le Chef-d'œuvre inconnu* vor.

316 *Pygmalion*: Pygmalion verliebt sich unsterblich in das von ihm erschaffene Frauenstandbild, das deshalb von Venus zum Leben erweckt wird (vgl. Ovid *Metamorphosen* X, 243–297).

317 *Nardon Penicaud*: Emailmaler (1470–1542/43) aus der frz. Stadt Limoges.

Pompadour: wohl nach der einflußreichen Mätresse des frz. Königs Ludwig XV.

Clodion: der frz. Bildhauer Claude Michel, gen. C. (1738–1814).

318 *»pathologisch« … Goethe*: vielleicht eine Anspielung auf Goethes mehrfache Abwertung der Romantik, wie z. B. im bekannten Ausspruch aus den *Maximen und Reflexionen* (1031): »Klassisch ist das Gesunde, romantisch das Kranke.«

Bogen des Odysseus: Bogen, an dem im Entscheidungswettkampf um Penelope alle Freier scheitern, da er nur durch die Kraft seines Besitzers Odysseus gespannt werden kann (vgl. Homer, *Odyssee* XXI).

Murano: für seine Glasbläsereien bekannter Stadtteil Venedigs, auf einer Insel der Lagune gelegen.

Deruta: ital. Stadt (Umbrien), spätestens seit dem 14. Jh. bekannt für ihre Keramik.
Rhodus: die gr. Insel Rhodos.

319 *Lauzun*: der frz. General Armand Louis Gontant, duc de Lauzon (1747–1793), in seiner Jugend bekannt für seinen ausschweifenden Lebenswandel.
Musaget: Bezeichnung für Apoll, den Musenanführer.
Klingsor: Zauberer in Wolfram von Eschenbachs *Parzival* (um 1200–1210).
Merlin: Zauberer in der Artuslegende.
Medusa: s. Anm. zu S. 27.

320 *Séraphitus-Séraphita*: androgyne Hauptfigur in Balzacs Erzählung *Séraphita* (1835).

321 *Frau von Hanska, geborene Rzewuska*: die in Polen geborene, langjährige Freundin und Geliebte Balzacs Evelina von Hanska auf Wierzchownia (1801–1882), die er 1850 im Jahr seines Todes heiratete.

Ein Brief

Entstanden im Sommer 1902 im Anschluß an die Lektüre verschiedener Schriften von Bacon (wie Hofmannsthal in einem Brief an Leopold von Andrian vom 16.1.1903 berichtet); Erstdruck in zwei Teilen in der Berliner Tageszeitung *Der Tag*, 18. u. 19. 10. 1902. Vgl. *Ad me ipsum* (S. 723, 737).

322 *Francis Bacon:* engl. Philosoph, Naturforscher, Staatsmann und Schriftsteller (1561–1626).
Hippokrates: gr. Arzt (um 460–um 370 v. Chr.)
Sie schließen … zu schärfen: vgl. Francis Bacon: *De dignitate et augmentis scientiarum*, Buch 7, Kap. 3: »… wir schließen mit dem Aphorismus des Hippokrates: Qui gravi morbo correpti dolores non sentiunt, iis mens aegrotat. [Diejeinigen, die von schwerer Krankheit gepackt keine Schmerzen spüren, deren Geist ist krank.] Sie brauchen die Medizin nicht nur um die Krankheit zu heilen, sondern auch um die Sinne zu beleben.«
Epithalamium: (lat.) Hochzeitslied.
Palladio und Sansovin: die ital. Baumeister Andrea Palladio (1508–1580) und Iacopo Tatti, gen. Il Sansovino (1486–1570).

323 *Haus der Gemeinen*: Übersetzung des engl. House of Commons (brit. Unterhaus).
in den gemeinsamen Tagen schöner Begeisterung: vgl. die gedruckte Widmung von Stefan Georges (s. Anm. zu S. 59) Gedichtsammlung *Pilgerfahrten* (1891): »Dem dichter Hugo von

Hofmannsthal im gedenken an die tage schöner begeisterung.«

Wirklich, … des achten Heinrich, darstellen: Bacon sollte eine Geschichte der Thronbesteigung Heinrichs VIII. schreiben (*The Beginning of the History of the Reign of King Henry the Eigth*), die er jedoch nie abschloß und von der nur ein einleitendes Fragment überliefert ist.

Sallust: der röm. Historiker Gaius Sallustius Crispus (86–34 v. Chr.).

Musik und Algebra: vgl. »Die Musik hat viel Ähnlichkeit mit der *Algéber.*« in *Das allgemeine Brouillon* (1798/99), Nr. 415 von Novalis (s. Anm. zu S. 515).

324 *Ich wollte die Fabeln … zu spüren meinte*: Novalis (s. Anm. zu S. 515) bezeichnet Fabeln als »hieroglyphische Formeln« (s. »Vorarbeiten zu verschiedenen Fragmentsammlungen«, in Novalis: *Schriften*, Bd. 2, hrsg. von Richard Samuel, Darmstadt 1965, S. 571).

Hieroglyphen: vgl. *Das Gespräch über Gedichte* (S. 340).

Sirenen: in der gr. Mythologie Frauengestalten mit Vogelleibern, die durch ihren betörenden Gesang die vorbeifahrenden Seefahrer in den Tod locken (s. Homer, *Odyssee* XII).

Dryaden: Baumnymphen (gr. Mythologie).

Proteus: Meeresgott mit prophetischer Gabe, der sich seinen Befragern durch Wechsel seiner Gestalt zu entziehen sucht (gr. Mythologie).

Perseus: Sohn des Zeus und der Danaë, Bezwinger der Medusa (gr. Mythologie).

Aktäon: Jäger, der von Artemis in einen Hirsch verwandelt und dann von seinen eigenen Hunden zerrissen wird (gr. Mythologie).

»Apophthegmata« … Cicero: Apophthegma (gr.), in einen Kontext eingebetteter Denk- oder Sinnspruch. Die Einleitung von Bacons *Apophthegms New and Old* (1625) beginnt mit dem Satz: »Julius Caesar did write a Collection of Apophthegms, as appears in an epistle of Cicero.«

Nosce te ipsum: (lat.) Erkenne dich selbst. Vgl. zum Vorherigen Novalis (s. Anm. zu S. 515): »Wir werden die Welt verstehen, wenn wir uns selbst verstehen, weil wir und sie integrante *Hälften* sind.« (s. »Vorarbeiten zu verschiedenen Fragmentsammlungen«, in Novalis: *Schriften*, Bd. 2, hrsg. von Richard Samuel, Darmstadt 1965, S. 548).

326 *dies Emporschnellen … Lippen?*: Qualen des Tantalos, vgl. z. B. Homer, *Odyssee* XI, 582–593.

327 *Platon*: gr. Philosoph (427–347 v. Chr.).
Seneca: der röm. Philosoph, Stoiker und Schriftsteller Lucius Annaeus Seneca (um 4 v. Chr. – 65 n. Chr.).
Cicero: der röm. Redner, Politiker und Schriftsteller Marcus Tullius Cicero (106–43 v. Chr.).

329 *Livius*: vgl. die Schilderung der Einnahme von Alba Longa (heute Castel Gandolfo) durch die Römer in der *Römischen Geschichte* (*Ab urbe condita*, Buch I, Kap. 29) des röm. Geschichtsschreibers Titus Livius (59 v. Chr. – 17 n. Chr.).
Niobe: Wegen ihres Hochmuts töten die Götter Niobes Kinder und verwandeln sie dann aus Mitleid in einen Marmorblock, aus dem Wasser wie Tränen fließt (gr. Mythologie).

330 *Es ist mir dann … zu denken*: vgl. Beginn von *Die Lehrlinge zu Saïs* von Novalis (s. Anm. zu S. 515).

332 *Crassus … getan habt*: Die Liebe des röm. Politikers Marcus Licinius Crassus (um 115–53 v. Chr.) zu seinem Zierfisch und der Dialog mit Domitius ist Thema des Apophthegma 157 von Bacon.

Das Gespräch über Gedichte

Erstdruck in *Die Neue Rundschau*, Berlin, Februar 1904, unter dem Titel *Über Gedichte*.

334 *Es leben … 27.IV.1838*: aus dem Brief des dt. Dichters Friedrich Hebbel (1813–1863) an Elise Lensing.
Keats: der engl. Dichter John K. (1795–1821), gehört zu der zweiten Generation der engl. Romantiker.
»Das Jahr der Seele«: Gedichtband von S. George (1897; s. Anm. zu S. 59).

337 *Ariel*: Luftgeist in Shakespeares *Der Sturm*, auch in Goethes *Faust II*.

338 *Irrlichter … herauslecken*: vgl. Goethes *Märchen* (zur Fortsetzung der *Unterhaltungen deutscher Ausgewanderten*).

339 *Von dunkelnden … Nacht*: Friedrich Hebbels Gedicht *Sie seh'n sich nicht wieder* (1841).

340 *Hieroglyphen*: vgl. *Ein Brief* (S. 324).

341 *Schlachtopfer … aufgelöst hatte*: vgl. die Ausführungen zu Tieropfern des klass. Philologen Erwin Rohde (1845–1898) in *Psyche. Seelenkult und Unsterblichkeitsglaube der Griechen* (1893).

342 *Hamlet*: Shakespeares Tragödie (1603/1604).

344 *Anthologie*: *Anthologie lyrischer und epigrammatischer Dichtungen der alten Griechen*, unter Zugrundelegung der Fried-

rich Jacobs'schen Auswahl herausgegeben von Edmund Boesel, Leipzig 1884.

Der Gärtner … zu beneiden: Es wird auf diverse Fragmente aus der Anthologie Bezug genommen.

345 *Hephästos*: zumeist Hephaistos, in der gr. Mythologie Gott des Feuers und der Schmiedekunst.

Onyx: schwarz-weiß bzw. braun-weiß gestreifter Schmuckstein aus einer Quarzabart.

Jadestein: mineraler Schmuckstein von grünlicher Farbe.

346 *odysseische Schiff*: Schiff aus der *Odyssee* des Homer (8. Jh. v. Chr.).

Tibull: der röm. Dichter (bes. von Liebesgedichten) Albius Tibullus (um 50 – um 17 v. Chr.).

Vergil: der röm. Dichter Publius Vergilius Maro (70–19 v. Chr), u. a. der *Bucolica* (Hirtengedichte) und der *Georgica* (Gedichte vom Landbau).

Bion: der Dichter der antiken Bukolik (Schäferdichtung) B. von Smyrna (zw. 150 u. 50 v. Chr).

Bildner … Redner: vgl. »Bilde Künstler! Rede nicht! / Nur ein Hauch sei dein Gedicht.« (Vorspruch zur Gedichtgruppe »Kunst« in der zweibändigen Ausgabe der Gedichte Goethes von 1815).

Wen … schuf?: vgl. Goethes Gedicht *Groß ist die Diana der Epheser* (1815). Die röm. Göttin des Waldes Diana entspricht der gr. Göttin der Jagd und der Fruchtbarkeit Artemis, deren Heiligtum (Artemision) mit einer berühmten Kultstatue in der antiken gr. Stadt Ephesos (Westanatolien) zu den sieben Weltwundern zählte.

In den … ballen: vgl. das Gedicht *Lied und Gebilde* im »Buch des Sängers« von Goethes *West-östlicher Divan* (1814–1819) und das Gedicht *Ein Traum von großer Magie* (S. 24).

Euphrat: größter Strom Vorderasiens, der zusammen mit dem Tigris das Zweistromland Mesopotamien umschließt, wo im Altertum eine der ersten Hochkulturen entstand.

Spottet … Durste?: Goethe schreibt im Abschnitt »Zweifel« der *Noten und Abhandlungen zu besserem Verständnis des west-östlichen Divans*, daß in den Versen »Mir will ewiger Durst nur frommen/Nach dem Durste« (aus Eichendorffs Roman *Ahnung und Gegenwart*; 2. Buch, 12. Kap.) die romantische Sehnsucht sich selbst parodiere.

347 *Ahnung und Gegenwart*: Titel eines Romans (1815) von Josef von Eichendorff.

Herakles: Halbgott und Held der gr. Mythologie, der u. a. zwölf heldenhafte Arbeiten verrichten mußte.

347 *Sardonyx und Chrysopras*: rot-braun-weiß gestreifte (S.) bzw. grüne (C.), aus einer Quarzabart bestehende Schmucksteine.
348 *Sagt es ... Erde*: Das Gedicht steht unter dem Titel *Selige Sehnsucht* im »Buch des Sängers« von Goethes *West-östlicher Divan* (1814–1819).
Christiane Vulpius: (1765–1816), Lebensgefährtin (seit 1788) und (seit 1806) Ehefrau Goethes.

Unterhaltung über den »Tasso« von Goethe

Erstdruck in der Zeitung *Der Tag*, Berlin 15.7. u. 23.9.1906.
Hofmannsthal hatte im Juni 1906 eine Aufführung des *Torquato Tasso* am Wiener Burgtheater mit Josef Kainz in der Titelrolle gesehen.
350 *Tasso*: *Torquato Tasso*, Schauspiel von Goethe (1807).
Rainweide: Ölbaumgewächs mit weißen bis gelblichen Blüten (Liguster).
Kainz: s. das Gedicht *Josef Kainz zum Gedächtnis* (S. 53) und die Anm. dort.
351 *Major ... Baronin*: Vorbilder für diese Figuren waren wohl der sächsische Staatsminister Alfred von Nostitz (1870–1953) und seine Frau, die Mäzenin und Schriftstellerin Helene von Nostitz (1878–1944), vgl. die Namensnennung später im Text.
353 *Ich ... mir!*: *Torquato Tasso* (III, 2).
mesquine: (frz.) schäbig, erngstirnig.
Nicht ... wohl: *Torquato Tasso* (II, 1).
354 *Stiftsdame ... Seele*: vgl. das sechste Buch von Goethes *Wilhelm Meisters Lehrjahre* mit dem Titel »Bekenntnisse einer Schönen Seele«.
Ottilie ... ›Wahlverwandtschaften‹: Ottilie ist eine der beiden weiblichen Hauptfiguren in Goethes Roman *Die Wahlverwandtschaften* (1809).
sich effacierend: (von frz. s'effacer) beiseite, in den Hintergrund tretend.
356 *Werther*: Goethes Briefroman *Die Leiden des jungen Werthers* (1774)
358 *Dorothea*: vgl. Goethes Versepos *Hermann und Dorothea* (1797).
insinuiert sich: (von frz. s'insinuer) macht sich beliebt.
Glissez mortels, n'appuyez pas!: (frz.) »Gleitet Sterbliche, ohne Druck auszuüben!« Häufig von Hofmannsthal verwendetes Zitat aus einem Vierzeiler von Pierre Charles Roy (1683–1764) als Kommentar zu einem Bild mit Schlittschuhläufern.

»Wohl ... Welt«: *Torquato Tasso* (III, 2).

359 *Here there ... nature*: fast wörtl. aus dem Aufsatz *Diaphaneitè* (in *Miscellaneous Studies*) des engl. Schriftstellers Walter Pater (1839–1894): »Hier gibt es eine Art moralischer Geschlechtslosigkeit, eine fruchtlose Ganzheit der Natur, jedoch mit einer göttlichen Schönheit und einer eigenen Bedeutung. Eine unfruchtbare Ganzheit der Natur.«

Liktoren: röm. Amtsdiener von Beamten und Priester.

Vestalin: Vestalinnen waren die Priesterinnen, die das immer brennende Feuer im Tempel der Göttin der Herdfeuer Vesta in Rom unterhielten.

»Wenn ... sieht ...«: *Torquato Tasso* (V, 5).

Die Briefe des Zurückgekehrten

Erstdruck der Briefe I-III in *Morgen. Wochenschrift für deutsche Kultur*, Berlin 21.6., 5.7. und 30.8.1907 (vgl. Anm. zu *Vor Tag*, S. 51). Erstdruck von *Die Farben (Aus den Briefen des Zurückgekehrten)* in *Kunst und Künstler. Illustrierte Monatsschrift für bildende Kunst und Kunstgewerbe*, Berlin Februar 1908 unter dem Titel *Das Erlebnis des Sehens* (abgedruckte Fassung aus H. v. H.: *Gesammelte Werke*, Bd. 2. Berlin 1924).

363 *»Werther« und »Wilhelm Meister«*: Goethes Romane *Die Leiden des jungen Werthers* (1774) und *Wilhelm Meisters Lehrjahre* (1795/96) bzw. *Wilhelm Meisters Wanderjahre* (1821/1829).

364 *The whole man must move at once*: vgl. »Der tiefsinnige Lichtenberg schrieb sich aus seinem Addison ein Wort heraus: The whole man must move together – der ganze Mensch muß sich auf eins regen –, er sagte: das müsse sich jeder Deutsche auf den Fingernagel schreiben, das war vor hundertundfünfzig Jahren, aber heute gilt es mehr als je.« in Hofmannsthals Einleitung zu seiner Anthologie *Deutsche Erzähler*, Leipzig 1912; jetzt in H.v.H: *Reden und Aufsätze I, 1891–1913*, Frankfurt a. M. 1979, S. 429. Vgl. a. S. 646 u. Anm. dort.

365 *Montevideo*: Hauptstadt Uruguays.

Warren Hastings: brit. Kolonialpolitiker in Ostindien (1732–1818).

Cecil Rhodes: brit. Kolonialpolitiker in Südafrika (1853–1902).

Rezidive: Rückfall.

Banda oriental: ehem. Name Uruguays.

Gauchos: berittene Viehhirten, in der Regel Mestizen.

grand air: (frz.) hier Würde, Vornehmheit.

estancia: in Südamerika Bezeichnung für eine Farm.

368 *Maoris*: polynesisches Volk (Neuseeland).

369 *armem Lazarus*: Bezeichnung für einen Mann der unter Armut und/oder Krankheit zu leiden hat; nach Lukas 16,19–31.

371 *Gladstone*: der liberale brit. Politiker William Ewart G. (1809–1898), zeitweilig Premierminister.

Grand old man!: (engl.) großer, großartiger alter Mann.

374 *zerren … Bierhäusern*: wohl Anspielung auf die Restaurierung des Aachener und des Wormser Doms um 1900.

treten … Gesichter ein: Gemeint ist die Niederschlagung des gegen die Vereinnahmung Chinas durch die europ. Großmächte und die USA gerichteten Boxeraufstandes (1900/01), zu der ein multinationales Expeditionskorps unter dt. Beteiligung entsendet wurde.

Fabel … wäre: Fabel vom Satyr und Holzhauer des lat. Dichters Avian (Ende 4. Jh. n. Chr.). Auf diese Fabel geht die Redensart »Kalt und warm aus einem Mund blasen« (bald so, bald anders reden) zurück (vgl. Lutz Röhrich: *Lexikon der sprichwörtlichen Redensarten*. Bd. 1, Freiburg i. Br. 1994, S. 204).

376 *Argos meminisse juvabat*: (lat.) Es freute Argos zu gedenken.

Albrecht Dürer: dt. Maler, Zeichner, Grafiker (1471–1528).

das Meerwunder: Kupferstich von Dürer (um 1497/98).

Einsiedler mit dem Totenschädel: Dürers Kupferstich *Der heilige Hieronymus im Gehäus* (1514).

378 *Legende … Genovefa*: in einem dt. Volksbuch geschilderte Legende der Frau des Pfalzgrafen Siegfried (um 750), die fälschlich des Ehebruchs beschuldigt wurde und sich sechs Jahre mit ihrem Sohn im Wald verbergen mußte. Dramatische Bearbeitungen u. a. von L. Tieck (1800) und F. Hebbel (1843).

379 *Serrabaja*: wohl Surabaja, Hauptstadt der indonesischen Provinz Ostjava.

384 *Ravins*: (frz.) Schluchten.

386 *Vincenz van Gogh*: der niederl. Maler Vincent v. G. (1853–1890). Hofmannsthal lernte die Werke van Goghs 1900 in Paris kennen. Er erwarb 1915/16 ein vorgeblich von van Gogh gemaltes Stilleben, das sich jedoch später (nach Hofmannsthals Tod) als Fälschung erwies.

387 *Rama Krishna*: Das Folgende ist dem Buch *Râmakrishna. His Life and Sayings*. London, Bombay 1901 des brit. Indologen und Religionswissenschaftlers dt. Herkunft Max Friedrich Müller (1823–1900) entnommen.

Brahmane: Mitglied der obersten Kaste der Hindus, zumeist Priester, Gelehrter, Dichter oder Politiker.

REISEPROSA

Die Wege und die Begegnungen

Erstdruck in *Die Zeit*, Wien 19.5.1907.

395 *Je me … vierge*: (frz.) nach dem Ende des Kap. »George Meredith« der Sammlung *Spicilège* (1896) des frz. Schriftstellers Marcel Schwob (1867–1905): »Ich erinnere mich der Worte von Agur, Sohn des Jake, und der Dinge, die er erklärt, die unglaublichsten und erstaunlichsten Dinge: die Spur des Vogels in der Luft und die Spur des Menschen im Unberührten.« Vgl. zu Agur das Alte Testament, Buch der Sprichwörter 30,1–14.

Urbino: ital. Stadt in den Marken.

Assisi: ital. Stadt in Umbrien.

Trasimenischen See: ital. See nordwestl. von Perugia (Lago Trasimeno o. Lago di Perugia).

396 *Leiter in Jakobs Traum*: vgl. Genesis 28,12.

Abendmahl: vgl. Matthäus 26,26–29; Markus 14,22–25; Lukas 22,14–20.

Niederlassen … zuzuhören: vgl. den Beginn der Bergpredigt nach Lukas 6,17–18.

Innehalten … werde«: vgl. den Einzug Jesu in Jerusalem nach Matthäus 21,1–11.

jener … Ölberg: vgl. Matthäus 26,30–46; Markus 14,26–42; Lukas 22,39–46.

397 *Wege … Weinschläuchen*: vgl. Kap. 8 u. 35 des 1. Teils und Kap. 25–26 des 2. Teils des Romans *El ingenioso hidalgo Don Quijote de la Mancha* (1605/15; *Der sinnreiche Junker Don Quijote de la Mancha*) des span. Dichters Miguel de Cervantes Saavedra (1547–1616).

Figuren Dostojewskis: Figuren der Romane des russ. Schriftstellers Fjodor Michajlowitsch D. (1821–1881).

Indus: Strom in Vorderindien.

Raskolnikow: Hauptfigur des Romans *Verbrechen und Strafe* (1866; a. *Schuld und Sühne*) von Dostojewski.

Hamlets Geist … Helsingör: vgl. Shakespeares Tragödie *–Hamlet* (I, 5).

398 *Sindbad … werfen*: s. Anm. zu S. 314.

Lovelace … Harlowes: vgl. den Brief XXXV von Lovelace an

Belford des Briefromans *Clarissa* (1748/49) des engl. Schriftstellers Samuel Richardson (1689–1761).
Ödipus … Kolonos: vgl. die Tragödie *Ödipus auf Kolonos* von Sophokles (497/6–406/5 v. Chr.).
Sankt Simeon Stylites: Berühmte Styliten, sog. Säulenheilige, die ihr Leben auf einer nur durch eine Leiter zugänglichen Plattform verbringen, waren Symeon der Ältere (um 390–459) und Symeon der Jüngere (521–592).
Kant: der dt. Philosoph Immanuel K. (1724–1804) aus Königsberg, von dem gesagt wird, er habe seine Heimatstadt nie verlassen.
Eros: antikes gr. Konzept der Liebe, die zugleich sinnlich, seelisch und geistig ist; a. gr. Gott der Liebe.

399 *Dante … »Neues Leben«*: vgl. das 3. Kap. von *La vita nuova* (entst. 1292–95; *Das neue Leben*) des ital. Dichters Dante Alighieri (1265–1321).

400 *Wie Boas … zu lesen*: Die Beschreibung von Boas, dem Mann von Ruth und dem Urgroßvater von David (vgl. Altes Testament, Buch Ruth), hat Ähnlichkeiten mit dem Gedicht *Booz endormi* aus dem Zyklus epischer Lyrik *La légende des siècles* (1859/77/83; *Die Legende der Jahrhunderte*) von Victor Hugo.

Südfranzösische Eindrücke

Erstdruck in *Deutsche Zeitung*, Wien 12.11.1892. Entstanden im Anschluß an eine Reise nach Südfrankreich im gleichen Jahr zusammen mit Hofmannsthals Französischlehrer Gabriel Dubray (s. Anm. zu S. 482).

403 *Sterne*: Anspielung auf *A Sentimental Journey through France and Italy* (1767; *Eine empfindsame Reise durch Frankreich und Italien*) des engl. Schriftstellers Laurence Sterne (1713–1768).
Rousseau: Bezug genommen wird wohl auf die Reisebeschreibungen in der Autobiographie *Confessions* (1782/87; *Die Bekenntnisse*) des frz. Philosophen und Schriftstellers Jean Jacques Rousseau (1712–1778).

404 *Chambéry … Savoyen*: Chambéry, am Rande der frz. Alpen gelegen, ist die Hauptstadt des Département Savoie.
Charmettes … erlebte: vgl. die Bücher V-VI von Rousseaus *Confessions* (s. Anm. zu S. 403).
Parvenu: (frz.) Emporkömmling.
maman: (frz.) Mama.
petit: (frz.) Kleiner.

Grenoble: Hauptstadt des frz. Département Isère, in den frz. Alpen und südl. von Chambéry gelegen.

Henri … Deutschland: der frz. Schriftsteller Stendhal, eigtl. Henri Marie Beyle (1738–1842; Pseudonym nach dem Geburtsort des von ihm bewunderten dt. Kunsthistorikers J. Winckelmann). Stendhal war zu Lebzeiten auch in Frankreich im Vergleich zu Balzac (s. Anm. zu S. 307) wenig bekannt.

Bourgeoisstraße: (frz.) Bürgerliche Straße.

405 *Cimarosa*: der ital. Komponist Domenico C. (1749–1801).

Canova: der ital. Bildhauer Antonio C. (1757–1822).

Delphinat: das Dauphiné, Landschaft in Südostfrankreich zw. Rhôneknie und ital. Grenze.

Gauermann: der österr. Maler und Graphiker Friedrich G. (1807–1862), bes. Landschafts-, Wild- und Jagddarstellungen.

Waldmüller: der österr. Maler Ferdinand Georg W. (1793–1865), bes. Landschaften und bäuerliche Genreszenen.

Valence: südfrz. Stadt an der Rhône.

Cäsar Borgia: der ital. Renaissancefürst Cesare B. (1475–1507), Herzog von Valence.

Diane de Poitiers: (1499–1566), politisch einflußreiche Geliebte des um 18 Jahre jüngeren Dauphins und späteren Königs von Frankreich Heinrich (II.).

»Divina Commedia«: *Die Göttliche Komödie* (entstanden 1311–21), Hauptwerk des ital. Dichters Dante Alighieri (1265–1321), vgl. S. 60 und Anm. dazu.

Phokäer: Bewohner der antiken gr. Stadt Phokäa in Westkleinasien, am Golf von Izmir (heute Foça, Türkei), Mutterstadt der gr. Kolonie Marsalia (Marseille).

Mauren: Sammelname für die arab.-berberischen Bewohner Nordwestafrikas.

Bertrand de Born: der provenzalische Troubadour Bertran(d) de B. (um 1140 – vor 1215).

Peire Cardenal: provenzalischer Troubadour (um 1210 – um 1300).

Raimon de Toulouse: provenzalischer Troubadour (Ende 12. Jh. – Anfang 13. Jh.)

»Mirèio« des Mistral: Versdichtung (1859; *Mireille*) des neuprovenzalischer Dichters Frédéric M. (1830–1914), Führer der provenzalischen Erneuerungsbewegung.

Berthold Auerbach: eigtl. Moses Baruch Auerbach (1812–1882), dt.-jüd. Schriftsteller und Verfasser idyllischer Dorfgeschichten.

Arles: südfrz. Stadt am Beginn des Rhônedeltas.

406 *Tanagrafiguren*: bemalte Terrakottastatuetten, die Mädchen in anmutiger Haltung darstellen und im 4. und 3. Jh. v. Chr. in der antiken gr. Stadt Tanagra in Boötien hergestellt wurden.
Banderilleros: Stierkämpfer, die dem Stier geschmückte Speere mit Widerhaken (banderillas) ins Genick setzen.
Toreadores: Stierkämpfer
Saragossa: span. Stadt am Ebro.
Valencia: ostspan. Stadt in Katalonien in der Nähe der Mittelmeerküste.
»Carmen«: berühmte Oper (1875) des frz. Komponisten Georges Bizet (1838–1875).
»Alyscampo«: mit galloröm. Grabstätten gesäumte Allee in der Nähe von Arles.
Saint-Trophime: Kathedrale in Arles (hauptsächlich 12. Jh.).
ô jours … lents!: nicht nachgewiesen.

407 *»Arlésienne« des Daudet*: im bäuerlichen Milieu der Provence spielendes Schicksalsdrama (1872; *Neue Liebe*; wörtl. Die Arlesierin) des frz. Schriftstellers Alphonse D. (1840–1897), mit einer bekannten Bühnenmusik von George Bizet.
Camargue: südfr. Landschaft im Rhônedelta, bekannt für Wild- und Zuchtpferde.
Claude Lorrain: s. Anm. zu S. 457.
Poussin: der frz. Maler Nicolas P. (1594–1665), vgl. Anm. zu S. 315.
Puvis de Chavanne: der frz. Maler Pierre P. d. C. (1824–1898).
Huysum: der niederl. Maler Jan van H. (1682–1749), bes. Stilleben mit Früchten und Blumen.
Hondecoeter: der niederl. Maler Melchior H. (1636–1695), bes. Stilleben mit Geflügel, Ziervögeln und Pfauen.
Fayencekrug: Krug aus poröser Tonkeramik mit Zinnglasur.
Dejeuner: (frz.) Mahl.

408 *Engpaß … begegnete*: vgl. die Tragödie *König Ödipus* von Sophokles.
Antigone … Bruders: vgl. die Tragödie *Antigone* von Sophokles und Hofmannsthals *Vorspiel zur Antigone des Sophokles* (1900).
Comédie Française: in Paris beheimatetes frz. Nationaltheater.
Orange: südostfrz. Stadt nahe der Rhône.

Augenblicke in Griechenland

Erstdruck des ersten Teils (*Das Kloster des heiligen Lukas*) in *Morgen, Wochenschrift für deutsche Kultur*, Berlin 19.6.1908 (vgl. Anm. zu *Vor Tag*, S. 51). Erstdruck des gesamten Textes (und damit auch

Erstdruck des 2. u. 3. Teils) in H. v. H.: *Die prosaischen Schriften,* Bd. 3. Berlin: S. Fischer 1917. Die Texte entstanden als Frucht einer Griechenlandreise (24.4.–11.5.1908) zusammen mit dem Diplomaten und Schriftsteller Harry Graf Kessler (1868–1937) und dem frz. Bildhauer und Graphiker Aristide Maillol (1861–1944). Die beiden ersten Teile beziehen sich auf einen Ritt von Ithea (am Golf von Korinth) über Delphi (s. u.) zum Kloster des heiligen Lukas (s. u.) in der mittelgriechischen Landschaft Phokis. Der erste Teil entstand unmittelbar nach der Reise, der zweite, 1909 geplant, wurde im Sommer und Herbst 1912 niedergeschrieben, der dritte erst nach 1914 vollendet. Anregungen bezog Hofmannsthal auch aus *The Rise of the Greek Epic* (1907) des engl. klassischen Philologen Gilbert Murray (1866–1957). Vgl. zum 3. Teil *Ad me ipsum* (S. 734).

409 *Kloster des heiligen Lukas*: orthodoxes Kloster aus dem 10. Jh. in Mittelgriechenland, südwestl. der Stadt Levadia, benannt nach dem Gründer Lukas von Stiris (gest. um 951).
Khan: im Orient Unterkunft für Reisende, Karawanserei.
Parnaß: Kalkgebirge im mittelgr. Phokis, galt im Altertum als Sitz Apollons und der Musen, deshalb auch Sinnbild der Dichtkunst.

410 *Altan*: (ital.) eine von Mauern, Säulen oder Pfeilern gestützte Plattform (Balkon) im Obergeschoß; a. Söller (der Sonne ausgesetzter Ort).

411 *Loggia*: (ital.) Raum oder Halle, zu einer oder mehreren Seiten offen, an oder in einem Gebäude.

414 *Delphi*: gr. Stadt am Parnaß, Kultstätte in mykenischer Zeit und spätestens seit dem 9./8. Jh. v. Chr. Apollonheiligtum mit dem berühmten Pythia-Orakel.

415 *εἶσὶ καὶ κυνῶν ἐρινύες*: (gr.) »Auch für die Hunde gibt es Erinnyen.« (eîsi kaì kynôn erinýes); entnommen aus Murrays *The Rise of the Greek Epic* (s. o.).
Davlia: Stadt im Norden von Zentralgriechenland in der Nähe des Parnaß
Chäronea: altgr. Stadt in Westböotien.
Böotien: von hohen Bergen umgebene Beckenlandschaft zwischen dem Golf von Korinth und dem Kanal von Euböa (Hauptort: Theben).

416 *den Weg des Ödipus*: In der gr. Mythologie geht Ödipus nach dem Orakel-Spruch in Delphi, um seinem Schicksal zu entfliehen, nicht zu seinen vermeintlichen Eltern nach Korinth zurück, sondern nach Theben. Vgl. a. Hofmannsthals Bearbeitung des Stoffes in der Tragödie *Ödipus und die Sphinx* (1. Aufzug).

417–18 *Viele Bilder … klagen verachtend*: Bezug genommen wird auf den frz. Dichter Arthur Rimbaud (1854–1891).

419 *Lauffen an der Salzach*: der bayrische Ort Laufen/Salzach im Berchtesgadener Land.
Patras: Stadt in Westgriechenland, am Golf von Patras.
Alexandrien: ägypt. Hafenstadt am Westrand des Nildeltas.
Piräus: zu Athen gehörige Hafenstadt.
Konstantinopel: Stadt am Bosporus, damals Hauptstadt des Osmanischen Reichs (Vormals Byzanz, heute Istanbul).

420 *Triest*: nordöstlichste ital. Stadt am Mittelmeer.

422 *Attika*: südöstl. Halbinsel Mittelgriechenlands.

423 *Akropolis*: Burgberg Athens mit den berühmten Kult- und Tempelbauten.
phokäisches Gebirge: Gemeint sind die Gebirge der mittelgr. Landschaft Phokis.

424 *Agora*: Bezeichnung für den zentralen Markt- und Versammlungsplatz in antiken gr. Städten.
Pnyx: Hügel westl. von Athen, auf dem Bürgerversammlungen abgehalten wurden.
eleusinische Straße: Straße nach Eleusis, gr. Stadt am Saronischen Golf in der Nähe von Athen.

425 *Chronos und die Titanen*: Kronos gehört zum zweiten Göttergeschlecht der gr. Mythologie, den Titanen genannten sechs Söhnen und sechs Töchtern des Uranos und der Gaia. Er entmannte auf Drängen der Mutter den Vater und übernahm die Herrschaft; ihm wurde seinerseits von seinem Sohn Zeus die Weltherrschaft entrissen.
milesische: aus der altgr. Stadt Milet in Kleinasien stammend.
Platon: s. Anm. zu S. 327.
wie Geister … gehen: vgl. Anm. zu S. 189.

426 *»Philoktet« … selber nicht ein?*: In der Tragödie *Philoktet* (409 v. Chr.) des gr. Dichters Sophokles (497/6–406/5 v. Chr.) versucht Odysseus mit Hilfe des Achilleus-Sohnes Neoptolemos dem wegen seiner übelriechenden Wunde auf der Insel Lemnos ausgesetzten Philoktet den Bogen des Herakles, der nach einem Seherspruch für die Eroberung Trojas notwendig ist, durch eine List zu entreißen.

428 *inkommodieren*: (aus dem Lat.) belästigen.

434 *Hieroglyphe ihres Gesichts*: vgl. *Ein Brief* (S. 324) und *Das Gespräch über Gedichte* (S. 340).

Reise im nördlichen Afrika

Erstdruck in *Berliner Tageblatt*, 12.4.1925 (*Fez*) und *Neue Freie Presse*, Wien 31.5.1925 (*Das Gespräch in Saleh*). Hofmannsthal reiste vom 3. bis 23. 3. 1925 zusammen mit Dr. Paul Zifferer, dem mit ihm befreundeten österr. Kulturattaché in Paris, nach Casablanca, Marrakesch und Fez.

435 *Fez*: Provinzhauptstadt im nördl. Marokko, kulturelles und religiöses Zentrum.
Atlas: Gebirgssystem in Nordwestafrika, Fez befindet sich am Fuß des Mittleren Atlas.

437 *»Nazaräer«*: Bezeichnung für die Christen.

438 *isabellenfarbig*: hell milchkaffeefarben.

439 *Pascha*: Titel der obersten Offiziere und Beamten (Würdenträger) im Osmanischen Reich.
Babuschen: Stoffpantoffeln.

440 *Burnus*: in Nordafrika leichter, vorn offener Mantelumhang der Männer, zumeist ohne Ärmel, mit oder ohne Kapuze.
Oued: marokkan. Fluß.

441 *Saleh*: (a. Salé oder Sala) marokkan. Hafenstadt am Atlantik, nahe Rabat.
Marschall Lyautey: Louis Herbert L. (1854–1934), frz. Generaloffizier, der von 1912–1925 das frz. Protektorat Marokko errichtete.
Schlö: Die Schlöh, Shilh oder Chleuh sind eigtl. eine in Südmarokko lebende Volksgruppe der Berber, hier steht der Begriff für deren Sprache.
Grammatik … Deutschen: Gemeint ist wohl das *Handbuch des Schilhischen von Tazerwalt* (Leipzig 1899) des an der Leipziger Universität lehrenden Afrikanisten Hans Stumme (1864–1936). Im Vorwort erwähnt Stumme einen arab. Akrobatendirektor, der die Beispielsätze übersetzt habe.

442 *Stumme*: s. Anm. zu S. 441.
Sic vos non vobis: Es wird erzählt, dass, als ein anderer Dichter sich mit Vergils Versen schmücken wollte, der Betrug offensichtlich wurde, weil der Dichter den Vierzeiler Vergils, der jeweils mit »Sic vos non vobis« (So ihr doch nicht für euch) anfing, nicht vervollständigen konnte.
Kaid: (arab.) Führer, Oberhaupt.

443 *Medersa*: (a. Madrasa o. Medrese) islam. (Hoch-)Schule mit eigener Bauform.
Cadix: (Cádiz) südspan. Stadt am Atlantik nahe Gibraltar.
Genua oder Livorno: nordwest-ital. Hafenstädte.
Rabat: Hauptstadt von Marokko.

445 *Schella*: a. Chella, in der Nähe Rabats an einer ehem. Römersiedlung gelegene Nekropole der Meriniden-Dynastie mit heiliger Quelle und kleiner Moschee.
445 *Tanit*: karthagische Muttergottheit.
447 *Marseillaise*: frz. Nationalhymne.
P. V.: Der frz. Publizist und Diplomat Pierre Viénot (1897–1944) war seit 1920 enger persönlicher Mitarbeiter des Marschalls Lyautey (s. Anm. zu S. 441) und gehörte zum Kreis der Nouvelle Revue Française um André Gide (s. Anm. zu S. 710).
450 *Marrakesch*: mittelmarokkan. Provinzhauptstadt in einer Dattelpalmoase am Fuß des Hohen Atlas.
451 *Suk*: oriental. Geschäfts- und Gewerbeviertel bzw. Markt (a. Bazar).
452 *Meknesch*: a. Meknès, Provinzhauptstadt in Nord-Marokko.

Sizilien und wir

Erstdruck in *Neue Freie Presse*, Wien 29.9.1925.
Hofmannsthal bereiste im April und Mai 1924 Süditalien und Sizilien.
453 *Goethes Genius*: Bezug genommen wird auf den zweiten Teil (Abschnitt *Sicilien*) von Goethes *Italienische Reise* (1786–88).
Palladio: der ital. Baumeister und Verfasser von Architektur-Lehrbüchern Andrea P. (1508–1580).
Michelangelo: der ital. Universalkünstler Michelangelo Buoanarroti (1475–1564).
454 *Platon*: s. Anm. zu S. 327.
hesperischen: abendländischen.
455 *orbis terrarum*: (lat.) der Erdkreis.
Herkulessäulen: die nach altgr. Auffassung von Herakles (Herkules) errichteten Bergfelsen beiderseits der Straße von Gibraltar.
455 *ionischen Strand*: »Ionisches Meer« ist die Bezeichnung für das Mittelmeer zw. der Westküste Griechenlands und der Ostküste Siziliens und Kalabriens.
456 *Syrakus und Girgenti*: Städte im Süden Siziliens (Girgenti ist der altital. Name des heutigen Agrigento).
Messina und Palermo: Städte im Norden Siziliens.
»Was ist … Vaterland?«: Beginn der Hymne *Der Einzige* (entst. 1801–03) von Friedrich Hölderlin (1770–1843).
Hamilkar: Hamilkar Barkas (um 290–229/228 v. Chr.), karthagischer Heerführer im 1. Punischen Krieg (247–241), der

vergeblich versuchte, Sizilien gegen die Römer zu verteidigen; Vater Hannibals.

Tunis: Hauptstadt von Tunesien.

Meknesch: s. Anm. zu S. 452.

phönikisch-punische: »Phönikier« ist die aus dem Griechischen stammende Bezeichnung für ein semitisches Seefahrervolk, das seit dem 2. Jahrtausend v. Chr. von der (heute syrisch-libanesisch-isrealischen) Ostküste aus im Mittelmeer Handel trieb und u. a. Karthago als Handelskolonie gründete; in Nordafrika »Punier« genannt.

sarazenische: »Sarazenen« ist eine Bezeichnung für Muslime der Mittelmeerwelt.

Pythagoras: gr. Philosoph (570 – ca. 500 v. Chr.)

Kolumbus: der genuesische Seefahrer Christoph K. (1451–1506), der in span. Diensten auf der Suche nach der Westpassage nach Indien auf Jamaika, Haiti, Kuba und auf das südam. Festland stieß und als Entdecker des am. Kontinents gilt.

landet Platon: Platon (s. Anm. zu S. 327) hat in Syrakus vergeblich versucht, die Herrscher für das Ideal eines Staates nach philos.-sittlichen Grundsätzen zu gewinnen.

schlägt der Karthager: s. Hamilkar.

baut der Byzantiner: Sizilien gehörte 535–827 zu Byzanz. Im 12. Jh. errichtete Bauwerke (z. B. Cappella Palatina, La Martorna) wurden z. T. nach byzantinischer Bauart konzipiert.

schläft ... Sarg: der Staufer-Kaiser Friedrich II. (1194–1250; Kaiser seit 1220), der nicht nur für seine einflußreiche Politik, sondern auch für seine naturwiss., philos. und musischen Interessen berühmt ist, liegt im Dom von Palermo begraben.

reitet ... meerentlang: vgl. Anm. zu S. 453.

haucht ... Seele aus: der dt. Dichter August Graf von Platen Hallermünde (1796–1835), starb in Syrakus an einer Überdosis von Medikamenten gegen Cholera.

457 *Hackert*: der dt. Maler Jacob Philipp H. (1737–1807; seit 1768 in Rom lebend), einer der Führer der Künstlergruppe der sog. Deutschrömer.

Kniep: der dt. Maler Christoph Heinrich K. (1755–1825), lebte seit ca. 1781 in Rom und Neapel, begleitete Goethe 1787 nach Sizilien.

Tischbein: der dt. Maler Johann Heinrich Wilhelm T. (1751–1829), lebte zeitweise in Italien und begleitete Goethe 1787 nach Neapel.

Segesta: antike Stadt im Nordwesten Siziliens, von der u. a. ein dorischer Tempel von ca. 420 v. Chr. erhalten ist.

Claude Lorrainschen Stil: eigtl. Claude Gellée, gen. Le Lorrain, frz. Maler, Zeichner und Radierer (1600–1682; seit 1627 in Rom lebend), dessen weiträumig komponierte, ausdrucksvolle Landschaftsbilder großen Einfluß auf die europ. Malerei des 19. Jh.s hatten.

REDEN UND AUFSÄTZE

Algernon Charles Swinburne

Erstdruck in *Deutsche Zeitung*, Wien 15.1.1893.

461 *Algernon Charles Swinburne*: engl. Dichter (1837–1909), gilt als Wegbereiter des Ästhetizimus.

Gruppe von Künstlern: Gemeint ist die u. a. von William Holman Hunt (1827–1910) und Dante Gabriel Rossetti (1828– 1882) in Opposition zur Royal Academy gegründete Pre-Raphaelite Brotherhood (Präraffaelitische Bruderschaft), eine Vereinigung brit. Maler, welche die Kunst durch Anknüpfen an die ital. Malerei vor Raphael erneuern wollten.

goldenen Lorbeer: Gemeint ist die in England bestehende Tradition der Ernennung eines Hofdichters, des sog. »poet laureate«.

Alfred Tennyson: engl. Dichter (1809–1892), wurde 1850 poet laureate.

Robert Southey: engl. Schriftsteller (1774–1843), wurde 1813 poet laureate.

John Dryden: engl. Schriftsteller (1631–1700), wurde 1668 poet laureate.

Benvenuto Cellini: s. Anm. zu S. 315.

Giorgione: s. Anm. zu S. 315.

462 *Bonbonnieren*: Pralinen-, Bonbonschachteln.

John Ruskin: engl. Schrifsteller, Maler und Professor für Kunstgeschichte (1819–1900), Wortführer der Präraffaeliten.

dithyrambisches: begeistert-trunkenes (von Dithyrambos, dem altgr. Kultlied auf Dionysos).

Watteau: s. Anm. zu S. 9.

463 *Smiles ... Selbsthilfe«*: engl. Journalist, politische Reformer und Moralist Samuel S. (1812–1904), veröffentlichte u. a. *Self-Help* (1859; *Selbsthilfe*), *Character* (1871; *Der Charakter*) und *Thrift* (1875; *Sparsamkeit*).

Man trägt ... Dinge: Nach dem Tod Alfred Tennysons (1892) wurde das Amt des poet laureate – wohl aufgrund seiner guten Beziehungen zum damaligen engl. Premierminister Lord

Salisbury – an Alfred Austin übertragen, der für seine bes. schlechten Verse bekannt war.
»die Weinbeere … wird«: vgl. Hofmannsthals frühe, nicht veröffentlichte Erzählung *Age of Innocence* (entst. ca. 1891/92): »wie man die Weinbeere erst ausschlürft und aussagt und dann mit den Zähnen presst und zerquetscht, bis dahin, wo ihre Süße herb und bitter wird.« (jetzt in H.v.H.: *Sämtliche Werke*, Bd. 29, Frankfurt a.M. 1978, S. 16).
pénétrance: (von frz. pénétrant) Eindringlichkeit.
»Atalanta in Kalydon«: eigtl. *Atalanta in Calydon* (1865), Tragödie von Swinburne nach dem von Ovid überlieferten Meleager-Mythos (*Metamorphosen* VIII).

464 *Mänaden*: (gr. die Rasenden) ekstatische Frauen im Gefolge des Gottes Dionysos.
Medusenmaske: s. Anm. zu S. 27.
Adonistrauer: in der gr. Mythologie Trauer der Göttin Aphrodite um den schönen Gott Adonis.
Kybelekult: Kybele ist ein vorgriechische Göttin der Fruchtbarkeit.
Dionysos: gr. Gott der Fruchtbarkeit und der Ekstase.
Sappho: gr. Dichterin adeliger Herkunft (um 600. v. Chr.), leitete in Mytilene auf Lesbos einen Kreis zur Erziehung junger adliger Frauen vor ihrer Heirat.
»Gedichte und Balladen«: die erste Serie von Swinburns *Poems and Ballads* (1866; *Gedichte und Balladen*), die durch erotisch-sinnliche Darstellung und sadomasochistische Motive im viktorianischen England einen Skandal auslöste; zwei weitere Serien erschienen 1878 u. 1889.
eine Ballade … d'amour«: Anspielungen auf die verschiedenen Stoffe und Formen von Swinburns *Gedichten und Balladen*.
Fra Angelico: ital. Maler, eigtl. Guido di Pietro (zw. 1395 u. 1400–1455).
Boccaccio: der ital. Dichter Giovanni B. (1313–1375), vgl. Anm. zu S. 597.

465 *Hohen Liedes Salomonis*: das Hohelied, Buch des Alten Testaments, das in der jüd. Tradition dem König Salomon zugeschrieben wird.
Quattrocento: (ital.) das fünfzehnte Jh.
Burne-Jones: Der engl. Maler Edward Corley B.-J. (1833–1898) gehörte zur Gruppe der Präraffaeliten. Swinburnes *Poems and Ballads* sind ihm gewidmet.
Venus: röm. Göttin der Liebe.
Kamee: geschnittener Stein mit erhaben gearbeiteter Dar-

stellung. *A Cameo* ist der Titel eines Gedichtes von Swinburns *Poems and Ballads.*

»allnährende, ... Lucrez: Anspielung auf die Anrufung der Venus als Erzeugerin alles Lebendigen am Beginn des philos. Lehrgedichts *De rerum natura* (*Von der Natur der Dinge*) des röm. Dichters Titus Lucretius Carus (97/96–55 v. Chr.).

Apollo: gr./röm. Gott des Lichts und der Künste.

466 *Notre dame des sept douleurs*: (frz.) »Unsere liebe Frau der sieben Schmerzen« (Bezeichnung für die christl. Gottesmutter Maria), Untertitel der Ballade *Dolores* aus Swinburns *Poems and Ballads.*

passionate pilgrims: (engl.) leidenschaftliche Pilger; möglicherweise Anspielung auf die unter Shakespeares Namen 1599 veröffentlichte Gedichtsammlung *The Passionate Pilgrim* (*Der verliebte Pilger*), deren Texte aber nur zum Teil tatsächlich von Shakespeare stammen.

Condillac: der frz. Philosoph Étienne Bonnot de C. (1715–1780).

Hegel: der dt. Philosoph Georg Wilhelm Friedrich H. (1770–1831).

Dithyramben: altgr. Kultlieder auf den Gott Dionysos.

Gabriele d'Annunzio

Erstdruck in *Frankfurter Zeitung*, 9.8.1893.

Dies ist der erste von einer Reihe von Essays, in denen sich Hofmannsthal mit Person und Werk des ital. Schriftstellers Gabriele d'Annunzio (1863–1938) auseinandersetzte.

467 *Offenbach*: der frz. Komponist dt. Herkunft Jacques O. (1819–1880).

Leopardis: der ital. Dichter und Philologe Giacomo Leopardi (1798–1837).

Quattrocento: (ital.) fünfzehntes Jh.

Marly: Park südwestl. von Paris.

Trianon: Lustschlösser im Park von Versailles südwestl. von Paris.

Borgia: im 15. Jh. bes. einflußreiche ital. Adelsfamilie span. Herkunft.

Vendramin: venezianische Familie des Dogen Andrea V. (1401); vgl. z.B. das Gemälde *Die Familie Vendramin* (1547) von Tizian (vgl. Anm. zu S. 315).

»Wir ... kennt.«: nicht nachgewiesen.

beseelte ... Zauberlehrlings: vgl. Goethes Gedicht *Der Zauberlehrling* (1797).

Fiesole: der ital. Maler Fra Angelico da F. (um 1400– 1455).
Murillo: der span. Maler Bartolomé Esteban M. (eigtl. Pérez; 1618–1682).
Watteau: s. Anm. zu S. 9.

469 *Bourget ... verlorengeht*: der frz. Schriftsteller und Kritiker Paul B. (1852–1935), verwendet am Ende des Abschnitts »M. Ernest Renan. II. Du Dilettantisme« des ersten Bandes von *Essai de psychologie contemporaine* (1883–1886) das Bild des Bechers, der von den vorherigen Generationen leergetrunken wurde.
Rotwelsch: Sondersprache einer begrenzten gesellschaftlichen Gruppe, Gaunersprache.

469 *Nazarenismus*: Nazarener war der Spottname für eine Gemeinschaft vornehmlich dt. Künstler in Rom zu Beginn des 19. Jh.s (Lukasbrüder) mit dem Ziel, die Malerei gegen die akademischen Normen aus dem Geist des Mittelalters und seiner religiösen und ethischen Grundsätzen zu erneuern.
Brandes: der dän. Schriftsteller und Kritiker Georg B. (1842–1927).
Wilhem-Meisterlichen: Bezug nehmend auf Goethes *Wilhelm Meister*-Romane.

470 *Da ist ... Tod*: Bezug genommen wird auf die Erzählung *Annali d'Anna* (*Geschichte der Anna*) aus der Novellensammlung *San Pantaleone* (1886).
Oder die ... Jahre ...: Bezug genommen wird auf den Roman *Giovanni Episcopo* (1892).
Oder die ... durch morden: Bezug genommen wird auf die Novelle *Gli Idolatri* (*Die Götzendiener*) aus der Sammlung *San Pantaleone* (1886).

471 *»L'innocente«*: Der Roman *L'innocente* (*Der Unschuldige*) erschien 1892 und bildet den zweiten Teil der Trilogie *I Romanzi della Rosa* (*Die Romane der Rose*).
»Madame Bovary«: Roman (1857) des frz. Schriftstellers Gustave Flaubert (1821–1880), gilt als Meisterwerk des frz. Realismus.
Maupassantschen: Bezug genommen wird auf den zum Realismus zählenden frz. Schriftsteller Guy de Maupassant (1850–1893).
»Hora est bene faciendi«: (lat.) Es ist die Zeit, Gutes zu tun (beliebte Inschrift auf Sonnenuhren).

472 *Verismus*: (von ital. vero = wahr) durch den frz. Realismus und Naturalismus beeinflußte Strömung in der ital. Literatur des letzten Drittels des 19. Jh.s
Gabriel Max: dt. Maler und Illustrator (1840–1915).

»Römische Elegien«: Sammlung von 25 Elegien unter dem an Goethe angelehnten Titel *Elegie Romane* (1892).

Eine Welt ... Rom: die letzten beiden Verse der ersten Elegie aus Goethes Gedichtzyklus *Römische Elegien* (1795).

473 *Tischbeinsche*: s. Anm. zu S. 457.

Horaz: der röm. Dichter Quintus Horatius Flaccus (65–8 v. Chr.).

Tibull: der röm. Dichter von Liebeselegien Albius Tibullus (um 50 – um 17 v. Chr.).

Properz: der röm. Elegiendichter Sextus Propertius (um 50 – nach 16 v. Chr.).

Tizian: vgl. Anm. zu S. 315.

mediceischen und farnesischen Villen: Villen der einflußreichen ital. Fürstenfamilien Medici (13.–18. Jh., Florenz) und Farnese (16.–17. Jh.).

Boskett: beschnittene Hecken oder Bäume, bes. in Barock- und Rokokogärten.

Botticelli: der ital. Maler Sandro B. (1445–1510).

»Wie ein ... Jacques: vgl. Shakespeares Komödie *As you like it* (*Wie es euch gefällt*), II, 5.

474 *Und meinen ... gesandt!*: vgl. die Elegie *Villa Chigi* I, V. 7–10 der *Elegie Romane.*

»Gebet, ... Liebe.«: vgl. die letzten Verse der Elegie *Sera su i colli d'Alba* der *Elegie Romane.*

475 *Hymenaeus des Catull*: Bezug genommen wird auf das Hochzeitslied, Gedicht Nr. 61, der Gedichtsammlung des lat. Dichters Gaius Valerius Catullus (um 84 – um 54 v. Chr).

an den Dichter, ... zu brechen: Gemeint ist der röm. Dichter Vergil (70–19. v. Chr.) mit seinen Werken *Aeneis* (Dido und Lavinia sind Figuren des Epos) und *Georgica* (*Landleben*).

Ikarusflug: Nach dem gr. Mythos stürzte Ikaros auf der Flucht aus dem Labyrinth des Minos auf Kreta mit aus Federn und Wachs gebauten Flügeln ins Meer, weil er der Sonne zu nahe kam.

Ciò ... corrompere: vgl. die Elegie *Villa Chigi* V, V. 15–18 der *Elegie Romane*: »Das, was Dir Rausch verschaffte, muß zugrunde gehen.«

»Isottèo«: *L'Isottèo* ist der Titel einer 1890 erschienenen Gedichtsammlung (eine ergänzte Fassung der 1886 erschienenen Sammlung *Isaotta Guttadàura ed altre poesie*)

Triumph der Isaotta: Kap. 10 von *L'Isottèo* trägt den Titel »Trionfo d'Isaotta«.

»Mir war ... aufschlosset ...«: vgl. *Ballata Undicesima* aus Kap. 3 (Isaotta nel bosco) von *L'Isottèo.*

»Ihr Hände … aufschlosset …«: vgl. *Ballata Quarta* aus Kap. 3 (Isaotta nel bosco) von *L'Isottèo*.
»Ich kränze … schien …«: vgl. *Ballata Tredicesima* aus Kap. 3 (Isaotta nel bosco) von *L'Isottèo*.
wenn die Geliebte … Poesie: vgl. Gedicht III aus Kap. 1 (Il dolce grappolo) von *L'Isottèo*.

476 *Im Triumphzug … valets de pied*: Kurzbeschreibung des Gedichts *Trionfo d'Isaotta* (Kap. 10 von *L'Isottèo*).
Tanagrafigürchen: s. Anm. zu S. 406.
Terrakottareliefs: Relief aus gebranntem, unglasiertem Ton.
Bonbonnieren: s. Anm. zu S. 462.
Benvenuto Cellini: s. Anm. zu S. 315.
»Principe« des Machiavell: die Abhandlung über die Bedingungen erfolgreicher Politik *Il principe* (1532; *Der Fürst*) des ital. politischen Schriftstellers Niccolò Machiavelli (1469–1527).
Oriana und Amadis: Hauptfiguren des spätmittelalterlichen Ritterromans *Los quatro libros del virtuoso cauallero Amadís de Gaula* (1508; *Amadis von Gallien*) von Garci Rodríguez de Montalvo (zuerst erwähnt 1482–1505?), der später mehrfach neu bearbeitet wurde u.a. durch Bernardo Tasso (1493–1569).
Lancelot und Ginevra: Bezug genommen wird auf die Liebesgeschichte Lancelots, eines Ritters der Tafelrunde des Königs Artus, mit dessen Frau Ginevra wie sie in Chrétien de Troyes (um1140–1190) höfischem Roman *Lancelot* (um 1177–81) geschildert wird.
Frühlingsnymphen des Botticelli: Botticellis Gemälde *Der Frühling* (um 1478).
»Feenkönigin« des Spenser: das allegorische Epos *The faerie queene* (ab 1590) des engl. Dichters Edmund Spenser (1552?–1599).
»Trionfi« des Lorenzo Medici: wohl die unter dem Namen *Trionfo di Bacco e Arianna* bekannte *Canzona di Bacco*, die zu den *Canzone carnascialesche* des ital. Dichters und Stadtherrn von Florenz Lorenzo de' Medici (1449–1492), gen. »der Prächtige«, gehört.
die Zaubergärten des Ariosto: Bezug genommen wird wohl auf die epische Dichtung *Orlando Furioso* (1516/21; *Der rasende Roland*) des ital. Dichters Ludovico Ariosto (1474–1533).
Cythera: südlichste der Ionischen Inseln; wird in Kap. 6 (*Ballata delle donne sul fiume*) von *L'Isottèo* erwähnt.
»Ihre … Lauten …«: vgl. Gedicht III aus Kap. 1 (*Il dolce grappolo*) von *L'Isottèo*.

477 *Menenius Agrippa*: Nach der *Römischen Geschichte* von Titus Livius (s. Anm. zu S. 329) gelang es dem Konsul Menenius A. (im 5. Jh. v. Chr.), den auf den heiligen Berg gezogenen Plebs durch die Parabel vom Magen und den Körpergliedern zur Rückkehr in die Stadt zu veranlassen.

Französische Redensarten

Erstdruck in *Die Zeit*, Wien 6.11.1897.

479 *In der ... spricht*: Bei seinem Weg durch Hölle und Fegefeuer in der *Göttlichen Komödie* begegnet Dante (s. Anm. zu S. 60 u. 305) auch einigen seiner Landsleute, die ihn an seinem Dialekt erkennen, vgl. z.B. den Beginn von Dantes Gesprächen mit Farinata im 10. Gesang der *Hölle* oder den 16. Gesang des *Fegefeuer*.

480 *In der »Griechischen ... kennengelernt*: vgl. Buch 9, Kap. 13 *Paulus Silentiarius*, Teil 5: *Liebesrausch* der *Anthologie lyrischer und epigrammatischer Dichtungen der alten Griechen*, unter Zugrundelegung der Friedrich Jacobs'schen Auswahl hrsg. von Edmund Boesel, Leipzig 1884, S. 294 (s.a. Anm. zu S. 344).

481 *»Essais« von Montaigne*: Die von Hofmannsthal zitierte Stelle findet sich im 26. Kap. (*De l'institution des enfants*) des ersten Buches der *Essais* (1580) des frz. Schriftstellers und Philosophen Michel Eyquem de M. (1533–1592).

non pour ... d'aulthruy.«: (frz.) »nicht um lediglich nach der Art unseres französischen Adels erzählen zu können, um wieviel das Gesicht Neros in einer alten Ruine länger oder breiter ist als das auf einer ähnlichen Medaille, sondern um hauptsächlich die Gemüts- und Lebensart dieser Völker kennenzulernen und um unser Gehirn an dem der Anderen zu reiben und zu feilen.«

482 *»Gentillesses ... français«*: Bezug genommen wird auf *Gentillesses de la langue française. Choix de mots et de locutions expressives propres à donner au langage et au style des étrangers un air bien français* (2. Aufl 1897) von Hofmannsthals Französischlehrer Gabriel Dubray (um 1848–um 1914).

Die Duse im Jahre 1903

Erstdruck in *Neue Freie Presse*, Wien 17.4.1903.

Hofmannsthal hatte bereits 1892 zwei Aufsätze (*Eleonora Duse. Eine Wiener Theaterwoche* und *Eleonora Duse. Die Legende einer*

Wiener Woche) zu der international gefeierten ital. Schauspielerin Eleonora Duse (1858–1924) verfaßt.

484 *»wie Wasser ... geworfen«*: aus dem Gedicht *Hyperions Schicksalslied* in Buch 2, Bd. 2 von *Hyperion oder der Eremit in Griechenland* (1797–99) von Friedrich Hölderlin (1770–1843).

Io: Nach dem gr. Mythos schickte die eifersüchtige Hera der in eine Kuh verwandelten Io eine Bremse, die sie nicht zur Ruhe kommen ließ; vgl. z.B. Ovids *Metamorphosen* (I, 583–746).

485 *Sie will ... Gebärden schaffen*: Eleonora Duse und D'Annunzio (s. *Gabriele d'Annunzio*, S. 465–475) waren seit ihrer Begegnung im Jahre 1895 ein Paar. Sie sah in ihm den neuen ital. Nationaldichter, bestärkte ihn als Dramatiker und betrachtete es als ihre Aufgabe, seine Stücke dem Publikum näher zu bringen. Die Verbindung mit D'Annunzio endete 1904.

485 *Leichnam ... Händelegen*: vgl. D'Annunzios Tragödie *La Città morta* (1898; *Die tote Stadt*).

er taucht ... Inferno: vgl. D'Annunzios Tragödie *Francesca da Rimini*, die auf einer Episode des 5. Gesangs des »Inferno« (Hölle) der *Divina Commedia* (entstanden 1311–21; *Die Göttliche Komödie*) des ital. Dichters Dante Alighieri (1265–1321) beruht.

ihre wundervollen ... Strandvogel: vgl. D'Annunzios Tragödie *La Gioconda* (1899; *Die Gioconda*).

Ibsen: der norw. Schriftsteller Hendrik I. (1828–1906).

Hedda Gabler: Schauspiel von Ibsen (1890).

Rembrandt: der niederl. Maler R. Harmensz van Rijn (1606–1669).

Daumier: der frz. Maler und Karikaturist Honoré D. (1808–1879).

487 *Julia und Kleopatra*: die Hauptfiguren in Shakespeares Tragödien *Romeo und Julia* (1597) und *Antonius und Kleopatra* (1608).

Ödipus: die Hauptfigur der Tragödie *König Ödipus* von Sophokles.

Hamlet: die Hauptfigur der Tragödie *Hamlet* (1603/04) von Shakespeare.

Antigone: die Hauptfigur der Tragödie *Antigone* von Sophokles.

Werthers: die Hauptfigur in Goethes Briefroman *Die Leiden des jungen Werthers* (1774).

Iphigenie: die Hauptfigur in Goethes Schauspiel *Iphigenie auf Tauris* (1779/1800).

488 *Soffitten*: vom Schnürboden herabhängender Abschluß der Kulissenbühne.
Hymnen des Pindar: Siegesgesänge des gr. Dichters Pindar (522 o. 518 – um 446 v. Chr.).
Dialoge des Platon: die in Dialogform verfaßten Schriften des gr. Philosophen Platon (s. Anm. zu S. 327).
Pythia: Name der weissagenden Priesterin im Orakel von Delphi.

Sebastian Melmoth

Erstdruck in *Der Tag*, Berlin 9.3.1905.

490 *Oscar Wilde … Melmoth*: Der bes. durch seine Gesellschaftskomödien erfolgreiche engl. Schriftsteller Oscar W. (1854–1900) wurde in einem von ihm selbst als Verleumdungsklage initiierten Prozeß wegen homosexueller Beziehungen zu einer zweijährigen Gefängnisstrafe mit Zwangsarbeit verurteilt, die er in u. a. im Gefängnis von Reading verbüßte (1895–1897), und verbrachte den Rest seines Lebens unter dem Pseudonym Sebastian M. hauptsächlich in Frankreich (s. a. Anm. zu *Das Märchen der 672. Nacht*, S. 66–84).
Bakchosmaske: Bakchos ist ein anderer Name für den gr. Gott der Fruchtbarkeit und der Ekstase Dionysos, der in der Regel als efeubekränzter Jüngling dargestellt wird.
Domino: schwarzseidener, die ganze Gestalt einhüllender Maskenmantel in Venedig.
Betrachtung … Lügens: Wildes Essay *The Decay of Lying* (1889; *Der Verfall des Lügens*).
»Der Fächer der Lady Windermere«: Wildes Gesellschaftskomödie *Lady Windermere's Fan* (1892).
»Salome«: Wildes auf Frz. geschriebene Tragödie *Salomé* (1893).
»Ballade des Kerkers von Reading«: Wildes nach der Entlassung aus der Haft verfaßtes Gedicht *The Ballad of Reading Goal* (1898), zuerst nur mit seiner Gefangenennummer C.3.3 gezeichnet.
»De profundis«: Wildes während der Haft in Briefform verfaßter autobiographischer Bericht (zuerst postum 1905 in gekürzter Form veröffentlicht).

491 *Walter Pater*: engl. Schriftsteller (1839–1894), dessen Ästhetizismus Wilde stark beeinflußt hat.

492 *insultierte*: (frz.) beleidigte, beschimpfte.
Queensberry: John Sholto Douglas, Marquess of Queensberry

(1844–1900), gegen den Wilde eine Verleumdungsklage anstrengte.

493 *Dschellaledin Rumi … tötet.«*: a. Djalal od-Din Rumi (1207–1273), bedeutendster Dichter der persisch-islamischen Mystik.

»Wer … tötet.«: Endzeilen eines Ghasels (s. Anm. zu S. 8) von Rumi, die in der Übersetzung von Friedrich Rückert lauten: »Wer die Kraft des Reigens kennt, lebt in Gott, / Denn er weiß, wie Liebe tötet. Allah hu!«

»Tausendundeine Nacht«

Erstdruck in *Der Tag*, Berlin 25.11.1906, geschrieben als Einleitung zu *Die Erzählungen aus den Tausend und ein Nächten. Erste vollständige deutsche Ausgabe in zwölf Bänden auf Grund der Burtonschen englischen Ausgabe besorgt von Felix Paul Greve.* Erster Band. Leipzig: Insel Verlag 1907.

495 *Rembrandt*: der niederl. Maler R. Harmensz van Rijn (1606–1669).

Tizian: vgl. Anm. zu S. 315.

498 *Geschichte von Allischar … Summurud*: Die Geschichte umfaßt die 308. bis 327. Nacht der Erzählungen aus *Tausendundeine Nacht*.

499 *Homer*: gr. Dichter (8. Jh. v. Chr.).

Dante: der ital. Dichter D. Alighieri (1265–1321).

500 *Lope de Vega*: der span. Dichter Lope Félix de Vega Carpio (1562–1635).

501 *Stendhal*: s. Anm. zu S. 404 und zu *Lucidor*.

Es ist … zu lesen: Bezug genommen wird wohl auf Stendhals Eintrag *Lyon, le 7 juin 1837* der *Mémoires d'un touriste* (1838), wo als Beschreibung des Paradieses u. a. »Oublier tous les mois les *Mille et une Nuits*« (Jeden Monat die *Tausendundeine Nacht* vergessen) angeführt wird.

Balzac

Erstdruck in *Der Tag*, Berlin 22. u. 24.3.1908, geschrieben als Einleitung zu einer dt. Ausgabe der *Menschlichen Komödie* (s. Anm. S. 307), erschienen im ersten Bd. *Ein Junggesellenheim*, Leipzig: Insel Verlag 1908.

502 *Balzac*: s. Anm. zu S. 307.

503 *Les illusions perdues*: Roman in drei Teilen (1837, 1839, 1844; *Verlorene Illusionen*).

La vieille fille: der Roman *Die alte Jungfer* (1836).

504 *»Hermann und Dorothea«*: Goethes Versepos (1797).
»Wilhelm Meister«: Goethes Romane *Wilhelm Meisters Lehrjahre* (1795/96) bzw. *Wilhelm Meisters Wanderjahre* (1821/1829).
»Wahlverwandtschaften«: Goethes Roman *Die Wahlverwandtschaften* (1809).
Mignon: kindlich-weibliche Figur in Goethes *Wilhlem Meisters Lehrjahre.*
Ottilie: eine der Hauptfiguren in Goethes *Wahlverwandtschaften.*

505 *Comédie humaine*: (frz.) *Menschliche Komödie* (s. Anm. zu S. 307).
Briefwechsel ... Arbeitsleistung: Gemeint sind die zahlreichen Briefe Balzacs an Frau von Hanska (s. Anm. zu S. 321).
Peau de chagrin: der Roman *La Peau de Chagrin* (1831; *Das Chagrinleder*).
Goriot: eine Hauptfigur des Romans *Le père Goriot* (1834/35; *Vater Goriot*).
Walter Scott: schott. Schriftsteller (1771–1832), bekannt für seine historischen Romane.
Chouans: der Roman *Les Chouans ou la Bretagne en 1799* (1829; *Die Chouans oder die Bretagne im Jahr 1799*).
L'Auberge Rouge: die Erzählung *Die rote Herberge* (1831).
El Verdugo: Erzählung (1830).
Rubempré: Lucien de Rubempré ist eine Figur der *Menschlichen Komödie* und Hauptfigur der *Verlorenen Illusionen.*
Rastignac: Eugène de Rastignac ist eine Figur der *Menschlichen Komödie* und eine der Hauptfiguren in *Vater Goriot.*
Le Lys dans la vallée: der Roman *Die Lilie im Tal* (1836).
Savarus: der Roman *Albert Savarus* (1842).
Modeste Mignon: der Roman *Modeste Mignon ou les trois amoureux* (1844; *Modeste Mignon oder die drei Liebhaber*).

506 *Cousine Bette*: der Roman *La Cousine Bette* (1846; *Kusine Lisbeth*).
Contes Drôlatiques: die von Kurzerzählungen des Mittelalters und der Renaissance inspirierte Sammlung von Erzählungen *Les cent contes drôlatiques* (1832–53; *Die hundert tolldreisten Geschichten*).
César Birotteau: der Roman *Histoire de la grandeur et de la décadence de César Birotteau* (1838; *Geschichte der Größe und des Verfalls von César Birotteau*).
»Wilhelm ... Seele«: Buch 6 von Goethes *Wilhelm Meisters Lehrjahre* trägt den Titel »Bekenntnisse einer Schönen Seele« (vgl. Anm. zu S. 354).

Séraphitus-Séraphita: androgyne Hauptfigur in Balzacs Erzählung *Séraphita* (1835).

507 *Louis Philippe*: (1773–1850), war als sog. Bürgerkönig von 1830–48 König von Frankreich.

Salon ... Welt tut: vgl. den ersten Teil *Les deux poètes* (*Die zwei Dichter*) des Romans *Illusions perdues* (*Verlorene Illusionen*).

Madame de Bargeton: Figur aus *Illusions perdues* (*Verlorene Illusionen*).

Julikönigtum: Königtum von Louis Philippe, der durch die Julirevolution 1830 an die Macht kam.

de Marsay: Henri de Marsay ist eine Figur der *Menschlichen Komödie* und die Hauptfigur der Erzählung *La fille aux yeux d'or* (1834/35; *Das Mädchen mit den Goldaugen*).

508 *Une passion dans le désert*: die Novelle *Eine Leidenschaft in der Wüste* (1830).

das eine berühmte Buch gleichen Namens: wohl der Essay *De l'amour* (1822; *Über die Liebe*) von Stendhal (s. Anm. zu S. 404).

509 *Faiseur*: (frz.) Macher.

Delacroix: der frz. Maler und Grafiker Eugène D. (1798–1863).

Chef-d'œuvre inconnu: s. Anm. zu S. 315.

Louis Lambert: der Roman *Louis Lambert* (zuerst 1832, bis 1842 mehrfach ergänzt).

Physiologie der Ehe: die Abhandlung *Physiologie du mariage* (1829).

511 *Infinitis modis*: (lat.) auf unendliche Art und Weise.

Πάντα ῥεῖ: (gr.) Alles fließt (Pánta rheî).

Don Quixote: s. Anm. zu S. 397.

Baron Hulot: eine Hauptfigur des Romans *La Cousine Bette.*

512 *Philomène ... Savarus*: vgl. den Roman *Albert Savarus.*

513 *»Gemetzel ... Dante«*: zwei Gemälde von E. Delacroix (s. Anm. zu S. 509).

Daumier: s. Anm. zu S. 486.

Gebilde Rodins: die von dem frz. Bildhauer Auguste Rodin (1840–1917) nach langer Arbeit 1898 fertiggestellte Skulptur für ein Denkmal Balzacs.

514 *Vautrin*: Figur der *Menschlichen Komödie*, bes. in *Le père Goriot* (1834/35; *Vater Goriot*) und *Splendeurs et Misères des Courtisanes* (1838–1844; *Glanz und Elend der Kurtisanen*).

Stenbock: Gemeint ist wohl die Figur des Bildhauers Steinbock aus *La Cousine Bette* (*Kusine Lisbeth*).

Eugénie Grandet: Titelfigur des gleichnamigen Romans (1834).

Frenhofer: Hauptfigur der Erzählung *Le Chef d'œuvre inconnu* (*Das unbekannte Meiserwerk*).
Taine: der frz. Philosoph, Historiker und Kulturkritiker Hippolyte T. (1828–1893).

515 *Novalis*: der frühromantische dt. Dichter Friedrich von Hardenberg, gen. N. (1772–1801).
Swedenborg: der schwed. Naturforscher und Theosoph Emanuel von S. (1688–1772).
Lamarck: der frz. Naturforscher Jean Baptiste Pierre de Monet, Ritter von L. (1744–1829).
Robert Mayers: der dt. Arzt und Physiker Julius Robert von M. (1814–1878).
vraie vérité: (frz.) wahre Wahrheit.
Recherche de l'absolu: der Roman *La recherche de l'absolu* (1834; *Die Suche nach dem Absoluten*).
»Fragmenten« des Novalis: philos.-naturwiss.-aphoristische Schriften des N.
Claes: Hauptfigur des Romans *La recherche de l'absolu* (*Die Suche nach dem Absoluten*).

516 *König Lear*: die Hauptfigur in Shakespeares gleichnamiger Tragödie.
Odysseus: die Hauptfigur der *Odyssee* des Homer.
Homerischen Achilles: vgl. die *Ilias* des Homer.
Nausikaa: vgl. Homer, *Odyssee* VI.

517 *Fra Angelico*: s. Anm. zu S. 464.

Über die Pantomime

Erstdruck in *Süddeutsche Monatshefte* (9. Jg., 1. Bd.), München, Oktober 1911.

518 Περὶ ὀρχήσεως: die in Dialogform verfaßte Schrift *Über den Tanz* (Perì orchéseos) des gr. Schriftstellers und Satirikers Lukian (um 120 – nach 180). Die Zitate des Aufsatzes stammen aus dieser Schrift.

519 *Ruth St. Denis*: am. Tänzerin (1879–1968), war richtungweisend für den modernen Ausdruckstanz.
Nijinsky: der russ. Tänzer und Choreograph Vaclav N. (1889–1950), gehört zu den Begründern des modernen Balletts.
Sada Yakko: jap. Geisha (1871–1946), die zusammen mit der Theatertruppe ihres Mannes Kawakami Otojiro (1864–1911) auf einer Amerika- und Europareise (bes. 1900 bei der Weltausstellung in Paris) als Schauspielerin und Tänzerin große Erfolge feierte.

Schauspielerin … Kameliendame«: Das Drama *La dame au camélias* (1848; *Die Kameliendame*) des frz. Schriftstellers Alexandre Dumas des Jüngeren (1824–95) war eine der Paraderollen der ital. Schauspielerin E. Duse (vgl. S. 484–489).

Blick auf Jean Paul, 1763–1913

Erstdruck in *Neue Freie Presse*, Wien 23.3.1913, zum 150. Geburtstag von Jean Paul (21.3.)

522 *Jean Paul*: dt. Schriftsteller (1763–1825) der Frühromantik.
»Stärke … durcheinander«: nach der Vorrede (*III. Mannigfaltigkeit der Sammlung*) zu *Deutsche Sagen*, hrsg. von den Brüdern Grimm (1816).
der strenge Grillparzer: Bezug genommen wird möglicherweise auf die folgende Stelle der *Selbstbiographie* (entst. 1853) F. Grillparzers (s. Anm. zu S. 307): »Jean Paul hatte, im Gegensatz von Tieck, eine wirkliche und wahre Empfindung; er ging ihr aber als einem Genußmittel nach und verfiel dadurch in Empfindelei. Da nun zugleich seine Phantasie nicht gleichen Schritt hielt, so geriet er, sooft die Empfindung vorherrschte, in Nebelgestalten, und wenn er objektiv sein wollte, auf Gemeinheiten. Nur in seinen Stilleben gelang es ihm beide zu vereinigen und da ist er auch vortrefflich.« (in F. Grillparzer: *Sämtliche Werke*, hrsg. von P. Frank und K. Pornbacher, Bd. 4, München 1965, S. 134).

523 *»Anachoreten … liegt«*: nach *Die Christenheit oder Europa* (1799) von Novalis (s. Anm. zu S. 515): »Die tiefe Bedeutung der Mechanik lag schwer auf diesen Anachoreten in den Wüsten des Verstandes.«
Jean … suchte: vgl. *XII. Programm: Über den Roman, § 72: Der poetische Geist in den drei Schulen der Romanenmaterie, der italienischen, der deutschen und niederländischen* von Jean Pauls *Vorschule der Ästhetik* (1804).
Titan: der Roman *Titan* (1800–1803).
Hesperus: der Roman *Hesperus oder die 45 Hundsposttage* (1795).

524 *Siebenkäs*: der Roman *Blumen-, Frucht- und Dornenstücke oder Ehestand, Tod und Hochzeit des Armenadvokaten F. ST. Siebenkäs* (1796/97).
Quintus Fixlein: die humoristische Idylle *Leben des Quintus Fixlein* (1796).
Jubelsenior: die Idylle *Der Jubelsenior* (1797).
Leben … Auenthal: die Erzählung *Leben des vergnügten Schulmeisterlein Maria Wuz in Auenthal* (1793).

525 *Stifter*: der österr. Schriftsteller Adalbert S. (1805–1868).
Hebbel: der dt. Dichter Friedrich H. (1813–1863).
Heine: der dt. Dichter und Publizist Heinrich H. (1797–1856).

Goethes »West-östlicher Divan«

Erstdruck in *Neue Freie Presse*, Wien 25.12.1913.

527 *Goethes »West-östlicher Divan«*: Goethes Gedichtzyklus (1819/27) ist eingeteilt in: Buch des Sängers, Buch Hafis, Buch der Liebe, Buch der Betrachtungen, Buch des Unmuths, Buch der Sprüche, Buch des Timur, Buch Suleika, Das Schenkenbuch, Buch der Parabeln, Buch des Paradieses.
Das ... Goethe: aus dem Abschnitt *Über Kunst und Altertum. Vierten Bandes zweites Heft (1823)* der unter dem Titel *Maximen und Reflexionen* 1907 von Max Hecker herausgegebenen Sammlung Goethescher Aphorismen.
»obere Leitende«: s. *Noten und Abhandlungen zu besserem Verständnis des West-östlichen Divans*, Kap. *Allgemeinstes*: »Der höchste Charakter orientalischer Dichtkunst ist, was wir Deutsche *Geist* nennen, das Vorwaltende des oberen Leitenden [...]«.

530 *Hermann und Dorothea*: Goethes Versepos (1797).
Meister: Goethes Romane *Wilhelm Meisters Lehrjahre* (1795/96) bzw. *Wilhelm Meisters Wanderjahre* (1821/1829).
Faust: Goethes Tragödie in zwei Teilen (1808, 1832).

Worte zum Gedächtnis des Prinzen Eugen

Erstdruck in *Neue Freie Presse*, Wien 25.12.1914.

532 *Prinzen Eugen*: der österr. Heerführer Prinz von Savoyen-Carignan (1663–1736). Er floh 1683 in das Heer des österr. Kaisers, weil er vom frz. König Ludwig XIV. zur geistlichen Laufbahn bestimmt und nicht in die Armee aufgenommen worden war. Er nahm am Großen Türkenkrieg (1683–99) teil, erhielt ein eigenes Dragonerregiment, wurde mehrfach befördert, übernahm 1697 den Oberbefehl und schlug das osmanische Heer in der entscheidenden Schlacht bei Zenta (11.9.1697) an der Theiß. Im Spanischen Erbfolgekrieg (1701–1713/14) haben seine gegen die Franzosen errungenen Siege von Carpi und Chiari (1701) zum Abschluß der Haager Großen Allianz (1701) zwischen Österreich, Großbritannien, den Niederlanden, Portugal und Teilen des Deutschen Reiches beigetragen. Zusammen mit den engl. Trup-

pen unter dem Kommando des Herzogs von Marlborough errang er die Siege von Höchstädt/Donau (13.8.1704), Turin (7.9.1706), Oudenaarde (11.7.1708) an der Schelde in Ostflandern sowie von Malplaquet (11.9.1709) in Nordfrankreich. Eugen wurde 1707 vom Reichstag zum Reichsfeldmarschall ernannt, führte 1709 im Auftrag des Kaisers die Verhandlungen zum Haager Friedenspräliminar und 1714 die zum Frieden von Rastatt (7.3.) und Baden (8.9.). Den folgenden Türkenkrieg (1714/16–1718) entschied er nach den Siegen von Peterwardein (5.8.1716; Petrovaradin ist heute ein Teil der serb. Stadt Novi Sad) und Temesvar (in der Banater Ebene in Rumänien, 1716) mit der Belagerung und Einnahme der Festung Belgrad (16.8.1717). Aufgrund von höfischen Intrigen verzichtete Eugen 1725 auf das Generalgouvernement der Österreichischen Niederlande, das er 1716 übernommen hatte. Neben seinen herausragenden militärischen und politischen Fähigkeiten galt Eugen als Freund der Kunst und der Wisenschaft, z.B. durch seine angesehene Bibliothek, den Bau des Stadtpalais und von Schloß Belvedere in Wien sowie durch seine Kontakte zu Persönlichkeiten wie Leibniz oder Voltaire. Unter dem Namen *Prinz Eugen, der edle Ritter* werden mit seiner Gestalt viele Anekdoten, Lieder und Gedichte verbunden.

Wenn … den Großen: aus Goethes Übersetzung der in Berlin gehaltenen Rede *La gloire de Frédéric* (1807; *Friedrichs Ruhm*) des schweiz. Historikers Johann von Müller (1752–1809), erschienen im *Morgenblatt für gebildete Stände* (1807).

533 *Preußen … Friedrich*: der preußische König Friedrich II., der Große (1712–1786).

Arkanum: (lat.) Geheimnis.

534 *Richelieu*: der frz. Kardinal und Staatsmann Armand-Jean du Plessis, Herzog von R. (1585–1642), der unter Ludwig XIII. Erster Minister im Staatsrat war.

Wallenstein: der Feldherr des Dreißigjährigen Krieges Albrecht Wenzel Eusebius von W. (1583–1634).

Kurfürst Friedrich Wilhelm von Brandenburg: Der sog. Große Kurfürst (1620–1688) schuf die Grundlagen für die Großmachtstellung Preußens.

Wilhelm von Oranien: der Statthalter von Holland, Seeland und Utrecht (1533–1584), der durch seine Auflehnung gegen die span. Herrschaft als Begründer der niederl. Unabhängigkeit gilt.

535 *Beide Sizilien*: »Königreich beider Sizilien« war eigtl. erst ab

1816 die Bezeichnung für die Vereinigung von Neapel und Sizilien.
Barbareskenstaaten: westeurop. Bezeichnung für die Länder Algerien, Tunesien und Tripolitaninen.

536 *Rovereto*: ital. Stadt in der Provinz Trient.
Veroneser Klause: von der Etsch durchflossener Engpaß der Südalpen.

537 *Alexander*: der Herrscher des mazedonischen Reiches A. der Große (356–323 v. Chr.).
Hannibal: karthagischer Feldherr und Staatsmann (247/46–183 v. Chr.).
Cäsar: der röm. Staatsmann und Feldherr Gaius Julius Caesar (100–44 v. Chr.).
Gustav Adolf Friedrich: Gemeint ist wohl der am Dreißigjährigen Krieg beteiligte schwed. König Gustav Adolf II. (1594–1632).
Syrmien: Landschaft zw. Donau und Save in Serbien.
Banat: historische Landschaft in Rumänien, Ungarn, Serbien zw. den Flüssen Theiß, Donau und Maros sowie den Karpaten mit Temesvar als größter Stadt.
Wasdiner Grenzer: Warasadin (Varaždin), kroatische Stadt an der Drau.
Banater Schwaben: Bezeichnung für die 1722–87 im Banat angesiedelten Deutschen.

538 *Save*: bei Belgrad mündender rechter Nebenfluß der Donau.
»Mon Dieu«: (frz.) Mein Gott.
»Avancez!«: (frz.) Vorwärts!

539 *Arbeit des Herkules*: Nach der gr. Mythologie mußte Herakles (Herkules) zwölf äußerst schwierige Arbeiten verrichten.
Anciennität: (frz.) svw. das schon sehr lange Bestehende.
Mantua: ital. Stadt in der Poebene.

Österreich im Spiegel seiner Dichtung

Rede gehalten zuerst in Warschau (7.7.1916), dann in Wien (21.10.1916), Berlin (3.3.1917), Zürich (31.3.1917) und München (4.4.1917). Erstdruck in *Neue Freie Presse*, Wien 15. u. 16.11.1916.

541 *Haydn*: der österr. Komponist Franz Joseph H. (1732–1809).
Mozart: der österr. Komponist Wolfgang Amadeus M. (1756–1791).
Schubert: der österr. Komponist Franz S. (1797–1828).
Strauß: die österr. Komponisten Johann S. Vater (1804–1849) und Johann S. Sohn (1825–1899).

Lanner: der österr. Komponist Joseph L. (1801–1843).
Grillparzer: s. Anm. zu S. 307.
Raimund: der österr. Schriftsteller und Schauspieler (bes. Volkskomödien) Ferdinand Jakob R. (1790–1836).
Nestroy: der österr. Schriftsteller und Schauspieler (bes. Volkskomödien) Johann Nepomuk N. (1801–1862).
Anzengruber: der österr. Schriftsteller (bes. Bauerndramen und -komödien) Ludwig A. (1839–1889).
Rosegger: der österr. Schriftsteller (bes. den Gegensatz zw. Stadt und Land thematisierende Erzähltexte) Peter R. (1843–1918).
Stifter: s. Anm. zu S. 525.

542 *»Zauberflöte«*: Oper von Mozart nach einem Libretto von Emanuel Schikaneder (1751–1812).
einem Goethe … schaffen: Goethes Fragment *Der Zauberflöte zweiter Teil* (1802).
Drahomira: legendenumwobene böhm. Fürstin (881–937), mit Vratislav I. verheiratet und nach dessen Tod Regentin.
»Meinen … habe«: nicht nachgewiesen.
Kanevas: Bezeichnung für die Einteilung des Stoffes in der ital. Stegreifkomödie.
»Ahnfrau«: s. Anm. zu S. 307.
»Traum ein Leben«: Grillparzers dramatisches Märchen *Der Traum ein Leben* (1834).
Libussa: Grillparzers Trauerspiel (1872).

543 *Kreuzelschreibern*: L. Anzengrubers Bauernkomödie *Die Kreuzelschreiber* (1872), s. a. Anm. zu S. 541.
Faust: Goethes Tragödie in zwei Teilen (1808, 1832).
Kotzebue: der dt. Dramatiker August von K. (1761–1819).
cum grano salis: (lat.) »mit einem Körnschen Salz«, d.h. mit gewissen Einschränkungen.
Kaisers Franz: (1708–1765), der Großherzog von Toskana (seit 1737) blieb als Kaiser und Mitregent (seit 1740) seiner Frau Maria Theresia (s. Anm. zu S. 561) ohne politischen Einfluß.

544 *Tiroler Volksaufstand*: der von Andreas Hofer (1767–1810) angeführte Aufstand gegen die bayrische Herrschaft (1809).
Kant: der dt. Philosoph Immanuel K. (1724–1804).
Hölderlin: der dt. Dichter Friedrich H. (1770–1843).
Nietzsche: s. Anm. zu S. 33.
Rosegger hat … Steiermark«: nicht nachgewiesen.

545 *Gottschee*: die slow. Stadt Koč evje, bis 1941 Mittelpunkt einer dt. Sprachinsel.

Banat: s. Anm. zu S. 537.
siebenbürgische Sachsenschaft: dt. Volksgruppe in der Landschaft Siebenbürgen im heutigen Rumänien.
Josefinismus: eine auf den österr. Kaiser Joseph II. (1741–1790) zurückgehende, von der kath. Aufklärung und der Idee des aufgeklärten Absolutismus bestimmte Haltung.
Zürcher … Keller: der schweiz. Schriftsteller Gottfried Keller (1819–1890), der 1861–1876 das Amt des Ersten Staatsschreibers der Stadt Zürich bekleidete.
schwäbischen … Mörike: der dt. Schriftsteller und ev. Pfarrer Eduard M. (1804–1875).
der alte … Garten: eine Hauptfigur in Stifters Roman *Der Nachsommer* (1857).
der heimgekehrte … Heidedorf: eine Hauptfigur in Stifters Erzählung *Das Haidedorf* (1840).
Brigitta … Pußta: eine Hauptfigur in Stifters Erzählung *Brigitta* (1844/47)
der Hagestolz … Insel: eine Hauptfigur in Stifters Erzählung *Der Hagestolz* (1845/50)
546 *Bunte Steine … Turmalin*: Stifters Sammlung von Erzählungen *Bunte Steine* (1853) enthält u. a. die Texte *Granit, Turmalin* und *Bergkristall.*
ancien régime: (frz.) alte Regierungsform; Bezeichnung für die polit.-gesellschaftl. Verhältnisse im Europa des 17./18. Jh.s mit der privilegierten Adelsschicht.
Maria Theresias: s. Anm. S. 561.
Prinz Eugens: s. Anm. zu S. 532.
Kaiser Josefs: der österr. Kaiser Joseph II. (1741–1790).
Schwarzenberger: Die Schwarzenbergs waren ein Adelsgeschlecht mit reichem Besitz in der Steiermark, Krain und Böhmen.
Melker Stiftsuntertan: Stift Melk war und ist ein bedeutendes Benediktinerkloster an der Donau in Niederösterreich.
Gruppe Pflanzer-Baltin: multinationale Armeegruppe unter dem Oberbefehl von Karl Freiherr von Pflanzer-Baltin (1855–1925), die im 1. Weltkrieg an der russ. Front kämpfte.
Huzulenpferd: Die Huzulen sind ein ukrainische Volksgruppe (südöstl. Waldkarpaten bis Ungarn).
Pinzgauer: Pferde aus der Pferdezucht der österr. Region Pinzgau an der oberen Salzach und oberen Saalach.
Ruthenen: frühere Bezeichnung für Ukrainer.
Steirer: Pferde aus der Steiermark.
der arme Spielmann: Hauptfigur in Grillparzers Erzählung *Der arme Spielmann* (1848).

Rudolf II.: Hauptfigur in Grillparzers Trauerspiel *Ein Bruderzwist in Habsburg* (1848/1872).
Waldschulmeister: Hauptfigur in Roseggers Roman *Die Schriften eines Waldschulmeisters* (1875).
Pichler … Berghütte: das national und antiklerikal geprägte, kleine Epos *Der Hexenmeister* (1871) des österr. Mineralogen und Schriftstellers Adolf P. (1819–1900).

547 *»Man … ganze«*: aus dem Gedicht *Abschied von Wien* (1843) von Grillparzer (s. Anm. zu S. 307).
Viktor … Salz: Bezug genommen wird auf *Das Salz. Eine kulturhistorische Studie* (1873) des baltischen Kulturhistorikers V. Hehn (1813–1890).
Salzkammergut: österr. Alpenlandschaft im Gebiet der oberen Traun, gehört zu Oberösterreich, Salzburg und Steiermark.
Hall: Bad Hall ist ein Kurort im oberösterr. Alpenvorland.
Hallein: österr. Stadt an der Salzach südl. von Salzburg.
Reichenhall: Bad R. ist ein bayrisches Heilbad im Berchtesgadener Land.
Wieliczka: poln. Stadt im Karpatenvorland.
Hallstatt: Ort am Hallstätter See im Salzkammergut.
Ein Bruderzwist im Hause Habsburg: Grillparzers Trauerspiel *Ein Bruderzwist in Habsburg* (1848/1872).
Vademekum: (lat.) »geh mit mir«, Ratgeber (in Buchform).

548 *Jungfrau von Orléans*: die frz. Nationalheldin Jeanne d'Arc bzw. Johanna von Orléans (zw. 1410 u. 1412–1431), die sich im Hundertjährigen Krieg dazu berufen fühlte, Frankreich von den Engländern zu befreien.
Ludwig XIV.: frz. König (1638–1715) mit dem Beinamen »Der Sonnenkönig«.
Heinrich IV.: der erste frz. König aus dem Hause Bourbon (1553–1610), der versuchte die Auswirkungen des Bürgerkriegs – seine Hochzeit mit Margarete von Valois hatte zur Bartholomäusnacht geführt – durch Stärkung der Zentralgewalt zu überwinden und damit den Grundstein für den absolutistischen Staat legte.
Napoleon: Napoleon Buonaparte (1769–1821), Kaiser der Franzosen 1804–1814/15.

549 *Ranke*: der dt. Historiker und Mitbegründer der modernen Geschichtswissenschaften Leopold R. (1795–1886).

550 *Bismarck … Erinnerungen«*: die autobiographischen Schriften des dt. Staatsmannes und Reichskanzlers Otto Fürst von Bismarck (1815–1898).

Shakespeare und wir

Erstdruck in *Neue Freie Presse,* Wien 23.4.1916, zum 300. Todestag (23.4.) des engl. Dichters William Shakespeare (1564–1616).

554 *»Shakespeare ... Ende«*: Goethes Aufsatz *Shakespeare und kein Ende!* besteht aus 3 Teilen: I. Shakespeare als Dichter überhaupt, II. Shakespeare, verglichen mit Alten und Neusten (beide entst. 1813), III. Shakespeare als Theaterdichter (entst. 1815).

Tieck: der dt. Schriftsteller Johann Ludwig T. (1773–1853).

»daß man ... sollten«: aus Goethes Aufsatz *Shakespeare und kein Ende!*

»Romeo und Julia«: Shakespeares Tragödie (1597).

555 *Gluck*: der österr. Komponist Christoph Willibald G. (1714–1787).

Proserpina: Goethes Monodrama (1778), das er möglicherweise zum Tod der Nichte und Pflegetochter Glucks geschrieben hat, das aber von Karl Siegmund von Seckendorf (1779) und von Carl Eberwein (1815) vertont wurde.

Fortsetzung der »Zauberflöte«: Goethes Fragment *Der Zauberflöte zweiter Teil* (1802).

Spontini: der ital. (Opern-)Komponist Gaspare S. (1774–1851).

Meyerbeer: der in Paris lebende dt. (Opern-)Komponist Giacomo M. (1791–1864).

Schröder: der dt. Schauspieler und Theaterleiter Friedrich Ludwig S. (1744–1816), war als ausdrucksstarker Shakespeare-Darsteller bekannt.

Anschütz: der dt. Schauspieler Heinrich A. (1785–1865), der bes. als Falstaff und Lear am Wiener Burgtheater Erfolg hatte.

Lear: die Hauptfigur in Shakespeares Tragödie *König Lear* (um 1606).

Falstaff: eine Hauptfigur in Shakespeares Komödie *The Merry Wives of Windsor* (wohl 1597; *Die lustigen Weiber von Windsor*) und in *König Heinrich IV.* (1598/1600).

»keineswegs ... heranzuziehen«: nach Johann Peter Eckermanns *Gespräche mit Goethe,* Teil 3, 11.3.1832.

»Götz«: Goethes Schauspiel *Götz von Berlichingen mit der eisernen Hand* (1773).

»Emilia Galotti«: Lessings bürgerliches Trauerspiel (1772).

Zaubermärchen ... Raimunds: Die Dramen des österr. Schriftstellers und Schauspielers Ferdinand Jakob R. (1790–1836) enthalten in der Regel Elemente des Zauberstücks.

556 *Reinhardt*: der mit Hofmannsthal befreundete Schauspieler, Regisseur und Theaterleiter Max R. (1873–1943).
Garrick: der für seine natürliche Darstellung von Shakespeare-Figuren berühmte engl. Schauspieler und Theaterleiter David G. (1716–1779).
Kemble: der engl. Schauspieler und Theaterleiter John Philip K. (1757–1823), als Shakespeare-Darsteller bekannt.
Salvini: der ital. Schauspieler Tommaso S. (1829–1915), der u.a. als Hamlet und Othello Gastpiele in der ganze Welt gab.
Rossi: der ital. Schauspieler Ernesto R. (1827–1896), der durch seine Rollenarbeit Shakespeare in den romanischen Ländern populärer machte.
»Falstaff«: Gemeint ist die Komödie *Die Lustigen Weiber von Windsor.*
»Was ihr wollt«: Shakespeares Komödie *Twelfth Night; or What You Will* (wohl 1601/02).
Prospero … Caliban: Figuren aus Shakespeares Drama *The Tempest* (1610/11; *Der Sturm*).
557 *Hamlet mit Horatio*: Figuren aus Shakespeares Tragödie *Hamlet, Prince of Denmark* (1603/1604).
Brutus mit Cassius: Figuren aus Shakepeares Drama *Julius Caesar* (1598/99).
Antonio mit Bassanio: Figuren aus Shakepeares Drama *The Merchant of Venice* (um 1600; *Der Kaufmann von Venedig*).
in infinitum: (lat.) bis ins Unendliche, unaufhörlich.
»Die erste … erweitert«: aus Goethes Rede *Zum Shäkespears Tag* (1771).
558 *Hamlet und Ophelia*: Figuren aus Shakespeares Tragödie *Hamlet.*
Macbeth und seine Frau: Figuren aus Shakespeares Tragödie *Macbeth* (1606).
Coriolan und der Pöbel: Figuren aus Shakespeares Drama *Coriolanus* (wohl 1608).
Brutus und Cäsar: Figuren aus Shakepeares Drama *Julius Caesar* (1598/99).
Schlegels Übersetzung: die ca. 1790–1840 entstandene, in der Regel als Schlegel-Tieck-Übersetzung bezeichnete Übertragung von Shakespeares Werk, die von August Wilhelm Schlegel begonnen und von Tieck unter Mitwirkung von Wolf Graf Baudissin und Dorothea Tieck zu Ende gebracht wurde.
559 *»der die … verschwätzt«*: nach Teil 1 von *Shakespeare und kein Ende!*
Rune: altger. Schriftzeichen, a. Zauberzeichen.

Maria Theresia
Erstdruck in *Neue Freie Presse*, Wien u. Vossische Zeitung, Berlin 13.5.1917, zum 200. Geburtstag Maria Theresias (13.5.).

561 *Maria Theresia*: (1717–1780), die Erbtochter Kaiser Karls VI. wurde seit der Wahl ihres Gatten zum Kaiser Franz I. auch als Kaiserin bezeichnet. Nach dem Tod ihres Vaters übernahm Maria Theresia die Regierung der habsburgischen Gesamtlande, verlor jedoch im Österreichischen Erbfolgekrieg (1740–48) Schlesien an Preußen und konnte es auch im Siebenjährigen Krieg (1756–63) nicht zurückgewinnen. Gegen ihren Widerstand erfolgte auf Betreiben von Fürst Kaunitz (s. u.) und ihrem Sohn und Mitregenten Joseph II. (seit 1765) die 1. Teilung Polens; Galizien (1772) und die Bukowina (1775) fielen an Österreich. In ihre Regierungszeit fallen die Reform des Heeres, die sog. theresianische Staatsreform (Reform der inneren Verwaltung mit Schaffung neuer Landesbehörden und einer einheitlichen Zentralgewalt), die Reform der Justiz mit der Schaffung eines neuen Strafgesetzbuchs (1768; *Theresiana*), die Abschaffung der Folter (1776), die Milderung der bäuerlichen Leibeigenschaft, die Aufhebung der Steuerfreiheit von Adel und Klerus und die Gründung des Volksschulwesens. Zudem förderte sie Industrie und Handel. Durch ihre Frömmigkeit und Mütterlichkeit (sie gebar 16 Kinder) galt sie als volkstümliche Herrscherin.

Der Staat ... Müller: aus der Vorlesung *Von der Idee des Staates und ihren Verhältnissen zu den populären Staatstheorien* (1809) des Staats- und Gesellschaftstheoretikers Adam Heinrich M. (1779–1829); s. a. S. 700.

Semiramis: sagenumwobene Königin von Assyrien im 10.–9. Jh. v. Chr.

Katharina von Rußland: K. II., die Große (1729–1796), Kaiserin von Rußland (seit 1762).

Elisabeth von England: Elisabeth I. (1533–1603), Königin von England (seit 1558).

562 *»Die großen ... Person«*: aus Kap. 5 *Das Individuum und das Allgemeine* von Burckhardts *Weltgeschichtliche Betrachtungen* (s. Anm. zu S. 693), S. 176.

563 1747 ... *Welt.«*: nach den diplomatischen Berichten des königl. Gesandten am österr. Hof Otto Christoph Graf von Podewils (1719–81), Bericht vom 18.1.1747.

564 *›Le roi ... pas‹*: (frz.) »Der König herrscht, er regiert nicht.«

565 *herablassend*: sich einem in der Ordnung niedriger Stehenden zuwenden.

Rankünе: (frz.) Groll, Rachsucht.
en vigueur: (frz.) hier: bei Kräften.
566 *Janusgesicht*: Janus ist der altröm. Gott des Torbogens, der immer mit einem Doppelantlitz dargestellt wird.
567 *Fürst Kaunitz*: Wenzel Anton Reichsfürst von Kaunitz-Rietberg (1711–1794) war als Staatskanzler 1753–93 für die österr. Außenpolitik zuständig.
568 *Stephanskirche*: der Stephansdom im Zentrum Wiens.
569 *Brief ... kam*: Es wird berichtet, daß Maria Theresia der polit. einflußreichen Mätresse des Königs Ludwig XV. von Frankreich, Jeanne Antoinette Poisson, Marquise de P. (1721–1764), durch Kaunitz (s. Anm. zu S. 567) ein kostbares Geschenk überreichen ließ, um die Beziehungen zw. Österreich und Frankreich zu verbessern.
Placet: (lat.) »es gefällt«, Ausdruck des Einverständnisses.
570 *Josefinische*: s. Anm. zu S. 545 *Josefinismus*.
Augustus: Beiname des ersten röm. Kaisers Gaius Octavianus (63. v. Chr. – 14. n. Chr.).
Vergil: der röm. Dichter Publius Vergilius Maro (70–19 v. Chr.), wurde von Maecenas, einem engen Vertrauten von Augustus gefördert.
Livius: der röm. Geschichtsschreiber Titus L. (s. Anm. zu S. 329), wurde von Augustus gefördert.
571 *Haydn*: der österr. Komponist Franz Joseph H. (1732–1809).
Gluck: der österr. Komponist Christoph Willibald G. (1714–1787).
Mozart: der österr. Komponist Wolfgang Amadeus M. (1756–1791).

Preuße und Österreicher

Erstdruck in *Vossische Zeitung*, Berlin 25.12.1917.

Die Idee Europa

Notizen zu einem Vortrag, gehalten am 31.3.1917 in Bern. Erstdruck in *Europäische Revue*, 6. Jg., Heft 7, 1930.
574 *Da poi ... Petrarca*: Beginn des *Triumphus Eternitatis* (V. 1–4) aus den *Trionfi* (entst. 1352–74) des ital. Dichters Francesco P. (1304–1374).
contrat social: (frz.) Gesellschaftsvertrag.
Panhellenismus: seit den Perserkriegen (490–448 v. Chr.) Bewegung zur politischen Einigung der Griechen zum Rachekrieg gegen Persien.
Peloponnesischen Krieg: Krieg zw. Athen (Attischer Bund) und

Sparta (Peloponnesischer Bund) um die Vorherrschaft in Griechenland (431–404 v. Chr.).
republikanischen ... Krisis: Mit der diktatorischen Herrschaft von Julius Caesar (100–44 v. Chr.) beginnt das Ende der Römischen Republik, die auch durch dessen Ermrodung nicht wieder hergestellt wird.
preasidium conscientiarum: (lat.) Hüter der Gewissen.

575 *Amphyktyonen*: (gr.) Umwohnerschaft; Bund von Völkern, die um ein Heiligtum wohnen zu dessen Schutz und für gemeinsame Feste, z. B. in Delphi (s. Anm. zu S. 414).
Friedrich II.: s. Anm. zu S. 456.
Sarazenen: s. Anm. zu S. 456.

576 *missio*: (lat.) Sendung.
bonae artes: (lat.) gute Künste.
civitas dei: (lat.) Gottesstaat, vgl. das Hauptwerk *De Civitate Dei* des lat. Kirchenlehrers Aurelius Augustinus (354–430).
res publica litteraria: (lat.) svw. die lit. Öffentlichkeit.
Cella: (lat.) Kultraum eines antiken Tempels.
Herder: der dt. Schriftsteller, Philosoph und Theologe Johann Gottfried H. (1744–1803).
Herders Wort ... nicht.«: vgl. Herders *Briefe zu Beförderung der Humanität* (1793–97), 5. Sammlung, 57. Brief (Schluß): »Kabinette mögen einander betrügen; politische Maschinen mögen gegeneinander gerückt werden, bis eine die andre zersprengt. Nicht so rücken Vaterländer gegeneinander, sie liegen ruhig nebeneinander und stehen sich als Familien bei.«
»Größe des Deutschen« ... Zeit«: nach dem Balladen-Entwurf *[Deutsche Größe]* von Schiller (der allerdings aus dem Jahre 1797 stammt).
Lunéville 1801: Frieden von Lunéville (westfrz. Stadt an der Meurthe), der die Frz. Revolutionskriege beendete.
»Deutschheit ... gemischt: aus dem Brief vom 30.11.1797 von Novalis an August Wilhelm Schlegel.
In energischer ... auftreten«: nach dem Fragment [*Über Goethe*] (Fragment Nr. 445 in Novalis: *Schriften*, Bd. 2, hrsg. von Richard Samuel, Darmstadt 1965) von Novalis (s. Anm. zu S. 515).

577 *Chaque homme ... France*: (frz.) von dem am. Politiker, Naturwissenschaftler und Schriftsteller Benjamin Franklin (1706– 1790) überlieferter Ausspruch: »Jeder Mensch hat zwei Vaterländer, sein eigenes und Frankreich.«
Rousseau: der frz.-schweiz. Philosoph und Schriftsteller Jean-Jacques R. (1712–1778).

Humanité: (frz.) Menschlichkeit.
St. Simon: der frz. Sozialtheoretiker Claude Henri de Rouvroy, Graf von Saint-Simon (1760–1825), gilt als Begründer des frz. Sozialismus.
Michelet: der frz. Historiker Jules M. (1798–1874).
Wiener Kongreß: Versammlung europ. Staatsmänner (Herbst 1814–9.6.1815) zur Neuordnung Europas nach den Napoleonischen Kriegen
Heilige Allianz: Vereinbarung zu Erhaltung von Religion, Frieden und Gerechtigkeit zw. Rußland, Österreich und Preußen (26.9.1815), später kamen andere Staaten hinzu.

578 *Mandate*: von einem fremden Staat treuhänderisch verwaltete Gebiete.
Krimkrieg: Krieg Rußlands mit dem Osmanischen Reich, Frankreich und Großbritannien (1853/54–1856)
Dostojewski: s. Anm. zu S. 397.
Tolstoi: der russ. Schriftsteller Lew (Leo) T. (1828–1910).
Gladstone: der brit. Staatsmann William Ewart G. (1809–1898), s. Anm. zu S. 371.

580 *Ringen … Elektra«*: vgl. Hofmannsthals Tragödie *Elektra* (1903/4) und *Ad me ipsum* (S. 725).
Methusalemismus: Methusalem ist eine Gestalt des Alten Testaments (Genesis 5,21); er soll das höchste Alter (969 Jahre) erreicht haben.
Ultima ratio regis: (lat.) letztes Mittel des Königs.

581 *he is possessed of*: (engl.) er ist besessen von.
Romain Rolland: frz. Schriftsteller (1866–1944), trat für Völkerverständigung ein.

582 *Lafcadio Hearn*: am. Schriftsteller irisch-gr. Herkunft (1850–1904), lebte seit 1890 in Japan und beschrieb in Erzählungen und Essays die Bräuche seiner neuen Heimat. Hofmannsthal las Hearns Buch *Kokoro. Hints and Echoes of Japanese Inner Life* (1896) mehrfach und veröffentlichte einen Nachruf auf Hearn in *Die Zeit*, 2.12.1904, der dann als Vorwort für die dt. Übersetzung von *Kokoro* verwendet wurde.
»merely … races«: Zitat aus Kap. 8 *A Glimpse of Tendencies* (I) von Hearns *Kokoro.*
»A Conservative«: Kap. 10 aus Hearns *Kokoro.*
Kakuzo … East«: *The Ideals of the East with special Reference to the Art of Japan* (1903) ist eine Abhandlung über asiatische Kunst des jap. Kunst- und Kulturhistorikers Kakuzo Okakura (1862–1913), der als Kenner westl. und asiat. Kunst für die Bewahrung urjap. Kunstformen eintrat. (*The Glory of Asia* konnte nicht nachgewiesen werden.)

»that ... life«: »dieses allen asiatischen Rassen gemeinsame gedankliche Erbe, das sie befähigt all die großen Weltreligionen hervorzubringen und das sie von den maritimen Völkern des Mittelmeers und des Baltikums unterscheidet, die es vorziehen, sich mit dem Einzelnen zu befassen und das Wie, nicht das Warum des Lebens zu ergründen.«
Ku Hung Ming: chin. Autor (1857–1928), der in England und Deutschland studiert hatte und bis zur Revolution Sekretär des Vizekönigs in China war.

583 *Brandsche ... nichts*: »Alles oder nichts« ist die Devise der Titelfigur in Ibsens dramatischem Gedicht *Brand* (1866).
Meister Eckhart: dt. Mystiker (um 1260–1328).

584 *Nietzsche*: s. Anm. zu S. 33.
Pietismus ... Kriege: Der in der 2. Hälfte des 17. Jh.s innerhalb der protest. Kirche aufkommende Pietismus mit seiner Betonung der Friedfertigkeit, Frömmigkeit, religiösen Volkspraxis und Innerlichkeit (gegen die Erstarrung des Glaubens in theol. Festlegungen) kann als Reaktion auf den vor dem Hintergrund des Antagonismus zwischen Katholizismus und Protestantismus geführten Dreißigjährigen Krieg (1618–48) angesehen werden.

Rede auf Beethoven

Erstdruck in *Neue Freie Presse*, Wien 12.12.1920, zum 150. Geburtstag (17.12.) des dt. Komponisten Ludwig van Beethoven (1770–1827).

586 *Damals ... junger Morgen*: Gemeint ist wohl der in Deutschland u. a. mit den Befreiungskriegen (1813/14) aufkommende Gedanke der nationalen Einheit.
Mozart: Beethoven reiste 1787 zu dem österr. Komponisten Wolfgang Amadeus M. (1756–1791) um sein Schüler zu werden.
Gemarken: svw. Gebiete.

587 *Ikarus*: Nach dem gr. Mythos stürzte Ikaros auf der Flucht aus dem Labyrinth des Minos auf Kreta mit aus Federn und Wachs gebauten Flügeln ins Meer, weil er der Sonne zu nahe kam.
Werther: Goethes Briefroman *Die Leiden des jungen Werthers* (1774).
Faust: Goethes Tragödie in zwei Teilen (1808, 1832).
Schiller ... überbieten: die Dramenfiguren des dt. Dichters Friedrich S. (1759–1805).
Herder ... Völker: die literar- und kulturhistorischen Werke

des dt. Schriftstellers, Philosophen und Theologen Johann Gottfried H. (1744–1803).

588 *Haydns*: Beethoven wurde 1792 Schüler des österr. Komponisten Franz Joseph H. (1732–1809).

589 *Grillparzer*: Grillparzer (s. Anm. zu S. 307) schrieb die Grabrede für Beethovens Beerdigung in Wien.

Schubert: der österr. Komponist Franz S. (1797–1828), war einer der Fackelträger bei Beethovens Beerdigung.

590 *wo ihrer … sind*: vgl. Matthäus 18,20.

templum in modum arcis: (lat.) der Tempel in Form einer Burg; vgl. Buch 5, Abschnitt 12 der *Historiae* (um 110; *Historien*) des röm. Historikers Publius Cornelius Tacitus (um 56–um 120), das Zitat bezieht sich auf den Tempel von Jerusalem.

Worte zum Gedächtnis Molières

Erstdruck *Neue Freie Presse*, Wien 5.1.1922, und *Prager Presse*, 2. Jg. Nr. 15, 5.1.1922, zum 300. Geburtstag (15.1.) des frz. Dramatikers, Schauspielers und Theaterleiters Jean-Baptiste Poquelin, gen. Molière (1622–1673).

Hofmannsthal übersetzte und bearbeitete mehrfach Stücke von Molière: *Die Heirat wider Willen* (1909), *Die Lästigen* (1916), *Der Bürger als Edelmann* (1917); vgl. a. Einl. zu *Lucidor*.

591 *dem »eingebildeten … Toinette*: Toinette ist die Dienerin der Hauptfigur Argan aus Molières letzter Komödie *Le malade imaginaire* (1673; *Der eingebildete Kranke*).

den Appetit … anderen mit: vgl. das Gide-Zitat im *Buch der Freunde* (S. 711).

592 *Tasso*: s. Anm. zu S. 350.

Misanthropen: Molières Komödie *Le Misanthrope* (1666; *Der Menschenfeind*).

Narren … läßt: vgl. Molières Komödie *Le Tartuffe ou l'imposteur* (1664/69; *Tartuffe*).

Harpagon … umarmt: vgl. Molières Komödie *L'avare* (1668; *Der Geizige*).

Arnolphe … Narren: vgl. Molières Komödie *L'Ecole de femmes* (1662; *Die Schule der Frauen*)

Lehnstuhl … gestorben: Molière starb unmittelbar nach der 4. Vorstellung des *Eingebildeten Kranken*.

594 *Rousseau*: der frz.-schweiz. Philosoph und Schriftsteller Jean-Jacques R. (1712–1778).

Musset … cabinet: vgl. das Gedicht *Une soirée perdue* (*Ein verlorener Abend*) aus der Sammlung *Poésies Nouvelles* (1840;

Neue Gedichte) des frz. Dichters Alfred de Musset (1810–1857). Im Original lauten die Verse: »Il y trouverait mieux pour émouvoir sa bile / Qu'une méchante femme et qu'un méchant sonnet; / Nous avons autre chose à mettre au cabinet.« (Er würde [heute] Besseres finden, um seinen Zorn zu erregen, als eine bösartige Frau oder schlechte Verse; wir haben andere Dinge an den Pranger zu stellen.)
Ein Franzose … der Welt.«: nicht nachgewiesen.

Schöne Sprache

Erstdruck in *Neue Freie Presse*, Wien 27.3.1921, als dritter Teil von *Drei kleine Betrachtungen*.

596 *»Ich liebe … Selbstverständliches ist.«*: nach J. Nadlers (s. Anm. zu S. 603) Brief vom 16.2.1921 an Hofmannsthal über dessen drei Bde *Prosaische Schriften*.
Huttens … Dialoge: der dt. Humanist Ulrich von H. (1488–1523), verfaßte den Großteil seiner Werke in meisterhaft formulierten (dt. und lat.) Dialogen.

597 *Boccaccio … Erzählungen*: Hauptwerk des ital. Dichters Giovanni B. (1313–1375) ist die Novellensammlung *Il Decamerone* (entst. 1348–53; *Das Dekameron*), s. a. S. 464.
Dialogen des Platon: s. Anm. zu S. 488.
Montaignesche … papier«: aus dem 26. Kap. des 1. Buches der *Essais* von Montaigne (s. Anm. zu S. 481). Im Zusammenhang lautet das Zitat: »Le parler que j'aime, c'est un parler simple et naïf, tel sur le papier qu'à la bouche.« (Die Sprache, die ich liebe, ist einfach und natürlich; sowohl auf dem Papier wie aus dem Mund.)

598 *»Robinson Crusoe«*: Roman des engl. Schriftstellers Daniel Defoe (1660?–1731).
Voltaire: der frz. Schriftsteller und Philosoph der Aufklärung François Marie Arouet, gen. V. (1694–1778).
Lessing: der dt. Schriftsteller und Kritiker Gotthold Ephraim L. (1729–1781).
Sören Kierkegaard: der dän. Theologe, Philosoph und Schriftsteller Søren Aabye K. (1813–1855).
Wenn Goethe … Zimmer: nach einer Aufzeichnung von Arthur Schopenhauer in *Goethes Gespräche. Gesamtausgabe*, hrsg. von Flodoari Frhr. von Biedermann, Bd. 2, Leipzig 1919, S. 246.

Festspiele in Salzburg

Erstdruck in *Moderne Welt*, 3. Jg., 3. Heft, Wien, August 1921.

601 *Festspiele in Salzburg*: Die Salzburger Festspiele wurden 1920 unter Mithilfe von Hofmannsthal, dem Komponisten Richard Strauss und dem Regisseur Max Reinhardt ins Leben gerufen.

Passionsspiele der Oberammergauer: In der bay. Gemeinde Oberammergau bei Garmisch-Partenkirchen wird seit einem Gelübde während der Pestzeit (1633) alle zehn Jahre die Leidensgeschichte von Jesus Christus von einheimischen Laiendarstellern aufgeführt.

Voltaires »Zaïre«: die Tragödie *Zaïre* (1732) von Voltaire (s. Anm. zu S. 598).

der sächsische Prinzenraub: die populäre Geschichte des Raubes der beiden Söhne des sächsischen Kurfürsten Friedrich II. (1413–1471) aus dem Schloss zu Altenburg am 7./8.7.1455 durch den Ritter Kunz von Kauffungen. Der Entführer wurde auf der Flucht nach Böhmen gefaßt und am 15.7. hingerichtet.

»Maria Stuart«: das Trauerspiel von F. Schiller (1800).

»Griseldis«: Der Märchenstoff vom Bauernmädchen Griseldis, das die unmenschlichen Prüfungen ihres Mannes, des Grafen Gualtieri, duldsam hinnimmt, wurde oft aufgegriffen, z. B. von Boccaccio (s. Anm. zu S. 597), Hans Sachs (1546), Friedrich Halm (1837), Gerhart Hauptmann (1909).

»Genofeva«: vgl. Anm. zu S. 378.

»Johannes von Nepomuk«: Johannes von Nepomuk (um 1350–1393) war Generalvikar in Prag und wurde von König Wenzel gefangen gesetzt, gefoltert und in der Moldau ertränkt. Er wurde später heilig gesprochen.

Preßburg: dt. Name der slowakischen Hauptstadt Bratislava.

602 *Lauffen*: s. Anm. zu S. 419.

Kara Mustapha: Der türk. Großwesir (1634–83) wurde nach der Belagerung Wiens und der Niederlage am Kahlenberg (1683) auf Befehl des Sultans erdrosselt.

Attika: die südöstl. Halbinsel Mittelgriechenlands, mit der Hauptstadt Athen.

Passionsspiele zu Höritz: Im böhm. Ort Höritz (heute Hoêice in Tschechien) gibt es eine bis ins 13. Jh. zurückreichende Passionspieltradition.

603 *Syrakus*: Stadt mit gr. Tempel im südöstl. Sizilien.

Äschylos: der gr. Tragödiendichter Aischylos (525–456 v. Chr.).

Gent: belg. Stadt in Ostflandern.

»Jedermann«: Hofmannsthals Drama *Jedermann. Das Spiel*

vom Sterben des reichen Mannes (1911), das alljährlich zu den Festspielen vor dem Salzburger Dom aufgeführt wird.

604 *Max Reinhardt*: s. Anm. zu S. 556.

Josef ... Landschaften«: In seiner 4-bändige *Literaturgeschichte der deutschen Stämme und Landschaften* (1912–28) versucht der österr. Literarhistoriker Josef Nadler (1884–1963) einen Zusammenhang zwischen den dt. Regionen und den daraus stammenden lit. Werken herzustellen. Das Werk erschien 1938–41 in einer vom Autor selbst bearbeiteten, nationalsozialistisch geprägten Fassung unter dem Titel *Literaturgeschichte des deutschen Volkes* (s. a. Anm. zu S. 596 u S. 644).

605 *»Don Juan«*: Mozarts ital. Oper *Don Giovanni* (1787).

Hans Wurst: dt. Prototyp der komischen Figur oder lustigen Person auf der Bühne.

»Cosi fan tutte«: ital. Oper von Mozart (1790).

Rede auf Grillparzer

Erstdruck in *Wissen und Leben*, 15. Jg., 14. Heft, Zürich 1.6.1922. Die Rede wurde wegen Hofmannsthals Absage nicht wie geplant bei der Grillparzer-Gedenkfeier in Hannover gehalten.

606 *Grillparzer*: s. Anm. zu S. 307.

607 *Mutter ... Schwermut*: Grillparzers Mutter beging 1819 Selbstmord.

Beamter ... Geschäft: Grillparzer war seit 1813 Beamter im Finanzministerium.

608 *Gestalt des Kaisers Rudolf*: Hauptfigur in Grillparzers Trauerspiel *Ein Bruderzwist in Habsburg* (1848/1872).

Reden der Libussa: Hauptfigur in Grillparzers Trauerspiel *Libussa* (1872).

Erzählung ... Spielmanns: vgl. Grillparzers Erzählung *Der arme Spielmann* (1848).

609 *Merlin und Klingsor*: s. Anm. zu S. 319.

610 *Nathan*: Lessings Drama *Nathan der Weise* (1779).

Egmont: Goethes Trauerspiel *Egmont* (1788).

ersten »Faust«: der erste Teil von Goethes *Faust* (1808).

Euripides: der gr. Tragödienautor E. (um 480–406 v. Chr.).

611 *Terenz*: der röm. Komödiendichter Publius Terentius Afer (185– 159 v. Chr.).

Metastasios Libretti: der ital. Dichter Pietro Antonio M. (1698–1782), schrieb Opernlibretti nach klassischen Stoffen u. a. für Gluck und Mozart.

612 *Ferdinand Raimund*: österr. Schriftsteller und Schauspieler, bes. Volkskomödien (1790–1836).

»Käthchen«: Kleists Drama *Das Käthchen von Heilbronn* (1810).

»Prinzen von Homburg«: Kleists Drama *Prinz Friedrich von Homburg* (entst. 1809–11).

613 *Esther … Gewebe an*: vgl. Grillparzers Dramenfragment *Esther* (entst. zw. 1829 u. 1840).

Hamlet und Horatio: Figuren aus Shakespeares Tragödie *Hamlet, Prince of Denmark* (1603/1604).

Antonio und Bassanio: Figuren aus Shakespeares Drama *The Merchant of Venice* (um 1600; *Der Kaufmann von Venedig*).

im Küchenjungen … Gregor: Hauptfiguren in Grillparzers Lustspiel *Weh dem, der lügt!* (1838).

Esther … Ahashver: Hauptfiguren in Grillparzers Dramenfragment *Esther* (entst. zw. 1829 u. 1840).

Kaiser Rudolf … Don Cäsar: Hauptfiguren in Grillparzers Trauerspiel *Ein Bruderzwist in Habsburg* (1848/1872).

Hero und Leander: Hauptfiguren in Grillparzers Trauerspiel *Des Meeres und der Liebe Wellen* (1831).

Edrita und Leon: Hauptfiguren in Grillparzers Lustspiel *Weh dem, der lügt!* (1838).

König Alfons und Rahel: Hauptfiguren in Grillparzers historischem Trauerspiel *Die Jüdin von Toledo* (1872).

Jason und Medea: Hauptfiguren in Grillparzers Dramentrilogie *Das Goldenen Vlies* (1821; *Der Gastfreund, Die Argonauten, Medea*).

Primislaus und Libussa: Hauptfiguren in Grillparzers Trauerspiel *Libussa* (1872).

die Liebenden … getrennt: vgl. Grillparzers Trauerspiel *Des Meeres und der Liebe Wellen* (1831).

märchenhafte … Perserkönigs: vgl. Grillparzers Dramenfragment *Esther* (entst. zw. 1829 u. 1840).

mythische … Korinth: vgl. Grillparzers Trauerspiel *Medea* (1821).

614 *zweiten »Faust«*: Teil II von Goethes Tragödie *Faust* (1832).

Flottwel und Valentin: Hauptfigur in Raimunds Zaubermärchen *Der Verschwender* (1834).

Rappelkopf … Ebenbild: Hauptfigur in Raimunds romantisch-komischem Zauberspiel *Der Alpenkönig und der Menschenfeind* (1828).

Jugend … Wurzel: vgl. Raimunds romantisches Zaubermärchen mit Gesang *Das Mädchen aus der Feenwelt oder Der Bauer als Millionär* (1826).

wüste … Nachtigall: vgl. Raimunds Zauberspiel *Die gefesselte Phantasie* (1828).

»stille Haus«: vgl. Raimunds *Der Alpenkönig und der Menschenfeind* (I, 16).
Othellos und Jagos: Hauptfiguren in Shakespeares Tragödie *Othello* (1603/4).
»Don Juan«: Mozarts ital. Oper *Don Giovanni* (1787).

615 *Kleist ... hätte*: s. S. 712.
»unmittelbare ... wird«: nicht nachgewiesen.
»Urfaust«: Bezeichnung für die 1887 entdeckte, wohl 1776/77 entstandene Abschrift einer frühen Fassung von Goethes *Faust*.

616 *Hebbel*: s. Anm. zu S. 525.
Gutzkow: der dt. Schriftsteller und Journalist Karl G. (1811–1878).
Hegel: der dt. Philosoph Georg Wilhelm Friedrich H. (1770–1831).

617 *Raffael*: der ital. Maler und Baumeister Raffaello Santi, gen. R. (1483–1520)
Castiglione: der ital. Schriftsteller und Diplomat Baldassare Graf C. (1478–1529).
Da ... trage: Diese Briefstelle wird so ähnlich in *Gedanken über die Nachahmung der griechischen Werke in der Malerei und Bildhauerkunst* (1755; Abschnitt *Das idealische Schöne*) des dt. Kunsthistorikers Johann Jakob Winckelmann (1717–1768) wiedergegeben.

618 *»Ahnfrau«*: Grillparzers Trauerspiel *Die Ahnfrau* (1817).
Trochäenform: der Trochäus ist ein zweisilbiges Versmaß mit der Abfolge betont (lang), unbetont (kurz).
»Traum ein Leben«: Grillparzers dramatisches Märchen *Der Traum ein Leben* (1834).
»comique sérieux«: (frz.) ernsthafte Komik.
»Minna von Barnhelm«: Lessings Lustspiel *Minna von Barnhelm oder das Soldatenglück* (1767).
»Zerbrochene Krug«: Kleists Lustspiel *Der zerbrochene Krug* (1808).
»Bruderzwist«: Grillparzers Trauerspiel *Ein Bruderzwist in Habsburg* (1848/1872).
»Wallenstein«: Schillers Dramentrilogie (1798/99).

Deutsches Lesebuch

Erstdruck als *Vorrede des Herausgebers* in *Deutsches Lesebuch. Eine Auswahl deutscher Prosastücke aus dem Jahrhundert 1750–1850.* Herausgegeben von Hugo von Hofmannsthal. I. Teil. Verlag der Bremer Presse: München 1922.

621 *Molière*: vgl. S. 591–595.
Lafontaine: der bes. durch seine Fabeln bekannte frz. Dichter Jean de La Fontaine (1621–1695).
Racine: der zur frz. Klassik zählende Dramatiker Jean R. (1639–1699).
Pascal: der frz. Philosoph Blaise P. (1623–1662).
Voltaire: s. Anm. zu S. 598.
Zeit von … Geistes«: Die Bezeichnung für diese Zeitspanne findet sich in Abschnitt 35 von *Die Krisis der europäischen Kultur* (1917) von R. Pannwitz (s. Anm. zu S. 636).
622 *Matthias Claudius*: dt. Dichter (1740–1815).
Uli Braeker: der durch seine Autobiographie *Lebensgeschichte und natürliche Ebentheur des Armen Mannes im Tockenburg* (1789) bekannte schweiz. Schriftsteller Ulrich Bräker (1735– 1798).
wovon … zweie: nach Goethes Rezension zu *Gedanken über eine alte Aufschrift* in den *Frankfurter gelehrten Anzeigen* (1772).
Jung-Stilling: der pietistische dt. Schriftsteller Johann Heinrich J.-S. (1740–1817); Goethe bearbeitete den 1. Teil der Darstellung seiner Jugend und gab sie als *Heinrich Stillings Jugend* (1777) heraus.
623 *»als träten … Zimmer«*: s. Anm. zu S. 598.
Wieland: s. Anm. zu S. 178.
Herder: der dt. Schriftsteller, Philosoph und Theologe Johann Gottfried H. (1744–1803).
624 *Gneisenau*: der preußischer Heerführer August Wilhelm Anton Graf Neidhardt von G. (1760–1831).
Gentz: der Publizist und Politiker Friedrich von G. (1764–1832).
Stifter: s. Anm. zu S. 525.
625 *Georg Forster*: dt. Naturforscher, Politiker und Reiseschriftsteller (1754–1794).
»Wahlverwandtschaften … Kritik: der im *Deutschen Lesebuch* enthaltene *Brief über Goethes Wahlverwandschaften* (1826) des dt. Philosophen (bes. Ästhetik) Karl Wilhelm Ferdinand Solger (1780–1819).
Jean … Pfarrers«: der im *Deutschen Lesebuch* enthaltene Auszug aus Jean Pauls Roman *Die Flegeljahre*, Bd. 1 (1804); zu Jean Paul vgl. S. 522–526.
Platon: s. Anm. zu S. 327.
Kleists … Marionetten: Kleists Aufsatz *Über das Marionettentheater* (1810).
Hölderlin: s. Anm. zu S. 544.

Seume: der Schriftsteller Johann Gottfried S. (1763–1810).
Johann ... Lebens: die Autobiographie *Lebens-Geschichte Mosers von ihme selbst beschrieben* (1768) des dt. Staatsrechtslehrers Johann Jacob Moser (1701–1785).
»Anton Reiser«: der psychologische Roman *Anton Reiser* (1785–90) des dt. Schriftstellers Karl Philipp Moritz (1756–1793).
Thümmel: der dt. Schriftsteller Moritz August von T. (1738–1817).
H. P. Sturz: der dt. Schriftsteller Helferich Peter S. (1736–1779).
Knebel: der dt. Lyriker und Übersetzer Karl Ludwig K. (1744–1834).
Zelter: der dt. Komponist und Musikpädagoge Carl Friedrich Z. (1758–1832), mit dem Goethe eng befreundet war.
Merck: der dt. Schriftsteller Johann Heinrich M. (1741–1791).
Schelling: der dt. Philosoph Friedrich Wilhelm Joseph von S. (1775–1854).
Hegel: der dt. Philosoph Georg Wilhelm Friedrich H. (1770–1831).

626 *Stil ... Menschen*: vgl. den Satz von Buffon »Le style est l'homme même« (Der Stil ist der Mensch selbst) aus derselben Quelle wie das Buffon-Zitat auf S. 720 (s. Anm. dort).

Ansprache bei Eröffnung des Kongresses der Kulturverbände in Wien

Die Ansprache wurde am 18.10.1926 gehalten. Erstdruck unter dem Titel *Der Deutsche in Europa* in *Deutsche Allgemeine Zeitung*, 65. Jg., Berlin 20.10.1926.

629 *Prinz Karl Rohan*: der Gründer des österr. Kulturbundes und Publizist Karl Anton Prinz R. (1898–1975).

632 *Langevin*: der frz. Physiker Paul L. (1872–1946).
Paul Valéry: frz. Schriftsteller (1871–1945).
Theodor Litt: dt. Pädagoge und Philosoph (1880–1962).
Balbino Giuliano: nationalistisch orientierter ital. Philosophieprofessor und Politiker (1879–1958).

Das Schrifttum als geistiger Raum der Nation

Erstdruck in *Die Neue Rundschau*, Berlin, Juli 1927. Die Rede wurde gehalten auf Einladung der Dichtervereinigung *Die Argonauten* und der Münchner Goethe-Gesellschaft. Vgl. *Ad me ipsum* (S. 748).

633 *Karl Vossler*: der dt. Romanist K. Voßler (1872–1949), Professor in Heidelberg, Würzburg und München. Seine Schwerpunkte waren eine kulturgeschichtlich orientierte Sprachwissenschaft (*Sprache als Schöpfung und Entwicklung* 1905; *Frankreichs Kultur im Spiegel seiner Sprachentwicklung* 1913) sowie die ital. Literaturgeschichte (*Italien. Literaturgeschichte* 1902; *Die neuesten Richtungen in der ital. Literatur* 1925); die kulturvergleichenden Vorträge *Die romanischen Kulturen und der deutsche Geist* erschienen 1926 im Verlag der Bremer Presse als Sonderveröffentlichung der von Hofmannsthal herausgegebenen *Neuen deutschen Beiträgen*.

635 *Rousseau*: der frz.-schweiz. Schriftsteller und Philosoph Jean-Jacques R. (1712–1778).

Misanthrope des Molière: s. Anm. zu S. 592.

Verbannung des Ovid: Der röm. Dichter Publius Ovidius Naso (43 v. Chr. – um 17 n. Chr.) wurde 8 n. Chr. auf der Höhe seines Ruhmes nach Tomis (Hafenstadt am Schwarzen Meer, heute Constanta in Rumänien) verbannt.

Medisance: (frz.) Verleumdung

636 *»das … Zerfahrenheit«*: nach F. C. Rangs Aufsatz *Das Reich* in *Die Keatur* (s. Anm. zu S. 643).

Bossuet: der frz. Theologe und Geschichtsphilosoph Jacques Bénigne B. (1627–1704).

La Bruyère: der frz. Schriftsteller (Aphoristiker) Jean de La B. (1645–1696); vgl. *Ad me Ipsum*, passim.

Montaigne: der frz. Philosoph und Essayist Michel Eyquem de M. (1533–1592).

Molière: s. S. 591–595.

Lafontaine: der frz. Fabeldichter Jean de La Fontaine (1621–1695).

Voltaire: s. Anm. zu S. 598.

Montesquieu: der frz. Schriftsteller und Philosoph Charles de Secondat, Baron de M. (1689–1755), bekannt v. a. durch seine *Lettres persanes* (1721; *Persische Briefe*).

637 *Johannes von Müller*: schweiz. Historiker (1752–1809).

Ranke: der dt. Historiker Leopold von R. (1795–1886).

Rudolf Pannwitz: mit Hofmannsthal zeitweise eng befreundeter Schriftsteller und Kulturphilosoph (1881–1969). Hofmannsthal sah in ihm den einzig legitimen Nachfolger Nietzsches und fühlte sich von ihm zu einer neuen Schaffensphase angeregt.

daß Goethe … werden: s. S. 712.

639 *Nietzsche … Bildungsphilister*: vgl. *Unzeitgemäße Betrach-*

tungen. Erstes Stück: David Strauss, der Bekenner und der Schriftsteller (1873) von F. Nietzsche (s. Anm. zu S. 33).

640 *Agathokles von Syrakus*: tyrannischer Herrscher (360 v. Chr. – 289 v. Chr.), kämpfte 306–311 siegreich gegen Karthago.

641 *Der Schweifende ... Führerschaft*: Hier und auf den beiden folgenden Seiten wird wohl auf Stefan George (s. Anm. zu S. 59) angespielt.

642 *Prolegomena*: (gr.) Vorreden, Vorbemerkungen.

Er wird sich ... Geheimnisse umschließen: Hier wird wohl weniger auf George, sondern eher auf R. Pannwitz (s. Anm. zu S. 636) angespielt.

643 *sibyllinische Sprüche*: von »Sibyllen«, der Bezeichnung für weissagende Frauen in der Antike.

vorplatonische Denker: Sammelbezeichnung für die gr. Philosophie vor Platon bzw. Sokrates.

Orpheus: vgl. den gr. Mythos des thrak. Sängers und Leierspielers, in verschiedenen Versionen überliefert bei Ovid (*Metamorphosen* X u. XI) und Vergil (*Georgica* IV).

Hamann: der dt. Philosoph und Schriftsteller Johann Georg H. (1730–1788), Gegner der Aufklärung und Vertreter einer auf Irrationalität und Religiosität beruhenden Denkweise.

Lionardo: der ital. Maler, Bildhauer, Kunsttheoretiker und Naturforscher Leonardo da Vinci (1452–1519); hier wird wohl auf seine Konzeption der Malerei als Königin der Wissenschaften und auf seine Absage an die streng mathematisch konstruierten Raummodelle der Frührenaissance Bezug genommen.

Laotse: chin. Philosoph (wahrscheinlich 4.–3. Jh. v. Chr.), gilt als Begründer der auf mythische Versenkung beruhenden Philosophie des Taosimus.

Auch ihm ... Zerrüttung: Hier und im Folgenden wird wohl auf den dt. Soziologen Max Weber (1864–1920) angespielt.

»die Dignität ... sei«: nach Marianne Webers Biographie *Max Weber. Ein Lebensbild* (1926, S. 367), die Hofmannsthal rezensierte.

644 *Zinzendorfischen Kirchenliedes*: der Theologe und Liederdichter Nikolaus Ludwig Graf von Z. (1700–1760), gründete 1727 die pietistisch geprägte Herrnhuter Brüdergemeinde.

Sechzigjährigen: Gemeint ist der Jurist, Theologe, Staatsbeamte und Publizist Florens Christian Rang (1864–1924).

der mit ... Künstlerstrebens: Bezug genommen wird auf die Beiträge zur ersten Nummer der von Martin Buber, Joseph Wittig und Viktor von Weizsäcker hrsg. Zeitschrift *Die Kreatur* (1926/27).

»verstreuten … gibt«: nach dem Aufsatz *Das Reich* in *Die Kreatur* (s. vorh. Anm.) des mit Hofmannsthal befreundeten Florens Christian Rang.

645 *deutend … Stamm*: Hier ist wohl Josef Nadler (s. Anm. zu S. 603) gemeint.

Paracelsus: der schweiz. Arzt, Naturforscher und Philosoph Philippus Theophrastus P. (1493–1541), der sowohl eine von der damaligen Schulmedizin abweichende, auf Experiment und Beobachtung basierende Medizin, wie auch eine spekulative mit alchimistischen und okkultistischen Elmenten versehene Anthropologie vertrat.

Jacob Böhme: dt. Philosoph (1575–1624), vertrat eine von der protestantischen Obrigkeit bekämpfte spekulativ-mystische Theologie.

Reinhold Lenz: dt. Schriftsteller (1751–1792), gilt als typischer Vertreter des Sturm und Drang.

Lavater: der schweiz. ev. Theologe und Philosoph Johann Kaspar L. (1741–1801), bes. bekannt durch seine Versuche der Charakterdeutung aus den Körperformen in *Physiognomische Fragmente zur Beförderung der Menschenkenntnis und Menschenliebe* (1775–78; 4 Bde).

Christoph Kauffmann: der schweiz. Satiriker Christoph Kaufmann (1753–1795).

647 *Lichtenberg … sich regen«*: Der von dem engl. Schriftsteller Joseph Addison (1672–1719) stammende Satz »The whole man must move together« wird mehrfach in den aphoristischen *Sudelbüchern* des dt. Schriftstellers und Physikers Georg Christoph L. (1742–1799) zitiert, u. a. als Sittenlehre, die man sich in die Hand einätzen lassen sollte (*Sudelbuch* D 195). Vgl. a. S. 364 u. Anm. dort.

Gotthold Ephraim Lessing

Erstdruck in *Neue Freie Presse*, Wien 20.1.1929, zum 200. Geburtstag (22.9.) des dt. Schriftstellers und Kritikers der Aufklärung Gotthold Ephraim Lessing (1729–1781).

651 *Grillparzers … unklaren«*: vgl. Grillparzers *Selbstbiographie* (entst. 1853): »Da überschleicht einen solchen Beobachter denn wohl gar der Zweifel, ob aus einer so wetterwendischen, in ihren Ansichten so unklaren, in ihren Überzeugungen so schwankenden Nation je etwas Vernünftiges werden könne?«; zu Grillparzer s. S. 605–619.

652 *»Laokoon«*: die kunsttheoretische Schrift *Laokoon oder die Grenzen der Mahlerey und Poesie* (1766).

»Hamburgische Dramaturgie«: Sammlung dramaturgisch-theaterkritischer Beiträge (1767–1769).
»Minna von Barnhelm«: Lessings Lustspiel *Minna von Barnhelm oder das Soldatenglück* (1767).
»Emilia Galotti«: Lessings bürgerliches Trauerspiel (1772).
»Nathan der Weise«: Lessings Drama (1779).
Odoardo ... Orsina: Figuren aus *Emilia Galotti*.
Virginiamotiv: Der in der *Römischen Geschichte* von Titus Livius (s. Anm. zu S. 329) beschriebene Mord eines Vaters an seiner Tochter (Virginia), um deren Ehre und Freiheit zu retten, wurde mehrfach in der Literatur bearbeitet.
653 *Friedrich Schlegel ... Werken«*: aus dem Aufsatz *Über Lessing* (1797) des dt. Dichters und Kulturphilosophen Friedrich S. (1772–1829).
654 *Schiller*: der dt. Dichter Friedrich S. (1759–1805).
Iffland: der dt. Schauspieler, Theaterleiter und Dramatiker August Wilhelm I. (1759–1814).
Schroeder: der dt. Schauspieler und Theaterleiter Friedrich Ludwig Schröder (1744–1816).
Physiognomischen ... Kassner: Der österr. Kulturphilosoph Rudolf K. (1873–1959) entwickelte eine Lehre der intuitiven Weltdeutung, die er als Physiognomik bezeichnete.
Ewald von Kleist: der dt. Dichter Ewald Christian von K. (1715–1759), der das Vorbild für die Figur des Tellheim in Lessings *Minna von Barnhelm* gewesen sein soll.
Moses Mendelssohn: der für die Gleichstellung der Juden eintretende dt. Philosoph (1728–1786), mit dem zusammen Lessing die Zeitschrift *Briefe, die neueste Litteratur betreffend* herausgab.
späte ... Ehe: Lessing heiratete 1776 Eva König, mit der er seit 1771 verlobt war.
die eingestandene ... Nächte: s. S. 710 u. Anm. dort.
655 *»guten, ... Wahnwitzigen«*: aus *Emilia Galotti* (IV, 7).
»Werther«: Goethes Briefroman *Die Leiden des jungen Werthers* (1774).
Jean Paul: s. S. 522–526.
Hegel: s. Anm. zu S. 466.
Fichte: der dt. Philosoph Johann Gottlieb F. (1762–1814).
Schelling: der dt. Philosoph Friedrich Wilhelm Joseph von S. (1775–1854).

Buch der Freunde

Erstdruck als H. v. H.: *Buch der Freunde*, Leipzig: Insel 1922.

Die Zusammenstellung der teils von Hofmannsthal selbst verfaßten, teils von ihm nur gesammelten Anekdoten, Fragmente und Aphorismen besorgte auf Bitte des Autors Katharina Kippenberg (1876–1947), die Frau des Leiters des Insel Verlages Anton Kippenberg (1874–1950) und Betreuerin des Insel-Almanachs, aus einem Manuskript, das Hofmannsthal dem Verlag im Juni 1921 übergeben hatte. Der Titel ist wohl in Anlehnung an das als vierter Teil von Goethes *West-östlicher Divan* geplante, aber nicht realisierte gleichnamige Buch entstanden. Hofmannsthal machte selbst den Vorschlag, die Aufzeichnungen in vier unbetitelte Abschnitte zu gliedern: 1. »Die Menschen – oder Leben, auch Liebe, Freundschaft, sowie Verkehr, Manieren, Gesellschaft«; 2. »›Geist‹, darin auch alles übers Denken, über Philosophie über Gelehrte«; 3. »die Nationen, die Epoche, Politik«; 4. »Sprache, dabei Poesie, Litteratur, sowie das mit Kunst, oder Malerei oder Stil überschriebene« (s. Brief vom 27.6.1921 an Katharina Kippenberg in H. v. H.: *Briefwechsel mit dem Insel Verlag*, Frankfurt a. M. 1985, Sp. 818).

660 *Il ... La Bruyère*: aus dem Eintrag Nr. 60 des Kap. »De l'homme« (Vom Menschen) in *Les Caractères ou les Mœurs de ce Siècle* (1688; *Charaktere*) des frz. Schriftstellers Jean de La B. (1645–1696): »Nichts erfrischt das Blut so sehr, als wenn man eine Dummheit zu vermeiden gewußt hat.«

Die meisten ... comédien: nur ungefähr angelehnt an eine Stelle des Essays in Dialogform *Paradox über den Schauspieler* (entst. 1777/1778) des frz. Schriftstellers und Philosophen Denis Diderot (1713–1784).

Der höhere ... Konfuzius: zitiert aus der Einleitung des dt. Kunsthistorikers Julius Meier-Graefe (1867–1935) zur einer dt. Ausgabe der lit. Werke des frz. Malers Eugène Delacroix (1798–1863), der in seinen Tagebüchern diesen Ausspruch des chin. Philosophen Konfuzius (551–479 v. Chr.) wiedergibt (Eugène Delacroix: *Literarische Werke*. Dt. von Julius Meier-Graefe. Leipzig 1912, S. 28–29).

Je ne ... l'Amour: *aus* der 2. Vorrede vom Mai 1826 des Essays *Über die Liebe* (1822) von Stendhal (s. Anm. zu S. 404): »Ich fürchte nur das, was ich achte.«

Les uns ... lui: Ausspruch der Hauptfigur in der Komödie *Der Arzt wider Willen* (1666) des frz. Dramatikers Molière (1622–1673): »Die einen sagen nein, die anderen sagen ja: und ich sage ja und nein.« (III, 6)

661 *Here ... Abbey*: bezieht sich auf das Grabmal der ersten engl. Berufsschriftstellerin Aphra Behn (1640–1689) in der Westminster Abbey in London: »Hier liegt ein Beweis, daß Scharfsinn nie eine ausreichende Waffe gegen Sterblichkeit sein kann.«

Pope: der engl. Dichter Alexander P. (1688–1744).
Dryden: der engl. Dichter John D. (1631–1700).
Man überträgt ... Wahres: nach der Besprechung von *Briefwechsel zwischen Friedrich von Gentz und Adam Müller 1800–1829* (1857) des dt. Dichters Friedrich Hebbel (1813–1863).
Der hundertäugige ... 1760: aus einem Brief des dt. Philosophen und Schriftstellers Johann Georg Hamann (1730–1788) an seinen Bruder, wohl vom Juni 1759.

662 *Bismarck ... Grand*: nach einem Bericht des dt. Schriftstellers Paul Lindau (1839–1919) in der Osterbeilage der *Neuen Freien Presse*, Wien 4.4.1915.
Œuvres de Fréderic le Grand: Werke Friedrichs II., des Großen (1712–1786).
Der Töpfer ... Hesiod: zitiert aus *Werke und Tage* (V. 25–26) des gr. Dichters H. (um 700 v. Chr.).
On ne ... Pascal: sehr frei nach dem Abschnitt 331/533 der *Pensées* (postum 1670, *Gedanken*; die erste Zahl entspricht der Zählung nach Brunschvicg, die zweite der nach Lafuma) des frz. Philosophen Blaise P. (1623–1662): »Man stellt sich normalerweise Platon und Aristoteles nicht anders als mit langen Gewändern vor und als stets ernsthafte und wichtige Figuren. Es waren anständige Menschen, die wie alle anderen mit ihren Freunden lachten; und wenn sie ihre Gesetze oder ihre politischen Trakte verfaßten, dann taten sie das mit großer Leichtigkeit und um sich zu amüsieren. Das war der am wenigsten philosophische und am wenigsten ernste Teil ihres Lebens. Der philosophischste war, einfach und ruhig zu leben.«

663 *Alles ... 13. Buch*: aus dem 3. Teil von Goethes autobiographischen Schriften *Aus meinem Leben. Dichtung und Wahrheit* (1811, 1812, 1814, 1833).
Wodurch ... Kierkegaard: aus *Stadien auf des Lebens Weg* (1845) des dän. Philosophen Søren K. (1813–1855).

664 *Il ... Balzac*: aus dem Roman *Béatrix* von B. (vgl. Anm. zu S. 307): »Es wirkt nichts so gewaltsam in Paris als das, was vergänglich sein muß.«
Ich ... Menschen: aus Buch F (Nr. 537) der Aphorismen-Sammlung *Sudelbücher* des dt. Schriftstellers Georg Christoph Lichtenberg (1742–1799).
Ein Mann ... Heimann: nach dem Aufsatz *Der wahre Shakespeare* (1909) des dt. Schriftstellers Moritz H. (1868–1925) in: *Prosaische Schriften in drei Bänden*, Bd. 2, Berlin 1918, S. 367 (Walter Benjamin bezieht sich in Abschnitt 15 seines Essays *Der Erzähler* sehr kritisch auf den zitierten Satz).

665 *Niemand ... Lessing*: aus dem Aufsatz *Über Lessing* (1797/1801) des dt. Dichters F. Schlegel (1772–1829).
Krankengeschichten ... Janet: Bezug genommen wird auf *Les Obsessions et la Psychasténie* (1903/08) des frz. Psychologen Pierre J. (1859–1947).
C'est ... Vauvenargues: aus den *Réflexions et Maximes* (1746; *Betrachtungen und Maximen*), Nr. 281 des frz. Schriftsteller Luc de Clapiers, Marquis de V. (1715–1747): »Es ist ein Unglück, daß die Menschen für gewöhnlich kein Talent besitzen können, ohne das Verlangen zu haben, die anderen herabzusetzen. Wenn sie feinsinnig sind, diffamieren sie die Kraft; wenn sie Geometrie oder Physik betreiben, schreiben sie gegen die Dichtkunst und die Beredsamkeit; und die Öffentlichkeit, die nicht daran denkt, daß diejenigen, die sich auf einem bestimmten Gebiete ausgezeichnet haben, über ein anderes Talent schlecht urteilen, läßt sich durch diese Urteile beeinflussen. Wenn also Metaphysik und Algebra in Mode sind, so entscheiden die Metaphysiker und Mathematiker über das Ansehen der Dichter und Musiker und umgekehrt; der herrschende Geist unterwirft die anderen seinem Gericht und die meiste Zeit seinen Irrtümern.«
666 *I had ... Hinrichtung*: Dieses Zitat wird von Robert Devereux (1566–1601), dem 2. Earl of Essex und Günstling der engl. Königin Elisabeth I., überliefert, der wegen eines Aufstandes in Irland in Ungnade fiel und hingerichtet wurde: »Ich wurde nur von Geistlichen besucht, denen ich sagte, wenn mein Ehrgeiz Eingang in ihre enge Herzen gefunden hätte, wären sie nicht so demütig gewesen; oder wenn sie von meinen Vergnügungen gekostet hätten, wären sie nicht so engherzig gewesen.«
C'est ... La Bruyère: aus dem Eintrag Nr. 76 des Kap. »De la société et de la Conversation« (Von der Gesellschaft und der Unterhaltung) in La Bruyères *Caractères* (s. Anm. zu S. 658): »Es die tiefe Unwissenheit, die den dogmatischen Ton erzeugt.«
Gar ... Goethe: aus Goethes Trauerrede auf den dt. Schriftsteller Christoph Martin Wieland (1733–1813), *Zu brüderlichem Andenken Wielands.*
In jedes ... Lichtenberg: aus Buch G (Nr. 60) der *Sudelbücher* von L. (s. Anm. zu S. 662).
Schlacht von Ligny: Napoleons Sieg über die preußische Armee unter Blücher am 16.6.1815.
667 *Soyez ... s'égorgent*: (frz.) »Seien Sie doch etwas ernsthafter vor so vielen tapferen Menschen, die sich gegenseitig niedermetzeln.«

Tempus ... Stein: aus Goethes Brief an Friedrich von Stein vom 26.4.1797: »Die Zeit ist mein Reichtum, die Zeit ist mein Acker.«
Le suffisant ... La Bruyère: aus dem Eintrag Nr. 54 des Kap. »Des Jugements« (Von den Urteilen) in La Bruyères *Caractères* (s. Anm. zu S. 658): »Der Selbstzufriedene ist derjenige, in dem die Praxis gewisser Einzelheiten, die man mit der Bezeichnung Geschäfte ehrt, sich mit einer sehr großen Mittelmäßigkeit des Geistes verbindet.«
Menogenes ... Plinius): aus Buch C (Nr. 150) der *Sudelbücher* von Lichtenberg (s. Anm. zu S. 662). Der konkrete Verweis auf P. beruht bei Lichtenberg und seiner Quelle auf einem Irrtum.
Es ist ... Eckermann: aus dem Eintrag zum 23.10.1828 im dritten Teil von Johann Jakob Eckermanns *Gespräche mit Goethe in den letzten Jahren seines Lebens* mit Bezug auf den verstorbenen Großherzog Carl August von Sachsen-Weimar.
668 *Libertas ... Ennius*: aus der verlorenen Tragödie *Phönix* des lat. Dichters Quintus E. (239–169 v. Chr.): »Freiheit ist: wer stets ein reines und festes Herz das seine nennt.« Von Hofmannsthal wohl zitiert aus K. E. Neumanns *Übertragungen aus dem Pali-Kanon* (jetzt: Zürich/Wien 1957, Bd. 3, S. 709).
Il n'y ... ridicule: (frz.) »Es ist nur ein kleiner Schritt vom Erhabenen zum Lächerlichen.«
Je trouve ... Sévigné: aus dem Brief vom 21.7.1680 der Marquise de Sévigné (1626–1696), die einen bedeutenden Salon führte und darüber ihrer in der Provence lebenden Tochter Madame de Grignan in über 1500 Briefen berichtete: »Ich finde es höflicher zu bewundern als zu loben.«
Qui ... Phantasien‹: Zitat einer Grabinschrift in einer Anmerkung des Aufsatzes *Vorschlag wie die Kirchhöfe aus der Stadt zu bringen sind* (1779) in *Patriotische Phantasien* (1842) des dt. Publizisten, Historikers und Staatsmannes Justus Möser (1720–1794): »der ich niemandem hart gegenübertrat, solange mir das Leben blieb,/möge mir Verstorbenem diese Erde ewig leicht sein.«
669 *He ... Fielding*: aus *The History of Tom Jones* des engl. Schriftstellers Henry F. (1707–1754): »Er [Kapitän Blifli] begann die Meinungen seiner Frau mit jenem beleidigenden Hochmut zu behandeln, den nur jene, die selbst einige Verachtung verdienen, zeigen und nur jene, die keine Verachtung verdienen, ertragen können.« (Buch 2, Kap. 7)
Urteil ... Deutschen: aus *Deutschland oder Briefe eines in*

Deutschland reisenden Deutschen (1826–1828), Bd. 4, Ende des 7. Briefes, des dt. Schriftstellers Karl Julius Weber (1767–1832).
Un homme ... La Bruyère: aus dem Eintrag Nr. 40 des Kap. »Des Jugements« (Von den Urteilen) in La Bruyères *Caractères* (s. Anm. zu S. 658): »Ein parteiischer Mensch ist kleinen Kränkungen ausgesetzt; denn, da es gleichermaßen unmöglich ist, daß die, die er begünstigt, immer glücklich und weise leben, und daß die, gegen die er sich erklärt, immer im Unrecht oder unglücklich sind, ergibt sich daraus, daß er in der Öffentlichkeit häufig seine Fassung verliert, sei es durch den Mißerfolg seiner Freunde, sei es durch einen neuen Ruhm, den seine Gegner erwerben.«

670 *Nur ... Sprichwort*: nach Nr. 73 der Aphorismensammlung *Lebensregeln* (entst. 1817) des dt. Dichters August Graf von Platen Hallermünde (1796–1835).
Es ist ... Pascal: nach Brief 11 (18.8.1656) der theol.-philos. Streitschriften *Lettres Provenciales* (1656/7; *Briefe in die Provinz*) von Pascal (s. Anm. zu S. 660).
Valmont: ... probité: aus Brief LXVI des Briefromans *Les Liaisons Dangereuses* (1782; *Gefährliche Liebschaften*) des frz. Schriftstellers Choderlos de Laclos (1741–1803): »So sind nun einmal die Menschen! Alle gleich ruchlos in ihren Plänen, und die Schwächen in der Ausführung nennen sie Redlichkeit.«
Obgleich ... 1797: aus Goethes Brief an Schiller vom 19.8.1797.

671 *Zola ... Gespräch*: aus dem Kap. 8 von *Paul Cézanne* (1914) des frz. Kunsthändlers und Schriftstellers Ambroise Vollard (1865–1939): »Zola war kein schlechter Mensch, aber er lebte unter dem Einfluß der Ereignisse.«
Es gibt ... Pannwitz: aus *Die Deutsche Lehre* (1919, S. 298) von Rudolf P. (s. Anm. zu S. 636).
Kaschau: heute Košice, Stadt im Osten der Slowakischen Republik.
Kann ... Rumi: Ausspruch des türk. Admirals und Dichters Kjatibi R. (16. Jh.), den Hofmannsthal in einer Anmerkung von K. Burdach (s. Anm. zu S. 734) zu einem Vierzeiler (*Einen Helden mit Lust preisen und nennen ...*) im »Buch der Sprüche« von Goethes *West-östlichem Divan* fand.
Allez ... D'Alembert: nicht nachgewiesenes Zitat des frz. Philosophen Jean d'Alembert (1717–1783): »Gehen Sie vorwärts, und der Glaube wird Ihnen zuteil.«
Das Unheil ... Napoleon: nicht nachgewiesenes Zitat des frz. Kaisers Napoleon (1769–1821).

Bedenkt man … Goethe: aus Goethes kleinem Aufsatz *Wiederholte Spiegelungen* (Titel von Eckermann) von 1823 (z. B. in J. W. v. Goethe: *Sämtliche Werke nach Epochen seines Schaffens*, Bd. 14, München 1987, S. 568–69).
fable convenue: (frz.) abgemachte, vereinbarte Fabel.

672 ›*She … Frau*: aus einem Shakespeare-Kommentar entnommen und fälschlich ihm zugeschrieben: »Sie, die tot ist und in diesem Grabe ruht / hatte Rahels schönes Gesicht und Leas fruchtbaren Leib, / Saras Gehorsam, Lydias offenes Herz, / und Marthas Sorge und Marias besseren Teil.« Die entsprechenden Bibelstellen sind für Rahel: Genesis 29,17; Lea: Genesis 29,31; Sara: Genesis 18,12; Lydia: Apostelgeschichte 16,14; Maria und Martha: Lukas 10,41–42.

673 *Ein junger … Beaumarchais*: nach der Biographie *Beaumarchais* über den frz. Schriftstellers Pierre Augustin Caron de B. (1732–1799) von Anton von Bettelheim (1868; 6. Buch, 2. Kap., S. 570 f.)
Ein junger … Athenaios: aus Buch IV, 159d des *Deipnosophistai* (*Gastmahl der Gelehrten*) des gr. Schriftstellers A. aus Naukratis in Ägypten (um 200 n. Chr.)

674 *Has … coat?*: (engl.) »Hat Lord Peto seinen Mantel?«
De toutes … La Rochefoucauld: aus den *Maximes supprimées* (*Gestrichene Maximen*) der *Réflexions, ou Sentences et Maximes morales* (1664, endgültige Fassung 1678; *Maximen und Reflexionen*) des frz. Schriftstellers François La R. (1613–1680): »Von allen unseren Leidenschaft ist es die Faulheit, die uns am unbekanntesten ist; sie ist die glühendste und die tückischste von allen, obwohl ihre Gewalt nicht spürbar ist.«

675 *Tous … Molière*: aus *Don Juan ou Le Festin de Pierre* (*Don Juan oder der steinerne Gast*) von Molière: »Alle modischen Laster gelten als Tugenden.« (V, 2).
La Bruyère und der Sévigné: s. Anm. zu S. 658 und S. 666.
Fremde … führen: Diese Anekdote über das einfache und bescheidene Benehmen des Platon (s. Anm. zu S. 327) wird in Buch 4, Abschn. 9 der *Varia Historia* (*Vermischte Nachrichten*) des röm. Schrifstellers Claudius Aelianus (um 170 – um 235) wiedergegeben.
Les plus … La Bruyère: aus dem Eintrag Nr. 77 des Kap. »De la Société et de la Conversation« (Von der Gesellschaft und der Konversation) in La Bruyères *Caractères* (s. Anm. zu S. 658): »Die größten Dinge brauchen nur einfach gesagt zu werden: Sie werden durch Überschwenglichkeit verdorben. Die kleinsten müssen mit Würde gesagt werden: Sie lassen sich

nur durch den Ausdruck, den Ton und die Art und Weise halten.«

676 *Ce qu'on ... Ghika*: aus der Predigtsammlung *La Visite des Pauvres* (1923) des aus einer rumän. Fürstenfamilie stammenden Geistlichen Wladimir G. (1873–1954), mit dem Hofmannsthal um 1922 in Briefkontakt stand: »Was man einfach so tut, ist einfach zu tun.«

Philinen: Philine ist eine temperamentvolle, leichtlebige und sinnliche Frauenfigur in Goethes *Wilhelm Meisters Lehrjahre*.

Manon Lescaut: Titelfigur des Romans *Histoire du Chevalier des Grieux et de Manon Lescaut* (1731) des frz. Schriftstellers Antoine François Prévost (1697–1863), gilt als Verkörperung der Sinnlichkeit und der Verführung.

Aspasien: Aspasia, die 2. Ehefrau des Perikles von Milet, spielte in den gebildeten Kreisen Athens nach 450 v. Chr. eine wichtige Rolle. Wegen ihrer Intelligenz und dem Einfluß auf ihren Mann wurde sie angefeindet.

Degas ... madame: nicht nachgewiesene Anekdote über den frz. Maler Edgar Degas (1834–1917): »Warum machen sie die Frauen so häßlich, Herr Degas? – Die Frauen sind sehr häßlich, Madame.«

God ... Gattin: aus dem Gedicht *A Wife* des engl. Dichters und Essayisten Sir Thomas Overbury (1581–1613), das dazu führte, daß Overbury ermordet wurde.

677 *Wer ... Pannwitz*: nach einem Brief von Rudolf P. (s. Anm. zu S. 636) an Hofmannsthal vom 19.–21.6.1918, im Teil vom 21.6.

Palingenesie: Wiedergeburt, Wiedererscheinen eines Vorfahren in einem neugeborenen Kind.

Als ... onore: Die Anekdote wird so ähnlich in Otto Jahns *W. A. Mozart* (1859; Teil 4, Kap. 24, S. 680) wiedergegeben: »Er hat nichts getan, um diese Ehre zu verdienen.«

Les hommes ... Pascal: aus dem Abschnitt 414/412 der Pascalschen *Pensées* (s. Anm. zu S. 660): »Die Menschen sind so notwendigerweise Narren, daß es wegen einer andersartigen Narrheit närrisch sein hieße, kein Narr zu sein.«

678 *André ... dedans*: Anekdote über den frz. Dichter André-Marie Chénier (1762–1794): »Es war doch etwas da drin.«

J'ai ... assez: »Ich habe gelebt, mein Herr, das ist doch genug.«

ébauche: (frz.) Entwurf, Skizze.

Ist nun ... Gesicht: verkürzt aus *Zahl und Gesicht* (1919; Kap. »Gesicht«, Abs. 18) des österr. Kulturphilosophen R. Kassner (1873–1959).

679 *Ce que … Philippe*: aus den Briefen des frz. Schriftstellers Charles-Louis P. (1874–1909) an den belg. Schriftsteller Henri Vandeputte (1877–1952), Brief XV, veröffentl. in der frz. Literaturzeitschrift *La Nouvelle Revue Française* 4 (1910): »Was ich am meisten auf der Welt liebe: das Laub, es existiert nicht mehr, und ich leide mit meinem ganzen Herzen inmitten dieser Stein-Landschaften.«
Die Musik … Musik): Das Buch Yo Ki ist der Teil über Musik des Buchs Li Ki über chin. Riten, die Stelle findet sich in *Aus dem Buch Li Ki: Über Musik und den Staat* in der von Hofmannsthal hrsg. Zeitschrift *Neue Deutsche Beiträge*, 1. Folge, 3. Heft, Juli 1923, S. 81.
Der Dichter … Addison: nicht nachgewiesener Ausspruch von Addison (s. Anm. zu S. 646).
Anekdote … er: nicht nachgewiesene Anekdote über den frz. Schriftsteller A. Karr (1808–1890): »Schaut wie dieses Lächeln Alphonse schöner macht, wie jung es ist, dieses Lächeln. – Das kommt daher, daß es so wenig gebraucht wurde.«
Der Tod … Landor: wohl nach einer frz. Übersetzung eines Satzes des engl. Schriftstellers Walter Savage L. (1775–1864).
Die ganze … Entzückung: nach Versen der ungedruckten Dichtung *Die Heiligen Gesänge der Hyperboräer* (1914), die in dem Brief vom 10.6.1918 von R. Pannwitz (s. Anm. zu S. 636) an Hofmannsthal enthalten sind.
680 *J'aime … Philippe*: zur Quelle s. Anm. S. 677 zu Charles-Louis Philippe, hier Brief XXI vom 11.11.1897: »Ich liebe alle Dinge, aber ich liebe besonders das, was leidet. Zwischen einem schönen jungen Mädchen und seiner Großmutter, ziehe ich die Großmutter vor, weil sie alt ist, weil sie leidet und weil sie bald sterben wird. Ich ziehe die Großmutter vor, weil, wie ich dir mitteilte, mein Herz sich daran gewöhnt hat, in einer gehobenen Stimmung zu leben, in der vor allem Güte herrscht. Während des ganzen letzten Sommers setzte gegenüber von meinem Büro eine Großmutter ihren Stuhl in die Sonne, oben auf den Stufen der rue François Miron, sie wärmte ihr armes kaltes Blut und ihr Gesicht und ihre weißen Haare. Ah! mein Freund, du hättest die Abwehrgesten dieser Alten sehen müssen. Sie lachte nicht, sie versagte sich diese Bewegung, mit einem Zurückweichen des Körpers und ihrer Glieder und einem Verzerren des Gesichts. Es war bejammernswert. Mein Herz blutete vor Traurigkeit, vor Güte und vor Glück.«
Georg Büchner … klagen?«: nach Tagebuchaufzeichnungen von Caroline Schulz zu Büchners letzten Tagen. Hofmanns-

thal fand den Ausspruch in M. Heimanns *Georg Büchner* (in: *Prosaische Schriften*, Bd. 2, S. 337, s. Anm. zu S. 662).

681 *Das Streben ... Mohammed*: Spruch aus der islamischen Tradition.

682 *als ... Wassermann*: aus Abschnitt 4 (S. 20–21) der Autobiographie *Mein Weg als Deutscher und Jude* (1921) des dt. Schriftstellers Jakob W. (1873–1934).

So göttlich ... Goethe: aus *Goethes Gespräche*, Bd. 2, S. 81 (s. Anm. zu S. 598); Aufz. Riemers zum 3.7.1810.

das Gute ... Immermann: aus dem Abschnitt »Vermischte Gedanken/Zweite Fensterscheibe« von *Die Papierfenster eines Eremiten* (1822) des dt. Schriftstellers Karl I. (1796–1840).

683 *Seinen Kopf ... Lichtenberg*: nach Heft K (Nr. 188) der *Sudelbücher* von L. (s. Anm. zu S. 662).

Der Mystiker ... Heimann: nach *Aphoristisch I*, in: *Prosaische Schriften*, Bd. 3, S. 92f. (s. Anm. zu S. 662).

Die Gründlichkeit ... Däubler: aus dem Gedicht *Der Blinde* aus der Sammlung *Das Nordlicht* (1910/21) des Schriftstellers Theodor D. (1876–1934), der mit Hofmannsthal bekannt war.

Im Bereich ... Napoleon: nicht nachgewiesen.

Nicht ... Schopenhauer: aus dem Kap. »Transzendentale Spekulation über die anscheinende Absichtlichkeit im Schicksale des Einzelnen« in *Parerga und Paralipomena I* (1851) des dt. Philosophen Arthur S. (1788–1860).

684 *Si la ... La Bruyère*: aus dem Eintrag Nr. 13 des Kap. »De l'homme« (Vom Menschen) in La Bruyères *Caractères* (s. Anm. zu S. 658): »Wenn die Armut die Mutter der Verbrechen ist, ist der Mangel an Geist ihr Vater.«

– wie ... Goethe: aus Teil 2, Buch 6 von Goethes *Dichtung und Wahrheit* (s. Anm. zu S. 661).

685 *Darum ... Helmont*: nach § 105 der Schrift *De magnetica vulnerum curatione* des flämischen Arztes und Chemikers Jan Baptist Helmont (1579–1644).

Aus welcher ... Plato: aus Platons (s. Anm. zu S. 327) Dialog *Symposion* (205b–c).

Eine einzelne ... Goethe: aus Goethes *Unterhaltungen deutscher Ausgewanderten* (1795).

Wie ... Lessing: nach dem Kap. 5 über Lessing (Die Weltanschauung Lessings) in *Das Erlebnis und die Dichtung* (1906) des dt. Philosophen Wilhelm Dilthey (1833–1911). Das Zitat ist jedoch von dem schweiz. Naturphilosophen Charles Bonnet (1720–1793).

La bêtise ... Flaubert: aus dem Brief des frz. Schriftstellers

Gustave Flaubert (1821–1880) an Louis Bouilhet vom 2.8.1855: »Die Dummheit steht nicht auf der einen Seite und die Vernunft auf der anderen. Es ist wie mit Laster und Tugend; ein Schelm, wer sie unterscheiden kann.«

Gott ... Lessing: gekürzt nach Abh. V (Von einem besonderen Nutzen der Fabeln in den Schulen) aus Lessings *Fabeln. Nebst Abhandlungen mit dieser Dichtungsart verwandten Inhalts* (1759).

686 *Einer ... Heraklit*: nach dem Fragment 49 (in *Die Fragmente der Vorsokratiker* von Hermann Diehls, hrsg. von Walther Kranz, Bd. 1) des gr. Philosophen H. (um 550–480 v. Chr.).

Die Menschen ... Goethe: aus dem Brief vom Juli 1807 in *Goethes Briefwechsel mit einem Kinde* (1835) der dt. Schriftstellerin Bettina (Bettine) von Arnim, geb. Brentano (1785–1859).

corps à corps: (frz.) Körper an Körper.

contrarium: (lat.) Gegenteil.

687 *Friedrich II*: s. Anm. zu S. 533.

Ludwig XVI: König von Frankreich (1754–1793).

688 *Rien ... Pascal*: aus dem Abschnitt 112/54 der Pascalschen *Pensées* (s. Anm. zu S. 660): »Nichts, was sich der Seele darbietet ist einfach, und die Seele bietet sich niemals einem Gegenstand einfach dar.«

Die Philosophie ... Pannwitz: aus Abschnitt 50 von *Die Krisis der europäischen Kultur* (1917) von Rudolf P. (s. Anm. zu S. 636).

689 *Toute ... Baudelaire*: aus *Les Paradis artificiels. Le Poème du hachisch, III. Le théatre de Séraphin* (1860; *Die künstlichen Paradise*) von B. (s. Anm. zu S. 51): »Jede vollkommene Ausschweifung erfordert vollkommene Muße.«

Wieland: s. Anm. zu S. 178.

Nietzsche: s. Anm. zu S. 33.

Winckelmann: s. Anm. zu S. 616.

Jacob Burckhardt: schweiz. Kultur- und Kunsthistoriker (1818–1897).

Seine ... Goethe: frei nach Goethes *Dichtung und Wahrheit* (s. Anm. zu S. 661), Teil 2, Buch 8 über den Direktor der Leipziger Kunstakademie Adam Friedrich Oeser (1717–1799).

690 *Wenn man ... Lessing*: aus dem Fragment *Daß mehr als fünf Sinne für den Menschen seyn können*, Nr.15 und (für die Erläuterung in Klammern) Nr. 17 (entst. um 1780) von Lessing (s. S. 650–654); zitiert aus dem Lessing-Kap. von Diltheys *Das Erlebnis und die Dichtung* (s. Anm. zu S. 683).

Der Mensch … Grillparzer: aus *Briefe an Marie* (Herbst 1827), Ende des 5. Briefes von Grillparzer (s. Anm. zu S. 307).
La ressource … Vauvenargues: aus *Réflexions et Maximes*, Nr. 116 (s. Anm. zu S. 663): »Die Ausflucht derer, die keine Phantasie haben, ist das Berichten.«
Generelle … Blake: aus *A Vision of the Last Judgement* (1810; *Eine Vision des Letzten Gerichts*), Abschnitt Pp. 82–84 des engl. Malers und Dichters der Romantik William B. (1757–1827), s.a. S. 691 u. 722.

691 *Gute Gedanken … Novalis*: möglicherweise Umbildung einer Stelle aus dem Roman *Heinrich von Ofterdingen* (Teil 1, Kap. 7) von Novalis.
Descartes: der frz. Philosoph, Mathematiker und Naturwissenschaftler René D. (1596–1650)
Kant: s. Anm. zu S. 398.
Fichte: s. Anm. zu S. 654.
Hegel: s. Anm. zu S. 466.

692 *Als der … Antonio*: nach Kap. 24 der lat. Biographie (1739) über die Heiligen Franziskus von Assisi (1181/2–1226) und Antonius von Padua (1195–1231), den Gründer und den ersten Lehrer des Franziskanerordens, von Joannis de la Haye. Hofmannsthal fand das Zitat in K. E. Neumann (s. Anm. zu S. 691).
Serpens… draco: zitiert nach *Die Welt als Wille und Vorstellung*, 2. Buch § 27 (1818) von A. Schopenhauer (s. Anm. zu S. 681): »Die Schlange, wenn sie nicht eine Schlange verschlingt, kann kein Drache werden.«

693 *kategorischen Imperativ*: Begriff aus der Moralphilosophie (*Die Kritik der praktischen Vernunft*) Kants (s. Anm. zu S. 398).
Das Lebendige … Pannwitz: nicht nachgewiesen.
Der Weg … Blake: aus *The Marriage of Heaven and Hell* (um 1790–93; *Die Hochzeit von Himmel und Hölle*), Plate 7 »Proverbs of Hell« von William B. (s. Anm. zu S. 688).
Der feste … XII: Jahrh.: zitiert nach *Die Reden Gotamo Buddhos* (1912), übersetzt von dem österr. Indologen Karl Eugen Neumann (1865–1915), heute in Neumanns *Übertragungen aus dem Pali-Kanon* (Zürich/Wien 1957), Bd. 2, S. 883. Die Bezeichnung Buddha (der Erleuchtete) ist der Ehrentitel für den Religionsstifter Siddhattha Gotama (um 560–um 480. v. Chr.).
Wer … Goethe: aus Goethes *Sankt Rochus-Fest zu Bingen* (1814).

694 *Unwürdig … Mohammed*: nicht nachgewiesen

Die Seele … Novalis: aus *Das allgemeine Brouillon* (1798/99), Nr. 1058 von N. (s. Anm. zu S. 515).

Schöpfung … Pannwitz: aus Abschnitt 45 von *Die Krisis der europäischen Kultur* (1917) von R. Pannwitz (s. Anm. S. 636).

695 *Hic … parentes*: (lat.) »Hier begründeten unsere Eltern die Freiheit.« Der Satz soll als Bildunterschrift unter einer Darstellung des Rütli, des Gründungsortes der schweiz. Eidgenossenschaft, stehen.

Der Großstaat … Burckhardt: aus Kap. 2 »Von den drei Potenzen. I. Der Staat« von *Weltgeschichtliche Betrachtungen* (postum 1905) von J. Burckhardt (s. Anm. zu S. 687); in der *Jacob Burckhardt Gesamtausgabe* (Berlin/Leipzig 1929), Bd. 7, S. 24.

696 *Was den … Burckhardt*: dieselbe Quelle wie Anm. zu S. 693, hier S. 27.

Die Menschheit … Mommsen: aus *Römische Geschichte*, Bd. 3, 5. Buch, Kap. XI »Die alte Republik und die neue Monarchie«, Abschnitt »Wiederherstellung des Königtums« (1854/55) des dt. Juristen und Historikers Theodor M. (1817–1903).

Ein kurzes … Schopenhauer: nach dem letzten Absatz von *Die Welt als Wille und Vorstellung. Vorrede zur ersten Auflage* (1818) von Arthur S. (s. Anm. zu S. 681).

697 *Ostrazismus*: (gr.) Scherbengericht; im Athen des 5. Jh.s v. Chr. konnte das Volk gegen einzelne Bürger eine 10jährige Verbannung aussprechen, indem es die Namen der zu Verbannenden auf Tonscherben ritzte, die dann ausgezählt wurden.

Les institutions … Montesquieu: Der Satz stammt aus dem Aufsatz *L'avenir religieux des sociétés modernes* (1860; *Die religiöse Zukunft der modernen Gesellschaften*) des frz. Religionswissenschaftlers, Orientalisten und Schriftstellers Ernest Renan (1823–1892) und ist zitiert in J. Burckhardts *Weltgeschichtliche Betrachtungen* (s. Anm. zu S. 693), S. 144: »Die Institutionen gehen an ihren Siegen zugrunde.«

Pierre … Maistre: nicht nachgewiesener Ausspruch des frz. Philosophen Joseph Marie Comte de M. (1753–1821): »Peter der Große hat Rußland mit Europa vermählt, daher euer Unglück, dessen immerwährende Klage diese ist: Nicht mit dir und nicht ohne dich kann ich leben.«

698 *Die Völker … können*: vgl. das engl. Zitat S. 741 und Anm. dazu.

Fonds: (frz.) Geldmittel.

Voltaire: s. Anm. zu S. 598.

Antwort Rodins … Frankreich: Bezug genommen wird auf einen Ausspruch von Rodin (s. Anm. zu S. 513) im Herbst 1914 hinsichtlich der Zerstörungen an frz. Kathedralen durch dt. Geschosse.

Dehmel: der dt. Schriftsteller Richard D. (1863–1920).

699 *Das größte … Goethe*: aus Goethes *Wilhelm Meisters Wanderjahre*, Buch 3, Kap. 11.

Kabinette … Herder: s. Anm. zu S. 576.

700 *Was den … Machiavelli*: zitiert nach Abschnitt 61 von *Die Krisis der Europäischen Kultur* (1917) von R. Pannwitz (s. Anm. zu S. 636).

Thomas von Aquino: ital. Philosoph und Theologe (um 1225–1274), wurde in Aquino (Latium) geboren.

Giordano Bruno: ital. Philosoph und Dominikaner (1548–1600), wurde in Nola (bei Neapel) geboren.

Giambattista Vico: ital. Geschichts- und Rechtsphilosoph (1668–1744), wurde in Neapel geboren.

Galiani: der ital. Ökonom Ferdinando G. (1728–1787), wurde in Chieti in den Abruzzen geboren.

Benedetto Croce: ital. Philosoph, Historiker und Politiker (1866–1952), wurde in Pescasseroli (Provinz L'Aquila) geboren.

Augustinus … nicht: vgl. die *Confessiones* XI. Buch 14,17 (um 400; *Bekenntnisse*) des Augustinus (s. Anm. zu S. 576).

Hannibal: s. Anm. zu S. 537.

701 *En politique … Napoléon*: aus *L'avènement de Bonaparte* (Bd. 1, 3. Aufl. 1902, S. 253) von Albert Vandal: »In der Politik sind die großen Schöpfer nicht die, die planen, sondern die, die ausführen.«

Jedes … Immermann: aus *Ahr und Lahn* (1832) von Karl I. (s. Anm. zu S. 680).

Vieles … Kaunitz: zwei Aussprüche des Fürsten von Kaunitz (s. Anm. zu S. 567).

702 *Der Staat … Müller*: Der Satz dient als Motto zum Aufsatz *Maria Theresia* (s. S. 561 und Anm. dort).

Wagner: der dt. Komponist Richard W. (1813–1883).

703 *Les journaux … Proudhon*: Ausspruch des frz. Sozialisten und Staatstheoretikers Pierre Joseph P. (1809–1865): »Die Zeitungen sind die Friedhöfe der Ideen.«

Wir müssen … Burckhardt: etwas gekürzt aus *Weltgeschichtliche Betrachtungen* (s. Anm. zu S. 693), S. 199.

704 *Will … Grillparzer*: von Grillparzer (s. Anm. zu S. 307) vielfach als Widmung verwendeter Vierzeiler, u.a. als *In das Album der Gräfin Enzenberg*, Februar 1860.

vitium: (lat.) Makel.

705 *Goethe … Andeutung‹*: nach *Goethes Gespräche*, Bd. 2, S. 525 (s. Anm. zu S. 598).

Ce qu'il … Cézanne: aus A. Vollards *Cézanne* (s. Anm. zu S. 669), Kap. 5: »Was wir brauchen ist, Poussin nach der Natur umarbeiten, darin liegt alles.«

Racine … Delacroix: aus dem Eintrag zum 23.01.1857 des Tagebuchs von Delacroix (s. Anm. zu S. 658): »Racine war für seine Zeitgenossen ein Romantiker. Für alle Zeiten ist er ein Klassiker, d.h. vollkommen.«

706 *›Daphnis … Goethe*: aus dem Eintrag zum 19.3.1831 in Goethes Tagebüchern. *Daphnis und Chloe* ist hier der Schäferroman des gr. Schriftstellers Longos von Lesbos (2. Jh. n. Chr.).

Dostojewski: s. Anm. zu S. 397.

Poe: s. Anm. zu S. 730.

Novalis: s. Anm. zu S. 515.

Tolstoi: s. Anm. zu S. 578.

Im Grunde … Schlegel: aus *Über das Studium der griechischen Poesie* (1797) von Friedrich S. (s. Anm. zu S. 652).

Es ist … Solger: aus dem im *Deutschen Lesebuch* enthaltenen *Brief über Goethes Wahlverwandschaften* (s. Anm. zu S. 624).

Ibsen: s. Anm. zu S. 486.

707 *Einen Besucher … Goethe*: nach *Goethes Gespräche*, Bd. 2, S. 414 (s. Anm. zu S. 598).

Le poète … Stendhal: aus dem Eintrag zum 5. fructidor = 23.08.1804 der Tagebücher von Stendhal (s. Anm. zu S. 404): »Der Dichter ist derjenige, der mit Gefühlen bewegt. Es gibt zwei Arten, Gefühle hervorzurufen. In vollkommener Weise Sachen darstellen, die nur sehr wenig Gefühl hervorzurufen fähig sind, dann holt man alle Gefühle daraus heraus: La Fontaine, wenn er das Wiesel darstellt, das nicht aus dem Speicher herauskommt. Mehr oder weniger gut eine Sache darstellen, die sehr viel Gefühl hervorzurufen fähig ist: Voltaire, wenn er die Situation der Merope darstellt und das, was sie in der gleichnamigen Tragödie tut. Ich glaube, wenn ich Merope und die Fabel von dem armen, mit dem Reisigbündel beladenen Holzfäller aufmerksam (und mit diesem sehr geübten Gefühl für das Schlechte und das Falsche in den Gefühlen, also als Dichter) lesen würde, würden die ersten fünfzehn Verse dieser Fabel mehr Gefühle in mir wachrufen als die ganze Tragödie.«

Die größte … Goethe: aus dem Abschnitt »Über Kunst und Altertum. Dritten Bandes erstes Heft (1813)« in Goethes *Maximen und Reflexionen* (s. Anm. zu S. 527).

Grillparzer: s. Anm. zu S. 307.
Hebbel: s. Anm. zu S. 525.

708 *Was dem ... Ludwig*: aus der Novelle *Maria*, 3. Buch, 1. Kap. des dt. Schriftstellers des Realismus Otto L. (1813–1865).

709 *Grillparzer ... nennen*: nach einem Tagebucheintrag zum April 1834 von Franz G. (s. Anm. zu S. 307).
approfondieren: (frz.) vertiefen.
On peut ... Maupassant: aus »Le Roman« (Der Roman), der Vorrede zum Roman *Pierre et Jean* (1888) von M. (s. Anm. zu S. 471); der Vers ist dem ersten Buch von *L'Art poétique* des frz. Schriftstellers und Kritikers Nicolas Boileau (1636–1711) entnommen: »Man kann die subtilsten Dinge wiedergeben und bezeichnen, indem man diesen Vers von Boileau anwendet: ›Mit einem Wort an seinem Platz lehrte er die Macht.‹ Man braucht nicht den bizarren, komplizierten, vielfältigen oder verzwickten Wortschatz, den man uns heute unter der Bezeichnung künstlerisches Schreiben aufzwingt, um alle Nuancen des Denkens auszudrücken; aber man muß mit äußerster Klarsicht alle Modifikationen im Wert eines Wortes abhängig vom Platz, den es einnimmt, erkennen. Nehmen wir weniger Substantive, Verben und Adjektive mit fast ungreifbaren Bedeutungen, sondern mehr verschiedene, unterschiedlich konstruierte, einfaltsreich geschnittene Sätze voller durchdachter Klänge und Rhythmen.«
Das Geistige ... Heimann: aus dem Aufsatz *Gelegentlich einer neuen Gotthelf-Ausgabe* (1912) in *Prosaische Schriften*, Bd. 2, S. 360 (s. Anm. zu S. 662).
Müller-Hofmann: der Maler und Kunsterzieher Wilhelm M.-H. (1885–1948).

710 *Das Schöne ... Wieland*: aus Wielands *Musarion* (s. Anm. zu S. 178).
Elle ... Josephine: aus dem Tagebucheintrag Napoleons zum 30.8.1817: »Sie war voller Anmut, um sich schlafen zu legen, um sich auszuziehen. Ich hätte gewollt, daß ein Albaner sie dann sah, um sie zu zeichnen.«
L'étude ... Baudelaire: aus dem Prosagedicht *Le Confiteor de l'artiste* aus der Sammlung von Prosagedichten *Le Spleen de Paris* (1867) von Charles B. (s. Anm. zu S. 51): »Das Studium des Schönen ist ein Duell, in dem der Künstler vor Entsetzen aufschreit, bevor er besiegt wird.«
Was ist ... Goethe: nach einer Notiz Goethes zu *Lavater* vom August 1813 (z.B. in J. W. v. Goethe: *Sämtliche Werke nach Epochen seines Schaffens*, Bd. 9, München 1987, S. 942).
inclination: (frz.) (Zu-)Neigung, Hang, Liebe.

inclinaison: (frz.) Neigung, Gefälle.

711 *Jede Dichtung ... Goethe*: aus *Goethes Gespräche*, Bd. 2, S. 68 (s. Anm. zu S. 598).

Goethe ... vermögen: nach Goethes um 1812 entstandener, wohl für *Dichtung und Wahrheit* gedachter Aufzeichnung *Kotzbue* (z.B. in: J. W. v. Goethe: *Sämtliche Werke nach Epochen seines Schaffens*, Bd. 9, München 1987, S. 943–44).

Was gut ... Kierkegaard: aus Kierkegaards *Stadien auf dem Lebensweg* (s. Anm. zu S. 661).

712 *Lessings ... war?*: vgl. *G. E. Lessings Leben*, neu bearbeitet von J. F. Schink, in G. E. Lessing: *Sämtliche Schriften*, Bd. 1, 1825, S. 52f. u. S. 102f. (s. a. S. 653).

713 *La durée ... Gide*: aus dem Artikel *Baudelaire et M. Faguet* (1910) des frz. Schriftstellers André G. (1869–1951): »Dauerhaftigkeit wird nur jenen Schriftstellern zuteil, die fähig sind, den aufeinanderfolgenden Generationen immer neue Nahrung zu bieten, denn jede Generation bringt einen anderen Appetit mit.« Vgl. a. S. 591.

Novalis' ... gehört: nach dem Fragment [*Über Goethe*] (Fragment Nr. 445 in: Novalis: *Schriften*, Bd. 2, hrsg. von Richard Samuel, Darmstadt 1965) von Novalis (s. Anm. zu S. 515).

Flaubert: s. Anm. zu S. 471.

Dostojewski: s. Anm. zu S. 397.

Valmont ... dangereuses: s. Anm. zu S. 668.

Goldoni: der ital. Dramatiker Carlo G. (1707–1793).

Die Leute ... Goethe: nach *Goethes Gespräche*, Bd. 2, S. 378 (s. Anm. zu S. 598).

714 *La Bruyères ›Caractères‹*: s. Anm. zu S. 658.

Goethe Autobiographie: s. Anm. zu S. 661.

›Samuel ... Boswell: die Biographie des engl. Schriftstellers Samuel Johnson (1709–1784) *The Life of Samuel Johnson* (1791), geschrieben von dem schott. Schriftsteller James B. (1740–1795).

Un auteur ... Blas: aus einer Einleitung des frz. Literaturkritikers und Schriftstellers Charles-Augustin Sainte-Beuve (1804– 1869) zu dem Roman *Histoire de Gil Blas de Santillane* (1715– 35) des frz. Schriftstellers Alain René Lesage (1668–1747): »Ein Autor ist ein Mensch, der in Büchern alles findet, was ihm durch den Kopf geht.« (im Original heißt es allerdings: »... der aus Büchern alles nimmt, was ...«).

Gewaltsames ... hatte: s. a. S. 614.

feindre: (frz.) fingieren, vortäuschen, so tun als ob.

to feign: (engl.) fingieren, vortäuschen, so tun als ob.

Das jetzige … Burckhardt: aus *Weltgeschichtliche Betrachtungen* (s. Anm. zu S. 693), S. 169.
Goethe … Pannwitz: aus Abschnitt 49 von *Die Krisis der Europäischen Kultur* (1917) von Rudolf P. (s. S. 636).

715 *zweibändige … Justi*: Bezug genommen wird auf *Winckelmann. Sein Leben, seine Werke und seine Zeitgenossen*, 2 Bde. (1866/72) des dt. Kunsthistorikers Carl J. (1832–1912).
Attribut … Delacroix: zitiert aus Eugène Delacroix: *Literarische Werke* (s. Anm. zu S. 658): »Die Verhältnisse koordinieren und zusammenfügen, sie genauer und umfassender sehen.«
Dostojewskij: s. Anm. zu S. 397.
Turgenjeff: der russ. Schriftsteller Iwan Sergejewitsch Turgenjew (1818–1883).
M. Joubert … comédie: Der Ausspruch des frz. Moralisten Joseph J. (1754–1824) wird zitiert von Sainte-Beuve (s. Anm. zu S. 712): »Man kann von den Romanen Le Sages sagen, daß sie den Eindruck machen, als seien sie in einem Café von einem Dominospieler geschrieben, der gerade aus der Komödie kommt.«

716 *Certains … Pascal*: aus dem Abschnitt 414/412 der Pascalschen *Pensées* (s. Anm. zu S. 660): »Manche Autoren sagen, wenn sie über ihre Werke sprechen: ›Mein Buch, mein Kommentar, meine Geschichte‹ usw. – Sie hören sich an, wie bürgerliche Hauseigentümer, die ständig ein ›Bei mir zuhause‹ auf den Lippen haben. Sie sollten lieber sagen: Unser Buch, unser Kommentar, unsere Geschichte usw. – denn für gewöhnlich ist mehr von Anderen darin enthalten als Eigenes.«
Wer … Egmont: aus dem Brief Goethes an den Herzog Karl August (1757–1828), ab 1815 Großherzog von Sachsen-Weimar-Eisenach, aus Rom vom 28.3.1788.
J'ai … Voltaire: aus *Avis à un journaliste* (1744/65; *Ratschläge für einen Journalisten*), Abschnitt »Sur la comédie« (Zur Komödie) von Voltaire (s. Anm. zu S. 598): »Ich habe den Verstand junger Leute immer an der Feinheit der Schilderung erkannt, die sie von einem neuen Stück gaben, das sie gerade gesehen hatten; und ich habe festgestellt, daß alle die, welche die Sache am besten ausführten, jene waren, die inzwischen am meisten Ansehen in ihren Berufen erworben haben. So ist es wahr, daß im Grunde der Geist der Geschäfte und der echte Geist der Literatur der gleiche ist.«

717 *Le premier … Delacroix*: aus dem Eintrag zum 22.06.1863 des Tagebuchs von Delacroix (s. Anm. zu S. 658): »Es ist das erste Verdienst eines Bildes, ein Fest für das Auge zu sein.«

Goethes Novelle: Goethes schlichtweg *Novelle* (1828) betiteltes Werk.

718 *Entre autres … Delacroix*: aus *Fragments sur le beau, l'idéal et le réalisme* von Delacroix (s. Anm. zu S. 658): »Was unter anderem den großen Maler ausmacht, ist die kühne Zusammenstellung von Nebensächlichkeiten, die den Eindruck erhöhen. Die Wolken, die in dieselbe Richtung fliegen wie der von seinem Pferd hinweggetragene Reiter, die Falten seines Mantels, die ihn umhüllen oder um die Flanken seines Pferdes wehen. Diese machtvolle Verbindung … denn, was heißt komponieren? Nichts anderes als mit Macht verbinden.«

Die Regel … Arnim: aus *Die Kronenwächter* (1817) 1. Buch, 5. Geschichte »Der Bau« des dt. Dichters Achim von A. (1781–1831).

Das einzige … Schlegel: aus dem Brief von Friedrich S. an seinen Bruder August Wilhelm S. vom 11.12.1793.

Wir suchen … Novalis: erstes Fragment der Sammlung *Blüthenstaub* (1798) von Novalis (s. Anm. zu S. 515).

Eindruck … lang: nach *Goethes Gespräche*, Bd. 1, S. 412f. u. Bd. 5, S. 65 (s. Anm. zu S. 598). Das Zitat aus dem Nibelungenlied findet sich so ähnlich in der 16. Aventüre, Strophe 983.

719 *Gottfried Keller*: s. Anm. zu S. 545.

L'avilissement … Balzac: aus dem Roman *Le Cousin Pons* (1847; *Vetter Pons*) von Balzac (s. Anm. zu S. 307): »Die Entwertung von Wörtern ist eine der Seltsamkeiten unserer Bräuche, deren Erklärung ganze Bücher erfordern würde. Schreiben sie an einen Rechtsanwalt und nennen sie ihn ›Mann des Gesetzes‹, und sie werden ihn beleidigen, ebenso sehr wie sie einen Kolonialwaren-Großhändler beleidigen, wenn sie ihn in einem Brief anreden mit: Herr Soundso, Krämer. Eine ziemlich große Anzahl von Leuten der Gesellschaft, die, weil ihr Wissen aus nichts anderem besteht, solche feinen Unterschiede der Lebensführung kennen sollten, wissen immer noch nicht, daß die Bezeichnung ›Literat‹ die grausamste Beleidigung ist, die man einem Autor zufügen kann.«

720 αἰδώς: (gr.) Scham (aidós).

Claudel … temps: aus dem Artikel *Baudelaire* (in: *La Nouvelle Revue Française*, 1910) des frz. Schriftstellers Jacques Rivière (1886–1925): »Es ist eine außerordentliche Mischung aus dem Stil von Racine und dem journalistischen Stil seiner Zeit.«

Claudel: der frz. Schriftsteller Paul C. (1868–1955).

›heilig … Hölderlin: s. das Gedicht *Hälfte des Lebens* aus *Nachtgesänge* (1804) von Friedrich H.

Böcklin: der schweiz. Maler Arnold B. (1827–1901).

Poussin: s. Anm. zu S. 315.

721 *Hektor und Achilles*: vgl. Homer, *Ilias* XXII.

Sehr weiterführende ... existieren: aus dem Tagebucheintrag Goethes zum 16.11.1808.

Die Welt ... Grillparzer: aus *Grillparzers Gespräche,* 2. Abt. (1791–1831), hrsg. von August Sauer (Wien 1905), S. 285 u. 187.

722 *Tous les ... Buffon*: aus *Discours prononcé à l'Académie française* vom 25.8.1753 des frz. Naturforschers Georges Louis Leclerc, Graf von B. (1707–1788): »Alle Verhältnisse, aus denen der Stil zusammengesetzt ist, sind nützliche Wahrheiten und vielleicht wertvoller für den menschlichen Geist als die, die den Kern des Themas ausmachen können.«

Märchen ... Schlange: Goethes *Märchen* (zur Fortsetzung der *Unterhaltungen deutscher Ausgewanderten*)

Gemach ... Kastell: Ein Saal des Castello Sforzesco in Mailand wurde 1497/98 von Leonardo da Vinci (s. Anm. zu S. 642) mit einem Baum-Motiv und einem darin verwobenen Seil mit ornamentalen Knoten ausgemalt.

Poussin ... négligé: Der Satz »Ich habe nichts vernachlässigt« ist von Poussin (s. Anm. zu S. 315) überliefert.

Ad me ipsum

Hofmannsthal arbeitete seit 1916 immer wieder an Notizen, die vor allem die Einheit seines Werkes darstellen sollten. Zuerst sollten diese Aufzeichnungen dem befreundeten österr. Schriftsteller Max Mell (1882–1971) bei der Abfassung eines Artikels über *Die Frau ohne Schatten* dienen. 1926 schenkte Hofmannsthal dem ihm nahe stehenden Germanisten Walther Brecht (1876–1950) eine leicht veränderte Abschrift. Weitere Überlegungen stehen im Zusammenhang mit Gesprächen, die Hofmannsthal mit dem befreundeten schweiz. Politiker, Historiker und Essayist Carl Jacob Burckhardt (1891–1974) geführt hat. Der Erstdruck der Walther Brecht übergebenen Papiere erfolgte mit dessen Kommentar im *Jahrbuch des Freien Deutschen Hochstiftes,* Frankfurt a. M. 1930; weitere Teile wurden in *Corona* 10,4 (1941) von Martin Bodmer herausgegeben. Eine Neuordnung und Ergänzung erfolgte in *Die Neue Rundschau* 65 (1954). Hier wird der Text wiedergegeben nach H. v. H.: *Gesammelte Werke in 10 Einzelbänden, Reden und Aufsätz III, Buch der Freunde, Aufzeichnungen,* Frankfurt a. M. 1980, S. 598–627.
Im Text werden folgende nicht in diesem Band abgedruckte Werke Hofmannsthals erwähnt (die mit einem * versehenen Werke sind in Bd. 2 dieser Ausgabe enthalten):

das lyrische Drama **Gestern* (1891) mit der Hauptfigur Andrea,
das lyrische Drama **Der Tod des Tizian* (1892/1901) mit den Figuren Page und Gianino,
das lyrische Drama *Idylle* (1893) mit den Figuren »Der Schmied« und »Die Frau« (Tochter des Töpfers),
das lyrische Drama **Der Tor und der Tod* (1894) mit der Hauptfigur Claudio,
das Fragment *Alexander – Die Freunde* (entst. 1895),
das lyrische Drama *Das Kleine Welttheater* (1897) mit den Figuren »Der Dichter«, »Gärtner«, »Der Fremde« und »Der Wahnsinnige«,
das lyrische Drama *Das Kind und die Gäste* (1897),
das lyrische Drama *Die Frau im Fenster* (1898) mit der Figur Madonna Dianora,
das lyrische Drama *Die Hochzeit der Sobeide* (1899) mit den Figuren Sobeide, Ganem und »ein reicher Kaufmann«,
das lyrische Drama *Der weiße Fächer* (1897) mit der als »Witwer« bezeichneten Figur,
das lyrische Drama *Der Abenteurer und die Sängerin* (1899) mit den Figuren Abenteurer, Cesarino, Salaino (ein junger Musiker) und Vittoria,
das Drama *Das Bergwerk zu Falun* (entst. 1899; im Text zumeist als *Bergwerk* bezeichnet) mit der Hauptfigur Elis Fröbom,
das lyrische Drama **Der Kaiser und die Hexe* (1900) mit den Figuren Kaiser (Porphyrogenitus), Hexe und Tarquinius Morandin (der Kämmerer),
die Tragödie **Elektra* (1903) mit den Figuren Elektra und Chrysothemis,
das Trauerspiel *Das Gerettete Venedig* (1904/5) mit den Figuren Pierre und Jaffier,
die Tragödie *Ödipus und die Sphinx* (1905/6) mit den Figuren Ödipus und Kreon,
das *Vorspiel für ein Puppentheater* (1906),
das Trauerspiel *Alkestis* (1909),
die Oper *Ariadne auf Naxos* (1912/16) mit den Figuren Ariadne, Zerbinetta, Bacchus und Harlekin,
das Fragment *Die beiden Götter* (1917),
die Komödie **Der Schwierige* (1921),
das Schauspiel *Das Salzburger Große Welttheater* (1922),
das Trauerspiel **Der Turm* (1925) mit der Figur Sigismund,
die Oper *Die Ägyptische Helena* (1928).

723 *Quocirca … Vita Mosis*: aus der Darstellung des Lebens des Moses von Gregor von Nyssa (um 335–um 394); Übersetzung s. S. 722, Quelle s. S. 734.

Andrian ... Erkenntnis«: die Prosadichtung *Der Garten der Erkenntnis* (1895) des mit Hofmannsthal befreundeten österr. Diplomaten und Schriftstellers Leopold von Andrian-Werburg (1875–1951), s.a. *Das Märchen der 672. Nacht* (S. 66–84).

Praeexistenz: Den Begriff der Praeexistenz übernahm Hofmannsthal aus L. Hearns Buch *Kokoro* (s. Anm. zu S. 582), dessen 12. Kap. »The Idea of Pre-existence« überschrieben ist. Hearn versucht unter diesem Begriff eine Synthese aus der asiatisch-philos. Konzeption einer früheren Existenz der Elemente der Seele mit der westl.-naturwiss. Vererbungslehre. Hofmannsthal macht seine Umdeutung des Konzepts zu einer der Grundlagen für seine Selbstinterpretation und seinen Versuch, Einheit und Entwicklung in seinem Werk darzustellen.

724 *»ihr ... Meister«*: aus 2. Buch, 13. Kap. von Goethes Roman *Wilhelm Meisters Lehrjahre* (1795/96).

Blake: s. Anm. zu S. 688.

claudere: (lat.) schließen.

725 *Hamlet*: Shakespeares Tragödie (1603/1604).

Silberer ... Mystik‹: die psychoanalytisch geprägte Abhandlung *Probleme der Mystik und ihrer Symbolik* (1914) des österr. Publizisten Herbert S. (1882–1923).

»Wer sich ... gewesen.«: aus Silberers *Probleme der Mystik*, S. 171–172.

»der tiefe ... wohl«: s. das Gedicht *Weltgeheimnis* (S. 17).

727 *contraposto*: (ital.) Gegensatz.

allomatisch: Hofmannsthal entnimmt den Begriff des Allomatischen der Abhandlung Ferdinand Maacks *Zweimal gestorben. Die Geschichte eines Rosenkreuzers aus dem 18. Jahrhundert. Nach urkundlichen Quellen mit literarischen Belegen und einer Abhandlung über vergangene und gegenwärtige Rosenkreuzerei* (1912). Maack bezeichnet mit seiner Begriffsschöpfung der Allomatik seine Vorstellung vom alchemistischen Grundprinzip des Rosenkreuzerordens: daß alles mit allem in Verbindung steht und ständig in Veränderung und -wandlung begriffen ist. Für Hofmannsthal bedeutet Allomatik, verkürzt gesagt, die Veränderung des Ich durch das Du, die ständige Verwandlung des Subjekts durch die Begegnung mit anderen.

iterum: (lat.) erneut.

Tyche: gr. Göttin des Zufalls bzw. des launischen Schicksals.

»Verworrner ... Welle«: aus *Der Tor und der Tod* (1893).

730 *Mell*: s. Einleitung.

»Und … mehr«: s. das Gedicht *Manche freilich …* (S. 26).

731 *Märchen vom Kaufmannssohn*: s. *Das Märchen der 672. Nacht* (S. 66–84)

»Was frommt … haben«: s. das Gedicht *Ballade des äußeren Lebens* (S. 18).

der tiefe Brunnen: s. das Gedicht *Weltgeheimnis* (S. 17).

732 *Daimon … Ananke*: Die drei Begriffe werden neben anderen in Goethes *»Urworte. Orphisch«* (1820) behandelt und von F. Gundolf in der Einleitung seines Goethe-Buches (s. Anm. zu S. 736) als wichtigste herausgestellt. Goethe versteht unter Daimon die Individualität, das Charakteristische einer Person, unter Tyche das Zufällige, unter Ananke die Bindung an ein höheres Gesetz bzw. die Nötigung.

Ananke: gr. Schicksalsgöttin.

733 *Iphigenie … Mythos*: Im gr. Mythos opfert Agamemnon seine Tochter Iphigenie der Göttin Artemis für gute Winde auf der Fahrt in den trojanischen Krieg. Iphigenie wird jedoch von Artemis gerettet und als ihre Priesterin auf Tauris eingesetzt. Ihr Bruder Orest kommt – nach dem Mord an seiner Mutter als Sühne für deren Gattenmord, der wiederum aus Rache wegen der vermeintlichen Opferung Iphigenies vollbracht wurde – nach Tauris, wo er nun seinerseits, wie alle Fremden, geopfert werden soll. Iphigenie rettet ihn durch eine List und beide fliehen.

»the imp of the perverse«: die Kurzgeschichte *The Imp of the Perverse* (1845; *Der Alp der Perversheit*) des am. Schriftstellers Edgar Allan Poe (1809–1849).

›Mitschuldigen‹: Goethes Lustspiel *Die Mitschuldigen* (1776).

»state«: (engl.) Zustand.

734 *Den Hesperos … S. 344*: nach § 143 (S. 344) von *Das Mutterrecht* (1861) des schweiz. Altertumsforschers Johann Jakob Bachofen (1815–1887).

Hesperos: im gr. Mythos der den nächtlichen Brautzug anführende Abendstern.

Eos: im gr. Mythos Göttin der Morgenröte.

Sapph: Gemeint ist Sappho (s. Anm. zu S. 464).

Catull: s. Anm. zu S. 475.

Demetrius de elucutione: dem athenischen Gelehrten und Staatsmann Demetrios von Phaleron (um 360 – um 283 v. Chr.) zugeschriebenes Werk über Rhetorik.

735 *»Ein-Wesen ists«*: Ausspruch der Figur »Der Fremde« in *Das kleine Welttheater.*

736 *»ich will … lernen«*: Ausspruch des Claudio in *Der Tor und der Tod.*

Semelemotiv: Im gr. Mythos ist Semele eine Geliebte des Jupiter, der ihr als Sterblicher erscheint. Als sie verlangt, daß er sich ihr in seiner göttlichen Herrlichkeit zeige, wird sie von seinem Glanz verzehrt. Das Kind, das sie von Zeus empfangen hat, wird jedoch gerettet und kommt als Gott Dionysos (entspricht dem röm. Bacchus) zur Welt.

Zwillingsbrüdersonette Schröders: der Gedichtband *Die Zwillingsbrüder. Sonette* (1908) des dt. Schriftstellers Rudolf Alexander S. (1878–1962), mit dem Hofmannsthal seit 1900 befreundet war.

»Warum ... bringen?«: aus *Der Tor und der Tod.*

737 *»Und ... Leier«*: s. das Gedicht *Manche freilich ...* (S. 26).

Burdach S. 400: Gemeint ist der Aufsatz *Faust und Moses* (in *Sitzungsberichte der königlich preussischen Akademie der Wissenschaften*, 1912) des dt. Germanisten Konrad B. (1859–1936), mit dem Hofmannsthal bekannt war. Das als Motto verwendete und auf S. 720 übersetzte Zitat findet sich dort in einer Fußnote auf S. 400.

738 *La ... univers*: (frz.) die Präsenz des Universums.

›Geschwistern‹: Goethes Schauspiel *Die Geschwister* (1776).

739 *»der Flüsse ... Hirtentag«*: s. das Gedicht *Lebenslied* (S. 29).

Betrachtungen ... existieren: s. S. 719.

Heintl: Hofmannsthal plante 1906/07 eine Art modernes *Jedermann*-Drama unter dem Titel *Dominic Heintls letzte Nacht.*

die Vorwegnahme ... Gundolf: der zum George-Kreis (s. Anm. zu S. 12) gehörende dt. Literarhistoriker Friedrich G. (1880–1931), untersucht in seiner Monographie *Goethe* (1917) die unterschiedlichen Schicksalsideen und den damit verbundenen Begriff des Dämonischen in Goethes Werk, das er in lyrische, symbolische und allegorische Dichtungen einteilt.

»die schwebend unbeschwerten«: s. das Gedicht *Lebenslied* (S. 29).

»Nichts ... Ort«: aus dem 3. Aufzug von Hofmannsthals Oper *Die Frau ohne Schatten* (1919).

Volker ... usf.: wörtl. aus Teil 2 der *Welt-Eroberung* (S. 95) von Volker (Pseudonym des dt.-jüd. Philosophen und Mystikers Erich Gutkind) in *Welt-Eroberung durch Heldenliebe* von Frederik van Eeden und Volker, Berlin 1911.

740 *Brecht*: s. Einleitung.

Clemens Brentano: dt. Dichter der Romantik (1778–1842).

Bettina: s. Anm. zu S. 684.

»sein Worte ... liegt.«: nicht nachgewiesen.

»Mäuse ... Maul laufen«: aus einem nicht abgeschickten Brief

von C. Brentano an E.T.A. Hoffmann, vermutlich ab September 1817.

741 *Hermann Bahr*: österr. Schriftsteller (1863–1934), war einer der ersten Förderer und lit. Freunde Hofmannsthals.

George: s. Anm. S. 59.

Richard B[eer]-H[ofmann]: der mit Hofmannsthal befreundete österr. Schriftsteller (1866–1945).

»Adolphe«: der Roman *Adolphe* (1810) des frz. Schriftstellers Benjamin Constant (1767–1830).

Andrian: s. Anm. zu S. 721.

Bui: der dt. Diplomat George von Franckenstein (1878–1953), Bruder des mit Hofmannsthal befreundeten Komponisten Clemens von Franckenstein (1875–1942).

Frau v. W[ertheimstein]: s. Anm. zu S. 19.

Bodenhausen: der mit Hofmannsthal eng befreundete dt. Industrielle, Kunsthistoriker und Mäzen Eberhard von B. (1868–1918), Mitbegründer und -herausgeber der bedeutendsten Jugendstilzeitschrift *Pan*, in der auch Hofmannsthal veröffentlichte (vgl. S. 20, 21, 32).

Schröder: s. Anm. zu S. 733.

Pannwitz: s. Anm. zu S. 636.

Varese: ital. Stadt in der Lombardei, wo Hofmannsthal 1897 mehrere Sommerwochen verbrachte; hier begann eine produktive Phase, in der einige der frühen lyrischen Dramen entstanden.

»und ... sagt«: s. das Gedicht *Ballade des äußeren Lebens* (S. 18).

dramatischen ... Traum‹: Grillparzers dramatisches Märchen *Der Traum ein Leben* (1834).

Scientia ... Augustinus: aus *De Civitate Dei* (11,7) des lat. Kirchenlehrers Augustinus (354–430): »Das Wissen der Kreatur kann im Vergleich mit dem Wissen des Schöpfers als abendliches Verdunkeln angesehen werden.«

742 *Kant*: s. Anm. zu S. 398.

George ... Pilgerfahrten«: Georges (s. Anm. zu S. 59) Gedichtbände *Hymnen* (1890) und *Pilgerfahrten* (1891).

Borchardt: der mit Hofmannsthal befreundete, ursprünglich zum George-Kreis gehörende konservativ-national orientierte dt. Schriftsteller und Übersetzer Rudolf B. (1877–1945), vgl. Borchardts *Rede über Hofmannsthal* (1905).

Molière: s. S. 591–595.

Tartuffes ... homme«: vgl. Molières Komödie *Le Tartuffe* (III, 3).

a-t-on ... sobriété: (frz.) »hat man jemals so viel in so wenig Worten gesagt – so vieles angedeutet mit einer solchen Zurückhaltung.«

743 *Renan*: s. Anm. zu S. 695.
en-deça … pensée: (frz.) unterhalb seines Denkens.
744 *N.*: Nach dem *Index Nominum zu Hugo von Hofmannthals Gesammelten Werken* (Heidelberg 1976) ist hier Alfred von Nostitz (s. Anm. zu S. 351) gemeint.
C[arl] B[urckhardt]: der mit Hofmannsthal befreundete schweiz. Politiker, Historiker und Essayist Carl Jacob B. (1891–1974); vgl. dazu Burckhardts *Erinnerungen an Hofmannsthal* (1948).
»A man … praised«: aus dem Essay *Character* des am. Dichters und Philosophen Ralph Waldo Emerson (1803–1882), der hier den Bostoner Methodisten-Prediger Edward Taylor zitiert: »Ein Mann kann weder beleidigt noch gelobt werden.«
Ni l'objet … Variété‹: aus der Aufsatzsammlung *Variété* (1924; *Diverses*) von P. Valéry (s. Anm. zu S. 631).
Racine: s. Anm. zu S. 620.
745 *›Ahnfrau‹*: s. Anm. zu S. 307.
›Rodauner Anfänge‹: unter dieser Bezeichnung plante Hofmannsthal 1906 ein fiktives Gespräch zw. ihm und R. A. Schröder (s. Anm. zu S. 733). Das Werk wurde nicht ausgeführt; die Notizen dazu sind veröffentlicht in H. v. H.: *Sämtliche Werke*, Bd. 21, Frankfurt a. M. 1991.
Lionardo: s. Anm. zu S. 642.
Edgar Poe: s. Anm. zu S. 730.
Baudelaire: s. Anm. zu S. 51.
Verlaine: der frz. Lyriker Paul V. (1844–1896).
Mallarmé … faune‹: S. George (s. Anm. zu S. 59) schenkte Hofmannsthal eine eigenhändige Abschrift von *L'après-midi d'un faune* des frz. Dichters des Symbolismus Stéphane Mallarmé (1842–1898).
Novalis: s. Anm. zu S. 515.
Keats: s. Anm. zu S. 334.
746 *il faut … pensées*: (frz.) »man muß sehr konsequent sein in den Gedanken.«
Hexe von Endor: vgl. 1 Samuel 28,7–25.
substantiae secundae: (lat.) die sekundären Existenzen.
747 *»der feine kluge Wiener«*: Charakterisierung Hofmannsthals durch Max Weber, wiedergegeben in Marianne Webers Biographie ihres Mannes (S. 626); vgl. Anm. zu S. 642.
748 *Il en … Valéry]*: aus dem Kap. »Au sujet d'Adonis« (Über Adonis [von Lafontaine]) der Aufsatzsammlung *Variété* (1924; *Diverses*) von Paul V. (s. Anm. zu S. 631): »Es ist mit unserem Geist wie mit unserem Leib: was sie an sich selbst als das

Wichtigste empfinden, das umhüllen sie mit Geheimnis, das verstecken sie vor sich selbst; sie verweisen darauf und verteidigen es durch diese Tiefe, in der sie es plazieren. Alles, was zählt, ist wohl verschleiert, die Zeugen und die Dokumente verdunkeln es; die Taten und die Werke sind absichtlich gemacht, es zu verkleiden.«

Aristie: (gr.) Heldentat und ihre lit. Verarbeitung.

Bachofen: s. Einleitung zu *Die Frau ohne Schatten*.

C. B.: Carl Jacob Burckhardt (s. Anm. zu S. 741).

749 *Pigenot*: der dt. Schriftsteller Ludwig von P. (1800–1841).

Harpyen: in der gr. Mythologie weibliche Unheilsdämonen, Vögel mit Frauenköpfen.

τὸ ὅσιον: (gr.) das durch göttliches oder natürliches Recht Bestimmte bzw. Gebotene (tò hósion).

Homunculus: (lat.) Menschlein. Bezeichnung für den in Goethes *Faust II* (2. Akt) vom Famulus Wagner nach der Anleitung des Paracelsus künstlich erzeugten Menschen.

»... ihre ... 1802: aus einem Brief Hölderlins (s. Anm. zu S. 544) an den befreundeten dt. Publizisten Casimir Ulrich Böhlendorff (1775–1825). Der Brief wird auf den Herbst 1802 datiert, da Böhlendorf sich in einem Brief vom 2.12.1802 darauf bezieht.

750 *Buckle*: der brit. Kulturhistoriker Henry Thomas B. (1821–1862).

Gibbon: der brit. Historiker Edward G. (1737–1794). Gibbons *History of the Decline and Fall of the Roman Empire* (1776–88; *Geschichte des Verfalls und Untergangs des Römischen Reiches*) soll Hofmannsthal schon als Schüler gelesen haben und gilt als eine Quelle der Inspiration für das Spätzeitbewußtsein der sog. lit. Décadence um 1900.

Riegl: der österr. Kunsthistoriker Alois R. (1858–1905), befaßte sich bes. mit (spätröm.) Kunststilen.

Wickhoff: der österr. Kunsthisoriker Franz W. (1853–1909), befaßte sich bes. mit der christl. Spätantike.

»Monumenta Germaniae«: Die *Monumenta Germaniae Historica* (*Geschichtsdenkmäler Deutschlands*) ist die umfangreichste Sammlung mittelalterlicher Quellentexte zur dt. und europ. Geschichte.

Duncker ... Altertums«: die *Geschichte der Altertums* (1878–82) des dt. Politikers und Historikers Max D. (1811–1886).

Wattenbach ... Geschichtsquellen«: die Textsammlung *Deutschlands Geschichtsquellen im Mittelalter bis zur Mitte des 13. Jahrhunderts* des dt. Historikers Wilhelm W., der 1886–88 Vorsitzender der Zentraldirektion der *Monumenta Germaniae Historica* war.

Byzanz: s. Anm. zu S. 419.
751 *Dilthey*: s. Anm. zu S. 683.
Schröder: s. Anm. zu S. 733.
Bremer Presse: Privatpresse (1919–1944) mit angegliedertem Verlag (seit 1922); von Hofmannsthal, R. Borchardt und R. A. Schröder mit begründet.
Münchner Rede: s. S. 632–649.
Tolstoi ... Kreutzersonate«: die Erzählung *Die Kreutzersonate* (1891) des russ. Schriftstellers Lew (Leo) Tolstoi (1828–1910).
Poldy: Leopold von Andrian (s. Anm. zu S. 721).
›*Verwirrungen ... Törless*‹: die Erzählung *Die Verwirrungen des Zöglings Törleß* (1906) des österr. Schriftstellers Robert Musil (1880–1942).
Unterach: Ort in Oberösterreich.
›*Die Afrikanerin*‹: die Oper *L'Africaine* (1865; *Die Afrikanerin*) von Giacomo Meyerbeer (s. Anm. zu S. 555).
Fusch: österr. Ort im Salzburger Land am Fuß des Großglockner, wo Hofmannsthal in seiner Jugend mehrfach den Sommer verbrachte.

1. Der ›Erbe‹

Ein selbstbewußter Künstler und Aristokrat, ein katholischer Österreicher jüdischer Herkunft, ein Dichter von erlesener Bildung und mitunter verwirrender Virtuosität: So hat sich Hugo von Hofmannsthal dem Gedächtnis der Nachwelt eingeprägt. Unbestritten ist er einer der großen Autoren des späten 19. und frühen 20. Jahrhunderts – und doch ein besonderer Fall. In den fast vierzig Jahren seiner schriftstellerischen Laufbahn hat er ebensoviel Verehrung gewonnen wie verloren. Sein reichhaltiges Werk ist nicht ohne inneren Zusammenhalt, fügt sich aber kaum zu einer Einheit: Zu groß scheinen, thematisch, stilistisch und formal, die Unterschiede. In mancher Hinsicht mutet sein Werk sogar bruchstückhaft an, gekennzeichnet von der gegenläufigen Bewegung ständigen Anfangens und Abbrechens, die typisch ist für diesen rastlos-produktiven Autor.

Selten hat ein Dichter auf so hohem Niveau begonnen – und danach sein Publikum so beharrlich enttäuscht. Mit eigentümlich melancholischen, dabei wohllautenden, ja geschmeidigen Versen, die er als Schüler unter dem Pseudonym Loris zu publizieren begann, hat Hofmannsthal sich den Ruf eines literarischen Wunderkinds erworben, vergleichbar Keats oder Rimbaud.[1] Schon früh fanden seine Verse Eingang in anspruchsvolle Anthologien wie Rudolf Borchardts Sammlung *Ewiger Vorrat deutscher Poesie* (1926), in der kein Autor nach Mörike auch nur annähernd so stark vertreten ist. Gedichte wie *Vorfrühling, Ballade des äußeren Lebens, Über Vergänglichkeit (Terzinen I), Manche freilich ...* sind bis heute Klassiker nicht nur der deutschen Literatur.

Die anspielungsreichen Gedichte, die der junge Hofmannsthal mit großer Geläufigkeit schrieb, trafen den Geschmack der Zeit. Sie erregten die Bewunderung des etwas jüngeren Rilke und die Neugier des wenig älteren George. Zu dritt begründeten sie die moderne deutsche Lyrik in der Nachfolge des französischen Symbolismus, ohne allerdings jemals eine Gruppe zu bilden. Um seine künstlerische Unabhängigkeit besorgt, verschloß Hofmannsthal sich vielmehr schon bald »mit Strenge und Vorsicht bis zur Stummheit«[2] vor dem gleichermaßen esoterischen und tyrannischen George, und sein Urteil über Rilke schwankte bis zuletzt zwischen Anerkennung und Abwertung, auch Abwehr.[3] Die literarischen Gemeinsamkeiten zwischen diesen drei am Ende denkbar verschiedenartigen Dichtern waren schnell aufgebraucht. Jeder entwickelte sich in eine Richtung, die nicht unbedingt vorhersagbar gewesen wäre, am wenigsten bei Hofmannsthal.

Hofmannsthal war vielleicht eine reichere Begabung als Rilke und George, auch gebildeter als sie. Rilke und George waren Neuerer, in mancher Hinsicht traditionsloser, aber auch kühner als er. George blieb im wesentlichen Lyriker, Hofmannsthal aber drängte es zu anderen Gattungen, entschiedener als Rilke. Noch nicht dreißig, gab er die Lyrik auf, der vor allem er seinen Ruhm verdankte. Sein erzählerisches Werk, das im *Märchen der 672. Nacht* 1895 seinen ersten Höhepunkt erreicht, ist bereits fünf Jahre später fast abgeschlossen; es folgen, sieht man von dem Märchen *Die Frau ohne Schatten* (1919) ab, nur noch Fragmente wie *Lucidor* (1910) und, vor allem, der unvollendete Roman *Andreas*, an dem er seit 1907 fast zwanzig Jahre mit Unterbrechungen arbeitete. Der Hofmannsthal des neuen Jahrhunderts ist Essayist und Reiseschriftsteller, auch Anthologist und Aphoristiker, vor allem aber Dramatiker. Auf dem Theater suchte er fortan sein Glück: mit Tragödien, Komödien, Opernlibretti und Mysterienspielen.

Doch nichts von dem, was Hofmannsthal in späteren Jahren veröffentlichte, hat ähnlich ungeteilte Anerkennung gefunden wie seine frühen Gedichte. Seine dramatische Produktion verwirrte Publikum und Kritik nicht nur durch ihre Heterogenität. Fand er schon als Erzähler zu seiner Zeit wenig Resonanz, so errang er als Dramatiker, alles in allem, nur *einen* wirklich großen Erfolg: den *Rosenkavalier* (1911). Für ihn hatte sich Hofmannsthal im übrigen mit Richard Strauss zusammengetan, der, künstlerisch noch konservativer als er selbst,

vielen seiner Anhänger suspekt blieb und an dessen Geschmack er mitunter fast verzweifelte.
Andere große Erfolge hatte Hofmannsthal kaum vorzuweisen. Manches überzeugte nicht, wie seine psychologisierenden Bearbeitungen antiker Mythen, anderes drang nicht recht durch, wie sein vielleicht gelungenstes Stück *Der Schwierige* (1918), wieder anderes, wie der *Jedermann* (1911) und *Das Große Salzburger Welttheater* (1922), befremdete in seiner künstlichen Simplizität und Religiosität; und mit seinem letzten großen Drama, dem *Turm* (1926), wurde er nicht wirklich fertig. Das Stück gab Gottfried Benn sogar Anlaß zu Überlegungen über das Altern als Problem für Künstler: »Der Weg von den Gedichten des zwanzigjährigen Loris zu den politischen Verworrenheiten des Turms des Fünfzigjährigen war der Weg der Speisung der Fünftausend zum Einsammeln der Brocken [...] an die Stelle des Schimmers und der Ahnung der Jugend trat [...] der Fleiß und der Wille«[4].
Das Bild des von seinem Weg abgekommenen Genies entstand früh und hielt sich lange in der Öffentlichkeit. Schon bei der Uraufführung der *Elektra* 1904 war von der »Verirrung eines Talents«[5] die Rede; das wurde ein Topos der Kritik. Seine Anhänger verstanden Hofmannsthal als den »Erben«[6] einer großen literarischen und kulturellen Tradition; seinen Kritikern dagegen galt er, zumal am Ende seines Lebens, als ein Anachronismus, ideologisch und literarisch.
Daß er ein Dichter der Moderne war, ließ sich tatsächlich immer schwerer erkennen. Als Dramatiker schien er Calderón und Molière verwandter als Brecht, dessen *Dreigroschenoper* im Jahr vor Hofmannsthals Tod uraufgeführt wurde. Daß der junge Brecht, als er 1920 eine Inszenierung des *Jedermann* rezensierte, in dem Stück wenig mehr fand als »starre Größe« und »Geschmacklosigkeit«[7], war nicht weiter verwunderlich. Auch bedeutende Theaterkritiker wie Siegfried Jacobsohn standen Hofmannsthals Stücken ratlos, oft ablehnend gegenüber. Die Dichter der expressionistischen Generation, darunter selbst frühere Bewunderer wie Franz Werfel, hielten ihn für »einen untergehenden Stern«[8]. Der jugendlich-genialische Lyriker schien mit der Jugend auch seine Genialität verloren

zu haben. Er schien nicht nur sich selber überlebt zu haben, sondern auch die Kultur des alten Österreich, der er weiter anhing, ebenso wie der Literatur des 18. und 19. Jahrhunderts.

Zeigten sich die Autoren der jungen Generation enttäuscht von ihm, so »quittierte Hofmannsthal, unpolemisch wie er war, die neuere Literatur mit Schweigen«[9] – von wenigen Ausnahmen abgesehen (wie Saint-John Perse, den er noch in seinem letzten Lebensjahr rezensierte). Stattdessen bezog er sich programmatisch in Anthologien wie *Deutsche Erzähler* (1912) und besonders *Deutsches Lesebuch* (1922) vor allem auf das Jahrhundert zwischen 1740 und 1840 als die klassische Zeit der deutschen Literatur. Wie Thomas Mann sah sich Hofmannsthal zunehmend in der Nachfolge Goethes. Doch was er sich vorgenommen hatte, war immer schwerer zu vermitteln, dem Publikum wie der Kritik. Als er 1929 plötzlich starb, war er zwar nicht vergessen; aber er war »zum erfolglosen und unzeitgemäßen Schriftsteller«[10] geworden: ein Mann der Vergangenheit.

2. Ein Dichter der Vergangenheit

Mit Hofmannsthals besonderer Kultiviertheit hängt es zusammen, daß er gut ein Jahrhundert nach seinen ersten literarischen Veröffentlichungen als Gestalt entrückt erscheint – wie die Habsburger Monarchie, in die er hineingeboren wurde und die er nur um elf Jahre überlebt hat. Vieles von seinem Werk scheint bloß im historischen Kontext verständlich, manches mit der Kultur des alten Österreich so verwoben, daß es mit ihrem Untergang unkenntlich geworden ist. Daß Hofmannsthal auf die Frage, was ein Schriftsteller nach dem Ende des Habsburger Reichs noch tun könne, mit: »Sterben« geantwortet haben soll[11], kann kaum überraschen. Kein Schriftsteller seiner Zeit blieb der k.u.k. Monarchie so verbunden wie er, weder Schnitzler noch Zweig, noch weniger Rilke, von Karl Kraus nicht zu reden.

Die Bezugsgröße seines Werks wie seines Lebens war das

Österreich des ausgehenden 19. Jahrhunderts, vor allem seine Hauptstadt. In Wien ist Hofmannsthal 1874 geboren, im Umkreis dieser Stadt hat er sein Leben verbracht, mit Ausnahme der Jahre seines Militärdienstes, und seit seiner Heirat hat er, bis zu seinem Tod, wenige Kilometer von ihr entfernt in Rodaun gelebt. Die Wiener Kultur des späten 19. Jahrhunderts, als dessen Inbegriff ihm das Burgtheater galt, hat seinen Geschmack gebildet und seine Ambitionen geweckt. Er war eine Wiener Sensation, als er, noch ein Gymnasiast, seine ersten Gedichte veröffentlichte, ein jugendliches, aber auch etwas altkluges Genie, und er wollte eine österreichische Institution werden, als er, zusammen mit Richard Strauss, erst für das Musiktheater und dann für die Salzburger Festspiele zu arbeiten begann.

Wie kaum ein anderer hat er es verstanden, sich dem Habsburger-Mythos anzuverwandeln – und den Habsburger-Mythos sich selber. Nicht nur Thomas Mann war »bezaubert von der Konzentration dieser Kultur in der Person ihres Dichters«[12]. Der Enkel des ersten Vorstehers der Jüdischen Gemeinde Wiens gab sich als der geistige Repräsentant Österreichs – und mit mehr Recht als mancher aus altem Adel. Der untergehenden k.u.k. Monarchie hat er, vor allem in seinen Dramen und Musikdramen, letzten festlichen Glanz verliehen, und er hat ihr ein kulturelles Niveau zugeschrieben, das wohl mehr sein eigenes war. Wenn es im 20. Jahrhundert einen im emphatischen Sinn des Wortes österreichischen Autor gegeben hat, dann war es tatsächlich Hofmannsthal – der Hofmannsthal des *Schwierigen* und des *Rosenkavalier*, des *Jedermann* und des *Großen Salzburger Welttheater*.

Am nächsten von allen seinen Figuren, so scheint es, kommt ihm der Graf Hans Karl Bühl, die Titelfigur seiner Komödie *Der Schwierige* (1921). Ein zurückhaltender und altmodischer Mensch, heikel und auf Abstand bedacht, ja verschlossen, ist ihm nichts so zuwider wie die »indiskrete Maschine« des Telefons. Dieser »österreichische Aristokrat in seiner Unscheinbarkeit«[13] verkörpert den sozialen Typus, dem sich auch sein Autor nahe fühlte. Noch zu einer Zeit, als es mit der Aristokratie seines Landes so unaufhaltsam bergab ging wie mit dem Land selber, hat Hofmannsthal sich als österreichischen Adeligen verstanden. Ordnung, Stil und Tradition waren die Werte, denen er sich verschrieb, nicht nur in seinem Werk.

Aus Anlaß einer Lesung präsentierte er sich in Prag als »ein Herr in schwarzem Taillenrock und Zylinder, der eifrig die *Times* las, mit Handschuhen und Spazierstock« und der näselnd »im ausgepichtesten Wiener Aristokraten- und Gardeoffiziers-Argot«[14] sprach. In Rodaun bewohnte er durchaus standesgemäß ein Haus, das Carl Jacob Burckhardt »bescheiden und herrschaftlich zugleich«[15] genannt hat: »Man betrat in diesem mariatheresianischen Pavillon ein intaktes, ein stark italienisches 18. Jahrhundert: die Steintreppe mit dem edlen Geländer; das Licht, das grün von dem bewegten Blätterwerk durch die Fenster der rückwärtigen Fassade fiel; die Doppeltür, durch die man den kleinen Saal betrat, einen Raum mit ausgetretenen Tannendielen, alles in getöntem Weiß und blassem, rötlich durchscheinendem Gold, Marmorkonsolen, deren Perlmutterfarbe Stifter geliebt hätte, leicht erblindete Spiegel, die Wände mit Fresken geschmückt, tiefen, lieblichen, zarten Landschaften«[16]. Das Rodauner Schlößchen, ein Relikt glanzvollerer Zeiten, verriet auch den mitunter anachronistischen Geschmack seines Besitzers.

Wie weit Hofmannsthal sich mit dem identifizierte, was er als österreichisch begriff, verrät eine Anekdote aus dem letzten Jahrzehnt seines Lebens. Als Willy Haas 1922 in Gustav Krojankers kulturzionistisch ausgerichtetem Sammelband *Juden in der deutschen Literatur* einen Essay über ihn veröffentlichte, noch dazu unter dem Titel »Der Dichter des ahasverischen Problemkreises«, erhielt er von Hofmannsthal »einen wirklichen Abschiedsbrief, den grausamsten Brief, den ich je bekommen habe. Mir fehle, schrieb er, jede eigentliche kritische oder literarische Begabung, ich solle lieber einen bürgerlichen Beruf ergreifen. Damit sei unsere Beziehung für immer abgebrochen«[17]. Die heftige Reaktion läßt darauf schließen, daß Hofmannsthal die Charakteristik von Haas als tiefe Kränkung empfand. Offenbar hat er, der anders als sein Vater, selbst als sein Großvater, eine jüdische Frau geheiratet hatte, noch den seinerzeit in Wien nicht eben seltenen Antisemitismus verinnerlicht – auch das ein Teil des ›Bruchs‹ mit seiner jüdischen Herkunft, den Hermann Broch bei ihm festgestellt hat.[18]

3. Ein Schriftsteller ohne Gegenwart

Hofmannsthals österreichisches Modell gehörte allerdings der Vergangenheit an. »Sein Leben war Symbol, edles Symbol eines verschwindenden Österreichs, eines verschwindenden Adels, eines verschwindenden Theaters – Symbol im Vakuum, doch nicht des Vakuums«[19]. Hofmannsthal hat aus dieser Konstellation seine eigenen Schlüsse gezogen. In einer Zeit revolutionärer Aufbrüche war er ein Mensch der Restauration, der von der Wiederherstellung längst verlorener Traditionen träumte. Zeitgenossenschaft, vor allem im politischen Sinn, ist eine Kategorie, mit der sich sein Werk kaum erfassen läßt, es sei denn dialektisch – als Einspruch und Widerspruch.

Auf seine Gegenwart hat sich Hofmannsthal in seinem poetischen Werk nicht eingelassen. Am nächsten ist er ihr in seiner Komödie *Der Schwierige* gekommen. Sie ist nach Heinz Politzer »das einzige Stück Hofmannsthals, das zu der Zeit spielt, in der es geschrieben wurde«[20]. Doch auch das nicht ganz: Denn es spielt in einem fiktiven Österreich nach dem Ersten Weltkrieg, in dem es noch ein Herrenhaus gibt. Ansonsten hat es Hofmannsthal vorgezogen, seine Erzählungen und Dramen in anderen Ländern oder in anderen Zeiten anzusiedeln: im Italien des 19. (*Reitergeschichte*), des 18. (*Andreas*) oder des 16. Jahrhunderts (*Der Tod des Tizian*), im England Francis Bacons (*Ein Brief*), im Venedig Casanovas (*Cristinas Heimreise*), im »Königreich Polen, aber mehr der Sage als der Geschichte«, in einem »Jahrhundert, in der Atmosphäre dem siebzehnten ähnlich« (*Der Turm*), in Byzanz (*Der Kaiser und die Hexe*) oder in einem nicht näher bezeichneten »Mittelalter« (*Jedermann* und *Das Salzburger Große Welttheater*) – wenn er nicht gleich die vorgeschichtliche Zeit des Mythos (wie in

Elektra oder in *Ödipus und die Sphinx*) oder die geschichtslose Zeit des Märchens (wie in *Die Frau ohne Schatten*) gewählt hat. Mit Vorliebe schuf Hofmannsthal künstliche Welten, die er nicht selten aufgrund intensiver Lektüren poetisch imaginierte.

Eine solche Imagination stellt auch sein Österreich dar, zumal das Wien Maria Theresias im *Rosenkavalier*, an dem nicht viel historisch, auch nicht sehr viel ›österreichisch‹ ist. »Es läßt sich kaum etwas Künstlicheres denken als Hofmannsthals ›Rokoko‹-Wien«[21], hat Jacques LeRider bemerkt. Die Welt des *Rosenkavalier* ist ein poetisches Konstrukt bis in die Sprache hinein, zusammengesetzt aus Versatzstücken, die der Autor nicht zuletzt in der französischen Literatur, vor allem bei Molière, aber auch bei Hogarth fand[22]. Das Stück, das sich »im kollektiven Bewußtsein als eines der Kulturdenkmäler des zeitgenössischen Österreich durchgesetzt hat«, ist nichts anderes als eine »Montage und Collage literarischer Zitate und Anspielungen«[23] – ein Beispiel nicht für die Anknüpfung an eine Tradition, sondern für deren Erfindung.

Hofmannsthals Österreich war nicht erst nach dem Untergang der k.u.k. Monarchie eine Idee mehr als eine Realität, eine von aller Realpolitik gereinigte Version des Habsburger-Mythos. Österreich, wie Hofmannsthal es verstanden hat, war das Gegenmodell zum modernen Nationalstaat und von seinem ›Europa‹ nicht sehr verschieden: zusammengehalten durch eine gemeinsame kulturelle und religiöse Tradition, eine süddeutsch-katholische, die ihren historischen Grund im lateinischen Mittelalter hatte, das Hofmannsthal nicht verloren geben wollte. Dieses rückwärtsgewandte Modell hatte jedoch mit dem Europa des 20. Jahrhunderts wenig zu tun, es ist als rückwärtsgewandte Utopie eher ein Gegenentwurf zu ihm.

Nicht ohne Grund stand Hofmannsthals Österreich-Bild schon früh im Verdacht, ideologisch zu sein, gerade da, wo er der zunehmend ungeliebten Gegenwart eine bessere Vergangenheit vorhalten wollte. Daß seine »guten Geister«[24] wie etwa der Prinz Eugen so ›gut‹ waren, wie er sie sich dachte, darf bezweifelt werden. Wenig überzeugend bleibt auch

sein Versuch, die Regierungszeit Maria Theresias zu einem ›augusteischen Zeitalter‹ zu verklären, das zwar ohne große Literatur geblieben sei, aber doch die Musik Glucks, Haydns und Mozarts hervorgebracht habe.
Noch zweifelhafter ist, ob er einen klaren Blick für die Wirklichkeit der österreichisch-ungarischen Monarchie gehabt hat. Schon Hermann Broch hat von dem »vollkommen realitätsfernen Bild« gesprochen, »das ihm die Habsburgermonarchie gewesen ist«. Dessen »Gesamtbevölkerung, das ›österreichische Volk‹« sei Hofmannsthal »nach dem Modell des Alpenbauern (der ihm sommerliche Kindheitserfahrung war) geschnitzt« erschienen. Die »Österreich-Feindlichkeit der ›Nationalitäten‹« habe er nicht wahrhaben wollen, »und von den grauen, undefinierbaren, proletarischen Massen wußte er nur, daß man ihnen ›Bildung‹ übermitteln müßte, und wußte nichts von ihrer Haltung«[25].
Solche Politik- und Realitätsferne war allerdings Programm. Sie folgte ähnlichen Impulsen wie Hofmannsthals Hinwendung zum Theater. Was sich hinter der Wandlung des eleganten Ästheten zum metaphysischen Dichter verbarg, blieb jedoch vielen verschlossen. Das Ideal der späteren Jahre Hofmannsthals war ein ›zeitloses Mittelalter‹: »Es bedeutet nicht einen einmaligen Zeitraum der Geschichte, sondern einen geistigen Raum, in dem das katholische christliche Weltbild herrscht.«[26] Das für die Darstellung dieses Weltbilds geeignete Medium sah Hofmannsthal im Theater. Er mußte weit zurückgreifen, nicht nur hinter die Aufklärung, auch hinter Reformation und Renaissance, um Bezüge zu finden, und er entdeckte sie im Mysterienspiel des Mittelalters und im geistlichen Theater des spanischen Barock, in dem das »christliche Weltbild des Mittelalters«[27] noch Bestand hatte.
Hans Mayer hat den ›Ideologen‹ Hofmannsthal prägnant charakterisiert, als er schrieb: »Hofmannsthals Kunst – und auch sein Weltbild – hatte seit Anbeginn mit der Vergangenheit zu tun, mit der Gegenwart nur insofern, als sie dazu dienen sollte, den noch vorhandenen Restbestand an Bildung und Besitz zu konservieren«[28]. Seine Essays und vor allem Vorträge wie *Die Idee Europa* (1917) mögen das Bild differenzieren. Sie zei-

gen Hofmannsthal seiner Zeit näher, wenn auch nicht immer nah; nicht zufällig gelten sie als Inbegriff ›kulturkonservativer‹ Publizistik[29]. Doch daß Hofmannsthal ein politischer Schriftsteller gewesen wäre, der versucht hätte, in das Tagesgeschehen einzugreifen, in einer vergleichbaren Weise wie etwa der ihm in manchem verbundene Thomas Mann, wird man kaum behaupten können. Sein bekanntester Vortrag, *Das Schrifttum als geistiger Raum der Nation* (1926), reagiert zwar auf Veränderungen der Zeit, ist jedoch am Ende ein Plädoyer für den »Begriff geistiger Tradition«: Er preist die »innere Gegenbewegung gegen jene Geistesumwälzung des sechzehnten Jahrhunderts, die wir in ihren zwei Aspekten Renaissance und Reformation nennen.«

Hofmannsthals Engagement nach dem Ersten Weltkrieg war eher kulturpolitischer als politischer Art. Dem kulturellen Leben des sozialdemokratisch regierten Wien stand er distanziert gegenüber. Er konzentrierte sich auf die ›sozialen‹ Aktivitäten der Salzburger Festspiele und die Editionen für die *Neuen Deutschen Beiträge* und versuchte, Wirksamkeit im Privaten zu entfalten – im geselligen Umgang mit einigen Freunden, wie etwa Carl Jacob Burckhardt und Rudolf Pannwitz, oder in seiner ausgedehnten Korrespondenz. Trotz aller Verunsicherungen, die das Kriegsende mit sich brachte, auch materiell, blieb Hofmannsthal jedoch seinen ›österreichischen‹ Idealen treu.

4. ›Kreuzwege‹ eines Dichterlebens

Hofmannsthal hat gelegentlich den ›Lebensweg‹ als eine Reihe von »Kreuzwegen« bezeichnet. Das Bild läßt sich auf sein Leben[30] so gut wie auf sein Werk anwenden. Auch in ihm kreuzen sich, vorübergehend oder dauerhaft, zahlreiche literarische Traditionen. Es sind österreichische und deutsche ebenso wie europäische, vor allem west- und südeuropäische, die ihm über Lektüren ebenso wie über Reisen und Begegnungen vermittelt wurden. Und es sind selbst gewählte Traditionen, Wahlverwandtschaften mehr als Überlieferungen, die er suggestiv zu konstruieren wußte, nicht nur im

Rosenkavalier. Als eine poetische Konstruktion auch von Geschichte war Hofmannsthals Traditionalität im übrigen durchaus modern.

Seine Biographie, so scheint es, war zunächst ein großer Bildungsgang. Zu allen Beschreibungen seines Leben gehören die Lektüren, die ihn geprägt haben. Die wichtigsten von ihnen galten – ungefähr in dieser Reihenfolge – Nietzsche, Taine, Maeterlinck, Pindar, Platon, Hölderlin, Kierkegaard, d'Annunzio, den Brüdern Grimm, Novalis, E.T.A. Hoffmann, Hugo, Calderón, Bacon, Otway, Gorki, Sophokles, Shakespeare, Molière, Grillparzer und, immer wieder, Goethe. Hofmannsthals Horizont war, von Anfang an, die abendländische Weltliteratur.

Diese Lektüren mögen ihn als Persönlichkeit geprägt haben; glaubt man Ernst Robert Curtius, so nahm er etwa »die Klassiker der französischen (und englischen) Königszeiten auf als Repräsentanten signorilen Lebensgefühls«[31], das er für sich erstrebte. Auf jeden Fall haben seine Lektüren, auf die eine oder andere Weise, Spuren in seinem Werk hinterlassen, in zahllosen Zitaten und Anspielungen, in Referenzen und Imitationen. Kaum ein Autor der Moderne hat über so viele traditionelle Gattungen verfügen können wie Hofmannsthal, seien es lyrische, epische oder dramatische. Vor allem der Formenreichtum seiner Gedichte, dieses Ensemble von Terzinen, Sonetten, Epigrammen, Ghaselen und Liedern, hat ihm früh Bewunderung eingetragen. Kaum ein Schriftsteller hat auch so viele Stoffe gesammelt wie er: mythologische, historische, phantastische. Er übernahm sie mit großer Leichtigkeit und wandelte sie so ab, wie er sie benötigte. Übertragung, Bearbeitung, Neugestaltung: Hofmannsthals Repertoire der Aneignung war groß.

Die Lektüren wurden ergänzt durch zahlreiche Begegnungen mit anderen Schriftstellern – die Schauspieler, Maler und Musiker nicht zu erwähnen, die er kennengelernt hat. Unter diesen Autoren waren Arthur Schnitzler und Richard Beer-Hofmann, Karl Kraus und Stefan George, Rainer Maria Rilke und Gerhart Hauptmann, Thomas Mann und Henrik Ibsen, Gabriele d'Annunzio und Rudolf Borchardt, Rudolf Alexander

Schröder und Rudolf Kassner. Daß er Freundschaften mit Männern eingehen konnte, die einander nicht unbedingt freundschaftlich zugetan waren, ja gar nicht miteinander in Verbindung standen, ist für Hofmannsthal durchaus bezeichnend. Nicht alle diese teils freundschaftlichen, teils kollegialen Beziehungen hatten aber Bestand.

Ein Genie produktiver Rezeption, hat er vielfachen Nutzen aus all den ›Kreuzwegen‹ seines Lebens gezogen. Selbst Lektüren wissenschaftlicher Werke hat er literarisch fruchtbar gemacht, nicht selten verblüffend schnell. Beispiele dafür sind seine Freud-Lektüre, die er etwa in *Ödipus und die Sphinx* (1906) umsetzte, seine Beschäftigung mit Georg Simmels *Philosophie des Geldes,* die in *Dominic Heintls letzte Nacht* einging, oder seine enthusiastische Lektüre von Walter Benjamins *Wahlverwandtschaften*-Aufsatz, die zu dem späten Stück *Xenodoxus* führte.

Für diese Seite Hofmannsthals ist keines seiner Werke so bezeichnend wie das *Buch der Freunde* (1922), das nicht einfach nur eine Sammlung von Aphorismen ist. In dem Gesamtbestand von etwa 550 Aufzeichnungen, die sich im Nachlaß gefunden haben, machen Formulierungen anderer Autoren, die Hofmannsthal in seinen Text integrierte, gut ein Drittel aus. Ein »Buch der Freunde« ist diese Aphorismen-Sammlung deshalb im doppelten Sinn: ein Buch, das für Freunde aufgeschrieben wurde – und ein Buch, das Aussprüche von ›Freunden‹ versammelt. Unter ihnen sind, allein auf den ersten Seiten, La Bruyère, Diderot, Konfuzius, Stendhal, Molière, Hebbel, Hamann, Bismarck, Hesiod, Pascal, Kierkegaard, Balzac, Lichtenberg und Friedrich Schlegel – eine illustre, aber auch ein wenig disparate Gesellschaft. Der Titel ist im übrigen selbst ein Zitat: Ein »Buch der Freunde« hatte Goethe als dreizehntes des *West-östlichen Divans* geplant[32].

Hofmannsthal war ein poeta doctus: ein nicht nur belesener, auch ein gebildeter Schriftsteller, studierter und promovierter Romanist (dessen Habilitation jedoch scheiterte). Jedes seiner großen Werke steckt voller Verweise und Bezüge auf andere Werke: Literatur aus Literatur. Die Idee zu *Die Frau im Fenster* z.B. verdankt sich einer Stelle in d'Annunzios *Sogno d'un mattino di primavera*; das *Märchen der 672. Nacht* enthält deutliche »Bezüge zum Schicksal Oscar Wildes und zum Werk Maurice Maeterlincks«[33]; in der *Frau ohne Schatten* finden sich u.a. Anspielungen auf Raimund und Goethe; kaum noch zu überschauen sind schließlich die zahllosen literarischen Bezüge im *Andreas*-Fragment. Immer wieder hat Hofmannsthal bekannte Stoffe bearbeitet: *Das Bergwerk zu Falun*, die *Elektra*, das *Erlebnis des Marschalls von Bassompierre, Das gerettete Venedig, Ödipus und die Sphinx*, der *Jedermann, Dame Kobold, Der Bürger als Edelmann* und *Cristinas Heimreise.*

Ernst Robert Curtius hat »die tiefste Eigenart von Hofmannsthals Dichtertum« als »*integrierende Phantasie*«[34] bezeichnet und im »Binden, Verbinden und Bewahren«[35] dessen selbst gestellte Aufgabe als Dichter erkannt: »Er liebte es, getrennte Lebens- und Seelenräume zu verschränken und das eine im anderen zu haben.«[36] Hofmannsthals poetisches Werk ist in der Tat ein Kreuz- und Schnittpunkt der Weltliteratur von der Antike bis zur Moderne.

Was man allerdings in diesem beziehungsreichen Werk nicht hat, das ist der Autor selbst. So individuell es sein mag – es ist unpersönlich. Wenn Hofmannsthal einmal Bekenntnisse abgelegte, dann waren sie mehr ästhetischer oder ideologischer als psychologischer Art. Peter Szondi hat von *Ad me ipsum* gesagt, daß in dieser »Selbstdarstellung Hofmannsthals« die einzelnen Werke »zwar immer als Marksteine einer subjektiven Entwicklung auftreten, das Subjekt aber kaum private Züge trägt«[37]. Konstitutiv für Hofmannsthals Werk sind Rolle, Ritual und Zeremonie – ein bunter »Wirbel von Masken«[38], die nacheinander, auch nebeneinander ausprobiert werden. Ob hinter diesem Schauspiel tatsächlich »das Gesicht des Dichters«[39] erscheint, wie Richard Alewyn fand, darf bezweifelt werden. Eher scheint bei Hofmannsthal, mit der Formel Hermann Brochs, »Ich-Bekenntnis«, wo es das einmal gibt, immer auch »Ich-Verschweigung«[40] zu sein; vielleicht trifft sogar Rudolf Borchardts Bemerkung noch mehr zu, daß Hofmannsthal »das eigene Antlitz so trägt wie andere Masken«[41]. Kaum ein anderer moderner Autor scheint in seinem Werk so

verschwunden zu sein wie Hofmannsthal; als Dichter war er mehr persona als Person.
Deswegen ist es auch schwer zu entscheiden, welcher der ›wahre Hofmannsthal‹ ist: der frühe oder der späte, der Lyriker oder der Dramatiker. Lange haben sich die Kenner seines Werks darüber gestritten, ob er gleich zu Beginn in seiner Lyrik sein Genie verwirklichte und danach unbeirrbar unter sein Talent gegangen ist, vor allem als Lustspielautor und Librettist – oder ob ihm als Dramatiker nicht doch »die Epoche seiner zweiten Vollendung« vergönnt war, »einer Vollendung, in der der Glanz und der Schimmer des Jugendwerks eingetauscht sind gegen eine herbere Reife und Tiefe, in die die Erfahrung des Lebens eingegangen ist«[42]. Ebenso umstritten ist bis heute, ob es Hofmannsthal gelungen ist, aus all den Traditionen, denen er sich verbunden fühlte, selbst ein künstlerisch gültiges, eigenes Werk zu schaffen. Das ist schon ästhetisch schwer zu beurteilen, weil dabei nicht selten Vorstellungen von ›organischer Ganzheit‹ und ›Originalität‹ eine Rolle spielen, die der literarischen Produktion moderner Autoren kaum angemessen sind. Doch damit nicht genug der Schwierigkeiten, haben sich in die ästhetischen Urteile immer wieder ideologische Argumente eingeschlichen, die Hofmannsthal allerdings geradezu herausgefordert hat.
»Es gibt keinen zweiten Dichter, der durch einen solchen Reichtum an Stoffen, Stilen, Formen und Tönen entzückt und verwirrt«, hat Richard Alewyn behauptet, »jedes einzelne Werk ein vollkommenes Ganzes und doch eines dem anderen gleich«. Vieles sei dabei auf gute Weise »vermengt«: »Der geistige Zauber von Tausendundeiner Nacht und der ekstatische Aufruhr der griechischen Tragödie, die strenge Einfalt der mittelalterlichen Moralität und der üppige Prunk der Renaissance, die Reinheit und der Adel kärntnerischen Bauerntums, die betörende Phosphoreszenz des sterbenden Venedig, die apokalyptische Finsternis des Barocks«[43]. In einer solchen, vielleicht nicht nur die Kärntner Bauern stilisierenden Deutung erscheint Hofmannsthal dann als österreichischer Sammelpunkt der abendländischen – aber nicht nur der abendländischen – Kultur.

Hans Mayer hat da nüchterner und strenger geurteilt. Hofmannsthal, so stellte er knapp fest, scheine »mit allem experimentiert zu haben und scheiterte mit allem«[44]. Mayer hat die Rechnung vom Ende her aufgemacht, mit dem Blick auf das dramatische Spätwerk Hofmannsthals. Beim *Turm* bleibe »ein fader Nachgeschmack von Artistik und Religionsersatz«[45], wie schon beim *Großen Salzburger Welttheater*, dessen Wendung zur Volkstümlichkeit problematisch sei: »Es war gleichzeitig ein neuer Versuch, das eigene Dichtertum, um ein höchst fragwürdiges Wort zu gebrauchen, dadurch ›bodenständig‹ zu machen, daß man ihm einen Nährboden der Tradition zuschanzte: nachdem der Kult der schönen Dinge mit ästhetischem Überdruß und einer Absage des Lyrikers an die Lyrik geendet hatte; seit die Wiedergeburt der Antike in Psychologie und Preziosität ausgeartet war; als die Evokation der Kaiserin und des Feldherrn Eugen aus Savoyen durch den realen Geschichtsverlauf widerlegt wurde«[46]. Mayers Verdikt trifft noch Hofmannsthals Versuch »einer Erneuerung der modernen Kunst aus dem Geist des Barock, verstanden als festliche Einheit aus Landschaft und Geschichte und Theater, gipfelnd in einem *Salzburger Großen Welttheater* nach Calderon«. Es war, so Mayer, »nicht bloß ein Irrweg, sondern ein – damals – höchst zeitgemäßer Irrweg«[47]. Hofmannsthals eigene Beschreibung des Projekts war in der Beschwörung von »Boden«, »Volk« und »bäuerlicher Sicherheit« auch sprachlich manchmal nicht sehr weit von völkischen Konzepten entfernt. Die Nähe des späten Hofmannsthal zu Josef Nadler, dem Autor der *Literaturgeschichte der deutschen Stämme und Landschaften*, scheint jedenfalls nicht zufällig zu sein.

Keiner aber hat Hofmannsthals theatralische Sendung mit soviel Hohn und Verachtung begleitet wie sein früherer – freilich nicht enger – Freund Karl Kraus. Schon bei der Ankündigung des *Jedermann* fragte Kraus ironisch, ob es nicht an der Zeit sei, »daß der ehrwürdige Rodauner sich einmal in seiner Loge erhöbe und den Lachern ein ›Man lache nicht!‹ zuriefe«: »Die große Menge hatte doch schon bei der Geburt des Herrn von Hofmannsthal gehofft, daß er einmal in den Schlafrock des alten Goethe hineinwachsen werde«[48]. In einer Szene seiner

Letzten Tage der Menschheit (I, 19) hat er Hofmannsthal, der sich nicht zu schade war, der k.u.k. Monarchie im Krieg auch propagandistisch zu dienen, als Drückeberger im »Kriegsfürsorgeamt« dargestellt. Als dann das *Große Welttheater* 1922 in der Salzburger Kollegienkirche uraufgeführt wurde, empörte sich Kraus über die ›Schändung‹ »dieser Kirche, aus der Gott schon ausgetreten sein dürfte, bevor sie den Welttheateragenten ihre Kulissen und den Komödianten ihren Weihrauch zur Verfügung stellte«[49] – und kündigte seinen Austritt aus der katholischen Kirche an. Empört zeigte er sich nicht nur über den Mangel an »Gefühl für den Takt der Zeit, die auf Leichenfeldern keine Festspiele zu veranstalten hat«, sondern auch über »jenen Hofmannsthal«, »der sich auf das Leid der Kreatur einen gottgefälligen Vers machen kann«[50]. Die Szene des Stücks, die zu lesen er sich überwunden hatte, hielt er »für einen so aberwitzigen Dreck«, »daß ich selbst dieser unverlegensten aller Epochen nicht zugetraut hätte, so etwas mit den höchsten Begriffen der Menschheit in Verbindung zu bringen«[51].

Auch manche Versuche einer Rettung der Poetik Hofmannsthals erscheinen am Ende nicht weniger weltanschaulich begründet zu sein. Ernst Robert Curtius hat darauf bestanden, in Hofmannsthal eine »geistig-sittliche Autorität«[52] zu sehen. Sein Werk habe sich, von Anfang an, auf die »Idealform eines *Theatrum Mundi*« zubewegt, »eines allegorisch-symbolischen Weltgedichts, welches alle Wirrung des Daseins in die Ordnung der großen Gesetze erhebt, so daß durch die Zeitlichkeit das Ewige durchscheint«[53]. Curtius hat dabei aber dem zentralen Problem aller Übernahmen und Aneignungen Hofmannsthals – und am Ende nicht nur seiner – keine Beachtung geschenkt.

Im Hinblick auf *Ödipus und die Sphinx* hat Leo Berg schon 1906 das letztlich Unhistorische der Adaptionen Hofmannsthals kritisiert. Wenn er einen antiken Mythos »modernisieren«, »d.h. aus der Gebundenheit der antiken Auffassung herauslösen« wolle, gerate er »sehr bald in Widerspruch zum Stoff«[54], der seine eigene »Logik und Psychologie« habe, »über die wir nicht hinwegkommen«[55]. Die innere Widersprüchlichkeit der literarischen Bearbeitungen Hofmannsthals, noch im *Jedermann* und im *Großen Salzburger Welttheater*, liegt in der Mißachtung der durchaus historischen Logik der Formen und Stoffe, die er für die Gegenwart retten wollte, und des unaufhebbaren historischen Abstands, der schon seine Zeit von ihnen trennte. Die Formel von dem ›zeitlosen Mittelalter‹, das er gesucht habe, ist auch deshalb so erhellend, weil sie die Paradoxie seiner Theater-Ambitionen enthüllt. Hofmannsthal wollte das, was geschichtlich ist, als zeitlos verstehen. Im dramatischen Spiel versuchte er historische und kulturelle Brüche zu überwinden – als wäre die Literatur der Historie überhoben.

5. Das Ganze und die Brüche

In seinem frühen Vortrag *Poesie und Leben* hat Hofmannsthal den »Begriff des Ganzen« beschworen, »der in der Kunst überhaupt verlorengegangen ist«. Die Idee der Ganzheit zieht sich, durchaus auch als Problem, durch Hofmannsthals Werk. Sie hat Spuren z.B. in den *Briefen eines Zurückgekehrten* hinterlassen, der sich auf Addisons Maxime »The whole man must move at once« beruft, aber auch im *Andreas*-Fragment als Geschichte einer gespaltenen Persönlichkeit, die ihre Einheit nicht findet. Sie motiviert noch Hofmannsthals Suche nach einem katholisch einigen ›zeitlosen Mittelalter‹ im *Jedermann* und im *Großen Salzburger Welttheater*, und sie steht offenbar hinter seinem späten Plädoyer für eine ›konservative Restauration‹, die die Spaltung europäischer Kultur seit der Renaissance wieder überwinden soll.

Aber ist ihm selbst als Autor ein ›Ganzes‹ gelungen? Steckt sein Werk nicht voller Brüche, im Ganzen wie im Einzelnen? Und ist es mit seinem Leben wirklich anders bestellt? Folgt man Hermann Broch, dann kann man bereits in Hofmannsthals Entscheidung für eine Künstler-Existenz einen Bruch mit der Anstrengung seines Großvaters und seines Vaters um Assimilation an das Bürgertum erkennen. Glaubt man Hans Mayer, dann hat Hofmannsthal als Österreicher und Jude

»durch Herkunft und Anspruch« sogar immer in einer »Spannung«[56] gelebt.
Nicht viel anders stellt sich sein Werk dar. Es war keineswegs vollendet, als er plötzlich starb. Die Zahl der unausgeführten Entwürfe und abgebrochenen Versuche in seinem Nachlaß ist fast unüberschaubar. Doch auch, was er zu Ende brachte, ergab nicht unbedingt eine Einheit. Brüche gibt es zwischen Früh- und Spätwerk; eine ›Ganzheit‹ läßt sich insbesondere in der Wandlung des Ästhetizisten zum Mystiker kaum erkennen – eher noch in dem Faible des Metaphysikers für »leichte Stoffe«[57]. Brüche lassen sich auch in vielen seiner Adaptionen finden: Brüche zwischen Vorlage und Bearbeitung, Form und Stoff. Letztlich gescheitert ist Hofmannsthal, ästhetisch und ideologisch, mit seinem Versuch, die alte Einheit katholisch-österreichischer Kultur wiederherzustellen, für die es mehr bedurft hätte als des individuellen Entschlusses eines unzeitgemäßen Dichters.
Vielleicht hat Hofmannsthal jedoch die Aussichtslosigkeit seiner Bemühungen selbst gespürt; er war – je länger, umso mehr – mit seiner Zeit zerfallen, und er scheint skeptisch gewesen zu sein, was seinen Nachruhm betraf. Noch im letzten Jahrzehnt seines Lebens schwebte ihm ein Theater der Feste und Feiern vor, nicht zuletzt als Musikdrama. Doch schon Thomas Mann ist nicht entgangen, daß Hofmannsthal »die Idee des Todes geliebt« habe, »zusammen mit der der Schönheit, mit der der Vornehmheit«: »Der Tod ist gegenwärtig in all seiner Dichtung, auch in der heiteren«[58], und dies von Anfang an. Hans Mayer hat sogar von der »Todessüchtigkeit« Hofmannsthals gesprochen, aber nicht nur als einer »Attitüde der damaligen Décadence«[59]. »Sein Schaffen« sei für Hofmannsthal »nichts anderes als ein Weg zum Tode« gewesen, »Progression und Regression in einem«[60].
Hofmannsthal Leben und Werk mag geradezu demonstrieren, daß ein kulturelles und ästhetisches Ideal noch nicht dadurch verwirklicht wird, daß man es beschwört. In all den Spannungen nur die Signatur des Scheiterns – und sei es des Scheiterns an den eigenen Ansprüchen – sehen zu wollen, wäre jedoch einseitig. Es ist nicht zuletzt die Widersprüch-

lichkeit, ja »Brüchigkeit«[61] in Leben und Werk, die bis heute die Anziehungskraft von Hofmannsthal ausmacht – entgegen seinem Selbstverständnis. Der »Begriff des Ganzen« ist auch in seinem Werk »verlorengegangen«.

Dieter Lamping

Anmerkungen

1 Vgl. etwa Stefan Zweig: Die Welt von Gestern. Erinnerungen eines Europäers. Frankfurt a.M. 1999, S. 64.
2 Theodor W. Adorno: George und Hofmannsthal. Zum Briefwechsel: 1891–1906. In: ders.: Prismen. Kulturkritik und Gesellschaft. Frankfurt a.M. 1969, S. 232–282, hier S. 232.
3 Vgl. Rudolf Kassner: Rilke. Gesammelte Erinnerungen 1926–1956. Herausgegeben von Klaus E. Bohnenkamp. Pfullingen 1976, S. 48.
4 Gottfried Benn: Altern als Problem für Künstler. In: ders.: Essays, Reden, Vorträge. Gesammelte Werke in vier Bänden hg. von Dieter Wellershoff. Erster Band. Wiesbaden 3. Aufl. 1965, S. 552–582, hier S. 561–562.
5 Paul Goldmann: Elektra. Von Hugo von Hofmannsthal. In: Gotthart Wunberg (Hg.): Hofmannsthal im Urteil seiner Kritiker. Dokumente zur Wirkungsgeschichte Hugo von Hofmannsthals in Deutschland. Frankfurt a.M. 1972, S. 113–117, hier S. 117.
6 Ernst Robert Curtius: Zu Hofmannsthals Gedächtnis. In: ders.: Kritische Essays zur europäischen Literatur. 2., erweiterte Aufl. Bern 1954, S. 117–127, hier S. 124. Ähnlich auch Max Kommerell: Hugo von Hofmannsthal. Öffentliche Antrittsvorlesung. In: Gotthard Wunberg (Hg.): Hofmannsthal im Urteil seiner Kritiker, S. 392–402, insbes. S. 393.
7 Bertolt Brecht: Hofmannsthals Jedermann im Stadttheater. In: Gotthard Wunberg (Hg.): Hofmannsthal im Urteil seiner Kritiker, S. 288.
8 So Willy Haas: Die literarische Welt. Erinnerungen. München 1957, S. 43.
9 Hermann Broch: Hofmannsthal und seine Zeit. Eine Studie. In: ders.: Dichten und Erkennen. Essays, Band 1. Herausgegeben und eingeleitet von Hannah Arendt. Zürich 1955, S. 141.
10 Hans Mayer: Hugo von Hofmannsthal. In: ders.: Der Repräsentant und der Märtyrer. Konstellationen der Literatur. Frankfurt a.M. 1971, S. 14–44, hier S. 32.
11 So Golo Mann in: Nahum Goldmann u.a.: Deutsche und Juden. Frankfurt a.M. 1967, S. 53–54.
12 Thomas Mann: In Memoriam Hugo von Hofmannsthal. In: ders.: Gesammelte Werke in 12 Bänden. Band X: Reden und Aufsätze 2. Frankfurt a.M. o.J., S. 453–458, hier S. 455.
13 Richard Alewyn: Hugo von Hofmannsthal. In: ders.: Probleme und Gestalten. Essays. Frankfurt a.M. 1974, S. 102–114, hier S. 112.
14 Willy Haas: Die literarische Welt, S. 44.
15 Carl J. Burckhardt: Erinnerungen an Hofmannsthal und Briefe des Dichters. München 1948, S. 14.
16 Ebd., S. 15.
17 Willy Hass: Die literarische Welt, S. 46.
18 Vgl. Hermann Broch: Hofmannsthal und seine Zeit, S. 43–181, hier S. 135.
19 Ebd.
20 Heinz Politzer: Die letzten Tage der Schwierigen. Hofmannsthal, Karl Kraus und Schnitzler. In: Merkur 28 (1971), S. 214–238, hier S. 216.
21 Jacques LeRider: Hugo von Hofmannsthal. Historismus und Moderne in der Literatur der Jahrhundertwende. Wien 1997, S. 256.
22 Vgl. dazu ebd., S. 255.
23 Ebd., S. 263 und 254.
24 Richard Alewyn: Hugo von Hofmannsthal, S. 110.
25 Hermann Broch: Hofmannsthal und seine Zeit, S. 137.
26 Ernst Robert Curtius: George, Hofmannsthal und Calderon. In: ders.: Kritische Essays zur europäischen Literatur, S. 128–151, hier S. 143.
27 Ebd.

28 Hans Mayer: Hugo von Hofmannsthal, S. 16–17.
29 Vgl. dazu Hannelore und Heinz Schlaffer: Studien zum ästhetischen Historismus. Frankfurt a.M. 1975.
30 Vgl. etwa Mathias Mayer: Hugo von Hofmannsthal. Stuttgart 1993, S. 1ff.
31 Ernst Robert Curtius: Zu Hofmannsthals Gedächtnis, S. 124.
32 Vgl. dazu die Ausgabe Hugo von Hofmannsthal: Buch der Freunde. Mit Quellennachweisen herausgegeben von Ernst Zinn. Leipzig 2. Aufl. 1967.
33 Mathias Mayer: Hugo von Hofmannsthal, S. 126.
34 Ernst Robert Curtius: George, Hofmannsthal und Calderon, S. 138.
35 Ernst Robert Curtius: Zu Hofmannsthals Gedächtnis, S. 120.
36 Ebd., S. 126.
37 Peter Szondi: Intention und Gehalt. Hofmannsthal ad se ipsum. In: ders.: Schriften II: Essays: Satz und Gegensatz, Lektüren und Lektionen, Celan-Studien. Anhang: Frühe Aufsätze. Redaktion Wolfgang Fietkau. Hg. von Jean Bollack u.a. Frankfurt a.M. 1978, S. 266–272, hier S. 269.
38 Richard Alewyn: Hugo von Hofmannsthal, S. 113.
39 Ebd.
40 Hermann Broch: Hofmannsthal und seine Zeit, S. 179.
41 Rudolf Borchardt. Rede über Hofmannsthal. In: Gotthart Wunberg (Hg.): Hofmannsthal im Urteil seiner Kritiker, S. 86–113, hier S. 103.
42 Richard Alewyn: Hugo von Hofmannsthal, S. 112–113.
43 Ebd., S. 113.
44 Hans Mayer: Hugo von Hofmannsthal, S. 31.
45 Ebd., S. 39.
46 Ebd., S. 34.
47 Ebd., S. 35.
48 Karl Kraus: Herr von Hofmannsthal. In: ders.: Literatur und Lüge. Schriften, Band 3. Frankfurt a.M. 1987, S. 69–70, hier S. 70.
49 Karl Kraus: Der Große Welttheaterschwindel. In: ders.: Brot und Lüge. Aufsätze 1919–1924. Schriften, Band 16. Herausgegeben von Christian Wagenknecht. Frankfurt a.M. 1991, S. 225–230, hier S. 228.
50 Ebd.
51 Ebd., S. 229.
52 Ernst Robert Curtius: Zu Hofmannsthals Gedächtnis, S. 119.
53 Ebd., S. 123.
54 Leo Berg: Ödipus und die Sphinx. Tragödie in drei Aufzügen von Hugo von Hofmannsthal. [...]. In: Gotthart Wunberg (Hg.): Hofmannsthal im Urteil seiner Kritiker, S. 147–151, hier S. 147.
55 Ebd., S. 148.
56 Hans Mayer: Hugo von Hofmannsthal, S. 31.
57 Carl J. Burckhardt: Erinnerungen an Hofmannsthal und Briefe des Dichters, S. 55.
58 Thomas Mann: In Memoriam Hugo von Hofmannsthal, S. 457.
59 Hans Mayer: Hugo von Hofmannsthal, S. 40.
60 Ebd., S. 42.
61 Ebd., S. 44.

Aler, Jan: Im Anfang war die Reminiszenz. Rilke – George – Hofmannsthal. In: ders.: Symbol und Verkündung. Düsseldorf, München 1976, S. 13–72.

Alewyn, Richard: Über Hugo von Hofmannsthal. Göttingen 2. Aufl. 1967.

Altenhofer, Norbert: »Die Ironie der Dinge«. Zum späten Hofmannsthal. Hg. von Leonhard M. Fiedler. Frankfurt a. M. u. a. O. 1995.

Borchmeyer, Dieter: Der Mythos als Oper. Hofmannsthal und Richard Wagner. In: Hofmannsthal-Forschungen 7 (1983), S. 19–65.

Böschenstein, Bernhard: Hofmannsthal, George und die französischen Symbolisten. In: ders.: Leuchttürme. Von Hölderlin zu Celan. Frankfurt a. M. 1977, S. 224–246.

Cohn, Dorrit: »Als Traum erzählt«: The case for a Freudian reading of Hofmannsthal's *Märchen der 672. Nacht*. In: DVjs 54 (1980), S. 284–305.

Exner, Richard: Hofmannsthals Nachruhm. In: Ensemble 4 (1973), S. 302–315.

Fick, Monika: *Ödipus und die Sphinx*. Hofmannsthals metaphysische Deutung des Mythos. In: JbDSG 32 (1988), S. 259–290.

Fiedler, Leonhard M.: Hofmannsthals Molière-Bearbeitungen. Die Erneuerung der comédie-ballet auf Max Reinhardts Bühnen. Darmstadt 1974.

Fiedler, Leonhard M.: Hofmannsthal und die Weltliteratur. In: Acta Litteraria Academiae Scientiarum Hungaricae 18 (1976), 1/2, S. 85–99.

Frühwald, Wolfgang: Die sprechende Zahl. Datensymbolismus in Hugo von Hofmannsthals Lustspiel *Der Schwierige*. In: JbDSG 22 (1978), S. 572–588.

Koch, Hans-Albrecht: Hugo von Hofmannsthal. Darmstadt 1989. [ausführlicher Forschungsbericht]

Kraft, Werner: Der Chandos-Brief und andere Aufsätze über Hofmannsthal. Darmstadt 1977.

LeRider, Jacques: Hugo von Hofmannsthal. Historismus und Moderne in der Literatur der Jahrhundertwende. Aus dem Französischen von Leopold Federmair. Wien, Köln, Weimar 1997.

Magris, Claudio: Der Zeichen Rost. Hofmannsthal und *Ein Brief*. In: Sprachkunst 6 (1975), S. 53–74.

Mauser, Wolfram: Hugo von Hofmannsthal. Konfliktbewältigung

und Werkstruktur. Eine psycho-soziologische Interpretation. München 1977.
Mayer, Hans: Hugo von Hofmannsthal und Richard Strauss. In: ders.: Ansichten. Zur Literatur der Zeit. Reinbek bei Hamburg 1962, S. 9–32.
Mayer, Mathias: Hofmannsthals *Elektra.* Der Dichter und die Meduse. In: ZfdPh 110 (1991), S. 230–247.
Mayer, Mathias: Hugo von Hofmannsthal. Stuttgart 1993. [Einführung mit ausführlicher Bibliographie]
Mommsen, Katharina: Hofmannsthals Komödiendichtung. In: Die deutsche Komödie im zwanzigsten Jahrhundert. Hg. von Wolfgang Paulsen. Heidelberg 1976, S. 44–69.
Neumann, Gerhard: *Die Wege und die Begegnungen.* Hofmannsthals Poetik des Visionären. In: Freiburger Universitätsblätter 112 (1991), S. 61–75.
Perrig, Severin: Hugo von Hofmannsthal und die Zwanziger Jahre. Eine Studie zur späten Orientierungskrise. Frankfurt a. M. u. a. O. 1994.
Pestalozzi, Karl: Sprachreisen und Sprachmagie im Werk des jungen Hofmannsthal. Zürich 1958.
Politzer, Heinz: Die letzten Tage der Schwierigen. Hofmannsthal, Karl Kraus und Schnitzler. In: Merkur 28 (1974), S. 124–138.
Politzer, Heinz: Hugo von Hofmannsthals Elektra. Geburt der Tragödie aus dem Geiste der Psychopathologie. In: DVjs 47 (1973), S. 95–119.
Remak, Henry H. H.: Novellistische Struktur: Der Marschall von Bassompierre und die schöne Krämerin (Bassompierre, Goethe, Hofmannsthal). Essai und kritischer Forschungsbericht. Bern, Frankfurt a. M. 1983.
Rieckmann, Jens: Hugo von Hofmannsthal und Stefan George. Signifikanz einer ›Episode‹ aus der Jahrhundertwende. Tübingen und Basel 1997.
Rudolph, Hermann: Kulturkritik und konservative Revolution. Zum kultur-politischen Denken Hofmannsthals und seinem problemgeschichtlichen Kontext. Tübingen 1971.
Scheible, Hartmut: Literarischer Jugendstil in Wien. Eine Einführung. München, Zürich 1984.
Schuster, Gerhard: »… das in deutschem Sinn Conservative.« Hugo von Hofmannsthal und die *Insel.* Aspekte einer Verlagsbeziehung 1901–1929. In: Hofmannsthal-Forschungen 8 (1985), S. 263–275.
Stierle, Karlheinz: Hugo von Hofmannsthals *Manche freilich …* – ein Paris-Gedicht? In: Etudes germaniques 45 (1990), S. 111–125.

Strelka, Joseph (Hg.): Wir sind aus solchem Zeug wie das zu Träumen ... Kritische Beiträge zum Werk Hugo von Hofmannsthals. Bern u. a. O. 1992.
Szondi, Peter: Das lyrische Drama des Fin de siècle. Hg. von Henriette Beese, Frankfurt a. M. 1975.
Tarot, Rolf: Hugo von Hofmannsthal. In: Handbuch der deutschen Erzählung. Düsseldorf 1981, S. 409–420.
Volke, Werner: Hugo von Hofmannsthal in Selbstzeugnissen und Bilddokumenten. Reinbek bei Hamburg 1967.
Wellek, René: Hofmannsthal als Literaturkritiker. In: Arcadia 20 (1985), S. 61–71.
Wuthenow, Ralph-Rainer: Muse, Maske, Meduse. Europäischer Ästhetizismus. Frankfurt a. M. 1978.

Zeittafel

1874 1. Februar: Hugo Laurenz August Hofmann, Edler von Hofmannsthal wird in Wien als einziges Kind des Direktors der Wiener Central-Bodencreditbank Dr. jur. Hugo August Peter von Hofmannsthal (1841–1915) und seiner Frau Anna Maria Josefa, geb. Fohleutner (1852–1904), Tochter eines Notars und Richters, geboren; die Familie des Vaters war 1835 von Prag nach Wien gekommen, geadelt worden und später vom jüdischen zum katholischen Glauben konvertiert.

1884 Nach Unterricht durch Privatlehrer Besuch des Akademischen Gymnasiums in Wien (bis 1892).

1890 Erste Veröffentlichung von Gedichten (u.a. *Was ist die Welt?*, *Für mich ...*) unter dem Pseudonym Loris (Melikow); Hofmannsthal wird von dem Schriftsteller Gustav Schwarzkopf in den Literatenkreis des Café Griensteidl eingeführt und schließt dort Freundschaft mit Arthur Schnitzler (s. Anm. zu S. 9) und Richard Beer-Hofmann (s. Anm. zu S. 38).

1891 April: Hofmannsthal trifft in Wien Henrik Ibsen; Bekanntschaft mit Hermann Bahr; Dezember: erste Begegnung mit Stefan George; das erste lyrische Drama *Gestern* erscheint unter dem Pseudonym Theophil Morren; frühe Prosaarbeiten, bes. Buchbesprechungen über zeitgenössische Autoren.

1892 Februar: Gastspiel von Eleonora Duse (s.S. 484–489); Mai: zweites Treffen mit George; Hofmannsthal wird Mitarbeiter seiner Zeitschrift *Blätter für die Kunst* (bis 1904), hier erscheinen u.a. das dramatische Fragment *Der Tod des Tizian* und die Gedichte *Vorfrühling, Erlebnis, Psyche.* 6. Juli: Maturitätszeugnis ›mit Auszeichnung‹; August: Bekanntschaft mit Josephine von Wertheimstein; September: Reise nach Südfrankreich in Begleitung des Französisch-Lehrers Gabriel Dubray (s.S. 403–408); Rückfahrt über Genua und Venedig; Oktober: auf Wunsch des Vaters Beginn des Jura-Studiums an der Universität Wien (bis 1894); Bekanntschaft mit der Schriftstellerin Marie Herzfeld (1855–1940) und dem Marineoffizier Edgar Karg von Bebenburg.

1893 Das Drama *Der Tor und der Tod* entsteht; Herbst: Freundschaft mit Leopold von Andrian (s. Anm. zu S. 721).

1894 Februar: Ende der Arbeit an *Alkestis* (nach Euripides); 13. Juli: erstes juristisches Staatsexamen; Tod von Josephine von Wertheimstein (s. Anm. zu S. 19); ab 1. Oktober: Freiwilligenjahr beim k.u.k. Dragonerregiment 6 in Brünn, später in Göding (bis Sept. 1895).

1895 Es erscheinen die Terzinen-Gedichte, die Erzählung *Das Märchen der 672. Nacht*, die *Soldatengeschichte* entsteht; Reise nach Venedig; Abbruch des Jura-Studiums; ab Oktober: Beginn des Studiums der romanischen Philologie (bis 1897). Hofmannsthal hörte auch philosophisch-ästhetische Vorlesungen bei Franz Brentano, Heinrich Gomperz und Ernst Mach.

1896 Es erscheinen mehrere Gedichte in verschiedenen Zeitschriften (u. a. *Ballade des äußeren Lebens, Weltgeheimnis, Manche freilich ..., Ein Traum von großer Magie, Lebenslied, Nox portentis gravida*); Mai: Waffenübung in Tlumacz in Ostgalizien; wichtige Lektüren sind Platon, Pindar und Hölderlin; August: in Aussee Bekanntschaft mit dem Philosophen Raoul Richter, durch dessen Vermittlung Hofmannsthal wohl mit Kierkegaard vertraut wird; Oktober: Bekanntschaft mit dem Theaterleiter Otto Brahm (1856–1912).

1897 Arbeit an der Dissertation *Über den Sprachgebrauch bei den Dichtern der Pléjade*; August: Radtour über Salzburg, Innsbruck, Dolomiten, Verona, Brescia nach Varese; dort beginnt eine produktive Phase, die bis zum Ende des Jahres anhält. Es entstehen bzw. werden abgeschlossen u. a. die Dramen *Die Frau im Fenster, Das Kleine Welttheater, Die Hochzeit der Sobeide, Der weiße Fächer, Der Kaiser und die Hexe*; September: Beginn des Briefwechsels mit Hofmannsthals engstem Freund Eberhard von Bodenhausen (s. Anm. zu S. 738).

1898 15. Mai: erste Aufführung eines Stückes von Hofmannsthal: *Die Frau im Fenster* im Deutschen Theater (Otto Brahm) in Berlin; Bekanntschaft mit Harry Graf Kessler (s. Einleitung zu *Augenblicke in Griechenland*); erste Begegnung mit Richard Strauss; 23. Juni: Abschluß der Dissertation und Rigorosum; Juli: Waffenübung in Czortkow in Ostgalizien; Radtour mit Arthur Schnitzler in die Schweiz, dann alleine nach Lugano und Italien; in Florenz Besuch bei Gabriele d'Annunzio (s. S. 467–477); September-Oktober: Aufenthalt in Venedig, es entsteht das lyrische Drama *Der Abenteurer und die Sängerin*; 13. November: Aufführung des lyrischen Dramas *Der Tor und der Tod* in München durch den Schriftsteller Ludwig Ganghofer (1855–1920); es erscheinen u. a. die Gedichte *Der Kaiser von China spricht:, Verse auf ein kleines Kind, Reiselied.*

1899 18. März: parallele Uraufführung von *Der Abenteurer und die Sängerin* und *Die Hochzeit der Sobeide* am Deutschen Theater in Berlin und am Burgtheater in Wien. März: Aufenthalt in Berlin, Kontakte mit Gerhart Hauptmann (1862–1946); Bekanntschaft mit Rainer Maria Rilke (1875–1926); im Sommer entsteht das Stück *Das Bergwerk zu Falun* (erschienen postum 1933); im Herbst erster schriftlicher Kontakt mit Rudolf Borchardt (s. Anm. S. 739); Dezember: die *Reitergeschichte* erscheint.

1900 Februar: in München Bekanntschaft mit dem dt. Schriftsteller Alfred Walter Heymel (1878–1914) und Rudolf Alexander Schröder (s. Anm. zu S. 733), den Herausgebern der *Insel*, Hofmannsthal wird Mitarbeiter der *Insel*; März-Mai: Aufenthalt in Paris, wo Hofmannsthal den belg. Schriftsteller Maurice Maeterlinck (1862–1949) und Auguste Rodin (s. Anm. S. 513) kennenlernt; in Paris entstehen *Das Erlebnis des Marschalls von Bassompierre*, das Ballett *Der Triumph der Zeit* sowie eine Reihe von Entwürfen; September: Waffenübung in den Karpaten; Oktober: Aufenthalte in Oberitalien und der Schweiz; Arbeit an der Habilitationsschrift *Studie über die Entwicklung des Dichters Victor Hugo*.

1901 Februar: Aufführung von *Der Tod des Tizian* bei der Totenfeier für den schweiz. Maler Arnold Böcklin (1827–1901) in München; 31. Mai: Hofmannsthal legt der Philosophischen Fakultät in Wien seine Habilitationsschrift vor und beantragt die venia legendi; 8. Juni: Eheschließung mit der Bankierstochter Gertrud Schlesinger; Übersiedlung in das Haus (Fuchsschlössel) in Rodaun bei Wien, wo Hofmannsthal bis zu seinem Tode lebt; Dezember: Hofmannsthal zieht vor der Entscheidung der Fakultät sein Gesuch um die venia legendi zurück, um sich ganz der schriftstellerischen Arbeit zu widmen; erste Pläne zur Bearbeitung von Sophokles' *Elektra* und Calderóns *Das Leben ein Traum*.

1902 Februar-März: Besuch von Rudolf Borchardt (s. Anm. S. 739) in Rodaun. 14. Mai: Geburt der Tochter Christiane; August: *Ein Brief* (s. S. 322–333) erscheint; September-Oktober: Reise nach Rom und Venedig, Beginn der Arbeit an dem Drama *Das gerettete Venedig* nach Otway; im Dezember erscheint *Über Charaktere in Roman und Drama* (s. S. 307–321).

1903 Februar: Begegnung mit Stefan George in München; Mai: Angeregt durch eine Aufführung von Gorkis *Nachtasyl* in der Inszenierung Max Reinhardts und durch die Bekanntschaft mit dem Regisseur beginnt Hofmannsthal die bereits projektierte *Elektra* für Reinhardt zu schreiben. 29. Oktober: Geburt des Sohnes Franz; 30. Oktober: erfolgreiche Uraufführung der *Elektra* durch Max Reinhardt in Berlin mit Gertrud

Eysoldt in der Titelrolle; der Band *Ausgewählte Gedichte* erscheint in Georges Verlag der *Blätter für die Kunst.*

1904 Februar: *Das Gespräch über Gedichte* erscheint; 22. März: Tod der Mutter; September: Reise nach Venedig, Beginn der Arbeit am Ödipus-Stoff; November: Teilnahme an einem Instruktionskurs für nichtaktive Offiziere in Olmütz.

1905 21. Januar: erfolglose Uraufführung von *Das gerettete Venedig* an Otto Brahms Lessing-Theater in Berlin; April: Aufenthalt in Weimar, wo Hofmannsthal den Vortrag *Shakespeares Könige und große Herren* hält; Mai: Reise nach Paris mit Harry Graf Kessler, Begegnung mit André Gide (s. Anm. zu S. 711); Arbeit an *Ödipus und die Sphinx* und an der Übersetzung des *König Ödipus* von Sophokles.

1906 2. Februar: Uraufführung von *Ödipus und die Sphinx* am Deutschen Theater Berlin; dort Begegnung mit Richard Strauss, der Elektra vertonen will, Beginn der lebenslangen Zusammenarbeit mit dem Komponisten; März: Abbruch des Briefwechsels mit George; 26. Mai: Geburt des Sohnes Raimund; es erscheint *Unterhaltung über den »Tasso« von Goethe*; im Oktober Reise nach Dresden und Besuch bei Helene und Alfred von Nostitz (s. Anm. zu S. 351); Dezember: Vortragsreise *Der Dichter und diese Zeit* München, Frankfurt a. M., Göttingen und Berlin; Dezember: Begegnung mit Ottonie Gräfin Degenfeld, mit der ab 1909 ein reger Briefwechsel entsteht.

1907 Februar: Hofmannsthal übernimmt die Lyrik-Redaktion der Wochenschrift *Morgen*, dort erscheint das späte Gedicht *Vor Tag*; im Sommer: Aufenthalte in Umbrien, Venedig und Tirol; Beginn der Arbeit an *Andreas*; Oktober: Bekanntschaft mit der Tänzerin und Choreographin Grete Wiesenthal (1885–1970), für die Hofmannsthal eine Reihe von Tanzdichtungen schreiben wird; November: Besuch von Rainer Maria Rilke in Rodaun; es erscheinen *Die gesammelten Gedichte. Kleine Dramen* (2 Bände), *Die Prosaischen Schriften* (2 Bände), *Die Briefe des Zurückgekehrten.*

1908 Februar-März: Aufenthalt in Berlin zur Aufführung von *Der Tor und der Tod*; es erscheint der Essay *Balzac*; April-Mai: Reise nach Griechenland mit Harry Graf Kessler und Aristide Maillol (s. Anm. zu *Augenblicke in Griechenland*); Arbeit an einer Komödie nach Motiven aus den Memoiren des Casanova *Florindos Werk*, die Hofmannsthal bald als gescheitert ansieht.

1909 25. Januar: Uraufführung der Oper *Elektra* (Musik von Richard Strauss) in Dresden; Februar: Hofmannsthal entwickelt zusammen mit Kessler die Konzeption von *Der Rosenkavalier*, an dem er bis Juni intensiv arbeitet; Arbeit an der Molière-Übersetzung *Die Heirat wider Willlen*; Umformung des *Florindo* zu *Cristinas Heimreise*; zusammen mit Borchardt und Schröder Herausgabe des Jahrbuchs *Hesperus*, von dem nur eine Nummer erscheint.

1910 11. Februar: Uraufführung von *Cristinas Heimreise* am Deutschen Theater in Berlin; März: es erscheint *Lucidor*; Mai: Uraufführung einer gekürzten Fassung von *Cristinas Heimreise* in Budapest und Wien; September: Uraufführung von *König Ödipus* in München durch Max Reinhardt; November: großer Erfolg des *König Ödipus* in Berlin.

1911 26. Januar: Uraufführung der Oper *Der Rosenkavalier* im Königlichen Opernhaus in Dresden (Regie: Max Reinhardt, musikalische Leitung: Ernst von Schuch); erste Ideen für *Aridane auf Naxos* und *Die Frau ohne Schatten*; Februar-April: Ausarbeitung der *Ariadne* mit Molières *Der Bürger als Edelmann* als Rahmen; Mai: Reise nach Paris; August: Vollendung der 1903 begonnenen Arbeit am *Jedermann*; September: Reise nach Hamburg und Kopenhagen gemeinsam mit seinem Vater; 1. Dezember: Uraufführung des Mysterienspiels *Jedermann* im Berliner Zirkus Schumann unter Max Reinhardt.

1912 April/Mai: Reise nach Italien, Besuch bei Rudolf Borchardt in Lucca; Mai: Reise nach Paris zur Uraufführung von Nijinskis *Après-midi d'un faune* mit Diaghilews *Ballets Russes*, es entsteht die Idee, für dieses Ballet die Pantomime *Josephslegende* zu schreiben; September: Beginn der Niederschrift des *Andreas*-Romans, die jedoch nach 4 Wochen abgebrochen wird, Arbeit an *Die Frau ohne Schatten*; 25. Oktober: Uraufführung der ersten Fassung von *Ariadne auf Naxos* unter Max Reinhardt in Stuttgart; Dezember: nach dem mäßigen Erfolg von *Ariadne* Beginn der Umarbeitung des Rahmens zu einem kurzen Vorspiel; es erscheint der von Hofmannsthal herausgegebene Band *Deutsche Erzähler*.

1913 März/April: Reise nach Rom mit Richard Strauss, erneutes Treffen mit Borchardt; Juli/August: erneute Niederschrift von *Andreas*-Fragmenten und deren endgültiger Abbruch; als erster Druck der *Bremer Presse* (s. Anm. zu S. 748) erscheint Hofmannsthals *Die Wege und die Begegnungen*.

1914 14. Mai: Uraufführung der *Josephslegende* (Musik: Richard Strauss) durch die *Ballets Russes* in Paris; Arbeit am Libretto *Die Frau ohne Schatten*; 26. Juli: Einberufung als Landsturmoffizier nach Pisino in Istrien, Versetzung ins Kriegsfürsorgeamt des Kriegsministeriums und Betrauung mit kulturpolitischen Aufgaben; ab September entstehen patriotische Aufsätze.

1915 Mai-Juni: Dienstreise nach Krakau; Oktober: Reise nach Brüssel; zusammen mit Leopold von Andrian, Felix Braun, Max Mell, Josef Redlich u. a. Herausgabe der *Österreichischen Bibliothek* (26 Bände bis 1917); 10. Dezember: Tod des Vaters.

1916 Januar-März: Aufenthalt in Berlin, intensiver Kontakt mit Max Reinhardt; Arbeit an *Die Lästigen* (frei nach Molière) und dem Ballett *Die grüne Flöte*; Juli: Reise nach Warschau, wo Hofmannsthal den Vortrag *Österreich im Spiegel seiner Dichtung* (s. S. 541–553) hält; 4. Oktober: Uraufführung der umgearbeiteten Fassung der *Ariadne* in Wien; November-Dezember: Reise durch Skandinavien, Vorträge in Oslo und Stockholm; erste Anlage der Gedankensammlung *Ad me ipsum*.

1917 März: Reise nach Zürich und Bern, dort hält Hofmannsthal den Vortrag *Die Idee Europa* (s. S. 574–585); Juni: Reise nach Prag; Arbeit an einer neuen Fassung von *Der Bürger als Edelmann* und an der Komödie *Der Schwierige*; Juli: Beginn des Briefwechsels mit Rudolf Pannwitz (s. Anm. zu S. 686).

1918 9. April: Uraufführung der Neufassung von *Der Bürger als Edelmann* mit Szenenmusik von Richard Strauss am Deutschen Theater Berlin. 6. Mai: Tod des langjährigen engen Freundes Eberhard von Bodenhausen; intensive Lektüre von Calderón im Hinblick auf Bearbeitungen von dessen Stücken, Beginn der Arbeit an *Dame Kobold*; Dezember: erste Begegnung mit Carl Jacob Burckhardt (s. Anm. zu S. 741), der zum wichtigsten Gesprächspartner wird.

1919 Februar: Hofmannsthal wird in den Kunstrat der Salzburger Festspiele gewählt; Vollendung des Märchens *Die Frau ohne Schatten*; 10. Oktober: Uraufführung der Oper *Die Frau ohne Schatten* (Musik: Richard Strauss) in Wien; Pläne für die leichteren Stoffe *Danae* und *Die ägyptische Helena*.

1920 3. April: Uraufführung von *Dame Kobold* in Berlin; Mai-Juni: Reise nach Italien und in die Schweiz, Begegnung mit Josef Nadler (s. Anm. zu S. 596); Beginn der Arbeit an *Der Turm*; 22. August: Eröffnung der Salzburger Festspiele mit Hofmannsthals *Jedermann* auf dem Domplatz; 10. Dezember: Beethoven-Rede in Zürich (s. S. 586–590).

1921 Arbeit an *Das große Salzburger Welttheater*; 8. November: Uraufführung der Komödie *Der Schwierige* im Residenztheater München.

1922 Ab April: Beiträge für die amerikanische Zeitschrift *The Dial*; Mai: *Rede auf Grillparzer*, 12. August: Uraufführung von *Das Salzburger Große Welttheater* in der Kollegienkirche in Salzburg; es erscheinen *Buch der Freunde*, das erste Heft der Zeitschrift *Neue Deutsche Beiträge* und die von Hofmannsthal herausgegebene Anthologie *Deutsches Lesebuch* (2. Band, 1923); Vollendung von *Der Unbestechliche*.

1923 16. März: Uraufführung von *Der Unbestechliche* im Raimundtheater Wien; Filmbuch zum *Rosenkavalier*, Arbeit an *Die ägyptische Helena*; Besuch bei Carl Jacob Burckhardt in Basel.

1924 Zum 50. Geburtstag erscheinen *Gesammelte Werke* (6 Bände); über die Festschrift *Eranos* zum 50. Geburtstag kommt es zum Zerwürfnis mit Borchardt. April-Mai: Italienreise, mit Burckhardt in Sizilien; September: Uraufführung des Balletts *Die Ruinen von Athen* in Wien; Oktober: Vollendung der ersten Fassung von *Der Turm*.

1925 Februar-März: Reise über Paris nach Marokko, daraus entsteht *Reise im nördlichen Afrika* (s. S. 435–452); Mai-Juni: Aufenthalt in London; Begegnung mit Paul Claudel (s. Anm. zu S. 718) und Paul Valéry (s. Anm. zu S. 631); Arbeit an der Komödie *Timon der Redner* und erneut am *Andreas*-Roman.

1926 10. Januar: Uraufführung des *Rosenkavalier*-Films; 21. März: Aufführung von *Das Theater des Neuen* am Theater an der Josefstadt als Vorspiel zu Bertolt Brechts *Baal*; Entschluß, die beiden letzten Akte von *Der Turm* umzuarbeiten.

1927 10. Januar: Hofmannsthal hält die Rede *Das Schrifttum als geistiger Raum der Nation* an der Universität München; Februar: Reise nach Sizilien; Arbeit an *Ad me ipsum* und der Neufassung von *Der Turm*; Beginn der Arbeit am Libretto für *Arabella*.

1928 4. Februar: Uraufführung der Neufassung von *Der Turm* am Deutschen Schauspielhaus in Hamburg und am Prinzregententheater in München; 6. Juni: Uraufführung der Oper *Die ägyptische Helena* in Dresden; Juni: Die Tochter Christiane heiratet den Indologen Heinrich Zimmer; Arbeit an *Arabella*.

1929 Februar-März: Aufenthalt bei Carl Jacob Burckhardt in Basel, Reisen nach Heidelberg und München; Mai: Reise nach Italien, Besuch bei Borchardt; Juni: Abschluß der Arbeit an *Arabella*, Vertrag für einen historischen Roman über *Philipp II. und Don Juan d'Austria*; Juli: Umarbeitung des 1. Aktes von *Arabella* auf Wunsch von Richard Strauss; 13. Juli: Hofmannsthals Sohn Franz nimmt sich in Rodaun das Leben.

15. Juli: Beim Aufbruch zur Beerdigung seines Sohnes erleidet Hofmannsthal einen Schlaganfall, an dem er kurze Zeit später stirbt; Hofmannsthal wird auf dem Kalksburger Friedhof beigesetzt.

1933 1. Juli: Uraufführung der Oper *Arabella* in Dresden.

Alphabetisches Verzeichnis
der Gedichtanfänge und -überschriften

Inhalt

Gedichte